U0113560

附陳氏校補校例

# 沈刻元典章

中國書店

上

**圖書在版編目（CIP）數據**

沈刻元典章（上、下）／—北京：中國書店，2010. 10

ISBN 978 – 7 –80663 –930 – 6

Ⅰ．①沈… Ⅱ．①… Ⅲ．①典章制度－中國－元代

Ⅳ．①D691. 5

中國版本圖書館 CIP 數據核字（2010）第 201692 號

ISBN 978-7-80663-930-6

9 787806 639306 >

## 沈刻元典章（上、下） 附陳氏校補校例

出版：中國書店

地址：北京市宣武區琉璃廠東街 115 號

郵編：100050

發行：全國新華書店經銷

印刷：北京華藝齋古籍印務有限責任公司

開本：787×1092 1/16

版次：2011 年 1 月第 1 版 2011 年 1 月第 1 次印刷

印張：74. 5

書號：ISBN 978 – 7 –80663 –930 –6

定價：550. 00 元

# 出版前言

《沈刻元典章》，包括《元典章》及陳垣先生的《沈刻元典章校補》和《元典章校補釋例》。此書不僅是研究元代政治、經濟、文化的重要文獻，更是了解元代法律的重要資料，歷來受到史學家及法學家的重視。

《元典章》全名《大元聖政國朝典章》，共六十卷，附《元典章新集至治條例》，未分卷。此書編者不詳，推測成書時間爲元英宗至治年間。《元典章》保存了大量的原始資料，是研究元代歷史不可或缺的重要文獻。書中收錄的法令公牘文書，上起世祖中統元年（一二六○年），下迄英宗至治二年（一三二二年），具體生動地反映了元代社會生活的各個側面。《元典章》分詔令、聖政、朝綱、臺綱、吏部、戶部、禮部、兵部、刑部和工部十大類，《元典章新集至治條例》分國典、朝綱、吏部、戶部、禮部、兵部、刑部和工部八大類，各大類之下又分門、目，目之下列舉條格事例。本書内容可以補充和印證《元史》和其他史籍中的許多記載，條例清晰，開卷了然。

一九二五年，清室善後委員會清點故宮文物時，發現《元典章》的元刻本。此書歷史上并未受到重視，明代未見翻刻，而清四庫館臣則認爲其『所載皆案牘之文，兼雜方言、俗語、浮詞妙要者十之七八』，所以《四庫全書》祇留有存目。清光緒三十四年（一九○八年），武進董康據杭州丁氏八千卷樓藏鈔本，刻《元典章》於北京法律學堂，書後有沈家本作跋，即此沈刻本。至此，《元典章》才得以廣行於世。《元典章》之所以在晚清時期重新刊刻，與當時的政治背景及司法環境有很大的關係，更是董康、沈家本等人在晚清時期對清朝司法變革的探索的必然。

一

董康（一八六七—一九四七年），字授經，號誦芬室主人，江蘇武進人（今江蘇常州）。一八八九年中舉人，一八九八年中進士，授刑部主事。庚子事變時，董康等在城紳的支持下，創設『協巡公所』，維持京城治安，由此而顯露頭角。事變結束後，晉升刑部員外郎、郎中。清光緒二十八年（一九○二年）『修訂法律館』成立後，先後任法律館校理、編修、總纂、提調等職，爲修律大臣沈家本的得力助手，直接參與清末變法修律各項立法和法律修訂工作。董康重刻《元典章》，沈家本親自爲此書撰寫跋文。這是中國歷史上第一次較爲全面地對元代法律資料進行整理。

沈家本（一八四○—一九一三年），字子淳，別號寄簃，吳興（今湖州）人。清光緒九年（一八八三年）進士，曾任刑部郎中、貴州安順府知府、奉天（今沈陽市）司正主編兼秋審處坐辦、律例館幫辦，後又升爲協理、管理等。光緒十九年（一八九三年）出任天津知府，後調任保定知府等職。自光緒二十七年（一九○一年）沈家本任刑部右侍郎、修訂法律大臣，并兼大理院正卿、法部右侍郎等職。宣統二年（一九一○年）兼任資政院副總裁。次年，任法部右侍郎。又奉命主持修訂法律，建議廢止凌遲、梟首、戮屍等酷刑，用修訂的《大清現行刑律》取代《大清刑律》，并研究和參照國外刑律，制訂《大清新刑律》，對刑法作了改革。沈氏專治法學，曾收集我國古代法律資料整理和考訂，《元典章》就是由他主持整理，并由董康負責刊刻的。

沈刻本每半頁十三行，行二十二字，注爲雙行小字。此書『繕刻雖精』，但因所據鈔本訛誤頗多，所以『謬誤恒有』。錯字、漏字處自不必說，整段、整頁脫漏者亦不在少數，極大地影響了讀者的閱讀。這就有必要對《沈刻元典章》進行校補整理。陳垣先生的《沈刻元典章校補》和《元典章校補釋例》就是研治《沈刻元典章》不可缺少的參考資料。

陳垣（一八八○—一九七一年），中國歷史學家。字援庵，廣東新會人。陳垣先生以故宮元刻本及

其他四種鈔本與沈刻本相比校，得出沈刻本僞、誤、衍、脫、顛倒之處一萬二千余條，著成《沈刻元典章校補》十卷。其中，校勘札記六卷，格式仿宋樓大防的《樂書正誤》，脫漏字句較多者，編爲闕文三卷，另作表格一卷。《沈刻元典章校補》於民國二十年（一九三一年），由國立北京大學研究所國學門刊行，卷、頁、行的數碼一同沈刻本。本書已將陳氏所補闕部分按章插入相應的部分，所校部分附於書後，版心最下欄有『陳氏校補』字樣。

《沈刻元典章校補》不僅正沈刻本之誤，亦正元刻本之誤。因爲元刻本誤而沈刻本不誤的地方也不少，所以，使用元刻本者仍需參考《沈刻元典章校補》。《沈刻元典章校補》與《沈刻元典章》配合起來，即相當於一部精校本。

在《沈刻元典章校補》刊刻後，陳垣先生又從《沈刻元典章校補》的一萬二千餘條訛誤中選出一千餘條進行歸類分析，著成《元典章校補釋例》六卷。此書分爲古籍竄亂通弊和元代語言特例兩部分，詳細說明其致誤緣由，同時提出了校勘學的重要方法論即校法四例，成爲現代校勘學上的一部杰作。

《元典章校補釋例》於民國二十三年（一九三四年），由國立中央研究院歷史語言研究所刊刻於北京。《沈刻元典章》書版幾經輾轉爲中國書店所收藏，經過幾次刷印整理仍無法滿足讀者的需求，現將《沈刻元典章》及《沈刻元典章校補》和《元典章校補釋例》二書影印出版，爲元代歷史及元代法律的研究者和愛好者提供一部珍貴的文獻資料。

中國書店出版社

庚寅年深秋

大元聖政
國朝典章
皆彙六十
卷明新彙集

花繪偽甲辨行

一十九

典章序

是編自元世祖起至英宗止分列聖政一門吏戶禮兵刑工六
門而一門之中又分列若干條以類編次多元史所未備者
五朝典章可謂詳悉無遺矣然每條名目與總目多未相符
工部一門僅存造作一條餘俱散佚蓋鈔本流傳歷年久遠
殘闕失次不亦宜乎

庚申至日松里小隱吳城記

# 大元聖政國朝典章綱目

大德七年
中書省劄節文淮江西奉使宣撫呈照
中統以至今日所定格例編集成書頒行天下照得先
據御史臺比及
國家定立律令以來合從中書省為頭一切隨
朝衙門各各編類中統建元至今
聖旨條畫及朝廷已行格例置簿編寫檢舉仍令監察御史
及各道提刑按察司體究成否庶官吏有所持循政令不
至廢弛巳經遍行合屬依上施行去訖今據見呈仰照驗
施行

詔令
世祖皇帝

**典章目錄**　　　　　　　　　一

六九一

成宗皇帝
武宗皇帝
仁宗皇帝
今上皇帝
聖政一
　振朝綱　蕭臺綱　飭官吏　守法令
　舉賢才　求直言　典學校　勸農桑
　撫軍士　安黎庶　重民籍　恤站赤
　厚風俗　旌孝節　抑奔競　止貢獻
聖政二
　均賦役　復租賦　減私租　薄稅斂
　息徭役　簡詞訟　救災荒　貸逋欠
　惠鰥寡　賜老者　賑饑貧　恤流民

崇祭祀　明政刑

朝綱
　政紀　庶務
臺綱一
　內臺　行臺
臺綱二
　體察　體覆　按治　照刷
吏部
官制一
　資品　職品
官制二
　選格　承廳　承襲　僝使
　當質　月日

**典章目錄**　　　　　　　　　二

六九三

官制三
　流官　軍官　投下　教官
　醫官　陰陽官　屍院官
　場務官　站官　首領官　捕盜官
職制一
　告敕　聽除　授除　守闕
　赴任　不赴任
職制二
　職守　假故　代滿　丁憂
　作闕　給由　致仕　封贈
吏制
　儒吏　職官吏員　令史　書吏
典史　譯史通事　宣使奏差　典史

二

# 大元聖政國朝典章目錄

# 吏部卷之三

## 官制三

### 典章九

# 吏部卷之六

## 吏制一　典章十二

## 酒課
- 葡萄酒三十分取一 至元十
- 禁治私造酒 五至元十
- 鄉村百姓許酤釀醬 十二年
- 鄉村百姓許造酒 十至元
- 添辦酒課 十二年
- 酒課不便 五大德
- 犯界物貨單抽分 十九至元二

## 市舶
- 合併市舶轉運司
- 寺院酒麴依匿稅科斷 延祐
- 私造酒麴依匿稅科斷 六年延祐
- 市舶則法二十三條 十年至元
- 泉福物貨單抽分 十二至元二

## 常課
- 刷卷道到錢於課程內收 五至元
- 民官管課程每季類納 七至元二
- 監察不使納課事 十五至元二
- 體察不使其數納課 十二至元二

## 契本
- 契本稅錢 皇慶元年
- 提調課程 大德八年
- 就印契用契本 十五至元二
- 稅契用契本雜稅鄉下主首其數納 十二至元二
- 關防稅用契本 十五至元二
- 契本每本至元鈔三錢 元皇慶年

五、五三

### 典章目錄 尭

## 洞冶
- 民戶淘辦金課 至元
- 立洞冶總管府 至元四年
- 磁窰二八抽分 五至元二
- 根訪銅礦 十至元二
- 鐵貨從長講究 元年大德
- 鐵貨從鹽法例 七年大德

## 竹課
- 紫竹扇桿收買給引 九至元二
- 竹貨依例收稅 十一至元二

## 河泊
- 山塲河泊開禁 元年至大
- 湖泊召人打魚 四至元二
- 池魚難同河泊鹽課 十三至元二
- 腹裏竹課依舊江南亦通行 至元

## 雜課
- 以典就賣稅錢 四至元二
- 買當文契稅錢 入至元二
- 貿易田產收稅 七至元二
- 聘財不得投契稅 入至元二
- 弔引院例不收稅 四至元二
- 門攤課程 七至元二

## 和買諸物稅錢
- 和買諸物稅錢 見日役門
- 收稅物不得抽分本色 十至元二
- 稅物附寫物主花名 十一至元三
- 幹脫每貨物稅稅錢 元大德

---

## 匿稅
- 入門不弔引者同匿稅 四至元
- 匿稅房院二十年收稅 八年至元
- 匿匿商稅罪例 七大德
- 一軍人孫真稅例 七大德

## 免稅
- 賃房房租不合理稅 四大德
- 農器不得收稅 十至元二
- 自用物無收稅 十至元二
- 倒死牛馬不須稅 七至元二
- 借絲還絹不稅
- 禁重收果木稅
- 站馬不納稅錢 五年大德
- 折收物色難議收稅 四至元

# 戶部卷之九 農桑 典章二十三

## 立司
- 立司農司見聖政勸
- 復立大司農司 至元十年

### 典章目錄 手

## 立社
- 蒙古軍人立社 十至元
- 社長不管餘事 六大德
- 更替社長 三大德

四、六二

## 勸課
- 勸農立社事理十五款 至元新格二款
- 種治農桑法度 六至元十
- 革罷下鄉農勤 十八至元二
- 食踐田禾勤例 入至元二
- 勸課隨時耕種 至元十
- 提調點視農桑 三大德

## 栽種
- 開田栽桑年限 八至元
- 禁伐柑橙果果樹 五至元
- 禁伐桑果樹 五大德
- 勸諭蒸戶栽茶 元貞
- 道路栽植榆柳槐樹 九至元

## 災傷
- 興舉水利 至元
- 災傷地稅住催 九至元
- 水旱災傷減稅糧事 十八至元二
- 提點農桑水利 十至元二
- 檢踏災傷體例 九至元二
- 水旱災傷隨時檢覆 十八至元二

## 水利
- 江南申災限次 元大德
- 賑濟文冊 入大德

捕除虫蝗遺子至大三年

# 户部卷之十　典章二十四

## 租稅

減差
禁職田佃戶規避差發三年至大　見站戶赤門
被災去處量減科差五年中統
納綿府雜泛一大德十

# 户部卷之十二　典章二十六

## 賦役

户部卷之十三　典章二十七

錢債

幹脱錢
　行運幹脱錢事　至元二十年
　幹脱錢為民者倚閭　大德二年
　追幹脱錢擾民事　大德二年
　追幹脱錢每休約當　大德五年

私債
　錢債止還一本一利　中統二年
　又例卑幼不得私借債　至元二年
　軍官不得放債　大德元年
　又詔延祐內一款命
　又例至元一改元
　又例大德內一改元
　又例延祐內一款

　放債取利三分　至元九年
　部下不得借債　元貞二年
　多要利錢本利沒官　大德二年
　放粟例鄉原例　至元九年
　又例相詔內一款命　大德二年

三、七六

【典章目錄】

解典
　解典二周下架　元貞二年
　又例大德八年

禮部卷之一　典章二十八

禮制一

朝賀
　天壽聖節
　軍官慶賀事理　元貞二年
　禮儀社直　大德二年
　守土官行禮班首　元貞...
　正旦朝賀公服拜人　皇慶元年
　禮班儀倣好事與素茶飯　見表章內

進表
　表章定制體式　至元三年
　表章開除字樣　至元...
　表章進除字樣
　表章迴避字樣
　外路進表數
　進表騎長行馬　至元延祐三年
　表章五品官進賀　至元十年
　表匣不得支破官錢　至元九年
　表章正官校勘　至元五年
　各衙進賀表箋　皇歲元年

禮部卷之二　典章二十九

禮制二

迎送
上位
　迎送合行禮數　至元八年
　又例　至元大德...
　迎接委官一員餘者辦事　至元二十九年
　開讀許令便路　大德二年
　使臣就路開讀　皇慶元年
　不得輒往餘郡　元貞二年
　不接省部所差人　至元十九年
　貢獻毋令迎接　大德七年
　使臣休接　至元四年
　察司不得迎接接待　至元二十四年

服色
　提控都吏目公服　至元九年
　文武品從服帶　至元十四年
　貴賤服色等第　延祐三年
　禮生公服　至元十年
　巡檢公服　大德...
　秀才唐巾襴帶　元貞二年
　南北士服
　僧人服色　皇慶二年
　娼妓服色等第　至元五年
　校尉帶　至元二年
　典史公服　大德...
　儒官公服　大德七年
　站官服色　延祐五年

三、七三

【典章目錄】

印章
　印章品級
　印章海青牌面　至元七年
　欽挑牌面　至元六年
　追收軍民官牌面　元貞二年
　身故軍官牌面　元貞二年
　軍官解典牌面　元年

誥命
　官員付身不追　至元二年

禮部卷之三　典章三十

　軍民官牌面　至元十年
　禁懷挿項掛牌面
　追收軍民官牌面　至元六年
　拘收員牌面　元年
　宣勅給付子孫　至元八年

# 禮部卷之六　典章三十三

## 釋道

### 釋教

### 道教

### 孝節

---

# 兵部卷之一　典章三十四

## 軍役

### 軍官

### 軍戶

### 正軍

### 新附軍

### 侍衛軍

### 探馬赤軍

### 乾討虜軍

### 軍軛

### 出征

# 刑部卷之六　典章四十四

## 毆詈

殺死二人燒埋錢　延祐三年
無告男財產免徵燒埋銀　至元七年
打死姦夫不徵燒埋銀　至元六年　又例大德九年
貪難燒埋錢無追　皇慶元年
無苦主免徵燒埋銀　至元
無人口免徵燒埋銀　至元八年

### 卷手傷
舊例毆詈罪名
毆人　至元
品官相毆　至元五年
軍毆縣令　至元五年
錄事毆經歷　皇慶二年
知府毆軍官　皇慶三年
縣尉與達魯花赤相毆詈　延祐二年
官告吏親聞乃坐　延祐元年

三五八
戳碎兩眼雙睛　至大元年
馮崇等剟壞池傑眼睛　延祐元年
毆傷同僚官　至大四年

### 他物傷
刀刃傷人　至元三年
折跌肢體　上同
部民故毆本屬官長　大德七年
他物傷人　至元四年

### 保辜
保辜日限
蒙古人打漢人不得還　至元二年
毆吏不准攔告　至元八年

### 雜例

# 刑部卷之七　典章四十五

## 諸姦

### 強姦
強姦無夫婦人　至元
姦幼女十　至元
強姦有夫婦人　至元
強姦污幼女　大德
年老姦幼女　大德
強姦幼女處死　大德十
又例延祐二年

---

姦入歲女斷例　皇慶元年

### 和姦
和姦有夫婦人　至元二年

### 嚇姦
欺姦囚婦　至元二年

### 縱姦
夫受財縱妻妾犯姦　至元五年

### 指姦
男婦執謀翁姦　至元三年　又例至元十
轉指犯姦革撥　大德八年

### 凡姦
赦前犯姦放火　至元五年
中統二年犯姦告發在後　
虛指姦　至元六年
篤疾犯姦免罪　至元八年
容姦受錢追給　至元八年
犯姦休和理斷　至元六年
舍居女犯姦出舍　至元六年
定婚妻犯姦　至元九年
姦婦已適他人免斷　至元六年
通姦許諸人首捉　大德七年
非姦所捕獲勿論　至元三年
主婦受財縱妻妾犯姦　至元二

四〇九
腹裏犯姦刺配　至元十五年　二
職官犯姦再犯　大德元年
奴姦主幼女　至元五年
品官妻與從人通姦　至元八年
主姦奴妻
職官犯姦杖斷不敘　大德三年
奴婢相姦　至元五年
職官犯姦在逃　至元十

### 僧道姦
僧道犯姦還俗　大德七年

### 姦生子
姦婢生子隨母　至元六年
姦生男女　至元十年

# 刑部卷之八　典章四十六

## 諸贓一

### 取受
牧民官受財斷罪　大德三年
贓罪條例七　大德
定擬給役贓例　又例至大四年

## 世祖聖德神功文武皇帝

**皇帝登寶位詔**

五〇三

〖典章一　詔令〗

庚申年四月初六日欽奉詔旨節文朕惟祖宗
肇造區宇奄有四方武功疊興文治多闕五十餘年於此
矣蓋時有先後事有緩急天下大業非一聖一朝所能兼
備也先皇帝即位之初風飛雷厲將大有為憂國愛民之
心雖切於已尊賢使能之道未得其人方董夔門之師遽
遺鼎湖之泣豈期餘恨竟弗克終予冲人渡江之後蓋
朝居者予為此懼驛騎馳歸目前之急雖紆轡紓境外之兵未
戰乃會羣議以集良規不意宗盟輒先推戴左右萬里名
王臣僚不召而來者有之不謀而同者皆是咸謂國家之
大統不可久曠神人之重寄不可暫虛今我太祖嫡孫之
中先皇母弟之列以賢以長止予一人雖在征伐之間每
存仁愛之念博施濟眾實可為天下主天道助順人謀與
能祖訓傳國大典於是乎在朕敢辭固讓至於
再三祈懇益堅誓以死請於是俯循興情勉登大寶自惟
寡昧屬時多艱若涉淵冰兢兢業業思勉臨御之始宜新
宏遠之規建極體元與民更始務施實德不尚虛文雖承
平未易遽臻而饑渴所當先務舉其切實便民者條列
於後各隨所宜布告天下
宗族中外文武同心協力獻可替否之助也誕告多方體
予至意故茲詔示想宜知悉

---

**中統建元**　中統元年五月　日欽奉詔書節該祖宗以神
武定四方高德御羣下朝廷草創未遑潤色之文政事變
通漸有綱維之目惟祖宗舊服載擴丕圖稽列聖之洪規講
前代之定制建元表歲示君人萬世之正而紀時書王見天
下一家之義法春秋之正始體乾元而炳煥我皇猷權綱
興治道可自庚申年五月十九日建號為中統元年惟即
位體元之始必立經陳紀為先務故內立都省以總權綱外
設總司以平庶政仍以興利除害之事補偏救弊之方隨詔
以頒於後見本類各條畫於是戲秉鈞握樞必因時而建號施
仁發政期與物以更新敷宣惻怛之辭表著勤勞之意凡
在臣庶體予至懷故茲詔示想宜知悉

**建國都詔**　中統五年八月
府闕庭所在加號上都外燕京修營宮室分立省部四方
會同乞亦拯正名事准奏可稱中都路其府號大興布告中
外咸使聞知

五五八

**至元改元**
至元元年八月十九日欽奉詔書節該應天者惟
以至誠拯民者莫如實德朕以菲德獲承慶基內難未戢
外兵勿戢夫豈一日於今五年賴天地之畀矜暨祖宗之
垂裕幾我同氣會於上都雖此日之小康敢忘斯民之少肆
比者星芒示儆雨澤愆常皆關政治之所由顧惟涼德其何罪
宣布維新之令期與斯民共享安和之福所以脫禍咎滿阿里
察脫火思輩搆禍我家照依成吉思皇帝扎撒已正典刑
訖可大赦天下改中統五年為至元元年自至元元年八
月十六日昧爽以前除殺祖父母父母不赦外其餘罪無
輕重咸赦除之　於戲往泰來迍續亨嘉之會鼎
新革故正資輔弼之良咨爾臣民體予至意敢以赦前事

行蒙古字

至元六年二月十三日欽奉詔書朕惟字以書言言以紀事此古今之通制我國家肇基朔方俗尚簡古未遑制作凡施用文字因取漢楷及畏兀字以達本朝之言考諸遼金以及遐方諸國例各有字今文治寖興而字書有闕於一代制度實為未備故特命國師八思巴創為蒙古新字譯寫一切文字期於順言達事而已自今以後凡有璽書頒降並用蒙古新字仍以其國字副之

式文書咸遵其舊

建國號詔

至元八年十一月

日欽奉聖旨誕膺景命奄四海以宅尊必有美名紹百王而繼統肇從隆古匪獨我家且唐之為言蕩也堯以之而著稱虞之為言樂也舜因之而作號馴至禹興而湯造互名夏大以殷中世降以還

事殊非古雖乘時而有國不以義而制稱為秦為漢者蓋因初起之地曰隋曰唐者又即封之爵邑是皆徇百姓見聞之狃習要一時經制之權宜至公得無少貶我太祖神武皇帝握乾符而起朔土以神武而膺帝圖肆振天聲大恢土宇興圖之廣歷古所無頃者耆宿詣庭奏章伸請謂既成大業宜早定鴻名在古制以當然於朕心乎何有可建國號曰大元蓋取易經乾元之義兹大冶流形於庶品就名資始之功予一人底寧於萬邦尤切體仁之要事從因革情協天人於戲名固匪為之溢美孚休惟永尚不負於投艱嘉與敷天共隆大號眾體予至懷故茲詔示想宜知悉

立后建儲詔

至元十年三月

日欽奉聖旨蓋聞自古帝主之治天下也莫不立后以正家建儲以定國朕自纂承

大統之後即命皇后弘吉剌氏正位中宮仰惟太祖聖武皇帝之遺訓俯協諸王昆弟之僉言乃立冢嫡燕王真金為皇太子積有日矣比者朝臣懇奏冊寶之禮宜即舉行已於今年三月十三日授皇太子以玉冊金寶從典禮也咨爾懷生體予至意故茲詔示想宜知悉

興師伐宋南詔

至元十一年六月

日皇帝聖旨宣諭伯顏為頭行中書省官人每及蒙古漢軍萬戶千戶眾軍人等爰自太祖皇帝以來彼宋與我使介交通殆非一次彼此奉命南伐師次鄂渚彼賈似道復遣宋京詣我世憲宗在上必須入計用報而還即位之始追歡前河南路經略使趙璧請罷兵息民願奉歲幣於我朕曲直之事亦所共知不必歷舉我使近臣博都以國之大事宗親在上必須入計用報而還即位之始追

憶是言乃命翰林侍講學士郝經等奉書往聘蓋為生靈之計也古者兵交使在其間惟和與戰宜俟報音其何與於使哉而乃執之卒不復命至如留此一介行李於此何損在彼何益以致師出連年邊境之間死傷相籍係累相屬皆彼宋自禍其民也襄陽被圍五年屢拒王師義當不貸朕皆宥之彼宋自禍果能出降許以不死是既降拒之食言悉全其命冀宋悔過或敢令圖而水陸並進爾等當所以問罪有不能已者今遣爾等去逆效順與眾來附或初無與焉若彼界軍民官吏人等毋致逆戕仍加賑給令得別立奇功殺掠者驗父母妻孥家口毋得妄行存濟其或固拒勿從及迎敵者俘戮何疑故茲詔示想宜

知悉

**歸附安民詔** 至元十三年二月
日皇帝聖旨宣諭臨安
府以次新附府州司縣官吏士民軍卒諸色人等間者行
中書省右丞相伯顏遣使來奏宋母后幼主泊諸大臣百
官已於正月十八日齎聖綬奉表降附朕惟自古降主必
有朝觀之禮已遣使特往迎致爾官吏軍民人等各守職
業其勿妄行軍事理區處於後見政後額各

**頒授時曆** 至元十七年六月欽奉聖旨自古有國牧民之君
必以欽天授時為立治之本黃帝堯舜以至三代莫不皆
然爲日官者皆世守其業隨時考驗以與天合故曆法無
數更之弊及秦滅先聖之術每置閏於歲終古法皆無
迄於今夫天運流行不息而欲以一定之法拘之未有久
而不差之理差而必改其勢有不得不然者今命太史院
作靈臺制儀象日測月驗以考其度數之真積年日法皆
所不取庶幾脗合天運而永終無弊乃者新曆告成賜名
日授時曆自至元十八年正月一日頒行布告遐邇咸使
聞知

〈典章一詔令〉 五二九 五

**上尊號詔** 至元二十一年正月 日欽奉聖旨節該諭中
書省樞密院御史臺內外大小官吏軍民諸色人等惟我
祖宗創業垂統區宇之廣眾所悉知其御下也爲善而有
功者必賞爲惡而有罪者必罰此我祖宗之定制也比者
公卿耆舊詣闕拜章謂朕壽祉方隆奉進冊寶請上尊號
屬茲大慶宜布寬條茲用播告中外几爾有眾自今以始
各務維新無替朕命故茲詔示想宜知悉

**續至元鈔詔** 至元二十四年閏二月欽奉皇帝聖旨鈔法之行
二十餘載官吏奉法不虔以致物重鈔輕公私俱弊比者
廷臣奏請謂法弊必更古之道也朕思嘉之其造至元寶鈔
頒行天下中統寶鈔通行如故率至元寶鈔一貫文當中
統寶鈔五貫文子母相權官民通用務在新者無壅舊者
無廢上不虧國下不損民其聽毋忽朕不食言茲詔示
想宜知悉

# 成宗欽明廣孝皇帝

**登寶位詔** 至元三十一年四月 日欽奉皇帝聖旨朕惟
皇元萬世無疆之祚我昭考早正儲位德盛功隆天不假
年四海顒望顧惟眇質仰荷先皇帝殊眷往歲之夏親授
皇太子寶付以撫軍之任今春宮車遠馭奄棄臣民乃有
迨我先皇帝體元居正以來然後典章文物大備臨御三
十五年薄海內外罔不臣屬宏規遠略厚澤深仁有以行

〈典章一詔令〉 五一〇 六

宗藩昆弟之賢戚畹官僚之舊謂祖訓不可以違神器不
可以曠顧承先皇帝鳳昔付託之意合辭推戴誠切意堅
朕勉徇所請於四月十四日即皇帝位可大赦天下自四
月十五日昧爽以前除殺祖父母父母妻殺夫奴婢殺
主不赦外其餘一切罪犯已發覺未發覺已結正未結正
罪無輕重咸赦除之敢以赦前事相告言者以其罪罪之
欽此

**追尊昭考太母元妃詔** 至元三十一年四月 日欽奉聖
旨禮莫大於正名徽稱未著特慈闈之鞠育大德難酬愛當
踐祚之初首篤尊親之義謹依故事追尊皇考曰皇帝尊

大禮元妃曰皇太后其應合行典禮令有司以次討論以
聞咨爾臣民體予至意故兹詔示想宜知悉

**冊世祖皇帝尊號詔**　至元三十一年六月　日欽奉聖
旨朕嗣天曆服祗奉宗廟念寧神所以為孝斂福所以錫
民乃者恭惟世祖聖德神功文武皇帝昭睿順聖皇后裕
宗文惠明孝皇帝請謚於南郊奉冊於太室有嚴吉享咸
薦徽稱惟播告之修傅德施於天下代有故常其可勿云
朕初政所欲行之事姑以敷條申畫於後云於戲繼志
述事答祖宗在天之靈發政施仁示民物皆春之意故兹
詔示想宜知悉

**元貞改元**　至元三十一年十一月　日欽奉聖旨朕荷天
洪禧承祖丕業守成繼統勿替於孝思諭年改元勉遵於
舊典履端伊邇紀號惟新可改至元三十二年為元貞元
年咨爾有眾體予至懷故兹詔示想宜知悉

五、三六
〔典章一　詔令一〕　七

**大德改元**　大德元年二月　日欽奉聖旨節文朕荷天地
之洪禧承祖宗之丕祚仰遵成憲庶格和平比者藥术忽
兒元魯速不花朵兒等去逆效順率眾來附畢會宗
親釋其罪戻適星芒豈天意之微子宜推一視之
仁誕布更新之政可改元貞三年為大德元年所有詔條
開列於後聖政類見於戲側躬修行咸應若之誠革故從
新聿底雍熙之治咨爾庶體予至懷故兹詔示想宜知
悉

**立皇后詔**　大德三年十二月　日欽奉聖旨聖哲造邦始
於宮壺蓋風化之原人倫之本冊后有儀前代令典世祖
聖德神功文武皇帝已嘗舉行朕即位之初立元勳世戚
伯岳吾氏為皇后然典禮未備比遵先制於十月十五日

授以玉冊玉寶既正位於長秋爰頒於大號故兹詔示
想宜知悉

**立皇太子詔**　大德九年六月　日欽奉皇帝聖旨惟我太
祖聖武皇帝世祖聖德神功文武皇帝規模宏遠豫建儲
嗣式與古合朕恪遵祖宗成憲允協昆弟僉言立嫡子德
壽為皇太子茲有日矣比以遠近宗親復以為請又中書
百司及諸老臣請授冊寶朕俯從眾願於今月
五日授以皇太子寶所有冊禮其如常制屬兹盛舉宜布
新恩聖政條數見於後各於戲衍無疆既正名於國本仁同一視
尚均福於黎元故兹詔示想宜知悉

五、三

# 武宗統天繼聖欽文英武章孝皇帝

**登寶位詔**　大德十一年五月　日欽奉皇帝聖旨昔我太

〔典章一　詔令一〕　八

祖皇帝以武功定天下世祖皇帝以文德洽海內列聖相
承丕衍無疆之祚朕自先朝肅將天威撫軍朔方始將十
年親御甲冑力戰卻敵者屢矣方諸藩內附邊事以寧遽
聞宮車晏駕朕有宗室諸王貴戚元勳相與定策於和林
咸以朕為世祖曾孫之嫡裕皇正派之傳以功以賢請於
大寶朕謙讓未遑至於再三聞姦臣謀不軌賴祖宗之靈
母弟愛育黎拔力八達稟命太后恭行天罰內難既平神
器不可以久虛宗桃不可以乏祀合辭勸進誠意益堅朕
勉徇輿情於五月二十一日即皇帝位任大守重若涉淵
冰屬嗣服之初其與民而更始可大赦天下自五月二十
二日昧爽以前除謀殺祖父母父母妻妾殺夫奴婢殺主
不赦外其餘已發覺未發覺已結正未結正罪無輕重咸
赦除之敢以

赦前之事相告言者以其罪罪之所有便民事宜畫列於
後見後聖敢類於戲致不承丕顯敢忘持守之心于藩于宣效
忠勤之力共此新政丕事底隆平咨爾多方體予至意故茲
詔示想宜知悉

## 尊皇太后詔 大德十一年五月
日欽奉皇帝聖旨朕承列聖
之貽謀協宗王之翊戴必謹親賢之託共成繼述之功聖
孝治天下者王政所先養以天下者尊稱為大恭承先德
寅紹丕基愴昭考之長違賴慈闈之篤祐方衍無疆之慶
曷勝報本之情謹依先朝成憲追尊皇考曰皇帝尊太母
元妃曰皇太后其應行典禮以次舉行咨爾臣民體予至
意故茲詔示想宜知悉

## 建儲詔 大德十一年六月
日欽奉皇帝聖旨朕承列聖
素明治理之方載惟靖亂之殊勳武副元良之渥命乃遵
裕皇居東宮舊制於六月朔旦授以皇太子金寶俾領中
書之務仍兼宥密之司匪特敦兄弟友愛之情實以衍宗
社隆昌之祚咨爾多方體予至意故茲詔示想宜知悉

**典章一 詔令一**　九

## 至大改元詔 大德十一年十二月
日欽奉皇帝聖旨仰
惟祖宗應天撫運肇啟疆宇華夏一統罔不率從遠嗣
服丕圖繼曆景命遵承遺訓恪慕洪規祇惕兢兢未知攸
濟永思創業艱難之始兢然軫念而守成萬事之統在予
一人故自即位以來溥從寬大量能授官俾勤乃職鳳夜
以永康兆民為急務閭者比歲不登流民未還官吏並緣
侵漁上下因循是以責任股肱耳目大臣克思諧樂所
以盡瘁襄嘉謨獻朝夕入告朕命惟允庶事克康諧樂
與率土之民共享治安之化遹宣遠蕭顧不避歟可改大

五、五四

---

德十二年為大大元年誕布惟新之令式孚永固之休嘗
一事宜開頒於歲建元立極然正始於王春經世裕
民尚仰成於台輔庶幾中外同底和平咨爾多方體予至
意故茲詔示想宜知悉

## 至誠載新學詔 至大二年二月
日皇帝聖旨朕荷三靈之
隆眷承列聖之丕基永置器之艱恆履冰之懼者
皇太子率中外臣僉謂撫軍十載朕躬遐裔悉平當亡九重
成規具舉若稽舊典盍進徽稱豈所克當惟祖欽文英
顯式已於正月七日辛卯躬詣太室恭謝天繼聖欽文英
武大章孝之號越五日乙未躬詣大明殿受統天即位
以來恆以賑災恤民為務而恩澤猶未溥博流離猶未安
集豈有司奉行之不至歟今特命中書省遴選內外官僚專
以撫治為事簡汰冗員撙節浮費一新政理斯稱朕意於
戲薦鴻名而嚴寶冊既俯徇於輿情肆大賚以濟黎元其
博加於實惠尚賴宗親近輔羣辟庶司勉效忠勤同躋康乂

**典章一 詔令一**　十一

## 頌至大銀鈔銅錢詔 （鈔銅錢今並罷不錄）
先帝事皇太后撫朕眇躬孝友天至由
重以母弟之嫡加有削平內難之功於其踐祚曾未逾月
授以皇太子寶領中書令樞密使百揆機務聽所總裁於
今五年先帝奄棄天下勳戚元老咸謂大寶之承既有成
命非與前聖賓天而始徵集戚宗親議所宜立者比當稽舊
漢晉唐故事即正宸極朕以國恤方新誠有未忍是用經
時今則上奉皇太后勉進之命凡尚書省誤國之臣先

## 登寶位詔 至大四年三月
十八日於大都大明殿即皇帝位凡尚書省誤國之臣先

五、四二

已伏誅同惡之徒亦已放殛百姓政悉歸中書命丞相
帖木迭兒平章政事完澤李道復等拯治可大赦天
下自三月十八日昧爽以前除謀反大逆殺祖父母父母
妻妾殺夫奴婢殺主強盜殺傷事主不赦外其餘一切罪
犯已發覺未發覺已結正未結正罪無輕重咸令赦除之敢
以赦前事相言告者以其罪罪之其可為令古所謂治天
時五福用敷錫厥庶民朕之志也踰年改元厥有彝典其
職食天祿者宜一心力欽乃有司無替朕命故茲詔示想
宜知悉

**皇慶改元詔**

至大四年十月上天眷命皇帝聖旨朕賴天地
祖宗之靈纘承聖緒永惟治古之隆羣生咸遂國以乂寧
朕夙興夜寐不敢怠遑任賢使能興滯補弊庶其臻茲斂
時五福用敷錫厥庶民朕之志也踰年改元厥有彝典其
以至大五年為皇慶元年故茲詔示想宜知悉

五、四十

《典章一 詔令一》

十一

**立后詔**

皇慶二年三月上天眷命皇帝聖旨易逃家人詩美
關雎故帝王受命必建置后妃所以順天地之義重人倫
之本也弘吉剌氏蚤由世歲來嬪我家
之懿輔朕躬著淑慎之善於三月十六日授以玉册玉寶
立為皇后於戲位乎內位乎外得政道之相成用之國用
之鄉庶民風之丕變故茲詔示咸使聞知咨爾多方悉予
至意

**延祐改元詔**　皇慶三年上天眷命皇帝聖旨惟天惟祖宗眷眷
祐有國朕自即位於今四年比者陰陽失和星芒示儆豈
朕躬修德之未至耶抑官吏未選而政令之或乖耶思以
回天心召和氣側身修行實切余哀庸敕攸司務共迺職
發布惟新之令誕敷濟泉之仁可改皇慶三年為延祐元
至意

年所有合行事理條列於後政見各類於戲後聖於戲凡
新於庶政用孚有眾同保合於太和咨爾多方體予至意
故茲詔示想宜知悉

**赦罪詔**　延祐四年正月初十日上天眷命皇帝聖旨朕仰惟
太祖皇帝聖訓若曰應天順人惟以誠保安天下宜遵
正道重念列聖繼承丕祚我世祖皇帝混一之初顧予非
德懼勿克荷不遑寧處比年屬幼弱聽信憸人
阿思罕等叛賊謀為不軌搆亂我家已剌年陝西行臺管軍
官等將叛賊阿思罕等斬首以狥其罪
及脅從者欲盡加誅有所不忍宜推曠蕩之恩開以自新
之路可大赦天下自延祐四年正月初十日昧爽以前
殺祖父母父母不赦外其餘常赦所不原者罪無輕重咸
赦除之若有避罪逃從逆黨或竄匿民間及嘯聚山林者

五七三

《典章一 詔令一》

十三

赦書到日限一百日內許令出首與免本罪限外不首復
罪如初條盡聖於戲赦過宥罪惟期反側之安發政施
仁事底隆平之治敢以赦前事相告訐者以其罪罪之咨
爾有眾體予至懷故茲詔示想宜知悉

**建儲詔**　延祐三年十二月十九日
鴻禧纘列聖之丕緒比承皇太后慈訓若稽世祖皇帝成
憲深為國本宜建儲嗣親王大臣僉言允同皇子碩德八
刺地居嫡長天錫仁孝可以主重器可於延祐三
年十二月十九日授以金寶立為皇太子中書令
一如舊制其有司備立册命茲盛舉庸布新條後聖政
基於戲爾臣民體予至意故茲詔示想宜知悉

**授皇太子玉册詔**　延祐六年十月上天眷命皇帝聖旨朕惟

世祖皇帝憲章隆古垂裕萬世灼有垂訓謀建嫡嗣是以
協謀僉言立皇子碩德八剌爲皇太子付之金寶巳嘗詔
告天下若稽册命屬當舉行於今月七日授以玉册大
禮慶成於戲天地之德宗社之靈國本既崇人心攸繫凡
爾百司庶府暨於多方有衆各安職業永底治平故兹詔
示想宜知悉

# 今上皇帝

**登寶位詔** 延祐七年三月上天眷命皇帝聖旨洪惟太祖皇
帝膺期撫運肇開帝業世祖皇帝神機睿略統一四海以
聖繼聖迨我先皇帝至仁厚德涵濡羣生君臨萬國十年
於兹以社稷之重圖定天下之大本協謀宗親授予册寶
方春宮之興政遠昭考之寶天諸王貴屬元勳碩輔咸謂

五二二 ｜典章一 詔令一｜ 十三

朕宜體先皇帝付託之重膺皇太后擁祐之慈既深繫於
人心詎可虛於神器合辭勸進誠意交孚乃於三月十一
日即皇帝位於大明殿誕受惟新之命庸推在宥之恩可
大赦天下自延祐七年三月十一日昧爽以前除謀反大
逆謀殺祖父母父母妻妾殺夫奴婢殺主謀故殺人但犯
強盜印造偽鈔侵盜官錢糧不赦外其餘一切罪
犯已發覺未發覺已結正未結正罪無輕重咸赦除之於
以赦前事相告言者以其罪罪之所有合行事宜盡一於
後見類尚念祖宗盃緒持守惟艱萬幾之繁罔敢暇逸
更賴遠近勳戚左右臣鄰咸一乃心以輔予至治咨爾多方

上太皇太后尊號 延祐七年三月上天眷命皇帝聖旨爲治
之端無加於立孝報本之義莫大於尊親朕肇續丕圖恪
體予至意故兹詔示想宜知悉

---

遵奉典禮欽惟儀天興聖慈仁昭懿壽元全德泰寧福慶皇
太后仁明淵靜淑睿懿恭定大策於兩朝功施社稷著徽
音於四海慶衍本支鳳荷宮慈撫予眇質仰酬於厚德
宜膺進位於隆名謹上尊稱曰太皇太后其應合行典禮令
有司討論以聞咨爾臣民體予至意故兹詔示想宜
知悉

**至治改元詔** 延祐七年十一月上天眷命皇帝聖旨朕祇遹
貽謀獲承丕緒念付託之惟重顧繼述之敢忘爰以延祐
七年十一月初二日被服袞冕恭謝於太廟既大禮之告
成宜普天之均慶屬茲歲用易紀元於以導天地之至
和於以法春秋之謹始可改延祐八年爲至治元年所有
便民事宜條列於後於戲思奉先思孝式昭報本之誠發政
施仁聿底錫民之福咨爾有衆體予至意懷故兹詔示宜

三七九 ｜典章一 詔令一｜ 十四

# 聖政卷之一

## 振朝綱

典章二

至元十九年七月福建行省准中書省咨御史臺呈今月十
五日本臺官奏過在先諸衙門奏事呵御史臺一同聞奏
這般聖旨有來在後俺根底裏不處奏他每奏了的後頭分
付與俺奏有來今後依著在先體例一處奏他一處奏呵怎生奏奉聖
旨這般是你底勾當依著在先行更說與各衙門者欽此
於十七日就皇太子幹耳朵裏令闊闊木納真不花故奏
令旨依著聖旨行者敬此於二十日又奉令旨在先聖旨行
阿塔察兒有呵節這般行來如今依著在先聖旨行
者欽此

四六八

大德十一年八月
日欽奉命相詔書節文庶務有所未

《典章二聖政一》 一

便者中書省從新拯治次第舉行內外大小諸衙門官吏
除奉行本管職事外一應干係軍民站金塲良冶茶鹽鐵
戶課程寶鈔刑名選法糧儲造作差役等事毋得隔越中
書省輳便釐聞奏從而攪擾事有必須奏聞者亦須計稟中
書省然後奏聞違者國有常憲

大德十一年十二月
日欽奉至大改元詔書內一歀設
官分職各有攸司中書省輔弼朕躬總理庶政中外大小衙
奏事者即位之初已常戒飭今後近侍人員內外大小衙
門欽依已降聖旨除所掌事外凡選法錢糧刑名造作軍
站民匠戶口一切公事並經由中書省可否施行毋得隔
越聞奏違者究治

至大元年三月
日江浙行省准中書省咨大德十一年

---

十二日傳奉聖旨也里審班不干碍自己先生每底
勾當有來又阿里不干碍自己的封贈的勾當有來省官
人每根底說者今後不揀是誰除自己合管越省官外其
餘橫枝兒的勾當外做官的人每的勾當隔越省官人每
休奏者各衙門裏省諭行文書者誰奏呵誰奏阿喫棒子者歷道
傳聖旨來欽此

至大元年七月欽奉皇帝聖旨中書政本也軍國之務小大
由之朕自即位以來勵精求治爰立輔相以總中書期年
於茲大效未著豈選用之未當歟何萬機之猶繁而羣生
之寡遂也今特命中書左丞相右丞相太保
乞台普濟爲中書左丞相統百官平庶政便者中書省
革去一新條理諸內外大小事務並聽中書省區處奏聞
違者論罪

《典章二聖政一》 二

又一歀刑名糧儲造作軍民站赤差發金銀茶鹽鐵冶諸項
課程並聽中書省節制施行諸王公主駙馬不以是何勢
要人等毋得攪擾沮壞近侍人員及內外諸衙門毋得隔
越輙便聞奏其有必合上聞事理亦須先行計稟中書省
聞奏

至大四年三月
制詔號令錢糧選法刑名一切政務並從中書省聞奏區
處除樞密院御史臺徽政院宣政院各遵舊制其餘諸衙
門及近侍人等敢有擅自奏啟中書庶政者以違制論
罪

至大四年四月十一日中書省奏世祖皇帝時分不揀誰根
底與我執把的聖旨必闊赤每根底休教攪越著奏有來
祖皇帝之後各枝兒裏近行的官人每等上位奏了多與

了聖旨來可憐見呵依著世祖皇帝體察裏中書省樞密
院御史臺宣政院這四箇衙門官人每根底其餘不揀諸
越省俺與了聖旨不教奏呵怎生麼道奏呵您其餘不揀誰
如今除却四座衙門外其餘各衙門裏各枝兒裏近行的
官人每等不揀是誰必閙赤根底攪越省與了聖旨的體
教奏者官人每各處行將文書去者廳道聖旨了也欽此
都省仰欽依施行

**典章二 聖政一**

三

---

至元三十一年七月欽奉聖旨節文今命月魯那浯太師錄
軍國重事御史大夫首振臺綱凡軍民士庶諸色戶計所
在官司不務存心撫治以致軍民困苦或寃滯不爲審理
及官員侵盜欺誑污濫不法若此之類肅政廉訪司監察
御史有能用心糾察量加遷賞若罪狀明白肅政廉訪司監察
臺不爲糾彈受諸人陳告此非理妄
常人加重誣告者抵罪反坐肅政廉訪御史臺
出公事取問其間諸人毋得攪擾沮壞彼若非理妄
行以致人難宜不畏罪其御史臺肅政廉訪司監察御史
應有大小公事照依累降聖旨條畫施行各盡乃心毋曠
厥職故玆誡諭想宜知悉

**典章二 聖政一**

四

大德五年三月 日欽奉皇帝聖旨中書省官人每根底
樞密院官人每根底行中書省官人每根底內外大小諸
衙門官吏每根底宣諭的聖旨御史臺官人每奏自立臺
以來糾彈罷取受的官吏數多不知自己罪過的人每妄
生事端壞臺事元貞元年明里不花杭州省裏行時分
題說的上頭罪過呵與行省官一同審了斷有行省官遠
官的罪過呵與宣慰司官的罪過呵與路官同
審這中間窒碍有宣慰司相離行省遠的往復一萬里的
也有難以同審又碍有行省令史每的稽遲違錯尋出
來呵與行省司一同審了斷有一箇勾當尋出
行有司審察呵不便當又廉訪司察知的
卒難結絕的公事休摘委一員一司裏歸問的
上頭州縣勾當多斯推省民官裏成就不得這五年行臺廉

訪司監察每累累的文字裏說將來依在前行來的體例
裏交行呵怎生歷道奏來今但是内外勾當行的大小
衙門裏官吏每各自委付來的勾當謹慎成就者教百姓
安省廉訪司監察每用心體察者勾當裏謹慎行的實跡
有呵將他們姓名中臺者要飭官受宣官廉訪司的依省立廉
訪司以來世祖皇帝已降聖旨事意沒飭官廉
民官裏選廉幹人員歸問者廉訪司官監察每不爲用心
司問的公事裏呵有干碍人衆卒難結絶不能親到呵管
出行省令史稽遲違錯輕罪就便斷決重事申臺者呵再
差官的招了呵比他每的罪過有顯驗罪番異呵罪
招了呵行移總司會議斷者事重申臺者受宣官廉訪
體察分外沒體例行呵罪比常人加重者

五六二

**典章二 聖政一**

五

大德五年八月欽奉詔書内一欵行中書省官宣慰司蕭政
廉訪司列置諸路之上本以彌盜賊修政事糾不法撫良
民也近年於此曇而不問自今各修之職凡在所屬之內
常加檢責期於政成民安諸路鎮靜而已有不稱其責任
者從中書省御史臺錄其實跡聞奏黜罰
又一欵近年累降詔條各處官司有奉行不至者仰中書省
宣慰司廉訪司隨事奏問
大德十年五月十八日欽奉詔書内一欵監察御史廉訪司
官所以紏劾官邪徇求民瘼蕭清刑政共成治功今後各
思所職有徇私受賂者炤依已降聖旨加重治罪
至大二年九月
綱之司民生休戚官政廢舉關係匪輕御史臺飭監察
御史廉訪司體承美意協贊治功所司奉詔不虔並行究

治
至大四年四月
日住罷銀鈔銅錢詔書内一欵風憲之
官職膺耳目紏劾百司凡政令之從違生民之休戚言責
所關實要且重惟今百度載新圖治伊始式遵世祖皇帝
以來累朝成憲各揚乃職以蕭政綱

九十四

**典章二 聖政一**

六

飭官吏

中統五年八月初四日中書省欽奉聖旨內一欵節該諸縣
尹品秩雖下所任至重民之休戚係焉往往任用非其人
致使恩澤不能下及民情不能上通措克侵凌爲害不一
今擬於省併到州縣內選差循良廉幹之人以充縣尹給
俸公田專一撫字吾民布宣新政仍擬以五事考績爲上
選內三事成者爲中考

至元二十二年二月欽奉聖旨內一欵在先考課雖以五
歲終考課管民官五事備具內外諸司官職任內各有成
效者爲中考第一考對官品加妻封號第二考令子弟承
責辦管民官爲無激勸之方徒示虛文竟無實效自今每

五六
《典章二 聖政一》 七

敘仕第三考封贈祖父母父母品格不及封贈者量遷
官品其有政績殊異者不次陞擢仰中書省參酌舊制出
給誥命施行

至大二十二年
設置官吏本以爲民耳目今現任京府州縣官吏內有循
良勤幹亦有贓污不公之人未嘗陞遷黜罰以致官冗事
繁因循苟且政無可考害及民多擬三十箇月一次考功
過殿殿最以憑遷轉庶廉能者知有賞貪污者知有罰爲
民絕侵漁之患享有生之樂欽此

大德十年五月十八日欽奉聖旨朕自即位以來屢降詔書
圖治雖勤勸績效未著蓋司民政者撫字乖方居風憲者彈
劾失當不能副朕愛恤元元之意今命右丞相荅剌罕左
丞相阿忽台中書省官從新整治其布告天下凡在官司

自今以始洗心易慮各盡乃職貪污敗政者責罰黜降廉
勤公正治有成效者特加陞擢期於政化流行黎民安享
和平之治

又一欵內外官吏公勤奉職遵守累降詔條撫安百姓有效
者仰監察御史廉訪司從公體察具實跡申臺復察呈省
量加陞擢其奸貪不法蠹政害民者糾治

大德十一年十二月 日欽奉至大改元詔書內一欵張
官置吏本以爲民廩祿既頒承廕有議待遇之禮不慎不
察御史廉訪司嚴加糾察年終考其殿最者各一人具實
申聞以憑黜陟

至大元年七月詔書內一欵內外大小官員
人等廉勤材幹之心奉職者中書省舉明旌擢貪饕慵懶
優補報之誠豈可勿盡自今以始各修乃職如或不慎監

《典章二 聖政一》 八

擾民敗事者中書省照依累降聖旨條格斷罪黜降重者
奏裁

五四

至大二年二月欽奉上尊號詔書內一欵張官置吏俸祿公
田以養其廉陞轉封廕以榮其家期於洗心奉職安民辦
事以圖報稱向者世祖皇帝累嘗戒飭貪饕獎進賢能守
令以下各有定條今中外奉公者少循私者多其各修乃
職革非職善務在勸農桑興學校撫安百姓嚴戢吏胥如
不修其職驗罪輕重黜降憲司失於繩糾不勝職任者從
御史臺奏代仍仰監察御史廉訪司遵依前詔年終每道
考其殿最者各一人具實申聞以憑黜降

至大二年九月 日申立尚書省詔書內一欵三載考績
三考黜陟幽明此古者責成悠久之慮今路州司縣親民
正官從宜以九年爲限歲考治功以示黜陟有撫字盡心

百姓安阜鈔法流通政事卓異者不次旌擢其不盡職而有私犯者懲以重罪

至大四年三月十八日欽奉登寶位詔書內一欵內外百司各有攸職其清慎公勤政蹟昭著五事備具者從監察御史肅政廉訪司察舉優加遷擢廢公營私貪污敗事諸人陳告得實依條斷罪枉法贓滿去應授宣敕並行追奪吏人犯贓終身不敘誣告者抵罪反坐

延祐七年十一月欽奉至治改元詔書內一欵守令賢否民之休戚所係必得其人乃能宣化比者舉劾殿最掌任責察今徒知黜貪而不知揚善殊失懲勸之道今後從監察御史肅政廉訪司官於常選人中每歲貢舉可任守令者二人並須指陳廉能實跡色目官初舉漢官復察漢官初舉色目官復察限次年三月以裏申臺呈省籍其姓名以備擢用既用之後考其政績成敗與元舉官同示賞罰違期不舉罪亦及之

《典章二 聖政一》 九

三二七

宏規遠墜

---

## 守法令

至元二十八年六月中書省欽奉詔條戒諭內外大小官吏事意除已欽依差官分道宣布去訖所有時宜整治事例奏准定爲至元新格刻梓頒行凡在有司其務遵守

至元三十一年四月欽奉詔敕節文先皇帝體元居正以來然後典章文物大備御世三十五年薄海內外罔不臣屬書省續議聞奏尚念先朝庶政悉有成規惟謹奉行罔敢失墜一該載不盡事件欽依先皇帝累降聖旨條畫施行外據民間利害事件興除有未盡當今急務有未行者仰中

《典章二 聖政一》 十

大德十一年五月　日欽奉登寶位詔書內一欵應合行事理遵守世祖皇帝累降條格事意施行民間利害有合興除者中書省續議奏聞

至大四年三月欽奉登寶位詔書內一欵庶事更張圖治伊始經國大猷式遵世祖皇帝以來成憲仰中書省參酌時宜次第舉行

三二六

## 舉賢才

至元十三年二月
日定江南詔書內一欵前代聖賢之
後高尚僧道儒醫卜筮通曉天文曆數並山林隱逸名士
仰所在官司具實以聞

至元十三年　月
日欽奉詔書內一欵節該亡宋歸附
有功官員並才德可用之士窮居無力不能自達者所在
官司開具實跡行移按察司體覆相同申臺呈省以憑錄
用

至元二十八年三月欽奉詔書內一欵天下之大不可亡治人
賄賂權臣隱晦不仕在近知名者尚書省就便選用在外
居住者所在官司以名薦舉

大德九年六月寬恩詔書內一欵天下之大不可亡治人
宣慰司肅政廉訪司各舉五人務要皆得實材毋但具數
而已

三、九　《典章二　聖政一　十一》

乃先務者也仰御史臺翰林院國史院集賢院六部於五
品以上諸色人內各舉能識治體者三人已上行省臺
舉以取人材尚慮高尚之士晦跡上圓無從可致各處其
有隱居行義才德高邁深明治道不求聞達者在長官
具姓名行實牒報本道廉訪司復察相同申臺呈省聞奏

延祐七年十一月欽奉至治改元詔書內一欵比歲設立科
舉

皇慶二年　月頒行科舉條制數見儒類

錄用

## 求直言

中統元年五月詔書內一欵朕自即位以來宵衣旰食孜孜
求治然而天下之大萬事之衆豈能徧知自今凡政令之未
便人情之未達朝廷得失軍民利害有上書陳言者皆得
實封呈獻其在內者赴省聞奏若在外者赴各處宣撫司
投進繳申省聞奏若言不可採並無罪責如其可用朝
延優加遷賞以旌忠直

至元二十九年四月行樞密院准樞密院咨准江西行省咨
官陳說便宜當便勾當前去切恐失悞調度合無實封因
便使賫驚前請照驗定奪事准此至元二十九年正月
初十日本院官奏月的迷失奏將來今夏省官奏陳言的
人有呵休這當者欽依外照得管下鎮守萬戶
不揀是誰休這當者欽此除欽依外照得管下鎮守萬戶
府軍官人等不時差調諸處鎮守收捕草冠今後若有軍
的文書行來有如今軍官每有提說言語麽道裏人多
有去理他每根底教來呵他的軍每沒人管的一般有俺
這生理會麽道說將來有麽道奏呵奉聖旨我是那般道
來今後有人陳言的事有呵著文字封省與將來者他每根
人有呵休這當者欽上頭來者麽道聖旨了也麽道偏行

五、二六　《典章二　聖政一　十二》

大德十一年十二月至大改元詔書內一欵朕自即位以來
孜孜求治四海之廣萬機之衆豈能周知尚賴輔弼之臣
朝夕啟沃以匡不逮然恐下情不能上達凡政令得失軍
民利病許諸人上書陳言在內者呈省聞奏在外者經由
有司投進若言無可採並無罪責如其可取量加遷擢其

蟲政害民事理仰巡歷監察御史肅政廉訪司官仔細採
訪應蠲革者就與蠲革合申聞者即便申聞

至大二年九月　日申立尚書省詔書內一款言路之通
塞政治之得失係焉臣民實封言事已有先朝累降詔旨
然奉行未至自今朝廷得失軍民利害有上書陳言者皆
得實封上聞在外者赴所屬轉達尚書省如言可採優加
旌擢如不可用及指切時政並無譴責

至大四年三月十八日欽奉登寶位詔書內一款諸上書陳
言已有累朝令典凡言軍民利病政事得失有可採者量
加旌擢如不可用亦無罪譴

延祐七年十一月欽奉至治改元詔書內一款天下之大機
務維繁博採輿言庶能周悉自今諸內外七品以上官員
有盡長策可以濟世安民者實封呈省如其可用優加
旌擢諸人陳言並依舊制

六八九

《典章二　聖政一》　十三

---

# 興學校

至元三十一年四月　日欽奉登位詔條內一款學校之
設本以作成人材仰各處教官正官欽依先皇帝已降聖
旨主領敦勸嚴加訓誨務要成材以備擢用仰中書省議
行貢舉之法其無學田去處量撥荒閑田土給贍生徒所
司常與存恤

大德十年五月　日欽奉整治恤民詔書內一款所在蒙
古儒學教官務要用功講習作養後進有錢糧去處有司
毋得干預侵借廉訪司以勉力宜明爲職所至之處嚴加
程督毋得廢弛教官不稱職任者糾劾

大德十一年五月　日欽奉登寶位詔書內一款學校風
化之原人材所在仰教官提調官勉勵作養業精行成以
備擢用

四六七

《典章二　聖政一》　十四

備擢用應係儒戶雜泛差役依例蠲免

大德十一年十二月　日欽奉政尚書省詔書內一款興
舉學校乃王政之所先爰自累朝教養不輟迄今未見成
效今後路府州縣正官教官照依累降條畫主領敦勸廉
訪司常加勉勵務要作養人材以備擢用其貢舉之法中
書省續議舉行

至大二年九月　日欽奉尚書省詔書內一款學校之
設所以明人倫養賢　爲政之要莫先於此宜令路府州
縣正官躬親勉勵各得其才以備選舉其在學儒人課講
不廢者與免雜泛差役廉訪司協同敦勸

至大四年三月十八日詔書內一款國家內置監學外
設提舉學教授將以作養人材宣暢風化今仰中書省自國
子監學爲始拯治各處州郡正官肅政廉訪司申明舊規

加意敦勸若教官非才學校廢弛者從監察御史蕭政廉
訪司糾劾

延祐四年閏正月　日欽奉建儲詔書內一欵學校爲治
之本風化之源仰各道蕭政廉訪司官管民提調正官常
加勉勵務要作成人才以備擢用

延祐七年三月　日欽奉登寶位詔書內一欵農桑學校
爲政之本益務農所以厚民勸學所以興化累聖相繼具
有典章仰各處提調官常切加意勉求實效勿事虛文其
科舉貢試之法並依舊制

一六六

《典章二聖政一》

十五

---

# 勸農桑

至元七年二月欽奉皇帝聖旨宣諭諸路府州司縣達魯花
赤管軍官管民官諸投下官員軍民諸色人等近爲勸課
農桑已常遍諭諸路牧民之官與提刑按察司講究到先
後合行事理再命中書省尚書省參酌衆議取其便民者
定立條目特設司農勸課農桑興舉水利凡滋養栽種
者皆附而行焉仍分布勸農官及知水利人員巡行勸課
考農事成否本管上司類申司農司及戶部照驗任滿之
日於解由內明注此年農桑勤惰赴部照勘以爲殿最提
刑按察司更爲體察於敦本抑末功效必成

至元三十一年四月欽奉詔書內一欵國用民財皆本於農
所在官司欽奉先皇帝累降聖旨歲時勸課當耕作時不
急之役一切停罷無致妨農公吏人等非必須差遣者不
得輒令下鄉仍禁約軍馬不以是何諸色人等毋得縱放
頭疋食踐損壞桑果田禾違者斷罪倍還

大德七年三月初三日欽奉詔書內一欵農桑衣
食之本比聞勸農官司率多廢弛仰使宣撫依詔書已降條畫常加勤
課期於有成

大德十年五月十八日欽奉詔書內一欵農桑衣
食之源經費從出責任管民勸課廉訪司提調近年往往
懈弛殊失敦本裕民之意仰照依累降條畫依時勸課游
惰者懲戒本路府州縣不急之役毋得妨奪農功

大德十一年十二月欽奉詔書內一欵農桑者國
家經賦之源生民衣食之本世祖皇帝以來累降詔條誠

五、三

《典章二聖政一》

十六

諭勸課而有司奉行不至加之軍馬營寨飛放圍獵喂養
馬駝人等縱放頭疋食踐田禾損壞樹木以致農桑廢
今後路府州縣達魯花赤長官常切禁約若有違犯之人
斷罪賠償各管頭目有失鈐束其以名聞仍依時用心勤課務
要實效大司農司年終考其殿最以憑黜陟孝悌力田之
人有司申明量加旌賞游惰廢弛者就便懲戒蕭政廉訪
司並行糾治

至大二年九月欽奉改尚書省詔書內一欵農桑天下之本
比歲游民逐末害本實繁宜令所司依時用心勤課毋得
事虛文力田農夫常均存恤農務未停不得妄有差擾以
奪其時違者重治

至大四年三月十八日登寶位詔書內一欵農桑衣食之本
仰提調官司申明累降條畫諄切勸課務要田疇開闢桑

四．四

典章二　聖政一　　二七

果增盛乃為實效諸官豪勢要經過軍馬及昔寶赤探馬
赤喂養馬駝人等索取飲食草料縱放頭疋食踐田禾桑
果者所在官司斷罪賠償仍仰監察御史蕭政廉訪司常
切糾察其殿最以憑黜陟

延祐四年閏正月欽奉建儲詔書內一欵農桑衣食之本公
私蔵計出焉比聞各處農事正官失於勸課致有荒廢甚
失重本之意今後仰各處勸農正官嚴切敦勸勸務要耕種
以時田疇開闢桑棗茂盛廉訪司所至之處考其勤惰而
舉劾之

# 撫軍士

庚申年四月初六日欽奉詔書內一欵該大軍每年征進
行者有暴露之苦居者有貪輸挽之勞加之管軍頭目不知
存恤橫派科斂以致軍前家中搔擾不安朕甚憫焉今後
禁約諸路管軍頭目人等凡事一新毋得循習舊弊若有
軍前曾立功勞者速行遷賞例從優厚至於撫綏安養使
管無致生受仍仰各路宣撫司取會見數量給衣糧優恤
其家

至元三十一年四月詔書內一欵屯戍征進軍人久服勞苦
大軍皆得休息者朝廷別有區處

四．九三

典章二　聖政一　　二八

中統元年五月欽奉詔書內一欵節該凡征進軍人臨陣
亡者被傷而死者其家屬理當優恤仰各管用心照

仰管軍官管奧魯官撫養軍人奧魯不得妄行科配衣糧
例應請給者隨時支給無至尅除其臨陣而亡被病而死
者尤當哀憫例應存恤一年者存恤二年者存恤半年者
存恤一年貧難單弱不能起遣者從樞密院定奪優恤

大德元年二月欽奉詔書內一欵節該正軍貼戶
貧富強弱不均者除常例外各給布絹一疋所在長官常
例應視奉行不至廉訪司糾彈

大德三年正月欽奉詔書內一欵遠方陣亡軍給衣糧養濟
若有人力單弱委實貧乏無力者官給衣糧養濟外
例更與存恤一年

大德三年三月初三日詔書內一欵北方軍官軍人連年征
戍勞苦仰樞密院定奪有功者遷賞貧難者賑給戰歿

大德十一年五月欽奉詔書內一欵北方軍官軍人連年征

五、五三

亡者存恤其家其餘軍人利病別行條具特加優恤仍禁
約管軍官奧魯官吏毋得非理科擾

大德十一年十二月欽奉至大改元詔書內一款蒙古探馬
赤諸翼軍人四方征戍多負勞苦加以管軍官員奧魯官
司非理侵漁消乏者衆各翼漢軍若有貧難已告到官即
與存恤續有陳言保勘明白一體施行應管軍官舉放
管軍人錢物詔書到日盡行倚閣一體典買屬管軍官放外
不追還和林甘肅雲南四川福建兩廣海南左右兩
江鎮守新附軍人除常例外今歲量賜衣裝遠方交換本
官軍人性還行糧依例應副患病者官給醫藥死者圓聚價
埋瘞各處正官親臨提調毋致失所違者監察御史廉訪
司嚴加糾察餘合整治事理樞密院續議奉行

至大四年三月十八日欽奉登寶位詔書內一款近設康禮

人典章二 聖政一　　十九

軍衛起遣各路存恤軍人五千直沽屯田消乏之餘重經
此擾今康禮已令罷散上項屯軍悉聽放還依舊存恤其
餘各處軍人陣亡病死者常例存恤外各加一年雲南兩
廣汀漳泉州鎮守新附漢軍每名給布一疋

延祐四年閏正月初十日欽奉建儲詔書內一款探馬赤軍
人征進勞苦河南江北經理自實出田土合該稅糧權行
倚閣若有續產產依例存恤限外更展
年合納稅銀與免五分

延祐七年三月欽奉登寶位詔書內一款遠近諸軍征戍
守經歲苦實可憫憐其家常例存恤限外延祐四
一年本管翼衛及奧魯等官毋得非理科斂違法放債勤
要重息監察御史廉訪司常加體究

延祐七年十一月欽奉至治改元詔書內一款諸翼軍人終

---

八、九三

歲勞苦加以管軍官奧魯官司非理侵漁消乏者衆漢軍
貧難已告到官者仰樞密院從新分揀合并存恤
放錢違例多要利息及翻倒文契者詔書到日盡行倚閣
和林甘肅雲南四川福建廣海鎮守新附漢軍除常例外
每名給布一疋病者官給醫藥死者給燒埋中統鈔二十
五兩據該州縣憑准管軍官印署公文於本處行省課程錢內
隨即支付候有同鄉軍人回還就將骸骨送至其家違者
監察御史廉訪司嚴加糾察其餘合整治事理仰樞密院
續議奉行

人典章二 聖政一　　廿一

## 安黎庶

大德十年五月十八日整治政化詔書内一欵喂養馬駝并
經過軍馬營寨權豪勢要人等恣縱頭疋食踐田禾桑果
樹株者照依已降聖旨斷罪賠償仰各處達魯花赤長官
常加禁約違者廉訪司體察究治

大德十一年五月二十一日登寶位詔書内一欵民者國之
根本軍國之用度一切財賦皆所自出理宜常加存撫其
經過軍馬牧養馬駝人等毋得取要飲食錢物非理搔擾
縱放馬疋踐踏田禾咽咬桑棗所在官司嚴加禁約違者
斷罪賠償本管頭目有失鈐束亦仰究治重者申聞

大德十一年十二月至大改元詔書内一欵圍獵飛放喂養
馬駝人等已有官給飲食並不得搔擾百姓取要酒食草

《典章二 聖政一》

料等物如有違犯之人所在官司就便追斷重者申聞若
有司不為理聞監察御史廉訪司並行紏治過往軍人一
體禁約

至大二年二月上尊號詔書内一欵圍獵飛放喂養馬駝及
各色過往屯戍軍馬出使人員自有合得分例又復欺凌
官府擾害百姓多取飲食錢物縱放頭疋踐踏田禾咽咬
樹木事非一端民受其害前詔累降今聞仍習前弊
罔有悛心仰有司再行禁戢其不為申理者一體斷罪監
察御史廉訪司依期分詰各處嚴加體察

延祐四年閏正月欽奉建儲詔書内一欵經行屯戍軍馬並
不得縱放頭疋咽咬桑棗食踐田禾亦不得於百姓處強
行取要縱放酒食搔擾桑棗不安違者仰各道廉訪司本
處管民官照依延祐三年十一月二十五日中書省樞密

院御史臺奏定事理歸斷親管頭目不為約束整治千戶
以下斟酌輕重就便斷罪萬戶申聞

延祐七年十一月欽奉至治改元詔書内一欵經過軍馬營
帳圍獵飛放昔寶赤並喂養馬駝人等如無省部明文並
不得於百姓處取要草料酒食等物縱令頭目損壞田禾
樹株如違所在官司就便追斷重者申聞若有司不為理
問監察御史廉訪司施行究治

《典章二 聖政一》

## 重民籍

至元二十八年三月钦奉圣旨内一款江淮迤南近因抄数
户口民间意谓科取差发妄生惊疑自来户籍乃有司当
知之事其勿疑懼

大德二年正月初十日钦奉圣旨节该诸王公主驸马依在
前圣旨体例裹满籍併不干碍他每的户计已占休收拾
来的地土也依占者已收拾来的地土
隐藏者地土也依占者已收拾来的地土
依体例回付者这般宣谕了阿庶人每隐藏户计自意占
地土诸王公主驸马每根底呈献户计地土阿有罪过者
钦此

大德八年二月　　日临隐省刑诏书内一款军站民匠诸
色户计近年以来徃徃爲僧爲道影蔽门户苟避差徭若

四七一　《典章二聖政一》　　三三

不整治久而靠损贫下人民今後除色目人外自愿出家
若本户丁力数多差役不阙及有昆仲侍养父母者赴元
籍官司陈告勘当是实申覆各路给据方许簪剃违者断
罪勒令归俗

大德十年五月十八日整治诏书内一款诸色户计已有定
籍仰各安生理毋得妄投别管名色影蔽差役冒请钱粮
违者许隣佑诸人首告并行治罪

大德十一年五月登宝位诏书内一款诸色人等户各务本
业毋得别投户名影避差徭及诸人不得将官民田土妄
词呈献

大德十一年十二月至大政元诏书内一款近爲汉人南人
军站民匠等户多有投充怯薛鹰房子等名色影避差
徭监诉钱粮靠损其他人户已自元贞元年爲始分揀今

後除正当怯薛歹蒙古色目人外毋得似前乱行投屬其
怯薛歹各枝兒官員亦不得妄自收係违者并皆治罪监其
察御史廉访司严加体察

至大三年四月十八日上皇太后尊号诏书内一款诸色户
计各已占籍其有妄投各枝兒怯薛歹等名色规避差役
冒请钱粮者并行禁治

至大四年三月十八日钦奉登宝位诏书内一款诸色人户
各有定籍近者脱脱收聚康礼劫立军衛滥及各投下诸
州郡百姓诸色脱脱驱奴人等多至数万已经散遣及各投
下诸色人等并遵世祖皇帝以来累朝定制不得擅招户
计诱占驱奴违者治罪

二三二　《典章二聖政一》　　二四

# 恤站赤

大德十年五月十八日欽奉整治政化詔書内一欸諸處站
赤消乏蓋因諸王駙馬并内外官府不詳事體緩急之務必合乘
馳驛以致站户逃移今後非軍情錢糧緊急之務必合乘
驛者毋得濫差

大德十一年五月欽奉登寶位詔書内一欸蒙古站赤消乏
尤甚别行接濟其餘諸站仰通政院定奪優恤仍禁各投
下諸衙門毋得濫給鋪馬

大德十一年十二月欽奉至大改元詔書内一欸諸處站赤
消乏蓋因近年以來内外衙門諸王駙馬各投下濫行給
驛脱脱禾孫不爲用心盤詰有司失於整治之故仰中書
省通政院先將消乏逃亡人户合併籤補管站目頭因而

典買本管站户親屬並聽完聚價不追還蒙古站赤並其
餘整治事理次第舉行

至大二年九月欽奉立尚書省詔書内一欸軍站輸役繁重
宜令樞密院通政院察其利病講究舉行以示存恤站户

至大四年三月十八日欽奉登寶位詔書内一欸站赤消乏蓋
因使客繁多失於撿察除海青外應進獻鷹隼犬馬等
物並令止罷各處藏貢方物有司自有額例其餘非奉宣
索不得擅進應有執把聖旨令盡行拘收諸王駙馬投
下及各衙門鋪馬聖旨仰中書省定擬以聞諸賃物爲驗
者今後毋得給馬不應差使營幹已私罪及給馬判署正

延祐七年三月欽奉登寶位詔書内一欸各處站赤差發繁
監察御史廉訪司常加紏察

併迤漸消乏仰中書省通政院設法搏歛諸衙門毋得泛
濫給驛違者罪及當該判署官吏路府提調官鈐束站
官人等毋得聚歛侵尅差役不均監察御史廉訪司嚴加
紏治

延祐七年十一月欽奉至治改元詔書内一欸站赤消乏蓋
因差使頻併今後諸衙門并諸王公主駙馬各枝兒常加
撙節如有必合差人馳驛幹辦公事斟酌應副務從省減
一切關防約束事理悉從舊制脱脱禾孫用心盤詰違者
隨申本道廉訪司究問通政院給馬之際若有不應差人
及多餘濫給鋪馬者嚴行斷罪

## 厚風俗

至大二年九月欽奉改尚書省詔書內一欵風化王道之始
宜令所司表率敦勤以復淳古如子證其父奴訐其主及
妻妾弟姪干名犯義者一切禁止

一五六　◆典章十一◆聖政一　三十一

## 旌孝節

大德九年六月　日欽奉立皇太子詔書內一欵孝子順
孫曾經旌表有材堪從政者保結申明量材任用
大德十一年五月欽奉登寶位詔書內一欵節該義夫節婦
孝子順孫具實以聞別加恩賜

## 抑奔競

大德八年　月欽奉恤隱省刑詔書內一欵國家財物自有
常制比者諸人妄獻田土戶計山場窰冶增添　程無非
徼名貪利生事害民今後悉皆禁治違者治罪
至大三年十月十八日欽奉上皇太后尊號詔書內一欵
處官民田土各有所屬諸人毋得陳獻　隨
有常僥倖獻地之人所富懲戒其劉亦馬罕小云失不花
等冒獻河南地土已今各還原主劉亦馬罕長流海南今
後諸陳獻地土並山場窰冶之人並行治罪
大德十一年五月欽奉登寶位詔書內一欵諸色人戶各務
本業毋得別投戶名影避差役及諸人不得將官民田土

六五一　◆典章十二◆聖政一　三十八
妄詞陳獻

# 止貢獻

庚申年四月初六日詔書內一欵節該開國以來庶事草剏
既無俸祿以養廉故縱賄賂而爲蠹凡事撒花等物無非
取給於民名爲已財實皆官物取百散一長盜滋奸若不
盡更爲害非細始自朕躬斷絕斯弊除外用進奉軍前克
敵之物并幹脫等拜見撒花等物並行禁絕內外官吏視
此爲例

至大四年三月十八日欽奉登寶位詔書內一欵諸人中寶
蠹耗國財比者寶合丁乞兒八荅私買所盜內府寶帶轉
入中官既已伏誅今後諸人毋得似前中獻其札蠻等所
受管領中寶聖旨亦仰追收

# 聖政卷之二　　典章三

## 均賦役

庚申年四月初六日欽奉詔書內一欵爰自包銀之法行積
弊到今民力愈困朝廷立制本欲利民而反害民非法之
弊乃人之也加之濫官貪緣侵漁科斂則務求羨
餘輸納則暗加折耗以致溫刑虐政暴斂急徵使農夫不
得安於田里為害非一吾民安得有生之樂而已欽此
悉除新政安能有立一次盡數科斂差發科酌民力務均
平期於安靜
中統元年五月中書省奏准宣撫司條欽內一件科放差發文
字止依一次盡數科訖府科訖州科於縣縣科於民並

〈典章三 聖政二〉　　一

同此例分作三限送納其三限寬期展日務要民戶紓緩
容易送納亦不可促過人難
至元十三年二月欽奉歸附居民詔書內一欵知得歸附
州城官吏依殘宋擅自科取差發今後非奉朝省明文不
得搔擾科斂百姓
至元十九年十月欽奉聖旨條畫內一欵應管軍民人匠諸
色戶計官吏人等今後毋得將所管戶計私自使用影占
非奉上司明文不得輒科斂錢物入己使用雖有明文不
因而苔帶私取擅科及苔帶者與取受同罪照依已降條
畫科斷欽此
至元二十八年六月中書省奏准至元新格諸科差稅皆司
縣正官監視人吏置局科攤務要均平不致偏重據科定
數目依例出給花名印押由帖仍於村坊各置粉壁使民

---

通知其比上年元科分數若增損不同者須稱元因明立
案驗准備炤勘
又一欵差科戶役先富強後貧弱富等者先多丁後少丁
開具花戶姓名自上而下置簿挨次遇有差役皆須正官
當面點定該當人數出給印押文引驗數勾差無致公吏
里正人等放富差貧那移作弊其差科簿仍須長官封收
長官差故次官封收
又一欵差科皆用印押公文其口傳言語科斂者不得應
辦有自來不以是何投下軍兵站赤等諸色戶計一體均
當有來次後間諸王公主駙馬各投下軍站人匠打鋪鷹
應辦支持浩大所用之物必須百姓每根底和雇和買
大德十二年二月初八日欽奉聖旨中書省官人每奏國家
違者所取雖公並須治罪

〈典章三 聖政二〉　　二

房權要等戶倚氣力不肯依體例應當和雇和買雜泛差
役的上頭薛禪皇帝完澤篤皇帝行聖旨除上都大都其
間有的站赤自備首思又有哈剌張和林甘州海北海南
福建等處除邊遠田地裏出征軍人每外其餘不以是何
戶計與民一體當者麼道聖旨行有如今大都並腹裏何
路分江南等處諸王公主駙馬各投下官人每各自護回
影占百姓及權豪勢要人等沮壞元立定來的體例交奏
故過聖旨懿旨令起遠邊田地裏出征軍人每外其餘不以是何
的多有眾人協力合辦的差發根底若只教大數裏軍站
民戶教應當偏負辦不得生受有可憐見阿依著在先
行來的聖旨體例裏一體均當怎生麼道奏阿依著
著在先的聖旨體例裏除大都上都其間有的自備首思
的站赤除邊遠田地裏出征軍人外諸王公主駙馬不以

是何投下軍站民匠打鋪鷹房怯口厨子控鶴人等諸
色人戶與大數目當差的軍站民戶一體均當者在先教
奏的執把著行的聖旨懿旨令旨與了的人每依著這聖
旨倒把著行者今後不以是何人等都把這聖旨懿旨令
旨不當和雇和買雜泛差役的人每休交這般聖
呵不當和雇和買雜泛差役的人有罪過的隱藏百姓的人沮
壞大體倒交奏的人每根底用心體察管民官吏人等因著隱藏了
人每常切用心體察者這般行來
麼道百姓每根底和雇和買雜泛差役偏負多椿配呵有
罪過者道來聖旨羊兒年十二月十一日大都有時分寫
來

至大四年三月十八日欽奉登寶位詔書內一欵民間和雇
和買一切雜泛差役除邊遠軍人並大都至上都自備首
思站戶外其餘各投丁產先儘富實次及下戶諸投下不

〈典章三　聖政二〉　三

五四九

以是何戶計與民一體均應有執把除差聖旨懿旨令
旨就便拘收

延祐三年十月十九日中書省奏過事內一件但凡一切和
雇和買雜泛差役除邊遠出征軍人並上都大都其間自
備首思站赤外其餘各投下不以是何人等與民一體均
當者麼道皇帝登寶位詔書裏行了來自世祖皇帝時分
也這般行來近間中政院殊詳院拱衛司等各衙門官人
每將他每所管戶計並赤控鶴等休交和雇和買一切當差
俺根裏與了文書有俺商量來和雇和買一切當呵也成就
泉人不協力當甚麼近間自備
不得其間自備首思站赤外其餘諸王駙馬並各衙門官
大都其間百姓自備首思站赤外其餘諸體倒除邊遠軍人並各衙門
人每奏了不交當行了文字的不以是何人等都交一體

均當呵怎生奏呵那般者麼道聖旨了也欽此都省咨請
欽依施行准此仰欽依施行

延祐五年十一月十一日中書省奏奉聖旨節該今後依著
累次行來的聖旨民間但是和雇和買里正主首雜泛差
役除邊遠軍人大都至上都其間自備首思站戶諸處寺
觀南方自亡宋以前腹裏雲南自元貞元年為始有常
住軍產業那裏既已優免了這軍官軍人元籍去處各有
置了百姓每的當差田地及財賦總管府承佃附餘地土
瞻軍產業那裏撥賜田土除差外據邊遠軍人並僧道人等續
並與其餘軍站民匠醫儒竈戶運糧船戶各枝兒不以是
何戶計都交隨產一例均當怎生奏聖旨那般者麼道聖
旨了也

〈典章三　聖政二〉　四

四0八

何戶計都交隨產至治政元詔書內一欵均平賦役乃

民政之要今後但凡科著和雇和買里正主首一切雜泛
差役除邊遠出征軍人及自備首思站赤外不以是何戶
計與民一體均當諸衙門及權豪勢要人家敢有
似前影蔽占恡者以違制論非州縣正官用心綜理驗其
物力從公推排置文傳務使高下得宜民無偏負廉訪
分司所至之處嚴行照刷違者究問在先若有免役聖旨
懿旨並行革撥

# 復租稅

至元二十年十月 日欽奉聖旨節該江淮百姓生受至

元二十年合徵租稅以十分為率減免二分

至元二十二年二月欽奉聖旨內一欽奉聖旨天下之本一切

供給皆出民力比之外路州郡實為偏重近年有司奏請

丈量地畝增收子粒百姓被擾尤甚今後將大都一路軍

民等戶合納地稅盡行除免

大德元年十月欽奉聖旨中書省奏隨處水旱等災損害田

禾疫氣漸染人多死亡今降聖旨被災人戶合納稅糧損

四八七 《典章三 聖政二 五》

至元三十一年 月欽奉詔書內一欽諸色戶計秋糧已減

三分其江淮以南至元三十一年夏稅特免一年已納官

者准充下年數目

及五分之上者全行蠲免有災例不該以十分為率量

減三分其餘去處普免二分病死之家或至老幼單弱量

無得力之人並免三年賦役貧窮不能自存者官為養濟

江南新科夏稅今年盡行蠲免已納在官者准算來歲夏

稅

大德七年三月設立奉使宣詔書內一欽內郡大德六年被災

闕食曾經賑濟人戶其大德七年差發稅糧盡行蠲免

又一欽荊湖川蜀州郡拘該供給八番軍儲去處夏稅秋糧

荊湖與免三分之二川蜀與免四分之一

大德八年 月欽奉詔書內一切差發稅糧自大德八年為始與

免三年隆興延安兩路與免二年上都大同懷孟衛輝彰

德真定河南安西等處被災人戶亦免二年

災重去處隆興與免官投下一切差發稅糧自大德八年始與

又一欽大都保定河南路分連年水災田禾不收人民缺食

生受別行賑濟外保定河間兩路大德八年係官投下一

切差發係官稅糧並行蠲免

大德九年六月欽奉詔書內一欽大都上都隆興與供給繁重

其大德九年差發稅糧並與除免包銀俸

鈔江淮以南諸處佃種官田租稅均免三分

大德十一年五月

日欽奉登寶位詔書內一欽上都大

都隆興三路比年供給繁重自大德十一年稅糧十分中與

稅全免三年其餘路分民戶差發稅糧並與除免丁地稅糧

免三分軍站工匠鹽場鐵冶諸色等戶合納丁地稅糧亦

免三分江南路分今年夏稅免五分秋稅免三分已納到

官者准下年數

大德十一年八月欽奉命相詔書內一欽尚念大江以北百

四六八 《典章三 聖政二 六》

姓供給繁勞若包銀俸鈔雖行之已久而輸納者實為偏

重自大德十一年為始除免

至大元年欽奉命相詔書內一欽江南江北水旱飢荒去處

已嘗遣使分道賑恤去歲今春曾經賑濟人戶至大元年

差發夏稅並行蠲免

至大元年十一月欽奉建中都宮闕詔書節文惟是開元一

路及宣德雲州之民供給繁浩其徭賦除前詔已蠲三年

外更復一年

至大二年二月欽奉上尊號詔書內一欽被災曾經賑濟百

姓至大二年腹裏差稅擾與免至大三年秋稅其餘去處

至大三年十月十八日欽奉上尊號詔書江淮夏稅並行蠲免

中都比之他郡供給繁擾依上蠲免已徵在主典手者准下年

被災人口曾經體覆依上蠲免已徵在主典手者准下年

數

至大四年正月欽奉祀南郊詔書內一欵至大四年腹裏百
姓合納包銀全行蠲免江南夏稅與免三分
至大四年四月欽奉廢罷銅錢詔書內一欵隆興
蕘穀經幸供給浩繁百姓合納差稅自至大四年為始並
免三年
延祐元年正月欽奉改元詔書內一欵京師天下之本比之諸
路供給繁重上都大都合納差稅自延祐元年蠲免二年
又一欵被災去處皇慶二年曾經賑濟人戶延祐元年差發
稅糧盡行蠲免
延祐二年十一月二十七日欽奉詔赦內一欵大都上都興
和三路供給繁重合該差稅自延祐三年為始與免三年
其餘路分延祐三年腹裏絲料十分中與免二分軍站戶

四、九九

典章三　聖政二　七[一]

計限地四頃外餘有地畝合納稅銀十分中減免三分江
淮夏稅十分中減免三分
又一欵河南江浙江西三省經理自實出隱漏官民田土合
該租稅自延祐三年為始與免三年河南行省地面經值
災傷延祐二年若有未納之數亦行免徵
又一欵江西福建因值賊人蔡五九李社長作亂曾被殘害
百姓合該夏稅秋糧自延祐二年為始與免二年若已納
到官者准下年數
延祐四年閏正月欽奉建儲詔書內一欵大都上都興和三
路比之他郡供給繁重合該差稅前詔已霑蠲免因阿
撒罕判亂百姓被擾除陝西州縣及寧夏路河中府東勝
雲內豐州延祐四年差發稅銀十分中並免五分其餘諸
郡腹裏絲料江淮夏稅普免三分又條軍站限地四頃外

地稅與免五分

延祐七年三月欽奉登寶位詔書內一欵恤災拯民國有令
典應腹裏路分被災去處曾經賑濟者據延祐七年合該
絲綿十分為率擬免五分其餘諸郡縣絲綿並江淮夏稅並
免三分
延祐七年十一月欽奉至治改元詔書內一欵國家經費皆
出於民近年以來水旱相仍艱食者衆其自至治元年丁地
稅糧十分為率普免二分合該包銀除兩廣海北海南權
且倚閣其餘去處酌量減免五分
又一欵大都上都興和一路供給繁重自至治元年為始合
著差稅全免三年燕南山東汴梁歸德汝寧災傷地面應
年絲料與免三分
有河泊無問係官投下並仰開禁聽民採取若有原委抽
分頭目人等截日革去

六八五

典章三　聖政二　八[一]

## 減私租

至元二十年十月欽奉詔書內一欵節該至元二十年合該
租稅十分中減免二分所減米糧仰地主卻於佃戶處依
數除豁無得收取
至元二十二年二月欽奉詔書內一欵江南有地土之家召
募佃客所取租課重於公稅數倍以致貧民缺食者甚衆
今擬將田主所取佃客租課以十分為率減免二分
至元三十一年十月初五日奏過事內一件皇帝登實位時分
行詔書呵漢兒蠻子百姓每的今年納的稅糧十分中免
三分者說來如今杭州省官人每有田地其餘他百姓每無田
地種著富戶每的田地養和喉嗓係更納租稅有如今稅

四、三五 《典章三 聖政二》 九

糧免三分呵免了地主每的有地主卻問佃戶全要呵於
窮百姓每無有在前先皇帝江南免二分地稅時也道
已免了的二分地稅卻休轉問佃戶每要者道來如
今那體例裏佃戶每都三分也不交要呵怎生說將來
有奏呵有體例休交者聖旨了也
大德八年欽奉詔書內一欵江南佃戶承種諸人田土私租
太重以致小民窮困自大德八年以十分為率普減二分
永為定例比及收成佃戶不給各主接濟毋致失所借過
貸糧豐年逐旋歸還田主無以巧計每取租數違者治罪

## 薄稅斂

至元三十一年四月欽奉詔書內一欵諸處酒稅等課已有
定額商稅三十分取一毋得於額上辦出增餘額
自作額增自作增仍禁諸人撲買
至大四年三月十八日欽奉詔書內一欵商稅課程已有定
制尚書省併增為額又立增酬殿年之令多取苟非股剝吾民彼
將今取恢辦並遵舊制法之令多取及欺盜入已者監
察御史廉訪司依例究治增酬之令即仰革撥
延祐七年十一月欽奉至治改元詔書內一欵諸色課程已
有定額商稅三十分取一不得多取已有定制今有
較於正額增餘之外又求羨餘苟非多取於民彼將出
仰將延祐七年實辦至治改元到官數目為定額以後辦出增餘增

六、五五 《典章三 聖政二》
自作增額自作額 十

## 息徭役

至元二十八年三月欽奉詔書內一欵國家用度生民衣食
皆取於農自三月初至九月終凡勞民不急之役一切停
罷欽此

大德九年六月欽奉寬恩恤民詔書內一欵仲春以後此農
民儘力耕桑之時其務愼毋生事煩擾或
有小罪即與疏決禁係妨其農時

至大三年十月十八日欽奉上皇太后尊號詔書內一欵民
間雜役先儘游食之民次從工賈末技其力田之家勿奪
農時

至大四年三月十八日欽奉登寶位詔書內一欵土木之工
病民爲甚其營築中都已令住罷其餘不急之役截日停
罷

延祐元年正月欽奉改元詔書內一欵內外一切不急之役
截日住罷

延祐四年閏正月欽奉建儲詔書內一欵內外營繕除必合
修造外其餘不急之役一切停罷

延祐七年十一月欽奉至治改元詔書內一欵煎鹽煉鐵運
糧船戶較之其他尤爲勞苦戶下合該雜泛差役自至治
元年爲始優免三年其腹裏煽辦鐵課既數支用下年權
且住煽以舒民力

三、五四

十一

## 簡訴訟

大德八年八月欽奉恤隱省刑詔書內一欵近年以來田宅
增價民訟繁滋除已到官見有文案並典質借貸私約分
明依例歸結其餘在元貞元年已前者盡行革撥

至大三年十月十八日欽奉上皇太后尊號詔書內一欵近
年已來譸訐成風下淩上替今後諸取受已錢物者許以
實訴其傳聞訐取他人物者不許言告

至大四年四月欽奉住罷銀鈔銅錢詔書內一欵近年田宅
增價爭訟日繁除已到官見有文案並典質借貸私約分
明依例歸結其餘在至大元年正月以前者並仰革撥

二〇五

十二

# 救災荒

至元二十八年尚書省奏奉聖旨條畫內一欵每社立義倉
社長主之如遇豐年收成各家驗口數每口留粟一
斗若無粟抵斗存留雜色物料以備歉歲就給各人自行
食用官司並不得拘檢借貸動支經過軍馬頓亦不得強行
取要社長明置文曆如欲聚集收頓或各家頓放聽從民
便社長與社戶從長商議如法收貯要不致損壞如遇
天災凶歲不收去處或本社內有不收之家不在存留之
限

至元二十八年三月欽奉詔書內一欵義倉舊例豐年蓄其
有餘歉歲補其不足前年使民運赴河倉有失設置義倉
初意今後照依元行法度收貯以備飢歲官司不得拘檢

典章三 聖政二　十三

至元新格內一欵諸義倉本使百姓豐年儲蓄歉歲食用此
已驗良法其社長照依元行當復修舉官司敢有拘檢煩
擾者從廉訪司紏彈

五一〇八

又一欵諸災傷缺食或能不怠已物勸率富有之家
周濟困窮不致失所者從本處官司保申上司申部呈省
大德七年三月欽奉詔書內一欵被災去處
有好義之家能出已財周給貧乏者具實以聞量加旌典
大德十一年御史臺咨該照到監察御史呈據各道廉訪司
申江南諸處連年水旱相仍米糧湧貴建康路米價騰
湧致傷人命若不救濟利害非輕五月終見在
賑鈔四千餘定添助救濟專差令史梅鼎馳驛賫咨計票
希咨回示准此照得先准咨文條陳荒事內勸率富戶出

---

米販濟飢民驗數立賞權宜禁酒開禁山場河泊聽民採
捕量為救民急務備呈都省去訖又照得先准行省臺
該咨江浙江西湖廣等處被災百姓缺食差官與行省臺
官欽依賑恤所據見咨建康路無糧支散將本臺官在賑
罰鈔欽定接續救濟宜准咨飢民卒無錢賑販
濟若將各道廉訪司見在賑罰鈔定從省臺已差去官員
議奏啟去後大德十一年八月十七日有本臺官奏過事
內一件江南行臺裏羅罕的孩兒每喫忍飢有可憐見江
南行臺裏並所轄的十道廉訪司如今有的賑罰錢忍飢
的百姓根底從下分揀著交與呵怎生奏呵奉聖旨那般
有江南田禾不收的上頭百姓每小名侍御史臺官奏過
者與者欽此

典章三 聖政二　十四

四八九

今附大德十一年 月湖廣行省准中書省咨江西行省咨
南康路申本路達魯花赤關切照本路今春以來兩雪連
綿冰凍迄結二麥無收米穀艱難糶秋夏之間凡陽不雨蟲
旱相仍田產所收僅及分數五穀不登百物皆貴稅家無
蓄積之米細民有饑饉之憂山城小郡產米有限全靠荊
湘淮浙米穀通相接濟比間所在官司妄分彼我禁止米
穀毋令出境所當聽令客旅通行興販庶幾米
移咨湖廣江浙河南行省并都省
下合屬聽從商民便益外更乞行移禁治施行准此都省
咨請行移合屬施行

# 貸通欠

大德九年二月欽奉詔書內一欵在前年分百姓拖欠差稅
課程並行蠲免

大德十一年五月欽奉登寶位詔書內一欵雲南八番田楊
地面連年調度軍馬供給繁勞各處差發免一年積年通
欠並與除免

又一欵官吏人等侵欺濫用係官錢糧可徵者徵無可徵者
將奴婢財產准折入官若有不數並從釋免失陷短少者
體覆明白不須追理其官民間一切通欠盡行蠲免

至大二年正月欽奉上尊號詔書內一欵至大二年正月以
前民間通欠差稅課程等錢並行蠲免

至大二年九月一欵見流

《典章三 聖政二》 十五

至大三年十月十八日欽奉上皇太后尊號詔書內一欵至
大二年以前民間負欠差稅課程並行蠲免

至大四年正月欽奉祀南郊詔書內一欵至大四年正月十
五日以前應民間通欠係官錢糧並行免徵其侵欺盜用
失陷短少已有文案者亦行除免

延祐元年正月欽奉改元詔書內一欵百姓欠負係官錢糧
失陷短少係官錢糧無可徵者體問是實亦與免

延祐二年三月欽奉加皇太后尊號詔書節文可自延祐二
年四月初一日以前應百姓拖欠差發稅糧課程盡行蠲
徵

延祐二年十一月二十七日欽奉詔赦內一欵民間拖欠差
發稅糧其在延祐二年正月以前者並行除免

又一欵官吏人等侵欺盜用係官錢糧除奴婢財產准折入
官外不數之數並行免徵失陷短少者全行除免

延祐四年閏正月欽奉建儲詔書內一欵諸人侵盜失陷減
駁拖欠應合追陪係官錢糧其在延祐四年正月初十日
大赦以前已有文案者盡行免徵已徵入主典之手者不
在此限

延祐七年三月欽奉登寶位詔書內一欵差發租稅民之常
賦貧乏通欠在所宜矜其延祐七年以前徵理未足之數
並行蠲免已徵入主典之手者不在免之限

延祐七年十一月欽奉至治改元詔書內一欵諸人侵欺盜
用失陷短少減駁合追係官錢糧如在延祐七年三月十
一日詔書以前已有文案者先將奴婢財產盡數准
折入官不數之數體覆明白並從釋免若有不盡不實從

《典章三 聖政二》 十六

監察御史廉訪司體察已徵入主典之手者不在此限

# 惠鰥寡

庚申年四月欽奉世祖皇帝登寶位詔書內一欵鰥寡孤獨
不能自存者所在官司於官倉內優加賑邮

至元十三年二月欽奉收復江南詔書內一欵鰥寡孤獨不
能自存之人仰所在官司量加優贍

至元十九年欽奉聖旨內一欵鰥寡孤獨老弱殘疾不能自
存之人照依中統元年已降詔書仰所在官司支糧養濟
仍令每處創立養濟院一所有官房者就用官房無官房
者為起益專一收養上項窮民仍委本處正官一員主管
應收養而不收養不應收養而收養者仰御史臺按察司
計點究治

至元二十一年十一月二十八日中書省奏過事一欵老幼

四、六六 〈典章三 聖政二 七

殘疾教化的行踏有見阿么与的一般有交官司与他每依
糧不交亂行交路官一員專一提調阿怎生奏奉聖旨那
般者

大德三年正月欽奉詔書內一欵鰥寡孤獨貧民之可憐者
仰所在官司常加存視除常例衣糧請給外處或不足仰
中書省酌量議得除常例給衣糧等今擬自
大德三年正月為始添給中統鈔一兩如遇天壽聖節
每名支給中統鈔二兩永為定例

大德四年十月欽奉詔書內一欵孤老幼疾不能自存者每
名給中統鈔二兩其常例合給衣糧在處長官時加存問
毋致失所

大德七年三月欽奉設立奉使宣撫詔書內一欵鰥寡孤獨
除常例養濟外每人給中統鈔一十兩

大德九年二月欽奉寬恩恤民詔書內一欵鰥寡孤獨不能
自存之人常例養濟外每人給中統鈔一十兩仍仰所在
官司常加省問毋致失所

大德十一年二月欽奉登寶位詔書內一欵鰥寡孤獨不能
自存者除常例外所在官司合得衣糧依期支付病者官給衣
藥毋令失所

大德十一年五月欽奉登寶位詔書內一欵鰥寡孤獨不能
存者除常例外所在官司於係官錢內每名給中統鈔一
十五兩

至大二年二月欽奉上尊號詔書內一欵鰥寡孤獨不能自
存者除常例外所在官司用心提調時其衣食毋致失所

至大二年九月欽奉改立尚書省詔書內一欵鰥寡孤獨前
詔屢行優恤所在官司用心提調時其衣食毋致失所

至大四年三月十八日欽奉登寶位詔書內一欵鰥寡孤獨
廢疾無養者除常例外每人給至元鈔五貫

三、四九 〈典章三 聖政二 大

延祐二年十一月欽奉詔赦內一欵鰥寡孤獨不能自存之
人除常例官給衣糧外每名各給中統鈔二十兩本管官
司常加存恤毋致失所

延祐四年閏正月欽奉建儲詔書內一欵鰥寡孤獨不能自
存除常例外每人給中統鈔十貫有司存恤毋致失所

## 賜老者

至元二十八年欽奉詔書內一欵老人年八十以上與免一
子雜泛使之侍養欽此
大德九年二月欽奉寬恩恤民詔書內一欵老者年八十以
上許存侍丁一名九十以上存侍丁二人並免雜役
大德九年六月欽奉立皇太子詔內一欵年八十以上賜帛
一疋九十以上者二疋
至大四年三月十八日欽奉登寶位詔書內一欵發政施仁
國有令典凡年各九十以上者賜絹二疋八十以上者一
疋

## 賑飢貧

至元十三年二月欽奉收復江南詔書內一欵所在州郡山
林河泊出產除巨木花果外鰕魚菱芡柴薪等物權免征
稅許令貧民從便採取貨賣賑濟
大德五年八月欽奉詔書內一欵各處風水災重去處今歲
差發稅糧並行除免貧破缺食之家計口賑濟乏絕尤甚
者另加優給其餘災傷亦仰委官省視存恤
大德七年三月欽奉詔書內一欵宣撫詔書內一欵河南山塲
河泊截日開禁聽飢民從便採取
大德八年　月　日欽奉詔書內一欵禁斷野物地面除
上都大同山北等處大都週回百里其餘禁斷去處並山
塲河泊依舊例並行開禁一年聽從民便採捕其漢兒人
毋得因而執把弓箭二十人之上不許聚眾圍獵各處管
民官司提調廉訪司常加體察違者治罪
大德九年六月　日欽奉立皇太子詔書內一欵諸百
姓有貧乏不能自存者中書省其議賑濟毋致失所
大德十年　月欽奉詔書內一欵被災去處闕食人戶已嘗
賑濟其本處山塲河泊今歲課程權且停罷聽貧民從便
採取有力之家不得攪奪
大德十一年　月欽奉至大改元詔書內一欵近年以來水
旱相仍缺食者衆諸禁捕野物地面除上都大同隆興三
路外大都周圍各禁五百里其餘禁斷處所及應有山塲
河泊蘆塲詔書到日並行開禁一年聽民從便採捕諸投
下及僧道權勢之家占據抽分去處亦仰革罷漢兒人等
不得因而執把弓箭聚眾圍獵管民官司用心鈐束廉訪

## 司嚴行體察

至大二年二月欽奉上尊號詔書內一欵去年降詔賑恤禁
捕野物地面除上都中都大同三路於大都周圍各禁五
百里其餘開禁一年至大二年除天鷲
鷂鶻外聽從民便採捕漢人不得因而執把弓箭聚衆
獵管民官用心鈐束廉訪司嚴加體察
又一欵諸位下各投下及僧道權勢之家占據山塲河泊關
津橋梁並諸人撲認牙例諸名色抽分等錢詔書到日盡
行革罷違者嚴行革斷監察御史廉訪司常加體察
至大二年九月十四日奏過事內一件官人每根底放鷹犬
分撥與的山塲禁治著不交百姓每採打柴薪以致柴薪
價錢貴了麽阿奏呵奉聖旨如今不揀是誰根底豪勢要休
禁者禁治人每有咱知識的恁尚書省官
人每依體例要罪過者交百姓每打柴薪者欽此

六九七

典章三　聖政二

三十一

## 恤流民

至元二十二年二月欽奉詔書內一欵隨民戶或困於公役
或逼於私債逃竄失業諒非得已今後如有復業者將原
抛事產盡行給付仍免一切拋欠差稅若有私債權從倚
閣三年之後依數歸還
大德七年三月欽奉詔書內一欵往年流民流移
他所仰所在官司多方存恤從便居住如貧窮不能自存
者量與賑濟口糧毋致失所
大德九年二月欽奉詔書內一欵飢民流移食他鄉之並
還業者所在官司常加優恤有官田願種者從便給之並
免差稅五年
大德十年五月十八日欽奉詔書內一欵逃移戶計違棄鄉
井蓋非得已仰本管官司用心招誘復業者民戶保免差
稅三年軍站人匠等戶存恤三年其原抛事產隨即給付
有昏賴據占者斷罪
大德十一年五月欽奉詔書內一欵各處逃移戶計復業者
原抛事產隨即給付免差稅三年未復業者有司其實申
報開除合該差稅毋令見戶包納
大德十一年十二月欽奉詔書內一欵人戶流移益不得已
所在官司凡有差役勿與本管戶計一體科徵其原籍官
司用心招誘所抛事產如有他人侵占若有租賃錢物官
爲收貯俟復業日給付所據迤北續來蒙古人戶和林行
省分揀接濟
至大二年二月　日欽奉上尊號詔書內一欵諸處流移
人民仰所在官司詳加檢視流民所至之處隨即係官房

四七二

典章三　聖政二

三三

舍並勸諭土居之家寺觀廟宇權與安存其不能自存者

計口贍濟還鄉者量給行糧據原拋事產租賃錢物官為

知數復業諸處日給付未經販濟去處中書省省奪

又一欽諸處流移户計合納差稅勿令見户包納靠損百姓

前詔累嘗及之今仰管民官用心招誘依例存恤果有年

深不能復業者及不知下落立限具報倚免差稅無得似

前包納監察御史廉訪司嚴加體察

至大二年九月欽奉改省詔書內一欽各處人民飢荒

轉徙疾疫死亡難行賑濟而惠實未偏今歲收成如

轉徙復業者有司用心存恤原拋事產依數給還在官一

切通欠並行蠲免仍除差稅三年田野死亡遺骸暴露官

為收拾於係官地內埋瘗

延祐元年正月欽奉延祐改元詔書內一欽流民所至去處

〈典章三　聖政二〉　卅三　四、五六

有司常加存恤毋致失所願務農者驗各家人力官為給

田耕種不能自存者接濟官糧如有復業並免三年差役

原拋事產盡皆給付

又一欽逃户差稅已嘗戒飭毋令見在人户包納慮有司奉

行不至照依累降條畫務在必行毋蹈前弊

延祐七年十一月欽奉至治改元詔書內一欽百姓流移盡

非得已如欲復業者所在官司給行糧應有在前拋欠

其差發課程並行倚閣原拋事產全行給付仍免差稅三年

其腹裏課程並百姓因值災傷典賣兒女聽依原價收贖

---

# 崇祭祀

庚申年四月欽奉詔書內一欽五岳四瀆名山大川歷代聖

帝明王忠臣烈士載在祀典者所在官司歲時致祭

至元十三年二月欽奉平定江南詔書內一欽名山大川寺

觀廟宇並前代名人遺跡不許毀拆

至元二十八年二月欽奉皇帝聖旨朕惟名山大川國之秩祀

今岳瀆四海皆在封宇之內民物阜康時惟神麻而封號

未加無以昭荅靈既可加上東岳為天齊大生仁聖帝南

岳司天大化昭聖西岳金天大利順聖帝北岳安天大

貞玄聖帝中岳中天大寧崇聖帝加封江瀆為廣源順濟

王河瀆靈源弘濟王淮瀆長源候濟王濟瀆清源漢濟

王東海廣德靈會王南海廣利靈孚王西海廣潤靈通王北

海廣澤靈祐王仍告遣官詣神致告以稱朕敬恭明神之

意主者施行

〈典章三　聖政二〉　二十四　四、九七

至元三十一年四月欽奉詔條內一欽五岳四瀆遣使詣祠

致祭其名山大川聖旨損壞官為修理欽此

大德五年八月欽奉詔書內一欽節該岳鎮海瀆名山

長吏除常祀外擇日致祭

大川風師雨師雷師當祀之日須以本道廉訪司糾彈欽此

有廢不舉祀不敬者本道廉訪司糾彈欽此

大德九年六月欽奉詔書內一欽岳鎮海瀆名山

大川凡載在祀典者所在長官嚴加致祭

大德十一年五月欽奉登寶位詔書內一欽五岳四瀆名山

大川歷代聖帝明王忠臣烈士載在祀典者所在官司歲

時致祭

大德十一年十二月欽奉至大政元詔書內一欵岳鎮海瀆
名山大川風師雨師雷師當祀之日須以本處正官齋潔
行事有廢不舉祀不敬者從本道廉訪司糾彈欽此
至大二年二月欽奉上尊號詔書內一欵岳鎮四瀆名山大
川聖帝明王忠臣烈士載在祀典內者詔書到日有司正官
齋潔致祭
至大四年正月初五日欽奉祀南郊詔書內一欵聖帝明王忠
臣烈士凡在祀典者各具事蹟申聞次第加封除常祀外
主者施行嚴加致祭廟宇損壞官爲修葺
又一欵開國以來効節功臣所封分邑有司立祠以時致祭
名山大川聖帝明王忠臣烈士凡載祀典者所在正官擇

**典章三** 聖政二

三七三

二五

吉致祭
延祐四年閏正月 日欽奉建儲詔書內一欵岳鎮海瀆
名山大川聖帝明王忠臣烈士載在祀典者除常祀外所
在長吏擇日致祭
延祐七年三月 日欽奉登寶位詔書內一欵岳鎮海瀆
聖帝明王載在祀典者長吏擇日致祭

# 明政刑

大德五年八月 日欽奉詔書內一欵近獲賊人段丑廝
等妄造妖言煽惑人衆已將同情及聞知不首之人並行
處斬妻子籍沒首提事人各與官賞訖其使排門粉壁曉
諭告捕考有賞不首者有刑仍令社里長里正至首各
荒去處處應有盜賊生發或小民煽惑不安管民官用心撫
治務使處處安靜
大德十一年三月 日欽奉聖旨朕肇登大位祗遹先猷仍
處官司廉訪司常加體察毋致愚民冒觸刑憲
圖任於舊人庶共新於治效豈期邪黨瓶蘊私心邇者阿
散黑驢禿禿哈失列門亦里失八等潛結詭謀撓亂國政
延祐七年五月 日

**典章三** 聖政二

三三

三六

賤自作於勿靖固難逭於嚴誅賀伯顏輕侮詔書殊乖臣
禮不加懲創曷示等威今已各正典刑籍沒其家於戲惟
邦國之用刑以清羣慝俾人臣之知戒勿蹈匪彝咨爾有
衆體予至意故茲詔示想宜知悉

# 理冤滯

中統元年五月欽奉詔書內一欵凡有犯刑至死者如州府
審問獄成便行處斷則死者不可復生斷者不可復續案
牘繁冗須決史決斷萬一差誤人命至重悔將何及朕實哀
矜今後凡有死刑仰所在官司推問得實事情始末及
斷定招欵申宣撫司再行審復無疑呈省聞奏待報處決
欽此

大德八年　月　日軫恤詔書內一欵諸處罪囚仰肅政
廉訪司分明審錄輕者決之有禁係累年疑而
不能決者另具案始末及其疑狀申御史臺呈省詳讞在江
南者經由行御史臺呈省詳讞

大德九年六月　日設立奉使宣撫詔書內一欵見禁罪

〈典章三　聖政二〉　二十七

囚詳加審錄重者依例結案輕者隨即決遣無致冤滯

大德十年五月十八日欽奉詔書內一欵諸處罪囚慮有冤
滯累經差官審理比聞久係不決者尚多仰各路正官參
照審錄廉訪司詳加復審應疏決改正者隨

至大二年九月立尚書省欽奉詔書內一欵年歲饑饉良民
迫於飢寒冒刑者多深可憫惻令廉訪司審錄詳讞重囚

至大四年三月十八日欽奉登寶位詔書內一欵天下之民

一〇八

皆吾赤子苟懷異志自有常刑比者尚書省脫忽脫三寶
奴等織羅煅煉溫殺立威其韓脫因不花唐華及鄭阿兒
思蘭等已經昭雪元沒資產悉還其家今後內外重囚從
監察御史廉訪司審復無冤結案待報省部再三詳讞方
許奏准

〈典章三　聖政二〉　二十八

霈恩宥

至元元年八月十九日欽奉詔書節文可大赦天下改中統
五年為至元元年八月十六日昧爽以前除殺祖父母父
母不赦外其餘罪無輕重咸赦除之

至元十三年二月平定江南欽奉詔書節該應雜犯重典以
罪者無問輕重悉從原免官司通欠並不徵理

至元二十一年正月初六日欽奉詔書節文可大赦天下自
下罪從釋免今以始各務維新

至元三十一年四月十五日昧爽以前除殺祖父母父妻妾殺夫奴婢
四月十五日昧爽以前罪一切已發覺未發覺已結正未結
殺主不赦外其餘一切罪犯已未發覺
並從釋放侵盜官物及盜賊正贓依例追徵
正罪無輕重咸赦除之敢以赦前事相告言者以其罪罪
之

【典章三 聖政二】
四九五
廿九

大德元年二月改元欽奉詔書內一欵自大德元年二月二
十七日以前除謀殺祖父母父妻妾殺夫奴婢殺主強盜殺人及奸人而殺其所奸妻妾
故殺人但犯強盜不在原免其餘一切罪犯已未發覺者
並從釋放侵盜官物及盜賊正贓依例追徵

大德六年三月
大德六年三月初三日昧爽以前除謀反大逆殺祖父母父
妻妾殺夫奴婢殺主強盜殺人及奸人而殺其所奸妻
之夫者不赦其餘一切罪犯咸赦除之敢以赦前事相告
者以其罪罪之所告之事勿問

大德九年六月

因有淹禁五年以上非謀反逆叛及殺祖父母父母者虛
實難明疑不能決者釋之

大德九年六月欽奉詔書節文可自大德九年二月二十五
日昧爽以前除謀殺祖父母父妻妾殺夫奴婢為從
殺主謀殺人強盜殺人強盜傷事主為首下手者不赦從
非下手者各免死徒一年其餘罪犯已發覺未發覺已結
正未結正無論輕重咸赦除之

大德十年十二月十八日中書省欽奉聖旨前者夏間大都
上都等處側近城子裏有底見禁罪囚每教放了來外據行省所轄路分
省裏應有底罪囚儘行疏放者聖旨了也欽此
裏應有底罪囚依先體例倒儘行疏放者聖旨了也欽此

大德十一年五月
大德十一年五月二十二日昧爽以前除謀殺祖父母父妻妾
殺夫奴婢殺主不赦其餘已發覺未發覺已結正未結正
罪無輕重咸赦除之敢以赦前事相告言者以其罪罪之

【典章三 聖政二】
五八九
三十

至大元年十一月肇建中都詔書節文又念諸路水旱疾疫
吏不能奉職民不能自存觸刑憲往往有之朕君臨萬
邦方其所以撫安元元者亦已至矣而前歲江浙飢疫今
十五日昧爽以前除殺祖父母父妻妾殺夫奴婢殺主
不赦其餘已發覺未發覺已結正未結正罪無輕重咸
赦除之敢以赦前事相告言者以其罪罪之

至大二年十月
日欽奉詔書節文朕自臨御以來下詔
萬方其所以撫安元元者
年蝗旱相仍民戶到夫既罹是天刑其輕觸憲綱者必眾
賑恤終恐未能戶到夫既罹是天刑
有司又以重法繩之朕實憫焉其自十月十七日昧爽以
前中外罪囚大辟以下已未發覺並從釋免

至大三年十月
日欽奉立皇太后詔書節文自至至大三

年十月十八日昧爽以前除大辟流竄不赦外杖罪以下
已未發覺結正者並從原免
又一條淵二反餘黨未發覺並原其罪
至大三年十一月二十三日禮祀南郊詔書節文可自至大
四年正月初五日昧爽以前已發覺未結正已結未結
正罪無輕重咸赦除之敢以赦前事相告言者以其罪
之
至大四年三月十七日中書省敧過事內一件前者尚書省
官人每正月初五日教行了的赦書自世祖皇帝時分不
揀那個赦裏不曾放來的謀反大逆殺祖父母父妻妾
殺夫奴婢殺主的都交放了有這般重罪囚每拿省依體
例合要罪過有為這般上到臺家官人每俺根底也與他
文書來詔書裏教行呵不宜也者各處似這般不合放的

四、九七

罪囚教拿了依體例要罪過呵怎生啟呵那般者麼道令
旨了也

《典章三 聖政二》　　　　三三

自三月十八日昧爽以前除謀反大逆殺祖父母父妻
妾殺夫奴婢殺主強盜殺傷事主不赦外其餘一切罪犯
已發覺未發覺已結正未結正咸赦除之敢以赦前事相
告言者以其罪罪之
又一條比年詔赦頻數吏貪民盜不知悛畏賊害善良敗亂
正理自今以始其各處洗心革慮以保厥身非常之恩不
可復覯

皇慶元年十月
　　日欽奉諸王入覲詔書節文自皇慶元
年十月二十九日昧爽以前除謀反大逆殺祖父母父
母妻妾殺夫奴婢殺主及故殺致命徂犯強盜偽造寶鈔

不赦外其餘罪犯已未發覺咸赦除之敢以赦前事相告
言者以其罪罪之

延祐元年正月
　　日欽奉政元詔書節文自延祐元年正
月二十二日昧爽以前除謀反大逆殺祖父母父母妻
妾殺夫奴婢殺主故殺致命徂犯凡強盜偽造寶鈔及官吏
取受侵盜係官錢糧不在原免其餘一切罪犯已未發覺
並行釋免
又一欵湖廣雲南邊境諸蠻互相雠殺擄掠人民如能悔過
自新即令與免
延祐四年正月初十日欽奉原罪詔書節文比年忽失剌年
屬幼弱聽信憸人謀為不軌擾亂我家欲盡加誅有所不
忍宜推曠蕩之恩開以自新之路可大赦天下自延祐四
年正月初十日昧爽以前除殺祖父母父母妻妾其餘常赦所

五、一九

《典章三 聖政二》　　　　三三

不原者罪無輕重咸赦除之若有避罪逃從逆黨或竄匿
民間及嘯聚山林者赦書到日限百日內許令出首與免
本罪限外不首復罪如初自延祐七年三月

延祐七年三月
　　日欽奉詔赦節文可赦天下自延祐
二年十一月二十七日昧爽以前除謀反大逆殺祖父
母父母妻妾殺夫奴婢殺主謀故殺人但凡強盜偽造寶
鈔不赦外其餘罪犯已發覺未發覺已結正未結正罪無
輕重咸赦除之敢以赦前事相告言者以其罪罪之
延祐七年三月
　　日欽奉詔赦節文可赦天下自延祐七年三月十
一日昧爽以前除謀反大逆殺祖父母父母妻妾殺夫奴
婢殺主謀故殺人但凡強盜印造偽鈔以及侵盜短少係
官錢糧不赦外其餘一切罪犯已發覺未發覺已結正未

結正罪無輕重咸赦除之敢以赦前事相告言者以其罪
罪之
又欽奉詔書內一欵兩廣雲南等處嘯聚賊人據恃巢險出
没不常雖蠻荒之俗固然亦由官府失於威信不能撫懷
以致如此詔書到限一百日內出官自首許免本罪各安
其業限外不悛依例收捕

卅三

# 朝綱卷之一

# 典章四

## 政紀

### 奏事經由中書省

奉行臺札付准御史臺承奉中書省札付大德五年十月
二十二日奏過事內一件陝西省官人每文書裏說來來
責赤襄等戶計的人著小名的人著廳道將的御寶屯田有收拾贖身放良
不蘭溪等戶的自前禁約來因著那的取要錢物擾害百姓
廳道與將文書來奏廳道怎生有阿回奏廳道收
拾戶計的自前禁約來因著那怎生廳道商量來要是與不
者拘收了廳道奏阿那般者拘收了者廳道也
聖旨有阿因著這的題奏一句言語廳道商量來是與不

五、〇八

入典章四 朝綱一
二

是阿腹襄江南等處州城襄的百姓每季付著俺有民戶
的差發稅糧課程等事似這般勾當有體例無體例俺
分間外枝兒教人奏過要了俺行將出去有伯俺
那言語轉來俺根底阿有體例卻無體例的委
付的勾當不揀誰怎生不題的頻上位更行阻當了先的
言語有外處的時分可憐見在根底有俺根底有俺
付著俺當的其間怎生不題說的頻上位更阻當了先的委
商量了教行阿展轉的不頻上位可憐見阿這言語必
闊赤每根底說與阿怎生奏阿奉聖旨索甚廳那般說與者但几
的差發糧課程等事似這般勾當有體例無體例俺欽此
這般合干碍恁的勾當怎生教恁慈聖者欽此

### 外省不許汪濫咨稟 大德九年九月湖廣行省准中書省咨

伏覩聖朝地土廣大政事繁多建都省以總宏綱置行省

---

### 省部紀綱 江浙行省准尚書省至大二年九月初四日奏過

事內一件古時委付官人每阿各有管的勾當如今地廣
民眾事務艱多有省官人每領著大綱各管勾當官人每
分省辦阿甚麼勾當不成就有近年省裏的勾當繁冗不
能守著紀綱從朝至暮押文書有為那般的上頭大勾當
法度廢了百姓每生受天道不順更隨處官人每自管的

五、五七
入典章四 朝綱一
二

勾當不尋思斷推調有六部裏合了的事呈與省家省裏
合了的事上位根底聞奏或有差錯阿部官推道呈省省來
省官說道皇帝索旨了也那般的做勾做例兒了也省家
勾當行不得為這般有今後省部合了的公事就便區處
必合上位根底聞奏的大勾當有阿奏了的公事就便區處
勾當也或就百姓也者在外行省宣
慰司路府州縣凡合行的公事不得推調阿其間有不用心斷推調的從生整治阿怎生
幹辦行阿其間有不用心斷推調的從生整治阿怎生
公事差錯了阿只小令史根底推道官長每的罪過
官人每根底那般者廳道聖旨了也欽此
道罪在我身上有為這緣故官長要罪過阿官人每的言語行的也者奏阿

### 省部減繁格例 皇慶二年五月江省行省准中書省咨皇慶

五八九

〈典章四 朝綱一〉　三

元年十二月二十六日奏過事內一件中書省管的勾當
出納上命進退百官挈綱維六部諸衙門分掌庶務路
府州縣親臨裁決選賢使能責其成功俾上下各得任其
職如此則百職具舉宰職總其要而臨之不煩不勞乃所
謂省也世祖皇帝中統建元至今五十餘年典章文物悉
皆具備自都省以下行省六部諸衙門應處決而不處決
往作來商量如今文繁事弊前省也屢嘗減削繁冗
文字疑來怎生商量得如今文繁事弊前省也定擬
遍行文書整治阿怎生奏呈者合更改者定擬到行省各部諸衙
首領官一件件分揀合咨省者合咨呈更改者定擬格式
此扎付左右司六部諸衙門怎生整治阿怎生奏呈者分
是這般行來依商量了新年裏商量了也欽依分揀定
首領官各名件于皇慶二年二月二十一日章閭平章
門合減各名件于皇慶二年二月二十一日章閭平章

張平章兀伯都剌右丞不花參議欽察郎中等官奏前者
爲省家繁細文書多妨著政事的上頭俺商量了一件件
分揀定遍行整治阿怎生商量了便行者應道聖
旨有來俺眾省官首領六部官一同分揀內外各衙門
除合與俺文書的外他每自合行的裏頭似這各處府州軍
在先聖旨體例五十七司縣斷決八十七散府州軍斷決
一百七宣慰司總管府斷決又大小告爭詞訟自下而上
不得越訴如今他每往往地推調著不肯與決作疑呈稟
致使百姓赴上呈文繁了今後行省宣慰司路府州縣合
與決的勾當自下而上必要結絕了若州縣合理斷不當阿
赴路府宣慰司行省即便改正將元行官吏究治如
依前推調著不與決絕或是違著體例理斷不當致令百
姓赴省告呈阿他每根前要罪過又常課段足今後工部家

五二七

〈典章四 朝綱一〉　四

成造辦驗庫裏收了分付與戶部收支更各投下阿哈探
馬兒江南鈔歲賜銀段足軍器等物並腹裏城子裏撥與
倒換的鈔本更各衙門倒鑄平乏了的印信似這般明白奏著
的勾當不索與俺文書的通有一百餘件如今俺接續商
了與他每文書交行更有該藏未盡合減省呵如今俺接續商
量這體例減省了之後省六部內外諸衙門應呈呈
有體例處的勾當更不肯結絕作疑呈稟雖已
結絕了的別了今番奏百姓受更違舊體例呵怎生奏阿奉
量別議責罰首領官吏並四品以上衙門正官直署正
官事輕重量罪過定三品以下衙門首領官吏
文書的別了今番奏監察御史廉訪司隨事糾治往直行移
諸衙門也教傲這例減繁呵怎生奏阿奉聖旨恁這商量來的
量得在前省裏文書少來著您這商量來的行
有聽得在前省裏文書好生少來依著您這商量來的行

者各處遍行文書者應道聖旨了也欽此都省咨請遍行
合屬欽依施行

一行省所咨考滿匠官都省判送吏部比對勘合移關
工部定擬似涉文繁今後行省別置匠官勘合文簿
發付工部收掌就刑判送比對完備定擬奏關移關
吏部依例施行

一各處行省並所轄衙門令譯史怯里馬赤知印宣使
奏差典吏人等須要照依元定通例千相應人內補
用不須一一咨稟准設其或補用違例不應者行省
從監察御史宣慰司等衙門從廉訪司取其應設人
數各歷仕腳色依例照刷但有不應之人截日革
去追徵支過俸給其或糾察未盡考滿到部依例
行移追徵役過月日並不准筭

一各處囚徒杖罪以下不行决遣作疑申禀及重刑結
察不完等事照得至元二十八年六月准至元新
格內一款節該諸杖罪五十七以下並聽司縣斷决
八十七下以下散府州軍斷决一百七十以下宣慰
司總管府斷决欽此又一款諸應申上定奪之事皆
自下而上用心檢校但有不實其不盡所由官司即
須疎駁必要照勘完備議擬相應方許申呈若事有
未完倒或不當不即疎駁而輒准申呈者各將當該
首領官吏究治而不盡至于再三故延其事者亦
如之欽此大德五年八月欽奉聖旨審理輕者決
節該諸處罪囚仰蕭政廉訪司官分行審理輕者決
之寃者辦之滯者申御史臺呈省詳讞在江南者經由
始末及其疑狀申御史臺呈省詳讞在江南者經由

行御史臺仍自今後所至審囚永為定例欽此議得
今後諸處罪囚所犯事例明白應斷决者並聽合干
上司依例决遣即應與决而不與决或故延其事作
疑申禀及結案重囚經廉訪司審錄無寃中間却
有漏落情節追勘不完必致再行駁問淹禁囚徒不
能與决今後各路急重刑結案須要追勘一切完備牒
呈本道廉訪司子細泰詳始末文案如中間但有不
完行省寫備細審狀回牒有司追勘一切完方許結
寃開寫備細審狀回牒首領官吏依上用心泰詳別
案行省委文資正官並首領官吏但有照出追勘不
無不完可疑給咨如結案但有照出追勘不完
寫姓名不許抄連備擬咨如結案首領官吏亦行究治其獲贓功
失問事理當該正官首領官吏亦行究治其獲贓功

---

賞平反寃獄若不依倒保勘完備亂行咨申者拘該
正官首領官吏量事輕重斷罪果有情犯不同事干
通例必合咨禀者議擬咨呈
一諸關訟之人往往直赴部陳告先欽奉聖旨條畫諸
月初八日承奉中書省扎付部陳實事不得越本管官司答
人罪者皆須明注年月指實欽奉聖旨條畫諸告
抵罪反坐及不肯斷經越訴經官告事者笞五
十若本處官司理斷偏屈及應合回避者赴上司
陳告欽此又至元十四年七月欽奉聖旨條內一
款訴訟人先從本管官司自下而上依理陳告若理
斷不當許欽越議得政貴有常事當歸本內外庶務
欽此除欽遵外議得政貴有常事當歸本內外庶務
各有攸司苟肯盡公本職設立宣慰司路府州

縣任專撫字本期政簡民安臺察廉訪司職居撫劾
固當繩愆糾謬況復外分行省內列六部都省總其
宏綱提挈振舉期於不紊而已近年以來上下官府
因循苟且凡民間爭訟不為用心裁决變亂是非風
憲之官失於檢察宣慰廉訪司莫為伸理致使告人
外官府依倒於籍記人吏內遴選諳練官事循良無
過之人給付條印書寫詞狀人等應告一切公
慮狹奸欺妄若不立法關防終恐弊源難塞今後內
豈盡無實詞責其自下而上拒之恐負居遠之
不問事之大小途之遠近往復赴都省陳訴中間亦
及不應告言而書寫詞狀人嚴行斷罪事若指陳不明
事欽依條降聖旨條畫畫將書狀人嚴行斷罪事若指陳不明
受所在官司須要照例多早歸斷或理斷不當許經

卅六

所屬上司以次陳告亦仰依上斷決毋使虛調文移
如事應接受或循私妄生枝節不爲受理縱受理不
即從公與決故延其事日久不行結絕許赴本管上
司陳訴量事立限歸結違者在外行臺廉訪司在內
監察御史糾察究治已告人限歸結違者在外行臺廉訪司在內
偏向爲詞不得輒赴上司陳告若事各聽斷已定而未
詳其詞理未盡情有可疑即當接受取元斷始末
退狀別無批寫緣由雖稱已曾陳告亞難憑准仍將

《典章四　朝綱一》　七

朦朧妄告之人依越訴例斷決發還以絕欺詐繁冗
之獎行省行臺廉訪司一體施行仍多出榜文曉示
一各處行省應付各投下減賜段疋軍器物料等每歲
畫字退付告人仍須置簿將退狀付告人月
一次署押監察御史廉訪司常加照刷但有指以
月一次署押監察御史廉訪司常加照刷但有指以

省取索本省照勘年額相同別無增減就便依例應
付年終通行照筭又皇慶二年五月江西廉訪司奉
江南行臺咨付准御史臺咨承奉中書省咨付過
減繁事內
一臺察照刷出一切稽遲並官吏不公往往呈省送
定擬照得至元十四年七月欽奉立行御史臺聖旨
條畫內一款凡與利除害一切不便於事必當更張
者咨畫臺呈省聞奏其餘該載不盡應合糾彈事理比
附已降條例酌酌彼中事宜就便施行又至元二十

八年九月立廉訪司分治條內一款廉訪司官委
任既重卻不得苛細生事閣於大體違者同不稱職
欽此臺察之設於今有年凡行事務俱有條例監察
御史廉訪司今後照刷諸司文案追問一切稽遲並
果有無例不能與決者申臺呈省送部照擬庶免往
復文繁
一官吏俸鈔已有支給通例今各衙門添設令譯史
人等如經都省許准已有俸例自吏部准補月日爲
始支付受宣勅人員都省准奏定頒降宣勅月日自
禮任月日支付如經都省復奏或改授者自都省奏
准月日放支

《典章四　朝綱一》　八

減繁新例

五二六

史臺備監察御史呈僉驗奏准至元新格諸公事明白例
應處決而在下官府故作疑申審若事合申禀監察御史廉
訪司斜彈欽此近來照刷河南江北等處有申禀公事當該樣
官司不即依理與決照刷者各隨其事究治河南江北等處行
內各道宣慰司路府運司等衙門照刷多不明白立案披詳與決又不引
史或受請求及避照刷恣所爲止押行檢膝回下依例或照驗施行
故令中間事情支離難於處置時輩皆以可上可下謂之
把猾使在下官府承文束手莫知適從以致案牘愈繁事
多壅滯日就月將不勝其弊今後凡有申禀公事該吏即
將元案驗所申中文解已加議論必合照議之事先行請判然後明
正案驗所申中文解已加議論者可准即云准判果若所見
不同有例引用其例無例從公擬決明白區處回下所司

如有違犯從風憲依例究問庶奸吏之弊稍除有司之務
得辦而政事抑亦簡矣倘是其言具呈中書省遍行劄會
相應具呈劄詳得此本臺看詳如准監察所言遍行輺司
相應具呈劄詳得此送據刑部呈議得各處行省所轄司
屬衙門應有申稟公事合准監察御史所言明白區處庶
革奸弊如蒙准呈遍行劄會相應具呈劄詳得此都省准
擬除外咨請依上施行省府除外仰依上施行延祐五年
十一月二十日據史劉世傑承行十二月十四日杭州路
吏蔡凱承

六九二

## 典章四【朝綱一】

九

---

## 庶務

體例酌古准今　至元五年十二月四川行中書省移准中書
省咨來咨但有罪名除欽依聖旨體例消中書省遍行文檢
擬外有該載不盡罪名不知憑何例定斷請定度事本
省相應遇有刑名公事先送檢法擬定再行奏詳有無情
法相應更為酌古准今擬定明白罪名除重刑結案咨來
外輕囚就便量請斷遣請依上施行

依例處決詞訟　至元十年六月彰德路承奉中書戶部符文
該契勘本部上承都省下臨隨路諸司局及遇諸王位下
各投項一切民間大小公事劄得自中統建元以來累降
條詔及省部格例莫不過下各路通知其應斷訖良諸色
戶計定奪差發稅糧課程鹽法諸項錢谷祇待軍馬鹽糧
草料理斷婚姻土地公私債負各路自合依條處決
今臨路所申止是備據府州司縣文解一聽本部裁決爲
見不完必當勘當又須頒舉連催徒費紙扎而已及諸赴
部告狀人等其中事理至甚明白往往稱說本路不肯依
理歸斷致令往復生受兹蓋判署官吏不爲用心以致上
下文繁事同搭綴不副朝廷選任之意今後凡事其有闕
碍上司必合申覆各路依條處決其或所擬不完不當定將
事務並聽各路依條准處決完備劄依擬定申呈其餘
判署官吏依例責罰施行先具劄依行文狀申呈

詞訟用心平理　大德十一年五月十八日整治朝綱詔書內
一款官府大小公事已有立定限程民間詞訟尤當用心
平理比來往往背公狗私變亂是非逗遛不決以致吾民
重困今後各務依理處決毋得淹延歲月官僚執見不同

五三六

典章四　朝綱一

十一

者具各各所見申聞上司詳斷違者監察御史廉訪司糾
治

典章四
朝綱一

典章卷之四終

十一

四一

# 臺綱　卷之一　典章五

## 內臺

設立憲臺格例　至元五年七月欽奉皇帝聖旨令委塔察兒
為頭行御史臺事合行條畫區處於後

一彈劾中書省樞密院制國用使司等內外百官奸邪
非違肅清風俗刷磨諸司案牘並監察祀及出使
之事

一中書省樞密院制國用使司凡有奏稟公事與御史
臺官一同聞奏

一諸訴訟人等先從本管官司陳告如有冤抑民戶經
左右部軍戶經樞密院錢谷經制國用使司如理斷

三六九

〈典章五　臺綱一〉　一

一不當赴中書省陳告究問歸著若中書省看循或理
斷不當許御史臺糾彈

一諸官司刑名違錯賦役不均擅自科差及造作不如
法者並委監察糾察

一應合遷轉官員如任滿不行遷轉或遷轉不依格者
委監察糾察仍令監選

一非奉朝命擅自補注官品者委監察糾察

一隨路總管府統軍司　轉運司漕運司監司及大府
監並應管財物造作司分隨色文帳委監察每季照
刷

一官為和買諸物如不依時價買支官錢或其中尅減
給散不實者委監察糾察

一諸官吏將官物侵使或移易借貸者委監察糾察

---

三九六

〈典章五　臺綱一〉　二

一諸院務監當官辦到課程除正額外若有增餘不盡
實到官務監當官委監察糾察

一諸官吏乞受錢物委監察糾察

一初不應受理之事委監察從實究如是實有冤枉
即聞坐事因行移元問官司即早歸結改正若元問
官司有違即許糾察

一諸營造工匠之處委監察隨事彈糾

一諸囚禁非理死損者委監察隨事推糾

一諸承追取合審重刑及應炤刷文案若有透漏者委監
察糾察

一諸鞫勘罪囚皆連職官同問不得專委本廳及典吏
推問如違仰監察糾察

一職官若有老病不勝職任者委監察體察

一諸官吏若有廉能公正者委監察體察得實具姓名聞
奏如有污濫者亦行糾察

一諸公事行下所屬而有枉錯者承受官司即須執申
若再申不從所屬者申上司不報者委監察糾察

一私鹽酒麴並應禁物貨及盜賊生發藏匿處所若官
司禁斷不嚴緝捕怠慢者委監察隨事糾察

一阻壞鈔法澁滯者委監察隨事糾察

一蟲蝻生發飛落不即打捕申報及部內有災傷檢視
不實委監察並行糾察

一諸孤老幼疾人貧窮不能自存者仰本路官司驗實
官為養濟應養濟而不收養或不如法者委監察糾
察

察

一戶口流散籍帳隱没農桑不勤倉廩減耗爲私盧害
黠吏豪家兼縱暴及貧弱冤苦不能自伸者委監
察並行紏察

一諸求仕及訴訟人若於應管公事官員私第謁托者
委監察紏察

一諸官府如書呈往來者委監察紏察

一諸官吏入茶坊酒肆者委監察紏察

一在都司獄司直隸本臺
等紏彈之官知而不舉劾者減罪人罪五
一諸監臨之官如所部有犯法而不舉劾者減罪人罪五

一邊城不完甲器仗不整委監察並行紏彈

一邊境但有聲息不即申報者委監察隨即紏劾

四、一三

〈典章五　臺綱一〉　三

一從軍征討或在鎮戍私放軍人還者及令人冒名相
替委監察並行紏察

一軍官凡有所獲俘馘申報不實或將功賞增減隱漏
者委監察並行紏劾

一應有合奏禀事理仰本臺就便聞奏

一該載不盡應合紏察事理委監察並行紏察

一諸邊御史臺指揮及上御史臺訴不以實或訴訟人
咆哮忿忽者並行斷罪

**體察人員勾當**　御史臺咨至元十四年五月十五日本臺官
奏俺御史臺裏監察裏按察司裏勾當的人每怎根底不商量
裏省家俺根底不商量了阿勾當得麼道遠處使喚有
奉聖旨這的休與者欽此
了阿休與者欽此

---

至元二十四年三月行臺准御史臺咨承奉
中書省扎付葉季呈于二月十五日奏過下項事理具呈
炤詳事都省除外令將本臺合行事理開坐前去依聖旨
事意施行承此本臺除外咨請欽依施行

一御史臺天子耳目之官常程事務可以呈者至若監
察陳言外臺咨禀事關軍國利及生民便令本臺就便聞奏
廣視聽不一例呈省送部講究遂成文具合依至
元五年立臺條畫應有合禀事理仰本臺就便聞奏
上件事已於至元二十三年香殿有時分奏准今再
赴奏欽奉聖旨那般行者

一御史臺按察司監察御史係紏彈衙門官吏正已方
可正人不應受贓出首今後有犯人比之有司官吏
加罪一等經赦不減降外有倚恃衙門

五、三四

〈典章五　臺綱一〉　四

一氣力爲人營求職名把握公事乞嚴行禁止又據臺奏
樣按察司書吏奏差人等選擇通曉法理有行止不
作過犯之人毋得揑合根脚源清則流清百正
每入去有問的人每根底將去他每尋錢的其間裏休入者
奉聖旨眼睛道的是也交疾忙那般行者欽此
散說忙古歹教我說來道我尋出錢來問的其間裏怹里馬赤阿
畢奉臺旨也可薛怯第一日香殿前面有時分
二十一日也

**監察則管體察**　行御史臺咨至元二十二年十月
裏伴當每根底將去他每尋錢者其間裏休入者
監察每則管體察者欽此

**監察合行事件**　至元二十五年三月　行御史臺准御史臺
咨近奏准赴尚書省議到監察御史合行事理於至元二

十五年二月初二日白寺裏北裏阿苔必察迭兒裏相哥
丞相爲頭尚書省官每玉速帖木兒大夫爲頭臺官每一
同奏讀過奉聖旨准欽此
一諸官府文卷在先每季焌季焌刷刷夏季
者不焌有焌刷其監察刷夏季
知議得今後上下半年通行焌刷刷事有違錯若不盡
心透漏刷過者量事輕重治罪
一凡察到公事合就問者就問事千人泉申臺呈省
詞取人追卷候判決了畢果有違錯依例斜彈其罪
因有寃隨即究問
一監察御史察到不公人員本臺官司有占恡不法者
究治

五、一、四

## 整治臺綱

一監察御史任滿驗所言事件小大多少定擬升降
皇帝立御史臺大德十一年十月十五日欽奉聖旨節該世祖
當裏行的官人每使見識行無體例的勾當呵體察者
肅清百姓每的風俗照刷各衙門的文卷者廳道教行呵
於民便益來如今脫脫整治臺綱者御史大夫只兒
哈郎爲御史中丞整治百姓每不用心撫治率欽錢物無體例
軍站民匠管著的上頭百姓每生受有係官錢糧造作物料內
橫斜差役的每根底觀面皮要肚皮教百姓每生受
不公不法的官吏每根底監察每名分他每無體例差池了
克落侵盜的移易借貸的官吏每根底添與他每用心依
體例體察的每根底監察御史臺昔者監察
呵告的人每依著在先聖旨體例裏御史臺昔者監察

每廉訪司官每體察出來的勾當問的其間不揀誰休阻
壞者這的每道這般宣諭了也麼道別了體例行呵他每
不怕那甚麼道但有合行的勾當依著在先行來的聖旨
體例裏行者各自委付著的勾當裏用心向前行者廳道
泉人每根底宣諭的聖旨行了也

六、二、四

一守土官司火禁不嚴以致疎失者紏察仍須常切申
明火禁

一管屯田營田官私不為用心措置以致無成者紏察

一把軍官起補逃亡軍人存心作弊搔擾軍戶軍前不
得實用者紏察

一枉被囚禁及不合拷訊之人並從初不應受理之事
不復檢舉致有弛廢者紏察

一朝廷所行政令承受官司稽緩不行或雖已施行而
行歸結改正

一諸罪囚稱寃按驗得實開坐事因行移元問官司即
行歸結改正

一蝗蟲生發官司不即打捕申報及申驗災傷不實者
紏察

至元十四年七月欽奉聖旨今南宋平定委
相威為頭行御史臺所有合行條畫逐一區處於後

一彈劾行中書省宣慰司及以下諸司官吏奸邪非違
磨刷案牘行省宣慰司委行臺監察其餘諸官府並委
雖在行臺已前並聽紏察
提刑按察司

一諸官司刑名違錯賦役不均戶口流亡倉廩減耗擅
科差發並造作不如法和買不給價及諸官吏侵欺
盜用移易借貸官錢一切不公等事並仰紏察

《典章五　臺綱一》

七

一大兵渡江以來田野之民不無搖動今已撫定宜安
本業仰各處正官每歲勸課如無成效者紏察

一邊境有聲息者不即申報紏察

一隨處鎮戍若約束令不整齊或管軍
官取受錢物放軍離役並虛申逃亡冒伇不嚴衣甲器仗
自占使商販營運或作佃戶一切掠賣歸附人口或誘說
良人為駈一切搔擾百姓者紏察

一管軍官不為約束軍人致令私代替及私
諸色官吏私使係官船隻諸物者紏察

官員權豪之家歛固山林川澤之利及妄生事端恐
喝小民田宅諸物或恃勢侵奪者紏察

一諸官員除正名破使人從外占使軍民者紏察

四、五七

《典章五　臺綱一》

一監臨之官知所部有犯法不舉劾者減罪人罪五等
紏彈之官知而不舉劾者亦減罪人罪五等

一諸鞫罪囚連職官同問不得專委本廳官吏及弓兵
人等推問違者紏察

一諸罪囚加鎖監禁之例各以所犯斟酌干連人不關
利害及雖正犯而罪輕者召保聽候毋致非理死損
違者紏察

一刑名詞訟若審聽不明及擬斷不當釋其有罪刑及
無辜或官吏受財故有出入一切違枉者紏察

一司獄司直隸本臺非官府不得私置牢獄

一諸承追取合審重囚及應照刷文卷漏報者紏察

一諸訴訟人先從本管官司自下而上依理陳告如有
寃抑經行中書省理斷不當者仰行御史臺紏察

八

四、五七

一各處官員為治有方能使詞訟簡政平民安盜息一方
鎮靜者即聽舉其有貪暴不諳治體敗壞官事蠹
害百姓及年老衰病不勝職者並行糾察

一諸公事行下所屬而有枉錯者承受官司即便執申
若再申不從者糾察

一提刑按察司比至任終以來行御史臺考按得使一
道官政肅清民無冤滯為稱職以苛細生事聞於大
體官吏貪暴民多冤抑所按不實為不稱職皆視其
實跡咨臺呈省

一凡可興利除害及一切不便於民必當更張者已降
呈省聞奏其餘該載不盡應合糾彈事理比附已降

聖旨約酌彼中書宜就便施行

一諸違行御史臺指揮及上御史臺訴以不實或訴訟
人呵哮陵忽者並行斷罪

又至元十五年五月欽奉聖旨仰中書省宣慰司都元帥府都轉運鹽使司應管
軍官管民官管匠官其餘大小諸司官府照依見降聖旨
事意施行

一諸職官犯罪除受宣官照依已降聖旨咨臺聞奏受
勅人員應斷應罷者聽從行御史臺區處其餘受省
扎人員並聽提刑按察司依上施行

一先委監察宣慰司官吏奸邪非違刷磨案牘令
擬有至死罪因有司取問明白追會完備行移提刑
按察司審復無冤有司依例結案申行中書省咨
中書省類奏待報施行

---

### 立行御史臺體察官

施行

一自行中書省以下諸司官府廳行公事今後小事限
七日中事限十五日大事限三十日如違照依已降
聖旨比附已行體例從行御史臺提刑按察司就便
施行

大德八年三月二十四日欽奉皇帝聖旨孛羅
子田地裏有的行中書省為頭各衙門官人每根
底軍人每根底眾百姓每根底聖旨如今他每交
馬為頭做行御史臺大夫每委付了也大小勾當他但行
的官人每令史每的是的不是的體察者軍民生受
的官人每令史每的是的不是的體察者軍民生受
省諭者大勾當有呵奏將來者小勾當有呵他每依著體
例就斷者的外合行的勾當有呵依著在先行來的
聖旨體例裏體察者更廉訪司官人每監察每用心謹
慎行者這的每勾當其間不揀是誰休入去者入去的人

他每更不怕那這的每更這般道來也麼道沒體例的勾當做呵
他每更不怕那聖旨欽此

臺綱卷之二　　典章六

體察　體覆附

憲司體察等例

至元六年二月中書省欽奉聖旨教中書省
交與提刑按察司條畫者欽此省府擬到下項條畫仰依
奉施行

一若有謀反叛逆嘯聚山林賊人並許諸人火速告報
所屬官司隨即根捕須管得獲其告首人聞奏旌賞
強竊盜賊捕捉得獲依元奉給賞如官司陳告不
即掩捕追理及匿而不申者仰提刑按察司究治

一邊關備禦不如法及河渡都水監漕運司軍器鋪驛
倉庫和買等事並所部內應有違枉並聽糾察

《典章六　臺綱二》
一

一沿邊應禁物貨無得私相貿易及奸細人等不致透
漏過界如所在官司防禁不嚴仰究治施行其關津
因而故將行旅刁蹬阻滯亦仰究治

一所在重刑每上下半年親行參照文案察之以情當
面審視若無異詞行移本路總管府結案申部待報
仍具審聽追起數復審文狀若有可疑亦聽復行推
似者即聽推鞫若事關人眾卒准歸結者移委鄰近
問無致寃枉罪囚亦親錄問若有寃滯復行推
問正踈放統軍司轉運司並其餘衙門罪囚亦仰一體

一京府州縣凡遇鞫勘罪囚須管公座圓問並不得委
官吏人等推勘據捕盜人員如是獲賊依理親問得
施行

四三

---

實即便牒發本縣一同審問若有寃枉盡申本管上
司不得專委司吏弓手人等私下拷問據款定罪弓
手一捕盜巡防本管官員不得別行差占如違仰究
治施行

一宣撫司路路總管府統軍司轉運司其餘諸官府文
案每上下半年照刷其司縣實有違枉遷延情弊事
理聽指卷照刷

一隨路官員諸色人等但犯私鹽酒麯及阻壞鈔法各
處官司禁斷不嚴仰提刑按察司糾察其巡鹽官吏
弓手人等所到之處依理巡察若非理行者亦行糾
察

一訴訟人等先從本管官司自下而上以次陳告若理
斷不當許赴提刑按察司陳訴若越訴及誣告者欽
察

《典章六　臺綱二》
二

右聖旨事意施行

四五三

一隨處兇徒惡黨不務本業以風聞公事妄構飾詞告
論官吏恐嚇贓物沮壞官府此等之人並行究治

一諸路軍戶奧魯仰所在官司常加存恤非奉樞密院
明文不得擅自科欽其管軍官亦不得取受錢物私
役軍人及冒名代替如違仰體究官吏主首人等

一各坐在逃軍民並漏籍戶計仰本處官吏使主取差發
常切用心收拾盡數申報如有隱藏占使私差發
者仰究治施行

一各路民戶合納絲銀稅糧差發照依已立限期徵納
不得違限併徵仰常切體究若百姓自願併納者聽

一勸課農桑事欽依聖旨已委各處長官兼管勾當如
不盡心終無實效仰究治施行

一隨路州縣若有德行才能可以從政者保申提刑按
察司再行訪察得實申臺呈省

一察到職官污濫罪犯每上下半年類申御史臺合遝
申者逐旋申覆若年老及雖未老而病不勝職者
刁證難者仰提刑按察司體覆得實申臺呈省
皆相驗明白申臺呈省如有清廉才幹者亦仰開坐
實跡申呈

一總管統軍司及諸衙門應起官吏起鋪馬每季具
起數行移提刑按察司內有不應者即便究治施行
仍委本處正官一員不妨本職提點站赤勾當及急
遞鋪兵薹勤各處刷勘走遞文字毋令稽遲

四八九

《典章六 臺綱二》

三

一諸公使人員若非理搔擾各處官司因事取受錢物
者仰體究得實申臺呈省

一各路府司州縣任滿官員如中間實有贓污不稱職
任當該官司狥情濫給解由或本無粘帶過犯故行

一隨處公吏人等往往為達魯花赤久任其職結成心
腹卻與新任官員中間謀不和凡有事務阻壞不
能得行此等之人並行究治

一津梁道路仰當該官司常切修整不致陷壞停水阻
滯宣使軍馬客旅經行如違仰按察司究治

一提刑按察司官若分輪巡按所管官司須得遍歷其
有改正及行移公事報本司照驗如有不當聽應

一會議改正正司官巡按所見不同者亦如之事涉疑難
申臺詳酌本司所行之事官有異見者亦准此

一提刑按察司非奉朝命不得擅自離職

一提刑按察司遇分輪巡按等勾當各許將帶吏員二

---

人並聽馳驛

一提刑按察司除有聲跡不好者仰御史臺體察雖未
任滿許行奏代本司除額定官吏不得擅自增設員
數安置各官門下私己之人非公廳不得接受詞狀
如遇巡按許行接受

一隨路京府州司獄並隸提刑按察司
實跡呈省定奪

一提刑按察司官比至任終以來御史臺考得使一
道鎮靜諳知大體所察實民無冤滯為稱職苟細
生事關於大體所察民多冤滯為不稱職視其

若有不孝不悌亂常敗俗豪猾兇黨及吏人等紊
繁官司侵凌細民者皆糾而繩之若有利害可以興

一所至之處勸課農桑問民疾苦勉勵學校宣明教化

四三一

《典章六 臺綱二》

四

一除者申臺呈省

一各路所管州縣若有取會文字立式定限急慢者隨
即究治並不得亂行勾攝如須合赴府類攢文字吏
人所用飲食火油紙札仰本管上司於祗應錢內斟

一提刑按察司行移與宣撫司往復平牒各路三品官
酌從實應付達者仰提刑按察司究治

一諸衙門相關事務除蒙古軍馬約會本管頭目及干
犯錢穀事理申臺外其餘不須約會仰依理施行

一應有其餘利害申臺呈省照依累降聖旨事意施行若事

一關利害申臺呈省

一河北河南提刑按察司彰德府置司並分定路分

順天路　　　真定路　　　順德路

河南　　　洺磁路

彰德路

衛輝路　懷孟路　南京路

河南府路

禁治各司等例

察司聖旨條畫該節至元二十一年八月御史臺檢會立各道按
體察雖未任滿許行奏代聲跡不好者仰御史臺
非止一端更化以前雖聲跡泯然當時奸庸相
旨即倖化矣更化以後雖通行考覈遂旋奏代曲
資即倖化矣更化以後雖通行考覈遂旋奏代曲
承積弊之後尚有很藉很瑣以為當然若不言實事
為之防人情玩視終不能一切痛革今自
今已後按察司經歷司知事書吏通事譯史人
等如有違犯體察得知或人首告取問是實照依
旨斷罪仍標私罪過名終身廢黜所貴絕循習之弊廉
勤之風為此商議過御史大夫為頭官員依准所擬除外
等斷罪

咨請遍行各道按察司依上禁治施行

一按察司官吏因事取受者依至元十九年聖旨條畫
斷罪

一凡在司或巡按並不得與各路府州司縣應管公事
官吏人等私同宴飲

一不得因日節辰送路洗塵受諸人禮物違者以贓論

一如遇巡按差止宜於各處館驛或廨內安下不得

一輒居本處吏民之家

一支應外多餘取要如違以贓論

一遇巡按差使驗元定正從人數分例應副不得於正

一巡按去處並不得求婪妻妾如違治罪

一不得以私事役使公吏人等

一任所並巡按去處並不得拜識親眷因而受人獻賀

（典章六　臺綱二）　五　四七一

---

財物如違以贓論

一如遇巡按去處不得買貨物及陰使官吏置造私已
應用諸物或於係官局院帶造物件如違許取問
息以贓罰論

一如遇巡按將引書吏書吏奏差人等合鋪馬數目欽依
旨條畫施行除外不得將帶妻子親眷閑人並長行
馬定同行如違治罪

一不得將門下帶行人員分付各路府州司縣官委
用

一書史書吏奏差人等宿娼飲會已經遍行禁治違者
依條斷罪

察司合察事理

司行已多年事漸不舉今命尚書省御史臺議到合行事
至元二十五年三月欽奉聖旨據提刑按察

理仰行御史臺提刑按察司並諸官府照依見降條畫施
行

一按察司官所至之處察官吏能否問民間利病審理
冤滯體究一切非違務要實行無隱文具

一諸官府文卷上下半年照刷但有違錯依理完備數目
干碍動支錢糧並除戶免差事理雖文卷完決罰凡
不差仍須加意體察有詐冒不實者隨事究治其轉
運司文卷年終照刷官吏盜詐違法體察得實申臺
呈省

一應係合察事理照依已降條畫按察司官體察得實
躬親究問不得轉委書史奏差據追問到錢物
應給主者隨即面視給主合還官者發付合屬官司
各取明白收管毋得寄留其應沒官錢物牒發所在

（典章六　臺綱二）　六　四三二

官司於官庫封收半年一次赴臺解納

一巡按官所到凡倉庫收貯官物及造作役使官匠去處須管遍歷巡視用心體察有收貯不如法並侵盜移易損壞官物及諸造作役人不應者隨即糾治申臺呈省

一隨處若有假託正一妄造妖言爛惑人心涉於背義者嚴責各管官司常切禁治關防按察司官多方體察

一凡察到官吏違法不公事理合就問其事干人取卒不能了畢者行移合屬官司追問不實不盡者究治

一今後若有民戶逃亡盜賊滋殖鈔法澀滯錢穀有虧文案不完公事廢墮其在任官員坐視不治者雖無

四四六

**《典章六 臺綱二》**　七

私罪當以慢公失職糾彈

一訴訟人自下而上若已經合屬官司斷訖察司稱寬者須詳審詞理視其所斷若有不應行移再問其見問未決並越訴者不得受理

一按察司官吏凡有按察官者處之人違者不許保用人吏若買賣諸物不得轉使官司勾當之人違者究治

一諸有罪被問人不得妄行指射問事官吏若果有合依已降條候本宗事了結絕聽告

一按察司照刷刷盡心按治有法使官吏畏謹一道鎮靜為稱職若於合察大事不為盡心其能否實跡行御史臺差官體究一體者為不稱職

---

併黜陟

**改立廉訪司** 至元二十八年五月二十三日欽奉聖旨節該

外頭有的提刑按察司官人每在先半年裏一遍刷卷體察勾當出去有來各道監臨坐地的官人每不揀甚時一路的過去上頭百姓每生受官人令史每做賊說謊的不得知來為那般上訪司官提刑按察司官人每立了蕭政廉訪司也這廉訪司官人每提調著各路監臨坐地官人每如今但是蕭政廉訪的官人有如今但是蕭政廉訪的官人每根底交百姓每受者不揀甚麼道裏行有呵但立了蕭政廉訪司也休交百姓每交百姓每根底要肚皮壞了官人每根底取了招伏呵官人每省拿住呵受勅的官人不揀甚麼生受官人令史每改了為那般上頭立了蕭政廉訪的官人每根底重罪過

**《典章六 臺綱二》**　八

五六六

罪過呵取了他每招伏奏將來者更不要肚皮不揀甚麼勾當成就了不交百姓生受的人每根底明白文字裏奏將來呵他每根底百姓生受的怎生般賞的每般識也者又鈔法鹽貨提調的勾當官民得濟的廳道有不揀甚麼課程錢糧提調的官人每用心完備成就者糧從賣完備者又管民官與按察司官遞互相照刷文卷有道用心體察者又管民官休遞互蔽掩閉者罪過不交出來者如今廉訪司的文卷管民官廉訪司官管民官休照刷文卷者更蕭政廉訪司官與那般照刷刷者來那般照刷刷者不交出來者是與不是的訪司官裏每依舊照刷的人去他每根底蕭政廉訪司官吏人等要肚皮壞了勾當的人每根底比別個省裏臺裏差人每的他每的罪過重更別箇體察的勾當依省做官的人每的它每的罪過

初立按察司行來的聖旨體例裏行者道來聖旨免兒年
五月二十三日上都有時分寫來

廉訪司合行條例　至元二十九年正月御史臺承奉中書省
札付奉聖旨各道提刑按察司改爲肅政廉訪司其所責
任與前不同若復循常必致敗事都省今議到合行事理
仰依准施行

一肅政廉訪司官到任之後須要不出十日前去分定
路分監治各其已到月日申臺違者究問

一肅政廉訪司官既委分臨監治非奉聖旨諸官府不
得差移

一上司行下各路責辦之事若不遵元行敗悞其事或
蹈襲前弊橫生繁擾者所在肅政廉訪司官就便究
治

四七六

〈典章六　臺綱二〉九

一年終檢覈所在監治去處能使官吏廉勤不敢違法
凡事辦集不致擾民非因天災流行百姓安業則爲
領職其有習弊不改敗事擾民之人若無所看循糾
治得當者亦如之聖旨已有定例其餘在任官員比
及來議將終視其有治效最多並敗事爲甚者各備
一廉訪司官委任既重卻不得苛細生事閫於大體違
者全不稱職

體察行省官吏　御史臺咨至元二十九年三月初十日奏過
事内一件外頭行省裏官人令史首領官勾當裏行
的人每要肚皮呵廉訪司官人每體察者麼道不曾道來
這裏監察有來地里遠寫處監察一二年到
不得有俺商量來呵如今但有省處廉訪司每要肚皮底每

根底體著尋著呵省官人每首領官每察知呵俺根底交
說將來者除那底每已外底他每就便問呵怎生麼道奏
呵那般體察者麼道聖旨了也欽此

體察使臣要肚皮　中書省據御史臺呈至元三十一年七月
初七日奏過事内一件在前世祖皇帝聖旨裏諸處官司因事
勾當裏差出的使臣每到外頭體例交百姓生受底交俺體
察來近間開讀聖旨詔赦出去的人每推著梯己俸錢廊官已
要肚皮多喫祇應那官人每根底不揀甚
大小勾當使出去的人每更不揀甚麼道奏底有如今皇帝登寶位這般
支官錢科歛百姓這般行呵大體治呵怎生麼道奏過各道
使見識做說謊底根底不整治呵令俺似這般底聞奏過
百姓每怎生不交生受底如令俺似這般底

五·六五

〈典章六　臺綱二〉十

有司休尋廉訪司事　至元三十一年八月行御史臺准御史
臺咨至元三十年五月二十三日奏過事内一件設立
御史臺體例中書省樞密院内外有諸衙門官吏行底
者麼道聖旨了也欽此

臺咨至元二十九年閏月魯那演爲頭臺官人每奏有來自
中丞之下至至元三十九年閏月有省得的勾當有來底
喫了俸錢廢道奏呵先皇帝聖旨說呵那般
有表事呵與御史臺官人每一處奏者呵不空
是底不是的他每底文書照刷體察者中書省樞密院凡
便奏者至至元三十一年五月二十三日奏過事内一件
御史臺體例中書省樞密院内外有諸衙門官吏行底
者麼道聖旨了也欽此

不交不損省奏每也者麼道這般聖旨有來又在前
欽奉先皇帝聖旨提說言語底人說底是呵有賞也者說

八八

五八五

底不是呵不要罪過近聞詔書裏不揀誰提說言語有呵
提說者麼道行有來如今皇帝可憐見歹婢奴每比之在
前更索向前用心出氣力皇帝可憐見呵裏頭臺裏外官
人每委先皇帝聖旨廉訪司官皇帝聖旨裏各自省得的勾當
欽依先皇帝聖旨體例皇帝聖旨裏各自省得底勾當有呵
者說是呵好底歹底都知道也不揀者不是呵俺臺裏行呵
遠近有機密勾當有不揀甚麼呵俺空便裏奏將了桑哥俺
提奏有底體察行有不揀甚麼小勾當有呵俺拿去桑哥
後委付者有底中書衙門官吏拿了來得是底勾當不
耳朵委付者自中書省為頭諸衙門官吏見拿了桑哥根
是的體察行有不揀甚麼大勾當小勾當得勾當不說
後頭御史臺家勾當交行底不交行
呵底喫道不是來待打呵饒了來如今麼道先皇帝俺根
根底喫道不是有來皇帝聖旨理合將拿去俺每做底不是
呵這件當每根底棒子到底聖旨有呵月魯那演奏在前呵
俺臺家麼道勾當一年來行不得也如今者交我也羞底是來
帝識者麼道這般奏呵欽奉聖旨您的勾當斷尋呵御史

**戒飭司官整治勾當**　元貞元年十一月欽奉聖旨御史臺廉

訪司官交休觀面皮糾察官吏不公眾百姓的疾苦休知
呵每根底說著委付來如今中書省官人每備平意明
理不花言語裏廉訪奏委用元意自意
無體例俺的勾當入來撓擾行省有一件將受宣勅有
官人每廉訪司官監察每自意斷罷有俺行省官人眾人

---

此

治行者這般宣諭了廉訪司官監察每先行來無體例勾
當更不改分外自意無體例行事呵他每不怕那甚麼欽
問休單摘委一員他無無體例行的勾當呵中書御史
臺官人眾人商量了除外更有合整治的勾當交中書續續的整
內若有事千人眾卒難結絕呵委付管民官一同裏歸於
的罪過咱每根底識也者又行省官主著行的勾當有錯呵監
察每申臺行文書取受勒官者交付省官路官元體察官罪過
人每根底實呵與附近省官或宣慰司官稟咱每裏一同斷了省
處審問是實呵受勒官依先宣官例就那裏斷了省官一
呵他每問了交問有這般奏來今以後察知受宣勅省官罪過
摘一員交問有這般奏來今以後察知受宣勅官罪過呵監
訪司官監察每體察每行令史更改俺改呵御史不句問管民官裏
議定行了的勾當監察每體察每打令史更改俺御

**整治廉訪司**　大德十一年五月中書省咨得大德十年六月
二十四日奏過下項事理欽此都省合行開具容請照驗
施行
一件去年監察每廉訪司官每不守根腳裏行來的體
例分外行來的上頭近附二百人被無體例行倚氣力
革罷了來麼道聖旨有來略問呵教俺與臺官不守根
者麼道聖旨有來那其間遇著赦呵不曾結絕得因著那般
顯跡有來廉訪司裏整治的立定條畫盡去
年夏間聽讀過檢子奏了來在後又奉聖旨廉訪司

五二二

的名兒不須更改依先的名字有者麼道聖旨有呵
俺又奏來廉訪司的名兒只依著在先有者麼道傳
奉聖旨來依著已了的聖旨也與臺官每一同商量與
交行那麼道聖旨奏呵大都與臺官每一同商量擬定了
問的明白招伏了合要罪過的合斷罪的依在先體
例交他每行者各處監治住著不揀甚麼罷的依在先體
成者又每年一遍省臺差人去廉訪司官行一同
與不是的依在先體例省臺體察交照刷他每的文卷
呵怎麼道奏呵奉聖旨那般者
一件除這的外其餘但行合行的勾當依當著去年夏間
奏來的初立按察司時分行合行的條畫體例裏交行

《典章六 臺綱二》 十三

呵怎生商量來麼道奏呵奉聖旨那般者
一件為勸課農桑勾當的上頭立著營田司衙門來在
後奏了革罷了那般衙門各處添了兩員僉事交
訪司官提調著行來前者商量呵臺官每說廉訪司
合行的勾當多有地面也寬闊裁減了使伴當每少
也者說有俺眾人商量來他每說少有不交被裁減只
依舊留存農桑的勾當交管民官提調著不謹慎的
交廉訪司官提調著行呵臺裏與將文書
喚著問有在先他每體察得罪過呵臺裏行呵怎
去呵臺裏監察每去問有來只依在先例行呵近
生麼道商量來麼道奏呵奉聖旨那般者
年廉訪司問者去年俺要奏罪過行有依在先行來的體例行

五四五

省首領官令史宣使人等廉訪司官休問
者委實有罪過做的乾淨了呵體察的明白臺裏與
將文書來者臺官每監察每去教問呵怎生奏呵奉
聖旨那般者欽此

宣諭憲司事理

大德十一年六月十四日奏過事內一件昨日皇太子令旨奏有上
的其間特奉令旨去年您過事內一件昨日皇太子根底啟事十
了來那不曾外頭的勾當我理會得有做賊說謊的官人行
中受勅的職官廉訪司他每是一家的勾當省臺差人去廉訪
每的職官廉訪司他每是一家的勾當也省臺差人照刷廉訪
司文卷呵自其間廝等當罪者省臺呵這勾當也不便有休監
休照刷者各路裏監臨坐地呵這勾當也不便有休監臨
坐地者依在先體例照刷文卷休察勾當行者

《典章六 臺綱二》 十四

麼道皇帝根底奏者特奉令旨來上位奏的其間阿沙不
花平章奏這勾當省臺官眾人處商量來的勾當有您獨
自休奏者奏呵臺官人每回奏俺皇太子令旨奏有上
位職者奏呵奉聖旨臺家勾當其間阿沙不花休胡說臺
官人每的言語是有那般行者欽此

體覆獲功人員 大德元年五月行御史臺咨奉中
書省劄付該江浙行省咨為顏仲和節次管領民義殺獲
首賊等事准此擬從行省所擬於巡檢內任用為是顏仲
和獲功切恐中間詐冒參詳今後似此獲功之人若令廉訪
司體覆是實雖是本處官司保勘明白終是未經廉訪
位職者奏呵奉聖旨...

體察體覆事理 湖廣行省准中書省咨大德六年正月二十
合屬依例體覆施行
司體覆是實以憑定奪似為不致詐冒准此都省仰行移

日奏過事內一件初立臺時分則教體察來在後立按察
司時分有水旱災傷田禾不收呵後頭漸漸不問
大小勾當教俺體覆有其間多有窒礙麼道說有體覆的
勾當短少錢糧等事一面詞因怎生作數有體覆的
道說有何平章也說在先是體覆來水旱災傷呵合體覆
來的勾當體覆虛實行了多年也伴當每道俺的緣由是這
訪司體覆虛實行了多年也伴當每道俺的緣由是這般不是新行
除那的外合體察麼道說有依著伴當每言語行呵怎生
又奉聖旨怎恁說的是呵行也者不是呵不教損了你麼道
奏呵奉聖旨那般者欽此

**體察追問**　延祐二年四月行臺劄付准御史臺咨延祐元年
十二月十七日奏過事內一件群禪皇帝立御史臺咨延祐得失
中書省為頭諸衙門大小官吏非違朝廷得失軍民利害

五六五

《典章六　臺綱二》

十五

聖旨有來皇帝登了寶位又行了添氣力聖旨來來近間
革罷了西臺上頭被問有的人每依著勾當沮壞臺察
取受來的上頭被問來麼道臺察勾當這般體察
勾當的人每恐怕撾拾不肯言語有百姓的生受無處告
做賊說謊的人多也者俺省得的後道大勾當
裏有窒礙呵怕有監察廉訪司官人每依著耳目一般委付著有可憐
見呵監察御史廉訪司官人每依著在先行來的的聖旨體
例裏做賊說謊擾害百姓的人每根底好生用心體察呵
問俺行文書呵那道聖旨了也欽此

請欽依施行仰此欽依施行

**寺家災傷體覆**　延祐四年閏正月
院關正月十四日本院官野訥院使等奏過事內一件平
江鎮江兩處提舉司管著的寺家常住地每年申報水旱

---

災傷篤是廉訪司不曾體覆俺難准信有今後若有水旱
災傷有司檢踏了交廉訪司體覆呵怎生奏呵奉聖旨那
般者欽此除外備呈劄付御史臺欽依施行都省恁會欽
依施行

**臺家聲跡體覆**　延祐四年二月二十七日御史臺官奏過事
內一件每年差監察中省照刷文卷體覆廉訪司聲跡去
有如今經了赦也俺商量來除未體覆去處山東淮東淮
西依例交體覆去其餘的守省巡按到秋裏交出去今後
守省去呵須要依期回還體覆聲跡呵在任的並有事故
無事故離了任的每都體覆了的是的再用也者有事故
的不好的風憲裏不用呵怎生奏呵那般者麼道
臺文字裏說將來腹裏百姓為飢荒的上頭流移的來江

《典章六　臺綱二》

三六七

十六

**拯濟災傷**　延祐四年四月初四日御史臺官奏過事內一件南
南隆興袁州建康太平寧國等路分裏千百成羣搔擾百
姓搶奪錢物關打相爭傷死流民男女九人俺商量來不
早拯治呵似這般以後越聚的多了呵不便當有俺呈與
省家設法拯治呵怎生奏呵那般者麼道聖旨了也欽此

## 按治

**監察巡按照刷**

至元六年九月中書省據御史臺呈今擬監察馳驛前往中都路管轄州郡廵按照刷勾當若事俱利害或職官有犯報臺呈省外公吏人等稽遲污濫不公斷罰體例乞明降事省府相度合下仰照驗據監察州郡廵按遇有官吏所犯事重或職官有犯者報臺定奪外公吏人等稽遲怠慢詳請酌量施行

**察司巡按享理**

至元二十三年欽奉聖旨據御臺奏下項事理

五〇七

《典章六 臺綱二》

一在先按察司官半年一出巡按几百姓疾苦官吏情弊時暫經過不能遍知令後各道除使二員守司餘擬每年八月為始分行各道按治勾當至次年四月還司類其凢合奏言事理正官一員赴御史臺會議闞奏其在江南行御史臺正官一員依上赴都

一按察司官不管軍民錢穀惟官吏人等有犯有告之糺彈近年以來事顥有違犯官吏擬亦有告狀不公者若奏事顥有違犯擬比其它加等罪之如按察司官几事照依條例施行其被察之人有挾讎妄告阻察司官者亦行治罪

七　十七

**廉訪司巡按月日**　大德三年五月

大德三年五月二十八日奏過事内一件江南行臺各道廉訪司與將文書來在前廉訪司巡按照刷卷行呵五月裏出司五月裏還間還司呵怎生麼道例有俺商量來九月初間還司呵有他每來有理問的事呵碍著有麼道說將來時月礙著有麼道農忙的時月礙著有麼道四月初

了也欽此

**分巡須要遍歷**　延祐四年四月初四日御史臺官奏過事内

一件各道廉訪司巡每年八月中分巡次年四月中還司麼要遍歷麼道聖旨行了來如今山北四川雲南陝西這四道廉訪司按治的地面寬遠巡遍不得有合添司官麼道俺商量來出處還司呵須要依著已了聖旨限次行也者如委是上年遍不得的去處却交下年先行巡歷呵怎生奏呵那般者麼道聖旨了也欽此

**巡按一就審**　延祐四年四月初四日御史臺奏過事有一

件南臺文字裏說將來廣東廣西海北烟瘴么地面有五六月裏審囚去呵也著烟瘴多有死了的廉訪司官暑月審囚去呵有今後審囚呵只交巡按時分一就審時分一時審呵便當麼道俺商量來這三道並雲南俱係烟瘴重地今後除結案重刑出去審復暑月有的輕囚催督交有司依例發落毋得淹禁其餘罪囚巡按時分一就審呵怎生奏呵那般者麼道聖旨了也欽此

五三三

《典章六 臺綱二》

大　十八

# 照刷

**斷例**　免罪　五下　七下　一七　二七　三七　御史臺斷過例

卷票數卷宗數
少者多者
重事者臨時裁
斷

**稽遲**　六日之下　半月　一月下　兩月中　兩月上　一季上
七日上　半月上　一月上　罪止　罪止

**違錯**

照刷抹子刷住稽遲如有前卷即便揲照自元發事有寫立

扎子招議罪上位字樣

改抹日月　文義差錯

辨驗印押　塗注字樣　補勘文字並倒題月日

虛調行移　磨算錢粮　雜泛差役驗是何分數

三〇九　《典章六臺綱二》　一九

科差和雜和買已未支價照時估合算體覆

成造諸物有

已斷詞訟有無偏屈

人命事理子細詳審初復檢驗屍狀端的致命根因及

照死者元犯輕重罪名責付何人燒埋有冤枉

應條遠近年分和雜和買造作諸物未足價錢保結開

申

照承受指揮日月有無稽遲

卷內刷住稽遲取甘結舉行

爲格爲例事理鈔上

刷住稽遲文卷於刷尾上標照稽遲或違錯二字

於刷尾紙上標照過二字

於刷尾縫上使墨印刷訖字一半上使司印勿漏繫書

---

照刷尾已絕未絕二字須要標寫先照後刷

刷印並司印須要圓正分明

**省部起臺刷卷**　至元二十八年五月二十八日江西行省准

欽奉聖旨定到立臺條畫一欵該彈劾內外百司奸邪

非違肅清風俗磨刷諸司案牘等事欽此自中書省已下

諸司文卷俱就御史臺照刷諸行司近年以來立省部尚書省桑哥專

權恣縱汨抑臺察御史就於省部照刷文卷事理合改

哥奸人敗露舊行弊政俱各更新照刷文卷故施行得此

正欽依元奉聖旨條畫立臺典故施行得此呈奉尚書省

札付該都省識得准呈施行

**刷卷住刷尾連**

察御史按察司止驗上下半年合該月日照刷被刷人員

尚書省咨照得內外諸司文卷內有連年不決之事其間

四六七　《典章六臺綱二》　二十

顧知已便就行另作卷宗刷過亦不通粘各另架閣切恐

中間差池於事不便都省議得考照文卷若非始末詳察

不能具見違錯除外令後刷卷須當勒令經手人吏粘類

首尾相見通前照刷

**刷卷首尾相見體式**

某衙門吏員

今照勘到某年上下半年應合該刷文卷與委定首領官

共眼同檢勘過號計張縫粘連刷尾完備逐一具報前去

結定中間並無隱漏差報宗數如因後事發露或查勘後

却有漏報該刷卷宗首領官吏情願當罪薰事罷役無詞

一總計若干宗　已經照刷若干宗

已絕若干宗

六八九

月分若干宗

刷尾一宗自幾年月日除前刷外今月

某年月日甚文字至幾年月日是何文字

爲尾計紙幾張縫通前幾經照刷計紙幾

張縫

餘依上開

未絕若干宗

月分若干宗

開刷尾云云

餘依上開

未經詔刷若干宗

已絕詔刷若干宗

月分若干宗

〈典章六〉臺綱二

開刷尾云云

餘依上開

未絕若干宗

月分若干宗

開刷尾云云

餘依上開

大德十年五月行臺准御史臺咨據監察御史呈會驗立

臺欽奉聖旨條畫內一欵該彈劾內外百司姦邪非違

刷磨諸司案牘欽此至元二十八年五月初九日御史臺

承奉尚書省劄付內外諸司文卷監察御史按察司止驗

上半年合該月日照刷吏員顧其已便就而另作卷宗

刷過亦不通粘各別入架切恐差池都省議得若非始末

詳察不能盡見過錯今後刷卷勒令粘類首尾相見通前

---

五七七

照刷承此除外近奉憲臺判送照刷諸司衙門大德八年

上半年文卷吏員往往多取已便輒將未絕文卷縱去首

尾取截上將該刷紙幅出官照刷如事之始末中間稽遲

過錯不得具見問之或稱元行人吏已是告滿離役但云

不知非自經手其費揍求至有去失縱有檢出前後失粘

漏報或經革罷無益於事蓋由不經首領官檢勘猾吏儘

得情掩蔽可否縱心供報不惟容啟姦門積習爲

常無以示畏害公不便久患除可自今始立此式

一體遍行庶得責首領官躬督幾吏遇事照刷未絕一

罪供對設或差漏事先治庶幾漏落每遇照刷病少革一

抑亦免有照刷之慂畧具遲慢隱漏文卷明顯處立式

在前未審可否緣係爲例事理具呈照詳得此本臺令鈔

所立體式在前咨請照驗施行

〈典章六〉臺綱二

追照文卷三日發還 至元三十年四月廉訪司奉行御史臺

札付據龍興路新建縣民戶陳寶孫告陳解宗虛告盜賣

物業本路不行歸結送監察御史追照取問去後回呈依

上照過龍興路新建縣文卷本宗公事賣新建縣依理歸

卷去訖所有本道廉訪司追索前項文卷八箇月餘未曾

結去訖所有本道經歷司典吏揭有先元行書吏沈元鎮接

發下問得元行書吏彭毅除外合下仰令後蔡居仁合令廉訪司就便治罪乞元鎮詳

行書吏除外合下仰令後如是追索各房令後

憲臺除外合下仰令後如是追索各房令後如是追索有司文

還其依准申臺奉此除已付各房令後如是追索有司文

卷限三日照勘了畢即便發還施行移牒可照會

臺官不刷卷 至元三十年九月御史臺咨七月十六日奏過

事內一件在前相威大夫江南田地裏行臺去時分每年

那裏壹箇官人將省監察令史通事行省裏照刷文
卷去有來年立了廉訪司後但立省頭的行省裏底田地
裏有底做罪過阿廉訪司官人每那裏的行省官人每要
肚皮做罪過阿廉訪司官人每那裏照刷文卷去阿者些上
位做了差將人問去行省裏廉訪司官人等勾當行了來位
斷罷的罪過有阿廉訪說將來者小遲了文卷錯了文
書來底罪過有阿監察每就便斷者的有的理問所
文卷廉訪司官人每照刷來的體例奏准聖旨行了來如今
江南田地裏廉訪司官人每相威行來的體例奏准聖旨
監察令史通事騎著鋪馬照刷文卷去阿重了有俺商量
來不揀有甚勾當阿依在先奏來的聖旨體例裏廉訪司

## 行省令史稽遲監察就斷

官人每監察每行臺行省官人每依這裏臺裏體例裏只
付該准御史臺咨至元二十八年十二月十一日也可怯
群第三日紫檀殿般西南上有時分奏過事內一件各處行
省文每年臺裏差監察照刷去來這臺裏尋出令史每錯
了遲了勾當來阿取了招覆回來這臺定了罪過第二
年再差監察每去阿斷去的人到阿他每都使
見識回避了不曾斷來比及斷去的人到阿他每都使
差監察各處行省照刷出稽遲違錯底輕罪過阿教監察
就便勘酌斷犯賊底罷役底重責箇底罪過申臺
定奪呵怎生這般奏呵那般者麼道聖旨了也欽此

---

## 稽遲罰俸不須問番

除外容請依上施行
大德二年十月江西行省准中書省咨來
咨廉訪司奉行臺札付照刷出稽遲違錯應合罰俸事理
合准就便施行已咨未准回示都省議得諸衙門正官首
領官吏各有任責今後照刷出稽遲若必合責問職官罰
俸事理依准所擬任令本道廉訪司就行各處官司照會
又據御史臺呈七月十三日奏過事內一件江州彭澤縣
水淹了田禾本路王總管等不曾檢踏取了招覆合審了
申呈合干上司施行已咨本省廉訪司承

斷那不合審了斷說將來俺商量來百姓被災傷不檢踏
底體側合有罪過這王總管根底從行臺斟酌罰俸者
在先聖旨體例裏察知受宣勅官人每問罪過有那麼間了附
近的省官宣慰司路官一處審問了要罪過來公罪有百姓田禾
傷不檢踏的或怠慢的並罪過依著聖旨那般者欽此
料酌責罰不須問審就便行呵怎生奉聖旨那般者欽此

## 違錯輕的罰俸重要罪過

奉江南行臺札付據江東建康道廉訪司申准廉訪司盧
底那不合審了斷說將來俺商量來百姓被災傷不檢踏
正議牒該追問照刷之條往往一概責罰人多玩視當輕犯
甚非懲戒之意當職所見如字畫差訛數目謬誤當量情
責罰若違制違例傷官害政形跡可疑僥倖顯露雖贓濫
未形其當該人吏重者罷役輕者降等主行掌判官輕者

的決重者勒停似望官吏修謹刑政清平申乞照詳移准
御史臺容照得近省奉中書省咨札付本臺令後因公事錯了
底若不問事體輕重一概罰奉實爲不便本臺今因公事奏在先
有省家文字裏說若因公事文字錯了的罰俸錢外別簡
做省的驗事輕重要罪過這般聖旨有來如今俺尋思
得因著公事文字裏稽遲違錯過的也有重的也有若事
輕的交罰俸錢事的依著在先聖旨體例裏要罪過呵
怎生奉聖旨不索尋思依著在先體例裏行者欽此
內外諸衙門有稽違的公事依著罪過了的罰俸錢斷罪過在後

### 指卷照刷

大德五年中書省咨御史臺呈大德四年十二月
初三日奏過事內一件在前行了詔書的後頭合免文卷
以後婚姻田產尪良的勾當錯了的有呵罪過
卷照刷呵怎生奏呵那般者麼道聖旨了也欽此

五八五

**典章六　臺綱二**

婚姻尪良的勾當錯了的合改正的勾當用著的文卷
卷照刷呵怎生奏呵那般者麼道聖旨了也欽此
來如今合免的文卷不照刷人命的錢糧的勾當爭田產

### 指卷照刷

大德六年

報到大德五年下半年合刷文卷事目照刷間大德六年
三月三日欽奉敕賜恩欽此照得大德四年十二月初二日
本臺官奏奉聖旨節該在前行了的詔書的後頭免了的文
卷五見上大德欽此移咨御史臺依例聞奏去後令准回咨
大德六年八月初三日本臺官禿赤大夫朶歹侍御札忽
完歹治書對火者及藏吉字夫奏過事內一件在先詔書
行了呵免了的文卷不照刷來那裏頭爭田土的婚姻的又
那的勾當對文卷差錯了的指卷照刷若是實呵他的罪過依著
詔書裏免了差錯了的勾當在先這般改正行有來如今

　月行臺准御史臺咨近據在都諸衙門

依在先體例裏行呵怎生麼道上位奏呵依在先體例裏
行者麼道聖旨了也欽此

五十一

**典章六　臺綱二**

典章卷之六終

# 吏部卷之一　典章七

## 官制一　資品　職品

### 資品

**文**　〔三〇六〕

| 品 | 文（資品・散官） |
|---|---|
| 正一品 | 開府儀同三司　儀同三司　特進　崇進　金紫光祿大夫　銀青榮祿大夫 |
| 從一品 | 光祿大夫　榮祿大夫 |
| 正二品 | 資德大夫　資政大夫　資善大夫 |
| 從二品 | 正奉大夫　通奉大夫　中奉大夫 |
| 正三品 | 正議大夫　通議大夫　嘉議大夫 |
| 從三品 | 大中大夫　亞中大夫 |
| 正四品 | 中議大夫　中憲大夫　中順大夫 |
| 從四品 | 朝請大夫　朝列大夫 |
| 正五品 | 奉政大夫　奉議大夫 |
| 從五品 | 奉直大夫　奉訓大夫 |
| 正六品 | 承德郎　承直郎 |
| 從六品 | 儒林郎　承務郎 |
| 正七品 | 文林郎　承事郎 |
| 從七品 | 徵事郎　從仕郎 |
| 正八品 | 登仕郎　將仕郎 |
| 從八品 | 登仕佐郎　將仕佐郎 |
| 正九品 |  |
| 從九品 | 注 |

**武**

| 品 | 武（資品・散官） |
|---|---|
| 正一品 |  |
| 從一品 |  |
| 正二品 | 龍虎衛上將軍　金吾衛上將軍　驃騎衛上將軍 |
| 從二品 | 奉國上將軍　輔國上將軍　鎮國上將軍 |
| 正三品 | 昭勇大將軍　昭毅大將軍　昭武大將軍 |
| 從三品 | 安遠大將軍　定遠大將軍　懷遠大將軍 |
| 正四品 | 廣威將軍　宣威將軍 |
| 從四品 | 信武將軍　顯武將軍 |
| 正五品 | 武節將軍　武德將軍 |
| 從五品 | 武義將軍　武毅將軍 |
| 正六品 | 承信校尉　昭信校尉 |
| 從六品 | 忠武校尉　忠顯校尉 |
| 正七品 | 忠勇校尉 |
| 從七品 | 修武校尉　敦武校尉 |
| 正八品 | 進義校尉　保義校尉 |
| 從八品 | 進義副尉　保義副尉 |

### 雜流

〔三六四〕

| 司天 | 太醫 | 內侍 | 教坊 |
|---|---|---|---|
| 欽象大夫 | 保宜大夫 | 中散大夫 | 雲韶大夫 |
| 明儀大夫 | 保康大夫 | 中引大夫 | 仙韶大夫 |
| 頒朔大夫 | 保安大夫 | 中御大夫 | 長寧大夫 |
| 保章大夫 | 保和大夫 | 中儀大夫 | 和德大夫 |
| 司玄大夫 | 保順大夫 | 中衛大夫 | 協律大夫 |
| 司辰大夫 | 保沖大夫 | 中治大夫 | 嘉成大夫 |
| 授時郎 | 成全郎 | 通侍郎 | 和純郎 |
| 靈臺郎 | 成安郎 | 侍衛郎 | 音調郎 |
| 保章正 | 成和郎 | 侍直郎 | 樂司郎 |
| 司曆正 | 成全郎 | 直內郎 | 樂協郎 |
| 正秩醫 | 成正郎 | 調司郎 | 樂音郎 |
| 正紀醫 | 成效郎 | 司閣郎 | 律司郎 |
| 挈壺醫 | 成候醫 | 司僕郎 | 和聲郎 |
| 司曆醫 | 成全醫 | 司奉郎 | 和節郎 |
| 司辰郎 | 成愈郎 | 司引郎 |  |

## 典章七　吏部一

（表格一）

**雜流**

| 品級 | 司天 | 太醫 | 內侍 | 教坊 |
|---|---|---|---|---|
| 從三品正四品 | 欽象大夫 | 保宜大夫 | 中散大夫 | 雲韶大夫 |
| 從正五品 | 宣儀大夫 | 保康大夫 | 中引大夫 | 仙韶大夫 |
|  | 朔頤大夫 | 保和大夫 | 中御大夫 | 長寧大夫 |
|  | 保章大夫 | 保安大夫 | 中儀大夫 | 和德大夫 |
|  | 川玄大夫 | 保順大夫 | 中衛大夫 | 嘉協大夫 |
|  |  | 保沖大夫 | 中冶大夫 | 律成大夫 |
| 從正六品 | 授時郎 | 保全郎 | 通侍郎 | 純和郎 |
| 從正七品 | 靈臺郎 | 成安郎 | 通衛郎 | 調音郎 |
|  | 候儀郎 | 成和郎 | 通直郎 | 司樂郎 |
|  | 司正郎 | 成全郎 | 內直郎 | 協樂郎 |
| 從正八品 | 平秩郎 | 醫正郎 | 司謁郎 | 和樂郎 |
|  | 正紀郎 | 醫效郎 | 司闥郎 | 司音郎 |
| 從 | 挈壺郎 | 醫候郎 | 司僕郎 | 司律郎 |
|  | 司曆郎 | 醫痊郎 | 司奉郎 | 和聲郎 |
|  | 司辰郎 | 醫愈郎 | 司引郎 | 和節郎 |

二　陳氏校補

原表品級闕橫線今改正與
後方品級不相應橫線今改正與

---

## 職品

**內外文武職品**

六五四

### 典章七　吏部一

| 品級 | | | |
|---|---|---|---|
| 正一品 | 太師 | 太傅 | 太保 |
| 從一品 | 中書右丞相 | 中書左丞相 | 錄軍國重事 |
|  | 中書平章政事 行省平章政事同 | 樞密院使 | 宣徽院使 |
|  | 宣政院使 | 徽政院使 | 札魯忽赤 |
| 正二品 | 大司徒 | 大司農 | 集賢院使 |
|  | 右丞 行省 | 左丞 同 | 知樞密院事 |
|  | 同知樞密院事 | 大司農 | 知樞密院事 |
|  | 左右詹事 | 御史大夫 | 總制院使 |
|  | 同知宣政院事 | 同知徽政院事 | 守司徒 |
|  | 大都留守司達魯花赤兼少府監事 | 守司徒 | 留守 |
|  | 上都留守司本路總管府達魯花赤 | 留守 | |

**從二品**

内任

| | | |
|---|---|---|
| 太子詹事 | 晉王内史 | 中書參知政事 行省同 |
| 翰林學士承旨 | 安西王相 | 崇福使 |
| 政院使 | 昭文館大學士 | 御史中丞 |
| 大都護 | 將作院使 | 樞密院副使 |
| 泉府大卿 | 中正院使 | 宣政院副使 |
| 徽政院副使 | 宣政院副使 | |

外任

三

## 〔上〕

各道宣慰使
　山東東西　　河北山西　　淮東東西
　浙東道　　　荊湖北　　　湖南
　廣西　　　　廣西　　　　四川南
　遼東　　　　沿邊溪洞

軍民職
各處宣慰使司元帥
　福建道　　　八番順元等處　　海北海南道
　安南國　　　廣西兩江　　　　大理金齒等處
　廣南西道土番等　烏思藏納憐怗古里孫等處路
各處宣慰使兼管軍萬戶
　廣南西道　　烏撒烏蒙等處　　羅羅斯
　曲靖等路　　臨安廣西元江等處

〈六五八〉

軍職
　都元帥
　正三品　　　　　　　　　四

內任
　副詹事　　　中書省斷事官　　宮正
　六部尚書　　延慶司使　　　　提點太醫院事
　王傅　　　　太子賓客　　　　集賢學士
　各衛親軍都指揮使　　　　　　內宰
　太史院使　　翰林學士知制誥兼修國史
　隆福宮左右都威衛使
同知
　大都留守司事兼少府監事　　　通政院事
　上都留守司兼本路都總管府事　中政院事

## 〔下〕

僉事
　樞密院事　　　　　徽政院
　宣政院　　　通政院　徽政院
　行中書省事　宣徽院

卿
　大司農卿　　太府卿　　太常
　泉府　　　　利用　　　太僕
　典瑞　　　　光祿　　　章佩
　中尚　　　　武備　　　尚乘
　上都留守副達魯花赤兼本路總管府副達魯花赤
　昔保赤八喇哈孫達魯花赤
　只哈赤八喇哈孫達魯花赤

外任
各道肅政廉訪使

〈三百〇七〉

| | | |
|---|---|---|
| 燕南河北 | 真定 | 河南江北汴梁 |
| 河東河北 | 山北遼東大宁 | 山東東西濟南 |
| 河西隴右 | 陝西漢中安西 | 西蜀四川成都 |
| 淮西江北 | 河南江北江陵 | 江北淮東揚州 |
| 江南浙西 | 浙東海右 | 浙東海右婺州 |
| 江南 | 江西建康寧國 | 江西湖東龍興 |
| 嶺北湖南 | 江東建康 | 江南湖北武昌 |
| 嶺南廣西 | 海北廣東 | 海北海南雷州 |
| 福建閩海 | 嶺南 | 廣州 |
| 江南湖北 | 海北海南 | 海北海南 |

民職
　上路總管府達魯花赤　上路總管兼府尹
軍民職
　軍民安撫司達魯花赤　羅番遏蠻軍　臥龍番南寧軍
　金石番太平軍　　　　方番河中府　盧番靜海軍
　程番武靜軍　　　　　　　　　　　小龍番靜海軍

洪番永盛軍
耽羅國
南丹州等處
新昌蔓蠻軍
大龍番應天軍

軍職
李店文州蒙古漢軍元帥府達魯花赤
元帥
副元帥
萬戶
招討使
征行先鋒使
管蒙古軍萬戶
上萬戶府達魯花赤
萬戶
砲手軍匠萬戶
副達魯花赤
諸職
漕運萬戶府達魯花赤
海船達魯花赤

都轉運使
福建等路鹽
河間等路鹽
山東東道鹽
陝西鹽
湖南湖北金場
兩淮鹽
兩浙鹽
江西等處榷茶

總管

二九九
戶部尚書規措應昌糧儲事

《典章七 吏部一》 六

匠職
總管
諸路總府達魯花赤
都漕運使
太護國仁王寺昭應宮規運財都總管府達魯花赤
諸路金玉人匠
管領諸路怯怜口人匠
織染雜造人匠
管領本位下隨路諸色民匠打捕鷹房
本位下諸色人都總管
京畿都轉運使司達魯花赤

從三品
內任
晉王中尉
國子祭酒
祕書監
翰林侍讀學士兼賢
同知都護府事
都水監
樞密院斷事官

---

同判武備寺事
隆福左右威衛使
宣政院斷事官
同判尚乘寺事
各衛親軍副都指揮使
昔保赤八剌哈孫副達魯花赤
只哈赤八剌哈孫副達魯花赤
太監
太府
典瑞
章佩
中尚
利用

外任
民職
同判宣慰司事
同知宣慰司事
下路總管府達魯花赤
太都路都總管府副達魯花赤
總管

軍民職
同知宣慰司事兼副元帥

二八九
同知宣慰司事兼管軍萬戶

《典章七 吏部一》 七

軍職
上副萬戶
中下萬戶達魯花赤
諸總管府達魯花赤
管領海船副萬戶
息州等處管民
延安屯田打捕
德安等路軍民
總管

諸職
江淮等處財賦
益都般陽等處淘金
淮東西屯田打捕
管領諸路打捕鷹房納錦等處
管領諸路打捕鷹房民匠諸色人匠

匠職
諸總管府達魯花赤
四川鹽茶運使
庫軍儲使
總管 即各正

諸色人匠

太都等路諸色人匠　　太都人匠

正四品

內任

參議中書省事　侍御史　六部侍郎

侍儀引進使　給事中同修起居注

王府尉　掌謁司令

左右侍儀奉御同修起居注

太子中庶子　太子左右諭德　隆福宮左右使司事

僉通政院使　太醫院使　知登聞鼓院事　登聞金

僉中政院事　行省理問所官　同僉院事

樞密院　宣徽院　宣政院

同知

二一九

延慶使司　太史院

《典章七 吏部一》　八

少卿　泉府　規運提點

太司農

太監

尚食　闌遺

各庫都提舉

萬億四庫

廣源　寶源　賦源

功德司副使　綺源

上都留守兼本路總管府治中

外任　僉各衛親軍都指揮事

各道肅政廉訪副使

民職

---

各道宣慰副使　散府達魯花赤

軍民職

各道宣慰副使都元帥

土番等處宣慰副使都元帥

烏思藏納速古魯孫等三路宣慰副使副元帥

太理金齒等處宣慰副使僉都元帥府事

廣西兩江道宣慰使僉都元帥府事

各處宣慰司兼管軍萬戶府副使

臨安廣西元江

曲靖　羅羅斯

烏撒烏蒙

諸職

太都路南北兩城　兵馬都指揮使司達魯花赤　使

二七三

《典章七 吏部一》　九　上都路

上路宣課都提舉

宣德雲州等處銀冶等場都提舉

寶鈔都提舉司達魯花赤　提舉

同知京畿都漕運司

淮東淮西屯田打捕總管府達魯花赤

同知　四川茶鹽運司

各處轉運鹽使司

江西榷茶運司

軍職

管軍中副萬戶　四川茶鹽運司

同知李店文州蒙古漢軍元帥府事

匠職

諸路金玉人匠總管府副達魯花赤

副總管諸司局

從四品

內任

晉王司馬　翰林院直學士

內宰司丞　同僉通政院事　集賢院直學士

會同館大使　宮正司丞

少卿

太僕　尚乘

光祿　太常　武備

少監

典瑞　章佩　利用

中尚　大府

外任

各行省真撫

民職

上州達魯花赤　上州尹

同知上路總管府事　副達魯花赤

二二六

《典章七　吏部一》

十

正五品

內任

中書省左司郎中　右司郎中　治書侍御

王府司馬　中書省客省使　樞密院同

翰林待制　翰林國史院集賢院同

隆福宮左右都威衛鎮撫　國子司業于同　于同國

上都提舉萬億庫達魯花赤

各衛親軍都指揮使司鎮撫

開河都提舉　僉太史院事　萬億四庫提舉

秋官正兼領冬官正中官正　春官正兼領夏官正

---

參議院事

院判官　樞密院　宣政院

少監

祕書　樞密　通政

太師府參軍　監修國史　都水　宣徽

軍民職　同知軍民安撫司事　尚食

諸職

耽羅國　葛蠻　太傅府　太保府

大都南北兩城兵馬都指揮使司副達魯花赤

二四九

《典章七　吏部一》

十一

同知大護國仁王寺昭應宮規財賦都總管府事

營田使　檀州採金都提舉司達魯花赤

寧夏府路管田使司達魯花赤　諸衛千戶所達魯花赤副同　廣東鹽課都提舉

軍職

管軍下副萬戶　上千戶所達魯花赤

上千戶　諸衛千戶所達魯花赤千戶同

副招討　蒙古都萬戶奧魯官

砲手軍匠副萬戶

匠職

同知總管府事

管領本位下隨路諸色人匠

本位下隨路諸色人匠打捕鷹房　諸路金玉人匠

織染雜造人匠　異樣局

一八七
《典章七　吏部一》　十三

諮議
司丞
大司農　　泉府　　掌調
監丞　　　　　　　掌調
　利用　　中尚　　章佩
　闕遺
　署令　　大府
外任　　　掌調
副使　　　掌醫
　　　　　掌儀
太醫院　　掌膳
儀鳳司
拱衛直都指揮使

民職
知州
知中　　　各路總管府中
　　　　　中州達魯花赤
同知下路總管府事
諸職
轉運鹽副使
都漕運司副使　　京畿都漕副使
湖南湖北等處都轉運副使　　四川茶鹽轉運司副使
江西榷茶轉運副使
大都兵馬指揮副使同上
廣惠司提舉　　四川醫藥提領所
同知軍儲事　　四川藥材醫局惠民局
同知總管府事
益都淘金　　陝西屯田

管領諸路鷹房等戶 總錄
淮東淮西屯田打捕
淮東淮西安撫副使
西夏新民安撫副使

軍職
千戶
　管軍上副　　管軍中
　各衛弩軍　　砲手軍匠　　各衛副
　管契丹軍　　屯田　　　　蒙古軍
　海道運糧　　屯田
鎮撫　　蒙古軍萬戶府　　上萬戶府
　　　管領係官海船　　通惠河運糧
　　　管領海船萬戶府　　各衛屯田
元帥府
宣慰使司都元帥府

二五四
從五品
《典章七　吏部一》　十三

內任
中書直省舍人　　行省左右司郎中
札魯忽赤郎中　　樞密院客省舍人
內府府史諸省　　六部郎中
宣政院客省使　　集賢院司直
提點司天臺事　　司天臺監　同回回司典瑞監丞
　　　　　　　行省理問所相副官
工部大倉提舉
教坊大使
經歷
樞密院　　宣徽院
宣政院　　御史臺
大都留守司兼少府監　　太司農司
上都留守司兼本路都總管府　　行御史臺

寺丞

尚乘　武備

太僕　光祿

庫提點

內藏　左藏　右藏

文成

資用　器備　供須

藏珍　資成

利器　異珍　壽武

御帶　生料　資成

御寶

御藥院　管回回藥物局　太都回回藥物局

局院

庫達魯花赤

〈八六九〉

**典章七 吏部一**　十四

備用　供膳、　寶源總庫

宣徽院資善庫

外任

民職　下州達魯花赤　知州下　同知散府事

軍民職

僉各處安撫司事

諸職

提點

太都惠民局　永備倉　上都惠民局

安西路惠民局　大都留守司器備庫

景運倉　都提領所

署令　達魯花赤同

---

豐贍

濟民　廣濟

河渠太使　達魯花赤同　豐潤

昌國

成都　沙州路

永昌西涼府　興元路

諸運司河渠管田　同知悉州等處管民總管府事

安西路河渠管田司達魯花赤

管領諸打捕鷹房納錦等戶總管府治中

副總管

陝西等處屯田　淮東淮西屯田打捕

太護國仁王寺規運財賦

諸提舉司達魯花赤　富寧庫　提舉

都成所同上都　覆實司

〈三一四〉

**典章七 吏部一**　十五

砂糖局　管田　魚網湖泊

新運糧　舊運糧　江淮管田

柴炭　各處田財賦　德寧雲陽倉糧酒務

屯田通泰州　寶德雲陽銀場

分寧等處成造西番茶貨　鴛鴦泊倉糧酒務

打捕　鄞巢黃泰等處　塔山徐邳等處山場野物

淮東西屯田怯憐口　安豐盧州等處

諸司提舉

太都酒課

隨省儒學　太都河道　淮安海州等處

各處蒙古學校官

廣東鹽課　太都稅課　太都提舉學校官

隨省官醫　杭州稅課

紅花戶　瑞州蒙山銀場　攤絲戶　鄂州水陸事產

福建銀場鉛硰　海南博易

権茶提舉
杭州　寧國　龍興
建寧　盧州　岳州
鄂州　常州　湖州
潭州　靜江　臨江
平江　興國　常德府
古田建安等處

鐵冶提舉
綦陽　彰德　濟南
商山　汴梁河南等處
太原　大同　同鎮
徐邳州　景州溧陽等處

《典章七 吏部一》

一九九
順德等處　檀州等處
泰安州萊蕪等處　廣平等處
遼陽路安平山等處
衛輝倉谷
易州紫荊關

市舶提舉
杭州　慶元　泉州
廣州　上海　溫州
澉浦

軍職
軍官
管軍中副千戶　下千戶
管軍中萬戶府真撫　屯田副千戶
李店文州蒙古漢兒　蒙古萬戶副同
奥魯官　各衙
兩番軍民千戶

十六

匠職
大同路廣濟庫達魯花赤　總管府副總管　處同正三
監造諸般寶具達魯花赤　從二總管
提點　祇應司大使　修內司大使
諸路提舉司達魯花赤
御衣局　尚衣局　大同雜造
撒答剌期等局人匠　大同路雜造
管領高麗大都等路人匠提舉
管領大都諸色人匠　大都等路諸色人匠
軍器人匠　大同路東平等路
管領怯怜口諸色人匠　東平宣德等路
雜造諸色人匠　凡山採木
諸提舉　葊麻林人匠

《典章七 吏部一》

二九八
雜造湖州　東平中山真定平陽
人匠東平染太原宣德等
局提舉
怯怜口皮局　貂鼠
薊州甲匠　異樣文錦兩局　紗羅
玉　羊山碼磁局　碼磁
局使　綾錦織染兩局
儀鸞　器物
犀象牙木　大都金銀器皿
正六品　金絲子
內任
中書左司員外郎　右司員外郎
中書客省副事　監修國史長史
衛侯
太醫院判官

十七

拱衛直都指揮使司鈐轄　太常寺丞
供膳司令
秘書國子　都水
蒙古國子　監丞　諸庫大使
內藏　左監　藏珍　諸庫大使
器備　文成　資用
御帶　供須　右藏
異珍　資成
資乘
利器
生料
壽武
諸局大使
尚食
尚饌
尚飲
外任　民職
尚食　尚饌
上都警巡院達魯花赤

〈典章七 吏部一〉

二二六

各路總管府判官
大都左右警巡達魯花赤　使　十八
諸職
同知上州事
運司判官
都漕運　京畿都漕運　山東東路鹽
四川茶鹽　太都等處都轉運　兩浙鹽
福建等路鹽　河南等路鹽
兩淮鹽
提舉左八作司　右八作司
太都太倉提舉使　砂糖局使
上都萬盈倉達魯花赤　太都兵馬副都指揮使
廣積倉監支納達魯花赤　永備倉使

---

上都留守司器備庫使　弘州種田納麵提舉
景運倉使　息州等處管民總管府判官
門尉　管軍下副千戶　各衛副奧魯官
麗正　屯田萬戶府鎮撫　安東州萬戶府鎮撫　下萬戶府鎮撫
平則　和義
順水　文明
肅清　崇仁
光照　安定
軍職
匠職　提舉司達魯花赤
太名雜造
保定軍器人匠　太名織染　軍器人匠
織染局　南宮　保冠　雲南
軍器人匠　平陽真定　蔚州

〈典章七 吏部一〉

二八九

提舉　上都碯色人匠　金銀器皿
宣　等處打碼碯
從六品
內任
六部員外郎　樞密院各省副使
著作郎　行省員外
司天少監　內史府記室
侍儀司法物庫使　徽政院長史　備用院副使
翰林修撰院同　集賢同會同館副使
體泉倉提舉
署令
興文　太廟　籍田

【上段】

太樂

監丞　　廣惠

署丞　　廩犧

尚食　　闡遺

闡遺

外任

民職

通政院

泉府

經歷

掌藏　　將作院

掌醫

掌寶

掌器

掌乘

掌設

掌饌

掌飯

都護

都護

六二七

各道宣慰司經歷　　散府判官

各路總管府推官　　中州同知　　上縣尹　達魯花赤同

【典章七　吏部一】

軍民職

宣慰司都元帥府經歷　　寧夏府管田大使

諸職

大都副提舉學校官　　寧夏府管田大使

廣積倉使　　泉府司富藏庫提領

提舉宣德雲州等處銀冶等物

懷孟路廣濟河渠大使

管領諸路打捕鷹房納錦等戶總管府判官

萬億四庫副提舉

同提舉　花除三覆實處鈒絲紅從五

真州　　城南

江張　　杭州在城

稅務提領之萬定之上

赤縣尹　達魯花赤同

二十

【下段】

平盈倉使　　豐潤署丞

萬盈倉使　　門尉

軍職

右左衛百戶　　札店管漢軍上百戶

都元帥府經歷 元帥同　　蒙古軍百戶

蒙古萬戶翼副奧魯官　　上百戶

匠職

儀鸞局大使　　上都金銀器皿局大使　　上都等處諸色人匠

同提舉

薊州甲局　　湖州雜造

大同軍器　　建康織造　　宣德等處

江西田賦

正七品

博士　　國子

【典章七　吏部一】

太常

御藥　　回回藥物

火倉副使

諸庫副使　　尚食

六三二

侍儀司丞奉班都知

監察御史行臺　　工部司程官　　尚飲局大使

中書省檢校官　　戶部司計官　　太史院保章正

內任

局副使　　尚醞

都事

中書左右司　　樞密院　也可札魯忽赤

國子

御史臺

宣政院

教習亦思替非文字學于國

御史臺

外任

民職　同州下州事　上州判官　中縣尹〔赤達魯花同〕

諸職

署丞　廣濟　濟民　豐贍　昌國

同提舉　濟寧等處尚珍

覆實司

左右八作司　攤絲戶　弘州納錦

倉副使

萬盈　景運　廣積　平盈　永備

一九四　稅務提領五千定之上　〔典章七 吏部一〕　三十

平江　晉寧　真定　潭州　揚州　安西　太原　武昌

副使

砂糖局　寶鈔總庫　無爲河渠司

大都留守司器備庫　安西路河渠營田司

太使

上都平咂　上都惠民局司令　上都柴炭　五臺山司陽州都巡檢　無爲碁課

省倉監支納

軍職

漢軍元帥府討議官

---

百戶　各衛屯田　海道運糧

各衛弩軍　大都屯田

砲手軍匠百戶　管領係官海船　大都屯田

匠職

咸平府甲局使〔赤達魯花〕　修內史副使

祇應司副使　太原路係官雜造局正使〔赤達魯花同〕

益州等處箭局大使　平陽係官雜造局大使

織染局大使　大名軍器局大使

大同　懷孟　恩州

涼州　懷孟

軍器局大使　汴梁　許州

彭德路

平灤等處　〔典章七 吏部一〕　三十三

二四八　諸局副使

器物　象犀牙　金絲子

大都金銀器皿

諸司同提舉

怯怜口皮局人匠　軍器人匠　撒答剌期等局人匠〔刺期舉麻林〕

雜造〔大都東平〕　人匠

諸色人匠

管領大都　福建　武昌

管領怯怜口　潭州　揚州

江陵　杭州

江西

諸局同提舉

異樣文繡兩局　貂鼠　鈔庫

御衣　羊山碼磁局　綾錦織染兩局

玉局

從七品

內任　尚食　碼碯

都事
行御史臺　宣徽院
集賢院　通政院
大司農司　將作院
都護府　泉府司
大同農司　御史臺　崇福司
上都留守兼本路總管府

主事　大都留守兼少府監
六部　太史院
光祿寺　李可孫　太史院
典簿

二三九

**《典章七　吏部一》**

內宰司　延慶司　宣徽院
宮正司　太常寺　通政院　行省
經歷　翰林院
中書省斷事官　翰林國史院
各衛
武備寺　隆福左右都威衛使司　泉府司
昔寶赤八剌哈孫　只哈赤八剌哈孫
都水監　太府監
中尚監　尚乘寺　利用監
太醫院　章佩監
中書省管勾架閣庫
中書省管勾回回架閣庫　中書省管勾閣庫
中書省管勾承發司　宣政院資善庫副提舉
侍儀司通事舍人　副衛侯
侍儀司法物庫副使　徽政院備用軍副使　上林署令

古

---

外任
大都醴泉倉大使
宮前司令　太史院保章副
儀鳳司安和署令　中書有照磨　控鶴百戶
肅政廉訪司經歷　應奉翰林文字
宣慰司都事　大都巡警院副使
民職　大都巡警院副使同
各路總管府經歷　中州判官
下縣尹　下縣達魯花赤
軍民職
經歷
各處軍民安撫司　安撫司　都元帥府
元帥府　土番等處宣慰司
諸職　都元帥府

二七三

**《典章七　吏部一》**

鹽司令　上都八作司達魯花赤
泉府司富藏庫使　都永盈倉副使
稅務大使　懷孟路廣濟河渠同副使
鹽運司副使　省倉大使
鹽司副使　印造寶鈔庫大使
淮東滿浦倉監支納　兩場鹽場管勾
　萬定　之上　提領　金玉
屯田人匠同處所財賦人匠同處所
諸總管府經歷
副提舉
各省儒學　蒙古學校　檀州採金
上都儒學　各處官醫　繒山栽種
上都萬億庫　各處
海博易　大都宣課　各處榷茶

古

**右頁（二四九）**

各處場冶　都城所同上都
各處市舶　各處營田
大都稅課　舊運糧　新增
屯田　富寧庫　運同　分成造等
廣惠司　諸茶園處　成寧庫
廣東　打捕
　　瑞州蒙山銀場
怯怜口　田賦
湖泊
庫提領　廣東鹽課市舶
河南省巨盈　江西廣濟庫　各路平准庫
建康　江淅廣濟庫　廩給司
河廣大軍
稅提領二十一處定之上
江陵　慶元
吉安　泉州　溫州
龍興　盧州　益都
建康　東平

▲典章七　吏部一　三六

鎮江　福州　成都
清江鎮　思州　保定
大同　衡輝　汴梁
濟寧　東平　益都
大名
軍職
都元帥府辦事　唐鄧均三千户所興魯官　經歷　招討司　下百户　萬户府
管軍拔都兒
匠職
副提舉
大同人匠　江西織染田賦　大都等處諸色人匠　宣德等處人匠　建陽織染人匠
薊州甲匠
湖州雜造

大都酒課　新增

---

**左頁（三一四）**

同提舉
大都甲匠　通州甲匠
宣德隆興等處採打碼碯　太都雜造
諸色人匠　金銀器皿
織染人匠　保定上都　大名　大宮　南京
管懷孟等處人匠打捕達魯花赤　軍器人匠　蔚州　定　真定
諸司局提領　宣德蔚局提領
局大使　一百户上下　三百户
綾錦　紋繡
弘州錦院碼碯　大同織染
御衣　朔州毛子　鎮帖
唐像　大都帖局　雲內州織染
銅局　出蠟　石局
　大都氈局　別失失里人匠

▲典章七　吏部一　三七

彰德人匠　乾皮　匈皮　銀局　塑局
大都染局　奉聖州軍局　雜造山中真定
蕁麻林納尖尖　隆興
提舉諸色人匠總管府雜造　縉山毛子旋正局
雙搭弓　平灣等處軍器人匠
正八品
內任
翰林國史院編修官　祕書監校書郎　院同
太史院掌曆　翰林國史院檢閱官
國子助教　鑄印局大使
副提舉
醴泉倉副　大都留守司兼少府監照磨兼覆科官
御史臺照磨管勾承發司兼獄丞　行臺
樞密院照磨兼管勾承發司　行省管勾承發司

**一九九**

管勾架閣庫
樞密院
受勾承發架閣庫
宣徽院
司農司　徽政院
照磨兼管勾承發架閣庫　上都留守司兼本路總管府
集賢院
通政院
直長
尚食局　上林署
油磨坊　尚醞局
侍儀發物庫　御藥院
外任　都護府　泉府司　祕書監　將作院

廉訪司知事
民職　下州判官　上縣丞　錄事司達魯花赤 赤錄事
諸職
燒鈔東西庫達魯花赤大使
大都留守司器物庫直長
五臺山思陽州副巡檢都
諸屯令
符牌局大使　淮安滿浦倉大使　鈔紙坊提領
稅大使
副提舉
左右八作司　覆實司
紅花戶　攤絲戶

典章七 吏部一　三六

---

**一九七**

署直長　廣濟　昌國　豐潤
豐贍　濟民
庫使　河南巨盈　湖廣大軍　濟民
江南廣濟　江浙廣濟
副使　省倉　木局　上都永豐倉
倉監支納　無為碧課所
大有　忙安　廣盈
和糴　新城　豐州廣盈
平地縣平濟　雲內州廣盈

稅提領二千定之上 三十七處

稅提領一千定之上
中山府　棣州　濟陽縣
濟寧路　豐州　箅州
南宮縣　通州　章丘縣
懷孟路　陵州　衡州
高堂州　彭德路　夏津縣
鄆城縣　泰州　和州
河間長蘆　武城縣　高郵州
安東州　婺州　常州
杭州長安　公安縣　嘉興路
華亭縣　江州　湖州
寧國路　紹興路　建德路
建寧路　饒州　無錫

典章七 吏部一　三九

重慶路

軍職
蒙古軍千戶彈壓
蒙古軍千戶副奥魯官
　　　各衛千戶彈壓

匠職
大都鐵局大使　石局大使
利用監雜造雙線大使
副提舉 二千七百處 二千戶下 一千戶上
犀象牙局直長
撒答刺期等局人匠
軍器人匠局 太原平陽
異樣文繡兩局 大都東平
綾錦織染兩局
怯怜口皮局人匠 弘州
人匠 壽府林
羊山碼磁局
御衣
貂鼠
尚食
玉局
鈔庫
碼磁

二六九

《典章七 吏部一》　　三十

諸色人匠 管領大都管領怯怜口潭州江陵杭州揚州江西鄂州福建
八作司
軍器人匠局副使
彰德　許州
太原　汴梁　懷孟
河南　大名等處
平灤
直長
修内司　祇應司
塑局　器物局
從八品
内任
國史院典籍官　太史院照磨
太常奉祀郎禮兼檢討
太常社稷太常殿四　鳳司安和署丞
星曆教授 學正　上林署令

---

司天臺判官
各衛照磨承發架閣庫管勾
宮苑司丞　挈壺正　監候
司農卿
照磨兼管勾承發架閣庫管勾
光祿寺　太府監　宮正寺
延慶司　利用監　内宰司
李可孫
照磨兼提控案牘
尚乘寺　武備寺
章佩監
知事
中書省斷事官　行省理問所
樞密院斷事官　武備寺
各衛

二六八

《典章七 吏部一》　　三十

隆福宮左右都威衛使司
宣政院左右都威衛使司　拱衛司
斷事官　太醫院　太僕
拱衛司　教坊司　太府監
闌遺監　尚食監　太府監
中尚監　尚醖監　利用監
都水監
昔寶赤八剌哈孫　章佩監
協律郎　只哈赤八剌哈孫
外任
民職
上都巡警院判官
大都左右巡警院判官
上路司獄　總管府知事
軍民職
縣主簿

諸處軍民安撫司知事

眈羅國軍民安撫司司獄

諸職　　　　稅大使二千定之上鹽例

各處儒學教授　蒙古字教授

知事

軍儲所

都提舉萬億四庫　磘碯玉局

寶鈔提舉司　　寧夏路營田使

諸總管府知事　諸運司

息州等處管勾

大護國仁王寺昭應宮規運財賦都總管府

江淮等處財賦益都等處淘金

平灤屯田　淮東淮西屯田打捕

二三八

稅提領之上定

管領諸路打捕納錦等戶

三二

富陽　　昆山　　嘉定
餘杭　　常熟　　長洲
吳縣木㻛　金壇　燕湖
南潯　　宜興府　江陰
台州　　太平在城　池州
海鹽　　崇安　　南昌縣
贛州　　新喻　　浮梁景德
徽州　　長沙　　袁州
崇德州　萬載　　建昌
盧州永和　衢州　靜安
湘潭州　宜春縣　醴陵府

---

岳州　　　泉州晉安
寶慶　益陽州　信州
常德府　巴陵　劉陽州
安慶　瑞州　永興縣劉市
蘄州　無爲路
黃州　福州閩安
安豐　　濮州
漢陽　　漢陽
潞州　　巢縣
南樂　　東陽縣
碭山縣　濮州
興化　　滑州
楚邱　　亳州
長垣縣蒲城　定淘
雲州
滄州
鄧州　彰德府宮
金鄉
定淘
弘州
冠州
河中府

二三九

禹城　　齊東
興元　　河南府
睢州　　開封
東河縣　河南府
滁州　　襄陽
鄒平縣　安陸府京山水陸
濟州　　許州
虞城縣　東平縣
陽穀縣　汾州
順德縣　清平縣
考城縣　武清縣
汝寧縣　臨水縣
樂亭縣
束鹿縣

稅副使萬定之上

大使

鈔紙使　　白紙坊

上都八作司

三三

大路窯場
燒鈔東東西庫　各路平準行用庫
副使一千户下　一五百户上
副使二百户下　一五百户上
五部諸物庫　延安打捕鷹房　泉府司富藏庫
軍職
各翼副奧魯官　管軍上千户所彈壓
知事〔元帥府、宣撫司〕
匠職
副提舉
宣德隆興等處採打碙杯材　金銀器皿局
通州甲匠　大名雜造
軍器人匠〔保定　平陽　真定　燕京〕
織染大名〔保定　南京　雲州〕
知事

二六二　《典章七　吏部一》

大都人匠　諸色人匠　諸路雜造
織染雜造　異樣局　諸路金玉局
軍器人匠
局大使　將作院簾
鞋帶斜皮　紋繡局
璀玉　鐵局　大小刀木
溫犀玳瑁
副使
綾錦　雜造　別失八里人匠
織染局　弘州錦院
平陽係官雜造　莘麻林納失失　大名路
鐵局大都〔上和　中山　真定〕織染局〔深州　思州〕
正九品
內任

上都諸色人匠

〔三四〕

御史臺架閣庫同管勾
司長郎副監候〔獄丞札魯忽赤　上都　太醫院管勾〕太醫院司曆
御藥院都監
外任
廉司照磨兼管勾承發架閣庫同司
民職
主簿
軍民職
元帥府　宣撫司
土番等處宣慰司　照磨
諸職
散府上中州儒學教授
延安屯田打捕相副官
太都路醫學教授

二一五　《典章七　吏部一》

萬億四庫照磨架閣庫管勾　鹽司丞
鹽場管勾　高粱河巡檢　稅大使一千
諸屯田丞　下路司獄本位下隨路　稅大使定
運糧百户府照磨兼提控案牘戶部尚書規措應昌糧
儲和糴倉監支納
諸色人匠總管府照磨兼管勾承發架閣
諸色人匠總府同
倉使
大有　和糴　忙安
豐州　廣盈　雲內州廣貯
靜州廣貯　新州廣盈
平地縣平濟　東勝州大盈
副使

江浙廣濟　　江西廣濟　　河南巨盈

淮安滿浦倉　　湖廣大軍

行省燒鈔庫大使

匠職

雜造局副提領

局副使

上都醞　　出醞

大同織染　　順德織染　　浮梁磁　　彭德人匠

唐像　　奉聖軍器　　平灤等處軍器人匠

從九品

內任

太史院印曆局管勾　　回回司　　司天臺提舉

司天臺教授 天同　　管勾司天臺天文科

二九七

三式科管勾　　算曆科管勾　　測驗科

刻漏科

外任

民職

縣尉　　散府上中州司獄

諸職

鹽司同管勾　　江浙印曆局管勾

江西印曆局管勾

廣平甲局院長 大德三年置　　各路陰陽教授　　路醫學教授　　教坊司管勾

巡防捕盜官 大德三年置　　兩淮鹽場副運司副　　龍興酒務大使

將作院收支庫　　涗河倉糧酒務

豐儲倉大使臺獄丞　　印曆局管勾 太醫同　　雲和署

稅大使 之五上百定　　祗應司同監　　上都八作司

典章七 吏部一　　三六

---

大都燒鈔庫　　河南省燒鈔庫略各省

大都窯場

諸人匠總管府局　　大都平準行用庫

將作院裝釘局　　將作院金絲顏料庫

軍職　　印造鈔抄紙坊

管軍下千戶所彈壓

七十五

典章七 吏部一　　卅三

## 内外諸官員數

總員二萬六千六百九十員

有品級二萬二千四百九十員

朝官二千八百八十九員

色目九百三十八員

漢人一千一百五十一員

京官五百六員

色目一百五十五員

漢人三百五十一員

外任一萬九千八百九十一員

色目五百八十九員

漢人一萬四千二百三十六員

無品級四千二百八員

陰陽教授七十三員

蒙古教授九百二十一員

醫學教授二百三十二員

儒學教授八百七十六員

不係常調二千一百六十六員

〈一八三〉

《典章七 吏部一》

三八

---

拾存傅照品官雜職

正三品

宣撫司僉事　便宜都總帥　濟州汶四等河渡運司

儲用司僉事　家令　達魯花赤高麗雲南

使徽政院　經營司　卿中御　武備　同知統制院　衛尉院　都總使司

從三品

衛尉院僉事　大理少卿　儲峙所使

同知都護府　功德使司淘金總管

正四品

副留守上都　詹事院丞　司禮大夫

同僉衛尉院事　王宥樂臺　同知便宜都總帥

鞏昌路揭榷稅課所大使　引進司大使

副達魯花赤安南高麗　同知徽政院理司

〈四〇〉

《典章七 吏部一》

拱衛司達魯花赤　副統軍

丞　大理司　同知諸司怜口　諸色人匠

府正司

監尚牧　南醫　尚醞　尚用

尚牧　國子　尚醞　少府

從四品

正五品

留守司判官　大都　安西王府郎中令

詹事院判　行泉府司鎮撫

左右贊善大夫

提舉洪贊司　提舉上都宣課

詹事署令　郡牧司　尚衣局

達魯花赤　御帶典瑞　尚藥　典藏乘　監尚醞　章佩　闌遺

副使　玉宸藥院　宮城所　儲用所　五庫提點　諸色人匠

提點　尚藥院　大府監　雜造局

副總管　金玉都人八匠　延慶司　少府梵像　兩局

三九

同知大都申匠總管府
提舉諸路箭匠　雜造　下路宣課　弓匠
統領羅羅斯都元帥宣慰司斷事官
從五品
詹事院司獄　符寶郎
同知登聞
諸城所副都統　宮籍監
外處提舉市都城所　統制院經歷　拱衛直副都指揮使
提點利用都藥局　玉器局　沙炭局　中尚監丞
提點尚衣局用　犀牙象局　尚醞
使尚衣局　少府監珍珠　尚醞
太常寺丞　大和局　少府　尚醞
留守司判官　內珍司　大藏　奉宸庫　修內司
統守司判官　散府宣課錄　正定宣課　弓匠　永盈庫　犛牧所
各萬戶下鎮撫　行省副都真撫

三、九八
《典章七　吏部一》　四十

正六品
左右侍儀副使　安西王府長史　諸路斡脫副總管
判官　王宸樂　提舉諸管匠千戶　下五百戶上　漕運司
同提舉　少府監匠　諸路鐵冶　漕運司
監丞尚牧局　鐵冶局　尚醞
修理用內庫　典物庫　少府尚醞
使利用永雍庫　珠玉庫　尚醞
大有庫
從六品
札魯忽赤員外郎　左右侍儀僉事　修起居注
少府監丞　廣惠司令　都功德使司經歷
副提舉御藥局　引進　諸茶場
同提舉御衣局　副使御衣局　甲匠　結匠
同提舉資善庫　備用田司　弓匠　簫匠
正七品
著作佐郎　諸屯田署令

大使沙糖局　通州甲局
詹事院庫使承　祗應司　柴炭局
副使　法物有司庫　豐潤皮表
　　資成庫局　異樣局
　　內藏庫　資善庫
　　永盈庫　侍儀尚食二局
　　柴炭局　教坊
從七品
宮籍監丞　御藥院提領　衛尉院典簿
萬億寶源監支納　都事行制樞密院
署丞太常籍田　大樂署內教坊　興文
經歷大理寺　宣政院　副使兵馬指揮
總管府經歷諸路　仁王寺財用府
正八品
管勾承發架閣庫　札魯
　都捕總管府鷹房
《典章七　吏部一》
四、〇二
廩給司令　行工部照磨覆斷官
知事尚醞監　腹裏各路教授
從八品
照磨左右司　市令司丞
府正照磨承發架閣管勾
知事尚乞力　判教坊
正九品
尚用監承發架閣管勾
廩給司丞　祗應司都監
管軍總管府下知事　管軍中千戶所彈壓

典章卷七終

官制

官制二　　選格　　傔使　承廕

當貢　　月日　　承襲

內

四十

《典章八　吏部二》

一

隨朝官員一考陞一等兩考以上依例通陞二等止

六部侍郎郎官係正四品通理八十個月與正品

左右司郎中員外郎主事三十箇月考滿陞二等

六部郎中員外郎都事係奏事之官考滿陞二等

三十箇月考滿之官考滿陞一等兩考之上通陞二等

令譯史通事知印宣使人等陞轉例

蒙古必闍赤省樣通事知印三考正七宣使從七若正從七品職官一等陞二等

蒙古必闍赤樣通事知印三考正七宣使從七

臺院令史通事譯使知印三考正七宣使從七品職官一等陞二等

臺院令史通事知印宣使人等陞轉例

宣徽院　泉府司　大司農司　詹事院

轉陞

翰林院　札魯花赤　總制司

各處行省　集賢院　通政院　留守司

六部令史通事譯史知印三考從六奏差從八同六部令史通事譯史知印宣承

差　徽政司　大府監　省斷事官　大史院

翰林院書寫　秘書監　各衛　武備寺

少府監　家令司　太常寺　太僕寺　光祿寺　尚乘寺　太醫院　宣慰司

考滿令史正八奏差正九

考滿令史從八　樞密院斷罪官

左右司首領官月日滿陞二等令後月日滿則陞一等

職官令史二十個月陞二等後二十個月則陞一等

---

外官

正三品　四品

正三品
從三品　以上通理

正四品
從四品　非品職事

正五品　八十個月　一任方入三考

從五品

正六品
從六品

正七品
從七品

正八品
從八品

正九品
從九品

轉陞

官

江　川湖閩廣同淮...

六八九

《典章八　吏部二》

二

淮

官　宣者

降

陞

軍官

品級

上萬戶　上花赤
中副萬戶　中花赤
下萬戶　下花赤

上千戶　上百戶
中千戶　下百戶
下千戶　上鎮撫中鎮撫下鎮撫

經歷知事提領案牘

正三品虎符三虎符四品金牌從四金牌正五金牌從五金牌正六銀牌從六銀牌正七

一一八

**外官**

表格一（轉陞）

以通理有非定司三品與十八個月一任方入考

| 外官 | 考 |
|---|---|
| 正四　從 | |
| 正五　從 | 三兩 考 |
| 正六　從 | 三兩 考 |
| 正七　從 | 三兩 考 |
| 正八　從 | 三兩 考 |
| 正九　從 | 三兩 考 |

一等隨朝衙門行省宣慰司官一考一考陞

一等外路官員轉遷各於本等資品以考例陞

陞加從六品以下就使參詳開具並

員數一資歷遷但歷任在此兩週年遷轉者特與

一等行省宣慰官一考陞員數官花赤回回官

元正州尹再歷正從考例陞

距加二資遷宣慰使人員宣勅內倒用管

歷加福建兩廣官員皆內流用管

功加六品以下就使參詳開具

《典章八　吏部二》

二　陳氏校補

原表橫直線及字句均有訛誤今改正

**表格二**

四川碉門等正三品四品蔥赤

| 江 | 淮 | 官 | 陞 | 轉 | 軍 | 官 | 品 | 級 |
|---|---|---|---|---|---|---|---|---|
| 有出身人員受宣者 擬同江淮例擬同正三品四品蔥赤 | 品人員受宣者 擬同擬同正三品四品蔥赤 | 人員受宣者 擬同擬同受勅者 給出身白身 同上出身 | 職名應受宣勅者 擬同以下於稅務監倒提高一等定奪 巡檢擬當官內任用 | | 正三品符免三虎金牌四品金牌 從五金牌正六符銀從七符從八品 | 同正從九品院倒 受勅者 巡檢擬當附上須有出身未入流品人員 | | 上花赤中花赤萬戶 中副千戶下副千戶 經歷知事下 |
| 七品八品九品同上 擬同擬同提領崇順擬同 | 擬同擬同巡檢稅務 監當若於蠶種任用侠定例 | 監當附上須有出身未入流品人員 | | | | | | |

三九三

《典章八　吏部二》

三

**選格**

循行選法體例

至元十四年八月初六日中書省奏准職官

文武散官照勘各官若係漢兒人戶及必闍赤吏員出身

者擬授文散官其承襲軍官功績諸色出身擬授武散官

外遷轉官員照出身擬授今條列於後

職官遷轉

一隨朝諸衙門行省宣慰司官三十個月為一考一考

陞一等

一外任官員三週年為一考除達魯花赤回回官員另

行定奪從九正九三考陞從八兩考陞從八正八兩

考陞正八三考陞從七正七八兩考陞從六三考陞

三考陞正七正七八兩考陞從六三考陞從五正

六二考陞從五三考陞正五兩考上

州尹一任方入從四品如無上州尹闕再歷正五品

一任方入從四品內外人員通理八十個

月與三品職事三品非有司定奪諸自九品通理

至三品止於本年流轉三品以上職不拘常調、

一江淮願福建兩廣例

一陝西願四川陞一等

一四川碉門蠻夷同江淮例

一歷年者不陞年

一理月者不陞月

一循行五十五個月同兩考八十一個月三考所少同

月日緩任貼補餘有月日三考所少同

例同正九

一考滿應得從七人注從六回降正七方入六品令得

正七人注六品免回降

一考滿未得從七人注正七回降

一正從六品人不合收補如已補合同隨朝壂等

一職官充省令史正合驗原來職事上比附舊例注下
項資品如更勒留一考合同隨朝壂等

吏員宣使奏差遷轉

省掾一考從七兩考正七三考從六通事譯史同

省宣使各部令史三考正八一考之上驗實月日定
奪一考之下二十個月以上者正九品十五個月從

臺院司農司譯史一考從八二考從七三考正七一考
之上驗實月日定奪一考之下二十個月以上從八

**【典章八 吏部二】** 四

品十五個月之上正九品十五個月以下十個月以
上從九品添一資十個月以下充巡檢

宣使三考正八一考之上驗實月日
二十個月以上從九品十五個月以下充巡檢

各部令史譯史通事三考從七一考之上正九品
定奪一考之下二十個月以上正九品十五個月以

上從九品十五個月以下令史充提控案牘通事譯

史充巡檢

宣徽院太府監宣慰司行上部令史出身與六部同

行省令史宣史各部請俸內選者同臺院若踏逐者與

六部同

都省左右司照磨所架閣庫典史及管下會總知除書
寫實歷請俸六十個月考滿過部令史省聞轉同

四、五七

樞密院經歷司典史銓寫札魯花赤左右司典史實歷
請俸六十個月轉補監左右三衛令史

隨朝各衙門典史實歷請俸六十個月轉補省典史本
衙門役過月日五折四准算札魯花赤樞密院典史
月日折算至兩考滿許轉補諸益及左右中三衛令
史如本衙門巳及考滿年及四十以上者擬充提控

案牘

一外官吏

路司吏年及四十五以上按察司補不盡請俸六十
個月吏目內同九十個月都目內用巳上雖有役
過月日止於都目內用

各道運司書吏大都總管府司吏上都留守司吏九
十個月提控案牘內任用

**【典章八 吏部二】** 五

下州吏目一考壂中州都目一考外提控案牘

**【雜】**

一管匠官止於管匠官內流轉

一百户之上大使正九品兩考壂從八

二百户之上副使從八品三考壂從七

三百户之上大使正七品兩考壂從六

五百户之上副提舉從八三考壂從七

一千户之上提舉正八二考壂從七

一千户之上副提舉正六品二考壂從五

五百户之上提舉正五品三考壂從四

五百户之上提舉從七三考壂正七

一千户之上提舉從七二考壂從六

以上如係自踏逐根腳淺短量降一等

三、九六

**官員遷轉例**

至元十九年十月中書省來呈定到江淮官員
格例乞熈驗事都省逐一定奪開咨前去仰照驗遵依施
行
一巳受宣勅資品相左例陞二等遷去江淮官員依舊
　於江淮間任用若選於腹裏任用其巳為考滿者並
　免回降不及考者例存等前件依准所擬
一出身未合入流品人員巳受江淮勾當受宣者三
　品擬同六品四品擬同七品五品擬同七品四品
　勅者正從五品擬同六品正從
　七品擬同提控案牘巡檢
　勅者正從六品擬同八品七品擬同正從九品正從
　同九品七品八品擬同提領案牘巡檢

四九三　　　　典章八　吏部二　　六

建別議陞轉
一受行省行院劄付有出身日月未滿人員謂通譯史
　宣使令史之類至元十四年都省未江淮官員巳前
　剳立官府招撫百姓實有勞績者在後不曾換受宣
　勅受職名若應受勅者三品擬同七品四品擬同正從
　八品五品擬同九品應受勅者正從六品擬同
　九品其七品八品擬同正從
　當官無出身不應敘用白身人員其受職名應受
　勅者正從六品擬同提領案牘巡檢七品以下於稅
　務官監當官任用其上項有資品人
　員再於接連福建兩廣溪洞州郡擬陞一等兩廣福
　建別議陞轉
九品擬同稅務官監當官內任用其上項有資品人
　員再於接連福建兩廣溪洞州郡擬陞一等兩廣福
　建別議陞轉

---

至元十四年巳新後收附州郡依上定奪
前三件議得若依所呈擬回降資品各人巳經受宣勅任
用一考之上擬於見任一等遷去江淮官員任回擬定前資
合得資級於上例陞一等止於江淮官員任用若於腹裏
任用者於本資歷上照勘窠闕合用人員移資都
任上項有出身未入流品人員例從高一等斟酌定
奪
一江淮州郡遠近險易不同似難一體遷轉令量分為
　三等若腹裏常調官員遷入接連兩廣福建溪洞州
　郡於本資歷上例陞二等其餘州郡例陞一等福
　建兩廣官員五品上照勘窠闕合用人員移資都
　省銓注六品以下就便委用開具容省

四四六　　　　典章八　吏部二　　七

前件比及聞奏以來擬准施行
一江淮官員在任曾經行臺咨保比五事考較有實
　跡者例陞一等任用若止保才能廉幹者減一資應
　陞轉
前件依准所擬
一擬江淮官員若有倡優店肆屠沽之家諸官奴隸
　及經刺斷之人或財路求得官并詐冒虛湊月日
　別無所受文憑似此人員合行罷去元受追取再不
　敘用
前件依准所擬
一管軍官轉入管民官者巳受宣勅者依例陞用外未
　經換受人員若勾當考滿者及有軍功者斟酌定奪
　如無軍功者不滿考者發遣行省量才區處

前件依准所擬

一行省通事譯史令史宣使人等或經譯例革或經替罷
似此之人所歷日月不等如無經省發去勾當不及
一考者擬合貼補月日不等換宣慰司勾當人等如無省
發遣去勾當不及一考出身者降一等擬合貼補月日及一考之上比量免令於出
身道本省量才區用別換宣慰司勾當人等如無省
既發去勾當不及一考者降一等敘用不及一考之
上者以此六部令史出身者降一等敘用若自行踏
逐者又降一等別無定奪

一見受宣勅者不見赴任官員或有事故更若有明白
案驗別無規避依所歷定奪敘用如有規避及無
前資人員別無定奪

一江淮儒學教授合無定奪作八品合選有科名才學

四八七

《典章八 吏部二》 八

為衆所推者任用

一歸附若率衆歸附之人依所受職名銓用其餘量
酌定奪歸附後有功者驗所立功效大小陞遷

一已到選官員内有軍前告狀自行稱省咨文内已經保
勘者斟酌定奪如本官不曾保
勘難為信憑比依常例定奪仍呈省
後照依例陞轉

一上項官員除欽奉特旨及蒙古人員不拘此例外若
有軍前獲功及從前經涉艱難多負勞苦者比照上
例斟酌定奪

父子兄弟做官迴避 至元二十一年三月御史臺據監察御
史李昂呈伏見前省官阿合馬郝禎等專任之日恣行己
意隳壞典章父子居於省部子姪列於州郡牽挽私親樹

立黨銅莫甚於此即目朝廷再新制度已經釐正愚謂意
臺清選尤當擇用切恐亦有父兄居憲臺察院之職子姪
為按察司官者或父兄為按察司官子姪於別道為官有
似此按例宜合照驗合行照驗若餘者別聽按
仕為此至元二十一年正月勘自存一員餘者別聽求
者欽此本臺除欽奉前教一員餘行臺裏行令俺按
父子兄弟叔姪哥哥有時分敞過事內一件這臺裏教有分
目漢兒相參勾當至元二十二年二月二十七日江西行省准本省
丞相伯顏咨至元二十二年二月江西行省准本省
奏過事內一件在先達達回回畏吾兒人蠻子每一處相

五六六

《典章八 吏部二》 九

一奏委付麼道聖旨了來如今蠻子田地裏親著呵城子裏
每達達回回畏吾兒每一個家有底也有無那
田地裏底事勢省得的上頭奏有依省田地省在先聖旨體例相
秦委付呵怎生麼道奏呵在先也安童根底收復了呵近都不
省底也者成吉思皇帝漢兒民戶根底相秦委付了來火魯
兒根底木可大西札發兒和尚根底收復了呵火魯魯
火孫無頭腦行了來如今不消商量相秦委付麼道聖旨
了也

軍官休做民官 至元二十五年湖廣等處行省咨付准尚書
省咨至元二十五年正月二十一日火兒赤等奏過事內
一件樞密院官人每與文書哈剌歹奏軍官每獲功斯殺
一件的受宣勅的多有管的軍官裏委付呵怎生麼道奏
來的受宣勅的多有管民官裏委付呵
呵有欽呵付麼道聖旨有來俺商量得管軍官休管民

者管民官休管軍者道的聖旨有如今管民官多闕無有
奏呵無體例呵休委付者麽道聖旨了也欽此

**自己地面休做官** 中書省至元二十八年五月初八日桑哥等
這般體例的分開了別箇田地裏遷轉阿百姓每也得濟
有也者奏呵那般聖旨了也欽此
車內一件遷轉官員自己地面裏休做官者阿休委付者麽道聖旨了也欽此
要肚皮的上頭別了聖旨根腳地面裏遷轉阿如今

**至元新格**
諸職官隨朝以三十箇月日為任在外以三週歲為任
滿錢谷之官以得代為滿吏員須以九十個月方為出
職由職官轉補者同職官例若未及任滿本管官不得
之訪察以類注籍時備選擇之用
輒動公文越例保陞果才幹不凡有事跡可考者從御
史臺察舉其非常選所拘若急闕擇人才職相應者臨

諸銓注官員品類不一宜相泰推文資一員任其簿書
計數之責凡於總管官司不許有文

諸官例入選視其原係是何出身歷過是何職任叅以才
器大小年齒衰壯宜於何等闕內銓注不可強生其短
因廢人之所長

諸官員功罪並送吏部標注到選之日於應得資品上視
其功罪斟酌議擬有詆冒其罪增飾其功者從監察御
史糾彈

諸品官若犯贓黜降或廉能陞遷事迹昭著者皆下隨處
照會其使在官之人共知勸戒

四、九六　〈典章八　吏部二〉　十

---

諸官員子孫應合承廳之人比及入仕以來預使學習政
事不致將來曠廢其職到選之日如本等官內量與從優
能及問以政事應對可取者人內選官到

諸兩廣福建地面或有全闕官事今聖旨去處比及朝廷選官到
任合須使人權攝其事令於近上可以選見
官內選差無則許於任滿得代聽除官內選差又無聽
於本省或宣慰司見役諳悉人內選差白身之人不許
委用

諸行省管轄官員若有多歲不經遷過時不到任及任內
未注或緊急闕官即須照勘明白咨省定奪其到任此
任例合採附人員每月通行類咨直隸省部路分准此

**犯贓官員除擬** 大德七年十月二十九日江西行省准中書
省咨御史臺備監察御史呈照刷吏部大德六年下半年
文卷於內照出一宗柳州路同知不魯哈禿爰自什物庫
使柴炭同提舉會同館使至元二十年授奉議大夫同知
徵理司事該歷正五奉都省劄付前徵理司同知不魯哈
禿濟南路治中劉良佐等出身用本官糧斛取受議得即
係職官取受錢物雖該出首終犯贓染況到省出首月日
係在按察司取勘之後合注邊遠一任至元三十年三月歷
外職散官如故滿任須年十一月禮任至元三十一年三月歷
過七箇月未及滿任因病作闕赴北求醫大德五年十二月得
欽奉宣命饒州路餘干州達魯花赤大德元年七月歷
替部擬正五兩任須上州尹一任如無窒闕再歷正五
一任方入四品叅詳除人員其呈了當卑職照得職官犯
合依上例遷用係省除人員呈其哈禿蒙古人氏已歷正五兩考
贓邊除之法即係通例如不魯哈禿者應命之任方歷七

五、五三　〈典章八　吏部二〉　十一

月故生僥倖不待任滿稱病離職求醫復政除散官如
故優於近裏以此看詳於近未應不惟容故奸門倣此為
例何以示畏據本官所少邊除月日欽遇詔赦似難再行
今後似此人員若復求仕止令原除地面依例銓注庶凡
選法有守以杜僥倖使其犯者亦知有畏此係爲例事理
其呈詳得此送吏部呈照得職官犯贓依例政除邊遠如
此所歷未及依准御史臺所擬止注原除地方相應都省
准呈施行

**親老乞近遷除**　大德九年六月初五日立皇太子詔書條畫
内一欵節該親年七十以上若無以次侍丁應任遠方者
今後宜從近便遷除

**外任減資陞轉**　大德九年六月初五日欽奉詔書内一欵節
該外任官員較之内任陞轉甚遲但歷在外兩任五品以
等

**内外四品以下普霑散官一等**　至大二年正月尊號詔書畫
下並減一資經至元三年遷轉者特與陞加

《典章八 吏部二》

五、三二

十三

一欵至大二年正月以前内外大小職官四品以下普霑
散官一等服色班次封贈皆憑散官以高低定論三品者
遞進一階至正三品上贈止據應入流品有出身者吏員譯
史人等亦自至大二年正月以前入役者考滿加散官一

**遷調官員**　延祐四年十二月十四日行省准中書省咨延祐
四年十月十七日奏過事内一件御史臺官人每也與備南
臺文書裏俺根底與將文書來江浙省官人每也與備文
書來有福建兩廣等田地裏委付將管民官去阿為田地
遠寫有煙瘴麻道不肯去有為麼上頭見闕多有依著
大德五年例省裏差人去那地面裏有的管民官內將有

---

体例倒以相應的人遷調委用的說將來有俺交付吏部定擬
呵依著那裏說將的地面裏有的民官每於相應人內合
遷調歷道俺根底與了文書有俺商量來在先福建遷調
官員有來近來不曾與如今您每說每在遷調呵差
著在先除人去有如今依您每說每在遷調呵差人去者
也欽此都省除已差委官馳驛前去外合下仰照驗
咨請照驗欽依奏奉聖旨事意本省官與都省委官一同
督勘當該首領官吏照勘若有任滿得代官員解由到司
付勘完備依例倒給解由仍照勘火急闕丁憂病故致
施行准此除已闕丁等故各各備細緣故案闕保勘
脚根據捍造帳册從所委官提調回咨以憑聞奏降宣勅
照會者在先行省照得其各官年甲籍貫備細仕
史臺所委官照依下項事理從公定擬各各案闕各行

《典章八 吏部二》

五、二六

十五

合行事理

一本省所轄福建道路府州縣衙門左合遷調官員照
得代已滿盡急闕次及火任滿闕須憑名官在任
原粘帶解由依驗實虛月日應得委員相應人員或
省月日挨次就便遷調若有急闕得委驗合得資品及
員闕不能相就於急敘職官内選用驗合得資品上
雖有超越不過一等仍其備細脚色擬注緣由保結
先行開咨

一軍官匠官站官醫官各役下人等例不轉入流雖資

仕侍親政除見任等官員到任月日在職給由依式其解
各另呈有已除未任急闕御故各各備細緣故案闕保勘
明白各具印信文解并各原行文卷合當令史親賞
與差去官一同赴省施行

品相應不許銓注

一都省已除人員例應到任若有違限者即聽別行銓
注

一今次應合就彼遷敘人員如在前給由已咨都省聽
除未經遷注照會不到咨到本省者即聽依例就便
遷注先將注訖員數姓名咨來以憑查照

一原解由人員不詳銓注

一諸犯贓經斷應敘人員照例銓注

一今譯史宣使奏差人等須驗實歷請俸月日已滿方
許銓注

一遷調官員三品四品擬定奪呈五品以下先行照會
之任

《典章八 吏部二》

廿

西

---

## 承廳

品官廳敘體例

官已行遷轉若是承襲有礙遷轉體例令參酌到職官自
一品至七品承廳敘用條畫乞頒行事准奏仰照例依下
項條畫施行諸官品正從分為一十八等職官用廳各止
一名正從一品子正從三品子正從七品敍正從
三品子正從八品四品子從九品敍正從
敍正從五品子從九品敍外據六品七品子正九品
跂外職事諸承廳官不以居住致仕身故其廳人
年及二十五以上者聽用廳者立嫡長子有篤廢疾立
嫡長子之子孫如無立嫡母弟如無立繼室所
生如無立次室所生如無婢生子如絕嗣者廳其親兄弟

五、四、三

《典章八 吏部二》

圭

各及子孫如無廳伯母及其子孫諸用廳者謂孫子一等
曾孫降孫一等婢生子及旁廳者各降一等
從上降一等諸廳子八品職廳循其資考流轉陞遷廉才
幹者依格超歷特恩擢用者不拘此例其不務慎守及其
違犯者依例降罰諸自九品依例遷至正三品止於本等
流轉三品以上職位選同特旨諸職官廳子之後若有餘
子不得於官府自求職事及諸官府亦不許委用

民官子孫承廳

各及子孫如無廳伯母及其子孫諸官府自求職事亦不許
至元五年十二月初七日中書吏禮部承奉
中書省剳付內一欵諸致仕身故官員子孫告廳擬合具
父祖前後歷仕根腳所在官職及去任致仕身故各年
月日緣由鈔白所授宣勅剳付綵畫宗枝指定原籍清冊扣
庶姓名年甲申聞別無詐冒保結申覆本管上司當官再行審
算年甲申牒別無詐冒保結申覆本管上司當官再行審

問相驗相同如承廳人別無所患篤廢疾病經斷十惡奸
盜過名仰鈔連所受憑驗同緣畫到宗枝依上保結令承
廳人親賫文解及祖父原受的本宣勑割付部定奪

**民官承襲體例**

令後莫若將陣亡民官雖有廳例比之軍官一體承襲唯復降
等事移准尚書省咨來咨民官與軍官一體承襲唯復降等委付
等承襲咨請定奪准此至元二十七年正月十四日奏准
除欽依外咨請照驗施行

至元二十六年二月福建行省為省據王文
質呈各處叛亂賊人殺死軍民官比之軍官除已有承襲定例
外據陣亡民官雖有廳例比之軍官一體承襲特是爭懸降等可哀憫

大德三年二月江西行中書省移准中
書省咨為廣東道宣慰司呈本道五品以上官員朝廷銓
注應付舖馬赴任回則應付站船分例身故官員妻兒亦

五、五八 〈典章八 吏部二〉 卅六

驗品級一體應付站船分例卑司看詳在任身故官員合
廳之人年未及二十五歲隨即倒給解由移咨都省候承
廳人年及例依敘用請定奪准此送吏部照擬得至元五
年十二月初七日承奉中書省劄付云云今承見奉本部
參詳職官子孫合依通例敘廳所據倒給承襲解由應付
站船氣力出廳一節宜從所擬具呈照詳得此議得令文
彼處在任官員身故例依隨時給據付子孫收執聽候
仕餘職事吏部所擬除外咨請依上施行

**民官陣亡廳敘**大德七年正月十七日江西行省准中書省
咨吏部呈湖廣省咨武岡路總管府申撤的迷失承襲父
麻合馬至元二十四年六月祗受勑牒忠顯校尉武岡路
總管府判官至元二十六年四月收捕草賊相殺中傷父
亡本路官司并鎮守萬戶府保勘相同及照得至元一十

七年正月十四日奏過事內一件福建省官人每與將文
書來這裏發賊人每生發呵軍官民官每一處相殺有
陣亡了的有呵軍官每的孩兒每承襲呵他每一處有俺官
的孫兒每根底著承襲軍官例裏委付呵有陣亡了的民官
的孫兒每根底每低一等委付呵更有陣亡了的民官每更
商量得民官每委實是陣亡了的孩兒委付將來有俺係色
比他的孩兒每低一等委付呵是也實是陣亡了的
此他的孩兒每的勾當低二等委付呵是也實是陣亡了
的呵那般者廳道聖旨了也欽此本部擬定失色官得
目人民比伊父麻合馬二等職事低二等降等照得
在先別無立定民官陣亡憑准是何官司保勘然後降等
承襲通例本部議江南地面作耗賊人生發其牧民之官
迎賊相殺中間或有被賊就陣殺傷身死其子孫承襲此

五、八四 〈典章八 吏部二〉 卅七

之廳例已降父職二等廳敘若不立法關防切恐因而作
獎今後民官與賊相殺陣亡者總捕盜官隨即出給執照
吩咐本道親人收執仍申覆本省照知本路官司某人移
某年某月某日處地面生發被賊就陣殺死民官某人
牒本道廉訪司體察如有不實罪被奪相應移咨都省
省議得今後民官體察如有不實罪及當該官吏移咨請依上施行
為保勘明白移咨都省定奪相應具呈照詳及本省吏
例欽用若有不實罪及當該官吏咨請照勘明白依

**臺官廉訪司官子孫告廳**大德元年七月行御史臺准御史
臺咨據河西隴北道蕭政廉訪司申前按察使吳恢男老
狗告承父廳事呈奉中書省劄付送吏部照得本人年甲
未及又不經原籍官司依式保勘似難議擬承此本臺議
得令今後御史臺各道廉訪司官子孫應告廳者先經籍貫

官司依例照會完備保結行移本道廉訪司申臺照勘呈
省除外咨請照驗施行

達魯花赤弟男承廕　至元七年六月尚書省准中書省咨該
先為係官達魯花赤中山府故博兒男減赤等告乞承襲
送吏部禮部講究去後該所故達魯花赤弟男難依
管民品級取達魯花赤內敍用合咨總管府達魯花赤之人於
下州達魯花赤內敍用散府諸州達魯花赤之人於
縣達魯花赤內敍用縣尉巡檢內如勾當向
應若奉特旨令承襲者不拘此例達魯花赤敕得縣達魯花赤
奪若達魯花赤內敍用外司縣達魯花赤應繼得輕重於
應繼之人亦據根腳承襲輕重於縣達魯花赤
前卻行漸次陞遷欽此除蒙古人回回畏吾
語的到者若勾當得阿遷上省那般行說了的言語教言
兒乃蠻唐元等達魯花赤應繼之人依准前項所擬聞奏

五、五七

職官廕子例　延祐二年三月行省准中書省咨該來咨照得
所據契丹女真漢兒達魯花赤應繼之人擬同管民官體
例承廕敍用咨請照驗遍行所屬今後如遇府州諸縣司
故蒙古回回畏吾兒乃蠻唐元等達魯花赤應繼之人告
敍用者鈔連伊父原受宣勅已行達魯花赤體例告給文憑赴
吏部求仕擬見告達魯花赤人除七品以上人員別行
銓注聞奏外據合充下縣達魯花赤人員此間不見稟闕
請行下吏部銓注施行省府除正七品以上人員別行外
仰照驗施行
腹裏從六品至從七品流品子廕授院務等官俱有陞轉
定例看詳江南歸附之初民情風土特異除授官員難循
資格在後平定日久南北通除別無陞等之例今江南應
仕官員應敍定例正六品官子廕巡檢內任用漸次轉入流

品從六品子止於近上錢穀官雖任數十界別原入流之
例不分原除係腹裏江南歷仕人員但經陞回降既將正六
此且如根腳除係江南入仕超仕之人俱經陞回降既將正六
品以上官員子孫依腹裏人員例於流官內委用不許
有從六品至從七品官子孫敍內從六品子孫以下廕敍錢穀官一
陞轉誠為偏負如准與腹裏子孫以下廕敍錢穀官一
體於雜職資品內流轉其於選例歸一亦可以砥勵下僚
孫廕敍六品七品子孫止令錢穀官發去本部議得大德八年八月十八
月承奉中書省咨請照詳送去本部據吏部議擬到江淮致仕身故官員子
勉於從事咨請照詳送本部據吏部議擬到江淮致仕身故官員
應當僚使又照得大德八年八月十八日奏奉聖旨節該
孫廕敍六品七品子孫止令錢穀官
上位知識有根腳的蒙古人每子孫照得至元十九年十二
帝識也者除那的已外一品子廕正五品從一品子廕從

五、六五

五品正二品子廕正六品挨次至七品色目比漢兒人高
一等定奪欽此一諸職官子孫廕敍內從六品子孫近上錢
穀正七品官子酌中錢穀官從七品子孫廕敍內從下錢
者照依舊例降敍正從蒙古人若上位知識根底深重人員
取自聖裁欽此本部議得江西行省咨平定日久南北遍
除除廕任官員從六品至從七品人員從六品子孫止令錢穀官
委用不許陞轉誠為偏負如准與腹裏子孫以下廕敍
錢穀官一體於雜職資品流轉其於選例歸一以此條詳
江南歷仕者若擬不陞事涉不倫亦合比例腹裏廕之人子
孫承廕者若將上項應廕之人依例監當差使滿日於
移咨各處行省將
從九品雜職陞用似為相應具呈照詳都省咨請依例施
行

正從六品七品子孫承蔭陞轉

延祐三年　月行省准中書省

咨湖廣省咨本省不見承廳勾當差使之人所歷月日陞轉通例咨請照詳准此送據吏部呈照勘到正六品至從七品子孫應容從承廳陞轉通例照得大德十年正月　日內承奉中書省咨付從六品子孫承蔭巡檢任回及考者止於巡檢內委付外合式的巡檢內委付流官內委付定奪通理巡檢月日實歷錢穀官內定奪通理巡檢月日實歷六十二箇月陞從九品巡檢任回及考者止於錢穀官再歷三界通理七十二箇月陞從九品雜職正七品子於近上錢穀務提領歷三界陞務使提領省劄各歷三界通理一百四十八箇月陞從九品雜職從七品子於近上錢穀務提領歷三界陞務使提領省劄各歷三

下錢穀官都監內任用歷三界陞務使提領省劄各歷三界通理一百四十八箇月陞從九品雜職

五、七五

典章八　吏部二

　　　二十

界通理一百四十四箇月陞從九品雜職

延祐五年　月　日江西行省准中書省咨據御史臺呈准江南諸道行御史臺咨據監察御史乃蠻火承事等呈嘗聞爵位尊卑之謂車服尊卑之謂名車服等差之謂器國家所以彰有德而考者有功馭臣下之大柄也若建康一路言之往往附麗權貴濫叨名爵如虎而翼且以建康言之則重授之易則輕授之當得之難如天下縣與宗原係江西行省理問所令史見任建康財打捕鷹房民匠總管同居叔叔王熙亦受宣命白身受宣大都等瑞司丞唐興宗原係江西行省都省照勘白身自有定制據各衙門應奉依明詔悉皆似此不可枚舉宜從省自有定制據中書省回奏其餘選者如委相應給降宣勑其或不當從

衙門近侍人等敢有擅奏故中書政務欽依已降詔旨以違制論罪庶塞倖門咨請聞奏准此其呈照詳得此延祐五年十月十一日拜住怯薛第二日刺列殿裏有時分博兒高不花怯里馬赤阿潤兒曾昔博赤買驢給事中定住等有來伯答沙丞相阿散只哥參政欽察平章哈剌都事等章高右丞換住左丞晏只哥丞相江南行御史臺眾監察奏過事內一件御史臺大勾當著的名爵初登寶位者先爲惜名器詔呈將來名爵是國家有功能的人每根底與的不治只在名爵用人有皇帝初登寶位者先爲惜名器的溢的省體例倒得的難阿天下人看的名爵重若與的泛當更循環濫住名爵用人的難阿天下人看的名爵輕了自古來天下治與書裏行了來近年間各衙門奏選用人的豪霸每往往營幹了受宣勑的名分這一等豪霸每在鄉里閭時猶

自欺凌百姓把持官府更做了受朝命職官麼道哈似虎生兩翼的一般官府百姓根底更是把持欺凌有且以建康一路裏說呵如勾容縣裏豪民王熙亦受宣大都等處鷹房民匠總管他的叔叔王熙亦受宣建康財賦提舉似這興宗原是江西理問所令史受宣建康財賦提舉似這般濫用的人每隔越道這般省裏受宣照勘了依著詔書體例都罷了又合奏選的人也合於資品相應的人裏面定奪有體例奏選的依著詔書行例都罷了又合奏奪省委付的依著詔書行來的以違制論罪麼道這般說有如今各衙門裏應著每自選人麼道腹裏江南白身的人每虛捏著怯薛詐冒著籍貫姓名作獘欺誑朝廷受了宣勑近上名分委付了的

五、八六

典章八　吏部二

　　　二十三

多有更有曠了名分嫌遠不去赴任的做根腳再求任的
也有常選裏人每循著資格兩考三考方得陞轉這等僥
倖人每白身裏做三品四品雖是不入常調各投下各衙
爵中間好生室礙多有因這般上頭大數目差役裏服色名
門委付阿是一般受了國家宣勅管著軍民人匠等戶更
把持官府欺凌百姓影占自己的戶門差役投下各衙
詐稱各投下戶計營幹有當有俺待依著行阿別著大體
刬不依著行阿卻道俺違了聖旨麼道有若不拯治阿
漸漸多了也如今先將這王訓等二箇交臺家照勘了合
罷的合追奪的即便依體例行其餘各投下各衙門似這
一般但是虛擔著怯薛的冒著籍貫的更改了名姓的有過
犯來的大數目裏人詐稱投下令旨委付的更受了宣勅名分
並濫受各投下令旨委付的更受了遠方蠻夷等地面官

**典章八 吏部二**

職去赴任的無體倒受了宣勅不赴任就做根腳再求的
文書到日限一箇月教他每自賞著宣勅赴所在官司出
首免罪隱匿不首的許諸人陳告是實賞中統鈔百定於
犯人名下追給依例追奪所受宣勅更教監察廉
訪司遍行體察這般行了後頭各投下有缺用人阿只教
他自愛馬裏選的也只教先儘他每勾當裏行來的有體例
衙門合奏選著大數目裏人每不教冒著入去各
人外創用的人若合委付這般雖有聖旨俺只依著上
人外委用不敢阿常選裏人每委著除有資品出身
名分不教聚與他文書不交委付那般者歷道選法麼似的
體例回與他文書委著省家奏來的雖有聖旨俺一般人
遠做體例行阿怎生奏呵那般者歷道聖旨了也欽此除
外都省咨請行下合屬出榜遍諭欽依施行准此省府

**典章八 吏部二**

三十

**軍官降等承襲**（至元十五年）

月樞密院正月十五日塔剌
田地裏有時分李羅副樞等奏軍官每有功上陛
遷做大名分了呵他每原舊職事又教他
襲今後罷了呵卻教別簡有功底軍官又教他
襲這般呵怎生奏呵奉聖旨那般者欽此

**渡江軍官等承襲**（至元十七年）

月初二日大安閣有時分本院官奏黃斬慰司史塔剌
渾呈渡江總管百戶為有功底與千戶已上軍官一體承
襲俺商量得總把百戶一體承襲呵怎生奏呵奉聖旨承
襲者欽此

底教承襲病死底降等承襲總把百戶病死年老不教了呵
奉聖旨行中書省准樞密院咨七

四、九七

《典章八 吏部二》

吾

樞密院咨照得各處行省各衛並諸衙門擬到應告定奪本
院用承襲承替等軍官遷轉首領官人等各各所投宣勅文
字憑別不見曾無辨驗及有無粘帶過曾支元支請是何名色俸給多少
月日仍令行省首領官一員辨對文憑豎立本官姓
擬行下項事理合行移咨請照驗施行

一今後應有合求仕軍官首領官人等取勘入仕備細
根腳見告定奪歷用等各各緣由覆實績有無親管
管軍數並過犯粘帶曾元支請是何名色俸給多少
名寫對該憑無偽鈔連擬定咨來

一承襲人員開寫本人是否嫡親弟男因今年甲若干是否熟練
緣由堪與不堪承襲有無親管軍數辨驗伊父是否所受
弓馬堪與不堪承襲有無親管軍數辨驗伊父所受

文憑鈔連咨院

一承替人員開具伊父入仕根腳曾無請俸相視老病
有無妨礙執役承替緣由本人是否嫡親弟男因今
年甲若干是否熟練弓馬堪與不堪承替有無親管
軍數辨驗伊父所受文憑鈔連擬定咨院

一遷轉首領官人員取勘伊父所受文憑鈔連擬定咨院
請俸月日及在任有無過犯
遷轉首領官人員止令在鎮守勾當無故不得私自
任所受勅牒文憑罷衙門人員外其餘告定奪指例
及考滿人員勿得擅告除革罷衙門人員外其餘告
告陞換授等人員止令在鎮守勾當無故不得私自
離役前來求仕

一該載不盡遷敍求仕軍官人等須要依上取勘完備

《典章八 吏部二》

五、另五

玊

依例施行又至元二十一年二月初二日伯顏丞相
等官員奏過定奪軍官條盡內節該根腳裏管蒙古
軍的軍官每做呵它的兄弟孩兒每裏承襲了
阿為有功上頭委付來的蒙古從兒官人每兄弟孩
兒每陣亡了的有呵本等裏委付又年老患病身死
的軍官每底兒孩兒阿降二等委付呵怎生麼道
擬定來奏呵奉聖旨您的言語是有那般者欽此又
至元二十五年樞密院欽奉聖旨節該軍官承襲雖
降等則麼合本等若有身故雖年老患病故本人了
得阿休委付者雖年老患病故本人了得呵依遍行分揀解省
孫弟姪告要承襲承替須要閑習弓馬武藝會諳譜
曉事務開寫本人年甲是否嫡庶長次有無拋下軍
相視定奪外今後若有身故須要閑習弓馬武藝

馬保勘一切完備解省分揀定奪施行又至元三十
年三月初四日樞密院奏過事內一件軍官每
弟孩兒每根底委付的年及七十歲呵替軍頭裏委付
者不及七十歲的我親廢道聖旨有來不怜吉歹那
的每說有年雖不及呵眼睛了的手腳殘疾了的閒喫
省俸錢行有它每兄弟孩兒每好呵那的每根底委付
的到上位的呵地裏退窩他每的閒喫那
氣力生受它每也者也休交行者擬定來廢道聖
委付有那的每根底委付了呵說謊著它每的言語了
它每的替頭裏委付了之呵說謊著兄弟孩兒每呵
要了罪過在先的道裏委付了之子裏來簡道子尋呵
奏呵您的言語是有委付那般說謊呵不遠有咱每
差人交發去也者他每緣故是實呵委付者廢道聖
旨了也欽此

## 五·一三

### 軍官年二十歲承襲

至大四年閏七月初五日樞密院奏軍官弟姪兒男年紀到十八歲呵委付者廢道聖祖皇帝立定體例來在後完者禿皇帝時分小孩兒每不到十八歲的到十八歲也廢道說謊交奏了委付的上頭軍頭勾當有用著呵小兒孩每就慌了勾當去也交他每年紀到二十歲呵委付者廢道再奏過立定體例來如今上位根底明白奏過已後軍官弟姪兒男依著在先體例來到二十歲委付於內年紀不到二十歲說謊到二十歲也廢道明白了聖旨似那般保的官吏每根底交監察廉訪司官人每紏察要罪過者欽此咨請欽依施行

### 品官子孫當爆使

**爆使**

至元九年十月中書禮部承奉中書省劄送本部呈照得至元八年十二月初三日承奉尚書省劄付近擬來呈擬到六品七品子孫許令當爆使周年或減半年依例銓注監當爆使欽此今議得品從敘省官人每商量了呵怎生奉聖旨那般者欽此送本部呈該都省近奏品官子孫當爆使體例與尚書省已擬止於六品七品子孫內當爆使者滿日得品從依例擬除蒙古人員五品以下至五品子孫若年二十用流官似為未盡擬除蒙古人員及以當禿魯花人數別行定奪外三品以下七品以上通令承蔭當滿日其三品至五監當爆使切緣五品以下七品以上許當爆使一年並不支俸應當滿日

## 四·七六

品官子孫照依施行體例量材敘用外六品七品子孫准上注監當爆使已後通例各界增定奪咨請行下處處合干部分更為講究回咨省府照得本部見行量呈應當爆使去處具人數呈中再行講究擬呈擬定呈府照會此量擬到應當爆使去處具人數呈中書省判送吏部呈蒙都堂元議得准呈送本部照會施行省部仰照驗如有告廢人員照依先降一品至五品蔭例勘當一切完備官吏保結申中部施行

### 能通經史免爆使

至大四年二月十八日欽奉詔書一款諸職官子孫承蔭須試一經一史能通大義者免當爆使不通者發還習學蒙古色目之人願試者聽仍於應得品級量進一階

三品官子孫取質子

至元十四年八月行中書省據御史臺

呈伏朝廷優遷甚重切為時宜於三品官以上例取質子

一名以備隨聖旨准欽此

## 當質

七二

《典章八 吏部二》

三七

---

官員陞轉月日

## 月日

大德元年三月初七日中書省奏准下頂事

理咨請欽依施行

一件寫聖旨的管奏事選法應辨重刑等文字的必闊
赤每勾當裏行了八箇月算十箇月有今後體例那般
折算十箇月則算十箇月阿怎生奏阿奉聖旨那般
者

一件俺省裏的左右司首領官這的每月日滿了出阿
陞二等委付來今後月日滿了則陞一等委付阿怎
生奏阿聖旨那般者

一件職官這裏教做令史勾當三十箇月陞二等出去
有今後行三十箇月別陞一等依例委付阿怎生奏
阿奉聖旨那般者

《典章八 吏部二》

三七

四五九

生奏阿聖旨那般者

一件蒙古文字教寬廣者教人肯學者廐道識會蒙古
文字的每月日滿了阿比漢兒回回令史一等高委
付有如今蒙古文字學的人每多是漢
兒回回畏吾兒人有今後蒙古文書的有阿依先委付
蒙古人學會文書的有阿依先體例裏爭一等委付
阿怎生奏阿聖旨那般者也蒙古文書寬廣也那

運司官等月日

大德三年三月行省咨准中書省咨送吏
部照擬回呈都省未審幾年月日為權茶運司官並提控
案牒兼照磨等未審幾年月日滿秩准中書省容送吏
鈔提舉司官每在先三年替換去後漕運司官
付有如今管鹽茶課程運司官印
部擬奏了錢穀的勾當時呵做賊說謊歷道教二
哥等替換奏了來如今俺商量的二年替換呵行勾當卒急
年替換奏了來如今俺商量的二年替換呵行勾當卒急

**遠方吏員月日**

一般依在先體例裏三年替換呵怎生奉聖旨那般者欽
此照得除運司官並首領官擬合欽依三周歲為滿外據
提控案牘不係欽受朝命人員例皆三十箇月交代具呈
照詳咨請照驗施行

遠方吏員月日　大德四年三月江浙行省准中書省咨吏部
呈欽奉聖旨節該諸衙門令史譯史宣使人等今後一百
二十箇月為滿欽此本部議得遠方令史譯史宣使人等月
日內甘肅福建四川此間發去九十箇月為滿具呈
二十箇月兩廣海北海南道此間發去八十箇月為滿土
人一百二十箇月雲南行省八十箇月為滿具呈照詳都
省議得下項去處雖係遠方平定日久令史譯史通事如
印宣使奏差自大德元年三月初七日已後勾當人員此
間發去者具以九十箇月為滿土人依例一百二十箇月

五、六、一　為滿除外咨請照驗施行

**發補令史事理**　大德四年十二月御史臺奉中書省劄付吏
部呈奉省判送本部元呈籍記令史李文基等狀諸衙
門令史人等大德元年三月初七日已准格例已前照依
舊例九十箇月為滿遷除已後刺補請俸一百七十箇月
為滿照得二品衙門並六部令史四十餘名自二月告滿
已歷一百餘月俱各類選了當蒙吏部於六部上名令
史挨次收補填到今三箇月日不見收補具呈
為滿省擬依舊例遷除其六部三品衙門令史如依
貪圖俸月火占闕名不行離役使文基不能收補具呈
詳得此覆過奉都堂鈞旨咨吏部照關發補施行奉此本
部除外據樞密院御史臺告滿令史如依一體合從都省

**巡檢月日**

照會具呈照詳得此都省除外仰照驗依例施行
省劄江浙行省咨巡檢曹成除前歷月任外至元二十三年
正月充邵武路建寧縣永安寨巡檢勾當六箇月日至
元二十四年閏二月充南劍路將樂縣高灘鎮巡檢勾當
過二十六箇月至元三十年二月充建寧路崇安
檢勾當過二十六箇月至元三十年七月內充汀
縣五夫鎮巡檢勾當過二十一箇月元貞二年七月內充汀
州路甯化縣中定寨等處巡檢請俸二十一箇月通前
一百箇月移准户部照到中定寨等處
十二箇月行省保勘明白又省架閣庫呈即係應設去
處本部參詳本人所歷依例合於九品福建遷用俸冊未

五、八、六

到月日後任滿照勘通理如蒙准呈本部依上施行具呈
照詳得此照得江西各省咨到巡檢雖稱勾當考滿實歷
俸鈔多有不及或全無俸月止以例為出准擬遷
除似難憑信都省議得部省准所擬添
一資歷歷轉未到省部巡檢至元二十九年已後倒刷無俸
給月日須要開寫歷任月日所受文憑中間別無詐冒標寫對
勘前任月日依上考過年月行省首領官仔細照
同首領官姓名保結依例給由二十九年已後勾當人員
須憑實歷請俸月日依上考據咨請施行皇慶元年正月
江西行省准中書省咨吏部呈據孫桓武等狀告俱係行
省地面巡檢近至大德二年九月欽奉詔書內一欵節
該中外吏員人等欽依世祖皇帝定制九十箇月為滿欽
奉如此照得本處欽檢已蒙銓注祗受勅牒人員多係三

考任滿省劄巡檢換授俱設名聞照會之任去訖桓
武等內有已歷一百二十月之上九十之上又係選過
文卷已經銓注職名類呈都省
以桓武等大德七年未及兩考省都省
如蒙憐念桓武等到選日久合無優加換授告乞詳狀得
此照得大德七年正月承奉中書省劄付吏部呈奉都省判
江浙省咨監察御史照刷出本省面前吳思誠充昌國州
岑江寨巡檢似此之人不見擬充巡檢通例已擬充吳思誠
去終是已歷巡檢任回或依舊遷敍使應得者
今決立格月日為始已歷兩考之上者循依舊例九十月
下項事理除已歷巡檢部擬充此
開疑內一項各處委用巡檢一節各處移咨各省依上照驗施行本部議擬合
草去外據委用巡檢等人員若便盡行革

五、八六

**【典章八　吏部二】**

五三

出職不及兩考者須歷一百二十月方許出職陞轉達例
舉用並例後翰補者難有役過月日俱無定奉前件依准
部擬施行奉此照得孫桓武等俱受行省劄付充名處巡
檢已歷九十月之上解由到部關會完備前部已於至大
三年各用選內銓注各各窠闕其呈尚書省照得前令奉都
省劄付該省人俱係大德七年正月以前未及兩考之人
仰依例施行間今據見告本部議得巡檢孫桓武擬注
武所歷往復久難以此參詳孫桓武等既受
切恐往復久難以此參詳孫桓武等既給由到部若蒙擬
依驗各人實歷月日擬從九品原任地方遷用住回添一
資歷陞轉咨各省本部依上施行具呈照得大德七年通例定奪
如蒙准呈轉其餘未到省之人照依上施行具還用孫桓武等既
議得各處巡檢例合一百二十月從九遷用孫桓武等

---

已給由到部准擬銓注已歷一百二十月之上住用貼補不及
者依上添資未到部人員須歷一百二十月之上陞轉咨請依
上施行

**遷轉奏差巡檢月日**　大德七年三月江浙行省准中書省咨

吏部呈奉有劄來咨監察御史照刷出本省面前吳思誠
充昌國州岑江寨巡檢似此之人不見擬充巡檢一節議擬合
恩誠擬合革去外據委用巡檢一節議擬通例施行下部
量宜議擬到下項事理緣係為例合無照得已例誠恐未應
遍行照得本省以憑遵守具呈照得九十箇月方許出職部擬
仍須色目漢人相參取自上裁呈考滿降等遷敍
典史內選漢人相參須歷九十箇月方許出職部擬
理除外咨請依上施行奉此詳得此都省議除大
德元年三月初七日例前補用人數外已後翰補者如應

五、七二

**【典章八　吏部二】**

五三

例補充之人九十月歷巡檢一任轉從正九品若自行踏逐
者九十月歷巡檢一任轉從九品達例者雖役過月日別
無定奪前件議得宣慰司奏差除應例補充者照依已定
出身一百二十箇月考滿依例定奪原擬自行踏逐者降等遂
敍任奪添一資歷陞轉廉訪司通譯史原擬廉訪司先書
史役照依上倒實役九十月須歷巡檢者聽如違別無定擬
吏役過九十月顧充巡檢一任轉從九品銓注任回添一資歷
轉大德元年三月初七日以後翰補從九品遷用通譯
史九十月考滿依上倒定出身擬正九品已後翰補依准
十月考滿須歷巡檢提控案牘一任擬大德元年三月須歷
部擬施行奏差廉訪司奏差考滿原擬於省劄錢穀官並
巡檢內任用部擬自改立廉訪司為始實役九十月須歷

巡檢三考轉從九品大德元年三月初七日巳後剏補者
不拘此例如違別無定奪前件依准部擬行承歷循行
例正從三品子於從九品僉敘孫降子一等婢生子及旁
奏准廳例施行各於路譯史舊例如係翰林院選用部擬於上應僉孫降子
先歷務使一界陞提領各路譯史舊例提領再歷一界充九十月考
道提舉學校官選發人員比依腹裏各道提領遷敘使應得者九十
三考轉從九品選用違例者雖有役過月日別無定奪前
件依准部擬施行各界選用各處已委巡檢任回如或依腹裏遷敘此等之人若便盡
滿三考轉從九品選用各處已歷提領遷敘此等之人若便盡
行革去終是已歷巡檢部擬此例遷敘使應得者不
倫自今次立格月日為始歷兩考之上者許出職陞轉違
月出職不及兩考者須歷一百二十月方充巡檢任回

## 遷用通事知印等例

據吏部呈江浙行省怯里馬赤玉速亦不花元貞元年六
月勾當至大德三年七月告假還葬有沙的將玉速亦不
花抵替歷俸五十一箇月本部議得玉速亦不花役過
江浙行省怯里馬赤玉速亦不花亦不花役過
於相稱衙門內經歷闕遷敘從長官保選合
今後通事知印及相稱衙門例革告假體月議擬應得資品定奪
參詳除玉速亦不花依驗實歷體月議擬應得資品定奪
等擬合於本衙門及相稱衙門宣使奏差內貼補月日詳
算通理考滿方許遷用庶得允當係為例事理具呈照詳
都省准呈施行

例舉用並例後剏補者雖有役過月日俱無定奪前件依
准部議施行

---

大德八年十月御史臺咨承中書
省劄付備監察御史呈省部臺院典史刀筆麤淺文法未
諳疏闊悮事合於府州司吏內選取看詳本臺每令史一
名依例選補貼書二名排充梁閣庫子轉補典史
諳體三十箇月發充各道廉訪司書吏二品衙門典
史依例選用一考轉本衙門一考陞補省典史
數三十箇月之上補省典史月日及考陞補
請俸四十五月之上補省典史月日及考陞補
參議府左右司客省宣使令史書吏博補省典史月日
通折四十五月發充寺監宣使令史
六部貼書省發補各庫攢典送吏部議擬到下項事理
逐一區處於後除外仰依上施行

一都省寫發人臺呈挨次發補各部典史請俸四十五
月補省典史為始理算月日及考陞補參議府左右
司客省宣使令史書吏省宣使合令史左右司通籍三考
充省典史發充寺監宣使書吏合令史左右司
十五月發充寺監宣使書吏合令史左右司
擬定准設人數遇六部典史有闕收補若請俸及一
考之上許轉省典史省典史有闕收補若請俸參議
府左右司客省宣使令史書吏博補省典史月日及考陞補
挨名排遇寺監宣使令史有闕發補除宣慰司令
史已有省部定例排挨次轉補各部令史有闕發補
令史通定名排挨前件議得除見役人數依舊例陞轉
外今後省掾每名設貼書二名就用已籍記人數多
九十月充宣使依前件議得除見役人數依舊例陞轉

者減去少者選保具呈左右司移關吏部通挨籍記

遇六部典史有缺收補請俸及考從上名轉補省典

史除一考外餘上折省典史月日及考者陞補參議

府左右司客省史令史書寫檢校書吏通折四十五

月並補史令史及籍記部令史雖得典定名例陞補

司令史有缺發補省典除宣慰司書吏請俸三十

監令史須歷三十月與籍記部令史通定名例陞寺

缺不許轉入寺監宣慰司顧守考滿者聽

轉補各部典史見役令史及本省部典史設未曾補

人等轉入寺監宣慰司書吏部擬宣從本臺所擬前

一御史臺貼書臺呈每令史一名選保貼書二名挨次

名排選試相應充架閣庫子轉補典史請俸三十

發充各道廉訪司書吏部擬宣從本臺所擬前件議

〈典章八 吏部二〉

得御史臺貼書依准臺部所擬轉發各道廉訪司書

吏再歷三十月依舊例歲貢

一二品衙門典史臺呈依例選用考轉補省典史為始

理算月日補不盡人數三考充本衙門宣慰部擬如

准御史臺所擬相應前件議得二品衙門典史不准

轉補省典史若歷三考依舊例陞補宣使部史不准

本衙門於相應窠缺內委用

一六部典史有缺於省係名寫發人內挨次發補

四十五月之上轉補省典史外補不盡人數三考

發補寺監宣慰司奏差六部典史貼書各庫攢典史

補本衙門史外補宣慰司奏差兩考之上發寺監宣慰

六部係名貼書各與都省寫發人相參轉補各部典

---

史補不盡人數發各部典攢典前件議得各部典史依

貼書臺部所擬轉補外都省發寫人有缺於六部係名

貼書內相參選用保不盡者依擬轉補各部典史省

〈典章八 吏部二〉

都吏目合依腹裏由司縣轉充路吏通理月日考滿

內從行省依例銓注通理月日陞轉行省委設案牘

草提控案牘合於散府諸州案牘都吏目並雜職錢穀官

行提控案牘設人員九十月與從九品通理月日陞轉

提控案牘二考正九品通理月日二百一十月都目一考陞

充窠缺委用送吏部照得腹裏提控案牘皆自府州司縣轉

窠缺請俸九十月陞吏目一考陞都目合於何等

今後例應陞轉提控案牘人員不見流轉通例合於何等

咨江浙行省咨各路提控案牘改設提控案牘都吏目

咨江浙行省咨各路提控案牘大德十一年正月湖廣行省准中書

**提控案牘月日通例**

者方許入流違例者別無定奪如蒙准呈移咨行省照會

相應都省准擬咨請施行

**縣吏准州吏月日**

該來咨縣吏取充庫子得替發遣州吏各路多有無州去

處須由州吏陞轉補府吏終身不能顧進參詳今後縣吏

如應一考之上取充庫子一界別無粘帶再發縣吏准理

州吏有缺依例挨次名排勾補不淹滯送吏

部議得州縣司吏轉補事理合准湖廣行省所言都省除

外咨請依上施行

**司庫准理月日**

檢校准理月日至大元年五月江浙行省據本省檢校官呈

事大德十一年八月一十八日杭州路備北闕門庫申批

典林大茂司庫趙琳等告俱係建德路紹興路司縣請俸

五八八

司吏差充庫切見本路以准庫每季於司縣司吏內典
差北司庫倒換昏鈔三箇月滿替起役畢選役今本路
充北關門批庫周歲為滿經涉半年之上繩得發回本路
聽候歲月不能還役實為偏重如蒙照依紹興建德等路
見役司庫一年一替或半年一替不致火難行下浙東道
建德路依例以半年為滿差及下杭州路照驗先擬周
歲次以半年為滿似與前文不同及其餘行省路分即係一體
合從省府議擬通例相應得此照得大德七年四月十六
日准中書省咨擬擬江南陝西等處行省咨管下路分今
役批典庫子有闕於本省到選相應錢穀官內選充一體
別無侵欺過犯於庫子合於本處富實有抵業富
戶差取庶幾司縣不致隳廢官事送吏部議得今後縣司吏內差
並行省所轄路分庫子合依已擬於司縣司吏內差補周

歲滿日別無粘帶發充縣司吏依舊勾當籍記姓名遇州
司吏有闕挨次勾當但有攙越從廉訪司紏彈相應已後
不須咨稟都省准擬咨請依上施行此照得大德十一
年九月二十二日准中省咨該湖廣省咨今後縣吏如應
一考之上吏有缺依例挨次排名勾補送吏部議得州司
月日路吏有缺依例挨次排名勾補再充縣吏合准
吏轉補事理合准湖廣行省咨除外咨請依上施行
一年十二月二十六日奏過事內一件江浙行省准中書省咨大德十
察每的言語俺根底與了文書來內外各衙門裏行的令
譯史通事宣使人等於在前曾做官來的相應人內合選
用有廳道俺根底與文書來又前者詹事院官人每持奉
皇太子令旨俺根底與文書內外官吏的俸錢不敷添做

三六

至元鈔與者吏員每依在先體例九十箇月為滿者說將
來有俺商量來內外諸衙門有出身的人每多有選法
也壅滯住有今後內外的諸衙門令譯史通事知印宣使
有出身人等於內一半職官內選取如今見役的人依舊
一百二十箇月為滿呵外任減一資歷添俸錢近後商量
行呵怎生奏呵奉聖旨那般者欽此

六四六

典章卷之八終

三八

# 吏部卷之三　典章九

## 官制

### 流官

三　流官　軍官　撰官　教官　醫官　陰陽官
倉庫官　局院　場務官　站官　首領官　捕盜官

**勾當官九品職官內選仕**　至元七年九月尚書吏禮部承奉
尚書省判送刑部呈見設勾當官差占不敷路逐到阿馬
都充勾當官遇闕補正送本部定擬到除已准待闕員數
並阿馬都待缺外今後各部勾當官有缺合於九品職官
內選注相應人員補充省呈

**遷轉閩廣官員**　至元二十八年九月二十七日江西行省准
中書咨該奏准遷調福建行省官員咨請與都省差去官

四、八五　《典章九　吏部三》　一

照依下項事理定奪事准此除外內一項連地面已任
滿有解由官員願遷兩廣福建者依例陞等擬注准此省
府合下仰照驗若有廣東福建曾經勾當南北官員已經任
滿得替給到解由省會各人並赴行省求敘及近裏曾經
仕官即閒居日閒雖非兩廣福建人員願於彼處勾當者亦
聽自揀南人亡宋時曾仕官或親賣文憑赴省求敘
之人願仕廣東福建者親賣文憑亦歸附亦曾歷仕通識治體

**父任官員遷轉**　至元三十年五月十六日聖旨有來如
至元三十年御史臺咨呈中書省劄付來呈
省裏宣慰司裏外頭各衙門裏官人五年十年家不曾遷
轉省底有做官底人日月多了呵他每根底也不便當遷
每根底也不便當上位有呵中書省官人也不便當分揀著遷
轉呵怎生奏呵那般者麼道聖旨了也欽此呈奉中書省

---

劄付該司若有未經遷轉人員照勘明白姓名開呈奏此
中書省咨奏准遷轉福建兩廣官員已經劄付本道照得先准
至元二十八年十月行省照得接連
差察司書吏就便行移廉訪司令譯史宣使本
職罪之人准此內選擬除外仰欽依奏准聖旨事意施行外
照得中書省咨內選遷轉福建兩廣官員願入廣者
地面已任滿有解由官員願入廣者依例陞奏
若果有缺多不敷調用聽於行省宣慰司見有窠闕

**管官司保勘呈省**

遠及自願注入閩廣等選者依例定奪外據江南江北道
江西廉訪司申今後遷除官員合無除犯罪黜降應任邊

**銓選官從元籍保勘**　至大三年三月行臺准御史臺咨來咨

四、八一　《典章九　吏部三》　二

腹裏地面聽除官員及父母年老別無侍丁應任邊方者
依驗前咨合得品職從公鄰近銓注似望當世仕官之人
各安其分准此呈奉尚書省劄付送吏部議得常選流官
各有應任地方其有年近致仕者部省聽除之際亦嘗量
仕官即閒居雖有親身七十以上別無次侍丁若便憑准本
官自具詞因一例遷除中間恐有不實因而壅塞腹
裏窠闕不能遷調深為未便以此參詳合從監察御史廉
而上保勘明白至日斟酌銓注若有詐冒從監察御史廉
訪司體察似為相應具呈照詳都省准呈仰依上施行

# 軍官

統大等軍官品級

至元二十一年三月樞密院猴兒見年二月初
二日伯顏丞相等官員泰在前軍官每耶的哥二的替頭
裏委付了阿只管那舊軍有來又為護切了麼道與了名
分阿郤無他管的軍有為此上交他商量了商量得有
來委與中書省官伯顏御史臺官每眾人一同商量得這
漢兒軍官每委付了到今多時也只交他每根底占定做
管把總這四等名兒的一般有這其間裏幹端別十八
里長河西河林塔二兒久等處似此邊遠田地裏有底權
且依舊其餘近裏底革去了阿萬戶千戶百戶等官員職名品級

官呵無體例的一般有麼道鎮撫干戶交滿交
遷轉百戶以下不須遷轉麼道擬定來文將元帥招討總
奏呵奉聖旨您的言語是有那般者欽此

〔典章九　吏部三〕

四五七

裏分作上中下三等委付呵怎生麼道擬定來後頭案同
的勾當有呵臨差時的時節對付得或元帥或招討名分
裏交行了呵無事的其間裏休交行呵怎生麼道擬定來
奏呵奉聖旨您的言語是有那般者欽此
至元二十一年二月十六日樞密院官同中書省官御史臺
官奏准萬戶千戶百戶等官員職名品級

上中下萬戶府

上萬戶府七千軍之上
　達魯花赤一員　萬戶一員　副萬戶一員
　前件達魯花赤萬戶俱作正三品虎符副萬戶作從
　三品虎符

中萬戶府五千軍之上
　達魯花赤一員　萬戶一員　副萬戶一員

三

---

前件達魯花赤萬戶俱作從三品虎符副萬戶作正
四品金牌

下萬戶府三千軍之上
　達魯花赤一員　萬戶一員　副萬戶一員
　前件達魯花赤萬戶俱作從三品虎符副萬戶作從
　四品金牌

上中下千戶所

上千戶所七百軍之上
　達魯花赤一員　千戶一員　副千戶一員
　前件達魯花赤千戶俱作從四品金牌副千戶作從

中千戶所五百軍之上
　達魯花赤一員　千戶一員　副千戶一員
　前件達魯花赤千戶俱作正五品金牌副千戶作從

下千戶所三百軍之上
　達魯花赤一員　千戶一員　副千戶一員
　前件達魯花赤千戶俱作正五品金牌副千戶作
　五品金牌

〔典章九　吏部三〕

四

三〇五

上百戶

上下百戶
　蒙古人一員　漢兒人一員

上百戶七千名軍之上上百戶二員
　前件百戶二員俱作從六品銀牌

下百戶
　五百名軍之上百戶一員
　前件百戶一員作從七品銀牌
　六品銀牌

萬戶府鎮撫

上萬戶府鎮撫二員　蒙古人一員　漢兒人一員

前件鎮撫二員俱作正五品金牌

中萬戶府鎮撫二員　蒙古人一員　漢兒人一員

前件鎮撫二員俱作從五品金牌

下萬戶府鎮撫二員　蒙古人一員　漢兒人一員

前件鎮撫二員俱作正六品銀牌

千戶所

上千戶所彈壓二員俱作從八品　蒙古人一員　漢兒人一員

中千戶所彈壓二員俱作從九品　蒙古人一員　漢兒人一員

下千戶所彈壓二員俱作從九品　蒙古人一員　漢兒人一員

三、八四

《典章九　吏部三》

首領官

上中下萬戶府

經歷一員從九品　知事一員從八品　提領案牘

一員受院剳

千戶所

上千戶都目一員

中千戶都目一員

下千戶吏目一員

鎮撫所

上設都目一員　中下各設吏目一員

百戶下

俱設軍司

五

軍功合指實跡至元二十二年十二月御史臺承奉中書省

一四〇

---

**管蒙古軍官陞除**

《典章九　吏部三》

五、七一

剳付吏部呈今後到選人員雖行省咨保從軍渡江經涉
艱險多負勞苦不見開寫明白資歷等擬合移咨
行省照勘委於至元十一年十二月內隨大軍渡江獲功陞轉並追捕叛賊者合
剳立定例除管軍官並首領官渡江獲功陞轉並受院宣勅有職人員
剳外據已有定例外據行省受宣勅有出
身人員經涉艱險並有軍功實跡亦合指定自幾年月日於
何處地面負遇艱險軍功實跡保勘明白以憑依例陞遷
所據已除人員任回通理如蒙准呈今後到
到日照勘上例定奪都省准呈
院咨至大四年閏七月二十日奏皇帝登寶位開了詔書
凡事從新拯治依着世祖皇帝聖旨行時分省得的題奏
皇慶元年正月行臺咨准御史臺咨准樞密

六

有萬戶千戶百戶內並萬戶府千戶所鎮撫彈壓因公陞
除別勾當裏去了呵管蒙古軍馬的人每陞元管來的軍裏
也有來別了呵大體例主仗着的也有如今從新拯
委付他每的弟姪兒男者管漢軍的人每陞除別勾當去
了呵當每替頭裏委付別人者盧道世祖皇帝立定體例倒
治時分上位明白奏知管達達軍馬人每的子孫於元管
軍馬裏依例委付管漢軍的人每陞除別勾當去了
來在後使見見職的人每捏合着讀文字委付的也有官
吏每覷面皮故違了大體例在先委付了的也有
阿依着世祖皇帝定制他每替頭裏委付別人今聽了
聖旨故違元制的官吏並阿罷了勾當斷罪呵怎生議
根底交監察廉訪司管察知阿明知道主仗着委付的大每
定來奏呵奉聖旨那般者欽此咨請依施行

軍官依例保舉　皇慶元年二月行臺准御史臺咨樞密院咨

至大四年閏七月二十日奏皇帝登寶位開了詔書凡事
從新整治依著呵他每替裏分省得做官
的人每事故了呵他每替頭交他每嫡長子行
子沒了呵嫡長孫行者嫡長
者若嫡長孫俱無呵應作的弟兄奧魯官亦將道世祖皇
帝立定體例近年以來軍官每並沒了呵交行者嫡長子行
孫不肯依著保舉妄爭面皮將妾兒男並不應的弟兄每
間消乏了他每氣力緣故是這般有如今從新整治時分
今見不依著世祖皇帝制行省定制行省
有體例人不行呵省地裏要了肚皮覷面皮每
根底交監察廉訪司查知呵罷了勾當保舉卻將不應的人亂行保舉的官吏每

五、八八

議定來奏呵奉聖旨那般者欽此請欽依施行

軍官七十許替

咨至大四年閏七月二十日奏皇帝登寶位開了詔書凡
事從新整治依著世祖皇帝立定體例近年以來有軍
軍官每年紀到七十歲呵替頭交他每的弟姪兒男行
者七十歲呵替頭交他每的弟姪兒男行
無病推稱有病麽道使見識自己替頭裏交他每勾當不似民
男行了他每却別尋勾當出去也今各處遍行文書交監察廉訪
司用心將那般使見識趨奸的人每根底蔡知呵怎生議定來奏呵奉聖旨那般者欽
此咨請欽依施行

典章九　吏部三
七

---

軍官民籍差占　皇慶二年十一月中書省劄付樞密院呈皇慶

元年四月十八日本院官奏札忽兒臺付樞密院俺根底文書
裏說將來有行省官將各處鎮守軍官省司合管的勾當
裏差遣將來有鎮守地而失悞了鎮過的勾當的一般
麽道說將來有俺商量來軍官每除為軍馬勾當外
差遣其餘千碍錢糧民訟有的勾當行省體例軍官呵
怎生奏呵奉聖旨那般者欽此除軍馬勾當除已移咨各省欽依
其餘不干碍的勾當裏休差者欽此除已移咨各省欽依
施行外具呈照詳得此仰欽依施行

典章九　吏部三
八

二〇四

投下

## 投下達魯花赤遷轉

至元二十年御史臺咨據監察御史呈

各投下分撥到路府州縣達魯花赤人員須要選用正蒙
古人員充各處達魯花赤任滿與管民官一體給由申覆
上司擬於本投下止有分撥到一處別難遷調任如有為政實跡
調如本投下再行給降照會得到一處別難遷調任如有為政
加陞用其呈照驗施行擬於本投下分撥到腹裏江南州郡內三年今依上
給由赴省部再行給降照會得一處別難遷調任如有為政實跡
擬得用其呈照驗施行緣係投下差放達魯花赤不拘常
調參詳今後此等人員亦合依御史
臺令各處廉訪司嚴加糾察檢會得至元四年十二月初
九日中書省劄付係官投下州縣達魯花赤人員亦合依
照會施行

五二六

《典章九 吏部三》 九

管民官例三十個月為滿合取元粘帶解由赴省遷轉事
行移各處照會去訖今據見任州縣達魯花赤依上施行本臺為
此再行議擬呈奉中書省議得各投下送吏部議得各投下州縣達
魯花赤亦合三年一次依例給由申呈吏部仍行移廉訪
州縣達魯花赤三年一次給由送由吏部議得各投下
擬得三年一次給由申呈吏部仍行移廉訪
北拘該路府州縣互相遷轉事理已有定例呈乞照詳事
得此都省議得各投下州縣達魯花赤三年一次取給解
由互相遷轉外據總管府並止有一處無可遷轉州縣達
魯花赤亦合三年一次依例給由申呈吏部照會仰遍行
司體訪申臺除已移咨各處行省劄付吏部照會仰遍行
照會施行

## 投下設首領官

至元二十二年十二月行中書省准中書省
咨准玉速帖木耳言語哈剌帖木耳根腳俺的廣平
路的人後頭江陵府按察司裏做奏差年月滿了也如今

---

鑾子田地裏俺分撥到城子全州路達魯花赤禿忽魯去
了也與禿忽魯見生一般勾當擬定交走底你識者得此
照得禿忽魯充全州路達魯花赤都省劄擬哈剌帖木耳
充本處提控案牘與禿忽魯一處勾當咨請出給劄付依
上勾當施行

## 投下達魯花赤

八年三月十六日奏過事內一件江浙行省准中書省大德
書各投下各枝兒未滿又於內多一年是漢
兒女真契丹達達小名裏蒙古人委付達魯花赤小
有一個月日未滿又重撥到的城子裏有他每委付達魯花赤
他依大體例替換了若三年不滿呵不交重委付人呵怎
名裏做說達魯花赤的都投下各枝兒裏革罷了有麼道這般說有俺商
枝兒裏說知選揀蒙古人委付者有麼道這般說有俺商
無蒙古人呵揀選有根腳的色目人委付者三年滿呵交
撥到城子裏委付達魯花赤呵選揀蒙古人委付者如果
量來今後諸王駙馬各投下各枝兒裏每分
生奏呵奉聖旨那般者欽此

五五七

《典章九 吏部三》 十

## 革罷南人達魯花赤

大德十一年三月十二日福建廉訪分
司牒奉江南行臺劄付近據江西道申察知建昌路南城
縣達魯花赤竹頭係是南人問得本人姓黃祖太所招情
詞即係違制擬合革罷相應得此移准御史臺咨奉中
書省劄付照擬合革罷相應先呈此事送據吏部呈
魯花赤伯顏踠跥係南人廉訪司究明白呈擬得與城縣通例
革罷合咨行省追收勅牒今本投下依例選保相應例
經移咨江西行省劄付吏部行移依上施行去訖今據見
呈都省除外仰照驗施行

## 有姓達魯花赤草去

至大四年九月行臺准御史臺咨奉中
書省劄來呈山東廉訪司申石郍臣占大都路金玉局
匠人常山兒敬受濟王令旨前來濱州充達魯花赤本管
改名也先帖木耳得此撥吏部呈照得至大二年四月
內欽奉聖旨節該此即係漢兒投下多是漢人得至大二年四月
脚色目人內選用欽此即不見諸投下達魯花赤於內若有漢兒契
的名字充達魯花赤後設有姓達魯花赤合無於有根
戶匠欽受令旨或受宣勑有姓達魯花赤合無一體革去巳
參詳諸擬合劄付御史臺欽依巳降聖旨事意一體革去
其呈照詳都省准呈依上施行
臺咨呈奉到中書省劄付來咨延祐二年十一月二十七

## 有姓達魯花赤追奪不敘

延祐三年六月行臺劄付准御史

《典章九　吏部三》

五·七八

十一

日合禀通劄送刑部議擬到下項事理內一欵諸人告言
有姓不應達魯花赤人員指訂照勘明白合無依例取問
追奪前件照得先奉中書省劄付皇慶元年六月初八日
奏過事內一件大都省帖木迭兒丞相等官人每投下
有達魯花赤人每俺根底與文書諸王駙馬各投下分撥
到城子裏委付達魯花赤有姓漢兒人來更改了名色投二
的也有一個闊裏委付了的官吏根底也要罪過俺用元
保達魯花赤人見任達魯花赤有姓漢兒人的也有今後諸投下
年之後保將有體例的色目人來者若將有姓漢兒人更
改名約當裏委付了阿追奪他的宣勑永不敘用阿怎生
保來約各投下的每省他每要罪過將來
文書有他每言語是有根底也每罪過將來奏呵那般者麼道聖旨了也欽此咨請欽依施行

---

准此都省仰欽依施行奉此今承見奉本部議得有姓漢
兒達魯花赤追奪不敘用宣勑永不敘用即係奏准典章經釋
原擬合照勘明白奏准達魯花赤追奪不敘用此准擬仰欽依
施行承此咨請欽依施行

## 議罰達魯花赤

延祐三年七月行省准中書省咨延祐三年
五月十一日奏過事內一件去年將各投下的各
路州縣裏交各怯薛裏常選內衆人之上委付達魯花赤
各路州縣裏減一員將投下合委付的人做副達魯花
赤委付麼道奏了來如今依先已了的各路州縣裏減去同
知上路主簿錄事司錄判掌管錢糧捕盜勾當減去副達魯花
赤委付麼道奏了來委付副達魯花赤一員呵怎生商量來奏呵
那般者麼道聖旨了也欽此都省欽依施行

《典章九　吏部三》

五·七八

十三

## 改正投下達魯花赤

延祐五年正月江南行省臺咨御史臺咨
延祐四年六月十七日本省官奏過事內一件監察每文
書裏設投下達魯花赤太祖皇帝初起北方時節哥哥弟
兄每商量定取天下了呵各分地土共享富貴麼道世祖
皇帝即位以來立著這法度諸王分到的城子交他每各自
委付達魯花赤有這勾當行了多年也近間帖木迭兒官
了只交委付次二官的上頭尖了呵各投下有合依舊當行了的是
題奏來的多年呵達魯花赤麼道說有俺商量來他每說是這勾當都是
花赤麼道說有俺商量來他每說是這勾當聽的來從
來的言語行呵怎生奏呵那般演也不惱有麼道聖旨
了也欽此都省咨請欽依省在先體例裏從
有是諸王分定的有禿剌那演也不惱有在先體例裏從
行與省家文書者各投下達魯花赤依省在先體例裏

他每委付者麼道聖旨了也欽此呈奉中書省劄付照得
延祐四年六月二十一日奏過事內一件在前諸王每委
付的各路府州縣達魯花赤每交做秀達魯花赤每委
付的勾當爲顯達魯花赤者麼道交大數目
裏交委付爲顯達魯花赤者麼道有的城子裏只前行來近日
他每委付爲顯達魯花赤者大數目孫帖木兒晉王朶劉埯等大王也說是俺
投下的勾當也欽此已經移咨中書省仰照驗施行
聖旨來的勾當有依先例只交各省已前行來自世祖皇帝時分定體
麼道聖旨我這般說來自世祖皇帝時分定了文書
有奏呵奉聖旨我這般說來近日有怎生等大王也說是俺
投下的勾當也孫帖木兒晉王朶劉埯根底與了文書
行去訖今據見呈今仰照驗除外都省仰照中書省劄付送據御史臺呈恩州嶽據
承奉中書省劄付送據御史臺呈恩州嶽據管人戶朱全

**投下職官公罪**

延祐六年六月十七日奉江浙行省劄付准

中書省咨刑部呈奉省判御史臺呈准江南諸道行御史
臺咨據監察御史解世英將仕呈嘗謂張官置吏莫非爲
民而公事偏肓則必紕正其罪益取以輔成政務不便遂
其非也臺察按劾諸司刷歷案牘如有公事差池怠
慢者當該官吏人等驗事輕重斷罪者投下職官差勑以
下人員固有量事區處懼受宣罰員若投下罪多有無俸
給者尚擬必須奏聞伏慮事小非惟煩瀆上聽亦且文
案卒急不能江絕置而不問又恐怠慢之人特此不知警
畏宜從合于部分將投下官識無俸給者如有公事差池
怠慢取記招伏定擬旨罰遵守庶人知畏懼公事成
就具詳照招准此本臺看詳如准所言定擬通例合
呈照詳得至元二十年八月初三日

**典章九 吏部三**

十三

祐駐男朱得興奸誘班四駈婦臕梅在逃促獲受錢私下
休和約會到本管官員提領一同歸問過其本官將得興
一面斷決了當依例將本人關發恩州本管官戶計朱得興犯
奸在逃自依例將本人關發恩州招伏用歸問不合一面將朱
得興斷決罪犯乞照詳事得此送本部議得奸盜合從
奸夫朱得興擅便斷決事屬達有司歸問其袁澤係雜職官員擅
有司歸問其袁澤係雜職官員擅追罰朱得興與斷決事屬達
曾無將奸婦臕梅斷罪及班四受錢別無見
即係懼罪名之犯本人私合罪犯
標注公錯量情比附縣尹體擬合追沒入官體例追罰於袁澤取招罪犯
錯量情比附縣尹體擬合追沒入官追罰朱得興私合罪鈔二十五兩五錢
犯本與司縣相對擬合追沒入官已劄付御史臺除罪犯
外合下仰照驗施行奉此本部議得奸盜合行懲戒
應的決有定例所據公事差池怠慢雖無俸給合行懲戒
標注懲罪名乞照驗公事差池怠慢雖無俸給合行懲戒

**有司衙門給引** 至元二十三年十二月行御史臺准御史臺

擬

今後似此有犯事理比附有司相對衙門體例驗事輕
重追罰如蒙准呈遍行遵守相應其呈照詳得此都省准
咨承奉中書省劄付樞密院呈行樞密院咨鎮守隆興萬
戶府申見管軍人內逃訖杜林蔣興李德陳義等四名根
捉到吳城山捉獲到官招伏就用陳提領等貴河南路諸
投下官司文字相隨在逃招罪犯從人以江南等處本院諸
看詳腹裏州城諸投下官司信從人在逃使管軍官不能拘繫
賣者爲由濫放文引般取軍人若要因事或爲商
遍行合屬禁約當經由省司衙門陳告取問隣祐是實令
賈前去他所勾當無違碍方許出給差引明置文簿鎖照外據
人保管引他所勾當無違碍方許出給差引明置文簿

**典章九 吏部三**

十四

## 投下勾當休別差調

餘衙門並各投下官司雖有印信無得擅行出給文引除
已遍行合屬禁約外仰照驗施行

書省咨二月初八日奏過事內一件諸王駙馬各投下勾
當教他每提調麼道偏向諸衙門之上委付著中書省有
投下的勾當有呵眾人商量了的委付著中書省有
提調了委怎生別勾當有呵這般宣諭了的勾當的怎生
商量了行的勾當是有恁地般宣諭了行者又奏別行提調呵
今後提調獨自得行者又奏如今時間俺省裏勾當不揀甚麼勾當怎生
者行御實聖旨是有忩行者又奏別個省裏勾當不便當呵
奏呵奉聖旨個省家裏行文書的要罪過
另行提調投下勾當的也有也者依那體例遍行文書呵
怎生奏呵奉聖旨那般者欽此

### 投下不得勾職官

五、五八

至元三十年十一月江西行省准中書省
咨吏部呈山東宣慰司關東昌路達魯花赤探馬赤至元
二十九年二月初四日禮任至二十日前去永昌府將軍
糧交付了當至十一月初五日還職照得元奉省劉路府
照得東昌路達魯花赤擅自離職倘有稽遲所責非輕今
後達魯花赤若各投下差使臣實擎大王令旨駙馬鈞
旨前來勾喚疑合等候省部明文然後許令前去似為不
致失誤勾當請照驗本部議得諾准擬相應都省准呈咨
請遍行照會施行

又大德六年十月行臺准御史臺咨承奉中書省劄付來
呈河東山西道廉訪司申五月初三日有使臣怯來敬
奉阿只吉大王令旨嶧州喫羅海明與管的也先忽都會

十五

---

說來三月二十日刷馬時節喚我去來到呵知州馬也不
曾問和雇和買皮裝靴子等你不與則麼篤那上頭我廻
說我是達達人有那其間裏頭髮揪著打與沙沙來如今
這令旨到時節即忙過來這裏折證者欽此照得先次如
聖旨條畫內一欽節該非奉聖旨諸王及公主駙馬不得
一面勾喚管公事大小官吏此卑府州司縣官
員俱係管民官所設若有罪過合從朝省區處今聽從也先
忽都魯一面將知州喫羅海勾攝行下本部議得詳府州縣官
即係牧民長官職設此為此事本部議得亦擬妨占
情事務不為公事深繁利害如准廉訪司宣慰所言欽依元奉聖
軌誤公事欽此

### 王公主駙馬不得一面勾攝行下本府王府

五、七一

旨事意諸王公主駙馬不得一面勾攝行下本府王府
節令知州喫羅海還職已後無致違別體例相應都省
外仰依上施行

### 大小勾當體例

大德七年閏五月初二日江西行省准中書
省咨安西王位差來使臣忽里罕等呈敬奉安西王令旨
起舖馬五匹前去吉州路忻都關本錢二十定內造下
的水弓皮袋緞定紗羅斤利錢鈔定等物將來者軍的氣
力用藎都省裏說了喫了者去敬此忽里罕等敬依前來今
將見賣把起舖馬令旨的本譯寫粘連在前具呈照譯得
戶絲歲賜緞定軍器般運呵官司脚力般運有其餘諸物
無般運的體例又大德二年五月初六日奏准節該諸王各位下合關五
此大德二年六月二十六日御史臺呈欽
奉聖旨節該諸王駙馬差使臣大勾當明白奏過交行者小

十六

呈都省咨請欽依施行

勾當經由中書省行者無體例勾當罷了者欽此今據見

四十三

典章九 吏部三

七

---

## 教官

諸教官遷轉例

儒學教授

至元十九年八月定府州一任准正九再歷路教一任

蒙古教授

准從八大德八年定須年五十以上

至元十九年八月定府州一任准正九再歷路教一任

准正八大德元年三月已後止擬從八

國子正錄

至元二十九年四月定國子正一任從八錄一任正九

國子伴讀

至元二十九年三月定每歲貢四人二名充部令史二

人充府州教授

典章九 吏部三

十八

四三十

保選儒學官員至元二十四年正月行中書省准中書省咨
吏部呈近承奉中書省劄付擬府州儒學教授准正九品
任滿日再歷路教授一任准從八品滿日給由赴部於本
等遷轉若學正歷一任即陞教授員多缺少似有窒碍
今擬各處教授遇有闕員散府上中州教授歷兩任所據隨路
教授遇有闕員散府上中州教授有闕依例遷轉須歷
府上中州教授有闕於各處學正歷一考之上者陞補學錄
教諭有闕於直學選補陞補並依例體覆申呈如有缺員
依舊勾當遇闕依例陞補似易爲銓調其有年高德邵茂
才異等不求聞達雖白身材堪教授一路一州者許將按
察司體覆相同將所業文字連申擬充教授不拘全闕若
越次委舉及選保不拘士行不精儒業令人代作文字之

五八七

〈典章九〉吏部三

十九

人從監察御史本道採察司體察明白申中臺呈省取問是
實所保人截日黜罷仍當舉主侍體覆官司似望
教官得人作成後進以備他日選用侍仕給由指例求取又行
各路將一考之人
保舉白身之人止鈔錄文字一二篇申部並翰林院遷用
中間冒濫不無切照各處若將學正人等依舊守職若有茂才
成後進深為未便本部參詳學校風化之原必得慎擇師
儒教育後進今來議得若各路並教授於所轉州府州內通行推選
下窠闕擬合令本路教授於別有遷調歇
才德之人牒委文資正官覆行移本司出
題試驗將親筆所業文字並按察司牒文繳申省部移文
翰林國史院再行考較其學正人等依舊守職若有茂才

異等之人本處官司依例體覆令本人親身赴翰林國史
院試驗保明關發赴部定奪尚有不應罷及學官並覆察
官司如此似望革去濫保之弊詳照事都省准呈施行
議得江南書院山長就受本省割付都省准擬移用
施行今擬見申仰從本司選保申省仍就呈從按察
施行申乞明降到都省照會呈乞按察已有定例照錄得此
送吏部行移集賢院定擬得江淮教官例令縣書院
山長合從教官例令按察司體覆相應都省准擬施行

〈margin 體覆山長〉
至元二十六年御史臺准行臺咨據江西道按察
司申據江西儒學提舉司申奉到江西省割取堪到名賢
書院合設山長去處移准尚書省與吏部並翰林國史院
議得江南書院山長就受本省割付都省准擬移用

〈margin 學官考滿體例〉
元貞元年三月行省准尚書吏部照得各處
行省咨到考滿學正山長俱令廉訪司體覆及錄連所業

五七二

〈典章九〉吏部三

二十

各路府州正官體覆相應移牒廉訪司行移分司與各路文
資正官驗各人所業當面令本路教授從公多出試題聽
試官選擇題目面試毋容作弊然後將所試的本程文用
印封鈐繳連依例行移從翰林國史院考較委中程式者
補學錄教諭任滿日須又歷一任方入學正之選已經任
回者一體遷敘學正任滿果中程式陞府州教
授如不中式者止於學正內陞用應補府州教授之人如
果有年高德邵茂異之士行實許可考者不拘此例令吏部
先將江南山長學正任回到選年五十五以下人員照勘
籍貫歷仕通類開呈腹裏者就便關發及照勘大德元年
元定吏員程式就便議擬立法考試行據禮部呈移准翰
林國史院關依上議擬到考試程式本部開坐具呈照詳

誠為不倫今擬到教官照例挨選年甲即令及五
十五以上者先行挨次銓注守待窠缺遺家類候五十三五十五
以下人員再注學正山長一任先行挨次銓注並依上例定奪所據白身挩入教官之人
路府教授一任轉入流品已仕府州教授有缺止依本等
注授設若得缺守闕二年及以致仕之例所拘使年高碩
日在選籍記五百餘員已有守候二年及以致仕之例即
以賢愚同滯究其選壅塞日久其間冗濫不無不可
呈奉省咨禮部呈近年教授窠闕南北八十九處即
學之士終身不沾一命其有少後進陞選
注授如缺並依上例定奪所據白身挩入教官之人

大德九年二月湖廣行省准中書省咨禮部
呈奉省咨禮部呈

文字行移集賢院考校中式於教授內定奪呈奉都省准
擬咨請依上施行

郡省合行開坐請依上施行

初充學錄教諭所試
詞賦二韻　小賦並二韻
經義論　論孟長各一道　明經解題各一道

學正陞教授所試
經義各從所業　大義一道　明經解題二道
詞賦全賦一道

**《典章九　吏部三》**

五·〇七

皇慶元年二月江南行臺呈江南行省准中書省咨禮部呈奉
省判御史臺呈江南行臺咨監察御史呈切謂學校篤為作
養人材之源名爵乃砥礪人材之具材不可以苟進爵不
可以濫加為治之要必慎於此此古之取士必由鄉舉里選
漢初又設茂異孝廉等科亦由從州縣察舉如董仲舒賈
誼董始膺茂異之選故其事業卓然可稱隋唐以降專尚
科舉雖材俊之士所得亦多而文風日弊士氣日衰得失
相半焉欽惟聖朝累降詔書勉勵學校作養人材雖科舉
之法未行而於儒人選取教官黜陟轉民職蓋鄉舉里選之
遺意從近年以來各處教官考成之士絕少輕薄之人率
多益由此輩巧攢權門旁緣諂諛趨捷徑或挾多資或憑貴勢或
假藝術小技以動人或緣諂諛趨捷利口而得譽是以名德之
士潛處山林躁妄之徒恬居師席欲望學校興起人材作
成良已難矣所謂超出時輩者即年高
司保舉風憲體覆且省部例到教官考成例有年高
德邵茂異之士實覆體稱果可年高
行實何所考況兼茂異等者必德行文學政事材器卓然
超邁乃稱是舉似此人材宜從朝廷特加權用豈可以一
舉學正山長使之淹屈將恐所舉者以凡庸冒茂異之美

三十一

---

正錄教諭直學

名使冗濫濫教官之常缺莫若今後果有超出時輩茂異
之士欽依至元三十一年詔書事意有司保舉廉訪體覆
以備朝廷選用其餘各官不得延濫保舉所據學正山長
等教官悉依已定各格不令雜造庶望少塞倖之路抑或
貪競之風其於學校人材以惬公論乞賜移咨從教官以
詳施行本臺看詳選舉教官已有定格如准照依監察御史
言誠草濫之弊咨請照准此本臺具呈詳選取廉訪司
釣旨送禮部泛諸處所舉茂異材異等此到部參詳選揀已
有面試通倒諸處所舉茂異材異等此到部銓選類者依倒銓
注今後薦依原籍官司開寫年甲籍貫可考行
實可採綠平日所述文字達於路府詳委文資正官體覆
相同行移廉訪司復加體察在京路分從監察御史體查
委有可考實別無冒濫回牒本路繳連的本牒文官吏

**《典章九　吏部三》**

五·七三

保結開申省部以憑選用中間若有冒濫罪及學官如蒙
准呈遍行照會相應具呈得此照得
若委文章可取行實可考者保結移諮監察御史廉訪司
體查的本司牒連所述文字方許開申餘准部擬都
省咨請依上施行

延祐四年正月行省准中書省咨禮部呈奉
省部御史臺呈行臺咨廣東廉訪司申惠州路牒呈奉奉
官倒及科舉倒欽此除已遵依今據前因試若依大德
八年
鄭鐸文揚天相得代請依例試驗准此照得白身朔入教
官倒及科舉倒欽此除已遵依今據前因試若依大德八年
看詳今後學正山長得代給由赴司面試若依大德
考試程式出題試驗卻緣律賦小義已經
奏准不用如試
小義古賦卻非科場舉子及各路保舉儒人並令赴本鄉應試已後急缺學錄
人若比藏貢保舉儒人並令赴本鄉應試已後急缺學錄之

三十二

教諭未審如何選取及山長學正得代如何面試即係為
倒事理乞照詳得此臺看廣東道廉訪司所言事關
通例宜從都省分定擬相應咨請照詳此照得大德
乞照詳批奉都堂鈞旨即令合干部分咨選行奉此呈
五年六月內湖廣行省准中書省照會行省咨選取教官付
所轄儒學教官額員陞轉等事照得至元二十一年二月
受本路教諭並授吏部剳付路府州縣各設一員學正
學錄設教諭一員除教授祗受勅牒學正受中書省剳付
員縣設教諭一員除教授上中州設學正一員下州設學正
學錄各設一員散府上中州設教官例教授學正受直學一員
之上者陞補各處學正有缺學錄教諭歷一考之上者陞
須歷兩考所據路府教授有缺員以三年為滿依例選調

五、八七 《典章九 吏部三》　　　二三

補各處學錄教諭有缺於直學內選取並依例體覆申呈
散府諸州並各處書院教諭有缺各處學正一員考之上陞
轉直學於本學在前執事人內選保性行端方才幹通敏
者未有缺員依舊勾當奉此本部參詳各處教諭學錄名
分雖居下列亦須用有學行之人今後應設教授學正學錄
處依舊例設直學一員許令本處教授於在學生員內推
保才學優長行無玷缺者其申合干上司令文資正官當
面出題試驗經疑史評各一道從本路出結付上司考試
三十月為滿試卷合給由依上考試中式補充學錄教諭須
歷兩任再行試中方入學正山長之選學正山長依
上再試果中程式繳連程文申達省部行移集賢院考校
中式陞補府州教授如不中式者止於學正山長內任用
所據試驗文字比依科舉例各從所業試經疑一問詔誥

---

章表古賦科一道如蒙准呈移咨行省剳付本部依上施
行得此奉都堂鈞旨即目科舉教授既行教授之職尤當慎選
送禮部再行照勘擬相應咨請照詳據集賢院送國子學
呈擬擬試驗教官內教諭學錄一任即陞山長似大優卻
緣自直學至教授依例陞用所據由陞歷月日前似宜
外至科舉年分願試者聽以為便益具呈照詳得此都省參詳國子監
人材如蒙除免依從所擬選教官入學校必至廢弛無以作成
士未等已及正八品及其教授入流得從八品更多添
後三十餘年比至入流已致仕後有可憫況兼科場取
呈議擬試驗教官一任即陞山長至教授備國子監
所擬試驗教官通會相應開呈照詳得此都省咨付令將逐項
本部行移合屬照會相應開呈照詳得此都省咨付令將逐項

五、四八 《典章九 吏部三》　　　二四

事理開咨請依上施行
國子監議得直學之職止是掌管錢糧廟學祭祀修造等
事轉陞教官固當慎選然此即目取士之法所以誘進
後人不可失於太嚴今後直學有缺擬從本處教官選
保在學生員才學優長行無玷缺者具申於上司委
文資正官一員體覆相應移文本路出給付身委試選
疑一問於四書內出題考較中式須是半印勘合給由
以達省部行移集賢院考較陞充學錄教諭中間若有
冒濫從監察御史肅政廉訪司糾治
前件議得今後應設教授學正山長去處依舊例設直學
一員其所試經疑以經旨明白文詞條暢為中式所據
在內直學任滿申達省部行移集賢院考較其在行省

## 國子監

省申覆本省儒學提舉司考較餘從國子監所擬相應
事涉重復況兼聽除守缺比及兩考任回動輒一十餘
年不無淹滯今後教諭學錄照依在前歷一任依例類
學正山長內選

前件議得學錄教諭已經試驗依舊例須兩考依例勘合
給由仍取本人親筆所業文字一十道行移考較如中

國子監擬得學正山長

程式陞充學正山長

國子監擬得學正山長已是有出身人員若依紏舉立式
試驗卻緣餘外另無優陞以此看詳事涉太重今後學
正山長考滿擬依舊例各隨所業面試經義一道不拘
舊格仍面試詔誥章表科一道考較中式陞充府州教
授如不中式者又以學正山長內任用

三〇五　　《典章九吏部三》　　二十五

前件議得學正山長陞用宜准國子監所合令本路文資
正官同本路教授公同出題面試經疑古賦詔誥章表
科一道相應

---

## 醫官

選醫學教授　至元二十二年四月御史臺承奉中書省劄付
來呈精選各路醫學教授訓誨醫生無得濫保空疏無學
之人爲此送禮部與尚醫監講究到醫學體例呈乞照詳
都省議到事理仰照驗施行

一擬四件

已設醫學去處教養人員見教生徒照依每年終去一
申覆尚醫監考較優劣有無成績外試問本學教授
題目三道假令有人病頭疼身體拘急惡寒無汗寒
多熱少面色慘而不舒腰脊疼痛手足指末微厥不
煩燥其脈浮而緊澁者名爲何證何法治之假令有

四五九　　《典章九吏部三》　　二十六

人病身體熱頭疼惡風熱多寒少其面光而不慘煩
燥手足不冷其脈浮而緩者名爲何證何法治之假
如春夏月有人病自汗惡寒身熱而渴其脈微弱者
名爲何證何法治之另置簿策同本學生員醫人各
簿年終申覆一就考較優劣以見教授能否有無稱
職也

諸路官醫人提舉司或提領所委正官一員專行提調
同醫學教授將係籍醫戶並應有開張藥局若有良家
子弟才性可以教訓願就學者聽據醫學生員欽奉
聖旨擬免本身檢醫雜泛將道學成就另行定奪欽
此擬將見教醫生籍貫姓名攻習是何科目經書有
藥之家子孫弟姪選揀中一名赴藥局行醫貨
無習課醫義開申尚醫監若道成就以移擬用

會到儒學例諸教授學錄學正各一員上州中州各設
教授一員下州設學正一員諸縣設教諭一員甲司
今議擬諸路醫學教授一員祇受勅牒外學正一員
上州中州下州各設學正一員諸縣設教諭各一員俱係尚醫監
學諭一員祇受本路醫學教授割付庶望後之學者有
所師授各路並州縣除醫學生員外擬合設立隸籍醫
戶及但有行醫之家是醫業為生員擬合依上每月
朝望去本處官聚集三皇廟聖前焚香各設所行科
業治過病人自寫病根因時月運熱用過藥方是
否合宜本仰各人自當曾醫愈何人病患治法藥
其呈本路教授外據州縣醫學人每月具呈本路醫學教授考較優劣備申揷用
論候年終類呈本路醫學教授考較優劣揷用
以革假醫之弊

【典章九　吏部三】　三十七

前件議得依准所擬割禮部行移合屬依上施行仍照
會御史臺者
一未設醫學去處自今後荊保到教授或補填名闕教
授許令本路總管府並管醫人提舉司令衆選保委
的學問該博醫業精通衆醫推服堪充師範之人具
籍貫姓名年甲腳色仍令保定教授親筆書寫醫愈
何人病患脈證治法三道連申尚醫監又行體覆試
驗考較優劣委的相應准保施行
前件議得割付御史臺更入令各道按察司體覆相應就
便准保施行
一濟世之道莫大於醫術刻病之功本於鍼藥若不
設立選試太醫科舉其學醫者不知素問本草聖濟
總錄焉能愈人疾疢者哉照得至元八年蒙

---

省部已有議究定選試大醫法度文卷擬乞在限開
寫科舉三年一次選試大醫將十三科目合試各科經編
豫宜待下各路總管府嚴行榜諭諸人溫習各科醫
經至於試期八月內諸路總管府試中選去來春二
月赴大都省試中選者注定名闕聞奏收充太醫
應勾當府試中選就廣得人材精醫而利濟於民生
收補庶望醫學成就
之疾苦以副聖朝好生之大德如斯則師生盡心所
使學校不為虛設矣

### 考試醫官教授　元貞二年
前件議得候舉場文字一就定奪

江西行省准中書省咨御史
臺呈監察御史察知李克讓不通醫藥用錢營求
割付充單州學正次於濟寧路韓教授處鈔到醫義太醫

【典章九　吏部三】　三十八

院擬堯嘉興路醫學教授未曾祇受正犯人李克讓
聖旨一百箇罪囚內疏放了當今後合令太醫
試醫官體例相應得此送吏部行移太醫院議得李克讓
不敘外據各處應保太醫
於官降題目內出題令本人親筆課義三道治法一道先
行考相應申呈本道本路總管府行移本處醫學提舉與
所保相同至日申覆到院送本路醫學教授
文理皆通治法相應依例定奪庶革前弊都省准擬咨請
依上施行

### 醫官合設員數　大德二年十月行御史臺據領北湖南道廉
訪司申隨處醫官多設管勾人等移准御史臺咨呈奉中
書省咨割付送吏部移准太醫院關該擬到必須設立管勾
人員外其餘醫司醫正人等之類依准廉訪司所擬截日

罷去相應都省准擬合下仰依上施行承此腹裏各路提
察司提領與行省所設提舉司所辦事務不同無設都目
人吏管勾已有定例另無定奪各處行省提舉司提領都

一州縣處差撥檢催辦差稅驗醫戶多寡必須存立管
　勾去處合從提舉司就便保選通曉醫書廉能人一
　名勾當委無過犯就用設立提舉司提領去處
　不須擬設勾當

一府州縣遇有差撥當檢見居醫
　戶內輪番差遣無得於所屬去處亂行差擾不安

一隨處提舉司提調會詞訟必合設立司
　吏祗候依准廉訪司所擬量設一二名餘外毋得濫
　委

一各處提舉司提領所設醫正止合於本處見居醫

典章九　吏部三　　二十九

聽探人等即係濫設擬合盡行革去

並寫發

# 陰陽官

元貞元年二月中書省奏漢兒蠻子田地裏
有理會得陰陽人的數目各路官人每好生的要了秀
才大的體例裏每路分裏委付教授好生教者那裏有
好本事呵每年裏呈了來交這試了理會得呵司天裏
臺也交行者不理會得的交回去呵怎生麼道得的交
不索尋思那般者麼道聖旨了也欽此除外今據禮部呈

陰陽教授各路公選老成厚重術藝精明為眾推服一
名於三元經書內出題行移廉訪司體覆相同舉用從集
賢院定奪取到陰陽人所指科目都省准擬除已另行外

合行移咨請照驗依上施行

占算
三命　五星　周易　六壬　教學

典章九　吏部三　　三十一

婚元占才大義書　宅元周書祕奧　入宅通真論
塋元地理新書　塋元總論　地理明真論

# 倉庫官

按此類應在陰陽官類後原闕今補

## 雜職依前及錦品級遷注例

流官內選用者任廻理流官月日

元擬雜職人員任廻雜職遷升

平准行用庫官任廻減一資歷

鹽場司令丞管勾任廻減一資

通州等倉官升一等減一資

豐潤等三倉減一資

京畿等十五倉升一等

通州七倉　　李二寺直沽二倉　　河西務七倉

## 管辦錢穀官諸雜職人員例

闕文一之一

〈典章九　吏部三〉

至元二十一年九月定

三十一　陳氏校補

一辦課分為三等

上等充提領　中等充務使　下等充都監

一辦課官升轉一周歲為滿

都監三界升務使　務使三界升提領

提領三界受省劄錢穀官又歷三界於從九錢

諸雜職人員比附院務升遷

鹽鐵副管勾　相副裝查批引等官

諸衙門倉庫鹽敎等監支納大使

## 資品錢穀人員例

五千定之上提領正七大使正八副使正九

二千定之上提領從七大使從八副使從九

各衙門選用人員任廻本衙門所轄敍用

匠官院長至從五品止於匠官遷升

---

## 入倉官筭闕

一千定之上提領正八大使正九省劄副使

五百定之上提領從八大使從九部劄副使

一百定之上係中等錢穀官設提領部劄大使副使

五十定之上設大使副使

五十定之下設都監

京倉一十七處　豐盈　正七　大使從七　副使正八

千斯　相因　豐潤　通濟　廣貯　永平　永濟

惟億　盈行　豐實　太積　廣衍　既盈　既積

順濟　萬斯南　萬斯北

都倉一十七處

有年　樂歲　富有　廣儲　足食　大盈　盈止

及秭　充溢　崇墉　迺積　永備南　永備北　廣豐南

## 倉官前後升等例

闕支一之二

〈典章九　吏部三〉

三十二　陳氏校補

至元二十六年十一月呈准升一等通理月日

至元二十九年五月呈准在都通州河西務直沽李二
寺等倉應得資品上升一等如本倉別無侵欺短少
再升一等歷過倉官月日例不准算

元貞二年六月十一日呈准周歲為滿內通州河西務
李二寺直沽倉升一等除授任回減一資在都并城
外倉五萬石之上升一等除授一萬石之上任回減
一資

大德二年三月令史揭禧承奉省判本部所呈擬到京
畿都漕運司申各倉官依例交界于后
二月一日立界交代倉二十一處

慶盈北　李二寺　直沽

## 倉官升轉減資

判御史臺呈各處倉官人等有收粮多者四十餘萬少者不及失陷
不過二萬例升二等看詳收粮多者尚有照略不及令譯
今後倉官有缺於到選相應職官於諸衙門有出身令譯
史通事知印宣使奏差兩考之上人內選用依驗難易收
倉官一例升等中間優苦不倫本部斟酌各處收粮數少
升加等第緣係為例之事恐未當具呈照詳都省議得到
粮多少任回應去地方遷敘依上施行

關文一之三　典章九吏部三

七月一日立界交代六處

永濟　千斯　盈行　大積　廣行　順濟

既盈　相因　惟億　豐潤　永平　通濟
廣貯　豐實　既積　萬斯南　萬斯北

通州河西務李二寺直沽等倉官於應得資品上升一等任
回交割別無短少減一資通理

通州七倉
廣儲　李二寺　直沽
足食　有年　及稱　富有　盈止　樂歲

在城并城外倉分
收粮五萬石之上倉官於應得資品上升一等任滿
交割別無短少依例遷敘通理
永平　既積　豐行　惟億　順濟　永濟
既盈　盈衍　廣貯　萬斯南　萬斯北

收粮一萬石之上倉官止依應得品級除受任滿交
割別無短少減一資通理
豐潤　大積　通濟　千斯　廣貯
　　　　　　　　　　　　相因

三三　陳氏校補

---

## 平准行用庫寰闔　鈔七品

腹裡大都在城計六處
順承　文明　光熙　和義　建德
　　　　　　　　　　　　崇仁

外任計一十三處
上都路　遼陽路　大寧路　大同路
平陽路　保定路　真定路　大名路
濟南路　益都路　長蘆　東平路

江南四十六處
揚州　淮安州　盧州　真州　泰州　杭州　嘉興
湖州　常州　平江　鎮江　紹興　慶元　台州
溫州　處州　衢州　婺州　建康　寧國　太平
龍興　江州　吉安　贛州　撫州　臨江　袁州

關文一之四　典章九吏部三

潭州　江陵　武昌　福州　廣州　惠州
瑞州　靜江　雷江　重慶　安西　成都　寧夏
潮州　靜江　河南府　平灤　隆興　宣德府

## 行用庫寰闔　從八品

腹裡四十二處副使受部劄
懷孟　順德　廣平　彰德　河間　般陽　衛輝
濟寧　南陽　襄陽　河中府　歸德　鄧州
濟州　棣州　萊州　冀州　沂州　曹州　恩州　泰安州
陝州　汾州　陵州　許州　汝寧州
　　解州　路村　豐州　彰州　夏津縣
　　　　　　　　　　　　安津縣

江南三十六處副使受行省劄付
揚州　杭州北關門　建德　信州　廣德　徽州
鄲城縣　潞州　濮州　南昌　河西務　潮州
陝州

三四　陳氏校補

高郵　松江府　鈆山州　南康　建昌　南豐　南安
安慶　池州　興國　安豐　常德　辰州　沅州
蘄州　峽州　岳州　寶慶　郴州　泉州
道州　桂陽　武岡　衡州　永州　沔陽　安陸
荆門　茶陵

陝西一十二處
延安　鳳翔　興元　鞏昌　平涼　秦州
慶元　夔路　順慶　嘉定　敘州　潼川

## 鈔庫官歷等例

通理月日

至元三十一年正月二十二日呈准鈔庫官若流官內選充者任回減一資歷雜職人員止理本等月日

關文一之五　典章九 吏部三　三五　陳氏校補

平准庫官資品

諸路平准行用庫以二周歲為滿
在都平准行用庫以一周歲為滿

至元二十四年尚書省欽奉詔書節該造至元寶鈔頒行天下中統寶鈔通行如故欽此奏准立平准行用庫倒換金銀昏鈔及奏如今外路裏入來的金銀有廢道說有那金銀根底交換平准庫呵太府監裏不納萬億庫裏有另放著交那金銀裏開平准庫呵怎生奏呵那般者麼道聖旨了也欽此又奏在先行來的舊倉赤內不曾做賊說謊的根底則依舊就便交付了也欽此先將緊關去處一同管用至元鈔本交付已差平准行用庫官及另差庫官一同怎生奏呵那般者麼道聖旨了也欽此

據平准行用庫合關金銀官本不見本省即无見在并至

---

元鈔本除前項已發外亦不續合關撥數目為此今差同知承直馳驛前去上照勘本省見在金銀所轄路分合俵官本及所用至元鈔本除已發外斟酌續合關撥數目擬定差能幹官員將引庫子馳驛賫盤星夜前來大都關領除都省已差外其餘去處從本省於見任并當開倒無粘帶過犯職官遴選相應提領大使即令開關勾當擬充庫官并行用庫官據能幹之人擬充一都作從八品選相應人員從優銓注大使如元係民官任回亦照見定資品於民官內任用

平准行用庫設

提領一員從七品　大使一員從八品
官一頭有省抵業差受作過犯相應人內選充
一頭本路提領官詞於戶內選樣

副使一員從作過犯上戶內選樣

關文一之六　典章九 吏部三　三六　陳氏校補

行用庫設

大使一員從八品　副使二員

## 選差倉庫人員

至元三十一年御史臺咨戶部奉中書省劄付准江西行省咨該先為各處行臺監察等一同議得南方子人等放富差貧資本皆不曉事務唯以酒色是娛家事一委稅家子孫相承率皆不曉事務又不通曉書算幹人歸附之後捉充各倉庫官並不諳練錢穀又不通曉書算失臨官錢追陪之後破家蕩產虧官損民深為未便如蒙照依本省移准中書省咨今後各路倉庫官大使副使擬於見役府州司縣吏典內驗物力高者指名點取如有不敷本省立格差取倉官已後告闕司吏典史

内有物力之家仰一體選差似革官吏貪饕之弊亦絶百
姓破家之患今將吏部議擬到倉庫官出身定例開坐前
去請定奪回示除已依准江西行省所擬另行外仰行移
合屬嚴加體察施行

一本省於至元二十九年二月十六日議擬到廣濟庫提
領大使副使并各路倉庫大使副使及平准行用庫
副各大使出身定例開坐後於至元二十九年
閏六月初六日回准中書省咨該送吏部逐一議擬
到下項事理

本省廣濟庫

提領大使各一員於本省選差相應

過犯有抵業人員另行移咨都省

前件照得本庫行使從九品印信提領大使宜從本省
驗實歷請俸月日十個月之上三十個月之下充庫
副一界月日別无侵借粘帶充吏目四十個月之上
六十個月之下充庫副一界滿日充都目七十個月
之上九十個月之下充庫副一界滿於各路提控案
牘或巡檢內任用似為相應

選差相應

副使二員各路總管府請俸司吏內驗物力高者選取
以上請俸六十個月方許保申擬吏目兩考與正九品
一考升提控案牘兩考與正九品如請俸及九十
擬吏目減一考升轉又行省所轄各路提控案牘三
考與正九品巡檢九十月與從九品今本省提控案
路總管府請俸司吏內選取廣濟副使及係出給錢

穀之職以此參詳如司吏請俸二十個月之上及一
考者選充一界滿日別无粘帶年四十五以上與吏
目年未及者於務使內任用如年四十五以上至六十
個月之下選充者一界滿日年五十之上至九十
個月之下充吏目一界滿日七十年四十五之上至九十
個月之下充吏目一界滿於院務都監大使或總管府司
吏縣典史內定奪相應

攢典庫子於州縣請俸司吏內驗物力高者指名勾充

前件照得呈准萬億庫司庫如曾受宣慰司縣司吏
運司等衙門付身轉令本省既
於州縣司吏內勾充廣濟庫攢典庫子即與萬億等
庫事體不同今咨本省更為照勘講議彼中事體比
領內任用一週歲於務使內用州司吏充司庫勾當
准前例量擬三十個月之下二十個月之上州吏內
選充者滿日轉補各路總管府司吏縣吏內充者轉
補各州司吏相應

二周歲於吏目內用願充務使者聽司縣令吏充司
庫勾當二周歲於吏目內勾充廣濟庫攢典庫子即
於州縣司吏內點差滿日別无侵
借粘帶行下各路於本路院務官副使內定奪或免
本戶三年雜泛差役

合干人秤子合干人於有物力金銀匠戶內點差二
黙充秤子於有物力曾官中勾當相應戶內
擬充秤子於各路於本院務官副使內定奪二

前件照得呈准萬億四庫秤子擬大都人戶內選差二
周歲滿日解由到部擬於近下錢穀官內任用今本

省既於金銀匠戶內點充廣濟庫秤子既係白身人
員勾當其間依例合免本戶雜役滿日別無粘帶許
移轉再充秤子一界於之近下錢穀官內敘用相應其
合干人即係祇備役使之人別無定奪

各路平准行用庫除提領大使外副使并倉庫大使副使
等

倉庫大使并平准行用庫副使於惣管府諸倉司
吏內驗物力高者點取倉庫官滿日別無侵借粘帶
歷過倉庫官月日加倍准算亦比附廣濟倉
副使倒降一等定奪似為相應

前件議得既於各路惣管府司吏諸倉大使月日諸倉副
帶止合驗實歷司吏月日比附廣濟庫副
使一體敘用其餘副使人員降等定奪如充歷司吏

闕文一之九

**典章九 吏部三**

壬九 陳氏校補

月日淺短許轉移再充副使一界依上選叙相應

攅司庫子於州縣請俸司吏內驗物力高者指名勾充

得替別無粘帶擬於惣管府司吏或各路院務副使
內任用其餘各路庫子一週歲於司吏內選取
定倒亦無定奪出身以此參詳似難定奪

前件照得先承奉尚書省劄付呈准大都順承平准庫
攅典轉都提舉萬億四庫司吏庫子一週歲於務司
內驗物力高者擬於惣管院務副使

**合設庫官員數** 大德元年七月御史臺承奉中書省劄付戶
部呈照勘到大德元年實有合科差戶數議擬到逐項事
理內一款合設庫官色目漢人相參大者三員小者二
揲典庫子大處三名小處二名除都省差設監納使各一
員餘從各路大處選差近上有抵業信實人充自開庫日為始

---

本路正官輪番檢察須要官降秤尺兩平收受毋得大收
加耗取要分例仍禁約官豪勢要人等不得結攬如有違
犯之人依條治罪先其保定庫官人等姓名申部其收到
差發數目上下半年入遞飛申

**平准行用庫副例** 大德元年九月湖廣行省准中書省吏
部呈各路平准行用庫官提領從七品大使從八品副使
於有抵業廉慎行止不作過犯人內從本處官司選充
得大都平准行用庫見設副使從九品本部參詳外路平
准行用庫既與大都庫所掌事務品職皆同副使擬合比
依大都一體擬為從九品於到選流品官內銓注相應得此
於大德元年五月二十九日奏過事內一件外路官有庫倒換金
銀鈔立着平准行用庫倒換鈔立着行用庫倒換有庫倒換的路官
人每上頭的兩員受勅的人每裏頭委用第三個的路官

闕文一之十

**典章九 吏部三**

四十 陳氏校補

每委付者為那般上選揀貧富多搔擾百姓每有俺商量

於有抵業廉慎行止不作過犯人內與勅委教行的這裏行

得平准行用庫副的委付外看詳行省行用庫掌管鈔法
庫裏的與吏部劄付外委付行省官每
委付呵怎生奏呵奉聖旨那般者欽此都省咨請於曾受

本省劄付選揀相應人內欽依委付施行

**行用庫副例** 大德三年湖廣行省准中書省咨來咨行用庫
副官每依例於近上錢穀官內委付相應咨請照驗准此照
責任非輕量擬二周歲為滿交換相應咨請照驗准此照
得奏過管鹽茶課程等運司押鈔提舉司管糧的漕運
司行多時呵作賊說謊麼道交二年替換來後頭委如今俺商
裏行在先三年一替換桑哥等提舉了錢穀的勾當
量的二年替換呵怎生奏呵奉聖旨那般者欽此依在先體例裏三
年替換呵怎生奏呵奉聖旨那般者欽此

【倉庫官倒】大德八年七月江浙行省准中書省咨吏部呈腹
裏至元二十五年呈准各路司吏歷請俸六十月吏目
歷兩考陞都目一考陞正九若路司吏九十
月歷吏目一考目餘皆依上陞轉議得江南提控案
牘除各路司吏比依腹裏路分至元二十五年呈准定例
還除其餘已行直補并自行踏逐根脚淺深之人自呈准
照依先例擬陞提控案牘都吏目內定奪恐與新倒差池
咨請定奪回示准此照得至元二十九年定例九
省既定奪回示於各路總管府請俸司吏內選取廣濟庫

〇典章九 吏部三

關文 一之二十一

四十

出納錢穀之職參詳如司吏請俸二十月之上及一考者
選充一界滿日別无粘帶年四十五之上與吏目年未及
者院務使內任用如四十月之上至六十月選充者一界
滿日別无粘帶止令驗實歷月日諸倉大使比附
七十月之上至九十月選用者一界滿月日年四十五之上
與提控案牘四十五之下於巡檢內任用又各路總管府司吏大
使副使并平准行用庫副使既於各路總管府司吏內選
充實歷月日淺短許差轉又充副使一界依上選除已經移
廣濟庫副使一體敘用其餘副使人員降等選奪如元歷
司吏月日淺許移轉又充副使一界依上遷除已經移
咨本省依上施行咨請照驗此照得各處錢粮造作責
在有司管領各俱有正官提調每歲取勘認狀設有虧欠
著落追陪其倉庫官員在前俱係各路自行選差近年以

---

【倉官貼補庫官對補】來本省銓注中間恐无抵業設有侵欺錢粮追究无可折
剋有累官府深為未便省府仰照依省咨文歷
內事理於各路見役司吏或曾受三品以上衙門文憑歷
過錢穀官滿日依例陞遷施行
至大二年九月袁州路奉江西行省劄
付撫州路申准總管王嘉議關該近奉省部定立出身及庫官對
補優先行定奪卻與叛補人數一例挨次守缺停閒數年不
能選役倉官已有養廉分例尚蒙省部定立出身惟有庫
官另无俸給養廉又无優升定例莫若今對缺官收支錢
補事省府依准所言對補庫官收支錢帛各任重責利害頗
外切照倉官交取粮米庫官奉此除遵依

〇典章九 吏部三

關文 一之二十三

四十三

同倉官雖有分例往往因而消折正粮將分例陪納還官
少有得為養廉之資者雖蒙省部定立出身不行從
卻緣多有在前歷過倉官重役月日未及不該升轉例應
貼補及庫官得替在通例之先者儘須候得替庫官應
缺久不得補停閒生受若擬令先儘挨次守
照得至大元年十二月臨江路申前事已經劄例
於見役司吏內差充庫官歇下名缺得替庫官例應
到路對缺填補還役外但過路吏名缺須要先儘歷過倉
官重役月日未及不該升轉餘有名缺方及叛補人員无得攙越
先者亦須挨次貼補餘有名缺方及叛補人員无得攙越
合下仰照驗施行

【倉庫官升轉】延祐四年十月行省准中書省咨來咨撫州路

備大盈庫申庫使張京另無俸給如蒙定俸給祿准復依

湖廣省元擬庫官周歲滿替理路吏月日考滿依例升

轉官吏俸給已有定例外據倉庫官升轉一御本省未奉

前因咨請照驗此送據吏部呈奉中書省劄付本省

江浙省咨各路司吏歷過倉官五萬石之

上倉官一界如無侵欺粘帶已及兩考在役歷典史一考

吏一倍折算通歷五百石之下者月日以二折三界之

及兩考選充倉官一界另無侵欺粘帶比同考遞降通例歷典史一考升

路吏俸月通九十月照依見奉遞降通例歷典史一考

轉准復五萬石之上者比同考滿出身充典史一考升

升吏目五萬石之下者於同考滿出身充典史一考升

侵欺粘帶比同考滿出身充典史一考升吏目依例遷敘

議得江浙行省各路見役司吏已無

相應都省仰依上施行奉此已下主事斤標附格例去訖

〈典章九吏部三〉 闕文一之十三 四十三 陳氏校補

今奉前因本部議得江西省咨倉庫官役滿未奉升轉定

例以此參詳合依呈准江浙行省元擬如係路吏歷滿已

及兩考充倉官一界另無侵欺粘帶比同考滿出身充

典史一考升吏目選敘庫官周歲如無粘帶准理本等月

日考滿依例升轉如蒙准呈移咨行省照會札付本部為

例遵守具呈照詳都省咨請依上施行

---

局院官 原闕今補

工匠官員遷轉例

院長百二十個月升正九匠官

正九兩考從八　如無

從九

至元二十二年五月省判吏部工部議定例至元二十四年湖廣行省准中書省咨本省

提舉司

提舉正六　同提舉從七　副提舉從八

五百戶之上　提舉從五　副提舉從七

一千戶之上　提舉正七

〈典章九吏部三〉 四十三 陳氏校補

〈典章九吏部三〉 闕文一之十四

管轄工匠局院一十三處除潭鄂二州已有管匠官員外

請定奪局官職名印信事准此都省照依匠戶數目斟酌

定到下項管匠衙門品級外據印信等候注到本處局官

受除了畢至日定奪咨請照驗施行

今定江南匠戶品級以入局工役匠戶為數

提舉司

三千戶之上　提舉從五　同提舉正七　副使從八

二千戶之上　提舉正六　同提舉從七

一千戶之上　提舉從六　同提舉正七

局使

一千戶之上　局使正七　副使從八

五百戶之上　局使從七　副使正九

**局院匠官遷升**

院長 五百戶之下止設一員

尚書省奏至元二十七年四月十一日奏過
事內一件在先哈赤哈剌奏來管匠官教遷轉呵造作或
好或歹或短少呵難尋覓的一般有不交遷轉呵怎生麼
道奏呵是也休教遷轉者聖旨有來如今江淮省官人每
沙不丁那的每與文書來管匠官常川教管匠人每不
教替換呵匠人每與管匠官每偷盜了錢物呵一個一個根
底廝拿着罪過不告有管匠官三年滿呵不交管匠這局
裏的官人每那局裏那有俺與工部官商量得依他每說
勾當裏遷升的說將來有俺與工部官商量得依他每說
將來的三年依體例遷升呵怎生麼道那般者聖旨了也
欽此

四十五　陳氏校補

---

**額辦課程處所**

塌務官 原闕今補

一萬定之上　提領從六　大使從七　副使從八
杭州在城　江漲　城南　其州

五千定之上　提領正七　大使正八
平江　潭州　太原　平陽　揚州　武昌　真定

三千定之上　提領從七　大使從八
安西
建康　龍興　溫州　泉州　廬州　江陵　淮安
慶元　鎮江　福州　成都　清江鎮　思州　保定
大同　衛輝　汴梁　濟寧　東平　益都　大名

吉安

一千定之上　提領正八　大使正九
婺州　建德路　江州　湖州
無錫　饒州　寧國路
重慶路　華亭縣　建寧路
公安縣　杭州長安　嘉興路
衡州　武城縣　高郵府　安東州
高唐州　濟陽縣　濟寧路　河間長蘆　中山府
懷孟路　彰德路　南宮縣　章丘縣
單州　通州　夏津縣　棣州　豐州　泰州
和州　常州　陵州

五百定之上
富陽　崑山　嘉定　餘杭　常熟
長州　吳縣木瀆　金壇　江陰　宜興
海鹽　崇德　台州　燕湖　南潯

四十六　陳氏校補

## 內外稅務筭闊

關文一之十七　典章九 吏部三　四十七　陳氏校補

清平縣
鄧州　弘州　冠州　東明縣　濟州
滄州　亳州　東阿縣　鄒平縣
河中府　河南府　汶上縣　滑州　南樂州
濮州　彰德輔巖　黃州　潞州　碭山縣
蘄州　無為州　東陽縣　襄陽府荊　虞州
巢縣　漢陽　東陽縣　興化　劉府永興縣
安慶　福州閩安　常德州　寶慶　盱眙縣
泉州晉安　益陽州　澧陵州　常德州　巴陵
湘潭州　宜春縣　岳州　醴陵州　長
袁州　萬載　建昌　盧陵永和　靜江
南昌縣　太平在城　贛州　新喻州　長沙
徽州　池州　淳安　衢州　信州

虞城縣　開州　睢州　濟州

暘谷縣　武清縣　東鹿縣　順德縣　許州
汾州　蠡州　臨水縣　藥城縣　考城縣
女寧府　金鄉　定陶　禹城　齊東
冀昌　興元　襄陽　浮梁景德　瑞州

大都等處腹裏稅務七十三處
大都在城宣課提舉司
猪羊市市務從七　馬市市務從七　牛驢市市務從八
菓木市市務從八　會城煤木所從八　武清縣務從八
太原路在城從七　汾河務從八　真定路在城正七
中山府南宮縣正八　冀州南宮縣正八
蠡州務從八　平陽路正七　棗強務從八
河中府務從八　洪洞縣從八　濟南路縣從八
河中府從八　平陽府從八　滁州府從八

濟南路縣從八

---

關文一之十八　典章九 吏部三　四八　陳氏校補

濟東縣從八　順德路務從八　東昌路務正八　清平縣務從八
泰安州從八　德州務從八　東昌路從八
長蘆務正八　曹州務從八　碭山縣務從八　單州務從八　彰德路務從八　南樂縣務從八　東明縣務從八
保安路三使司從七　東平路務從七　東阿縣務從八　濟寧路務從七　虞城縣務從八　益都路務從七　滄州務從八
陽穀縣從八　汶上縣從八　衛州金鄉縣從八　虞城縣務從八　沂州務從八
懷孟路務從八　高唐州正八　長垣縣蒲城務從八　大名路務正八　開州務從八　衛輝路務從八　滑州務從八　夏津縣從八
河間路務正八

棣州正八　濟陽縣正八
鄒平縣從八　濟州正八
恩州從八　濮州從八
大同路務從七　豐州務從八　弘州從八

河間路陵州藥亭縣務從八

江浙行省四十處
杭州在城稅課提舉司　直隸省
鹽官州長安務正七　富陽務從八　餘杭縣從八
平江路正七　崑山州從八　長興州從八　東昌路從八
常熟州從八　吳縣木瀆務從七　嘉定州從八　德州從八　清平縣務從八
建康路從七　溫州路從八　東昌路從八
鎮江路從七　慶元路從七　金壇縣從八　太平路從八
饒州路正八　浮梁縣景德務正八　紹興路正八　崇德路正八　嘉興路正八
池州路從八　湖州路正八
海鹽州澉浦務從八　江陰州從八

常州路正八
無錫州正八
烏程縣南潯務從八

宜興縣從八
建德路正八
淳安縣從八

徽州路從八
松江府華亭縣正八
信州路正八

衢州路從八
台州路正八

江西行省一百十八處
龍興路從七　南昌縣從八　富州務從八
吉安路從七　廬陵縣永和務從八　新淦州正八
臨江路清江務從七　江州路正八　萍鄉州正八
宜春縣從八　萬載縣從八　袁州正八
分宜縣從八　瑞州路從八　新州正八
建昌路從八　贛州路從八　廣州從八
撫州路從八

福建行省六處
福州路從八　閩安縣從七　泉州路從七
建寧路正八　興化路正八
晉安縣從七

遼陽行省二處
遼陽路懿州從八
大寧路從七

河南行省三十四處
揚州路正七　真州從六　高郵府正八
泰州正八　通州正八　和州正八
廬州路從七　安慶路從八　黃州路從八
蘄州路從八　蘄水縣從八　安豐路從八
無為州從八　巢縣從八　濠州從八
峽州從八　沔陽府從八　枝江縣從七
江陵路從八
淮安路從七　安東州正八　泗州盱眙縣從八
汴梁路從七　雎州從八　考城縣從八

閏文一之十九　典章九 吏部三　四十九陳氏校補

---

許州從八　汝寧府正八　襄陽路從八
承天府荊山縣正八　歸德府亳州從八　南陽府鄧州從八
河南路正八

陝西行省四處
奉元路從八　鞏昌府從八　秦州務從八
河南路正八

四川行省二處
興元路從八　成都路從七　重慶路正八

甘肅行省二處
甘州稅課從七　寧夏路從七

湖廣行省一百十九處
潭州路正七　湘潭州正八　長沙縣從八
湘陰州從七　益陽州從八　瀏陽州從八
醴陵州從八　攸州從八　武昌路正七
潭州市務正八下撟　通城縣從八　衡州路正八
漢陽府漢陽縣從八　常德路從八　巴陵縣從八
　　　　　　岳州路從八
　　　　　　興國路永興縣正八　靜江路從八

河泊一十六處
歸德府從八　安慶路宿松縣從八　黃州路黃岡縣從八
沔陽路玉沙縣正七　景陵縣正八
常德路沅山湖從七　澧州路安卿湖從七
江州路德化縣正七　江陵路公安縣正八
潛江縣從八
利州湖從八　漢陽路西堡黃岡湖從八
安陽湖從八　武昌路西堡黃岡湖從八
監利縣正八
寧州正八　岳州路魚苗場從八

閏文一之二十一　典章九吏部三　五十　陳氏校補

## 竹木塲四處

杭州　從八　　岳州路平江州從八
真州　從八　　安陸府蘆袱湖從九

### 【塩塲額辦引數】

周歲內外額辦計一百七十一萬六千六百七十引

腹裏
陝西七萬四千引　竈二千戶
兩浙三十五萬引　竈一萬五千八百九戶
兩淮六十五萬引　竈一萬四千八百三十二戶

行省都轉運塩使司
山東三十四萬引　竈二千七百八十戶
江南二十四萬引　竈三千五百六十五戶
四川五萬引　竈六千三百五十一戶
福建七萬引　竈一萬一千七百五十一戶
廣東塩提舉二萬一千五百引
廣海塩提舉二萬四千引

闕文之二一
《典章九　吏部三》
（至一　陳氏被補）

### 【塩塲菓閣處所】

大都運司塩塲大德七年三月併入河間運司
惠民塲　濟民　石碑　越支　蘆臺　三汉沽
河間運司十六處
利國　阜民　鎮塲　海豐　富民　海潤
阜財　富國　厚財　興國　豐財　海盈　潤國
益民　海阜
陝西運司解塩塲
四川塩茶運司一十處

---

簡塩　隆塩　嘉定　順慶　保寧　大寧
潼川　紹慶　雲安　長寧

遼陽路塩司三處　管勾從九
邛崍塲　瑞鹻等塲　大寧鹽引

山東塩運司
濱塩司七處　從五品　管勾正九
永利塲　寧海　永阜　豐國　富國　豐民　利國
樂塩司五處　從五品　管勾正九
官誥塲　高豪港　新鎮　王家岡　簡堤
膠萊塩司八處　管勾正九
海滄　登寧　行村　信陽　即墨　石河
西田塲　濤洛

兩淮塩運司　揚州置司　官五員　正三品二員　正四員
司令從七　司丞從八　管勾從九
各塲塩司三十一處
馬塘　掘港　西亭　余東　余中　余西
石港　江口西　豐利　白駒　東基　梁垛　小海　金沙
草堰　角斜　小陶　富安　河㲼　拼茶
丁溪　板浦　天賜　臨洪　五祐　新興　党瀆
徐瀆浦　白硯　廟灣（今併）

塩倉三處
通州　泰州　淮安路
檢校秤塩二處
揚州東門　真州新城
廣盈庫　提領從八　大使從九
江海巡塩官　從九
兩浙塩運司　揚州置司　官五員　品同兩淮
（至三　陳氏被補）

浙東鹽司場二十五處

三江　曹娥　蘆花　石堰東　石堰西

岱　萬龍頭　東江　鳴鶴東　鳴鶴西

黃岩　雙穗　長亭　天福南　天福北

清泉　永和　杜瀆　昌國正監　岱山

穿山　長林　玉女溪　高南泉海　㕃　長山玉泉

浙西鹽司場十一處

江灣　黃窯　浦東　橫浦　袁浦　鮑郎　下沙

青村　蘆歷　沙腰　海沙

杭州鹽司場九處

茶槽　仁和　北柵　許村　南路　西興　錢清

檢校秤鹽三處

錢塘　西路

杭州

關文一之二三

〈典章九　吏部三〉

慶元　嘉興

福建鹽運司

鹽司二處

福建　興化

鹽場十八處　管勾正九　同管勾從九

海口　牛田　嶺口　南鄉　北鄉

潯美　惠安　港據　東坂　馬欄

梧州監　吳慣　泗州下里　涵頭上里　中冊木橫

廣東

東莞等處鹽司十二處　管勾正九

都料　海晏　㙱峒　歸德　小江　東莞　招收

疊福　雙恩　石橋　黃旬　靜康

長溪南鄉　連江

五十三　陳氏校補

---

茶場榷貨提舉所

江西等處榷茶都轉運司

所轄茶提舉司十五處

龍興　興國　寧國　杭州　平江　建寧　岳州

常德　潭州　臨江　蘆州　靜江　江州　常州等處

古田　建安等處

批引所二處

關文一之二四

〈典章九　吏部三〉

真州　太平蕪湖

委用商稅務官　至元三十年三月初五日中書省奏過事內

一件腹裏江南的稅務官行省官人每委付無根脚的人

如今俺商量得提領受勅這裏委付去次二的行省官

委付次三的路官今怎生奏呵那般者聖旨了也欽

此都省今擬稅課中統鈔為則自五百定至一萬定之上

辦課提領擬受勅牒於流官內銓注二年為滿大使從各

省吏部於有解由合依相應人員內依例遷調副使從各

路欽依信實累降聖旨於本處係籍近上戶內公選有抵業慎

行止信實行省以下官員並不得用私已帶行門下之人

周歲交代行省常加體究都省議得如提領係漢人就委

仰本道廉訪司常加體究都省議得如提領係漢人就委

色目人充大使提領係色目人委漢人充大使相間勾當

惠州等處淡水鹽司

古隆　淡水

潮州小江等處鹽司

井隆

南恩州鹽司

鹹水

五十四　陳氏校補

呵

## 恢辦錢粮增虧賞罰

元貞元年八月福建行省准中書省咨　諸

裏合辦的差發稅粮塩等諸色錢粮數目一年額辦的金
子二百九十三定銀子三千三十二定鈔三百三萬六千
九百七十三定緞定紗雜等七十四萬九千八百二十一
定系四十九萬一千一百四十七斤綿子二萬二千四百
八十六行更有倉粮等各處委付著的行省官人每并錢
粮勾當裏急慢委付著的當該人每去年勾當裏行的也
也有南京省管著的兩淮塩的勾當裏行的上額虧了的
合辦額外增餘的也有辦不上額虧了的勾當裏有車的
勾當裏慢委付著五千定鈔十萬引塩辦的差的扎剌兒
駕出大都來的那一日失剌怯兒奏了

闕文一之二五　〈典章九　吏部三〉　五五　陳氏校補

帖木兒户部張尚書兩个六來做賊的勾當裏入去來的
人每勘當得緣故是實就那裏要了罪過的勾當裏合著
居役的交居役的不合罷了的交罷了的不曾做賊合著
勾當裏的人每要了招說將來者這般不曾做賊入京兆
省官每急慢委付著的人每要了罷了帖木兒等年時那裏那有
千二百餘定來怯烈歹也先帖木兒等比額多辦出一萬五
省官每根底添與散官呵怎生先別思哈等除額外多辦出四千餘定來
這的每根底做記驗各與一個襖子塩運司裏的塩課在先年分
不曾辦額來去年別思哈等似這的每辦出四千餘定來
錢穀勾當裏委付著的人每向前辦出增餘來的根底斟酌
量着事體勾當分例或與賞的斟酌着輕重合要罪過的要了罪過
辦不上額有虧的呵斟酌着

## 增餘課鈔遷賞

行中書省省咨元貞二年七月十五

日奏過事內一件管辦錢的人每辦上額外中增一分呵
與賞更添名分麼道來如今各省裏的去年辦到的雖有
增餘呵不及賞的分數為京兆省的向前來的上額有
給賞的分數去年為京兆省的向前來的上額也先
怯烈等省官每根底添與他每的勾當合與襖子來的人每襖
子做呵怎生奏呵奉聖旨那般者欽此都省另行給賞
予呵怎生近下的各處的勾當合與賞的依體例與襖子他
今年這一年向前來的上額的勾當合與賞的福建省
又向前來的每根底的勾當怎生奏呵奉聖旨那般者欽此
底斟量着他每的勾當合與賞的依體例與襖子添與他
做斟量着每根底的勾當怎生奏呵奉聖旨那般者欽此都省
每做斟量着他每根底失剌怯兒奏呵

闕文一之二六　〈典章九　吏部三〉　五六　陳氏校補

外咨請遍行合屬照會用心恢辦施行

## 院務官品級

大德三年行省咨吏部呈奉省判陝

西行省咨安西路在城每年辦納稅課一萬四千餘定
領祗受勅提領將次去次二的行省委付將次三的路官照得至
元三十年三月初五日奏准腹裏江南稅務官提領受勅
牒這裏委付於流官內選用本部照得
付受勅提領於流官內銓注一的行省委付
之上正七品二千定之上從七品八品五千
百定之上正七品二千定之上從七品八品五千
二百定之上正從八品一千定之上從七品八品五千
八至從六驗課程多少定各處稅務提領受勅
行省并各路所委无出身之人連署勾當於理未宜今擬
提領量分三等一等正八者大使正九副使注省劄錢穀官如從八者大
二等正八者大使正九副使注省劄錢穀官如從八者大

使從九副使注近上錢穀官若拘行省所轄去處須要到
省相應人內選充餘外不許濫設又腹裏五百定之下院
務副使擬從本部於到選相應人內通行銓注庶易遷調
行省一體施行具呈照詳都省於大德二年十二月十八
日奏過事內一件隨處大小城子裏辦課多處俺於合遷
官世者多人每於遷轉人內委付將去有以次的一般課程也盡實到
程多少去處揆次分作五等於合遷轉人內委付將去呵
怎生奏呵奉聖旨那般者又各處行省所轄并腹裏應管
轉合受勅牒委付腹裏所管的教吏部依體例委付
各路委付行有亂的一般散的外處官人每委付人的上頭
諸色錢穀五百定之下合設人員行省所轄的交行省依

**又例**

延祐三年正月行省准中書省咨延祐二年六月初五
日奏過事內一件在先各處院務裏五百定之上至一萬
定之上奏過課去處驗課依著等第定擬了委付人教
行有來去年為比之在前物貨價直責了有麼道各處委
人教監辦呵比至額辦出增餘數了來如今將那增餘出
務去處驗著鈔數合政隍衙門去處定擬二百五十三處合委
來的也作額教辦有依在先立來的體例辦五百定之上院
付五百六十三員官有麼道吏部官定擬了與了俺文書
有來着他每定擬將來的教行呵怎生麼道奏將來有奏呵
那般者依着他的教行也欽此都省除外今將政隍政設處
所品級開坐咨請照驗欽依施行

〈典章九 吏部三〉　五七　陳氏校補

---

## 辦課官齊年交代

大德八年八月二十六日湖廣行省准中
書省咨吏部呈准文部關承奉中書省判送本部呈准中
宣課提舉司申果木市大使王秉智言辦課官員齊年交
代斷沒匿稅物貨扣算合該稅錢依例給付其餘數內一
半給賞一半別項權收相應具呈照詳得此覆過奉都堂
鈞旨送戶部依上施行

○錢穀人員互相交代日月不等至甚未便切見祗受
勅牒者二年為滿受省部劄付者周歲為滿若是俱
於各年正月禮任或一年二年卻於正月交代到
課程如有增餘盡實到官如有虧陪納無詞或云
望月之任望月交代暮月之任暮月交代增虧相補
與交代齊年交代無異此說未當假說大都籍貫得真
定河間濟南東平等處近者五六百里遠得者千里之
外於望月之任始初到彼不知本處地理出產物貨
人情事體善惡雖有攢攔不係上司所設又無工
別不營生全籍稅務營求衣食養活家小輸納本戶
差役誰肯盡心奉公及院務官多者二年少者一年
倏忽任滿欺謾其課十無五六到官及務官通曉辦
契稅百端欺謾見是春月虧課盼到向前望月補辦卻早交
代新任之官又遭前認辭詞不致稽遲而已務司虧課前官不
課事體見是得替後界任稱辦固亦如此展轉有終無考校定是
能給由後界任為肯追陪前官供
責已是得替後界任稱詞不係本界官司
是兩各紫纏後界正月立界望暮增虧相補庶革前弊永
盡合無齊年正月

〈典章九 吏部三〉　五八　陳氏校補

除後患新舊各各便益

前件辦課官員齊年交代事關銓選就行吏部議擬施
行今來本部照得各處辦課衙門依驗課額例合受
勅牒交代二年為滿受省部劉付之人周歲為滿便
齊年交代增虧相補緣已除人員若值虧兌時月有
所窺避課程增羨赴任以致缺月勒令揭借陪
納又提調課司不詳辦課事體遇要屬托致虧月
額重不能恢辦及照得大都宣課提舉司大德八年
所辦課程虧兌蓋因本司官員節續以致交代
至大德九年都省奏奉聖旨本司官四員正月為始
交代辦課二周歲為滿合准所言與受省部劉付錢穀官
舊例二周歲為滿　　五七 陳氏拔補

一體立界齊年交代若今歲月日不等已到任者並
擬大德十一年正月交代近滿未代年之人擬自大德
十年正月交代依例二周歲為滿其年深結構店舖
收欽契稅欺護官課把持務官作弊攬人等擬合
盡行革去果有順行不作過犯之人從新任官選委
不許泛濫多設如此少革前弊如准所呈乞賜遍行
照會具呈詳得此都省除外容請照驗上施行

**院務副使紋格**

大德四年正月江西行省劉付大德三年二月
十九日准中書省咨該腹裏五百定之下院務副使擬從
吏部於到選相應人內通行銓注庶易遷調行省一體施
行准此已經照會去訖今據各路申到本處元設副使人
員數多亦有遠年得代人數處恐已後員多闕少難以遷
調除將已到選人員另行議擬勾當仰照驗擬自至元三

---

十一年為始至大德三年若受本路付身曾充三界院務
副使者許令照勘明白抄連各界得代无粘解由用半
印勘合依式保結開申毋得濫舉違錯

**鹽管勾轉資**

至元三十一年九月中書吏部承奉中書省判
送本部元呈奉省劉兩淮運司管下三鹽司俱擬革罷所
設鹽場管勾擬升正管勾作從七品同管勾作從八品副
管勾從九品於流官內選充倉官例升一等資品本部
除已依上陞轉注照得江南兩浙接連并腹裏河間
山東大都等處轉運司所轄鹽場甚多即目俱設管勾正九
同管勾從九副管勾根腳淺短者量授部劉今兩淮管勾
俱合例應注代便依上銓選注宣惟管勾若於流官選注
管勾指例陞等銓選不一有碍遷調恭詳兩淮
鹽司管勾若於流官選注任回別无粘帶擬減一資陞轉
送本部依上施行　　六十 陳氏拔補

元係雜職人員注充止理本等月日庶望易得調選呈奉
都堂鈞旨送本部依上施行

## 站官　原闕今補

**選取站官事理**　至元二十三年九月中書省准御史臺呈江
南諸路新附站官不曉喂養馬疋本省擬於有根腳曾歷
仕入流品北人內選取提領一員每站設差提領
副使各一員歲為滿無過於巡檢內任用副使一員周
歲為滿就當本戶身役請定奪委用副使一員於
常川勾當三周歲為滿若有成效無過犯者依驗受官上施
副使例別定奪委用副使一員於本處站戶上戶內選
剳付勾當常川勾當咨請依上施
為眾推服者一名受通政院剳付常川勾當咨請依上施
行

**整治站官事理**　至大元年五月江浙行省准中書省咨照得

大德十一年十二月二十七日政元詔書內一欵見本部
於大德十一年十二月二十六日奏過事內一件站赤氣
力消乏的上頭這裏差去的人每舖馬對酌的事務計較與
舖馬中書省樞密院御史臺依舊從軍情酌應副舖馬各處
但有必合差人出去的公事中書省對酌應副其餘諸衙門
行省宣慰司轉運司等衙門除緊急勾當外即便益又一處差請體人一名舖
人報來者其餘有的勾當已的勾當也便益上頭推送大數目舖
房子外呵站赤每根底休濫與舖馬實是堪中上位根底進
呈的好舖馬來的每根底休揀是誰為因自己的勾當大數目鷹
來的時分行省宣慰司有司官親身相驗過分揀了的鷹房子送納鷹
教印信文書省部裏有呵將來者大數目鷹房子送納鷹
來的時分行省宣慰司與有司官親身相驗了堪中的教舖馬

《典章九　吏部三》　六十一　陳氏校補

裏送來者不堪的休與舖馬者到這裏將來的鷹鶻每呵
交舖馬生受費耗支應上面將來的官人並
選將來的人根底要罪過更指稱進呈諸物廢道濫騎舖
馬的驛馱沈重的無體例打拷合行站赤的百姓俺斟酌行文書欽
首思等一切不便當不盡合行打拷合行站赤的百姓俺斟酌行
整治呵怎生又站赤頭目卻是通政院的勾當俺將於到選雜職人員委付
的人有今後大都上都在城站裏委付於到選雜職人員委付
受勅官二員其餘站各委付受勅於到選雜職人員委付
錢以次人員交通政院選著委付這般整治了的通政院官與俺
專一用心提調各處脫脫禾孫用心盤問了的人每根
底依體例要罪過呵奉聖旨是也那般者欽此
皇慶元年七月江西行省准中書省咨來咨站戶內選保
站官本欲優郵站赤誠為美意卻緣站赤之設通設朝廷
政令遠方邊關事情不為不重廣海極邊新附地面相離
本省三千餘里即與腹裏事體不同若比於站戶內選取
豈惟不諳站赤事務倘有機密公事中間恐非所宜莫若
於色目北人內選用相應參勾當似為長便咨請回示
又准湖廣江浙行省咨為前事擬合照依舊例從本省於
已設提領內銓注委任百戶從路府州縣提調正官於站
戶內選赤江南腹裏事體不同倘有邊關軍情機密事務恐
非所宜以此參詳合咨各省照勘各站驛令若有急缺或
不設去處於相應人內銓注提領一員各相委勾當如蒙准
保呈照會相應具呈照得此都省咨請依上施行

《典章九　吏部三》　六十二　陳氏校補

## 上中州添設首領官

大德四年六月江西行省准中書省咨
該河南省咨管下歸德汝寧南陽等處散府比河北衛輝
等下路所轄州縣數多地面寬濶止設提控案牘一員或
有病故就公事若緊料酌比附下路添設提控案牘一員照
略案牘便益又據開州申各處散知事一節近後定奪令首領官圓鈔提
或差科撥差受吏獨名係歷署押文字其間不能照略散
凡有歷府州中下州一員中州添設提控案牘一員從
得散府上州添知事一員中州添設提控案牘一員合設知
事除已銓注間奏外其隸屬行省內銓注施行
不致羞恥池本部除中下州一節近定奪今議得實鈔提
舉司萬億四庫儀鳳教坊二司俱係四品各有知事提控

闕文一之三三
典章九 吏部三
六三
陳氏拔補

案牘散府上州亦是四品所掌事務尤為繁重雖裁減
終非冗員如准府州各添知事一員作從八品提控案牘
依舊受吏付身庶官不缺人事无玷帶得此都省議
得散府上州中州添提控案牘一員中州添設知事一員
事除已銓注間奏外其隸屬行省提控案牘咨請升轉通例
都省准擬除外開坐咨請依上施行

## 江南提控吏目遷轉

大德四年八月江西行省准中書省咨
該吏部呈議擬到腹裏江南都吏目提控案牘升轉通例
都省准擬除外開坐咨請依上施行

江南提控案牘都吏目出身照得腹裏至元二十五年
呈准各路司吏實歷六十個月吏目歷一考與都
目歷一考提控案牘兩考升正九品若路司吏九十
個月吏目歷一考與都目歷兩考皆依上升遷

---

前件議得江南提控案牘除各路司吏比依腹裏路吏至
元二十五年呈准定例遷除其餘已行直補索牘兩考者又添一
根腳淺短之人自呈准歷日立格實歷索牘遇月日別無定奪
至元二十一年定例九十個月入流未及兩考者止依
咨遷除例後遵越覇補之人雖係中書省咨吏部經歷

大德十年四月湖廣行省准中書省咨所係馬其幕官經歷
呈切惟各路統領郡縣生民利病實所係馬其幕官經歷
從七品級所辦差稅課程造作一切詞訟贊協治體責任以下
非輕宜從都省於在選正七人員選材銓用下
倒設提控案牘一員多不能遷調若資出身諳知事務
即目到任正從九品員多不能遷調若資改設提控案牘
兼照磨職名領降勅牒遇關於在選文資注授通理月日升遷
流官內銓注不敷者於任回索牘官注授月日升遷

闕文一之三四
典章九 吏部三
六四
陳氏拔補

職田俸給並依舊例用不盡人數錢穀官定奪理算案牘
月日除遠方路分外腹裏江南等處錢上路并寺監經歷宜
從都省於在選正七品以上人員量材選用下路并寺監
倒木部銓注相應得此議得除腹裏江南上路并寺監運
司經歷宣慰司都事都省選注餘准吏部擬外據提控案牘
擬改設提控案牘兼照磨承發架閣給降從九品印信於

大德十年二月十一日奏過事內一件內外各路分并各
衙門裏的提控案牘腹裏的路分裏有的受行省劄付有如今九品員多缺
各省管轄的路分裏劄付有的受吏部擬的
少的上頭難銓注有這的提控案牘教祗受勅牒呵怎生麼
道吏部官人每俺根底與文書來俺商量來他每言語行呵怎生奏呵奉聖旨那般
是的一般有依著他每言語行呵奉聖旨那般
者欽此

# 捕盜官　原闕今補

## 縣尉專一巡捕

至元八年二月尚書吏部承奉尚書省劄付
盜事批奉都省鈞旨送吏部講究擬可否連呈奉此當
部呈奉尚書省劄付該議得下縣巡尉候取勘定數舉呈
定奪外縣事止令中下縣已有另設縣尉去處今後本官不須
署押縣事止令中下縣已有另設縣尉去處今後本縣
聞奏施行承此除遵依今來照得腹裏江南下縣合添

## 下縣添設縣尉

大德八年十二月湖廣行省准中書省咨吏
部呈照得中書省判送刑部呈該下縣除兩廣雲南四
川甘肅遼陽僻遠去處近年定奪腹裏江南擬添縣尉一
員專一巡捕相應蒙都省准擬連送本部照勘銓注通類
聞奏施行承此除遵依今來照得腹裏江南下縣合添
縣尉去處除見缺依例銓注外所有在先已除主簿兼尉
任回依例還用參詳添設縣尉擬合通行銓注專一巡捕
具呈照詳准呈劄付吏部依上銓注外都省咨請依上施
行

## 減併領設巡檢事理

大德十年正月二十六日奏過事內一件吏部官人每俺
根底與文書到選的九品人每員多缺少不能遷調有各
即目到選從九人員數多壅滯不能遷調為此本部議得
腹裏江南授除簿尉已未到任員數合依已授止管縣事
任回依例還用參詳添設縣尉擬合通行銓注專一巡捕
處設著的巡檢每於九品人員內委付受勅牒印信俸錢合依
有這巡檢每於九品人員內委付著無根腳的人
舊麼道說有俺商量來他每的言語是的一般內外合設

---

的巡檢於九品人員內委付得替的人每應得的另勾當裏
定奪委付呵怎生奏呵奉聖旨那般者欽此都省除欽依
合行事理除外合行開坐咨請照驗見設巡檢除要緊必
合設置外若有濫設去處以憑咨以遠就近公減併仍其合存
設併減併定處所開咨以憑注授施行

一　各處行省所設巡檢考滿者咨省定奪未及考滿者於
從行省於錢穀官等職內委用通理月日依例升遷
不及一任人員如係告廳并提控案牘循例升遷如係違
雜職內委用考滿各理本等月日依例升遷
例根腳淺短之人從本省於雜職內遷用

職制　一

告敘　　聽除　　授除

守闕　　赴任　　不赴任

## 告敘

**告敘本路保申**　至元三年四月中書省據隨處告敘用官員陳
告勘當別無詐冒申覆本路官司更爲照勘相應仍錄連
節次所受付身保結申覆委有體例擬定可任名聞呈省
定奪無得直詣省部呈告施行

省並諸衙門告呈告敘人員往往經隔年遠吏部輒便擬
至元二十四年十二月尚書省照得各處行

〈典章十　吏部四〉　　一

呈有礙銓選爲此送本部講究回呈任滿例隔革官員經
過年遠告敘者固非一端其間亦有居喪侍親患病求醫
亦有任內僥倖亦爲公私罪犯未及取問在逃或有粘帶
未了事件卒急不得解由經隔年深有所除不即給解由
或資品爭懸不免赴任營幹公差離職或已見原任官員
赴官呈下別行營求如或不成推托病故看循不爲勘
更換或於不干礙衙門朦捏合各處之人若不革撥爲未
當止憑所告輒便倒結文解此等人若是任滿
便令來議得今後各所轄腹裏應告敘人員如是任滿
須要於本衙門官司更爲照勘無差倒給完備解由咨申
申覆合屬上司更爲照勘無差倒給完備解由及被問
於內若有侵欺係官錢糧等物必須徵理及被問公私事由或
務繞候歸對了畢於解由內明白開寫追問始末緣由或

依例出給解由人員若有病故即於所在官司給據擬求
仕日再行告給解由照勘別無規避官吏保給如京畿地
面申覆御史臺外路行移按察司體覆是實方許咨申省
部依例敘用但有不實其人永不敘用元給保官吏
量情斷罪今議擬下項事理乞照詳都省准呈施行

一今後應告敘官員病故格例
　三年以下病故人員勘當體覆別無規避依例敘用
　如有不實亦不敘用
　三年以上五年以下病故人員勘當體覆別無規避
　於應得資品上降一等敘用如有不實永不敘用
　五年以上七年以下病故人員勘當體覆別無規避
　於應得資品上降二等敘用如有不實永不敘用
　七年以上病故人員雖經勘當體覆是實終是隔遠
　　　　　　　　　　　　難以敘用

〈典章十　吏部四〉　　二

一今後遠年不敘官若遇特旨並德行才能擢用者不
　　　　　　　　　　　　拘此例

**歸附故官求敘例**　至元二十四年尚書省咨吏部呈南官入
仕者多有中間門應補官歸附後不曾換授者衆一例咨
來擬自今若有門應補官歸附後不曾換授未敘人員之
合令各處聽將來有才德可用之
士不能自達者開具實跡行移按察司體覆相應擬連所
授文憑依例照勘完備保結移咨都省定奪其歸附後已
經換授官員依例照勘墜用已經移咨各處去訖又照得先
奉詔書內一欵節該亡宋歸附有功官員升才行移按察
士窮居無力不能自達者所在官司開具實跡行省往往
司體覆相同申臺呈省以憑錄用欽此今各處行省往往

此

將歸附之後不曾換授官員保咨不惟文繁抑亦徒勞求

仕之人往往同生受都省合行移咨欽依原奉聖旨事意施

行若委係歸附有功官員並才德可用之士依上體覆相

同咨來定奪委用止令本人在家聽候無得似前濫保准

**滿徒遷咨原保**

滿得替官員解由往往根腳差別實歷俸月不同及保中

就陞人員亦多資品爭懸不應轉入流品有礙選法未便

又准湖廣行省咨壽昌府同知不任卽無冒詐保受

建昌路新城縣尹孝廉不任卽無冒詐保受趙崇乙先受

得本人年甲腳色爭差送刑部取到趙崇乙狀別斷罷職

不欽及咨本省取濫保招伏外都省議得今後例應赴都

求仕人員須要所在官司依式保勘一切完備別無詐冒

《典章十　吏部四》　　三

**遠年求仕**

咨請照會依上施行

不實依例移咨定奪若有似此濫保不應罪及原保人員

五五四

送刑部議擬通例同呈至元十九年已前至今不曾敘

者合擬革撥外據至元十九年三月已後至元二十八年

二月初九日已前擬呈准日立為格限除已到省部人員數

其不曾求仕實跡緣由保勘別無規避粘帶過犯移牒廉

訪司體覆相同拟連的本牒文申覆合干上司依例遷敘

依例照勘完備遷敘所有未到省部人員從本處官司明

其餘准所擬照會請依上施行元貞二年九月中書省咨

部呈奉省判御史臺呈大都路總管府申諸色人匠總管

---

府譯史不花察兒至元十七年勾當至元二十年五月患

病作快不曾給由求敘乞依例體覆本臺議得除受監察

官依例體覆外其餘人員合從本處官司先行保勘

明白委官體覆申覆合干上司陳

御史臺體察相應本部詳參受宣敕官員遠年不曾告

敘事欽無規避得元貞元年定奪遠年求仕緣由至元十九年三

告敘應有告敘之人明其不曾求仕緣由至日定奪

今後應有告敘之人明其不曾求仕緣由至日定奪以後求仕

求敘見得元貞元年定奪遠年求仕緣由赴本處官司陳

德六年中書省咨近為慶元路總管毛文豹告

臺所擬應照詳具呈都省准呈依上施行大

外並諸司人吏宣使奏差之類既是職官小名微宜令御史

依已定格例內任御史臺體覆所據流

結申覆本路官重別體覆明白保結申呈至元十九年三

《典章十　吏部四》　　四

四二七

月已前得替告敘之人驗所告緣由至日定奪以後求仕

人員依例敘用其已到省部未經廉訪司體覆者依上體

覆但有不實保勘體覆官吏黜降斷罪咨請依上施行

不欽原保勘體覆明白委有不實體覆者仍將本人斷罪

**求仕官員無使停滯**

節該求仕官員淹留生受仰中書省從宜立無使停滯

大德元年二月欽奉改元詔敕內一欵

官闕在家聽候

## 聽除

至元十一年二月中書吏禮部承奉中書省
劄付五月二十四日為待闕官員比及有闕合於本家聽
候奏准今後遷轉官員得替依式申報解由止於本家聽
候明置簿籍標寫月日候受除日期近時勾喚如不在家
聽候劄行前來並不遷除已經遍行照會外近據沿路滋滋
申磁州務官都監劃割時開寫本人親齎所受文憑遷轉人員
合無同職官一體遷轉令後若有解由到部關會完備置簿
其合在家一體聽候今後若有解由到部關會完備置簿
仕省部未審應管錢穀人員巡檢提控案牘都吏目人等
明白附寫銓式月日照勘相應窠闕挨次先行擬注違者
仰依上施行

〘典章十 吏部四〙　五

五二七

## 告敕官員在家聽候

至元十九年四月中書省劄先為吏部
呈亡宋故官往往齎各路文解或以白狀赴部求仕雖有
所執文憑終無各道宣慰司保結文字切恐中間詐冒今
後應有入仕者該寫籍貫年甲歷仕根腳抄連所受文憑
赴原籍官司陳告仍召知識保官一二名當官引驗辦憑
無偽保申本道宣慰司照勘相同保呈行省移咨定奪已
咨行省依上施行去訖即目卻有咨到不應人員咨請照
驗已咨事理施行仍令告敕人在家聽候卻無致因而力
書省咨照得大四年閏七月江西行省准中
官員數多如蒙立法得替官員明白開寫在家聽除便益送吏
部議得令後應有得替官員明白開寫在家聽除便益送吏
籍買人員外如是不遵所行及有暗遞前來求仕之人發

露到官斷罪黜降仍令監察御史糾糾相應得此已經遍
行去訖令知得替官員不遵原行往往赴都求仕都省議
得令後應得替官員從便聽候於解由內明白開寫不許
赴都如違依上究治除劄付御史臺嚴加體察外咨請依
上施行

六〇三

〘典章十 吏部四〙　六

## 除授

至元十二年四月中書省照得即目奏
准除授官員令吏部行下合屬赴都省除省議
得若依前例循行緣去年奏准在家聽候若
往復自今宣敕牌面封記送付各路取印收
管文解無得擬自今後候候給付仰本官就
總管府公廳
依令程督責赴本官引驗年老不稱職
任即令欽受量程督責該人吏並不得因而取受分文錢物其
授官員不須勾請前來止令公差去各路人
員並本路釐勒當該人吏並不得因而取受
聽除人員照依已行在家聽候仰照驗施行

### 除授官員照會

〈典章十 吏部四〉

至元二十四年閏二月尚書省奏過事內一

四六五

七

件在先省官人每遷轉的官人每月日滿了呵
無缺的交等一年關委付呵您識者麼道聖旨
有來俺商量得交等一年關委付呵合替的人理會得替
他呵不任意行莫不恓了勾當如今俺限五箇月以裏比
那的休教了勾當如今欽此已
敕令移欽依託去訖都省節次奏准授除官員數若是一概宣降宣
經行移欽依任期之任外擴合代滿關員若是一概宣降宣
敕文到彼照勘急關任滿者隨即依例照會外滿關人員
咨文到彼照勘急關任滿者隨即依例照會外滿關人員
比之滿期豫先一月照會合屬施行

## 守闕

至元二十四年閏二月二十六日尚書省奏
過事內一件在先省官人每遷轉的官人每月日滿了呵
照關委付無闕的根底教等一年關委付呵怎生奏了呵您
識者麼道聖旨有來俺商量得教等一年關委付呵怎您
識者麼道聖旨有來俺商量得教等一年關委付呵怎生
的人理會得替他的不在意行莫不恓了勾當如今俺
的人理會的替他的不在意行莫不恓了勾當如今俺商量
限五箇月以裏比那的休教遲住疾忙勾當去麼道奏呵那般者麼道
聖旨了也欽此

### 銓注官員守二年關

〈典章十 吏部四〉

省劄付蒙古文字譯該本年十月初五日完澤丞相等中書
奉過事內一件前者春裏行詔書時節遷轉官員的勾當
休教遲住疾忙銓注的立體例麼道奏呵那般者麼道
聖旨了也欽此

五六八

八

的皇帝根底奏來在前遷轉官員注一年關來後來遷轉
的人每多的上頭俺商量教守二年關委付呵怎生麼道
世祖皇帝根底奏這言語我好省不得有後省說者麼道
道聖旨有來如今如今見教官人每提調著商量有已
道聖旨了來這一遍委付一年二年闕關文書到
來的照關都委付一年二年闕關文書到
奏聖旨那般都委付者先
注時節落後了的如今逐旋來的也有且注二年闕的
委付者選法的勾當如今見教官人每提調著商量有已
後合行的定例那商量有也者奏呵奉聖旨那般者欽
此

官員比及終任已自避事但凡勾當偷安苟且所以得新
官員比及終任已自避事但凡勾當偷安苟且所以得新
大德二年八月中書省咨御史臺呈諸遷轉

一七四

官交代兄令員多而闕少預注二年襄闕其新官守闕者
不以廉恥自拘往翠領家屬前去任所或境內居住雖
日伺候月日空代禮任虛張聲勢暗施威福或治下
公事鄉村社長富豪之家鑽獻其治下官吏人等必
須供應所以新官舊官中間小人乘釁行私間諜不相和
睦壞政敗事令後除授行闕人先行赴任到合赴任月日依例之
任不得將引家眷帶行闕官員到合赴任所管內住坐具呈
照詳都省議得依准御史臺所呈今後赴任官員止
於原任去處聽候量移赴任毋得合屬上司取
問究治仍令監察御史廉訪司紏察請依上施行
引家眷於任所守闕住坐如有此等人員請依上施行

**豫期守闕之任** 皇慶二年三月江西行省准中書省咨刑部
呈奉省判御史臺呈准陝西行臺咨四川廉訪司申重慶

四九九

【典章十 吏部四】 九

路同知李榮豫期一年前去本路住坐之任責得本官狀
招不合違例於至大四年十一月二十五日豫期一年將
引家眷前去重慶路照得同知李榮所招違例豫期一年
將引家眷前來重慶路守闕之任罪犯係在皇慶元年十
月二十九日以前欽遇原赦犯若有似此豫期
守闕人員取訖明白招狀量決二十七下依例標附如蒙
准呈遍行照會相應具呈詳得都省議得已除官員豫
赴任所守闕例合禁止若有違犯臨事詳斷餘准部擬咨
請依上施行

---

## 赴任

### 赴任限程

| 程 | 在家裝束假限 | | |
|---|---|---|---|
| | 二千里內 | 三千里內以上雖遠不 | |
| | 三十日 | 四十日 | 過五十日 |

| | 驛 | 馬馬長行 | 舟行 |
|---|---|---|---|
| 自起程 | 百里以上 | 日兩站 | 日七十里 |
| 至到程 自本家 至本管行 | 日上一站 | 上水日八十里 | 下水日三重 |

四三三

【典章十 吏部四】 十

**百里外不公參**

該奉都堂鈞旨今後散府並州縣赴任官員照依舊例相
去本管上司百里之內前詣公參百里之外止申到任月
日其本管上司並不得非理勾喚失悞公事仰吏禮部遍
行各路照會施行

**無照會急關許禮任**
至元六年十月中書吏禮部承奉中書省判

州等處申有本縣捏直韓浦等乞照驗事前來赴任緣由不
曾奉到照會既悞不曾禮任乞照驗事著部議得今後除
授官員未會照會先齎所受宣敕到任見任官司照勘
如是急關或前官月日未滿擬令代官守滿交替呈奉都堂鈞
上司若前官或前官月日未滿擬令代官守滿交替呈奉都堂鈞
旨送吏部准擬施行

**官員不到任就便勾請** 至元二十九年三月中書省近奏准

## 赴任

赴任　原表直線及字句有脫誤今改正

| 程限任赴 | | |
|---|---|---|
| 在家裝束假限 | 二千里内 三千里内 以上雖遠 | 三十日 四十日 不過五十日 此例其二將受除備裝起程 職當急赴者不拘 到任署事各各月日即 |
| 程 | 自大都驛馬長行馬舟行車行 至本家 自起程 至到任 在家行日兩站 日上二站 | 日從實開具牒報本處備申合干上 百里上 上水日全重 司照勘若有違限 人員就便取招約 日七十里 日四十里量斷罪百日之外者仍依例作閾 |

袁格三

《典章十 吏部四》

十

陳氏校補

---

### 無照會官員不許之任

至大元年六月十一日中書省奏過

守關官員銓注投除外都省議得隨行照會到所屬總司
照勘除急滿菓關依例照會之任據守關人員明白標附
相近滿日量地程遠近照會任所如不到者就便勾請照
驗施行

事内一件去年大凡省家的勾當隔越著你不揀誰人前奏
者口傳言語交禮上來的休教行者麼道聖旨有來又前
者皇太子從大都上來的時分合令旨來省家的選法限外
了的無照會司有兵兒漢兒相參如今依著你定擬來的人每
了的無照會不曾受宣敕的多有麼道有來省家的選法限外
例色目漢兒人相參如今依著你定擬來的人每在先體
帝根底奏了宣敕交行者無照會你不曾宣敕來的人每根底依著
旨體例裏都休交行者麼道令旨有
俺依著聖旨令旨

《典章十 吏部四》

十一

各處行了文書將那一等人每都革了也如今不曾受宣
敕被革了的人每這般革了也麼道說也者俺上位奏知
有奏呵那的每我根底也不曾交奏有不教他每奏也者
麼道聖旨了也欽此

### 投下人員未換授不得之任　大德七年十一月十六日中書

省咨御史臺呈陝西漢中道廉訪司申大德七年四月二
十六日有擔不烈大王位下乾州路長官所管醫工戶計
文清收告本投下衙門止管人戶一百八十戶設
立官吏人等一十五名並無印信署備牢獄枷鎖接受本
管人戶詞狀不惟官冗人多實爲擾民不便乞施行得此
照例行下本管安西等路本投下諸設色戶總管府照勘
同申解内署官衙除達魯花赤同知外總管段
世賢不見所授文憑爲此追照得本府大德六年十月十四

五、五四

日承奉本投下王傅照會到段世賢敬受令旨充管領本投下安西鳳翔延安興元等路打捕鷹房人匠諸色戶總管府總管除本宗事理另行外卑司看詳諸投下衙門官員雖例從本位下差委有總管段世賢敬受令旨充本府總管例換授報於欽受宣命之上畫字其於禮體體未順准御史臺所擬投下人員未受朝命不應之任行務各省係為例事理具呈照投下人員比及換授以來無不合令先行之任署事豈惟以正名分之別庶幾權綱歸一緣以此參詳相應具呈照詳都省咨請依上施行

## 赴任程限等例

每後頭勾當裏不敘用欽此照得已除官員裝束赴各省
部呈奉中書省劄付欽奉聖旨節該奉中書省劄付吏

大德八年九月御史臺咨奉中書省劄付欽奉聖旨節該吏

五·六三

《典章十 吏部四》 十二

一欽奉詔書條畫內一款該三年之喪古今通制今後欽除應當怯薛人員徵成軍官外其餘官吏丁憂亡丁憂終制方許敘仕欽此今開逐項事理仰依古色目人員各從本俗令開逐項事理如准所呈遍行照會庶革僥倖紊繁之弊具呈照詳都省除外今開逐項事理如准所呈遍行照會庶革僥倖紊繁之

到下項合行事理如准所呈遍行照會庶革僥倖紊繁之

限已有定法各處官司並不遵守為此本部令逐一議擬

後欽除應當怯薛人員徵成軍官外其餘官吏丁憂父母喪亡應合丁憂外守缺官員各從本俗令開逐項事理如准所呈遍行照會蒙古色目人員各從本俗令其官名隨即行移官司轉申上司別行注代庶望將來不致闕官如不即申報從本道廉訪司體察究治

一欽奉聖旨節該做官的人年到七十三品以下官員僑與一等散官交開者欽此照得受除守闕未任官員中間年老或因事故不能赴任者以致曠職悮事

---

省部無由得知銓選有所未便本部議得今後受除未任官員若有例合致仕並年雖未及衰老不能赴任人員具各緣由行移申報近次親人並鄰佑社長申告所在官司開具某官職名申報上司別注代官如違所在廉訪司體察究問施行

一承奉中書省劄付大德八年三月欽奉聖旨節該已除赴任官員如違所在廉訪司體察究問施行了宣勑嫌地里遠或嫌名分低小不赴任欽此照得近後已除赴任官員自起程日至到任雖遠不過五十日七十日其在路行省大都至到任職當急赴去者不拘此

陸行日三千里內三十
日行四十里乘驛者
上水八十里下水日一百二十里

《典章十 吏部四》 十三

例違限百日之外者依例作缺已經遍行照得去訖若不再行處怒受人員不遵原行悮限不敘之例議得今後此等受除官員須要依期赴任違者欽依見奉聖旨處分事意施行

一照得省部銓選止憑官員到任月日注代今各處官司往往不即申報蓋因各衙門已委提調首領官不以選法為重以致悮標附為此議得今後赴任官員如到任所即將理任署事月日飛申以憑標附若有犯贓事故等官亦仰依上申報如是依前違誤不為用心檢舉申報去處定將委定首領官取招斷罪施行

一近承奉中書省劄付內一款今後除受守闕官員吏部照勘行各官聽候去處亦行照會施行承此除遵

依外照得近年以來而內外得替官員解由到部多
有不行開寫聽候並若不再行有礙開寫某路府州
後內外得替並初入流品人員亦合依上施行
司縣村坊聽候色目人員亦合依上施行

一至元三十年三月承奉中書省劄付已除未任官不遷急缺去處各各
到任官員已除未經令交代之後各處去後各處遵違期各
未曾銓注准擬標附已經遍行照會去後比之年以來
之上不行赴任官員數必須照例議擬作缺別有官
各處行省到彼其已除未任人員多有過期一年以來
不知前後赴任官往往去任之例以致爭訟各處不照原行
比之新官到處照擬及有一等受除人員
區處備咨都省判送吏部照擬及有一等受除人員
意嫌所受職名低小附托當途旁求巧進或所圖未

五十五

**典章十** 吏部四

遂者必須卻赴任所以致遷延過期又恐作缺假以
病患為由於有司告給憑據方才之任如此僥倖者
有之以此參詳令後除守缺官員須要依期到任若
果患病隨即行移所在官司勘當是實如所患病疾
百日之內痊愈給據許之任已過百日之外不能
赴任者隨即申覆上司別行注代若勘該官吏給據
其間看循故行捏合虛稱病故並行斷罪
罪仍令監察御史本道廉訪司嚴行體察究問施行

古

一承奉中書省劄付仰照驗內一款諸轉運管軍官
員若有多歲不經遷過時不到任及久曠未注或緊
缺官即須照勘明白咨奉其到任例合標附
員每月通行類咨直隸省部定奪欽此照得先為任
朝諸衙門腹裏路分並行省宣慰司廉訪司諸見任

---

官員職名理任月日已除未任不遷急缺去處各各
員數每季不過次仲月容報到省去後各處遵違期
不行季報有礙標附照都省摘委本部主事一員
不妨本職提調遍行諸衙門並省本部主事一員
呈報如有違慢定將已委官究治欽奉此令照得各
處季報有礙銓注到省不依期到部行取勘官究治停職
過次季報到孟月十五日已裏須要關申到部行省每季不
以季報為重以致依前過期不到省行省每季不
不惟案繁頭緒多不依式又參詳得今後各季不
樣差悞頭緒多不依式是否作缺難議注代必須再行取勘
不見委曾無歸結是否作缺難議注代必須再行取勘
報到照勘得中間有爭差定將委定將委定
依期季報到省以憑勘會中間但有爭差定將委定
過期容勘得中間有爭差定欽取招斷罪

五二五

**官員依限赴任 病痊就任罪** 典章十 吏部四

至大四年四月十四日御史臺奏

過事內一件委付了的官人每嫌名分小田地遠不肯去
的要罪過者更非奉聖旨不得擅自離職世祖皇帝行的不去
聖旨有近來行臺各道廉訪司官勾當分小田地遠不肯去
的也有推稱病患不滿百日已離職的也有這裏幹別勾當的也有因
那般各處缺員就悞著勾當的緣故是這的有俺商量來
今教各處缺員就悞著勾當的緣故是這的有更推稱有病
呵就任所教醫道使見識的更非奉聖旨推稱著勾當擅見
付人推病廢道醫治一百日醫治不好呵依體例作缺別委
離職來的不教求呵怎生奏呵那般者麼道聖旨了也欽
此咨請欽依施行

十五

# 不赴任

## 舊例

| 不 | 赴任 | 舊例 |
|---|---|---|
| 官員無 故不赴 | 任限滿 不到同 | 官員 患病 |
| 答三十加一等杖八十 | 一日 三日 | 所在官司 不驗治而 給據者 |

除程途裝束假限外違者計日斷罪須早道者不拘

此例若患病及違限百日作闕

他患病仰於所在官司告報得知畫時差官驗治病愈即便出給文憑發遣之任無致稽留生受候到任日從本路照依行事扣算自受除至到任日外有無違限指定端的本路官吏重具保結申呈以憑施行

愈即便出給文憑發遣之任無致稽留生受候到任就取官明白招伏申來以憑施行

路官吏暇官出保結申部如有違限月日外有無違限就取官明招

狀申來憑據施行

## 做官的不去勾當裏不交行

至元二十四年六月 日御史臺 奏過 承奉尚書省劄付至元二十四年閏二月二十六日奏過事內一件福建兩廣四川等處或遠或近依例遷轉的人每受了宣敕不去呵要罪過麼道聖旨有來如今當高事內一件做官的人每受了宣敕了今後那般不去的每根底的宣敕要了勾當裏不教行呵怎生奏呵只那般者麼道聖旨了也

## 廣選不赴任

至元二十九年二月初九日中書省奏過事內一件福建兩廣四川等處或遠或近依例遷轉的人每受了宣敕不去呵要罪過麼道聖旨有來如今更嫌遠受了宣敕不去的人每有來如今怎生商量來麼道奏呵先行的體例裏要罪過呵怎生生受的人每那般的依先者有罪過者那畜生每根底也教種田者麼道聖旨了了也欽此

## 不赴任官員

浙江行省准尚書省咨至大二年八月二十八

---

# 不赴任
（原裝頁鍇誤今改正）

| 不 | 赴任 | 舊例 |
|---|---|---|
| 官員無 故不之 | 任限滿 不到同 | 官員 患病 |
| 答三十加一等杖八十 | 一日 三日 | 所在官司 不驗治而 給據者 |

除行程并裝束假限外違者不拘此例若病患及違限百日作闕

之任職官及因公在他所患病仰於所在官吏告報得知畫時差官驗治病愈即便出給文憑發遣之任無致稽留生受候到任日從本路照行程指定端的本路官吏重具保結申呈以憑施行

患病月日外有無違限就取官明白招伏申來以憑施行

日奏過事內一件欽受宣敕不赴任去的人每依先聖旨

本例要他每罪過怎生麼道呵奉聖旨那般者欽此照

得至元二十六年六月內奏過事內一件在先求仕人員

這壁那壁使錢與肚皮勾當裏行有來如今勾當裏行的

人勾當不用心趂閙的也有一頭得見如今勾當嫌好歹遠

近受了宣敕不去的也有似那般每根底不治約不中的一般

折廢道奏了宣敕不去的是也有似那般每根底不須殺鎮著

近世祖皇帝根底奏了說道職事低了或嫌地里遷轉官

省遠近受了宣敕不去的人每根底依在先體例要罪過者欽

員遠近奏了世祖皇帝根底依在先體例遷轉官

此大德八年三月十六日奏過事內一件麼道

怎生奏呵是也那般要罪過者教那畜生每種田者麼道

聖旨有來如今俺商量得似那般受了宣敕嫌地里遠寫

五八二

**典章十**　　　　　　　　丨七

吏部四

或嫌名低了不赴任去的人每根底欽此後頭勾當裏不敍用

呵怎生呵奏呵奉聖旨那般者欽此至大二年正月十四

日奏過事內一件但凡勾當裏委付去的受宣敕的官員

每每遠委付了的官人每嫌不當裏委付去的每根底將他每種田

的宣敕教納了的依著在前群臣禪皇帝體例裏教種田

去呵怎生麼道奏呵您說的是有那般者麼道怎生奏

的官人每識推緣故委付了的勾當不去的受宣敕的官員

每使見識委付了的官人每嫌名低了不赴任去的人每嫌地里遠寫

或嫌名低了不赴任去的官人每嫌田地遠推稱

郎中特奉聖旨勾當裏委付了的官人每漢兒人呵和林

不肯去的色目人呵兩廣委付將去者麼道聖旨了也

海都田地裏委付將去者明白行文書者麼道聖旨了也

欽此都省咨請欽依施行

官吏辭避銓選不赴任例

中書省至大四年九月十三日欽察

**典章十**

吏部四

十六

一八〇

## 職制

二　職守　假故　代滿　丁憂
　　　作闕　給由　致仕　封贈

### 職守

○管民官兼奧魯

至元九年十二月　日欽奉聖旨據樞密院奏隨路管民官司將軍戶與民戶一概科取差役騷擾不安卽目正是調遣軍馬之際切恐久而削減軍戶氣力今擬各路廣州司縣達魯花赤管長官不妨本職兼諸軍奧魯除各路達魯花赤總管令宣命首領官不須添俸但係第一切大小公事政及聖旨並須

○首領官兼奧魯

至元十一年三月中書省據吏部呈平陽霍州趙城縣等處呈為達魯花赤縣尹差故奧魯公事無人掌管行下各路若任內撫治軍戶安慰不致減削氣力驗事輕重陞遷名有擅科差役或比及次州縣官承管得此申下各路如奧魯正官俱有差故合無令以次管民官兼管奧魯官權行管領去訖據各路司縣以次管都省准呈首領官員任滿解由申院難令權管都省准呈亦輕重黜降准奏聖旨仰依上施行

兼勸農事署御

路達魯花赤總管提調農事欽此據腹裏投除各路府州至元十三年八月二十八日中書省奏准各

一

縣達魯花赤所授宣勅添寫兼官勸農事已經照會了當又據大司農司呈各路府州縣已除見任未滿官員於至元二十四年二月十三日奏過事內一件城子襄州縣官每農事一體署入階銜具呈泰聞通行照會事得此都省於至元二十四年二月內一件樞密院官人每與將文書來行樞密院根底奏呵怎生奏呵那般者麼道聖旨了當呵迤行此不妨宣勅的勾當提調者麼道宣勅裏寫來如全比及倒換宣勅呵種的勾當提調者麼道著文書行呵怎生奏呵那般者麼道聖旨了當呵迤行此

○軍官不得兼民

各路達魯花赤總管添本府州縣勸農事散府州縣達魯花赤總管官人每添管農事十四日奏准行樞密院呈中書省求仕官吏人等至元二十四年閏二月二十八日奏過事具呈照詳都省於至元二十四年二月內一件樞密院官人每與將文書來行樞密院根底罷了

量得做軍官來的體管民者做民官來的體管軍者呵行來定奪呵各萬戶都委付了人也俺根底窠闕也無有省官人每根底說了教定奪呵怎生麼道奏了有民的窠闕別無有麼道奏呵你的言語是有旨有民的窠闕別無有麼道奏呵你的言語是有他每根底說知則那般著麼道聖旨

二

○官吏不得擅離職

元貞元年閏四月二十五日欽奉聖旨節該從今已後自中書省以下內外大小諸衙門行的官吏人等各委付著底勾當裏用心謹行者不揀甚麼勾當疾忙辦集者體教遲慢者不去的差使將去旨不得擅自離職者又勾當裏委付了不去的門招伏依他裏勾當辦了疾忙不還職底人每呵取了他門招伏依他每合當辦了疾忙輕重斷了疾底人每委付來的職事罷了者應合遷轉官員內合教遠近去底依體例遷轉者肅政廉訪司

官人每監察每常時體察者這紏彈官蕭政廉訪司官人
每監察每這聖旨別了呵依體例不體察比別簡人重有
罪者廉道來欽此

**軍官不得擅離職** 皇慶
二年四月福建廉訪司承奉浙江行
省劄付准樞密院咨皇慶元年十月十六日奏過事內一
件各處軍官每教近行的奏了教來者廉道說有元院家
的文字將各管省的軍人每撇下來了的多有若有軍情
緊急勾當呵就慌了去也今後元院家文字不教來若有
來的他每根底要罪過有合來的勾當呵俺根底說將來
俺上位奏了與文字交來呵怎生奏呵奉聖旨那般說者你
根底不商量了為自己的勾當體察交來者欽此

〈典章十〉吏部五

三　一三六

---

**假故**

**放假日** 頭項體例一款
內一歇節該京府州縣官員每日圓生商議詞訟理會公
事如一歇節受冬至各給假一日元寒日各三日七月十
五十月一日立春重午立秋重九旬日各給假一日　急速
不在此限欽此

又至元十五年該樞密院准中書省劄付據各省使也速忽都
咨呈奏過事內一件在先初十日二十日三十日每月三
次放旬假有如今初一日初八日十五日二十三日再乙
亥日這日這日數裏放假呵怎生奏呵奉聖旨那般者欽知
這日數裏有性命的也不著宰殺有人根底也不打斷

**官員病患曹狀** 至元八年中書省據御史臺呈殿中司體知
〈典章十〉吏部五
得必闡赤字都歡自二月二十七日患病至三月初六日
計九日不見供報到曹狀又據本臺呈劄魯
火赤約剌忽並必闡赤忽都魯不見根隨車駕前來上都
擅自落後亦不見供報曹狀乞定奪明降事為此都省與
尚書省官御史臺官一同商議得據告事故官員不報
曹狀罪犯一次罰俸八兩再犯依上罰俸若三犯者近上
官員開奏近下人員各衙門就便的決外據無故落後
官員驗實近日全剋俸祿再犯依前剋除三犯依上施行

**官員違限責罰** 至元八年七月御史臺准尚書省咨益都路
同知完顏珪慶都縣達魯花赤外木万俱為母七旬喪合
無滅半住支或截日住支還日依例支給蕭定奪都府
照得先為給故官員俸給與中書省御史臺一同議得假
告事故官員既是官司說過教去了來呵俸錢都合支與

四　五三十

## 上

定與限次如是違了呵依例罰者爲此議得據合遍行臨
路移准中書咨准擬施行

**病假人議給據**

會驗至元五年正月都省咨准擬施行
至元二十四年二月行中書省准中書省咨
日者申部作關其身病求醫親老告侍者本管官司勘當百
是實別無規避用之例割付吏部依上施行去之今來
期年後並聽於見居處官司給公據保解申部仍皆於任所官司勘當
照得本官並呈到職官在任若病假滿百
因病作關之人不依原行取給公據各處官司並
輒便備呈都省其間規避難已關防擬自今後各處官司並
作關官員人等須要照依前項已行格例取給公據求仕

《典章十一 吏部五》

五

繳申省部照勘如違首領官罰俸司吏的決正官別議求仕
人再行勘當別無規避再聽期年敘用除外咨請依上施行

**奔喪遷葬假限**

至元二十八年正月福建行省准尚書
省咨四川行省咨照得四川所轄諸司官吏俸禮已有定
例所據職官婚姻喪葬等應給假者俸祿不見全無給
唯復別有定奪伏請照詳施行又准江西行省咨
通山縣尹裴巒炎至元二十六年又十月十八日為父
故奔喪二十七年正月十一日還職合無從奔喪俸給兇
支准此送吏部照擬得諸職官並應請俸人等近年以來
雖有告假准給人員終無到通例無以執守今後遇有
告侍者若假依舊例議擬切恐因而妨奪公務未便以此
詳除省親拜墓婚姻之事近後定奪外據祖父母父喪
亡並遷葬者即係人子大事合依舊例給假並除馬程今

## 下

將各日限開具於後所據給假合從戶部議擬爲此割
付戶部議擬得職官奔喪遷葬人子大故今既以人倫重
事許給假限內俸鈔擬合支給以厚風俗若違限不
到者勒停假行下合屬照會施行
　祖父母父母喪假限二十日
　遷葬祖父母父母喪假限二十日

**奔喪違限勒停**

元貞二年十二月湖南道宣慰司
州覃模奔喪事照得先奉湖廣行省咨為來陽知
省親拜墓婚姻之事近後定奪外據祖父母父喪亡遷除
葬者即係人子大事合依舊例給假並除馬程如違限不
到官到任別無規避依例施行本官
停俸定罪坐到祖父母父母喪亡假限三十日前去卻托稱
痔瘡發作在任署事直至閏四月初六日經隔八十餘日

《典章十一 吏部五》

六

方至澧州慈利縣茆岡寨一千六百里爲程例一千六百
里往回途程該立十四日合得限三十日通該假八十四
日准慈利縣牒並覃模狀招相同本覃模係人子喪親痛切
十八日就問得覃模親病四十日尚違限期七
母亡一年聞訃就道斯謂奔喪今議得人子喪親安然在
肌體聞訃就道令給假卻行推病安然在
州署事八十餘日纔遷延到家又復遷延除
途程假限病故之外違限七十餘日似爲兩失
何以勸民將本官依例停俸申奉省府守覃模係元貞元年
咨送吏部照擬得本官已除知州劉庭守覃模違限罪犯合從刑
二月滿關除已催督知州覃模聞訃不行奔喪違限取限招
部合定擬都省議得知州本官之任外本官違限罪犯合從刑
伏合行省議得擬依例勒停

患病侍親格後　大德六年七月江西行省准中書省咨該吏
部呈會驗到至元八年無定職官之任違限及患病各過
百日並自求醫親老告勘當別無規避並行作關期年
後聽仕除遵依外本部照得即日到部患病作關官員所
給解由止以別無粘帶過犯多不依例保勘往復逗遛避求仕人員停
滯生受以此詳擬自大德六年三月初三日爲格以前
避若便行移勘當不惟往復逗遛文繁亦使求仕人員停
給由者驗應得資品遷敘格申定奏具呈詳得此擬除
須要依例保勘完備咨申上執守外咨蕭依上施行
已劄付吏部依本部參

病故官申族所在司
准中書省咨吏部呈河東宣慰司關千陽路備澤州申准
本州知州關切切見省部銓選官員豫注二年窠缺已受
大德七年閏五月初六日江西行省

五之九

【典章十一　吏部五】　七

除者守待其間或因事不能赴任銓注官員無由得知參
詳擬合照會諸衙門令後若有已除官員守缺其間或有
病故及因事不能赴任者令親人等開具職名呈報當
該官員申覆上司別行照會相應具呈照得此擬請照會
除官員若有病故及因事不能赴任者詳得本官隨即申
詳如准所言遍行照會諸衙門亦都省議得已
在官司如不申報親鄰主首人等開具職名呈覆當該官
司轉申上司別行銓注都省咨請依上施行

官員具報曹狀　延祐三年十一月十六日御史臺官奏過事
內一件御史臺之下立著殿中司衙門有近日上位可憐
見殿中丞耽做他每管的勾當中書省爲頭不揀
那箇衙門呵合一品也他每管的體例有不合聽入去聽的人
每根底教迴避有自省以下但有俸錢人每有病疾事故

呵三日後不出來的及出來呵合報與曹狀有凡不揀立
衙門諸官員理任出差還職呵也報曹狀有病過百日不
作缺的又病可了出來不依不報曹狀的行禮時節失儀落簡
脫了腰帶立地的不依法度並官人每使見識不出來的
教殿中司糾察呈臺合責罰的責罰合奏呵俺上位根底
明白題奏這般整治行呵怎生奏呵那般者麼道聖旨了
也欽此

二六一

【典章十一　吏部五】　八

**代官到任方許離職** 至元四年中書省劄付各遷轉官員欽
此聖旨擬三十箇月為滿一考較其功過以憑陞遷降轉
施行奉此照得舊例諸執事官皆代官到日方許去任除
已具呈中書省相度如有任滿官員無得輒便離職候代
官到日方許去任依例求任事承此

二十八

典章十一 吏部五

九

---

**官吏丁憂終制敘仕** 大德八年 月欽奉詔書內欽節該三
年之喪古今通制十七箇...二今後除應當怯群人員征戍
軍官外其餘官吏父母喪亡丁憂終制方許敘仕奪情起
復不拘此例

**官吏丁憂聽從** 大德九年五月初九日湖廣行省准中書省
咨大德九年二月二十七日奏過事內一件官吏等但是
勾當裏行的人每父母喪過了父母喪過如今但是勾當
得用人每出去了呵勾當裏行有窒礙有於內匠官陰
陽人醫人等各投下管軍官員...每一箇丁憂
每不教行呵頻頻聖旨教行呵那般有似這般有丁憂的
每不教行呵也有也有於內匠官陰...的一般有丁憂

三年再得勾當呵人每也生受有為那上頭兩箇丞相等
俺眾人商量來如今丁憂的聽從他每呵怎生奏呵那般
者聖旨有呵去年丁憂的上頭行了呵怎生奏呵聖旨那般
今奏知俺省家行文書呵奉聖旨那般者欽此

**丁憂並許終制** 至大四年三月十八日欽奉詔書內一欽官
吏見丁憂...云大德二十七箇月終制之終如何起復通例
情起再例丁憂...丁今承見憂參詳如
下不見官吏丁憂二十七箇月終制之終如何起復照得

**違例不丁憂** 亞見刑部諸門不孝類

**官吏服闋先銓補** 延祐元年八月江西行省准中書省咨得
准前例諸職官見任者從本衙門已除未任者從原籍官
送據禮部呈照得憂兒籍記銓注例丁今承見任參詳如
司隨即給由有出身吏員人等已及考者一體起發文字

五〇三

典章十一 吏部五

十

一八五

以達吏部關會完聚依例照缺銓注候終制日照會合屬
起復從事外據未及考員人等在內吏部在外合干上
司籍記姓名服闋先行貼補相應都省議得丁憂職官服
闋不次銓注吏員人等未及考滿者終制日先行貼補餘
准部擬請依上施行

**管軍衙門遷調例丁憂** 皇帝聖旨江西廉訪司分司

准本道廉訪司牒承奉江南諸道行御史臺劄付該奉中
書省劄付來呈據監察御史呈照刷河南行省文卷一件
延祐四年九月初四日據高郵甯國萬戶府知事孫顯呈
有父於今年四月初七日繼母二月十七日俱亡得此照
得高郵甯國萬戶府申該知事孫顯父母亡歿卻與軍
官不同理合丁憂本府申該驗呈限奔喪明見不應不行
明白區處仰下甯國翼依例施行為除別行此取問外若

四〇六

典章十一 吏部五 十二

不糾呈切恐其餘管軍衙門首領官吏亦有似此托為軍
職不得丁憂之人傷風敗俗深為不便擬合遍行照會如
有違犯依例斷罪降敘相應得此送刑部呈議得鎮守
高郵甯國萬戶府知事孫顯父母俱亡如係遷轉之人合
依已擬依例丁憂具呈照詳得此都省合下仰照驗依上
施行

---

# 作闕

**病假百日作闕** 至元八年四月尚書吏部照得依舊例職

官之任違限及病患各過百日並作闕期年聽食本部
當別無規避並作闕期年聽仕本部似此病求醫親老告敘若是
止照原行作闕部符到日為始理算期年卻緣州府縣官員
病患事故百日之後始自司縣申州州省申總管府府申省
部比至呈省准申作闕直候符文到日為始近則三五月
遠者到雖稍期年實不下一年半二年之上方得告
敘為此酌古准今議到下項事理呈奉尚書省劄付准
呈仰照驗施行

一在任官員患病經百日外作闕擬自離職聽住俸日為
始限一十二箇月後聽仕

四九四

典章十一 吏部五 十三

一在任因病求醫並告侍州縣官員擬自離職聽住俸
日為始限一十二箇月後聽仕

一原任官委是患病事故不能赴任自各官受除當
月為始限一十二箇月聽仕

**患病百日作闕** 至元十七年正月行中書省准中書省咨

吏部呈南選官員俱係都省銓注近者遷去人員御行指
稱已曾到任因病還家或稱沿途患病不曾到任本部無憑照
狀及干原籍路分起解申間規避本部無憑照
勘議得已到任官員若在任官司照勘相同保結無規避期
年其寫歷任根腳作闕緣由干原任官司照勘別無規避
申本道宣慰司具呈行省移咨都省照勘如無規避省
咨文別無定奪未曾赴任官員若沿路委因病患不能前

去經由所在官司命醫看治病愈行移發遣赴任如病過
百日別無規避申部作關年後照勘應任根腳例定奪

**不得入仕作官關**
呈乞照詳事得此都省准呈容請照驗施行
至元二十八年十月劄付官員與人辨證公事及有
經手錢穀照算未了相妨不能之任或因父母喪亡已過
百日作關者開寫算末年月備細緣由於所在官司
陳告取會別無規避妨礙保結完備隨即給據至求仕日
此以原住地面寔關遷敘又無事故病證中
官司命醫看治百日病證不痊可日期於聽敘
開寫所患之病證至痊可日期別無規避妨礙
至自求仕止以原注地面寔關遷敘如無事故病證中
間虛行擔合不寔其保結官吏並行治罪本人照依原欽

四六〇

奉聖旨事意施行仍令監察御史並各道廉訪司嚴加體
察具呈照詳事都省准擬除外仰遍行照會施行

**罷職侍親作關**
元貞二年八月御史臺奉中書省劄付吏
部呈大都路備石巡院申濮州范縣尹王敦武侍親不行
之任本部參詳今後見任已除官員委因親老自願乞
職侍養者宜准作關親終服闋方許敘若朝廷奪情起復
者不拘此例都省准呈仰照驗施行

典章十一　吏部五　十三

---

**給由**

經由頭說　皇帝聖旨裏某州府准某官關牒或處申該准某
官公文除在前應仕外於某年月日受宣命劄牒司縣申該准某
職自幾年月日理任署事至幾年月日有某官到任充前
等因病疾過闋實應請俸勾當過幾箇月中間並無侵欺
粘帶一切不了事件及無祕勘住職曠關虛借貸係官錢糧
違礙公事帶出作頭項內贓私就令本官自首領
召到知識保官某人委保某人前職別無詐冒本官自到任
並該管司屬倉場庫務坊里正人等照勘得本官自到任
至得替日關或作中間別無公私過犯侵借冒系官

五三四

無爭差依例申保相同及將宜命辦驗無偽拟錄在前今
日某字號半印勘合書填前去並將本官年甲籍貫應仕
腳色同應合申事件逐一開具於後官吏保結是實合行
申覆乞伏照驗施行
一本官年甲若干是何色目人氏有無病疾某處祖御
某處原作是何名色戶計附籍見存者某人某處應
當差役遠近謂蒙古回回女真儒醫僧道何處居住識會是何文
字謂漢兒文字自來不曾更名改姓
如何緣故如云文字通曉是何言語自來不曾更名改姓
何處官司改名公據
一本官三代
祖某　父某並依曾祖
曾祖某　若曾應仕即云應仕職名
　　　　不曾應仕注云不曾應仕

典章十一　吏部五　十四

六二五

一本官根底原係是何出身〔吏員承襲承廕繼廕襲軍功等〕直云入仕緣由擬仕某處幾年月日〔祇欽受宣命或祇受省劄〕院劄幾年月日到任至幾年月日得替實勾當過幾年月日〔器具事由給到ㅿ處官幾司〕部曾無陞降到

一照勘得某官前任某職某人於某年月日到任替范通計勾當過若干月日〔照勘得本官到任替范緣故佳職如何的決在後〕中間並無公私過犯侵欺借貸粘帶一切不了事件

一照勘得本官在任實勾當過幾箇月日通請到俸鈔若干〔請到俸鈔若干月日及任〕中間並無公私過犯若無被勘佳職曠缺虛閒〔照勘本官根因招斷罪名月日如被勘亦云〕須聲開申

一照勘得本官自到任至得替其間應會掌管提調巡勘事務〔如提調軍站戶內有無科取及巡禁私〕各明白另欵開寫如掌管廵寫禁茶鹽私〔若有公私過犯備細開寫所犯根因招斷罪名〕官員亦仰依上另欵開寫如有軍站科及有私茶私鹽〔各有無生發失之須寫若干須寫差故以次兼管〕禁事務〔謂如提調倉場庫務六房里若不係敬敬官不〕

一本官任內提調禁治鈔簿〔如足然後借貸盜職生發以及獲犬須〕盜職生發以及獲犬〔用開寫及獲數了〕

一本官任內提調農桑實跡依已行備細開寫申報〔如有侵敷借貸由仍具招欵開申〕

一照勘得本官自到任至得替日其間並無侵欺借貸〔亦有後敷借貸由須具招敷開申〕

一本官任內提調禁治紬薄窄短定綖鹽絲桑線等物〔定綖鹽絲桑線等物有無違犯曾不曾提〕並升斗秤尺有無違犯起數保結開申亦云不曾提調

———

〔調禁治上須事理〕

一本官任內提調禁治鹽法〔如是提調照依先去體式開寫如不係提調官員止云不曾提〕

幾年月日得替計總〔提調官拘收鹽引自幾年月日到任至〕

鹽貨若干〔提調官拘收鹽引自幾年月日到任至〕

交割到前官某人界內鹽未賣若干本界內販到〔交割到前官某人幾扇本界內置到若干扇〕

簿籍若干

解訖鹽貨若干〔解訖鹽貨引簿退引若干獲是何官司幾年月日〕收管焉照

賣訖鹽貨若干

現在鹽貨鹽引簿籍交割代官某人收管收到幾〔現在鹽貨鹽引簿籍交割代官某人收管收到幾扇〕

年月日關文為照

一本官在任應合相沿交割之物一又交訖取到新任〔某官某年月日備細名件收管文牒照勘得與原交〕相同別無少數立欵開申〔物謂合交解字倉數斛斗〕〔縣庫器物牢房之數如有不相沿或交割物件〕〔須聲說並無相沿交割〕

一本官交割訖行使印信一顆四角篆文齊全並職由〔另欵開申〕

一本官有無懸帶金銀牌面〔如已繳訖其年月日〕另欵開申

一本官到任至得替以來據各處狀保廉能實跡逐一〔開申〕

一本官願某處住坐聽除

一餘有合行開說事件亦仰依上立欵開申

一委某官某職某人將本官所受的本文憑與抄白對

右依式

請別無詐冒官吏保結是實

　　年　月　日式

**任滿勘合給由** 至元二十三年十二月行中書省劄付准都
省咨今後所轄路府州縣任滿求仕人員依例召知識保
官委行省左右司官辦驗無偽後將書填年月
半印須要明白開寫官於當月終通行類容報事准此
已經劄付各處依上施行去後今據各處除任滿官人
員止用勘合關防事屬不當
備詞申覆並不依式勘會亦不行用勘合關防事屬不當
省府擬自至元二十四年正月為始已後應告給人員各
省並應敘定奪人員須要依式勘會完備召到知識保官辦
憑無偽保結書填勘合申呈施行仍於當月終節署

**又** 至元二十四年閏二月御史臺奉中書省劄付准南京
等路宣慰司呈准本司同知揚少中牒竊見國家張官置
吏本為百姓近年以來貪官污吏多得美除廉慎守約之
人因循懈怠昧於政事蓋因題道按察司斷過人員其所
管官司假言不知保結解由及經斷之人多係貪污者銓
曹不知私犯依例注授實無激勸莫若遍行照會今後凡
史臺按察司糾察過能官吏行過事跡斷過貪污之人
所招情犯聲說或犯贓濫或侵欺官物或恃權違枉或侵
漁百姓懦弱不識或不問官事或避罪在逃或贓犯罷役
及一切不公緣故開坐本路總管府本道宣慰司候
各官任滿照會事得此送吏部照擬同呈參詳除臺保廉能
乞遍行照會事得此送吏部照擬同呈參詳除臺保廉能

**腳色不過次月初五通類呈省**

典章十一　吏部五　　七

---

人員已有陞轉定例所據職官任內監察御史按察司糾
察過取受一切不公開坐已招罪名行移合屬官司及本
道宣慰司照驗候各官任滿於解由內開寫明白都省咨
人告論一切公罪過犯亦合依上施行得此都省准
照得近為諸衙門任滿考有出身人員并任滿求仕官員俱
驗實歷諸俸月日定奪其原來解由內文字委有冒椿合
不實月日已有事發之人詳此照勘請求解由文字多有冒椿合
欺詐上司已經劄付戶部委自主事親行下庫
從實照勘申部比照的本籍冊別無爭差
於同關上書寫主事某人照勘相同行移吏部一
員依上比照的本籍冊內請俸月日以憑照勘定奪施行
丟訖咨請今後各處解由文字委的本省首領官一

**給由勘合** 某月日 至元二十四年二月行中書省咨

**給由體複功過** 至元二十九年三月中書省據刑部呈得
近准吏部關江南求仕官員解由內開寫在任捕獲作耗
賊徒定擬功賞即不見是否親獲有無爭功之人會無給
由隨即究問審官刷卷日更須加意檢校但不應給由而
循情濫給並理應出給而刁蹬留難者並不聽紊亂
詞牒又不經廉訪司體察行省亦不保勘止憑各官在任
賞又不經廉訪司體察行省亦不保勘止憑各官在任
詳擬合移各處行省今後應據首告捕獲作耗叛首
從職徒明白開寫到各處曁留守司曁捕獲有無爭功
詳擬合移解由內一例開寫到各都省曁捕獲有無爭功之人曾

現任官方須追納到官任滿許給由官司並須依式勘會但諸官員解
由已有定式凡當該給由官司並須依式勘會別無不盡所由無不盡
不實事理方得保申有詐冒並須依式勘當未盡者所由無不盡

外咨請照驗依上施行
擬庶望革去奸弊不負有功之人具呈照詳都省准呈除
省更為保勘明白一切完備另行移咨都省付下以憑定
本道廉訪司體覆是實繳連的本牒文申覆捕官保結文狀行移
無給賞分別本處別境憑誰總領收捕官保結文狀行移

**捕盜官失覺申覆**
至元三十年七月江西行省劄付准中書省

容先至元新格內一欵該諸捕盜官如能巡警盡心使境
內盜息者為上雖有過失數起而限內全獲者為次其因
失盜累經責罰未獲數多者為下到選之日考其實跡定
其陞降即目南方見有草賊去處若平治有法使盜清民
安另議聞奏陞擢欽此遍行合屬依上施行去後省府照
得各路季申過失盜賊數多縣尉巡檢該管官吏得替給
由到省並不依上開寫今後捕盜官得替於解由內開

五七七
典章十 吏部五
九

寫任內過失強竊盜賊已未獲起數責罰訖罪名明白申
省如是到來照勘得但有漏落定將當該官吏究治

又大德五年七月湖廣行省准中書省咨樞密院都事王毅
呈近因喪還還家同赴大都於大德五年正月十一日到
東平路東阿縣北直強賊二人各騎馬匹懸
等喝令下馬將原騎馬匹衣服鈔兩盡行刦奪告報
慰司坐視不以為意及開到本縣日近失過盜賊匪不申
報各省詳都省除外咨請照勘各處未獲強竊盜賊起
便具申照詳此條經行驛路如蒙選官宪治各處
數聲勒管軍民捕盜官兵依例取招斷罪仍取
魯花赤管民正官常切用心警捕毋致盜賊生發但有不
嚴驗起數多寡就便約量責罰任滿於解由內開寫

又大德八年四月湖廣行省准中書省咨為都事王毅因奔

---

喪還家回到東平路東阿縣北直強盜二人各騎馬匹懸
帶弓箭將鈔兩等物盡行刦奪告報行移不以為意咨請
照勘未獲強竊盜賊起數聲勒令軍民捕盜官兵須要得獲
送官歸勘如是不獲即將捕盜官兵依例取招斷罪仍取
路府州縣達魯花赤管民正官常切用心警捕無致盜賊
生發但有不嚴起數多寡就便約量責罰任滿於解由
內開寫已經遍行合屬依上施行去後湖南道
往往於得替職官解由雖有開到任內失過強竊盜賊不
曾開寫責緣故省府議得強竊盜賊路府州縣管民正
官抗治百姓理斷詞訟辦集錢糧造作供應百色事繁中
間但有怠期敗誤俱有責罰定例況江南山林湖泊繁多
地勢險惡強竊盜賊時常有之各處鎮守軍民官兵當任
其責其路府州縣管官屬千里百里間任內強竊盜賊所不

五八五
典章十 吏部五
二十

能無如三限不獲拘該捕盜官兵已有責罰通例若驗依
數多寡又行責罰路府州縣正官任滿解由內開寫是使
管民官豈兩任之間俱有過名其於公勤廉白治劾特異
者亦不免於瑕玷以此著詳似涉大嚴當該捕官兵任
失強竊盜賊三限不獲照依舊例決罰當省咨遇有過
滿須罰任滿解由內開寫若作例點降若境內儻有強竊
寇須罰任滿解由內開寫相應移准中書省咨送刑部議
得江南州郡鎮店關津把隘去處俱有巡捕盜賊其
例責罰任滿解由內開寫相差官提控捕盜其餘官員所
軍專一鎮過各處達魯花赤官一例開寫盜賊過名以
辦事務繁重難與職專捕盜人員一例開寫盜賊過名以
此參詳如准行省所擬相應都省咨請依上施行

**有解由不給據**
元貞元年九月江西行省准中書省咨吏部

呈奉省剳御史臺呈河北道廉訪司申汴梁路許州張仲
謙詐捏曾充長社縣并許州司吏次充廣東宣慰司令史
患病還家許州保申汴梁路求敘取到本人招伏量斷外
看詳令後內外大小官吏但有得替或罷免求敘者須要
經由所在官司從實照勘本人應仕但有得替或罷免求
敘既有勘合解由而原公據者不許敘用本人收執遇選
即係所在官司照勘歷仕根腳俸月有無賍濫過名及給由官
由任所官司照勘歷仕根腳實歷俸月有無
賍濫過犯保結明白出勘由給由本人收執遇選經
覆所屬上司中間但許冒隱蔽不實依已行罪及都省議
委之際此定奪其罷免者於解由內及公據上明白稱
說罷免緣由雖有解由而須重給公據具呈照詳得此都省議
吏既有勘合解由不須重給公據得替或罷免者須
得捏合根腳詐冒求仕合行禁約餘准部擬施行

整治給由事理 大德元年三月初七日中書省奏准下項事
理

　一件外任官員解由到吏部呵為照過名行移刑部為
照粘帶俸月行移戶部為辨驗宣敕文憑行移禮部
似這般行移各部同轉與吏部中間為這般行移求
仕人生受有在先待更改行的不是不曾尋思來從
前這般細意行來的勾當如今不細意經直行有廢
道恐有人說的上不曾更改來的緣故是的如今
欽奉聖旨眾人商量來正合關防的是吏部不須行
移各部為照過名止行移刑部者吏部裏置立文簿
將各人歷過月日但有合關防的事標附在簿子上
就照了定奪呵較疾也者這般商量來奏呵奉聖旨
也是那般者

---

給由開寫全罪名 大德三年三月江西行省據左右司呈官員

該送刑部照擬得職官之過賍染私罪應有解降者也已
開申
公錯罰俸體輕罪外審合無於解由內開寫後若不於解由內開
寫其有定例緣公致罪不致解降而罰贖者若不於解由內開
行相應由都省准擬請照驗施行

曾提調鹽官解由開寫 大德四年十月湖南道宣慰司該滿任
官員給由別不曾開寫袋簿籍交割代官仰遇有提調鹽
官員解由連到提調鹽法官員得替給由體式該滿任
廣行省剳付到提調鹽法官員得替給由體式開寫
目拘到退引未賣鹽袋簿籍交割代官仰遇有提調鹽
官員給由照依體式開寫

給由開具收捕復功 大德七年二月湖廣行省剳付准中書
省咨照詳付諸官員解由多有開陳遠年軍功都省議得
諸人收捕草寇除至元三十一年以前經隔年遠難以體
究別無定奪已後獲功之人若總府官隨時保結開白廉
訪司體覆是實照勘一切完備並依舊例擬議今後應有

　一件管民官解由為軍人奧魯行移樞密院為站人勾
當行移通政院為農桑勾當行移司農司他每當該
令史又行會各房則倒換了那文字御與將那文字
來為那般上好生遲滯如今那衙門裏行移那文字
不教行移根腳解由本處照勘完備與將省府那裏
調農桑義糧等各欽目依例於解由內明白保結
任內有無逃竄軍站戶計慞科差役騷擾不安及提
奉聖旨是也那般者欽此今後各官得替照勘本官
來者俺這裏照勘無粘帶解由體例用呵怎生奏呵
開申

首告捕獲作耗叛亂首從賊徒者宜患之日總兵官隨即
考究實績開具某年月日某人於何處與賊如何相殺獲功將死捉獲之人行從
人數各備細解由從實保勘明白別無爭功但有妄冒
行省宣慰司再行委覆官體覆是實以憑定奪但有妄冒人員並保
實者監察御史廉訪司官依例體察仍將妄冒人員行移
勘官吏黜降斷罪除外咨請依上施行
合于上司如有隱蔽不行開寫原犯過名斷罪及給由官吏仍令各
官吏須要於起給解由內開寫原犯過名斷罪罷緣由申覆

## 官員給由開具過名

大德七年六月初五日江西行省中書
省咨刑部呈會驗至元三十一年十一月十一日承奉

〔五八三〕
《典章十一 吏部五》

〔三三〕

道廉訪司更為檢察庶望少革濫給之弊都省准呈遍行
合屬照會依上施行了當近年以來諸求仕官吏人等各
將所犯罪名隱蔽不於解由內開寫當該官司置簿專委
備細招詞擬斷緣由除本部有文簿可考者依上照過同
報若原文案者似難追究著照出近准吏部關到潭州路
達魯花赤安馬兒忽思原粘帶解由本部照出即係經斷
降等之人卻不開寫又有先任犯罪除名止云後任經斷
原行以致如此多端不能遍舉蓋是當該官司減裂
因而僥倖求仕似此及應當粘告廳原職役但有似此過名
本部照勘曾無經犯十惡奸群益告有似此過名亦得
斷決倒不申部何由得知止是往復虛文而已又廉訪司
因事取問官吏事內止寫某官亦有招涉虛俱無所犯
緣由贓濫冊內亦行隱漏必須駁問再行照勘逗遛停滯

---

之難以此參詳今後諸衙門應有斷過官吏並應當怯憐群
同職官子姪人等罪名隨即寫所犯事理斷訖情由行
移本管官司置簿專委資正官提調須於解由內併
申文解由內備細開寫標附仍將標附提調官吏姓名如
解由保申到部查照得卻有隱漏卻令招官首領
官吏開具過名斷罪緣由明白開寫原犯過名斷罪緣由
內明白開寫斷罪緣由仍將當該提調官吏須於贓濫冊
如法收貯比其餘諸衙門斷過者一體照刷備行各管官司
員必須仔細照勘備細回報一體照刷其經斷過者一
詳加紏察相應具呈照詳都省議得各道廉訪司
過官吏隨即開具備細衙門移咨行移各管
省餘准部擬咨請依上施行

## 殿罷官員即與解由

大德十一年二月江浙行省准中書省

〔五八一〕
《典章十一 吏部五》

〔三四〕

咨來咨腹裏遷轉人員授除福建川廣雲南遠方或有貪
吏奸民搜羅小過雖不枉法罪在殿年既已罷職必然還
家聽候若不就給解由再候三年復去任所給解由往復生
受誠可哀矜今後但犯殿罷之後即令處得依
例給由殿限滿日注授相應咨請照此送刑部照得
大德三年正月初八日欽奉詔書內一款節該諸牧民官
不先潔己何以治人今後因事受贓除依例斷罪犯枉法
贓者即不敘用不枉法罪三年復任欽此大德七年三月
不敘欽此大德七年集議酌古準今為十二章云云
條例互有輕重特敕中書集議酌古準今所定贓罪既是
見元贓例之類欽此本部議得遠方除授官員任內犯贓
例斷罪所據殿敕一節擬合欽依施行具呈照詳得此新

省咨請照驗依上施行

## 給由置部首領官提調

大德十一年五月福建道廉訪司檢
會到據奏准至元新格內一欵諸官員解由已有定式全文見公規
志本又一欵諸官吏所受之事欽此全文見至元新格又照得大
德八年五月十三日承奉江南行臺劄付准御史臺咨承
奉中書省劄付吏部呈奉省判御史臺係監察御史吳承
務呈近聞各處官員給由如職諸州縣申覆府路職方
府路者呈宣慰司比至自下而上轉達行省得起各文方
赴部省近者有至半載遠者不下一年蓋所申官司不以得
代官員往復給由生受為念指以勘會為民刁蹬留難勒
取久物及其日月懸遠恐致照出稽遲朦朧作弊倒題日
月檢勾人吏又不用心檢舉雖為照刷其弊難知卑職參
詳今後出給官員解由擬合專委首領官一名提領所由

四五九

《典章》卅 吏部五 三五

官司照驗文字到日為始定立程期並要限內照勘了畢
隨即發遣另置文簿以備照刷當該人吏依例每一勾銷
檢勾人員每日一檢但有稽違不應隨事舉行如此不
惟少塞遷延之弊抑亦不致求仕人難本部參詳今後如
遇各處官員解由呈所由官司擬另置文簿委自首領
官一員不妨本職專一提調當該人吏當切勾銷檢舉毋
致延遲人難若中間但有稽遲月日究治相應具呈照詳
都省仰照驗依上施行

# 致仕

## 官員老病致仕

至元二十八年四月二十三日尚書吏部承
奉尚書省判送本部呈近奉省劄諸職官年及七十者合
令依例致仕本部議得職官年已七旬到部求仕相視得
老病不勝職任擬合致仕如精力未衰別無疾病者依例
遷敘若年未及委有疾病自願致仕者聽呈奉都堂鈞旨
今後內外官員有及七十者擬自三品以下驗所歷月日
於應得資品上優與散官致仕其德望素著為時所重翰

五十

《典章》卅 吏部五 三六

## 七十致仕

大德七年九月二十九日江西行省准中書省咨
議得諸職官七十致仕禮有明文此見年及者往往馳驅
仕途倘因疲倦誤事或被彈劾不能全其晚節良可憫惜
議得林集賢侍從老臣備朝廷諮詢者不拘此例移咨省
咨於大德七年七月二十日奏過事內一件在先體例裏
做官的人每年紀到七十呵勾當裏不行有來如今做官
的年紀老的人每根底依著他每的言語委何呵軚惇了
勾當去也今後除近上的集賢翰林院裏用著的有知
識老的每外其餘內外做官的人每根底依近行的品級上添與一等散官教閑坐地七十呵三品
以下的官員他應得的品級上添與一等散官教閑坐
麼道大都有的伴當每奏將來有奏呵奉聖旨那般者欽
此

## 年過七十依例致仕

大德八年十一月湖廣行省准中書省
咨吏部呈平陽路絳州申照得前安西路咸寧縣尹李溫
恭授絳州判官代見任郭微事滿缺本官已過致仕之年
乞照驗得此具呈中書吏部河東山西道宣慰司照詳未

蒙明降大德八年六月十四日承准河東山西道廉訪司牒承奉御史臺剳付備奉中書省剳付吏部呈南康縣尹張德成年及七十未曾注代參詳得縣尹張德成即是年已七十合咨行省候代參詳其餘年及七十現任官員合無一體施行得此議得現任官員去訖今據前因司照仰照會之任除此照會得此照得先准本司照已行下絳州照會之任李溫恭年已七十以上例應致仕驗去訖今據見申議得李溫恭年已七十以上例應致仕即係例前已除未任除未任除申議得李溫恭年已七十以上例應致仕

相應准此已經具呈都省別行銓注及二次同關李溫恭年已七十以上例應致仕李溫恭年七十一歲俱過七旬若蒙依例致仕別行銓注西道宣慰司關絳州知州瞿汝弼年七十二歲已七十以上准先准本司照會例前已除未任除申議得先近集賢院翰林院用著知識老的會之任以此參詳側近集賢院翰林院用著知識老的

理任並已除未任及七十者合欽依致仕如蒙准呈照外其餘內外人員合自大德七年七月二十日格限以後外其餘內外人員合自大德七年七月二十日格限以後

**五六三** 〖典章十一 吏部五〗 三七

### 致仕家貧給半俸

大德九年六月欽奉詔書內一歀致仕官員自壯至老宣力多矣若一子應承廳者並免僉使子幼家貧者給半俸終其身雖年七十以上精力未衰材識可取者錄用之

### 致仕加授散官

大德十六年六月行臺准御史臺咨據監察御史馬奉訓送里咸實承德呈伏惟仕官者七十而致仕乃古今之通制也欽親聖朝几致仕官員加以一官而幼家貧者給半俸終其身雖年七十以上精力未衰材識會相應得此除外請依上施行可取者錄用之

子竭忠家致身勞於王事歷年深遠宣力良多所以加其行賜之一官然職事如舊而鄉閭咸薰稱呼仍前莫不令人

---

恨惜哉似恐未見增其榮雖自古國家名器不可假人你賀皇元優憫致仕褒加一官榮顯其身光於宗族遺之子孫恩寵至矣署舉裕州同知何瑄三任主簿縣尹兩任忠翊校尉同知一任六十九歲解由到部該校尉別無職名八年得除加官若於不任何惜一官照依校尉別行銓注以此看詳既經驗節老於不任何惜一官照依校尉別行今後加官若到驗得品級遙授一職易其舊稱新其稱號家隆仁待下殊貴臣子厚莫重焉使致仕者養素丘園白光華所被星煥重輝即家而拜君子盡遺榮之美將見國恩之盛美下見仕官之尊崇不負平昔之艱疏激昂將來之勸具呈照詳得此呈奉中書省剳付大德十年正月二十一日奏過事內一件做官的人年老勾當裏行不的

**五八六** 〖典章十一 吏部五〗 天

呵在前奏過添與一等散官教致仕來添與了散官那人每若不與授的職事呵不宜如今激勸勾當裏人每教向前行的上頭各人應得品級裏依舊添散官與遙授的職事教致仕呵怎生奏呵奉聖旨那般者欽此

### 致仕陞散官

延祐元年閏三月行省准中書省咨皇慶二年十二月二十一日奏過事內一件做官的人年老勾當裏行不的是三品以下教致仕有已到三品的不曾與致仕宣命俺眾人將根原行來的聖旨裏照依三品的與有如今已到從三品的陞正三品到正三品的與正議大夫散官呵怎生奏呵那般者麼道聖旨有呵又奏蒙古色目官員內為散官低呵那般者麼道比見授職事之上若不添與一等職事止

添與散官呵他每的子孫每不得濟不均的一般有三品
以下官員職事散官皆陞一等教致仕呵怎生奏呵那般
者麼道聖旨了也欽此都省咨請欽依施行

七十六

〈典章十一 吏部五〉

尢

---

## 封贈

| 流官（封贈） | 勳 | 爵 | 贈封（等第） |
|---|---|---|---|
| 一品 正從 | 正上柱國　從柱國 | 國公 | 三代 |
| 二品 正從 | 正上護軍　從護軍 | 郡公 | 二代 |
| 三品 正從 | 正上輕車都尉　從輕車都尉 | 郡侯　郡伯 | 二代 父母 |
| 四品 正從 | 正上騎都尉　從騎都尉 | 縣子　縣男 | 父母 |
| 正五品 從五品 | 驍騎尉 | | 父母 |
| 六品 正從 | 飛騎尉 | | 父母 |
| 七品 正從 | | | 父母 |

三四十

〈典章十一 吏部五〉

三十

| 國夫人 | 郡夫人 | 郡君 | 縣君 |
|---|---|---|---|
| 母妻並 | 母妻並 | 母妻並恭人 | 母妻並宜人 |
| 同上 | 同上 | | |
| | 母妻並 | 父止用散官 | 父止用散官 |

**官吏考績封贈**

欽流官內五品以上父母正妻七品以上正妻尚書省次

**流官五品以上封贈** 至元二十二年九月立尚書省詔書省內一（見聖政門飭官吏類）

**流官封贈通例** 延祐三年八月行省准中書省咨今年四月

第議行封贈之制

十八日聖旨來俺與御史臺官集賢翰林院老的每一處
商量定例也聽讀過奉這聖旨依著這商量來的通例合與的
與者麼道聖旨了也欽此今將封贈通例粘連在
前都省咨請欽依施行

## 封贈

原表闕橫線排列錯亂今改正

〔表卷五〕 〔典章十一 吏部五〕

| 流官勳爵封贈第等 | 正從一品 | 正從二品 | 三品 | 四品 | 正五品從五品 | 六品 | 七品 |
|---|---|---|---|---|---|---|---|
| 官爵 | 國公 | 郡公 | 郡侯 | 郡伯 | 縣子 | 縣男 | |
| 勳 | 正上柱國 正柱國 | 上護軍 從護軍 | 上輕車都尉 輕車都尉 | 上騎都尉 騎都尉 | 驍騎尉 飛騎尉 | | |
| 封 | 母妻並國夫人郡夫人 | 同上 | 母妻並郡君縣君 | 母妻並同上 | 父母 | 父母 | 父母 |
| 贈 | 三代二代 | 二代 | 二代 | 同上 | 父母 | 父母父止用散管父止用散官 | 父母 母妻並安人恭人宜人 |

卅 陳氏校補

---

一封贈一品至七品流等第雜職不與

正從一品　爵　國公　勳　正上柱國　母妻　並國夫人　封贈三代

正從二品　爵　郡公　勳　從柱國　母妻　並國夫人　封贈二代

特旨封王仍須禀奏其封王者母妻並國夫人

正從三品　爵　郡侯　勳　正上輕車都尉　母妻　並國夫人　封贈二代

奏過事内一件封贈是激勸人做忠孝的好勾當俏書省
得的感濫了如今恁共御史臺集賢翰林院老的每一處

〔典章十一 吏部五〕

正從四品　封贈父母　爵　郡伯　勳　正上柱都尉　母妻　並郡君

商量通定例休教高了休教濫了便行者應道

正從五品　封贈父母　爵　縣子　勳　正驍騎尉　母妻　並縣君

正從六品　封贈父母　爵　縣男　勳　正飛騎尉　父　止用散官　母妻　並恭人

正從七品　封贈父母　爵　勳　從飛騎尉　父　止用散官　母妻　並宜人

一應封贈者一品至五品並用散官職事從一品
品止用散官散官職事勳爵六品七

一封贈曾祖減祖父一等祖降父一等父母妻並與夫子同每遇子孫蔭其父祖隨遷母妻同

一父母應封已致仕並不致封者

一父母應封而讓曾祖父母者聽

一諸子應封之母嫡母在所生之母不得先封其妻

一諸子應封若已及封者封未封嫡母亡得並封若所生之母不在任者聽

一應封贈之人曾任三品已上如立朝有大節功勳在王室者方許加功臣之號

一諸職官例前因事受職曾經解任者須再封其妻

一父祖原有官者隨其所帶文武官上封贈若已及封贈之官止於本等官上許進一階二滿者更不在封

**《典章十一 吏部五》**

贈之限如子官至四品其或兩子當封者從一高

文武不同者從所請婦人因其夫子兩有官亦從一高

一封贈父母並加封祖父母父亡祖及姑舅夫喪者應服闋申請

一職官居父喪與應封贈曾祖父母祖父母父母者聽其應受封之人居曾祖父母及姑舅夫喪者有官亦從一高

一封贈祖父祖父並加太字若已亡歿或曾祖祖父父在者不加太字

一應封贈者有使遠死節臨陣死事者驗事擇議加封

一應封妻者止封正妻一人如正妻已歿繼室謂正妻歿再娶者亦止封一人餘不在封贈之限婦人因夫子得封者不許再嫁

一父祖曾任三品已上言亡歿生前有勳勞為上知遇

者子孫雖不仕具實跡赴所在官司保結申請驗事跡可否量擬封贈無後者許有司保結申請

一僧道身既出家其父祖不在封贈之限

一凡告請封贈者隨朝並京官行省行臺宣慰司廉訪司現任官員於所在申請其餘官員現任並已除未任至得代日隨其解由申請致仕官於所在官司申請

一品至五品宣授六品七品敕授如應封贈父母俱亡者通為一道生者各另給降

一應封贈者並須依式申請若有詐冒不實並行追奪仍仰監察御史肅政廉訪司體察

請

一封贈諡會任三品已上者許諡

**《典章十一 吏部五》**

一流官父祖會任三品已上者許諡

一請諡者許其家具本官平日德業文業勳勞政跡別無過惡經由所在官司照勘體覆相同保結申請部勘會明白行移太常禮儀院驗事跡定諡議擬應得封贈呈省

封贈申請狀式

某路府州准某官申牒現年若干本貫某州府司縣某戶是何人氏今照得某現任某職所帶官品依等第合封贈父母妻室如應封贈父母祖三代者即云今將祖父母並妻其應封贈父母妻室父母祖若云封祖父母妻云其應封贈祖父母並正室不是側室婢妾名之罪十惡除名妾奸婚姻優違法成親某自到任至今其間亦無詐冒違礙等事各無父母舅姑始末終喪服制是實就擬初補末後所受宣敕並無私犯追奪等罪保結是實的

本粘連在前坐應封贈人姓名乞轉申封贈施行

准此照勘相同折連原抑官吏准上保結是實合行

開坐具申中書吏部照詳施行

一郡望本出某郡某氏（如無郡望色目人但現云居是何州郡）

一應封贈人

父（如初任未後所帶官職士則云見任某職或在間致仕如不曾仕亡）（身故生則云身在堂）

母（亡則云見任某年月日生則云見居是何州郡）

妻（亡則云某氏年若干現云云身故）

合封贈三代二代者依上開

**失節婦不封贈**

延祐五年四月浙江行省准中書省咨御史
臺呈備監察御史呈竊聞治國以正俗為先立政以興賢
為首儻不得行賢始得進賤不得貴爵必為榮所有建白

典章十　吏部五

事理内一件七品以上職官正妻以禮娶到別不達法者
見行封贈及受封之後本夫身死不許適人者誠為盛典卑
職竊詳婦有夫死適人者謂之失節得罪綱常之人今見
行通例中雖有以禮娶到正室等條別不見職官娶到再
醮之婦是否合得封贈今後如蒙除娶古人外漢人職官
正室如係再醮失節之婦不許受封庶幾士大夫之家敦尚
節義婦人女子亦知有恥為係治體不輕具照詳著監
延祐四年十月二十七日奏過事内一件御史臺備著監
察每的文字裏根底與了文書有做官的人每以禮娶到
的正妻根底與本夫身亡之後休再嫁者除娶古
定通例有寡婦再嫁職官與封贈呵不宜有今後除娶麼
色目外為官的漢人求娶到寡婦根底不合的與封贈麼
道說有俺商量來他每的言語是的一般有這般的每根

底不與封贈呵怎生奏呵那般者麼道聖旨了也欽此都
省咨請欽依施行

延祐七年十一月欽奉至治改元詔書内一款封贈之制
本以激勸臣下比因泛請者眾遂致中輟今命中書省從
新設法議擬舉行毋致冗濫

典章卷十一終

典章十一　吏部五

# 吏部卷之六　典章十二

## 吏制

### 儒吏

宣使　吏員　令史　書吏　典史　譯吏
　　司史　典吏　獄典　庫子

一凡路歲貢儒吏至元六年十月中書省據右三部呈
部所掌銓選戶差刑名等事俱於省部選取各得實材以
相度今後樞密院御史臺俱於部選令史事省府
試驗收補事又據本部呈亦為選取令史事省府
部於上路總管府見設上名通諫刑法司吏內保差
挨次收補其待闕人吏多有不通諫刑名合無令本
掌管諸路州名公事繁劇若止於吏禮部待闕人內
辦其事令擬上都等處周歲額保令史二名或儒或吏科
名司吏一名北京等處周歲額保一名或儒或吏其吏員
一名其所保秀才務要洞達經史通曉吏事其吏員
通明法律熟嫺吏業者開具名脚色直言所長就便行移按察
眾推服者開具姓名各選四十五以下廉慎行止為
司體究相同然後保結申部勾換赴部相驗相
應遇各部令史有闕補如試驗得才不相應或所
保不公罪及元保官司除已行下御史臺照會為施行
至元十九年御史臺承奉中書省付近為朝省選補
據吏立法擬定中書省據於樞密院御史臺令史內
選取院令史於六部令史者亦許擇用已經行
職官材堪省據及院臺部令史者亦許擇用已經行
下吏部依上施行去訖都省議得省據考滿出而臨

---

民入而事上資品既高責任亦重訪尋源皆自歲
貢中出由此言之歲貢儒吏若不先加教養次以銓
試收之不將苟且以求僥倖人材失真所關非細比
及設立科舉以來定到下項事理承此本臺各請照
驗行

一諸州府直隸省部皆有受勑教授仰本路官於管下
免差儒戶內選有餘閑年少子弟之家須要一名入
府州學量其有無自備束脩從授讀書修習儒業若
無年少餘閑子弟可以讀書者不得椿配責要本路
官朔望拜廟就加省視勿令慶替非儒而願從學試
驗擇學業有成名弟近上者充府州學生仍申本路
本州照會擄入學生之籍依舊就學肄業若遇本道
按察司及本路總管府歲貢之時仰本司本路行下

本學教授於德籍學生內選使行義修明文筆優贍
深通經史曉達時務可以從政著保申本路官司再
行體覆相同然後解貢

一各路司吏有闕須於所屬諸衙門人吏內先選行止
廉慎夫論人材幹敏然後勾取委本路長參佐同儒
學教授立提考試擇行移有法算術無差字畫謹嚴
言語辨利能通詩書論孟科一經史為中程式取考
試者有關保明文狀然後補充本路吏有闕至歲
收者有罪本司書吏勾補至歲
貢時本司按察司上書吏次上名府州司吏勾補至歲
貢人額按察司上路總管府三年一次貢二名儒
一歲貢人額按察司下路總管府二年一次貢一名儒吏遞
一名吏一名下路總管府二年一次貢一名儒吏遞
進

一六部令史除補院臺令史外行諸道省擬差補
一又至大元年行臺近為廉訪司合設書吏奏差於各
路總管府請俸司吏並歲貢儒人內選用令各道廉訪司按治亦依
舊例於州司吏縣吏並遞選令各道廉訪司亦依
數路每歲別無貢儒人一名遴選似多腸裏已有貢舉
定例本臺別無准奉明文無所遵守移准御史臺容
照得承奉中書省札定到歲貢儒吏該上路總管府
三年一次貢二名儒一名吏一名下路總管府二年
一次貢一名儒吏遞進仰依上施行
一儒吏考試程式元貞三年　月江西行省准中書省
咨該欽奉聖旨條畫內一欵該議行貢舉前詔已
常及之比及設科以來自元貞二年諸路有儒知吏
事吏通儒術性行修謹者各路廉訪司試選每

《典章十二 吏部六》　三

道歲貢二人省臺立法考試必中程式方許錄用如
所貢不公罪及選舉官司欽此送禮部與翰林國史
院吏部一同斟酌舊制定擬到考試程式隨此發去
都省咨請依上施行
犯人甲招不合於某年月日作何罪犯是實當所無贓
州司縣申歸問一起公事解到所關人等追獲贓正
殺人無贓云追獲贓驗正
如到官情罪是實乙丙招責云何罪犯係如
何徒伴何過犯云何如戒或云曾與某作過犯作何罪乙
外無又招某乙犯人不合與某作過犯作何罪乙何招責乙丙
相招作伴何過犯云甲丙招責云甲與乙丙招責
同相招到干連人等某被傷人
並取到干連人等某被傷人
某若主某事主某准伏文狀
如常川根捕外數即會一切完備儲府司官公座對取將

---

犯人刑人某至徒人某同行引審取訖服辦文狀以
刑下服擬不取罪人即云尋某某委官即云得某委官
徒以上須取訖招伏未斷責保儕例杖以下輕至徒人
事主某某先已省會某奴婢某被傷人某
人還職役某人名保罪犯服辦
道延按廉訪司對本人家失盜跡
監押赴廉訪司對審大都須下所屬
辦文狀依舊摘問事無冤枉移文縣尉下所屬
拟白追會收監官司捉賊施行間准某處官司公文
一元發事頭某年月日據某州司縣申備某司縣申
狀告直貼題備錄全文得此於隨處取問過本司隨事處斷各云
云須勤醫上縣驗過被傷去處委官即云赴下本
地分及牒鄰境鄰保人某捉賊人某

《典章十二 吏部六》　四

該據某人狀告某年月日緣何認是前項賊人以此
親手捉獲監押赴官因贓敗露者即云並贓一就
職人盤捉犯人勾捉到官非盜賊即云疑捉獲者即云
云即將犯人勾捉到官縣司略行問得職人某招伏
與事主元申并捉事人見告俱各相同追獲贓仗勒
令事主認過正犯人某械項紐手事主某
留問令將正犯人某械項紐各相同名縣司某
散行同贓杖一就差府司收管問得逐人所招並與
并告某與元告某獎勘逐人所招事干連人某
以上皆准牒文照得並牒得此奸盜之例為强日叫本物非盜賊止云贓仗
其餘罪犯隨時變之例即云此贓處處分甚處出情處斷云依上指證相同數及
來解相同並照得處斷逐人出情會勘若干並就同
就後並准牒逐會人數指捉人由比後同
令問令將正犯人某枷項紐手事人干連人某
手干連人某捉事人某散行差人監押前去伏乞照

驗收管施行

一府司勘責到逐人文狀

正犯人招欵

一名某見年若干身無疾病（如有疾謂之幾疾病之類）本貫某處
附籍是何色目人氏除高會祖父母父母先已
殁外在家見有是何人口
以上人口各有是何人口備親寫贓姓名須開二
無家口產業各各不是奴賤症候外其全何別
見有產業各各即於目應當是何差役備有鄰
人主首並無籍冊謂顯與一千人無雠不親令
據實招說先爲如何事上於某年月日作何過犯
如何到官處

〈典章十二　吏部六〉
　　　　　　　　　五

〇竊盜
一人財物經由何處出來到家鄉得所盜物件各
一人若干緣由何處使令到後何在強盜問
一人見風而卻各須問其事去某處各
日爲緣從自某各同使雠同人爲首
處某人功勞同於某處殺傷各得數
某人物件各各收拾何器杖各於某處
某人盜同於某處行刦到某處各
人功勞同於某處殺死幾人爲首
財物經由何處出來到家鄉到各
日盜賊同由何處使出來到後各
人財物各各分與由何器杖各從
人同印記刦刬得財物數目與內
盜物印造假鈔若干現在某處人
獲功各各須問本版服內造若干
法度輕重各各須問本處見元
造使軍器各各須問原從謀何
某人造作若干各各須問後初因
年造元料各各須問從初因
以上人同各各須問後初因
使得毒藥各各委因何度
故殺人命謀計緣由始發行毒
何人指定發落到何毒藥可以害人性命
知敗情由何指發露追到本官〇元毒藥起初
致命緣由發覺到官戲如何殺用致被各各委因度

六九九

〈典章十二　吏部六〉

犯人等已供服狀何更招責如一切干若蒙
知情其他謀犯如云亦無過招責不實信從官司隔別磨問或別因事發露但與令招伏不同除
當本罪外更甘詐官罪犯不詞所有某事紏作何罪犯或信從
於某年月日爲首紏合與某並某作何罪犯二罪以上即云又
某人紏合與某處附籍是何人戶
不合於某年月日作何罪犯保某處各各無違礙在前
不曾犯罪經斷亦不是奴賤及倡優之家各備有鄰
人主首並無元籍青冊諸顯與一千人無雠不親令
據實招說得　云云　餘與前狀並同

一名婦某見年若干身無疾病某處附籍是何人戶
某人正妻與未定婚成親時兩家各無違礙在前

一名奴婢某見年若干身無疾病係某處某人戶某人
元買元虜家主驅奴幾年月日本使配到家婢或

六

四五二

贖到駈婦某人爲妻生到男女各各年甲除外別
無梯已人口財產備有隣人主首并青册諳顯與
一干人無仇不親今據實招責同前本主並不知
庸

## 干連人詞因

一名某人見年干身無疾病係某處附籍是何色
人户丁口以上開寫今爲某人作何過犯指出
如何事上以此干連到官據實云云所具指
項招責情由並是指實別無虛誑若蒙官司照依
見招斷遣甘伏元詞執結是實

一名指證人某年甲籍買依上開寫今據實分析
云爲某係見證上一就申解前來所責前項詞因
並是端的別不是暗受買告虛相扶同亦無隱匿

《典章十二》吏部六　　七

指證不盡事理與一干人無仇不親如虛當罪執
結是實

一名捉事人某甲脚色同前據實分析備具獲捉
由緣爲係捉事人上一就申解前來所據前項詞因
並是指實別無虛誑錄某別不是官中差設應捕
之人亦不是失賊地分當該合捕人數及不曾承
准諸人告報然後捉獲亦無相籍威力爭功人等
若蒙照依犯人見招徵斷准伏無詞執給是實

一名事主某年甲籍買同前今據實分析云云爲係
被盜事主一就申解前來所通前項詞因並是指
實追得贓物當官認得委是被盜正贓所估價錢
亦無虧損若蒙照依犯人見招徵斷准伏無詞執
給是實

---

一名奴主某人甲疾狀同前今據實分析云云爲某
前項詞因並不詣實今當官認得某人委是本家
無迯駈奴別無詐認備有申官判憑左隣人主首
據身死奴某人在日若干年甲委無疾狀詞不是奴
賤生前亦無作下過犯備有隣人主首并青册諳
顯與一干人無仇不親若蒙照依已招徵斷准伏
無詞

一名苦主某年甲籍買同前今據實分析云云爲某
係苦主一就申解前來所通前項詞因並是詣實
工黔得云云委用如葉摘用如葉驗傷摘得云云
斷決准伏無詞執給是實

一名被傷某人年甲籍買同前今據實分析云云
係被傷人上一就申解前來所通前項詞因並是
斷決准伏無詞執給是實

《典章十二》吏部六　　八

一抄白追會事件

## 屍

四五五

一據某處申委官初復驗到身死人某致命根因已
將屍首賣付家屬某人權行埋瘞
初檢官某將引件作行吏某等復得云云名隨下項所該
別無他故外驗得
復檢官將不干礙行吏某等復檢得某人屍首並與
初檢相同初檢時仰面復驗仰復驗得不詣相同
勒屍驗得本屍口開眼瞪頂上勒痕黑色圍圓長若
干寸深闊若干分食氣顙塌項痕交匝委是被人

勒死自縊死者舌出項拔不匝

勒死驗得本屍項縮脚拳兩手抱胸遍身粟肉色黃若干委是生前墜落崖下或墜坑中因傷致命身死

凍死驗得本屍某處被破骨損深淺長闊各各分寸

紫委是凍死餓死驗得本屍臍肚貼腔身體黃瘦委因飢餓身死的

辜內病死驗得元傷去處已是平復別無行風入瘡痕迹其屍肌體瘦弱肉色痿黃口眼皆合兩手舒展某處或有新針灸盤痕在旁或有是何藥貼問得屍親或奴說稱某醫看治勾問某辜內別增餘患

某病證曾用上件藥餌調治驗是辜內別增餘患

身死的

**《典章十二 吏部六》** 九

罪囚被勘身死驗得本屍兩大腿外破傷長闊深淺各各若干分寸圍圓赤腫多少驗是生前因被拷勘痛氣攻心致命身死

若驚諕死驗得本屍目瞪口開兩手舒展猶若怕怖之狀委是生前驚諕致命身死

毒藥死驗得本屍唇破舌爛口內紫黑手指甲青以銀釵探入咽喉中少時取出其釵黑色驗是生前中毒身死

車碾死驗得本屍肉色微黃口眼皆開手握髮緊某處有傷云云驗是生前被車碾死身亡

燒死驗得本屍皮焦肉爛手脚攣縮口鼻耳內皆有灰燼委是生前被火燒死云云 如已死棄水中者口鼻耳內無灰燼

杖瘡死驗得本屍兩臀上各有破傷斜長幾寸闊幾

---

傷

寸深至骨上有血疬委是杖決因風透串致命身死

落井投水驗得本屍肉色潰白口開眼合肚皮胖脹指甲內有沙泥其水深八尺以上委是生前落井投河致命身死 如死後棄水中者十指甲內無沙泥

刃傷死驗得本屍某處破傷一處長闊分寸若干其屍兩脚懸虛 咽喉上傷云云 食肺上云

自縊死量得梁高幾尺以上其屍兩脚懸虛舌出頂傷其他處隨痕驗 腦破見血出處隨痕驗

病死驗得本屍形體瘦弱肉色痿黃口眼俱合兩手微握公云得炙盤驗是

馬踏死驗得本屍肉色微黃兩手舒展頭髮寬慢痕不匝驗是生前自縊身死

**《典章十二 吏部六》** 十

馬踏死驗得本屍某處破傷致命身死

棒毆死驗得本屍眼開手散頭髮寬慢肚皮不脹除訟身輕傷外某處有傷一處長闊若干分寸此係要害去處驗是棒毆身死

處有傷一處長闊各若干口鼻耳內或有血處驗是馬踏身死

自割死驗得本屍口眼並開頭髮披散兩手微握有傷一處長若干寸深若干分食氣嗓斷驗是下有以刀自割死生前以刀自割身死

剌死驗得本屍口眼並開頭髮披散兩手微聚肉黃髮聚項兩手微握有傷處驗是剌中致命身死

壓死驗得本屍舌出睛迸耳鼻口內皆有血出驗是生前牆倒屋塌壓傷致命身死

一勒醫工某驗得某人左眼上青腫一處圓圓三寸
用手劈開其睛已損神水散盡全不見物火遠不
堪醫治驗是他物或拳手所傷

一勒醫工某驗得某人左眼周回青腫三寸用手劈
開驗得其睛初因痛氣攻疰瞳人虧損微見物其
目已眇火遠不能醫治驗是拳手或他物毆傷

一辜内平復驗得某人左太陽穴上有傷一處斜長
三寸闊一寸上有血污驗是他物所傷辜滿再驗
廢疾火遠不堪醫治

一勒醫工某驗得某人左臂青腫一處圓圓三寸用手
得骨損折辜滿再驗得已成蘆節有妨執物即同
廢疾火遠不堪醫治

得已足平復更無他故

一勒醫工某驗得某人面黃脈亂頭痛腹高恍惚多睡

試令睡入水中其睡沉重

一勒醫工某驗得某人兩手脈息不匀面色痿黄頭痛

一勒醫工某驗得某人上唇微綻當門去訖一齒其所
落連帶血肉比對齒白鄰牙相同認是他物所傷

一勒醫工某驗得某人腹脹霍亂吐血委是中毒刑證

一辜滿再行驗得其傷已平

一辜滿再驗得某人傷已平

一勒醫工某驗得某人左手大拇指節二節因棍打折

一勒醫工某驗得某人脈沉遲面色青白腹肚微脹

一勒醫工某驗得某人頭上偏左方寸無髮取到捽落

一勒醫工某驗得委成蘆節有妨執物即成殘疾

一勒髮其根連帶米肉比對見存髮色長短相同

一勒醫工某驗得某人某處有傷一處斜長一寸闊

---

一分是刀物所傷

一勒醫工某驗得某人左脇下青紫一處圓圓三寸口
邊見有凝定血污驗是因拳手所傷以致内損吐
血

一勒穩婆某驗得婦人某所隨身小係幾箇月驗是
因毆隨落其母別無傷損

一勒穩婆某驗得本婦乳頭變色子脈方行委有幾
箇月身孕

一勒醫工某驗得某人自小失音與人語言以手指
畫應答委是瘖啞同得廢疾火遠不堪醫治

何損折委同廢疾火遠不堪醫治

一勒醫工某驗得某人要背低曲骨節蹉跌初因如
親疎已成篤疾火遠不堪醫治見有申官憑

經致使精神恍惚喜怒悲樂不常言語訛亂不別

動狂亂與人語言不依問答委是凝病合動廢疾

一勒醫工某驗得某人左右手足不遂語言蹇澀時

發昏亂委是中風病證同得廢疾火遠不堪醫治

風邪入於經絡致使神情恍惚口内常有涎沫舉

一勒醫工某驗得某人兩手脈證先因心氣不足感受
驗

一勒醫工某驗得某人兩手脈證元因風邪傳入心

折血氣俱定已成蘆節已成如何損
疾

一勒醫工某驗得某人兩手脈證先因内感風毒散

三九四

於經絡致使鼻梁崩塌眉髮脫落偏身瘡癩行步
艱難已成篤疾火遠不堪醫治

一勒醫工某人驗得某人元因某臟風虛攻 男子云腎
注兩耳以致閉塞不通聲聞即同廢疾火遠不堪 女子云血
醫治 一驗

一勒醫工某人驗得某人兩眼元因痛血氣不散瘀膜遮
睛全不見物委是同得廢疾火遠不堪醫治 元得疾証

一勒醫工某人驗得某人項右額下先因血氣凝聚
成瘮腫其大如杵即同廢疾火遠不堪醫治

一勒醫工某人驗得某人左腿瘡腫膿血常血已成火
漏同得殘疾不堪醫治

一勒醫工某驗得某人手無二指足無二指手足無
類多般恐或差悮

一時醫所患疾証皆須醫工臨時診驗難以具載此
殘疾之証

大拇指元因如何傷損委同殘疾不堪醫治隨時
指甲俱屬

【典章十二 吏部六 十三】

物

一賍金銀勒行人某驗得係是幾成金銀 或章上有
用法物件重若干別無假偽 甚字鑒記

一孳畜牛日隻馬日匹羊日口鹽曰頭牝牡毛色
歲印記皆須開寫

一勒鐵匠某人驗得某人元使殺人刀子連靶長若
干尺寸闊若干尺寸分尖刀鋒利堪以害人性命不
同應禁軍器

一勒某人驗得某人元使行兇棍棒係是木長幾尺

四二五

幾寸圓徑大頭幾寸幾分小頭幾寸幾分若干將行
使堪以殺人

一將私鹽勒當該官司驗得比乏官鹽味色芒頭俱
各不同委是私鹽用法物秤重若干

一勒醫工某人驗得某人元造成蠱毒堪害人性命
味香氣委是造成蠱毒堪以施害人性命

一將某人驗得係鷹翎刀連鞘通長幾尺
箭幾十隻翎扣箭頭全堪射即係應禁軍器

一將某人元使弓驗得係甚面其樺弓一張弦全

一將某人元使刀鞘全尖刃利堪以害人性命委同應禁
軍器

一偽鈔勒庫官庫子合干人驗得比真鈔字樣懸別

一槍弩衣甲皆係應禁軍器例須依上辦驗

【典章十二 吏部六 十四】

料號不明紙色曾暗印無進珠合同不一委是偽
鈔不堪行用令人犯再行丁造比驗相同

凡濫偽之物事發皆須行人辦驗

一將某人元使毒藥勒醫工某驗得係行某藥爲末
照得本章所載其性大熱有毒依方炮製可以入
藥若人生食堪以損人

一某人造到偽印勒識會篆文不一字體懸別

一假銀驗得微帶黑色滲銀俱係鑽成委是白錫造
到假銀

一諸濫偽之物及偽造所用作仗皆須行人辦驗穿
窨發塚殺人之物亦同

一某人元使擊其磚石量得長濶厚圍圓若干
以擊人輕則致人損傷重則害人性命

三八六

蹤
之物

一某人元使勒死某人皮條驗得係皮條長潤若
干尺寸若用繫人咽頸實可害人性命

一某人元造偽鈔物件驗得甚本鈔板幾片各開貫
陌料例合用印子幾個大小朱印幾顆委是造偽
之物

一某人被燒房舍委官驗得燒訖甚房幾間委係有
人居止在旁某處亦有賤人出入蹤跡其燒不盡
木植已是不堪架造

一委官驗得其家甚屋那間割開窨穴一處可以容
人出入及那壁院牆內外各畫到圖本

一委官驗得某家房門關篡折櫃蓋破碎認是賊
人行刦及於牆外某處覷得亦有出入蹤跡畫到

官
圖本

《典章十二 吏部六》十五

一某官狀指見帶是何官職行下某處追到所授宣
敕委官辦驗得別無冒偽將抄白對讀無差的本
分付該犯家屬收掌聽候註 此非犯陳名不用

據

一某指到官贓馬一四委是某人處買到追索元契
委官辦驗得別無詐冒不實

一某指某人元係本家在逃驅奴照過元買文契無
僞照過戶籍俱各相同

申

一凡文憑例須照勘者依上開

一某指某人係是本家在逃驅奴追到元申官判憑

---

四二八

委某官驗得別無詐冒及在逃拐帶物色與某處
元申相同

一某狀招所盜某家財物追到元申文狀委官
照過與某人所賣相同

一將追到贓物勒事主某人當官認得委是被盜元
本物別無詐冒

一某指元使器仗別無詐冒

一某指係某家驅奴勾到本主當官認得委是本家
在逃驅奴別無詐冒

一將到官贓仗犯人當官認得委是元盜正贓或
某指係某家驅奴別無詐冒

同

《典章十二 吏部六》十六

一某指為官根腳尋下司縣勒合干官司勘會得某
委是某年月日承伊故父某人官資蔭別無詐冒

一委是依理求到正夫與妻定婚成親時兩家各無
違礙犯姦者云自前不曾犯姦經斷亦不是娼優
之家照過元籍相同

一某指與某人有讎尋行下合屬州縣勒合干鄰舍人
等勘會得某在前委是有何讎嫌如曾經斷須云

一某指元曾犯姦盜經斷行下合屬或牒某處照過
照過無行文案相同

一某指某人關親尋行下合屬官司勘會得某人

一某是何親戚問得同宗指證相同

一捉事人某指係某鄰首姓尋行下本縣勒合干鄰

差設捕盜及出賊地方當該應捕之人與賊人及

事主別不關親

**勘**

一某指條某處某家驅奴行下本司縣勒合千鄰首
人等勘會得委是某人驅奴照籍相同

一苦主某人指身死某人脚色行下本處勘會得被
殺人某在日若干年甲生前別無疾狀即不是奴
賊及在逃應合殺捕之人與行兇人無執不親照
籍相同

一至徒以上人行下合屬勒當該鄰首人等勘會得
在家應有人口年甲並無所責無異某人見有是
何疾証外其餘人口並無疾病除令犯外在前更
不曾作下其餘重罪亦不是在逃應合殺捕之人

**估**

《典章十二 吏部六》 十七

見有物業除已責付當該鄰首知管取致不致失
散罪狀

一將見獲贓物或無見在開坐名件移牒或下元犯
某處估計去後同准某處公文或據申該勒合干
人依犯時月日實直當官估各物價取到別無
高擡小估甘罪文狀

一將某署行下本屬官司勒合干牙保
依犯時月日估到實直若干取到並無高擡小估
見到官估到價若干
未追或破使懸估到若干　正贓非見在者皆 懸估並從中價

一將某人家奴行下本屬官司勒合干行人

一某放火燒訖某家財物行下本司縣勒合干行人
執給文狀

---

依犯時月日估到價鈔若干

**招**

一據前斷某公事在錯移文某處取到當該官吏招
訖失出失入情罪

一某指如何過犯在當該鄰首人等招訖失覺察情罪
勒合干鄰首人等招各不知情罪

一某指幾年月日早晚時分經由何處盜訖某家財
物取到當該置鋪去處捕盜官巡禁不嚴招伏
物者若干庫官太庫當官攢宿官物並招伏
亦合取招詩吏招

煎私鹽　強盜
私造衣甲　伴修善事　夜聚明散　造偽鈔

**辦**

《典章十二 吏部六》 十八

一本府州官公坐對眾將犯重刑人某至徒人某對
各人家屬同行引審明示罪名結定已招詞因並
是端的別無冤枉取到服辦文狀

**審**

一某年月日有本道肅政廉訪司某官牒會合審重
因爲此將犯重刑罪囚某人同卷發去審問去後
同准令史將卷照過會令不干礙人吏引審得犯
人某欵招見年若干別無疾病所有脚色備細詞
因已責在官令據實招伏不合於某年月日作何
過犯於幾年月日蒙巡按某官令不干礙人吏對
獄卒人等再三引審情別無冤枉若准某處已招
定親通本犯實情招伏
依法處斷施行取到服審文狀已令雙手點訖指
文請依式連銜開申施行

一收繫事件

贓

一將到贓物火者就寫責付事主某人收管去訖

一將到贓物多者就寫另開責付事主某人收管去訖火者就寫另開

一某官乞索某物收聽候施行去訖責付事主某人收管去訖若

一將某官乞索贓物若干責付本主收管去訖恐嚇

一某人受某人枉法贓物若干發下某庫權行收管去訖

一某人受某人禁物若干照得即係彼此俱罪之贓發下某庫收管去訖之贓亦同

一某人元受某庫寄收聽候沒官去訖

一將私鹽若干付某處運司收管去訖

一將某人元受干膿付某處收聽候沒官去訖

一將某人元造毒藥若干如法封裹標題發下贓罰庫聽候棄毀去訖

《典章十二》 吏部六

一將到官贓馬幾疋 亦全錄行下某司縣權行牧養聽候去訖 定

一偽鈔一切偽物追獲到官下庫寄收聽候燒毀施行去訖

仗 謂弓箭槍刀挺棒等器仗

一將行兇器仗某物發下贓罰庫收管去訖

一將應禁軍器某物封記隨解發去

人

一將某人元造偽鈔作仗發下某去寄收聽候毀壞行去訖

物

一將逃奴甲先已摘斷分付本主某人收管了當至徒者非

三二五

十九

---

一某人元給付良書責付本人收管去訖

一將追到某縣甲乙文案發下本縣收管去訖

一將偷了公據毀訖戒膿發下架閣庫權行收管去訖贓之物合還官主者如此開寫

宄

一將事主省會宄家去訖苦主未徵償命錢者即去

一將提事人甲省會宄家給賞去訖

一將干連無罪人某省會宄家去訖

捕

一據未獲在逃賊人某行下會屬常川收捕去訖

還 謂罪

《典章十二》 吏部六

一將某官發下某處依舊還職去訖軍則還軍餘人聽候徵償去訖

保

一據某人狀招如何有失覺察罪犯行下本司縣招

禁

一將某人依舊收禁聽候配役去訖

一將犯重刑人甲送獄牢固收禁聽候 符文施行

配今亦申部至徒罪人

乞

右具如前所據歸勘到前項情欵並是端的保結是實伏

中書刑部 詳酌施行謹具

聞謹錄狀上 牒件狀如前謹牒

年 月 日依式

三四

二十

# 官職吏員

一官職補充吏員至大元年五月十八日皇帝聖旨裏
中書省近奏准令後內外的諸衙門令譯吏通事知
印宣使有出身人等於內一半職官內選取欽此除
自行依例選用外六部令史本部置立文冊開寫元
欽依照會外割付吏部議得前項補選吏員除多省
官職內選保一名譯史除職官內選用外餘者於都
省會經翰林院試驗發補省部令史考滿人內選用
半職官從各部自行選用其各部元呈准選補令史
擬合革撥通事知印例從長官選保遇有二名除於職官內
上名內欽補用不敷者從翰林院發補奏差亦於職官內
設額數遇缺職官與令史令史本部置立文冊開寫元

《典章十二 吏部六》　三十一

選用一半餘者於籍記應例人內發補相梯衙門依
上選補歲貢人吏止依已擬在役聽候二品衙門依
前置簿開寫額設員數遇闕職官與見役部令史相
參發補職官從本衙門自行選用宣使見役於職官內
選用一半餘次發補知印恠里爲赤例從長官選保遇
上名亦須職官內選保一名譯史除於官職選內
有二名亦須職官內選保一名譯史挨次上名不敷
用一半餘者於六部見役譯史挨次上名發補不敷
數目從翰林院選發相梯衙門亦依上例補用開呈
照詳都省議得六部令史如正九品不敷正從八
品內亦聽選取餘准部擬除外容請照驗依上施行

行省
令史正從八品得替有解由無過文資流官內選

---

宣慰司
令史於正從九品得替有解由無過文資流官內選
取考滿驗元來資歷擬陞一等止注元任地方雜
同同文字通曉譯語考滿驗元來資歷上擬陞一
件內職不預
譯史通事於正從九品文資流官內選取識會蒙古
等止注元任地方雜職不預

奉
通事譯史正從八品文資流官內選取識會蒙古
同同文字通曉譯語考滿驗元來資歷上擬陞一
不公罪及當該首領官吏雖有後過月日別無定
職不預具腳色咨都省明文然後收俸若所舉
取考滿驗元來資歷擬陞一等止注元任地方雜

《典章十二 吏部六》　三十二

知印於正從九品職官內選補考滿依例注授雜職
等止除元任地方雜職不預
色目人漢人相參與元來資歷上擬陞九品職官內須
注元任地方雜職不預
奏差於得替有解由無過從九品職官內選仍須

一選取職官令史一至大二年六月行臺准御史臺咨
承中省割付吏部呈至大元
年五月二十六日奉中書省宣使有出身人等於內
諸衙門令史譯史通事知印有出身人等於內
一半職官內選取欽此除欽遵外本部議得都省
樣於正從七品得替有解由無過於應得資品上擬陞
除未任文資流官內選取考滿於應得資品上擬陞

《典章十二 吏部六》　三十三

知印於正從八品職官內選取考滿並依上例注
授雜職不預
宣使於正從九品得替有解由無過流官內選取
仍須色目漢人相參考滿於元來資歷上擬陞一
等止除元住地方雜職不預七二段應在本蒹今補第

典章十二吏部六

二二 陳氏校補

一等止除元住地方雜職不預臺院並行省二品衙
門令史文炬等俱係已除未任若令依上選取俱
選取須歷一考於應得資品上陞一等止注元住地
方雜職不預又六部斷事令史正從九品得替有解
由無過文資流官內選取於應得資品上止陞
省參例於得替見任呈未任相應流官若無相應
不就誤官事如蒙准呈本部遵守呈奉省判議得庶
得替未曾給由見任未經注代已除急缺去處外餘
例選取奉此已經遍行各處照會去訖今各部選到
職官令史文烜等俱係已除未任若令依上選取俱
補別無相應員數以
此參詳今後臺院行省二品六部等衙門令史若依
省樣例於得替見任呈未任相應流官內選取除
得替未曾給由見任未經注代已除急缺去處外餘

典章十二吏部六

二三

准所擬送吏部依上施行仍行移合屬照會奉此本
部除已遍行各處依上施行外具呈詳都省仰照
驗施行

一保舉官員書吏至大四年六月二十日御史臺奏前
者上位奏了交老的每臺裏聚著臺家的廉訪司的
勾當商量者麼道聖旨有呵俺與老的每一處商量
來的勾當內一件監察每廉訪司官司人每但凡勾
當來的官人每根底保舉呵他每行的實跡元保官
的名字體覆官的名字寫將來者監察每廉訪司官
人每滿呵任內保了這些人呵解由內開寫將來者
保的好呵添與他名分充了呵黜降他每的名分也
呵付這般呵覰面皮的也無好人也得可憐見呵這
般行呵怎生奏呵那般者麼道聖旨了也一件廉訪

五十八

司書吏每如今一半職官內選用有不到呵教授學
正內選用一半秀才吏員相參委用這人每交文資
管民正官選保廉訪司官人每做好呵委付者
這般選用的人每做罪過呵元保覆來的管民官覆
來的廉訪司官人每也有罪過者依本分行的教
年月滿呵依在先體例裏九品內過廉訪司書吏每
授學正根底優減月日呵那般者麼道聖旨了也欽此
旨了也一件老的每說蠻子田地裏當户每多書吏
每蠻子人內有資那當户每來往勾當裏書吏有
每蠻子人內委用除那的外別箇漢兒人少這書吏
依先在體例裏書吏每革罷了他每根底別箇勾
礙雲南海南兩廣邊遠地面漢見人少這四處書吏
漢人內委用呵怎生奏呵那道聖
當裏委付呵怎生奏呵那般者麼道聖旨了也欽此

〈五三四〉

〈典章十二〉吏部六

其呈照詳都省咨請照驗欽依施行皇慶元年六月
行臺准御史臺咨來咨各道廉訪司申並監察御史
呈俱爲選取書吏擬管路府州縣正從九品及教授
學正別無相應人員急缺書吏一百餘名若令奏差
公舉考試中程轉補書吏如曾充書吏並相應人內
內鄉選及於憲臺典吏庫子額設貼書並相應人內
從優發補或書院山東兼收錄用又照得先爲缺書
吏已咨未准回示今據見呈詳江南事體與腹裏
不同學官多係南人又職官取充者是偏員路吏
官月日考滿方授典史都吏目提空案牘愿沙年深
九十月考滿方授
始終履進階稍有顧籍若於此等人內與監察御史見
呈通行選取庶幾使不泛入官無廢事實爲便益緣

十四

十五

---

係奏准事理咨請回示准此於皇慶元年四月十七
日奏過事內一件各道廉訪司書吏一半用職官那
一半裏用秀才吏員的每教管民官選保廉訪司
體覆了呵委付麼道去年這般奏了來如今行臺各
道廉訪司文書裏說將來因著這例窄的上頭多缺
十個月取了呵無玷缺呵減他每一資又教授學正學三
錄井府州提控案牘都吏目減一資委用准充職官各
理本等月日其餘歲貢秀才吏員依例選用又廉訪
著人辦事有俺商量來依著舊行來的體例斟酌定
一個選取做書吏的好的一考之上選
官回避他無玷當來的道分並別箇相應的道廉訪
司奏差省得秀才文字的係秀才數目省得吏文
做書吏省內臺行的格式在前曾做書吏的

〈四八三〉

〈典章十二〉吏部六

字的做吏員數目似這般選用呵怎生奏呵那般者
麼道聖旨了也欽此除欽遵外咨請欽依施行

十五

# 令史

一收補行省令史至元二十二年正月御史臺承奉中
書省劄付議得呈准行御史臺咨江南諸道行省戶
口稅糧課程造作等事實爲繁重目今行省令史俱
於各道宣慰司令史內選取當令史一例選
轉爲此送吏部講究得都省樣及院臺六部令史選
補陞轉已其定例其各處自行踏逐移咨都省尚在循習舊弊
從各官自行踏逐恐非所宜似此參詳今將各處行
省令史從新替換乞照詳都省議得江淮江西荊
湖等處行省見設令史如遇闕員擬合至元十九年
四月以後發各省貼補月日人員先行挨次收補
更或不敷不許自行踏逐移咨都省於六部見役請

四九五

【典章十二 吏部六】 二六

俸令史內發遣補充或參用職官令史從行省於至
元二十九年四月以後新附正從八品職官內選取其
雜職官不預仍具各人備細腳色移咨江淮江西荊
湖占城等處行省並劄付吏部照會施行
一禁待闕令史至元二十七年行御史臺劄付據監察
御史呈切謂周官以來有吏胥蓋期會簿書
斷獄聽訟非是人則不給也其選試多寡自古及今
各有定制日近之間江南大小諸衙門不思鷥鳥累
百不如一鷄之意其役吏員不爲精擇依例選用往
往推稱舊弊乞照詳事得此檢會到至元二十二年係
御史臺事務忙並額外令試驗人員係
四月二十日御史臺實於公私兩不便當擬合照依累
歷勾當侵官蠹民實於公私兩不便去處推復量加添
降條制精擇有祿人員如委繁劇去處推復量加添

設禁革試驗係歷又奏過事內節該省部樞密院御
史臺並別個勾當裏行的官人每明白額設定喫俸
錢的令史每賊說謊呵要罪過者不喫俸錢的待
令史也行要肚皮做賊說謊這般奏呵今後這般待闕
令史每休行者這般道了呵那般人卻行呵他那個
衙門委付來的官人每根底要罪過者這般聖旨了
也這般了的後頭半個月以後背地裏教人察者欽
此
一選理問所令史大德五年二月行中書省准中書省
咨浙江行省咨理問所令史未有選取定例已後有
闕擬於各路三考司吏給由到省人內公選儒吏兼
通年四十五歲以下者補充咨請定奪准此都省議
得今後行省理問所令史有闕從本省於各路考滿

三四三

【典章十二 吏部六】 三五

司吏內遴選有解由無過犯年四十五以下者克歷
一考轉補各道宣慰司令史及於本省請俸一考之
上典史內選取再歷一考依上一體轉補違例收充
者雖有役過月日別無定奪除已咨江浙行省照會
咨請依上施行

一察司書吏休與省裏勾當至元十六年四月行臺據
江西湖東道按察司申本書吏雷守信蒙行省踏逐
充省勾當移准御史臺咨該照得至元十四年五月
十五日本臺官奏俺御史臺裏監察裏按察司裏勾
當的人每勾其間裏省家俺根底不商量了呵休與者怎
當得蘇道便遠處使喚有奉聖旨這的休疑惑者欽此

一書吏事故還家本道就用至元十六年七月行
御史臺准御史臺咨該照得近為各處並迤南按察
司書吏人等有應病故還家本道按察司多係迤南
本臺緣為迤南叛立行御史臺外按察司就用非

《典章十二 吏部六》　四七六　　　三八

人員爲處在遠方有因病故還家本道就用若准就
用中間僥倖不無抑且失誤彼中勾當已當將似此
人員革去咨請行下合屬照會施行

一更換書吏申臺至元十九年二月行御史臺准御史
臺咨書吏有關於月日深遠書吏內精選廉幹才能
有功無過者充補准此照得本臺別無各道書吏月
日文簿有礙照勘仰照驗即將本司見役書吏勾當
根腳公參月日開具申臺仍已後續有更換隨即申
來

一收補書吏奏差至元二十二年九月行御史臺近據
浙西道按察司史所有奏差合補宣慰司令史所有
奏合無補宣慰司奏差事得此移准御史臺咨奉
中書劄付送吏部議得按察司奏差亦合依准御史

---

臺所呈宣慰司奏差有關迴避本道收補相應都
省議得按察司書吏奏差擬令一體迴避本道收補
除另行外仰照驗施行

一保選憲司書吏至元二十二年十二月御史臺承奉
中書省劄付江淮按察司書吏等出身事送吏部議
得到近裏按察司書吏或於南方各道宣慰司
令史內收補外用一名轉補書吏實歷九十個月於各路
吏每歲貢舉一名轉補書吏實歷九十個月於各路
州司吏內選用不盡書吏實歷九十個月於各路
總管府提控案牘內任用其書吏有關卻於各路
宣慰司令史中間凡事不無看循切恐日久害公仰
照驗除遴選廉能不作過犯書吏歲貢轉補書吏外
就便移牒本道拘該宣慰司令後如遇令史有關即
便行移按察司備申憲臺所候發補外用不盡書吏
候考滿日申中臺定奪施行

《典章十二 吏部六》　四八一　　　三九

一試選書吏條目至元二十六年九月行御史臺劄付
照得本臺察院並各道按察司職官糾彈官吏非違
刷磨諸司文案爲書吏者其責甚重貴在得人儻選
擇不詳中間誤事所係非細又廉書吏出身得人必
登臺察不然亦列民官選取之法不宜不慎議得令
後發補臺察院本各道書吏當面試驗首論行止次取
吏能又次討月日多者爲優併給呈臺然後發下各
屬委用今將試選條目開坐前去合下仰照驗施行
行止　事父母孝　友於兄弟　勤謹　廉潔　謙讓
自來不曾犯贓私罪經斷

五、二三

吏能　行遣熟閑　言語辦理　通習條法
曉解儒書　算數精明　字畫端正
月日通理繫歷請體實役月日多者爲優淺短爲劣
一廉訪司書吏出身至元二十八年七月御史臺奉
　中書省劄付來呈各道廉訪司書吏出身比之書吏擬合一體擬
　訪司通譯史等出身比之書吏擬合一體擬參詳各道廉
　考滿依通譯史例降二等量於省劄錢穀官並巡檢
　内任内都省准呈
一勸農書吏出身至元二十八年八月山東東西道按
　察司申先奉中書省劄付各道按察司上路總管府二年貢舉儒吏一名遞
　立貢舉法度各道按察司吏員格例定
　先行貢補按察司書吏經由肅清衙門練習行諳
　知吏事然後依按察司貢舉將來庶得人才據按察司
　書吏有關卻依上下路分在先貢部選取儒人
　例人是以吏業經史考試不失隨路貢舉元額等事
　除遵依例外今奉御史臺劄付准大司農司咨前勸農
　司書依李思述並奏差張思恭等條格有出身人仰
　員請依例施行奉此照得勸農司即係四品比同上州據
　照勘各人委係額設請體勾當人員別無窒礙過犯
　依例施行奉此照得勸農司自行踏逐人員於内亦有
　李思述等俱係前勸農司書吏不曾請俸雖在前會於州
　聽知例格衙門補充書吏不曾請俸雖在前會於州

《典章十二　吏部六》　三十

五、二七

縣勾當其腳色多稱告閑若依見定書吏奏差格例
未應轉補擬合發付元籍府州充當待其練
事習熟卻行選入風憲除外容請行下各道若有此
得人才乞照詳事本臺除外容請行下各道若有此
等未應轉補人員准上施行
一憲司書吏奏差至元二十九年閏六月承奉行臺劄
付監察御史呈准福建廉訪司簽事張承直牒照得
各道肅政廉訪司紏彈諸司官吏非違提調成就一
切勾當責任至重司官因得一至於書吏奏差有各
役雖微亦關風憲如有名缺例合公選令有各
路總管府看循面皮或因請托求幹並無廉訪司選
保牒文徑將見役及閑司典史泛濫
呈區用偶遇一缺羣然爭趨其間管幹不無内有不
識公事聲跡不好者止憑牒保不經體覆相應便行
補填使諸衙門輕視就當不能辦集
既本人素無廉恥有玷衙門又使廉能之士恥於同
列實失風憲之體卑職切詳各衙司吏尚且牒呈廉
訪司體覆廉訪史書吏奏差有缺之人亦處合相
於本路上名司吏及典史内從公選保總司體覆相
應然後委用如總司親臨路分有合補之人亦移牒相
所在官司或相鄰分司體覆各路總管府並不得擅
自保舉呈乞照詳得此照得庶幾可絕僥倖之門以清風憲
廉訪司書吏於各路總管府請體御史臺容各道肅政
内諮眾從新公選奏差於州司吏縣典史內遴選已
驗事呈乞照詳得此照得於各路司吏縣典史內遴選已
經遍行各道依上施行訖今據見呈相度如准簽

《典章十二　吏部六》　三十二

事張承直所言實為公當仰如遇書吏奏差有缺依

例選取移拘該分司體覆相應保結牒司收補施

行奉此除已依上施行

一宣使奏差等出身至元二十九年十二月江南諸道

行臺准御史臺咨承奉中書省劄付來咨內外諸衙

門宣使通事知印奏差俱係本衙門自行選用容又吏部與六部

驗歷過月日六品至九品皆得除受又吏部選用互相

四六發補奏差各部官將帶白生人自行選用吏員並合

爭奪致令職官僚不協即令職官係有考滿吏員互相

既吏員等俱有入仕定例通事知印宣使奏差並合

立格慎選具呈照詳送吏部照擬到下項事理仰依

上施行

宣使行省行臺行院宣使擬令於各道宣慰司請俸

**《典章十二》 吏部六**

三五

一考奏差本衙門兩考典吏內選補相應都省臺

院咨發人員不拘此例

前件議得行省行院宣使於正從九品有解由無粘

帶職官內選取如是不敷於各道宣慰司請俸一

考之上奏差本衙門三考典吏內選取一

正從九品職官並本衙門內選取不敷於各道宣

三考奏差本衙門三考典吏內選取廉訪人員仍須

目漢兒相參選取自本衙門自行踏逐者亦須考

滿例降一等須歷九十個月方許出職

三考奏差照得至元二十四年三月內尚書省准

擬提控案牘都吏目於各部奏差內收補部擬除已

准上項人員外合依已擬於宣慰司及考並廉訪司

按察司兩考奏差內選取不許各部自行踏逐

---

前件議得依准吏部擬仍須色目漢人相參選取自行

踏逐者亦須相應人員考滿例俸一等須歷九十

個月方得出職

通事知印照得循門舊例從各衙門自行踏逐選取

部擬通事從各衙門於本處宣使奏差內公選通

曉蒙古言語人員轉補知印依上陞轉如無相應

者許本衙門自行踏逐選保亦須相應人員九十個月方許

出職

前件議得長官選保亦須相應人員九十個月方許

一選廉訪司書吏至元三十一年御史臺咨承奉中書

省劄付來呈擬到各道廉訪司合設書吏奏差人數

坐到出身已經照會去訖本臺相度各道廉訪司

**《典章十二》 吏部六**

三三

書吏奏差人等多為在先司官循私選取欽有因事

取受賄賂不慎行止之人致使憲司不振今既衙門

更易尤宜選擇本臺並歲貢儒人內新選止廉慎吏

總管府諸路司吏內新選奏差合設奏差亦依舊例於府

事精明者立武試驗勾補合設奏差亦依舊例施行

委欽齋詔書前去江西行省等處開讀除欽依外近

劄付准准西江北道廉訪司乞石烈卒等呈近蒙差

為江西行省所轄路府州司縣司吏多係開讀除欽業不通

行止不廉苟非其親故則是讎嫌假公行私占衙門敗壞官事

州吏分縣府吏分州府吏分縣暗於鄉都

之民非其親故則是讎嫌詞訟久占衙門敗壞官事

殘害良民為此已與行省一同議擬遍行合屬州縣

五二三

吏於本路所轄州縣內避籍選轉路史吏於本省
所轄路分避貫遷調外據各道廉訪司書吏奏差
役雖微關係甚大多係本道按治路分前後司吏選
取其流既非精選其流似難得人各人深知土俗奸
弊暗與路府州縣官吏相通或爲容隱或爲透泄過
有詞訟恣意起滅把持官府實得不偉於事若將各
道廉訪司書吏奏差遷調除本司議選用移各行臺
弊之大端具呈詳都省照各道廉訪司書吏迴避元籍一
節甚已行外處各道廉訪司書吏迴避本司分治元籍路
依准已行外處各道廉訪司書吏迴避本道按治路分迴避
各道書吏迴避本司分治元籍路分選用移咨行臺
及下各道施行

一考試廉訪司書吏等例大德七年十月行臺承御史

《典章十二 吏部六》

臺咨據監察御史呈切惟廉訪司受耳目之寄署路
府之右責任至重古今號曰外臺選官固在於得人
而選吏尤戒於匪人今各道按部寬遠官吏數多政
案事冗文案堆積間或司官精力不逮則其應行事
務未必不由書吏儻吏司乍居風憲未能盡諸事
體而操縱尤出於若輩之手蓋用得人可以禆贊其
事用匪其人則以似爲公爲私爲過誤錯失豈能
無之況兩臺察院書吏有吏於各道勾補都部寺監
按治宣慰司葉而監察御史於各道分守刺賢否奉
刷磨諸司葉牘糾察官吏非違別利害舉可不慎
行之吏其責尤爲不輕由此選用之際人一須行止可觀二須吏事熟閑若更涉
獵大抵吏以儒飾吏可爲全才然全才罕得有能於儒

五二六

吏中精通一事者亦足爲眾推服比
年各道廉訪司委用書吏少由各路貢舉多致司官
議論不同甚而情意不協當此首領官未見禆補各
相同獲容忍縱有選之應例又以循情考試不精所
以用多泛濫少得實才非惟無補憲司切恐將來葳
貢儒人內遞選行止廉慎才堪風憲之人委官體察
相應勾取到司摘文責正官立題守試考中程式收
補中臺如後不應用非實才及體察試驗官並判署官吏若
各路收補司吏均蘇得人之譽可無乏才之嘆如或
臺司而貢察院如此則舉幾無私禆贊有不應用或
程式方許收補仍將如後監察御史復參得稍有不應用及試
元例從路貢舉然後司更爲委官體察行止廉慎依
以備照用何所取材宜謂今更委官體察行止廉慎依
各道司吏試補不蘇得人之本臺議得各道
似望彼此各得其人具呈照詳得此本臺議得各道

《典章十二 吏部六》

廉訪司書吏有欽依例於所轄路分見役司吏並就
貢儒人內遞選行止廉慎才堪風憲之人委官體察
相應勾取到司摘文責正官立題考中程式收
補中臺如後不應用非實才及體察試驗官並判署官吏若
各路收補司吏均蘇得人之譽可無乏才之嘆如或
得其人除外咨請依上施行

一臺察書吏出身至大三年　月御史臺近爲察院並
各道廉訪司書吏名徵倖簿責辦非輕犯罪比常人
加等爲此於至大二年三月初八日本臺呈　月呵九
一件監察廉訪司書吏裏行的書吏每年　月呵故意沮壞臺綱
品八品裏委付來在後省官每故意沮壞臺綱的上
頭將先定立來的體例改於了每年分月日滿呵部令

史裏各路裏的提控案牘裏委付有俺尋思來耳目
衙門裏和俺一處做伴當掌管著大勾當有似這般
他與俺根底若不與出身的是有可憐見呵俺省裏有
俺商量來他每說的一般有麼道說有
依著薛禪皇帝那般例定的體例裏分立定的體例裏
道奏呵奉聖旨那般者欽此其呈尚書省照詳去後
今承奉尚書省劄付送吏部通行議擬令據各部呈
至大二年九月十一日欽奉詔書內一款節該中書
部補察院書吏貢補不盡人數自廉訪司爲始理算
外吏員人等欽依世祖皇帝定例制以九十日爲滿
欽此議擬到下項事理開呈照詳都省仰照驗依上
施行

一各道廉訪司書吏至元二十八年元定出身依例貢

〈〈典章十二 吏部六〉〉　三五

月日考滿擬正九品內遷用又大德四年二月議得
廉訪司書吏實歷俸九十月擬正品銓注仕回添
一資歷陞轉大德元年三月初七日已後擬入廉訪
司人吏九十月考滿如無犯歷提控案牘一任於
從九品內遷用通譯史比依上例定奪
前件議得各道廉訪司書吏若依舊例貢部緣即於
籍記名排數多與職官相參數年發補如蒙權
且住貢止將上名轉補內臺察院書吏其轉補不盡
人數欽此詔書事理以九十月爲滿有關於正品敘用通
正從九品無過犯文資疏官並元係書吏出身者不預月日未
理流官月日雜犯並元係書吏出身者不預月日未
滿者依例貼補相應

---

一察院書吏至元二十八年十二月元出身於各道廉
訪司內選取三十月貢部九十月從八品內遷用不係
廉訪司書吏取充者四十五月九十月考
滿除一等止九品遷用大德四年二月議得先後書
吏實歷陞轉大德元年三月初七日定例出身遷用任回一
資歷陞轉大德元年三月初七日定例出身並任回一
意通理九十月於從八品內任用相應行臺察院書
轉至元三十年正月元定出身於廉訪司書吏補充者須歷
吏止依舊轉部
前件議得察院書吏如係廉訪司書吏取充者欽依詔書事
三十月轉部不係廉訪司書吏取充者四十五個月
取應一考之上轉補江南宣慰司令史並內臺察院

〈〈典章十二 吏部六〉〉　三七

書吏補不盡人數九十月正九品江南遷用大德四
年二月議得先後書吏實歷請俸九十月正九品出
身遷用比任同添一資歷任補大德元年三月初七日
爲始刼入勾當者止依舊例轉補江南宣慰司令史
比之貢內臺察院書吏
如係廉訪司轉充者歷三十月許補江南宣慰司令
史比人貢內臺察院書吏貢補不盡人數欽依詔書
事意與廉訪司書吏貢補江南宣慰司書吏月日通理九十月正九品敘用
相應

# 典吏

一取補用省典吏大德八年四月初二日江西行省准
中書省咨河南行省咨左右司呈備本司郎中馬哈
馬奉議關本省見設典吏八名在前憑准令史人等
白狀於典吏內舉保籍記收補繼准部省咨理問
所令史有闕於各路省無過有解由司吏並本部一考
不過二三十年却緣白身補充典吏才一考便補理
控案牘再入三考才方入流正從九品內遷除前提
歷九十個月照依定例吏目一考陞都目一考陞提
例縣吏及考轉補各道宣慰司令史又循行
典史轉補歷三十月發補各道宣慰司令史
問所令史歷三十個月轉補各道宣慰司令史考滿

《典章十二》吏部六　　三六

於從八品內遷除看詳其名雖輕出身至重設若補
用不諳吏事若此路府司吏實定爭懸合無將不曾
歷仕腳根淺短之人革去各路兩考府考
滿有解由司吏遷選之人補充歷三十個
月轉補誠為相應緣係通例咨請奪送吏部
依准部擬於各路兩考之上散府考滿或四
書算熟閑諳練官事或四書內科一經通大義者選
充依倒陞轉除外請依上施行
一行省寫發人員大德元年七月據監察御史呈刷
河南江北等處行省文卷刷照省掾人等保舉寫發
典史具呈左右司備呈行省發充路府司吏運司書

吏及省掾經直各處保呈本衙門以別無見闕申覆
行省又劄付遇闕收補各人不見歷仕俸目亦常經
選取路府司吏已有定例各衙門保違錯別行取問
約行省不應發補除當該首領官吏
外乞照詳呈奉中書省劄送付吏部照擬得各路司
吏有闕於所轄請俸州司吏內選補今河南省州司
於縣司吏內選補令河南省將寫發府州司吏有闕
吏路府司吏依例未應宜准御史臺所擬革去相應
都省准呈

《典章十二》吏部六　　三九

# 譯史通事

## 通事譯史出身

至元二十年九月御史臺承奉中書省劄付
來呈定奪各道按察司奏差通事譯史出身吏部照得
至元二十年正月初九日呈奉荊河東山西道按察司
譯史入剌沇因勾當七年告遷議得按察司奏差通事
譯史出身又書吏除貢不盡外九十個月應得提領案牘其譯
史入剌脫因不係吏員於巡撿內任用呈奉都省劄省部
擬施行本部議得除奏差已有定例外據都省通事九十個月
考滿與譯史一體擬於巡撿內任用相應都省准呈施行

《典章十二　吏部六》　四二

諸衙門應干請俸錢人員未及考滿俱各遷調往往

一令譯史人等一體擬未考滿不得遷調至元二十二年八月
行御史臺准御史臺咨呈奉中書省劄付契勘省部
諸衙門見勾當有出身人員未滿九個月不許預告
今後省部臺院請俸令譯史通事宣使奏差人等及
通政院各道宣慰司等衙門令譯史通事知印宣使
奏差俱有出身等第不可逐次在前雖有定例其省
宮人等到任之間不問月日滿更換無常收
補頻併將不應人數須要安揖吏員每歲擬入流品
者近及千員豈惟選法壅抑且人人以其易得不
肯廉慎靐害人民乞照得各衙門令譯史人員已有選

一轉入流品以致員多闕少不能調選都省議得據自
遷轉依上施行

一譯史宣使未滿不替元貞元年十二月行御史臺據
監察御史呈竊見行省行院行司農司行泉府司行
奉中書省劄付該照得各衙門令譯史人員已有選

五〇三

---

取定例考職滿吏部勘會無過照俸相同辦驗無爲
方許定奪未滿者不得無故替罷即係已定奪不應
據見呈定奪未滿若有冒濫作弊更換補替不應依令
體察施行

一令譯史未滿不體覆大德元年六月江西行省准中
書省咨御史臺呈體覆職官並德行才能及隱晦不
仕等己有定例外據令譯史奏差宣使人等例須考
滿遷轉各處未經保舉似難體覆具呈照詳得此都
省准擬轉各處依上施行

一各州不設譯史大德二年十一月江西行省近爲吉
州等路叛設州司去處不見合無設立譯史移都
省咨該送吏部擬得各路所轄州郡例不設立譯
史請照驗施行

《典章十二　吏部六》　四三

一譯史令史等出身大德三年四月御史臺承奉中書
省劄付照得大德元年三月初七日奏過事內一件
中書省樞密院御史臺等諸衙門行的通譯史令史
知印宣使人等先九十箇月日爲滿勾當裏委付來
這般委付呵壅轉的武疾有員多闕少的緣故因這
有當裏添付呵怎生奏一百二十箇月教一爲滿應
勾當去訖都省議得內外諸衙門有出身通譯史令
史知印宣使人等如係大德元年三月初七日奏准
格例已前叛補者勾當照依舊例通理九十箇月爲滿
遷除已後叛補者欽依聖旨事意實應請俸一百二
十箇月日爲滿仰照驗施行

一路譯史出身大德三年五月准中書省咨吏部呈照

四八九

得各路司吏九十個月於吏目內任用譯史九十個
月歷務提領一界於巡檢遷敘又大德九年三月初
七日奏奉聖旨節該如今後倒例蒙古人依舊例回
畏兀兒人有令欽此今後等議倒例委付蒙古譯
例爭一等委付欽此今來議得各路譯史循上例
墜轉比附司吏似涉大優參詳除各路譯史合依舊例
其餘色目漢人實役九十個月應務使其呈兩界墜
似爲相應提領一界於巡檢內遷用除外咨請依上施
議得相應如准所擬外其餘色目譯史如係翰林院選發人員九十個月考
滿除蒙古人依舊其餘色目人依准所擬外本部爲例
一界墜提領一界先都省

行

一府州譯史轉補路譯史至大元年三月江西行省准

〔罡二〕

中書省咨江浙咨松江府譯史江忙無多請俸九十
個月考滿本省參詳各路譯史於務使內任用散官
府上州終無墜轉通例除將江忙兀夕比付各路譯
史於院務都監內委付外請照驗送吏部議得各路
散府上州司吏挨次上名轉補各路驛史其請俸譯
史若准此依二例一體轉補都省准呈
蒙准呈本部爲例遵守都省准呈

三九十

---

## 宣使奏差

一通事宣使等出身至元二十五年四月江西淮行省准
尚書省咨吏部呈奉省判本部元呈
門有出身令譯史通事知印宣使等例擬內外諸衙
身等例已經准擬除譯史通事知印宣使等例革出
衙門別無行移具呈照詳都省除外咨請照會
施行

一內外諸衙門經值革例若實請俸內考之上者定奪
項人員經值革例
九年例定奪即目員多闕少不能遷議自元至元
二十四年正月初一日爲格限內諸衙門上
一內外諸衙門有出身譯史本部議得上項人員多闕少不能遷敘
例革人員比附至元九年例定奪
遷敘如月日不及或因病故作闕並令貼補月
日如不滿三考各衙門不許無故替罷外格前

〔罡三〕

前件議得上項人員若年及五十於本衙實歷一
考之上陳告精力衰微不任簿書勘當是實歷一
簿書本衙門相驗保勘是實中間別無規避如不能
蒙比附至元九年例月日定奪遷敘相
應
一內諸衙門有出身見役令譯史本部議得上
項人員於內如有五十以上者若係疾病不能
前件議得上項人員若及兩考者准上施行
施行

一宣使奏差等出身至元二十九年十二月江南諸道

二二○

行臺准御史承奉中書省劄付來容內外諸衙
門宣使通事知印奏差俱從本衙門自行選保考滿
驗歷過月日六品至九品皆得除受又吏部與六部
爭奪致令官僚不協即令職官係有考滿吏員選用
四六發補奏差各部官將帶白身人自行選行互相
既吏員等俱有入仕定例通事知印宣使奏差並合
立格填選具呈照詳送吏部擬到下項事理仰依上
臺院咨發人員不拘此例
施行

宣使行省行臺行院宣使擬令於各道宣慰司請
俸一考奏差本衙門吏內選補相應都省
粘帶職官內選取如是不敷於各道宣慰司請俸

## 典章十二 吏部六

一考之上奏差本衙門三考典吏內選取行臺止
於正從九品職官內選取不敷於各道宣慰司請
俸三考奏差內並本衙門三考典吏內選取仍須
省准擬提控案牘都吏目於各部奏差內收補部
擬除已准上項人員外合依已擬於宣慰司及考
色目漢見相參選取自行踏逐者亦須相應人員
考滿例降一等須歷九十個月方許出職
奏差六品奏差照得至元二十四年三月內尚書
省准擬仍須相應人員考職例降一等須歷九
十個月方得出職
前件議得依准部擬仍須相應人員考職例降一等須歷九
行踏逐者一須相應人員考職例降一等須歷九
行踏逐
並廉訪司按察兩考奏差內選取不許各部自

通事知印照得循行舊例定各衙門自行踏逐選
取擬補通事從各衙門於本處宣使差內公選
通曉蒙古言語人員轉補知印宣使上陞轉補如無
應者許本衙門自行踏逐相應人員內選充
照會去訖今照得行省行臺准御史臺承奉中
人等愈肆泛濫都省參補自行踏逐人員多係白身人無職役
依元符例挨次參補自行踏逐人等不許控轉常

## 典章十二 吏部六

一補用省劄付照得至大八年十月行臺准御史
書省劄付先為各省宣使預關待闕監用不作過犯相應
得合驗減定額設人數一半照例公同參議一
半從行省官於廉幹行已練達官事不作過稟已經
人內選充仍須色目漢人相參不須再行咨稟已經
照會行省官選保亦須相應人員內選充

選案闕除已秩各省照驗外仰照驗如有不應收
補之人就便體察施行
一廉訪司奏差州吏內選取至大元年三月行臺准御
史臺咨奉中省劄付來容燕南河北廉訪司至元二
取九十月各考滿於都目內選充前役勾當九十月考滿別無
十二年各按察司吏內選差有缺於縣典史州吏內選
斌元係祁州司吏選充都目前役前役考滿黃世
出身定例具呈照詳送禮部照得司縣典史州吏係各
窠缺設大德六年呈准省判本部注授都吏目若無各
路差設大德六年呈准省判本等月日今承見有若各
再行議得今後都目內遷用違例補用之人別無定奪如
滿依上例都目內廉訪司奏差有缺州司吏內選
蒙准呈劄付御史臺照會相應都省准擬仰依上施

《典章十二》吏部六

罷

---

## 司吏

一人吏優暇讀書至元九年八月中書省判選御史臺
呈據陝西四川道按察司申該准按察司覈嘉議牒
竊見府縣人吏幼年雖曾入學僅至十歲已上廢棄
學業輒就吏門中書寫文字禮義之教懵然未知賄
賂之情循習已著日就月將薰染成性及至年紀成
長就於官府勾當往往受職曲法遭懼刑憲不可勝
數詳於簿書優暇之際從各處官長拘鈐就有各
處人吏若於簿書優暇但能循習各處讀書心術不正所致
道師範教訓兼之讀書但能涉獵一經一吏參通義
理足以正心修已革去趨利之弊庶幾涵養成
材其總管府責貢舉吏員合無取兼通經史者充外

《典章十二》吏部六

罷

路州縣人吏仍令按察司巡按遍應更為體訪若委
能儒吏兼通謹慎行止不作過犯為眾推服之人保
明薦舉加以不次之選如此激觀使人去惡向善似
為長使送吏部議擬得此亦為善之事如從所請似
為相應都省准此仰照驗依上施行

一額設司吏至元二十一年月江西行省先為各路
司縣民戶繁多詞訟冗併成造海船和買一切諸物
催徵穀粒糧斛理斷罪囚一切忙併若依腹裏司縣
額設司吏數目不敷為此與按察司官一同議擬除
路分別無定奪外據司縣額設司吏照依腹裏額設
數目每一名添設一名相副勾當別無俸給止除本
身雜泛差役挨次收補秩咨中書省照詳去後同咨
該路府州縣司吏已有定額咨請施行准此今開坐

五〇九

前去合下仰依上施行

總管府司吏　上路三十名　中路二十名　下
路二十五名　各縣司吏　上縣六名　中縣五
名　下縣四名　錄事司司吏四名

一選取司吏大德元年六月行御史臺咨准御史臺咨監
察御史呈河南河北等處行省劄付送吏部照擬得各路司吏
應等事呈奉中書省咨所轄路府州縣司吏不
有缺於所選取府州司吏有缺於
縣司吏內選取相應都省呈准

一遷轉人吏大德七年七月　日江西行省准中書省咨
吏即係土豪之家買囑承充外而交接權豪侵害民
容近問民疾苦官呈江西省咨所轄路府州縣司
產內而把持官府捏合簿書本身為吏兄弟姪親

典章十二　吏部六　四八

戚人等置於府州司縣寫發上下交通表裏為奸起
滅詞訟火占衙門不肯出離鄉土但遇新官到任多
方揣摩必中奸計儻不清政者不得而入有貪邪之
官初緣小利侵入不經句日便作腹心委以家事浸
潤既深搬唆同僚敗壞官事殘害良民吏弊之大莫
甚於此遷轉各道廉訪司書吏奏差迴避道府州縣
之大端都省議得路府州縣書吏奏差依准已行外據各
貫遷轉路府州縣書吏差迴避元籍依准擬劄付御史
臺依上施行去訖續准江浙省咨及問民疾苦官宣
慰司廉訪司言續准江浙省咨路府州縣吏多事土人自貼書而
為縣吏陞至府州路吏一有二十個月為滿職官三
年一任司吏十年方遷則是司吏一界吏革職官回

---

五十四

任也吏人既久人亦熟在縣分管鄉都科斂詞訟公
行賄賂變是為非那上攢下悉由於已使親戚盤擾
鄉都影占人戶走變田糧脫放盜賊私和人命無所
不作今既增添俸米粗可養廉若將此等人命避貫
遷轉相應又據吏部備河東宣慰司言路府州縣
司吏職役雖微所係甚重事無大小無不由之設
使判署官首領官領官盡通案牘簿書繁冗豈暇
一一親行檢視是以處事皆憑口覆善者由或庶
幾非其人則與民為害何以言之遇事曲直不決和獄
枉濫受賄放富差貧非欺公害民不能遍舉司縣民
雇和買放富差貧要一科十刑名則不分刑獄
其手以致賦役不均詞訟變亂是非連年不分刑獄
家子弟繞及十四五歲托吏役充影占門戶久則

典章十二　吏部六　四九

接讀官員把持司吏官司差遣不到已身安然為
要無所忌憚議得路府州司吏但有不應之人發
充元役依例勾補司縣司吏於本處當差戶內詢
聚公庭不作過犯通曉書算詞信實之人充保舊有
貼書豊行諸道問民疾苦官於本處當審差戶內選保但有
所犯罪及判署官送本部參詳若從所言誠為允
當民至切隆興兩路及所轄府州司縣人吏俱以三
可革吏弊量其可宜合准所言今擬除上都留守
親民大都隆興兩路及所轄府州司縣人吏俱以三
去處近後定奪其餘路府諸州司縣人吏即係應辦
司並大都隆興兩路及所轄府州司縣人吏以三
十個月為格照勘別無粘帶過犯迴避籍貫勘酌
遠近互相移轉違期不即遷調者從各訪司常切

糾治外據父兄弟男上下衙門勾當之人並行迴避
具呈照詳得此照得至元十三年內郡路府州軍司縣
吏已嘗遷調至元三十三年因東平路言取勘軍需
錢糧當行遷調人吏推稱不見首尾不知元行文卷其間
埋沒遷到人吏徵微不能養廉事為未便劄付御史
臺議擬遷到路府州縣司吏不據見呈都省議得吏不遷則挾火任之權公為
簿已經添給俸米今據見呈都省議得吏人久役其
省准擬已遷到人吏聽還舊勾當為小吏祿
治之道唯在於得之得人與否不在遷與不遷是時都
不法遷轉則逃好之人與可至於此則都為
弊多端積習年深不改今議得吏人久役其
除大都上都隆興三路近定奪其餘去處驗額設
員數請俸已及工週歲者挨次先遷一半來者與

典章十二　吏部六

遷到人吏相兼勾當候期年依上循遷已轉致役人
數皆須歷四十五月為限別無求罪再行移轉他處
委自首領官親臨監視交割元管文卷完備依上發
遣但有脫漏未交事件止著見管人吏仍將當該首
領官吏量情責罰吏難遷轉久占衙門主案貼書勾
舊在役宿弊難除及各官門下久役面情首領管勾
提控札曳人等無不盡民害政並禁治無得
再入公解違者許諸人舉捉痛行決斷如所在官司循情
不行禁約亦仰補換除外咨請依上施行
一隸行省各道宣慰司路府諸州人吏申覆行司
於相應戶內遷調各路所轄府州司縣人吏聽本管上司
省遷調各路所轄府州司縣人吏聽本管上司

移轉仍先具見役人吏各籍貫腳色俸月保
勘開申以憑斟酌地理遠近分俵立限遷調遇
路府州吏有缺依例於所屬請俸人吏內從上
勾補司縣司吏有缺者老上戶人等於於暨管
戶內詢眾推舉性行循良廉慎無過儒吏通事
吏曉儒書儒者補充不得將年終儒吏不應之人
保充如有違犯及元保年終儒吏不諳儒吏通事
賢翰林國史院一同議擬到事內一件隨路補用吏
史臺備監察御史呈端本澄源等事劄付吏部與集
一路州縣吏勾當大德八年湖廣行省准中書省咨御
員賄月日籍記司縣人吏從上勾補州吏有缺
公參月日籍為一簿府吏有缺從上勾補州吏有缺
亦聽本州依上籍記司縣人吏從上勾補州吏有缺

典章十二　吏部六

亦聽而進不犯其本庶可責廉息弊本部議得如准
所言誠為允當都省咨靖依上施行
一試補司吏勾當大德十一年江浙行省准中書省咨該御
史臺呈燕南河北廉訪司吏申照得至元十四年承奉
御史臺劄付各路司吏有關幹須於所屬衙門人吏內
先行選試止廉慎次論人材幹辦然後勾取委本路
長官參佐同儒學教授立題考試孟通一經者為中
無墨字畫濫收違者有罪多不攻書雖曾入學方及
程式取考試官保明文狀然後補充本路司吏
此外不准濫收違者有罪多不攻書雖曾入學方及
各路府州司縣民家子弟多令廢棄儒業學習吏文以求
十五以下為父兄者多令廢棄儒業學習吏文以求
速進此所謂不揣其本而齊其末矣其於禮儀之教

憒然未知賄賂之情循習漸著日就月將薰染成性
不數年間投托官府僥倖妄進補一正名自爲爲志滿
不復經書爲念始初雖有試驗之名止計爲得其志之官奉
公者必比及立題考試先已計爲得知縱令他人代
作弊與試中回文所考試先已計爲得知縱令他人代
已爲常以致吏多孤陋寡聞不知廉恥不可勝數蓋因無
所操守往往受贓曲法遭罹刑憲不放其良心無
參之所致此等之輩須合該首領官司議相應方許入
學之通曉若年深無過才堪前事者至日除合試使資
案寫發若年深無過才堪前事者至日除合試使資
並通經許補俸外本屬文資正官回議別試一經明
達義理許補俸吏至於復有陞補又須依上再試別

通一經依例補用比至貢擢風憲及省部臺院既窮
數經必盡公道如此則不惟知禮義廉恥之教抑亦
杜殘民蠹政之風考滿陞轉流品使治百姓或佐治
府州必有施爲苟若是庶望學校可興風俗歸厚人
民賴矣如蒙准擬爲例事理乞賜具呈都省議擬別
相應然比即牒府州司吏如准所言誠爲相
送吏部議得擬除外咨請依上施行
一路吏運司吏出身大德十年十月江浙行省准中書
省咨先准中書省大德四年八月二十五日咨吏部
呈江南提控案牘都吏目比依腹裏至元二十五年
准呈各路司吏實歷俸六十月吏目歷一考陞正九品若路司史九十月吏目歷一

敘用其餘副使人員降等定奪又爲運司書吏出身
日驗實歷司吏月日諸倉大使比附廣濟庫副使一體
並平準行用庫副使於各路總管府司吏內選充滿
四十五之下於巡檢內任用又各路總管府司吏內選充滿
九十月選充一界滿日年四十五之上至
與都目吏月日之上及一考者選充一界滿日年四十
月之上於各路總管府請俸司吏選取廣濟庫副使如司吏
於各省既於各路總管府役過月日別無定奪又
咨諸各省既於各路總管府役過月日別無定奪及
月日別無定奪及准中書大德五年正月二十九日
考與都目餘歷皆依上陞轉違例叛補之人雖有役過

條九十月提控案牘內任准此照得各路司吏如應
七十月至九十月者年四十五之上與提控案牘四
十五之下與巡檢考滿皆得入流出身既同別無定
奪如歷二十月至六十月選充都吏月日四
十五之下與務使提領然後都吏月日考滿陞轉案牘亦
有出身無其出身並無定例兼倉庫錢糧又有多寡之分南
事例蓋難一體定論參詳前後似有不倫爲此議得
用並無其出身定例兼倉庫錢糧又有多寡之分南
所轄諸路並運司書吏七百五十餘名額設提控案
牘不數十處若歷倉官一界便與陞轉委是員多闕
少見今壅滯不能遷調又運司吏考滿兩淮見於都
目內遷用獨兩浙轉充提控案牘似爲爭懸合從公
議擬到下項出身定例開咨照驗准此送吏部照得

除提控案牘已蒙奏准正從九品內銓注今江浙省
咨各路司吏並運司書吏出身本部議擬到下項事
理參詳合咨江西湖廣行省所轄路分各運司擬合
一體陞轉相應都省議得依准吏部所擬除外咨請
照驗依上施行

本省元擬

一各路司吏不限年齒九十月須應五萬石之下
　倉官一界充吏一界一考陞案牘三考入流五萬
　石之上倉官上州司吏考滿應倉官兩界依上陞
　流散府上州司吏考滿應倉官兩界依上陞轉
　須應倉官滿日別無侵欺粘帶方許一等充都
　目一考陞提控案牘三考入流
一運司書吏九十月比各路司吏止陞一等充都
　目一考陞提控案牘三考入流

〈典章十二〉吏部六

四〇八

五四

吏部議得

一路吏六十月須應五萬石之上倉官一界別無
　侵欺粘帶陞吏目一考都目一考陞中州案牘
　或錢穀官通理九十月入流五萬石之下一界
　滿日別無侵欺粘帶陞吏目兩考陞都目一考
以上陞轉其餘補不盡路吏九十月兩考陞已上人
　考都目依上流轉散府上州司吏轉補者雖役過月
　日別無定奪

吏如非州縣司吏轉補者雖有役過月
日別無定奪

一運司書吏九十月於都目內任用添一考陞轉
　如非各路散府上州司吏補充者雖有役過月
　日別無定奪

一選補州縣司吏新例大德十一年三月　日江浙行
省准中書省咨御史臺呈淮西江北道肅政廉訪司
申照得近奉中書省定到通例巡憲司吏選差祇應
勾當如無粘帶二周歲發補需要歷此祇差祇應一
界方許勾當司縣司吏內周歲滿日別無關驗此勾
南行省咨合無將本省所轄府州縣吏人員於州司
勾當省合無將本省所轄府州縣吏人員於州司吏內
庫子攢典庫內補用周歲轉補州司吏相應送吏部議
得依准本省所擬咨都省議得依上施行又安慶路

吏曉儒書補充又腹裏並行省所轄路分合于合郡
已擬於近奉中書省定到通例巡憲司吏分補子縣
管人戶內詢眾推舉性行循良廉慎無過儒通吏業

〈典章十二〉吏部六

五二五

五五

奉河南行省劄付董世奇狀告先充望江蘇司吏大
德四年點充平准昏鈔庫子二次起解昏鈔並無侵
欺失陷緣安慶路獨立路分別無所轄府州於本
行省府相度安慶路獨立路分別無所轄府州縣
路司吏典府吏內遇缺收補仰依上施行承此本路
準平董世奇狀告先充望江蘇司吏於本路於本
將董世奇於路司吏典內遇缺收補了當竊聞法者天下之標
準平古今之公論公私之事大小由之平則正正
則和和則無爭乎平等之吏皆守令肘臂守令之
聖人立法貴乎平等路府州縣皆牧民之職民之休
戚係馬正人用之則一方受賜用否之則一方被
害雖以簿書區區之役係乎休戚治否之機取捨之際
可不慎乎示比平等猶恐有偏示以不平其弊安救

巡慰司之吏俸給不殊彼既應歷祇應二年然役得
補縣吏又許之者老於槪管戶內推舉繞補縣吏則是
巡慰出身不及老者老於所興之人白身何功而黜補縣
巡慰出身既不同矣勞逸之事豈
均平且倉官攢典皆不出於周歲惟巡慰司吏豈為
祇應者既得越補而州吏豈而縣吏有關擬於巡
縣吏者必得詳言往往赴司爭告此又立法有偏負
須開倉庫然後定奪補充者每每
彼以致然也卑司看詳司縣司吏有關擬於
是近年以來告定奪之風掃地良由吏弊未除示
也奔競之輩燃然而州吏亦許補府府吏彼
慰司吏內挨次勾補巡慰司吏仍將祇應月日均以歲為

戶詢眾推舉廉慎者補充

**【典章十二 吏部六**

五六

滿州司吏有關縣司吏內勾補路司吏有關州吏內
勾補若無所轄府州州吏內當卻將縣
吏發補附近州吏如此遞補庶近府州吏轉補縣
此送吏部照得腹裏縣吏所充庫子得替例應轉補
州吏且如順德路庫子得替例應轉補
准御史臺所呈合咨行省擬補鄰近冠州司吏體察相
應都省咨請依上施行
一員出身定到路吏大德十一年七月江浙行省准中書省咨
都省咨定到路吏大德六十月須歷五萬石之上補倉官一
界壓九十月入流已上人吏如非州縣案牘或錢穀官一考壓
通理九十月入流已上人吏如非州縣司吏轉補路吏
雖有役過月日別無定奪本省照得在先選補充役
未嘗究其始進之申止照所歷月日定奪見役人員

---

數多合無自都省咨文到日為格已前委用者依在
前定奪已後人員照依見准咨文陞轉相應准此送
吏部議得行省所轄路吏運史書宜從所擬添一都送
省咨文到日為格違例補充者雖有役過月日別無定奪
考壓轉已後照例補充者雖有役過月日別無定奪一
今咨行省照會相應都省請依上施行
一州縣司吏轉補路吏大德十一年九月江西行省准
中書省咨湖廣行省咨准都省咨縣司吏取近充庫子武
例應轉補州吏除已剖付合屬依上施行外畧舉武
昌一路七縣一司三縣最與岳州路接近其本路雖
有平江一州一管一司三縣本屬不能轉
補況興國去平江九百餘里非待數年不能顯進
此縣吏須由州吏轉補府吏終身不能顯進參詳

**【典章十二 吏部六**

五七

後縣吏如歷一考之上者取充庫子一界別無粘帶
再發縣吏准理州吏月日路吏有關依例挨次多排
勾補庶准理州吏月日送吏部議得州縣吏轉補事
理合准湖廣行省所言相應都省咨請依上施行
一縣尉殺司吏例大德四年湖廣行省咨路尉司巡檢司
前遼陽行省簽省內一件所在司縣設立尉司巡檢司
採問到蘆革事內一件大德四年顏嘉議定路總管姚中奉呈
衙門掌管印信專一捕盜比年以來凡有強竊盜賊
生發刼奪民財致傷人命事主不能拒敵必須報告
巡檢官或遇縣官兼尉事拘占不能根捕又為尉司
司吏卻係縣吏兼管比至完備商議行會文字差撥
弓兵其行刼盜徒已走百里有餘及有縣尉多係色
目並年小不諳官事承蔭不識漢兒文字人員索要

五十四

縣吏有妨在縣事務推故不能前去因此盜賊不能
到官亦有致傷人命去處別無親管吏員詳檢
止授省劄然却別設請俸司吏一名縣吏係祗受敕
牒官員却無親管請俸司吏以致盜賊滋蔓詳合
無依巡檢司例設司吏一名縣尉係祗受敕
發充勾當乞明降得此移咨中書省定奪回咨
照得都省准擬尉司另設司吏一名其下州判官下
縣主簿兼管捕盜既有另掌印信似後另設請俸司
行合屬選用通曉刑名知會吏事就充尉司人吏勾
當

一 捕盜司設司吏例大德四年六月湖廣行省劄付據
常德等路申各州捕盜司吏照依添設尉司吏例
為便益都省准擬尉司別設司吏一名除外咨合

**【典章十二 吏部六】** 五八

吏係通例咨請定奪都省相度州判簿尉通管州縣
公事即與縣尉職任不同咨請照驗施行

一 待闕吏充當書鋪大德五年三月承奉行臺劄付據
監察御史忻都將任呈內一件各處代書狀到鋪妄行
書寫有理詞訟使知應告不應告之例庶革泛濫陳
詞之弊亦使官府詞訟靜簡公事易於杜絕比年以
來所在官司設立書狀人多是各官梯己人等於內
勾當或計會行求充應所任之人既不諳曉吏事反
以為營利之所凡有告小事不問貧富須費錢四五
兩而後得狀一紙大事一定半定者有之兩家爭競
一事甲狀先已伴狀若已有乙狀却觀其所欲方行書寫或憖
而後與之書寫若所伴狀已有告若與之兩家爭競
各故行留難暗行報與被論之人使作元告甚至爭

---

五十七

管書狀年終經選換累過錯誤仍差一名專
記吏員內遴選行止謹慎吏事熟閑者各令一名專
難窮治甚失置立書狀之初意今後各有司
般調弄起滅詞訟由是訟庭日見繁冗詞疑似卒
理或與之削去緊關事意或之減除明白示樣百
詞語虛擔情雖理由曲而亦直無錢告狀者雖有情
一先費鈔數定者又有一等有錢告狀者自與粧飾
不許存留多餘書寫人等在鋪若詞狀到鋪依例行了
證取受錢物或故作停難不即書寫及不仔細巡問
事之爭端有無明白證驗是否應告詞訟以直作曲
以後為先攘瞳書寫弄作弊人等告人經赴所屬
官司陳告取問是實當該書狀人等斷罷若所屬官
司看循百行廉訪司到日體察究問前件仰通行合

**【典章十二 吏部六】** 五九

屬依上施行

一 革去濫設貼書大德六年三月行御史臺據監察御
史奧敦承事呈近觀憲臺通行合屬將於本省管下路
本路所轄州縣內避籍遷調路合屬吏事於
分避貫遷調其江南諸處並已依上施行然而民生
尤有未得其安者病於貼書之非其人也竊聞各處
貼書多有作過斷罷公吏及市井無籍之徒而有
六十歲尚充圖寫發而不知恥一二十年火占衙門而
不知退往往充塞圖賄賂而起罷公吏而不知恥
案牘為奸作弊非止一端貼書之役而更改
吏業以圖進用此等火占衙門年老無恥之貼書非
有求進之心乃不過貪圖苟且而已兼以他處遷來

吏員不知本土事情凡有施為多係聽從舊存貼書
之久占衙門者愈得以肆其調弄之奸蠹官害民莫
此為甚以愚管見所在大小衙門每額設吏員一名
正許依例保選年三十以下二十以上慎行止不作
過犯貼書人二名勾當六十箇月無過錯者量加區
用庶幾後進之人有所激勸不致違犯其年老貼書
衙門濫設寫發貼書截目盡行革去各道廉訪司常
切體察如有違犯者將當該吏員斷罪罷役年老貼書准擬革
去仰依上施行
一革去久占衙門人吏大德十年正月江浙行省准中
書省咨備問民疾苦官呈江西省咨路府州縣司吏

**典章十二　吏部六　六十**

於本省管下地面避貫遷轉赴省議得驗額設員數
請俸已及二周歲者挨次先遷一半未遷者與遷到
人吏相兼勾當候期年上循遷已轉到役人數皆須
歷四十五月為限別無贓罪再行移轉他處委自首
領官親臨監視交割元管文卷依上發遣但方腕漏
未交事件止著見管人吏仍將當該首領官吏量情
責罰雖遷轉久占官門下久設面前首領
除及各官門下久設面前首領勾提控札曳人等
乃蠹民害政並行革去除外容請依上施行准此又
一欵行各省各道宣慰司路府諸州吏移覆行省遷調
各路所轄府州縣人吏聽從上司移轉分俵立限
遷調仰照依都省咨文內事理就便遷調施行奉此
行從各路申到司吏籍貫腳色俸月議擬調換了當

除上未遷人吏令本路照勘如及二周歲申司遷調
大德九年九月十六日據福州路申蒙御史臺廉訪司立案
驗會先行江南諸道行臺劄付准御史臺咨承奉中
書省劄付州縣司吏於本路所轄州縣內避籍遷轉
路司吏於本省分避貫遷調今福州路司吏林清
夫等俱係本路附籍合避貫遷調得此
行下各路首領官一員不妨本職照勘見役備具姓名
避貫其係本路委自首領官照依已行事理回據本路申
到各司吏籍貫俸月日開呈除另行外又奉江浙行省
劄付仰照依已行具其已未遷調司吏姓名開呈差人
遷轉施行具仰照勘各路合遷人吏就便疾早
府合下仰照驗依上遷調外據久占衙門主案貼書

**典章十二　吏部六　六十一**

各官門下久役面前首領官勾提控找曳人等並仰
革去毋致違犯行下合屬一體施行

# 典史

一典史不得權縣事至元八年正月尚書禮部承奉尚
書省劄付御史臺呈據河北河南道按察司申竊見
隨路各州司縣長次正官但過印信分付吏目典史權
管多有不敢處決兩就事慾從吏目典史人等通同作弊於民不便批事務慾從吏目書
目典史權管多有不敢處決兩就事慾從吏目書
禮部議擬連呈奉此本部議得隨路職官非奉朝省
明文不得擅自離職如有摘勾或因公被差止有獨
員者上司不知若有委用他處公事不出本境者合申所屬
官司別行差遣如所委當公事不合令吏目典史承權呈奉到尚書
省劄付准呈施行

四八六

【典章十二 吏部六】　　　　全

一選擇典史通事至元二十年六月中書吏部承奉中
書省劄付隨路州縣契勘隨處司縣典史係臨民照
管案牘人員近年不曾選擇見役者多係無根腳年
小各官門下濫用之人各路所設通事於達魯花赤
之前通傳喉舌自來不曾定立遷轉格例往往久居
職役專權攬權生事公私皆被其擾此弊若不革去始為
未便仰講究選擇典史及遷轉通事法度擬定呈省
奉此本部擬得各處司縣親臨百姓理斷詞訟辦集
一切事務其照管案牘設典史一員名分離徵所係
甚重宜選擇各衙門吏員均充所當年深通曉刑名練達
公事廉慎行止不作過犯者充各路通事亦合與本
路司吏一體遷轉議擬到下項事理開坐呈乞照詳

奉都堂鈞旨送吏部呈准呈施行
一各處司縣見設典史勾當年深通曉如委係府州
司縣司吏轉充典史勾當年深通曉刑名練達官
事廉幹無過之人典史勾當仍行移本道提
刑按察司體覆相同取公牒連申其餘無根腳年
少各官門下濫用之人並行草罷
一今後典史有闕擬合於各路總管散府上州司
吏貢舉不盡年四十五以上所應請俸月日不及
敘仕都吏目者從本處依例選充典史體覆相同
申部
一中下州司縣吏年四十五以上勾當年深名排在
上者亦聽依例選充典史
一照得各路見設通事任前多係各官自行踏逐勾

四七八

【典章十二 吏部六】　　　　全

當若一例革罷緣卒難選取相應人員擬合照勘
見役通事年甲入仕腳色通各各譯語實慾請
俸月日開坐申部呈省照勘定奪依本路司吏一
體遷轉已後有闕相應人員勾當依例遷轉若遇各
行止不作過犯者相合令各處選擇深通譯語廉慎
部通事有關亦擬選用
一選取典史通事司吏至元二十三年三月御史臺劄付今後典史容山南湖北道北道提刑按
察司申奉行御史臺劄付今後典史有缺止於見路
總管府散府上州司吏貢舉不盡年四十五以上選
充典史參詳司縣衙門事務繁劇全籍典史辦集止
以四十五以上選緣各路府州司吏俱係年甲不
等以致典史多有關役去處就誤公事今若於三

十以上司吏選取相應以此參詳如准行臺所擬遇
司縣典史有缺於各路及散府上州司吏內選取通
曉刑名練達公事廉幹無過之人開目入仕腳色行移本道按
察司體覆是實補充勾當相應批奉都堂鈞旨准擬
施行
至元三十一年十二月行臺據監察御史呈今後司
縣典史比及年滿許聽各管上司循例選取廉幹無
過之人開目入仕腳色行移本道廉訪司從公體覆
相應然後出給付身以待滿日更替尤宜避籍調轉
其有事故急者准上取用若有違例委用人員即仰
革去典史雖微親臨百姓應辦錢糧一切事務至甚繁重
省判江西行省咨近准中書省咨江浙行省咨縣邑

## 典章十二 吏部六

六十四

若將考滿路吏本省出給付身於各縣典史內委用
任迴理都吏目月日庶望官事易辦不致淹滯都省
准擬咨請就便照勘貫銓注三十個月為滿各省理
本等月日據革閒典史依例定奪准此除另行外今
據各處咨申到革閒典史多係路吏差充本府除將今
次革閒典史元係考滿路吏擬照前例於吏目內委
用月日未及路吏擬於各路司吏貼補外據白身充
典史人員等不見如何區處擬照詳奉都堂鈞旨
送吏部照擬施行此照得近承奉中書省判送本
部院呈司縣典史腹裏上都擬設二名中下縣止設
一名於到選都吏目內流轉其各處
見設典史既是革閒理難不敘咨元係總管府兩考
之上司吏許令給由申部別行定奪六十月充典史

---

## 典章十二 吏部六

六十五

九十月充吏目內避貫銓注三十月為滿各理本等
月日陞轉革閒典史行省就便依例定奪腹裏司縣
再行明白議擬呈省奉此除外吏目參詳革閒典史
若元係各路兩考之司吏許令給由赴部再歷典史
充都監充者聽司吏充都吏目著擬令轉補路吏縣司
庫發充之人遇各路上州司吏有缺收若依路吏縣司
一任陞充吏目三考司吏充吏目一考之上司吏貼
補直隸省部上州三考司吏止令於州吏目內注
用兩考之上司吏充吏充典史者於吏目內注
吏許補州吏其餘監用之人別無定奪如蒙准擬本
部為例遵守呈奉都堂鈞旨送吏部依上施行

## 獄典

一獄典出身通例　大德十年八月湖廣行省准中書省
咨陝西省咨興元路總管府申准陝西廉訪分司牒
司獄司申考滿獄典崔天輔牒該依例定奪承此為
本路到不曾承奉上司定例獄典出身乞明降本省
照得不見獄典發補陞轉通例咨請定奪送吏部照
得各路獄典定例照得大都府路
司獄司正八品散府
州路獄司正九品以此參擬各路獄典陞轉通例今奉
上中州從九品其餘上路八品下路正九品散府
補如蒙准呈本部依上施行都省准擬咨請依上施
行

三八六

《典章十二　吏部六》

奕

一補獄典例　至大元年三月行臺准御史臺咨奉中書
省劄付據淮西江北道廉訪司申照得各路典獄轉
補州吏府州縣吏典選取獄典固無明文即目廉訪司
犯方許轉補為例選取獄典轉補縣吏須壓一考之上別無過
寫發人發補亦有各路總管府貼書內發充不立準
繩難為有革籍係為例事理得此送吏部照擬得司
獄司典吏有關相參於廉訪司寫發人并各路無過以
刑名貼書內相參發補相應具呈照詳都省除外仰
照驗依上施行

## 庫子

一定差庫子事理　大德三年行中書省准中書省咨吏
部呈順德路申本路祗應倉官廣盈庫子在前於司
縣係籍有抵業下民戶內選取為係莊慶之家錢穀
書算俱不過得有抵業其間收支糧斛出入錢帛浩大以致
虧兌失陷致將應有財產房舍孳畜等物盡行折剉
有抵業見役請俸司吏內公選勾當周歲如無失陷
更當侵盜罪犯至今消乏深為未便擬於所轄司縣
粘帶於府吏嗟次收補相應合准施行具呈照詳都省
如蒙准呈照會一體施行
咨請依上施行

四二八

《典章十二　吏部六》

七七

一庫子滿日依舊發充司吏　大德七年四月准御史臺
咨本省劄付中書省劄近准河南行省咨本省管下路分今
後續補典庫子有關於到選相應錢穀官內選充或於
富賣戶內差取此送吏部議得若於錢穀官內選
取蒙行省所轄錢穀官有未陞稍轉定例如准富戶內
差取竊恐所屬官司安生奸弊擾民不便以此參詳
今後腹裏並行省分庫子合依已擬於司縣
司吏內差補周年滿日別無粘書發充司吏縣依
舊勾當籍記姓名遇州司吏有缺挨次勾當補但有
擾越從廉訪司糾察相應已後不須咨稟都省准擬
仰依上施行

公規

一　座次　署押
　　　　掌印　公事

吏員

三七二

罰俸　的決　七下　二十七　已後不改勾當罷了

應係有祿官吏人等無故勾當不聚會　第一次　第二次　第三次

各處長官專一提調嚴切吏員

盡職須幹辦官事須要公　初犯　再犯　廢不舉問者亦及罰之

如有違限

三犯加一等量事多寡計日遠近依上決罰三犯已上除名首領提調官奉行不通者具名申省校

座次

一品從座次等第至元五年十一月中書吏禮部據河
南府路申總管府官座行移乞明降事照得下項舊
例呈奉都堂鈞旨送吏禮部准擬行下合屬照會施
行奉此省府開座各座次行移體例今後並據各
路所申文解年月後墅官階衔多不分品從高下
一般分明有失上下體例仰依奉省部內處分座去
事理施行一款照得舊例諸外任官每日視事長
官正座分東西對座慕職稍却亦分東西對座
各入案治事如常儀如長官係親王前宰佐式官
以下遞降一等
一官職同者以先授在上至元七年八月御史臺來由

公規

罰俸　原夫闕損綻排今改正

的決　七下　二十七　已後不改勾當罷了

應係有祿官吏人等無故勾當不聚會　第一次　第二次第三次

各處長官專一提調嚴切吏員

首領官吏須　各省提調官奉行不至者具名申省提調官時復通行審校

盡職須要幹辦奉公幹辦官事如初犯　再犯　廢不舉問者罪亦及之

有違慢

三犯加一等量事多寡計日遠近依上決罰三犯以上除各首領官奉行不至者具名

典章十三　吏部七　一

陳氏校補

僉事王好禮周正散官職位相同未審逐官階位上下排列當將王好禮權於孟簽事元位暨銜却緣周正在先勾當乞照詳事送法司定擬回呈僉會到古唐制度該當文武官朝參行立各依職事官品為序職事同者以先授授同者以齒其在本司參集者各依職事又泰和制云諸文武官朝參晏集各依職事為序同者以先授授同者以散官令承判送檢法同參議得酌古准今宜依自來體例其在本司參集各依職事官品為序職事同者以先授授同者以散官令職事同簽事授有先授合會先授者在上似為合禮憲臺參詳所擬相應仰照驗施行

# 署押

一圓坐署事至元十四年行中書省參照屢降聖旨條畫比付見行格例仰照驗施行

一京府州縣官員每日早聚圓坐參議詞訟理會公事除合給假日外毋得廢務仍每日一次署押公座文簿有公出者於上標附

一諸官府凡有保明官吏推問刑獄科徵科應支錢穀必須圓僉文字者非令後非奉上司明文毋得擅自科僉差役如承准上司許科明文須要公

一官暫事故詣宅圓押至元二十五年行中書省為鎮守軍民人等得用職印行發保官文字勾攝軍民人等廳圖備發行仍置公座簿記錄以備照勘行移各路施行

一文書寫淨公押至元二十二年十月二十五日中書省欽奉聖旨節該文書的檢子寫淨出來聽了呵押者外頭出去的文書根底再覷了交行者廳道聖旨了也欽此

一淨檢對同方押至元二十六年八月行臺御史准御史臺咨今後應行公事先須議定詳看檢目隨即填寫了畢赴首領處書卷完備對同無差於淨本淨檢

上標過對同方許呈押經日多者量給程限並不許
將空紙書押及於元章檢上塗注改抹如違初犯罰
俸一月再犯三月三犯的決情理重者自從重論咨
請依上施行准此憲臺合仰遍行照會施行
一凡行文書省劄押至元二十八年正月行尚書省劄付
尚書省咨會驗在先內外諸衙門凡行文字多不圖
僉事有差池皆因此弊自立倘書省以來事毎無巨細
右丞相以下皆須圖圖押其餘衙門倘依前弊若不遍
行照會深為未便都省除外今後應有大小公事官
員別無差故自上至下須要圖書圖押

一官吏歇會休例至元二十三年二月都省議得本省
應係有祿官吏人等今後無故勾當不聚會第一次
罰第二次決七下第三次十七下已後不改勾當

《典章十三 吏部七　　四

罷了者

一官員勤政聚會至元二十四年正月福建行省准中
書省咨近有出使人員往往稱說各處總司路府官
員日高聚會未午罷散及因在城一時差委不行署
事又有一等官員非時遊獵玩誤公事都省看詳隨
路軍民人匠差稅課程刑名詞訟軍須造物一切事
務繁劇上下官僚責任非輕理當各各公勤以辦庶
事今知日高才聚未午休會不時遊獵豈惟誤事深
慮不副朝廷委任之意為此議得今後隨路大小官
員除假日廢務急速公事在此限外每日必須早聚
雖事畢亦防不測緊急事務擬至未時方散若就本
處差使畢聚會畢許期聚會除及不得誤事遊獵除
已別行體察外如有違犯除受命官員取招移咨都

---

省定奪六品以下人員各處總司就便責罰除外咨
請照驗依上施行
一官府平明治事諸官府皆須平明治事凡當日合行
商議發遣之事了則方散其在都官府六部視省餘
視所屬上司若公務急速及應直宿人員不拘此例

《典章十三 吏部七　　五

## 掌印

一印信長官收掌中統五年八月初四日中書省欽奉
聖旨內一款節該一應京府州縣官員凡行文字與
本處達魯花赤封記署押仍令管民長官公出病疾
在假即日達魯花赤封記長官收掌如遇長官拳判
其行用印即日朦印與以次正官承權同佐不得
委付私己之人欽此
一封掌印信體例至元元年十二月左三部承奉中書
省劄付照得先降條畫該路州府印信達魯花赤
封記長官收掌欽此除外今據益都路總管府
凡有課程差務總管府不致遲誤若印達魯花赤封
記本官但有事故不在本家急不能用印行發文字
記本官當該令史首領官公同開執行使長官權

六

見得航誤以後課程差發詞訟等事省府相度仰行
下各處總管府其封掌印信欽依已降聖旨施行或
達魯花赤事故不在遇有緊急公事許令管民官以
次官封記當該令史首領官公同開執行使長官權
行封押仍將行過事同候達魯花赤來時却說交知
者毋致違錯奉此
一司吏知印信事大德元年行御史臺劄付據監察御
史呈會驗奉此聖旨條畫內一款隨處達魯花赤凡
行文字及差發民訟一切大小公事與管民官一同
署押管領其行用印信達魯花赤收管長官掌判
記如遇達魯花赤公出疾病故牒印與官長却令次
官封記付私己之人除欽依外令夾
聞隨路府州司縣例無領設知印其掌印官除欽依令帶

行奴僕人等行使遇有差務發勾攝民訟一切大小
公事使印之人非理刁蹬取受錢物或將機客事情
因而走泄不便參詳擬令遍行使禁治今後凡行文字
止令直日請體司吏輪流行使仍置籍結附以備照
刷似望公私便益亦革去擾民之一端也憲臺除外
仰欽依施行

七

# 公事

公事　在都諸　　十日　　五日　　常事各加事速限

司局　催限〈外路五百里內再十五日／五百里外一千里三十日再二十日／一千里外三千里四十日再三十日／三千里外五十日七十日再四十日再六十日〉　催　再催　速限五日第一、二次皆即備應報官司備細緣由隨到日得牒即附隨

標日時定立信牌限次回日勾銷並照勘稽遲限次

追官吏人等事所用信牌隨即簿粘連文字上明

廳示封鎖收掌如總管府行下州府科催差發並勾

公事據置到信牌編立字號令長官圖押於長官

遲誤公事爲此擬定今後止用信牌催差官一切

人及吏剌祗候人等投下文字不唯騷擾民間轉致

督差役等勾追官吏等事多用委差官並隨衙門勾當

奏准條畫內一款節該該省中統二年四月二十日中書省

一公事置立信牌二款

〈典章十三　吏部七〉　八

究治施行若雖有文字無信牌或有信牌無文字並

不准用回日即仰本人齎擎前來赴總管府當廳繳

納當該司吏不得一面接受文案如違究治據州府

行下司縣行下所管地面依上施行欽此

一又中統五年八月內欽奉聖旨內一款京府州縣自來

遇有科徵差稅對證詞訟及取會一切公事多令委

差及吏剌祗候人等勾攝中間不無騷擾作弊欽此

信牌毋得似前差人騷擾作弊今仰各置

一行移公事程限至元八年二月欽奉聖旨定立限次本臺糾察令

奏內外諸衙門公事稽遲乞定立限次今後小事限七日中

中書省御史臺一同講議回奏定限次本臺糾察令史令

事十五日大事二十日若令史遲慢斷決令史說

到檢正都事主事經歷知事以下官員遲慢中事罰

---

# 公事　催事限

| 公事 催事限 | 催 | 再催 | 常事各加事速限五日第一第二次皆 |
|---|---|---|---|
| 在都諸司局 | 十日 | 五日 | |
| 外路 五百里內 | 十五日 | 再十日 | 即備應報官司 |
| 五百里外一千里 | 三十日 | 再二十日 | 備細緣由隨 |
| 一千里外三千里 | 四十日 | 再三十日 | |
| 三千里外 | 五十日 七十日 | 再四十日 再六十日 | 皆為始 |

〈典章十三　吏部七〉　八

陳氏披讀

四九八

係三犯的決大事但犯的決以上首領官並其餘官
員小事省罰奏若罰奏書寫書省宣命既用
蒙古文字從中書省依驗紙幅多少斟酌並定限決
寫發立據各處勘會公事地理遠近催舉次第比附
舊例違者並各治罪所據決罰體例輕重酌量決罰
公事務要不致遲錯所責不為不重議得今後隨例
奏准並據御史臺按察司合行究治
者就便究治合呈者呈省合聞奏者聞奏此
總管府幾有所行一切公事若有府官所見不同處
決偏柱申直行申部詳究定奏呈奉到中書省劄付准
官其申直行申部詳究定奏呈奉
決偏柱如經歷知事從正執覆三次不從令經歷司
首領官執覆不許從直行申部詳究知事執掌案牘照例一切
三部近為隨路所設經歷知事執掌案牘照例一切

典章十三 吏部七

九

擬施行

一公事隨事舉問諸公事違限違例者皆當該檢校人
員隨事舉問失舉問者罪亦及之其監察御史蕭政
廉訪司常務糾彈毋容弛慢
一公事量程了畢諸官司所受之事各用日印於當日
付絕事關急速隨至即付常事五日程謂須計算簿并要限內
十日程謂覆大事十日程謂或計算簿并要限內
發遣了事違者量事大小計日遠近隨時決罰其事
應速行當日可了者即議須行若必非常限所拘臨
時詳酌
一申事自下而上諸應申上司定奪之事皆自下而上
用心檢校但有不實不盡其所由官司即須疏駁必
要照勘完備議擬相應方許申呈若事未完例或不

五〇三

當不即疏駁而輒准申呈者各將當該首領官吏究
治駁而不益至於再三故延其事者亦如之
一公事明白處決諸公事明白例決亦如之
故作有疑申審若事合申而在上官司不即依理
與決者合隨其事究治仍從監察御史並蕭政廉訪
司糾彈
一公事從正與決諸公事應議者皆由下而上長官擇
其所見有異者赴省稟議具事例明白變易是非者
官其所長從正與決若就見不同許申合屬上司六部
別行究問
一置立未銷文簿至元二十一年三月二十八日江西
行省所據御史臺呈照得今年正月初六日欽詔
書節應該雜犯重典以下罪盡從釋放自今以始各
務惟新欽此本臺職掌糾彈照刷諸司稽違等事當
日體聖意作新庶事合從中書省以下在外大小諸
衙門並各處行中書省以下在內大小諸衙門各置
未銷文簿將應行大小公事盡行標附依程限檢舉
勾銷文簿備監察御史提刑按察司官不測比對元行
文卷施行月日照刷稽遲煥然一新不負明詔可監
積弊俾中外政績煥然一新不負明詔可監之旨呈
乞遍行依上施行都省咨請依上施行
一又大德二年二月江西湖東道蕭政廉訪司分司
牒臨刷各路諸衙門文卷多有旋寫未銷公事
刷磨為此參詳朝廷立法以諸司所行公事置簿排
日隨時出墨入逐件銷附日稽月考以革稽遲之
弊令各處視為具文應行公事並不隨時銷附以致

典章十三 吏部七

十

大小事務無慿稽考遷延歲月無由杜絕使文煩

事無成就牒請施行准此可照驗行移各屬州縣應

合照刷文卷大小司存今後須置立文簿將應行

公事排日隨時銷附每月一次首領官檢校其間但

有稽遲者隨　糾舉施行從本處用印官關防候刷磨

了畢如法架閣

一三催不報問罪至元八年二月尚書省來呈今後應

據行下隨處文字如是稽遲已過三催不報者當該

遲慢官吏合行取招除受宣敕人員外據本部就便的

決外官差遣斷遣如此庶幾不致稽遲呈乞照詳省

府相度仰令後應據行下隨處文字量公事大小途

程遠近依例三催不報者當該違慢人吏本部量情

就便斷遣外據官員取招擬定呈省

一稽遲隨事據行諸公事稽遲速則易改火則難追今

後凡各掌行之事當該省緣每日一內銷都事每旬

一檢舉員外郎每月一審校錯者依例改正遲軍隨

事舉行毋使日積月增文繁事弊部員外郎主事臺

院經歷報事其餘經檢勾文字人員並同

一官事用心檢校諸官府之眾事檢勾文字人員並同

難備舉凡內外官司各須用心檢校若事有不便理

當更張者聽申合屬上司應呈省者呈省

# 吏部卷之八　典章十四

## 公規二　行移　差委

六
三
一

所委官
都省所委官　往復　平牒
都部所委　今故牒
官委於外路　回牒上　今故牒照
部院委六品　牒上　今故牒
　　　　　　今故牒回申
官委於外路　回申
人於外路

不相統攝
九品申　八品申　七品申　六品申　五品申

官司
申　申　牒上　牒呈上　司縣並申
申　今故牒　指揮　指揮　牒呈上

統攝
九品申

外路
三品　合故牒
四品上　平牒
五品上　今故牒
六品　指揮
七品　指揮
八品　指揮
九品　指揮

一品從行移等事至元五年十一月中書吏禮部據河
南府路申總管府官坐次行移乞明降事照得下項
舊例呈奉都堂鈞旨送吏禮部准擬行下合屬照會
施行奉此省部開坐各座次行移體例如後並據各
路所申文解年月日後監坐官階銜多有不分品從
高低一般平頭殊失上下體例仰依奉省部內處分
坐去事理施行內一款照得諸外路官司不相統攝
應行移者品同往復平牒正從三品於四品五品
並今故牒六品以下並申其四品於五品牒上五品
六品七品以下今指揮回報者四品於五品牒上
牒呈上六品以下並申五品於六品以下今故牒呈
並今故牒六品以下並申其四品於六品牒上五品
六品七品今故牒八品以下今指揮回報者
上七品以下並申五品於六品以下今故牒呈
六品七品牒上七品以下並申八品以下
六品七品牒上七品以下並申八品以下並申六品

---

## 行移　原衷關繳直據且　有繳漏今補正

外路　　不相統攝　官司　　所委官
三品　平牒　今故牒　今故牒　指揮　指揮　即依官於富當院陷有行移往
四品　牒呈上　平牒　今故牒　指揮　指揮　復者並皆比類品從職雖
五品　牒呈　牒呈上　平牒　今故牒　指揮　卑並今故牒應申者牒中看都
六品　牒呈　牒呈上　平牒　今故牒　指揮　　諸政仕傭覆官員即同見任
七品　　　牒呈牒上　平牒　今故牒　凡有退會公事依例行移
八品　　　　　　　牒呈牒上　平牒　應開問官司其事務私罪目有
九品　　　　　　　牒呈牒上　　　債等事合令子孫弟姪田

統攝
九品申　八品申　七品申　六品申　五品申

所委官
院部所委六品　官人並外　牒上　平牒　平牒
以下官並　回牒呈
官人於外路　回牒上

於七品牒上平牒於八品今故牒呈上其
九品牒呈上其七品及八品於九品往復者
牒七品於九品今故牒回報者並比類品從職雖卑
應行移往復者並比類品從職雖卑近並今故牒
申並咨

一執政官外任不書名至元七年十月尚書禮部會驗
舊例內外官司行移親王宰相不致執政官署姓
解亦不書名實古禮尊貴貴德之義照得懷孟路總
管楊少中曾任參知政事前職執政官見申部文
解書名似或於禮未宜有無照例止署姓不書
名為此呈奉尚書省劄付准呈仍就便移關各部及
遍行合屬照會施行

一咨文籤省不籤至元二十三年十二月中書省照得

〖典章十四 吏部八〗 二

行省咨文內籤省書畫批字寫此議得今後行省凡
咨都省咨文籤事止押檢目其餘行移文字依舊署
押咨請　施行

一替官在家同見仕行移至元十二年七月御史臺為
前東京路同知韓海山告北京路因徵錢債直勿赴
府取伏事呈奉中書省吏部照擬得職官任滿得替
在家聽候遷轉卽同見任有相關公事合照依行移
體例施行

## 差委

一差使留除長官至元二十一年八月御史臺據監察
御史呈竊聞四海百姓生於刺史懸命於縣令親
民之官民命之所由寄也如近年以來差官監造
木監造船隻者有之他州收買料物監造軍器者有之
經年不得還職署之日以出外之日常少出外之日常多是民
聞無所愬苦而府縣日以不治此其由也莫若今後
必合摘官勾當事務存留長官謂各路府州牧府路縣官類尹常
守其職呈乞照詳得此照得先奉中書省劄付來
呈河北河南道按察司申府州縣正官但奉上司
造作工程押運糧斛起遣軍役等事差遣正官離職

〖典章十四 吏部八〗 三

辦課人員及吏目典史權攝非所甚宜今後凡差
故須要每處存留正官一員掌管州縣事務外餘者
依例差遣又照得欽奉聖旨節該諸州縣官選差循
良廉幹之人以充縣尹專心撫治以字吾民布宣
政仍以五事較而為升殿除欽依今體知得隨
處府州司縣長官往往有失職守五事似難備舉有
得專心職守又據合泖縣尹徐霆等狀告亦為此事分
照詳事又據合泖縣尹徐霆等狀告亦為此事分
為必用之物量事大小如事重必須委官收買監造
行省就便定奪去今有行官議得今後但有官
押運等物除長官專守其職外止許次官從公輪番
差遣如事小上差委以次人等勾當毋致差委正官
軌誤官事奉此

一差使務均勞逸至元二十一年十一月御史臺承奉
中書省劄付據來呈山東東西道按察司申照得今
後府州司縣劄付據正官差使宜分輕重編次名
上置簿輪差務均勞逸仍將編次名次牒報憲司若
有違越事輕者決遣當行差使行人吏判署官以下
重者提控前弊罵為此議此的決判署官吏以下罰治
似望草除前弊罵為此議此以下的決遣當行仍將官
州司縣正官差使擬令送及直隸省及直隸省部散府諸州
輪差合從本道按察司體察各路及直隸省部散府
明置文簿編次等第遇有差遣事輕自下而上
半年與文案一同照刷若有不均就便依理究問都
省准擬仰依上施行

一官員輪番差使至元二十四年御史臺承奉中書省

五、一三

《典章十四吏部八》　　四

劄付據來呈正官差使事送吏部議得今後凡有府
州司縣正官差使擬令各路及直隸省部散府諸州
明置文簿編次等第遇有差遣事輕自上而下
輪番均差合從本道按察司體察提刑按察司體驗事輕重仍將元置
簿每上下半年與提刑按察司體察一同照刷若有
不均就便
理究問都省准擬仰依上施行

一被差不得稽留至元二十七年七月日御史臺照得
各道按察司遇有差人出外幹事往往被差之人領文
字闕訖起馬聖旨起船省劄私家停放至甚不宜為此議到
直至催督緊切才方就道致將所委事務就誤又將
起馬聖旨起船省劄子往往稽留不即起發
下項約束逐欵事理憲臺仰依上施行

一被差人員當日領訖文字闕訖起馬聖旨站舡

---

劄子即便仰於當日起發如當日起發不及許於
次日絕早起發無故稽留一日者仰本道紏察
罰俸一月三日以上者別議

一被差文字了畢或有他故次日不能成行仰被
差人親赴司官處覆說若有故而不行赴司收
說亦從罰例

一被差之後忽有疾病委妨起發仰呈司官詳若
有病而不呈司處覆說若所關等之事掉未了
不得於私家停放達者別議

一被差欲行承奉司官會計票會若所等有等候
行者仰每日赴司官計票會若所等之事掉急未
將所關起馬聖旨站船劄子權且於官寄收

一被差回還所齎起馬聖旨站船劄子到司日即
便當廳呈納如當日天晚衙門散許至次日絕早
呈納無故稽留一日者仰本道紏察罰俸一月

三日以上者別議赴任到者同此

《典章十四吏部八》　　五

一委遣從員多處諸州府司縣官掌管軍民差役一切
事務責任非輕當該上司事有必當委選者須
多事去處合勾攝之事責限了畢即發選仍將元
若遇須合勾攝或止獨員不訪方占其司吏人等
緣由來回月日罰置簿銷附不應勾攝或無故停留
者從肅政廉訪司究治　至元新格

一長官首領官不差至元二十九年湖廣行省劄付照
得課程錢糧獄訟四民一切事務全籍有司辦集近
年以來各處官吏常時差占不能在職理事以致
縈稽留事多壅塞造作錢糧往往不依期次送納省

四、五六

府議得今後路府州縣長官掌司首領官除省府坐
名差遣並軍情緊急勾當外其餘一切公事並不得
差占專守其職年終考較若稅糧不足課程不辦獄
訟不決文案壅塞驗輕重點罰如遇和雇和買監造
押運必合委官事理其次官輪流差使省府仰依上
施行

一路官州官通差元貞二年正月初九日江西行省准
中書省咨該奏准起運錢帛議擬行下各處輪差司
縣請奉正官押起赴都交納此照得各處循差
役司縣官多有違限不到雖是來到俱係路官循私
受賄害公姑正官兼已差官為是品級在下其物
該水旱路程官司不即應副腳力不能督運以致遲
滯議得起運赴都錢物於各路以次路官輪點差

**《典章十四吏部八》　六**

五、二三

外據各路起解赴省錢物從本路於所屬州縣員多
事簡去處以次官內從公差遣已經遍行去訖據元
貞元年吉州等路稅糧執收木綿除差官起運外杭
州等路木綿白布合委長押官其各路以次正官俱
已差遍若便再行輪差似為重併省府議得今後一
應起解赴都錢帛於所轄各州以次官員內輪流與
路官通行差遣除外合下仰照驗施行
一長官不得差占大德三年十一月江西行省據檢校
官呈照得先准中書省咨赴都送內官物除各路府
州司縣達嚕花赤長官捕盜官辦課官依例不得差
占外其餘應合差使官員明置印押文簿通行標附
遇有差使自下而上輪差但若有看循不
均正官取招首領官吏嚴行究治近有朝廷差來官

---

與省府會議到薹草事內一件為各路差委州縣長
官管押錢糧等事動經半年周載不能署事就職誤勾
當勤課農桑理問民訟為此遍行合屬禁官去訖參
詳長官不得差占正官與省府近新薹草之事其各路官吏
係朝廷差來官與省府解諸物宜從省府劄付各路
公然違拒差占正官管故違元行諸物宜從省府劄付各路
取正官首領官吏故違元行以差長官吏違錯招狀申
省嚴行究治呈乞照詳得此省府仰照驗禁約施行

**《典章十四吏部八》　七**

一、八七五

案牘
# 罰俸的決一十七

印控押
文字

議定詳看卷目即
隨即讀與寫了畢初犯
首領官讀無差於標
備對讀無差卷完
過紙淨本淨檢上標空
對讀不許詳將空
章檢上塗注改

扶違者

| 文凡年 | 卷幺 | | | |
|---|---|---|---|---|
| ○日月日相 | 喬飛平 | | | |
| 印押 逆及犯人 | 未獲 | | | |
| 呈解 男子 | | | | |
| 與人 在逃 | | | | |

情理默記
重者記毛
重論樣三
自從字毛
口

一月
再犯
兩月
三犯
重論樣三

五○四
典章十四 吏部八
八

一行移月日字樣尚書省戶部承奉省劄照得隨路申解
干礙錢谷書寫小數目字無以關防及該寫去今
年前月今月當月此月不能照勘今後凡申並行移
文字須明白開寫年月日承准是何上司某年月日
令史某人承行文書仍於年月日下當該司吏繫書
名字毋得以前朦朧申覆
一禁治虛檢行移至元九年四月二十二日御史臺據
監察呈照刷出大都路戶支度科令史楊賢行符奉
尚書省判送金王府冠晃匠崔寶呈御用冠晃合用
窨子一間物件和買應付用過實直價錢中來於支
本路自在八年六月初八日至九年正月二十一日
計二十二次申乞除破不蒙明降取到戶部楊賢行
卷除有九年正月二十一日總府文解一道外不見

---

案牘
# 罰俸的決一十七
原文闕誤橫直線並
多錯誤今補正

印押空
文字

議定詳看檢
目隨即領官初
讀畢首領官與寫
書无差備檢
本淨讀无差完
呈押並備對一月
及將空書不許
上於元草紙方對再犯
草書檢注兩月
違者塗抹
並於空紙上許
注改

| 文 | 卷 | 情理 默 | 記 | 自者重 論重 | 字 | 樣 |
|---|---|---|---|---|---|---|
| 凡 月年 | 幺 男子 | 尐 干犯 | 尗 紅犯 | 尐 | 三 | 口 |
| ○ 日頭 | 岺 男子 | 尕 尼姑 | ㄓ 道連 | | | |
| 弔 逆及犯人 | ㄙ 婦人 | 仈 | 晉 僧人 | | 少 | 一 |
| 弔 男子 | 斗 婦人 | 工 公事 | Y 乘毀 | | | |
| 弔 乙男子 | 毛 供狀 | | | | | |

表格九
典章十四 吏部八
八
陳氏技補

五〇九

元申文解一十一道又本部卷内却有催檢九檢照
得催檢八道俱係一樣紙劄於大都路卷内並無承
到符文如此虛調行移至奉中書省劄付該承此
兵部追問及遍行禁約外合行禁約仰遍行禁除已劄
一禁治無檢空解至元九年十月中書兵刑部奉中書
省判送御史臺上司公事不押檢目止使空解分付人
合申報本管赴本路就便填寫報不惟致令總府人吏懼
吏齋赴本管上司公事深爲未便本臺參詳若
避照作其餘文面有害公事一等州縣爲弊人吏冒
行填寫其就用填補又慮一等州縣爲弊人吏冒
准所呈禁止相應批奉都堂鈞旨送兵刑部准呈遍
行禁止施行

典章十四吏部八　九

一人吏週年交案至元十三年三月内御史臺奉中書
省劄付來呈省部以下諸衙門文卷多有累年未畢
者蓋爲頻頻交案及有差占止勒見管人吏根檢皆
言不曾交到以致遷調不能結絕若是久年人
吏掌管中間恐有情弊如是頻頻交換實有埋沒截
合週年交案或有差占事故明立案驗相沿交割不
唯照刷亦是關防去失送兵刑部與禮户工部講究
得依御史臺所擬週年交案相應都省准呈劄付腹
裏諸衙門依上施行
一禁治私放文卷至元十七年五月河北河南道按察
司准襄陽路牒呈韓伯英爭池文卷本路達魯花赤
宣得將於伊家收領候本官逾此回來取索歸結請
照驗事准此除別行外憲司照得大小公事欽奉聖
旨定立程限按察司巡行照刷其卷別無各官私家

五一二

頓放體朒請遍行合屬今秋几官司文卷官並
不得私家收故如有違行究治施行
一用蒙古字標譯事目至元十九年十月行御史臺准
御史臺咨承奉中書省劄付會驗先於至元八年正月
内欽奉聖旨教習蒙古文字條畫内一欸即令習學漢兒
必闊赤欽此欽依外諸衙門並用識蒙古字人員皆
臺院今諸衙門文字止用蒙古字樣寫本宗事目
公事文字内外諸衙門亦同並用識蒙古字咨示皆
有蒙古字止有漢字朱語譯事目外樞密院御史臺文
字止有蒙古字標譯了畢方得呈押中間逗遛遲惧至甚不
必闊赤標譯此欽依外照得別省省咨行省呈蒙古
便自今各衙門各設立請俸蒙古譯史都省除外

典章十四吏部八　十

仰今後應呈都省文字欽依聖旨處分事意就令蒙
古譯史標寫本宗事目如係錢谷備細譯寫錢谷呈
省更爲行移合屬依上施行
一明主檢目不得判送至元二十三年十一月中書省
據御史臺呈都省諸衙門議論公事若衆官主意不
同或有私害公者首領官不敢書卷當該人吏迎合
官長止以此送所屬施行
照刷近因南京麗京鹽告勇二焦漢臣至元十四年
買到張阿劉房四間明立文契其張阿劉稱是元是
典賣南京宣慰司總管府偏斷追到南京路文卷照
得在先依准錄事司所擬憑契歸結在後却擬今張
阿劉取贖申奉宣慰司判送元解批奉司官鈞旨先
與按察司官一同斷令張阿劉收贖追到宣慰司文

卷並無與按察司一同擬斷文卷除已別行取問外
照得至元十二年中書省為戶部批送東平府歸問
公事送吏部議得止合符下都首准呈遍行了當參
詳除省臺樞密院於親臨司屬照歸問等事外其
餘內外諸衙門凡有所行公事擬合依例明立檢目
首領官完然後行移庶少草私枸奸欺之弊本臺
議得依准監察御史所呈似為允當都省准呈依
憑考究今後廉訪司但有公事與有司必須公文往
上施行

**典章十四 吏部八**

五一九

來不得似前言語省會廳得諸事成就准此行據御
史臺呈各道廉訪司係監臨按治諸事職分不比其
餘不相統攝衙門如遇諸人陳告或紏察聞知稽滯
逗遛不決公事可立案驗者明白行移如遇關追事
不必動文案細務從使省會趍理會卻不得因而
亂行呼喚及非理省事有司處置事宜卽非細務
詳都省議得廉訪司監治諸司凡事具呈照
若許言語省會不立案驗將來不便必致差池如關
諸人陳告事有疑似必先追照文卷者亦可從便已
經劄付御史臺照會去訖今又據本臺呈肅政廉訪
司係按治諸司行事中間弊有多端乞照詳都省咨請照驗
傳言語行事中間多端乞照詳都省咨請照驗
凡事一體明立案驗並不得口傳言語行事仍行下

十一

---

五一九

**禁約施行**

一文卷已絕編類入架至元二十一年十月日行御史
臺准御史臺咨該據山東東西道提刑按察司申准
東昌路總管府判官武承務呈見行文
管府司吏遷轉人員應掌行過文卷明立按驗交割於
內若有侵欺數粘帶過犯候追問究備給處發遣兼各
今後遷轉人員將應掌事務深為未便准此卑司看詳
經年不絕就悞各掌事務占恡不發以致逗遛
結絕更有不了事官錢谷及經手迷失錢谷被告私罪未經
事發露或侵官錢谷經畢移牒所指前路分發遣勾當在後多有因
字交割了畢移牒其本處判官司吏遷轉路司止將各人所掌見行文
處經歷知事提控案牘人員等俱係專管
案牘人員年來不為用心關防多有去失文字憑歷

**典章十四 吏部八**

新任官吏不知首尾中間就悞公事擬合自至元二
十年已前應行文卷盡數分揀已未結絕卷宗
伺候照刷了畢已絕文卷附籍入架未結卷宗依理
檢舉施行已後照刷已絕依上編類入架將來滿替
依例相法交割於解由內明白開寫仍取新官交集
去失草除前弊乞明降事得此據本道申照詳遍
提控案牘以下亦取收管抄連一就申呈中書省照詳
未絕公事皆不催舉亦有損失文卷及有未曾
行合屬一體施行去訖今據本司照得本道在先
提押文字或雖押過空判不行中間多有未曾
本司文卷尚然如此其餘府州司縣案牘可知以此參
詳擬自至元二十一年已前應行文卷簿籍責任經
歷司盡數合陳照勘完備將已絕文卷編類入架未

十三

絕卷宗依例催舉已後結絕依例編類入架將來任
滿得替相沿交割於解由內明白開寫仍取新官交
牒書文以下亦取收管呈司然後給處發遣庶肯盡
心照管草除前弊本臺議得若依山東按察司所據
相應咨請照驗行下合屬施行

一又至元新格諸已絕經刷文卷每季一擇各具事目
首尾張數皆以年月編次注籍仍須當該檢勾當人
員躬親照過別無合行不盡事理依例送庫立號封
題如法架閣後過照用判付檢取了則隨即發還勾
銷

一又至元三十一年三月行御史臺准御史臺咨奉中
書省剳付本臺呈內總府州司縣將國朝收附以來
抄數民籍故欠卷冊不肯用心收掌為此送吏部議

**典章十四　吏部八**　　　圭

得今後擬各路府州縣將自前至今抄數到諸色戶
籍地畝若干照文冊取勘見數補寫完備如法架閣
正官首領相次文割解田依式開寫許令察官檢舉
不完者究治近准各省咨到官員解由多有脫漏戶
籍地畝欠卷冊以此送吏部照擬得今後擬令路府州
判官縣主簿錄事司判官文割解由內依式開寫都省准呈
行掌管任滿相法交割解由內依式開寫都省准呈
所擬此得都省准呈
合下仰依上施行

一不得刮補字樣至元二十四年九月御史臺承奉尚
書省剳付今後凡行文字須要直謹書填首領官令
史用心照勘對讀無差親筆標寫訖姓名隨即發放
毋致中間刮補添改塗注上乙字樣如違定將當該
首領官吏究治仍遍行合屬依上施行

一又元貞二年二月江西行省准中書省咨御史臺呈
湖北廉訪司備知事由從仕呈照刷鄂州路文卷其
干礙驅良田宅婚姻債負一切錢糧往往積年不絕
追索元行皆稱前界元司吏不曾明白交割中間實無
去失埋沒問得本路經歷該無架閣卷宗各有取會到
至元十二年中書戶部回申元行戶吏今檢會到
一切公事合用元行文卷應行佾已絕架閣庫卷編
失落不存緣各路所設經歷知事一同掌管不妨本職充架
臨簿置立號簿令提控案牘不妨本職求
閣庫官專一切歷知事一同掌管如遇任滿相替
依數交割代官取收附連申於解由內開寫
仕據所割散府州縣亦令提控案牘都吏依

**典章十四　吏部八**　　　古

依數交割代官取收附連申於解由內開寫
仕據所割散府州縣亦令提控案牘都吏依
上兼管相法交割呈奉中書省擬議施行參詳江南
歸附二十餘年各路錢糧造冊並應行文卷比之腹
裏路分加之事煩如准前例便益得此呈奉中書省
送吏部照擬得御史臺呈路府州縣提控案牘都吏
目係親臨簿書人員合將應行文卷不妨本職
兼充架閣庫官任滿相法交割於解由內開寫宜准
所擬此得此都省准呈

一人吏交代當面交呈近照刷京畿通州等處文卷內路縣文
監察御史呈近照刷京畿通州等處文卷內路縣文
卷九十六宗檢尋不見除將當該典史司吏斷罪取
訖甘結須當根尋得見不年呈報外乞照詳事得此
照得官府去失文卷多因新舊官吏交付不明以致
如此議得府州司縣文卷俱有檢校案牘人員掌管

《典章十四 吏部八》

今後遇有人吏交代責令當面對牽照完備明立案
驗依例交割若有遺失隨即追究不惟易為檢尋亦
免日後遞相推指其交割之後復有不肯盡心去失
文卷者合將檢勾案牘人員治罪庶得草去沈匿文
字之弊合奉尚書省剖付該省准呈除已札付刑
部遍行照會外仰照驗施行

一又吏員差除事故其元管簿籍文卷須與應代之人
一一交點無差連署呈報本屬官司照驗後有失落
止著見管之人追尋新格

一承受行遺卷分即置簿開附以備照勘呈報已
察御史呈照得奏准至元新格內一款諸官司所受
之事各用日印須參當日付絕事關急速隨至即付
又一款諸吏員差除云云見近照刷建康路總府並

諸衙門文卷比照初漏報埋沒不見等卷四千六百
一十二宗除行外看詳概從行省以下諸衙門將
在先刷過絕卷分即編號架閣見行未絕並已絕未
經照刷文卷分即置簿開附印以備照勘呈報已
後應受當行人吏親筆畫字交領官各另明白附簿
須用日印發放當行人吏須經由承發司
除設差管勾承發司外其餘衙門文簿各於收領官
處呈押首領官勾當人吏承到家宇除熟自行遣
印關防其備粘入本宗前卷外生事另立卷宗所置籤
發放了畢粘入本宗前卷外生事另立卷宗所置籤
貼須與承發司簿內標題事目相同非至年終不得
立案若有差除事故其備細送卷事目從首領官查
照別無漏報判送應代之人一一交點無差速署呈

五

十五

---

《典章十四 吏部八》

報本屬官司照驗如承臺察取報目並勤首領官逐
一查照完備將先刷未絕立作舊管續承生事目作
新收通行分豁已未絕事目以後登答報刷若照刷
得中間但有不經承發司附簿日印及比照出漏報
埋沒交失不見文卷驗事輕重斷罪其首領官考滿
亦行交割得此於解由內間寫似望文案完備誠為
永久施行得此憲臺合下仰依上遍行施行

一檢目譯史繫應大德四年二月江西行省剖付江
西等處蒙古字提舉學校官呈據袁州路總管府譯
史甘定呈欽觀至元八年詔書內一款省部臺院令
蒙古子孫弟姪作蒙古必闍赤頭兒凡有行文移字
並用蒙古字標寫本宗事目仍令習學漢兒人員必闍赤
餘內外諸衙門亦同並用識蒙古字人員必闍赤

除欽遵外切照各案合譯文書其貼書人等多有先
行印押了畢而後譯者有之或不經譯者有之
者有之用舊檢影譯寫者有之顛倒錯亂情弊非止
一端伏慮干礙上司文解及入錢穀刑名緊切文字
中間儻有違錯罪將誰執今來照得合譯公文字似
各案司吏依例於檢目上書名畫字唯獨譯史定奪
是致弊端無以關防呈上書名畫字備呈江西行省定奪會
路譯史依司例於合譯公文上書名畫字似望
可草前弊易防詐偽呈乞施行得此省府准仰依上
施行

一蒙古刑名立漢兒文案大德六年八月行御史臺准
御史臺咨名立漢兒文案也可忽赤應有重刑多係
蒙古必闍赤掌行不立漢兒文案詞理不可考視情

十六

實不可悉知伏廳其聞枉誤必多今後擬合取問明
白令漢見令史譯寫文卷追會完備移洛御史臺摘
委蒙古漢兒人監察御史各一員考視文卷審復無
宪枉呈臺回咨然後依例結案待報施行似不差池
本臺於大德五年七月初十日奏奉聖旨節該此可
札魯忽赤重罪過的人取了蒙古狀子立省漢兒案
與文字交監察每審復欽此

《典章十四 吏部八》

一刷卷未銷入架至大德四年十一月江西廉訪司奉
行臺劄付浙西廉訪司申分司牒諸人告爭婚田等
事所在官司文卷多有埋沒扣換若便追究俱在至
大四年三月十八日以前事理照得諸司應行事務
例置朱銷文簿日逐銷附廉訪司上下半年照刷了
畢其朱銷文簿所在官司無憑照勘或云各該司吏
收管或刷卷書吏收留凡遇照勘無以稽考今來者
看詳今後廉訪司官照刷各處文卷了畢擬合將各
房元置朱銷文簿分付合屬首領官收管明附文簿
入架以備照勘申乞照驗憲臺相度設置朱銷載文
卷之出入考公事之稽遲照勘了畢理宜責付有司
入架以備照勘仰依上施行

七一

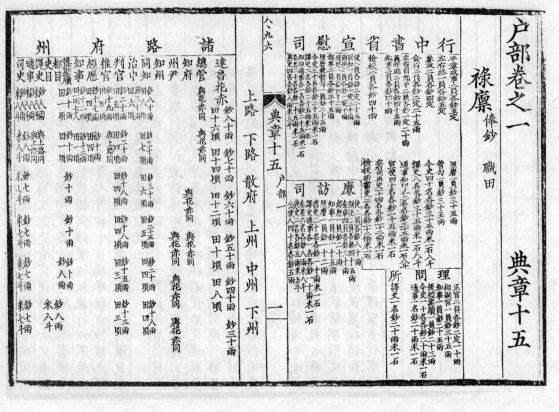

典章十五　户部一

禄廪　俸鈔　職田

宣慰司
廉訪司
行省
中書

〈〈典章十五　户部一〉〉

原表闌橫直線且
有錯誤今補正

康氏校補

典章十五 戶部一

諸縣司 管軍府所 諸色衙門

上縣 中縣 下縣 錄事司

諸縣司
達魯花赤 鈔二十兩田四頃
縣尹 鈔十八兩田四頃
縣丞 鈔十五兩 與花赤同
主簿 鈔十三兩田二頃
縣尉 鈔十二兩田二頃
典史 鈔六兩米六斗

上縣 中縣 鈔十八兩田四頃 與花赤同
下縣 錄事司 鈔十七兩田四頃 鈔十五兩田三頃

管軍府所
達魯花赤 鈔二十兩田四頃
知府 鈔十八兩田四頃
同知 鈔十五兩 與花赤同
鎮撫 鈔十二兩
彈壓 鈔十兩
經歷 鈔八兩
都目 鈔七兩

上萬戶府 中萬戶府 下萬戶府
上千戶所 中千戶所 下千戶所
百戶所 鎮撫所

諸色衙門
各司六部
運使司
轉運使
宣慰使
宣撫使
安撫使

---

典章十五 戶部一

諸縣司 管軍府所 諸色衙門

上縣 中縣 下縣 錄事司

諸縣司
達魯花赤 鈔二十兩田四頃
縣尹 鈔十八兩田四頃
縣丞 鈔十五兩 與花赤同
主簿 鈔十三兩田二頃
縣尉 鈔十二兩田二頃
典史 鈔六兩米六斗

管軍府所
達魯花赤 鈔二十兩田四頃
知府 鈔十八兩田四頃
同知 鈔十五兩 與花赤同
鎮撫 鈔十二兩
彈壓 鈔十兩
經歷 鈔八兩
都目 鈔七兩

諸色衙門
各司六部
運使司
轉運使
宣慰使
宣撫使
安撫使

# 俸錢　祿米 附

**俸錢按月支付**

至元二年中書省欽奉聖旨節該但勾當裏行的請俸的人每一箇月勾當過的公事完備無罪過呵後月初與勾當過的一月俸錢者如是那一箇月勾當呵的不完備有罪過了者趂了者麼道聖旨有來奏呵是那般有如今只依著那體例與呵礙甚事麼道聖旨了也

**告假事故准俸例**

至元九年正月中書左三部承奉中書省劄付據戶部呈奉尚書省劄付欽奉聖旨節文今已後支俸呵月盡其間交與者應吃俸錢人一日不來休與一兩者半日不來休與半兩者這般道與了俸錢呵您上者您雖得這般言語呵管軍管民官卻休動者欽此照得先奉中書省劄付該諸官員上任前例云云見依上月盡其間支付外據告事故人員既是官司說過過了與限次交去來俸錢都交支與如違限並推故不來欽依聖旨處分事意追罰施行

**上任罷任俸例**

至元三年十一月十二日中書戶部奉中書省劄付諸官員上任不過初二日罷任已過初五日並給當月俸錢外據經歷知事吏目典史司史一體施行

五、三七

**被問致故除俸例**

大德七年三月二十四日江西行省准中書省咨來咨廣州路達魯花赤瓜禿大德六年三月二十日得替開除名俸合無依平章月的送失例支付請定奪准動者欽此照得此送戶部議得官吏俸秩本以養廉豈有內外之分以此參詳內外諸衙門官吏除上任已過初二日並犯公罪有招停職被問者所應至月終其俸秩依例不給外據在任致除及任滿得代官吏如已滿初五日者將當月俸

典章十五 戶部一

三

陳氏披補

---

又蘄州路提控案牘劉瑾於至元二十四年閏二月初三日禮任勾當支訖當月俸鈔一十兩戶部照擬得劉瑾既於閏二月初三日禮任合自三月為始支俸都省移咨湖廣行省於劉瑾名下追徵元支訖二月俸錢還官

此擬應在
支附徐後
原擬今補

關文一之三八

典章十五 戶部一

三

陳氏披補

二五二

## 官員患病依例給俸

秩無分內外欽依來聖旨依數給付相應都省准擬

過百日倒應作闕支過畸零日數俸秩若欲追納還官

非優遇臣下之宜抑亦有傷大體事干通例宜照詳回奉中書省劄付送戶部令干

分從長講究具呈照詳回奉中書省劄付送戶部議得諸

受六月十一日有江西廉訪司劄發分司歸對安告七月

十四日劄發回省所有六月至十月終五箇月俸鈔未蒙

【五五八　典章十五　戶部一　四】

支給得此移准中書省咨該送戶部照擬得令史李元剛至元二十

卜元英承行咨該送戶部照擬得令史李元剛告至元三十一年四月二十七日省據

羅濂翁告王仁甫不法等事有王仁甫經管廉訪司誣告取

浙東道廉訪司申據溫州路瑞安路民戶吳瑞狀告本州

王同知下鄉體覆折收木綿取受鈔定已取吳瑞等誣

一年六月至十月終五箇月即係離役對證不曾掌管勾

當月日難議支俸具呈照詳事都省合行移咨請照驗施行

## 柱波贓誣停職俸例

大德十一年十一月行臺准御史臺咨

招伏斷遣了當外據同知王革亨被問俸錢移准溫州路

牒呈照得省部元擬江西省令史李元剛被誣對問係離

役不曾掌管勾當月日難議支給看詳凡告言誣告吏不公

若役是實自有常憲罪其間或在被贓誣告明白于已

別無私罪招涉及所犯罪贖不至解任等罪如將曠闕月

---

## 官吏漆支俸給

日照依至元十年省部元擬通例俸祿全給相應係為例

一事理會凡官吏在任被人告論誣告結了畢罪雖有招伏不至送刑部呈

議得凡官吏在任被人告論誣告得此送刑部呈

任但離本職者其祿不給被贓誣或為贓罪不至停罷合還

者依上任例給付即被誣歸結了畢罪雖有招伏據刑部呈

驗曠闕月日祿全給被誣所據瑞安州同知王革亨即

係柱被贓誣其停職月日俸秩全給相應具呈照詳都省

仰照驗施行

## 官吏漆支俸給

至元二十二年二月欽奉詔條內一欵張官置吏本以為民小

【五四　典章十五　戶部一　五】

吏祿食不給掊取為害其令中書省添給俸米有差欽此

頒俸民近年諸物增價俸米有差欽此

中書省議得廉訪司轉運司書吏通譯史驗俸依舊例支

私俱不便益自今內外官吏俸給以十分為率添支五分

給每月添米一石仰照依例給米總管府司吏

通譯史下州吏目擬支月俸中統鈔八兩米六斗諸府司吏

大德三年正月欽奉詔條內一欵設官

仰中書省依上施行

州司吏縣典史月俸中統鈔六兩米六斗仰各處官吏自大德

檢司吏縣典史月俸中統鈔七兩米六斗仰各路司縣司獄典吏

三年正月為始按月依例支給各路司縣司獄典俸米與

親民司縣司吏同

大德七年　月欽奉詔條內一欵官吏俸薄不能養廉增

宣慰司官吏欽此云云議得無職田官吏俸米除甘肅行省與和林

給俸米一欵擬支口糧外其餘內外官吏俸例每一兩與米一

以下人員依大德三年添支小吏俸米例每俸一十兩

斗十兩以上至二十五兩每員支米一石餘上之數每俸

一兩與米一升扣算給付若官無見在驗支俸去處時直
給價雖貴每石不過二十貫上都大同隆與甘肅等處不
係產米去處每石合支中統鈔二十五兩價賤者從實開
坐各各分例移准都省咨於大德七年五月二十八日奏
過事內一件前者爲內外勾當裏行的官吏俸米這的上
頭俺省官臺官並老的每一處商量了添與俸米者麼道
奏了行來聖旨有來答剌罕丞相大都省各處事宜與
每一處商議定奏將來但是無職田的請十兩以下俸錢
的依著先定議定奏將來但是無職田的小吏俸米例每一兩以下
每一處商議定奏將來答剌罕丞相大都省各處的每一兩與學士
奏了行來聖旨有來但是無職田的請十兩以下俸錢
上至二十五兩與一石呵內這的之上不揀請一兩與一斗米以
兩與米一斗呵內一石這的之上不揀請一兩與一斗米以
米有這般與呵上都等處山後州城甘州等處河西州城
並和林州城不係出米去處從省各處事宜與價錢並口
米有這般與呵內外官吏一年約該二十八萬餘石

五、六八　　《典章十五　戶部一》　　六

糧更迤南州城若無見在呵與價錢的擬將幾箇分例米
有俺與完澤大傳右丞相衆人商量來請三定以上俸錢
的不與米三定以下俸錢的依著大德省官人每一處定
的與米的與呵怎生取自聖裁奏呵奉聖旨依著您商量
將來的與呵怎生取自聖裁奏呵奉聖旨依著您商量來
的與者欽此
至大二年月欽奉詔書內一欵官吏俸薄不能養廉以
致侵漁百姓治效不修尚書省從長計議頒給欽此尚書
省送據戶部呈照擬到名項事理至大二年十二月二十
八日玉德殿西耳房內有時分昔寶赤大都丞相等奏天
下諸衙門官吏俸鈔不敷的上頭交俺商量了添與者麼
道行了詔書來俺衆人商量了加五改換與至元鈔住支俸米
如今見請的俸錢來俺衆人商量來隨朝衙門官員並軍官每
外任有職田的官員三品的每年與祿米一百石四品的

六十石五品的五十石六品的四十五石七品以下的四
十石俸錢改支至元鈔將職田拘收入官又外任宣慰司
軍官雜職等官俸錢十分中減去三分餘上七分改支至
元鈔隨朝衙門行省宣慰司的吏員俸錢減去三分餘上
鈔數與至元鈔十兩以下每月與俸米五斗外任行的小
吏每的俸鈔與至元鈔依數改作至元鈔俸米依舊與呵
聖旨那般者欽此議得在都隨朝衙門官吏俸秩自至大三
年正月爲始欽依支付所據在外行省宣慰司軍官雜職
亞外任俸給擬自文字到日爲始支付都省除外咨請
依施行

咨至大二年十二月二十八日奏天下諸衙門官吏俸錢

五、六八　　《典章十五　戶部一》　　七

不敷的上頭交俺商量了添與者麼道行了詔書來俺衆
人商量來隨朝衙門官員並軍官每如今見請俸錢內減
了加五改換與至元鈔住支俸米外任有職田官員三品
的每年與祿米一百石四品的六十石五品的五十石六品
的四十五石七品以下的四十石俸錢改支至元鈔將
職田拘收入官又外任宣慰司軍官雜職等官俸錢改支至元鈔十分
中減去三分餘上七分改支至元鈔兩隨朝衙門行省宣
慰司的吏員俸鈔減去加五其餘鈔數與至元鈔至元鈔
一十兩以下每月與俸米五斗外任行的小吏每的俸鈔
依數改作至元鈔俸米依舊與呵怎生奏呵奉聖旨那般
者欽此依支付所據任外行省官吏俸秩自至大三年正月爲
始擬自文字到日爲始支付都省咨請欽依施行
給　皇慶二年五月江西行省咨准中書省咨該皇

慶二年二月二十七日奏過事内一件内外勾當裏行的
三定俸錢以下官吏人等無公田的完者禿□□皇帝時
分與祿米來在後尚書省官每奏了將外任職官軍
公田拘了驗著品級與俸米改支至元鈔宣慰司軍
官雜職等官公田俸錢減了改支至元鈔宣慰司
外任職官公田俸鈔並復舊制禿有俺商量將外有
職田官員公田並依舊制量其餘官宣慰司外任無
雜職司縣小吏人等合支俸祿米不均有公田的並依舊
省咨將來有俺商量來外任官員但有公田的改支至
制支給合得職田官吏員若全無職田軍官
司軍官雜職並諸司吏員只依舊例交支阿怎生奏阿那
至元鈔數小吏合得祿米員自文字到日依先例改支
般者廳道聖旨了也欽此都省咨請欽依施行

五、四四

## 添設達魯花赤俸祿

### 典章十五　户部一　八

迷先海牙告係添設副達魯花赤不見定給俸錢公田乞
詳狀事得此送據户部呈照得至元三十一年十一月初
三日奉隹官員職田依舊例標撥欽此欽依外腹裏官員
每中統鈔五兩公田一頃江南減半本部議擬到腹裏行
省路府州並所轄中下縣錄事司添設副達魯花赤俸鈔
公田開呈照議詳都省開呈詳擬到下項添設官員公田俸鈔
本部此例議擬到下項添設官員公田俸鈔
路府州同知並上縣丞減去設副達魯花赤一員
前件議得前項路府州並上縣副達魯花赤既以
減去同知縣丞各官俸秩公田擬合比依減去官
員公田俸例一體支付相應
中縣並錄事司添設副達魯花赤一員

---

五、二九

## 軍官俸米

### 典章十五　户部一　九

軍官俸米　大德八年四月江浙行省劄付該省各奕軍官俸
米行據鎮定真定萬户府申據本府鎮撫張琇等呈此
此事如已後都省不准情願將已支過米糧抵數還官仰
行下各處如准管軍官驗各官實支俸鈔自大德八年三
月為始放支俸米取各官明白收管年終通行照算仰
劄付本路依上施行去訖今奉省劄六月初五日准中書
省咨詳江浙行省各奕軍官吏等不見於內
有無就隹軍身又無開各奕分花名合咨本省照勘明
行省咨請依上施行間准此施行准中書省咨議
得江南諸奕軍官司吏於內多有就准軍身即與管民官
吏事殊別據例支俸米除就准軍身官吏別無定奪其餘見
任軍官照驗所支俸鈔自呈隹年月日依驗上行下合
照算省咨請依上施行此除就
屬行移本處萬户府照勘就准軍身官吏支過米糧依
追徵官外據見任軍官俸米於下月合支數內措除施行
支仍將三月至今已支訖俸米於下月合支數內措除施
行

## 雜職官俸米

雜職官俸米　大德十一年九月江浙行省咨照得近為住支雜
職官祿米移准中書省咨該本省所轄蒙古教授醫學教
授平准行用等庫俱係選轉入員合得祿米依例支給准
此除蒙古學生醫學教授另行外據庫官祿米送户部議

得各處平準行用庫直隸行省首懷致庫廣齊庫如無職田
不曾於各枝兒應當怯薛別名色支請口糧自承准月日
為始驗俸支付相應都省咨請依上施行

〈典章十五戶部一〉

七十三

十

---

# 職田

## 官員標撥職田

官員標撥職田 至元四年二月中書左三部承奉中書省劄
付近將隨路府州司縣官員斟酌定到俸鈔外據職田合
依舊例標撥奏奉聖旨准此省府今比附舊例約量定
到各路府州司縣官員職田項獻欽除斷沒地營盤草地外
仰於本處係官並戶絕地及冒占荒閑地內依數標撥召
募培牛院客種佃已後各官相拉交割取明白公文申
戶內斟酌時暫借倩牛力限二年內逐旋耕墾作熟依上
召客種佃已後各官相拉交割取明白公文申部類攢呈
省無致因而多餘違錯候此省劄到各項斟獻條段卓望
割付內處分事理施行繞候標撥到各處依所奉中書省
四至備細照依連去體式造冊二本申部

〈典章十五戶部一〉 十二

## 犯罪罷職公田不給

犯罪罷職公田不給 元貞元年八月日行御史臺江南
湖北道廉訪司申湖北湖南等處轉運使亭羅自至
元二十九年六月為始因事停體聽候卻今在職辦勾
當至元三十年六月方罷職種過三十年公田占穀二
百三十五石五斗五升八合二勺已作闡官子粒還官合
無給付問停職月日以難支俸據本官三十年職田下
種子粒三百石已收租合無追徵候准御史臺咨其事參
詳得替並身故官員職田皆以下種收租已有定例外據
有罪解任停職種當年不曾還種不應支俸者其
書省照詳外據亭羅係犯贓斷罷入數在先停俸辦
田雖抛下種合無收租亦係犯贓斷罷例事理以此移准御史臺
課本年職田合無收租亦係為例事理以此移准御史臺辦

五、四二

咨呈奉中書省劄付送戶部議得諸官員犯罪罷職元請
公田雖已下種其子粒似難給付擬合沒官外停職被問
辨證得或被誣枉或所犯不該解任如本年還得職所種子
粒合行給付如經隔年亦有合沒官都省即係元貞元
年五月初八日已前事理除已咨湖廣行省依例施行
外為被問停職月日不應支俸今准咨照得種職田
已下種其子粒似難給付擬得諸官合得標撥無收租呈奉
中書省劄付送戶部議得諸官員犯罪罷職元請公田雖已
下種其子粒似難給付擬合沒官已咨都省即係元貞元
年准前因合行回咨請照驗施行中書省定到體例各道
提刑按察司隨路府州司縣呈驗年歲豐歉依例分收
亦為被問停職月日不應支俸今准咨照得種職田
慕佃客種蔣驗年歲豐歉依例分收無得樁配人戶科徵

達錯至元二十一年五都省議得各處官員職田子粒合
依鄉原例分收無得樁配若遇災傷依例除免大德六年省
例中書省咨為各路並各州同知等官自種職田合得職
田送戶部照擬得擬合先儘係官荒闕無違礙地內標撥
如是不敷於隣近州郡積荒地內貼撥若無荒地照勘曾
經廉訪司體覆過無違礙戶絕地內撥付都省依大德七年省例

典章十五 戶部一 十三

**職田驗俸月分收** 皇慶二年二月行省准中書省咨御史臺廉
呈皇慶二年四月十七日本臺官奏過事內一件外任廉
訪司官路府州縣官的職田腹裏路分施工布種的歉來
江南的芒種以前下種的分收有來近年以來新田官調
自種田的時月交代了阿爭競職田的多有更有下種之
年的卻得二年職田勾當二年前後年半方得一年職田有勾當
年的卻得二年職田勾當二年前後年半方得一年職田不均勻

---

**職田佃戶**

皇慶二年六月江西廉訪司奉江南行省臺劄
付該監察御史呈伏謂天下之廣黎元之眾居重任者政
不親民惟風憲之司牧民之官職當任重以月俸之外
復加之以公田養廉者務在政重民安也天祿不可以虛
其賜天民不可以重其擾切照各處廉訪司有司官職田
事故番耕政種者多端如御史臺奉聖旨事意到都省咨請欽依施行
各驗俸月分收相應具呈照詳都省議得諸處官員職田
雖有定例地土肥瘠有無不同主佃分收多寡不等或有

典章十五 戶部一 十三

四、七八

全缺不敷去處官挾其勢民畏其威無田虛包者有之逃
亡閉絕者有之影避差徭原輸者有之培斂加要輕貴者
有之人有貧乏時有早澇官稅私租俱有減免之則例獨
職田子粒不論歉多是全徵豈親民之任哉理合遍行禁
止違者究治黜降今後各官合得職田若有不敷全缺去
處驗其遠近依例乞照詳得此憲臺相度標撥公田已
擾於民誠為兩便照詳得此憲臺相度標撥毋致搖
定例非法取要者理合禁止究問仰依上施行

典章卷十五終

户部卷之二　　典章十六

## 分例

使臣
官吏
祗應
雜例

頓處
　正使臣　支鮮潟
　飯者　　正支
長行
馬宿
換馬　　　正從　皆支
馳驛　　　正使臣　正從　鈔一錢束
去處　　　隨從同隨從同正升　一升
宿頓　　　白米一升正一升　正羊肉　正中統
驛頓　　　正使臣

下次人員　馬二疋馬一疋　草自十月一日為始至七月終住支料自至三月終住支料　十二斤日支五升

冬月如夏月合得分例酒肉鹽油雜算行文名如夏月必用乳酪於本
支鈔炭自十月一日為始至正月二十日住支

米麵　酒肉　粥　鹽油雜支　柴炭　草料

三、五五

《典章十六戶部二》　一

差出
曳剌一升一斤　　　　鈔分
宿頓一升一斤
去處　　司吏目
人吏司吏　　　　　　從人同一束
省部　　　　　　　　經過處官司為應
攢報　　　　　　　　差禮應副經
收住　　　　　　　　無殺與雞者
食例　　　　　　　　食用新羊肉如
鷹鶻　　海青兔鶻二兩　早晨并支
　　　　后駒鴉鶻三兩
進呈　　后駒鴉鶻二兩　早晨
食例　　金錢豹二兩　　支淨羊肉遇夜
豹子　　大土豹七斤日　支七斤
食例　　小豹三日斤　　不應副不折鈔

---

## 分例

原表闕横線其直線又多錯誤今補正

| 米麵 | 酒肉 | 粥 | 鹽油雜支 | 柴炭 | 草料 |
|---|---|---|---|---|---|
| 驛頓　正使臣　正一　斤 | 正中　正羊 | | 冬月如夏月必用乳酪分例酒肉准算 | 炭自十月一日為始至正月二十日住支 | |
| 宿頓　米一斤　隨從　正斤肉一 | 統鈔一束 | | 隨從不支酒肉雜支鈔 | 日支一行 | |
| 去處　隨從　升　隨從 | 正斤 | | | 五斤 | |
| 馳驛　正一　斤 | | | | | |
| 換馬　解潟 | 正使 | | 一錢 | | |
| 六處 | 正支 | | | | |
| 長行 | 皆支 | | | | |
| 馬宿 | | | | | 草自十月一日為始至三月終住支 |
| 頓處　下次人員 | 正從 | 與粥 | 一錢 | | 料自 |
| | | 飯者 | | | 斤十二日五升 |
| | 馬一馬二疋一疋 | | | | |

表格十二

《典章十六戶部二》　一

附氏校補

| | 差出 | 曳剌 | 宿頓 | 省部 | 攢報 | 收住 | 人吏 | 食例 | 鷹鶻 | 進呈 | 豹子 | 食例 |
|---|---|---|---|---|---|---|---|---|---|---|---|---|
| | | 一升一斤 | 一升一斤 | | | | 司吏　司吏 | | 海青兔鶻二兩 | 后駒鴉鶻二兩 | 大土豹七斤日 | 小豹日支三斤 |
| | | 日支 | 日支 | 一升日支 | 同人一升 | | 目 | | 后長三兩　后駒鴉鶻二兩　早晨　早晨 | 金錢豹二兩　早晨 | 支七斤 | 支 |
| | | 鈔分 | 鈔分 | | 從人一束分一 | | 從人一束 | | 無殺與雞者 | 食用新羊肉如 | 支淨羊肉遇夜 | 不應副不折鈔 |
| | 所在官司驗差 | 劄應副經過處 | 減半 | | 經過處官司為應 | | 副米麵 | | | | | |

二五八

**定奪使臣分例**

中統四年四月二十一日河東宣慰司准中書省咨左二部關奉中書省劄付擬到使臣人等祗應分例依奉施行

起鋪馬處
換馬處
宿頓處

正使臣支粥食解渴酒　闊端赤支粥
正使臣依本部所擬合支
隨從闊端赤不支酒肉油鹽雜支鈔　白米一升

麵一片
白米一升　麵一片　肉一斤　酒一斤
油鹽雜支鈔一十文　冬月一行日支炭五斤自十月初一日為始正月二十日住支

四、二七

〈典章十六戶部二〉　二

長行馬使臣如有齎把聖旨令旨並省部文面勾當官中公事一兩箇為頭人員頓宿處依分例支者下次人員與粥飯者外據馬疋草料亦依本部所擬支遣馬一疋日支草一十二斤料五升自十月為始至三月終住支照得本部元呈長行馬使臣依騎鋪馬分例支遣呈下係官文字曳剝解子依本部所擬分例係宿頓處批支

站赤使臣分例
白米一升　麵一片　雜支鈔一分同至元二十一年四月二歡當下次人員一兩箇至元十九年二月初十日通政院奏准事內一件在城裏喫了當了呵喫得祗應宿住行有又一道奏呵兩箇日頭茶飯與者如無勾當第三日休與者喫遠道奏呵兩箇日頭茶飯與者如無勾當第三日休與者喫得飽喫不得呵鈔休與使氣力要呵寫將小名與來者

---

廝道聖旨了也欽此
又至元二十一年二月十七日通政院官等奏我從女真田地裏來的時分信州站戶每我行文字與著有來裏住的打捕鷹的忽都魯回還家去的時分白日經過時見在的羊肉與呵不吃要活羊吃的多有似這般呵俺過時見有您使臣每根底告有志生上位奏知的您識者廝道聖旨受在肉與呵根底告有呵與見如今見在肉有呵與見阿呆站家與來也者如今見在肉有呵與見阿呆不吃的人每根底水也休與者呵廝道聖旨了也欽此

〈體察使臣人員分例〉
臺咨檢會到中書省定例使臣分例正從正名分例以來朝廷差使臣以致中書省樞密院御史臺內外諸衙門一切出使臣人等每到外路挾恃威勢頤指風使外路官

五、五三

〈典章十六戶部二〉　三

司抑曲將迎恐嚇其意有正名一人而給二三正名分例至於從一人同正名不但如此而又呼索盛饌多破物料遇斷屠日所需素食品味比於肉食費倍多酬酒命妓以為故常年終打算祗應文冊止依省部定到分例除豁名數其破官錢何所從出必非各處官於己身內出備官民俱受其弊今後內外大小出使人員除正從人數外豈免虛名捏合互相抱補或有不敷不得多要分例今後分例除正從諸人若干從人數不禁斷司亦不得分付諸人同告首各道按察司嚴加體察如有違犯取問是實論如盜偷官物追賠元數取與同罪科斷似望各路官吏使去使臣不敢搭公私之費以結實主之歡各務公廉以絕蠹弊為益不小呈到中書省付節該都省照得使臣飲食已有定例今後諸衙門差去

使臣人員先行擬定正從員數治自起程脫脫禾孫及站
官署押印信文憑行移前站依上應副分例如有多餘取
要人員除職官開具真姓名申部依上應副分例如有多餘
屬官司就便追理仍督勒各處祇應人員無得分例付兵部
因而冒捺名項虛破官物除另行移咨各省劄付應付
行合屬依上體察施行

## 出使衣裝分例

元貞二年五月湖廣行省准中書省咨稱係
朝廷差遣元起鋪馬劄付於福建泉州上船時分繳
納所引人員稱係諸番貢獻諸物赴省索冬夏衣裝鋪馬
分例遞運脚力即係動支官錢不見此等人員定例又無
所齎劄文憑難辨真偽慮未應咨請定奪回示准此
送戶部照擬回呈參詳出使人員元齎鋪馬聖旨既於上
船處繳納到官合令所在官司出給明白執照回日行省
咨請依上施行

五、五九 典章十六戶部二 四

## 下海使臣正從分例事

大德二年十一月十三日中書省奏
過事內一件明里不花等江浙省官人每與將文書來差
詐偽夾帶所索衣裝脚力等從行省對酌照倒應副間坐
將下海去的使臣每未到入去的時分早來有比及時分
到阿騎小鋪馬吃祇應關住七八箇月又有正使臣並從
人不分間將來有但差使的使臣每根底必須應
付一二年的祇應糧食不分間正從與阿多費錢糧今後
正從人數分間明白對酌的合人去的時分與文書來相
減祇應鋪馬明白的一般有與將文書來俺這裏分間了
的言語是的一般今後咱每這裏分間了正從人數對酌

時月教去阿明白也者當該官人每根底說與阿怎生奏
阿奉聖旨那般者欽此

## 使臣宿住日期分例 大德三年

日江西行省准行
通政院咨承奉中書省劄付陝西行省輦昌便宜都總帥
府呈臨洮府申本接連土蕃邊界衝要驛路過往人員並
西番大法師到府停住數月取要分例每起一月或兩月
不行起程支取分例就中難以應當請就府司照得至元
十九年二月初十日通政院奏奉聖旨
已經遍行照會了當今據吉州路申有朝
廷差來官諸王位下使臣索要羊肉雞鵝蒜酪老酒冬月
索要木發別無許支明文乞明降事得此照得先准中書
省咨該奏過事內一件江南做官去來的一箇漢兒人說

五、六二 典章十六戶部二 五

## 使臣合吃肉食分例 大德三年二月江西行省據吉州路申有朝

有江南行底使臣每與豬肉魚兒雁鷔鴨吃不肯只要羊
肉吃有那田地裏每一口羊用七八十兩鈔買有這般教
站赤生受的一般奏阿若有豬肉阿與豬肉阿交與飯吃
者魚兒致廣也者與魚吃者無阿也休與吃者羊肉鷔雁
鴨等飛禽休與吃者欽此

## 下番使臣山羊分例 大德六年二月福建道宣慰司承奉江

浙行省劄付據杭州路申爲應付下番使臣往回三週年
分例各省官不要山羊只要北羊其南北羊肉價錢每日增
減不定今支下番使臣今支分例若應付山羊山羊肉價周藏
事省官錢四百餘錠係爲例事理稔准中書省咨該兵部
照擬回呈本部參詳北羊既非南地所出出使人員分例
若准行省所擬應付相應都省咨請照驗依上施行

## 鋪馬分例 大德八年

大德八年七月江浙行省准中書省咨御史臺呈

為諸王駙馬各枝兒勾當在各路裏幹辦公事鋪馬分例等事大德年三月二十八日奏過事內一件大都省官人每奏將來在前諸王駙馬各枝兒吃著在應往幾箇月也有一年的了不迴去騎小鋪馬差使臣來呵勾當完備推調者不者有麼道因那裏題說的上頭商量著大勾當呵與七日小勾當與三日者除那的外餘剩不交與呵怎生麼道奏了俺每根底這般說這道文書如今京兆省呵裏為錢糧的勾當呵並其餘管民官有軍情勾當官人每也與將文書來諦管民官一處相關的勾當呵行省裏為錢糧的勾當呵怎生將來的體倒相關鋪馬當有呵比及他每的勾當呵大都裏伴當每說將來祇應與呵中也麼道題說將來呵大都裏伴當每說將來

五八三

【典章十六戶部二】　六

委實有那般勾當呵依在前體例與者勾當既了推事故不迴去呵鋪馬祇應不交與除那的外他每的投下催趁幹脫錢地土造作勾當等與管民官無相關的勾當呵依在前已了的聖旨交與呵怎生說將來俺這裏的勾當不那箇投下呵他每的勾當呵一般有軍情勾當與管民官有相關的勾當呵不宜也者的一般有軍情勾當與管立限次有呵不交與呵有大勾當的與八日小勾當與三民官祇應呵怎生奏呵奉聖旨那般者欽此日鋪馬祇應呵怎生奏呵奉聖旨那般者欽此

**正從分例差劄上關寫**

皇慶元年正月江西行省准中書省咨兵部呈照得諸衙門凡遇差使人員赴部倒給鋪馬本部斟酌緩急輕重須子蒙古字別里哥字上漢兒字明白該寫正從凡剌赤幾名然後發落外據腹裏行省各衙門

差來人員所齎差劄並前站關文辨驗得多有不分正從一概作正濫取分例及標寫兀剌赤在外多要馬定似此濫給甚多若不拯治應恐兀剌赤為此本部議得前項事理擬合移咨行省遍行腹裏諸衙門今後若有必合差人公事須予差劄上明白標寫正從並兀剌赤名數不惟革去泛濫之弊誠為省借官錢優恤站赤如蒙准擬照會相應具呈照詳都省准呈

一五六

【典章十六戶部二】　七

# 官吏

**品從之任八例**　至元二十一年行中書省咨御史臺呈准行臺咨臺州路總管府達魯花赤剌二呈照得在先江南之任官員約量遠近對酌品級俱各乘坐鋪馬放支分例今既不許乘坐鋪馬自淮已南所任遞遍不同至於兩廣福建江西湖南浙東等處遠者數千餘里梯山航海況於溪谷之間素無居民縱有居民聞馬一嘶輒皆閉戶驚竄不免投宿空屋人舍絕無店舍人馬自食馬匹草料庶不致沿路生飢疲兼有盜賊輕則盜竊飲食重則致傷人命今後江南之任官員許令經宿頓館驛內安覺生事具呈照詳都省議得今後應任受官員經直前去任所自起程官司辨驗各官所受命勑牒令於館驛內支

【典章十六　戶部二　八】

五〇三

驗坐去品級實有人口應付粥飯仍行移前路官司依上施行已有騎坐鋪馬者不在此例除外依上施行

三品不過五人　四品五品不過四人

**監臨分司例**　至元二十九年行御史臺移准御史臺咨各道肅政廉訪司申前按察司上下半年巡按所至處之合無照關支分例今改肅政廉訪司分治監臨坐地未審合無照依按察司體例依舊支請緣係通例請定奉事本臺議得各道分司官吏於分臨監治處不須乘騎鋪馬支請分例如遇馳驛巡應按治勾當依例關支分例除外咨請照驗施行

六品七品不過三人

**行算人吏分例**　至元六年四月中書戶部據河間路申准山東東西道按察司公牒連到中書省條畫內一欵該須合驗施行

---

**應副行省臺剌米麵等分例**　至元十七年三月行中書省據處州申差出人並無俸祿合無盤纏合令所在官司驗處投下差出人等前去各左司呈本省遇有急切文字立限差遣曳剌人等前去各府得此仰今後遇有本省差遣曳剌人等驗差剌依上項分例應副施行

從人一名日支　米一升　雜支鈔一分　柴一束

司吏一名日支　米一升　麵一斤　雜支鈔一分　柴一束

【典章十六　戶部二　九】

五〇四

差剌每名宿頓處應副米一升麵一斤經過處減半事省府得此仰今後遇有本省差遣曳剌人等驗差剌依上項分例應副施行

**差剌內開篇分例草料**　大德四年三月中書省咨該河南省咨河南府申議擬到擾民事內一件陝州孟津等縣申每年經過西番大師押運係官馬疋每一四日支草二束折作一束押料八升及馬二疋牽馬人夫一名前去隣境官司交割其押馬人員於內夾帶梯己馬疋多無前路關文每起牽馬人夫不下八九十名今後如有必合進呈馬疋於始初起程官司取勘明白印信文字開寫實合應付相應咨請照驗此送兵部議人夫各處官司依驗應付相應咨請照驗此送兵部議得今後各處官員差剌內明白開寫實起馬數何處送納該支並押運人員差剌內明白開寫實起馬數何處送納該支

分例無得擾民若押運人員與各州縣官司通同作弊取
要錢物令各道廉訪司嚴加紏察相應得此照得先據兵
部呈據真定路等處備弈城縣申每年有四川行省土番宣慰
司都元帥府等處備差來西番大師色目人員管押進呈馬
驟並馬狗隻每歲馬不過一千餘匹狗隻不下一百餘隻到
縣下馬別無齎到差至各縣前路關文每馬一匹
日支黑豆一斗草四束狗每隻日支米一升肉一斤取要

【典章十六 户部二 十】

炎馬鹽貨籠頭繩索及元押馬正從飲食分例不見
明白數目中間夾帶梯已馬匹狗隻極多於內柱費係官
錢糧遞運人夫生受若不應付將人吏當館人
夫非理亂行拷打擾攝授民不便本縣議得似此人員因爲進
呈經過去處分例馬匹草料未肯依例又無許支明
文恃勢強取儻不滿意不惟官吏各被箠楚必致擾民以

### 應付豹子分例 大德六年五月 日江西行省准中書省

此參詳今後各省並宣慰司等官員遇有進呈諸物並所
須物色須要經由本處行省倒卻於咨文並所委官差
載使臣阿密忽三馬下等進呈阿里呈回帆舶般附
合麻等管押豹子赴北日要無骨豹肉七斤折要中統鈔八
兩五錢今後遇有起發豹子
行移有司每豹一箇日夜止應付帶骨豹肉七斤咨請照
驗准此送據戶部呈備大都運司申照得舊例分付金錢
豹一箇日支羊肉七斤大土豹每一箇日支淨羊肉四斤
小土豹每一箇日支淨羊肉三斤自來遇夜不曾應付肉

---

貨及折鈔兩體例本部參詳今後如遇起發豹子沿路食
肉若准大都運司所申應付相應具呈照詳都省合行咨
請照驗施行

### 應副鷹鶻分例 至元八年八月尚書省准中書省咨爲順天

路劉五十爲收住兔鶻不還官司用牛肉喂死者呵取招
決訖四十七下後奉聖旨既是那般呵打也不合打咱已
前爲這箇不還官司底人教死者呵理會下文字來那
底忒重有今已後海青鷹鶻等著呵道行裏坐下海青
官司便教納者不理會底人於暗房子裏坐下海青鷹鶻
等教人看養鷹的好人送來者那般行文書者欽此遍行
取去差會養鷹的好人送來者那般行文書者欽此遍行
令食用新肉如無新羊肉殺與雞者省府除外照驗施行
各路出榜所據收住合喂鷹食今約量擬定下項數目仍

【典章十六 户部二 十二】

三二十

| | 早晨 | 後晌 |
|---|---|---|
| 海青兔鶻 | 二兩 | 三兩 |
| 鷹兒鴉鶻 | 一兩 | 二兩 |

# 祇應

**祇應酒麵則例** 至元七年六月中書戶部呈奉中書省劄付
勾到隨路人吏打算至元五年八月至至元六年十二月
終祇應錢穀數內照得各路黃糯米出酒升杓並小麥變
麵斤重多寡不一為此擬到下項事理呈奉尚書省判送
批奉都堂鈞旨送戶部准擬施行

黃糯米出酒升杓隨路多少不一今取到中都上醞
局並廩給司申見醞造祇應每米石石出酒四
十五瓶大每瓶折酒二升計酒九十斤省實出酒九
都尚醞局造酒升杓體例每米一石要出乾好酒九
十斤今將依廩給用升杓一樣成造到鐵釘木升
一柄印烙作樣隨此發去仰照驗上施行仍將發

小麥變麵斤重隨路多少不一今公議得每麥一石要
磨白麵七十斤卻不得應副宣使人等不堪食用麵
貨亦不得尅減斤重違錯

〈典章十六 戶部二〉 十三

下升杓作樣常川收貯更仰總管府依元樣成造比
較相同圓押印烙使用不得尅減分例違錯
酒亦不得尅減分例違錯

四九八

**祇應月申數目** 至元十八年十二月御史臺承奉中書省劄
付於閏八月二十五日奏過事內一件隨路管站的官人
每使臣每根底少與卻說謊多寫著多破了祇應做罪
過多也更破著長行馬匹草料俺商量來交樞密院御史
臺行省各諸衙門一月裏算一月家裏的使臣一月省
數目者交管站的官人每他與數目者兩下裏查對了阿
說謊的也出來也後頭不敢做罪過也奏阿是也那般行

---

官為應付首思也欽此 至元二十一年四月通政院准來咨所轄站
赤天熱山路崎嶇鋪馬倒死頻併站戶自行補買更自備
首思靠損生受擬合官為應付請照驗事呈奉中書省照
詳回奉都省劄付准擬施行

**祇應使臣分例官為給降** 至元二十五年湖廣省准尚書省
欽奉詔書條畫內一欵節該軍國事務往來辦集全籍站
赤氣力近年以來馬價益增又令站戶自行置備外其餘祇
食以致站戶疲弊今後驛馬依舊令各戶
應分例你官為支給欽此據各站仰依例應付於年鋪錢
內逐一照算施行無得尅落承此
又至元二十八年三月欽奉條畫內一欵差出使臣飲食
已有定例在前官司給降錢數不足其間官吏又有

〈典章十六 戶部二〉 十三

五二六

尅除致令社長大戶輪番祇待百姓深以為害今後合該
鈔數以時從實給放毋得欵及百姓欽此

**二十八年祇應鈔** 至元二十八年御史臺咨本中書省劄付來呈
濮州臨清縣司吏俵散民間出備今再行議至元
鈔一萬一百定俵散各處就於各路正官依上施行今後
到使人員還省說稱隨處提調前去記今據見呈除別行外
仍令本處正官每月分輪提調去記今見呈別行外
今將二次行記事理開坐於後仰照驗施行
四月初五日行記

祇應斟酌府州司縣驛程緊慢俵散務要均平無致當
該人吏中間尅減其見發鈔數比及支盡須管豫為

照勘開申即便撥降不得似前分毫科取於民

祇應合用諸物各須依時趁賤豫爲准備務要省惜官
錢無致中間作弊

所管去處各該祇應鈔數令每月具報元收已支備
細名項並見在數目隨時照勘若有支使不應即勒

使臣已有定例仰取當該祇應鈔令每月具報元收數
内多餘破用其從按察司糾彈所在驛舍出榜張示
屬上司理會仍從按察司糾彈所在職名申覆示

祇應鈔數置歷收附從實支銷其見在數目本路正官
常切點檢無致侵欺借用

六月二十八日行訖

發祇應鈔數照勘本路所屬去處各均俵數目是否

〈典章十六　戶部二〉　十四

四八五八

相應除已支撥外檢較見在鈔數若有侵使短少即
勒賠償仍取當該人員招伏在職官者呈省餘從差
去官與本路官司就便斷決

祇待合用諸物各須依時趁賤和買明置文簿從實支
銷毋得循習舊弊不准備臨時除買多費官錢

廉訪司官於近上多戶内明立文卷具名置簿差

倩人力驗數採取置造酒米麵斟酌周歲可用

合用柴薪斟酌周歲可用數目於農隙時月計票蕭政

合用酒米麵斟酌周歲可用數目於本路合納稅糧
内驗數就用當館人夫修置菜園以供公用如無
空閑官地去處不拘此例

擇近便官地就處取用不拘此例

見今人戶祇待去處取問元斂錢物已置備下酒肉米

---

麵責付本處官司別項作數通行支用比見在錢
數差官同元祇待人驗數均給人戶收管付當該
違錯官吏招伏申部呈省今欽依詔條隨處驛舍出
榜曉示

發鈔數如有不敷照勘實有見在豫爲申部即撥降

各處所委祇待人員凡使臣往來祇應所需本府
毋得似前民間科借

**添應鹽醬錢**

至元二十九年正月御史臺咨奉中書省劄付
兵部呈據順德路申該本府祇應分例每員食錢
朝省宣使官員合用飲食分例每員食錢不敷依例應祇待米麵酒
肉柴薪外止破油鹽雜支鈔三分委食不敷申乞明降本
部看詳出使人員驅馳終日其給經過宿頓去處除依例

〈典章十六　戶部二〉　十五

五三一

應副米麵肉貨外必用纖須鹽醬元破中統鈔三分即目
不敷所直以此纖須之費致令各處官府爲難今來量擬
添作至元鈔二分支用庶幾不候祇待如蒙准呈早賜明
降都省今擬添作中統鈔一錢除外仰照驗施行

**規劃祇應**

延祐六年江浙行省准中書省咨大德四年四月
十二日奏過事内一件去年皇帝根底奏來漢兒城子裏
有的站赤祇應錢物每年從這裏打算有此
附與的錢不敷斟酌與了交管民官從長規劃依時節收
買雞鴨豬羊孳牲著用的時分祇應者麼道奏了支行來
如今各處行省管著州城裏也依這言語與將文書來行
臺官人每也得濟有應道與將文書交行呵怎生奉聖旨那
錢百姓也得濟有應道與將文書來行呵怎生奉聖旨那
體例交行呵恁生奉聖旨那般者欽此

# 雜例

**長行馬對酌盤纏**

中統五年八月初四日中書省欽奉聖旨
內一欵節該今後諸路官吏過省勾集若騎鋪馬者長行馬對
酌定立起發盤纏騎鋪馬者不須應付

**軍官有傳休應飲食**

院咨該崔樞密過省上坐萬户
門官員往來取要飲食分例又有蒙古萬户千户人員照
依先例萬户羊肉三十斤麵三十斤米三斗酒三十斤千
户减半户比千户减半乞照驗事得此本省照得至元
十七年四月行中書省崔樞密得此本省照得至元
六年定例即係未請應合支酒數即不見宿頓經過合支米麵
肉貨分例請照驗就便定奪各各分例

照得軍官已定體給據米麵肉貨賣別無定奪外據酒數已
有中書省劄付定到定例分例合行回咨請驗依例施行

**站赤祇應庫子**

咨大德七年奉使宣撫與本省講議得各路祇應庫子於
站赤祇應庫子於捕盜司二吏內選差不便移准中書省
本站水馬户餘苗糧內差二名就准本户里正主身役
役上下半年交替大德八年都省咨各處祇應庫子人員
於捕盜司見役人吏選差多係無抵業皆非歸寶失陷官
錢不便除已行下各處權依奉使講議站餘有苗糧酌中
户內貼差一名上下半年交替就准本户主首里正外咨
請照驗准此都省相度如果便益周歲交換亦為省劄已
行仍具依准文狀呈奉此照得先奉省劄亦為此事已施
行下本路依上點差發付各站祇待去訖今准前因仰照

五三九　《典章十六　户部二》　十六

**驗施行**

中書省劄付延祐二年正月江南行臺崔御史臺咨承奉
中書省劄付來呈備監察御史臺咨承奉兵部別里
哥該有宣徽院節次差委和尚買得用等二十一起一十
七人到驛抽分羊馬日給鋪馬關支分例驗得輕齎食
南口白羊等處抽分羊馬各人軺赴本驛住頓趂食給付
半年才行住罷累申兵部未蒙明降追回元食首思給
體禁治相應其呈照詳得此送據兵部呈行據宣徽院經
歷司呈奉本院劄付照詳得此據都省承奉聖旨節該據宣徽院
並名各處劄他每人抽分者欽此遍北蒙古百姓每各千户
羊口自前是宣徽口子裏交本處官司
就便提調抽分者欽此委令和尚等充南北口等處抽分

五八九　《典章十六　户部二》　十七

羊馬官勾當不見禿定置司去處各人不應於榆林驛置
司貪飲食首思常行坐鋪馬支請合從兵部體例定奪具
呈照詳得此照得欽奉詔書內一欵該延祐元年正月
二十二日已前事理似難追給今後抽分羊馬速依延祐元年正月二十
夫奴婢殺主致命但犯強盜偽造寶鈔及謀殺祖父母父母妻妾殺
欽此本部議得宣徽院所差抽分羊馬官依聖旨即從都省劄
係官錢糧不在原免一切罪犯已未發覺並釋免各
人止於所替南北口等處抽分羊馬母致似前於榆林驛
人聚集常川騎坐鋪馬搔擾站赤遞運切恐其餘站赤行省
付宣徽院嚴加分揀撙節應差人數欽依聖旨事意於南
北口等處趂時依例抽分羊馬毋致似前於榆林驛行省
坐食首思長騎鋪馬搔擾站赤遞運切恐其餘站赤聚集

所轄去處如有似此人數擬一體禁治相應開坐具呈照
詳得此都省已劄付宣徽院移咨各省依上施行

典章卷十六終

六十一

典章十六戶部二

十八

## 户部卷之三　　典章十七

### 户計

　籍冊　軍戶　分拆

### 斷例

一七　二七　三七　四七　五七　六七　八七

| | | |
|---|---|---|
| 户供送 | 花赤州判 | 各解現任期年後 |
| 州官占 | 達魯 | 降先職一等敍用 |
| | 知州 同知 | 同前 |
| 粟麥米麵簿縣 | | |
| 柴草縣官尉尹 | 達魯 花赤 | |
| 占戶供送 | 主 簿尹 縣 | |
| 粟麥麵米 | | |
| 豆油草錄 | | 解現任別 |
| 司事官隱占 | 吏司權請 | 行求仕 |
| 户計供送油 | 吏司俸 | |
| 菜縣吏占戶 | 罷役 | |
| 取要差發 | | |
| 縣官一面 | 俱各罷役擅科差發俠公支用不追人情錢用追給原主 |
| 科差 | | |

---

### 户計

原表闕直線眉
目不清今補正

### 斷例

一七　二十七　三十七　四十七　五十七　六十七　八十七

| | | |
|---|---|---|
| 州官占戶 | 達魯赤 | 各解見任期年後 |
| 户供送粟麥州判 | 知州 同知 | 降先職一等敍用 |
| 縣官占戶 | | 同前 |
| 供送粟麥簿尉縣尹 | | |
| 米麵柴草 | 達魯 | |
| 錄事司官 | 花赤 | |
| 供送粟麥簿尉縣尹 | | |
| 米豆油草 | 主簿縣尹 | |
| 縣隱占户計 | | |
| 供送油菜 | | 解見任別 |
| 縣吏占戶 | 權司吏 請俸 | 行求仕 |
| 取要差發 | 司吏 | |
| 縣官一 | 罷役 | |
| 面科差 | 俱各罷役擅科差發俠公支用不追人情職用追給元主 |

戶口條畫

至元八年三月欽奉皇帝聖旨據尚書省奏乙未
年原欽奉合罕皇帝聖旨抄數到民戶諸王公主駙馬各
投下官員分撥已定壬子年抄數先帝聖旨從新再行抄
數當時行尚書省不曾仔細分揀至今二十年間爭理戶
計性復取勘不能裁決深不便當次取到逐項諸戶人
檢到累降聖旨欽依分間定奪各各戶計擬到添額並
所據取勘到合當各各戶數依已降聖旨再行添額並令
協濟領內當差人戶事准奏仰隨路府州司縣達魯花赤
管民官吏管軍官不拘是何投下諸色人等照依尚書省
所奏條畫事理施行

一諸王公主駙馬並諸官員戶計

四九三 〈典章十七 戶部三〉 二

諸附籍漏籍諸色人戶如有官司明文分撥隸屬各
位下戶數曾經查對不納係官差發別無經改者
仰依舊開除諸迤北隨營諸色戶計於壬子年籍
後前來隨處看守莊子收納錢物之人隸屬
等不曾附籍即於本使處送納錢物之人隸屬
各道諸位下人員會到並諸投下人員該籍編籍放
良還俗等人戶有呵只教都屬那見住州內
續數出來底漏籍民戶有呵其原招收來底人不須管領又奉
先帝聖旨諸王公主駙馬並諸投下不得擅行文
字招收戶計及中統元年詔書內一欵節該諸路
應漏籍並老疾女戶截日並行呌附本路管民官
收係其斷事官原差頭目盡行罷去又至元元年

諸王共議定聖旨條畫內一欵依著先帝聖旨諸
王公主駙馬並諸投下不得擅行文字招收戶計
除將各位下已收人戶照依累降聖旨改正元
各路收係當差仍常切禁約投下人員無得似前
投下諸色人戶如有違犯之人仰管民官捉拿取問是
實申解赴部呈省究治如管民官今後不肯用心
收拾及看循面情從今諸人招收人戶定是解任
斷罪

一五投下戶

上都北京西京隆興平灤五路戶計為有爭差至元

四、四四 〈典章十七 戶部三〉 三

二年中書省欽奉聖旨據納陳駙馬帖里干駙馬里
連哥國王鐵真忽都五投下戶計仰差官與各投
下頭目各州縣管民官勾集元主並驅戶一同對
證得委係各人出軍時馬後捎將來底人口達達
數日裏有呵吩咐附本投下者於當差額內除豁如
對證係好投拜人戶及在後投下招
收到底人戶作民當差欽此中書省差斷事官帖
木烈三島等前去北京松州興州平灤西京宣德
等處欽依聖旨一一戶檢照乙未壬子年
籍對證到備細文冊相同依舊開除外有壬子
年原籍無爭差發蒙古牌甲內當軍站戶計亦仰開
除
中都迤南路分壬子年原籍除差軍站戶見行應役
或納錢物者依舊開除外別無身役戶數仰收係
當差

中都迤北隨營諸色人等於壬子年籍後前來見應
當軍站戶差役之人依舊開除
一各投下軍站戶
壬子年隨路原籍除軍站戶計見行應役或納錢
物者依舊開除外別無身役戶數即仰收係當差
迤北隨營諸色人等於壬子年籍後前來見當軍
站差役之人依舊開除
一隨路壬子年抄過諸色人等戶會到辛亥乙卯年
間兩次先帝聖旨該不揀甚麼人底民戶州城
子裏去了那田地裏種田益下房子住坐有呵只
那住底田地裏和那本處民戶差發鋪馬一般當
者根腳千戶百戶裏有底渾家孩兒人口每千戶
百戶裏也教依舊體例裏當差發者俺每聖旨
勘却有不曾起去戶數仰依著先帝聖旨收係當
每起移原住田地裏去此上除了今次取
書省依著先帝聖旨欲將此等戶計科差却稱俺
去躲避隱藏底人本人處死財產沒官當時前尚
省諭聽了呵不揀差發鋪馬祗應不當原住處不

貧難聽候軍戶無問附籍漏籍依舊充軍
稱現在軍前當役之人軍籍內照不見姓名今次取
勘見數亦仰充軍
姓名者並收差
稱津貼某人軍身查照軍籍內有姓名者作貼戶無
諸正軍並貼戶下合併攢戶今收手狀
稱乙未壬子兩年另戶附籍或有漏籍軍人有
姓名者依舊與戶頭貼戶當軍如無姓名者收係
諸放罷貧難正軍已收入額當差並改色作匠軍人
其原籍貼戶兩就到今不曾應當差役仰收係當
差
科差
一軍戶
蒙古探馬赤投下軍人不在當差額內無問附籍漏
籍應役不應役今次取勘到官發與樞密院收係
就便定奪
諸正軍令次有手狀
漢見軍戶不在當差額內者
見萬戶千戶有當役去處及不應役人等或經分間

一站赤戶
蒙古站戶脚色明白現在當役去處依舊當站
漢兒站戶無問漏籍於原撥貼戶之籍並附籍內查
照相同依舊當站外查照不見戶數收係當差
一諸色人匠
係官諸色原籍正匠並改色人匠見入局造作者依
舊充匠除差
諸投下壬子年原籍除差畸零無局分人匠自備物
料造作生活於各投下戶收係當差
開除外不當差役入戶收係當差

諸投下壬子年並當差役入戶收係當差
諸投下蒙古每年自備物料或本投下五戶絲內關支
曾附籍每年自備物料赴各投下送納者充人匠絲內除差
諸壬子年附籍軍人諸色人等別無上司政撥充匠

四七五

明文雖稱即日入局造作或於各投下送納者仰
憑籍收係應當差役
諸漏籍戶投充人匠改正爲民收係當差
一驅良　蒙古牌甲戶驅
壬子年另籍蒙古牌甲驅戶自抄數巳後每年爭告
雖經省部斷定終不絕詞照得甲午年欽奉合罕
皇帝聖旨不論遠達回回契丹女真漢兒人等如
是軍前擄到人口在家住坐做驅口因而在外住
坐於隨處附籍便係是皇帝民戶應當隨處差發
主人見更不得識認如是皇帝民戶有呵俺每根底寄
罪戾又照得先帝聖旨節文這新撥總巳後數日
裏裏去了底種田底出軍底那般推辭咱每根底不商
留下底種田底底阿誰那般推辭咱每根底不商

典章十七户部三　六

量往來底田地裏休起移者打捕鷹房不問是何
投下民戶有呵依著您每定下底差發抄上過本
城子裏官人每根底納者欽此所據另籍驅戶巳
在當額內依著合罕皇帝聖旨先帝聖旨裏依
舊當差額外不得識認起移今次取到驅口雖
係壬子年另作附籍當時開除止納本使差錢物到
今不曾應當係官差發依舊除豁不行收差
今壬子另附籍豁內驅口各處作逃亡事故開除至
今不曾送納係官差發今次取勘到官雖壬子年
另戶附籍仰依舊開除
壬子年主奴不曾附籍依舊閞除若本使附籍驅下
漏抄驅口巳在當差額內主人不得識認
收差戶計今次手狀稱見當本使差役者依舊住

四〇八

坐不當本使差役者仰漏籍戶收係當差
乙未年另籍驅戶欽依合罕皇帝聖旨便是你官民
戶如壬子年卻不曾抄上仰依漏籍戶收係當差
主人不得識認
乙未壬子二年本使戶下漏籍人口因而在外另籍
不曾攢報並仰收係當差
乙未壬子二年本使戶卻於軍籍內作驅攢報之人
即仰爲良充貼軍戶計
一諸色戶驅良
乙未年附籍民戶壬子年於他人戶下作驅抄上或
漏籍仰以改正爲民收係當差如經過趙小來叛
亂被虜爲驅抄上及爲李佛見斷沒之人不在此限
若壬子年另附籍據依例定奪

典章十七户部三　七

本使戶下附籍驅口在外不曾另籍今次雖稱宅外
本使戶下附籍驅口因而在外另作驅抄過者仰依例收
田等附籍驅例收係科差仰於本使戶下除重籍
乙未年附籍驅口壬子年戶下不曾抄上
另居及好投拜民戶依舊爲驅
人丁差役
本使戶下不曾附籍其驅口在外抄過者仰依例收
係科差
乙未壬子二年主奴俱各漏籍即日另居今次取勘
仰作漏籍戶收係當差主人不得識認
到官不在當差額內者依舊爲驅今次取勘到無

使驅雖稱他人驅不見本使下落收係當差已後
主人識認照勘是實吩咐本使

一放良民戶

諸良書該寫任便住坐或為良者仰依良書收係當
差

諸驅口壬子年已前得訖良書卻於他人戶下
作驅口附籍比及照勘以來除軍站急遞鋪駞船人
等戶下附籍人口照籍相同改正為良充貼戶外
其餘諸色人等戶下驅戶數並仰收係當差

諸投下放良戶該寫如遇抄過為良或作戶者仰收係當
數仰作本投下人戶上該寫不得投屬別管官司戶

諸良書該寫放為良者仰依良書另
立戶名收係當差

【典章十七 戶部三　　八

諸良書已放為良任便住坐其本使再立津貼錢物
或分當差役等文字並不准使仰依原放良書為
民收係當差

諸人驅口雖與財物同若驅口宅外另居自行置到
重驅年限未滿或贖身錢未足者仰合屬官司
籍記收存候限滿錢足至日科差

諸放良戶年限未滿或贖身錢未足者仰合屬官司
不得爭理

重驅人出放為良者並從為良本主底使長

諸壬子年附籍漏籍戶已經上司分撥與各投下並

諸官員戶計如戶下驅口本主放良者憑良書依
例歸著

一新案主戶

諸犯刑官員已經朝廷斷沒家屬並戶下驅中並依

口斷殺付合屬收係

諸色人等因犯事不問罪名輕罪一例將人
口財產斷沒給與事主或所斷人口今擬在前已經官員分訖中間亦
無所犯情罪不及斷沒人口等

聖旨並諸王令旨忽都虎官人文字斷過者別無
定奪外其餘斷事官府州達魯花赤官擅自斷訖
之人除犯重刑者另行定奪外餘雜犯人等政
正為民收係當差

一幹脫戶見奉聖旨諸王令旨隨路做買賣之人欽
依先奉帝聖旨見住處和與民一體當差

一回回畏吾兒戶欽奉聖旨不揀甚麼人底民
戶州城裏去了底只那住地面裏和那本處民
差發鋪馬祗應一般當者那根腳千百戶裏有底

【典章十七 戶部三　　九

渾家孩兒人口每千戶百戶裏也教依舊體例裏
當差發者仰收係科差如回回戶內有新僉出軍
戶數至日開除

一苔失蠻迭里威失戶若在回回寺內住並無事
產合行開除外擴有營運事產戶數依回回戶體
例收係差

一打捕戶

壬子年附籍打捕戶應當絲料色銀頭裏送納皮貨
到今別無定奪若有爭差戶計經官陳告者仰照
乙未年原籍名色歸著

壬子年附籍打捕戶送納皮貨不納斤絲仰照
子原籍相同止令應當絲料如不係打捕戶計即
便收係與民一體當差

手狀指稱打捕戶不納皮貨亦不當差之人無問附
籍漏籍收係與民一體當差

一儒人戶
中統四年別作名色附籍並戶頭身故子弟讀書又高
子年別作名色不經分揀附籍漏籍儒人或本是儒人壬
智耀收拾到驅儒仰從實分揀能通文學者依例
免差不通文學者收係一例當差外諸色人戶下
子弟讀書深通文學者止免本身雜役
者依例收係當差如局分見役人匠不敷從尚書

三八一 《典章十七 戶部三》 十

一析居戶
軍站急遞舖兵駕船漏籍鐵冶戶下人口析居者揭照
各籍相同止令依舊驅漏籍當役如無者收係當差
運司煎鹽竈戶下人口析居者仰充竈戶收係當差

料

一招女婿
養老女婿
妻亡出舍另居自到娶到妻室卻稱津貼丈人戶下
差發或納本役下差發之人仰收係當差外據丈
人出備財錢別行求與妻室及分訖事產津貼者
依舊同戶當差
原議養老女婿有丈人要訖財錢或因事已將原妻
休棄即日另居別行娶到妻室無間籍內有無收
係當差
良人於他人駈戶住作養老女婿即目養老丈人丈

母另居其原使或弟男依舊作驅使用除軍站急
遞舖兵駕船戶揭照各籍內有姓名者為驅作貼
戶收係外其餘民匠諸色人等無間籍內有無即
仰收係當差

年限女婿
歸宗與父兄同家住坐應當差役之人別無定奪
年限已滿不行歸宗今次另供到手狀戶數仰收
係當差

一諸奴婢嫁娶招召良人至元六年正月中書省行
下戶部遍行隨路不得招召良人如委自願
者各立婚書許為婚已行禁約來今擬照依前
記作戶計收係仰合屬官司籍

四二一 《典章十七 戶部三》 十一

例成婚如正驅已死仰令良人所生男女另立
名收係為民如軍籍內有姓名者為良作貼戶
本使同戶應當差役者無間軍民人等並仰收係
當差若軍籍內查照有姓名之
一諸人戶丁漏抄親人丁雖已成丁並仰收係或
同戶當軍
一砂井集寧靜州按行墜子四處壬子年原籍受不
花駙馬位下人戶揭照原籍相同依舊開除
一諸附籍漏籍合併戶數如自願析戶者另行收係
當差不願者聽仍令合屬官司籍記見數應當
役
一隨朝並各位下諸色承應人見不承應者收係當
差

十二

一隨路諸色不當差人戶除軍站戶限地外照依累
降聖旨種田納稅買賣納商稅

一今次取勘戶計若有隱漏者從尚書省立限刷勘
施行諸投下不得招收違者治罪

一尚書省令次分間到諸色人戶已後諸王公駙
馬或投下人員爭理戶計公事依著尚書省不
得一面起移亦不得擅自更改須管經由尚書省
照勘依例合審施行

一深州合蘭木西京忽蘭南京張子良各管戶計欽
依聖旨已經革罷隸屬各路爲恐原管人戶爭差
且令各投下頭目管領科差今次取勘見數其原
委頭目合行罷去仰各路戶計行收係科差

## 照勘漏兒戶計

五八〇三

〈典章十七戶部三〉

至元二十一年十一月中書省咨十一月初

一日奉聖旨這裏漢兒每蠻子田地裏去了的多少有各
城子裏出榜教要數目者隱匿的人有罪過者欽此都省
咨請欽依聖旨事意行下取勘上項戶計原籍州縣村坊
見住去處根腳應當是何差役造冊各依己籍爲定不許
隱匿如有違犯之人斷罪施行

至元二十一年江西行省據撫州路民戶黎孟
宋時自亡宋至歸附後係民戶附籍有籍身死本路軍官李彈
壓強捉鎖縛充軍監禁不放等事參詳各翼新附軍人俱
有定籍戶已有抄數到官戶冊各依己籍不許軍
官經直差人勾擾百姓充軍是爲便當都省准擬割付樞
密院照驗施行

## 屯田戶計

至元二十五年 月

日欽奉聖旨節該尚書

十二

---

省見於夸肢洪澤兩處朔立屯田田乞降聖旨事意准奏仰
行尚書省從長規畫務要屯田早爲成就將已撥軍人
戶計更爲召募江淮等處人戶願入屯者常切存恤仍免
一切雜役務農其間諸人毋得阻壞欽此

該省不必是何投下大小人戶若居山林畬洞或於江湖河
海船居浮戶並赴拘該府州司縣一體抄數毋得隱漏據
抄數訖戶計有司即出給印押戶貼付各戶收執於內
漏數事產七十七下欽此

又至元二十八年三月欽奉聖旨內一款節該江淮迤南
口數寄住人戶編立保甲遞相覺察毋令擅自起移隱漏
土居寄住人戶口死罪鄰佑漏報人口知情不首一百七下
近因抄數戶口民間意謂科取差發安生驚疑自來戶籍
乃有司當知之事其勿疑懼

## 撿數戶地籍冊

五八四八

〈典章十七戶部三〉

至元二十九年八月准御史臺咨監察御史
呈爲大都路失散戶地籍冊事今後擬令各路府州司縣
將自前至今抄數到諸色戶籍地欽於照文冊取勘見數
補寫完備如法架閣正官首領官得替相沿交割解由內
依式開寫察官照勘卷時依期撿舉但有不完隨即究治
呈奉中書省准擬施行

## 軍男與民以籍爲定

大德三年四月江西行省准中書省咨
來咨臨江路軍人劉貴將男劉賢弟於至元十七年過房
與民戶楊四五爲男二十一年劉貴弟首充軍隔兩月身死
二十三年伊妻阿陳改嫁他人二十七年楊戶楊四五將
劉賢弟立名楊繼生於戶下供籍外據劉貴爲係戶籍萬
戶府將本人除豁了當若准所擬爲民係爲例事理請定

十三

奪送戶部行據省架閣庫照得臨江路至元二十七年
抄戶冊內民戶項下楊四五籍內楊繼生名字本
部看詳劉賢弟雖係軍人劉貴親男卻係伊父劉貴將本
人自願過房與民戶楊四五為男之後本人充軍身故楊
四五既於至元二十七年抄戶時分已將劉貴弟立名楊
繼生供報入籍擬合為民當差乞照詳都省准擬咨請依
上施行

**儒醫抄數篇定** 大德五年二月湖廣行省劄付檢會到至元
二十七年八月初六日欽奉聖旨抄數諸色戶計議得省府
咨議到抄數內儒人戶計議得江南儒戶計議得除先
元十三年試中者止免一身所據江南儒人比及選
試分揀定奪以來將歸附之初原籍儒戶於儒戶項下作
數外據已後續收儒戶收係為民又醫人戶計議得除先

五六九

〈典章十七 戶部三〉 十四

**災傷缺食供為無籍戶名** 收拾到醫戶內有名字並節續赴上承應醫戶作醫戶攢
報外據其餘各年續收醫戶擬合於民戶項下攢報省府
免項下被災曾經賑濟人戶戶計別無定科徵至大二年差稅倚
相度至元二十七年抄數籍定儒醫戶計擬合欽依除免
內戶民遞互差拘不同舉如益都一戶鼠尾冊並實徵解
雜乏差役外據續收戶計別無定奪今下仰照驗施行
濟卷內李黑兒李珍同戶李黑兒有鼠尾
冊內系科數少者有不曾申告災傷賑濟
實徵冊內張三支請賑濟原明該受官各處下
戶頭李四差發一例除免當差又賑濟
分間以其貧窮不能自存小戶賑濟今次查照得曾經賑

---

濟人戶數內有請鈔一二兩或支米三四斗除免合該絲
五七兩有至三二百兩者此等人民難為貧下小戶亦有
寫居人戶正名下曾申告災傷賑濟其各管頭目人等代
替申報各州縣並不照驗行移文元籍官司倚令
似此名項甚多不能一一遍舉益是各處當該官吏不以
錢糧為重繼令鄉胥人等通同擔合作弊冒除差
稅參詳今後各處懦過申告災傷或稱缺食者須要人戶
供寫原籍戶名及見告人名字稱說係是戶頭人子
姪弟婿男外甥審問明白方許受理覆保勘是實各用勘
關牒行移原籍官司以憑查勘取問便行移文元該當該官
各戶親赴見住地面官司陳告體覆保勘若如是依前供告不明
計安作貧窮缺食下戶支請錢糧冒除差稅定將當該官
計參詳今後各處懦過申告災傷或稱缺食下戶支請錢糧冒除差稅定將當該官
姓名參詳今後各鄉令或頭目人等代替申告及將上中戶

〈典章十七 戶部三〉 十五

**打捕戶計** 皇慶元年正月江西行省准中書省咨來咨南康
路申打捕提領趙高所管打捕戶未經各處行省咨南康
捕鷹房總管府狀申於仁虞縣交割到原行卷文內檢照打
照驗得此咨請回示准此於管領諸色人等照得至大四年三月十八日欽奉詔書
得別無上項卷宗照得各有定制不得擅招戶計誘占驅奴達者
內一欵祖皇帝以來累朝定制不得擅招戶計誘占驅奴達者
世祖皇帝以來累朝定制不得擅招戶計誘占驅奴達者
治罪欽此除欽依外擬合將趙高依例革罷管領相應庶望不致擾民達錯申
等額納皮貨得有司依舊管領相應庶望不致擾民達趙高
乞照驗得此本部參詳合准本府所擬移咨行省將趙高
革去所納皮貨令有司管領相應具呈照詳都省准擬

五六八

吏追賠斷罪似望少革其弊如蒙准遍行照會都省准擬
依上施行

# 軍戶

**漏籍軍戶改為民**

至元六年三月中書省戶部來申管紅花辛
保本管民戶張鈞男張文煥作私戶
刷作私戶小路軍人其原供手狀止報張聚三口別無文
煥姓名依例收係為民當差事省部照得近據平陽路申
私走小路軍常德告與伊父常存一同當軍乞除合著差
當房三口原供私走小路手狀別不見原供的本手狀仰
更為照勘張聚原供的本手狀如委係當房三口別無張
發為原供私走小路手狀內止該軍口合令常德並妻男當房五
口別無伊父常存並其次弟男家口合令常德充軍外常
存依舊當差省部劄准擬去訖令申准抄到張聚仰
文煥姓名家屬上施行

**四八八**

**年限女婿不入軍籍**

至元七年三月中書右三部近據來申
涿州范陽縣李帖驢狀告壬子年於姑夫馬郎戶下附籍
丁巳年姑姑李氏主婚於本州軍戶馬十家內與伊女青
驢為婿一十年為滿如是丈人下但有軍役並不干預當
驢之事此時令韓先生寫記合同婚書各自收執卻有文
人馬十令伊姪男鄭家奴前來帖驢籍處貼要歸
定奪得此責得此將婿李帖驢籍定府司若便依原立婚書歸
內阿劉名下將婿李帖驢籍已未年軍籍
斷誠恐未應得此本部參詳李帖驢籍定是出合雖是已未
年草籍內馬十戶下籍過擬合出籍與壬子年同戶姑夫
馬郎一同當差呈奉都堂擬旨送本部准擬施行

《典章十七 戶部三》　十六

# 分析

**抄數後分房者聽**

至元七年八月尚書省戶部近據太原路申
見取勘不當差戶計協濟見當差入戶於內析居戶計若
戶長與戶下俱長却不從順乞定奪事省部議得見居各另者聽從
聖旨條畫壬子年合併抄上戶計自願析居同戶當差雖是異
民便欽此呈奉到都堂鈞旨擬定下項析居體例照依
施行
一同姓叔姪兄弟壬子年同籍至今同戶當差者止令
依舊當差一戶當如有兩願析戶者聽
一同姓叔姪兄弟壬子年同籍異居同戶當差雖是異
居未經分另者兩願析戶者聽
一同姓叔姪兄弟已有支析文字另居文書或無文字
一同姓叔姪兄弟壬子年同籍一戶當差不以

**四九三**

**父母在許令支析**

至元八年七月御史臺承奉尚書省劄付來
呈監察御史體究得隨處諸色人家性往父母在堂子孫
分另別籍異財實傷風化乞照詳送戶部講究得唐律祖
父母父母在日子孫不得令子孫分另別籍又條漢人不得令
子孫別籍其支析財產者今照得仕民之家性漢人其祖父
母父母有支析文字或未曾支析者其父母疾篤及亡歿其
之後自開剝以來別無定制以相爭財產為務原其
所由自依舊例卒難改革以此參詳隨代沿革不同擬
擾如此若依舊例以來醫侍疾喪葬為事止以相爭詞訟紛
合酌古准今自後如祖父母父母許令支析別籍者聽違

《典章十七 戶部三》　十七

禁治父子異居　至元二十五年正月堆中書省咨據王良輔

陳言事送禮部擬到下項事理都堂開坐請依上施行

一新附江南地面多有所生見男娶妻之後與父母另

居良輔尋思即今昆仲雖有折居之例尚與友愛之

遺是必君子恥爲今豈有父子另居之理今新附地面

循習亡宋污俗尚然不悛若不改正溫清定省之禮

安在今擬若有似此違犯之人痛行治罪庶望漸生

孝道父子異居之理雖不見所指明白自然於風教實

江南父子異居之理雖不見所指明白自然於風教

爲主重擬合移咨各省令所在官司遍行誨諭如委

有不孝不悌之人自有常刑

者治罪省府堆擬仰照驗施行

承繼

軍民承繼絕戶　至元五年七月中書左三部爲臺城縣劉順

拋下事產卻有親房軍戶姪男劉興與乞承繼事省部照得

先奉中書省劉付爲平陽路鄭湛淨告男挨哥承繼隻身

年幼兄弟大兒充軍戶年老別無子嗣合承當將軍戶承

繼祖業應當貼戶身役撮密院講究回呈議得軍戶行下

有如此之人依上爲例挨哥承繼當差便省部行下合屬將

挨哥應當貼戶身役已後民戶有無子之家軍戶內却有

合承繼同宗弟姪亦仰依上施行

禁乞養異姓子　至元二十九年十二月福建行省據邵武路

申承堆福建廉訪司分牒體知南方士民爲無子嗣多

養他子以爲義男目即螟蛉姓氏異同昭穆當否一切不

論人專私意事不經久及以致其間迷禮亂倫失親傷化

無所不至有養諸弟從孫爲子者有不睦宗親捨抛族人

而取他姓爲嗣者有以之弟姪爲子者又以後妻所携前

夫之子爲嗣者因妻外通以奸夫之子爲嗣者有由妻而

慕少男養以爲子者又因妻子嫡孫從後妻而

別立義男者有妻因夫亡聽人鼓誘蠣買以爲子者有夫

妻俱亡義男爭其貨產興詞訟始謀貽惠終至破家

失真宗盟亂敘爭奪釁作送神不歆

亦絕蒸嘗莫保丘壠縱有異姓之子能奉香火然神不歆

非類窩得感通有後名存實願爲絕嗣人情至此孰不哀憐

切照舊例諸人無子聽養同宗昭穆相當者爲子如無聽

養同姓皆經本屬官司告發給公據於各戶籍內一附一

除養異姓子者有罪古人思患豫防立法如此存亡繼絕

可行無弊者詳南人立嗣深恐漸將官司所抄戶籍壞亂
難整又致改名過房販賣良人者得以藉口遂其奸計如
酌舊例更定教條除在先已立者姑聽外此後悉令依例
布告遠近一新污俗幾民習還淳風若還禁止非惟禍亂
已悉爲此移准總管司牒申行御史臺剳付該令仰與本
司致此多端亂倫傷教如不早圖禁止非惟禍源如前弊
從長講究可照合屬父子嗣續人倫大本本路近據廣西道
總管府官一同講究得父子嗣續人倫大本本路有司
治爲便牒申到司以掘祖墳詳施行承此照本路私
錄事司申解到司以掘祖墳人黃雲瑞賣得元係無嗣子
俗感通非我族類神不歆享私立異姓啟禍源私販人口私
脈感通非我族類

賓州人氏本姓陳隨姑陳氏嫁人黃雲瑞賣得元係無嗣子

五八七
【典章十七 戶部三】
二十

立雲瑞爲嗣於至元二十九年四月二十日妄以祖公黃
百十三知府墳墓風水不利爲由令吳百七等將墳墓掘
取公墳墓內銀器等物及將尸骸燒化移於他處卻無異
祖公墳墓山林賣與官將仕爲主罪犯招伏審問無異看
詳黃千一將仕無子不能於近族擇有昭穆相當者立之
輒用其妻陳氏所携異姓孫政名雲瑞立而爲嗣族系既
殊情態少異其間破賣田産毀折室廬俱未暇論最是乃
祖黃百十三知府歸土已三十多年而黃雲瑞乃敢盜發
其墳斧其棺火其尸盡取棺中原瘞之物至於墳塋庵宇
悉以售之他人若使黃雲瑞另行外實係黃氏宗黨之親
則知有祖宗骨肉必不忍如此絕滅天理之事此立異姓
子者之明驗也乃知歿及九原其可哀也除將黃雲瑞
果異姓若不難禁治誠恐此風甚長爲害滋甚乞照詳事

---

省府仰依上禁治施行

養子須立除附 至元三十一年十二月福建閩海道蕭政廉
訪司定到民間省諭事理一件內諸無子聽養同宗昭穆
相當者若同宗無應繼之人則抱養他人之子名曰螟蛉
蓋取久而肖之之義將以終老傳後也今建俗則不然如
年未及冠或娶妻未已之義將有生前不曾抱子而死
者或因業旋將不應繼者或因而謀有其女妄認到官是
後族人觀覦其業旋將不應繼之人轉行過房他人者有之
婚書並無畫字亦將螟蛉之子因而抱子及有生前立繼文字
省諭今後年及四十無子之人方聽養子皆須明立文字
兩家並說合各畫字仍須經官告給公據不許似前抱
合生前文字亦不得年小豫先抱子及將所抱之子轉典

五五八
【典章十七 戶部三】
他人
至

異姓承繼以籍爲定 大德三年二月二十八日江西行省咨
都省咨文來咨蕭阿周告夫蕭念七存日將男許真過
房與伯蕭千八爲男伯母蕭阿謝將伊兄謝五四男謝顏
孫私立爲嗣蕭阿謝養爲男顏狀結至元二十年與夫蕭千八
商議將兄謝五四次男謝顏改名蕭福九在後
夫蕭千八並婆阿謝故蕭福九承服不曾至元二十七
年蕭千八並婆阿謝故蕭福九承服持孝至元二十七
本省官司抄戶蕭福九即係蕭壽服似難出繼咨請定奪准此送禮部
六載抄籍立戶當差及承繼似難出離咨請定奪准此送禮部
照擬得蕭千八爲無男兒過繼妻娃謝顏孫改名蕭福九

蕭念七生子許真吳真本人生前不曾爭告繼立至元三
十年身故伊妻阿周於元貞二年赴官陳告夫蕭念七存
日欲將男許真與伯蕭千八爲後參詳蕭福九即係蕭千
八生前繼立爲嗣經持祖母孝服又與擬相應
自來別籍另居合咨行省再行取問若無差異擬相應
其呈照詳都省准擬咨請依上施行
又大德四年四月　日江西行省准中書省咨來咨備袁
州路申至元二十六年八月內張元俊告伯妾阿褚立元
俊次男益孫爲親男益孫將田土房屋分作兩分一分
與益養男張元平一分與益孫承管鈔戶納糧不防衰道
庫使抛下田產二十五項七十五畝除過房男張元平一
分該田七項八十二畝承納戶糧外有田七項九十三畝

五八二　《典章十七　户部三》　二十三

張庫使生前遺撥褚惠真養贍其褚惠真起立崇明觀以
張庫使男張安老爲戶納糧今張元俊告卻緣敬奉皇
太后懿旨褚惠真分到田地斷回與崇明觀養贍道眾者
敬此本路豈敢不遵合從省啟稟明隊非本路省照得本
路專處之事申乞照詳得此咨請照詳准此都省照得本
省先咨張庫使至元二十三年身故二十六年天亡自行其狀
後承繼張張庫使戶名至元二十七年供抄入籍當差至元
赴錄事司告給公據立同祖親姪張元俊男益孫爲安老
爲乞養男張元平不聽教訓親男益孫爲安老
立崇明觀張元俊告發到官本省婦狀結前項田土並不曾
二十八年阿褚捨俗出家禮邵法師爲師溪園祖居翔
捨作常住已咨本省斷令張益孫收繼當差去訖其邵法
師卻將褚惠真告據過房抄上入籍同祖姪孫張益孫作

疏族姪張元俊妾稱已曾過房爲男又將張益孫已承繼
田土作爲褚惠真受分物業朦朧皇太后位下呈告以此議
得褚惠真褚益孫爲道前夫張庫使抛下田產已令乞養子張
元平與入籍承繼張益孫依舊爲主管業除外咨請依上施行

〔萬生菜雜立戶〕

大德四年八月行御史臺劄付近據監察御
史呈據萬永年狀告係鄂州路錄事司附籍儒戶有權父
萬洪身故男本宗除亡之後止存永年係故叔萬
洪親姪有姜仲一條改父存日買到人口將應有家私
拘收爲主其狀告到湖廣行省送理問所歸問止據叔父
萬洪義婚韓一供指稱叔父之
子通同承頂萬氏物業改姓萬善達爲戶偏不肯依例歸
結等事得此追照得湖廣行省理問所以原行文卷內該

五八四　《典章十七　户部三》　二十三

萬永年原告萬佛兒並女使宜姊與娘均係萬洪生
到人口錄事司取問得佛兒係萬洪前過房爲男宜姊
興娘係過房爲女今次追到萬洪戶帖查照與各人所供
相同責得萬洪戶爲女供報在官冊照得
故叔父萬五將佛兒爲男根因所有宜姊
當並不會故叔父萬五乞養之子永年至元二十六年六月前住潭州等處勾
興娘叔父喚令前去前止將爲婢使喚令官司檢點照得戶冊照得
依理歸斷萬洪家業相應呈准本省劄付依上歸結行萬
抄戶籍面內萬洪生前以立爲嗣若准錄事司已擬令萬
佛兒承繼萬洪家業相應呈准本省劄付於至元二十六年
照到如今看詳萬洪生前將姜二親子於至元二十七年
作男佛兒供報入籍大德元年姜佛兒卻赴錄事司改名

萬善遮爲戶承管萬洪家業其萬永年累次經官陳告係
萬洪親姪例應承繼若依理問所憑籍議擬崔行省割
付斷付養子佛兒承業本人終是異姓之子有失人倫之
道若於以萬洪所爭家財內以十分爲率量以二分給付
佛兒以充養育歸宗之資餘聽萬永年承繼萬洪戶名庶
使戶不差送又且杜絕後訟乞照詳得此憲臺議得爲係
破籍更戶已久爲例事理移崔御史臺咨呈奉中書省割
付該都省議得江南似此乞養過房爲子者多比及通行
定奪以來依崔行省所擬斷令萬佛兒承繼萬洪家業立
戶當差仰照驗施行

二六三

典章十七戶部三

西

## 逃亡

### 復業戶爭事產

至元二年正月樞密院據東平路奧魯總管
府申軍戶宋全王順狀告甲寅乙卯年間籤軍時有管民
官司令全等頂替逃戶譽德王仲充軍爲全等貧難無力
卻撥到譽德抛下地產官司給到公撥令全等永遠爲主
至丁丑已未二年乃查對軍時將元撥地乘本戶下弦上
磨問過有譽德復業時所抛下事產要原抛下事產改除
現充軍戶代當時所抛事產官司給與公據標撥現充軍
人戶爲主如軍民復業卻行爭要原抛下事產有他人佃
種若不於逃軍時事產在逃止斷付現當軍役在逃復
今後如有似此於逃軍事產官司給與公據標撥現當軍
人戶爲主本人復業卻行爭要原抛下事產有他人佃種
業照依已降條盡給付本主仰照驗坐去事理今後
如有似此爭告之人就便依理歸斷施行

五二四

典章十七戶部三

二五

### 逃戶抛下地土不得射佃

至元十年閏六月中書吏禮部承
奉中書省原呈宋安仁陳言事理送本部就
戶事產人戶種佃一節並禁治大都籤言逃亡
關合干部分依上施行
一項宋安仁抛下田桑園圃水陸事產省部符文令
諸色戶計依鄉司里正首主並在官一切人民畏避
親民官吏鄉司里正主首並在官一切人民畏避
司權勢不能還業此弊不革害民非　然射佃之事雖

帳隱沒農桑不勤倉廩減耗爲私蠹害點吏豪宗兼
並緣暴及貧弱冤苦不能自伸者委監察並行糾察
欽此尋思得國家如此明誠猶然未絕害民之弊且
如在逃軍民抛下田桑園圃水陸事產省部符文令
一項宋安仁照得聖旨條畫內一欵該戶口流散籍

二八〇

云出備租課中間情弊多端以致在逃故隱逸外方
合令遍下諸路京府州縣將逃戶事產止令無力資
民種佃似爲防奸革弊使遠近年分在逃戶計攞頁
其子却歸閭里軍民安堵如故則無逋流之患此端
事理似爲官民兩便乞參詳施行
前件戶部公議得攞在逃軍民戶抛下地土事產擬合
召諸色戶計種田依鄉原例出納稅課無令親民官

**招收逃戶**

察相同憑准回牒保結申部仍爲追勘
文卷從實照勘的逃戶數行移各道按察司更爲照體
各路供報戶數不實難便施行除已行下戶部撿照差科
戶部呈取勘到隨路在逃軍戶事都省若不從實照會悉
至元十九年　月御史臺承奉中書省劄付近據

三八五五

二五

因而生事動搖驚擾亦不得將實逃戶數隱匿現在虛申
仍令各路著緊招收復業欽依先奉聖旨存恤其招到戶
數每月一次申部及移咨安西行省依上施行仰行下各
道按察司照會更爲糾察施行

典章卷十七終

## 戶部卷之四　典章十八

### 婚姻

凡婚書不得用氣北語虛文須要明寫聘財理物婚主並
媒人名各畫字女家回書亦要受到聘禮數目嫁主並媒
人亦各合書字仍將兩下禮背面大書合同字樣吩附各
家收執如有詞語朦朧別無各各畫字並合同字樣爭告
到官郡同假偽

此右式
款帖
禮書
嫁娶

四六

《典章十八　戶部四》　一

上戶中戶下戶
嫁　金一兩金五錢　銀器
娶　銀四兩銀器
聘　財

第
等
財
聘
娶
嫁

正婚依上例聘財等第以男家為主厚減者聽
養者女婿依例聘財等第減半須要明立媒妁婚書
成親則女家下財男家受禮
年限女壻依上聘財等第弟驗數以三分不過二分財
民戶娶妻依本俗又未過門夫死回財別行定奪
色目人各依本俗求娶正妻若娶妾許娶蒙古
女家受財期以幾年為滿日方聽出離

殘疾不過省部定例但有筵會白日至禁鐘以前罷散

夫歿棄戶場
骨便改嫁

主婚人
媒失媒人並撒揲骨
離人聽
婦人守服

| 斷例 | 三十七 | 四十七 | 五十七 | 七十七 | 八十七 | 九十七 | 一百七 |

---

兄收弟妻
弟收
悔親
別嫁

得為婚
為妻妾同姓不
職官娶為事人

《典章十八　戶部四》　二

至元二十五年十月尚書省
今後交禁者
奏准在先做了夫妻底休教聽
之違者犯姦者不用此律又犯絕義者離
書赴官告押執照期要歸宗依理
之違者杖一百若夫婦不相安諧
而和離者不坐須要明期寫立休
離諸有妻更娶妻者依法斷罪聽

四三

轉嫁

妻妾
七　一無子二濫侠三不事...六姑四五苦
五盜竊六妬忌七惡疾

故婚
出
三　一經持公姑之喪
二娶時賤而後貴
三有所受無所歸
改嫁

有夫
不得將妻聽嫁亦不得如故
如有違犯妻聽媒人婚主並前後
夫一體斷罪將財錢入官本婦斷離

妻妾
歸宗

說
合
人

主婚庶人母

兄收弟妻　職官弟妻依隨　財即悔他人者
弟收　收繼
悔親　許嫁包招婿養老若要許　若要許
別嫁　決　縣尹並解任離　異摽附過名

決
人

縣尉
娶妻

職官娶庶人弟庶人收弟者決罷妻決離妻者決離
後娶者知情減一等女歸前夫
職　異　異

樂人嫁娶
般骨頭休成親樂人匹配者

驅口嫁娶
驅口不嫁良人
驅口不娶良人

聖旨承應樂人呵一

# 婚姻

原奏橫直線
錯亂今改正

凡婚書不揭用鄙語虛文須要明寫聘財禮物婚主並媒人各畫字女家回書亦寫收執如有詞語朦朧別名各畫字並全寫告引有盤纏別使用細絹早正雜用絹早正

《典章十八·戶部四》　一　陳氏校補

表格十四

| | 上户 | 中户 | 下户 |
|---|---|---|---|
| 娶金 | 一兩金五錢銀三兩 | 銀四兩 | |
| 聘銀四兩 | 綠段六表裏綠絹四表裏 | 綠段四表裏雜用絹早正 | |

便改嫁
尸揚骨主婚人　殖揚骨主婚人
夫毆妻　婦人聽離守服
延席不過三味　不過二味
斷例三十七　四十七　五十七　七十七　八十七　九十七　一百七

兄收說合
主婚庶　職官收庶人弟庶人收
弟妻人　母妻　職官並娶妾者奏罷妻決離異者

悔親　若更許他人者答　後娶者知情減一等女歸前

別嫁　職官並縣尉　成親　夫男家知者不坐只追聘財

縣尉
服內　娶妻有妻　妾

轉嫁　夫三一經持公姑之喪　犯姦者決罷妻決離異者

妻妾　出七三一無子　得為婚

故婚　不得將妻轉嫁亦不得　樂人嫁娶

有夫　主婚前後夫一體斷罪　驅口嫁娶

妻妾　沒官本婦斷離歸宗

---

# 婚禮

嫁娶寫立婚書

至元六年三月十一日中書戶部契勘人倫之道男女婚姻為大據各處見行禮數不一有立婚書文約者亦有不立原議婚妁為婚事深不便少有相違男家為無婚書止憑原議婚妁增減財錢或女婚養老出舍爭差年限詞訟到官其間循情及媒妁人等偏徇止憑在口以致詞訟不絕深為未便省部公議得今後但招召女偿指定寫立婚書文約明白該婚議娶財錢物若招召女偿指定寫立婚書或出舍養老年限其主婚保親媒妁人等畫字依理成親庶免爭訟除外仰遍行屬付依上施行

定民間嫁娶婚姻聘財等事准奏仰遍行諸路照會一體施行

七款至元八年二月欽奉聖旨據中書省奏

《典章十八·戶部四》　三

一　婚姻聘財表裏頭面諸物在內並不以元寶鈔為則

| 品官 | | 庶人 | |
|---|---|---|---|
| 一品二品 | 五百貫 | 上户 | 一百貫 |
| 三品四品 | 四百貫 | 中户 | 五十貫 |
| 五品六品 | 三百貫 | 下户 | 二十貫 |
| 七品八品 | 二百貫 | | |
| 九品 | 一百二十貫 | | |

一　婚姻聘財表裏頭面諸物在內並不以此例

一　延會高下男家為主

品官　上户中户不過四味
庶人　下户不過三味
　　　下户不過二味

為婚已定若女年十五以上無故五年不成故

謂男女未及婚年甲或服制之類其間有故以
前後年月併之及夫逃七五年不還並聽離不
還聘財

一同姓不得為婚截自至元八年正月二十五日為始
已前者准已婚為定已後者依法斷罪聽離之

一有妻更娶妻者雖會赦猶離之

一婦人夫亡服闋守志亦欲歸宗者聽其舅姑不得一
面改嫁

一諸色人同類自相婚姻者各從本俗法遞相婚姻者
以男為主蒙古人不在此例

召養老出舍女婿至元三年五月承中書省劄付該依准

得民間嫁娶婚姻聘財等事已有欽奉聖旨省劄付
至元八年七月平陽路奉尚書戶部符文照

**女婿財錢定例**

四六三 典章十八 戶部四 四

婚嫁原約養老出舍者聽從出離各隨養老
出離去處應當軍民差發又近奉聖旨條畫內養老出舍
女婿各有定例外有財錢為無定例往往多餘索要
引訟未便為此省劄付移准下項事理參詳擬合一體施
行呈奉到尚書省各依准所擬施行若
有和同者聽省府除外仰遍行施此事遍行合屬出榜
人等濫餘設立多取媒妁錢仰照坐去事遍行合屬出榜
施行

一招召養老女婿照依已定嫁娶聘財等第減半須要
明立媒妁婚書成親

一招出舍年限女婿各從所議明立媒妁婚書或男或
女出購財錢依約年限照依已定嫁娶聘財等第驗
數以三分中不過二分

一照得嫁娶並招召女婿婚姻聘財各有定例今後媒
妁從合屬官司社長鄉長者老人等推舉選保信實
婦人充官為籍記姓名仍嚴切約束無得似前多取
媒妁錢數濫餘設立違者治罪

八十六 典章十八 戶部四 五

**母在于不得主婚**

至元五年十月中書户部來申田盈及王
秀才各定問訖趙阿王女趙速兒相爭未曾經斷今卻嫁
與孟二為婦若將趙速兒斷付田盈與弟為婦卻緣趙速
兒次兄趙王肯酒係不合主婚今得王
秀才與男為婦兼王秀才之人若斷得王
孟二為妻從此許男王二為婦趙速兒若斷得主婚止令
孟二為妻從母在不曾斷過如此體例乞照度
難議從兄許親為定據趙速兒母阿王稱受朱
定許伊男王二為妻合行為婚之間趙速兒與小李
通姦在逃被捉到官在後王秀才若不願娶趙速兒即將
原下與阿王定婚禮物依數追還仰照驗事省部相度
原下與阿王定婚禮物依數追還仰照驗施行

〈五四一〉

**携女適人從母主婚**

〈典章十八 户部四〉 六

民户劉亭告在先有母阿李受財將姪女婆安嫁與把總
男丑驢為妻而至元三年九月内有僧丑驢身死未及週
年知得張親家賣服要訖軍户張小乙鈔四十貫召男張
二為僱為此同得張把總妻訖原係告人劉亭兄閏
女婆生到後夫劉大處把下親女婆安與張把後夫
妻庚戌年下財取到前夫故阿李改嫁女婆安在
張用男丑驢為妻至元四年九月内有男死其丑驢
間至元四年為家貧別無男兒養活受訖張小一定物絹
五正欲招劉男張二與婆安作養老女僱至今尚未成婚
府司若將劉婆安斷令歸宗或准伊母張二與婆安定
曾斷過如此體例乞照詳省部相度據阿李既係婆安嫡
母更係親婆不合申問仰依理守服缺從阿李主婚與叔

---

劉亭一同商量召嫁施行

**娶逃婦為妻**

至元六年五月二十六日彰德路申奉中書户
部覆文安陽縣李伴姊告滋州塗陽縣人户胡大安等將
逃妻高喚奴打奪去約會問得有李伴姊父母主婚立
媒下財同養到高喚奴為妻十三歲上方才成婚十五歲
上在逃高喚奴並媒人等取責相同被論人胡閏稱憑朱
阿唐作媒下財娶到高喚奴為妻見有所生兒男並不知
李伴姊下財娶到官卻行追還乞照驗事省部相度既
是媒証憑佑方阿姚等指証得高喚奴原
下錢財胡閏立媒下財娶到終是李伴姊為妻
李伴姊妻室合行改正仰將高喚奴依舊吩咐李伴姊為妻
施行

〈五五二〉

**定婚不娶改嫁**

〈典章十八 户部四〉 七

憑媒說合女伴姨與伊男為婦占固一十一年見今女伴
姨二十四歲已過嫁期並不來娶乞照驗得此照得先
據太原路中吳貴狀告即係一體事理備詞呈中書省批
奉都堂鈞旨都部符到日限三十日下財娶乞無於娶
別行改嫁見申即係一體事理呈奉到尚書省判送
批奉都堂鈞旨依准所擬行下合屬依上施行

**定婚女再嫁**

至元七年四月中書户部據大都路中郭伯成
告李仲和將原定男婦丑哥轉召劉泉兒為婿取訖紅花等物定
婚與郭伯成兒丑驢兒受財鈔三十五兩紅花等物定
聘與郭伯成兒丑驢兒又於至元六年八月内憑媒將女丑哥
因府司公議得李仲和至元七年受訖石驢兒財錢一十五兩
召入舍為婿據所招罪犯候本人病痊可量情決斷石驢

兒不知郭伯成定問李丑哥情由理合離異將李丑哥斷
付郭伯成男驢兒為婦財錢一十五兩不須貼下李仲和
原受石驢兒財物一十五兩回付本人緣係已久依准例之
事乞明降事省部得此相度仰更為引審無差依所擬
施行外據石驢兒原下財錢一十五兩如本人委不知情
依數回付施行

## 招到女婿棄妻再娶

承奉判送劉阿高狀告已未年六月中書戶部據大都路申
作媒下紅定召到張石驢與女寺奴為婿主定男長
立令本人出舍另居至庚申年二月間不紹家業在外將
女寺奴抛棄別娶到智先兒為妻訖不前來將於丈母劉
取責得張石驢名榮狀招自己未年間就欠州於本家府司
阿高家作婿言定應當官身是的府司參詳得劉阿高紅
至元十年六月中書戶部據大都路申
已未年間欠州住坐止時憑高嫂等
不紹家業在外將

五五四　　　　　**典章十八** 戶部四　　　　八　一

定召到張榮為婿住經一年出外別娶智先兒為婦另居
一十四年不曾供給寺奴衣食若依舊作婿見得不肯求
同活又難離異之理擬令張榮出舍乞照驗事省部相度仰
更為引審無差依

## 女婿在逃依婚書斷罪

至元十年十二月中書戶部承奉中
書省判送本部原呈據太原路申送德榮告至元五年七
月立婚書召到府北關弟石顯弟石虎虎與姪女小梅一面
改嫁石顯石虎虎並不爭告立下如此婚書其婿石虎虎一
自至元七年七月內在逃當月十五日卻有女婿石虎虎一
在於親家石顯家內至十七日本關苗社長送來本家十
入日又行在逃不知所在勾到一千人等指證相同詞因
照得石虎虎在逃經今三年根尋不見若依原立文字歸

二八六

斷不見斷過如此體例乞照驗事得此本部署行照得在
先據大都衛輝等路狀申楊阿王等數家告到女婿在
逃公事數內楊阿王狀告至元二年九月內憑媒人趙娘
書召馬得信男實哥與女張哥作養老女婿馬實哥不
肯作活不紹家業在外將鈔此文字召到又張榮
告寫立婚書召張阿馮男張小興與外甥女福仙作舍
屍養老女婿齋老爺娘指教不紹家業在逃六十日不來
還家此文字便同休書張福仙改嫁他人並不爭告如卻
行爭告者情願罰通行鈔一百貫沒官使用不詞如此寫
逃至至元八年六月二十三日馬得信男將訖馬錢文本在
至元六年四月二十三有婿馬實哥將訖此本家錢文
將婿馬實哥送本家立到再不逃走生死文字依舊住坐

五八四　　　　　**典章十八** 戶部四　　　　九

婚書至元四年七月二十八日過門至元七年五月十八
日有婚書張小興不因嗔責在逃九月內告到本路淇州官
司督勒張小興兄張二於十二月內將婿張小興尋見前
來官將婿張小興與兄張二十七下省會於榮家內作活往
坐至六月十七日有張小興在逃反蒙州判兼捕盜官將榮
勾追到官取問該准南京路錄事司文字有婿張小興作
賊見行在逃又安林告至元二年八月內令孟得祿為媒
召到本都燒羊李大隨母男王驢哥與女秀哥為養老女
婿寫立合同婚書若女婿驢哥游手好閑打出調入不紹
家業不服丈母教令此文字便同休書離成親之後至元五
年七月內卻有張不紹家業投井自抹行兇將丈母推倒
在逃乃告到宛平縣並本投下官司再立死活文字該寫
若已後驢哥但有一切橫災不干丈人丈母之事燒羊李

大情願一面承當若驢哥已後似前刁蹬不紹家業將此
文字便同休離不詞在後女婿王驢哥依前不肯作活故
壞本家買賣刁蹬告到宛平縣官司又將王驢哥斷訖二十七下省
奉到伺書戶部符文又將女婿如已後似前違非不紹家
家依舊為婿如前刁蹬誣告姦事大都路取訖本人招娼及
聽離在後挾恨將女誑告至元三年四月內召到本路
兑將伊丈母左眼打傷公事大都路取訖本人招狀欲行
歸斷又行在逃又王得林告至元三年四月內召到本路
孟甫男孟野驢與女哇哥為婿至元十五年入舍立到婚書
因嗔責在逃各具申擬合照依婚書歸結卻緣不曾斷
已後並不走出調入不著家業不作活計此文字便當
休離立如此後走出調入不著家業不作活計此文字便當

五八五

**典章十八 戶部四**

十

訖及照得至元六年二月內伺書戶部為民間男女婚姻
不一婚書文約者亦有不立原議聘財婚書憑各所議聘財婚
已定之後為無婚書增減財錢女婿爭差年限以致詞訟
不絕議定今後事係立婚書文約原議聘財並女
婿養老出舍年限主婚保親媒妁畫字依理成親庶免爭
告如此遍行各路禁約依上施行其呈中書省照詳又至
元八年六月內承奉伺書省劄付該招養老女婿照依各
定立聘財等第減半須要明立媒妁婚書成親亦已行下各
路依上施行去訖今擬太原見申宋得榮所告女婿不
依原立婚書在逃等事係至元六年二月已前召到本部
婿養老之人在後事理以此議得民間召婚之家或無子嗣
若憑見在婚書處別無斷定例為此咨行照依各路申到
各項告婚在逃事理

---

或兒男幼小蓋因無人養濟內有女家下財召到養老女
婿圖籍氣力及有男家為無錢財作舍居年限該寫女婿其
家與女家兩家相和同明白立到婚書取信該寫不紹家
業在逃等事便當休離止是蓋勒為妻家依
理作活非理飲酒游手好閑偷錢兼有先為不紹家業告
母教令及有該寫如後似前不還本家告求妻家不肯
收留再行立文字該寫如後似前不紹家業此文字便同休
棄所有前項節次申到事理已經行下各路此參詳若不
能結絕原其作婿之人就妻成婚之後皆有父母者思歸本
家無親亦謀另居雖有是心計無得出由於妻家所不
婚書便同休棄便改嫁兼有先為不紹家業告求妻
家陳告到官累年不齋官司深為未便以此參詳若不

五七三

**典章十八 戶部四**

十二

憑准私約婚書歸結別無依據擬合將各路所申女婿照
依兩和自願立到婚書斷聽兩離別行改嫁以戒後來庶
免肯於妻家依理作活去前弊漸成澆厚呈奉到都堂
鈞旨送本部如作婿之家別無異詞依准所擬施行本部
再行披詳得各路所擬申若無異詞照依原立婚書歸斷過如
此體例又無男與女家兩名詞理累年不能歸絕及女
見今在逃若不憑准私約婚書歸斷別無依據今承見奉
其參詳擬合依原約其間多有裝飾不能別無異詞以
此參詳擬合依兩各自願立到本部已擬革去前弊漸
書斷聽兩離似有依據庶免不致齋煩官司呈奉都堂鈞
旨送本部准擬施行

**女婿在逃** 至元十二年三月中書戶部先為民戶招召女婿
立到婚書該寫年限不滿在逃百日或六十日便同休兼

聽從改嫁呈奉都堂鈞旨照依兩顧立到婚書斷離去後
今據東平路備汶上縣申縣尹杜闉關該切天地者萬
物之本以動靜為常夫婦者人倫之始也是故易序卦曰夫婦
之道不可以不久也故受之以恒者常也常常之
道不可不久故受之以恒是以此觀之其夫婦之道
不可離之期與未婚之先期也則之限男女
妄冒之俗何不從世俗之厚立婚書游手是
設如女婿不務本業游手好是當禁之也
不承立之也後世薄俗故有是議此當禁而不啟也
害人倫變古風而成薄俗莫若反正道以備古風庶革燒
風化為厚俗乞照詳事府司參詳人倫之道夫婦之義重
生則同產死則同穴期於永久世之常也閭巷細民不辯

五六八　典章十八　戶部四　士二

薰猶縱其女之好惡揀擇貴賤就捨貧富妄生巧計頻求
更嫁不以為恥凡其眼目之人誠亦不平今據汶上縣尹
杜闉所言敬遵古典似為允當志在敦厚風俗急於資治
人臣之心昭然可見此呈奉都堂鈞旨准擬
行下合屬禁約毋得似前於婚書上該寫如有女婿在逃
等事便同休棄等語句仍令有司常切教諭為婚之人依
理守慎各務本業如有游手好閒非理在逃人等就便嚴
斷遣施行

**定婚姦逐已婚妻妾**
至元十二年十一月兵刑部承奉　省
判原呈豆黑厮所招女一斤交換郝進女伴姑為妾止是
令媒人劉二嫂下送黃絹三尺各寫訖婚書通引本婦通
姦伊兄大赫勒訖女一斤婚書及將郝伴姑前來本家為
妾罪犯及郝伴姑等各各罪名批奉都堂鈞旨送本部再

行擬定呈奉此照得至元十一年六月二十九日平灤
路申據史延壽招至元九年三月內將定到妻劉瑞哥私下
戲閭節次追徵原欠財錢付劉瑞哥收管將同本路擬於
追徵原欠財錢付劉瑞哥父收管將史延壽決出外有
寫照得錄事司申本部照驗察司刷出此宗文卷批
奉聖旨行下錄事司責付劉瑞哥父定奪不待財足迎娶
劉瑞哥行下錄事司聽候至至元十六年六月初九日
逃淫意背父母私通在逃即係不成夫婦之道合行相縱
肆淫姦是實自合詳請已許定婚劉瑞哥妻室事
離乞明降本部議得史延壽所犯係不曾前來大都
理難同凡人犯姦又兼已於史延壽父劉留住收禁
財錢責付劉瑞哥所犯罪因又不係見禁罪囚又不曾
離異外據劉瑞哥所犯見禁罪囚又不

五八八　典章十八　戶部五　十三

擬合令平灤路量情施行呈奉都堂鈞旨准擬施行
行下平灤路依上施行了當今來本部再行公議得豆黑
厮與郝伴姑所招即與史延壽等所犯一體似難異止舉
逐人不待財足迎娶私通罪犯量情擬決各二十有七下
准已婚為定外豆黑厮女阿葉進男百兒交換親事亦憑
立如書成親各依相應呈定聘財下送其餘干連有招人等依
州就便約量施行相應原定聘財下送本部准呈施行

**通姦成親斷離**
至元二十三年八月本道按察司據袁州路
歸問到宜春縣軍戶趙阿葉先因夫趙十回還憑媒趙十嫂
本婦不候夫趙十回還憑媒趙十嫂說合趙阿彭說合接受鈔二
婿已經官司斷訖離異本婦又聽易阿彭說合接受鈔二
十五兩紵絲一定再行成親又行再犯兼本婦係有夫婦人量
是通姦成親已令斷離又行再犯兼本婦係有夫婦人量

情各決三十七下離異財錢擬沒入官媒人易阿彭年老
免斷牒可遍行禁止

## 同姓不得為婚

至元二十五年十月十六日尙書省奏過事
內一件遼陽行省與將文書來義州一個劉的人
的女孩兒根底姓劉的人做養老女婿住了十
年生了兩個孩兒如今將同姓做夫妻的體例無麼
道說將來呵禮部官人每定奪得羊兒年正月以前
怎生廝離敎奏呵這言語不曾忘了在先正月以前
道推托出去有那般同姓為妻夫不和斷打呵
底休敎聽離從今後同姓為妻夫的每根底
為妻夫的每根底依舊正月以前以後為妻夫的每根
著聖旨聽離者正月以前合聽離者不禁約
呵似回家體例有麼道聖旨了也欽此

### 元招嫁招後夫

至元二十八年六月初六日燕南按察司准
奴告親家李信等主婚見有小叔陳呵
廣平分司牒照刷出廣平路至元二十七年七月內陳呵
婦李與奴服內政嫁王節級為妻受訖財紅紗絹緞為男
兼陳百家鹽年八歲李與奴身故轉召孫福與元
為婚已與陳元僧義絕孫福與亡及又與陳元僧元
釵金銀議得李典奴原嫁陳元僧元僧身故轉召孫福與
史臺劄付照得至元十二年承奉省劄徐寬告弟徐賓拋
下妻阿耿服內受財聘與李斌又有所出合准已婚
係服內成親不應之貪擬合李信名下追到元受王玉財即
興奴百家滿歸宗相應據李與奴年三十歲年甲爭令李
定照得即目服制未定既已成婚又有所出申相度李與奴
定仰依上施行承此今據見申相度李與奴服內嫁與王

古

## 領訖財禮改嫁事理

玉係一體事理原下財錢難議追沒餘准所擬施行
承行劄付來呈郡武路許惠至元二十五年四月江浙行省憑媒說合黃
三七女鶴姐為妻後因許惠出外至元二十八年已有所生男黃三七
主婚又將女出嫁與朱阿老為妻經九年已有所生男朱阿
歲收養伏慮未應乞照詳事得大德元年六月十
老收養黃鶴姊斷付前夫許惠為妻所生男分附父朱阿
李千四娶女楊千六至元二十二年黃三七
一日據平江路中長洲縣人戶楊千六至元二十二年
妻二次受訖財禮各因貪難乞施行事得此照得楊千五為
楊萬十五為媒隱下受訖陸細一定禮事情卻將楊福一
娘改嫁於陳千十二為妻乞施行事得此送理問所議得

士

楊千六所招先於至元二十二年三月內受訖陸細一財
禮將女楊福一娘乃聘定陸千五為妻而本人為妻理合
十月日內又受陳千十二財禮將女嫁與陳千十二成親已及十年陸
斷付先夫卻緣楊福一娘奪去才方陳告到官直至大德元年正月日內於路迎
千五並不曾爭告到官直至大德元年正月日內於路迎
見楊福一娘如准已婚則陸千五依理下財求娶如無陳千十二等出
男女二人如准已婚本婦奪去才方陳告散得此大德元
婚親妹與陸千五別娶妻室免致子母離散得此大德元
備財先夫卻緣楊福一娘奪去才方陳告如無楊千六處追
定婚親妹依准所擬令陸千五裙緞等物並陳千十二所下財錢給付陸
回原受陸千五裙緞等物並陳千十二所下合屬依上
千五別求娶室容請依上施行准此已經行下合屬依上

施行去訖今據見呈相度許惠告黃三七將女黃鶴姊改
嫁與朱阿老爲妻即與陸千五告楊千六將女楊福一娘
改嫁事理相同省府合下仰照驗更爲詳審明白中間別
無爭差事依例施行

## 胡元一兄妹爲婚　大德六年四月

由承准江西湖東道肅政廉訪司牒該奉行御史臺劄
付該據監察御史呈照刷江西行省文卷數內一件大德
四年四月二十二日劇五都第十六社長胡信甫狀申大德
四年四月初六日有社戶胡元三前來對信甫言說我親弟
胡千七將伊小女名胡七娘與伊長男胡元一爲妻我是
他親兄更不聽從勸諭乞與申官得此勾責得胡千七及
大舉狀結今被申人胡千七及胡千八與大舉係是同胞

親兄弟亡宋庚午年不記月日有弟胡千七捧抱得已都
黎曾三男黎庚俚歸家爲男改名胡寄俚在家撫養即今
胡一在後有弟胡千七生下親男胡狗俚及親女一人胡細妹
弟俚胡正俚及親女一人胡細妹即今
喚元七娘爲妹恐道理過不得弟胡千七不從勸諭至初
八日有弟胡千七又請大舉飲酒道我擇定此月初八日
三十年五月有弟胡七又生女辰姑於大德三年十二
月初六日有弟胡千七對大舉言說我女胡七娘與伊
將我小女胡七娘與胡元一爲妻大舉對本人道我
男胡元一成親大舉道我不敢吃你酒說罷大舉出外自
至初十日回家有妻阿張對大舉說知弟胡元一成親了當
已將伊小女胡七娘與伊男去說知本社長知會申報到
後事發必致負累當大舉前去說知本社長知會申報到

---

訪分司牒該前事若依省劄胡千七已有親
失人倫以爲常便大德五年正月初十日又據臨江路申廉
寄俚與胡大安已有親生男擬合令胡寄俚歸宗作
定似難別議禮付本路照驗去後據檢校官已檢照得胡
緣胡大安供報在官若不准乞照詳事得此爲姓與胡
別姓黎層三之子難比同姓已婚若准已婚名字爲姓爲定
例申乞照詳得此若便擬斷離緣硬卻是
右七娘之兄若便擬斷離緣硬卻是以婚爲有
雖係胡右七娘之子是過養與胡大安爲嗣即係胡
俚官同州司看詳得胡元一小名胡寄俚終是卻
官是的及責得胡千七的名大安胡十八胡元一小名胡寄

子五人承嗣理合明行斷令胡元一認伊身的姓黎若不
改正別無兄妹成婚爲夫妻之禮申乞改正得此本省看
詳若都省照依令胡七娘歸宗作婚緣係關係人倫爲姓與胡
移咨都省議及劄付臨江路照驗回准中書省咨該爲
前事送禮部議得胡元一條大安義子既與胡七娘成親
參詳合准行省檢校官及廉訪司所擬令胡七娘與胡
姓與胡七娘依舊成婚歸還黎氏相應據胡大安將親女
犯已經職遇詔恩別無定奪具呈照詳得胡七娘婚配義子胡
元一爲妻原其倫理甚非所宜然而都省已行准擬再難
此今來卑職看詳胡大安將親女胡七娘配義子胡
別議元一爲妻今若通行禁止切恐習以爲成俗有傷風化又係
爲例事理呈乞照詳得此憲臺合下仰照驗行移有司申
覆合干上司禁約施行

**定婚不許悔親**

皇慶二年五月　日江浙行省准中書省咨

禮部承奉省判本部原呈晉甯路申准本路總管石加議

關切聞男女婚姻五常之始本部原呈所以承宗事嗣

然後有上下合二姓之好為一家然後有夫婦有父子

後世也而今百姓之家始於結親家道豐足兩相敦睦在

後不幸男生業淩替原議財錢不能辦足女家不放在

娶遂生僥倖違貧原約轉行別駕亦有因取喚歸家等事

唐制許嫁女已報婚書及有私約而輒悔者杖六十雖無

許嫁婚書但受聘財亦是若更許他人者杖一百已成者

徒一年半後娶者知情減一等女各追歸前夫今畧舉見

五八四

行事發到官者二十餘家州縣往往習已成俗以此參詳

除五年無故不成娶許經官告給執照改嫁外據已到

官者罪經欽依詔書釋免依唐律歸結已後敢有犯者比

照唐律減二等量罪歸斷夫如此庶革僥倖之

風似為長便然此緣係為事理更為申覆上司

奪明降事准此本部參詳夫婦乃剛常之道人之大倫禮義之大節也

近年以來民間婚姻詞訟繁多蓋緣僥倖之徒不守節義

妄生嫌疑棄惡夫家故違原約以致身傷敗風化今之

晉甯路石加議相應具呈詳批奉都堂鈞旨送禮部約會刑

部官一同議擬施行奉此本部同刑部謝尚書議得若不

遍行照會往往悔親別嫁引訟不便若不

婚配人之大倫愚民無知

十六

---

**丁慶一爭婚**

延祐六年四月承奉江西福建道宣慰使府承奉江

浙行省准中書省咨來咨平江路據吳江州申皇慶元年

二月徐千三憑周千二為妹定娶丁慶一女丁阿女與男

徐伴哥為妻徐千三卻將女徐二娘許嫁丁慶一男丁阿

孫為婿各立受聘財交門換親未曾成親許嫁丁慶一女

禾缺食生受各立合同文字休棄延祐三年九月丁慶一

將丁阿女定與倪福一為妻未曾過門當年十二月初七

本部為例遵守相應具呈得此都省咨請施行

聽許經官出給執照別行改嫁如准所言遍行照會劄付

家悔者不坐只追聘財外據五年無故不娶者照依舊例

七下已成者五十七下後娶者知情減一等女歸前夫四十

約或受財而輒悔者笞三十七下若更許它人者笞四十

立法禁約無以敦勸民俗今後許嫁女已招婚書及有私

五八四

日徐千三同妻阿丘男徐伴哥等駕船將丁慶一女丁阿

女強抱上船還家違理成婚送理問所參詳若依至元二

十一年三月中書省戶部擬白玉告胡興強抱伊女白滿

兒與胡回斤為妻斷異卻與皇慶二年七月中書禮

部為晉甯路總管言婚姻例會議得令後許嫁女受財

而輒悔者依例斷罪女歸前夫令吳江洲議擬徐伴哥強

取丁阿女嫁合若依悔令完聚此例不偉於白滿兒

倒擬合離異其丁阿女因缺食寫立休報還家自行違禮成婚

以男女交門換親後呈禮部議釋免丁慶一女

請照詳准此送禮部議釋免若擬離異異必其丁阿女

哥所犯罪經釋免丁慶一徐千三互受聘財各

禮終未知會不應強將丁阿女抱續節

罪輕釋免若擬離異必致一女連適二夫甚非所宜看詳

十九

合令各家依舊換親所據倪福一原下財禮依數追給令
後若有似此事端擬合照依白滿兒例斷罪異嫁各本
省依上施行相應具呈照詳得今後若有許嫁女已報婚書及
有私約或受財者並依皇慶二年原定婚姻通例歸斷違
千三爭婚事理依准部擬今後若有許嫁女已報婚書及
者依例斷罪並照驗依上施行

## 夫自嫁妻

至元八年八月尚書省據大都路申許順成告張
太哥將引伊相識人等前來本家於順成原立媒求娶到
妻和連氏要買休錢事勾到張太名世榮媒人阿趙等
各取訖備細相代文狀府司除另行外據張世榮所招夫
自嫁婦情罪若便擬斷切緣張世榮狀責見受宣命金牌
管稻田戶計乞明降事得此舊例和娶人妻及嫁之者各
徒三年即夫自嫁者亦同而離之省部相度據張世榮見
免徵

〈典章十八 戶部四〉　二十

五四十

受宣命金牌管稻田戶計即係有官之人依舊例七品以
上犯流罪以下減一等合徒一年半該遇至元六年七月
初八日減斷罪凶已前事理降減五等合杖八十折贖銅
一十六勉每勉折錢二百文計合贖鈔三貫二百文免官
外張世榮已將何連氏休棄合准已
婚擬定據張世榮原要買休錢應合沒官欽遇降減合行
免徵

## 嫁妻聽離改嫁

大德元年七月袁州路爲段萬十四取阿潘
爲妻一十八年卻於元貞二年十二月內將妻阿潘假作
弟婦嫁賣與譚小十爲妻得訖財錢四定入已申奉到江
西行省劄付該段萬十四將妻許作亡弟之婦受財改嫁
譚小十爲妻即係義絕罪雖經革理合聽離令本婦歸宗
別行改嫁

夫嫁妻財錢革撥　大德二年八月
日江西行省據袁州路
歸間到郭季二將妻彭明四姑作妹嫁與軍人王二爲妻
得到財錢二定銀鈔兒一隻紅緞媒人錢二十貫累行大
追徵其郭季二貧難無可追納合無革撥省府看詳得大
德元年二月二十七日詔恩以前事理若便革撥緣係通
例爲此移准都省咨該該照商擬得郭季二貧難別無
四姑改嫁原王二爲婦即係達法事雖不知終是爲婦一
定奪原受聘財雖係稱王二爲婦並不知情終是爲妻因
俗實非得已參詳既係詔恩已前事理如准撥革合咨
省依上施行都省准呈

## 受財將妻轉嫁

至大三年十一月湖南宣慰司奉湖廣行
省劄付來呈劉子明將妻郭二娘作妹憑媒受訖王萬四

〈典章十八 戶部四〉　二一

五五九

財錢嫁與本人爲妻後知事發王萬四又用鈔四十兩買
和即係違法事理若比譚八十一嫁妻事例合令郭二娘
歸宗追徵所生男給男隨生父原受財錢等物俱各沒官送禮
部呈參詳劉子明受郭二娘轉嫁與王萬四爲妻
明追徵原納如准革撥未奉通例移准尚書省咨該送禮
嫁娶俱各不應理宜懲戒緣詔恩以前罪難歸宗免事當改
正合准本道宣慰司所擬將郭二娘斷令歸宗免事當改
各從其父原受財錢等物追沒相應具呈照詳都省咨請
依上施行

## 舅姑不得嫁男婦

狀告至元六年十一月尚書省戶部來申徐阿杜
狀告至元六年十二月伊男綿和身死拋下兒女無人養
贍以當差欲令男婦阿劉招募義男爲夫緣男婦和服
制未闋委是生受府司未敢懸便乞明降事爲此照得欽

奉上聖旨條畫內一款節該婦人夫亡服闋守制並欲歸
宗者聽其姑舅不得一面改嫁省部相度若准徐阿杜所
告卻緣照舊例妻爲夫服三年其實二十七個月擬候
聖旨事意施行據徐杜戶下差役量加存恤

### 受財被嫁男婦

至元三十年九月御史臺來咨溫州路同知
顧文魁不應受財將男婦李元四娘移嫁打元府判爲妻
打兀爲有瘋病難議治罪顧同知不應罪犯擬決四十七
下呈奉中書省割付刑部議得顧文魁所招難議擬決四十
七下外據打兀府判明知顧同知次男兒婦違法求娶爲
妻情犯候病痊本道取招就便依例施行仍標附各官私
罪過名相應都省准擬

五〇七

**男婦得財嫁與男婦** 《典章十八》 戶部四 三三

二十八年欽奉聖旨一款婦人夫亡服闋自願守制歸宗
者聽舅姑不得改嫁欽此照得又欽遵聖旨節該疾忙行
文書小叔阿嫂根底收者麼道除各省容將文
書來爲婦人未亡不於夫家守志卻於他家爹娘家去了
服內接受別人羊酒財錢一面改嫁去了也俺爹娘家的他
爹娘重要了兩遍財錢有原娶的男婦的翁婆根脚裏羊
酒緞足鈔定取來是他孩兒死了更將他男婦要了財錢
改嫁去了爲這般上頭漸漸的翁婆家消乏了也今後婦
人夫亡自願守志亦於夫家守志沒小叔兒續親別要改
嫁呵從他翁婆受財改嫁去呵怎生奏呵奉聖旨那般者
欽此

# 官民婚

### 品官取被監人男婦裁妾

至元六年十月中書省據御史臺
呈山北東西道按察司申據北京路張裕爲折訖官糧蒙
總管府監收追徵間有本路喬知事爲妻妾伊從人小劉蒙
人苗娘娘等招伏就監房內求間訖男婦爲妻李與哥到知
事喬得堅招伏並照所犯緣由係職官酌量罰俸一
妻妾合行離異詳省府公議得喬得堅所娶妻妾公事一
施行本臺呈乞照詳訖喬得堅所犯擬罰俸一
月仍移關合干部分標注過名所娶妻妾仍合行離異
聘財不徵其餘有招人等省會免罪仰行下合屬依上施
行

### 官員部內結婚

至元七年閏十一月尚書省先爲來呈隨路
遷轉到任官員多與部內權豪富強之家交結婚姻繼拜
親戚通家來往因此挾勢欺壓貧弱合無遍行禁約事送
戶部議究得人倫之事婚姻爲大遷轉官員須憑媒妁往
目人等離鄉遠近不一貧富不等若止於本鄉及鄰境交
結婚姻門戶須要相當兒女過時深爲未便爲婚若
遠難便成婚因循一兩任間兒女過時見任官與權豪富強
因時循情委有實跡目有妨見任官與權豪富強
之家繼拜親戚通家往來事理除親戚及孝悌忠信學問
之士可交游者外悉皆禁約似爲相應訖照詳事省府議
得除禁奪交結一節別議定奪外部內結婚姻事理此及
通行定奪所擬仰照驗施行

五〇八

### 牧民官娶部民

至元十九年正月浙西道宣慰司近爲杭州
路於潛縣尹劉蛟婁守服部民趙元一娘爲妻呈奉行中

《典章十八》 戶部四 三三

## 廣官娶妻妄嫁例

書省劄付該來呈劉蛟求娶守服趙元一娘為次妻本道
按察司取訖不合求問服制未滿女子招伏擬斷聽離更
將劉蛟停職等照得至元八年欽奉聖旨節該秦和律令
不用休依着那者欽此又即目服制未定問部趙元一
娘為次妻後知本婦前夫服制未闕是不曾過門成親
所犯本人係於潛縣尹牧民之官不曾過門成親
擬行下本道宣慰司與趙元一娘娶仍令劉還職勾當施行
官詞因明白聽議依理矣娶仍令劉蛟還職勾當施行
終是為違錯若依按察司斷離都省議得即目服制未定到
似為尤重擬議依准按察司所擬離卻省議得省令劉蛟還職定
人不因罪犯贖乞照詳都省斷離一娘接受即目服制已問到
擬下妻妾擬罰贖已問到

容御史臺呈准行臺咨海北廣東道廉訪司申李通等告

【典章十八户部四】

五八六

兄李榮充惠州路鈒庫大使因病身故抛下妻阿何服內
改嫁本路提控案牘郭克仁為妻除另行取問外竊見廣
東烟瘴重地來官員離家萬里不伏水土乃染病身死者
不可勝數抛下妻妾不能守志改適他人將前夫應有資
財人口席捲而去亡歿官員骨肉未寒家私已屬他
人況在廣亡歿官員老小出廣已有應付站船定例如蒙
老小聽從例起遣還前夫家私若有散失勒令賠償
違犯事發到官斷罪聽離前夫家若有身故合准
行移合屬嚴禁約今後在廣仕官官員若有身故抛下
可以絕詞訟之源亦詳參兩廣遷去官司依例起發還家
此送禮部照擬抛回程擬將抛下老小家私本司官
廉訪司所擬將抛下者依上斷罪聽離相應都省准施行
妻妾不得改嫁違者依上斷罪聽離相應都省准施行

---

## 流官求娶妻妾 大德八年三月二十七日江西行省准中書

省咨御史臺呈山東廉訪司申體察得流官到任不采風
俗美惡輒便欺凌部民諸問室女婦人虛寫婚書捏合財
錢娶作妻室實為傷風敗俗莫若禁治今後無令任所求
娶本臺看詳張官置吏本以撫字黎庶宣明教化即今所
官多不奉行縱情荒淫廢公務定議禁例相
應具呈照詳到任之後求娶妾若絕行禁止不許所求財
妻或乏子嗣求娶妾者令鄉里恐以此參詳今後流
官如委亡妻及無子嗣欲娶妻妾者許令官媒往來通說
明立婚書聽無違碍婦女違者治罪離異追沒原下財錢
轉人員時常不得歸居若欲娶妻妾者許令官媒往來通說
相應都省准擬施行

## 命婦夫死不許改嫁 至大四年八月江西行省准中書省咨

【典章十八户部四】

五六

禮部呈奉省判上都留守王忠議呈竊聞男有重婚之道
女無再醮之文生則同室死則同穴古今之通義也夫亡
守節之婦有司為之旌表門閭朝廷每降德音其於義夫
節婦未嘗不為之褒諭所以重風化之原也近年以來婦
人夫亡守節者甚少改嫁者歷歷有之乃至齊衰之淚未
乾花燭之筵復盛傷風敗俗莫此為甚今問書省奏准
封贈流官父母妻室頒行天下婦人因夫子得封郡縣
之號即與庶民妻室不同既受朝命之後若夫子不幸亡
歿不許本婦再醮准所言必副聖朝舉行封贈之美意
奪斷罪離異懺准如准王中議所言相應具呈照詳都省准
六奉此厚風俗重人倫之一端也具呈照詳送禮部擬呈省
呈咨請照驗施行

## 外甥轉娶舅母爲妻

皇慶元年四月行臺准御史臺咨來咨
監察御史呈江寧縣高福告兄高三將伊嫂阿程並外甥
董貞前來平江等處尋覓勾當大德九年正月十九日到
平宜縣鎮上尋見嫂氏阿程本人稱兄高三母弟舅
程無子休棄轉嫁與伊爲妻參詳董貞母弟舅
高三之妻設若高三爲無外甥求娶之理
議遷川擬合除名不敘係係爲例事理准此呈奉中書省
剗付送刑部議得建康路江寧鎮異據異緣
弟高三妻阿程求娶爲妻雖已斷離緣係敗污風俗事理
經元擬免理合改正離異據巡檢董貞所犯實風化有傷難
據本人巡檢職役合准監察御史所擬除名不敘標附相
應具呈照詳都省仰依上施行

---

# 軍民婚

## 軍民戶頭得娶妻

至元十年六月樞密院會驗軍戶召到女
婿已有奏奉聖旨條畫遍行隨路欽依去訖今照得各處
見申軍戶召到養老出舍女婿因而爭告事發到官於內
多無婚書雖有原立媒証其間情弊不無或有身死事故
難以歸結深爲未便樞府議得今後若有軍民戶頭娶養老出舍須
受合同婚書親人寫立婚書於上該寫得養老年限
正軍貼戶承繼原戶軍民戶頭者得與人家作養老出舍
語句主婚媒証人等書名畫字如此明白不致爭差外據
女婿仰依上施行

## 配合新附軍人

准荆湖等處行院咨議得新附軍人拋下隻身妻室內有
至元二十二年湖廣等處行省准樞密院咨

## 出征軍妻不得改嫁

各軍駈擄收捉爲妻及媒下財求娶爲妻若令開除從便
改嫁緣江南新附軍人多有隻身不能求娶無以繫戀因
而逃避今來議得駈擄之婦從本管軍正官配合隻身軍
人爲妻外據立媒下財聘嫁須相當比及成婚以來每月
軍內約下財禮聘嫁須相當比及成婚以來每月依例官
給鹽糧存恤似爲便宜得此移准樞密院咨更爲照勘如
無窒礙就便施行外有一件見軍役類

至元二十六年四月尚書禮部奉尚書
省剗付湖廣行省咨廣南宣慰司呈出征軍人多有
隔絕潰散各家爲見久不回還父母將各軍妻小改嫁以
致分居殆失人倫各請定奪送禮部議得出征軍妻小改正仍
存亡抛下妻小其父母不合一面改嫁合咨本省改正仍
將主婚人等斷罪相應都省准呈合下仰遍行禁約

元貞二年江西等處行中書省准樞密院咨

准中書省照會來呈江西行中書省准隆興萬戶府申新附軍

人崔福妻阿王將女梅姑嫁與民戶張提領爲妻切照軍

人戶下女兒係已籍定軍屬本省參詳軍人正身亡歿戶

下弟兒男理合承替軍役所據抛下妻室若有必合收繼

者依例收繼如有應收之人擬合照依腹裏婚嫁軍人妻

女從其所願相應等事具呈照詳得此送禮部照擬得宜

從江西行省所擬相應

一七八

典章十八戶部四

二八一

---

休棄

離異買休妻 至元八年五月尚書戶部承奉尚書省劄付御

史臺呈體知得有一等夫婦不相安諧者遂有賣休買休

體例若不禁斷有傷人倫敗壞風俗今來照得舊例諸賣休

妻雖犯七出之狀而有三不去之理以此夫出妻以夫義

嫁以正夫婦之道此係爲例事理乞照驗事得此送本部

批詳該送法司照得舊例賣妻須七出之狀若有之一無子

絶者離之遠者杖一百若夫婦不相安諧而和離者不坐

二淫佚三不事公姑四口舌五盜竊六妬嫉七惡疾雖有

棄狀而有三不去一經持公姑之喪二娶時賤後貴三有

所受無所歸即不得棄其犯姦也不用此律又條犯義

三七五

典章十八戶部四

二九

若依該臺所擬甚爲允當省府准擬施行

定婚犯姦妻室 至元九年御史臺據按察司呈呂成定婚男

婦武梅梅與陳軍兒犯姦經斷不令男家下財空要爲婦事

呈奉尚書省劄付刑部披詳得定婚妻犯姦斷棄則追還

聘財不棄則男家減半出財求娶成婚是爲相應移准中

書省咨依准刑部所擬施行

# 離異

## 離異賣休妻例

大德五年八月湖廣行省據湖南道宣慰司
呈據桂陽路中追問到譚八十一告被陳四誘說將妻阿
孟轉嫁與譚四十三爲妻追問得譚四十三所招不應娶
譚八十一妻阿孟罪犯若斷離異又有所生男女二名乞
明降事得此移准中書省咨送禮部照擬回呈照得
今承見奉本部議得譚八十一爲過活生受財寫立休書得
譚四十三與阿孟離異歸宗其譚八十一原受財錢依數
追汲相應各人罪犯已經欽遇釋免別無定奪具呈照詳
都省准呈咨請依上施行

《典章十八 戶部四》　三十

六四九

---

# 轉賣

## 犯姦妻轉賣〔　　〕

至元九年中書省劄付來呈河北河南道
提刑按察司申輝州軍戶周璘男周禿當告父周璘爲禿
當母阿鄧在逃捉住蒙阿散小官人斷訖四十七下依舊
住坐有父周璘別娶到孟大姊爲妻信從教唆暗地將了
絲一千一百兩系出備原價取妻鄧嫌兒犯姦在逃捉拏到官取訖招
爲妻汲縣斷定教伊父周都賣與周都運依舊爲良人
州路總管府卻將伊母阿鄧與周都運男都
當得周璘狀招爲官揭下錢債將妻鄧嫌兒配
伏訖訖當爲官司得到價鈔絲一千一百兩本人當將鄧嫌兒配
與伊軀蘇老爲妻輝州路擬斷鄧嫌兒係是良人雖會肯

夫在逃犯姦擬斷其前夫周璘不合將妻阿鄧賣與周都
運既將阿鄧配與蘇小爲妻到今一十四年據所生男女
各各爲良隨夫蘇老完聚住坐申奉戶部符文准按察
司議得鄧嫌兒本是良人有罪經官斷遣其夫周璘卻將
鄧嫌兒一面立契賣與周二總管爲軀得到周二總將
管此時明知本婦係是良人私相買賣求達爲軀爭告到官
家雖是鄧嫌兒與蘇老顯欲圖謀本婦至今一十餘年亦有所生男
女終是不應合當聽離改正爲妻原贖價錢理合沒官
合令伊男周禿當奉養以送終年事屬遣錯本臺參詳緣
本路卻將鄧嫌兒斷與蘇老爲妻雖會議得鄧嫌兒
係已久爲例事理得此送刑部定擬回呈擬會肯夫在逃與
原係捕戶鄧移山親女聘與周璘爲妻

《典章十八 戶部四》　三五

五四〇

人通姦已將本婦罪犯斷訖周璘不欲收拾爲妻休棄歸
宗不合立契將本婦賣與周二總管爲軀此時本官明知
本婦係是良人不合承買又行配與蘇老爲婦一十餘年
雖有所生兒男而終是違錯條法不應難議隨夫住坐合
依按察司所擬改正爲良聽離將得蘇老鄧嫌兒吩附伊男周禿
當歸宗侍養外據夫蘇老所得兒男籍記爲良卻令隨
夫住坐以爲相應都省議得周二妻經今一十四年已有
所生男兒故之後另名收係當差外據周璘因妻鄧嫌兒在迯令隨
斷訖賣與周二配與伊駆蘇老爲妻擬令鄧嫌兒與所生男兒爲良給據隨
夫住坐若蘇老身故之後鄧嫌兒已經赦恩別無定奪除已劄付六部行
所合犯並原賣錢已經赦恩別無定奪除已劄付六部行
招罪並原賣錢擬合照上施行

夫合屬依上施行

## 妻犯姦出舍

〈典章十八 戶部四〉

至元十二年中書省劄付來呈河北河南道提
刑按察司申高孫兒於郝金蓮處作婿因姦斷妻出舍呈
准省劄送兵部刑部照擬得順天路齊壽安於徐德女丑
哥處作婿捉獲妻犯姦斷訖擬合出舍卻據徐德告
年老無目別無得力之人量情擬令齊壽安出舍有
十五兩分付徐德收管所據高孫兒已斷將妻出舍有
齊壽安一起初無酬財詳事得此送戶部
虧妻家訖無照依前例斟酌原約爲婚年限量酬財禮以
付妻家訖照詳其高孫兒父郝明丁力裹甚家産優
劣即與齊壽安不同難以指例出備財錢擬合照依兵刑
部已斷斷事理是爲相應都省准呈合下仰照驗施行

---

## 夫亡

### 夫亡夫家守服

至元五年十月中書戶部來申該平陽路民
戶郭從訓告河南府宜陽縣石付韓趙奴既於至
元三年七月與弟郭四守服記照驗事送法司批詳得韓趙奴
已成婚娉及拜記伊夫尊屬其夫身亡合行依例於夫
守服以全婦道激勸風俗似爲相應都省部仰令韓趙奴
側於夫家守服施行

### 未過門夫死回還財錢一半

〈典章十八 戶部四〉

至元六年三月中書戶部據大
都路來申麻合馬狀告至元二年正月內憑媒人法都人
等作媒說合女阿賒兒與阿里男狗兒爲婦至去年七月內
有婿狗兒身死有阿里男狗兒爲婦要勾賣得媒人
法都馬狀稱至元二年正月說合麻合馬女阿雖與阿里
男狗兒爲婦有阿里下與訖麻合馬金腳玉版環兒一對
紅絍絲一個絹二定藍頭一個羊二口麵一担酒三十瓶
在後女婿身故目今阿賒年二十歲小叔騾驟一十五歲不
曾娶過死了的孩兒若小叔接續女底爹娘肯交收又
得此就閫得回大師不魯漢等稱回體倒女孩兒不
呵收者不肯交收呵下與的財錢回與一半這般體例又
照得娶妻財畢未收呵男女喪乞明降事省部得此仰
倒爲審問如此事誠恐達錯省部照依事理回付一半財錢施行

### 婿死不回財例

至元九年六月二十八日中書戶部來申河
東縣馬五告至元七年十月內定間到本府揚大妹與灰
男馬三爲妻至元八年五月十七日男馬三身故原下頭

面來裹除回到頭面三件衣服五件外其餘物色不肯歸
還乞明降事省部相度馬立男馬三定親未曾成婚馬三
身故原下聘財難依回付仰照驗施行

**夫亡聽婦守志** 大德七年 月中書戶部來申肯阿王狀告
女玉哥招到養老女婿王大因病身死有婿弟王二欲將
女玉哥收要不肯允順告到濮陽縣官司斷令王二娶女
玉哥守志不肯改嫁取到一千人詞因府司看詳即係違
例之事乞照詳事省部相度身既是夫亡拋下兒女侍養伊母阿王難
五年守志誓不改嫁與夫亡肯玉哥守志誓不改
議令小叔王二接續仰更爲取責蕭玉哥守志不肯
執結文狀依上施行

**蕰田聽夫家爲主** 大德七年 月江浙行省中書省各准來
各該據浙西宣慰司呈徽州路總管朶兒赤言隨嫁蕰田

〔典章十八 戶部四〕

三七一

等物今後應嫁娶婦人不問生前離異夫死寡居但欲再適
他人其隨嫁粧奩原財產等物一聽前夫之家爲主並不
許他人搬取隨身本省參詳若准所言相應送禮部議得
無故出妻不拘此例合准已擬相應都省准呈各請照驗
施行

---

**收繼**

**弟收嫂出舍另居** 至元六年樞密院承奉中書省劄付劉從
周告有弟妻許迎仙犯姦斷訖依舊爲妻今有弟因病
死現有兩個弟合收斷依仙有伊父母不肯盼行下本
路取問得許迎仙父許德稱係本縣附籍軍戶至元三
年三月內召到劉瘦漢與德女迎仙處做十七年限不曾女婿
見有立到婚書緣劉瘦漢未曾住滿年限令女迎
仙前去乞到詳事省府令擬令劉瘦漢弟劉健健於許
德家內收繼伊嫂許迎仙出舍另行除外合屬依上
施行

**收小娘問遷** 至元八年十二月中書省今月初八日苔失蠻
相哥二個文字譯該小娘根底阿嫂根底休收者行了文
字來奏呵聖旨疾忙交行文書者小娘根底阿嫂根底者
廢道奏聖旨也欽此

〔典章十八 戶部四〕

五十四

**小叔收問嫂例** 至元
招兄鄭奴奴至元五年身死拋下嫂王銀銀並姪王銀銀
居窩窩未曾娶妻嫂王銀銀亦爲年小守寡相從於至元
八年十月初八日通姦在後拋下妻小守寡一同在逃罪犯王銀銀
所責相同及責得定問王銀銀親事人秦二狀招原興訟
王清把定物折鈔二十八兩卻不合私下受訖鄭信打合
物折鈔四十兩罪犯並王等各各詞招聽候所
窩枷禁及於秦二名下追到不應物折鈔四十兩
有王清母阿張受訖秦二把定折鈔二十八兩合無追沒
乞照驗事省部照得至元八年十二月欽奉聖旨事意即將
娘根底阿嫂根底收者廬道欽此仰欽依聖旨事意即將

鄭窩窩踈放將王銀銀吩咐鄭窩窩收續爲妻仍將追到秦二原受鄭信錢物給主據王張接訖秦二鎚物折鈔二十八兩追付秦二收管施行

**叔收兄嫂**　至元十年中書户部符文傅望阿牛來申傅望小因病身死拋下妻阿牛狀告傅望伯問過父母先曾於伊收了並牛望兒狀告傅望伯將過父母先曾於伊父母說要接續阿牛不肯兒許有傅望伯爲父子先不在家取到一千人詞因府司照得傅望伯現有妻子先不在家強行姦訖以致阿牛收接只令阿牛歸家去訖有公公守志不教男守志其傅望已將本婦強要姦污兒阿丘兼傅望伯養兒男守志其傅望本部相度牛望兒雖欲許養兒男亡夫親弟欽依已降聖旨事意合准已婚令小係牛望兒亡夫親弟欽依已降聖旨事意合准已婚令小叔收亡嫂仰照驗施行

**定婚夫亡小叔再下財求娶**　至元十年五月十二日中書户部符文渭州趙用告勻張鑄換親男趙臉兒定伊女月兒爲妻未婚男因病身死欲次男趙自當收繼令兒男女蛾兒定與裝節使駞口陳得春男陳驢定李大一面將女蛾兒定與郭冬兒收繼與李蛾兒爲妻郭阿泰亡男乞驢不曾與李令郭冬兒爲妻郭阿泰止是下乞攔媒定親之後不曾行下正財成婚又兼郭阿泰一十七歲兒年方一十二歲未及成婚年申及李大已接訖裴節使駞口陳得春把定綾羅緞疋

**定婚收繼**　至元十年三月二十二日中書户部符文渭州趙用告勻張鑄換親男趙臉兒定伊女月兒爲妻未婚男因病身死自當收繼令兒男女蛾兒爲妻不肯事省部相度終是已

**叔收嫂又婚原定例**　至元十年中書户部來申胡阿郭各告老姑胡茶哥與次男劉二已將伊男冬兒劉爲妻二七其問有婿劉三已將伊嫂阿郭接續爲妻公事取到一千人等詞因看詳劉溫先於至元七年六月間到妻胡茶哥哥至今不行迎娶一面將亡過親兄劉溫正妻其原定妻胡茶哥年二十已及成婚之歲若將劉溫並妻阿郭於夫喪制中成婚依法斷罪聽離卻令本人迎亦將胡茶哥爲妻兒兼已有條格叔叔合收嫂嫂若擬劉溫娶胡茶哥爲妻求娶兼又有欽奉聖旨内一款該有妻更娶妻者雖曾赦猶之離異罪欽此不曾斷過如此體例乞明降事省部照得來解内劉二至元九年三月十三日自身死其妻雖是於夫服内信從劉三長兄劉宗聖旨内一款小叔合行接續收繼仍將原定妻至元十年二月二十日與小叔和同接續成婚即係欽奉聖旨合准以此爲定令小叔劉三將嫂阿郭收繼仍將原招罪犯從本路量情斷遣仰照驗依上施行

**田長宜强收嫂**　延祐五年二月初六日江浙行省准中書省咨刑部呈奉省判遼陽省咨大盜路據利州申曰阿段狀告皇慶二年十月内有夫田千羊身故拋下阿段並兒女

四個於父段琮家守服延祐四年三月二十七日有婆阿
馬引領男田五兒前來對父段琮言道我教田長宜你
嫌那斯在先作過不肯教收今日田五兒收阿怎生有
父段琮回言俺女孩兒不肯持服守志現有四個兒收
的有婆阿馬將阿段奧去伊家做飯奧用至後晌欲行還
家不期小叔田五兒將門田五兒將奧去其田長宜
令田祿現看門田五兒將阿段兩手擎於窗櫺上拴
於左臂上打訖兩下不能動止將阿段頭髮於窗櫺上拴
住將阿段宜收了訖當取其田長宜招狀伏原其所
田長宜將阿段收繼了訖田長宜招狀伏原其所
犯甚傷風化敗壞人倫量擬強姦凡人例減一等杖九
十七下誠恐差池緣事干通倒宜令合干部分定擬相應
送據刑部議得田阿段夫亡守志及六年其叔田長宜歸

【典章十八 戶部四】　　　　天

四七一

去伊家先令弟田祿兒看門次奧田五兒將婦兩手捉擎
親行用棍打拷及揪拴頭髮剃去衣服強行姦訖原其所
犯亂常敗俗甚傷風化擬合將田長宜比依強姦無夫婦
人例杖斷一百七下其弟田五兒等就便量情斷決田阿
段聽從歸宗守制如別行招嫁依例斷罪令應繼罪人收
贖如蒙准呈遍行照會庶可激勵薄俗具呈詳得此都
省議得田長宜所招罪犯比依凡人強姦無夫婦人減等
杖九十七下餘准部議容請照驗施行

---

不收繼

姪兒不得收嬸母　至元七年七月尚書戶部據河間路申傅
伯川弟妻孫哇哥狀稱翁婆並夫傅三俱合身死依理守
服至元六年十月三十日四更前有哇哥男身坐有伯伯
揣抹不曾成姦至天明還家將內住坐有伯伯娶
傅大稱目合收嬸母乞明降事當部照得先
據河間路申王黑兒下財續親嬸母許留奴舊例姪兒娶
訖嬸間是欺親尊長爲婚合離其王黑兒係漢
犯人氏呈奉尚書省劄付移准中書省容議得舊例比及通行
自相犯者各依本部所擬無令接續若本俗指例比以及通行
守志或欲歸宗改嫁者聽許中書省容議得舊例比及通行
定奪以來准從本俗法其漢兒人等不合指例比以及通行
兒人氏呈奉尚書省劄付移准本俗法各從本部所擬亦合離之仰

【典章十八 戶部四】　　　元

五十四

行下合屬依理改正施行

漢兒人不得接續　至元七年八月尚書省戶部呈南京路備
息州申民戶丁松告中統元年與母主婚將妹定奴聘與
本州時小六長男女兒爲妻至元二年女壻身故有妹其
奴守服四年不肯順從及先據河間路申軍戶崔通義其
定奴等守闕故夫崔繼兒喪服有伯伯崔大令弟駒女青
兒不令歸宗故送准中書省容議得舊例漢兒渤海不在接
續若本婦人服闕自願守志或欲歸宗改嫁者聽容請照
驗省府除已劄付戶部遍行各路出榜曉諭外仰依上施
行

兩戶不得收繼

至元十年六月尚書戶部來申劉珪告至元
七年四月內親兄劉國玉因病身故抛下阿嫂馬氏依例
收繼本婦年老已有成人兒男守志不行改嫁得此府司
議得劉珪所告收繼一節劉阿馬兩戶別居當差准擬無
馬年五十歲自願守志不嫁況有男劉丙三十六歲難
以收繼係已久爲例事理乞照詳本部相度既是劉阿馬
狀告自願守志况已男侍養又兼兩戶別行當差准擬無
令收繼施行

兄收弟妻斷離

四川道按察司體察得前南京路總管田大成收繼弟妻
阿趙取到招狀擬斷八十七下罷見職阿趙五十七下與
大成離異
又至元十四年八月二十一日中書刑部准禮部關平陽

**典章十八戶部四**

甲一

五三五

路申高平縣軍戶段集秀告張義收訖弟妻取到招伏乞
明降事送兵部擬得張義姦收弟妻廢絕人倫實傷風化
量情關節請照驗此省部議得張義雖伊招雖伊母阿王
許將弟妻收繼終是不應量斷一百七下阿段九十七下
離異主婚伊母阿王若不懲誡濁亂典禮如未年及擬決
五十七下說合人李克孝決三十七下呈奉都省鈞旨准
呈施行

守志婦不收繼

至元十三年三月中書戶部符文淄萊路申
滿臺縣韓進告兄韓大身故抛下嫂阿莊乞依例收繼間
得阿莊結韓大身死自願守志不嫁他人亦不與小叔續
親如有非理之事願當一百七下本縣看詳近奉中書省判
韓大差發都馬告故夫弟阿散要將法都馬收續並不改
送曹州法都馬告故夫弟阿散要將法都馬收續並不改

---

嫁情願守志與男同居當差此奉都堂鈞旨送戶部照得
至元八年二月內欽奉聖旨條畫內一款該婦人夫亡
服闋守志者聽其舊姑不得一面改嫁又至元八年十二
月十四日欽奉聖旨節該小娘阿嫂根底收繼此本部
議得本婦人既願守志不嫁擬合聽從今後似此守志者
旨准擬得令再議得令次女侍養令卻行召人詞訟呈奉
人不得攪擾聽從守志如卻行召人斷罪更令應繼
繼人收繼遍行照會似望革去詞訟呈奉都堂鈞旨呈准
施行

抱主喪欲不收繼

至元十四年正月初九日順天路奉尚
書戶部符文錄事司俗儒人完顏思政告親家徐旺將
收男婦丑丑取喚伊家住坐不令回還雖服闋合令次
男驢虞收繼爲妻得此取到一千人詞因乞照聽事省部
相度據亡男婦丑丑取喚伊徐旺年老孤獨
小乳抱又兼年甲爭懸一倍不願接續況徐旺即令徐
別無兒女侍奉難議收繼仰更爲引審別無差異即令徐
丑依理侍養伊父隨徐旺住坐無得違錯

甲二

五六三

嫂叔年甲爭懸不收

至元十八年四月中書禮部來申據平
陽路申軍戶路顯告阿趙與步大爭懸不收因病身故欲令次問得此照得先據平
周縣申軍戶路顯阿趙既是守服已闋及曾將小叔驢虞從
路重與爲妻重與因病身故欲令次男四兒爭懸難以收繼擬令別娶妻室
崔惠路將勝兒聘與李孫兒爲妻省部議得崔勝兒年一十
八歲路四兒才方九歲甲爭懸難以收繼擬令別娶妻室
名下追回路原下財錢候路四兒長立成人別娶妻室
令崔勝兒依已定改嫁李孫兒爲婦似爲相應呈奉都堂
鈞旨送禮部准呈施行奉此行下本路照會去訖今據見

申事理省部相度步春連兒年二十八歲小叔許廣驢一
十二歲年甲爭戀又兼步春兒已嫁劉四爲妻仍依例施
行

**姑舅小叔不收嫂** 至元二十六年六月二十七日中書禮部
承奉中書省判送本部呈平樂路申軍戶謝夫謝
黑兒身故有舅姑小叔傅與將阿宋收纜及伯伯謝昌拘
訖亡夫原分事產即係一戶兩姓姑舅成親不曾經斷此
例本部議得謝阿宋與男僧家兒傅與雖是同居而伯伯軍黑
兒死後謝阿宋收嫂表弟並不見姑舅小叔收嫂體例本路
和將阿宋終是不應擬合斷離卻將謝昌拘訖謝黑兒
事產分付僧家兒爲主令謝阿宋送與男同居津貼謝昌軍
役蒙都堂議得自來別無姑舅異姓小叔收嫂體例本部
役送本部依上施行

五二七 《典章十八 戶部四》 里二

將謝昌傅與等量斷聽離仍將謝黑兒人口財
產責付謝黑兒僧家兒爲主與謝阿宋同居守志津貼軍

**兄亡嫂嫁小叔不得收** 延祐二年五月行臺劄付准御史臺
容來容浙東道廉訪司申紹興等處因值飢荒典賣妻室
其夫既已身死適人之後又有所出男女前夫小叔又欲
爭理收纜即與常例收嫂事理不同合准所言革撥宜合
令干部分定擬相應咨請照詳准此呈奉中書省劄付該
送禮部擬得各處咨民因值飢荒夫妻不能相保將妻嫁
賣情非得已其原夫已亡後又有前夫撥小
叔收嫂體例合並行革撥如蒙准呈遍行合
屬相應具呈照詳得此都省依上施行

---

# 次妻

**有妻許娶妾例** 至元十年御史臺奉中書省劄付戶部定擬
得有妻更娶妻者除至元八年正月二十五日已前准已
婚爲定據已後更娶妻者若委自原聽改爲妾令後依已
降條畫有妻再不得求娶正妻外若有求娶妾者許令明
立婚書求娶都省准仰依上施行

**有妻許娶次妻** 至元十三年御史臺議得孟焢有妻又娶王秀
兒爲次妻等事呈奉中書省劄付議得孟焢既娶王秀
爲次妻不係正妻合依已婚爲定原追財回付

八八五 《典章十八 戶部四》 里二

## 嫗良婚

**奴婢不嫁良人**

至元六年二月中書戶部據恩州申該李申
狀告中統三年翟總管嫗口楊牛兒作良人求娶女買
奴為妻勾到一千媒証人等取責各人詞因指說本人委
知楊牛兒係是嫗口受財許聘了當經今七年取託告人
文狀不曾斷過如此體例申乞明降事得此省部公議得
奴婢嫁娶良人除已前年分婚聘並經官斷罪者止依已斷
不在此限依舊例追召往坐擬自至元六年正月初一日已後諸
奴婢不得嫁娶招召良人如委有自願者各立婚書許嫁
為婚呈奉到都堂鈞旨送戶部依准所擬施行

**《典章十八 戶部四》**

嫗驅娶冒良人為婚 至元八年七月尚書戶部據中都路來
申勘責到嫗驅王納單木招伏壬子年於本使王里伯木

〔五四〕

戶下作驅口附籍至元二年背使在逃至元五年娶託香
阿縣良人故楊偉妹楊粉兒為妻罪犯楊粉兒招伏無異
媒人劉斌主婚故楊偉妻阿李狀稱相同外為楊粉兒
故夫張擇弟張元告發楊偉擅自將嫂改嫁與張元物折
鈔兩定作財禮收託到張元物折
物招伏除將王納單木在逃嫁與別斷外嫗良成婚並張
元受鈔一節乞明降事此照得先據本路翟阿張公事
葉里不花逃嫗耿冀妄冒與女留奴爲夫婦徒二年奴婢自
舊例妄以奴婢爲良人而與良人爲夫婦其葉里不花逃嫗依舊例合
與翟留奴聽離正之耿冀既係葉里阿張元下聘財追徵
婆者亦同各還正行下本路照會合當今據見申即係一體事理
省部相度若王納單木委係王里伯木逃嫗於至元二年

**驅口不娶良人**

作良人求娶楊粉兒為妻即係男家妄冒依例合行聽離
歸宗不還聘財所生男女隨母爲良外據劉斌楊偉等不經
由張元一面聘嫁楊粉兒避罪與託張元勒要鈔兩定並
王納單木罪犯既係格前別無定奪

至元十三年十一月初二日中書省奏准事
內一件江南來的官員客旅軍人並諸色人每就江南百
姓人家的女孩兒並無男兒底腳做婚不便當的
來卻行瞞昧賣與諸人爲妻不合勒那般者欽此
得將求的良人私下作驅貨賣奏呵奉聖旨一般俺商量亦不
照驗省諭諸人今後於迤南求娶妻室依例憑媒寫立婚
書無得朦朧娶嫁如有將求到媳婦爲驅貨賣者欽此
價錢沒官賣主買主治罪

**《典章十八 戶部四》**

罷

**良人不得嫁娶驅奴**

至元二十五年十月十六日尚書省奏
過事內一件人每的驅孩兒百姓每根底女孩兒與了
有男男死了呵媳婦孩兒做百姓的體例有道有在先與
時分你甚麼根腳人底做婚頭是百姓人家女孩兒來
人的躲根底與了呵與了的役頭是百姓人家女孩兒來
則合做百姓體例有道呵不宜爲那般呵人的驅使長根
的躲避的多有麻道奏呵人每根底女孩兒與呵
兒每根底體例與者但是驅每根底與呵則合做驅的體例
有麻道聖旨了也欽此

〔四六八〕

罷

## 樂人婚

### 樂人嫁女體例 二款

至元十五年中書刑部承奉中書省劄
付宣徽院呈教坊司申本管樂人户計俱於隨路雲遊令
即隨路一等官豪勢要富户之家捨不痛資財買不厚之
樂強將應有成名善歌舞能粧扮年必壯以承應婦人暗
地捏合媒証娶為妻妾慮恐失悞當番番應氣禁治事得
此於七月十八日聞奏過奉聖旨是承應樂人呵一般骨
頭休成親樂人内四聘者其餘官人富户休強娶要禁約
者欽此除已行下教坊司照會外呈託禁約事都省仰欽
依禁約施行

又至元三十年行中書省咨准中書省咨官人每根底木八剌沙帖木兒不花阿
文字譯該中書省官人每根底木八剌沙蒙古

【典章十八 户部四】

四二　罘

里察吉兒等教坊司官人每言語樂人每的女孩兒别箇
百姓根底休聘與者麽道聖旨有來如今上位奏了他每
根底省會與呵怎生歷道奏呵那般者省官人每根底說
了别箇人根底休聘與者他每自已其間裏聘者生的好
女孩兒呵
上位現者麽道

### 禁娶樂人為妻

奉聖旨辛浴恩的為娶了樂人做媳婦的上頭他性命落
後了也今後樂人只教嫁樂人咱每根底近行的人並官
人每其餘的人若娶樂人做媳婦呵要了罪過聽離了
者麽道聖旨了也欽此

## 服内婚

### 服内成婚 至元七年十二月尚書户部契勘父母之喪終身

憂戚夫為婦天尚無再醮今隨處節次為於父母及
夫喪制中往往成婚致使詞訟繁冗為無定例難便歸斷
撿會到舊例居父母及夫喪而嫁娶者徒三年各難之知
而共為婚姻者各減三等省部議得若不明諭禁約引訟
不已實是亂欲敗正以此參詳及通行定奪以來定立格
限渤海漢兒居父母夫喪内嫁娶者擬自至元八年正月一日為始已前有
聽離如此庶免詞訟似望漸厚風俗呈奉尚書省移准中
書省咨依准施行

### 焚夫屍嫁新例 至元十五年行中書省據潭州路備錄事

五三一

【典章十八 户部四】　罘

司人户奉阿陳告表兄杜慶病死有嫂阿吳將兄骸骨揚
於江内改嫁彭千一為妻取到犯人杜阿吳招伏不合於
今年正月十二日有夫杜慶因病身死至十八日焚化將
骸骨令夫表弟唐興吳百三揚於江内至二十八日
憑陳一嫂作媒得訖鈔兩銀鐶等物改嫁彭千一為妻
犯陳一嫂趙百三唐興與招伏相同省府竊詳人倫之始夫
婦天倫無再醮其阿吳所犯亂敗風俗若不嚴行斷治
江南新附誠恐漸逐風俗僥薄除已行下潭州路擬將阿
吳杖斷七十七下聽離與女貞娘同居守服以全婦道仍
將原財解省並彭千一違法成婚一節就便取招斷四十
七下媒人陳一嫂撒揚骨殖人趙百三各斷四十

### 停屍成親斷離 大德二年行省准中書省咨樞密院呈張德清

告本管千户王記祖於伊父服停屍成親責得王記祖狀

招元貞元年六月二十日父王喜身故將妻馬大姊扶娶

過門拜靈成親至二十三日將父王喜殯埋了當是日具

呈照詳得此送禮部照擬得至元二十五年十月內奉伺

書省劄付禮部呈河東山西道宣慰司關方原路臨州軍

戶王仲祿男王猪僧至元二十一年十二月三十日娶到

賀與真真爲妻至元二十三年正月內王猪僧身死停屍

在家王仲祿卻過房到王福男王唐兒爲男令王唐兒

與賀真真拜訖王猪僧屍靈收繼成親至二月初二日纔

候葬訖而伊兄於停喪之夜與嫂賀真真拜訖令以大

條內收嫂者有例夫亡服闋守志者有例其王唐兒乃不

將王猪僧殯葬之後已有生兒男本部照得詔

與賀真真離異本部議得王記祖父喪停屍忘哀成親而

〈典章十八 戶部四　　哭〉

三五二

亂常敗俗莫甚於此參詳宜從都省劄付樞密院斷令各

人離異所據王繼祖擬合罷職相應具呈省准呈依上施

行

## 田宅

### 隱占係

#### 官田土

| | 一十畝以下 | 一百畝以下 | 三百畝以下 | 五百畝以下 | 一千畝 | 四畝雖多罪止 |
|---|---|---|---|---|---|---|
| 官田土 | 三十七 | 四十七 | 五十七 | 六十七 | 七十七 八十七 九十七 一百七 | 應收子粒盡數追徵內一半付告人充賞 |

田多　一十畝　一百畝　三百畝　五百畝　一千畝　地畝雖　以下以下多罪止　仍於犯人名下量徵寶鈔付告人充賞

詭名　一十畝　一百畝　三百畝　五百畝　一千畝　二千畝　三千畝地畝雖　以下以下多罪止　名下量徵官物內一半付告人

避差　以下以下以下多罪止

漏報　一十畝　一百畝　三百畝　五百畝　一千畝　二千畝　三千畝地畝雖　以下以下　其地沒官於沒官物內一半付告人

自己　一十畝　一百畝　三百畝　五百畝　一千畝　二千畝　三千畝地畝雖　以下以下　其地一半沒官一半付告人

田土　以下以下以下多罪止充賞

〈典章十九　戶部五〉　一

---

## 官田

### 影占係官田土

司農司恭照議擬到奉條畫內一款亡宋各項係官田土
每歲各有額定子粒折收物色歸附以來多被權豪勢要
之家自行影占以為己業佃種或賣與他人作主立限一百日
若限自行赴行大司農司並勸農管田司出首人種佃依例納租諸
其地還官止令出首人種佃畝多寡就便酌量斷罪仍於徵到子粒
色人等驗數若限外不首有人告發到大司農司議得犯人
分至今應收子粒盡數追徵職官解罷現任退閑官軍民諸
並行免徵免罪欽此行大司農司議得犯人十畝以下杖
內一半付告人充賞　　下杖六十七下三百畝以下杖
下杖五十七下一百畝以下杖

五、四十
七十七下　五百畝以下杖八十七下一千畝以下杖九十
七下以上田畝雖多罪止一百七下奉此

〈典章十九　戶部五〉　二

### 轉賣田宅

大德五年七月江西行省准中書省咨御史臺呈
備山南廉訪司申體知德一等農民將見佃種官田地私下
受錢書私約吐退當大小官吏於內一等不願官課更不赴官告
又諸衙門見勾當小官吏於內一等農民將見佃種官田地私之家又不赴官告
徒於任所恃勢名佃種官田不納官租如蒙禁治相應俱
官自行種佃或轉與他人分要籽粒如蒙禁治相應俱
呈照詳得此都省議得江南各處現任官吏並佃種
官田不納官租及奪占百姓已佃田土違者許諸人赴本
管上司陳告是實驗地多寡追斷黜降其佃戶與人須要具黨
人種佃外據佃種官田人戶欲轉行兌佃與人須要具黨
佃情由赴本處官司陳告勘當別無違礙開寫是何名色

官田頃畝合納官租明白附簿許立(私約)兌田隨即過割

承佃人依數納租違者斷罪咨請依上施行

典章十九 戶部五

五十一

三

---

# 民田

強占民田回付本主

至元十三年十二月欽奉皇帝聖旨論

浙東浙西江東江西淮東淮西府州軍縣官吏軍民諸色

人等即日離附歸附調度之間處有侵擾不安今遣中書省左

丞相阿朮為頭行中書省撫諭去也又伯顏蠻子官人每

根底說來蠻子民戶每不教管軍官占著呵軍人每驟擾去

也為這上頭俺每時暫交萬戶千戶每根底分咐咐各州城依舊安穩住官

著根底每因着這般便於民戶每根底強取要財物糧食

他每躲閃了也如今都回了分咐咐各州城依舊安穩住坐

及管軍民殘宋官員有勢力人強占百姓田宅產業都官

回了者若無主就近標撥與無田地收納稅石百姓安穩庶事平理

司土地官司收係外諸人種田地收納稅石茶鹽酒醋商

稅金銀鐵冶行貨出產湖泊大小課程從便辦課其殘宋

諸名項繁冗科差聖節上供經總制錢等一百餘項都休

要者一切大小事務從長區處務要百姓安庶庶事平理

仍將次第逐旋咨省聞奏欽此

五〇四

典章十九 戶部五

四

漏報自己田土

至元二十六年三月營田司奉行大司農司

恭照議擬到原欽奉聖旨條畫內一款富豪並兼之家多

有田土不行盡實報官或以熟作荒詐冒供報限內出

首改正如限外不首有人告發到官其地一半沒官於沒

官地內一半付告人充賞仍驗地畝多少酌量斷罪欽此

行大司農司議得犯人十畝以下笞四十七

下杖五十七下三百畝以下杖六十七五百畝以

下杖七十七下一千畝以下杖八十七下二千畝以下杖九十

七下以上地畝雖多罪止一百七下奉此

**田多詭名避差**

至元二十六年三月行大司農司咨照議得

家名納稅以避差役因而詭名分作數

首與免本罪坐依理改正限外不首有人告發

地畝多寡斷罪仍於犯人名下量徵寶鈔付告人充賞欽

此行大司農司議得犯人十畝以下笞三十七下

以下杖六十七下一千畝以下杖七十七下二千畝以下杖八

十七下三千畝以下杖九十七下以上地畝雖多罪止一

百七下奉此

**捨施寺觀田土有司給據**

至大三年八月江西行省准尚書

省咨禮部承奉省判濮州知州李介呈竊見江淮之間兵

革之時人民流離拋下田土屋宇俱為他人所有或原是

五七 〈典章十九 戶部五〉 五

同莊隣里親戚故舊互相占據平定之後有未復業者或

狂妄之徒誣言之曰某家子孫人家親戚執把亡宋舊契

或與或當文憑難辨真偽捏已死某人知見裝飾虛詞

赴州縣陳告所在官司不分可否輒便交受理遷延數年不

能杜絕無理之人自忖其非故將田土屋宇安

隣里親戚亦不交割條段四至強行使人耕種或有莊窠

行捨施寺觀便行縣掛佛像安置萬歲牌位致使有理之家不敢

房屋便行捨施今後似此互爭之人必

起移因此詞訟尤興以卑職所見有官具四至條段明白

待結絕或有自願出捨人等保勘別無違礙出給公據明白

以憑村保隣舍親戚如達其田籍沒犯人斷罪如此則免

推收稅石方許捨施如違其田籍沒犯人斷罪如此則免

争訟之端具呈照詳送禮部議擬施行本部恭詳李介所

言諸人捨施田土以致詞訟不絕紊煩官府今後若有諸

人獻施田土須於有司告給公據委無違礙方許獻施違

者土田籍沒犯人斷罪其言先切如准所言遍行照會相

應具呈照詳都省請依上施行

**和尚與百姓爭地** 至大四年十月初十日中書省奏過事內

一件和尚每根底與來的常住地上不揀誰休爭廢

宣政院官奏過開讀了聖旨來將百姓每田地是常住

道昏賴的也有倚著與來的常住不教爭教廢

者奏呵不教爭呵不中似這般相爭的教廉訪司官歸斷

者廢呵聖旨了也欽此

二五 〈典章十九 戶部五〉 六

# 荒田

**荒開田地給還招收逃戶　至元五年**

月行御史臺咨承奉
中書省割付見欽奉詔書內一款節該逃戶復業中統二
年已降聖旨仍令中書省出榜立限明設賞罰勒各
處管民官司招收欽此照得中統二年四月內欽奉聖旨
諭十路宣撫司條畫內一款逃戶復業者將原抛事產不
以是何人種佃者即便勾附本主戶下合著差稅一年全
免次年減半然後依例驗等第科徵現在
民戶甚為不便仰行下各路宣撫司更為常切戒諭管民
官擬自今後有能安集百姓招誘逃戶比之上年增添戶
口差發辦集各道宣撫司關部申省別加遷賞如不能安
集百姓招誘逃戶比之上年戶口減損差發不辦即加罪
黜欽此都省議得蓋是上年戶口減損差發不為用心撫治因而
往趁熟他所議得已開坐賞罰條畫遍行出榜外仰照驗施
行

五二五　《典章十九　戶部五》　七

**開荒田土無主的做屯田　至元十四年三月**

欽奉聖旨道與
行中書省行御史臺宣慰司按察司管軍官管民官管匠
官管打捕鷹房不以是何但管公事官吏軍官諸色人等
據淮西道宣慰司昂言兒奏淮西盧州地方為咱每軍馬
多年征進百姓每抛下的空閒田地多有若自願種田的
人教種呵曠便當教種時分與了限次教他田地主人來
往趁熟他田地主人來
主人每來到是俺的田地來麼道休爭占者更軍每合請
者

行

的糧食般運呵百姓受更費了官糧教軍每做屯田呵
於官有益糧食也容易麼道為這般奏的上頭與聖旨
也聖旨到日田地的主人限半年出來經由官司若委實
是他田地無主呵盼附主人自願種的教種者若限次裏頭
不來呵不揀甚麼人自願種的教種者更軍民根底斟
與牛且農器種子教做屯田者種了的後頭主人出來道
是俺的田地來麼道休爭要者欽此

**荒田開耕五年收稅　至元二十三年四月**江西行省准中書
省咨至元二十二年九月十一日奏准西福州盧州那裏
有主底田地無氣力富豪人家占著底也有別個百姓
每來種呵無主底田地裏與不勾呵富豪之家多占著的
田地與了他每根底二三年的稅不教於富豪冒占地土
不過百畝於是不敷於富豪冒占地土內依上標撥開
人戶先於荒閒地上內驗本人丁酌量標撥每丁
欽依聖旨教行者麼道聖旨了也欽此都省除已割付戶部
不索倦教行者麼道聖旨了也欽此都省咨為設立營田

五四一　《典章十九　戶部五》　八

**荒田開耕限滿納米　至元二十三年十一月**江南浙行省准中
書省咨為設立營田都總管府事內一件江南係官公田
沙蕩營屯諸色田糧諸路俱有荒蕪田土並合招募農民
開墾耕種若不示寬忍難以招集合無將荒蕪田土齒
免一切雜泛差役似望不致荒蕪官民兩便都省議得開
墾荒田之家年限日滿依鄉原劍送納官米餘准所呈施
行
照驗施行

行

## 荒田許起官請耕

至元二十八年至元新格內一款諸應係

官荒地貧民欲願開種者許赴所在官司入狀請射每丁
給田百畝官豪勢要人等不請官司尤得冒占年終照勘
已給數目開申合屬上司類冊申部

## 開荒展限收稅

大德四年十月　日欽奉聖旨內一款江北
係官荒田許給人耕種者原擬第三年收稅或恐貧民力
有不及並展一年永為定例欽此

典章十九　戶部五　　九

一五二

---

## 房屋

### 崇官吏買房屋

至元二十一年四月中書省奏過事內一件
在先收附了江南的後頭至元二十五年行省官人每管
軍官每新附人的房舍事產不得買要呵買要呵沒人敢
主人者麼道聖旨行了來如今賣的人因著欽呵那般
買生受有人待買呵怕聖旨有依著聖旨人每不得買
百姓每買賣呵怎生麼道闊闊你每教為頭眾人商量了
與中書省官人每家容示來中書省官人每得依已
前體例官吏不得買者百姓每得買賣者麼道奏呵那般
者麼道聖旨了也欽此

### 大鼎告宅院難回贖

大德元年六月江西行省據龍興路申范
大鼎告瞿鎮撫占住房屋虛錢實契不肯回贖公事省府

典章十九　戶部五　　十

議得瞿鎮撫等於至元十二年收附龍興踏逐到范大鼎
等空房住坐已後月日不等平孛立契用價錢買訖所住
房舍左後范大鼎等為見官司許令回付以此陳告蓋緣
江南歸附之初行使中統鈔兩百物價直低微成交之時
初非抑遍亦無競目今百物踴貴買賣房舍價增數倍
致起貪人僥倖之心訴訟之煩實於此若令范大鼎補原
價回贖卻緣瞿鎮撫已將所買房屋與馬萬
戶又轉賣與杜經歷到今一十五年經隔三主若遞相收
贖其馬萬戶即目不知去著又瞿鎮撫又行添貼價錢四
十三年范大鼎為見原賣價低瞿鎮撫又節次用工修造
錠重用給據立契成交至甚明白兼買主又緣江南地薄
用過工食三十餘錠若擬回贖實廳買主又節次添工修造
頑民好訟似此援例必到將來詞訟蜂起莫若准各人已

五三三

買爲主依舊管業以革僥倖移准中書省咨送禮部照擬

得合從行省所擬相應都省准擬合下

五十一

典章十九 戶部五

十一

---

## 家財

絕戶卑幼產業

中統五年八月欽奉聖旨條畫內一款節該

隨處若有身喪戶絕別無應繼之人（謂姪弟兄之類）其田宅浮財

人口頭疋盡數拘收入官召人立租承田所獲子粒等物

通行明置文簿授本管上司申部若拋下男女十五歲以下

者付親屬可托者撫養度其所需季給雖有母招後夫或

携而適人者其財產亦官知其數如已娶或年十五以上

盡數給還若母寡子幼其母不得非理典賣田宅人口放

賤爲良若有須合典賣者經所屬陳告勘當得實方許交

易欽此

寡婦無子承夫分 至元八年四月尚書省據戶部呈楊阿馬

狀告小叔楊世基將訖玖夫楊世明下原據下家財房屋

四九八

典章十九 戶部五

十二

並女蘭楊又將陳住兒收繼爲妾公事本部議得寡婦無

子合承夫分據楊世基明一分財產並陳住兒

擬合追付阿馬收管及將蘭楊令與伊母同居至如合行

召嫁令阿馬楊世基一同主昏楊阿馬受財外應有財產

楊阿馬並女蘭楊却不得非理破費銷用如阿馬身死其

後至日定奪又據楊阿馬稱乞將亡夫財產分付情願將

一分軍役目願承當却將房院分付伯娘阿馬係軍戶行下樞密

院再行披詳回呈楊阿馬稱乞將亡夫令伯娘阿馬身應當

一分軍役依例津濟當軍之人以此参詳若依戶部擬議

相應承奉都省准呈施行

戶絕家產斷例 至元八年六月御史臺呈尚書省劄付來呈

河北河南道按察司申南京路錄事司名下張阿劉狀告

先於壬寅年間有故父劉涉川招到張士安作養老女壻

至今二十八年同共作活壬子年有故父劉涉川身故母
阿王作戶訖拟作女戶丁巳年母阿王身故中統四年本
路官司勾追阿劉應當差發至元五年有本家驅婦陳二
姑等爲不與從其良文字與驅口一同赴本路告
爭要家財却申奉到左三部符文斷與阿劉
房屋事產盡行斷與阿劉涉川應有田宅盡行吩咐驅婢李喜春等爲主
與故主劉涉川親友阿劉招召張士安
體例柱曲今身死劉涉川立媒與親友阿劉招召張士安爲主
爲婿同居今身死劉涉川於伊父戶下附籍
終是不曾出舍丁巳年間文母身死之後應當劉涉川戶
下差發二十四年與身死戶絕別無應繼之人官收養濟
孤貧事理不同劉涉川戶下田宅以三分爲率除一分與
女均分餘二分難議作官物收養濟孤貧止合令阿劉女

**典章十九 戶部五** 十三

【五八七】
婿張士安爲主應當劉涉川戶下差發爲此送戶部
講究定擬回呈照得張士安並妻子壬子年原籍伊父張
通作戶訖附籍當差檢會到中統元年八月初四日欽奉
聖旨節文隨處戶絕別無應繼之人其田宅浮
財入口頭節四盡數拘收入官又照得欽奉聖旨條畫內一
款節該年限已滿不行歸宗與父母同家住應當差
別無定奪年限已據張士安已經回宗承繼伊父戶名當差
收係當差欽此張士安供到手狀亦依壬子年原籍另行拘收入官
當本部公議得若依見奉聖旨處分事意盡數拘收入官
所謙戶丁原籍驅婦李喜春等即聽從良令本路官司依
側稱係當差似爲相應呈照詳省府相度雖是前招召女婿却緣原
告稱故父劉涉川生前招召到張士安養老女婿

---

媒胡阿曹狀指當是不曾言將養老又兼張士安壬子年
另將妻子在伊父張通戶下附籍並張士安令次供到手
狀亦依壬子年原籍供訖難議令張士安應繼劉涉川戶
下當差除已劄付戶部擬將劉涉川二女抛下
依例以三分爲率內一分與劉涉川三分內二分
與張士安妻阿劉一分與次女劉趙忠信妻劉二娘令各人仍
依籍應當差役外二分與官爲主女趙忠信妻劉二娘呈許聘與王
將官司合收驅婢口數令合屬發遣申解前來仰照驗施
行

**戶絕有女承繼** 至元十年七月十九日中書戶部來申取單
左丞下管民頭目張林申本投下當差戶人口
節次身死令將金定壬子年原籍戶數照勘除身死外止
抛下續生女旺兒一十三歲雖伊母阿賀日曾許聘與王

**典章十九 戶部五** 十四

【五五三】
大男爲婦並不見立媒下財紅定等物並抛下地三項四
十五畝數內雖該已酉年眾人開到三項在後金定已
四十五畝終是金定在日通行爲主至今荒間擬合於當
差額除谿作不在差戶內籍記據前項抛下地三項四十
五畝官爲知在每年依理租賃課子錢物養贍金定女旺
兒候長大成人招召女婿繼戶當差似爲相應呈奉都堂
鈞旨送戶部准擬

**兄弟另籍承繼** 至元十五年閏十一月中書戶部大都路申
王德用告嫂阿霍自兄王德堅身故之後抛下田土盡數
一回租與他人更將新桑棗菓樹木賣訖又有本投下韓
總管將家緣抄數不令德用承繼等事取到各二人等備
細詞因看詳王德用雖與故兄王德堅另籍却緣各人即
係一母所生據王德用次男王斌狀告自願頂替王德堅

門戶不絕祭奠之禮若令王德用承繼是爲相應申乞照
驗省部相度既是王德用與王德堅一母所生
故後拋下家產王德用令男王斌自願承繼應當門戶合
下仰照驗如無差異依准所擬施行

## 爺的錢物要分付　至元十年三月初四日淄萊路承奉中書

户部奉中書省劄付該據擡理畏吾兒公事欽奉聖旨節該
不揀甚麼民戶裏畏吾兒每根前與爺的錢物爭競自阿打廝爭
的多上頭今爺的孩兒每根前與爺的錢物要分付子阿爺與來的要
者每的言語休違了的畏吾兒每分要了爺時不曾分了爺死之後爺的錢
物一年其間他這孩兒又爺時不有罪者欽此除畏吾兒
這般曉諭了別的畏吾兒每分要乞了爺的田
地欽奉聖旨禁約其餘去處乞照驗施行

## 補庶分家財例　至元十一年二月大名路承奉中書户部符

五七三　典章十九　户部五　十五

文來申繡女匠孫伴哥與兄孫成兩爭故父孫平抛下房
院取責得孫伴哥於係故父買到在後爲
妻生弟伴哥府司若將見爭房屋令孫成與弟伴哥均分爲
兩停應當差役誠恐未應乞照詳省部相度孫伴哥妻之子
孫伴哥係婢生之子據所抛房屋事理以十分爲率內八
分付孫伴哥爲主二分付孫成等户下匠
役亦聽上項分數應當合下仰照驗施行

## 諸子均分財產　至元十一年六月十六日尚書户部彰德路

來申褚克衡告至元六年二月褚與兄褚大將家財分居
外除留與生娘阿劉並老娘阿田養老事產有兄褚克
衍拍占不肯分割爲此責得一千人等備細詞因府司恭
詳旣是另分之後阿田阿劉願爲褚克衡收管
昏定署省之禮以此將原分店舍田產盡附褚克衡收管

一處侍養盡終褚克衡見收阿田遺留下分書爲驗即係
分另之後再願同居依例擬將阿田抛下房舍地產等物
斷付褚克衡承繼承願同居依准擡理阿田抛下房舍地產等物
在先分另以前褚克衡承繼爲主據父褚監軍在日一家居住爲
軀良民每年津貼軍役兩便乞明降省部相度若有自願所
擬已經分另以後阿劉阿田身亡無後者並
產並經另在後身死之後阿田等身亡無後者財產
此例係分另處今阿劉等身亡無後者財產
入養生今身死之後阿田又嫡庶不應同居不得爭告緣
出養生身父死之後阿田又兼同户部相度諸子均分據此合下
褚克衡戶下財產理合令諸子均分據此仰依施行

## 弟兄分爭家產事　至元十八年四月中書兵部承奉中書省

五七一　典章十九　户部五　十六

判送本部呈彰德路湯陰縣軍户王與祖狀告至元三年
於本處群老女處作舍居女婿一十年此時承替丈人應
當軍役置到莊子一所地一項在城宅院一所計瓦房十
二間人五口白磨子一盤有兄王福等作父祖家財均分
等事本部恭詳自來止是弟兄爭告父若祖家財別無兄弟
相爭本置財物不在均分之限若將王與祖父祖置到
妻家財與物等令王與祖依舊例分爲主外據父祖置到
業家人口等物令王福依理均分相應都省准呈送本部依
上施行

## 吳震告爭家財　至元大二年正月袁州路奉江西行省劄付近

據龍興路申吳震告元雇到蔣梅英爲妾後因前去潭州
路等處勾當有蔣梅英與父吳彥禮私通生男壽孫同生

爭要家財等事得此移准中書省咨送禮部檢照舊例應爭家財妻之子各四分妾之子各三分姦良人及幸婢子各一分爲此本部恭詳吳震雇到壽孫同蔣梅英曾生一女在後伊父吳彥禮却與壽孫同生二人見爭家財此姦良人之子例擬合一分聽力與吳震同當差役具呈照詳都省咨請依上施行

**同宗**

五七六

典章十九 戶部五 十七

皇慶元年十月江浙行省准中書省咨備浙東宣慰司李中奉呈婺州路蘭溪州唐柱唐禎家告到各人備細詞因當職看詳唐証正妻王氏身故次子唐禎生母葛氏掌管家私遂生隙嫌累言告唐柱抵抗不欲爲子自願歸宗等事節次追到唐証歸宗之詞止是官司朦朧立案合歸宗似難已後唐禎自行主意與親族唐剛大等議令二子均分家產赴官執法連判所立分書應於內明白將實有田土品搭均分又該兄弟自宜孝友同心協力支持門戶若爭以不孝論如此等語可見唐証歸宗亦不見唐柱說不顧因由又兼婺州路已曾勾追一同議分親族唐剛大到官明指自行歸宗等語其詞猶爲明白各處官司循情不行詳認事體以是爲非逼道到今不與從公歸結近據婺州路達魯花赤買驢不休都省已萬拱蕭千八例又不憑至元二

十七年欽奉聖旨擬定戶籍又不憑伊父唐証立下文書輒理唐禎所執伊父與唐証獨名書押無顯証不勘憑信之言將已過房四十餘年之子破籍歸宗於理未當況江南異姓過房之子承繼官職承紹家業者不可勝計況復同宗嫡子何疑其蘭溪州司吏劉紹爲先謂其唐証使因同宗嫡子抑又何疑父兄起家之難遂忘手足友恭之義假父遺命棄兄歸宗事不行交案不報刷目情弊昭然合依至元二十七年專掌此籍並都省斷例萬拱等通例爲定萬拱分產當沒所在日與親族唐剛大等原立分書令唐禎分產當沒所在據唐禎不遵父命分產告其兄詞理不遜事涉犯義蘭溪州司吏劉紹作弊三年不行交案罪經釋免擬其呈無子詳得此本省看詳人倫之大嗣續爲先計四十餘年唐禎

五八三

典章十九 戶部五 十八

其往柱告爭繼立多因富豪分產不均所在官司不遵定例以情破法紊亂人倫今唐証生前與房族唐剛大已立分書將家產二子均分又與省臺斷過萬拱蕭千八已籍定通例無異恭詳若依宣慰司李中奉所擬相應咨請照驗事准此都省所議得唐証應有財產唐禎均分宣慰司李中奉所議紹作弊三年不行交案罪經釋免擬外據蘭溪州司吏劉紹作弊三年不行交案罪經釋免擬合革去似此小吏亦合禁止咨請依上施行

**過房子與庶子分家財**

皇慶元年六月江西行省准中書省咨來容吉安路安福州周自思告分家財委官取到各各備細詞因追照分籍面相同恭詳周桂發本爲無嗣將嫡姪周自思自幼過房爲子至至元二十七年籍作長男後因親生二子長立周桂發周自思各生思意以周自思不遵

教訓抵觸父母令本人於別所房內另居住坐周桂發身
殳伊母又告抵觸本人稱阿曾不係正母罪經免母無
慈隱子失承順似難同居若論分分之例周自思雖是過
房原係嫡姪立為長子入籍三十餘年再一再三即係庶
出若將周桂發應有家財作四分自思再三三分另居停當差
外餘有田產財物令周自思終留一分
役後阿曾盡其終身養老田產至日三子再行平分
房親姪為男同拟入籍年深雖稱另居周自思終無歸宗
之意繼母阿曾因爭家產告稱抵觸憎愛之私灼然可見
似為相應容請回示准此都省議得周桂發始因無子過
依准所擬依上施行

## 父母未葬不得分財析居

延祐六年十月江浙行省准中書
省咨刑部呈奉省判御史臺呈據山東東西道肅政廉訪

五七三

《典章十九 戶部五》

十九

司申准本道廉訪司安正奉牒蓋聞養生者不足以當大
事惟送死可以當大事斯前代之格抑亦令人之龜鑑也
比見庸愚輩莫喻此理不以孝悌為心務以爭訟為事殊不
思父母歿之後猶未安葬先以分財異居各為不均互
相毀許愛敬心絕無往往赴官陳告積年不能杜絕父母
葬於淺土恬然不問豈假慎終追遠哉風俗僥薄乃至如
此莫若今後凡民間弟兄遇父母歿未會大葬者不許
祈居須候葬畢方許分另如願永遠同居者聽如此庶幾
風俗還淳官無冗政緣係為例事理合准備申施行准此
看詳如今所言遍行禁治庶裨風教具呈照詳得此
本臺看詳如准所言遍行禁治合禮部講究議擬呈省奉此
部依上約請到禮部尚書張中議一同講議得喪葬之禮

除蒙古色目例從本俗別無定奪其餘人凡居父母之喪
葬事未畢弟兄不得分財異居雖已葬訖服制未終而分
異者並行禁止如蒙准呈遍行照會相應具呈照詳得此
都省准擬除外咨請依上施行

九十二

《典章十九 戶部五》

二十

## 典賣田宅須問親隣

至元六年七月中書戶部承奉中書省劄付，備太原路申：本路人凡民有典賣田宅物業，有欺昧親隣典主，亦故行推調，不肯畫字，蓋勒望減價錢，反勒要畫字錢物，固非一端，以致相争。諸省勘當官司爲無定例，不能決斷。乞明降。省部照得田宅親隣人典賣及已典賣先須立限取問有服房親，次見典主。若不願者限三日批退。後先親次及鄰人處分，典賣者仍聽酬價。若不平並不得虛擡高價。及不違而成交者聽親隣典主。故典主不交業者雖過百日亦聽依價得争告。欺昧親隣典主故不交業者雖過百里所者依例歸。

〈典章十九 戶部五〉

收贖若親隣見典主在他所者令以次人請問（謂親隣典以次之限主）

二十一

主百日內收贖限外不知争告。欺昧親隣典主故不交業者雖過百日內並聽依例收贖。若親隣典主在它所者百里之外在不由問之限。之限若軍戶依決或作疑，如有違犯者依例給。若所管官司應與決不與決，嚴行治罪。申稟使此除遵依之大繁冗，上下官府將當該省親隣人典主多不遵官司定限，特以富勢欺壓良民，勒要畫字錢物，刁蹬多端，難以備舉。動外今照得近年以來多有房親隣人典主不隨即結絕，若經年月推調不行畫字，致令業主多負錢債，重納利息。困苦之極，少有不赴官陳告其所由。蓋事理細微良多受害，所因當時雖設立批退程限，別無定到違限當有罪例，如斯深不便易。以此叅詳此項公事即係違例，定到事理莫若令後諸典賣田宅，但凡親隣典主不願者三日內不行。

〈典章十九 戶部五〉

二十三

批退加以罪責。若有五日內不行酬價亦治罪。若有其業主却行欺昧親隣典主私下成交者亦行治罪。若有如此立定成憲，似望少革其弊。其呈中書省令合干部分定擬相應。公私得濟，宜從憲臺其呈。中書省令合干部分定擬相應。理若依舊立程遭刑憲，以此叅詳，恐限此促迫不能完備致其呈照詳准此送禮部照擬施行。奉此本部議得上項事理，俟百姓從尊長畫字給據問有服房親次及隣人凡田宅皆從尊長畫字取問有服房親次及隣人凡典賣典主不願者限十日批退如違限者決一十。公私不願者限七下批退如違限者决一。七下酬價者限十五日批價依例立契成交若違限不行。酬價者決二十七下任便交易。字錢物取問是實決二十七下如業主虛擡高價不相由。問成交者決二十七下聽親隣典主百日內收贖限外不相由。

〈典章十九 戶部五〉

延祐二年九月浙江行省劄付准中書省禮部呈奉省判御史臺言：切謂民間諸典賣田宅者，皆因迫於飢寒，或遇喪事並軍站差發及欠少錢債委無措置，將田土房舍或典賣以救其急，蓋不得已也。檢會到至元二十七年都省議得，今後凡典賣田宅皆從尊長畫字立賬取問有服房親次及隣人典賣。若批退願者限五日批價依例立契交錢兑業。若酬價不平並違限者任便交易，毋得故行遮占刁證取要。畫字錢物如業主虛擡高價不相由問成交者聽親隣典。

## 典賣稅間程限

人若無人並除程過百日者不在争告之限。若遇飢荒災患喪凶争鬪之事須典賣者經所屬陳告給據交易仰依舊例行下各路照會施行。

得爭告欺昧親隣業主故不交業者決四十七下雖過百
日並聽依價收贖若隣人典主在他所者百里之外不在
由問之限若告發到官不行依例斷從監察御史廉訪
司糾治如蒙准呈遍行照會具呈照詳得此都省除外咨
請依上施行

**質壓田宅依例立契** 至元七年十一月尚書戶部照得即目
多有典賣田宅之家為恐出納稅錢買主賣主通行捏合
不肯依例寫止有借錢為名卻將房院質壓如此朦朧
書寫往往生爭訟到官難便歸結深為未便為此公議得
在先已成交易者不須定奪外據自至元七年十一月為
始凡有典賣田宅依例令親隣牙保人等立契畫字成交
赴務投稅外據出質房狀不得似前朦朧
寫立文契合無行下隨路一體禁約施行呈奉尚書省劄
付准呈仰就便行移各部依上施行

五、六二

▲典章十九戶部五

三三

**賣業寺觀不為隣** 至元六年三月尚書省來呈濟南路延安
院張廣金告段孔目將相隣本院田產賣與楊官人為主
照得田例官人百姓不得將奴婢田宅舍施典賣與寺觀
違者賣錢沒官田宅奴婢雖是地隣不合
批問過交得此本部設得即今別無定例如准前擬似為
相應呈奉都堂准呈劄付付釋教總攝所施行

**權勢買要莊業** 至元二十一年十二月行御史臺近據江東
建康道按察司申南方貨賣田產之家指以權勢為名常
思反覆或三二年間少見添價用錢者誘說賣主爭告原
上便寫官人二字或少有虛名皆為勢要權豪要回原業
違者賣主與之革撥除何等官員為權限或經半年一年不
會爭理又轉主者與之革撥等事移准御史臺咨呈奉中

---

書省劄付都省照得江南官吏勢要之家買下百姓產業
既已欽奉聖旨回付難以再行別議仰欽依施行

**田就契歸着** 至元二十三年十月中書省回咨江西行省
為瑞州路趙虎亡宋時典得趙貴全田土明就合同典
契事都省看詳既有明立典契便收買其實賣主又不經官過割
歸對追照原立文約無詐偽依理歸省
中書省咨平江路總管移剌忽都帖木兒呈竊都省准
賣田土不經本管官司給據一面私下成交又有權豪勢
要人等不問有無告官憑據一面私下收買田地人將在先不經官過割
陳告過割擬合立限令出買田地人將在先不經官過割
田糧數目經所屬司縣出首推收如違限不許許令諸人
首告或官司體察得知取問是實將犯人枷令痛行斷罪

五、八三

▲典章十九戶部五

三四

所該田糧一半沒官一半付告人充賞已後典賣田地須
要經該詣所屬司縣置簿附寫專委主簿掌管提調每歲計撥稅糧查照
司縣置簿附寫專委蕭政廉訪司依例照刷如此免致詭名
推收所據文簿候蕭政廉訪司依例照刷如此免致詭名
迷失官糧亦免產去稅存之弊都省咨請依准平江路總
管所言多出朦文酌量給限許自陳首要盡實到官
內不首或今後典賣田土不行赴官告給公據私下交易
者依上追斷施行毋致因而勾擾搖違錯准此

**買賣田宅告官稅** 元貞元年六月江西行省准中書省咨
江西產去稅存富者愈富貧者愈貧大為民害今後典賣
田宅先行經官給據然後立契依例投稅隨時推收免致
人難常切關防出榜禁治若委因貧困必合典賣田宅依
上經官給據出榜買賣主一月隨即具狀赴將合該稅

石推收與見買地主依上送納如有官豪勢要之家買田
產官吏人等看循不即過割止令賣主納稅或科攤其
餘人戶包納或虛立詭戶更行取受分文錢物有人告發
到官取問是實犯人斷五十七下聽原買地
價錢追繳一半沒官於內一半付告人充賞當該官斷罪
典吏司吏斷罪罷役准此

**站戶典賣田土**

院呈承准江西行中書省講究各處站戶消乏已經移容
中書省定奪去後今准咨該先據福建省咨站戶消乏將
原簽當站田土典賣與僧道醫儒軍匠等產去乏今後
站戶如必消乏典賣田土當該社長里正主首親隣並原
簽同甲戶從實保勘是實止於同里戶內互相成交如
獨立不能成就聽從眾議典賣若本甲戶無錢成

五七七

〈典十九　戶部五〉

買許聽於本站別甲戶計成交務要隨地交役苗米不失
原額如不經官告據朦朧典賣與僧道軍匠等戶買價沒
官田歸原主買賣之人斷罪庶革其弊此送戶部照擬
得站戶典賣田土例擬合照依舊例親戚隣佑先典之人
成交消乏之站戶依例民間簽補其呈詳得此又部兵部擬
議得站戶消乏典賣田地須經同甲戶計保勘給蓋防
虛妄消倒產業之弊福建行省所擬實為理長外據止合
同甲戶內成交一節可證前此送戶部照擬
所擬相應都省准擬移咨本省照驗外咨請依上施行
省咨來容撫州路崇仁縣站戶楊汝玉原簽雲山站馬貼
戶入站田六頃七十畝七分九釐除糧四十五石二斗因
為馬死頗就並支持不敷戶下消乏節次將田出賣與謝正

三五

甫周信甫等為業不堪當役委官體覆相同若令得產人
通行津貼緣當原止是實行楊汝玉一戶其得業人卻差到二十
餘戶地理寫遠畸零誠恐不便就於得業人內點差不甫等
成之趙嗣諒二名又係原人站田六頃七十畝除賣與謝正甫在
戶餘糧四十五石二斗抵充點差陳成之趙嗣諒出給公據中
消之例合本處官司保勘送據兵部詳擬非通例親戚看詳
楊汝玉當役若准所擬緣非通例恭擬合移咨江西行省撫州
楊汝玉所賣土地從實照勘委曾經官陳告出賣本省站役
二十餘戶本路依率行省劄付點差陳擬合之趙嗣諒抵替
馬戶楊汝玉將人站田六頃七十畝賣與謝正甫
覆相同就申合於上司補換今江西行省撫州路雲山站
消乏例合本處官司申合於上司補換不干礙管民正官體
係為例刷事理咨請照詳送據兵部詳
間別無詐冒及本管並不干礙官司曾行體覆得消乏

五八三

〈典十九　戶部五〉

**虛錢實契田土**

開戶本戶原簽目今丁產擬定咨省依例僉補相應今後
家先行隨地收稅戶內差撥因而消乏賣訖地即將
站戶俱係苗糧戶餘准部擬咨請依上施行
若有似此戶計亦合一體施行其呈照詳都省議得江南
部民田土乾要租錢元貞元年七月內收訖虛民戶徐端乾
租錢中統鈔四定至元鈔四十兩為重若依枉法例科
斷及將追到租錢沒官其田還付原主應恐未應乞照詳
移准御史臺呈奉中書省劄付送刑部照擬得近奉判送
廣西宣慰副使于弘道所招不合將秦少九等一十五戶
除免差役占作佃戶周歲供納米糧恐怕察知虛立典契
與訖秦少九中統鈔二定影抵官司收要訖米四十八石

湖南道廉訪司申武岡路府判昔里思馬大德元年八月江西諸道行御史臺據嶺北

三六

三斗估價中統鈔四定十七兩三錢五分折至元鈔四
十三兩四錢七分每户該至元鈔二兩八錢一分依不柱
法例二十貫以下決三十七下
任別行求仕呈奉準擬施行議得昔里吉恩詔原免見
興等田土虛立典賣文契影占不當雜役即與于弘道一
體所議得今後親民州縣每處委資徐端中統鈔四定折至元四
都省議得今後親民州縣每處委資正官百姓受一
簿科一員不妨本職專掌典賣田地過割錢糧明置文簿
相應呈奉都省奉憲臺準此

## 典賣田地給據稅契

大德四年九月湖廣行省准中書省咨
河南行省咨典賣田地給據不見各處有無推收田糧亦
不見有司如何關防過割徒使官糧不盡到官百姓生受
都省議得今後親民州縣每處委資正官或同知或主
簿科一員不妨本職專掌典賣田地過割錢糧明置文簿
相應呈奉都省奉憲臺準此

凡有諸人典賣田地開具典賣情由赴本管官司陳告勘
當得委是梯己民田別無規避已委正官監視附寫原告
並勘當到情由出給半印勘合交易許諸人首告仰
買主赴官銷附某人典賣合該稅糧就取
官給據或契務赴務即同匪課合法科斷如不
是實買主一同賣契就私下不違而不成交者許諸人首告
一半付告人充賞仍令各斷罪務每月一次開具賣田地
主賣主花名鄉都村庄田畝姓名科催原委官得替與新官相
照年終止驗收定姓名田畝科催原委官照刷之日將州縣省
置交割仍委本路總管提調廉訪司照刷有不如法因循廢弛者隨事理罪都省

　二七

---

## 格前私買田土

除外咨請依上施行
海北海南道宣慰司呈雷州路申吳冀狀告來咨
年兄吳秋來將田四畝五分賣與唐政為主價錢三十兩
至元三十年唐政添價一百兩賣與王馮孫為主大德元
年王馮孫添價一百二十五兩賣與韓二十通易三主不給
為無鈔吳冀却令唐政出鈔贖回原田價歸原主以為長便
容請定奪准此送户部照議得吳冀告兄吳秋來將田四
畝五分賣與唐政轉賣與王馮孫韓二十通易三主不給
自行告首多在詔恩以前若今後買主賣主自首及告發例
生僥倖希詳莫若今後買賣田土處發各處遠違例買賣田價
法成交因事發露到官者免罪田價歸原主以前違
不肯交田告到官官照得各處違例買賣田土亦有限外
大德七年三月湖廣行省准中書省咨
公據推收所犯罪經釋免上項田糧合行隨地推收科稅
據追沒理賞一節依都省元行定例以前事理擬合革撥
都省合行移咨請依上施行

## 貿易田宅

大德七年五月二十六日江西行省咨中書省咨
禮部呈真定路普州知州趙仁舉呈諸典賣田宅已有定
倒近有私相貿易田宅土地至元七年舊倒私相貿易田
宅奴婢畜產質壓交業者並合立契收稅今後相貿易田
宅奴婢畜養依倒從本部立便換估價成交業既非典賣所
親隣難以爭論本部恭詳既有已行通倒宜准趙仁舉所
言遍行遵守相應於內若有將田宅指稱添價指錢緣其所
物直爭懸却行暗添價錢緣其所由既與貨賣無異擬合
照依典賣田宅倒批畫給據成交得此送户部照議合
相貿易田宅即與貨賣無異擬合給據令房親人盡字估

　二六

價立契成交田土似爲相應具呈照得此都省准擬施行

### 違法成交田土

大德八年二月　日江西行省剳付該靖安
縣問得舒仲仁於元貞二年內不曾經官親隣
將田賣與程普爲業別無官地降契本即係違
都省定例罪經釋免官契擬斷一半沒其其
准中書省剳送戶部照擬回呈照得程普即爲湖
廣省准追
沒官物一半若擬給付原告人程普即係違法成交若依例追斷緣大
前因本部議程普元貞三年用鈔二十一定買到舒仲
州路王同知出典田土不給公據違法成交罪經原免
沒一半擬給付原告人李勉翁却緣
田之人若擬撥仍令錢業各歸本主本都省准擬追
沒一節依例革撥仍令錢業各歸

**五八七**

《典章十九　戶部五》

二九

田二十五畝三分不曾給據違法成交若依例追斷大

### 舒仲仁錢業各歸原主

業各歸原主移咨行省照會相應都省准呈請依上施行
剳付該近爲龍興路靖安縣民戶李勉翁告舒仲仁仲不曾與
給據將父李清叟原附管運田土二十五畝三分賣與
程普大德七年移准中書省照依湖廣行省岳
州王同知出典田土不給公據違法成交罪經原免追
沒一節依例革撥仍令錢業各歸本主大德十年因程普赴
都省陳告却送禮部照依陝西行省蘇小一將撈鹽地六
十畝賣與崔送不給公據即大德四年九月都省定例
已前罪經原免難議追沒悔即你大德以來各處田土定例
增價刁譸之徒往往攀指前省部前後斷例與訟告爭紛紜
別無一事歸着兩例追指沒省一無法遵守移咨中書省定

德六年三月欽遇詔赦罪經原免如依前例革撥仍令錢
業各歸原主移咨行省照會相應都省准呈請依上施行

擬明白通例回示令准咨該送禮部議得舒仲仁仲不給
公據不問親隣將伊妻父李清叟地土二十五畝三分私
賣與程普爲主即係違法成交追沒一節即已革撥合咨
江西行省如委係違法物業理合依准戶部先議依上施行
錢業各歸本主相應具呈照詳都省准擬依上施行

**五六七**

《典章十九　戶部五》

三十一

部承奉中書省剳付該省東平路申楊介等嗠老百戶男三
哥強占原賣田業議擬施行間擬御史臺已前年分典賣
田產房舍其房親人等不曾畫字爲辭争競致令詞訟不能杜絕合無擬自至元二十一
今比年添十倍之上其尊長卑幼親隣人等乃以不曾畫
字爲辭競致令詞訟以前事理革撥已後許相争告至元二十一
年正月初六日詔書以前事理革撥已後許相争告今據
前項事理都省議得比及通行定奪已來令見買主依舊

### 革撥亡宋已前典賣田土

大德三年三月中書省咨江西行
省咨爲廣東道呈近據瑞州路申趙虎行十六年前亡宋
時典到水田二歛二分收附後併數簽充馬戶即係亡宋
已前事理若依革撥却緣本人明執合同典契
即係活業移推都省看詳既有明立典契即係活
業難活業移推都省看詳所指叔姪草百二畝二與章稱子
就令合屬歸對追照原立文約依理歸着准此已經遍
省咨爲廣東道呈近據瑞州路申趙虎行十六年前亡宋
時典到全田土並江州路申簽文瑞告陳應林亡宋

**五六七**

### 種佃

了當今據見呈本省若准所擬一件革撥却緣本人明執合同典契
回示等此送禮部照依擬得亡宋已前應典賣田宅地土等物
若憑各人見賣典契理問却緣隔異代中間眞僞盡難
稽考又原典價值多係交會亦難歸價收贖況歸附經今

年遠若不從宜立革處恐人生僥倖訟不能息恭詳擬令
革撥以爲相應如所擬乞賜遍行照會以憑遵守具呈
照詳得此准擬依上施行

## 哈迷與張德榮爭房產業

大德四年五月二十八日河南宣慰
司蒙湖廣等處行省參知政事議得張德榮見以娼妓爲
生例應青巾紫衫合近拘肆與同巷排列居止若有出賣
相隣房地依例收買其張德榮苟避青巾暗於街市偷竊
住坐已是不應與士庶相隣污穢增衢卻更添價爭買相
隣房地牧民官吏不思風化返與理訟逗遛人難抑爭文
狀吩咐湖南道宣慰司更爲審問哈迷曾先已商議定
價令牙人估計前後房院實直依例通行成交施行
告爭阿里海牙平章柑橘園地公事移准中書省咨來容

## 趙若震爭種園

〈典章十九 戶部五〉

三二

五七七

趙若震告阿里海牙平章占住柑橘園地係故阿里海牙
平章攻打潭州占到柑橘令人看獲伊妻郝氏呈獻在官
至元二十六年欽奉聖旨撥賜買只哥恭政房屋數內亦
有前項田地三處本官戶下拟籍了當又兼園地難經隔
訪司斷付趙若震爲主終不曾明白交業經隔到今二十
餘年即非阿里海牙強占田土若依籍爲定撥付買只哥
恭政爲主相應咨請定奪此送禮部照得前項所爭
地既執照及有承買禿魯地基上元藍房屋文契並陳椿等批
退執照只哥稱伊父攻打潭州時占立砲場栽種
至甚明白雖貴只哥稱伊父攻打潭州當時乘勢奪攘民田
柑橘只憑此言顯是阿里海牙即是官豪之家欺過小民
行省二十餘年終不明白交業以致逗遛到今不能結絕其在官籍面似難憑
不肯交業以致逗遛到今不能結絕

---

准以此恭詳擬合欽依至元十五年聖旨通例及趙若震
所有憑據斷付本人依舊爲主相應都省准呈

## 遠年賣田業已典賣與幼男女不合爭

江浙行省剳付來申陳天得告潘萬七至元二十七年買
訖卓幼弱田土此是年幼與祖母並親母陳孺人姊妹陳
得一娘陳得二娘同家住坐各畫字荒歉之年先典後賣
立契賣與潘萬七爲主本省議得飢荒之歲典賣訖田產
因見即目地價比之往日陞高數倍以利爲心或稱欺瞞
親隣或稱卑幼成交往往告官爭理不得杜絕今陳天得
因缺食與祖母及姊二人將田土立契先典後賣過割租
稅了當今經一十餘年田土價高才方爭理難同非理典
賣田土況江南似此經歲歉之年賣田者非止一家若准陳
天得所告改斷實應効此致使農民不能安業素煩官府

〈典章十九 戶部五〉

三三

三九六

即係爲例事理移准中書省咨送禮部議得陳天得所爭
田土雖稱卑幼緣爲飢饉同伊祖母陳孺人並
姊二人立契先典後賣潘萬七爲主難同非理典賣設或准
違法隨即不曾爭理今已買他人潘萬七依舊爲主相應
江浙省所擬憑契斷付已買遠年生飾詞賣僥倖如准
都省依准所擬咨請照驗施行准此仰依上施行

# 種佃

## 關種公田

尚書省至元二十五年正月二十八日奏過事內

一件脫脫俺根底與文書有江南田地裏公田荒閑田地
多有富戶百姓每根底與百姓呵地每根底與交百姓
每入來種田呵地稅江南納的三分裏減了一分交納二
分呵這般幾年謹慎提調呵荒閑田地開了糧也多入來
有廢道與了文書七俺商量呵別個的富戶百姓與根底
工本不須與第二年要一半第三年依著他說來的三停內交納
地稅第二年有心種田的百姓每根底不交當別個雜泛差發呵怎生
二停種的百姓每根底交了也欽此
呵那道般者麼道聖旨了也欽此

## 佃戶不給田主償貸

五,三八

大德八年十月江浙行省會驗近欽奉
聖旨內一款佃戶不給各主接濟借過貸糧豐年逐旋歸
還舊主冊得以巧計多取租數違者治罪欽此除欽依外
照得江南佃民多無已產皆於富家佃種田土分收籽粒
以充歲計若直青黃未接之時或遇水旱災傷之際多於
田主之家借債貸糧接食用候至收成歸還有田
主之家當念佃戶借貸口糧揭取錢債不須勒令多取利
息才方應付或於立約之時便行添答數目以利作本才
至秋成所收子粒除田主分受外佃戶合得糧米盡數償
之還舊主冊得有不敷抵當人口准折物件以致佃戶逃移
土田荒廢又兼上年多有災傷缺食去處官司雖經販濟
民力尚然未甦即目正是秋成時月若有不禁治深爲未便
省府仰照驗下合屬勸諭主將佃戶常加存恤接濟
毋致失所有借貸其糧照依原借的實數目須候豐收逐

旋休致歸還錢債依例三分取息毋得多餘勒要如有以
利作本之數許諸人陳告到官嚴行追斷仍行移廉訪司
體察施行

# 戶部卷之六　典章二十

## 鈔法

偽鈔　挑鈔
昏鈔　雜例

皇慶定例垂罡垂垚　壹　

### 偽造

寶鈔

印造偽
鈔捕盜
正官及
鎮守兼
巡捕軍
長失覺
察軍並
不曾杖
再犯
罪加徒
一年

買使偽
鈔者　初犯杖　再犯杖一百七
徒一年　下一七

### 偽者

以真作
偽者

皇慶定例垂罡垂垚　壹　流遠處死

---

《典章二十戶部六》

五丶五　　卡毛垚罡垚走壹　　一

### 延祐新定　卒七九七

倒換昏鈔
添答工墨
結攬昏鈔
抑過倒換
昏鈔不
使退印

挑剜禪
挑剜禪
實鈔以
剜知情

鈔
寶
知情
買使

買使　知情者不首而兩隣　犯人再犯

犯人　十兩十兩一定　以下　以上之上

挑剜禪　六七　九七　加等一頁　科斷　徒牟　流遠

初犯　依例　再犯　杖　斷罪　罷使斷罪　罷使

窩主同罪坊里正
主首社長並捕盜
官吏及鎮守兼捕
軍官軍人失於覺
察者隨事量情究
治

---

## 鈔法　線原表闕橫直　今補正

三十七　四十七　七十七　九十七　一百七流遠處死

### 偽造

寶鈔

印造偽鈔印造偽
鈔捕盜正官及
鎮守兼社長失
軍各決。

買使挑從　不分首
鈔初犯　再犯
杖三犯　杖
斷。以上科　一年

### 偽者

以真作
偽者

鈔者〇〇　從一年　下〇〇

---

《典章二十戶部六》

奏格十五　　七下一七二七三七四七五七六七二頁　　一　源氏校補

倒換昏鈔
添答工墨
結攬昏鈔
抑過倒換
昏鈔不
使退印

挑剜禪
挑剜禪
結攬昏鈔描政
真作偽以

鈔
寶
知情
買使

買使　知情者不首而兩隣　犯人再犯

犯人　十兩十兩一定　以下　以上之上

挑剜禪　六七　九七　加等一百七　科斷　徒一年　流遠

初犯　依例　再犯　杖　斷罪　罷使

窩主同罪坊里正
主首社長並捕盜
官吏及鎮守兼捕
軍官軍人失於覺
察者隨事量情究
治

買伯分明即便授受文至元十五年六月行中書省體知得街
市買賣人等將買伯分明微有破損寶鈔依前不行接轉
及各處平准行用鈔庫所倒昏鈔盡是買伯分明即便以行
使寶鈔蓋是本庫官典不爲用心行使以致如此省
府相度須合再行出榜曉諭諸買賣人等令今後行使
鈔雖是邊欄破碎仍存買伯分明即便接受務要通行流
轉不致澁滯鈔法若有似前將貫伯分明及將堪中行使
接受行使告到官嚴行治罪及將堪中行倒如庫官赴庫
倒換仰庫官人等亦不得回倒換如庫官人等卻將堪赴庫
用寶鈔倒換仰庫官斷罪施行
仍出榜文曉諭施行

整治鈔法至元十九年十月中書省奏准下項整治鈔法條
畫都省除已剳付御史臺常切糾查外咨請遍合屬照會

四、二四

倒換金銀價例

| | 入庫價 | 出庫價 |
|---|---|---|
| 課銀每正 | 入庫價鈔一百二兩五錢 | 出庫價鈔一百三兩 |
| 白銀每兩 | 入庫價鈔一兩九錢五分 | 出庫價鈔二兩 |
| 花銀每兩 | 入庫價鈔二兩 | 出庫價鈔二兩五錢 |
| 赤銀每兩 | 入庫價鈔一十四兩八錢 | 出庫價鈔二十五兩 |

整治鈔法條畫

一鈔庫內倒換昏鈔每一兩取要工墨三分不得刁蹬
多要工本庫官吏人等令人於街市暗遞添答工墨
轉行倒換一十兩以下決杖五十七下一十兩之上

決杖七十七下一定之上決杖一百七下罷職兩相
倒鈔之人同於犯人名下追鈔五定給付捉事人
充賞專委管民官常切提調如不用心提調治罪施
行
一買賣金銀付官金庫依價回易倒換如私下買賣諸人
告捉到官金銀價鈔全行斷沒於犯人名下追鈔一十
兩以上決杖七十七下一十兩以下決杖五十七下於
犯人名下更追鈔兩給付捉事人充賞
一賣金銀人自首告者免本罪將金銀官收給價與買
主不首者價鈔斷沒更於犯人名下追鈔一定與買
捉人充賞買主自首者依上施行
一金銀匠人開鋪打造開張生活之家憑諸人將到金

四、九三

銀打造於上鑿起匠人姓名不許自用金銀打造發
賣若已有成造器皿赴平准庫貨賣如違諸人告捉
到官依私倒金銀例斷罪給賞
一如寧護私下買賣金銀人等要訛錢物放了有人首
告依例追沒給賞昏鈔不爲用心一般罪犯一應巡
禁廳捕官兵人等捉挐取招起解將昏鈔每
收倒鈔當面於昏鈔上就毀印記將堪中行倒本坊偶迴
一鈔庫官吏侵盜金銀寶鈔出庫借貸移易做買賣使
用見奉聖旨條畫斷罪委本處官總管一月
一次計點如本處官吏通行作弊與犯人同罪
一鈔庫官吏不行附歷倒添價倒出更將
本庫倒下金銀捏合買金銀人姓名用鈔換出卻暗

一　地添價轉賣與人許諸人捉拏得獲不計多寡處死
　　將價鈔給付捉事人充賞
一　如諸人將金銀到庫依珠色隨即倒不得添減殊
　　色非理刁蹬如違決杖五十七下罷藏

十四欵至元二十四年三月尚書省奏奉聖
旨定到至元寶鈔

一　至元寶鈔一貫當中統寶鈔五貫新並行公私通例
一　依中統之初隨路設立官庫買賣金銀平准鈔法私
　　金銀者許諸人首告金銀價直沒官於內一半付告

〈典章二十户部六〉　四

寶鈔二定發賣寶鈔一百二貫五百文赤金每兩價
鈔二十貫出庫二十貫五百文今後若有私下買賣
二貫出庫二貫五分白銀各依上買官價至元寶鈔
租買賣並行禁斷每花銀一兩入庫官價至元寶鈔

人充賞仍於犯人名下徵鈔二定一就給付銀一十
兩金一兩以下決杖五十七下銀一十兩金一兩以
上決杖七十七下銀五十兩金二十兩以上決杖九
十七下
一　民間將昏鈔赴平准庫倒換至元寶鈔以一折五其
　　工墨不正依舊例每貫三分客旅買賣欲圖輕便用
　　中統寶鈔倒換至元寶鈔者以一折五依數收換各
　　道宣慰司總管府常切體究禁治毋致勢要之
　　家並官豪人等自行結攬多除工墨沮壞鈔法違者
　　痛斷庫官達犯斷罪除名
一　民戶包銀願納中統寶鈔者依舊止聽收四貫願納
　　至元寶鈔折收八百文隨處官並仰收受毋得阻當其
　　餘差稅內有折收者依上施行

行用至元鈔法　四八六

一　隨處鹽課每引見賣官價鈔二十貫今後賣引許用
　　至元寶鈔二貫中統寶鈔一十貫買鹽一引新舊中
　　半依理收受願納至元寶鈔一十貫買鹽一引新舊中
　　半依理收受願納至元寶鈔者聽
一　諸道茶酒醋稅竹貨丹粉錫碌諸色課程如收至元
　　寶鈔以一當五願中統寶鈔者並仰收受
一　諸道平准庫官收受差辦課人等如遇收支交易務要
　　隨出放幹脫錢債人等如用中統寶鈔者並仰收受
　　若官並投下營運幹脫錢債人員即便收受毋得阻滯
　　聽從民便不致遲滯若有不依條畫盡行
　　阻抑鈔法下諸物取問是實斷罪除名
一　街市諸行鋪戶與販客旅人等如用中統寶鈔買賣
　　諸物止依舊價發賣無得疑惑添價直其隨時諸

〈典章二十户部六〉　五

物減價者聽富商大賈高抬物價取問是實並
罪
一　訪聞民間欵少零鈔難爲貼兌今頒行至元寶鈔自
　　二貫至五文凡一十一等便民行用
一　偽造通行寶鈔者處死首告者賞銀五定仍給犯人
　　家產
一　委各路總管并各處管民長官上下半月計點平准
　　鈔庫應有見在金銀寶鈔若有移易借貸私己買賣
　　營運利息取問明白申省定罪常切官公出次官
　　承行仰各道宣慰司提刑按察司常切體察如有看
　　狗通同作弊取問得實與犯人一體治罪不得因而
　　搔擾沮壞鈔法
一　應質典田宅並以寶鈔爲則無得該寫解粟絲綿等

四七一

物低昂鈔法如違斷罪

一隨路提調官吏並不得赴平准庫收買金銀及多將
昏鈔倒換料鈔違者治罪

一條頒行之後仰行省宣慰司各路府州司縣達魯
花赤管民長官常切用心提調禁約毋致違犯若禁
治不嚴流轉澁滯虧損公私其親管司縣府斷罪解
任路府州官亦行究治仍仰監察御史按察司常切
究察不嚴亦行治罪

### 體察鈔庫停閉

該來呈大都總管民物繁夥若非商旅輻湊無以為日用
之資今市肆行使盡係昏鈔雖有行用料鈔每日止限倒
換昏鈔四百定更有不開庫之日商賈不得新鈔以致買賣
疑澁滯諸物踴貴若令每日倒換二千定或千定可得鈔法
至元十九年五月御史臺承奉中書省劄付

《典章二十　戶部六》

六

### 打算平准行用庫

變易之便得此都省先為體知各庫官典人等庫門關閉
無定將倒鈔客旅停滯妄生刁蹬添搭工墨轉行倒換有
壞鈔法已經劄付戶部須至每日於卯時開庫申後收計
不得停滯無得刁蹬並下本臺委官體察去訖今豪見呈
照得別無每日限定倒換數目已行下戶部督戳庫官
人等須管依已行限撥外仰更為差官常切
體察但遇闕少料物預期申部關撥不許停滯刁蹬鈔
人等若違都省元行就加懲戒施行

五、三

至元十九年九月御史臺承奉中書省劄
付近為各路平准行用庫元闢鈔本買到金銀倒下昏鈔
並工墨息錢不見起納誠恐埋沒及知竊利之人倚賴權
勢將買下金銀倒換出庫中間作弊為此於至元十九年
四月十六日奏准都省樞密院御史臺差官前去打算自

---

初設平准行用庫至今各界元闢鈔倒換金銀諸物昏鈔
工墨息錢撙照憑驗登答排年至今節續收支起納見在
備細數目從實一一計點打算完備造賬冊保結呈省勘
有侵欺失陷短少就便追徵須要數足仍照勘
自至元十三年以後倒訖金銀人等姓名除百姓客旅人
理倒換之數不須追徵外官豪之家恃勢倒訖金銀追徵
本物納官元買價錢依數給主若有阿合馬親戚奴婢人
等買訖數目其價錢不給除江北路分已經劄付本臺照
會所委官依上勾當仍令各道按察司體察外據江南路
分平准行用庫官典往往苟延月日開庫不行倒換擬

省與行省咨行

### 常開平准庫

隨路平准行用庫官典往往苟延

《典章二十　戶部六》

七

令戶部行下各路須要常川開庫倒換金銀昏鈔比及倒
盡預為申覆關支各路提舉官常切關防不致停閉據日
逐倒換數目即便退印檢使料倒起解日提點官封記樁
入包子復封開坐鈔包字號簿數提點官職位姓名並起
押解庫官姓名一就申部仍本省除外仰劄付各道按察
司同文解這另申提舉司點會都省又奉到中書省劄付
常切體察施行承此本臺又奉到中書省奏過事內一件皇帝
等處即係一體除已移咨各處行省依上施行合得江淮
登寶位底常年一兩闢鈔倒換新鈔呵答與三分工墨
要來在後自雞兒年一兩闢鈔倒換與來料號交秀才
每填寫有來那底前省官人每奏過罷了如今人
工墨也都貴有來依猴兒年體倒交要三分呵怎生奏呵那

五、八六

般者麼道聖旨了也欽此

**鈔本體擅支動**　福建行省准尚書省咨至元二十五年十二
月二十日欽奉聖旨節該鈔本根底體交動者麼道欽此

**存留鈔本**　至元二十九年二月初六日奏過事內一件江西行省准中書省咨至元
二十八年二月初六日奏過事內一件江西行省腹裏說有桑哥等奏去年
的隨路平準庫裏的金銀去年桑哥等奏了來俺當每題說有金銀是鈔的
根脚裏立鈔法時節只交各路裏存留著鈔本者有的立定鈔本的本有
際將到來的不交起將來的不交將來呵怎生商量來麼道得
奏呵那般者麼道聖旨了也欽此
朕惟貨食生民之本權以帛幣貴在適時昔我世祖皇
旨將如今不交起將來的不交將來呵怎生商量來麼道

**住罷銀鈔銅錢使中統鈔**　至大四年四月上天眷命皇帝聖

帝參酌古今立中統至元鈔法天下流行公私蒙利五十
五於茲矣比者尚書省不究利病輕意變更既剏至大銀
鈔又鑄大元至元銅錢以倍數太多輕重失宜錢以鼓鑄
弗給新舊懸用曾未再期其弊滋甚爰諮廷議允協輿言
皆願變通以復舊制讜體更張之意事成作人之功所有
合行條畫及便益事宜開列於後
一至大銀鈔一貫准至元鈔五貫該中統鈔二十五兩
一至大銀錢准中統鈔至今住罷印造應赴行用庫依例倒
換仍聽於中書戶部及各處轉運司預買至大五年
蓋虛民用弗便已今住罷印造各赴行用庫依例倒
至大鈔本截日封貯民間行使者赴行用庫依例倒
一中統鈔雖罷以民間物價每以為準有司依舊印
勿致損民
一鹽引挨次支查其餘諸色課程差發亦仰從便收受

———

造與至元鈔子母並行以便民間凡官司出納百統
鈔數
一錢雖古制時用不同比者尚書省所發新舊銅錢具
有緣數其民間宿藏者所在充溢不可勝算雖畸零
使用便於納民然害鈔法深妨國計據大元銅錢
詔書用信所在官司所發者與百姓依例倒換
無致虧損其歷代舊錢有司所發者與百姓依例倒
不可辨仰截日住買其買到銅錢許令赴官倒換既
應有聖旨印信所在官司就為拘納其錢貨等物點
勘具數收貯買賣銅器聽民自便
一資國院及各處泉貨監提舉司一切衙門並行革罷
一諸偽造寶鈔首謀起意之人并雕板抄紙收買顏色
書填字號窩藏印造但同情者並行處死仍沒家產

**會赦不願**

流遠
一挑剜裸寶鈔以其作偽者初犯杖一百徒一年再犯
流遠
一買使偽鈔者初犯杖一百七十下再犯斷罪加徒一年
三犯依上科斷流遠
一印造偽鈔兩鄰知而不首者杖七十七下坊里正主
一告獲偽鈔者賞銀五定仍給犯人家產應捕減
盜依強盜例捕限緝捉
一首社長失於覺察并處捕軍官各決三十七下未獲賊盜
監正官及鎮守兼捕軍官各決四十七下捕
半告捕挑剜禪裩者賞中統鈔十定犯人名下追給
應給而不給者其事未發自首者除其罪能自捕獲同伴
一諸造偽鈔其事未發自首者除其罪能自捕獲同伴

者減半賞

一確禁金銀本以權衡鈔法條令雖設其價益增民實
弗便自今權宜開禁聽從買賣其商舶收買下番者
依例科斷

六十二

《典章二十戶部六》

十

　

一大都上都隆興輦轂經幸供給浩繁應百姓合輸差
稅自至大四年為始並免三年

一近年田宅增價爭訟日繁除已到官見有文案并典
賣借貸私約分明依例歸結其餘在至大元年正月
已前者並仰革撥

一鳳憲之官職膺耳目糾勤百司凡政令之從違生民
之休戚言責所關實要且重惟今百度載新圖治伊
始式遵世祖皇帝以來累朝成憲各揚乃職以蕭政
綱

於戲眛遠圖而趨近利詎能稱物之平仍舊貫而作新
民式正守成之道故茲詔示想宜知悉

闕文一之三九

《典章二十戶部六》

十

右四段應在本
卷第四行後闕
今補

陳氏牧謂

至元新格諸行用庫凡遇人以昏鈔易換料鈔皆須庫官監視司庫對倒鈔人眼同辨驗撿數如不係接補挑剜偽鈔當面用訖退印昏鈔入庫料鈔付主當該上司委官時至撿校違究治

**課程受昏鈔　至元**

年　月福建行省准中書省咨准江淮行省咨江南鎮店買賣輳集每兩依例帶收工墨處倒換不惟鈔法溢滯或被盜失事於民不便若許令課程內收受昏鈔帶收工墨隨即解本管上司續倒好鈔納官公私便當外州郡見設鈔庫四十三處將近下庫分併罷革官典減俸錢一舉兼得數利請定奪事又據御史臺呈亦為此事都省議得依准所擬

五、二二

〈典章二十戶部六〉　十二

今後應據諸處差發課程許受昏鈔每兩依例帶收工墨二分委自各處茶鹽運司官路府州縣提點正官厘勒當該官典人等不得多收工墨如違追陪斷罪仍將收到昏工墨依期申解行省戶部發下合屬燒毀支撥料鈔納官卻不得圖收工墨好鈔妄作昏鈔刁蹬人難除已剜付御史臺常加體察外咨請依上施行

**燒昏鈔不須設立燒鈔庫官　至元二十五年正月日江淮行**省照得先准尚書省咨倒到合燒昏鈔奏准聖旨按察司官人和宣慰司官人每一處數了若無短少交燒事准此本省為不見各處已解到省未燒昏鈔隨省別無宣慰司合令隨省按察司與管民路官一同撿點數足就令設燒鈔庫燒毀外據已後倒換昏鈔直隸本省分依上燒毀其各道宣慰司合無止令本道正官同本道按察司

---

正官一處數了若無短少就便依例燒毀各道燒鈔庫官有無設立惟復依舊解首數燒為此准移咨尚書省咨議定已起到省昏鈔並直隸本省數倒下昏鈔欽依元奉聖旨并已行事理擬令本道正官同本道按察司一處數了若無短少就便依例燒毀各道燒鈔庫官同本道按察司咨請施行

**行省燒昏鈔倒　至元二十八年七月日江西行省准中書省五**月十七日奏過事內一件外頭行省所轄的路分裏倒換昏鈔在先行省官人每燒有來去年行省裏各路監燒的人那燒的鈔裏頭偷盜了的上頭桑哥等奏了將昏鈔都交將的這裏來求有俺商量得若將這裏來呵費了頭口氣力費了脚錢今有後那裏的這省官每行臺官每一處若無行臺的地面裏與廉訪司官一同相關防著燒呵便依例燒毀

五、五三

〈典章二十戶部六〉　十二

怎生麼道奏呵那般者麼道致有盜詐情弊別因事發到官凡所由當該官員並行取擾論罪

一行用庫倒換昏鈔每貫倒除工墨三分不准刁蹬人難溢滯帶鈔法勢要人等纜者依條痛斷庫官違犯斷罪除名所在廉訪司常加體察

一平准鈔官照依元降條畫上下半月從實計典但有移易借貸違法事理取問明白部呈省長官差出次官承行如無爭差亦須每季一次保結開申民長官照依元降條畫上下半月從實計典并各處管總管并各處

**昏鈔追陪好鈔不燒　**大德元年三月江西行省據龍興路申廉訪司奉行御史臺咨准御史臺咨湖廣行省監燒昏鈔中間多有檢出禆奏假偽挑剜補短少鈔數著落當該庫官庫子追陪好鈔到官隨與昏鈔通裏入爐燒毀子當切

聖旨了也欽此咨請欽依仍將燒訖昏鈔開坐各各庫內
年月備細數目上下半年登答答報據工墨鈔定起運赴
都交納准此

### 抛燒昏鈔〔按此條廬道下圖文一併補行〕

〔鈔關目錄廬防檢察至元二十九年五月中書省咨據御〕

史臺呈長廬平准行用庫官庫子人等將倒下昏鈔本多收工墨并大同豐
退印同謀分使安西路平准行用庫官庫子知情收受接補
剡挑偽鈔倒出好鈔又侵借行用庫官庫子人財產人口委官抄扎追
鈔人員虛行作數事發除將犯人財產人口委官抄扎追
問及取當該提調官員招伏另行議罪外照得下項合行
關防檢察事理當該官司必要實行有廢弛不行者所在
廉訪司官就便嚴行禁治合申臺者開具招伏申臺呈
都省除外咨請遍行合屬依上施行

典章二十　户部六　十二　陳氏校補

一　凡遇諸人以昏鈔易換料鈔照依已行辦驗無偽必
須隨即用訖退印依例收倒本路提調正官不測檢
校若收到昏鈔內但有不使退印者庫官取訖招伏
申部庫子人等就便斷罷提調循情不理及違慢
不行者廉訪司官取招申臺呈省

一　每遇起納合燒鈔數須官提點檢官開無差監視裝發
甚至合燒處所若被委官員不爲用心關防檢察〔右三〕
致有上葉背一行
段爲上葉背今補行

圖文一之四十一

---

詳朝廷鈔法所以咨國便民其初倒下昏鈔必須燒燬者蓋
爲昏鈔不堪行使故使訖退印每季入爐燒燬至於檢出
禅湊假偽接補等鈔追倍好鈔到官又昏鈔一到於廣濟庫
燒燬誠爲可惜且開江浙行省每有此等好鈔數少者從監
另須收貯官陪燒燬多者解省追到好鈔如今湖廣見
燒官追陪燒燬爲支持用廢已獲都省准擬明文兩省如何燒燬
若蒙照勘江浙行省已定通例行移各處一體施行相應
庫官庫子短少昏鈔省咨該管御史臺呈先據監察御史臺呈到各處
移准江浙行省咨該該庫官庫子侵盜等罪犯并提調官關防不嚴
追到好鈔另行作數收貯通行起納於今燒昏鈔項下明
白開寫所據庫官庫子侵盜等罪犯并提調官關防不嚴

典章二十　户部六　十三

五另二
依已行事理施行准此遍行各處施行訖得此相度既
有中書省准擬明文仰照驗行移合屬就申行省照驗施
行

### 倒換昏鈔體例

符文定到江淮行省二十五樣昏鈔倒換體例開坐前去
仰依上施行

大德二年三月江西行省抄錄到中書户部

一樣二貫文省并貫伯俱全損去鈔張下截
前件議得鈔張止憑上截貫伯行使若下半貫伯并貫伯
俱全雖無下截堪中倒換

一樣二貫文省四字并貫伯
前件議得街市使鈔惟驗貫伯二貫文四字并貫伯
既全雖下半貫伯并鈔張下截損去擬合倒換
下截損去

一樣二貫文省四字并貫伯
既全雖下半貫伯并鈔張下截損去擬合倒換

一樣止存二貫文省其貫伯并鈔張上截俱損去

前件議得鈔雖使上不使下但二貫文省既存又不是

接補等鈔雖貫伯并鈔張各損去亦合倒換

一樣止存二貫文三字其省二字并鈔張下截俱損去

前件議得二貫文三字既存其省字并鈔張下截雖

一樣止存二貫省二字并貫伯下截紙張俱

前件議得使鈔當以數目字為主若二字一貫既在其實

省二字并貫伯下截紙張雖各損去終有二字完全

可以例換去之

一樣止存二貫省二字其貫省二字並貫伯下截紙張俱

前件議得二貫省二字既存其省字并鈔張下截雖

俱損去堪中倒換

辨驗

**四、一五　《典章二十》戶部六**　十四

各損去

前件議得前年有接補剜挑造偽者往往將二字一

字移於五伯三伯文鈔紙上作二貫一貫鈔使又存

文省二字及錢貫邊欄尚不失去每雖是真鈔是

造偽以致事敢枉傷人命今後若無數目字雖是真

欄下截可以辨認安知上截二字不剜於他處用記

似此之類不宜倒換

一樣二貫文四字俱全損去貫伯左邊一半并左邊上

一角鈔紙不存

---

前件議得二貫文省四字俱存雖無邊角却是完鈔

理合倒換

一樣文省二字并貫伯左邊一半俱損去

前件議得使鈔多憑數目字若二貫文省二字

并貫伯左邊一半者亦合倒換

一樣止損二字并一角鈔紙其貫文省三字并貫伯完

全

前件議得此鈔若便作是真昏鈔又貫伯

完備若擬作堪中鈔兩奸便或將完鈔扯二字

一角接於他處用度倘或事發陷人臨時相視前項

軟爛真昏擦磨損去二字并一角字畫微有可辨認

處尚可倒換若硬鈔紙無二字并一角者即係剜

去二字不可倒換

**四、一九　《典章二十》戶部六**　十五

一樣止損省字并一角鈔紙餘皆完全

前件議得省字并一角鈔紙別無用若有二字雖去

省字合作堪中倒換

一樣損去二貫二字并右邊紙不存

前件議得損去二貫二字別無可憑作不堪

一樣損去二貫文省字即與上項損去省字者同俱

前件議得鈔損去貫字并貫伯止當作不堪若有二字

終無可憑又恐剜去當作不堪若有二字合許倒換

一樣中心損去二貫文省三字內科一字

前件議得若存貫文省三字內科一字者不見二字

一樣中心損去二貫文省四字

前件議得中心雖損去貫伯止存二貫文省四字終

三八三

是前鈔亦合倒換

一樣字貫俱各昏爛不堪辨認邊欄花樣可以辨認
前件議得字貫雖各昏爛若是接補終是全張更有邊
欄花樣可以辨認號為真昏合許倒換

一樣中心損去二貫文省四字
前件議得四字俱無何以為主當作不堪

一樣碎爛補作一處用別紙襯貼字貫可以辨認
前件議得雖是碎爛補作一處若非別紙鈔張又無
襯湊痕跡元是一張字貫可辨堪以換

一樣昏鈔紙張邊角有火燒烟薰痕跡
前件議得若無行用庫退印字貫分明雖是鈔紙邊
角有火燒痕跡可以倒換

一樣油污鈔

《典章二十户部六》　　十六

前件議得若果是真昏有可辨認雖有油污即合倒
換

一樣鼠咬鈔
前件議得雖經鼠咬若字貫可以辨認亦宜倒換

一樣雨水浸漏損爛
前件議得雖是雨水浸漏損爛若是辨認得委是真
鈔貫伯字畫有可辨認合許倒換若不可辨認即是
不堪

一樣損去二文二字并巳上鈔紙
前件議得鈔損去二文二字即係剗鈔不可倒換

一樣鈔料火酒損邊或下截
前件議得若火不干礙字貫及無行用庫退印雖燒損
邊角尚可倒換若燒去二字即係不堪

昏鈔〈每季燒納〉　大德五年四月近准中書省咨户部呈各路
平准行用庫倒換昏鈔隨即使訖退印配成料例庫官檢
數別無挑剗接補詐偽短少提調正官封記每季不過次
季孟月十五日巳裏就委起納課程官將引行用庫官庫
子一同管押起運前來燒納咨請依上施行

《典章二十户部六》　　十七

## 偽鈔

**偽鈔自免罪** 至元五年二月欽奉聖旨節該若同造偽鈔人
內有悔過自首到官與免本身罪欽此

**兄首弟安藏造偽科罪**
右三部來呈濟州申鄆城縣劉宣差男劉大首獲同居弟
劉伯察見知情安藏雕造偽人蘇堅又於本家雕造偽
鈔取問招是實欲依巳斷安藏雕造偽鈔體例斷杖一百
七下緣同招親兄劉大首告到官合無量決五十七下乞
照詳偽鈔事理難准減輕合科全罪雖是親兄獲緣係
伯造偽眼察兒決杖一百七下行下合屬就便斷決施行

**偽鈔堪以行使處死** 至元七年閏十一月十九日尚書省據
刑部來呈博州路申聊城縣石治民狀招至元五年七月
內於死上雕成司天臺印一顆本頭上雕成至元五年月日
階見欲寫司天臺文字又於至元六年八月內雕成五百
文五十文二十文偽鈔板印各一副兩次自行印造偽鈔
二十一貫四百九十文節次使訖七貫五百文擬定石治
民合行處死乞照詳事爲此移准中書省咨都省議得據
石治民所招即係自行發意雕板印造偽鈔罪犯依所
擬其石治合行處死於至元七年閏十一月十六日聞
奏過奉聖旨依著您的言語者欽此

**偽鈔不堪行使流遠** 至元七年
呈德州歸勘到司都喜狀招至元七年二月初八日爲紉
合蘇瘦兒等計七人同情節次印造到偽鈔九百五十貫
俱各不曾使用紅印並墨條印被捉到官先將蘇瘦兒等

斷訖擬定司都喜合行處死呈乞照詳事爲此較准中書
省咨該都省議得司都喜所招印造偽鈔未曾使用紅印
墨條雖係都省議得委的罪犯已成并卷內該本處
官司驗得委的不似真鈔難以行使爲此照得已前斷例
喜比其餘依例斷一百七下若依倒杖斷恐礙鈔法擬將
使偽鈔的斷一百七下若造偽鈔已成中使的人減死一等流入
直北鷹房子種田處住坐於至元七年閏十一月十六日
聞奏過奉聖旨依著您的言語者欽此

**造偽鈔不分首從皆處死** 至元十五年二月中書省照得寶元
交鈔大小差發課程並行收受又軍國調度諸通行最爲
大事鈔面明該偽造者斬賞銀五定近年以來造偽鈔之
人事發到官辦驗堪以行使爲首處死爲從雕板抄紙安
藏印造知情受分人等俱各杖斷捉事人賞銀五定其鈔

不堪行使爲首流遠餘者依上杖斷緣爲各路申到偽造
之人甚多再行議得但犯偽鈔無問堪與不堪行使爲首
處死餘皆杖斷捉事人賞一十定官支五定犯人名下
均徵五定餘皆杖斷人減半今又據刑部呈到偽鈔交鈔起數
於內更有經斷不改之人蓋是所定法輕淹滯深兼條利害
地面寬闊若不重立罪賞禁治懲或鈔法漸滯條利害
爲此都省議得今後印造偽鈔之人數內起意雕板抄紙
印造偽鈔底抄紙科號底家裏安藏著印底收買顏色物
料買使俱是同情僞造皆合處死分使底捉事人減半
錢買使偽鈔底斷一百七下捉事人依上給應捉捕人減半

**造偽鈔從不叙同** 至元十七年五月行御史臺准御史臺
咨承奉中書省咨到二月初三日奏過事內一件前者兩

起見造偽鈔得得穿住也那
裏入去在先的官人每根底俺
每不曾威教者扎撒
死教打著道有來俺每似如何
何拏得他似造偽鈔一般行使得阿似
尋思歹有但拏著阿依著者大
體例有甚疑惑廢道奏阿
那般者廢道聖旨了也欽此

**禁治偽鈔** 大德七年十二月初六日江西行省准中書省咨戶部

刑部呈奉省判江浙行省咨杭州等路見禁囚內印造偽鈔
八十八起二百七十四人始自大德元年至大德四年三月
收禁多係追取板印偽造到官止是同犯一二名逃七便
作未完係追勘今後若依強盜體例但獲偽造寶鈔之
徒追搜勘到官取責明白招狀隨即明正典刑如此則
塞造偽之源本部請到戶部侍郎王奉政一同講議得除

五、七、五
**典章二十 戶部六**

起意底雕板印造底收買顏色物料底俱是同情偽造
合依奏奉聖旨事意處死外議得知情分買行使之人
名議得知情分買行使之人初犯決一百七下再犯除斷
外徒役一年三犯流遠鄰佑人等知是偽造寶鈔而不首
告決杖七十七下禁治不嚴失覺者各地分當該巡捕軍
兵三十七下捕盜正官及鎮守巡捕軍官各決二十七下
坊里正主首社長二十七下已獲賊徒追捉事人
官疑廉訪司審覆無冤先行結案首告捉事人賞錢如板印到
仍申合於上司照驗若自守者就原其罪聽同伴者仍減半給
究治其未發而自首者免遷延不給聽廉訪司糾察
賞若有未獲賊徒應捕官兵就捕限緝捉有令
司嚴加禁治畧節真書罪賞排門粉壁使民知懼遞相覺

---

察除外咨請遍行合屬依上施行

**偽鈔鄰首罪名** 至元二十五年行尚書省准中書省咨各戶部
議得造偽鈔主首社長鄰佑知而不首者此附買使
造偽犯人減一等其行首獲偽造寶鈔者仍依諸人例給
賞造偽犯人減一等其行首獲偽造寶鈔者仍依諸人例照
指舉富寶之家知情買使輙勾無辜被害求免官吏縱令
鈔物除另行外此聞諸處捉獲造鈔賊徒有司往往縱令
指張仲溫等事便買使偽鈔等事濮陽縣史司吏人等取受
剳付來呈燕南道廉訪司申寶鳳狀告印偽造人王丑兒
詳送刑部議得印造買使偽鈔相緣係為例有斷例所擬官吏
產擬合設法通行禁治相緣係為例事理本臺具呈照

**縱賊虛指買使偽鈔** 大德十年正月御史臺咨中書省
取受縱令犯人虛指富戶破蕩家產達枉等事合從廉訪

五、五、三
**典章二十 戶部六**

司糾治都省仰依上施行

**格後行使偽鈔** 大德十年江南行御史臺咨准御史臺咨承中書
省剳付來呈山東道廉訪司申知情分買行使偽鈔之人
初犯杖一百七下再犯斷罪外徒役一年三犯流遠其各
處見禁所犯買使偽鈔之人有犯在遠年二三次經斷者
亦有犯在大德三年三月初三日欽遇赦恩已前一次經
斷者今次格後事發到官如此之類未審前犯斷例日月
犯通理斷罪徒流遠或自大德七年三月各處遇赦承奉
以准禁罪徒流遠所犯經斷次數坐罪本臺看詳強切盜賊
已有定例外都省議得知情分買行使偽鈔之人經過恩赦再犯者
詳送刑部議得知情分買行使偽鈔之宜令戶部分定擬具呈照
赦後為坐為犯者始准擬下仰照驗依上施行

**應捕人捉獲偽鈔理賞** 皇慶元年六月江西行省准中書省

五七一

咨該陝西省咨安西路藺同州白水縣申准本縣尉吳好
人縣咨該至大二年十月十八日因巡禁盜賊捉獲偽好
鈔人陳法海等取訖備細招詞追搜備職伏到官別無爭
功之人除已比依三原縣弓手張德武直捉獲偽印鈔人
郭斌等逕川縣弓手趙綿子等
例減半放支至元鈔五定責付本官收管及劄付安西路
依例減半給付犯人家產應捕人告獲偽鈔欽遵舊例外咨
前因議得諸人告獲偽鈔別無定奪外據應捕官今奉
銀五定仍給犯人之徒是例應告獲此除外據印造偽鈔
產亦合依例減半給付餘有一半沒官相應如蒙准呈遍
兵捉獲印造偽鈔之徒既是例應減半欽此節該詳准所有犯人家
四年四月內欽奉詔書內一欽節該告獲偽印造鈔欽奉劄付刑部照得至大
行照會都省准擬依上施行

**燒毀偽鈔印板**

《典章二十‧戶部六》

至大四年十一月福建宣慰司奉江浙行省
劄付近據徽州路申方子華等印造偽鈔所據印板作伏
理宜燒毀外據刀鋸等物合行變賣作鈔起解相應乞明
降事得此備准中書省咨印造偽印板作伏理宜燒毀
外據刀鋸等物合行變賣作鈔起解看詳若干元准咨文
一咨稟似為便當咨請照驗此送刑部議得印造偽
事既結絕所據印具呈照會若作具例合燒毀若令行省
咨稟相應具呈都省就便分揀依例發落若有可疑臨時
一咨稟似為便當咨請依上施行

**印造偽鈔未完**

戴榮一說合前去伊家列板抄造偽鈔公事取訖犯人戴
榮一招伏本省看詳戴榮一所招至大四年十月二十七
州路備宜春縣申甘元亨首至元四年十月二十七

五七六

日紃合甘元亨同情鈔造偽鈔刊雕到至元鈔二貫偽鈔面
印一顆其間有偽鈔刊雕到至元鈔二貫偽鈔未完及周錫鑄印
二顆抄到一所犯若朱來與與甘元亨首告到官本路已原其
罪戴榮一監收聽候外據戴必榮甘元亨首告詳准照本
干通倒例除將戴榮一監收聽候外據戴必榮甘元亨首告
照得倒例議得袁州路宜春縣人戶戴必榮所招不合於
至大四年十月起至元亨同謀印造偽鈔戴必榮在家本賊用鈔錫
曾印造甘元亨首告到官以此參詳戴必榮所犯此
死字樣及刊成背印一片於上不曾刊雕
偽板不曾印造首告官別無定奪外據戴必榮所犯
合甘元亨同謀印造偽鈔戴必榮抄造紙坯未
雖起意終是不曾印造既已料意料然

《典章二十‧戶部六》

呈照詳得此咨請依上施行

**買賣交會斷例**

延祐六年六月江浙行省准中書省咨御史
臺呈准江南行臺咨據福建閩海道肅政廉訪司申准本
道僉事八剌奉訓狗兒承務王承德李奉議牒呈經國之
道鈔法至重偽鈔首謀起意之人并雕板抄紙收買
顏料書填字號窩藏印造但同情者處死買使偽鈔兩鄰
知是偽造實告者不悛舊惡窺見亡宋螢會
經料抄底印造者有司依例追勘綠亡宋螢會
無籍譁民收買轉行添插顏料抄成鈔底粉青復行紏合
先欽奉聖旨禁體行使經今四十餘年官司未曾立法拘
收除毀江南愚民不以異代廢物往往窩藏圖利貨賣是
致奸偽漸生觸犯刑憲者眾蓋緣設法來備今後若有知

事印造寶鈔違禁故將舊藏關會遞相轉寶並知情
由聽從誘說誘說貪圖厚利買寶者及假造關會妄作真會貨
賣知情誘說貪圖厚利買賣人分要錢物似此違犯之人若不定立
倒嚴加相禁江南愚民隱藏關會者多誠恐滋長偽滋奸火
而沮壞鈔法深爲未便請備申江南巡道行臺御史照
詳施行准此如准所言立法禁治爲便益臺官南御史
行得此咨請照得至元十五年四月十三
旨送刑部照詳擬連呈具呈咨照詳施行批奉都堂鈞
日客使呈著肖官每言語也速忽都兒見奏稟到逐
事理內一件賽典赤說將來行用交會並立站底公事俺
和老的每樞密官每御史臺官每一同商量得江南
底交會住罷了也鈔的體倒係是大勾當有若那地面
造鈔阿鈔亂去也鈔與將去阿地面遠寫似難送到南官

《典章二十 戶部六

                                                                    舌

李提刑言道將靜江府裏去阿旱路水路俱各送去阿也
如今阿里海牙根底間將去此及問將來時賽典赤只依
著在先體倒裏行這般商量來奏阿奉聖旨依著您商量
來底行者欽此本部議得亡宋交會住罷巳有禁倒迫今
四十餘年尚有隱藏之數以致轉相買賣寶緣爲奸壞亂
鈔法究其所以蓋因所在官司奉行不至失於拘收關防
若不立格定罪合免罪匿而不首者許諸人陳告追究
合屬若有隱藏關會之家文字到日限五十日赴官出首
燒毀免罪定罪將恐父而未便以此參擬合遍行
二十於犯人名下徵造仍決六十七下是寶賞中統鈔
寶者量決七十七下知情印造轉寶者比依知情處斷斷兩鄰知而
寶與人及依樣假造轉寶者比依知情貪利買
不首並本處官司禁治不嚴檢事輕重斷罪相應得此都

五八六

                                                        二十一

                                                        《典章二十 戶部六

                                                        圭

曾咨請依上施行

## 挑鈔

### 挑補鈔罪例

中書省咨元貞元年五月初八日奏過事内一件挑補鈔的一兩挑補做二兩五錢一兩的在先火魯火孫等官人每擎住那半賊呵打七十七下為從的打五十七下擎住的人每根底與一定鈔賞官司支與一定賊每根底立著賞例那般擎賊的人每如今臺官每并部官每說挑補鈔底人每的罪過輕有擎賊的人每根底的賞錢少有因那般擎賊的人每少的上頭挑補鈔的多了也那般說挑補人每底的與十定鈔正犯人打一百七下為從的打八十七下擎住的人每正犯人打一百司支與五定犯人錢物内與五定只般說有俺商量底賊每做來使有擎住的人每根底官司又與錢呵不宜

《典章二十戶部六》 毛

五三一

十定鈔正犯人名下追徵與者如不數呵為從來的賊每根底追徵若這般兩項更不欵呵官司添與杖罪依著他每

### 挑鈔再犯流遠屯種

大德十年十一月行臺准御史臺咨河北河南道廉訪司申為挑鈔賊人今後再犯為首的杖斷一百七下流遠為從的斷一百七下不見挑鈔賊人先犯為首再犯為從先犯為首各各斷例又不見為首斷罪流遠所乞照詳呈奉中書省議得再犯為首鈔之人毀真作偽壞害人情又經斷不惨前過又復為從挑鈔及先次挑鈔為從再犯為首者俱各流遠漢兒蠻子發付遼陽色目高麗遞去湖廣行省收管屯種相應都省准呈仰依上施行

### 挑鈔窩主罪名

皇慶元年七月江西行省准中書省咨刑部呈河東宣慰司關晉寧路備河東府萬泉縣申馬顯捉獲挑鈔人蔡軟驢同職伏等物除正犯人蔡軟驢因訊瘡斃潰身死外窩主王月與不合於至大四年九月初三日欽奉藏蔡軟驢於本家地窖子内與訖本人至元真鈔一貫一張筆墨刀兒挑鈔作二貫是實照得至大四年四月欽奉詔中書省議得一欵諸偽造寶鈔之人并行雕板抄紙收買顏料書填字號窩藏蔡軟驢具改作二貫正犯人蔡禪奏者賞中統鈔一十定犯人名下追給欽此除補挑剜家產雖首告本原又一欵再犯挑剜罪流遠又一欵告本犯杖一百七下徒一年再犯流遠其買使挑鈔之人并即係過人至元真鈔一貫一張筆墨刀兒正犯人王月與即係過本部議得王月與不合窩藏蔡軟驢子地給與本驢因訊瘡發潰身死別無定奪所據窩主王月與

《典章二十戶部六》 毛

五六八

犯資給造偽之人合依正犯人一體斷遣緣係為例事理如蒙准呈遍行照會相應具呈都省准呈請照驗施行

### 買使挑鈔斷例

皇慶元年五月江浙行省准中書省咨來咨湖州申許季二挑鈔等事除將正犯人許季二依例杖斷一百七下徒役一年王萬九等為從各杖八十七下詳買使挑鈔之人有犯到官合無照依挑鈔為從定論唯復比附買使偽鈔減等斷罪本省參詳如將買使挑鈔之人此依買使偽鈔例減等杖斷九十七下緣係通例咨請照驗准此送刑部照得即不見挑鈔之人許季二所犯年月難便定擬宜從都省咨行省以真作偽者不分首從便依例施行議得挑剜禪奏寶鈔其買使挑鈔之人合准江浙行省所下徒一年再犯流遠其買使挑鈔之人合准江浙行省所

擬減等杖斷九十七下相應具呈照詳都省咨請依上施

仁

## 挑補鈔犯人罪名

延祐三年八月行省准中書省咨戶部呈

大都在城王黑廝挑補鈔兩赴庫官因提調官不為用心鈐
束以致庫官司庫循習舊弊接授不堪等鈔倒換本議
得今後各庫庫官庫子人等遠近興販客旅街市貿易細
民擬合照舊都省定二十五等鈔樣依例起庫倒換不
得刁蹬停留合都省出榜嚴加禁約送戶部與刑部一
同議擬施行奉此約會到刑部員外郎杜朝例議得挑剝
禆奏描改實鈔以真作偽者初犯依例杖一百七下徒一
年再犯斷罪流遠窩主同罪知情買使初犯杖九十七下徒一
再犯一百七下三犯科斷加徒一年兩鄰知而不首者杖
五十七下坊里正主首社長失於覺察并巡捕官兵各杖

《典章二十　戶部六》

五、五七

二十七下捕盜官及鎮守兼捕軍官各決一十七下未獲

賊依切盜例捕限緝捉其呈照詳得此除另行外據挑剝
接補禆奏描改以真作偽到罪名一節移付刑房就便
施行准此送據刑部呈議得挑剝禆奏描改實鈔以真作
偽者初犯依例杖一百七下徒一年再犯斷罪流遠窩主
同罪知情買使決六十七下坊里正主首社長再犯加等科斷兩鄰知而不
首決六十七下再犯加等科斷兩鄰知而不
捕軍官軍人失於覺察者臨事量情究治相應具呈照詳
都省准擬咨請依上施行

## 銖儒挑鈔斷例

延祐二年十二月行省准中書省咨刑部呈

奉省判江西省咨臨江路備新淦州申弓手陳子明於蔣
福二手內搜到至元二貫文鈔一張據稱係文伏討來
挑鈔辦驗得到官鈔一張元是中統鈔二貫文交鈔挑作

---

至元二貫寶鈔問得蕭郎中名真狀指不合於東坊蕭郎中家買
到挑鈔追問得文伏討蕭郎中名真狀指不合因為家貧於延祐
元年四月二十二日將買到胭脂中統元寶鈔二貫文
省真鈔一張用右手指甲刮除字貫及邊欄墨跡描改
作至元通行寶鈔二貫文一張收藏在家當月二十六日
與文伏討同蔣伏二行使五月初十日又將至元五百文
有驚迹人文伏討行使將真捉拏到官招狀是實弓手
獲文伏討等將挑鈔行使情罪相同議得蕭真中
狀招不合用買到鈔作偽亂壞鈔法例杖一百七下徒一
挑鈔以真作偽描改作至元五百文未成不期弓手陳子明捉
年七十一歲又係銖儒殘疾不任杖責依例罰罪中緣本人
統鈔一百七兩沒官外據徒一節若使發遣誠恐差池緣

《典章二十　戶部六》

四、二五

條通例咨請照詳准此送刑部議得蕭真所犯挑鈔例杖
一百七下徒一年例六十七下擬合罰贖中統鈔六十七兩相應外
具呈照詳得此擬合罰贖中統鈔六十七兩相應
擬徒一年既本省將正罪贖了當依准部擬合後若有
斷徒一年既本省將正罪贖了當依准部擬合後若有
似此人等故犯者咨稟定奪勿請依前贖罪都省咨請依
上施行

## 雜例

**行用寶鈔不得私准折**

至元二十七年正月御史臺承奉尚
書省劄付體知得江淮浙西路分民間行使中統寶鈔邊
欄貫伯完備者每一貫止存八百文使用作一貫二百文私相轉使邊
者每貫伯沮壞鈔法使用不赴官庫倒換街市私相轉使
有此沮壞鈔法虧損百姓深不便當蓋是平准行用庫官
庫子人等中間刁蹬不肯依理倒換寶鈔提調官并寶鈔
司官又不用心鈔束以致如此除已稅咨江淮行省多出
文榜嚴行禁治鈔若有中統昏鈔客旅買賣之人依例赴庫
倒換並不得私相准折行使如有違犯之人捉拏到官加
項號令決杖一百七下所使鈔兩沒官平准行用庫官人等
總管府提調官并寶鈔提舉司

五八四八　《典章二十戶部六》　三十

**禁治茶帖酒牌**

鈔束禁治不嚴招伏就便禁治外仰照驗依上體察施行
至元三十一年三月二十八日江南行省准
中書省咨御史臺呈據監察御史呈切見至元鈔法自二
貫至五文分為一十一等大小相權官民甚以為便即今
所在官關到鈔本甚多小鈔樞少又為權勢之家及庫官
庫子人等結攬私倒得及細民者能有幾何致使非惟小民
生受亦且澁滯鈔法卑職參詳宜於印造寶鈔仍令提點
料例內斟酌多降下六料零鈔發付使行人戶隨意倒換
正官廥勒庫官庫子人等常川開庫聽從人戶隨意倒換
毋致權勢之家攬倒所據私茶帖麪帖竹牌酒牌等類省
會合屬禁斷相應乞照詳施行下合屬禁治外據多降零鈔一
并私立茶帖酒牌等類行下合屬禁治外據多降零鈔一

---

節請早為撥降事都省咨請如遇俠少零鈔開坐各各料
例預為差官賫咨赴都關撥仍依上禁治私立茶帖酒牌
等類無致澁滯鈔法

**禁販私賍**

聖旨禁治雲南軍內一款雲南行使貝賍例同中原例法
務依元數流轉平准物價官民兩便近年為權勢作弊諸
處偷販私賍已常禁治其軍民官府關防不嚴或受略脫
放入界以致私賍數廣官民受弊仰順元六理臨安曲靖
烏散羅羅斯諸處禁治私賍如有捉獲將犯人隨即申解拘該上
常切盤緝羅禁沒官并各關津渡口把隘軍民人員
司條斷罪私賍沒官告捉人依例給賞如所在官吏依前
不爲關防通同作弊者並行究治欽此

六七八　《典章二十戶部六》　三五

# 倉庫

**至元新格** 諸出納之法須倉庫官面視稱量檢數自提舉監
支納以下攢典合千人以上皆互相覺察有盜詐違法者
陳首到官量事實賞其侵盜錢糧并濫偽之物若犯人逃
亡及雖在無財可追者并勒同界官典司庫司倉人等一
體均陪

諸納錢糧一切官物勘合已到官司隨即理會其物已
到倉應納經十日不即支者經一月不支並須申報

諸官物出給先盡遠年其現在數多用處數少不堪久貯
者速申當該上司作急支發毋致損敗違者究治

【典章二十一户部七】　一

諸路收受差發自開庫日為始本路正官一員輪番檢察
並要兩平收受隨時出給官戶硃鈔無刁蹬停留人難諸
州置庫去處並同

諸倉收受米糧並要乾圓潔淨當該上司各取其樣驗同
封記一付本倉收掌一於當司應價運者此驗樣料相
其收支但與原樣不同隨即究治

諸庫藏并八作司所收物內有其名數而無用者開申合
樣料相同交收

諸倉庫錢物監臨官吏取惜侵使者以盜論與者其罪同
於部分勘驗是實委官檢估出賣無人買者量宜支遣不
致損敗

若物不到官沿虛給硃鈔書亦如之仍於倉庫門首出榜

【四、二一】

---

常川禁治

諸倉庫赤曆單狀當該上司月一查照但開附不明收支
有差隨時究問

諸倉庫局院疏漏速申修理霖雨不止常須撿視隨宜備
禦不致官物損壞如收貯不如法論罪所壞之物仍勒賠償
時致有損敗者各以其事輕重論罪治事

諸倉庫局院几關防搜撿宿禁治事理其當該上司正
官每月分視常須謹嚴無致弛廢

諸倉庫官新舊交代在都本管上司委官監視凡應干收
正官監視州直屬省部沿河倉分漕運司官監視在外各路
偽之數舊官具數關發新官驗數收管仍須同署申報合
文憑合有見在官物皆須點照算明白別無短少濫

屬上司照會既給交關之後若有短少濫偽之物並於新
官名下追理

**關防錢糧事理** 元貞二年七月湖廣等處行中書
省咨先據御史臺呈至元三十年九月二十一日奏准錢

【典章二十一户部七】　二

糧歉少底人每根腳裏錢糧提調來底官人每錢物追足
足呵解由體與者別箇勾當裏休教遷轉錢糧幾時追足
了呵他每底解由文字那時節教與者遷轉委付等事欽
此照得元貞元年五月內欽奉聖旨節該今後不揀那箇
大小提調錢糧別箇不揀誰休借要係官者這般道來
借便的人每年月滿周算計全教了呵與解由文字者不
全教交割呵休與解由文字者道來委付句當裏有短
欽此又於元貞元年七月二十五日欽奉聖旨條畫內一
諸所在倉庫親臨上司提調正官每季分輪計點但有短
少隨即究問追理違期不點或計點不實者量事輕重斷

【五、三四】

罪任滿之日凡錢穀交割不完照依已降聖旨事意施行
盡數目追徵完官若有不及所破耗從實并無得多
欽此擬定提調官姓名移咨各省欽依施行及剳付户部
破官糧外官田帶取官田帶鼠耗分例若依行省擬比民田減
遍行合屬所設提調倉庫去處委自達魯花赤長官不妨本職
專一提調所收支逐物旋關納仍令提調官輪番赴
掌倉庫鑰匙凡有收支糧如法收頻不致損壞失陷仍令正官收
庫奉照一切勘合文憑比對赤歷單狀計點實有現在但
因循有失關防都省已差官前去後切恐各處提調正
官即目如何設關防開具咨來准此
招伏欽依都省所奉聖旨事意施行去後切恐有短少各處提調正
官不爲用心有失關防計點不實但有短少即令監鎖追賠若提調

**行用圓斛**

至元二十九年御史中丞牒官司所用斛檋底狹面闊更卒
月十六日准御史臺咨照得至元二十四年四

五七九

**典章二十一 户部七 三**

收受斛量之際輕重其手弊多端亡宋行用文思院斛
腹大口狹難於作弊今可比附式樣成造新斛頒行天下
此不可但施於官至於民間市肆亦合准官斛製造庶使
奸僞不行實爲公私兩利准此五月二十五日御前看過
新斛樣製欽奉聖旨這般行教這般行者欽此
呈擬發下各屬行令咨請各處爲工部造到圓斛一隻咨發各處依樣成造較勘
印烙發下各屬行令咨請各道察院嚴加糾察施行
處擬發斛樣一隻咨發各處依樣成造較勘

**收糧帶耗分例**

至元三十三年三月中書省咨江浙行省咨
擬到租稅帶收鼠耗糧米事收送户部照擬得江南民田
稅石合依每石帶收鼠耗分例七升內除養贍倉官斗
腳一升內六升與正糧一體收貯如有短折數目擬依腹
裹折耗例以五年爲折准除四升初年一升二合次年二

升三升二升七合四合五年其破四升餘上不
盡數目追徵完官若有不及所破耗從實并無得多
破官糧外官田帶取官田帶鼠耗分例若依行省擬比民田減
半每石止收三升五合卻緣所破折耗糧米如五年之上
已是支得此議得除民田稅石依准正糧擬合每石帶收鼠耗分例若
五升相得此議得通行准算承奉中書省擬外據官田擬依
行省所擬減半收受咨請依上施行
申開坐到盧州路軍諸倉庫短少付餘各色糧數看詳
一倉各廠互有增短合行通行准算出嘉興西江北道肅政廉訪司
户部照擬得上項短少附餘糧斛除小麥外據粳米雖然

**倉糧對色准算** 元貞元年二月行御史臺准御史臺咨來咨
江南浙西道廉訪司申計點出據淮西江北等處廉訪司

**典章二十一 户部七 四**

各廠收貯終是一倉互相增短各依御史臺所擬對色准
算餘有短少粳米小麥數目移咨著落本界倉官人等追
徵納完官相應都省准擬除有失短米等行下追理
外仰照驗承此除外今准前因咨請依上施行仍將准算
不盡對色附餘糧數有司別項作數支發准此

五七九

**餘糧斛糶接濟** 大德三年八月行臺准御史臺咨先奉中書
省剳付浙江省咨大德二年九月十一日准中書省奏
過事內一件節該腹裹百姓每幾道巡缺食更蝗蟲生發百
姓飢荒商量預備糧米如令休教納錢税糧全教納米來
者行了文書也將來有儻者欽此那般者欽此本省照得現
言語是的一般有奏呵奉聖旨那般者欽此本省照得現
在糧斛除支持外有上糧數即目正是青黃不接之際各
處物斛糶貴百姓艱糴合無斟酌出糶接濟貧民不致失

所都省除已移咨江浙行省除支持糧斛外餘有糧數照
依各處目今實直市挨陳出糶接濟貧民仰行下合屬體
施行

【追賠】

文毋得擅自開收續收續除名項如違斷罪
年作收及有合除糧數亦於下年除豁非奉省府許明
申省仍於官倉收貯取無歉通關別具備細緣由繳申下
勘事今後除水旱災傷已有定例有必合續收田糧依例
開收田土租稅須要咨稟都省明降然後收受請常切照

## 毋擅開收稅糧

江西行省劄付准中書省咨自今以後但有

路永與庫收受各州司縣人戶大德三年夏稅除合設庫
官庫子秤子攢司外多設揀絲一名高大秦成

## 庫院不設揀子

大德二年七月行御史臺據監察呈據建康

五、五十

【典章二十一 戶部七】 五

取問得本路照勘卷內行下錄事司於織染局差到上項
絲綿揀子作頭二名下庫勾當看詳腹裏路分設立收差
庫子如遇收受發總府封記綿絹樣製下本庫依樣收
受今建康路永興庫別設揀子揀選人戶絲綿色樣中間
刁蹬情弊不無若依腹裏路分令建康路選定絲綿色樣
用印封記發下官庫令依樣收受將滋設揀絲綿高大秦
成革去相應即日正是收夏稅時月其餘路分切恐亦有
似此滋設之人宜遍行禁革憲臺除外合下仰依上禁革

## 把壇庫設

大德八年七月江浙行省准中書省咨戶部呈諸
路寶鈔都提舉司備光照行用庫申依奉上司文字於本
庫兼設平準之法別無存設辨驗金銀成色把壇司庫合
無照權依舊例行用庫兼設把壇司庫二名本部參詳既將
革去權令行用庫兼設把壇司庫准除存留一名與昏鈔

---

庫子相兼倒換外餘者盡行革去如蒙呈其餘各處行省
亦合一體施行具呈照詳得此施行
詔書內一歉該處平準行用庫見設把壇庫子革去許咨
外將所轄各處自願赴官庫貨賣金銀照原定價值等第
銀匠辨驗收買中間慮恐未便緣係通例咨請定奪都省
後若有百姓自願赴官庫買賣金銀者兼用見設司庫照
相度凡赴官庫買賣金銀者依已定價
值原降對牌收買咨請依上施行

## 短少糧斛提調官罪名

大德七年八月十九日江西行省准
中書省咨御史臺呈河東廉訪司申近為太原路去歲災
傷貧民缺食賑糶大備倉大德三年大德四年米二萬二
千八百石三斗八升人監點數得大德三年倉官郭
世忠原報見在米數除已賑糶外短少米四千八百五十

五、七九

【典章二十一 戶部七】 六

一石八斗七升三合六勺二抄二權二圭大德四年倉官
郭楫原報現在米除賑糶外短少米七百一十五石四斗
七升八合八抄五權五圭取到本路提調官達魯花赤塔
海總管木撒同知六斤等不合不行親臨仔細計點以致
今次出糶短少上項米數招伏除另招合令干部催督追
詳達魯花赤塔海等所招合令使任掌判正官專一提調
錢糧累次短少失陷取招罰俸習以為常恬然不顧難任
牧民長官擬令依例斷罪遷官奏代其呈照詳送刑部議
達魯花赤塔海總管木撒同知六斤所招俱係提調正官
親臨本府倉庫不行依例每季計點以致短少官糧五千
餘石情罪擬合依例決三十七下標注過名外據總管木
撒回回人不識漢字提調錢糧累短少罰俸難任牧民長

官一節合從御史臺所擬相應都省准擬除巳差官詣彼
與本道廉訪司一同斷決外咨請遍行照會

五十二

典章二十一戶部七

七

---

# 義倉

### 設立常平倉

至元十九年御史臺咨奉中書省劄付至元八
年奏准隨路常平倉收糴糧斛欽此劄付戶部行下合屬
驗每月時估以十分爲率添答二分常川收糴委各處正
官不妨本職提點並不得椿配百姓近年以來有司減裂
加之勢要人等把柄行市積塌收糴侵害公害私除別行禁
約外都省今擬依舊設立常平用官降一樣斛斗驗各處
按月時佑依添上答價値常川收糴盡支價便支價並無減耗
差除免各戶雜役仍按月將先發價鈔巳未收糴現
在數目開坐申付戶部各路宣慰司依上施
貧家缺食者仰合設倉官攢典斗脚就於近上不作過犯內公同選
調據合設倉官攢典斗脚就於近上不作過犯內公同選

### 義倉驗口數給留粟

五四三

典章二十一戶部七

八

行外應中間作弊仰行移各道按察司體察施行
司農司呈皇慶二年七月二十一日江西行省准中書省咨大
社立義倉好收呵各家每口留粟一斗若無粟納雜色不收
呵却與他每食交廉訪司管民提調整治著行呵遇著凶
年百姓得濟的一般奏呵奉聖旨那般者欽此其呈照
詳據戶部呈檢會到至元七年二月內欽奉聖旨條畫內
一款節該一每社立義倉社長主之如遇豐年收成處
各家驗就各人自行食用官並不得拘檢借貸勸支經
備儉歲就社戶從長商議如法收貯須要不
過軍馬亦不得強行取受社內有不收之家
知損壞如遇天災凶歲或本社內有不收去處
不在存留之限欽此欽遵依外今奉前因本部議得大司

農司呈每社設立義倉豐年蓄積儉年食用擬合欽依遍
行相應都省咨請欽依施行

四十七

《典章二十一》戶部七

九

---

錢糧

收

賍罰開寫名件

至大元年閏十一月袁州路承准江西廉訪
司牒准總司牒近據書吏王祥呈總房專一掌管賍罰鈔
物數目不爲不重責付龍與府庫收貯少失鈴東誠恐作
弊理沒係官鈔物呈乞施行得此委奏差郭天錫鈔東各
房管行貼書經手庫子攢典將賍罰文卷查勘到自前至
大元十月十五日終應收賍罰物數目除已起解數
冗收鈔別無定規止是責付隨路庫子州縣人吏附簿不
行外於內查照到合行事件呈乞照驗分司出巡各路公事繁
目相同外照到合行事件呈乞照驗分司一照勘數

今後應收賍罰錢物依上施行
當司牒請依上施行准此今將體式開寫牒呈
毀定等物照依續降事蹟依式供報庶使將來易於查照
明白開寫路分官吏人等備細年月事頭鈔兩數目仍將
不同今後莫若行移各處分司遍行各路相應收錢須要
過標附人納鈔若干分司但見數目相同而已致使名項

四三五

《典章二十一》戶部七

十

一毀定布帛等項須要見幾定零者幾段每定長若干
每段長若干
一鹽貨見件　袋計斤重若干
一絲絹麻須要見斤兩
一金銀若有帶物者須要是帶何物共帶若干其金銀
是何名色
一珠子須要見大小顆數分兩或帶他物者計　顆帶

何物共重若干

一糧斛須要見石斗升合

一星宇田地山林池塘須間座條段項歉

一孳畜馬稱定牛稱隻鹽稱頭猪羊稱口雞鵞皆稱隻

**官錢不收軟鈔** 延祐三年二月行省准中書省咨江西福建

道奉使宣撫會集江西省官廉訪司官一同講議事內

一件官錢不收軟鈔事累奉上司行下鈔法在流通冊

致澁滯今來酒稅務賑糶官糧折收輕賣官府一應錢

物及鹽場並要交收好鈔其通使市鈔中間但有分

毫損軟刁蹬不與收受於民甚不便當令無合酒稅鹽場

茶局賑糶官糧折收輕賣官府一應賍罰等項鈔雖是

損軟但有賣伯分明邊欄可驗者與民一體收受相應

民俱各利益議得鈔分頒行國之大計務要流通以便民

五三九

《典章二十一 戶部七》 十一

用但有軟爛官不收受民間何以流轉以致鈔法澁滯交

易不便即與除咎行令合各處應收諸色課程如係可以行

使者即與受納具呈照詳得此送據戶部呈參詳上項課

程等鈔如是堪中支持依例收受相應具呈照詳都省咨

請依上施行

**科徵包銀** 延祐七年 月 日江西行省准中書省咨文

內一歇腹裏漢兒百姓無田地的人戶每一丁納兩石糧更納

包銀絲綿有江南無田地的人戶是甚差發不當各投下

合得的阿哈探馬兒官司代支也不曾百姓身上科要好

生偏負一般俺衆人商量來便待依著大體例行糧包銀

絲綿全科呵陡峻慶如今除外但是開解庫鋪席房居

住日趂生理單丁貧下小戶不科外但是經營殷實戶計依腹裏

船做買賣有經營殷實戶計依腹裏百姓在前科差包銀

例每一戶額納包銀二兩折至元鈔一十貫本官司驗各

家物力高下品答均科呵怎生奏呵奉聖旨依著恁衆人

商量來的行著欽此每月五十五日為頭開庫收受納足

通行起解將科撥包銀數目令當該掾史馳驛齎咨發來

呈報

一〇八

《典章二十一 戶部七》 十二

**支**

職後人關錢物至元二十年御史臺奉中書省劄付據戶部
呈照得樞密御史臺宣徽院等支用錢物浩大其差到人
員多係無職役不知義理之人或令關錢人自來關支誠
恐其中間詐冒本部看詳今後應支錢物擬合差有職
役信實人員賫印信文憑於本部總關前去於各衙門官
員當面給散乞明降事得此都省准呈施行
冊體例不一請依腹裏一體照勘通行造冊咨來省府擬

**考計收支錢物**

考計收支錢物至元二十二年湖廣等處行省行省契勘考計財
賦自有常制催辦給授各有等務近為湖廣等處收支體
例不一已下各處改正多支數目追徵完官外今准中書
不以官物為念但有侵損失隱追賠依上移咨黜降施行
省咨照勘到本省所轄去處擬去於各衙門
無得違錯

一應收課程出產茶鹽引價贓罰等名項係官錢物本
　管官司依例科徵下合屬明置文簿編立號數出
　給憑照開寫是何年分甚名項錢物若收金銀須見
　成色定帛須要各色端定托數如法收貯趁時曝曬
　不致損害聽起運
一應支官物當該官吏照勘常例委有奉到上司許准
　明文開寫始末備細料例覆相應先儘官有現在
　然後致互相勘合行下合屬擬定於是何錢內責領給
　付原致圓押勘合支別項錢物如無許准文字毋得擅

---

**自放支分文錢物**

自放支分文錢物
一仰各處置立文簿編寫收支體例常加檢舉另置收
　辦鄉貢出產官房田土牛馬租課等係官之物文簿
　仍呈行省照驗
一各設倉庫照勘舊管新收已支見在名項數目每旬
　一次申覆本管上司每月一次備申宣慰司每上下
　半年開呈省府仍仰各倉庫每季上給附赤歷申
　解上司印押
一收支官錢各處專委首領官一員并選通書算廉潔
　人吏掌管置定簿籍以備年終照用委定首領官人
　吏無得擅是差故
一申除懸在錢物仰依已行照勘原奉許支各項料例
　體覆相應依例除破若有不應支或有侵欺移易借

一收支官錢糧諸物合用打角木櫃纏索須牢
一另項寄收錢物每季開寫舊管收支現在各項開呈
　省府
一今後應支錢糧腹裏路分合用每季照勘所支數目抄連合
　貸立限追徵完官合德罪犯量情究治
一就開申另項收貯就用無致重冒支破

**至元新格**

至元新格諸應支錢糧腹裏路分各有
　申准諸支明文例應到除者每季照勘所支數目仲
　用文憑檢校一切完備須要不過次季仲月中旬開申合
　干部分照勘相應隨即除破各處行省所轄路分應申到
　除者准此諸勘錢糧等物戶部立式其使諸處每季一報到
　部委官檢較但有不應隨即追理年終通行照算務要實
　行冊為文其行省准上咨省

**歲終季報錢糧**

歲終季報錢糧至元三十年行臺准御史臺咨淮安廉訪司

五,五九

〈典章二十一 戶部七〉 十五

檢會到至元新格內一欵請照算須勾勾人吏者皆當官置
局自入局為始各以文字大小斟酌立限每五日考其次
第了則隨即發完其攢報有常收支有例可以立式取勘
者不須勾攝人吏赴都諸司亦准此近差送報各省錢糧
行卷內照勾得每季蒙宣慰司勾攝事務何由辦集配本路司吏
字宣慰司令史乘坐站船支取飲食分例就將各省錢糧文
赴省比及回完次季文字須索驗費況有一當司參詳錢糧文字既
考計往復四次則是上下應差人吏限供報并准此近管州縣司吏
殆無甯日所掌錢糧令史一概管里正主首科斂及民又
該司吏必須津貼為害非一當司參詳錢糧令史及民主一歲之間
有定式若各路每季入遞申報宣慰司類呈省府年終既
各道首領官將引令史赴省通行考較庶幾公事各不相

**妨**

吏民稍得安貼准此看詳若准分司所言便益呈中
書省准擬施行

**買物先支七分**

大德元年六月江西行省為修葺官舍和買
諸物放支錢糧等事省府議擬自今後本路但有造作合
用物料並和買諸物本路估體價錢相應先儘價錢七分
申省照會餘上價錢造作和買令不干礙官司覆實
別無污損民抄錄堪准文憑保結申省貼支同先支價

**准除錢糧事理**

大德元年七月湖廣行省照得近准中書省
咨戶部呈考較課程照算收支錢帛定奪科差戶額行下
各處摘委提調正官首領官照勘一切文憑不完將差來
人吏捽照完備比及年終須倒除了畢若違限或限內
到來但有文憑不繳應除吏斷罪局散別議及將原委首
行

五,三二

〈典章二十一 戶部七〉 十六

**錢糧數目必以零就整**

大德十一年正月江浙行省據本省檢
校官呈會驗近奉省府劄付准中書省咨戶部呈中統寶

鈔以貫為兩以十文為分已下別無釐鈔至元寶鈔貫至
五貫為止母子相權通行流轉今照得各道宣慰司隨路
官府各衙門申關遇有收支多係中統寶鈔往往照依物
價分例扣算至有分以下釐毫絲忽微塵不惟煩實是
虛文而已擬自今後凡有收支至物折中統寶鈔積算到總
數若至五釐收作一分五毫以下削去如至元寶鈔若至
五毫收作一釐五毫以下亦去除都省准呈請依上施
行除外今檢校各處申呈收除錢糧卷宗內往往紐
折物價於釐毫之下復有絲忽微塵抄撮圭粒等數不惟
虛繁數目抑且文繁宜從省府再行照會合屬照依原行事理
去零就整庶望事體歸一不致虛繁除已據見呈仰照驗施
行

**數目去零**

至大三年三月江西行省准尚書省咨照得數目

擬支年銷錢數

去零前省累嘗遍行照會今次報到錢糧文字往往不行
去其零數致使文繁妨礙類總又且虛懸簿書不得實用
爲失議得今後至元鈔並以釐爲止五毫以上收作一釐
五毫以下削而不用至大銀鈔並以毫爲止五毫以上收
作一毫五絲以下削而不用斤兩並以合爲止五勺以上
一合五勺以下削而不用去斗斛以升爲止五合以上收
作一升五合以下削而亦行削去丈尺以寸爲止五分以上
收作一寸五分以下削而不用但凡收支數目文字該
領官並要依上照勘無差應報如是前不行去零妨礙類
總定是取招究治都省咨請依上施行

除將勘當定奪錢物行下各路勘當圓備別行呈覆外擬
隨路中統四年八月至元五年四月二十三日中書省左三部據

五、三二

〈典章二十一　户部七〉　十七

到例名項並應支不應支不應錢若便行下各路追徵
誠恐未應爲此呈奉到中書省剳付坐到本路年銷定例
擬到每年實合銷用數目該除自中統四年八月爲頭至
元二年七月終本路已支過數目准算外截自至元五年
爲頭已後依催所擬定見數目行下本路照勘驗數支用
却不得因而多破所擬錢數違錯聖旨擬支不過貳定

乙亥日支香錢等鈔六兩
祭丁每歲祭擬支破鈔二十兩
祭社稷神擬支一周歲內不過破鈔二十兩
立春擬支破鈔二十五兩
祀風雨雷神一年內不過破鈔十兩
重五重九拜天節擬支不過破鈔一十兩
其餘定不盡名項有須合致祭者令本路預爲申覆即聽

---

明降

又至元五年八月中書省左三部據隨路省申中統四年八
月至元二年七月終年銷祇應錢物省部委官分揀
到所支名項類總計數目呈奉到中書省剳付該逐
一區處前去仰依上施行
一項成造信牌彩畫圖本淹藏菜蔬印色心紅並諸名
項雜支今後年銷錢糧內遇有似此名項少者就支
隨即申覆多者預爲申票明文動支亦不得冒濫支
用違錯
一項各路當館舖陳什修補館房屏宇酒庫廠房成造
儀從置買諸物用訖錢物擬將成造到諸物本路點
觀見數明附文歷責令當該人員相沿交割無令損
壞即申覆多者預爲申票明文動支錢物少者就

四、五七

〈典章二十一　户部七〉　十六

便支遣多者申覆上司點觀遇有成造破
方令支遣無得冒濫支破違錯
一項因糧今年後銷糧內得無之支破仰行下合屬申
覆制國用使司於鼠耗內關支
一項撥還上年祇應不敷借過錢物今非奉省部照
算准除文面無得擅自撥還
又中書省户部近爲隨路年銷錢物內擅支破官錢公議
到下項事理呈奉中書省剳付逐一區處如後仰就便
行移右三部照驗施行
一修造館驛屏宇本部參詳行下各路若須修補添造
計料備細合該相應實值價鈔保結申奉合干上司
許支明文然後支遣若有緊急須合動支不過五兩
就便支遣隨即申覆等事

前件仰備坐行右三部行下各路照會依上施行

一各路總管府并所轄州縣當管館鋪陳什物今來參詳合令總管府并經歷司官吏典史人等常切鈐束無得失去損壞如委年深不堪用度申覆上司聽候明降修造等事

前件仰備坐行下各路照會事

一起盖橋梁造船於內有祇應支訖錢物本部別無到省府許令修造明文合令左三部預爲定奪施行

一制國用使司行下各路起運絲料包銀等并成造軍器等打夾及熟皮柴草價值人匠工銀欽奉聖旨選喚法司人等起發衣裝諸王位下年例取要皮蔑漢軍鷹冒五指等物合該錢數亦應支錢糧內應付本部參詳於差發錢糧內支破似爲不致重冒等事

四八

典章二十一 戶部七　十九

前件除已劄付制國用使司依准本部所呈今後並於差發官倉糧內放支外仰照會施行

一制國用使司右三部勾喚隨路司吏并差人監押罪囚人等及押運係官諸物赴都人俱於年銷錢內支破盤纏本部參詳行下各管諸司遇有須合勾喚定立人數斟酌實住月日擬定合支鈔數呈省許令於是何錢內放支似爲相應

前件據押運囚人盤纏合於差發錢內支破其勾隨路司吏并打運諸物人員盤纏合於差發錢內應付除劄付制國用使司照勘就便施行仰行移右三部如遇勾喚擬定呈省定奪施行

各路週歲紙札 大德六年十一月福建宣慰司近爲福州汀

---

州路申乞放支週歲合用紙札價錢公事呈奉到江浙行省劄付近據本道呈各路呈中書省咨福建道宣慰司呈汀州路申江浙路分每年俱各放支公用紙札價錢福建自來不曾放支止是合該人吏自備今本道併入江浙行省管領合與浙東道宣慰司本部參詳隨路省銷公用紙札即係通例合咨本省就便照課程錢內已支項下照到池州路公用紙札價擬得江錢帛冊內支中統鈔一十定即與汀州路所擬相同本一體放支請希咨回示送戶部照擬得江浙省大德三年即係通例合下仰照驗本路合得紙札價錢比勘定擬相應都省咨請依上施行咨本路帥府相度上項紙札價照汀州路別無事懸從大德七年爲始於年銷錢內依數放支施行

典章二十一 戶部七　二十

## 軍人鹽錢

五七一

延祐四年正月行省准中書省咨戶部呈禮部關奉省判奉宣慰司呈會集省官廉訪司官講議軍人鹽錢事奉廣東宣慰司申照得元貞三年奉江西行省劄付爲軍人鹽食省與各處行省官議得鎮守去處離鹽場三百里之內軍人自行關取三百里之外依官定價鈔支付願關鹽者聽比照得元貞二年議得軍人食鹽時分每一引官價中統鈔一定二十五兩扣算每鹽一斤該價鈔一錢六分二釐五毫以此各處依例支給在後至大三年每鹽一引添作中統鈔二定延祐元年每鹽一引又添作中統鈔三定其合支軍人鹽價除近場三百里之內關取食鹽外三百里之外軍人只依原定價鈔每月支給中統鈔一錢六分二釐五毫參詳鹽價累次增添合支軍人食鹽價鈔止依舊價支給今扣算即目官定鹽價每一引四百斤

價鈔三定每鹽一斤價中統鈔三錢六分九釐二毫如蒙

照依即今官價支給如或不避路途關關鹽者聽從軍便

相應議得軍人月支鹽一斤元貞二年照依時價支中統

鈔一錢六分二釐五毫今一引增價三定每引增價三定每

六分九釐二毫若依舊例支鈔一錢六分二釐五毫實為

不敷況兼都省原議該願關鹽者聽擬合照依即官價

支給錢價唯復照都省原擬事理聽從軍人關領本色相

應前件照得先奉中書省判送江浙行省咨行省饒州萬戶府

軍人食鹽不敷添支每斤折支鹽價本部擬依河南行省鎮守軍人

已添鹽價例每斤折支中統鈔二錢五分已呈都省咨

本省放支訖今准前因本部議江西廣東道軍人食鹽

添索鹽鈔與江浙河南行省鎮守軍人一體以此參合

依先價擬每斤折支鹽價中統鈔二錢五分相應具呈照詳

得此都省咨請依上施行

三、三九

【典章二十一 戶部七】　　　　三二

應支軍人口糧　見兵務類　軍糧類

預支人戶自糧　造見　工部　作類

---

不應支

免追去官虧兑不應支錢　至元八年五月尚書省戶部近奉尚書省

割付追徵游按察擅支與平山縣捕盜官李世能羊酒錢

鈔三兩五錢仍取達錯招伏事行省據河北河南道按察司

申游按察改受水軍副總管萬戶軍前去訖省府議得上

項錢數爲捉獲盜賊於停罰俸錢內別職見於軍前不須

追徵仰照驗施行

多支官錢體覆不實斷罰　至元二十一年七月行臺據監察

御史申舉承事呈承奉行臺割付該爲來呈察知建康路

和買造船鐵貨多支價錢仰照依行省第一次作下真州

價錢存一斤一錢八分鐵餘上每斤支九分荒帖每斤

多支四分依上追徵數足完官施行仍取本道按察官

【典章二十一 戶部七】　　　　三三

五、三五

當原體覆不實招伏呈臺承此移准江東建康道按察司

牒移准今年四月內繞該省記得節次建康路總管府

牒請體覆章太等中過鐵貨當該書吏覆說依例送奏

差周濟冀元去後回申保結體覆相同請就問原委奏差

周濟等便見不實情由然此終是有失覺察罪犯招伏是

實又准簽事馬奉訓牒該省記得當職自至元二十一年十

月內差出今年四月內繞該省有當該書吏羅士安覆

說准建康路總管府牒爲體覆當該當時有副使

高承直掌管司事依例判押過奏章太等中過鐵價有副使

亦行簽押回據逐人狀申判押過奏章請問原委奏差

然中終是有失覺察招伏是實牒覆准此照得原體

覆鐵貨元奏除冀元告闕去訖外責得周濟狀稱於至

元二十一年三月內蒙使司判送建康路總管府牒文章

## 押運

太等中訖成造鼓兒船隻打造鐵綫瓜鐵每斤價鈔二錢
七分仰濟從實體覆是否相應呈司事承此濟依奉體問
得牙人吳惠稱正月分二月分瓜鐵每斤時價鈔二錢七
分以此就取訖牙人吳惠重覆過前項鐵貨止合於不干礙行
人體問卻不合元估計牙人吳惠處鐵貨價錢有失是實處臺
議得副使高承直體覆鐵貨價錢招伏外擬
罰卻緣為本官因病告閒今據所招權且擬免外擬
事馬奉訓所招有失覺察以致中鐵人等多支官錢量罰
體鈔半月奉奏差除已行下江東道按察司依上施行
省會罷役除已行

**祈雨不得支破官錢** 見禮部祭禮類

二八九　　典章二十一　户部七　　二十三

---

**糾察運糧擾民**
至元二十四年六月行御史臺咨據監察御
史呈察知饒州路差常治中并司縣官一員裝運米二萬
石前去鄂州支持本路遍勾各縣官吏赴府裝發又別發
印批令各縣每米五百餘石定才放方還又為起運御史臺
訖鈔三百五十餘石每米一名充起運別呈行御史臺
為倒騾援百姓切詳各縣官吏運淮西軍糧援此
照詳追問外卑職切詳江南稅戶自歸附以來日益凋瘵
除水旱站赤牧馬淘金打捕醫儒諸項占破等戶外其餘
户計應當里正主首和買和雇一切雜泛差役已是靠損
其各路并州縣牧民之官不為用心存恤因緣為奸深為未便
受害若不遍行禁治切恐其餘去處亦有此弊深為未便
呈乞遍行禁治仍令各道按察司施行

典章二十一　户部七　　二十四

五四三

**請俸人解錢物**　至元二十四年湖廣行省准中書省咨照得
先為各處行省并隨路解納金銀定帛寶鈔諸物到來大
都撿覷得多有水濕浥損短少數目盡是各處起運一切
人員選委不常以致如此都省除外移咨今後起運一切
錢公選能幹請俸人員同當該庫官人等如法打角管押
前來大都交納冊致上漏下濕如是到來但有浥變損壞
短少數目著落差來人員追賠再行斷罪施行

**押運錢糧官倒**　大德元年十月湖廣行省准中書省咨御史
臺呈河東道廉訪司申照得中書省吏部奉中書省剳付節
該契勘國家庶務全藉各路府州司縣辦集今知各路司
司每遇差遣正官常是缺員其府州司縣官員因而亦懷
苟且致有失誤公事都省議得今後府州司縣長管專一

三五二

署事永不差遣等事承此切詳府州司縣常管軍民差役
一切事務責任非輕累蒙省部約束長官不得差遣捕盜
官亦不得差占今各路官司減裂原行每遇押運官物不
分長次差遠者一年近半年者以上不得回還押運官物
三年計其在職月日不及期年者以致妨奪治理民訟
辦錢糧政事廢弛實由於此欲望責成差發庫官以難矣且造作
局務平准庫官俱有受勒員數差發庫官亦受省部文
憑各人前程家產敢不愛重今後合無令局院庫務官自
行押送州縣差撥弓兵防送亦不疏虞唯復止令州縣官
接各防送庶幾兩不相妨官民便益其具照詳得此都省
議得今後赴都送納官物除各路府州司縣達魯花赤長
官捕盜官辦課官不得差占外其餘應合差使員明置
印押文簿通行標附遇有差使自下而上輪差務均平

**州縣官伴送例**

若但有看循不均正官取招首領官嚴行治罪大德四年湖廣行省劄付中書省咨戶部呈
奉省判刑部侍郎呈欽賞詔書前去福建等路開讀問民
疾苦等事欽此據衢州路備常山縣申福建等處運海外
諸番進呈寶物諸色綱運自有長押官引庫官庫子人弓
兵相公交割接送各護過州縣又有鎮守軍官到縣勒要正官多方
等親行管押經過州縣將引庫官庫子人弓
縣路當驛程迎接上位官員支持忙併伴長押官伴送本
刁蹬將官典司吏取招打罵圖求賄賂若稍不從便行拖
扯淩辱以致本縣時常缺官妨廢公務詳既有長押官員經
路當驛程南連閩廣海外諸番北接京都衝要去處本縣經
官三員專一往來迎送不數卑職參詳既有長押官員經
過縣分止合應副防送弓兵伴送正官擬合革去相應批

**正官押運事理**

大德四年十月湖廣行省劄付准中書省咨據
御史臺呈准行臺咨據監察御史呈為在職官員提調錢
糧造作雜乏差使又有押運貨物前去大都往回萬里動
輒一年原費盤纏使司自有典錢債貪婪者百端擾民未便
行省自有宣慰司自有廉訪司申亦為前事省咨請照詳准
呈乞照詳又據浙東道廉訪司申議得此都省議得行省今後應合差
此本部諸物當該提調正官與所委押運官眼同點檢足
備如法打角除金銀寶鈔精細物貨絲綿疋帛依例輪流
運赴部諸物當該提調正官與所委押運官眼同點檢足

奉都堂鈞旨送戶部議擬施行奉此本部議得江南起運
錢物既有原差長押官員各處又有防護軍官人等其州
縣正官合依所擬革去相應具呈照詳得此都省准呈咨
請依上施行

差遣州縣以次官宣使管押其餘木棉土布造作等項麤
重物件止差宣使將引原經手并庫子人等解納外據諸
項軍器須差色目官員與局官押運其常課緞疋亦差宣
使與局官起納卻不得因而別差無體及求仕人等押運
咨請依上施行　**餘條見驛站押運類**

# 追徵

至大元年行臺准御史臺咨承奉中書省
剳付來呈稟議內一款都省仰照驗施行
已關出倉庫合給散軍匠口糧物價和買物
竈户工本和買物價和雇脚力外降官錢賞錢
首思馬匹草料等錢其有侵借克落冒名支
發到官已承伏者罪遇原免錢物合無徵未承伏
者合無追理刑部照得大德五年五月十二日大德
六年六月二十九日承奉中書省剳付御史臺呈事
奪上項事理蒙都議得人匠口糧軍人口糧窮暴賞定
錢如已關出倉庫官吏人等侵欺全未給散者罪經
釋免依例追給而給散中間克落之數即係彼此通

四、八八

《典章二十一户部七》　三二

知此同取受格前已有承伏追徵給主未經承伏欽
依革撥今來本部再行議得已關出倉庫合給散軍
匠口糧物料錢衣裝賞錢窮暴錢百姓出過
價和雇脚錢外官降百姓作此過首思馬匹草料等錢
俱係各主合得錢物難作出官已承伏者罪遇原免錢
克除各主合得錢物監臨主守官吏人
擬合徵給散諸人錢物監臨主守官吏人
凡已關出倉庫合給散軍匠等口糧衣物料錢
等侵欺克除者若已承伏罪經原例追給未承
伏者革撥相應
前件議得已關出倉庫合給散軍匠等口糧衣
裝等錢吏人等侵欺未給散若罪經免依例追
給散中間克除之數已有承伏追徵給主未承
伏者革撥相應

---

至大元年行臺准御史臺咨承奉中書省剳
付來呈稟議內一款都省仰照驗施行
侵欺盜用移易借貸失陷謂已到倉庫并係官錢糧
覺合無追徵刑部照得大德五年五月十二日大德
六年六月二十九日承奉中書省剳付御史臺呈俱
為此事送本部擬得侵欺盜用移易借貸冒支係
官錢糧欽遇詔赦做好事疏放既係官物已未承伏
者例俱合無追理其金銀錢帛如不係侵使移易等
等所管錢糧欽遇詔赦做好事疏放當該人等
少中間謂有不足之數擬合行取問短少緣故明白
外據糧斛若欽遇疏放罪經原免應合依上追理都
臨事定奪若欽遇疏放罪經原免應合依上追理都

五、

《典章二十一户部七》　三六

省議得侵欺移易借貸冒支錢糧謂已到倉庫并係
官正數餘存准部照勘見奉亦合依上施行外
據失陷之數擬合臨事照勘區處次若有侵欺盜
用移易之數借貸并支外如可徵者合無可徵依上例
數欽依詔條施行外如可顯跡合無依上借貸外冒
陷短少雖經體覆若其已未承伏之數俱合准御史臺所
部議得應監臨主守人等侵欺盜用移易借貸并冒
支係官錢糧謂已到官倉庫并係官正數其罪雖經
理外據失陷短少者罪免其若未承伏顯跡合准御史臺所
擬追徵相應
前件議得應官錢糧監臨主守人等侵欺盜用移
易借貸并冒支係官錢糧謂已到官倉庫并係官正數雖經
原免已未承伏之數俱合追理無可徵者依例准折

三五四

不敷之數欽依釋免失陷短少如無明白顯跡臨事
照勘區處

　　典章二十一　戶部七

　　二九

# 免徵

## 百姓拖欠錢糧聽候

御史臺承尚書省劄付至元二十四年
五月十二日奏過事內一件前界當管著時分積年
官吏百姓拖欠的錢糧多有侵欺了的也有俺商量來百
姓拖欠的這其間裏且不追徵因這其間裏不追徵呵出大同前和糴倉
教追徵呵怎生呵奏那般者麽道聖旨了也欽此已經遍
行照會欽依施行外都省議得百姓拖欠錢糧欽依聖恩
聽候切恐各處官吏施行外都省議得百姓拖欠錢糧欽依聖恩
欺錢物詭名妄作百姓拖欠錢糧欽依聖恩若有百姓拖
欠錢物已徵在官主手者依數納官承此

## 免徵錢糧體例

等呈近欽奉聖旨節文元貞元年五月初八日已前係官

　　典章二十一　戶部七

　　三十

五、三一

錢糧侵使來的拖欠的短少的取受的有合追貼的舊錢
糧住罷者休尋者欽此近奉差委大同取問宣慰司各倉
糧住罷者休尋者欽此近奉差委大同取問宣慰司各倉
五月初八日已後短少糧斛因事追問出大同前和糴倉
監納劉希祖等五月初八日已前侵使盜少糧一萬八千
餘石事發未曾追徵欽遇釋免於劉希祖名下追到諸人
轉借米帖子該米五千餘石及平地縣舊界倉官火日等
供報諸人借訖本倉官錢轉爲私債暗行取索甚者及有倒
借文帖却將所盜官糧四千七百餘石俱有各入原
換作二月初八日已後新借文契俱填權要勢豪之家計
構有司追徵其呈照得戶部議得庫倉官侵盜失
陷短少錢糧既已欽遇聖恩釋免其見收諸人借歉錢文
帖如委係官錢糧數內依准省委官所擬一體革
撥相應其呈照詳都省准呈

## 舊錢糧休造

中書省劄付至大三年十二月二十二日奏在
先世祖皇帝登寶位分將蒙哥皇帝時分拖下的錢糧不
教追徵住罷了來後世祖皇帝時分拖下的錢糧追徵
都住罷了來如今將在先舊省官人每如奏了不教追徵
的上頭完了來省丞相爲頭省官人每奏聖旨追徵爲百姓生受
省官人每提調著奉聖旨追徵有可憐見阿伏在先體例中書
自完澤禿皇帝登寶位以來阿中書省根底也得福的追的舊錢
糧教住罷了百姓也不生受皇帝根底也得福的一般有
糧道奏阿是也依在先體例中書省裏提調著應合追徵
底道奏阿是也依在先體例中書省裏提調著應合追徵
的舊錢糧等都休教追徵者以及斯年教行文書都教免
放了者歷道聖旨了也欽此

三、四九

◇典章二十一 戶部七◇

圭

---

## 雜例

### 察出米糧變賣重斂

至元十八年七月御史臺准行臺咨各道按
察司追到官見在糧斜誠恐浥變靖定奪事准此至元
十八年六月初七日皇太子根底本臺官每當面啟相威
奏將來按察司察出來的糧有四萬八千餘石那田地下
濕經夏爛了的一般就支於那裏軍每喫了阿怎生啟阿
奉令旨上頭奏者敬此六月十二日本臺官奏阿那般將
來按察司察出來的糧有四萬八千餘石那田地下濕經
夏爛了的一般就支與那裏軍每喫了阿怎生啟阿
者歷道聖旨了也欽此

### 察出來馬牛米糧數賣做鈔

咨該至元二十三年五月初八日奏過一件察出來馬牛
米糧怕哈根前吩咐有外頭有的按察司察出來
的馬牛米糧怕動著阿頭口每死了有米也絕爛了有歷
道如今對著管民官教做證見賣做鈔送將這裏來怎生
奏阿奉聖旨那般者欽此

五、二四

◇典章二十一 戶部七◇

### 禁約下鄉銷糧鈔

至元二十四年五月福建行省准本省參
知政事魏國咨近該體知得各處州縣司吏鄉司人等
近年以來每遇節朔科斂追徵錢物不少無由而行以徵
糧爲名各各分都保給引催徵或戶名爭差或自
鈔在佃客之家未及取回或原無留額妄行飛射一勾到
官便則枷決恣意騙脅以供餽節之費民戶驚怕不
得安居緣各處人戶已有明白數目合行下各路禁約
已赴合屬州縣鋪照自有明白苗糧數乃穫到官鈔司
緣官吏人等今後毋得假此名色差人下鄉如中間委有

亖三

合歡米數藜勒司縣承催鄉司驗數填納并不許妄說就
人戶名下亂行勾徵騙擾似望徵官糧有歸庶革前弊人
戶亦得安心住坐咨請照驗施行

禁取要約事錢 至元二十九年江西行省據龍興路申祗廉
訪司牒該副使勝江西行省所轄一十二路內江州係路
上年商稅酒務恢辦課程其各物多收用錢供指江西省
盈庫官因解課要納事鈔兩其經官轉打江西行省
典吏並省庫及江西運司庫子人等取受一分路上行下效
餘弊分即係一體省庫取受一分取至十倍上行下效
舊弊未除照得官司起解錢物自有應副脚力分例若不
行移改正誠恐擾民牒請施行准此申乞施行除外仰禁
治施行

五四三

變賣官物 〈典章二十一 戶部七〉 三十三
至大三年四月行省准中書省咨御史臺備監察
御史呈照刷出河南行省文卷一宗內一件大德十一年
七月十七日安寧府申解到職人棄下馬七匹發下汴梁
路賣作鈔解省回據本府申馬七匹定賣到鈔一十八定三
十八兩內高平章宅買馬四匹崔參政宅買馬三匹照得
馬價多者每疋不過三定少者一定之上校之市價至甚
虧官其有司估體不實本省官不應收買事在革前似此
虧官若不禁革深為未便參詳今後凡賣官物須令有司
估體時值別無高擡少估再令不干礙官司重行覆實相
應方許貨賣聽從百姓交易其具呈照詳送刑部參詳今後諸
究治庶望少革奸弊合准監察御史所擬從實佑價聽從
衙門凡有變賣官物合准監察御史所擬實佑價詳都省
百姓交易現任官吏不得收買誠為允當具呈照詳都省
准擬

---

別里哥索錢糧 至大三年八月江西行省准尚書省咨至大
三年四月初二日奏中都留守司官人每說有支請錢糧
是大勾當有如今諸衙門應索錢物諸物無奏奉聖旨又
無尚書省文字口傳言語白文字別里哥行著要有俺不
與阿怕有與阿千礙著錢糧大體例俺也怕有奏阿奉聖
旨今後諸衙門但要索錢糧沒明白印信文書阿休與者
廢道聖旨了也欽此

八五

〈典章二十一 戶部七〉 三十四

典章卷二十一終

## 課程

茶課　鹽課　酒課　市舶　常課　契本
洞冶　竹課　河泊　雜課　匿課　免稅

二七　三七七　四十　篇十　篇卒　桊十　桊卒　桊十　桊卒　桊十　桊卒　桊卒　百

**商稅**　但犯

**私造**
**酒麴**　犯人　酒雖多

延祐六年都省定倒減輕並依匿稅例一體科斷
所獲酒數給主仍勤出界毋致侵䙝課程

**私酒**逗鈔四
**私酒**十兩
**犯界**十瓶以　罪止決　追鈔五　毋致

五六五

《典章二十二　戶部八》　一

**私鹽**一　私鹽干犯人　名三正犯前犯不敍除人　但犯者
買食而不降知　兩降知而不首　賣官尭三日不於所引者　覺初犯再犯　正半財沒官居司　徒二年正半鈔

**竈戶人等**　竈戶下犯沒產杖一〇二

**私賣**
**官鹽**

**私茶**　買用貨賣者與犯人

**犯界**

**礬貨礬**
**犯界**

止計見獲為罪
知情買賣者與犯人同罪

（以下各段長文，字跡漫漶，難以辨識）

---

## 課程

原表闕橫直　今補正

二七　三七七　四十七　篇四十　篇卒　桊六十　桊卒　桊十　桊卒　桊卒　百

**商稅**　但犯

**私造**
**酒麴**　犯人　酒雖多

**私酒副多**十兩
**私酒**十兩
**犯界**十瓶以　十瓶以　上夬　罪止　追鈔四　追鈔五　十兩　十兩

延祐六年都省定倒減輕並依匿稅例一體科斷
所獲酒數給主仍勤出界毋致侵䙝課程
體科斷

表格十六

《典章二十二　戶部八》　一　陳氏校補

**私鹽**　買食干犯人正犯人　兩降知而不首　居官　所在官　但犯者　再犯　鈔給

**竈戶人等**

**官賣**
**私賣**　場官失覺察初犯

**私茶**

**犯界**　買用

**礬貨礬**
**犯界**

止計見獲為罪
知情買賣者與犯人同罪

## 恢辦課程條畫

中統二年六月欽奉皇帝聖旨道與各路宣
撫司并達魯花赤管民官課稅所官不以是何投下軍民
諸色人等隨路恢辦課已先朝累降聖旨條畫禁斷
私鹽酒醋麴貨稅若有違犯嚴行斷罪今因舊制再立
明條庶使吾民各知所避欽此

一諸犯私鹽者科徒決杖七十財產沒官決訖發下鹽
司帶錄居役滿日疏放若有告捕得獲於沒官物內
一半充賞如獲犯界鹽貨減犯私鹽罪一等仍委自
州府長官提調禁治私鹽犯罪不嚴致有私鹽
並犯界鹽貨生發初犯笞四十再犯杖八十三犯已
上開具呈奏聞定罪若獲犯人依上給賞如有鹽
司監臨官與寵戶私賣鹽者同私鹽法科斷
一諸鹽貨遇有買賣者同私鹽法科斷
一今後諸鹽場遇有買納及支客鹽無致留難不受不

五十三

《典章二十二户部八》 二

給或勘合號簿批引鈔違限者並徒二年若不依次
第先給後受及秤盤不平者徒二年如客商買到官
鹽並官司綱運舡車經由河道其關津渡口橋梁安
稱事故邀阻客旅縱者與同罪失覺察者而乞取財物者
徒二年官司故縱拘買取利者的決笞五十
如有遮當客旅拘買賣來無得將舊運鹽舡河道開決
沒官仍禁治隨處官民無得將舊運鹽舡
河水澆漑稻田以致水淺淤滯鹽舡有候恢辦課程
依上治罪
一不以是何投下雖有拘攝舡隻文字如無許令拘攝
客旅運鹽綱舡諸人不得應付
一隨處河道若有舊來釘立橋概仰當該沿河官司委
官將帶深知河道水手夫役人等檢踏得見盡行拔

---

出若已後不行拔出椿概因而損壞舡隻將據鹽本一
切損失之物當處官司賠償將管民正官約量的決一
一經過客旅買賣回回通事諸色人等不得將民間巡
鹽弓手騎坐馬匹販鹽車舡頭匹奪要走遞因而停
滯客旅廟兌鹽課如有違犯之人聽於所在官司陳
告開具其姓名申省聞奏
一煎鹽燒鹽草每年常有野火燒延靠損草地及有破
伐柴薪之人以致失悞用度仰鄰接管民正官專一
關防禁治但犯決杖八十因致用者奏取勅裁
一諸犯私酒麴貨者取問得實科徒二年決七十財產
一半沒官於所犯物貨內一半付告人充賞
一諸犯匿稅者笞五十入門不弔引者同匿稅法
付告人充賞但犯於沒官物內一半付告人充賞

四九二

《典章二十二户部八》 三

## 科斷

一隨州府司縣應立酒務辦課去處無得將別行醖造
到祗應使客酤賣仍委自酒務官關防體究如
是因而沽賣便同私酒法科所施行
一諸局院人匠鷹房打捕并軍人奧魯諸色人等犯私
賣酒醋鹽麴貨稅過所在捕捉却行聚眾打奪今
後達魯花赤管民官管軍官并各管頭目與犯人同
罪打奪因而致死傷者各從重施行
一達民戶鹽場裏要鹽時分各自斟酌喫多少呵要者
分外多要隨處住各田地裏夾帶私鹽貨賣呵依已
前體例裏當按打奚罪過者仍仰把鹽官人員嚴切巡
察若因夾帶私鹽貨賣把鹽官與犯人同罪
一如有處分不盡事理仰各路宣撫司比附舊例從長

至元十三年十月行中書省會驗欽奉聖旨
條畫節該茶鹽酒醋商稅金銀鐵冶行貨河泊大小課程
從實恢辦等事欽此已經行下各道宣慰司欽奉聖旨設
立院務恢辦課程去為各處不曾申到及不用心恢辦
令本路達魯花赤總管不妨本職專一提點照依坐去事
理常切用心窮究推辦根挨本處殘宋課次第炊溫石
斗文應照勘舊額數目比之今見實辦課程仍光取委官
要逐月增美依期比附羡餘申報仍光取委官對行文狀
呈省施行

一酒醋課程須酌量居民多寡然後鑑勤各官置赤應
開寫每月炊溫漿米石斗可用麴貨勸重造到清酒
味醇薄發賣價值除工本外每月實辦息錢鈔每石
過次月初五日呈省據辦到課程數目每月解赴省
照依十日一次呈押赤應每月一次打斛到課程不

【典章二十二　戶部八　　　　四】

可留息若干當日曉具單狀於已委定提調官處呈
除府城門外弔引入城赴務投稅附歷收課外據在
先雜稅仰於稅務門內置局人於上將稅物貨先行從實抄
號貼仰令當該攢典人等該稅物某物貨將弔引稅鈔若干令
寫數目亦仰該號貼給發稅鈔若干
稅物人資把號貼赴務投收准備日曉依號貼勘取
面收受合該稅錢附歷監收
計點施行毋得再令攔頭人等虛擡高價口喝稅錢了
蹧百姓仍仰已委官常切用心提調每日具報草狀

【下段】

十日一次呈押赤應每月不過次月初五日呈省亦
與酒課一就解省
一各處在城管下縣鎮各立院務官管除宣慰司總管
府照依已行差設務官外省府合擬差提領都
監前去仰本司行下各路已行下各處除已委官提調用心勾較若當
辦到課程每月一次就驗本處戶計多寡再行
有增美遷官給賞如有恢辦不前或不為用心勾當
以致課程虧少去處仰已委官將省府并宣慰司總
管府差去務官就便招量決罰所犯侵欺盜詐者
斷罪罷役仍每月具申限次許令申省宣慰司類
處依月申限次許令申省亦申宣慰司類攢申報施
行

一各道申到月辦課程省府亦驗　處戶計多寡再行

【典章二十二　戶部八　　　　五】

比較得本處戶計數多辦到課程數少辦課官人等稅
物丁蹧百姓及酒味淡薄雖不侵欺亦仰禁治已委
提調官亦取有失鈐束如恢辦向前課程額美年終
考較定有功者聞奏有過者黜降
一體知得隨處多有勢要之家設立酒庫恃勢少認辦
到課額恣意多造酒醋發賣辦到息錢除認納定
錢外餘上盡行入己實是侵襲官課仰截日盡行罷
去止委總管府選差人員造酒依例從實辦課并一切什
訖去止委總管府選差人員造酒依例浸清酒并一切什
物官為物收作本合該價錢官吏保結申省定奪支
撥施行
一各處應據辦到諸色課程仰各道宣慰司并各路總
管府非奉省府明文不得動支亦不得移易借貸

## 上半葉

俸鈔等如有動支去處處定勒判署官吏賠償治罪

一照得欽奉聖旨條畫節該私犯鹽酒麯貨者科徒二
年決杖七十財產一半沒官決訖下鹽司帶鐐居
役滿日疎放若有告捕得獲於沒官內一半充賞欽
此已經行下各處禁治外捕得獲於沒官提調官常切用心禁約
體察如有違犯告捕到官欽奉聖旨事理就便取招
斷施行

一照得欽奉聖旨條畫該匿稅者其匿稅之物一半
沒官物內一半付元告人充賞外犯人仍笞五十八
門不弔引者同匿稅法科斷欽此已經行下各處依
上施行外提調官常切用心巡緝無致匿稅如違犯
者欽奉聖旨事理就便科斷施行

一金銀鐵冶竹貨湖泊大小課程除兩淮湖泊課權

### 運司合行事理

至元十三年正月中書戶部承奉中書省劄

一倚免外其餘課程仰已委提點官欽奉聖旨事意
用心恢辦仍每月具其辦到數目申省

付據東平等路轉運使蔡德潤等連名呈該乞依先立轉
運司給降條畫及隸中書省等事都省區處定下項事理
就便行移合屬依上施行

一本司乞依先立運司給降條畫事理前件議得仰本
司欽依給降條畫累降聖旨條畫施行

一都轉運依無直隸中書省照累降聖旨條畫施行

一都轉運司合無直隸中書省事前件議得如有不
條本司所管衙門沮壞攪擾課令本司申部直呈
省外其餘辦課等事理並申部

一呈要各路增添戶計事前件議得省會於戶部照勘
者

## 下半葉

買

一行舖之家取下鐵貨并農器等生活合無收買事前
件議得仰轉運使司令各處舖戶之家將現在鐵器收
生活須管立限發賣了昇限外依市價都轉運司收

一都轉運使司置立去處
踏逐官房令本路差撥人匠修完並合用儀從公物

一都轉運副使置立去處前件議得若本司到任并置去處
運司聚會去處依公物一體應合去處置司儀從公物交割

候人曳剌等從本司踏逐前件議得本司合擬設書吏
并奏差通事譯史人等依上許令本司踏逐不作過

一都轉運使司令使奏從本司踏逐接聖旨宣詔事理
議得准呈

一都轉運司合關鋪馬劄子差使牌面乞斟酌定奪事前
件議得各處運使所轄去處都河間等路寬闊若不給付難以
責備除濟南等路都轉運使司已有元給牌

一各運司合關鋪馬劄子差使牌面乞斟酌定奪作過犯之人
依例差設外本司止設相副一員依上選差　應不

面不須止給馬一劄子二道外據其餘都轉運使司各
給差使銀牌二面馬五四劄子內二疋一道一疋三
道依上出給施行

一隨路管民官任滿乞令於本司取給解由申部有無
增虧私鹽等生發文解一前件議得除增虧外餘准
所呈

一各運司官依驗課額以十分為率若增一分遷官一

## 辦課合行事理

等三分者還官二等五分以上別加遷賞前件議得

候年終考較見數至日依條定擬

運司體例施行

一各運司合用紙扎印信乞定奪事前件議得照依前

一本司官吏合得公田俸給乞定奪外俸給另行定奪

申部照例定奪事前件議得公因

一本司管領數處必須劃委官行司并差催課幹

事人員亦合依按察司一體馳驛支給分俸前件議

得若本司運判改從五品依按察司例應降宣命金牌事

一各司運判改從五品依按察司例應給降宣命金牌事

一前件議得別無定奪

一都堂議得各路人匠內除軍器監成造軍器少府監

金玉人匠總管府監收護國仁王寺總管府異樣總

管府等管人匠依舊充管官司管領催辦其餘常課

造作人匠仰都轉運使司催辦管領詞訟其餘一切

橫造令總管府管領

五、易八
典章二十二戶部八
八

月十二日奏去年馬兒年課程大都夏裏到來時分交媒

古人監辦委付來那額外六七千定增出來在先合阿馬

此上來者雖有增餘出來呵不曾多增出來的阿馬分

根底并他總領孩兒每根底又其餘官人每根底與肚

皮有來每一個院務裏六七八個人行來那底每都有分

兒來這賊每的在先賣了的如今依體例合納者如今

商量得隨路官員交差兩人提調課程錢定額者商量來底

俺也教好行蹤課程錢者商量來底如今成就

的勾當識者欽此今據中興真定大原等處人入狀陳

獻至元二十年課程比之上年正額增餘之外有及數倍

者顯見隨路俱有似此增羨都省逐一區處于后咨請照

驗依上施行

一今歲各路合辦課額今差官同各路提點官一同照

依至元十九年諸色課程辦到正額增餘數目并在

前年分除正額外一切侵麼費額多收少納隱沒

錢參議明白從新定至元二十年合辦額數須要

增餘盡實結附到官

一於本路定立今歲課額責使常切用心提調不限日數

差去官體探得實保明呈省擬於本等之上量加陞

一各路點差催辦人員如有攙出增餘與眾特異者許

點差好人赴務輪番催辦

一依上本路見職課官內公選廉幹官二員充提點官一同

四、五七
典章二十二戶部八
九

一遷如無前資之人亦行定奪委用

一蠲勒管課人員止舊例三十分取一不得高所稅物

一價多稅錢及自來不稅之物不得因而妄要收稅

一民間若有門攤課程止依至元十九年例徵收不得

一將已定諸色課程額數就取本路依式完簽甘認

狀其省但有增餘人員須要盡實到官

一路府州司縣鄉村鎮店見界院務官若有急慢不稱

職者行省所委人員呈省替罷本路差設人員本路

別選好人交換

一管課官若有侵欺瞞落官課者監收取招追徵正贓

照依聖旨條畫施行

一在前行分管課官典使侵使附餘錢數體察得實亦仰

就便追問

一隨路見辦諸色課程比附虧欠各備細數目
自今年正月為始每月一次不過次月十五日申報
本省仍將院務官每季小考其年終大比視其增虧以
為黜陟如有違期不申及雖申不完去處首領官初
犯罰俸一月再犯決一十七當該人吏初
犯決一十七下本路正官每季不過首領是
月十五日以裏咨報都省若是違期不到定將首領
以實獲進者以致課程隱沒不得盡實到官甚所以

官令史究治

廉無以分別又兼近年管課者惟以賄賂求陞無復
院務監驗當籌數官之遺制准以今日所宜定立考
見辦諸色課程正額增餘數目分為等級添取前代
一累奉聖旨增羨者遷賞虧兌者賠償黜降欽依外
自來終不曾定立陞降賞罰格例能否無以懲勸貪

失理財用之道已經劄付戶部吏部一同照勘各路
較增虧法度與夫陞降賞罰格例隨議頒降
至元新格十一欵

諸錢穀之計其各處行省每歲須一檢較凡理財之法
或有未盡盡財之弊或有未去生財之道或有未行
逐一議擬咨省戶部該管去處准此

諸院務課程當設法關防每月體度若課
額輕省而所增分數不及者隨即窮問仍委廉幹正
官監辦行省戶部凡在所屬路分每季通行比較須
要盡實到官不致欺隱

諸茶鹽課程已有成法其行省戶部檢會元降例條凡

---

近年官吏違犯禁係管謀私利侵損官課阻礙商人
者逐一出榜嚴行禁治仍須差選廉幹人員不時暗
行體察務要茶鹽通行公私便利

諸場鹽袋皆判官監裝要勒寫無有徐欠運
以下分轉檢官仍於袋上書寫監裝檢較其姓名
以千字文為號如法編裝凡遇商客支請驗其先後
從上給付行省戶部差官不測體驗但有簽帶餘鹽
或兌除犯罪及支給失次刁蹬鹽商者隨即追問是
償每給工本時蕭政廉訪司差人暗行體察
實各依所犯輕重理罪仍聽察官糾彈

諸竈戶給鹽到場皆須隨時兩平收納不得留難其合
給工本運官一員監臨給付若鹽司官吏因而有所
尅減或以他物移易准折者計其多少論罪仍勒賠

諸場積梁未樁鹽數須於高阜水潦不能侵犯去處如
法安置仍委運官時至點驗若積梁不如法防備不
盡心以致損敗者並賠償

諸院務課官大者不過三員其攢攔合千人等依驗所辦
課額斟酌存設多者罷去無使冗濫侵削百姓盜食
官

諸轉運司並提點官吏凡於管下院務取借錢物者以
盜論與者其罪同即應稅之物不經依例抽分使訖
稅印者亦如之

諸鹽司凡承告報私鹽皆須指定煎藏處所詳審明白
計會所在官司同共搜捉非承告報其巡鹽人員止
許依例用心巡捕不得妄入人家搜捉

諸捉獲私鹽酒麯取問是實依條追沒其所犯情由并

追到錢物皆須明立案驗方附文應每月開申合屬
上司
諂鹽法並須見錢賣引必價鈔入庫鹽袋出場方始結
課其運司官如每事盡心能使鹽額有餘官吏守法
商賈通便課程增多者聞奏陞賞

《典章二十二户部八》

十二

---

## 茶課

販茶倒據批引倒　至元二十八年湖廣行省為茶都轉運司呈
蒙都省降到引據條畫備坐文牒內一款客旅販茶貨賣
訖正課實鈔出給公據前往所指山場裝發茶貨出山賣
據赴茶司繳納倒給省部茶引方許賣引隨茶諸處驗引
發賣畢限三日已裏將引於所在官司繳納即時批抹違
限匿而不納者杖六十因而轉用或改抹字號或增添
夾帶勒重及引不隨茶者亦同私茶斷仍於各處官將
客旅節次納到引目每月一次解納
課程不問有無產茶去處一概椿配百姓為此移准江西
行省咨備權茶都轉運司申照得亡宋自來舊例別無食

恢辦茶課　至元二十一年六月中書省准江淮行省咨食茶

《典章二十二户部八》

五四六

茶課額自至元十七年前運司盧世榮刱立門攤食茶課
程一千三百六十餘定每歲添答入額至元十九年考較
作八千六百定若是聽從民便於額內開除相應請定奪
事議擬之間據江州權茶都轉運使廉正議呈本司至二
十年茶課年終辦到二萬八千定若於本司每年納賣三
十五萬引上草茶一引元價二兩二錢四分上添鈔一
兩九分每引作三兩三錢二兩四錢九分添鈔一
兩一分每引作錢三兩五錢二兩四錢九分定并
與販茶課四千定計二萬八千定巳過盧運使數目卻將
食茶課草革去如此恢辦庶免百姓食茶攪擾之害課亦
不虧合將食茶鈔數於正賣引上均補事都省依准所擬
移咨各省自咨文到日為始將各路食茶課罷去合該
鈔數於正辦茶引上均補務要不失元額外仰照驗施行

十三

## 私茶同私鹽法科斷

中書省於至元二十二年二月十九日柳林襄奏過車內一件據東平濟南路鹽局規運官于敏陳言目即貨貨澁滯客人將廢引循環行使中間影蓋私茶侵襯官課俺商量得古今鹽係國家權貨若便與引相隨睚無引茶課斷没據無引茶係國家權貨侵襯官究治恐傷百姓如不關防又應作弊夾帶私鹽擬咨各處行省約禁江南應有茶貨權且止於江南發賣令襄陽真州廬州淮安州陽邏渡沿江官司關防毋令客人舡來迤此候腹裏路分無引茶貨立限賣絕文到彼方許放行令戶部將客旅行鋪店局人等應有見在茶貨限一百日賣絕限外有賣茶不盡之數官司依市價收買如有隱匿同私鹽法科斷奏呵奉聖旨那般者欽此
省明

### 私茶罪例

至元二十四年五月建甯等處權茶提舉司會驗

五六六 《典章二十二戶部八》 古

先承奉中書省降到條畫內一欵但犯私茶者杖七十所犯私茶一半沒官一半付告人充賞應捕人亦同如茶園磨戶犯者及運茶車舡主知情夾帶裝載無引私茶一體科斷本處官司禁治毋嚴致有私茶生發去處仰將本處當該官吏勾斷

又奉江西等處權茶都轉運使司指揮備奉中書省扎付內一欵條係出產茶園茶地面所在官司委自各路府州司縣達魯花赤長官不妨本職專一提點務要不致私茶生發起數倒給解由方許求仕仍每月一次開申私茶與客數申司承此先爲福建等八路民戶採造茶貨私與客旅成交侵襯官課以至呈奉到江西行省劄付并福建道宣慰使司備榜各路嚴行禁治施行

### 權茶運司條畫

至元二十五年三月欽奉聖旨據尚書省奏

江西權茶運司改立江西等處都轉運司所辦課程浩大乞降聖旨禁治事准奏所有條畫逐一區處如后

一所辦茶課照依茶引內條畫事理施行

一運茶綱舡隨處照依茶引內條畫事理施行副緊急明有行省許令文字然後應付

一隨處河　若有舊來釘立椿橛阻碍運茶船隻爲軍情沿河官司盡行拔去若不出拔因而損壞販茶船隻同作弊再行赴場文茶許諸人首告到官或因事發露取問得實依條治罪

一諸處應有賣過茶袋合納舊引依限赴所在官司繳納每月繳申總管府每季將繳納舊引申報尚書省咨省照勘如違限及不經由所在官司或與茶司通據處本一切損失之物當處官司賠償仍行斷罪

四九三 《典章二十二戶部八》 士

一諸路應管公事官吏軍民人匠打捕諸色頭目人等常切禁約無得縱令夛人虛橋飾詞妄行摛惑攪擾沮壞見辦課程如有違犯之人並行斷罪

一經過使臣人等不得將運司催辦課程人等騎坐馬匹販茶車輛舡隻匹奪要走遞如有違犯之人聽於所在官司陳告其姓名申省聞奏

一舊來茶園諸人不得伐恣縱頭足咽咬損壞違者重行斷罪

一諸局院人匠鷹房打捕并軍人奧魯諸色人等如是不有朝廷法度專地利以國家權貨看爲私家永業貪圖厚利聚成羣黨特勢打奪私酒麴貨看爲私稅不畏公法之人事發到官如或各處占恡不發仰轉運司本路宣慰司總管府將犯人及占恡人一同依條歸

斷不得妄分彼我

一辦課官吏除職官外其餘運司合差賃數如是闕員
照依累降條理於不以是何投下許令踵遂慎行止

有家業不作過犯能幹人員勾當

一運辦課程去處及行茶地面勾當

給以次官提點如有沮壞虧兌取問得實依條究治

隨處所辦課程不得因而夾帶不干碍人等如違治罪

出差剳勾當如遇差官巡綽出

施行

一所辦課程照依元認課額須比額增羨盡實到官

無致欺隱如有虧兌勒令頭目人等賠償更行治罪

一茶司週蒙古軍萬戶千戶頭目人等無得非理於茶

司取要飲食盃酒撒花等物

**【典章二十二 戶部八】** 十六

一轉運司凡有合添氣力辦課公事仰便申覆江西等

處行尚書省施行

一若有該載不盡事理行尚書省照依累降聖旨從長

盡施行

**不得壞茶課** 至元三十年正月欽奉聖旨諭行中書省御史
臺行樞密院宣慰使廉訪司各路達魯花赤應管公事大
小官吏軍民諸色人等據中書省奏江西等處權茶都轉
運使司見辦課程大切恐諸人沮壞乞降聖旨禁約事沮
壞者沮壞其間照依在先聖旨體例裏不揀誰休沮
准奏管辦課程照依在先聖旨體例裏不揀誰休沮
壞者沮壞的人每要罪過者轉運司官吏人等卻不得因
而作弊違錯

**茶課** 至元三十年九月湖廣行省准中書省咨奏奉聖旨節
該存減茶田局事內將各局分合辦課程照依二十九

四·六七

---

**僧道私茶事** 年實辦課數頻要不失元額令產茶地面有茶樹之家驗
多寡物力貧富均辦有司隨地租門攤一年兩次催斂起
解既已抱納聽民自便不得因而將無文引茶貨偷販出
境貨賣發到官便同私茶斷没若遇客旅賣茶貨偷出
依例辦課或外方客人賣有引茶貨入境聽從貨賣仍出
榜曉諭依上恢辦施行

咨請照驗施行

書省官人每奏江西運司所辦的茶課浩大有他每勾當

**【典章二十二 戶部八】** 十七

**優恤茶戶** 大德元年四月江西行省檢會欽奉聖旨節該中
人張了與發賣私茶公事移准中書省咨送戶部照議得
隨路鹽課即係立法權貨難同其餘立賣商稅詳
販賣合依行省所擬一體禁治若有違犯一體追斷相應

咨請照驗施行

**斷没私茶鹽錢依例結課** 大德元年二月江西行省為權茶司運捉獲僧
其間裏不揀是誰休入去者應道那般聖旨有來如今辦
課時分依著在先聖旨體例倒當其間裏入去的人每要罪過者又
諭奉聖旨阿他每勾當其間裏入去的人每要罪過者又
受又一欵節該應客旅裝買茶貨車缸官司並不得拖拽
若必合顧該直抵發賣地面下卸訖方許和顧如違當客旅拘買
實決杖六十因而故縱取受者同罪如有邀當客旅拘買
取利者杖六十茶付本主買價没官欽此
訪司准運司牒奉江西行省劄付來申山南廉
到裴成販賣無別私茶價錢既解臺
咨該送戶部照議得應犯私鹽茶貨各處運司作贓罰解斷結課又
即係通例前項私茶價錢既山南廉訪司作贓罰解臺又

五·五六

茶法

江西運司課程已經造冊別難更改擬合劄付御史臺照
勘上項錢數委曾收訖依例作數行下合屬今後應犯私
茶鹽貨違到沒官錢物依例令運司結課相應都省准呈
咨請施行

大德四年九月湖南宣慰司准江西榷茶都運使司諮
該據潭州路榷茶提舉司申唐子讚等狀告年甲年不等
係永州路零零縣上甲住坐見充湘口水站戶計
覓梢人用舡裝載切綠本路州城換到茶貨共計一百三十
節次在家將己米石博換到茶貨共計一百三十
賣誠恐商稅務攔頭人等捉獲柱受責為此隨即將前來
商稅貨投稅務攔頭人等捉獲柱受責自前來隨即將前
項茶貨赴永州在城商稅務就納中統鈔五兩給到
印信關由二紙照茶前來發賣於大德四年六月初七日

五七十　　典章二十二　戶部八　十六

到來潭州為見榜文禁治私茶嚴緊不敢發賣以此將元
給到商稅務印信關由二紙告乙施行得此今將潭州
提舉司繳到永州路在城商務的本印批粘連發去照得
驗施行准此並據潭州路提舉司申亦為此事得此照得
至元三十年為各提舉司申各路府州司縣商稅務因為
茶貨收稅當攔客旅攪擾滯茶法不能通行課程虧兌
賣茶稅鈔三千定通辦八萬三千定卻將茶課八萬定之上再添
西等處移行省劄付准中書省咨元貞元年二月初二日
元貞元年正月內本司認辦正額茶課八萬定之上再添
湖廣等處行省劄付准中書省咨元貞元年二月初二日
奏過事內一件為整治江南勾當依著他的言語行來
多題幾件勾當來依著他的言語行來一件江南茶到
淮河這壁成子裏每納稅江南地面裏賣呵不納稅有今

一例取要廢道說呵依著他的言語裏合交要廢道先皇
帝根底奏了呵行文書來如今江西省官人每並管茶勾當
底人每說有江南底各處城子裏每因著要稅錢底做
買賣的人每交有這納該八萬三千定額
人每生商量來如今再添三千定有在前底年分裏合
辦的額八萬定有如今要稅錢底依著在先體例做
卻將各處城子裏要稅錢底依著在先體例做買賣呵那
怎生商量來要稅錢底合下照驗施行外據
咨請照驗施行省劄付奉此合下仰照驗施行得此又照
得茶稅錢差人管押赴省交納承此申乞施行得此又照
若依舊例改正客旅興販茶貨江淮迤南依舊免稅
茶稅引條畫內一欵客旅興販茶貨隨處發賣依例投稅
迤北發賣依例收稅似為相應申奉到江西等處行省劄

五八八　　典章二十二　戶部八　十九

付准中書省咨來咨理送戶部照擬得茶稅既蒙都省
奏准江淮迤南依舊免稅擬合就今次改鑄板面除去至
元三十年茶引內客旅興販茶貨隨此發賣依例投稅一
欵依舊卻添客旅所販茶貨江淮迤南依舊免稅江
北發賣去處依例投稅一欵如准所呈已劄付禮部一就鑄
造板面仍造依外咨請照驗事屬禮部依
上改鑄印造外咨請照會相應除已劄付禮部一就
依上施行今據見申照得永州路係淮南行茶地面今本
處稅務又行收納茶稅事屬違錯除已差官前去約會本
州路驗官依已降聖旨事意更為行下合屬禁約招伏擬定呈
請照驗欽依已降聖旨事意更為行下合屬禁約施行

私茶　大德七年八月初六日江西行省准中書省咨該來咨
榷茶運司申諸人販賣私茶事發到官除正犯人欽依決

杖外茶園人戶依驗客賞公據由引別無詐冒買方許成交
如有事發驗得茶貨與公據輕重不同茶園人戶合罪無科
罪其各處提調正官禁治不嚴可否照依依鹽司定得罪名
科決惟復別行定奪准此送戶部與刑部一同議得管辦
茶課人員止是發賣引據事簡務輕課額非重即與運司
司事體不同所據官吏但肯廉勤奉職私茶之徒減少亦
無擾民被問之弊今後茶園磨戶有買多買賣要人驗
所賣引據依數發賣如有不驗由引夾帶多買賣之人亦
即同私茶科斷若告捕得獲依例給賞提舉司須相應都省容
寫如蒙招議罪首領官吏的決標柱過名任滿解申內開
正官取招議罪首領官遍行出榜曉諭相應都省容
請依上施行

**茶課從長恢辦**

皇慶元年四月欽奉聖旨據中書省奏江西

五六　典章二十二戶部八　二十

等處權茶都轉運使司歲辦課程浩大切恐諸人攬擾乞
降聖旨禁約事准奏仰據所辦茶課從長恢辦務要增美
盡實到官辦課其聞諸衙門不得攬擾沮壞所在官司毋
得將運茶舡隻拘奪遮運官物轉運司官吏人等卻不得
椿配百姓作弊違錯欽此

**巡茶及茶商不便**

延祐元年五月江西廉訪司准監察御史
牒該據人戶季均信等告茶商黎良伯將帶末茶指倚江
西茶運司公文行下添價錢每茶一袋要鈔一兩茶展
村鄉僥散人戶少不如意將茶撒散人家作無引私茶展
頼取要錢物及余用甫盧樁何總九等欠少茶錢赴武昌
提舉司陳告本司不詳虛實輒便違例行移追理除另行
追問外照得荊河北道宣慰司承奉河南行省劄付准中
書省咨據戶部呈議擬到極治茶課內一欵節該今後告

---

捕私茶先須於本處官司自下至上陳告依理追問其訴
訟人並不得隔越徑直赴運司告言如果有私茶告發去
處必合巡捕即聽茶司與本處官司若應
文帖方許巡捕其非應人員別無文帖不許非時泛溢人
面搜捉私茶亦不許非時泛溢人巡捕差人巡捕就被害人戶赴所
搜捉私茶欺騙到官驗事起數最有假托運司差遣妄約
決任滿於解由開寫巡捕官如數少者罰俸
課如巡禁不嚴販獲私茶已有禁例若有私茶生發數
究治仍督各處巡捕官嚴行巡禁毋致私茶生發私
人告捕本處議得販造私茶例將告捉私
在官司痛懲治如所擬相應此除遵依已例外若不禁治誠恐其
茶事理如准所擬相應此除遵依外例施行
餘茶商似此做傚擾害人戶牒請禁治施行

**告茶錢合從有司追理**

延祐六年十月江西等處行中書省

五八一　典章二十二戶部八　至

准江浙等處行中書省咨據饒州路申准本路推官張承
德牒呈見問呂陳孫告茶司以欠茶錢為由追問外參詳管民
從將提調呂通八等打傷身死公事除另行追問外參詳管民
生勾擾致傷人命今事發卻公事除另行
八等身死傷人命已事發卻公事除民間陳告欠少茶錢若
經由有司追理因無循行定例省詳茶司強差無體司吏出
往外郡名為分司恣意勾擾取受錢物害及良民如呂通
此即係勾追明立案卷今照詳得此移准中書省咨據刑部
司陳告追理明立案驗以備照刷似望大革濫擾之弊然
呈議得取索茶錢即係私相交易既是擾害良民未便今
准江浙行省推官張承德所言令有司追理實為相應具

呈照詳得此都省准擬依上施行

|〈典章二十二戶部八〉|

二十八

蚃

鹽課

設立常平鹽局

至元二十二年　月江淮行省准中書省咨

至元二十一年十二月初一日奏過事件鹽的體例一引
鹽根官司處十五兩買了國家不多要課程賣這鹽呵本
待教百姓都得販鹽喫來如今官員豪富有氣力的人每
說名兒教人買出鹽來把柄著行市揹勒百姓多要利錢
窮百姓多有不得鹽喫的有咱每的鹽不曾到百姓身上爲這
上頭皇帝少要課程的聖恩不曾到百姓身上爲這般上
十兩一箇月前這大都一司鹽也賣一百二十兩來爲這
賣有十八年潭州一引鹽賣一百八十兩江西賣一百七
底教客旅興販一百萬引鹽諸路運將去放者立常平
局販鹽底人每若時貴呵咱官司賤賣那般做呵百姓每

五二

|〈典章二十二戶部八〉|

蚃

宣慰司呈報行省腹裏路分申部照會
使一員本路出給付身委用勾當開具花名保給申
通商買信實不能作過犯之人充每局大使一員副
一鹽局官從各處官司於近上戶計內選保有抵業人
合行事理逐一區處于后咨請欽依施行
都得鹽喫國家更有利錢奏呵奉聖旨那般者欽此所有
一鹽局房舍合於各處官房內從便摽撥如無係官錢
內起蓋合用夫匠本處就便差發
一鹽局年銷鹽數合用移宣慰司總管府各差管押官一員賞掣開
坐數目行各處宣慰官前去合干運司關引支撥須要
公文將引到各處局若有短少著落元關局官賠償如是
交割明白到局分若有短少著落元關局賠償如是
在場鹽數不虧分作兩次搬運合用脚力運司就便

和顧行下鹽轉運司依上施行仍將賣過鹽引逐旋繳申提點鹽批訖申覆本路轉申省部

一發賣鹽價如今鹽袋不問價例平和聽從民便發賣如無客旅與販鹽價增添時分官為發賣價直雖高每行不傾一錢須要一勤至二勤三勤各作一裏賣先如法多廣包裏如遇人戶買賣鹽即便驗價支發免致遂施秤盤停滯買戶據本息具單狀申報提點官司印押每旬開咨到省腹裏路分每局申宣慰司呈行省腹裏路次月初五日申解本路分申部

一本處正官提點催趕發賣毋致剋減勉兩虧損百姓

四八七 〈典章二十二户部八〉 圭

一合設鹽局降各縣置立一處外各路並户多州郡及人煙輳集鎮官市可以添設去處本路就便斟酌設立訖開具各各數目保結申宣慰司呈行省腹裏路分申部

一局官俸給攢典秤子合干人從本路斟酌賣鹽多寡就便定奪於酌中户內差撥毋致多餘濫設仍將設定人數申部保結申宣慰司具呈行省

一各處運司至元二十二年額前鹽袋數先儘常平鹽袋如遇各道宣慰司各路差官賣公文關撥隨即先行依資次關引支查有見在均俵分作兩處搬運毋致短少勉重丁蹬停滯其關訖鹽貨併用過力保結申

---

宣慰司呈行省腹裏路分申部若有客旅關賣鹽貨等候官鹽了畢支查

一各運司額辦鹽數催督各場管勾竈秤人等趁時煎造毋致失誤支發

**立都轉運鹽使司辦鹽課**

至元二十九年中書省今照到辦課聖旨條畫開列於後

一隨路應管公事官吏并軍民人匠打捕諸色頭目人等常切禁約毋得縱令不干礙人虛椿飾詞妄行扇惑攪擾沮壞見辦課程如有違犯之人並行斷罪

一蒙古漢軍探馬赤打捕鷹房站赤諸色人等一體買食官鹽不得私煎販賣及不得私造酒醴偷商稅辦課其間諸衙門毋得生事端攪擾擅勾辦課官吏人員如有違犯或提點官禁治不嚴並欽依累降

四七 〈典章二十二户部八〉 圭

聖旨斷行

一近年各處轉運鹽使司所用皆非其人省降鹽引多為勢力之家把搓行市以致鹽法不行公私兩不便當今後見錢賣引照依資次支發鹽袋並監臨主守官盜買者倍贓官解見任司吏勒停不得賒賣引照依資次支發鹽袋俱沒官詭名盜買者仍徵

一各位下并權豪勢要之家納課買引赴場查盤如有違犯攪越資次特賴氣力逼勒場官要勉重如有違犯之人取問是實依條斷罪

一運司煎鹽地面內如有係官山場草蕩煎鹽草地諸人不得侵占　伐及牧放頭匹徹火燒燃仰所在官司常切用心關防禁治如有違犯之人斷罪賠償

一諸人販賣鹽貨除官定袋法科斷每引四百觔之外夾帶
多餘觔勒重賣貨者同私鹽法科斷

一巡禁私鹽者附場百里之內從運司選委相應人員
巡捉其餘府州縣行鹽去處摘委鹽司正官員與
管民正官一同巡捉

一行鹽地面路府州縣私立鹽牙行大秤有壞鹽法仰
所在官司截日罷去違者捉挐到官痛行治罪

一竈戶煎到鹽數在先當該官吏多取餘鹽冠減工本
或以他物准折虧損竈戶使受今後從實給散但有依前
赳減准折虧竈戶嚴行斷罪仍責賠償

一諸人與販鹽貨務要兩平發賣不得中間插和灰土
違者嚴行斷罪

一諸犯私鹽者照依已降聖旨科徒二年決杖七十財

《典章二十二 戶部八》 〔二六〕

産一半沒官決訖發下鹽司帶鐐居役滿日疏放若
有人告捕得獲於沒官物內一半充賞犯界鹽貨減
犯私鹽罪一等仍委自州縣長官提點禁治知道賣
私鹽的人每根底挐去時分挐去的人每根底
著厮殺的根底敲了二次做伴當來從斷沒
家緣流遠又他每的下做伴當的每根底家緣斷
沒了鐐著三千竈戶裏使用如竈戶人等私賣鹽法
科斷兩鄰知而不首者減犯人罪一等場官失覺察
者初犯笞四十再犯杖八十三犯杖一百除名場官
知情賣貨者與犯人同罪管民提點正官不爲用心
禁治捉挐縱令百姓買食私鹽與場官同罪如經過
關臨港澉去處管軍官不爲用心盤捉與管民提點
官一體斷罪如有通同縱放貨賣私鹽者與犯私鹽

---

人同罪

一兩浙運司欽依聖旨辦課其間諸衙門無得攬擾沮
壞亦不得將運司官吏自差占勾攝如有沮壞之
人取問是實從行省就便斷罪

一隨運使官吏若有虧兌官課不公之人問當得實
截實罷去據本官拖欠課程依數追徵管日近補
納數足別差有產業不作過犯信實人員補關勾當
今後若有放意挾仇妄生飾詞因而胡亂陳言沮壞
課程者諸衙門無得受理如是委有侵欺官錢憑准
堪信文憑明註月日等候年終考較前來陳言一同
對證歸斷施行如違嚴行治罪

一附場百姓之內村莊鎮店城廓人戶食用鹽貨爲
置場發賣驗各家食鹽月日從運司出給印信憑驗

《典章二十二 戶部八》 〔二七〕

一諸人賣過鹽引欽奉聖旨每月用心拘刷每季繳申行省照勘如
隨路管民官每月用心拘刷縱令客旅違限不納夾帶私鹽影射
不爲用心拘刷縱令客旅違限不納夾帶私鹽影射
使用從行省究治

一兩淮兩浙運鹽綱虹車輛并辦課官吏巡鹽弓手騎
坐馬匹欽依聖旨諸人不得奪要拘攝如有違犯之
人從行省就便斷罪

一關防無致私鹽生發如是過期卻有附餘鹽貨別無
由關同私鹽法科斷

新降鹽法事理 大德四年十一月兩淮都轉鹽運使司承奉
中書省劄付欽奉聖旨節該中書省奏諸處鹽課兩淮爲
重比年以來諸人盜賣私鹽權豪多帶勒重辦課課官吏賄
賂交通軍民官巡禁不嚴以致侵檄官課宜從新設法關

防乞降聖旨事准奏自大德四年為始立倉查運攬袋支
發以革前弊真州采石依舊設官批驗置軍巡捉江淮海
口私鹽出没去處添撥車舡附場開雜舡隻不許往來灣
泊軍民捕盜等官常切用心防禁毋致私鹽生發此所
有立法合行事理命中書省定立條畫上江下流諸衙門
大小官吏人等各務遵守奉行若有滅裂沮壞之人照依
已降聖旨究治欽此又於大德四年十二月二十日聞奏
過兩淮鹽法為不定體的上頭合整治張參政參政也
說來在後海道運糧朱參政依那言語題說阿上位奏
過提調整治的教來去呵他每到來更一個姓郝的漢兒人省裏行
來的張都事等不定體的這度張參政
更有幾件合整治的題說有數內一件應有合整治事理
行聖旨怎生說有俺商量來上位奏過省裏行文書呵怎

五五七
▲典章二十二戶部八 ｜兲

生奏呵奉聖旨那般者欽此都省欽依聖旨事意通行參
考議立條畫開坐於後仰欽依施行
一淮東揚州淮安地面以遠就近分立六倉顧綱舡、
設官押運赴場查鹽入倉收貯撥袋發賣今後客旅
納課買引赴倉關請照依資次畫時支付運司以下
無得非理取擾仍前作弊違者依條追斷
一兩淮運司歲辦鹽課六十五萬七千五百雖是周歲
立額例於九個月內攢辦自二月為題煎燒十月終足
備見該場煎鹽七萬二千二百三十引所撩運鹽綱舡
亦須春首河開查比及冬河凍水涸運鹽綱舡了畢
其亦須煎鹽裝卸場日煎月
辦課額多寡地里遠近河水淺深倉場裝卸迴日月
程以遠就近通立四十綱每設官一員分運前項月

煎鹽袋中間或有上中下則月分煎鹽多寡不等及
河道塞不一亦須於九個月內增廐補務要舉足
仍多方預積柴滷雖連陰數月並不許申報陰雨妨
工以爲久遠常例
一諸倉遇客支鹽若留難不給隨即理斷因而受財者
並從枉法科斷其運官人等給散工本脚價及席索
等錢而有侵剋者各如之
一諸王公主駙馬位下行運幹脱人等及官豪勢要之
家今後發賣去處亦不得恃勢攬奪行市若有違犯之
人依條斷罪仍具姓名呈省
一綱舡運到鹽袋要入倉排搋收貯如遇客旅關鹽
添席重包然後交發不須就舡兑撥違者倉官監運

四八六
▲典章二十二戶部八 ｜兲

各決三十七下解見任期年後別行求仕運官有失
關防罪亦及之通同縱放者與同罪
一裝鹽席索運司較勘樣製各於立倉拘該州縣官撥戶
織造務要堅密牢籍諸倉就管收支州縣官私賣違者
催辦仍將席戶籍定姓名不依元樣受錢濫收或依樣故
決杖五十七下倉官不依元樣受錢濫收或依樣故
行了蹤因而受財並同枉法科斷運用有失關防者
亦行究治
一監運赴場查鹽就廩裝打硬袋每引帶席索通秤四
百一十勤出場袋法之外餘有十勤以在舡坐倉滷到
折耗內諸倉破耗六勤綱舡破耗四勤綱舡滷如
倉倉官監運眼同交收耗例之外若有短少勤重如
在四百勤之內者即令綱頭舡戶賠償就於脚錢內

五三十

照依官價指除另行解官監運舡戶約量治罪短鹽
十勸之上者附簿申報發其侵偷盜賣者依
私鹽法加四百一十勸之上但有多帶餘鹽亦仰倉
官置簿從實附寫申報時申報運司當該監運監查場
官各決三十七下解見任期年後降先降一等倉官
通同不報者與同罪運司官有失職先盡亦及之
一諸綱運鹽船隻每歲住運之後督責主趁時修之
恐致場官指勒竈戶多取勸面以通鹽商支查大鹽
今既立倉依法裝袋已積鹽廩必有附餘若不關防
一在先場官指勒竈戶虛過鹽廩冒關工本仰諸綱監
整辦浮動不許擅自離住運之要互相查察餘鹽數
一諸場官運鹽並要互相查察一廩支盡積出餘鹽數
通同不報者與同罪隨即申運司罪亦之

目場查監運連　　保結隨即開申運司置簿附通

《典章二十二 户部八》　卅

同漏報者許諸人首告是實場官監運各決三十七
下解見任期年後別行求仕仍大德五年為始竈戶
赴場納鹽置簿明白附寫某字號一廩自幾年月日
竈戶某人納鹽為始至幾年月日竈戶某人納鹽為
尾計鹽一千引各開備細花名鹽數已後查盡積出
餘鹽照依各各納鹽分數依例支給工本
一運司泛濫差人下場必要祇待賞發在先客旅就場
查鹽多帶勸重取要分例場官有以支持既已在倉
草除前弊若又泛濫差人必是侵漁竈戶今後運司
凡有下場文字須要入遞發行其有照勘追會公事
運官散本之時就便會諸場月報實煎鹽袋隨月發
比較虧兌者依例決罰若有問出竈戶場官通同發
賣私鹽必須差人勾追須明給差劄立限幹辦違期

---

四九七

不至者問罪
一諸場煎鹽柴地舊來官為分撥初非竈戶己業亡宋
時禁治豪民不許典賣亦不許人租佃開耕今知各
場富上竈戶往往多餘冒占貧窮之人內多買柴煎
鹽相典開耕租田一切無禁今後仰運司嚴加禁
治更為差官體究若有似此情弊即仰依理歸著無
柴去處從差撥務要貧富有柴煎鹽不得似前違
錯
一凡獲私鹽貨須先從實按問監賣鹽場罪及
場官經過把臨去處捕盜等官或通同貨賣地面有失
罪及路府州縣提點捕盜等官斷其軍民鹽場
察並從運使照依已降聖旨條畫科斷其軍民鹽場
捕盜等官能自獲者止罪元賣竈戶正犯鹽徒管民

《典章二十二 户部八》　卅

官鹽場官捕盜官獲到私鹽犯界鹽貨各起數滿
於解由內開寫量加選擇鎮守軍官把臨巡鹽軍官若能
周歲之內所獲私鹽并犯界鹽貨百戶有及三百引
千戶五百引萬戶千引之上者并各壁官有及一等親獲
之人應捕者每鹽一引賞鈔一十五兩不干礙人賞
鈔二十五兩所在官司就便盡時支給雖獲私鹽而
不獲鹽徒者不在理准之限
一護鹽多係累經配斷視為尋常不改前過一番事發
通指詐人諸場富上竈戶有司殷實良民多被妄行
一遍此等人之徒紛亂今後犯鹽經斷賊徒各於門首
粉壁大字書寫犯鹽盜經斷賊徒六字官為籍記姓名
責令巡尉捕盜等官每月一次點名撫治務要改過
別求生理出入往回須使隣佑得知三日之外不歸

五十八

者即報捕盜究問三年不犯隣佑保舉方許除籍
一附場百里之內在先設立官局一十七處拘該一府
四州一十一縣歲賣官鹽四千六百餘引中間夾帶
私鹽擾害百姓有名無實奸弊多端於官無濟於民
有損今擬附場十里之內人戶取見實有口數責令
買食官鹽十里之外盡行賣鹽地面許令客旅通行
興販以便公私鹽客城鎮無賣鹽舖戶

一諸人賣鹽引鋪戶牙人私相隱匿影射私鹽侵視
把隘軍官不爲用心以致私鹽生發運使如無不盡
鄉村無販鹽客旅又少有拘到退引即是管民捕盜諸

〈典章二十二〉戶部八 一三

官庫仰督責各路提點正官先將立倉已前應發舊
引盡數拘刷到官牒發運使如無不盡數目亦仰保
結牒呈改法之後賣過引依期拘收每季牒發諸
官黥勘見數並仰當官燒毀已後無得停留
一采石依舊設官批驗引目摘撥軍船一同盤捉私鹽
今後前去上流販鹽船隻由彼中批引另無夾帶
私鹽方許經行匪不批引者即係元降法物若
擬存留別用及或久頓在庫中必生奸弊正
海仙鶴頭鐵船采石之上不許放過違者決杖五十
七下其船没官若軍官批引官通同脫放者與犯人
同罪
一煎鹽之所皆爲禁地在前諸人開雜船隻通行往來
因而搬販私鹽今後除竈戶搬運柴鹵等船運鹽綱
船巡鹽船隻運司即路行使外其餘諸人船隻並不

---

四九一

許於附場江淮海口并場邊港汊往來灣泊違者捉
拏到官犯人決杖五十七下斷訖牒發元籍仍將本船
隻拘没入官其犯人決杖五十七下某運司買引自大德五
年爲始每引約官中鈔六十七兩五錢

正課六十五兩　帶取鈔二兩五錢
綱船水脚一兩一錢
裝鹽席索錢七錢
倉場子脚錢六錢

卻不得因而攔搔
一賣引支鹽批驗關防客人入狀申送庫收訖支引出庫隨於引
運官監視挨次交檢數次於引背上墨印批驗兩淮都運
使司發引赴某處勘鹽倉支鹽於墨印上再用本司正
印記出給下倉勘合用引當官給付客旅赴倉關鹽

〈典章二十二〉戶部八 一三

面上書填某年月日某人
本司另置花名銷簿於上附寫一帖幾年月日某人
買鹽若干幾年月日用某字號勘合行下某倉放支
仍於貼項後鹽空紙已後鹽倉批驗所申到出倉
賣過月日承運司勘合比對元發字號相
寫幾年月日承運司幾年月日某字號勘合放支
客人某人鹽若干然後照依資次撥袋支鹽如鹽商
欲往真州批驗所發賣如客者即將客名鹽數出倉月日關赴真
鹽倉從運司置立關防號簿每號餘留空紙半張印押
過預發諸倉收掌如承運司勘合比對元發字號相
同辦驗引上客名別無詐冒漏落即於簿上附
州批驗所發賣倒就收批引牙錢中統鈔四錢並於引
賣者本倉依例就收批引牙錢中統鈔四錢並於引
上皆使出倉批驗印記付客從便興販食魚局鹽一

五一三

體批取仍將出倉月日客名鹽數收到官錢各於前
簿本客名下銷付每月一次開申運司照驗
真州批驗如承運所從運司置立關防文簿印押過發申運司照驗
收掌如承運所從運司置立關到客人出倉鹽袋即於簿上附寫
幾年月日某倉關到客人出倉鹽若干仍於簿上寫
餘留空紙每日責過鹽數引同赴本所
批驗如鹽過倉月日責發鹽數者依例每引收要中統鈔
一錢牙錢一錢即將客名鹽數關發采石再引批
一錢牙錢一錢如不過引就
驗如過岸不到采石往去江東淮西州郡就每引批
引全收批引不到采石就中統鈔三錢牙錢一錢如不批引私自發賣者
江北淮東發賣青印付客從便與販應鹽商赴真州
使各關防青印付依例每
客鹽須到真州批驗發賣如匪不批引私自發賣者
依條追斷仍將客名鹽數賣過花名月日
收到官錢數目隨於前簿本客名下銷附每月一次

典章二十二 戶部八 五三

開申運司照驗
采石批驗所從運司置立關防文簿過發付本所收掌
如承真州批驗所關發到客人鹽船到岸即於簿上附
寫幾年月日關文發到某人販去上江鹽若干仍於
客名要批引中統鈔二錢點撿別無夾帶私鹽即便
引收要批引中統鈔二錢點上背依例即於
放行其真州全收官錢江東淮西就賣客鹽而有復
過采石者亦仰驗真州鹽引更為通放真州關客如
真州批驗所會問以防其弊應真州關發采石客如
須到采石再行批驗了畢然後拘放并本處發賣如
匪不批引而先發賣者依條追斷仍將本處元關客

五一二

名鹽數批驗過月日同收到官錢數目各於前簿本
客名下銷附每月一次開申運司照驗
諸路拘該到引內多不行批毀關防最深既立
倉之後應賣鹽引亦合改給印記從新批毀法令歸其隨
路拘收退引已改給條印明白批毀法令歸一庶
革奸弊仰運司議立關防批毀條印粘連行移拘該
正官收掌依期發運批退引到官隨於引上正面批使
入庫對收每季發運批退引記並行究問
一淮東真州南北商旅聚集去處故於彼中設立批驗
所官府專賣鹽引發運辦課欲使無擾鹽商交
易快便不謂近年以來批驗所以為作弊要錢之司

典章二十二 戶部八 五

除通同牙人取要分例外縱令攢典合千門下家丁
人等私立名色紛擾鹽商取要錢物其於鹽法一毫
無補又所設鹽牙皆非從公選擇濫用無藉破落之
徒各名下別帶小牙秀才勾當人等百數成羣結攢
鹽商把柄專一說合賣鹽交易令次立倉改立
有新禁治已令真州官司於本土諸行舖戶內選到
從各名下止不作過犯者如商買信實之人以充
鹽商把牙錢坑陷客旅常加用心關防
敢有似前弊要分例多收牙錢擾害鹽商作弊之人
運司隨事追問運官通同合行理事
合行理事
鹽總部轄擬設四名專一說合賣鹽交易如無過犯不

得擅自更換其在下掌附文應接手協力并從部轄
入狀保用如或陷害鹽商作弊敗事者正犯人嚴行
斷追元保部轄亦行斷罪
已前應有鹽牙盡行革去除今次額設鹽總部轄外敢
有私充牙人及已罷舊來潑皮行人首結攬臨商
暗行交易者許諸人首提到官犯人決杖六十七下
仍於名下各追中統鈔五定付告人充賞
新立部轄每日止於批驗所與買主賣之人許諸人首告
易不許他處暗地成交如有違犯之人許諸人首告
是實各決四十七下仍於各名下追中統鈔五定
給付告人充賞

真州江口係兩淮運司發鹽總滙去處擬立都轄四名
說合賣鹽關防批驗其餘行鹽諸行舖戶

四九五

典章二十二戶部八

例須用牙人說合從各路提點長官照依真州依例
於士居信實不作過犯有抵業通曉商賈諸行舖戶
內從公選差出給文憑立部轄專一說合賣鹽交易
如鄂州龍興潭州江陵吉州等路聚集去處擬設二
名其餘去處止設一名凡遇客旅到彼須於賣鹽處
所買主賣對面成交牙錢每引不過中統鈔一錢
餘上不得多取如有似前多取牙錢許鹽商諸人首
告是實犯人決杖六十七下違法私取牙錢盡給罷
去敢有私充鹽牙及已罷牙人結攬臨商私相交易
人充賞除額設部轄外其餘濫設私牙盡日盡給罷
者決杖六十七下門前粉壁毋令再犯仍於名下各
徵中統鈔五定給付告人充賞提點官有失關防罪
亦及之

一體知行鹽地面諸路官府多將上司官員并自己販
到貨添答錢價擾賣使無勢力鹽商不得成
交縱然分賒不至在地其鹽其牙索到價錢止遣權勢之家
因而客旅分賒折錢害本今後各處提點正官常加關防
毋致似前作弊隔錢害臨商違者並行究治
一諸路鹽牙舖戶人等經手賣過客鹽如有未還價鈔
分司運官到處見數及令鹽商自行告督
責各處提點正官吏盡時監徵給主與使停滯怠慢去
處就便究治
一行鹽地面拘該行省宣慰司官各一員專一提調路
府州縣提點正官鎮守把監軍官巡鹽捕盜等官若
有奉行不至者許廉訪司糾彈究治事關各省為例
事理仰運司直呈都省

五〇七

典章二十二戶部八

## 申明鹽課條畫

延祐五年三月十六日長生天氣力裏大福
蔭護助裏皇帝聖旨裏中書省御史臺官人每根底宣慰
司轉運司廉訪司官人每根底管城子達魯花赤官人每
根底軍官每根底軍人每根底枝兒頭目每根底大小諸
衙門官每根底宣諭百姓每根底打捕戶昔寶赤每根底站赤每根底兩淮為重
大德四年改從法立倉撥發支發定例條畫宣諭乞降聖旨事意
遵守比來所司馳弛於奉行宜申舊制宣諭諸司各
准所有條畫隨列於後
一隨處所辦課程依舊例管民正官提點若有差出以
次官提點如有沮壞虧兌取問得實依例究治

一諸王公主駙馬位下行運幹脱人等及官豪勢要之
家今後辦課買引赴倉支鹽不得欺凌倉官攪越資
次如到發賣處赴處攪奪行市若有違犯
之人依條斷罪仍其姓名呈省

一各處運司辦課其間諸衙門官吏人等無得縱令歹
人虛揑飾詞妄行扇惑搔擾沮壞若有言告鹽司
場官人等不公等事從運司依例科斷不應
許監察御史廉訪司糾彈運司官若有非違呈省辦
課人員無得 自勾擾

一行鹽地面拘該官宣慰司官各一員專一提調路
府州縣提調正官鎮守把軍官巡鹽捕盜等官若
有奉行不至者許廉訪司糾彈究治事關各省為例
事理運司直呈都省

**典章二十二 户部八** 三六

一隨處河邊舊有針立椿橛阻礙運司船隻沿河官親
行點視拔去若有因而沮壞販鹽船隻其工本一切
損失之物當處官司償仍行斷罪

一鹽商寵户綱船脚縱放者與犯人同罪
犯一百除名通同縱放者與犯人同罪
令有司拖拿搔擾違者究問

一凡於官課不便專理運司就便從長規劃毋致虧兑

一管民提點正官常切提調關防嚴加禁治如不為用
心至有私鹽并犯鹽貨初犯笞四十再犯八十三

一關津臨口守把軍官軍人當巡尉弓兵人等以察
奸僞而設此聞各處私鹽犯界白 公行無所畏忌
蓋是不遵法禁以至如此今後嚴加關防往來盤捉
無至似前透漏私鹽并犯界鹽貨初犯笞四十再犯

八十三犯一百除名

一凡獲私鹽并犯界鹽貨須先從實挨問盗賣鹽場罪
及場官經過把臨去處罪及鎮守軍官轉行貨賣地
面及路府州縣提點捕盜官司通同作弊有失察
者與犯人同罪

一奄泥魚養各有破鹽定例又係商販之物不拘行鹽
地方許令諸處興販投稅貨其有因而夾帶私鹽者
依例科斷

一煎熬燒草每年當有野火燒延靠損草地及有斫伐
柴薪之人以致失誤用度仰本處鄰接官司委自管
民正官專一關防禁治但犯杖八十因而關用者奏
取勅裁

一諸客旅并行舖之家賣訖官鹽限五日赴所屬州司

**典章二十二 户部八** 三六

縣繳納引如違限匿而不批納者同私鹽法仍委提
調官置簿關防無致停藏卧引影射私鹽拘到退引
當官即時毀抹每季申解運司收管運司官所至之
處先行檢舉不如法者就便究問

一客旅買到官鹽并官司綱運鹽貨經由河道其關津
渡口橋梁安生事故邀阻者取問得實杖一百因而
乞取財物者徒二年官司取受故縱者與同罪失覺
察笞五十如有拘當客旅取利者徒二年鹽付本主
買價沒官

一轉運使辦課其間諸衙門人等不得攪擾沮壞運司
官吏人等却不得因而分外生事侵擾官府椿配百
姓

一諸載不盡事理照依累降聖旨事意施行

延祐六年八月十三日承奉上司指揮承奉江浙
等處行中書省劄付准中書省咨據兩浙運司申延
祐元年八月十八日有中書省差來官人欽賣御
寶聖旨開讀節該經國之費鹽課爲重比歲以來所失
於關防以致私鹽犯界鹽貨生登侵褪關課溢滯鹽法仰
所在管民官管軍官常切用心提調關防禁治毋致似前
違犯所有條畫開列於后欽此除遵依舊條外照得頒降條畫
一本一欵內有該載未盡其餘干犯等罪名若數甚多切
例至日積月增不無久淹停禁卑司除將私鹽犯人無
恐日施行却緣每日各處解到違犯私鹽起數問私鹽犯人
疑者照依今次坐到條該科斷外據該載未盡干犯等項
罪名取問明白審錄是實權依舊例斷決外若蒙省府開
咨都省令合干部分通行一體擬定付下遵依似望輕

《典章二十二戶部八》

重得倫法令歸一本省合行咨請照詳准此送據刑部呈
約請戶部侍郎楊中議一同議擬間又准戶部關奉省劄
山東鹽運使張太中言諸偷犯私鹽不曾貨賣自行食用
依例斷罪再犯以上依貨賣私鹽例諸偷犯私鹽貨賣初
犯依例斷配再犯全籍家產決杖一百七下仍於手背刺
鹽徒二字發付淘金怗冶等處配役三年三犯以上比賊
毀房舍的比依強盜論罪但犯持杖般偷私鹽拒捕的殺傷干
刑名如刑部約會本部官一同從長商議得明白議擬相應
都省准擬關請依上施行具請戶部侍郎王中憲擬到部
一同議擬到下項事理開呈照詳得此都省咨請依上施
行
一本省咨稟

《典章二十二戶部八》

一見欽奉聖旨內一欵節該諸犯私鹽者科徒二年決
七十財產一半沒官決訖發下鹽場鏮役兩鄰知而
不首者同私鹽法正犯食私鹽者決六十買食私鹽者
諸物者同私鹽法犯者加犯鹽徒加犯鹽者斷罪居役三
犯斷訖發付邊遠屯田前件除欽遵外照得大德八
年八月十二日可札魯忽赤奏准與省官院官臺
賊每拏獲阿是第三遍的賊每遍遍有將底兩遍做了
了賊經刺來的賊每遍遍有出軍的明白問了無隱諱阿
也交出軍色目人有合出軍阿
今各路官司依例斷遣漢兒人蠻子人每問了無隱諱阿
發付出軍色目高麗及申解湖廣省發付出軍得此
都省准擬仰依上施行奉此切詳斷道鹽徒即與斷

遣賊人條例相似未審鹽徒先當經犯取訖招伏斷
配間遇赦疎放今次拏獲是否作再犯論罪其三犯
者止言斷訖發付邊遠屯田不見到舊犯杖數多少發
付是何近例斷處所色目人煎販私鹽別無所坐罪名
及婦女犯人今後婦女犯此罪者未審受刑杖七十抄
財產免鐮役今將諸物同私鹽法謂如有將私鹽喫
博易諸物同有博易喫食酒肉瓜菓五穀草鞋
布帛衣服葷畜或有博易喫食酒肉諸物緞定
襄笠柴草等微賤之物若不論其多寡俱同議得私鹽
概斷配似涉輕重不論乞照詳刑部一同議得與再
事發到官取招狀合以赦後爲坐其三犯者得與再
犯一體斷罪招狀蒙古色目人煎販私鹽者依兩廣海南漢人南人
發付遼陽屯田色目人煎販私鹽者依例科斷婦人

有犯單衣受刑例合免徒轉行貨賣諸物者不
以物細價之多寡依例全科相應前件依部擬
之人於犯人歿官家產內一歉都依例捕獲私鹽其告犯人親獲
產可藉雖是不酬其功者每私鹽一半充賞若犯人貧窮無
五十貫應捕人減半不及引者同一引官給中統鈔
官錢內支給前件私鹽寵戶一二家俱
名至十餘名者及指問出煎賣私鹽寵戶係
復止將一半正犯人內從斷沒一引運司給賞之人
付將一起都與首告親獲之人分
中統鈔五十貫原其私鹽每引例重四百勉有獲二百

**典章二十二 戶部八** 里

勉巳上者同一引論賞則可或有止捉獲二百勉以
下并十勉三二勉者未嘗依上全給乞照驗刑部一
同議得諸各首親獲私鹽之人擬合將各家沒官財
產依例一半付告人充賞其屢轉指出者不在諸賞
之限外據不及引者無問多寡同一引給賞相應
件依准部擬
一見欽奉聖旨節該管民提點正官關津渡口守軍
官軍人巡尉弓兵等致有私鹽犯界鹽賞走透私
鹽初犯笞四十再犯杖八十三犯杖一百仍除名通
同縱放者與犯人同罪前件照得軍民官員等通
同縱放私鹽事發到官取問是實照依犯私鹽人應
得罪名將軍民官員人等斷決外據財產并鐐役一
節得罪若犯人一體抄配誠爲尤重乞照詳刑部一同

議得管民提點正官關津渡口守把軍官軍人巡尉
弓手人等通同縱放者既與犯人同科止坐其罪相
應前件依准部擬
一諸犯私鹽淹浥魚鰕鮝鮨竹笋貨賣或自家食用及
博易諸物者前件照得每年本司於額辦鹽內
支查淹浥海鮮魚鰕鮝鮨比同私鹽檢據給程引若有
七八千引分俵兩浙召募瀕海漁戶人家請買給引
七十財產一半沒官鐐役二年批擬受寄私引領
之人杖六十下終非都省定到通例今次未審若用
私鹽淹浥者捉獲本司比同私鹽法科斷籍配所據
魚鰕者合依運司所擬比同私鹽法科斷私鹽淹浥
倒今次未審若何乞照詳刑部一同議得私鹽淹浥
批擬受寄引領并食用之人知情者依上科

**典章二十二 戶部八** 里

不知情者依例革撥前件議得私鹽淹浥魚鰕鮝鮨
竹笋貨賣或自家食用及博易諸物犯人罪名合依
運司元呈餘准所擬
一諸犯私滷刮取鹹土前件照得在先有百姓於寵戶
處買到滷水歸家以私自煎鹽貨賣被獲同私鹽法
科斷終非都省定到通例今次未審私鹽法科斷
擔撐載受寄引領之人知情者亦照詳私鹽法
滷水者止坐偷滷之人買食私滷竊取鹹土淋滷食
用者各答四十七下終非都省定到通例今次未審
若何乞詳刑部一同議得諸人於寵戶處買到滷水
歸家欲以私自煎鹽貨賣被捉到官准運司所擬
據潛地偷取鹹土淋滷食用者各杖六十潛地偷取
用者照得至元八年刑部准中書省劄付日照縣人

戶馬青等偷掃鹼土舊例掃刮鹼土食用者與採買
穗草燒灰淋滷難同私鹽量笞三十七下相應前件
議得挑擔撐戴受寄為牙引領犯人罪名合依運司
元呈餘准部擬
一掃取敲打納官零鹽前件有守倉圍軍人或百姓寵
戶於官倉廠外裝袋裹撒畢撥鹽在地及寵戶排鹽送納
蘿白漏下鹽貨掃聚取撥包裹歸家食用本司俱各
量決斷二十七下或於野泊拾得無主私鹽食用
者笞五十下終非都省定到通例今次未審若何乞
照詳刑部一同議得依准所擬相應前件議得
下野泊拾得無主私鹽不即首告自行食用之人笞
决二十七下

〈典章二十二戶部八〉

四九八

一挑擔撐戴受寄為牙行領貨賣私鹽干犯人前件本
司將挑擔撐戴受寄非引領為牙貨賣私鹽者比正
犯減等杖六十及受寄買食私鹽者又比買食人減
等終非都省定到通例今次未審若何乞照詳刑部
一同議得依准所擬相應前件依准部擬
一守把圍倉廠巡防軍官軍人於場官司秤寵戶滷
貨賣當軍司申奉省官到府剝付決杖六十下發付本役
丁處乞取前到官鹽前件照得在先有軍人索取
者合無照依私鹽法斷所食用者減等斷決六十與
依舊當軍切詳軍官軍人持勢求取官鹽私下貨賣
刑部一同議得依准運司所擬相應
軍人所犯依准運司所擬相應

一承奉中書省判送江浙省咨據兩浙運司申延祐四
年正月初二日欽奉聖旨節該從新極治歲辦課額
照依累降聖旨倒例恢辦課其間諸衙門不
以是誰橫枝兒體侵犯者欽此延祐元年八月
十八日欽奉聖旨節該欽此這般宣諭了的當
軍官軍人及巡尉弓兵人等本一欵節該察奸偽而設以
聞各處私鹽貨賣公行無所畏蓋是
遵法守以致如此今後嚴加關防往來盤察無致以
前透漏違犯如因用心盤捉致有走透
私鹽并犯界鹽初犯笞四十再犯杖八十三犯杖
一百仍除通同一欵節該若有不便事理運司從長規
聖旨條畫內

〈典章二十二戶部八〉

五八八

盡欽此除遵依外照得延祐三年正月至年終各處
解到私鹽內無犯人二百餘起數內一起錢百
四等犯鹽販問出起內杭州路仁和縣城東巡檢司
弓兵相先貼書陸榮祖捉擎犯人錢百四周圍保王
三十八私鹽一十二撫將錢百四停留在家數令指
攀平民潘萬四等貨賣私鹽要訖王三十八周圍保
中統鈔三錠二十五兩入己將各人脫放止將錢百
四解官又一起陳壽一李萬戶包停留五日追問出松
日捉獲犯人陳壽一中統鈔五十兩於金山鎮守官張百戶
接受陳壽一中統鈔五十兩私鹽申解官又一起加
處打話將犯人脫放作無犯人私鹽申解官又一起
與邳州萬戶府軍人王馬兒捉獲犯人王千四等私

五三七

鹽一袋解赴千戶所引過差劉百戶與軍人王馬兒
劉淵等一同赴解間有金三夏屠於本所典史節洪
該吏解劉寬克首領官樊提領等說合用財計會換
扣文解作無犯人私鹽分付劉百戶等解至海鹽州
嚴慶一家劉百戶等又行接受錢物將鹽博換雞酒
食用縱放王二四等還家解問到其餘起數
或申縱至鄉村田畈江海見有男子挑撫私鹽
色夜晚昏暗或稱挑水登岸走透不知去向無處根
捕或曠野草場見有草柴走遮蓋無主私鹽以此弊倖
多端本司止行各處詳兩浙鹽課歲辦五十萬引課鈔
一起到官今來參詳兩浙鹽課歲辦五十萬引課鈔
一百五十萬錠不爲不重行鹽地面撥山帶嶺瀕湖

典章二十二 戶部八

吳

靠海南抵福建北大江出沒私鹽港汊數多若多處
鎮守把監軍民捕盜等官嚴加關防用心盤提則外
方私鹽不禁自絕近年以軍民捕盜提點等不以國
課爲重視爲泛常縱然獲到私鹽犯人不受財脫放
者虛稱在逃者除扣勸重者止行常川往往作無犯
申解運司更不追究止行常川根捕由是大開倖門
一年之內無犯人者二百餘起若不從新拯治實於
鹽法有碍至如強盜賊捕獲者給賞不獲犯人者定立三
限刑責今私鹽既獲犯人理賞不獲犯人者亦合有
罪今後各軍所獲軍民官司但獲有犯人私鹽依例
給賞無犯人擬合比依強盜例三限根捉庶革奸弊
私貪然此申乞詳明降得此本省參詳希咨回示批奉都堂
擬別無遵守通例谷請照詳希咨回示批奉都堂鈞

---

旨送刑部依已批照擬違呈此前件照得欽奉聖
旨節該管民提點正官關津渡口守把軍官軍人巡
尉弓兵人等致有私鹽犯界貨走透私鹽官軍初犯笞
四十再犯杖八十三犯杖一百仍除名通同縱放者
與犯人同罪欽此又照得欽奉聖旨條畫內一欵放
該諸人捕獲私鹽其告首親獲之人於犯人沒官家
產內每私鹽一引倒於運司係官錢內支給欽此議
功者一半充賞若犯人貧窮無產可藉雖有不酬其
不及引者同一引倒於運司捕獲私鹽罪賞擬合依
得軍民官司捕獲私鹽罪賞擬合依已降聖旨事
意施行相應前件依准部擬

典章二十二 戶部八

吳

一准戶部關承奉中書省劄付本部呈奉省判山東鹽
運司張大中言本司歲辦鹽課浩大供給國用不爲
不重近年以來諸神往往攬擾沮壞沮滯鹽法不能
辦集聚集合行事理開坐照詳得下項
事理乞照詳得此都省議得下項事理開坐前去合
下仰照驗就便行移依上施行奉此除外數內一項
諸犯私鹽科徒二年決訖財產一半沒官決訖若
發下鹽司帶鐐居役滿日疎放若有人告捕得獲於
沒官物內一半充賞如獲犯界鹽貨減犯私鹽罪一
等仍委自州縣長官提點犯界鹽貨如
禁治不嚴致有私鹽并犯界鹽貨生發初犯笞四十
再犯杖八十三犯以上開具申省聞奏定罪欽此量
擬到下項事理於以後諸偷賣私鹽例諸偷食私
用依下項斷罪再犯以上比依貨賣私鹽例斷配再犯全籍家產杖一百七下
鹽貨賣賣初犯依例斷罪再犯依例斷配再犯全籍家產杖一百七下

**【上欄】**

仍於手背刺鹽徒二字發付淘金鐵冶等處配役三
年三犯以上比賊徒出軍例論諸鹽賣與不賣初犯斷配再犯全籍家產決杖一百七
下仍於手背刺鹽徒二字發付淘金鐵冶等處配役
三年三犯以上比賊徒出軍例論諸人但犯持杖
般偷私鹽拒捕的殺傷的燒毀房舍的比依強盜論
罪前件本部議得前項所言事干刑名如今刑部會
本部官一同通行講究明白議擬就便施行關請依上議擬相應多省准
擬仰就便施行關係畫內一欵諸犯私鹽者決杖下鹽場鐐役兩隣知而不首
鹽法條畫內一欵諸犯私鹽者杖六十轉行貨賣居
財產一半沒官食私鹽者決杖七十
者決杖一半沒官買食私鹽正犯鹽徒再犯加等斷罪居役三
物者同私鹽法正犯鹽徒再犯加等斷罪居役三

《典章二十二戶部八》 哭

五四八

犯斷訖發付邊遠屯田欽此又照得至元八年刑部
准中書省劄付日照縣人戶馬青等偷取鹹土舊例
掃取鹽土食用者與採買穭草燒灰淋滷難同私鹽
量笞三十七下奉此議得諸犯私鹽并刮鹹土之人
合依前例區處相應前件依准部擬

**改造鹽引** 中書省洛至元三十年二月初二日奏過事理一
件俺根底行的張參議得小名的漢兒人題說三件勾當
一件勾當一件從收了江南已後至今鹽引的文字不曾
改換則依那舊例裏行有如今鹽引改換做別樣字呵禁治
多的緣故因著這般有改換呵怎生奏呵那般
私鹽呵有益這般說有俺商量得改換呵從新印造到
者聖旨了也欽此剳付戶部該造引樣從新印造到各該
引日除已另行咨發外今據本部呈講議到在前已發舊

**【下欄】**

引未曾查鹽出場及已查出場未賣鹽袋并已後發賣新
引依限拘收退引各關防逐項事由都
省議擬拘收退引處亦一開去咨請遍行合屬若有未盡關防
收鹽引辦課可以通行事無壅滯就便施行毋到壅滯
拘收鹽引辦課可以通行事省所轄運司就申行省開咨都省如
兑換從新倒給勘合方許查鹽據換下舊引腹裏運
下各場三十年終到場未查鹽出場擬換下舊引聽令各運司取勘管
一在前已發舊引未曾查鹽出場擬令各運司管
行仍行移本路廉訪分司常加糾治
罷職
不盡實供報或有隱漏鹽場官比私鹽法罪減二等
一已查出場隨處去賣鹽袋舊引聽從客旅於行鹽地

《典章二十二戶部八》 哭

四九三

面貨賣出路經過官司不得阻當如到貨買去處鹽
客即於所在官司將見賣鹽袋引數目盡日呈報
訖然後從客發賣於管民提點正官常切用心將賣
過鹽袋退引依限拘收例批驗正官常切每季繳申合
干上司若有發賣不盡鹽袋客旅願往他處貨賣所
至去處并所在官司依上施行如是因而刁蹬客旅
沮壞鹽法罪及提點正官仰廉訪司監治官糾察究
治
一見發新引依例倒錢發賣聽從客便指場於引背上
墨印批驗某路某客赴某場支查官鹽一引重四百
勘用運司印信關防及於引面上填寫客旅姓名年
月一切完備隨時倒給勘合開寫引號行下合
屬照依鹽法勒重挨次查鹽每日將查訖鹽袋於鹽

引背上分明大字批寫某客於某年月日某場查鹽
出場比對勘合抄寫字號相同將引給付客旅其鹽
客對鹽場官一一點檢字號年月批鑒印信一切完
傍隨鹽官於行鹽地面從便與販客收留毀抹
每月繳申所屬運司如所批鹽官攤場經過批驗去
處批鑒得仍仰各處提點鹽場官不為用心拘鈐
月日及批鹽關防出納司鹽場官依私鹽法罪有
科斷罷職仍仰各處提點鹽場官并提點官因而
不行批鹽引目依條追斷如此驗官常切辦驗收但有
或有渴拘鹽引亦引斷罪如此提點官不填寫場官收有
阻滯客旅仰廉訪司監治官糾察究治

一各路府州縣司年例置簿如數候發賣人戶合買食鹽引日
官司分朗置簿如數候發賣食鹽了畢依數銷照盡

行拘收申解但有少數追究施行

一拘收販鹽客旅賣過鹽袋退引照得欽奉聖旨條畫
內一欵該諸販鹽客旅賣過鹽袋退引限五日赴
所在官司繳納如違限即而不批納者同私鹽法欵
一員文字到日先將本管地面內應有未曾買成引
私下影射私鹽作弊今後路府州縣專委提調正官
此有各處官司滅裂不為奉行致將蠶引不行拘收
朗賣簿明白銷附照例批毀已後客旅訛退引依期繳納分
戶花名簿各分引數申報提調官常川置簿依前銷附
拘收退引每季繳申合屬上司若無牙人去處鋪戶
勘通行類報上司具數申提調官依上銷附拘引如
交者仰所在社長具數申提調官依上銷附拘引如

管下人戶并外界客旅於分鹽舖戶處轉買成引鹽
袋依數申報開銷所至貨賣處所依上作數銷附其
提調正官有故將簿籍牒發以次正官提調任滿各
於解由內明白開寫要見在內節次販到官引數目
已發賣訖鹽數拘到官繳赴合屬上司數
各獲到足數收管未發賣鹽數相沿交割與官某人
依上銷附拘收所獲到官提調官黜陟體究
吏卻不得因事發露首告以致還魂舊引隱瞞數
前影射作弊或縱令騷擾客旅舖戶刁蹬受錢物
以憑斂若有關防不嚴以致還魂關文如此開申
違者痛行斷罪隨處監治廉訪司官常切照刷體究
毋致怠慢官擾民如此不惟引得盡到官絕去奸弊其

境內私鹽自不生發官民兩便

**鹽袋每引四百勔**　至大四年閏七月行臺准御史臺咨奉中
書省剳付戶部呈詳國家經理錢糧鹽課實為重事若
叛辦得宜法行無弊官民俱有所益照得鹽課價錢中統
鈔一引改作大銀鈔四兩該至元鈔二十兩折中統
至元年間每引十四兩至元二十二年每引二十兩已
後遞添至元貞二年一引作中統鈔六十五兩結課此時
中統鈔一兩可買鹽四勔上下至大二年尚書省奏准每
一百兩較之元價陡添三分之一比之流轉民間食用價
值已是不輕近聞知各處運司上下不依元定法度裝查
每遇客旅到場削減勔重支發每引大者不及三百七八
十勔小者三百三十勔其裝發鹽袋法以四百勔為則多則
虧官少則損民連官營鈔之徒惟欲鹽貴別有冀望加之

商旅又因添課亦欲增價把持行市不肯輕易貨賣以致
民間鹽價一向騰湧至元寶鈔二錢不能買鹽一勘實為
損民即日各處運司正是發稛查鹽時月若不嚴加禁治
切恐辦課人員踏襲前弊不已重困下民以此參詳合令
行省腹裏各處運司設法關防用心鈐束場官秤子人等
須要依法每引鹽四百勘出場已後宜從都省選官黜
降似望少革其弊如准所呈遍行合屬照會相應具呈照
詳得此仰依上體察施行

**鹽價每引三定** 延祐四年六月十七日御史臺奏奉聖旨節

該在先一引鹽兩定家鈔賣米如今每引添了一定做三
定鈔有鹽貴了窮百姓每無錢買不得呵生受有依在先
例一引鹽兩定鈔買呵衆百姓每得濟也者奏呵那般者

五、七六 《典章二十二户部八》 至

憑行與省家文書交他每商量自改了者麼道聖旨了也
欽此具照詳此都省延祐四年七月二十日奏過事
內一件節該鹽引添價則不是令遍在先節續做兩定
鈔來延祐元年整治軍人氣力錢物不敷的上頭每引添
了一定做三定搏節著支呵尚自不敷有若是幾兩家
買一引鹽呵不敷的數目越多了也鹽法是大勾當有頻
頻的更改呵百姓每疑惑課程澀去也可憐見的是那般
著已了的聖旨依舊每引依都省仰欽依施行奉此照得本司
延祐四年合辦鹽課倒每引中統鈔三定發賣一體入
發勘合引目下倉查鹽運至其州照依已定成規一體給
局外江客旅每引前因牒可照驗出榜曉諭販鹽客商安
次成交過岸今奉前因牒可照驗出榜曉諭販鹽客商安

**鹽法依大德四年立法派辦** 心入局成交與賣仍常切巡禁毋致私鹽生發
至大四年九月袁州路准兩淮
鹽運司牒奉中書省劄付至大四年六月十七日奏過事
內一件大都有的省官每與中書省官來在前兩淮運司鹽
課虧兌的上頭大德四年前中書省官奏了差將人員和
運司官一同立法將鹽搬運入倉不教越過資次出閘下倉支
亂了到臨口真州開呵不教越過資次行閘的上頭不曾
查了到臨口真州開呵無虧辦呵百姓每得濟來去年
上頭改了資次壞了鹽法的一般有依先法度教行的河
南著官人每俺根底與將文書來有戶部官人每也說幾
合休教攪越資次行麼道說有他每的言說是的一般依
著大德四年立來的法度行來怎生奏將來有奏呵那般
者依在先體例行者麼道聖旨了也欽此都省仰欽依施

五、六五 《典章二十二户部八》 至

行

**巡鹽不便** 至大四年十一月行臺准御史臺呈中書省劄
付戶部呈奉尚書省判送御史臺呈山東廉訪司申前江
浙行省左右司都事初從仕呈巡鹽不便事理本臺看詳
除運司依例差委有職役請俸巡鹽人員每道不過三人
約會所屬提點官一同依理巡鹽其餘鹽司不許濫擾
民生事誠為便益奉此本部議得百姓赴局買鹽局官畫詳
部照擬施行奉此本部議得百姓赴局買鹽局官設法關
設無職役之人豪強巡禁亦不許寵戶人等擅自搜捉擾
給不照時點禁私禁務要官民兩便所據調正官設法關
防不時點禁私禁務要官民兩便所據巡鹽人等於後須要依
倒差委有俸人員巡禁不許濫行差人非理擾民合從御

史臺劄付廉訪司嚴行體察禁治相應具呈尚書省照詳
了當今准山東宣慰司關益都路濟南般陽路窟海州各
狀申若依御史臺所擬令運司關防例差有職役請俸巡鹽
人員每道不過二人約會所屬提點巡鹽一同巡禁亦不許
寵戶擅自搜捉擾民生事擾民為便益得此本部議得百姓
祿之人生事擾民合從御史臺廉訪司嚴加體察究治相
應具呈照詳都省准呈仰依上施行

食鹽既置發賣其賣鹽局官插和灰土短少勉重合令
各處提調正官常切關防不時點視所據巡鹽人等須丞
有職役請俸人每處不過二名巡禁不許濫差白身與

**銀中鹽引** 皇慶元年二月二十四日中書省奏過事內一件
節該預買來年鹽引除二十定中糧鹽引外依先例十分中
收一分銀在先一定銀折二十定鈔來如今添五定每一

〈典章二十二戶部八〉　壽

定銀做中統鈔二十五定阿怎生奏阿那般者麼道聖旨
了也欽此

五六四

**違限不納鹽退引** 延祐五年江浙行省准中書省咨來咨兩
浙運司申錢塘縣靈隱寺僧謝心玘違限不納退引四十
五道責得本僧招狀不合於延祐二年十一月二十七日
以後違限三個月不將延祐二年元買西粵鹽場退引
三十五道及延祐元年九月十九日元買客人下砂博鹽
退引一十道水程一道不行納官鹽犯是實即係違限匿
不批納合同私鹽法決杖七十未審合無還俗發付元籍
為民本省看詳僧心玘係靈隱寺知事僧人所買鹽泉
僧食用比官人行舖之家不納退引分例不同若不立法
禁治其於寺觀蕃院及豪富上戶買入私鹽違限不將退
引納官因而作弊影射私鹽無可關防事干鹽法別無遵

守通例咨請回示准此送據刑部呈與戶部侍郎王中憲
一同議得靈隱寺僧人心玘違限所買官鹽食用盡絕違限不
納退引既斷訖別無定奪今後似此有犯若依私鹽法
一體斷罪配終非真犯如蒙此例止科其罪相應都省
准擬依上施行

**引鹽不相離** 大德五年二月江浙行省准中書省咨該所委
拯治鹽法官李詮呈江陵路申鹽引相離公事照得各處
官府若是遵依都省元行將客旅元來鹽袋供報見數明
立文簿銷拘退引常切用心檢察使民警省長而不
犯官事易得辦集百姓亦無犯禁今為有司奉行不至已
難便追沒斷罪又兼本路申不曾斷過此私鹽未審明白
行問罪所有童文彬已招罪犯若同私鹽除將不干礙
治惟復量情區處

〈典章二十二戶部八〉　壼

拯治鹽法官李詮呈江陵路將犯人童文彬
等五名摘斷前去湖廣行省拯治江陵路就便
并鹽牙楊必慶等三名枷禁聽候外乞咨河
部關行使司元申其呈照詳所招鹽引不相隨擬合依
私鹽法欽此本部參詳童文彬等合行省量情科斷相
依施行欽此本部參詳童文彬等量情科斷相應具呈
照詳都省除另行外咨請多出文榜行下合屬禁約施行

**收辦鹽課** 至元二十年八月准中書省咨先據河間等路都
轉運使司申阿老瓦丁呈本司歲辦課程浩大所轄鹽地
拘寵戶轉運司申益都路淮州等處辦課官司奪訖運車輛攢
河間竈戶人等燒徹煎鹽草地乞降聖旨省奪詫添力事得此
面官吏比之向日不遵以致私鹽生發又戶部呈備山東
轉運使司申中益都路淮州等處辦課官司發浩大所轄鹽地
都省奏聞過御寶聖旨節文依在先體例裏州縣長官各

一員私鹽不交車底燒燒了專一提調者不揀推鹽底勾
當其間裏休入去者巡鹽馬匹除帶圓牌使臣外別箇
使臣休騎者車輛船隻遷休要這般宣令呵卻做私鹽
他每勾當其間裏去的人每有陡壞不在意增餘呵陸遷休要這般宣令呵卻做私鹽
每在意辦出增餘呵有罪過論了呵轉運司官人
納官煎鹽竈戶每的工本偷呵有罪過者按察使官人每
依本例察者欽此

**添支煎曬鹽** 本至元二十九年

該至元二十八年十月十四日奏准事內一件煎鹽的竈
戶限生受有在先一引鹽賣三十兩時分一引鹽五兩工
本鈔與來如今添了二十兩買一定呵也則與五兩有虧工
著他每的一般有江南地面裏的添
的一般有江南地面裏的添了三兩做八兩呵怎生商量

〈典章二十二 户部八〉

來麼道奏呵依著你的言語者麼道聖旨了也都省咨
欽依施行准此本司照得曬鹽不同柴薪若便與煎鹽一
體增添應恐差扣算比附得煎鹽工本每引元支中統
鈔五兩今添支三兩每兩該添二兩四錢除已移咨中書省外
添支煎鹽工本欽依聖旨事意施行所據曬鹽權行比附
仰將煎鹽工本欽依聖旨事意施行所據曬鹽權行比附
添支二兩四錢通作六兩四錢支給仰其依准文狀申中省

**禁治砂鹽** 大德五年據福建運司申照得先為鹽課
之間課程預期成就鹽法通行各場俱差把團軍人日夜巡
滯不能通流本司用心規劃設法關防參詳週歲合辦
禁沿海地面又有各該萬戶將引軍人巡捉私鹽加之設
法每引用篦四隻裝查官司自行發船賞運差人坐押鹽

五七二

委

---

船直至福興漳泉四路鹽倉交割運官親臨重復掣挈若
有多餘取還官依例倒結果如無餘欠盤卸上倉依驗本
司支鹽昔之煎四場外所辦鹽課全憑日色曬成所轄
十場除煎六場外所辦鹽課全憑日色曬成所轄
等往煎之弊悉不能為然世間之事法立弊生切緣所
曬鹽貨須要潔淨不致損壞除已行下各場監督鹽丁人
言抑恐鹽法因而損壞除已行下各場監督鹽丁人
姓民間莫知其情但云運司辦鹽如此非惟官司虛受謗
和砂土色澤一般難辦別夾帶勸重添寬價錢虧損百
商小販之徒販鹽散處貨賣為見市價稍貴於曬鹽內插
鹽色與淨砂無異名曰砂鹽今將一等貪圖厚利客
人一體斷罪外乞明榜禁治省府除外今將榜文九道隨
此發去仰行下合屬收管張掛更為出榜禁治

〈典章二十二 户部八〉

**鹽司人休買要鹽引** 大德七年四月二十日江西行省准中
書省咨該大德七年三月二十四日奏過下項事理欽此
都省咨請欽依施行

一件鹽運司裏勾當的官吏人等休買要鹽引者麼道
禁約著有臺官人根底與錢鹽貨每說如今鹽多是官豪勢要之家
買的又官人根底的錢鹽貨辦著多一半有更兼是
它每的名字裏買的官吏每的緣故那般那般有今
後但有勾當有都禁了呵不宜貴了的錢鹽課難辦去也為此
來天下每年辦納的官鹽課程難辦者說有俺說
買的勾當有今後俺商議定了俺管著有今都省官
眾人商議定俺管著有今後俺都省官不買要者外
頭的行省官也休買要者運司官他每緣親臨官有自來
行省官也休買要者運司官他每緣親臨官有自來

五四三

毛

有蔡倒除遣的已外其餘衙門裏官員不禁約呵怎
生奏阿奉聖旨那般者

一件臺官每說一句言語有鹽課勾當裏行的官吏人
等做賊說謊呵到年終問者來若候年終問者阿不候年
了做說謊的若擎住他們做賊說謊的呵影敬
終便交問阿怎擎住這般說有俺每曾問他們做說謊
不是不曾行來每曾問阿怎曾遞互聞奏說有好生有窒礙來如今
頭在先官人每支持用錢處多有每年收的錢定這般說
休著你的言語許多課程虧兀了阿在誰身上有這般說
課著多一半大餘課費耳每不曾回言語來俺衆人商議定這依着在
呵臺官每不曾回行呵怎生奏阿奉聖旨那般者欽此
先聖旨體倒行呵怎生奏阿奉聖旨那般者欽此

## 巡禁私鹽事例

〈典章二十二 戶部八〉

至元二十三年湖廣行省據兩淮都轉運鹽
使司申會驗欽奉聖旨節該巡鹽官吏弓手如遇出巡所去處官司支
破飲食每名支米一升馬支草料粟三升雖多不過一十
人如青草時月不須應付草料至元二十三年二月初十
日欽奉聖旨節該據中書省奏兩淮都轉運鹽
浩大切恐諸人沮壞乞降宣諭事准轉運鹽使司課
仍禁約毋得將運鹽船隻拘攔遞運官物辦課其間諸衙
照依累降聖旨諸條盡從長規畫恢辦務要增羡盡實到官
門人等不得攪擾沮壞欽此卑今差巡鹽官賫擎聖旨
前去開讀約會隨處路府州縣提調正官一同遍歷巡禁
外今將見設巡鹽官吏人等開坐前去乞賜行下合屬約
會巡禁施行

---

## 巡鹽官　大使一名　副使一名
### 司吏一名　馬平六名

## 頭守軍人兼巡私鹽

至元二十九年正月行御史臺准御史
臺咨該承奉中書省札付至元二十八年十月十四日奏
過事理一件前者南人燕參政來江淮省的鹽課去年儘
不丁那的每有氣力官豪勢要之家多查出鹽整治呵那般的已
氣力辦呵怎生廢道理麼道聖旨了來為甚麼怎生般整治軍
廢道這裏聖旨了來有烏馬兒阿老瓦丁等軍的氣
辦不起的一般有私鹽多買官鹽的人無有若不製度的呵
廢道聖旨了來的一般使人去來那人回來呵說今年的已
官人每的此辦不起更將文書來鹽課辦不的緣故在前官豪勢要之
來年的此辦不起將文書來鹽課辦不的緣故在前省江淮省
家多答帶出鹽去的上頭

〈典章二十二 戶部八〉

力裏禁治來軍民一處管着的時分那般嚴切禁治呵尚
自私鹽也生發有來如今軍民分開的其間禁治呵難有
與俺伍阡軍管着交那的每禁治呵中廢道說將來有他
每的言語是有的一般依着他每禁治呵這與五千軍交官
着呵怎生又軍官每一般有根的省會了出私鹽的道徑與五千軍交處
的是有交與者呵廢道商量來奏阿索五千軍的頭目
軍官每廢道這般成就不得問將去者呵有幾處有鎮
守道這言語這般明白的委付呵但私鹽生發呵則罪責你
你的言語怎生成就的廢道聖旨了也欽此多省除已移
咨江淮行省札付樞密院欽依聖旨事意施行所據因係
偷販私鹽要路置軍守把處所省會各該頭目今後須管

巡禁禁絕各取依准執結文狀若有縱令私鹽生發有人
首告或廉訪司體察及因事發露到官定將經過處所當
該軍頭目人等比附犯人一體論罪其捉獲私鹽者依例
給賞仰照驗施行

**拿住私鹽給賞**

至元三十一年七月行御史臺咨
准奉中書省札付至元三十一年五月二十一日奏過事
内一件這朱虎說如今拿住私鹽阿每一引賞與十兩鈔
有為賞少的上頭人肯向前拿有如今引賞與是應捕軍
人等拿住阿與十五兩不肯向前拿有如今若是有添與
這般阿拿私鹽的人肯向前拿也與官不虧官有益有添與阿
他的言語與阿不礙官每說有俺商量來依着
與者聖旨了也欽此

**景紹華等私鹽**

《典章二十二戶部八》
五·五三

大德元年九月御史臺承奉中書省札付四

川省咨四川鹽茶轉運司申重慶路錄判乞石烈等捉獲
船户景紹華等私鹽三千二百二十六勛追到私鹽財產
等沒官錢中統鈔一百定二十一兩五錢正本路發西蜀
四川道廉訪司以贓罰通結課今了當看追詳斷
沒私鹽茶等錢例合運司却作追到贓罰類發西蜀
赴陝西行省交納恐有差池咨請明降送戶部照得應行
私鹽茶課各處轉運司追斷前項鈔數既
至元二十九年重慶府發西蜀四川道廉訪司作贓罰
起解陝西省收訖又四川鹽茶運司本年課程已經造冊
別難卜改參詳合咨陝西省照勘上項錢物如已到官依
倒支持就咨四川省照勘如蒙准呈到御史臺行下合
屬今後應犯私鹽茶課等追到沒官錢數依倒令運司作
橫收結課相應具呈照詳都省准呈

---

**任内失過私鹽**

至元七年十二月尚書吏部照得隨路申到
任滿官員解由開坐失過私鹽内亦有自行捉獲起數若
將州縣一例降注事有不備近據陝西都運司申任滿
須要明白開寫本部就近關會依上申覆合干部内任滿
解由内備細開寫各緣由依今捉獲私鹽官各有不盡之數約量地里遠近銓注如此庶
功過相除外有除不盡之數約量地里遠近銓注如此庶
望澂勸州縣官員肯用心巡禁不致私鹽生發具呈尚書
省照詳批奉都堂鈞旨准擬施行

**鹽乾魚難同私鹽**

《典章二十二戶部八》
五·五六

至元三十六年五月行中書省咨據
府中轉運司據巡鹽官郭德呈近德州界内如有失過
私鹽起數俱係黃河間採捕收買魚賞止用清倉魚旅
販直至江南諸州軍等處到濱鹽淹造乾魚二萬勛裝載

前來犯界取到冀秀狀稱將亳州濱鹽淹造乾魚搬載於
陵州道過於長蘆倉鹽司劉提控等為秀犯界勒訖鈔七
十八兩二錢正到樞密院呈奉都堂鈞旨送戶部運司於劉提
旅興販乾魚難同私鹽呈奉都堂鈞旨送戶部符文抄連乞照驗
控等追省部元擬客旅興販乾魚難同私鹽斷没相應
除將乾魚分付各人從便發賣省付准呈合下仰依上施
行

**越界魚鹽燕不拘**

延祐六年十月江浙行省准中書省咨來咨
豎内一款淹泡魚養各有破鹽定倒又係商販之物不拘
備兩浙運司申會驗延祐五年三月初八日奏准聖旨條
科斷欽此參詳兩浙每引淹泡魚養一千六百六十勛其兩
行

淮運司每引淹魚二千三百三十二勔之兩浙多淹魚鮺一半
被此用鹽一體依都省定倒實有不倫尚且兩浙鹽
定倒扣納官課淹魚倒從省秤驗別無夾帶拘收引
目投稅貨賣以小浸大兩淮來無引遠賣不秤兌宜令合干部
弊滋生委實山東兩淮從檢校所秤程不納好引
分定立倒一明白通倒付下嗇令下導守相應得此本省參詳如
准運司所擬相應請照兩浙鹽課差官點視封餘須與戶部員外
來兩浙地面貨賣預報運司差官點視封餘須經檢校所
稱盤方許投稅庶幾少絕私鹽侵襯以此參詳淮浙運司

典章二十二　戶部八

恔辦鹽法并發賣魚鹽各有定倒行之已久其淹泡魚鮺
所從民便不拘地方貨納稅即係奏准通倒若准所言
輕議更張中間遊滯商旅有礙鹽法事涉不便擬合依舊
從便發賣如有夾帶私鹽依倒科斷相應具呈照詳得此
都省准呈除外咨請依上施行

**犯界食餘鹽貨**

延祐六年十月江浙行省准中書省咨湖廣
行省咨歸州申同知孫承事於巴東縣萬津把臨盤獲客
人李子順等二項越界鹽貨責得李子順狀招隨州應山
縣住坐於涪州管下楊北市何道士地上耕作延祐四年
正月十九日用中統鈔一兩倒頭處買到蜀鹽一
勑四兩除在船食用將餘剩鹽一十一兩包藏裙腰意圖
食用越過巴東縣界致被盤獲秤計蜀鹽七兩招伏是實
湖北道廉訪分司所委審四官照擬李子順先犯偷羊切

---

盜刺斷賊人今又將食用蜀鹽犯界押發涪州收管依倒
施行又將延祐四年閏正月十一日盤獲王執祖犯界蜀鹽
責得本人狀招延祐四年正月十一日相合于王阿孫收買
被私駕船前來江陵到西川夔路巫山縣用中統鈔五錢
買到大窟蜀鹽一勔二十二兩下約有一十兩五錢重
到於巴東蜀鹽越過盤捉到官廉訪分司所委審囚官議
得若比依犯界蜀鹽貨等倒論罪以涉太重量情決四
人共將帶蜀鹽一勔除食用外將首告到官罪犯元廣
妻阿黃將帶蜀鹽一小包博換蔑面得此責得祝元廣狀
招延祐四年二月二十二日因變賣牛隻前到西川夔路
巫山縣信田村將木盆二箇送與白慶劉文祿作土儀各
四兩與外甥譚應興食用首告到官罪犯祝元廣即

典章二十二　戶部八

係犯界鹽貨依倒杖六十將犯界蜀鹽發付巫山縣收管
發落據劉文祿白慶不應將蜀鹽與祝元廣回禮以致犯
價罪犯就便施行通賣得提調官歸縣達魯花赤忽都祿
鹽貨令歸州照依犯界鹽貨倒已將各人杖斷以涉太重
巡警不嚴致有私鹽犯界招伏本省參詳李子順王執祖
用鈔一兩五錢買到蜀鹽共重一十七兩五錢祝元廣即
木盆二箇於白慶等處作土儀得到回禮蜀鹽一勔一
二兩各人沿途食用不盡因而將帶越過巴東縣界盤捉
到官原其各人所犯正是元買食用不盡零越鹽即非興販
提點官禁治不嚴罪亦係一體緣元降倒內別無定擬
希咨回示准此送據刑部與戶部倒咨請照驗令合干部分定
到食鹽犯界罪名事干通倒照依犯界鹽倒以涉太重大德四
年九月奉省禮河南省准河南府蒙古軍人明里不花軀

口吳敢子等元買倉鹽一勸六兩除食用外有些小至登
訖牛隻等物本部議得吳敢子等將帶過界被本縣官斷
封縣不知解鹽池面將過界被本縣官等搜獲到官斷
直屬宣慰司州郡達魯花赤長官提調已咨各省照會并
訖今准前因都省議得即係一體咨請依上施行

**監辦課程** 皇慶元年二月初十日中書省奏過事內一件初
立課程額數斟酌當時價直立了來如今比在前物價增
了數倍務官幾依舊額監辦課程的上頭俺教兵部劉郎中
這宣課提舉司裏監辦呵三箇月其間增餘定鈔有據這
般呵務官百姓每根底依倒要了不盡實到官的一般有
如今這裏的俺差人監辦呵
與將文書去交提調官差委好人監辦呵怎生奏阿那般
者廢道聖旨了也欽此都省咨請照驗令提調官斟酌課
程有增去處從公選委見任職官廉幹用心監辦務要盡
實到官都不得因而高擡物價多取擾民違錯

《典章二十二 戶部八》

---

## 酒課

**葡萄酒二十分取一** 至元十年四月中書戶部承奉中書省
劄付御史臺呈體察得大都酒使司不依舊例抽分葡萄酒
貨體例三十分取一分却於十分中取一分不要本省
邑酒貨幾要鈔兩問得賣葡萄酒客人白英并酒使司
吏趙守信等詞因得賣葡萄酒戶每納課程正糯夾糯米克
勾當人處會問得自戊午年至至元五年有咎失孿一週歲六
勾數勾抽分一勸至至元六年七月得眾酒戶見納課貨
十石賣鈔八兩每石鈔四兩內納官課鈔一兩葡萄酒貨
二石賣鈔八兩每石鈔四兩內納官課鈔一兩葡萄酒一
每勸一錢每一千勸該鈔一百兩納官課鈔六兩每四兩
止納二錢四分四釐此係確貨難同商稅止合依酒戶一

《典章二十二 戶部八》

體納課事省部議得葡萄酒漿雖以酒爲名其實不用米
麴難同醞造不酒一體辦課又兼在先制府已曾斷令三
價直折收寶鈔納官呈奉都堂鈞旨送本部准中書省咨中京
十分取一及至六年七月定立課額三十分取一驗所賣
十分取一以此參詳擬合改正依舊例三十分取一驗所賣
的爲頭的人殷者家廷抄上了呵官司收拾者廳道聖旨
了也欽此據北京路申准按察司牒省部斷大都造酒的
的爲頭的人殷者家廷抄上了呵兌說二月初十日聖旨做私酒來
路行中書省咨至元十五年七月行中書省准中書省咨

**禁治私造酒**

人七七下飲酒底人一十七下到錢物沒官俱係一
體事理咨請定每都省於七月十六日閒奏聖旨造酒的
除本人夫妻二人隻身外應有老小財產盡行斷沒了者
欽此

## 鄉村百姓許盒醋

至元二十二年二月欽奉聖旨條畫內一
欵節該諸處村莊農民盒者有數在前有司與城市一體
收課今後聽從各處農民造醋食用官司並免收課欽此

## 鄉村百姓許造酒

至元二十二年二月欽奉聖旨江南府州
縣鄉村鎮店一體權酷腹裏除州城外商量若村
舊行來如今講究課程來的官人每與部家商量若村裏
程難辦有除大都上都江南福建兩廣鄉村地面裏交百姓
自行造酒辦酒呵怎生奉聖旨課程底勾當你理會得那
般行者欽此

## 添辦酒課

至元二十九年三月江西行省准中書省咨至元
二十九年正月初五日奏過事內一件阿老瓦丁說來的

五件勾當內杭州省酒課一年額辦二十七萬餘定有湖
廣龍興省兩省的酒課一年都辦九萬定有俺的重有麼
道十分裏減二分辦八分說有俺也商量來他的言
語是的一般有減了二分呵該四萬一千四百餘定有這
減了來的數目卻交湖廣龍興與南京這幾省分俵與辦
呵均勻的一般有商量來麼道這聖旨了
也欽此都省與各處行省議擬定合添數目至元二十九
年依例恢辦請欽依聖旨事意驗數均辦施行

## 寺院酒店課程

至元三十年十月初九日欽奉聖旨屬寺家的
賣的店裏出辦的課程更不你哥的酒店裏出辦的錢盡
數都交收拾者也又揚州有的屬寺家酒店
并其餘稅課程誰說來那的也交收拾者道來你收拾來

典章二十二 戶部八
五八三

---

## 犯界酒懼不便

歷道聖旨有阿是俺說來未曾收拾裏和宣政院官人每
衆人同一處奏麼道說來奏呵休疑惑都交收拾了者
是咱每的言語例答失壓那的每根底例體失
與者無那體例答失與方雄犯界煮酒五千五百一十五
獲到李再將犯界煮酒五千五百一十五瓶取訖各
又奏呵你哥的酒店裏的錢今春交別收拾者麼道聖旨了也
有呵另交收拾來奏呵不索另收你每收拾來
呵不交收拾者道來你收拾來
旨了也欽此

## 犯界酒貨沒官

大德五年江浙行省據左右司都事趙承事
呈見照算大德四年一應收支錢糧除外查照出建康路
獲到李再將犯界煮酒五千五百一十五瓶取訖各
人依例斷決各罰中統鈔一定外據元獲酒數給還原主
及常州路錄事司獲到軍人何定犯界酒一十五瓶除買
訖酒一十二瓶外賣不盡酒三瓶被獲到官依例斷遣止

典章二十二 戶部八
五八七

罰到中統鈔二十兩將捉獲酒貨沒官了當照得元准中
一書省咨檢會到至元十三年十一月內保定路准真定河
南都漕運司牒承奉中書省咨奉中書省札付
准此北京路行省咨該合失友村下認辦酒課私將入城
其務官胡撒馬丁將酒斷沒緣戶即納官即不
見將酒入城如何歸斷又據戶部備濟南路
一人孫福於大槐樹趙韶處罰酒四瓶前來於
趙韶處買酒八瓶黃夜入城貨買都省議得今後犯界酒
上追罰鈔四十兩決四十七下酒雖多止杖六十追鈔五
一十瓶以下追罰鈔二十兩決二十七下一十瓶以
十兩今照得各路捉到犯界酒貨有斷沒官者有給付元
、主者前後歸斷不一及追罰到鈔數不同其呈照省府
相度都省元議犯界酒貨已有斷沒追罰定例據所獲酒

進酒麴依舊税科斷

數擬合給主仍勒出境毋致侵襯課程仰行下依上施行

准中書省咨刑部呈奉省判江浙省咨據杭州路申詳

化民易俗以教化為先非本於刑前代有象刑而治者古

人作刑使民無犯去惡善而已昔舜皋陶期於無刑長

惡不悛而必加刑出於不得已也照得至元二十五年三

月欽奉聖旨建盍確茶提舉司先奉中書省降到條畫七

四年五月建盍確茶提舉司先奉中書省降到條畫至

年禁酒聖旨內一欵醞造私酒速魯麻并葡萄釣犯

人八十七下追中統鈔一百貫付告人充賞及至元二十

十犯禁酒聖旨內一半没官於没官內一半付告人充賞又

財產一半没官於没官內一欵醞造私酒麴者杖七

十禁酒聖旨建盍確茶提舉司先奉中書省降到條畫至

但犯私茶者杖七十所犯私茶一半没官一半付告人充賞

應捕人亦同如茶園磨户犯者及運茶車船主知情夾帶

五八九　《典章二十二户部八》

裝載無引私茶一體科斷本處官司禁治不嚴致有私茶

生發去處仰本處當該官吏勾斷又欽奉聖旨條畫內一

欽諸販賣私鹽正犯人科徒二年決杖七十財產一半没

官決訖發下鹽場帶鐐居役欽遵外府司參詳國

家立法禁斷私犯酒麴茶鹽本為侵襯官課理宜原其所

犯詳情定罪另立運司等官設法恢辦酒醋課

程元係官務辦課目今本路見獲私酒起數犯人正招不合

門攤散辦課額不虧本路見獲私酒於打發到認户須內夾帶影射不合

用鈔羅買米麴於打發到認户須內夾帶影射

沽賣不過管求微利糊口而已俱照至元二十五年官辦

時分禁斷私犯酒麴倒科徒二年決杖七十財產一半没

官為私鹽無異其鹽徒動輒百十結連羣黨持把器仗

專一私販每遇巡捕拒傷官兵背法欺官莫甚于此由斯

言之情既不同罪難一體如蒙照依大德七年禁酒倒決

杖七十七下追中統鈔一百貫付告人充賞庶幾刑法得所

中然此申乞照詳斟酌施行得此本省詳得杭州路咨所言

犯酒事倒不一繫于通倒宜從合于部分定擬合于部分詳酌擬相應咨請

照驗批奉都堂鈞旨送刑部一同議擬呈本部議得即

係干礙本部定擬從本部與户部一同議擬相應呈奉即

都堂鈞旨送刑部事理合令本省議擬明白連呈奉此

施行間准本部承准嶺南湖北道肅政廉訪司牒准湖廣省咨

郎達魯花赤哈琳太中關自權沽之法已廢酒醋課散

據常德路申承准嶺南湖北道肅政廉訪司牒本路咨

副達魯花赤哈琳太中關撿照中統二年欽奉聖旨

入民間恢辦諸人皆得造酒止驗米數赴務投税其不稅

者與匿税無異即今官司依舊倒決杖七十藉没一半財

五八八　《典章二十二户部八》

產比年以來水旱相似小民無知誤犯刑憲雖有藉没之

名其貧家小户能有幾何今後有匿税者如蒙減輕依匿

稅倒科斷似望刑法得中不失恤刑之美意緣事干通倒

伏請照詳施行准此照得延祐四年十一月二十二日准

税者答五十所犯物貨內一半付告人充賞又有一欵諸犯匿

條畫節該諸犯私鹽酒麴貨者徒二年決杖七十財產一

半没官於所犯物貨內一半付告人充賞欽諸犯匿

此倒除欽遵外竊惟聖朝惟好生之時官設酒庫出備米麴工本造

中刑宜從薄始立權沽之時官設酒庫支用官麴工本造

酒發賣諸人皆不得私自醞造亦猶立權沽之法同已後廢權沽

煎鹽發賣辦課故犯酒禁者與犯鹽之法同已後廢權沽

之法酒醋課程散入民間恢辦諸人皆得造酒有地之家

納門攤酒課者許令造酒食用造酒發賣者止驗米數赴
務投稅其造發賣而不稅者是與匿稅無異即今官司往
往將犯人依舊例決杖七十籍沒一半財產若富有之家
造酒沽賣安肯吝惜些小稅錢當此重罪皆因比年以來
水旱相仍多係小民為無生理沽賣酒漿過活愚而無知
以致匿稅誤犯刑憲事發到官無問斗升之末一體科斷
雖有匿酒者如蒙減輕依匿稅例科斷以望刑法乃天下之
亦止斷沒所犯貨物以此較之中間輕重似有不倫今來
有匿稅酒者如蒙減輕依匿稅例科斷以望刑法得中不
失恤刑之美意關請會議施行准此看詳誠為允當緣
平苟有偏重則民無所措手足今刑法所言誠為允當緣
體聖言寬仁欽恤之意參酌先後事理所言詳如准達魯花赤
事干通例申乞照詳施行得此本省看詳如准達魯花赤

《典章二十二·戶部八》　卅一

哈琳所言似為便益咨蒲服驗批奉都堂鈞旨送刑部招
擬連呈奉此今奉前因本部與戶部員外郎王承直一同
議得權沽之法既已改革酒醋課程普散於民除認納
門攤許令酤造飲用外其諸人自備工本踏造酒麵貨賣
不行赴務合認關由者若與私煎販賣鹽貨一體科斷徒
配以涉太重以此參詳合准湖廣省并常德路副達魯花
赤哈琳所言依匿稅例科斷庶使刑法得中如蒙准呈遍
行照會相應具呈照詳得此都省准呈除外咨請依上施
行

四之七七

---

## 市舶

合併市舶轉運司　至元二十三年三月御史臺承奉中書省
劄付為盧右丞建言市舶等事移准上都中書省咨六月
二十九日本省官奏過事內一件這課程的勾當係官錢裏兩
件定要了他著一件勾當盧市舶司的勾當係官錢裏一十萬
兇交行別箇民戶做買賣的每市舶的勾當依著在先
體交行麼道奏來去近泉官人每老的每等官司做買賣
的罷了百姓做買賣的每市舶司的勾當做者市舶司根底
側裏要課程抽分者市舶司根底轉運司裏合併來
道奏呵那般若廳道麼勾當者市舶司根底轉運司麼
例奏呵那般若廳道聖旨了也欽此

市舶則法二十三條　至元三十年八月二十五日福建行省
准中書省咨至元二十八年八月二十六日奏過事內一

《典章二十二·戶部八》　卅三

五之四

件南人燕參政說有市舶司的勾當眼是國家大得濟的
勾當有在先亡宋時分海裏的百姓每船隻做買賣來呵
位每根底容人一般敬重看呵咱每這田地裏用的物件
磨合羅磁器家事簏子這般與自導演他每中用的傘
來近來忙兀臺沙不丁等自己根底尋利息上頭船每來呵
教軍每看守著他每的船封了好財物選揀要了為
時分理會的市舶司勾當的人每有留狀元也說有如今亡市
的司勾當整治得濟有廢道說來有那時分理會的市舶
這般奈何每看守著那上頭那壁每的船封了有如今壞了有那亡市
的每些小來為那上頭那壁每的船封了好有留狀元也
來忙兀臺沙不丁等自己根底尋利息上頭船每來呵
磨合羅磁器家事簏子這般敬重看呵
亡宋時分那箇根底問著行呵大得濟有廢道說有奏呵是
司勾當那箇根底問著行呵
那般也者那人每根底說話者是呵行者麼道聖旨了也

欽此訪聞得留狀元稱奮知市舶人員李晞顏移江浙淮
行省咨訪到前行大司農司丞李晞顏報到亡宋市舶抽分市舶
則例合設司存關防情節備細令知行泉府司比照目今抽
分則例逐一議擬子后及令知市舶人李晞顏前去各
請照驗事准此令李晞顏報到亡宋市舶則例會集到各
處行省官行泉府司官并留狀元知市舶人李晞顏圓
議擬到下項事理於至元三十年四月十三日奏過事內
等題說在先亡宋時分市舶司的錢物多出辦來自歸附
之後權豪富戶每壞了市舶司的勾當出辦的錢物入官
眼少有道是呵亡宋時分市舶行來的每一處商量
晞顏小名的人他根底教來了衆人與理會得的
盲了來那人根底教來商量呵怎生奏呵那般者聖

〔五六一〕　典章二十二戶部八　　十三

奏呵那般行者聖旨今也欽此都省令將合行逐項事理
來如今合整治市舶司勾當的有二十二件勾當商量來
開坐前去咨請欽依禁治施行
一議得市舶抽分則例若依亡宋例抽解舶商生
受比及定奪以來止依目今定例抽分籠貨十五分
中一分細貨十分中一分所據廣東溫州澉浦上海
慶元等處市舶回帆已經抽訖貨物內以三十
泉州見行體例從市舶商回帆於抽訖貨物並依
分為率抽要舶稅錢一分通行結課般販客人從便
諸給文遣買到已抽經稅貨物於杭州等處貨賣即
於商稅務內投稅憑文遣數目依例收稅驗至
元二十九年杭州市舶司實抽辦貨物價錢於杭州
商稅課額上依數添加作額恢辦將杭州市舶司

革罷將元管錢帛等物件行泉府司明白交收爲主
爲此於至元三十年四月十三日奏過事內一件江
南地面裏有的市舶司上海澉浦溫州慶元廣東杭州七處
市舶司有這市舶司裏這般不揀
了地面裏賣要者溫州的市舶司併入慶元泉州
分了的後頭又三十分中要一分有泉州市舶司依
一分細貨十分中要一分有泉州市舶司裏要抽
一般三十分要一分稅呵來然後似泉州
市舶司併入杭州稅務裏的怎生商量來奏呵那般
泉州的體例從溫州的市舶司併入慶元依
要之家興販舶船不依例抽分持勢隱瞞作弊爲此
一議得拘該市舶去處行省泉府司市舶司權豪勢
者聖旨了也

〔五六十二〕　典章二十二戶部八　　十三

於至元三十年四月十三日奏過事內一件行省官
人每行泉府司官人每不揀甚麼官
人每權豪富戶每自己的船隻裏做買賣去呵不依著
百姓每的體例與抽分者私下隱藏不與抽分呵
揀是誰首告出來呵那錢物都斷沒做官的每根底
重要了罪過勾當裏教去於那斷沒的錢物內三
分中一分與首告人充賞呵怎生商量來奏是也擬
定那般者聖旨了也
一議得拘該市舶去處行省泉府司官市舶司
官在先往往勒令舶商戶計稍帶錢本下番回舶時
將貴細物貨賤沽價准折重取利息及不依例抽解
官課又通同隱瞞虧損公私爲此於至元三十年四
月十三日奏過事內一件行省官人每行泉府司官

人市舶司官人每每百姓每的做買賣去的船裏交稍帶着自己的錢物去回來呵那錢物內不與官司抽分私下要有那船每也則他每占着的船稍稍帶得全不交官有今復這般每百姓的船裏稍帶着錢物去呵怎生不揀是誰別了這言語稍稍帶得的錢物內全不交將那錢物斷沒了把他每重要了的錢物將出去了首告了這人根底斷沒了的罪過教做買賣之人今回船之時應有市舶物貨並仰於市舶司照例抽分納官如有進呈希貴細之物亦仰經由市舶司見數泉府司其呈行省行省開坐咨中

### 典章二十二 户部八

一議得使臣幷大小官吏軍民人等因公往海外諸番將賞當皆是官司措辦氣力船隻前去卻有因而做買賣的人今回船之時應有市舶物貨並仰於市舶司照例抽分納官如有進呈希貴細之物亦仰經由市舶司見數泉府司其呈行省行省開坐咨中書省聞奏仍仰今後應有過番使臣却不得以進呈物貨為名隱瞞抽分如違幷以漏舶治罪物貨沒官為此於至元三十年四月十三日奏過事內一件或是這裏差去的使臣每拜見上來的物呵那裏拜見上來的似在前一般不與抽分那般體例裏要抽分的多有今拜見物件拜見上去的數目與將這裏來的有罪過者商量奏呵是也那般者聖旨

一議得和尚先生也里可温答失蠻人口多是夾帶俗人過番買賣影射避免抽分今後和尚先生也里可

---

温答失蠻人口等過番與販如無執把聖旨許免抽分明白文仰市舶司依例抽分如違以漏舶論罪斷沒為此於至元三十年四月十三日奏過事內一件或和尚先生也里可温答失蠻每但做買賣去的依着百姓每的體例裏與抽分者那般者聖旨了也

### 典章二十二 户部八

一諸處市舶司舶商每遇冬汛北風發時從舶商經在舶司陳告請領總司衙門元發下公據並依在先舊行關防體例填付舶商大船請公據柴水小船過他國至次年夏汛南風回帆止赴原請驗憑發越過他國請公憑驗憑不許越投他處各舶司亦不許互拘他處舶司舶商如本處舶司依見定例抽稅訖從舶商

一舶商請給公驗依舊例就於所在舶司請給公發賣與般販客人亦依舊例就於所在舶司請給公遣從便於各處州縣依例投稅貨賣其原指所往番邦人若有不能得到所指去處委因風水打往別國就博到別國貨物至回帆抽分時取問同伴任別人等相同別無虛詐依例抽分如中間詐妄欺瞞官司許諸人首告是實依例斷沒告人給賞

一舶商請給公驗依舊例召保明牙人招集本船財主綱首某人直庫某人雜事某人稍工某人某人部領等某人綱首某人伴某人人伴某人若干干船身長若干每大小船一隻止許帶小船一隻名曰柴水船給令公平如大小船各名目船隨行如有公驗或無公憑即是私販許諸人告捕

給賞斷買所載柴水船於公憑內備細開寫亦於公
驗內該寫力勝若干户面澗若干船身長
若干不到物力户某人委保及與某人結爲一甲互
相作保如將帶金銀違禁等物下海并將奸細人等
回舶并元委保人及同甲人一體坐罪公驗後空紙
八張泉府司用訖印信於上先行開寫數到物貨各
各名件勸重若干仰綱首親行填寫如到彼國各
博易物貨亦仰綱首於空紙內就地頭即時逐日批
寫博易物貨名件色數勸重至物貨轉變滲泄作弊
秤抽分如曾停泊他處將販到物貨以憑照數點
及抄填不盡或因事發露到官即從漏舶法斷没保
明人能自首告將犯人名下物貨以三分之一給與
充賞如舶司官吏容庇或覺察得知或因事發露到

典章二十二户部八　卅三

官定將官吏斷罷不敘所給公驗行泉府司置半印
勘合經文簿立定字號付綱主某人收執前去某處經
府衙門再行合屬體復如委是遭風被刦事故方與
消落元給憑驗字號若妄稱遭風等搬撴船貨送所
屬究問斷没施行或有沿途山嶼灘與海岸停泊汲
水取柴恐有稍碇水手搭客等人乘時懷袖偷藏貴
細貨物上岸博易物件或有舶商之家却行取貴細貨
一番船南船請給公憑公驗回帆或有遭風被刦事故
合經所在官司陳告體問的實移文市舶司轉申總
紀須要遵依前項事理所有公憑小船並照公驗一
體施行

司私用小船推送即是滲泄並許諸人告捕餘行斷没犯
物不行抽解即是滲泄並許諸人告捕餘行斷没犯

人杖一百七下告捕人於没官物內三分之一給賞
行下沿海州縣出榜曉諭嶼等處貴在官吏巡
人等常切巡捉催起船隻不許久停
直至年例停泊如東門山等具申各處市舶司廉能
官封堵起赴元發船隻又行差官鑒檢
檢空船隻搜揀在船人等懷取問同船或同伴如在
番阻風住冬不還者次年回帆放令上岸如在
隻人等便是依例抽分若便妄稱風水不便轉指買賣
許諸人首告舶司即於汉河所在官司告捕犯人給賞
海商不請驗憑擅自發舶并許諸人告捕人給賞
罪船物没官於没官物內以三分之一充賞犯人斷
一百七下如已離舶司即於汉河所在官司告捕犯

上追斷給賞

典章二十二户部八　卅三

一每商所用兵器并同鑼作具隨住舶處具數申所屬
依例寄庫起舶日給
一海商貿易物貨以舶司給籍用印關防具注名件勸
數綱首雜事部領梢工書押回日以物籍公驗納市
舶司
一海商每船嘉綱首直庫雜事部領梢工碇手各從便
其名呈市舶司申給文憑船請公印爲託人結五名
爲保
一海商自番國及海南買販物貨到中國雖赴市舶司
抽分而在船巧爲藏匿者即係漏舶正行没官仍許
諸人告首依例給賞犯人斷罪
一金銀銅鐵貨男子婦女人口並不許下海私販諸番
物如到番國不復前來亦於元賞去公驗空紙內明

白開除附寫緣故若有一切違犯止坐商舶主

一市舶司招集舶商船隻行衙門無得差占及
有新進成舶船之家本欲過販與販經紀亦是抽收
課程並仰籍定數目今後並不得將上項船隻差占
有妨市舶商興販經紀永為定例以示招徠安集之意

一各處市舶商每年到舶貨除合起解貴細之物外
據其餘物色必須變賣者仰近前赴杭州行泉府司各司
不過當年十二月終起解赴杭州行泉府司舶官每年
剝舶司畫時開數具呈行省令有司隨即估體時價交
比至次年正月終須要開辦完備行省預為選收

一見令舶商去來不定多在海南海北廣東道汕海
州縣鎮市地面
官司用心關防如遇回舶船到岸常切催趲起離

五九

前赴市舶司抽分如官吏知情受略容縱如或覺察
得知定是依條斷罪

一舶商梢水人等皆是趁辦課程之人落後家小合示
優恤所在州縣並與除免雜役

一夾帶南番人將帶舶貨者仰從本國地頭於公驗空
紙內明白備細填寫姓名物貨各件勒重至市舶司
照數依例抽稅如番人回還將帶違禁之物仍差番船公
驗內附寫將去物貨不致將帶違禁之物仍差諳練
錢穀廉幹正官發賣其應賣物貨將民間必用并不
係急用物色驗分數互相配答須要一併通行發賣
錢限四月終了畢並不許任官府權豪勢要人等
詭名請買違者許令諸人首告得實將獲物價盡
數沒官斷罪於沒官價內一半付告人充賞仍令拘

---

該蕭政廉訪司體察外有泉府廣東兩處市舶司相
離杭州地里遠依上差官就彼一體發賣

一抽分市舶關防節目若有該載不盡合行事理行省
廉訪司臨時體察

一舶船開洋之日親行檢視各各大小船內有無違禁
之物如無夾帶即時開洋仍取檢視官結罪文狀如
將來有人告發或因事發落但有違禁之物及因而
非理騷擾舶商取受作弊者檢視官并行斷罪蕭政
廉訪司臨時體察

一行泉府司市舶官每歲若至舶船回帆封堵檢視亦
預期前去抽解處所以待舶船到時抽收不得因而走透作弊其監抽官員亦
不得違期前去停滯舶商人難
先後隨時抽收不得因而走透作弊其監抽官員亦

行泉府司各處市舶司所在官員奉行謹守不得滅
裂違犯行御史臺廉訪司常加體察毋致因循廢弛
至元十七年二月二十日行中書省奏呈

**泉福物貨單抽八分**

上海市舶司招船提控王楠狀告几有客船自泉福等郡
短販土販吉布條鐵等貨物到舶抽分卻非番貨蒙官司
照元文憑番貨體例雙抽為此客少參詳吉布條鐵等貨
即係本處土產物貨若依番貨例雙抽似乎太重客旅生
受今後販泉福物貨依數單抽乞明降省府准呈合下
仰照驗施行

# 常課

## 刷卷追到錢於課程內收

至元十九年六月行中書省准中書省咨先為按察司要刷運司文卷上奏奉聖旨那覷面皮呵那其間裏他每察呵怎生這般奏呵那御史臺索刷卷使怹猜不肯交運司是錢帛已前御史言那般者如今俺尋思得運司為這上頭添得賊多了如今與老的每商量來今後交刷司刷出來的錢是偷下的課程同贓罰交按察司與御史臺呈解赴省了在課程錢裏頭一處收着呵宜的一般奏呵那般行者聖旨了也欽此

## 課程每季類報

咨季報比附課程增虧收支見在登答數目本省所轄寫

五〇九

**典章二十二　戶部入**　〈全〉

至元二十年五月福建行省准中書省咨來咨報外據登答備細數目擬候年終通類咨報咨請照驗施行

得每季驗實辦到官課程比附增虧數照依已行每季體比較移咨今據見地里遙遠不能依期咨報都省議月申報每季小考年終大比所據行省所轄路分課程都合一遠不能依期回報都省照得先為中原路分課程令按

## 用中統至元鈔網課

至元二十八年八月江西行省准中書省咨至元二十八年六月二十日奏過事內一件桑哥等尚書省官人每不揀甚麼差發課程諸色錢物收呵不要中統鈔收至元鈔呵怎生麼道來奏呵那般者麼道聖旨了來休俺商量得若不要中統鈔則要至元鈔呵百姓每生受了休交少了額數呵不要中統鈔的言語做賊的識見那無麼道奏呵不要中統鈔呵怎生商量來

---

旨了呵哈散參議奏根腳裏要將中統鈔收拾了呵無窒礙呵依着你的言語從百姓便當收要者麼道別無窒礙呵依着你的言語從百姓便當收要者麼道

## 民官管課程事

御史臺咨中書省札付至元二十八年九月十八日奏奉聖旨該茶運司只管茶鹽其餘酒醋稅課的勾當新年為始在先體例裏交路官人并直屬行省宣慰司州郡達魯花赤親臨提調革去司縣侵擾之弊相應乞照詳得此移准都省咨該先准江浙河南行省咨亦為此事送戶部議擬得不盡滄鹽帶於解每管者欽此

## 提調課程

大德八年五月二十二日江西行省近據瑞州路申經歷王從仕言本省院務課程若依江浙行省倒例府

五五七

**典章二十二　戶部八**　〈全〉

鹽界內食用合將已沒牛隻等物回給本主所有吳敬子不知禁倒懼犯量擬決二十七下仍遍行合屬於各管鹽界首要路村店安立碑額大字直書食鹽不得犯界使民易避令後若有客旅將帶食鹽一勄之下懼而過犯界減買食私鹽三等二勄之上者減買食私鹽一等科斷相應多省准擬又照得大德二年十一月奉判元呈河間運司申巡禁鹽官柴與祖呈巡禁私鹽到完州菴家內安下以禁治不嚴縱有犯界鹽貨情犯似涉太重呈都堂鈞旨准呈送刑部依上施行奉此本部與戶部官嚴奉議擬

村巡禁私鹽致有犯界鹽貨量擬罰體一月標附若當時別有公差據本官不牒本州別行委官轉委司吏下本部參詳耿智提調私鹽若以不為用心依條科罪卻緣張入販賣山西鹽貨取到本州知州耿智禁治不嚴招伏以禁治不嚴縱令百姓買入科罪奉此本部與戶部官嚴奉議擬

得李子順王執祖等元於西州涪州等處買到蜀鹽沿途
食用不盡各不及勉悞而將帶過界即與吳敢子所犯一
體其歸州於申禀將各人比依買私鹽全科事涉違枉緣
前例不曾遍行既已斷訖別無定奪今後似此有犯擬合
照依吳敢子例科斷外據歸縣達魯花忽都祿止爲李
子順等買食蜀鹽悞用不及些小零數內張入販鹽過界
事例不同擬合革撥相應具呈照詳得此都省准呈請
依上施行

**私鹽合醬**
大德七年四月江浙行省據兩浙運司申松江萬
戶府千戶鄒武義捉獲章慶二等買訖私鹽三十九勉鹽
滷四擔合醬貨賣比依私鹽淹浥魚鮝乾買食私鹽私
滷剗斷訖今廉訪司照刷前項文卷取訖松江萬戶府首
領官吏巡鹽官鄒武義別無許令巡醬明文違錯招
部議得巡禁私鹽已有定例民間合醬合用官鹽如無私
課不便擬合遍行禁治緣係爲例事理移准中書省咨刑
伏斷罰慮恐諸人聞知故行盜賣私鹽私滷合醬侵襯官
鹽顯證毋得因而擾民如蒙移咨浙省依上禁治相應都
省准呈施行

三七八

【典章二十二户部八】　　　全

---

**契本**
至元二十年十一月福建行省准中書省咨照得
各處行省所轄路分周歲合用辦課契本年例行下
各處和買紙札印造發去辦課緣大都相去地遠不惟遲
到恐誤使用抑亦多費腳力除四川甘肅陝西
宣慰司所轄去處用度不多依舊户部印造發遣外據江
南四處行省所管地面合用契本合擬就彼和買紙札工
墨印造令將到契本銅板一面户部契本銅印一顆
封面隨此發去咨請照驗據年例合用契本數目就委彼
處見任職官能幹相應人員不妨本職兼管監視印造發
下合屬行令依例辦課務要多方鈐束毋致中間因而作
弊仍令本省掌司郎中專一用心提調才候印造了

【典章二十二户部八】　　　全

五、三

畢據銅板印信令掌司郎中封收如有差故以次首領官
封收若是板昏除契本板從本省倒換今歲印發訖契本開坐各
預爲咨來鑄造隨即發去倒換今歲印發訖契本開坐各
路府州縣司備細數目同實用過紙札工墨價錢隨季報
課程另行咨來至年終辦到鈔數通行起納施行先咨收
管回示

**體察不便起本**
至元二十一年五月行御史臺准御史臺咨
該據燕南河北道按察司申察知真定路稅務提領八合
兀丁不使契本盜稅文契欺隱課程擬合遍行省諭今後
如無契本務官攢典同偷稅買主約量科決呈若中書
察知其錢没官如此似望革去前弊乞照詳事呈奉中書
省劄付議得不給契本偷落稅錢罪在務引難擬科決買
主仰行下各道按察司依例體察施行

稅課用契本雜稅鄉村主首稅收課

福建行省該據福州路申准提刑按察司牒該分司牒　至元二十二年正月

巡按行歷地面體問得各處務

收要稅錢如牛豬生子犢要稅池魚苧蔴園要稅其網羅

名色甚多難盡枚舉門攤赤歷上多不具報聚落去處另

有醉戶酒戶驗醞石斗收舉門課程諸色人匠驗名色緊慢

亦常定額其契稅又多不用上司元降契本止辦務官契

尾更有連數辦契者量為減免定額令各縣出給印

附每月辦若數過陪者量為減定門攤與日收稅撮算此

務物價不增細民易活縣鄉有門攤者可委廉幹官錢則

務除府路在城收雜稅契者常為比較無致多收稅見數將

省府照得先為本省所轄地面依上瀕海炎瘴之地難同

近裏路分一體收稅已將不合收稅名項於至元十九年

各務置歷附轉每月解課如此似望益官便民仰照驗行

依福州路就申省行御史臺照施行憲臺議得仰照驗

課增餘合依都省定例支俸餘事合行定奪請備申省府

十二月二十二日出榜行下各路權且倚閣免去訖令據見

申省府今逐一區處於后及將榜文一道隨此發去仰收

管於人煙輳集去處張掛行下合屬依上禁治施行

一不合稅

《典章二十二戶部八》　〈舍〉

辦市井買賣卻行斟酌從輕定額以優務官養廉與契稅

押常行關子不許務官已後增添所據雜稅照當時月權

書畫

磚瓦　　藻荐　　掃箒

　　諸邑燈　　草鞋　　條箒

　　　　柴炭　　蛤蜊　　鐵線

---

關防稅用契本起本...

銅綠　苧綿　草索　胭脂　麻線

石巨　蛤粉　麯貨　蓮蓬　菱芡

諸盤菜　山藥　竹筍　蝴　苦脯

紫菜　糯米　蝦　鱉　黃螺

蠣房　蠟煙　烏賊

牛馬騾驢羊雞鴨鵝生子犢不係貨賣者其餘該載

不合收稅并人家自用不係貨賣之物

一各務契稅又多不用上司元降契本幾粘務官契尾

課諸色人匠省會各務弔下主

首人戶自行供具門攤月等稅具數事

上多不具報及聚落去處另有醉戶酒戶驗石斗收

一各處院務除府在城止收雜稅者外鄉下門攤赤歷

《典章二十二戶部八》　〈金〉

有似前違犯體察得實定將連粘契本方許印押如

關文赴務投稅須要依例連粘契本

前件仰本路行下合屬禁約務官人等今有應有交

一合禁約

更有連數辦契作一契押事

欽契鈔官給契本如諸人典賣田宅人口頭疋所立實無契本者便同偷稅究治承此

應立契據者驗立契上實值價錢依例收辦正稅外將本

用印關防每本實鈔一錢

至元二十二年五月內又准中書省咨戶部呈隨路已未關撥契本數目

人典賣田宅人口至元二十五年行尚

書省剳付買主每本收寶鈔三錢承此至元二十五年行尚

本給付買主每本收寶鈔三錢呈隨路省咨戶部呈隨

擬合令剳付各處照勘合關契本差官前來關撥仍薑勤提點

正官常切用心關防若有商稅文契依例收稅隨用省部

契本印押訖分付各主收執如是依前不用契本有人首

提因事發露到官買主同匿稅科斷當該院務官依條追

斷提點正官取招定罪黜降其呈照詳都省合行移咨依

施行

契本每本至元鈔三錢　皇慶元年二月江西行省准中書省咨本省

咨求咨契本價錢擬合照依舊制每道改中統鈔三錢准

此送戶部議得買置田地人口頭定即非貧民所作俱係

有力富庶之家近年奏准更張臨法每引添訖行作雖係

十五兩即今遵守契本必用紙張顏料之物改收至元鈔三

三錢明開另項解納不在增酬之數今各處各道收契本

錢至元鈔三錢另項解納相應都省咨請依上施行

【　典章二十二戶部八　全　】

五七

制似難別議擬以此參詳擬合遍行合屬每道收取契本

奏准盡行一款節該各處院務擬契本擬自文字到日為始

欽此又照得近承奉條畫內一款節該無契本者即同匿稅

十分取一又欽奉聖旨節該商稅三

事片呈本部主事張承直關照得欽奉聖旨節該商稅三

一每一本改收至元鈔三錢不結正數另項作數欽此除欽

遵外照得近年以來物價湧貴比之向日增添數十餘倍

稅課不能盡實因官藍勢要莊宅牙行攔頭人等

將買賣田宅人口頭足之向收取稅課於內價直千有餘者有之以三

訖牙錢又行收取稅課盡於內價說合成交寫訖契兩相要

十分取稅一契約取之五七十定之上者有之三二十

定者有之至微者牛蓄之數不下七八定二歲計之收稅

馬足價直一百十定者有之四十五定者有之

---

不少買賣之家畏懼稅司刁蹬多被權豪勢要牙行攔頭

巡稅之徒結攬文契多收稅錢並不納官若是務官覺察

取問止以錢價未完為由推調至年終務官與交界乘

此之際指除務官少者強索印契多者不論價直或以一

契至元鈔一錢二錢納官亦有通同作弊不附赤應就於

鄰境稅務往來互相走界務官意為有益於己又

契尾用印因而分使官錢又有因為務官不從己意即資

本者百無一二似此弊病不可盡述一則去失本價錢二

則失透官課雖奉條畫如無契本即同匿稅責以此參詳今後須

要各處提調正官欽依累奉聖旨條畫選委廉幹人

員盡心關防明示買主隨即赴務投稅依例扣等合該契

【　典章二十二戶部八　全　】

本稅錢劃時結附赤應仍嚴禁權豪勢要牙行攔頭巡稅

之徒毋致似前結攬如無契本即加等追究務官通同及稅

攔頭人等比匿稅倒加等追斷務官通同及稅非本境成

交文契者依例斷罪黜降提調正官有失關防論罪如是

宅人等入務者即同匿稅物者即同匿稅官具呈照詳本部議得如是

望少抑前弊稅課盡實但是乞要錢物者即同桩法論罪如是似

事張承直所言稅課盡實遍行合屬嚴加禁約務要盡實到官導者痛行治罪

照驗遍行合屬嚴加禁約務要盡實到官

施行

四八十

**民戶淘辦金課**

至元二年二月御史臺准行合咨據監察御
史呈察知建康路淘金總管府元認淘金辦課驗到人
戶品答高低出給花名由帖科配百姓包納卑職照得所
辦金課有中書省移咨行省科配百姓包納別不曾立定
課額許令樁配百姓包納毎金一錢折納價錢一十五兩
以至一十八兩兼江南新附百姓因科包納每金一錢折納價錢一十五兩
擾動不安若將淘金總管府革去并入各路總管府照得於去年十二
淘辦似為官民兩便其呈照詳事都省照得於去年十二
月十七日聞奏過立著的淘金總管府罷了只就本路將
慰司裏在先做同知道奴名字的人阿合馬委付了來將
那簡罷了交還忙速兒道奴替頭裏做同知則交他淘金

《典章二十二 戶部八》 全

的勾當裏提調呵怎生奏呵奉聖旨那般者欽此已經照
會行省督勒合屬令民戶從實淘採辦納無得於人戶處
科配鈔數外仰照驗有違都省行常加科察施行

**立洞冶總管府**

至元四年　月欽奉聖旨道與隨路達魯花
赤管民官轉運司管軍奧魯官工匠鷹房打捕諸色頭目
人等據制國用使司奏諸路鹽場酒稅醋課額元委轉運
司管領外隨處洞冶出產物別無親臨拘確規畫官司
以致課程不得盡實到官又隨處爐冶見今耗糧官鐵數
多未曾變易此上設置諸路洞冶總管府專以掌管隨處
金銀銅鐵丹粉錫礦從長規畫恢辦官課聽受制國用
司節制勾當今降條畫逐一區處於后

一諸路係官洞冶見設官員自備工本洞冶
並聽諸路係官洞冶總管府管領催督趁時煽煉無得失

---

誤更為相驗合辦課程額外據隨處鑄寫沙泥人等
從本府兩平顧覓鑄瀉若有虛閒諸色洞冶并堪以
立冶地面更仰召募諸人自備工本起立採打興煽
從長辦課毋得曠閒辦課月日
一諸路山川多有舊來曾立洞冶往往勢要之家不曾
興工虛行影占阻當諸人不得煽煉辦課入官今據
諸路洞冶都總管府將上項洞冶所出之物取勘見
數召募諸人赴制國用使司入狀立領興煽若有依
前占恡人員申覆制國用使司定奪
一隨處爐冶戶每年合著供爐礦炭等差役仰管領官
品答貧富理均科其礦炭出給花名由帖驗數又
將科定數目攢造文冊申報洞冶總管府除外管爐
官再不恡人員不得一面擅行科差

《典章二十二 戶部八》 全

一諸處係官并自備諸色洞冶採打礦炭大石碾工照
依舊例施行其經行地面所在官司及各處軍民諸
色人等並不得遮當如違申仗制國用使司究問施
行

一諸路勾當官吏諸色工役人等依轉運司
例於不以是何投下戶計內踏逐勾當所管隨處
洞冶勾當官吏在官司不得一面
問如本府官不在約會管爐冶官一同取問歸斷及
勾攝如有相關公事仰行移洞冶都總管府一同版
經過宣使不盡合行事理仰諸路洞冶都總管府申
一若有該載不盡合行事理仰諸路洞冶都總管府申
覆制國用使司照詳施行

至元五年七月初五日制國用使司來申均
州管下各窰戶合納課程除民戶磁窰課程依例出納外
軍戶韓玉馮海倚賴軍戶刑勢告劉元帥文字攔當止合
將燒到窰貨三十分取一乞施行制府照得先欽奉聖旨
節文磁窰石灰碧錫權課斟酌定立課程欽此兼磁窰舊
例二八抽分辦課難同三十分取一除已移咨各路係官鐵
冶累年燒到鐵貨積墌數多百姓工本燒爐雖是二八抽

鐵貨官榷造課若干

五八一

鐵係國家必用之物除課貨已有燒煉處所外據出產銅礦去處召人興煉禁約諸
冶未曾經理擬合根訪出產銅礦去處召人興煉禁約諸
人毋得沮壞於六月初四日奏奉聖旨那般者欽此
倒二八抽分辦課照依舊例辦課欽依施行
下合屬磁窰至元二十年六月福建行省准中書省咨勘銅

分納官中間多不盡實為此於元貞二年九月初八日奏
准革罷百姓自備工本爐冶為興燒發賣除已差官將
各處爐冶見在鐵貨及官鐵從實計點若有短少追賠仍
講究如何與燒備細保結呈省准此
大德七年十一月十一日中書省御史臺呈
河東山西道廉訪司申奏准鹽運司裏官吏人等休買鹽
引者有臺官人每說如今鹽多是官豪勢要之買有又有
官人每根底與錢侍賴着官人每的氣力做着他每的名
宇買鹽的上頭貴了的緣故那般有今後都省戶部
官行省官他每自來有禁倒除外其餘
衙門裏官員不禁欽此拨治河東等處鐵冶都提舉司係
辦課四品衙門所據鐵冶未審與鹽課一體禁約緣係為
倒事理得此送戶部議得各處鐵冶發賣鐵課合依鹽法

一體禁治相應得此除外咨請依上施行

卅三

## 竹課

### 紫竹扇杆收買給引

至元九年十月中書户部承奉中書省判送御史臺呈爲京兆府客人辛玉告販到紫竹扇杆五千六百條有監下竹局官捉拿私竹斷沒該鈔七十五兩驢二頭批奉都堂鈞肯送户部取勘端的擬定連呈該此施行間又據本路申亦爲此事呈奉到中書省劄付該除已劄付御史臺斷辛玉鈔數驢畜吩咐主人收管買給引與本處燻桿相兼發賣如有不行私下販賣之人捉拿到官依私竹例斷沒外據辛玉販竹杆亦仰依上扣算支價收買施行外仰行下合屬照會今後若是客旅搬到紫竹扇桿即便赴衞輝路總管府扣等元該工本脚力盤纏等錢官爲收

五二九

〇 典章二十二户部八

垚

### 獨貨依例收稅

至元二十一年十二月欽奉聖旨條畫內一款懷孟及其餘路分竹貨係百姓裁植恒產因之僉充軍站應當民户差發在前有司拘禁發賣不惟妨奪生理使民重用又致南北竹貨不能通行深爲未便仰將各處竹園盡行革罷聽從民便貨賣止依例收稅欽此

### 腹裏竹課依舊江南亦通行

至元二十三年九月江西行省准中書省咨據前抄紙坊大使郭發呈照得隨處竹園拘屬於官不費工本自然滋長採研辦課週歲元辦課銀一千二百餘定襄陽鄧州等處處山中所長竹竿不勝其數外據懷洛關西等處平川見有竹園約五百餘項即係國家恒產久而荒廢合無通曉竹法人員依舊管領辦課專一優護巡禁深爲便益都省議得於衞州立竹課提舉司設官三員管下煇懷嵩洛京襄益都宿并等四處各設使副將各處係官竹園召人看守如法優護每年依時月採研給引發賣辦課百姓園座驗各項畝斗酌量包認課程本主自行採研發賣江南竹貨許令腹裏通行止於貨賣去處納稅關西竹園依舊發賣辦課咨請照驗准此

百〇一

典章二十二户部八

垚

## 河泊

### 山場河泊開禁

至大元年四月江浙行省准中書省咨近准
杭州路申准江南浙西道廉訪司牒該為蘇湖常秀等路
自今春陰雨連綿四月初八日兩復霖霈塘衝隄圍岸
崩頹稻袂浸爛米價騻增飢民遠來陳訴理痛不可言
其餘路分關食尚多除本省另行區處外據監申米糧等
六事內一件如准所言將浙西山場河泊課程權且
住罷聽民採取誠為救荒之急務准此除差官賑濟鹽菜
米糧等事另行外於大德十一年九月二十三日奏過事
內一件江浙省所轄去處今年田禾不曾收成闕食的百
姓每根底差人交賑濟去了來前似這般田禾不曾收成
時分闕食的百姓每根底交得濟者麼道今納課租禁着

五三

〈典章二十二戶部八〉

的山場河泊交開禁了來麼道行省官人每臺官廉訪司
官提調說將來有他每的言語是的一般有比倒田種收
成不交要課租開禁呵怎生奏呵奉聖旨那般者欽此

### 池魚難同河泊辦課

至元七年二月中書省奏准條畫區處
到下項事理數內一項近水之家許鑿池養魚并鵝鴨之
類及栽種蓮藕雞頭菱角蒲草等以助衣食如本主無力
栽種佃人依例赴務投稅難同自來辦課河泊課程以致
賣合稅者依例赴務投稅難同自來辦課河泊課程以致
人民不敢增修

### 湖泊召人打魚

至元二十二年正月中書省奏過事內一件
奏江南打魚人戶在先各處官司出榜召募諸人自備工
本辦課勾當行來認了一百定課程辦不勾呵拿着問要
陪來納了一百定已外管着的官司又趂打算多壞了百

姓家緣定奪如今商量來今後支各處官司兼管河泊招
收打魚船戶官為應副網索攔閘神福等外據打算魚數
十分為率魚戶收三分官收七分發賣魚戶每根底休教
泛擾拖要船隻似前鹽竈戶一般交管漁戶官管領這般
呵已後也不索打算便當一般交施行呵怎生奏聖旨那
般者欽此

一百三

〈典章二十二戶部八〉

# 雜課

**以典就賣稅錢**　至元四年四月制國用使司高二買陳縣丞
房屋該價錢市銀三十一定合稅錢三十四兩四錢四分
有高二男高大言契上先典價錢市銀九百兩已經
稅訖外據貼根契價市銀六百五十兩即將
納訖餘上先典價合出鈔一十四兩四錢四分不肯出納
乞明降制府合下仰依驗實該價錢市銀三十一兩取要
稅錢承此

**和買諸物投稅前技稅**　至元四年五月平章政事制國用使司
來申每季上司和買紙札其紙戶不曾赴務投稅并制府
見買牛一百隻合無官收稅錢制府相度雖是官買物
件亦合投稅仰照驗如有和買諸物依例收稅辦課施行

〈典章二十二　戶部八〉
五三二

**和買諸物稅錢**　至大二年五月袁州路奉江西行省劄付近
為吉州路臨江二路將大德十年收到和買木綿稅鈔依
正課結解事移准中書省咨該大德十年和買木綿布足
吉州路收到稅中統鈔二百六十三定一兩二錢一分
既於各月正課內納解年終作數考較了當失收布稅四
十六定二十八兩五錢一分亦已著落務官追賠到官另
項起解又係大德十一年五月二十二日已前事理不曾
取到務官高鑄等承仕擬合依准吉州路所擬革撥今後
應係和買官物取稅錢合無止於正課內作數結課唯復
於橫收項下作數干通例請呈省擬
得凡項和買官物難同客商人等私相買賣合該稅錢
擬合另項作數起解如蒙准擬遍行合屬照會今後一體
施行相應都省議得各處恢辦課程正額增餘俱有定例

務要增羨盡實到官年終通行考較今據前因咨請依例
施行准此省府仰依上施行
承此

**質當文契稅錢**　至元四年十二月制國用使司段阿李質當
人戶房舍不行投稅訖招伏合得罪犯已經赦恩原免
本路擬段阿李質當房舍不係漏稅制府相度段阿李終
是立到文契欽遇赦恩止合免罪擬斷到鈔數合行結課
承此

**貿易田產收稅**　至元七年十月尚書戶部奉尚書省劄付來
呈檢到舊例私相貿易田宅奴婢畜產及質歷交業者并
合立契收稅違者從匿稅科斷乞通行事都省准呈各路
依上施行

**聘財依例投稅**　至元八年三月尚書戶部據真定路申人戶
張增等告收管到親家取女聘財絹定稅務作漏稅拘管
無擬將各人今次物色價錢收稅遍行各路照會民易

〈典章二十二　戶部八〉
五三六

事呈到省劄該制司講究到中都路運司備在城稅務司
申從來婚姻財禮若允所議表裏不曾收稅若將布絹等
物依價投稅隨路不曾奉到省府明文合
無擬將各人今次物色價錢收稅遍行各路照會民易
避難犯呈准省劄依例收稅施行

**弔引院例不收鈔**　至元二十年御史臺次據山東東西道按
察司申察過濟南路在城稅務官李德茂等於合千人等
處申要院例弔引等錢鈔三百二十一兩四錢取到各官
招伏追訖鈔數照得院例弔引錢體例乞明
降事得此憲臺照得先奉聖旨節該稅課三十分取一鹽
酒醋等不合於院例辦納別無定到院例弔引錢體例為此擬得李
得酒茂等不合院例錢內取訖上項鈔數擬將各官替罷
并合遍行隨路無致非理取受院例等鈔就呈奉到中書

省劄付除外仰照驗准呈施行

**稅物不得抽分本色**

至元二十一年七月行御史臺咨今後
應稅物貨並須扣算寶鈔不得抽分本色其當處監臨官
吏致於稅務內取要食物衣著什器等件及稅務官擅自
應副者許諸人告首提刑按察司嚴切紏彈取問是實照
依聖旨條畫以盜官物論與同罪斷庶不致欺隱以
虧官又不敢苛取以病民論取以盜官物滯可以去
積久之弊當中書省劄付戶部行下合屬禁治施行

**門攤課程**

概管民戶除納商稅酒醋課程每戶一年滾納門攤地
畝一兩二錢盡以驗人戶地畝多寡科徵亦有該納二十餘人戶
歉之家週歲計鈔二萬餘定比之腹裏包銀加之數倍人戶

五八

《典章二十二户部八》

六十二

貧窮無可送納以致枷栲打典賣妻子閉納不敷因而
逃亡哨聚為寇閃下課程勒令吏揭借或令見在人戶
通行均攤生受乞除免此照得元辦備細緣由移准中
書省咨除已劄付比較錢糧官戶部侍郎張奉政講究議
擬外請勘此劄付至元二十九年正月與部省差來
官張侍郎一同議究上項門攤課程當來無用有無地戶
得前項門攤課程歸附以來辦自至元二十九年為頭
驗施行准此省府仰自至元二十九年是年深別定奪依照
除納常賦外每戶一年滾納門攤課程一兩二錢省議
辦理前項攤課程去處依舊依額認
米外離城郭十里之內并鎮店立務辦課去處依例稅
實有地畝均科許令百姓自造酒醋食用包用容各家佃

---

**收稅附寫物主花名**

户再不重復納稅其餘無地下戶並行除免

至元三十年正月中書省戶部呈奉省
判送御史臺呈大都稅課提舉司官吏欺隱客旅盧天英楊
等納到布疋稅錢問得提舉撒都魯丁等狀結盧天英楊
春等納稅錢中統鈔四十八定三十五兩致於至元二十
八年二月三十日結課到官及運司監辦稅官李源所
數雖無上司許准明文更新之後合令明白開寫總數
犯是實議擬到各罪名其呈照得此照得至元二十八
花名錢數以憑照勘却不合止依舊例附寫赤歷內報罪
名錢數以憑照勘如有漏落不行附寫并同欺隱官課追斷咨請
年十二月二十六日欽奉聖旨分揀罪囚已前事理各
所招罪犯依例釋免外都省議得今後稅務應收諸色課

《典章二十二户部八》

六十二

程於赤歷單伏內須要明白附寫物主花名收訖錢數目
以備照勘如有漏落不行附寫并同欺隱官課追斷咨請
遍行合屬照依上施行

**杭州稅務物價科鈔錢**

大德元年八月福建行省准中書省咨
江浙行省咨杭州稅課提舉司申馬合謀行泉府司到
本人賫擎聖旨不該納稅咨請定奪事准此於大德元年
五月初七日奏過事內一件也速答兒江浙省官人每
說將來有阿老瓦丁馬合謀行有來怎生奏呵這裏做買賣呵
休與稅錢麽道聖旨行有來依聖旨體例休與者這裏
賽典赤等將來拔赤拔的兒哈的聖旨防送將來有
買賣呵依着這裏體例裏教納稅錢呵怎生奏呵奉聖旨

五七四

那般者欽此

---

# 免稅

**貰房租不合理稅** 至元七年七月尚書戶部據中都路申康
祥於至元六年三月二十三日於梁善信處借訖鈔五十
兩每月出利錢一兩同日梁善信處貰到房三間
半見行住坐除准折外卻貼與康祥鈔一兩二錢於康祥處貰到府司看
詳貰房租錢事理其間生倖匿稅斷沒不無若便作漏稅斷沒各人所立借錢貰
誠恐未應乞明降事省部照得抄連到各人所立借錢貰
房文契至甚明白不合作漏稅體例斷沒仰照驗施行

**無重納起稅例** 申照得見於通州起蓋倉敖二百間合用木植數多以差
陸章等前去蔚州等處和買擄各官狀申依應於蔚州依
倒起稅了當今人抅到檀州州門有管稅木場官每三十

典章二十二戶部八　　百

五、三三

分抽一分欲行抅去通州蓋倉敖作其在都稅務又要起
稅遮當不令前去一切綠關支官錢所買木植節次稅盈
不曾折代別作交易若便再買稅既是重併官部相度既
蔚州依倒起稅又到檀州門外管稅木場官已經起由
去通州起蓋官倉別無重納起稅體例仰行下合屬毋得
遮當重復收稅違錯

**農器不得收稅** 至元八年八月尚書戶部據中都等處民匠
打捕鷹房鐵冶總管府申該王明狀告鑄到中都路分農
器犁鏵耳搬載前來貨買至河西務先含焦大押運犁耳
鈔又於七月二十一日先含焦大押運犁耳七百兩訖
施七門入城內罚引處要訖鈔四錢五分稅務內要訖七
兩四錢申乞照驗事部照得至元八年二月內承奉尚
書省劄付御史臺呈為本部准大名路備錄事司申崔良

四〇八

彌等四名狀告自來但有鑄鑞農器犂鏵等物並不投稅
有稅使司不容分說便要收稅公事省府送法司檢會得
舊例蠶織農器及布帛不成疋災傷流民物價並不在
收稅之限為呈奉到都堂鈞旨送本部一體施行

**借絲還絹不稅**

元貞二年正月福建行省體知各院務將
官司不合受理匿稅今趙長留首告絲一百兩絹一十
自行拘到絲一百兩卻還朱齊驢出舉絲一百兩絹一十
足理同交易合行投稅今有失鈔束亦行連坐本家借訖
至元二十八年江西行省禁治擾民榜內一

**自用物毋收稅**

款節該各處官司有自來不曾收稅物件及莊農雞猪牛
羊等各家畜養自用不賣之物毋得收稅擾民如違痛斷
欽此各處官司不合受理匿稅今有...

*五·四七　典章二十二　户部八　亘*

**紫草收買雜木稅例**

菓木生熟兩次并地稅一次如此三次取要錢物刁蹬百
姓重併生受省府出榜發下合屬於凑集處張掛省諭務
官人等須要欽依已降聖旨事意三十分中取一毋得重
併收取稅錢遺錯

**倒死牛隻不須納稅**

至元七年八月司農司據冠州申社長工
僎等告社戶內有倒死牛隻除牛皮外牛肉俵
散社眾人卻令補助今有務官須赴務投稅明降事
本司得此備呈到尚書省札付該省相度既是俵散
社眾食用卻令補助不係買賣不須納稅合下仰照驗施
行

**站馬不納稅錢**

大德五年八月通政院准本院同簽孫奉政
咨平江路姑蘇馬站戶吳紹宗告大德五年四月內用中
統鈔八定補買黃驃馬一疋入站走遞間被在城稅司收

---

要稅錢中統鈔一十三兩六錢六分非理取要訖分納例中
統鈔二兩三錢七分迄追給施行得此追照平江路文卷
內至元二十一年六月十三日承奉浙西宣慰司劄付加
興路申承此照得該劄付係官和買馬疋近有斷事
錢申乞定奪即係官司馬疋止於本處務內有斷事
慰司申乞中書戶部關該曹州申本州據站戶郭代等告
官也里今資奉中書省劄付該省判送據站戶郭代等告
附各站頭目收執外據邱縣狀申該站戶郭代等告
部行下曹州官司站馬依例不須出納稅外據歸
八日申覆省部呈奉中書省判送此奉都堂鈞旨於正月十
封德府等路站馬就關宣慰司一體不稅今據馬契戶狀
府等路站馬就關宣慰司一體不稅今據馬契俱各不稅
告收買站馬乞免稅錢事理仰行下合屬依例施行此

*五·八三　典章二十二　户部八　亘*

**折收物色難議收稅**

當日行下姑蘇馬站今後應有站戶買到馬疋仰本路關
報稅司報訖在站應役卻不得妄於站戶處取要稅鈔
並下在城稅司依奉劄付內事理不得取要稅錢照到如
此今據見告令平江路下合屬依例施行
此令近至大三年稅糧建昌路申折收到木帛布七千
割付近至大三年稅糧建昌路申折收到木帛布七千
到稅錢至元鈔二定二十四兩二錢六分七釐外據永豐縣收
足收點到稅錢至元鈔一十四定吉州路申除萬安縣收
等處係民間稅糧折收物色不曾收受申乞照詳得此
得至大元年准中書省咨來咨考較大德十年錢糧照勘
到正辦錢帛數目擬到倚免定奪事故租錢等項事理送
户部照得課程增餘項下另行開寫折收木帛布稅
參詳如已後若有民間稅糧內折收物色難議收稅咨請

照驗准此除遵依外據吉州建昌二路不應收到稅錢欲
便取問係欽奉詔赦以前事理又係各戶畸零錢數若擬
回付給主已行正收作數在官爲此移准中書省各送戶
部呈議得買賣納稅已有定例所擬民間差稅內折收物
色再行收稅擾民不便若擬追回行省既已正收作數別
難議合咨本省今後嚴加禁約毋得似前擾民違錯得
此都省咨請依上施行

百五七

**〈典章二十二戶部八〉**

畕

---

入門不弔引者同匿稅至元四年八月平章政事制國用使
司據來申該在城稅務使趙仁於七月初四日因臨汾縣
吳村收斂月稅於汾河岸東捉獲獲樊城等漏稅責得樊城
楊伴哥宋添味等三人招伏俱責已前年分起稅舊引影
占般駄白頭布一百二十四疋椒二百勒牛皮六張外楊
僧楊和樊張九佳等四人狀稱見到駄白頭布二百疋十九
正係洪源縣務稅訖錢數到今年七月初三日起稅引三
紙逐人欲往山東貨賣除將布疋收並將犯人召保
知在聽候乞明降事制府公議得布正入門不弔引者同
漏稅科斷今據樊城等七人般駄布正經由河汾岸東欲
往山東彼中不曾貨賣豈有在城稅務捉拿漏稅之理相度

**〈典章二十二戶部八〉**

五三

合下仰照驗將前項見收樊城等布正牛皮椒等蓋數分
付逐人收等今後除在城稅並村外有市集作買
賣去處即仰各路依例收稅無得違錯

至元八年七月尚書戶部據大都路
來申王伯成首告石抹德匿稅房院文契擬到石抹德七
父捏斜廉訪於壬子年間作財錢准到經今二十餘年檢
會得即係前事省部理若依匿稅斷設多實年深深合無收稅
結課乞明降事省部准申仰照驗施行

應匿商稅罪例至元二十五年三月欽奉聖旨條畫內一欵
匿稅者其匿稅之物一半沒官於沒官物內一半付告人
充賞外犯人笞五十其回回通事并使官銀買賣人等入
門不弔引者同匿稅法欽此

匿稅提調官斷大德四年七月 日江西行省據申在城商

稅務拿獲屠戶王六劉三扛檯活猪不從瑞陽門弔引投
稅事將各人依例議斷外今如遇諸人呈告匿稅物貨
取問明白合無令本務就便行遣乞明降事務准中書省
咨送戶部照擬得自來所設院務專一辦課務捉獲諸人匿
稅合令各務取問明白解赴提調官司依例追斷相應咨
請照驗令依上施行

## 軍人絲絹匿稅

大德七年六月十八日江西行省劄付近據
龍興路申軍人孫真等將匿稅比生絹一十九疋賣與緞
子舖常四未曾交鈔捉解到客若比客人興販一例斷沒
誠恐軍人生受乞照詳得此移省回咨送戶部照得大
德四年五月十五日承奉中書省劄付近據御史臺呈楊
仁義等狀首王富不曾經稅絲貨發賣捉拿要訖本人絲
二百二十二兩問得係來大都當軍盤纏就問得樞
密院令史李安貞稱軍人將到盤纏絲絹等物自來不曾
納稅合令行下部分照擬通例相應戶部議得楊仁義告
軍人王富匿稅私貨既已招伏明白依例追斷今後軍人
賣到絲絹等物貨賣依例納稅都省議得今後軍人賣到
盤纏絲絹疋叚等物入門並須弔引若貨賣者依例納稅
管利之意終是有違體例既已招伏明白擬合依條追
相應具呈詳都省咨請依上施行

## 軍匹匿稅

至元十七年河間路總管府備錄事司申貼軍戶
李全告本府務官甄提領等將本家織到正軍田大布絹
強作漏稅奪訖事申奉到樞密院劄付該移准制國用使
司回咨除已行下河間路轉運司從實勘當上項貼軍布
絹如是貼軍戶李全家織造不須收稅給付原主收管若
轉於他人處得到布絹准折價錢交割軍頭依例收稅辦
課仰依上施行

〈典章二十二戶部八〉

五六六

五十

典章卷二十二終

# 户部卷之九　典章二十三

## 農桑

### 立司

**復立大司農司**

立司農司見聖政勸農桑類

魯花赤管民官管軍官管站人匠打捕鷹房僧道醫儒也
里可温答失蠻頭目諸色人等據大司農司奏設立本司
元交試勾當三年來今已三年若交依舊勾當更不再降
聖旨諸官不肯盡心勾當准奏今降聖旨委大司農司依
舊分布勸農官巡行勸課農桑興舉水利舉察勤惰仰各

四五八　典章二十三户部九　一

路大小官員社長人等照依已降聖旨調畫依時用心勸
課興舉一切種養栽植桑棗水利學校等事須要成功具
申大司農及合干官有故或缺去處以次官不
得推進虛開月日失誤勸課農桑興舉水利勾當任滿乃
交代官員給付解由上明注交割到桑事實跡如有不完
給由判署各得替官同罪按察司依舊體察如官員到
部求仕仰合干部分照勘解由完備呈省下大司農司取
會相同然後擬注期欵本抑末功効必成仍仰省部樞密
院御史臺各各遍行所轄官司軍民籍諸色人等照依已
降聖旨條畫施行不得中間違例沮壞若有勤謹栽到
裹諸果及開到荒地之人非奉聖旨並不得添增差發如
有不肯勤務生業之人亦仰合屬官司嚴加禁治又奏諸
馬赤等軍軍户推避不肯入社又糧亦不肯與諸

九十　典章二十三户部九　二

人一體開與水利如所奏是寶阿這的是眾人有益的勾
當偏您探馬赤軍户每如何不一體入來聖旨到日仰探
馬赤軍户等官人每省會各付見住處並行入社存留又
糧合開水利與諸人一體施行

# 立社

勸農立社事理

一十五歙至元二十八年尚書省奏奉聖旨節該將行司農司勸農司衙門罷了勸課農桑事理併入按察司除遵依外照得中書省先於至元二十三年六月十二日奏過事內一件奏過大司農與者麼道聖旨有來又仰諫那的每行來如今條畫在先他省官人每的印信文字行來如今條畫根底省家文字裏交行到呵怎生廳道奏呵那般者麼道聖旨了也欽此聖旨定到條畫開坐前去仰依上勸課行

一諸縣所屬村疃凡五十家立為一社如一村五十家以上只為一社增至百家者另設社長一員如不及五十家者與附近村分相併為一社若地遠人稀不能相併者斟酌各處地面各村自為一社或三四村五村併為一社仍於酌中村內選立社長官并不得將社長差占別管餘一教勸本社之人務勸農桑業不致情廢如有不肯聽從勸教之人籍記姓名候官司到彼對領眾責罰仍省會社長却不得因而搔擾其餘聚眾作社社眾非理動作聚集以妨農時者並行禁斷若從本處官司就便究治

一農民每歲種田有勤謹趁時而作者有懶惰過時而廢者社長每歲勸諭民多苟且今後仰社長教諭各隨風土所宜須趁時農作宜先種儘力先行布種植田者若不明諭民趁時儘力先種晚田瓜菜以次各隨宜布種必不得已然後補種

仍於地頭道邊各立牌橛書寫某社長某人地段仍仰社長時時往來點視獎勤懲惰不致荒蕪仍仰提備天旱有地主并種區田有水種之家則鑿井如井深不能種區田者聽從民便若水田之家則不必鑿井據區田法度另行發去仰本路刊板多廣印散諸民若農作動時不得無故飲食失悞生計

一每丁歲須種桑棗二十株或栽種地土桑所宜栽種榆柳等樹亦及二十株若欲栽種棵果各隨地土二十株栽種之數自顧多栽若有上年已栽桑果者聽本社若栽種地已滿別無地土可栽者栽者或已病喪別無除地仍仰增種諸民若一顧多栽地土者聽本社若有死損目另行其報却不得朦昧報充次年數目或有死損者並行責罰仍仰從寶申說本處官司申報不實者並行責罰仍仰

一每丁週歲種諸民色蔬菜十株皆以生成為定數自願多栽者聽

社布種苜蓿初年不須割刈次年收到種子轉展分散務要廣種非止喂養頭足亦可接濟飢年

一隨路皆以水利有渠巳開而水利未盡其地者有全未曾開種種地并却可挑掘者委本處正官一員選知水利人員一同相視中間別無違碍許民量力開引如民力不能者申覆上司差提舉河渠官相驗過官司添力開挑外據安置水車官為應付人匠驗地月停住碾磑渰浸田禾若是水田澆畢方許碾磑依舊引水用度務要各得其用雖有河渠官為許碾磑磨如遇澆田時高阜不能開引者仰成造水車碾磑泉脉如是地形里遠近人戶多少分置使用富家能自置材木者令自置如貪無材木官為買給巳後收成之日驗使水之家均補還官若有不知造水車去處仰申覆上司

開樣成造所據運鹽運糧河道仰各路從長講究可否申覆合干部分定奪利國便民兩不相妨

一近水之家許鑿池養魚并栽種蓮藕雞頭菱角蒲葦等以助衣食如本主無力栽種召人依例種佃無收開歇無用攄所出物色如遇天災凶歲不社併耡外攄社眾使用牛隻若有倒傷亦仰照鄉原例均助補買比及補買以來併力助工如有餘剩牛隻之家令社眾兩和租賃

### 典章二十三 戶部九

四九九

五

一本社內遇有病患凶喪之家不能種蒔者仰眾各備糧飯器具併力耕種耡治收刈俱要依時辦集無致荒廢其養蠶者亦如之一社之中災病多者兩稅者依例赴務投稅難同自來辦河泊耡立課程以致人民不敢增修

一應有荒地除軍馬營盤草地已經上司撥定邊界者並公田外其餘投下探馬赤官豪勢要之自行占冒年深歲荒開地土從本處官司勘當得實打量見數給付附近無地之家耕種為主先給貧民次及餘戶如有爭差申覆上司定奪外攄祖業或立契買到地土近年消乏時暫荒閒者督勒本主立限開耕租佃須要不致荒燕若係自來地薄輪番歇種去處即仰依例存留歇種地段亦不得多餘圓占若有熟地失開本主未耕荒地不及一項者不在此限及督責早為開耕

一每社立義舍社長主之如遇豐年收成去處各家驗口數每口留粟一斗若無粟抵斗存留雜色物料以備歉歲就給各人自行食用官司並不得拘撿借貸

勤支經過軍馬亦不得強行取要社長明置文歷如欲商議如法收貯聽從民便社長與社戶從長聚集收頓或各家頓放從民便如遇天災凶歲不收去處或本社之家不收之家不在存留之限申本社若有勤務農桑增置家產孝友之人從社長保處官司體究得實亦行責罰本處官司並不得將勤謹增置到物業添加差役

一若有不務本業好閒不遵父母兄長教令兇徒惡黨之人先從社長可嚙教訓如是不改於門首大字粉候提點官到日對社長審問是實於門首大字粉壁書寫不務正業游惰兇惡等如稱如是不改但遇本社合從社長保明申官官司毀去粉壁過

### 典章二十三 戶部九

五〇一

六

著夫役替民應當候能自新方許除籍

一今後每社設立學校一所擇通曉經書者為學師於農隙時分令各子弟入學先讀孝經小學次及大學論孟經史務要各知孝悌忠信教本抑末依鄉原例出辦束修自願立長學者聽若積久學問有成者申覆上司照驗

一若有虫蝗遺子去處委各州縣正官一員於十月內專一巡視本管地面若在熟地併力番耕如在荒野先行耕圍籍記地段禁約諸人不得燒燃荒草以免來春虫蝻生發時分不分晝夜本處正官監視就草處首捕除若是荒地窄狹無草可燒去處亦仰從長規畫意務要盡絕若在煎鹽慝地內虫蝻遺子者申部定奪

一先降去詢問條畫並行革去止依今降條畫施行
一若有該載不盡農桑水利於民有益或可預防蝗旱災咎者各隨方土所宜量力施行仍申覆上司照驗
一前項農桑水利等事專委府州司縣長官不妨本職提點勾當有事故差去以次官提點如或有違慢沮壞之人取問是實約量斷罪如有恃勢或事重者申覆上司待任滿於解由內分明開寫年考較到提點農事工勤惰廢事跡赴部照勘呈省欽依見

〈五·四五〉

〈典章二十三 戶部九〉〈七〉

州縣提點官勾當成否等第開申本管上司却行開坐所管社長農事成否等第開申本管每縣年終比附到各無得因多將止許第引當該吏一名祗候人一二名下村提點止許將第引擾取該司吏一名祗候人一二名

## 至元新格

降聖旨依附以為殿最提刑按察司更為體察
敕諸社長本為勸農而設近年以來多以差科干擾大失元立社之意今後凡農事未喻者教之人力不勤者督首其社長專勸課凡農事未喻者教之人力不勤者督之必使農盡其功地盡其利官有不復遵守妨廢者從肅政廉訪司究治
諸州縣官勸農者日社內有有遊蕩好閑不務生業累勤不改者社長須得對眾舉明量行懲戒其社長若年小德薄不為眾人信服即聽詢舉深知農事高年純謹之人易換

## 蒙古軍人立社

至元二十九年閏六月御史臺奉中書省劄付樞密院呈據蒙古都萬戶府呈原准河北河南道按察分司省會將探馬赤軍人與諸人一體入社依例勸課事

府司照得欽奉聖旨節該幹礙軍數文卷按察司體例倒者除依外府司看詳按察司為朝廷腹心耳目尚然不許知會軍數蓋為軍國事可宜密切所以如此關防若將本管蒙古軍人却與漢兒民戶一同入社其各處管民官司備知府卑職見蒙古探馬赤每根底與漢兒民戶一處作社者廳漢兒民戶一同入社於公不便若將蒙古軍人自來不曾與為社令冗見設本奧官一同勸諭農事似為相應其見呈詳事得此於至元二十九年三月二十日奏過事內一件脫兒不花將來有廉訪司官人每俺根底與文字省官廳每奏准蒙古軍人數又緣本管蒙古軍人一處行廳道與文字來俺怎生理會廳道說將來有俺商量來每的數日教他知道的體例倒無有廳道奏呵休與漢兒民戶每一處相合者依著萬戶的體例裏另行廳道聖旨了也欽此

〈五·四八〉

〈典章二十三 戶部九〉〈八〉

## 更替社長

大德三年四月初六日江西廉訪司據龍興路牒該奉行省劄付准中書省咨為設立社長事先據知事張登仕呈近為體復災傷到于各處奧到社長人等係婦人小兒問得該吏稱說自至元三十年定立社長經今五年多有逃亡事故多不見年高德劭通曉農事為眾姓服之人大失原立社長勸課農使民知務本興學校申明孝悌切詳設立社長初意乞施行得此合牒可照依都省咨文內事理將年高通曉農事之人立設社長並不得差占別管餘剏一切教本社人民務勸農業不致惰廢仍免本身雜役毋得以前設立不應並別行差占致悞農事將立定社長姓名牒

## 社長不管餘事　大德六年正月

日江西湖東道肅政廉訪
司承奉御史臺咨承奉中書省咨付翰林
院侍講學士王中順呈奉省咨付前來賑濟淮東被風潮
災傷人戶當時行省劉左丞御史臺所委官淮東廉訪司
張簽事分頭前去各州縣審復賑散三箇月糧米今已俱
還揚州攢造文冊侯畢另呈外緣卑職原分通州一州靖
海海門兩縣最極東邊下鄉其間見有勾集人編排引審
次序支請盡係社長居前里正不預多有年小愚駿之人
草廬赤脛言語嘲哳而問之州縣官員同辭而曰今
諸處通例如此卑職照得初立社長根源欽奉世祖皇帝
聖旨諸係畫節該諸州縣所集村疃凡五十家為一社不拘
是何諸色人等並行入社令社眾推舉年高諳知農事者

五八七　▲典章二十三　戶部九　九

為社長不得差占別管餘事又照得欽奉聖旨隨處百姓
有按察司有達魯花赤管民官社長以彰德益都兩處一
般及賊每呵他管什麼巳後似那般有呵本處達魯花赤
管民官社長身上要罪過者欽此切詳按察司達魯花赤
管民官社長責任非輕當時又立學師每社農隙
教誨子弟孝悌忠信列社長近年多以差
政必以農桑勸集自有里正主首使專勸農官司妨
訪宮勤課況兼至元新格內一歎節該社長社師外似遷緩
科干擾今後催督辦集此二事就委社長專勸農司
廢者從肅政廉訪司糾彈易換諸假托神靈夜聚明散凡有司禁
勸不改者社長對眾舉明量示懲勸其年小德薄不為歟
人信服即聽推舉易換諸假托神靈夜聚明散凡有司禁

---

治事理社長每季須誠諭使民知畏毋陷刑憲累奉如此
卑職伏思自中統建元迄於今日良法美意莫不畢備但
有司奉行不至事火弊生社長則別管餘事社令則廢棄所
不舉以至如逆賊段丑所輩貫穿數州恣行煽惑無人盤
詰皆二事廢隳失其原行之所致也斯乃賑濟下鄉親所
見愚意以為合行申明舊例令社長依前勸課農桑誠飭
游蕩防察姦非合行社令依前農隙關學
教以人倫不敢犯上則刑清民富為治之本所見如
此除巳移牒肅政廉訪司照依累奉聖旨事意易換外如
其可採乞賜詳明至元七年二月欽奉聖旨事意照得
畫內一歎節該諸縣所屬村疃凡五十家立為社令並不得
眾惟與年高通曉農事有兼丁者立為社長官司並不得
差占別管餘事有兼丁者立為社長官司並不得

四四二　▲典章二十三　戶部九　十

差占別管餘事專一照管教勸本社之人務勤農業今體
知得府州司縣往往將年小不通農事之人立為社長時
長差占有妨勸諭農民深為未便擬合革罷選年高通曉農事
移合為社長並不通曉農事之人盡行革罷選年高諳曉農
者立為社長不得差占專別管餘事占一教勸本社之人
務勤農業不致躭廢已於大德二年正月二十五日遍行
合屬依上施行去訖今據見呈都省除外合下仰照驗欽
依巳降聖旨事意施行

種治農桑法度 至元十六年三月行御史臺據淮西江北道
按察司申照得欽奉聖旨條畫大兵渡江以來田野之民
無不擾動今已撫定宜安本業仰各處正官歲時勸課功
程如無成效者糾究提刑按察司於訪書內
至之處勸課農桑問民疾苦欽此除原行外又於訪書所
採擇到樹桑開坐通行所屬督勸社長勸諭農民趁
時栽種外詢照驗憲臺仰行移所屬依上施行

種桑 齊民要術收黑桑椹以水淘子陰乾
法土不得厚厚即不生待高一尺上糞一遍
每一畝用椹子三升黍三升相合布種黍桑俱生鋤

《典章二十三 戶部九》 〔土〕

一氾勝之書曰四月取椹著水中淘洗取子陰乾
可飼蠶三箔

令稀疎秋後刈侯有風走火燒過桑至春生每畝

一務本新書畦種東西擺畦熟糞和土摟平下水濕透
然後布椹子和黍子同種椹藉陰遮映夏日長至三二
仍預於畦南畦西種麻後藉陰易生又遮風燒
寸旱則澆之十日之後桑與黍皆同時刈倒因風燒
過仍採糞土蓋灰來春榮茂每科自出芽三數箇留
旺者一條採次年移栽

又一蠶春月先於熟地內東西成行勻稀種麻將桑椹
與蠶沙相和或沙黍穀亦可兩後於麻北單構或點
種比之搭棚遮日與桑椹陰高密又透風露
雖種數畝不甚委曲費力

地桑 齊民要術桑椹畦種正月移而栽之每一坑栽一根將

四·六九

---

根坐於泥中欲疾現上者栽二根按至坑底提三五次根
科舒順頂與坑平擁周圍熟土全坑滿次日築用虛土
封堆每大鍬一根止二條澆厚五寸七寸周圍可長五尺餘次可
五指每一根割條葉飼蠶蠶割過處每一根盤周圍數番卻出可
年附根割條葉飼蠶蠶割過處去年附近割之根漸漸旺桑漸多
留四五條餘者間去年附近割之根漸漸旺桑漸生
一齊民要術五月二月以鉤杋壓下枝著地渠條桑生
高數寸壅之濕則明年正月中截取栽之
一仕民必用壅之濕則將地桑傍邊一渠
五十地上先兆一渠可深五指桑傍邊稍剝去
藍橫條上約五寸一條澆於內用拘把
子攀釘住懸空不令有土其餘剝去至四五日間睛
天巳午橫條兩邊取熱塘土擁橫條上成壠橫條即

《典章二十三 戶部九》 〔十三〕

為臥根至晚澆其根科至秋其芽條皆為條身至十
月或次年春分前後於臥根頭截斷取出土隨間空
處研斷如拐子樣每一根為一栽此法出娟栽子無
窮

移栽 士農必用將畦內種出桑科連根掘出栽如前法待桑
身長五尺餘割去稍子則橫條自長澆治有功至秋長大
如壯綠十月內或次年春可移為行桑

提調點視農桑 大德三年五月行御史臺咨准御史臺咨奏過
事內一件教百姓每謹慎種養栽接的路府州縣官農司
悲依時親自點覷者廉訪司官也提調覷者應道司農司
聖旨條畫裏著有這般挨次重併著點覷者除那的外路府州官等
受親臨百姓的州縣司官點覷者每生
則依體例提調呵中也者說有似這言語在先一箇人題

五·二

食踐田禾斷例

説與文書呵他説的是有教那般行者麼道行文書來係
聖旨條畫裏説載的言語麼道御史臺司農司官人每俺
根底回將文書説來他的言語是有這般行怎生商量來奏
呵奉聖旨那般行者

勸課趁時耕種

至大元年三月行臺御史臺咨承奉中書省
劄付今年百姓每田禾好生不成收來恠夕昔實赤諸
王駙馬的伴當每每田禾外各枝兒等食踐田禾百姓每的
場裏奪委委田禾雞米草菜羅葡喫就負百姓每也者如今
省官人每行田禾雞米草菜羅葡禁約者這般曉諭了使氣力奪要田禾
雞米草菜羅葡等物的人每拿住呵打七十七下拿住的
人根底與賞麼道傳聖旨來欽此

五、四八
會驗累經欽依聖旨條畫行下合屬委自提點正官深加
勸課趁時多廣開耕播種栽植桑棗樹木開闢地土頃畝
與舉水利義倉親舊現在切恐怠惰都省相度仰今屬常

〈典章二十三 戶部九〉
十三

率醜下鄉勸農

江西行省准中書省咨至元二十八年十二
月十五日奏過事內一件江南勸課農桑那裏的路官每
親身巡行呵搔擾百姓有不教行呵怎生麼道奏呵與理
會的南人每一處商量了説者麼道聖旨有來俺眾人與
南人每一處相商量來那每也則這般説有江南勸課農
桑的不教官人每提調著呵百姓每也不急慢向前有不
交官獻巡行依時節行呵那聖旨麼道説有俺也那
般商量來麼道奏呵那般者也欽此

課桑
至大三年二月尚書省奏奉聖旨大司農司總挈天下

農政設學校以養人材積義糧以備凶歲然養栽植興舉
水利賞勤罰惰情期於敦本抑末管民官依時勸課廉訪司
提綱年終通行比較考其殿最類申大司農司定奪黜陟
務要實效無事虛文所有條畫開列於後

一農桑係國家經賦之源生民衣食之本累降詔條勸課
而有司奉行不至加之軍馬營寨飛放圍獵馬
驅牧放係官頭正人等縱放食踐田禾損壞樹株以
致農桑墮廢今後路府州縣達魯花赤長官常切禁
治若有違犯之人斷罪賠償各管頭目有失鈴束具
名以聞各處和買柴薪毋令斫伐桑棗送納及
街市貨賣違者斷罪自累朝累省禁治不覆亦行究治
效而今後路府州縣正官教官照依累降條畫主領

五、○八
〈典章二十三 戶部九〉
十四

一興學校王政所先益今未見成

一致勸廉訪司常加勉勵務要作成人材以備擢用
一播種當時雨降應候農作方急官司卻行科著人夫
差借車牛妨奪農時致有愆期不能下種令後人民
農作收刈時月但有一切造作夫役等事本管官
非奉省部明文毋得擅將力田農民情差搔擾違者
廉訪司究治
一田間溝渠勢要之家阻當官司常加曉諭相地開濬卻
淦沒隣田各處官馬驅去處究治工役大者申官定奪
令互相濬澮違者究治使水歸
一秋耕其利甚大除牧養官馬驅去處隨其風土所宜聽民儘力秋
盡秋耕一半其餘去處隨其風土所宜聽民儘力
耕

一每社設立社長一名令社眾推舉年高有德通曉農
耕

## 上欄

事者充專一教勸農民務勤農業不致惰廢今後路府
州縣並不得將社長差占別管餘事違者當該官吏
斷罪廉訪司官究治

一農民栽植桑棗今行已久而有司勸課不至曠野尚
多是知年例考較總為虛數自今除已栽樹枝以各
家空閑土地十分為率於二分地內每丁歲栽桑棗
二十株其地不宜桑棗各隨風土所宜願栽榆柳雜
果若多栽者聽皆以生成為數若有死損數補栽
本年已栽桑果等樹次年不得朦朧抵數重報親民
官時加點勘課依期造冊申覆本管路府體究若有虛
保結呈廉訪司通行體究若有虛冒嚴加究治年
終比附殿最類申大司農司以憑黜陟

一該載不盡事理照依累降條畫事理施行

二、七七

## 栽種

### 開田栽桑年限

至元八年四月初三日御史臺承奉尚書省
劄付先為人戶凡有開荒作熟地土限五年驗地科差行
據大司農司講究得中書省奏准條畫內一欵若有勤務
農桑增置家產業本處官司並不得添除地開荒作熟土
照會外若不立定年限恐民無以取信除地開荒作熟土
月日為始驗各色年限八年限滿日本處官司定奪
得力桑科擬限五年外雜果等樹限一十五年及生成
料差本司官於三月十九聞奏過奉聖旨至日申覆上司達魯
日為始驗各色年限至元九年二月欽奉聖旨那般者欽此
花赤管民官管軍官管站打捕鷹房僧道醫儒隨路達魯
里可溫

### 道路栽植榆柳槐樹

答失蠻頭目諸色人等據大司農司奏自大都隨路州縣城
郭周圍並河渠兩岸急遞鋪道店側畔各隨地分
植榆柳槐樹令本處正官提點本地分人護長成樹係官
栽到者各家使用似為官民兩益准奏隨路委自州縣正
官提點春首栽植務要生成仍禁約蒙古漢軍探馬赤權
勢諸色人等不得恣縱頭疋咽咬亦不非理所伐違者仰
各路達魯花赤管民官依例治罪本處官卻不得因而搔
擾違錯

五、三九

### 新代柑橙栗樹

至元十七年十月中書省蒙古文字譯該中
書省官人每根底站歌言語燕站木兒兄弟教奏每年進
將來的柑橙樹木蠻子每不收拾煞斫伐損折有麻道奏
阿省官人每根底說了呵各路裏交與將
又字去者休教斫代損折了好生的收拾去麻道聖旨了

也欽此

## 勸諭茶戶栽茶

元貞元年三月十三日大司農司據江西等
處権茶都運司狀申本司副司脫和思朝請牒該會驗欽
奉聖旨條畫內一欵舊來茶課諸人不得斫伐茶園縱恣頭匹
咀咬頓壞達者重行斷罪欽此近年茶稅重大務官刁蹬
人難卻有一等愚民因而斫伐茶株往往改業業誠恐虧損
官課詳奈詳茶課理合照依斫伐茶課農桑令各處管民官不妨
本職勸諭栽茶即與勸農桑一體俱隸各路有司親管申乞施行
勸諭栽茶仍禁約縱恣頭匹咀咬等事牒請施行准此照得
前斫伐茶園廣栽茶株趁時月採摘造茶不得似
本司各下仰遍行合屬依上勸諭依時栽種施行

## 禁斫伐桑果樹

史呈夫農桑者百姓衣食之原國費之本不為不重今體
大德五年五月行臺准御史臺咨據監察御

五、六八　　《典章二十三》戶部九　　七

知隨處官司每年雖令民間栽植其舊有大樹近年以來
被一等不務本業拾柴為生之徒窃見身稍頗有枯槁去
處用斧劈斫作柴貨賣以養妻子地主雖見不能禁止亦
有自行砍斫之家其原斫痕跡經值歲月又以枯乾一復
一年依前劈斫每樹十分劈去六七者有之八九者有之
連根砍去者有之風雨刮折者有之此十損八九若不
早為禁治深不便益原其情由蓋因管民官不為用心禁
治各道廉訪司少加體察以致如此卑職看詳擬合遍行
隨處官司自今而後嚴切禁約排門粉壁仍許諸人捉得
首告將犯人痛行斷罪賠償廉訪司常加體問具呈照行
此照原例元貞元年五月初二日聖旨節該今後但是田
禾裏交頭入去喫了呵咱咬了呵桑菓樹木斫伐了呵
斫折了呵城子裏達魯花赤總管每就便提調者依在先

聖旨體例裏交賠了要罪過者這聖旨宣諭這般了呵城
子裏達魯花赤總管不好生用心禁約呵覰面皮不交賠
呵咱每根底奏者欽此

六六　　《典章二十三》戶部九　　七

## 水利

興舉水利　至元九年二月欽奉聖旨諭各路達魯花赤管民

官管站打捕鷹房僧道醫儒也里可溫答失蠻頭目諸色

人等近便隨路可與水利道官分道相視見數特命中書

省樞密院大司農司集議得于民便益皆可興開為此今

降聖旨仰大司農司定立先後興舉去處委巡行勸農官

于春首農事未忙秋暮農工閒慢時分分布監督本路正官

一同開挑所用人工盡附近不以是何人戶如不敷許于

其餘諸色人內差補外據修堰開渠閘一切物件必須破用

官錢者仰各路于係官差發內從實應付其申省部務要

成功先從本路定立使水法度須管均得其利拘該閘渠

池面諸人不得遮當亦不得中間沮壞如所引河水干礙

五三七

《典章二十三》戶部九　九

提點農桑水利　至元二十九年六月欽奉皇帝聖旨宣諭諸

路府司縣達魯花赤管民官提點農桑水利官吏人等據

中書省奏在前為勸農的上頭各處立著勸農司衙門來

後頭罷了併入按察司時節按察司也依那體例裏倒換與他

去處盡圖開申大司農司定奪典舉勸農官並本處開渠

官卻不得因而取受非理搔擾

漕運糧鹽及勸碾磨使水之家照依中書省已奏准條畫

定奪兩不相妨若已與水利未盡其地或別有可以開引

---

即將當該司吏對提點官責罰如更遲慢將經歷知事按

瀆官及勸農遲慢司縣提點官就便取招申大司農司定

罰其各路并府州提點官違慢者大司農司取招呈省責

奪外據社長有公勤實效之人行移巡行勸農官體覆

得實申覆大司農司定奪如有違慢者仰就理責罰黜

罷這般省諭了呵勸司農官吏并本處官司及不得

因而取受看循面情非理行事本處勸農事務如違治罪仍

等亦不得使氣力搔擾社長妨奪勸農事務如違治罪仍

仰肅政廉訪司照依已降聖旨更為體察施行

六一

《典章二十三》戶部九　二十

## 災傷

### 災傷地稅住催例

至元九年六月中書省據御史臺呈河北河
南道按察司申該隨路至元六年七年透納徵災傷糧數送
戶部議擬今後遇有災傷隨即申中部許准實撿踏
是實驗原申災地體覆相同比及造冊完備擬合辦覆
田禾頂畝分數將實該稅石權且住催聽候如此不致
納都省准呈

又是番耕改種以致積累合免差稅數多上司為無檢傷

### 檢踏災傷體例

至元十九年御史臺咨承奉中書省劄付戶
部呈照得各處每年申到蠶麥秋田水旱等災傷憑准各
道按察司正官撿視明白至日驗分數依例除免近年以
司如承各路官司不為隨即撿踏待因輪巡按勘已是過時
來按察司官不為隨即撿踏實損分
數明白回牒各處官司繳連申部隨即免除庶使百姓
安呈乞照詳都省仰照驗施行

五、一九
〈典章二十三〉戶部九
〈卅一〉

明文止作大數一體追徵遍迫人民甚至受按察官
書省劄付據隨路人民但被旱澇等災傷依期申報體覆
所至之處職當問民疾苦豈可因循如此今後各道按察
司如承各路官司申牒災傷去處正官隨即撿踏實損分
數明白回牒各處官司繳連申部隨即免除庶使百姓少

### 水旱災傷減稅糧事

至元二十八年十一月御史臺呈奉中書省劄付本
是實保申到合無量展限限外申告並不准理展限秋田
不過九月非時災傷依
舊一月為限限外申告並不准理庶望官民兩便咨請定
奪准此送戶部照擬得江南風土既與腹裏不同合依行
省所擬具其呈照詳都省准呈咨請照驗施行

### 賑濟文冊

大德八年江浙行省准中書省咨河北江南道奉
使宣撫呈攢造災傷文冊不便淮安路總管府推官吳呈

---

部呈省合該稅石未嘗不免近年以來有司遇人戶申報
不即撿踏又按察司過期不差好人體覆中間轉有取受欽
人民避擾不肯申報不待撿復都省已劄付戶部
相〇官粮不得到官民間虛被其援都省令不干礙官司從
遍行合屬今後但遇人民申告災傷者隨即差官體覆虛實須
管依期撿踏及就便行移蕭政廉訪司隨即撿踏體覆不實若有檢踏體覆
實徵期撿踏及省若不實違期不報過時不
檢及將省不納稅地并不曾被災撞合虛申者挨問嚴加究
治仰依上施行〇此係本葉背八行今補

### 水旱災傷臨時令遷

至元二十八年至元新格內一款
諸水旱災傷皆隨時撿覆得實作急申部體分損八以上
其稅全免損七以下止免所損分數收及六分者但存堪信顯
徵不須申撿雖及合免分數而時可改種者

關文一之四一
〈典章二十三〉戶部九
〈卅一〉

陳氏校補

### 跡隨宜改種勿失其時

大德元年五月江浙行省照得近准中書省
咨該各處遇有水旱災傷田粮夏田四月秋田八月非時
災傷一月為限限外申告並不准理例合隨即委官撿踏
行移廉訪司體覆獲到牒文以憑除免准此已經遍下合
屬依上施行去訖今來本省議得江南天氣風土與腹裏
俱各不同稻田三月布種四五月間插秧九月十月才方
收成若依覆裏期限九月內人戶被災不准申告百姓无
從所出致使逼迫流移連年皆有此弊非惟於民有損抑
且於官无益佑令二段土闕本葉背八行今補

務呈各處水旱依例委官撿踏才候了畢勾稽州縣人吏
赴路攢造備細帳冊三本呈報省宣慰司總管府衙門
所有合用紙扎燈油往回盤費一切所需既無官破不無
塢斂于民始因百姓病苦及其賑濟亦復如是甚大
合無今後但遇災傷或賑濟貧民止令親管司縣攢造村
莊花名備細文冊各處上司似望革去擾民之弊
若依前攢造花名文冊實為重費又繁如蒙改革官于上書押將總數
便緣條通例具呈照得今歲賑濟得今後但遇災
傷或賑賃貧民終是動搖除給錢糧置存稽考文字擬依
准奉使宣府所擬令親管司縣攢造村莊花名文冊一本
監臨官司收掌以憑照勘外其餘合干上司止類總數文解
申報庶免文弊都省擬各請依上施行

〈典章二十三 戶部九〉
五五

**捕除虫蝗遺子**

五、六二

御史呈近奉御史臺劄付為涿州等處飛蝗生發仰督責
各處捕蝗官吏併力捕除盡絕等事撿照得至元七年二
月欽奉聖旨到勸農條內一欵若有虫蝗遺子去處州
縣正官一員于十月內專一巡視本管地面若在熟地併
力番耕如在荒坡大野先行耕圍籍記地面禁約諸人不
得燒燃荒草以備來春虫蝗生發之時不分晝夜本處正
官監視藏草燒除若是荒閑地面窊狹無草可燒去處亦
仰從長規畫盡春首捕除仍更為多方用心務要盡絕若
縣正官一員于十月內定到勸農條內一欵視本管地面若在熟地併
煎鹽草地內虫蝗遺子者申都省除外請遍行合屬照會施
陳治蝗方法具照詳得此都省除外請遍行合屬照會施
行

一書云蝗不食豆苗且慮遺種為患勸民于飛蝗坐落

---

〈典章二十三 戶部九〉
六四

五五

去處廣種豌豆菲惟翻耕殺慮遺種次年二月四月
民獲大利
一古書云取臘月雪水煮馬骨放水冷浴諸種子生苗
虫蝗不食

# 户部卷之十　典章二十四

## 租税

### 納稅

**種田納稅**　中統五年正月中書省奏已前成吉思皇帝時不
以是何諸色人等但種田者依例出納地稅其外據僧道也
里可溫答失蠻種田出納地稅買賣出納商稅不曾出納合無依舊徵納
蠲免合罕皇帝聖旨裏也教這般行來自貴由皇帝至今
道也里可溫答失蠻地稅商稅不曾出納合無依舊徵納
事准奏今仰中書省照依成吉思皇帝聖旨僧道每里
可溫答失蠻儒人種田者出納地稅（白地每畝三升水地
隨路宣慰司俱一體施行

**《典章二十四　户部十》**　一

**小戶帶納稅糧者**　至元新格內一欵諸稅石嚴禁官吏勢要人
兒並人匠及不以是何投下諸色人等官豪勢要之家但
買賣出納商稅據該納丁稅蒙古回回河西漢
（每畝五升）
四、四三
種田者依上徵納地稅外蒙古漢兒軍站戶計減半送納
仍免遠倉仰行下領中書左右部兼諸路都轉運司及其
等不得結攬若近下戶計去諸色地遠願出腳錢就令近民
帶納者聽其總部稅官對酌各處地里定立先後還次約
以點集處所覷得別無輕齎之數分部管押入倉
依數交納得訖朱鈔即日發還惟總部官直須州縣納盡
方許還我

**徵納稅糧**　至元二十八年八月准中書省谷科稅條內一
欽隨路合收米粟至元三年十一月內欽奉聖旨節該今

---

後各處正官部稅須要送納乾圓絕谷白米新粟欽此又
欽奉聖旨節該但是倉裏支的米內帶糠支有已後休與
糖米與潔淨好米者欽此又于至元二十六年三月二十五日欽奉過事內
淨的著欽此于至元二十八年三月二十五日奏過事內
一件合起運的糧倉裏糖土相和著有麼道
撮了起運阿怎生若搶撮了也者奏知者麼道
來有麼道聖旨了也折了也這些完備道說將
中那甚麼那般者搶撮了阿起將來者麼道說將
此都省議得隨處糧倉斛苔係人戶原納乾圓潔淨好糧攬
運其間各處倉官斗脚船戶押綱人等多有作弊侵食
用而摏和糠粃或用水拌抵數欺官以致不耐火積發變
損壞兼海道運糧萬戶府並漕運官員有失關防鈐束所

五五一

**《典章二十四　户部十》**　二

致咨請行下合屬欽依累降聖旨事意據各處倉分收受
糧斛須要乾圓潔淨之物如遇起運即令各倉分收受
内一襄本倉收斛一襄呈解本省谷發前來二襄吩咐遞
糧萬戶府押糧官賓赴直沽等處收糧倉分存留一顆備
照開折對樣官交收若有濕潤或帶糠土不淨糧數定是
根挨究治施行
一納糧人戶許令自行寫鈔禁治諸人並不得結攬寫
鈔取受分文錢物如違治罪
一如遇人戶赴倉送納糧米須用官降斛斗兩平收受
一色無糠粃乾圓潔淨好米新谷但有糠粃不堪受斛
持定勒倉官人等賠償除正耗外毋餘得多答帶斛
面仍出榜禁治諸人等不得取受分文加耗鈔物及不
當日即便出給朱鈔毋得取受分文加耗鈔物及不

得刁蹬留難納戶如有違犯之人捉拿到官追賠所

攬糧斛依條斷罪

一各處應于收貯糧斛廒什物預為修理須要堅牢

如法鋪襯不致上漏下濕損壞官糧委各路達魯花

赤長官一員專一提調釐勒倉官人等挑到曝涼毋

致損壞如違議罪均賠

**稅糧違限官員科罪** 至元三十年四月行御史臺近據江南

浙西道廉訪司申各路達限稅糧初限笞四十再犯杖八

十是否斷決稅官或路縣官合無一體為此移准

御史臺呈奉中書省咨付送戶部照得據回呈照得科稅條

不知十二月末限滿足者是否三限如何加罪為此移准

畫內一欵欽奉聖旨節該稅糧初限十月中限十一月終

末限十二月終違限者初限笞四十再犯杖八十但結攬

五、三八　人典章二十四戶部十　三

稅石及自願令結攬與官司許諸人首告得實並斷按笞

吳罪戾令結攬官司依原科石罰賠所指倉分送納若

本處不差正官部稅將來若有失限或稅石不足各

司縣正官首領官人吏依條斷罪宣慰司首領官人吏違

欽此照得上年稅石達限不行納足去處定將各路府州

處達魯花赤管民官部民官部糧官不分首從一同斷罪

慢亦行斷罪任滿官但有拖欠稅石無得給由如有看循

故行給由者定勒賠納拖欠稅石更行斷罪奉此都省合

下仰依上施行

**起徵夏稅** 大德元年三月行省准中書省咨元貞二年九

月十八日奏過事一件節該江南百姓每的差稅亡宋時

秋夏稅兩遍納有夏稅木綿布絹絲綿等各處城子裏出

產的物折做差發斟酌教送納有來秋稅止納糧如今江

---

浙省所管江東浙西這兩處城子裏著亡宋例納有除

那的外別簡城子裏依例納秋稅不曾納夏稅江西的多

一辛城子裏百姓的斷例每此亡宋時分納的如今納夏稅重有

大如今收拾的斷例收拾秋稅的斛斗一箇半一箇半有

有若再科夏稅呵莫不百姓去處始照依舊

草賊作耗百姓失散了有那百姓根底重復麽麻兩廣這幾年被

御史臺那般者欽此都省咨請委官追尋亡宋舊有科

浙東福建湖廣百姓每夏稅依元貞三年為始科納呵怎生有者

例比數定奪均平仍將本省合科夏稅去處各

及巳科夏稅外但有未科去處自元貞三年為始照依舊

徵夏稅板籍書一切文憑除文思院斛數准納省倉依

呵奉聖旨那般者欽此都省咨請委官

各則例同巳未科徵備細數目通行造冊開咨此

**官租秋糧折輕齎** 大德元年六月三十日江西省准中書省

咨照得元貞二年七月初二日奏奉聖旨節該江浙湖廣

五、六二　人典章二十四戶部十　四

江西三省所轄的百姓每合納的糧驗著軍人每的合請

的口糧支持的斛斗酌交納除外交百姓納輕齎鈔

者欽此咨請照驗欽依施行

吏於不欠糧人戶處遍勒揭借閉納米徵糧侵損百姓深

為未便擬合遍行民間差稅須合該人戶依期送

納果有逃亡事故今依例申覆上司除豁呈奉中書省劄付

該行禁治今後無於無欠糧百姓處遍勒揭開

事不係桑田旱澇相應為此呈奉中書省劄付都省議得

**禁勒借辦閉納** 大德元年九月御史臺知得平江等路官

**開除田糧須體覆** 大德二年八月行臺准御史臺咨建德路

僧吳指南常住田土擬合於此呈奉中書省劄付都省議得

今後隨處開除田糧戶口差稅事理合與桑田旱澇一體

令廉訪司體覆是實以憑定奪

科添二分稅糧延祐七年

延祐七年四月二十一日江西行省准中書省咨

送納鈔裏火兒赤房子內有時分速古兒赤定住昔寶買

驅怯烈馬赤馬站班必闍赤也里牙給事中也滅劫多等有

來帖木兒大師右丞相哈散丞相拜住平章趙平章木八

剌右丞張左丞怯烈郎中等擬定科稅添二分會議奏即

甚規劃處處奏有一件勾當俺與樞密院御史臺翰林集賢

院眾人商量了幾件勾當奏有養濟多百姓根底拯治軍人氣力錢糧不敷的上頭別有

目為養濟多百姓做買賣的納商稅除這的外別無差發比漢百姓

著軍站喂養馬駝和買一切襟泛差役更納包銀絲

線稅糧差役好生重有亡宋附四十餘年了也田的納

輕有更濟多富戶每一年有收三二十萬石租子的占著

地稅做買賣的納商稅除這的外別無差發比漢百姓

五八八

三二千戶佃戶不納係官差發他每佃戶身上要的租子

重納的官糧輕這裏取些小呵中也者待聽田畝上添科

行的其間行省官提調著休教動搖御史臺監察御史

阿田地有高低納糧底則例有三二十等不均勻一般除

福建兩廣外其餘路府州縣官吏人等作弊放

幾處驗著納糧民田見科糧數一斗上添笞二升這般商量

富差貧取要鐵物交百姓生受的有呵要了罪過了它

蕭政廉訪司添力成就著若路府州縣官吏人等作弊放

每勾當教監察廉訪司官體察呵怎生奏阿奉聖旨那般

者欽此都省除已劄付御史臺監察御史欽依施行外咨請欽依施行

仍委本省首領官提調科估折收價鈔將原科添荅糧數開

去處照依本處開倉時估折收價鈔將原科添荅糧數開

咨先具委定提調官職名同咨不違慎依准咨來毋得因

而動搖違錯

《典章二十四 戶部十》

五

六

四十一

## 投下稅

投下稅糧許折鈔　至元二十年八月行省准中書省咨六月
初七日奏過事內一件去年江南的戶計哥哥弟弟公
主駙馬每根底各分撥與來的城子裏附糧課程外其
餘差發不著有既各投下分撥與了民戶多少阿合探馬
兒不著有既各投下分撥與了民戶多少阿合探馬
兒不與阿不著的一般俺斟酌的了奏那般聖旨
有來如今俺商量來如今不著差發其間都科取阿合探
馬兒不宜每一萬戶這裏咱每與一百定鈔替頭裏
邳江南於係官的糧內斟酌要鈔呵怎生那般聖旨
者即與了民戶阿郤不與阿合探馬兒呵濟甚事雖那般
呵他每根底分明說將去者這裏必闍赤每根前說也
教理會者爲江南民戶未定上不揀甚麼差發未曾科取

〈典章二十四　戶部十〉　七

三九四
如今係官錢內一萬戶阿合探馬兒且與一百定鈔者已
後定體了阿那時分恁要者各投下說將去欽此都省放
已依驗各投下擬定戶計合該鈔數行下萬億庫先行放
支外咨請行下合屬投下人戶今歲扣
納係官稅糧內驗所撥戶數合該實鈔照依彼中米價合
算石斗折收實鈔申解本省發來餘上糧數依理徵收施
行

## 軍兵稅

弓手戶免差稅　中統五年八月欽奉聖旨內　一欵節該隨處
州府驛路該管巡馬及馬步弓手於本路不以是何投下
當差戶計及軍站人匠打捕鷹房幹脫窰冶諸色人戶計
內每一百戶內取中戶一名充役與免本戶合著差發若有
當差戶推到合該弓手差數目於九十九戶內均攤若有
失盜勒令當該弓手立定三限盤捉欽此
正是一概帶徵中其奸弊甚多人戶不知各路免糧數
爲緣文案不明司縣官吏里正主首人等高下其手各路
呈准行臺咨監察御史臺
設令多包無憑折記民甚苦之愚見合令各路通照出本

又　大德七年八月二十五日江西行省准中書省咨御史臺

〈典章二十四　戶部十〉　八

五三三
路額設弓手幾名每戶應免糧若干本
路所管各縣戶計合徵糧若干總包若干卷內開出花戶
姓名糧數多少通行包每正糧若干包若干合若干驗實均
包其戶糧數若干明立案當該首領官吏子細照勘均
平無差行下各縣比給催糧由帖付納糧人戶依數供輸
每年明榜市曹咸通知廉訪司照刷文卷時分點一二戶
將由帖比對但有爭甚合路首領官吏嚴與治罪似爲
便益呈乞照詳得此咨請依上施行

## 領設戶鋪走遞

領設戶鋪走遞　至元二十二年十二月江省行省來申鋪兵
走遞文字據今科稅糧乞明降省府議得江南歸附百姓
週有地之家周歲驗地徵收稅糧外無地浮居小戶別無
合著差役若將前項已差鋪兵止免襪泛全徵稅石似爲

五八三

重併生受今擬三石之下丁多戶內差撥全免各戶差役
據各戶合設稅糧依弓手例郤令戶均要不失原
額每舖照依原行止設六名舖兵五名常川在
舖走遞若現舖兵內已有相應戶計止一名常川在
一概動搖餘無田產浮居小戶依例差補替換役
失原領仰依上施行

**公使人糧眾戶內納**

至元二十二年十一月江淮行省為
州司縣合設祇候公使人等移准都省咨定到體例本
省議得擬於苗米一石五斗之上戶一石之下戶為府
各戶合該稅石依例令概官合納苗米

**新軍限地難同漢軍**

宣慰司呈道州衢州路軍人擬合與民一體當差不
當差發以致靠損民戶乞明降

大德三年十二月湖廣行省咨湖南道

《典章二十四 戶部十》 九

事移准中書省咨照得先准江浙行省咨新附軍人田土
合與漢軍一體除免限地四頃稅石為是新附軍地
老小支請口糧即與漢軍不同別難地已經回咨江浙行
省照驗去訖咨請照驗施行
四項餘上歙數皆令納糧雖曾累行文字然於其事實難
同行又況今日雜泛大役只是守把南邊賊迤南諸
軍分屯沂宿毫鄧等州關迤西諸成都等處
各軍地程不遠亦皆容易應當即今人戶口累漸多
所當軍役屯守去處南至和林別有征行則南
者益南北者盖北動又至於數千里外去家有踰萬餘里

**不得打量漢軍地土**

大德七年正月江浙行省咨准樞密院咨

---

五八七

者家中又與民戶同當一切雜泛夫役其四頃田地只養
自家老小猶不能贍豈能應當如此重役侍衛軍差役尤
為浩大其現役者尋常莊農之家別無
生計若不典賣田土何處出辦往日軍戶地有曾至三十
二項今皆消乏破散有之若更拘數未曾消乏現存者有
乞句為軍戶處處有之不可勝數中等人家莊田廢盡
將年軍戶物業盡皆破散無雇籍不復可用事果行不過數
隨其所欲承存四項之外者必要盡數拘納此事至於此其
戶地歙以此為名脅敕錢物所取各皆鑒足方繞釋免但
凡地過四頃之家長懷憂懼心皆不安致此之由有自來

《典章二十四 戶部十》 十

矣今於緊急用兵之際有此事端深為可慮去年樞密院
奏奉聖旨約束管民官司不得打量軍戶地畝文字在官
百姓不知狡獪之徒恐嚇軍戶與舊無異若令每社置一
粉壁其上只寫不得言告軍戶地畝數字如此則富軍之
家皆得免其遍脅侵擾之患四項之外納稅一節待其邊
境事寧用兵稍緩然後別議似為長便咨請回示本臺議
得行臺所言庶免軍人被雕傷之虞咨請照驗事准此照得
大德四年十二月初二日本院官奏過事內一件歸德府
趙知府文字裏提說將來踏踐了田禾軍戶每根底使人
的言語打量軍戶地土行呵雕陽縣官吏奏過每人置一
通行取數搖擾有麼道說將來有
氣力哏搖擾百姓每的地目的時分打量軍戶地土行呵是也者
富戶每的地土打量有奏呵奉聖旨是有不得咱每的聖
的地土不得打量

盲軍戶每的地休打量者欽此

二六

＊典章二十四戶部十

十一

---

# 僧道稅

僧道避差田糧　至元三十年五月欽奉聖旨中書省官人每

泰江浙官人每文字裏說將來有蠻子田地裏每年軍站
的氣力不揀甚麼用的辦濟呵多率是百姓每的納稅糧
裏成就有如今那百姓每係官差發根底躲避著在前合
納錢糧的田土根底和尚先生每底寺院裏布施與了賣
與了典却了更剃了頭髮做和尚也麼道則它房子裏與
媳婦孩兒每一處住的也有這般使著見識在前合納
的錢糧每年漸漸的數目裏開除了不納的也有亡宋時
官田土根底占種著粗米不納的也有亡宋時分和尚先
生每底寺院裏常住田土他每根底勾有麼道行省官人每提調著他的數
語是實那各處行省官人每這言

五、三三

＊典章二十四戶部十

十二

僧道租稅體例　元貞元年閏四月

目取勘者無媳婦的和尚先生每底屬寺院裏常住田土
有呵依著聖旨體例裏休納者有媳婦的和尚先生每在
呵自今之後和尚也里可温先生每失蠻不揀誰在前合
納錢糧的田土買了來做布施得了的來麼道不揀誰
納錢糧的更租佃係官田土不納稅米的人每依在前納
的體例裏納者不納要罷過者聖旨俺底
的納錢糧者事後出首了不納要罷過者聖旨裏俺底
若不再行明諭恐在下官府合徵納者妄作免除不應徵
院奏和尚也里可温先生每據中書省宣政
司管民官應管公事大小官吏諸色人等據中書省宣政
樞密院御史臺宣政院行中書省行御史臺司農司宣慰
有條盡開列於後
納者却行追取致使僧道人等生受乞降聖旨事准奏所

一西番漢兒回回雲南諸田地裏和尚也里可溫先生
答失蠻擬自元貞元年正月已前應有已未納稅地
土盡行除免稅石今後續置或影占地土依例隨地
徵稅

一江南和尚也里可溫先生答失蠻田土除亡宋時舊
有常住并節次續奉先皇帝聖旨撥賜常住地土不
納租稅外歸附之後諸人捨施或典賣一切影占
地畝依舊例徵納稅糧隱匿者嚴行治罪

一和尚也里可溫先生答失蠻買賣不須納稅卻不得
將合納稅之人等物貨妄作己物來賣若影蔽違者取
問是寶貨犯人斷罪物貨沒官其店塌房客旅停塌
物貨依例銷報納稅

一上都大都揚州在先欽奉聖旨撥賜與大乾元寺大

〈典章二十四〉戶部十

十三

**先生免遠倉糧**

五二六

典教寺大護國仁王寺酒店湖泊出辦錢物令有司
通行管辦赴納寺家合得錢物官為支付無得
以前另設人員侵損官課

元貞二年二月十八日欽奉聖旨節該張天
師教集賢院官奏江南田地裏有的俺們宮觀裏住的先
生每亡宋以後置買來的田地裏合納的倉糧在先納呵只
他每住的城子裏的倉糧有來如今各自城子裏不交
納別箇簡遠城子裏每交納有那般交納呵先生每眼生
受有麼道奏來如今以後先生每的合納的倉糧依著在
先例裏每住的城子裏交納者道來這般有
諭了呵先生每卻他每住的城子裏有
的倉裏交納的糧不依實納呵他每不怕那甚麼
諭了也有體例合納的糧不依實納呵先生每不怕那甚麼

---

**和尚休納稅糧** 大德七年正月十七日欽奉聖旨在先諸路
裏有的眾和尚每之上都交管者麼道薛禪皇帝巴吉
思八師父根底與了帝師名分聖旨玉印委付了來如今
巴吉思八師八師父分頭裏管著眾和尚者麼道薛禪真
監藏帝思的言語經文并教門的勾當裏謹慎行了輦真
監藏帝思的言語經文并教門的勾當裏謹慎行者這般
宣諭了不謹慎行的和尚並師般不思您每不怕那不
蓋那甚麼與那上頭交忒差撥發稅糧休著者麼道交行
了聖旨來欽此

欽此

六別一

〈典章二十四〉戶部十

古

## 差發

### 包銀從實科放

中統元年五月中書省奏准宣撫司條款內

一件處本路年例合該納官存留包銀并絲料糧稅等差
發近年以來各處官吏往往上下計購通行賄賂循習
弊虛行除破官物私已用度以致民間俱各徵是官司不
得實用為害非輕今歲差發等事仰照勘元抄到民戶數
目從實科放不可止循上年虛例據照勘出來底民戶數
目差發總額比附上年增餘數目從實定額

### 驗土產均差法

中統元年五月中書省奏准宣撫司條欵內

一件今年照勘定合科差發總額府科與州驗民戶多寡

四九四　〈典章二十五戶部十一〉　一

土產難易以十分為率作大門攤均科訖仍出榜文開坐
各州合著差發數目該系絹若干分朗曉示務要通知州
科與縣縣科與村各出榜差發數目以此為例至
於縣市曹村莊要見一年差發數目仍於
本縣市曹村莊轄集各戶花名合該一年差發數目仍於
吩咐漏籍老幼等戶照依今降詔書內條欵協濟本處已
當差發戶計數補均科與當差發民戶依上尺作一榜通
行曉示施行

### 差發從實科徵

中統二年四月二十日中書省奏准條畫內

一欵該中統元年科訖差發多有不盡戶計所據今歲科
戶須管仔細照勘各要盡實科徵不致隱漏兼各路投下
戶計差發欽奉聖旨亦從各路總管府驗數科徵仰
各路管民官照勘本管地面內住坐人戶及不以是何人

等應合收係當差者須管從實盡數科徵見了數目開坐
關部轉行申省聞奏若是中間卻有漏落不盡實去處事
發到官定將當該官吏嚴行斷罪外宣撫司有失體究者
亦行治罪

### 投下戶絲銀驗貧富科

至元二年二月欽奉聖旨立總管府
新定條款內一欵節該隨處州城所有諸王並蕭投下人
戶除匠人捕戶鷹房子金銀鐵冶戶另行撥民戶五
戶絲投下交秦戶每年合納絲線包銀並五戶絲仰與本
路民戶一體驗貧富科於本處送納據本投下合得左
右戶絲數等物照依中書省定到日月本省關本投下
順便處取要呵亦就順便處應付與者

### 驗貧富科赴庫送納

至元十九年五月御史臺咨奉中書省
劄付據戶部呈依奉省部勾集各路正官首領官人吏驗

五、六五　〈典章二十五戶部十一〉　二

至元十八年元管交參協濟科差戶額收除到至元十九
年實科戶數照得欽奉聖旨條畫節文諸應當差發多係
貧民其官豪富強往往僥倖苟避已前合罕皇帝聖旨諸
差發驗民戶貧富科取今依驗人戶事業多寡品高下類
攢鼠尾文簿科斂欽此除已開坐當理劄付戶部遍行各
路欽依聖旨事意據元管交參協濟等戶合著差發通濟
驗人戶氣力產業品答高下貧富科攤務要均平出給花
名由帖並不得多餘答帶各於村莊置立粉壁開寫各戶
所有差發數目及於臨民府州司縣各衙門首將槩管科
坑科定花名差發數目分頭榜示如中間官吏
等因而作弊輕重不均者有人陳告或因事發露到官究
問得實體行懲誡將本路州縣村坊鼠尾花名合著數目依
上年體例攢造備細文冊申部及將所納差發仰本路照

依上年於酌中牟固處置庫收受合設庫官大者三員小
者二員攒典庫子大處三名小處一員自開庫日為始給
俸除都省差設庫監納大使各一員外其餘人員仰各路依
上於近上有抵業不作過犯戶計內保差發並要兩平
寫抄人等或從納戶或諸人抄寫其所納差發官不得設立
依理收受畫時即押給付官人民戶朱鈔各一紙亦不得
答帶加耗取要分例刁蹬停滯仰更為行下各道按察使
體察施行

## 差發照籍仍詢眾

元貞元年六月江西行省據左右司呈軍
民未便事內一件隨處官司凡過定差弓手水站祗候夫
刺等項科役中間多有偏頗不均蓋為元籍文冊田畝丁
產係是二十六年抄數到巳是六年人戶興進消乏不等
若止照依元籍定差實是不均今後凡有定差科役不等

三四二 【典章二十五 戶部十一 三

檢校元籍詢問各鄉都職事者老人等推排各戶即今見
有田產從公定差似望各等均平省府准呈依仰上施行

站戶餘糧當差 見站出門站戶類

---

## 禁起移越差發

## 影避

中統四年燕京路總管府奏准條內一款
本路多有起移交參趁閒差發人戶乞禁約今後經由官
司方許起移事發准奏今後若有起移戶計無上司堪用信
憑許起移面不得發遣如須有合起戶計然仰各處差來
官賣把文字經由所在官司後發遣仍行移本路官來
推收把文字經由所在官私下縱令起移者量斷
各戶合著差發勒令本處主首鄰佑人等賠納仍約量斷
罪施行

## 投下影占戶 計當差

元貞元年十一月欽奉聖旨節該里正主
書省奏江浙行省陳說有力富強之家往往投充王位
下及運糧水手香莎糯米財賦醫人僧道火佃舶商等諸
項戶計影占不當雜泛差役止令貧難下戶承充里正主
首錢糧不辨偏頗生受各處行省俱有似此戶計乞一體
頒降聖旨事准奏仰照勘不以是何投下諸名色影蔽有
田納稅富豪戶計從本省分揀與其餘富戶一例輪當有
正主催錢糧應當雜泛差役於內若有疑惑不能予決
者其由谷中書省定奪卻不得因而動搖欽此

五二六 【典章二十五 戶部十一 四

## 休遞護當差事

中書省咨大德三年六月初九日完澤承相
等奏過前福建等處行省平章政事闍里吉思陳言一件
那裏奏過官人每富有勢的人每將百姓每田地占當交百
姓每做佃戶不交當雜泛差役仰照各處行省交有俺商
量來交百姓每做佃戶種養也者有合禁治麼道說有
發有呌依體例當者休遞護者麼道在前也禁約著有來
如今做佃戶交種養也者依眾百姓每一體例裏不揀著有麼

差發交當者有勢力的人每休遮護者廳道行文字更教
廉訪司官人每也著紏察者廳道奏阿奉聖旨那般者欽
此

趙避差發　大德六年四月　日中書省咨大德六年正月二
十日奏過事為一件節該江南富豪勢要官員人等執把
添氣力的聖旨行著趙避差發有那般者聖旨拘收阿怎
生閑里教臺官題奏阿這言語眾人與俺商量定奏者廳
道聖旨有來俺眾人商量來權豪勢要官員人等搔擾百
姓無疑惑的便教拘收了聖旨於內有陰陽太醫秀才等
並這裏行著年老放與官來的也有也者總一概拘收
來者合這般一等各人的姓名緣故明白文書裏說將
量來奏阿奉聖旨您商量的是也那般者欽此

五五九
《典章二十五　戶部十一》
五

禁站戶並佃戶規避差役　見禮部僧道類

**禁站戶並佃戶規避差役**

剳付監察御史申臺呈切惟國家設官分職以任事厚
祿均俸以代耕正欲砥其貪奏養其廉恥澄其源而清其
流吏有養而民有賴立制之良無以易此先欽奉聖旨節
該和買和顧雜泛差役如今依著在先當官例除上都
大都其間自備首思站赤並邊遠出征軍人外諸王公主
駙馬不以是何投下諸色人戶與大數目當差的軍站民
戶一體均當者欽此卑職思惟諸職官三品職佃戶田有
至五七百戶下至九品亦不下三五十戶出給執照不令
應當雜泛差役卻令一家所用之賞謂如倩借人畜
寄養猪羊馬草柴薪不勝煩擾爲緣影占終莫能言又有
無田虛包子粒之家亦有規避門戶投充莊官佃戶大抵

法久成弊應須改更變而通之古今所尚呈乞照詳憲臺
仰禁約施行

四一
《典章二十五　戶部十一》
六

## 減差

被災去處量減科差 四中統五年五月中書省奏准宣撫司

條畫

一被災去處以十分爲率最重者難多量減不過四分
其餘被災去處依度驗視從實遞減三分二分等科
降差發視此爲差
一設災去處發如無本色許令折納物
一不被災去處料的民戶難易委實偏重去處十分爲
率雖多不過裁減一分
一據已上被災去處不被災去處等第減苛差發分數
各各明朗開坐數目籍定鼠尾文簿以爲定額務要
差發辦民戶安不可偏廢

《典章二十五》戶部十一　　七

投下五戶不科要 至元二十九年二月准御史臺咨奉中書
省劄付來呈備山東東西道提刑按察司申照刷出臨清
縣文卷一宗依准管匠官王德開每年關到五戶絲料俵
散當差人戶織造七托裏絹赴本局送納不見上司許令
織造明文侵擾不便事得此都省照得中統五年八月內
條畫內一欵哈罕皇帝聖旨先帝聖旨據投下關分撥
到民戶除五戶絲外不揀甚麼不交科要欲此戶部議得
投下關支五戶絲並從本投下用度別無許令俵散民戶
已劄付戶部依上施行

湖絹府雜泛 大德十一年行臺准御史臺咨准詹事院咨近
據管領諸路打捕鷹納綿等戶都總管府呈本管打捕人
匠等戶累奉世祖皇帝裕宗皇帝聖旨節該隨路有的民

四六三

戶匠人打捕鷹房子除本位下差發外不揀甚麼休奪要
者休使氣力欺負者欽此大德二年又有本府達魯花赤
不老嘉議奏奉聖旨將和顧和買雜泛夫役除免近年以
來有各州官司椿科一切雜泛過臨多有逃移人戶若准
所申啟稟除當本位下正額差稅外逃竄具呈照詳得此大
依在先體例除免似望不逼人戶啟過事內一件皇太后
德十一年九月二十八日本院官啟過事內一件皇太后
撥與咱每的納綿總管府管著的百姓除本位下合納的
差稅外隨處管民官科要和顧和買雜泛夫役好生受後
頭失散了去也如今屬皇太后位下撥與管得軍民諸
色人匠除本位下合納的差稅外不揀甚麼差撥和
顧和買雜泛夫役休科要擾攪者但有的勾當省裏臺諸衙門都休
下者諸人休爭要者的使臣每生受安

《典章二十五》戶部十一　　八

問者交徽政院本位下官人每問者宣諭執把的
了也啟呵奉令旨依著徽政院體例與翰林文字索要宣
諭執把的聖旨者另寫與執把者令旨者敬此

三六四

賦役

户役

編排里正主首前例

大德七年三月二十六日准中書省咨欽奉聖旨節該今後
除邊遠出征軍人並大都上都其間站人匠打捕鷹房並投下諸王駙
馬不揀是誰的户計和顧和買雜泛差役有呵都交一體
均當者欽此除欽依施行去後准江西福建道奉使宣撫
容吉州廬陵縣太和州等處推唱里正主首不均為此於

（四、七二）

【典章二十六户部十二　一】

大德七年十月二十五日與江西福建道奉使宣撫一同
議得江西路府州縣差設里正主首官吏人等那上攢下
買弄以為奇貨大為民害擬合偏行各路令親民州縣提
調正官首領官吏將本處概管見科稅糧簿籍從實挨照
每鄉都諸色户若干內稅高富實户若干稅少而有蓄積
人户若干並以一石之上為則一體當役若有稅存產去
而無蓄積者及一石之下人户俱不在當役之限每一鄉
擬設里正一名每都主首以上都分擬設四名中等都
分擬設三名下等都分擬設二名依驗糧數令人户自行
公同推唱供認如是本都糧户極多顧作兩三年者亦聽
自便上下輪流周而復始仍每年於一鄉內自上户輪當
一鄉里正各都主首如自願出顧役者聽從自便如該當
之人顧自親身應役者亦聽仍從百姓自行推唱定願詔

役人户糧數當役月日連名畫字入狀赴本管州縣官司
更為查照無差保勘是實置立印押簿籍一本都收掌一
本於本州縣收掌又一本申解本路總管府類申行省一
呈本道廉訪司照驗嚴加體察永為定例再不動搖物如是
官司不許非理干預擾若是顧錢不備公事違候顧人之人
不應作過擾及一石以下貧民小户潑皮元籍之人攬物
不遵元行害及不認當役人户或將該當户計通同揑合
分立詭名俵散稅糧躲避差役又或將人户自認月日客
情歇空官事臨逼却著以次人户承當似此以此看循違枉惹
詞到官定將州縣當正官領首官取招驗事輕重的決
標注過名以憑黜降經手司吏貼書人等並行斷罷所是

【典章二十六户部十二　二】

營求苟避之人嚴行追斷如此則富户不能隱庇僥倖苟
免小户不致動搖稍得休息當役率皆得人官吏亦無賣
弄誠為迤久便益省府遍下合屬依上施行

（五、六八）

又皇慶元年四月袁州路奉江西行省劄付近為各路令親
里正主首不均照得節次欽奉聖旨事意劄付近户計
民州縣官從新對量所管鄉都地面遠近户計多寡可設
里正次等户充主首驗力挨次周而復始親丁當役截自
不以是何户計當官從公推排糧多極等上户殷富者充
至大三年為始應充周歲滿替毋得似前放富差貧移那
作弊移咨都省照詳後各省准中書省咨送該禮部呈
參詳上項事理合依江西行省所擬相應其照詳都省咨
請依上施行

### 站戶祗待免當役

赤餘糧戶內止差一名上下半年交替就准本戶里正主
首身役相應都省咨請依上施行

站戶祗待　延祐二年八月行省准奉使宣撫咨講議到祗待
庫役事理

一諸人陳言內一件祗待庫役例從拘該州縣於站戶
　有餘糧內點差本謂優恤無糧站戶豈知消泛者亦
　有餘糧在戶若再點充庫役家業因而靠損又兼代
　例內雖曰一替勤輙半年得脫乞將站戶隨糧定
　數多少紐當站役日分以後週而復始

前件議得各處站赤管撥祗應錢本以供支用又於站
、戶餘糧內點差庫子意優貧乏下戶各處官吏點差
間不分貧富不定高低一概勤搖設如元撥定鈔不

三九八

《典章二十六　戶部十二》　　三

數理宜行省斟酌就咨中書省添撥比及撥降以來
須於站戶餘糧內差撥庫子合令各路取勘各站正
站戶今次經理定實有餘糧除下戶外下至十石多
者積算通行派定計日應當站週歲輪流一次糧多去
處不過二年輪遍庶得公平不致靠損下戶雜泛差
役一體均當里正主首雜泛差役不以是前戶計一
體均當並見嚴政
賦役類

---

## 科役

### 和買

出產和買諸物　至元二十一年行中書省准中書省咨據合
剌奴脫脫等言
古人立法取賦必因其土地所生風氣所宜以為之
作貢不隨其所有而強取其所無和買諸物不分
皇白一例施行分文價鈔並不支給生民受苦典家賣產
鬻子顧妻多方尋買以供官司而出產之處見上司和
買甚物他處所有於此處無此高抬價鈔民戶唯知應
當官司和買不敢與較惟是不可勝言欲若
望明降旨揮令後應有和買祗於出產去處明立榜文

四七八

《典章二十六　戶部十二》　　四

時收取不得於州郡無處生事害人天下幸甚送禮部議
得所言可採務咨行下合屬省行勿令於無處和買當面
給價仍遍行合屬依上施行

至元新格諸年例支持物件用時有緩急備辦其當
該官吏幾合置備之數各須以時點校預為辦呈委其
聞公私不便諸和買物須驗出產停蓄去處分俵均買其
違者痛行斷罪計其餘價開寫某人多添價錢轉買送納
官不能先以賤直拘收物多添人戶多添價錢轉買處
榜示見買物色各該價鈔物既到官鈔即給示仍須正官
監臨置簿凡收物支價開寫某人納到某物多少支訖價
錢若千就令物主於上畫字監臨之官仍以印牌關防以

體察和買諸物　四件　至元二十九年江西行省准中書省咨
備檢勘

**和買諸物估體完備方許支價**

求谷於課程地稅內折收木綿白布已後年例必須收納目今各處申到時價不等若令各官司遞互體覆前項木綿布疋定處處折收慮各官吏扶同作弊一體覆實折估以致虧官損民又兼廉訪司分守各路專一體察公事和買之物若虧官損民兩便咨請照驗事都省然後准算事司體覆相應抄連牒文申省然後從宜從合屬宣慰難追改似望官民兩便咨請照驗事都省然後准算得凡有和買折收物色本路官司估到便咨合屬宣慰司差官體覆若有不實所在廉訪司官依例體察咨請依上施行

戶部呈准工部備山東宣慰司關益都路沂莒二州並臨朐縣元貞元年成造皮衣所估皮價與鄰封膠州等處價多寡不等是虧官又廣平路元貞元年差務發內帶染絹定所

五、八二　《典章二十六　戶部十二》　五

用物料其倚廓永年縣與在城錄事司不同本路並不窮問虛實各隨高價朦朧放知若便取問緣係大德元年二月二十七日以前事理除將各路見申物價准擬除外今後各處合報諸物時估司縣正官親行估體實價開申令各處合報諸物時估司縣正官通行估體完備若有濫前弊徒有目濫前弊都省准呈請照驗施行府路請委文資正官估體完備方許和買諸物即令拘該官司依期申部勿蹈前弊官員姓名依期申部勿蹈前弊如後照勘或因事發露都有目濫前弊者都省准呈請照驗施行追賠以革前弊都省准呈請照驗施行

**和買諸物對物估體支價**　至大三年五月行臺准御史臺咨

奉尚書省劄付戶部呈照勘已支並約支各物色比附得數與不敷支持議擬到至大三年合置疋帛木綿等物開置會計致至大二年週歲已支各物色比附得

五、五五　《典章二十六　戶部十二》　六

具照詳得此照得在前計置諸物例破官錢收買憑准路府州縣保結到實直價錢一一放給主其所在官司不詳上司恤民之意一概椿配諸色人民以高作底以好作歹刁蹬抑勒鈔兩州縣官司風聞和諸物暗令所占佃戶或緞定或絹布督遍各色百姓織造將百般疎賴官勢賤買貴賣損民取利及將價錢就買諸物駁須要將己物添價就買中間尅除好鈔移易昏鈔不得實徵到今歲和買諸物添價打角物色折收諸物亦皆作弊所有今歲和買諸物色折收諸物實值於上中戶計開張門面之家收買塌可買將物估體實值於上中戶計開張門面之家收買行省腹裏下項路分各該數目擬合令路府州縣見在為長正官色目漢兒各一員親對物主令府州司縣別無屯之物照依街市實直兩平收買如本管府州司縣別無屯

須要隨即交值所用價錢於本處不以是何係官錢內放支須要收買堪中之物打角完備差官管解等事今將各處計置和買諸色開坐前去都省仰照依年例科派先江西省木綿八萬疋雙線單線四萬疋先行各來儘本省至大三年額定已定稅糧認例折外收有不敷本職數目摘委本省官首領官拘該稅糧認例折外收有不敷本職儘本省官首領官拘該稅糧認例折收木綿數疋兩頭赴都提調就於本省官首領官職名同管不違候執結文狀估體支價收買夾密寬閣堪中支持木綿數疋先行各來毋致擾民除已關防打角分作運次差官管押限至大三年九月終赴都納足先其委定正官首領官職名同管不違候執結文狀並稅糧內折收和買木綿數疋先行各來毋致擾民除已移咨本省依上施行

# 夫役

## 差撥搬運人夫

三款　至元十七年十二月御史臺咨承奉中
書省劄付體知得迤南使臣人等並上任回任官員帶
私己財物經由水路前來大都至揚州所過州縣差撥捧
船人夫五十名至六七十名船到去處省除已劄付戶部一概差撥
擾不安若不禁治深爲不便都省劄付戶部令本處
屬若遇搬運官物船隻水淺去處必用縴船人夫外仰行省合
官司驗所費文憑斟酌應付不得將負帶私己人口財物
船隻擅自差撥縴船人夫令下合屬禁治施行

## 押運官員（不得起夫）

至元二十四年閏二月福建行省准中
書省咨近爲泗汶等河元設站船不敷及經涉呂梁百步
洪有遞運官物到彼必須差撥人夫車牛搬遞搔擾不

五、四八

〈典章二十六　戶部十二〉　七

安爲此議擬於各站摘撥量添船隻及於兩洪添置站車
三十輛委兵部員外郎馬承務與通政院所委官依上安
置去後今據摘撥見有船隻已差站
官安置外據押運官人員賫奉江淮各省並有宣司劄
付淮安路前路文字坐到人夫數目督勒沿河州縣依數交
替令既已設站船各照會各道宣慰司今後凡出差夫劄似爲重
複乞移咨江淮各省和顧船隻長運直至東河交卸依漕
進呈一切綴定諸物和顧船隻自行顧夫捧搜站船驗船大
運司糧斜例船主既支脚錢自行顧夫毋得更差捧船人夫
小俱有已設站夫毋得擅便督勒沿江淮河路府州縣差行移前路差撥
徒臣毋得擅便督勒沿江淮河路付兵部行移各道宣慰司照會
准備差撥人夫更乞劄付兵部行移
河路分州縣毋得聽從押物使人去輒便行移前路差撥

---

## 主簿論差搬運人夫

至元二十九年四月行臺劄付監察御
史玉龍澤呈江南百姓見令各處官府差撥夫役有妨農
業廢弃生理饑餓病困死於道途實可憫念且如婺州路
西南與衢處接境東北西南明越相通皆是山陸不通船
車每遇搬運官物遍送百姓賫擔荷輪尚是公行至
有路縣官吏搬遞已物送親舊建造私宅應付知識司縣
人吏義行筆楚繁繁相望於道但遇差夫不問數目
多少便行差撥其被差人數或出寬免每日又於市井農人
一貫之上與正里正人等索鈔物才方免以此人民失業田
處拖扯行筆差撥雖無差撥先將見令合差民
亦三四日不令選家索要鈔物才方免以此人民失業田
地荒令各道肅政廉訪司嚴加禁治

四、二七

〈典章二十六　戶部十二〉　八

戶置定鼠尾籍冊官爲封記遇有遞送官物驗籍輪流差
撥依時銷鑄仍不得多搭數目其他不問是何官員不得
輒差民夫如有違戾通讓責罰似望百姓息肩稍得安集
呈乞照詳事得此憲臺仰行移監司分司督令各令合屬立
鼠尾文簿如遇必用人夫周流挨次差撥毋致偏負擾害
百姓仍仰嚴加體察施行戶十二二十

## 脚價

### 水路合顧腳價

元章政事制國用使司照得隨路罷訖步站
止見官為和顧腳力除旱路已有定體外據水路自來不
一除合破數目外再令都水監提舉漕運司驗河水通快
淺澁去處照依目今運糧例體從實定例每物一百勵自
起程至下卸處所合地里所該腳價仰今後凡有起運
官物須管照依坐去分例和顧船隻搬運前來仍仰隨路
於月申內驗次日類報再不得似前亂破官錢遷錯

方里馬頭運至　楊村下卸水路一千四百四十五里
每物一百勵該腳價鈔一錢　河西務下
御水路一千七百十五里每物一百勵該腳價鈔一
錢五分一簜　李二寺下卸水路一千七百四十五

四、六九

《典章二十六　户部十二》九

里每物一百勵該腳價鈔一錢七分七簜　通州下
御水路一千七百十里每物一百勵該腳價鈔一
千五百一十五里每物一百勵該腳價鈔一錢四分

舊縣馬頭運至　楊村下卸水路一千三百四十五里
每物一百勵該腳價鈔一錢　河西務下卸水路一
錢八分三簜

鹽

勵該腳價鈔一錢六分六簜　通州下卸水路一千
五百七十五里每物一百勵該腳價鈔一
六百七十五里每物一百勵該腳價鈔一錢七分二

秦家渡運至　楊村下卸水路一千三百里每物一百
勵該腳價鈔一錢零四簜　河西務下卸水路一千
五百里每物一百勵該腳價鈔一錢三分八簜　李二

寺下卸水路一千六百七十三里每物一百勵該腳
價鈔一錢六分四簜　通州下卸水路一錢七分
十里每物一百勵該腳價鈔一錢七分

### 添答腳力價錢

户部呈奉省判兵部呈洛滋路修永年縣申和送
運諸物每千勵百里腳價鈔一兩二三錢今有車戶告即便
物料湧貴乞依真定例添答事本部議得比年隨路田禾
不收草料湧貴若止依舊例和顧百姓委是生受參詳擬
合照依真定例千勵百里一兩三錢加五添答一兩
九錢五分山路亦依上分數添支每勵一兩三錢加一兩
得參詳見搬物若依兵部已擬添依真定例加五添答如草
料減價依舊例呈奉都堂鈞旨依上施行
至元二十二年十月行省准中書省咨

五、七九

《典章二十六　户部十二》十一

### 逓運官物開寫勵重

據兵部呈准南京等路宣慰司關據河南等路申年終考
較出事內一項承奉上司文字凡有載運官物車輛多該
寫舖車站車照得除逓北有站車路分易為應付逓南元
站車路分必須和顧差發其押運官到下處便
文字多無坐到勵重亦無和顧差發語句一到下處便要
依伊所說當該勵重副腳力錢即被毆打又不知官員不
不如意當該勵重應副腳力錢亦不知會又照得官物
敢盤詰中間或有多載逓南行逓北站車走大
俱係輕便漢軍最負勵者止能運載一千逓南和顧車
輛每輛比至車行先行前路文字明坐勵重毋令押運官
亦要依站車數目應付其實是生受府司今後凡有逓運
物車輛自行執把文字上寫除北有站車去處應付站車逓南元
自行執把文字上寫除北有站車去處應付站車逓南元

《典章二十六　户部十二》十

站車路分或令差撥明白開寫使前路先知預備免致押
運官毆打耻辱官府冒說勑重多支官錢所載物件亦合
令各處照依坐去勑重應付車輛當司參詳若依河南府
路申似爲照明白各處官司亦易應付本部參詳如准本司
所擬似爲便益都省准呈仰依上施行

**顧船脚力鈔數** 至元二十三年湖南道宣慰司奉行中書省
剖付爲遞運軍人出征什物等每千勑百里支鈔一道爲此據各處
錢七分文奉省剖發下文榜一道爲每千勑百里顧船隻脚價每千
勑百里上水一兩下水減半等事承此據各處申船戶委
是不數盤纏多有棄船在逃有惧軍情大事若依接運恩
明州糧斛定到脚價百里放支鈔四兩一錢一分驗
稔支給似爲船戶樂便得此具呈行省剖付來見明運軍
器脚價比照運糧價例擬除耗米價外每百勑千里支

鈔二兩一錢外據照市價餘一兩五釐等候按察司
覆相應至日定奪施行

**至元新格** 五欵 諸和顧脚力皆儘行車之家少則聽運其餘
近上有車戶內和顧仍須置簿輪轉立法無致司吏里政
分司人等那攬作弊

**運糧脚價錢數** 至元三十一年正月湖廣行省爲起運真州
糧一十五萬石事務准江西行省咨先爲年例攢運真州
米糧舊例每石下水百里支鈔三分船戶揭用不數本省
議得每米一石量添三分通作六分移准中書省咨該更
爲議定奪體覆相應擬行此照得至元二十九年准鄂州路等處
應依上添支去訖又照得至元二十九年准東米糧五萬
石三十年起運真州糧二十萬石亦依前項米糧例放支
支了當今據見呈除已移咨中書省照驗定奪外照驗實

五、六

典章二十六 戶部十二

十二

---

運糧數扣算合支脚錢先交一半付船戶關領施行
部呈奉省判并本部呈伯簽省言擾民不便事內一件東
平路起運諸物元定千勑百里中統鈔一十兩草料湧貴
官吏脚價不數目今每百里中統鈔一十兩該鈔一十七兩
勑百里山路一十二兩平川一十二兩近來諸物湧貴其得
若依街下脚價不數合無照依目今各路車杖實該黃運糧下水千勑
今每千勑百里顧價中統鈔六錢別元上水比下水
百里脚價中統鈔六錢別元上水例議得上水比下水
兩平和顧價中統鈔一十七兩
比下水增倍作一兩二錢旱脚價鈔亦合比元定之上量

後應有遞運諸物今
本部與戶部講究定各路應起運諸物千勑百里平川支
中統鈔一十兩山路一十二兩水路六錢又於大都路倒
除水脚卷內照得千勑百里下水支鈔七錢上水八錢於大
不見幾年分定例行據大都路備通州申官顧例係蒙省委
德三年爲江西省鈔本和顧到水脚顧例擬倒除
官定擬到上水八錢下水七錢到今依此例和顧外據私

添加五本部議得山路脚錢一十二兩平川一十二兩雖是
在先已定通例却緣比年諸物湧貴遞運額數止循舊例
照勘明白議擬通例連呈奉此照得至元二十五年四月
實是虧民參詳除大都至上都並五臺脚價外其餘諸路今
後應有遞運諸物水脚價比附行省所擬上水添一兩
下水止依舊例六錢內隨即放支相應奉都堂鈞旨送兵部
於不以是何錢內照例旋即放支相應奉此照得至元二十五年四月
不見幾年分定例行據大都路備通州申官顧例係蒙省委
德三年爲江西省鈔本和顧到水脚顧例擬倒除
官定擬到上水八錢下水七錢到今依此例和顧外據私

五、八八

典章二十六 戶部十二

十三

四四〇

顧水腳即與官顧例同旱路平川和顧腳價鈔二十兩山
路和顧驢運五臺鐵貨擬支鈔三十六兩開申驗照及照
元貞二年六月承奉中書省劄付江浙行省備申杭州路申
約量定擬裏河千里百餘支中統鈔六錢外江上水七錢
下水六錢移咨中書省劄付可否相應依上施行又照得
大德四年七月二十九日承奉中書省劄付本部呈高唐
州申近運官物差撥百里車牛生受呈都省議得起運官
物已有定立程限今後各處行省應起諸物秤盤實
分運起離若遇河水結凍地面官司將緊用細物趁河水通流
般重官為兩平和顧快便腳力直至前路總管府交割合
遍行合屬依上施行奉此除遇依今奉前應本部議得各路
該腳價於本路不以是何官錢內即便放支腳價應恐各路
為無定例冒破官錢將來倒除倘有爭懸各言被體處體例
如此似難關防以此參詳除大都至上都並五臺腳價外
其餘路分比附各處所擬千勳百里中統鈔為則量添乼早
腳山路作一十五兩平川一十二兩江南腹裏河道水腳
上水八錢下水七錢淮江黃河上水一兩下水七錢驗實
有勳重於不以是何官錢內那便放支和買遞運相應具
呈照詳得此都省議得除下水腳價擬依舊例六錢外餘
准部擬咨請依上施行

四六七

圭

## 和糴

**收糴相接受糧** 中書省至元二十二年二月十九日奏過事
內一欵節該自今歲秋成為始乘其時直價錢將有糧最
多之家官用錢本兩平收糴謂如收租一萬石之上者三
分中官糴一分三萬石之上者官糴一半五萬石之上者
三分中官糴二分官倉收貯次年比及新陳相接之糧價
貴官為開倉減價糴賣欽此

八四一

齒

## 物價

月申諸物價直 中統五年八月欽奉詔書內一欵兩澤分數

諸物價以鈔爲則每月一次申部

和買照依市價 至元二十年湖廣等處行中書省咨准中書省咨諸

物脚力價錢比腹裏路分爭縣未有定例稅准中書省咨

照得至元九年十月初六日欽奉詔書條畫內一欵節該

和顧和買和糴並依市價不以是何戸計照行例應當

官司隨即支價毋得逗遛了證大小官吏權豪勢要之家

不許因緣結攬以營私利達者治罪欽此咨請欽依施行

至元新格諸街市貨物皆令行人每月一平其直其比前申

有甚增減者各須稱說增減緣由自司縣申府州由本路

申戸部並要體度是實保結申報凡幾年例必於本處和買

之物如遇物多價少可以趂賤收買者即具其直另狀飛

申

二七八

典章二十六 戸部十二 圭

錢債

斡脫錢

行追斡脫錢事　至元二十年二月十八日呈中書省咨撒里
蠻愛薛兩省裏傳奉聖旨斡脫每底勾當爲您的言語是
上麽道交罷了行來如今尋思阿這斡脫每的言語似是
的一般有在先成吉思皇帝時分至今行有來如今若他
每底聖旨拘收了阿却與省未曾拘收底休要者若有防
送交百姓生受行底明白說者欽此

爲追斡脫錢事　至元二十九年十月御史臺咨承奉中書省

〈典章二十七户部十三〉　一

〔四五七〕

劄付泉府司呈七月二十四日本司少卿趙奉直賞擎御
寶聖旨前來赴中書省開讀節該如今過得的每明有顯
跡斡脫每若有阿與者別箇失散了的無保人的每休要
者做頭口與來的斡脫每其簡被不拜户要了阿委實窮
暴無氣力阿休得了錢的斡脫每委實窮暴生受阿他
休要者又秃兒減磨絲裏青鼠等候著斡脫每的若有阿
裏俱得的本錢休要交納利者窮候著斡脫每的若有阿他的本錢
交納者又秃兒減磨絲裏青鼠等候著斡脫每的體例
休要者委實得的利息納者道來欽此

斡脫錢爲民者倚閣　大德二年八月二十日江西行省近有
有蒙古文字譯阿吉只大王令子螢子田地裏屬俺的幹
脫錢本錢利錢不納有這瞻速丁馬合謀爲頭使臣女孩
兒小廝用著的物俺根底出來的時分馳默卦酌著舖馬
他每根底與著交出的您省官每識者麽道您根底委付

聲去也敬此照得先欽奉聖旨節該諸王駙馬並投下告
臨路官員人等欠少錢債照得先帝聖旨如有爲民借子
雖寫作契已准照勘端的爲差發交使有備細文憑
亦在倚閣之數仰照王投下取索錢債人員須管於宣撫
司與欠債人當面照得委是己身錢債另無異詞依一本
欽此已經劄付合屬去處欽奉聖旨事意毋得縱令收買
良民違錯欠少斡脫錢債人等依例施行外據轉送兒
媳婦一節即係以人爲貨事理移准都省咨該請欽依聖
旨事意施行

斡脫每休約的當　大德五年六月欽奉聖旨泉府司官人每奏

〈典章二十七户部十三〉　二

〔五六九〕

幹脫每裏多有勾當裏行的營運與錢的人每行聖旨
交各處買賣去阿各路官人每聖旨裏他每的名字不
是麽道約買嗔生受有歷道奏來如今那般賣擎聖旨行
的斡脫每的官人每處顯驗阿將他每根底
人等根底休約當者每處顯驗的文書將著聖旨行了阿將他每根底
路官不怕那斡脫每約當裏首會者不干自己人每根底
休得帶者夾帶的斡脫每根底也首者既是這般宣諭了阿將約當了的

追斡脫錢擾民　大德六年十月江浙行省准中書省咨二道
有扎忽兒真妃子念木烈大王位下差來使臣晏只哥夜等追徵
等欽賣聖旨追徵斡脫錢物本省照得晏只哥夜等追徵
本位下錢物不曾經由中書省亦無坐到元借斡脫錢人户
花名錢數止坐烈元借斡脫錢人不曾罕丁法合曾丁孟

林三名信從各人轉指諸人借欠錢數展轉攀指一百四
十餘戶追徵因而擾民不便除已行下杭州路行移使臣
晏只哥歹等著落元借幹脫錢人不曾軍丁追徵外若不
移咨本官係位下差來人員誠恐迴還異詞妄說今後凡
有投下追徵幹脫官錢開坐欠少戶計村莊姓名數目具
呈都省轉咨行下拘該官同徵理官民兩便請希咨
回示都省合行移咨請照依照驗元坐取幹脫錢各人姓
名依理追徵毋致信從勾擾違錯

《典章二十七戶部十三》

一八三　　三

---

# 私債

中統二年八月欽奉皇帝聖旨道與中
書省近據諸王駙馬投下奏告臨路官員少欠錢債乞降
聖旨取索前事為此有已降詔書難准所奏為此省諭各路
宣撫司如諸王並投下差人及債主取索錢債之時仰備
細照勘若管民官驗元借錢目委係為民戶欠少債負已降聖旨
亦在倚閣之數係下差人取索錢債人員須管於宣撫
並依倚閣之數已後別行定奪仰債主並不得取索外據
民間私借錢債驗元借契已後通有續
倒文契當官毀抹並不准使若先有已定還數目前後通
同照算止還一本一利又照得先有為民間借者
雖寫作梯己文契亦仰照勘的為差發支使有備細文
一面強行拖拽人口頭足准折財產搔擾不安如違定是
治罪施行欽此

《典章二十七戶部十三》

五二七　　四

司與欠債人當面對證照得委是已身私借錢債別無異
詞依一本一利歸還毋得逕直於州縣將欠債官民人等

**卑幼不得私借債**

燕京路總管府同知郭汝梅奏告本路官員百姓富家子
弟不問尊長與財主作弊取得債負及冒賣田宅虛錢
實契一同非理使用意尊長在日卑幼不得私借錢債及
業乞行禁約事准奏仰尊長不得與錢債如違其
典賣田宅人口財主亦得與富家通同借與錢債如違其
借錢人並借與人牙保人一例斷罪及將元借錢物追没
入官仍仰中書遍行臺路禁斷施行欽此

**禁借卑幼錢爺死後取**

延祐四年正月行臺劄付准御史臺

咨延祐三年十月二十八日本臺官奏過事內一件在前
民間父母在時分他的孩兒每休交背地裏私借錢債恐
怕壞了家私道世祖皇帝聖旨裏好生禁治來如今大都
南北兩城並外路有一等潑皮歹人每將著卑幼
子弟私借錢債借一定鈔文書裏寫做一百定一定寫
做一千定眾人破使他每爺死了之後圖謀產業歸還麼
與換文契又將磚石地土等物貨敗壞風俗俺如今與省文
書交多出文榜嚴行禁治將那正犯上並一般人及賣物
的人和保見寫文書的人每根底都要重罪
過教監察每廉訪司常加體察呵怎生奏呵那般者欽此咨請欽依施行
的是有好生禁治者聖旨了也欽此咨請欽依施行

### 放債取利三分

「五、八九」
「典章二十七　戶部十三」
五

至元二十九年四月二十七日中書省聞奏隨
路權豪勢要之家出放錢債逐急用度添利息每兩至於
五分或一倍之上若無錢歸還呵除已納利息外再行倒
換文契累算利錢准折人口頭匹事產實是於民不便俺
與眾老的每商量來今後放錢債每兩出利不過三
分這般呵奉聖旨那般者欽此諸人舉放錢債每貫月利
三分止還一本一利已有禁條其餘倒換文契多取利息
者嚴行治罪合奏呵奉聖旨那般者欽此諸人錢債
下不得借債元貞元年山南河東道肅政廉訪司為常德
路武陵縣石應庚等告李縣丞借中統鈔一十定付移准御史
臺咨招詞不見倒難議區處申奉行臺剳付除親戚故舊
之家外今後凡取借部下諸人錢債合行明立保見出息

---

文約若不依數歸還理宜究治難議計贓科斷黜降參詳
擬合從一多者為重准不枉法例減二等斷罪相應都省
准呈仰依上施行

又
至大二年七月行臺准御史臺咨承奉中書省剳付來呈
淮西廉訪司申准副使馬忠議牒承民之官取受
本理宜禁絕若有違犯驗所得息錢計贓坐罪申乞照驗
不枉法定論卑司看詳所言息錢計贓比依取受
得此看詳凡借部下諸人錢債依理歸還如有指借為名不立保
見出息文憑錢債運以求利者准上科罪其勢強
借就托上戶領錢營運以求利者准上科罪其勢強
數歸還從一多者為重依不枉法例減二等斷罪又不依
詳都省議得除親戚故舊之家餘准部擬你上施行

### 多要利錢本利沒官

「五、七六」
「典章二十七　戶部十三」
六

大德二年八月中書省據樞密院呈准
上都樞密院咨大德二年三月二十日奉軍官每盤纏呵
利息上頭故意的軍人每盤纏交遲著軍用著有呵
他每根底揭借有每月一兩鈔一錢二錢利呵那般的
盤纏到來呵那債負裏還了有時呵那般放利錢已
見大體例裏一兩鈔一月三分家利錢已上休要者今此
先自有定例今後軍前放債虛錢實契文字不許歸還多餘取利者
擬定來奏呵本利沒官呵他您依體例行文字者罪過呵怎生道此
有定例今後軍前放債虛錢實契不許歸還多餘取利者

### 罷官不得放債

「大德三年正月」

管軍官吏放債照依通例取息歲月雖多不過一本一
追徵沒官約量治罪
利如有取利無度番息作本以致軍戶損乏者追息

回主仍與治罪民官私債准此大德十年五月十八
日命相詔

應管軍官舉放本管軍人錢物詔書到日盡行倚免典
賣親屬悉聽完聚價不追還至大歐元詔

### 放粟後課利例

趙琮等告本縣李主簿舉放科粟公事除另行外議得比
年以來水旱相仍闕食之家於豪富舉借饑糧不以利重
唯得是圖且救目前之急自春至秋每石利息重至一石
輕至五斗有當年不能歸還將息通行作本續倒本續次
年元還亦如之有一石還至數倍不能已者致使貧民稍
書省剳付送禮部議得舉借斛粟合依鄉原例聽從民便
折田宅典顧兒女備償不足良為可惜理宜禁斷呈奉中
舉借年月雖多不過一本一利如有續倒文契欽依已降
條畫追斷都省准擬仰照驗施行

二·七一 【典章二十七 戶部十三】 七

---

# 解典

### 解典金銀諸物並二週年下架 大德八年七月江浙行省准

中書省咨備江西省咨龍興路備錄事司申熊瑞狀告大
德六年八月初三日於誠德庫內解訖中統鈔珍珠一千二百顆有零及玵瑎統
子六簡於誠德庫將珍珠一百二十五兩至大瑎瑎
年八月十六日九月二十七日兩次將本息鈔去本
庫不肯放贖勾問得誠德庫子張義供指已過週年下架
了當得此照得元貞二年二月內准中書省咨議得今
後諸人解典二週年不贖許令下架問得在城豐義庫
服諸物一十八簡下架取訖如此結罪文狀緣珍珠與金
銀均是寶貨其難與足帛衣物相比合無照依豐義庫
子張貴狀供本庫除金銀珍珠下架其餘足帛珍珠與金

珍珠二週歲下架之例令照熊瑞叩算本息鈔兩取贖實
為民便本省看詳若准本路所擬放贖相應咨請定奪回
示准此送禮部照擬回呈本部議得解典諸物望圖利息
因為定例不一以致爭訟繁多照得即令在京典物週年下
兩二分者五十箇月方便有過倍之利如此取息是虧
架即條一十二箇月日便有過倍之利如此取息是虧
民據應典諸物擬合照依金銀一體二年下架實為民便
如蒙准擬遍行各處遵依永為定例相應具呈都省准擬咨
諸照驗依上施行

四·四六 【典章二十七 戶部十三】 八

禮制一

朝賀

**慶賀聖節拈香**　前期一月內外文武百官躬詣寺觀啟建祝
延聖壽萬安道場至期滿散其日質明朝臣諸闕稱賀外
路官員則率僚儒生耆老僧道軍公人等結彩香案呈舞
百戲央道祇迎就寺觀望闕至香案下設官屬褥位班
立先再拜班首跪上香舞蹈叩頭三呼萬歲公吏人等
就拜興再拜禮畢卷班就公所設宴而退

**禮儀社直**　大德七年八月二十日江西行省准中書省咨先

四、八七

〈典章二十八禮部一〉　一

據御史臺呈河東廉訪司申照得至元十年七月內西京
路承奉中書省兵部符文奉中書省劄付准也先乃蒙古
文字譯該聖節日隨路裏官人每自己俸錢內殺羊做筵
席有喫素飯筵呵宜得一殺麼道人刺入合失教奏呵
那般者教省官人行文書道聖旨與西京太原平陽
等路宣慰使鐸剌沙我以前每年聖節教罷了休做如今
你每奏說隨路府州城裏官人每年做箇如你奏物
百姓生受更兼本命日又科歛錢物百姓生受有如你
說是實呵從命以後聖節住罷了休做者欽此
切見外路府州司縣遇聖節正旦拜賀行禮每每不同大
概勾集諸色社直行戶粧扮迎引至于公所置位
禮必就寺觀中將僧道祝壽萬歲預先引至于公所置位
或將萬歲牌出其坊郭郊野之際以就迎接又必揀選便

---

於百姓觀看處安置然後官吏率領僧道搥拽擅面鏡
欽鼓板幢幡寶盞以旋墜諸色行戶粧扮社直娼
妓之類公街巷陌擺撥名為混雜褻瀆甚非警
聚眾迎接萬歲牌等事豈不下凟民之禮今比附到至元
八年已定儀式合行合禁事理逐一議擬于后具呈照詳
得此都省照得外路諸衙門欽遇聖節元旦臣子之禮但
合宜講究拜賀儀禮注云擬定制頒行天下使臣子遵守
內自備所費既多而已今廉訪司言及率民錢搔擾百姓又
驛之意又各處各衙巷陌擺撥名為起立禮筵元日禮
翰林國史院并侍儀司官一同議擬得凡遇聖節元旦禮
庶免差忒不一具呈照詳得此送禮部呈約量到集賢
當以敬為主照依至元八年奉准儀式行禮合用樂人止

五、八二

〈典章二十八禮部一〉　二

**軍官慶賀事理**　元貞二年十月湖廣行省准樞密院咨准中
書省照會御史臺呈河北河南廉訪司俻據蒙古萬戶府
等粧扮社直筵會一切所需之物官吏自備並不得
取歛於民除外咨請遍行合屬依上施行
就本處在城者無得於他處勾集及椿配諸行戶百姓人
伏申緣近年以來管軍萬戶千戶衙門性各有置立廨
宇欽遇天壽節日不以地程遠近或三五百里勾赴萬戶
府拜賀千戶百戶申領公吏人等前去人眾搔擾百姓今
無令軍官有廨宇者做依路府州城倒止於廨
廨舍者就於本處寺觀倒止於廨宇拜賀元
道個具呈詳得此送禮部照擬照會施行
如准與民官一體行禮相應都省照詳擬得准擬照會施行

**守土官行禮班首**　大德元年
　月松江府奉江浙行省劄付

上施行

職難以品級定論班依如依本部已擬似爲長便咨請依

准回咨送禮部議得松江萬戶府雖係三品終非守土之

令從五品州官班首於禮未順移咨中書省定奪去後今

帶三題明珠虎符正三品於禮未順移咨中書省定奪去却

戶府係奏准屯守去處如鉛山吳江江陰等處俱係懸

首於禮相應都省咨請依上施行准此爲是江南鎮守萬

處元當終非守土之職凡遇進賀行禮若令守土官爲班

咨送禮部議得松江萬戶府雖係三品鎮守征行屯戍去

旨詔赦壽聖節并賀正之時祭祀行禮班首移准中書省

來申本府達魯忽花赤萬戶松江府達魯忽花赤凡遇開讀聖

《典章二十八 禮部一》

三

二三八

---

## 進表

表章定制體例 至元三年四月中書禮部承奉中書省判送

侍儀司呈該南京路雎州等處進到表章脫漏印信事省

部行移侍儀司照依舊例定到表章體式呈奉都堂鈞旨開

送本部依上遍行各路一體施行此今將定制體式開

坐前去仰照驗今後遇有進表章依式施行

諸上表並爲楷書每幅六行或七行後一幅或三行或

五行每行不限字數第一幅前用印帖黃押下邊用信

其在下上進謹封封裹外路仍藏以鏠銜全表匣複

賤以梅紅羅單複封裹外路仍藏以鏠銜全表匣飾

以螞表章迴避字樣

極盡歸化忘 七妄征 詐讒哀愛 奄昧駕避仙斯死同

《典章二十八 禮部一》

四

病苦沒泯滅　凶禍傾頹毀偃　壞破晦刑傷

孤堅墮服布　孝短夭折災　困危亂暴虐

昏迷遇蹇過　攺替敗廢寢　殺絕忌憂切

患哀囚往棄　喪戾空陌厄　艱忽除掃擯

鈌落典憲法　奔崩推殄隕　墓稿出祭奠

鬼狂藏怪漸　愁夢幻弊疾　遷塵亢蒙隔

離去辭追考　板蕩荒右迸　師剝革聯達

挽升退換移　暗了休罷覆　弔斷收誅厭

諱恤罪辜慾　土別逝誓　眾塵　弔陵

五○六

表章迴避字樣

右一百六十餘字其餘可以類推或止避本字或隨音旁避及古帝王名號不用數目字亦不許用多并御名

合迴避皆避

西省咨稟科舉事件送禮部約會翰林院官議得擬作稱

一欵延祐元年十一月行省准中書省咨陝

賀表章元禁字樣太繁今擬除全用御名廟諱不考外顯
然凶惡字樣理宜迴避至於休祥極化等字不須迴避都
省請依上施行

又延祐三年八月行臺劄付准御史臺咨奉中書省劄付
禮部呈翰林院國史院議得表章格式除御名廟諱必合
迴避其餘字樣似難定擬都省仰欽依施行

**外路進表章禮數**　行禮數例

賀似爲相應批奉都堂鈞旨送本部准呈施行

**表章五品官進賀**　至元十年二月中書省判送吏禮部元呈
據大名路申五品以上長官俱得進表稱賀開州濬州滑
州係五品衙門俱隸本路所轄去處今後如遇聖壽元日
賞表章赴本路總管府類聚止令總管府差人赴朝廷進
賀內有文理叢雜

**表章主官校勘**　至元二十五年三月禮部照得路府州官

〈典章二十八　禮部一〉　　五

句法失悮及書寫行數不依元降格式複匣鎖鑰打角不
完省部議今後凡進賀表章令文資正官一員通儒吏一
名校勘無差具解進呈仍於文解上開寫撰文校勘官吏

日以裏都教回去者推病的幹別勾當了當的五
名校勘當裏再休委付的人每來者官人每并其餘勾
字勾當裏委付的人每進表時不揀那衙門裏差
宣使奏差合來的人每首領官每步行回去勾當
當人等推稱故休來者呵當了也欲此除欽遵
裏休委付者歷道聖旨了也欽遵照得近年以
來在外諸司不詳站赤生受指以進表爲由假公營私濫
行給驛今署舉腹裏各處帖冶提舉司益都淘金總管府

**名衙門進賀表箋**　皇慶元年正月江西行省准中書省咨兵

河間山東兩處鹽運司及海道運糧萬戶府所轄江淮財賦總管府
及海道運糧萬戶府似此衙門理合赴各處總管府
納以此參詳今後凡遇進賀表箋除各道廉訪司照依舊
例外據腹裏路分差官馳驛赴都其餘衙門擬合令所
在處分就便附納外處各處
行省宣撫司都元帥府屬萬
戶府及五品以上衙門俱有進賀表箋止令赴所隸省
司通行類咨欽依差人馳驛赴中書省樞密院徽政院呈
貢不許另行給驛赴都
守相應具呈照詳都省准擬咨請依上施行

**進表騎長行馬**　至元八年二月尚書兵部奉尚書省判送御
史臺呈山東東西道按察司申天壽正旦諸衙門差人進
表合無依舊例

〈典章二十八　禮部一〉　　六

擬定連判呈此奉比照依舊例五品以上長官俱得進表
稱賀益臣子孝敬之心自不能已今後進表不以遠近止
合乘騎長行馬定預期前來許令經行館驛安下擬合官
爲應付飲食草料分例人不過二人馬不過三匹呈
卻於官錢內支破以臣子誠敬之人所用鈔物
萬元節并正旦表章實出於人臣誠敬之人所用鈔物
萬壽節表匣用過鈔物請除破事料又照得平灤路申
等路申賀正表匣用過物料等價省部議隨路官員
自行出備呈本都堂准呈

**表匣不得支破官錢**　至元九年三月中書戶部據太原京兆
奉省准咨欽依擬行下合屬擬定下合屬擬定下上施行

**上位名字**　至元大元年行臺准御史臺咨承奉中書省劄付
密院呈至大元年正月十四日本院官奏世祖皇帝登了

寶位在後完者都皇帝登寶位呵多人每犯著上位名字的交改了有來如今皇帝登寶位也皇帝在軍上時分為軍情勾當的有來上頭分為的文字也有為人的上頭分為的字樣也有多人的每犯著上位的名字的之後改了年是的其間多人每犯著上位的名字的也有如今先已行了的文字裏咱差寫了的也有那的文字的俺在各衙門裏寫着文字呵怎生麼改了省諭多人犯着每名字的交更改了者如今皇太子根底各處寫來麼道啟呵奉聖旨那般者欽此

做好事與素茶飯皇慶元年二月 日福建宣慰司承奉江浙行省劄付准中書省咨宣徽院呈十月二十日本院

**典章二十八 禮部一 〔七〕**

官特奉聖旨今後但做好事處只與素茶飯體交吃肉者合喫肉茶飯的好事一腳于兩腳子肉你宣慰徹院斟酌與者欽此

三、四十

---

## 迎送

大司農御史承兼領侍儀司事至元八年十一月十五日斡耳朵裏奏准每遇聖節元日詔赦并各官受宣敕除沿邊軍官再行定奉外諸路官員合無令各官照依品從自造公服迎拜行禮奉聖旨除沿邊把軍官外那般行者欽此已經呈覆今擬合侍儀司申除沿邊把軍官外路官員如遇聖節元日詔赦受宣敕到禮數開具前去外有合行禮數逐旋講究申覆乞照驗事備呈中書省照驗施行

一元日外路拜表日質明望闕置香案并設官屬得位敘班立定禮生贊拜司吏捧表詣授班首跪受以授所差人所差人跪受詔班

**典章二十八 禮部一 〔八〕**

首起立禮生贊拜在位官皆再拜訖退

一外路迎拜詔赦官到禮生贊拜在位官皆再拜司吏捧表送詔赦官即於道側所差官亦下馬取詔赦置率僚屬迎吏從人等備儀從首樂詣郭外迎接見於輿中班首詣香輿前上香詣所差官上馬在輿後班首以下皆上馬後從鳴鉦鼓作樂前導至公所從正門入所差官下馬詔赦置於庭中望闕設香案又設床於案之西南所差官詔赦置於案綵輿香輿皆退所差官稱有制贊班首以下皆再拜班首稍前跪上香訖復位所差官詔赦授知事知事稍前跪受記詔赦置於案知事等復位班首以下皆再拜所讀記詔赦置於案知事等捧詔同陞宣讀在位皆再拜

四、九五

舞蹈叩頭三稱萬歲官吏叩頭中間公吏等就拜興
又拜訖班首以下與所差官相見於行前禮畢所
差官行班首率僚屬公吏皆樂送至城門外而退
一送宣投宣命官如見在隨路府州或別司長官二官
使者先遣人報知受宣官率僚屬吏從等備儀從音
樂綵輿及香輿皆退使者就褥位立受宣官就
望闕位立褥生贊再拜前跪上香又再拜跪再
稱有制賜卿宣命受宣命官受訖使者取宣於
案以授受宣官受訖置於懷就一拜興稍退恭聞宣
命訖復致於褥位再拜舞蹈叩頭又再
拜受宣官起使者與受宣官及諸僚屬相見於
躬萬福受宣官近使者前跪問曰聖
躬萬福使者躬答曰聖
所前禮畢

**五八八**

**典章二十八　禮部一**

**九**

并褥位宣使者褥位在使者之西
衣褥設綵輿及香輿皆退使者就褥位
使者取宣於綵輿捧置案上設案

使宣官詣褥位中受宣官詣香案前上香訖興退遣人
居處郡州無合導用案褥受宣官令入
州處如合家無音樂儀從亦不排便皆從正門入
從後鳴鉦鼓作樂前導至所居至興後受宣官次行皆上馬
受宣命未敢參見使者即於道側下馬取宣置綵輿
望見使者即於道側下馬使者亦下馬取宣置綵輿
中受宣官詣香輿前上香訖遣人覆知使者爲未
見使者先遣人報知受宣官率僚屬吏從等備儀從音
使者行班首率僚屬公吏皆樂送至城門外而退
差官行班首以下與所差官相見於行前禮畢所
又拜訖班首以下與所差官相見於行前禮畢所

勅以授受勅官受勅官受勅置於懷出笏就拜興復
詣禱位立定禮生贊再拜訖綵幣跪上香送勅官奉
如開官就本宅正所望闕設香案褥位
一受其日受勅官其公服就公所望闕設香案褥位
所前禮畢
躬萬福受宣官起使者與受宣官及諸僚屬相見於
拜受宣官起使者與受宣官及諸僚屬相見於
命訖復致於褥位再拜舞蹈叩頭又再
案以授受宣官受訖置於懷就一拜興稍退恭聞宣
稱有制賜卿宣命受宣命官受訖使者取宣於
望闕位立褥生贊再拜前跪上香又再拜跪再
樂綵輿及香輿皆退使者就褥位立受宣官就

---

**迎接　體例至元十年五月**

奉尚書禮部符文照會外路官如遇聖旨元日詔勅并差
遣使者送宣於外路各官受宣勅數依奉施行外別不
見受宣官自齋宣命數體例申乞明降事又據真定路申每遇使
迎拜各禮數體例申乞明降事有元定路司擬合依常例出郭迎接不知合
臣人員賣擎公服迎接然後具公服拜聽行
無穿帶公服擎聖旨明降此本部公議得使臣人員不知合
聖旨隨路開讀擬隨路官赴任并出郭迎接不合
自賣宣命赴任擬相應依常例出郭迎接具公服受宣官賣擎
開讀至本中書省所擬相應隨路官司擬合依常例出郭迎接具公服
呈依本部所擬相應申呈都堂鈞旨送吏禮侍儀司行
呈大司農御史中丞兼領侍儀司事

**大德七年九月二十日江西行省准中書省咨該御史**

**五七七**

**典章二十八　禮部一**

**十**

臺備監察御史呈體知朝廷差去西嶽等廟降御香使臣
于祕監等一行五人起馬七疋經過站赤除正分例外多
要羊肉等物縱令總領將秦川驛等處司王思明等殿
打剝脫衣服等公事呈奉中書省劄付送禮部照得祭物
分例不經本部仰就便施行送據監察御史呈照勘得於
祕監燕帖木兒二人起馬七疋前去西嶽出郭伺候
別無開到正從人數所過州縣預報致令官府出郭伺候
連日妨奪公務又令權借宿羊祭食祗待到於降御香地
面合用祭物於祕監已往上都議得於祕監燕帖木兒除正分
命之意於祕監已往上都議得於祕監燕帖木兒除正分
例外多餘取要羊酒麪术及祭祀用過猪羊齋料等物此
間無可照勘即係有司所行事理宜從都省劄付合屬照
勘依例施行今後降香人員經過去處採期行移前路連

日廢務出郭迎接有然公事若令直至界所令人報知迎
接似不相妨具呈照詳檢會到至元八年十二月尚書省
備御史臺呈體知得宣省差使臣人員齎擎聖旨前去各
縣開讀常是預先行移前路官其總管府官吏齎擎聖旨
路以致妨奪公務今後合元令宣省差使臣照得中統二年
來以妨擬合依上施行移咨前路官到彼不得行移前路官依
定必到日期前路官迎接或三四日或五七日或十餘日才方到
接中書省咨都省議得除赦詔聖旨使臣依
先准齎擎合依上施行過有馳驛遇除至欽此見司不前察
詔并齎御寶聖旨使臣預期一日行移前路官司依赦
迎接外其宣省差使臣人員如無賷擎赦詔聖旨不須迎
例送舊例除迎赦詔外遇有賷擎赦詔聖旨合屬照會去訖今據見呈都省

接以妨公務已經遍行合屬照會去訖今據見呈都省

**察司不須迎接祇待**
道按察司申盧州路牒兩淮運司差使臣賷擎聖旨前來
開讀准備迎接檢會到按察司承奉御史臺至元八年正
月二十八日劄付該中統二年四月內設立十路宣撫司
立宣撫司欽奉聖旨條畫內一款迎送外其餘並係元
聖旨條畫內一款送迎司欽奉聖旨條畫事意施行
一體監送送劄付該都省相度仰照依元
不須迎送欽奉聖旨條畫事內一款宣撫司與按察司俱係
奉中書省劄付體知得省部臺院各監衙門差去各路
省部臺院所差人員不須迎接

〖典章二十八〗 禮部一 十二
五、七九
請行下合屬依上施行
又至大二年五月江西行省准中書省咨至大二年三月
初二日奏過事內一件御史臺官人每與俺文書大寶等
處開讀書聖旨去的使臣交迎接者呵遇着雨雪也有
日之後來到的也有來呵遇着兩雪也有公服有收二三
拾戶計打捕豹子的也與迎接者聖旨令者并多人也有裏穿着公服喇
悞有廉道那裏的廉訪司官人每俺根底與文書來併來江浙
省官人每也與迎送聖旨令并多人也要穿着公服喇喇
有有俺官家私每每衙門迎送聖旨令勾當喇喇遲
來的爭家私每也與迎送聖旨令香御與田地
將來經過處俺商量來若合行省與廉訪司有合一同干碍的
經過各處俺商量開者若有合行省與廉訪司官有合一同干碍的
有呵喇各一員官迎接其餘的聽者除這的外寺觀多人根

**察司不須迎接祇待**施行
呵休交迎接呵怎生奏呵奉聖旨那般者欽此咨請欽依
施行

〖典章二十八〗 禮部一 十三
五、六三
勾當公事人員比及到彼先令前去報說致使各處正官
出郭迎接不准妨奪公務倘有迎接不到其差去人員因
而織羅其間取受打發錢物深不便當都省除已行下各
衙門并劄付禮部遍行各路今後除聖旨令諸王駙馬
朝省并劄付禮部遍行各路今後除聖旨令諸王駙馬
臺院各監諸衙門差去人員并非迎接官員許令迎送其餘
下各道按察司體察施行本臺除外行移咨請照驗施行

**經過使臣休接**
至元二十四年六月二十四日御史臺承奉
尚書省劄付該蒙古文字譯該怯里馬赤阿散言語腹
裏地面但有的管民官每看守城子軍民每根底觀着
呵來的去的或好或歹使臣每根底委付來的勾當也到
不得一般似有的使臣奉御廢道說着數行文字有為
差來的使臣奉御廢道說着數行文字有為那般的管民

官看守城子裏軍官每撤下勾當每日賜送迎送使臣有麼
道奏呵安童哥那每根底說教文字者那一簡城子
裏有開的聖旨呵那城子裏的管軍民官教接聖旨了也
至元二十四年四月十八日安童怯薛第三日幹耳朵裏
火見赤房子裏有時奏欽此都省除外合下仰照驗施行
聖旨事意施行

**迎接委官員餘省辦事**　至元二十九年十一月　日中

書省咨禮部呈准河東山西道宣慰司關備平陽路承准
河南山西道肅政廉訪司分司牒該省准御史臺劄付檢
會到先欽奉聖旨節該往來使臣於係官館驛付檢
去有如勾當的入城去底使臣的休入並不
得與官員民戶舍房安下如違治罪欽此照得本州南北
驛路諸事宂併不時諸王公主駙馬經過祗應浩大又有

五、七二

《典章二十八 禮部一》　十三

朝省官員并西番大師人等俱賫擎聖旨前往安西等處
開讀並不經直於本州城東馬站倒換馬足經過卻行入
城便要迎接大小官員人等出郭從朝至暮等候若者不
下三五日多者十數日不見到來將事務宂誤不能理
問儻然到州取勒官吏急慢招伏不惟如此往負罪責事
繁利害乞照驗請依欽聖旨事意禁治施行合行
遵外又照得本路正係衝要驛程事務繁劇日逐官吏必須
有行前程文字或令人飛報須要迎接以本府衆官經過
出郭迎接即至出使官員止摘府官一員出郭迎接若
共公署尚未得辦至有之數日不至者有之似此妨誤事深
不便今後若有必合迎接官員一員出摘官
餘者管辦府事似望不致躭誤事訖
本路所擬實爲相應關請定奪本部議得除出使人員已

有不須迎接定例外諸王公主駙馬經過去處如今路衆官
出郭實如公務合今後迎接若有必合迎接者依准宣慰司所擬
摘委官一員依例迎接相應具呈照詳事都省議擬大
進獻諸物毋令迎接所由行省併總司開寫來人姓名經
過宿頓去處倒例合應付物色差人管件依上祗應如是非
理擾害各處官司咨請親赴開讀者不拘此例具呈照詳都省
止若本宗事必合親赴開讀者不應往來使臣不係經過去處
咨請依上施行

**開讀許令便路**　元貞二年七月湖廣行省准中書省咨御史
臺呈准行臺咨每遇朝廷遣使賫擎頒降聖旨詔赦前來
除使臣經由去處就許開讀其餘不係經過去處行
省欽依選官前往隨路開讀來使不應往而往者
省咨奉中書省劄付來呈淮東廉訪司呈該係江浙
南北繁劇去處朝廷遣使分道宣布詔赦聖旨今
後遇有詔赦聖旨就便開讀凡過頒降詔書聖旨所差官照
准擬咨請照驗施行

五、四二

《典章二十八 禮部一》　十四

**使臣就路開讀不許輒往屬郡**　皇慶元年正月行臺准御史

臺呈准行臺咨每遇朝廷遣使賫擎頒降聖旨詔赦前來
除使臣經由去處就許開讀其餘不係經過去處行
省欽依選官前往隨路開讀來使不應往而往者
省咨奉中書省劄付來呈淮東廉訪司呈該係江浙
南北繁劇去處朝廷遣使分道宣布詔赦聖旨今
後遇有詔赦聖旨就便開讀似爲便益送禮部呈看詳如准
御史臺前言相應門官吏開讀降詔都省劄付差去江浙使臣經過河
南拘該驛路就便開讀凡過頒降詔書聖旨所差官照
依元坐去各處行省宣慰司衙門開讀既已開訖理合
回還其差去官多因已私輒往屬郡皇慶元年思今
鋪馬中間實有未便似亦合行禁約都省仰依上施行

典章卷二十八終

# 禮部卷之二　典章二十九

## 禮制二

### 服色

| 品 | 一品 | 二品 | 三品 | 四品 | 五品 | 六品 | 七品 | 八品 | 九品 |
|---|---|---|---|---|---|---|---|---|---|
| 文　武　公服 | 紫羅服 | 紫羅服 | 紫羅服 | 紫羅服 | 緋羅服 | 緋羅服 | | 綠羅服 | |
| （俱右經　上得兼　下下不花直徑謂無枝直徑一得僭上五寸三寸葉直徑寸五分） | 大獨斜　小獨斜　散答花　小雜花 | | | | 同四品 | 小雜花 | 同六品 | 無紋羅 | 同八品 |
| 帶　紅鞋 | 玉花 | 犀 | 荔枝 | 金帶 | 烏犀 | 角帶 | | | |
| 從　偏帶　帶 | 帶 | 玉 | 犀 | 荔枝 | 金帶 | 角帶 | | | |
| | 二寸一寸五分 | | 同三品 | | 同四品 | 同五品 | 同上 | 同上 | 同上 |

### 貴賤服色等第

| 第等 | 職官 | 命婦 | 庶人 |
|---|---|---|---|
| | 衣服紫腰帽立靴 | 除龍鳳文外 | |
| | 首飾器皿帳幕車輿鞍轡 | | |

**職官**　一品　服渾金／二品　服金答子／三品至五品服金答子并減鐵／六品以下許用金玉／玉並不許／花樣／不得裁製

**命婦**　一品服渾金／二品服金答子／三品至五品許用金／六品以下許用金止／花樣／不得裁製

**庶人**　除不得服赭黄／并不得服銷金／雜色花紋綾羅毛毯

（器皿　調茶酒器皿不得赭黄除不得用金玉／帳幕車輿鞍轡　除龍鳳文外不得使用／首飾　除銷造龍鳳文外龍鳳帶青以下並用銀鈒／珍珠寶貝許用金玉／金銀碧甸鈒飾肯許用銀止／餘並用銀）

《典章二十九　禮部二　一》

---

### 服色

原表横直線有闕畞今補正

| 品 | 一品 | 二品 | 三品 | 四品 | 五品 | 六品 | 七品 | 八品 | 九品 |
|---|---|---|---|---|---|---|---|---|---|
| 文　武　公服 | 俱紫 | 紫羅服 | 紫羅服 | 紫羅服 | 緋羅服 | 緋羅服 | | 綠羅服 | |
| （俱係　上得兼　下下不花直徑花直徑得僭上五寸三寸二寸） | 大獨斜　小獨斜　散答花　小雜花 | | | 謂無枝葉直徑一寸五分 | 同四品 | 小雜花 直徑一 | 同六品 | 無紋羅 | 同八品 |
| 帶　紅鞋 | 玉花 | 犀 | 荔枝 | 金帶 | 烏犀 | 角帶 | | | |
| 從　偏帶　帶 | 帶 | 玉 | 犀 | 荔枝 | 金帶 | 角帶 | | | |
| | | | 同三品 | | 同五品 | 同上 | 同上 | 同上 | 上 |

### 貴賤服色等第

《典章二十九　禮部二　一》

| 第等 | 職官 | 命婦 | 庶人 |
|---|---|---|---|
| | 衣服　紫腰帽笠靴 | 除龍鳳文外 | |
| | 首飾　器皿　帳幕　車輿鞍轡 | | |

**職官**　一品二品服渾金／一品至三品服渾金／渾金三品服／金答子四品服／五品服金答子／六品九品服／花八品服四品／五品以下許用金銀并減鐵

**命婦**　一品二品服渾金鎖金／子四品以下許用金／五品服金答子／六品以下服

**庶人**　除不得服／赭黄惟許服／綠紬細綾／羅毛毯

（器皿　調茶酒器皿除不得用金玉／帳幕車輿鞍轡　除龍鳳文外不得用龍鳳文／首飾器皿帳幕車輿鞍轡　並用銀鈒）

## 文武品從服帶

至元二十四年閏二月樞密院咨准中書省剖付來呈軍官服色未見定到體例其呈詳事為此送禮部與太常寺翰林國史院官一同議得故太保相老的每商量來奏准文資官定例三等服色隨朝官再行定奪今收附諸國數年所據軍官擬合依隨朝官員一體製造其呈照詳事都省准呈除外可照會依例施行

一公服俱右經　上得兼下不得僭上

一品紫羅服大獨科花直經五寸

二品紫羅服小獨科花直經三寸

三品紫羅服散答花謂元枝葉直經二寸

四品五品紫羅服小雜花謂元枝葉直經一寸五分

六品七品緋羅服小雜花直經一寸

八品九品綠羅服無紋羅

《典章二十九》禮部二　　二

四七五

一偏帶俱係紅鞋

一品玉帶　二品花犀　三品四品荔枝金帶

五品六品七品八品九品俱烏犀角帶

## 貴賤服色等第

延祐二年十二月欽奉聖旨諭內外百官大小官吏軍民諸色人等伏覩御曆志僭勤思與普天同臻至治比年以來所在士民靡麗相尚尊卑混淆僭禮費財脧所不取貴賤有章益明國制儉奢中節可阜民財命中書省立定服色等第於後

一蒙古人不在禁限及見怙薛諸色人等亦不在禁限惟不許服龍鳳文　龍謂五爪二角

一職官除龍鳳文外一品二品服渾金花三品服答子四品五品服雲袖帶襴六品七品服渾金花八品九品服四花　從一高散官繫腰五品以下許用銀并減鐵

---

一命婦

衣服一品至三品服渾金四品五品服答子六品以下惟服銷金并金紗答子

首飾一品至三品許用金珠寶玉四品五品金玉珠六品以下用金惟耳環用珠玉　同籍雖別籍并出嫁親疎不限親疎別籍并

一器皿謂茶酒器除級造龍鳳不得使用外一品至三品許用金玉四品五品惟臺盞用金六品以下臺盞用鍍金餘並用銀

一帳幕除不得用赭黃龍鳳文外一品至三品用金花剌繡紗羅四品五品用剌繡紗羅六品以下用素紗羅

一車輿除不得用龍鳳文外一品至五品許用間金粧飾銀蟒頭繡帶青幔四品五品用素獅頭繡帶青幔六品九品用素雲頭素帶青幔

一鞍轡一品許飾以金玉二品三品飾以金四品五品飾以銀六品以下並飾以鍮石銅鐵

一內外有出身令考滿應入流見役人員服用與九品同

一搜各投下令不得服赭黃惟許服暗花紵絲紬綾羅毛

一庶人除不得服赭黃並不得飾金玉惟許戴飾用毳毛帽笠不許飾用金玉靴不得裁製花樣首飾許用翠毛並金釵錍各一事耳環用金珠碧甸餘並禁止銀酒器許用銀壺瓶臺盞盂鏇餘並禁止帳幕用紗帽笠不得飾用金玉其餘並與庶人同

一諸色目人除行營帳外其餘並與庶人同

一諸職官致仕與見任同解降者依應得品級不敘與

《典章二十九》禮部二　　三

四四九

庶人同

一父祖有官既没年深作犯除名不敘之限其命婦及
子孫與見任者同
一諸樂藝人等服用與庶人同凡承應粧扮之物不拘
上例
一皂隸公使人惟許服綢絹
一娼家出入止服皂褙子不得乘坐車馬餘依舊例
一今後漢人高麗南人等投充怯薛者並在禁限
一服色等第上下不得僭上違禁者解見任
期年後降一等敘餘人決五十七下違禁從監察御史蕭政廉訪司
捉人充賞有司禁治不嚴從監察御史蕭政廉訪司
糾治御賜之物不在禁限

四六七

**提控都吏目公服** 至元九年中書禮部近據濮州中本州如

〈典章二十九 禮部二〉

四

遇擇接詔敕其提領案牘合元製造公服乞照詳省部議
得諸路總管府并散府上中下州所設提領按牘都吏目
俱係未入流品人員難擬製造公服如遇行禮權擬衣擅
合罪羅窄衫黑角束帶舒脚幞頭呈奉中書省劄付准呈
仍遍行合屬依上施行

**禮生公服** 至元十年中書吏禮部河間路申爲定奪禮生公
服事本路議得各路禮生不須剏設擬合於見設司吏內
不妨委差一名勾當外據合穿公服比及道行禮權擬合
權擬穿茶合羅窄衫舒脚幞頭黑角束帶呈奉中書省劄
准呈送本部行下照會施行

**典吏公服** 大德七年十一月二十一日江西行省准中書省
咨該來咨江州路瑞昌縣典史范昇照得先准都省咨未
入流品人員權擬擅合羅窄衫黑角帶舒脚幞頭即目各

---

**巡檢公服** 大德八年六月二十二日江西省准中書禮
部呈大名路備開州濮陽縣中下州鎮巡檢弓手以古
見各處典史都吏目製造公服擅合羅窄衫角帶舒脚幞頭在
此都呈處大名路備開州濮陽縣中下州鎮巡檢
無通例卻緣臣下致敬之儀禮合嚴謹如准製造相應得
調目今腹裏省部擬注其江南省行省自行遷
前司縣典史路府自行遷調自今腹裏省部擬注所據公服雖
服雖無通例卻緣臣下致敬之儀禮合嚴謹都省擬照得
劄付省劄付人員卑職見受吏部擬注省劄付充
多吏目即係祇受吏部省劄付省劄付充
巡檢合無一體製造公服相應都省議得除巡
流外之職所掌從九品印信專以警捕盜賊不爲不重合

〈典章二十九 禮部二〉

五

五八二

依前例准令製造相應然係通例乞明降得此本部議得
腹裏江南巡檢與院務倉庫官皆受省劄付吏部
劄付俱無公服參詳比依提控案牘都吏目製造
相應如蒙准呈遍行具呈照詳得此都省議得除巡
檢公服依准製造外據院務倉庫管官近後定奪請依
上施行

**儒官服色** 大德十年六月湖廣行省准中書省咨四川省咨
重慶路備全州儒學申學正塗慶安呈近蒙州官諸學行
香仰卑學正儒置備唐巾襴帶卑職尋思今後春秋釋奠
天壽聖節行禮諸儒服各服唐巾襴帶學正師儒之官卻以
常服到班陪拜以無觀瞻照得吏目巡檢之人員合無與巡
上司定例製造服色學正亦係省府設立人員合無依上
製造府司看詳製造路府州學正亦係受省劄付人員合無與巡
入流品人員權擬擅合羅窄衫黑角帶舒脚幞頭即目各

檢察贖目吏目典史一體製造服色咨請定奪得此逐據禮
部呈參詳學正錄教諭係師儒之職俱受省部劄付若與
諸生同服似失尊卑之序合准所申一體製造相應都省
准呈施行

**貼官服色** 延祐五年正月江浙行省准中書省咨來咨杭州
路在城水站申本站提領陳玉比依院務官典史都目一
體置造擅合羅窄衫烏角帶舒脚幞頭穿用省部看詳呈
院務等官一體製造相送禮部議得隨處站官既受省
部劄付合用公服如准江浙行省所據比例置造相應得
此都省准擬除外咨請依上施行

**秀才祭丁當備唐巾襴帶**

中書省判送大司農御史中丞兼領侍儀司呈至聖文宣
王用王者之禮樂御史冠南面而當坐天子拱祠

五八一

△典章二十九 禮部二 六

其於萬世之絕尊千載之通祀者莫如吾夫子也切見外
路官員提舉教授每遇春秋二丁不變常服以供執事於
禮未宜及照得漢唐以來文廟享無非具服手板
行諸祭享之禮且鄉人儺孔子猶朝服而立於阼階況先
聖先師安得不備禮儀者乎釋老二家與儒一倒皆黃
冠緇衣以別其徒獨彼孔門衣服混然無以異於常人者
自今以牲擬合令執事官員各依品序穿著公服外據陪
位諸儒亦合衣襴帶冠帶唐巾以行釋菜之禮似爲相應
家大祀先聖先師不必援釋老二家之例凡預執事官員
及陪位諸儒自當謹禮以行其事參詳如准侍儀司所
呈似爲相應乞賜遍行合屬春秋二丁除執事官已有各
依品序製造公服外據陪位諸儒自備襴帶唐巾以行釋

菜之禮呈奉都堂鈞旨送本部就牒翰林院議擬回准牒
該照得貴部所擬是爲相應呈奉都堂鈞旨送本部准呈
施行

**南北士服各從其便** 大德十年六月湖廣行省准中書省咨

御史臺呈會驗至元十年三月吏部奉省咨該照得御史
中丞呈至聖文宣王用王者禮樂御史衣冠南面而當坐
天子供祠其於萬世之絕尊千載之通祀者莫如吾夫子
也春秋二丁除執事官已有各依品序製造公服外據陪
位諸儒自備襴帶唐巾以行釋菜之禮牒翰林院議擬相
應呈奉都堂鈞旨送下合屬依上施行外今見建康
路學祭祀陪位諸儒未嘗置備襴帶唐巾乞賜遍行各道
一體施行本臺看詳自平一江南以來凡遇春秋朔望拜
奠諸儒各衣深衣執事陪位行之已久考之於古允愜禮

五八八

△典章二十九 禮部二 七

釋奠先聖禮尚誠敬除腹裏已有循行體制外有江南路
分各令獻官於祭官員依品具公服執事齊郎人員
衣襴帶冠唐巾行禮陪位諸儒如准行臺所擬南北士服
各從其便具呈照詳得此送據江淮行省擬咨請依上施行

**僧人服色** 至元二十三年江西行省准中書省咨據湖廣總攝所呈

文南北士服各從其便具呈照詳得此送據江淮行省前
來江淮等處行中書省開讀欽奉聖旨節該議擬總攝奏
將來蠻子田地裏眾僧每根底依著在先體例比赤并奉
聖旨分各令獻僧每根底開讀依著在先體例比兵戎要受
底人傳與律戒主每根底上賞賚僧人每根底茶褐衣服
使將來講主每根底紅袈裟紅衣服長老每根底失一虎
黃衣服餘外僧人每根底茶褐袈裟茶衣服穿了阿律法

體例裏傳法者如今師父每使臣每受戒做好事底其間
不揀校尉帶中書省大德二年二月十八日奏過事內一
件諸王的祗候每似校尉每根底搔擾百姓等俺行有
怎生整治的教俺商量了說者歷道察見伯勝等行有
底傳世祖皇帝時分大大王駙馬根底繫帶搔擾百姓
來如今分大大王駙馬根底繫帶的祗候每行有
底裏教祗候每行分委付來的與印信來的時分繫帶者
出去阿休教祗候這裏御位下行的校尉每出去阿不
頭但繫着帶行的舉着發將來要罪過教將着行者今後外
教官人每教管校尉的官人每着記驗教將着行者差出去阿
王官人每阿合奏的奏俺合斷的俺定奪阿怎生若是這的
外位次裏不曾委付來的不曾與印來的小大王每也教

典章二十九 禮部三　八

祗候行有屬大數目的戶計內也教做祗候隱占着行有
小大王每不教祗候行阿怎生奏阿奉聖旨您的言語是
有那般者小大王每休教祗候行者欽此

五七八

**娼妓服色** 二欵 至元五年十月平陽路承奉中書右三部符

文該准中書省劄付娼妓之家多與官員士庶同着衣服
不分貴賤今擬娼妓各分等第穿着紫皂衫子戴着冠兒
娼妓之家家長并親屬男子裏青巾婦女通子抹子俱要
各常穿裏戴仍不得戴金衣服及不得騎
坐馬四違者許諸色人挺拏到官將馬疋給付擎住的人
為主仰行下各路總管府出榜嚴切曉諭如有違犯之人
就便究治事仰照驗速為遍榜依上禁治施行
又至元八年尚書省准中書省咨今有忽都魯吾四業先
納傳奉聖旨隨路娼妓不戴兒者中書省家官人每行文

書教戴去者欽此都省照得先為娼妓之家多與官員士
庶同着衣服不分貴賤已經行下出榜省諭去訖據此咨
請欽依聖旨及已行事理施行

七十一

典章二十九 禮部二　九

## 印章

| 品級 | 品章 | 寸分 | 料例 |
|---|---|---|---|
| 印 諸王 | 馬一 | 正一　從二 | |
| | | 正二　從三 | |
| | | 正三　從四 | |
| | | 正四　從五 | |
| | | 正五　從六 | |
| | | 正六　從七 | |
| | | 正七　從八 | |
| | | 正八　從九 | |
| | | 正九　從 | |

軍官纂闕印信

照會禮部呈本部鑄造印信内管軍官多有承龍承借陞
轉人員本管官司隨即將元掌印信拘收申解樞密院轉
呈都省發下本部銷毀歇下笨闕印人員到任却行
索要印信本部例須行移吏部户部架閣庫鑄印局照勘
元除准設月俸及前職印信相同才方具呈鑄降中間但
有不完令樞密院再行照勘往復文繁爲未便以此參詳
管軍官上百户下百户所使印信即係一體篆文中間即
元添減字樣今後謂如有下百户陞充上百户別有陞轉
將元掌印信鎮守地面各處行省腹裏樞密院拘收封面
聽候補闕關人員到任就便給付其餘必合追毀刼印信
依例施行具呈到即不見元拘收印信備細緣由
刻付樞密院照勘得至元二十年六月二十八日准御史

臺咨准行臺咨備山南湖北道提刑按察司申江陵路黄
保告汪士達自割身死數内干連人梁材授到勒牒印信
充總把爲無軍管於高宜慰衙内充總領勾照得元
告人黄保亦受勒牒銀牌印信總把到印信見行收
歸附後官員多有似此帶行虛受其職給付印信深爲未
掌之人若不盡行勘拘收切恐因而詭詐行用深爲
便軍官大都有底伴當每印信行有管軍時節與印
寺底軍官每着印信行
今准前因本院參詳除無軍管軍官歇下名闕雖襲補關
收外據陞轉病故軍官歇下名闕關人員時
每印信收拾呵怎生麼道奏呵奉聖旨是也那般者欽此依
急未到其所設衙門軍馬事務仍舊掌管地下印信如無
便本臺咨請定奪准此於七月十一日本院官暗伯簽院

以次權官令合千上司封面聽候補闕人員到任就便給
付行用相應具呈都省准擬依上施行

# 牌面

軍官　三十七　五十七

削降散官一等

解典　受質之家禮解將所佩牌
典當受質當

牌面
減犯人罪即取問明白
者面解面追給忱斷
二等科斷

## 改換海青牌面

至元七年閏十一月中書兵刑部承來中書
省劄付崔部省咨該今有和魯火孫文字譯該欽奉聖旨
海青牌底罷了那海青牌替頭裏蒙古字寫了呵
教行者朝廷行的金牌夯邊欄臺級字樣古字寫者呵
素金牌平級字樣官人每行底銀牌平級字樣者大王每行底
一般者欽此有和魯火孫送到牌樣先行打造下項蒙古
字牌面九十面都省除樞密院御史臺另行打造會元關海
青牌面外請劄付合干部分先行依樣打造下項蒙古字
牌九十面希咨發來仍下其餘去處并移咨各處行省通
行照會各各元發海青牌面備細數目咨來卻行關發蒙

五〇七
典章二十九　禮部二
十三

## 追收牌面

至元十六年正月御史臺承中書省劄付今月十
一日於內裏西暖殿裏有時分奏來有大哥底
子底勾當出來了不合帶牌子底勾當裏入去呵也不肯
納了牌子不曾好生分揀兼自出產底金子少有用着底
古字牌面倒換施行
金牌多衆官人每商量了如今分揀怎生品從官人合與底
甚牌子明白了呵不合與牌子底從官這般呵宜底
一般呵奉聖旨那般者欽此都省除外都省內外諸官員
懸帶前職牌面及有金牌換授虎符亦不曾將前職牌面
回納并罷職身故官員牌面俱各未曾解納擬合追收仰

---

## 追收軍民官牌面

至元十六年九月御史臺承本中書省奏過事內一
件節該不管勾當閑散住的官員根底有的牌子并亡了
將來奏呵那般者麼道欽此
底逐旋換與了管民官根底與了後底商量呵怎生奏
量將來牌子每根底都收拾了呵寫了蒙古字軍官人每根
道聖旨有來俺衆古字呵怎生奏將來也奏呵商量者麼
承旨根底說將來古字呵怎生奏將來也奏呵商量者麼
付七月初十日奏崔事內一件樞密院參政議和魯火孫
數追收到官依准呈省
諸人首告到官就便究問施行先將定訖限次同管得盡
追收入官各見前職根因呈解赴省如違限隱匿不納許

五·五八
典章二十九　禮部二
十三

## 身故軍官牌面

元貞二年二月初二日中書省奏
的官人每的兄弟孩兒每根底收着的牌子更似這般一
體的都交納了他每的緣故冊內標寫着後頭依體例求
士呵驗着他應得的資品委付若是合與牌子呵那其間
與也者欽此

## 拘收員牌

皇慶元年八月　日欽奉聖旨自薛禪皇帝時
分到今以來不揀誰根底與的虎符金銀牌面有如今
揀拘收者又軍官每依例合帶各人每的牌面宣政院官分
的都拘收了者西番地面裏各人每的與了的牌面他每
來的官人每不揀是誰但不係管軍的與了的牌面他每
金牌的也有合帶銀牌的也有合帶素金牌的也有合帶
甚牌子明白了呵不合與牌子底從官員牌面有樞密院官教
懸帶前職牌面及有金牌換授虎符亦不曾
一珠的也有合帶一珠虎符的要了兩珠也有合帶兩珠虎符的要了三珠
體例僭越着要了的牌面有樞密院官教取見數目依着
回納并罷職身故官員牌面俱各未曾解納擬合追收仰

應得的體例倒換懸帶的人每有罪過者又差差使員牌忙
勾當裏差使的舖馬聖旨都拘收了若有拘收的不盡呵管
民官好生提調的收者這般宣諭了呵將合納的牌面隱
藏不納的人每有人告首出來呵者有過者兩隣知而不
首呵和隱藏牌面一般當罪過者自今以後不揀是誰
關了員牌差使回來了若不納呵依着薛禪皇帝聖旨依
例要罪過者聖旨俺的鼠兒年二月十五日大都有時分
寫來

軍官解典牌面　皇慶二年五月江西廉訪司承奉江南行臺
劄付御史臺咨承奉中書省劄付來呈周伴叔本官唐元衛
百戶即力鬼尼兊落軍人口糧令史田澤狀首本官將所
銀牌分付質當鈔定令澤替伊承伏兊糧等事取訖即力
鬼尼招狀另斷罪外看詳金銀牌面所以著軍旅之符照

五五十
尊卑之等朝廷公器法度所關僕從懷插尚且不許擅自
質當藝弃名家宜立禁令以戒不虞具呈照詳得此行據
刑部呈議得金銀牌面乃國家之公器著臣子之尊卑軍
官受之子孫襲替綿綿比之民職特加優重以此參
詳今後軍官敢有不虞擅將所備牌面解典質當者取問
明白即將所質牌面追給仍斷五十七下削降散官一等
換授依舊勾當受質之家減犯罪二等斷相應具呈詳
得此都省仰依上施行

諸命官員身付不追（至元二年二月欽奉聖旨立總管府新
定條畫內一欵該該後大小官員如遇罷職其所受宣
命付身不須追收止納宣牌印者）

宣勅給付子孫（元至八年二月　日中書省近准尚書省
咨前府谷縣令郝德玉除臨潼縣未受身故本官男郝安

祿告稱合受勅牒合無分付子孫或追收送部照得舊例
應補轉資及須降附身而未告而身故者聽親屬告請給
付其家迍久爲例事未有行過體例請定奪都省議得今
後奉准除授官員宣勅未經祇受過有身故者擬依舊例聽
親屬告請其家於今月初九日開奏過奉聖旨准欽此

## 禮制

### 婚禮

三

婚姻禮制

大即今聘財筵會已有定例體外據拜門一節係女貞風
俗遍行合屬革去外據漢人舊例體照朱文公家禮內
婚禮酌古准到下項事理應呈奉尚書省劄付再送翰
林院兼國史院拔詳相應移准中書省咨議得登車乘馬
設次之禮亦貪家不能辦外據其餘事依准所擬遍下合
屬依上施行仍關各部照會

四〇三　〖典章三十禮部三〗　一

一曰議婚身及主婚者無期以上喪乃可成婚必先使
媒氏牲牷來通言使女氏許之然後納采
前件議得其諸議婚之家合依此例而行
二曰納采係今之下定也主人具書凤輿以告祠堂
人之大倫必當告廟而後行示不忘祖而
今性牷俱無祠堂或畫影及寫立位牌亦是及使子
弟爲使者如女氏主之出見者書以告於祠
堂以復書擬使者遂奉書以告於祠
於祠堂或婚主人等親牷納之禮爲重必當告廟
前件議得婚姻之禮人之大倫於禮爲重必當告廟
而後行示不忘於祖先也擬書道使如女授書而復書
三曰納幣使者係今之下財也並同納采之儀

四五九　〖典章三十禮部三〗　二

前件議得擬合酌古准今照依已定筵會以男家爲
主會請女氏諸親親爲客先入坐男家至門外陳列幣
物等令媒氏通報女氏主人出門迎接相揖侯許婚
先入男家以次隨幣而入奠酒飲畢主人請納幣飲酒訖
女氏主人回禮婚家飲酒畢壻出乘馬至女家俟婿
次於祠堂遂醮其子而命之迎壻出乘馬至女家之主人出迎
於女家主人告於祠堂遂醮其女而命之世俗出迎若
氏女子各出見隨幣去世俗出見
四曰親迎前期一日女氏使人張陳其壻之室質明壻
家設位於室中女家設次於外初婚姻盛服主人告
壻入奠雁姻之拜就飲食畢壻出復入脫服獨出主
婦以入壻婦之拜就飲食畢壻出復入脫服獨出主

〖典章三十禮部三〗　人禮贊

前件議得擬照依此例而行所據登車乘馬設次奠
雁之禮近下貧窮之家不能辦者從其所便
五曰婦見舅姑明日夙興婦見舅姑次見於諸尊長若
婦家則饋於舅姑舅姑饗之
前件議得合依此例而行
六曰廟見三日主人以婦見祠堂
前件議得合依此例而行如無祠堂或懸影及寫牌
位亦是
七曰壻見婦之父母明日壻往見婦之父母次見婦黨
諸婦親家禮壻如常儀
前件議得酌古准今壻往見盖是貪窮不能娶婦故
切見目今作贅召壻之家雖非古禮亦難擬革據此
使作贅雖非古禮召壻之家亦難擬革據此等之家擬合令權

依時俗見行之禮而行

**指頰割衫爲親革去** 至元六年四月中書省户部近爲男女

婚姻聘財寫立婚書已經遍行各路外又慮諸人依前或

有指腹并割衫襟等爲親既無定物婚書難成親禮今後

並行革去但結親姻照依已行寫立婚書依理成親

**禁夜筵宴例** 至元七年四月中書省户部據太原路申本路

人氏嫁女娶妻不量已力或宴夜動作備饌二三寸道通

宵不散其中引惹鬪訟及問妻室之家先備筵宴飲饍一

二道粧奩按酒二三十棹不惟費耗有損無益乞行革一

省部相度既是於民無益今後嫁娶只就白日至禁鐘已

前筵會除聊備按酒外飲饍上中户不過三味下户不過

二味無致前費耗其餘筵會亦同此例行下太原

路遍行所屬出榜張掛置立粉壁省諭施行

典章三十 禮部三

三

五、六六

**革去諸人拜門** 至元八年七月尚書户部承奉尚書省剳付

近據禮部呈契勘人倫之道婚姻爲大即今聘財筵會已

有定例外據拜門一節未曾舉復照得國朝蒙古婚聘并

自來典故内俱無如此體例此係女貞風俗其漢人往往

傚學習以成風徒費男家錢物致起爭訟甚非理制若令

革去似爲便當移准中書省谷依准所擬施行

**嫁娶禁約題欄** 至元五年八月中書右三部契勘嫁娶之禮

必就吉時今有不畏公法游手好閑人等但遇嫁娶紒集

人衆以命車爲名刁蹬婚主及要酒食財物故將時刻阻

誤又因而起鬪致傷人命今舉濟南路見申爲蒙古

王二陣車相爭其李在用石頭打傷王二身死官司捕送

李在在獄後因鞫問傷風身死如是致傷二命蓋是各處

官司不爲禁約莫若遍行諸路禁治是爲便當呈奉都堂

釣旨依准所呈仰遍行禁約施行

二十六

典章三十 禮部三

四

喪禮

五服之圖

《典章三十 禮部三》

三八二

五

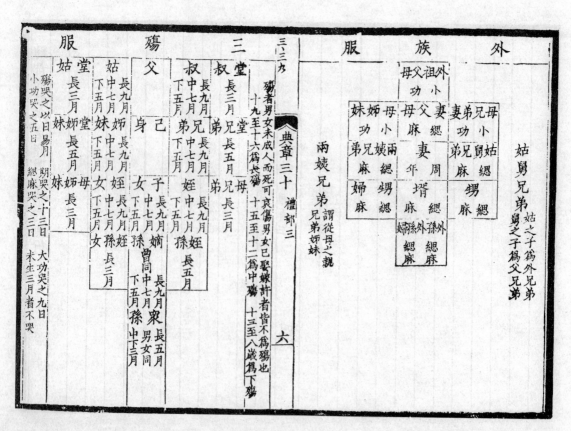

外族服

兩姨兄弟 謂從母之子 兄弟姊妹之親

殤服

《典章三十 禮部三》

三三九

六

殤者男女未成人而死可哀傷男女已娶嫁許者皆不爲殤也 十九至十六爲長殤 十五至十二爲中殤 十三至八歲爲下殤

## 女嫁爲本族服

婦人出嫁各降本服一等

| | 高祖父母 緦 | | | |
|---|---|---|---|---|
| | 曾祖父母 小功 | | | |
| | 祖父母 功 | | | |
| 姊妹 無服 | 祖姑 適人 無服 | 伯叔父母 年 | 父 緦 | |
| 堂姊妹 無服 | 姑 適人 大功 | 父在堂 | 母 期 | 堂兄弟 緦 |
| | 堂姊妹 無服 | 姊妹 適人 大功 | 己身 | 堂兄弟 功 |
| | | 姊妹 適人 大功 | 姪 緦 | 姪 大功 |
| 女 麻 | 姪女 緦 | 堂姪女 大功 | 外祖父母 緦 | 姪 麻 |

## 三父八母服

| 父 (八) | | 母服 |
|---|---|---|
| 同居繼父 齊衰不杖期 — 謂之親從母適 | 嫡母 齊衰三年 — 正室曰嫡母 | 嫁母 齊衰杖期 — 父亡母改嫁 |
| 不同居繼父 齊衰三月 — 同居而今異居者，若先同今異則無服 | 繼母 齊衰三年 — 父再娶母 | 出母 齊衰杖期 — 被出之母，父在而離乃齊衰杖期 |
| 從繼母嫁繼父 齊衰不杖期 — 繼母嫁而己隨之育者 | 養母 齊衰三年 — 養育同親母，親生子與父同，簡宗及遺 | 庶母 緦麻三月 — 父妾所生子 |
| 夫人若母出或繼母出亦無服 | 慈母 齊衰三年 — 妾無子而父命之爲子 | 乳母 緦麻三月 — 哺己者 小年乳 |

## 妻爲夫族之服

| | 高祖 夫之緦 | | |
|---|---|---|---|
| | 曾祖父母 夫無服 | 曾祖 夫之緦 | |
| 祖姑 夫服無 | 祖父母 夫麻 | 祖父母 夫緦 | 伯叔祖父母 夫之緦 |
| 堂祖姑 夫服無 | 祖姑 夫麻 | 伯叔父母 姑 夫功 | 堂伯叔父母 夫麻 |
| 從堂祖姑 夫服無 | 堂姑 夫麻 | 姑 夫小功 | 堂伯叔父母 夫緦 |
| 族姊妹 夫服無 | 從堂姊妹 夫服無 | 堂姊妹 夫小功 | 從堂兄弟 夫麻 |
| | 族姊妹 夫服無 | 姊妹 夫小功 | 堂兄弟 夫緦 |
| | 堂姪女 夫麻 | 姪女 夫功 | 姪 夫小功 |
| | | 姪女 夫緦 | 姪 夫麻 |

## 畏吾兒喪事體例

定為三年之喪　見吏部職制丁憂叚

四七九

一件斷了氣後頭交穿衣服者那害的人自心索要衣
服呵與穿者

一件女孩兒媳婦兒每做和尚合帶的孝呵交肩甲上掛白財帛者
孩兒每做和尚合帶的孝呵交肩甲上掛白財帛者
俗人每散頭髮者

一件人死呵體推着做享發的茶飯殺馬殺牛羊者伴
靈聚的人每根底放的金子牽馱驏馳物

一件棺子上貼的畫的打磨子刻來由太歲頭雙祭物
馬根前拿大喪唱的或是揚

一件人死呵合咳上乳頭上肚臍上放的金子牽馱
單祭物有者燒了收骨殖呵休似人模樣包裹者畏吾兒
了應的澆奠路祭的坟上盖答的立坟地的埋葬的

《典章三十　禮部三》

九

或是揚了骨殖的齊和尚念經者已上應合用的都
教有者依着這體例裏量氣力行的他每識者
一件休似漢兒體例行者搭麻花掛孝圓頭都穿
帶了收骨殖呵休似人模樣包裹者休煖畏吾兒
者休引靈房者或是揀莫那個七條裏休依漢兒體例
紙做來的金銀紙房紙人紙馬樏子休做者
行御史臺准御史臺咨承奉中書省劄付該准咬老夾恩
八撒海迷失脫因納文字擇該畏吾兒劄付該准咬老夾從
先傳留下底各自體例有呵自己體例落後了隨着漢兒田地裏穿在
每喪事體例有呵自己體例落後了隨着漢兒體例又喪
事多宰殺依各自體例行有呵當每上位聽得上頭帖薛不速蠻也
喪事裏依各自體例行有從今已後這漢兒田地裏的眾
畏吾兒每喪事裏只依在先自己體例行者漢兒體例休

---

隨者體例宰殺者從今已後不揀那裏畏吾兒
已畏吾兒體例落後了隨呵那裏畏吾兒
底家緣一半斷了者麻道聖旨了也依着了底畏吾兒
兒底喪事裏合做底體例寫了和這文書一處將的去也
只依這體例行者漢兒文書教知者欽此

## 禁喪葬紙饒房子

該准中書省咨十一月十八日奏過事內一件民間喪葬
多有無益破費器舉一節紙房子等近年一家費
鈔一兩定鈔底至其餘似此多端省議得除紙錢外據紙
疑禁了者欽此都禁斷咨請照驗施行
糊房子金錢人馬并綵帛衣服帳幙等物欽依聖旨據紙
截日盡行禁斷咨請照驗施行

至元十五年正月行臺准御史臺咨承奉中書省

五五八

## 禁約焚屍

《典章三十　禮部三》

十

劄付近准北京等路行中書省咨北京路申同知高朝列
牒伏見北京路百姓父母身死性往置於柴薪之上以火
焚之照得古者聖人治喪具棺槨而厚葬之今本路凡人
有喪以火焚之實滅人倫有乖喪禮本省看詳今後准本
軍邊遠或爲羈旅從便燒焚外據久居土著之家若准本
路所申相應似有未盡參詳比及通行定奪以來除從軍
役并遠方客旅諸色目人許從本俗稱家有無置備棺槨
一體禁止如過喪事稱家有無置備棺槨依禮埋葬
以厚風俗及據羈旅從便燒焚外據久居土著
教以革火焚之弊俾民以時喪葬寄頓骸骨合無明立條
官荒地內埋了若無人收葬者官爲埋葬本部議得除火
以之弊已行禁治外其貧民無地葬者則於官荒地
焚之弊已行禁治外其貧民無地葬者則於官荒地內埋了

四六六

無人收葬者官爲埋葬似爲相應都省呈仰過行合屬
依上施行

**禁送終迎接粗禮從**

至元二十一年九月行御史臺咨據陝西
漢東道按察司申所轄城郭內值喪之家往往盡
使用祇候人等掌打茶褐傘蓋銀裹校椅儀仗等物皆送殯
權勢之官爲差撥士庶之戶用錢雇倩詳此一端實違國
家置備儀仗合送之禮擬合得此呈奉中書省劄付送迎外禁
斷無官百姓人等不得僭越似爲中禮都省准呈施行
部議得若品官職情詳之禮擬合禁斷得此呈奉中書都省准呈施行

**樂人休迎出殯**

聖旨體例裏死人每根底休迎送出殯者那的是有司官
子令盲上位承應的樂人每依自在先辭禪皇帝完澤駕皇太
部呈教坊司呈至大三年正月江西行省准尚書省咨該禮

五六二
典章三十 禮部三
十一

**禁治居喪飲宴**

管辦勾當您與省部家文書便教禁約者麼的令旨了也
敬此呈乞照詳都省咨請敬依施行
御史臺奏准中書省咨御史臺咨江南諸道行御史臺咨備監察
御史王奉訓呈伏以父母之喪三年天下之通喪也死斂
葬祭莫不有禮禮曰披髮徒跣居於倚廬寢苫枕塊哭泣
於時歇粥朝一溢米夕一溢米又日始死如有窮既殯罪
瞿如有求而弗得既葬皇皇如有望而弗至經曰食旨不
甘聞樂不樂此孝子哀感之情既斂既葬祭以其時期而
小祥又期大祥三年禪祭既霜路既濡悽愴休惕
如將見之此孝子終身所不忘豈拘於三年哉去古日遠
風俗日薄近年以來江南尤甚父母之喪小斂未畢如舉
飲酒晏無顧忌至於送殯管絃歌舞導引循柩焚葬之際

---

張延排宴不醉不已泣血未乾亨樂如此昊天之報豈其安
在哉興言及此誠可哀憫若不禁約深爲不宜莫若今後
除蒙古色目合從本俗其餘人等居喪不禁飲食動
樂違者諸人首告得實所在官司申究斷罪不禁飲酒
亦及人子有所懲勸抑亦風俗少復淳古從憲
之恩昊天罔極終身而不能報聖人定立中制以爲三年
臺劄付各道禁治相應具呈照詳得此本臺看詳國家以
制送終營葬祭當盡其禮若居喪飲宴殯葬又動樂聲實
立則人道修而風俗厚爲治之要也三年之喪送終
風俗爲本人道以忠孝爲先可以移忠可以事父宜
應咨請照詳准此送禮部行移刑部分定通行禁止
樂張筵羣飲敗禮傷俗宜從禁治亦有之至若忘懷既

五八五
典章三十 禮部三
十三

傷風俗如准御史臺所言除蒙古色目人各從本俗外其
餘人等禁治相應得此送禮部行移刑部擬議去後今據
禮部呈移准刑部關議得此送禮部行移刑部議擬去後
宴殯葬用樂皆非孝道除蒙古色目人宜從本俗餘並禁止
敢有違犯治罪相應關請照驗准此本部參詳如准刑部
所擬遍行照會相應具呈照詳都省咨請依上施行

**喪服各從本俗**

延祐二年八月承奉江浙行省劄付准中書
省咨御史臺呈監察御史劉承直呈切見江淮之間習俗
喪服有戴幞頭布袍爲禮者夫喪禮斬衰齊衰以至緦
功自有官服之制今愚俗無知乃敢以布素爲之
之於朝廷拜賀之吉服也
之於凶服之際准之禮經故皆非所宜理應禁捕具呈照
詳得此送據禮部呈本部參詳方今喪服未有定制除蒙

古色目人各從本俗其餘依鄉俗以麻布爲之外據江淮
習俗比依公服製造如准御史臺所呈蔡泊相應其呈照
詳得此都省除外咨請依上施行

◀典章三十禮部三

七十一

十三

墓

地按 即四圍相去十八步 庶人墓田四面去心各九

禁儀 一步即是 步則是

步制 按式度地五尺爲步 十

步之式 官尺每一向含得四丈五 八

圖 尺以合俗營造尺論之即 官 步 一

一十八步 立丈四小尺是也 尺 十 步

圹穴九尺

一十八步

起居禮

中統元年五月中書省奏准宣招司條
欽內一件據各路見暴露骸骨仰所在官司依理埋葬翼

凡遺棄暴露骸骨 二欵中統元年五月中書省奏准宣招司條

祭追薦做好事

奉聖旨且休者新亡歿了底北壁東壁休殯葬者欽此

中都西南許葬 中書省至元六年十月二十日李羅速魯傳

移葬嫁母骨殖 至元七年閏十一月二十三日尚書省刑部
來申孫平告妻阿楊在前與董童二爲妾身故殯營了當
度董拾得盜元葬骨殖取問得董拾得招狀乞明降省府相
度雖有生到同產別元已後祭祀男兒此上將伊母於繼父董
死離有生到同產別元已後祭祀男兒此上將伊母阿楊
骨殖偷捆於伊父董意二形像一處理葬量情四十七下
將孫阿楊於元立坟内依舊葬坟仰依上施行

五、二七 ◀典章三十禮部三 十四

墓上不得蓋房屋 至元八年正月尚書省准中書省咨今
有大司農司宇羅文字譯該欽奉聖旨節該如今死人墓
上不得教傅及蓋房舍在先有底依舊者欽此

占葬坟墓遷移 元貞二年九月江西行省據臨江路申備新
喻州申章能定告胡文玉强葬坟地公事抄連到關書文
契宗枝圖本乞照詳議得胡文玉父子倚恃富豪强將章

能定毋坟盗掘起来却埋伊祖毋二丧有伤风化於理难
容又令人说诱章能信将祖坟山地不经批问亲隣又不
经官给据故意違法成交已上重罪幸遇詔恩革撥外擬
責胡文玉近限还改强葬坟墓其地断還章能定業據
章能信元受胡文玉買地價鈔一十六定既係違法
成交所合追沒乞照詳省府准申合下仰照驗施行

## 禁約厚葬

至大元年十二月龍興路奉江西行省劄付備哀
州路備錄案司申照察署觀涂全周呈嘗經有曰葬
也者藏也者欲人之弗得見也衣足以飾身棺周於
衣椁周於棺土周於椁又觀漢史則曰仲尼孝子延陵慈
父其葬骨肉皆微薄矣非苟為儉誠便於體德彌厚豈不
彌薄知愈深者葬愈微邱隴必速夫聖賢豈不
欲厚葬其親者適所以薄之也坊見江南流俗以後

**五、八五**

**典章三十 禮部三** 十五

靡為孝凡有喪葬大其衣衾廣其宅兆備存珍
寶偶人馬車之器物亦有將寶鈔籍戶斂葬習以成風非
惟失古制於法似有未應每見厚葬之家除衣衾棺椁依
禮舉外不許輒用金銀寶玉器玩裝殮建者以不孝坐
罪似望無起盜心少全孝惜生者有用之資免死無
盖之禍若准所言誠為敦厚風化呈乞照詳得此申乞照
詳府司看詳涂全周所言誠理宜禁約事干通例乞照得此
痛哉如蒙備申上司禁治今後喪葬之家有曰厚葬於
肖之子孫則開鑒於强切盜賊令死者暴骸骨露尸良可

檢會至元七年十二月尚書省准中書省咨十一月十八
日委過近年起置有每家費鈔一兩定甚至無益破費舉一節紙
房子等近年起置有每家費鈔一兩定甚至無益破費舉一節紙
此多端奉聖旨紙房子無疑禁了者其餘商量行者欽此

---

都省議得除紙鐹外據紙糊房子金銀人馬綵帛衣服帳
幔衣物欽依聖旨事意藏目盡行禁斷咨請照驗施行
此今據見申省府欽依已降聖旨事意施行

## 祖先牌座事理

大德四年中書省咨江西行省呈袁州路申
萍鄉州朱惠孫告豪强安主候一之等將惠孫元供養亡
母蘇氏魂庵内見有供養伊母蘇氏魂牌裝捏大言恐駭詭詐銀鈔歸問間候震翁告朱
惠孫坟庵内見有朱文公家禮内披究得皇姑姚字經
曲該載出於經典累遇詔恩咨請照詳施
行間又准本省咨方季二等寫亡祖父牌上書
字樣儒學提舉司考究出於經典理學老
樣犯上顯然司除外據皇姑姚二字係告犯上事理
於禮記曲禮下篇及朱文公家禮内披究得皇姑姚二字
寫皇考恐嚇錢物除外所寫字樣咨請回示送刑部禮部

**五、七一**

**典章三十 禮部三** 十六

## 禁回避字樣不諱

延祐五年五月
應都省擬請依上施行
宜迴避所犯今將已追牌座當官燒毀今後遍行禁止相
與翰林國史院講議得省儒學提舉司考究出於經典理
訪司准本道廉訪使趙奉訓將檢會至元十五年欽奉條
畫内一欵該節該提刑按察司官所至之處省察風俗可以
教化若有不孝不悌乖常敗俗而繩之其利害可以
興除及一切不便於民必更張者開申御史臺施行欽此
切見江南俗率多遠喪稽葬以成風是省察宣明者有

日福建閩海道蕭政廉
所未至耳益嘗聞之惟喪具稱家有
無所以使貧富之葬遂人鬼之道俱安也今間中此風有
切見江南俗率多遠喪稽葬以成
成行停廢與不葬動經一二十年有一家累至三四柩者問
之則日年月未利下葬未得貧乏不能勝喪按禮諸侯大

夫士葬皆有月數是古者不擇年月矣春秋九月丁巳葬
定公雨而不克葬戊午日下昃乃葬是不擇日矣鄭葬簡
公放國都之北兆域有常處是不擇地矣經曰喪葛害與其易
也盜戚苟能盡其哀痛之情稱家有無貧葬曷害於
禮且紙衣瓦棺猶可全其孝愛況舊事欲作佛事欲
衣耶而下貧之戶不即營葬輒作佛事欲為死者妄邀冥
福先賢有言天堂無則已有則君子登地獄無則已有則
有附郭僧寺焚修之地公然頓寄靈柩尤為非義夫父子
為孝愛乎移飯僧所費為營葬之資固不患不勝喪也豈
小人入今不以君子之道待其親而以小人目之豈得
之親兄弟之愛夫婦之恩人皆有之不幸遇其死亡歷月使
厚薄以時而葬則為盡孝愛之道停棺不舉曠歲歷年

《典章三十　禮部三》　　　十七

四一五

其流蟲出汁過者掩鼻於汝安乎生則安死則亦安矣掩
骼埋胔王政所先今民間死者各有親屬及至暴露不葬
深乖古者之典尤傷天理之和是宜明白開諭限以月日豈
使依期埋葬以厚人倫之道以長孝愛之風其於教化豈
小補哉咨請照驗施行更為備申憲臺照詳行下各遵一
體施行

---

# 祭祀

## 祭祀典神祇

至元九年九月中書吏部據各路申乞定奪合
祭神宇支破錢數事照得庚申年四月　日詔書條合
內一款五岳四瀆名山大川歷代聖帝明王忠臣烈士載
在祀典者所在官司歲時致祭欽此奉中書省御史
臺呈該部所設立司農司條畫聚作社者並皆禁斷
餘社既皆禁所祀神宇在祀典者依欽奉到詔書檢
舉舊例載在祀典諸處合行致祭是宜照依欽奉到詔書
移太常寺檢會定合致祭以廣祈禱之禮承此行
祭神宇去處各合支破錢數呈奉都堂鈞旨送本部依准
所呈施行
神農高辛已上條聖帝明王及三代開國之主皆以功及
萬世澤被生民故歷代載於祀典禮未嘗廢擬令所在官
司三年一祭擬支鈔不過二十兩　微子錢事司府留侯張

《典章三十　禮部三》　　　十八

五一二

彭城已上條自古忠義直烈儀型後世贊揚風化者故歷
代載於祀典所以激勵人臣使知景仰擬令所在人民歲
時致祭

## 配享三皇體例　大德三年御史臺准陝西行臺咨祭享三皇

十代名醫近年雖以配享不見定制咨請照詳呈奉中書
省送據禮部移准太常寺關送博士斤照擬得唐會要
所載三皇創物垂範候言藻鑑宜有欽崇於是伏羲神農
皇帝俱有廟貌之設春秋二時致祭仍以勾芒祝融風后
力牧各附配享之位稽諸典禮定規雖百世不易也況所
謂創物垂範是即開天建極立法作則之義今乃援引夫
子廟堂十哲為例擬十代名醫從而配食果若如此是以

三皇大聖限爲醫流專門之祖挽之以禮似涉太輕兼十
代名醫考之於史亦無見焉合無此令醫者於本科所有
書內照勘定擬相應本部參合太常寺所擬即係祀典所
載古今之大義合後配享三王宜從太常寺所擬相應具
呈照詳得此令省仰依上施行

### 祭祀三皇錢數

湖廣等處行中書省爲祭祀三皇自唐以來
載在祀典依釋奠至聖文宣王禮儀官爲致祭相應咨請
依例施行此又於元貞二年七月據湖南道呈潭州茶
陵州等處各於係官錢內於支中統鈔二十五兩發下醫
學祭祀處各移準中書省咨得照得先據廣州等路已支
鈔數除破移準中書禮部咨照得放支廣州等路一體事宜
移合屬施行去訖本部參詳潭州等路即係一體事理宜
春秋享祭三皇用過物價於年銷錢內放支各省判行
呈照詳得此令都省仰依上施行

五八八

〈典章三十 禮部三〉

十九

### 三皇配享

准所擬都省回咨請依例施行
祭享三皇事理春秋二時行省准中書省咨湖廣行省爲
各附配享之位未見以勾芒等神服色坐次咨請奉回示
准此送禮部參詳三皇開天立極澤流萬世有國家
者所當崇祀自唐天寶以來伏羲以勾芒配神農以祝融
配黃帝以風后力牧配按禮記月令春三月其帝太皞其
神勾芒夏三月其帝炎帝其神祝融
后力牧以治民其配坐次宜東西相向以勾芒祝融風
左風后力牧居右若其相貌冠服年代遠遠無從考證不
可妄定當依古制以木爲主書曰勾芒氏之神祝融氏之
神風后氏之神力牧氏之神所謂十大名醫比似依文宣大
儒從祀之例列置兩廡如此尊卑先後之序似爲不紊於

---

十月初十日會集到集賢翰林太常禮儀院等官一同議
得三皇配享事理合依禮部所擬定爲通例相應具呈照
詳都省咨請依上施行

### 祭社稷風雨雷

七年十二月二十七日奏定事目乞照數內一件自
下項事理請照依聖旨事意施行准此照得數內一件自
古春秋二仲戊日祭大社稷於西南隅立春後丑日祭風
師於東北郊立夏後申日祭雨師雷師於西南郊近年隨
處官府廢此祀事合無照依舊例降行奉聖旨事意施
行者去者欽此都省除已劄付大司農司欽依施
行外仰就便移關各部遍行各路年例祭祀錢數批
送戶部呈爲各路呈批奉都堂鈞旨送本部
再行擬定必合祭祀事理連判呈省奉此本部照得祭祀
杜稷風雨雷師釋奠至聖文宣王立春俱係各路合行事
理呈奉都堂鈞旨准呈仰依上施行

五六三

〈典章三十 禮部三〉

二十

### 添祭祀錢

延祐四年正月劄付該江州路申總管李太
中關祭享三皇杜稷風雨雷師支破物價不敷申乞添給
移準中書省咨據禮部呈照得近奉中書省咨劄付來呈
奉省判近爲隨路支破三皇宣聖杜稷風雨雷師牲酒器幣
元降物價隨例比准各路祭定例本部議得祭享三皇宣聖
杜稷風雨雷師已准各路祭祀錢絲無降錢較之
往日目今物價增貴委是不敷擬合酌量添給
錢散府諸州亦宜依上給祭今將致祭錢數開呈照有
從本處官司自行增添官錢支給擬據未曾降宜
省部擬遍行諸州依上施行今承奉本部議行行省咨江州

路總管李太中言大德九年官定祭祀三皇宣聖風雷
師鈔數不敷若將每祭合用儀物不限錢數照依各處時
直對物兩平從實應付爲此照得大德九年元擬每祭鈔
數以此參詳每歲致祭三皇宣聖社稷風雷師已准每祭鈔
路散府上中下州官給祭三皇宣聖社稷風雷師已准諸
之徃日即今增貴取買不敷置備儀牲幣帛香果較
諸路大德九年元降錢并今詳得此依准禮部擬都省開咨請依上施行
鈔數開呈照得此依准禮部擬都省開咨請依上施行

三皇并宣聖春秋元降錢并今次添支
社稷春秋二祭每祭各元降中統鈔三十兩
今次添鈔三十兩通作一定
三皇并宣聖春秋二祭每祭各元降中統鈔一定十兩
今次添鈔一定二十兩

四八八

**〈典章三十〉禮部三**

風雨雷師每祭各元降中統鈔二十五兩
今次添鈔二十五兩通作一定
散府上中下州大德九年朔給元降錢數今擬添
三皇宣聖春秋二祭每祭各元降中統鈔二十五兩
今添支鈔二十五兩通作一定
社稷春秋二祭每祭各元降中統鈔二十五兩
今添支鈔二十五兩通作一定
社稷春秋二祭每祭各元降中統鈔二十兩
今添支鈔二十兩通作四十兩
風雨雷師每祭各元降中統鈔一十五兩
今添支鈔一十五兩通作三十兩

**社稷壇** 至元三十年
處巡行勸農官申社稷五土五穀之神雖是以時致祭
壇制度未行於禮有關乞遍諭府州依法修理爲此送本
部就關太常寺檢照得前禮書內諸祭祀議社稷之壇或

---

城西南度地之宜方二丈五尺高三尺四出階三等築垣
爲四門於內社在東稷在西又云起別無指定欽數其
石柱之長二尺五方一尺剗其上半社稷之壇其
制一也壇南栽栗以表之或又各用其土所宜之木以表
之呈乞照驗事都省准呈就便行移合屬施行

**〈霖雨不止享祭〉** 至元十年七月中書吏部奉中書省劄付
大司農司至先爲瀆祭路宗廟爲此移准大司農司咨於
所桐山川嶽鎮海瀆社稷宗廟爲此霖雨不止
七月十一日聞奏過奉聖旨事意與省家一處檢會到舊例霖雨不止
此請欽依所奉聖旨就便行移合屬施行
行下合屬欽依施行
省劄付禮部呈據西京路申爲本境風旱祈雨用過羊酒

**〈祈風雨不得支破官錢〉** 至元七年十月尚書戶部承奉尚書
省劄付禮部據呈禮部劄付除已依教除破外
等物價錢乞除破事呈奉尚書省劄付
仰遍行各路今後遇天旱預爲申覆省府明文元得一面
支破官錢奉此

**〈人病瘠祭不禁〉** 至元六年八月中書省欽奉聖旨除破外
欽節該立定社外其諸聚衆作社並行禁斷人家或因災
病有許口願赴寺觀廟宇禱祭之類不在禁限欽此

**草去拜天** 至元九年正月中書吏部禮部承奉都堂鈞
戶部照得祭祀社稷風雨雷師釋奠至聖文宣王立春日
俱係合行事理其重五重九拜於都城外此係亡金人立國之
初重午拜天於鞠場重五九拜移關戶部照會者奉此

**〈禁祭星〉** 至元二十四年十二月福建行省尚書省咨該忍
草去呈乞奉都堂鈞旨准呈移關戶部照會者奉此
都於思太常香山奉御呈七月十六日安童怯薛第一日

合剌合裏有的時分奏諸處陰陽人每多因點照祭星別
生事端今後教省家遍行文字樣禁約了呵免致別生事
端奏呵奉聖旨那般者欽此

典章卷三十終

七十六

《典章三十 禮部三

重

禮部卷之四　　典章三十一

學校一

蒙古學

蒙古學校 至元八年正月　日皇帝聖旨間者采近代之
制創爲國學已嘗頒告天下然學者尚少今復立條畫其
令有司明諭四方庶幾多所興起以傳布永久故茲詔示
想宜知悉

一諸王位下及蒙古千户所依在前敦畏吾兒八合赤
　漢兒官員選擇子孫弟姪俊秀者入國子學
一京師設國子學教授諸生於隨朝百官怯薛一蒙古

〈典章三十一　禮部四〉　一

一倒設立教授
一隨路所設教授學有願充生徒者與免一身差役上
　路額設生員三十八人下路二十五人仍委本路按察
　司兼提學職外隨路達魯花赤總管以下及運司諸處
　授官隨處居住回回
　官員子孫弟姪堪讀書者並所入學隨役下
　畏吾河西人等願學者聽不在額設之數據學校房
　舍今所在官司給付
一通鑑節要事就翰林院見設諸官并譯史作蒙古言
　語用蒙古寫錄逐旋頒降與國子學諸路教授
一符寶即設好識蒙古闊者亦一員驗合使寶
一省部臺諸印信並發所鋪馬劄子並用蒙古字
一省部臺院今蒙古子孫弟姪作蒙古字闊者赤頭兒

三九二

凡有行移文字並用蒙古字標寫本宗事目即令習
學漢兒公事其餘內外諸衙門亦令並用蒙古字人
員充闊者赤
一省部臺院凡有奏目用蒙古字寫
一隨朝見當直怯薛夕闊者赤限一百日須管習熟會
　蒙古字

一今後不得將蒙古字道作新字
二三年後習學生員選擇俊秀出策題試問觀其所
　對精通者爲中選約量授以官職

至元二十一年五月中書省翰林院備翰林直學
士行龍興路提學校官呈切謂字國之要士國之
聖以字而能材以材而譽故愚民稚子悉皆攻習流傳廣
遠是其字之校不小今者大元一統蒙古字雖興而南北
〈典章三十一　禮部四〉　二

之民寡於玩習益因施不廣用不叨之故也今以愚誠署
學數端如蒙准擬可望激勵人心勉力而學不待期年而
四方傳遍教化大行則非惟學校小補之萬一實爲聖文
綿遠以傳流然此誠恐所擬未當本院參詳若依本學所
呈相應乞賜行移行省諸衙門照會施行得此照會數內
一項至元八年欽奉聖旨諸衙內一歀該應凡奏目並
用蒙古字書寫此今擬合聖旨條畫內大小節該諸
進表章並用蒙古字書寫務要真謹仰照驗施行
進表章並用蒙古字書寫都省議得今後諸衙門依
用蒙古文字不揀那裏文字

五八七

提調蒙古學校 元貞元年三月二十三日欽奉皇帝聖旨翰
林院官人每奏在先薛禪皇帝蒙古文字不揀那裏文字
根底爲上交寬行者各路分官人每與按察司官人每一
處提調省好生的交學者各路裏教授各衙門裏必闍赤

委付呵翰林院官人每委付者麼道聖旨交行有來如今
提調的官人每不好生提調上頭學的人每不謹慎有各
衙門裏蒙古赤每委付呵俺根底每委付者呵俺根底
有更漢兒文字數的州裏委付呵那般也交去有蒙古學教的
也不曾交去的州裏不曾交去有在先聖旨教的用麼
翰林院官人每根底不商量了蒙古必闍赤休委付者呵
裏也依那箇體例委付學正去者提調的路分裏着蒙古
人每好生的提調者交好生的學依着那箇體例裏提調
者文字好生的其間裏不揀誰入去者提調的路分
呵不好生的提調文字其間裏不怕那甚麼
聖旨俺的

**五六四**

**蒙古生員免後**

《典章三十一　禮部四》　三

至元二十年二月江西行省准中書省咨翰
林院呈設立蒙古學校事會校事會檢到至元六年正月
內奏准聖旨條畫內節該隨路所設教授學有顧充生徒
者與免一身雜役欽此

**蒙古生徒遷學儒籍**

元貞二年四月湖廣等處行省咨該爲蒙古學校
生員養贍錢糧移准江西等行省咨該爲吉州等處蒙古
教授司申生徒廩膳元貞元年九月十一日移准都省咨
該送禮部議得蒙古學一體教育生徒擬合
撥賜相應生徒數目大德六年七月江浙行省准中書省
欽依詔書事意令合屬官司於無違碍荒閒地土內約量
咨翰林院呈牛兒年十月二十一日本院官答失蠻乞歹
李學士字羅歹月當帖木兒等奏薛禪皇帝聖旨裏學文
書的生徒每數目上路裏三十人下路裏二十五人設者
廊道聖旨裏了有來如今州裏學文書的生徒數目無有

---

廊道省官人每交俺定奪着道與將文書來有俺定奪得
散府裏交二十八上中州交十五八下州裏交十個人設
阿怎生奏阿那般者欽此

**保舉蒙古生徒**

大德八年正月江浙行省准中書省咨禮部
呈翰林院關爲今各處官司不爲用心提調學校不能興
舉各路教官凡係生徒又不經由提調官住往徑直具
呈國子監轉呈本院以致溫設嚴加不遍行各道廉訪司官
員子孫弟姪入學習文字誠恐日漸荒廢學校選擇官
保生徒委本學生徒蒙古事意嚴加提調總管府官
各路總管府欽依奪外據江西湖廣江浙泉州等處提舉學
申本院試驗定奪本處已後選
不得徑直具呈國子監須要經本處提調總管府轉
校官拘該路教授凡保生員亦申本路官就便行移合

**三八六**

《典章三十一　禮部四》　四

屬提舉學校官依上考試相應呈院其餘行省腹裏路分
別無設立提舉學校官去處各路總管府就呈本院據
國子監學生員無令似前濫保庶望學校興行除已劄付
各處提舉學校官依上施行外其呈都省遍行照會都省
准呈咨請依上施行

# 儒學

**禁治搔擾文廟**

中統二年六月欽奉聖旨道與大名等路宣
撫司并達魯花赤管民人匠打捕諸頭目及軍馬使臣等
宣聖廟國家歲時致祭諸儒月朔釋奠常令洒掃修潔今
後禁約諸員使臣軍馬無得於其中營造達行治罪問詞
訟及褻瀆飲宴管工匠不得於廟右邊安下欽此宣聖
廟告朔禮先放聖壽牌於宣聖右邊曾孟香案具下祝案
置祝板於上每朔日日未出設立獻位階下諸生列位於
後贊者在前先兩拜自東階升殿喝跪喝三奠酒喝壽位前
初獻官以下皆拜兩拜平立執事者引三獻官升殿自
東階分獻官諸從祀位如殿上儀初獻立宣聖位前亞終

【典章三十一 禮部四】 五

五、四八

獻分立顏孟十哲位前贊者喝再拜興再拜畢就跪三奠
酒再拜興亞終獻亦如之禮三獻官諧聖壽位前再
拜跪上香就跪祝香讀祝訖三奠酒畢就拜興再拜畢
降自西階復位贊者喝初獻官以下皆拜興再拜兩拜諸
生與獻官揖諸講堂講書告朔講書乙亥日不講書

**朔望講經史例** 至元六年四月中書省欽奉聖旨定到條畫
內一欸節該提刑按察司官所至之處勸課農桑問民疾
苦勉勵學校宣明教化若有利害可以興除者申臺呈省
欽此除遵依外切詳教化若似緩而實急者學校是也益學
校者風化之本也照得隨路雖有設立學官其
所在官司倒看見同廷常不為用心勉勵以致常守書
有名無實由是吏民往往不循禮法輕犯憲章深不副朝
廷肅清風俗宣明教化之意今移文各路遍下所屬如遇

---

朔望日長次以下正官同首領官率領僚屬吏員俱詣文
廟燒香禮畢從學官主善講堂同諸生并教官
從學者講經史更相授受日就月將教化可為師人才於
冀外據所在鄉村鎮店選擇有德望學問可為師長者於
百姓農隙之時加以訓導使長幼皆聞孝悌忠信廉恥之
言禮讓既行風俗自厚政清民化止盜息奸不為
祖皇帝聖旨約諸官員使臣軍馬毋得於內安下或聚
奉曲阜林廟上都大都諧路府州縣邑廟學書院照依世
集理問詞訟褻瀆飲宴工役造作收貯官物等其贍學地
土產業及貢士莊田外人毋得侵奪所出錢糧供春秋二
丁朔望祭祀及師生廩膳貧寒老病之士為眾所尊敬者

【典章三十一 禮部四】 六

五、八

月支米糧優恤贍養廟宇損壞隨即修完作養後進嚴加
訓誨講習道藝務要成材若德行文學高出時輩者有司
舉保蕭政廉訪司體覆相同以備選用本路總管府提舉
儒學蕭政勸勵學校凡廟學公事諧人
毋得沮壞妄行據合行儒人事理照依已降聖旨施行彼或特
此非禮妄行國有常憲事宜不知懼宜令推此

**立儒學提舉司** 至元二十四年閏二月尚書省奏在先為設
學校的事於二月十五日奏奉聖旨你說的宜一般這
裏那田地裏立太學合讀甚麼書合設學官并生員飲食
分例合立的規矩外頭設立儒學提舉去處寫出來我行
奏說那時分我回言說這般聖旨有來欽此今與翰林院
裏集賢院裏有的眾老的每一同商議定下項合行的事
理這般奏呵那般者麼道欽此都省除外據一項合行事理後

咨依都省除外據下項事理移咨依聖旨事意施行

一外道設立儒學提舉司除迤北外准等處十一道
各立儒學提舉正副各一員提舉從五品副提舉正
七品

一外道學校生員成材者申太學茂異者申集賢院外
生員成材者申國子監若有茂異者提舉司申覆
集賢院奏呈省區用

一儒戶免差事議得儒戶除迤北路分於十三年選城
外據迤南新附去處在籍儒戶於內若有投納地稅
名色者別無定奪其餘籍內見有的儒戶除納地稅
商我外其餘一切差役並行蠲免

一瞻學子粒事議得江南校士田土欽至元二十
三年二月內都省奏准聖旨與了秀才除欽依外乞
免行供報行省宣慰司總管府

**〈典章三十一　禮部四〉**
五二一
七

日皇帝聖旨據尚
書省奏江淮等處秀才乞免雜泛差役事催奏今後在籍
秀才做買賣納商稅種田納租稅其餘一切雜泛差役並
行蠲免所在官司常加存恤仍禁約使臣人等毋得於廟
學安下非理攪擾欽此橫枝兒一件秀才每做
一月行尚書省准尚書省咨准奏發至元二十五年十
買賣阿與商稅者種田與地稅者其餘橫枝兒不揀甚麼
雜泛差發休與者麼道聖旨那般者欽此

**〈儒人差役事〉**
皇慶元年十月行臺准御史臺咨備江西湖東
道廉訪司申吉州等路儒學教授司申有儒戶差役
告州縣管民官將在籍儒戶差充里正主首等項差役

---

消沮咨請照詳准此呈奉詔書內一欵節該民間和雇和
買一切雜泛差役除邊遠軍人并大都自備首思
站戶外其雜泛差役下不以是何戶計與民一體均當應有
執把除差役外其餘諸色令旨哥令旨所在官司就便拘收欽此除欽
遵外又照得近承中書省創付呈禮部呈大都和雇和買雜差
路申儀鳳司關至大四年十一月初三日本司官帖班半
哥奏大樂忽兒赤弦匠人每根底今照得皇慶元年二月
泛差役者麼道帖班等奏了來俺商量來除和雇和買一體
征奧魯上都大都其間自備首思站裏行來了依先聖旨交與民一
役均當差役麼道詔書裏行來了欽此
體均當差役阿那般者麼道聖旨了也欽此已經

**〈典章三十一　禮部四〉**
五二四
八

行下各處照會去訖今承見奉本部議得儒戶雜泛差役
合擬欽依與民一體均當相應具呈照詳得此仰依上施
行

**〈稽遲學校田池〉**
至元二十三年二月二十一日中書省奏過
事內一件江南學校阿怎生先屬學校底田地也如
今師父根底學文書的孩兒每根底種養着的田地與他
阿怎生麼道有奏阿那般者麼道聖旨了也欽此

**〈錢糧分付儒學〉**
至元二十九年正月十一日中書省奏過事
內一件節該江南路分裏有的貢生士莊名字田地屬官省
裏不屬孔夫子的田地教村省行臺差人取數目合教學校底
屬孔夫子的田地根脚裏一般中書省御史臺奏奉聖旨
田地同和尚先生每田地一般來如今皇帝可憐見阿依在前體例裏分
分付與秀才每來如今皇帝可憐見阿依在前體例裏分

付與各處孔夫子廟秀才每爲主每年那田地裏出來的
錢糧呵修理孔夫子廟春秋祭丁朔望祭祀自教養人才
着若有窮暮年老無倚靠的好秀才每呵那底每根底養
濟看這般行呵是的一般欽奉聖旨那般欽此

至大四年正月　日欽奉皇帝聖旨節該集賢
院官人每奏薛禪皇帝登寶位之後累降聖旨設立學校
養育人材以備擢用至元二十一年設立集賢院提舉學
外學校各處行省設立儒學提舉司路裏縣裏交委付學
官每教有來近聞各處學官每委付來的勾當不曾上
頭教的也不盡心有生徒每學的無用有不曾上謹學歷
道聽得有俺每根底有學歷
薛禪皇帝完者篤皇帝累降聖旨體例裏不揀那個官人每
休當各處有的廟學書院房舍裏不揀那個官人每使臣

《典章三十一 禮部四》

五、八一

九

每軍人每休安下者休斷公事休做筵會者休造作者係
官錢物不揀甚麼休頓放者學校的屬學校的田地水土貢士莊
不揀是誰爭占侵犯者秀才每教門一
十五春秋二丁日交祭祀者師徒貪窮病證老秀才每教
養濟者損壞了的房舍每教修理者自今之後學的他每的
的委付着教行者學校田地內出產的錢糧月一
本事觀了教行者學校的勾當不當裏不揀是誰休阻壞者
處廉訪司總管府提舉官人每常加敦勸的官人每秀才每各
這般宣諭了也麼道做無元體例勾當行呵他每更不怕
那聖旨狗兒年八月十二日中都有時分寫來

科舉條制皇慶二年十一月上天命皇帝設官分職徵用儒雅崇尚學校爲
以神武定天下世祖皇帝設官分職徵用儒雅崇尚學校爲
育才之地議科舉爲取士之方規模宏遠矣朕以聰躬纘

承丕祚繼志述事祖訓是式若稽三代以來取士各有科
目要其本末舉人宜以德行爲首試藝則以經術爲先詞
章次之浮華過實朕所不取爰命中書參酌古今定其條
制其以皇慶三年八月天下郡縣與其賢者能者充賦有
貢諸路府其或徇私濫舉並應舉而不舉者監察御
史蕭政廉訪司體察究治
於後除去

考試程式
蒙古色目人

《典章三十一 禮部四》

四、八一

十

一科場每三歲一次開舉人從本貫官司於路府州縣
學及諸色戶內推選年二十五以上鄉黨稱其孝弟
朋友服其信義經明行修之士結狀保舉以禮敦遣

漢人南人
第一場明經
第一場經問五條大學論語孟子中庸內設問義理精
經疑二問大學論語孟子中庸內出題並用朱氏章
句集注復以己意結之限三百字以上
第二場策二道五百字以上

漢人南人
第一場明經
經義一道各治一經詩以朱氏爲主尚書以蔡
氏爲主周易以程氏朱氏爲主已上三經兼用古
註疏春秋許用三傳及胡氏傳禮記用古註疏限
五百字以上不拘格律

六
體四

第二場古賦詔誥章表內科一道古賦詔誥用古
體章表參用古

第三場策一道經史時務內出題不矜浮藻限一千字以上

一蒙古色目人願試漢人南人科目中選者加一等注

授

一蒙古色目人作一榜漢人南人作一榜第一名賜進
士及第從六品第二甲以下及第三甲皆正七品第
三甲以下皆正八品兩榜並同

一所在官司遲悞開試日期監察御史肅政廉訪司紏
彈治罪

一流官子孫蔭敘並依舊例願試中選者優陞一等

一在官未入流品之人願試者聽若中選已有九品以
上資級比附一高加一等注授若無品級止依試例
從優銓注

一鄉試處所并其餘條目命中書省議行於戲經明行
修庶得真儒之用風移俗易瑑至治之隆咨爾多
方體予至意故茲詔示想宜知悉

典章三十一　禮部四　十二

延祐元年二月三十日行省准中書省咨皇慶
二年十月二十三日行省奏爲科舉的上頭前日奏呵讀詔
書行省應道聖旨有來俺與翰林院人每一同商量立定
檢目來聽讀過又奏爲立科呵世祖皇帝
裕宗皇帝幾遍交行的聖旨有來成宗皇帝武宗皇帝時
分頁舉的法度也交行行來上位根底合明白題說如今
不說呵後頭言語的人有去也學秀才的經學詞賦是兩
等經學是說修身齊家治國平天下的勾當是吟詩
和賦作文字的勾當自隋唐以來取人專尚詞賦人都習
學的浮了罷去詞賦的言語也多曾說來爲這上頭
翰林院集賢院禮部先擬德行明經爲本不用詞賦來俺
如今將律賦省題詩小義等都不用止存詔誥章表專
立德行明經科明經內四書五經以程氏朱晦庵註解爲

主是格物致知修己治人之學這般取人呵國家後顯得
人才去也奏呵說的是有依這定擬來的詔書裏行
者廢道聖旨了也欽此欽此擬到考試程式條目已經奏
准頒降詔書差官分道前去各處開讀外照得詔書
内一欵鄉試處所并其餘條目命中書省議行欽此除外
今將合關防各各條目開坐前去咨請依上施行

一鄉試中選者各各解據錄連取中科文行省所轄去
處移咨都省送禮部腹裏宣慰司及各路關申禮部
拘該監察御史廉訪司依上錄連科文申臺轉呈都
省以憑照勘會試

八月二十日

典章三十一　禮部四　十二

蒙古色目人試經問五條
漢人南人明經
經義一道
經疑二問

二十三日
蒙古色目人試策一道
漢人南人古賦詔誥章表内科一道

二十六日
漢人南人試策一道

一會試次年省部依鄉試例於二月初一日試第一塲
初三日第二塲初五日第三塲
初七日前期奏委考試官每舉子一名委快

一御史試三月初七日前期奏委考試官二員監試御
史二員讀卷官二員入殿廷考試每舉子一名委快
薛友一人看守漢人南人試策一道限千字以上成
古色目人時務策一道限五百字以上成

三三四

一　選考試官

行省與宣慰司鄉試有行臺去處行省行臺官一
同商議選差如不拘廉訪司去處行省官與監察
御史選差山東河南宣慰司真定東平路同本道
廉訪司選差上都大都省部選差在內監察御史
在外廉訪司官一員並於見任幷在閑有德望文學常選官內
選差彌封官一員謄錄官一員膳錄官一員選在內監試官
充膳差彌封試卷幷移行文字皆用朱筆書寫仍頒設
法關防毋致容私作弊
省部會試都省選委知舉貢舉官各一員考
試官四員監察御史二員彌封謄錄對讀官監門
等官各一員

【典章三十一　禮部四】　十三

一　鄉試

行省一十一處

河南　陝西　遼陽　四川　甘肅　雲南
嶺北　征東　江浙　江西　湖廣

宣慰司二道

河東冀甯路　山東濟南路

直隸省部路分試四處

真定路
河間路　保定路　順德路　大名路
廣平路　彰德路　衛輝路　懷孟路

東平路
濟甯州　曹州　濮州　德州　冠州
高唐州　泰安州　恩州　東昌路

---

大都路　大都　永平路
上都路　上都　興和路

一　天下選合格者三百人赴會試於內取中選者一百
人內蒙古色目漢人南人分卷考試各二十五人

蒙古人取合格者七十五人
大都一十五人　上都六人　河東五人
真定等五人　東平等五人　山東四人
遼陽五人　河南五人　陝西五人
甘肅三人　嶺北三人　四川一人
湖廣三人　江浙五人
江西三人
雲南一人　征東一人

色目人取合格者七十五人
大都一十八人　上都四人　河東四人
河南五人　四川三人　真定等五人
陝西三人　甘肅一人　遼陽二人
雲南二人

【典章三十一　禮部四】　十四

三一九

漢人取合格者七十五人
大都一十人　上都四人　真定等一十一人
東平等九人　山東七人　河東七人
河南九人　四川五人　雲南二人
甘肅二人　嶺北一人
遼陽二人　征東一人
湖廣七人
陝西五人

南人取合格者七十五人
湖廣一十八人　江浙二十八人

江西二十二人　河南七人

人虞差巡軍

一鄉會等試許將禮部韻畧外餘並不許懷挾文字差
投揀懷挾官一員每舉人一名看守無軍

一提點辨掠試院廉幹官一員度地安置希舍務令隔
遠仍自試官入院後常川妨職把外門

一鄉會試彌封謄錄對讀下吏人於各衙門從便差使

一試卷不考格犯御名廟諱偏犯者非及文理紕繆塗
注一五十字以上

格中選人數已定鈔錄字號索上元卷請監試官知

一謄錄所承受試卷並用硃書謄錄正文實計塗注乙
有塗注乙字亦皆寫字數謄錄官書押俟考校合
字數標寫對讀無差將硃卷逐旋送考試所如硃卷

一貢舉官同試官對號開折

一舉人試卷各人自備三場文卷并草卷各一十二幅
於卷首書三代籍貫年甲前期半月於印卷所投納
置簿收附用印鈐縫記各還舉人

一就試之日日未出入場黃昏納卷受卷官送彌封所
撰字號彌封訖送謄錄所

一科舉既行之後若有各路歲貢及保舉儒人等文字
到部并令還付本鄉應試

一娼優之家及患廢疾若犯十惡奸盜之人不許應試

一舉人於試場內毋得喧嘩違者治罪仍殿二舉

一舉人眼與考試官有五服內親者自須迴避仍令同
試官考卷若應避而不自陳者殿一舉

一鄉會試若有懷挾及令人代作程文及代之者漢人

〈典章三十一〉禮部四　十五

南人居父母喪服應舉者並殿二舉

一國子監學歲貢生員及伴讀出身並依舊制願試者
聽中選者於監學合得資品上從優銓注

一別路附籍蒙古色目漢人大都上都有恆產住經年
深者從兩都官司依上例推舉就試其餘去處冒貫
者治罪

〈典章三十一〉禮部四　十六

典章卷三十一終

# 禮部卷之五　典章三十二

## 學校二

### 醫學

設立醫學教官

中統三年九月　日欽奉皇帝聖旨一道　與中
書省忽魯不花為頭官員據太醫院大使王獻副使王安
仁奏告醫學久廢後進無所師受設或朝廷取要醫人切
恐學不經師深為利害依舊體來體例就隨路名醫充教授
職事設立醫學訓誨後進醫生勾當等事仍保舉一訓誨
名醫人等充各路教授准奏仰隨路已保舉到名醫
後進醫人勾當今差太醫院副使王安仁懸帶金牌前去

〈典章三十二　禮部五　一〉

四三一

隨路設立醫學據教授人員絲線包銀等差發依例除免
所有主善一名俸給及學校房舍本處官司照依舊例吩
咐如教授益非承襲職位仰別行學據醫學生員擬免本
身檢醫差占等雜役將來進學成就別行定奪每月試以
疑難以所對優劣量加懲勸若有民間良家子弟才性可
以教誨願就學者仍仰本路管民正官不妨本職提學
勾當諸人不得沮壞欽此

免醫人部役

中統三年皇帝聖旨今差光祿大夫太醫提點
王子俊提點許國真金懸金牌太醫大使王獻副使王安
仁管領諸魯花赤管民官聖旨到日據醫人每戶下差發
所有諸路醫人惠民藥局勾當道與十路宣撫使并隨
除絲綿顏色種田納稅買賣納商稅外其餘軍需舖馬祇
應迎牛人夫諸科名雜泛差役亞行蠲免若有諸投下官

真人等於於本路醫人處收買藥物依理給價無得抑勒取
要據隨路應有係官醫人知戶照依年例別料取包銀三
兩依例折納無定舖馬種種仍取用度擦徵到銀貨處三十
納隨朝見承應太醫院等用度擦種糯米納三十
處官司驗收到子粒回易輕賫與醫人包銀子處送納外仰子
俊除係官醫人每根底醱運入站據民戶影占影
院例收各路奏在先漢兒田地裏有的醫戶每根底醱發
帝為各路裏有差發的上頭與了聖旨與來不依着聖旨
體例不教當橫枝兒差發休教回付有係籍戶每路下各路
占着的不肯教回付有係籍戶每限教生受有麼道俺行
文書來有他每醫人每說將來有可憐見呵依着先體

〈典章三十二　禮部五　二〉

醫學免差經事　大德三年四月

例裏漢兒蠻子田地裏教行聖旨應通奏來如今從今已
後漢兒田地裏有的醫戶每大差發休教出者種田
呵納地稅者做買賣呵納商稅者那的外別個軍需不
揀甚麼休教出者鋪馬祇應夫役橫枝兒差發休與者蠻
子田地裏有的醫戶每地稅商稅以來是誰別個差發甚
麼差發休與者係籍的醫戶每重并差發要
這般宣諭了呵係籍的醫戶每根底隱占呵重別休揀甚
官與管醫官醫人頭目每一同歸斷若這醫人每更有那甚
的管民官不怕那醫人每隱藏呵他每休怕那欽此
宣諭了呵將不係籍醫戶每隱藏呵他每更倚着這般
廢甚麼休教出者係籍的醫戶每根底隱占呵重并差發要

講究醫學　至元二十二年二月

禮部與尚醫監講究到醫學體例仰下各道
司常加檢察數內一款該醫學教授見教生員照依每

年降去一十三科題目令醫生每月習課醫義一道年終
置簿考較優劣有無成績又一欵諸路管醫提舉司或提
領所委正官一員專行提調同醫學教授將附籍醫戶并
應有開張藥鋪行醫貨藥之家子孫弟姪選揀堪中一名
赴學若有良家子弟才性可以教誨願就學者聽學生員
就醫欽此此擬將見教誨醫雜汎將來進學成別行
定奪欽此聖旨廟前焚香各說所行科業治過病人自寫曾醫
目經書有無習課醫義開申尚醫監備擬選用又一欵該
根因時月運氣用過藥餌是否合宜仍令各人自寫曾醫
醫之家皆以醫業為生外應有係律醫戶及但是行
集三皇廟聖前焚香各說所行科業治過病人講究受病
愈何人患病治法藥方具呈本路教授外據州縣醫人其

◆典章三十二 禮部五　　三

五八三

### 保申醫義

呈本縣教諭候年深呈本路醫學教授考較優劣備申擇
例具呈到大方脈雜醫等一十三科周歲月會擬難醫義
題目一百二十道已經行下各路醫學教授令後進生員
照依程式眼法經義體制課習比及年終置簿申院定訖
今議依各處教授學正學錄教習並及年終置簿申院進
官切降題目或遠行舊題或自意立題不合格夫往往赴院
求進以致泛濫不一今後擬合令教授學正學錄教諭人
等須於三年以裏官題目內教授作醫義三道治法
一道學正課醫義二道治法一道親筆真謹書寫保申
院考校文理相應至日定奪外據學正人員量材擇用如不係官
本覈相應至日定奪外據學正人員量材擇用如不係官

---

降題目及雖係官降題目若經三年之外者別無定奪仰
照驗施行

◆典章三十二 禮部五　　四

五七七

### 醫學科舉

大德九年　月江浙行省准中書省咨吏部呈奉
省判禮部呈諸人陳言事依例會集到集賢翰林兩院官
一同議得平陽路澤州知州王祐所言竊聞醫為世切務惟
醫與刑獄得其司命於人刑者雖教於世惟人也以寒風暑
經遷其疾以放辟邪侈陷於罪者有明刑不明則有差而
罪當施刑以斷然而醫以治病不明於
不審血氣虛實而妄許藥餌或濫則有惡輕重而
妄加鞭撲藥餌妄許藥餌反害妄加則無辜受殃
無益反害生死相去不遠則無辜受殃存亡未知若何嗟乎
不死則已死則不復生不幸而亡則不復存可不慎哉
可不戒哉是故醫欲明須玩味前賢之經訓刑不濫在講
究本朝之典章經訓精則許以為醫典通則用之為吏
今各路雖有醫師學亦係有名無實參詳莫若今後督責
各處有司廣設學校為醫師者命一通曉經書良醫主之
集後進醫生講習素問難經仲景叔和脈訣之類然亦須
通四書務要精通不精者禁治不得行醫吏員命明史
主之各處首領官公務畢率習師吏貼書人等講習經史
先自小學文公四書及典章案式算術之類須要精通各
官員責罰每月行諸學考試若有敦勸急情去處將提調
以廉訪司使常有成實伏乞詳移准太醫院
處長官時常提調諸學校務成材以備試驗擇用亦
上擬去來今據本學醫提舉司呈該行下大都路醫學依
關送諸路醫學提舉司照得中統三年九月內欽奉聖
旨節該隨路設立醫學　全文見中統三年條　欽此除欽依外

今據王祐所言醫學有名無實本學得各處設立醫學積
有年矣其間累蒙太醫院定立選舉教官格例講究取人
教養之法已有成規益是教官及提調官不能舉行以致
怠惰又檢會至元二十二年欽奉聖旨節該舉公事行者
欽此當都省令太醫院講究到程試太醫合設舉科目一十
三科合爲十科各有所治經書篇卷方論條目今欲後之
爲醫之本進德之門凡文武醫卜俱當習而知之何醫
者而已且爲醫之必須通曉天地運氣則
必當洞曉四書之玄微藥性則博通毛詩爾雅之名物又
當論病以知證凡尚書春秋三禮等書回
醫者亦須精通四書不精通者禁治不得行醫夫四書實
學之本德之門凡文武醫卜俱當習而知之何醫
三科合爲十科各有所治經書篇卷方論條目今欲後之

五

孟小義各一亦不能備　　他書兼試況業醫者藝不精明
下能爲上工業不專科則不能入妙擬合遵依已定程式
爲考試之法所據不精本科經書禁治不得行醫相應今
將程試科目各據所習經書開具申乞照詳本司參如所
擬實爲相應今將程試科目各開具於後乞照驗
事當院看詳若依所擬相應關請照驗准此擬合依太
醫院所擬行省　　行照會相應具呈照詳都省咨請依上
施行

一　程試太醫合設科目
大方脈雜醫科　　　小方脈科
產科兼婦人雜病　　眼科　　風科
正骨兼金瘡科　　　口齒兼咽喉科
瘡腫科　　鍼灸科　　祝由書禁科
一　各科合試經書

---

六

大方脈雜醫科
素問一部　難經一部　神農本草一部
張仲景傷寒論一部　聖濟總錄八十三卷第十一
至一百八十七卷

小方脈
素問一部　難經一部　神農本草一部
聖濟總錄一十六卷第一百八十七卷至二百二十卷

風科
素問一部　難經一部　神農本草一部
聖濟總錄一十六卷第一百六十七卷至一百八十二卷

產科兼婦人雜病科
素問一部　難經一部　神農本草一部
聖濟總錄一十六卷第一百五十卷至一百六十六卷

眼科
素問一部　難經一部　神農本草一部
聖濟總錄一十三卷第一百二十二卷至一

口齒兼咽喉科
素問一部　難經一部　神農本草一部
聖濟總錄八卷第一百二十四卷至
一百四十二卷

正骨兼金鏃科
素問一部　難經一部　神農本草一部
聖濟總錄四卷第一百三十九至
一百四十四卷

瘡腫科
素問一部　難經一部　神農本草一部
聖濟總錄二十一卷第二百四卷又
十至十一至二十四又
一百二十五

鍼灸科

素問一部　難經一部　神農本草一部

聖濟總錄四卷第一百九十四卷第一至

祝由書禁科

素問一部　千金翼方二卷

聖濟總錄三卷第一百九十五卷至

第一百九十七卷

## 醫學官罰俸例

之道當務於學益醫者明脈察理用藥處方不可不精於

聖濟總錄大德九年江浙行省准中書省咨湖

廣省咨湖廣奉使宣撫咨湖南廉訪司申備本道僉事李

奉訓牒該欽奉聖旨節該隨路設立醫學月見中統三年九條

欽此除欽依外又太醫院降到一十三科周歲月會醫義

題目仰在學醫生照程式格法所作大小經義如法呈

簿考較比候年繳納等事切詳活人之術莫善於醫為醫

**〈典章三十二　禮部五〉七**

五、三一

學也方今朝廷清明以好生之心為崇醫之舉立學校以

養之設教官以主太醫院申明規式甚詳本路官責任提

調甚篤況近欽觀聖朝頒賜聖濟總錄以惠天下端使人

皆知學務在成但各處學校因循苟且不能奉承月試既

未舉行課義亦皆鹵莽望一來苟圖塞責講解勿問視

為虛文聾居終日既寡聞不察藥劑妄投欲使民安望有倉

扁之術脈理不明岐黃之書一旦疾病安能橫天難矣由教官

正錄尸素備員淺見寡聞何以作新擬合遍行各路今後

憲司所致欲加嚴責緣為醫官又無罰例減與寬恤特此

肆志效尤若非明立責罰何以作新擬合遍行各路今後

莫若責任提調正官嚴督所屬學校務遵累行規法訓誨

後進醫生期於有成廉訪司官按臨之處考其課業審其

成否如有奉行不主訓誨無成此學官提調官各坐以罪

如此日就月將人才成就仰副聖朝崇醫學之盛近者按

臨衡州已督所屬依科訓誨其餘路分恐有未與去處理

合一體通行又兼責罰亦係通例遍行合屬備例司仍

申備照詳此照得近按臨衡州路省會本路醫學保

准到後進醫生名數升習科舉已當除訓誨外今

提舉正錄等欽依已降聖旨事意差委各處正官提調

擬合依例遍行各路以為通例若以肄業無法責罰教授

又且訓誨醫生各職任若肄業無法依准太醫院議得如准

罰教授正錄等依上施行路分看詳本路官擬責

准前因看詳所言誠為允當除訓誨外谷學

提舉正錄議得如准廉訪司僉事李奉訓所言甚為允當

臨考驗相應都省除外谷請照驗依上施行

**〈典章三十二　禮部五〉八**

五、五五

一各處學校應設大小學生今後其有仍前不令坐齋

肄業有名無實者初次教授初次教授罰俸三

統鈔七兩再次教授罰俸一月正錄視前例倍罰三

次教授正錄取招別議各標注過名其提調官視

學官例減等初次罰招別議仍各標注過名提調官初次

苟應故事者初次教授罰俸半月再次一月三次兩月

五兩再次教授罰俸一月正錄各罰中統鈔七兩三

次教授正錄取招別議仍各標注過名提調官初次

罰俸十日再次半月三次一月

## 鄉貢藥物趁時收採

禮部呈准太醫院照得各處鄉貢藥物自大德元年至今

每歲照依出產地面科取除已納外有令然拖欠不行送

納數目亦有令人順帶前來不堪支用以致急缺深爲未
便今將各處排年未納藥物開坐前去請催
部看詳上　貢納藥物即係各年拖欠數目又急催貢
官司已行和買應付若便依准催貢必致配於民即日如
屢經天災人民缺食況大德七年藥物已科各處貢納大
德八年相近復准拖欠數目是已往年分如
准倚免相近貢納所據上項拖欠數目既是已科各催
貢已過年分準復推太醫院關所據拖欠數目趁時收採新鮮今
復如遇有各科急缺藥味須要本處官司差官赴院貢納
精粹藥物令官醫提舉司辨驗無爲打差官去處貢納
相應關請照驗准此除直隸本部去處行移照會外
有各處行省合從都省照會施行具呈照詳得此都省
外咨請依上施行

## 禁治庸醫

典章三十二 禮部五　九

大德四年十一月江西行省准中書省咨刑部呈
嘗聞醫出上古實非小技幾微之間死生係焉若學之人
深究其道用藥得宜庶幾不悮於人命比年一等庸
醫不通難素不諳脈理以至於藥物君臣佐使之分九散
生熟炮煉之製既無師傳詎能自曉或曰錄野方風聞謬
知設往來投藥誤插針穴僥倖愈者自以爲能謬誤死
者皆委於命岐黄之道果如是也晷舉至元七年益都府
論頒於市肆大扁儒醫以至閭閻細民不幸遭疾彼既宴
知標本妄投藥劑插針穴僥倖愈者自以爲能謬誤死
知設往來投藥誤插針穴僥倖愈者自以爲能謬誤死
犯擬決一百七下追給燒埋銀兩以充營葬之資至大二
醫人劉斡中針札也速夂兒娘子腸胃風病證用大都府
年廣平路曲周縣醫工張永因朱當兒患心風證用梨
蘆末調治被毒致命又陝西行省咨鳳翔府醫工王文素

看診李大使辛患陽證傷寒用羌活附子藥餌以致熱攻
身死幸而罪遇原免此例擬微燒埋銀兩外本部俱有文
案可考似此致傷人命不可縷數以此參詳各處路府州
縣既有所設提領教授學諭提舉之官今詳醫戶以及
編氓子弟願學醫者必須於精明濟世之官令後醫戶
舉學教授學諭等官嚴立規程課試諸生醫書醫義若能明察
脈理深通修合方劑看候如有診侯不明妄投藥物提舉
教授官訓誡失宜致傷人命者方許行究治如蒙准呈過行
刺誤插針穴致傷人命者臨事詳其輕重追斷所據提舉
照會以戒庸醫有所知懼不致悮傷人命具呈照詳都省
咨請依上施行

## 試驗獄醫

皇慶二年三月中書省咨刑部呈奉省判茶陵州
民戶譚時升陳言路府州縣獄醫皆是據憑醫工提領差

典章三十二 禮部五　十

撥醫治中間多係不諳方脈之人或雇覓不畏公法之人
惟利是務代名當役但有罪因患病其病卒人等止是報
答病證分數其當該案卷之用如是死損
初復檢驗尸傷官吏以鄰封往來爲念暗令仵作行人會
情符合檢驗尸傷官悵申復上司其間抑屈萬端今後官醫提領
到罪人提調刑獄官并官醫令醫提領科決黜斷醫人嚴加懲斷
監察御史提刑按察司紏彈但有收係不諳方脈因而死
損罪囚將提調官亦行究治仍將溫選之人革去外據初復檢
發下合屬與民一體當差送刑部得差撥醫工官提領差
試驗委用如或不諳方脈監送醫選之人等量情
科罪提調官吏私相會情符合仍將溫選之人革去外據初復檢
驗屍傷官吏相會情符合一節已有呈准通例別難再
議具呈照詳得此都省准呈咨請依上施行

中書省咨禮部呈太醫院開延祐三年三月二十
六日奏過下項事件關請欽依施行准此本部議得太醫
院試驗醫人提領等逐一議擬如蒙准呈本部移咨行省
剳付本部欽依相應具呈照詳都省擬議依上施行

〇去年中書省御史臺奉都省咨奉聖旨隨朝太醫內省不得
醫的也有差用了藥呵犯着人的性命去也各處教
授提領行醫的勾當省不得的今省教揚大方完顏
分揀者提領行醫有來俺根底交付藥呵俺
商量來不如教論學錄學正到教授已試四遍了委付
例三年一遍設立科舉試太醫呵奏聖旨有來俺
李叔茂和兩個監察將隨朝太醫試驗
委付試中的提領內科酌定奪止管醫戶不得行
醫若有詐冒聽從廉訪體察這般行呵怎生奏呵奉
聖旨那般者庶道聖旨了也前件議得試驗醫人合雜太
那般者庶道聖旨了也前件議得試驗提領舉
理宜從太醫院所擬相應

〇醫院所擬相應

〇提領提舉不在這裏的依體例除將去到任時限百
日課將醫義來的解由連將醫義來試得中呵
委付試中的提領內科酌定奪止管醫戶不得行
醫若有詐冒聽從廉訪體察這般行呵怎生奏呵奉
聖旨那般者庶道聖旨了也前件議得所試提領舉
理宜從太醫院所擬相應

〇科舉依着先奏的聖旨三年一遍今年秋
裏教外路鄉試來年秋裏這裏會試赴試人員從路
府州縣醫戶並諸色內選舉三十以上醫明行修孝
友忠義著於鄉閭儔眾所稱保結貢試倘舉不應去
察御史廉訪司體察俺所擬與省部家文書行將各處去
鄉試不限員數教各科目通取一百人赴都會試取

〇典章三十二 禮部五 十二

---

中的三十人所課醫義照依至元十一年例量減二
道第一場本經義一道治法一道第二場本經義一
道藥性一道不限字數候有成效別議添設於試中
三十人內第一甲充太醫二甲副提舉三甲教授這
般行呵怎生奏呵奉聖旨那般者庶道聖旨了也前
件議得宜從太醫院所擬相應

〇典章三十二 禮部五 十三

# 陰陽學

## 立司天臺

合罕皇帝聖旨先爲司天臺中統二年五月欽奉皇帝聖旨據劉澤奏告天受
養贍所有包銀差發軍校役稅銀毋得取受乞換授事准人員別無管運不同民戶爲
奏今降聖旨仰劉澤并司天臺舊陰陽人員凡有差發軍
校役稅銀一切公事照依已前體例行者却不得將不會
陰陽人當差發民戶行影占迆欽此

## 陰陽法司

至大元年江浙行省准中書省咨集賢院呈大德
十一年十月十四日傳奉聖旨今後陰陽法師休都諸王
駙馬根前去者的人有呵當死罪者欽此又照得至元
二十八年六月內椎阿魯渾撒呈古文字譯該香山言語
勒少監教奏乃顏呈裏一人姓何理會陰陽的人說交言語

五〇九　典章三十二　禮部五　十三

行來去年乃顏根底舉了呵那人裏殺了來如今那般陰
陽理會的人根底駙馬大王根底不揀誰根底一迆地休
教行漢兒回回蠻子田地裏有理會得陰陽人的數目各路裏
官人每好生的要了大夫的體例裏每呈裏分裏每委付
教授好生教者那每有本事呵每年省呈裏了交來
裏來試了理會底呵司天臺裏也教道行者不理會底教
回去呵怎生庶道呵是有不索尋思那般者庶道聖旨了
也欽此

## 禁約陰陽人

皇慶元年四月江西行省准中書省咨該集賢
院備司天臺呈至大四年十一月二十一日特奉聖旨有
的漢兒回回陰陽人每諸王諸子公主駙馬大官人處多
休教行者教行文書禁約者庶道聖旨了也欽此具呈照
詳都省咨請欽依施行

## 禁私造按時歷

太史院欽奉聖旨印造大德授時歷頒行天
下敢有私造者以違制論告捕者賞銀一百兩如無本院
歷日印信便同私歷

## 拘收舊歷文書

至元二十一年五月二十八日行御史臺准
御史臺咨承奉中書省劄付爲河間路夭人生發差官拏
獲奏奉聖旨因甚這般起離回奏趙太祖於茴太監處
問來底舊歷文書見了尋有來又奏這般星歷文書
每在先教說者遺來不曾好生底有如
今隨就路裏這的行索甚好般有呵
廿丞相樞密院外仰依上施行官一同完議過委官前去將賊
所屬欽依聖旨內處分事意拘收須勒
絕不致隱匿仍常切體究關防毋令夭人生發及有
人告首到官追問得實並行斷罪欽此

## 禁收天文圖書

至元三年七月欽奉聖旨道與中書省據
路軍人匠不以是何投下諸色人等應有天文圖書及太
乙雷公式七曜歷推背圖聖旨到日限一百日赴本處官
司呈納後限滿拾日收拾前項禁書並私習天文之人如法封記申解赴部呈
省若限外收藏禁書並私習天文之人或因事發露及有
人告首到官追問得實並行斷罪欽此

五六九　典章三十二　禮部五　十四

## 禁斷推背圖

至元十八年三月中書省咨刑部呈奉省判御
史臺呈行臺咨都省昌縣賊首杜萬一等指白蓮會爲名作
亂照得江南見有白蓮會等名目五公符推背圖畫一切左道亂眾之術擬合欽依禁
斷一切左道事奉此移准祕書監關議得
仰與祕書監一同擬議連呈前事奉此移准祕書監關議得
擬合照依聖旨禁斷拘收外據前項圖畫封記申解赴部呈
部議得若依祕書監所擬將五公推背圖等天文等圖書本

并左道亂正之術依上禁斷拘之

收頒相應都省天下禁斷拘收發來施行

收到官封記發下祕書監

春牛經式　司天臺新降半經

釋春牛顏色常以每年立春日干為頭角耳顏
色支為身色納音為蹄肚尾顏色

釋龍頭拘索常以每年立春日為法孟日用麻仲日用
芓季日用絲為之構子用桑板木

釋芒神前後開忙常以每年立春日支辰受
尅為文顏色尅衣顏色常以每年立春日用

釋芒神與牛齊立若在牛前立若在牛後立陽年在
是忙芒神與牛齊立若在正旦日前五辰立春者是
農之早芒神在牛前立若在正旦日後五辰外立春者在
是農之晚開芒神在牛後立陽年在左邊立陰年在

右邊

◆典章三十二　禮部五
四七九
十五

釋策牛人氈耳常以每年立春時為法從卯至戌八時
氊耳芒神用手提陽時左手提陰時右手提陽八時見
日溫和寅時芒神掩耳揭起左邊亥時芒神掩耳揭
起右邊寅亥時為通氣故揭一邊子丑時芒神全戴
掩耳為嚴疑時全掩也

釋策牛人頭髻常以每年立春日納音為法金日平梳
兩髻在耳前木日平梳兩髻在耳後火日平梳兩
髻水日右髻在耳後左髻在耳前
左髻在耳後土日平梳兩髻直上

釋策牛人鞋袴行纏常以每年立春納音為法金日木
日繫行纏鞋袴全金日左缺行纏在腰左懸木日右
缺行纏鞋袴俱全火日行纏鞋
缺行纏在腰右懸水日行纏鞋

袴俱無土日著袴無行纏鞋子

釋造春牛水土方位胎骨木殖長短高低常以每年冬
至節後辰日於歲德方取水土用桑柘木為胎骨牛
頭至尾椿八尺按八節牛尾一尺二寸按十二時辰
高四尺按四時踏版用縣衙門陽年立春用左扇陰

釋策牛人老少高低鞭結常以每年立春日為法如四
孟孟日立春是神童兒像芒神身高三尺六寸五分按一
年三百六十五日鞭子用柳枝兒長二尺四寸按二
十四氣上用結子孟日立春用麻仲日用芓季日用
絲用粉五色點染

釋牛頭朝向祭拜方位常以牛頭向東方祭拜東方木
神之位月令云東方太暤子木位其神勾芒此神太

◆典章三十二　禮部五
四八五
十六

眸於春故廟於東方也

至元二十四年行中書省劄付據司天臺判朱震陳達
呈備陰陽尅擇李天祐呈年例鞭造土牛芒神色相
自歸附之家未蒙頒降經式向止依亡宋舊法誠恐
未便震等得此今將經式鈔連在前乞行下鄂州路
今雜除去亡宋舊法遵依大元經式造作施行得此
移准都省咨宋禮部行移太史院議擬得朱震所呈
土牛經式與司天臺經式相同擬從其式都省合行
回咨施行

試陰陽人　中書省咨延祐二年四月二十八日也先帖木兒
怯薛第一日嘉惠殿裏有時分速古兒赤也奴院使火者
撒剼兒帖木迭兒等李平章特奉聖旨如今太醫每試了

有後頭人每肯學也者陰陽人不曾試未便試呵他每不
知道也者如今您行與管他的衙門裏文書先教他每知
道了秋間依體例試者麼道聖旨了也欽此

八十二

典章三十二 禮部五

十七

典章卷三十二終

# 禮部卷之六　典章三十三

## 釋道

### 僧道休差發例

至元三十一年五月十六日中書省欽奉聖旨節該成吉思皇帝月合皇帝聖旨裏和尚也里可溫先生每不揀甚麼差法休教著告天祝壽者廳道裏有的他每的衙門教都革罷了他來如今依著在先聖旨體例不揀甚麼差發休教著者告天祝壽者者麼道差發休教著者告天祝壽者欽此

至大四年四月欽奉聖旨和尚先生也里可溫答失蠻不教當差發告天祝壽者道來和尚先生也里可溫答失蠻白雲宗頭陀教每根底多以里可溫答失蠻不教當差發白雲宗頭陀教每根底多以立著衙門的上頭好生搔擾他每麼道說有為那般上頭和尚先生也里可溫答失蠻不教當差發他每根底多以

〈典章三十三　禮部六〉
一
四八八

### 革僧道衙門免差發

除這裏管和尚的宣政院功德使司兩個衙門外管和尚先生也里可溫答失蠻白雲宗頭陀教等各處路府州縣裏有的他每的衙門教都革罷了印信者歸斷的勾當有呵管民官依體例歸斷者今後依著聖旨體例和尚先生也里可溫答失蠻在前不曾教當的差發聖旨休教當者管民官休教他每根底正主首者這般宣諭了呵別人的人有罪過者這和尚先生也里可溫答失蠻等倚著教門行做無體例勾當者呵不羞不怕那甚麼蠻等倚著教門他每當里可溫答失蠻先生也里可溫答失蠻不教當差發先生也里可溫答失蠻

### 革罷僧司衙門

至大四年月福建宣慰司承奉江浙行省劄付准中書省咨至大四年二月二十七日特奉皇太子令旨一件除宣政院功德使司兩個衙門外這裏有的管和尚的總統所衙門革罷了他每的印如今便銷毀了者

又各處分裏縣裏有的僧錄司僧正都綱等但是和尚的衙門多都革罷了拘收了他每的印銷燬了者不揀有甚合歸斷的等勾當有呵管民官歸斷者麼道令旨了也欽此

### 僧道教門清規

皇慶二年七月江浙行省准中書省咨該至大四年五月二十五日准本省參知政事高中奉谷呈平江路申常熟州四十五都報慈寺僧祖祥稱告至大四年四月二十三日有僧正司為賜帛事差譯吉祥到寺責令具報八十九以上僧人在寺索要酒食錢物勾問得錢具祥狀招不合求討僧正司取勘各寺院年老僧人花名文引於興福寺並維摩院報慈二十二處訖鈔兩入己罪犯除鎖收再開外切慮已革僧司勾當並設人等不行悛政有司復行縱人搔擾諸山寺院不能安心焚修因而妄生事端及僧司舊役人等乘隙非理搔擾不便照得僧尼受弊非止一端今既有司管領理宜革絕一新治化庶幾不負朝廷崇敬佛法之盛意如准平江路所擬一體通行禁治相應准此本省照得各處僧道衙門所設書吏貼書祗候弔剌人等俱無額另多係無籍潑皮作過經斷之人不惟影占戶役僧道被擾多端但有僧道衙門已行革罷擾若不再行禁治深為未便今後除合屬上禁治當之人不許再入寺觀搔蠹路府州縣營求勾當侵漁亦不得容留入寺觀搔擾僧道妄人非官司印押公文舊曾遺不得輒入寺觀搖擾僧道妄生事端非理欺詐於六月二十一日出榜發下合屬上禁治八月二十四日於前行宣政院拯治僧人卷內照得僧尼既已出家理合在寺焚修

〈典章三十三　禮部六〉
二
五八七

近年以來清規廢弛香燈滅絕今後須要晨參慕禮二次
念經凡遇四齋日住持領眾焚香祝延聖壽念經文不得
怠惰主首僧人常鈴束不許枨祖出外於茶坊酒店等行
坐以及各處住持耆舊僧人將常住金谷掩為己有起盖
退居私立宅開張解庫飲酒茹葷畜養妻妾與俗無異敗
壞教門已經約禁約去訖今有僧道人等往往赴省陳告住
持不公不法等事並有司官吏因為革去僧道衙門妄生
事端勾擾不安有司自有定
例外據僧道不守戒律違別教法干犯院門凡行費瀆聽
從住持師長照依教門清規自相戒諭所在官司不得非
理妄生事端勾擾不安違者聽赴上司陳告行下合屬出
榜曉諭移咨中書省照驗施行皇慶元年四月初六日回
准咨該本省參知政事高中奉呈近將僧道衙門妄革
理如准本省所擬相應具呈照詳都省咨請照驗施
下事合屬依上施行去訖請照驗准此近據禮部參上

四一二

〈典章三十三〉禮部六　　三

罷僧司舊役人等復行搖撼諸山寺院本省議得除刑名
詞訟違法事理有司自有定例外據僧道違別教法聽從
住持師長自相戒諭所在官司不得勾擾本省除已出榜
行下外合屬依上施行去訖請照驗准此近據禮部參上
行

# 釋教

**寺院裏休安下**　至元二十三年二月初三日江淮釋教德攝
所欽奉聖旨節該這的寺院裏每底房舍裏使臣休安
下者欽奉馬祇應休宰者稅糧休與者不揀是誰沒體例休
倚氣力者不揀他每底房舍斷拽奪要者寺院裏休斷
人者官糧休頓放者欽此
席有麼道俺的祖宗的聖旨裏與來有做筵席的體例休
殺生的上頭聖旨裏做筵席的人教做筵席和尚每
揀是誰寺院裏做筵席的人教做筵席的體例休
也要罪過也聖旨俺的兒見年七月初二日上都有時分

五一五
寫來

**寺院裏不揀甚麼**　〈典章三十三〉禮部六　　四
寺院裏管僧人的每開人每根底官人每宰殺牛羊做筵
上皇帝聖旨宣政院官人每奏各城子裏

節該纏子田地裏有的寺院裏的講主長老每根底
大德四年三月行宣政院會驗近欽奉聖旨
呵替纏頭裏本寺院裏住持的講主長老每根底不教住持上頭
別個寺院裏住持的講主長老每說謊着住有那般上頭
每寺院裏住持依著漢兒田地裏的和尚每根底說
長老每有呵教裏的和尚每量者有體例倒裏有的斷次講主
呵行宣政院官人每根底住持的歷道說
來呵教住持者別個寺院裏怎生麼道奏
體倒麼道教住持的和尚頭目如今已後本寺與將
下罪過者欽此已經遍行欽依施行去訖今體知各處寺院
長老住持者別個寺院裏…

住持多有總統所僧錄司正司不行申禀上司亦不照勘
是否擅自給疏照會入寺以致詞訟不絕往往赴院陳告
未便仰今後大小寺院住持人已有住持者毋得搖動委
有缺員先行飛申本寺耆舊僧衆與本寺諸
山從公選舉合所次第擬定保結申院若勘別無違礙鈔連所受
度牒一切文憑取招首領官吏罷役得但有擅自委用
住持去處正官取招首領官吏罷役施行

## 和尚不許娶妻室

至元二十八年十月初八日宣政院官奏道
聖旨節該有媳婦的和尚有呵宣政院官人分揀者種田呵種納
的數目俺根底說者壞了
的寺每根底修補者種田呵種納的數目俺根底說者道
來欽此

## 按剃僧尼給據

處諸山講議到寺門便益寺內一件僧尼披剃近年多有
至元二十九年六月行政宣慰院據杭州等

典章三十三 禮部六 五

五,五三

一等不諳經教不識齋戒不曾諳練寺務避役之人用財
買攬冒然爲 未便議得今後如有披剃之人如是通曉
經文或能詩頌書寫或習坐禪稍有一能方本寺住持者
老人等保明申院以憑給據披剃無得將字蘭奚逃驅避
役軍民軍來歷不明人等影射朦朧請給文憑披剃違錯

## 僧道諳譯剃經（見聖政重）

又至大四年四月
准中書省咨至大四年二月初九日啟過事內一件在前
曲律皇帝時分宣政院官人每奏了江南有頭髮的行者
披剃爲僧者庶道欲開講讀聖旨去的其間前中書省官
人每奏了完澤篤皇帝時分待做和尚的他每替頭裏若
有當差的侍養父母的弟兄孩兒每呵本處官司明白給
據執照文字教做和尚來各處行文書勘當了那其間定

---

奪麼道過教止往來去年脫脫等宣政院官人每又奏
了這裏差人去江南有的行者剃披爲僧若有心爲僧的
人有呵也披剃爲僧者庶道著鋪馬吃着首思眼搔擾
百姓有那裏來的使臣每高參政等說江南多有似這般
披剃爲僧的人每軍匠民站等户跟有室礙若將原差去的
不中麼道有俺商量來如今這裏差人去將原差去的
人每教回來披剃的每分揀
人每教了篤皇帝體例勘當了定奉呵怎生啟奏呵
那般者麼道令旨了也欽此

## 保舉住持長老　皇慶二年四月

依在先完者篤皇帝聖旨體例住持有次已披剃了的
那般者麼道先道令旨了也敬此
日江浙行省准中書省
咨御史臺呈爲濫設住持事令宣政院令史具報到差設
住持長老知觀等三十多人俱是憑椎僧人告狀院官司
報不曾行移各處勘當有無違礙是否相應各聞奏

典章三十三 禮部六 六

五,五七

降聖旨前去住持若不禁革切恐流弊愈深如蒙聞奏將
宣政院應有不經本寺僧衆推舉別無司保舉差
役住持人員俱與革罷以塞奸弊於皇慶二年正月十三
日本臺官奏過事内一件監察每文字裏說有各處寺院
裏住持的長老每委付呵有德行知佛法的衆和尚保舉
的經由有司教做有如罷了的僧官更有罪過的有媳
婦孩兒每和尚投托著宣政院俺商量來這般和尚每
裏做住持有俺商量來道這般去也似這般不曾經由有司
侵使常住的錢糧壞了寺院去也似這般不曾經由有司
衆和尚不曾保舉的教省家行文書將他每革罷了依著
舊例保舉來的委付呵怎生奏呵那般者麼道聖旨了也

## 和尚頭目　皇慶二年六月十七日聖旨爲僧官教和尚每生

欽此

受經文的勾當急慢的上頭除宣政院外其餘僧司衙門
革罷了來如今帝師爲頭講主每衆和尚等教奏和尚每
根底交納稅錢糧著鋪馬祇應寺院裏安下使臣越著生
受經文的當爲上位祈福祝壽寺院裏生有阻礙麼道生
說有今後管民官和尚每依著在先聖旨體管的勾當裏
盜詐偽致傷人命但犯重罪過的
外和尚每自其間不揀甚麼相告的管民官問者和尚依
住持的和尚的勾當官吏衙門裏的和尚
會不到阿管民官與各寺院裏他門誰遲悞了勾當呵各寺院裏有
合問的和尚與各寺院依體例斷者他門誰遲悞了勾當一同問了斷者
察御史廉訪司官人每依體例察者和尚每無衙門民
官休攪擾者納稅糧呵依著羊兒年體例亡宋時分有來

四八

**典章三十三禮部六**　　七

的常住田地並薛禪皇帝與來的田地內休納稅糧者收
附江南已後諸人布施與來的置買來的租典來的田地
有呵依在先體例納稅糧者鋪馬祇應不揀甚麼雜泛差
發休當有更各寺院裏講主長老每休替換者差
或在先委付來的和尚本故阿委付本寺裏老每休
講主長老者本寺裏好學識的講主長老
內衆僧美愛的委付者這般宣諭了別個的管民官和尚
每不怕那甚麼

---

**宮觀不揀甚麼差役**

至元十四年十一月欽奉聖旨節該成吉思
皇帝哈罕皇帝聖旨和尚裏也里可溫先生不揀甚麼休
著者告天與俺每祈福祝壽者依著的有來如今依著休
先聖旨體例裏不揀甚麼祈福祝壽者依著太上老君教法裏
告天與俺每祝壽者這演法靈應和冲真人張
天師根底江南田地裏有的衆先生每這張天師言
道這般聖旨裏不揀甚麼放者先生每爲頭兒管著麼
不揀是誰休倚氣力住坐者也這的每宮觀裏房舍使臣安下者
地稅商稅休與者但屬宮觀田地水土莊佃竹葦園林碾
糧休頓者不揀甚麼宮觀裏鋪馬祇應休著者麼
磨船隻解典庫浴堂店舍鋪蓆醋醋不揀甚麼發休著

五三三

**典章三十三禮部六**　　八

者俺每的明降聖旨與阿推稱諸色投下於先生每根底
不揀甚麼休索者先生每也休與者更有甚麼
管城子的達魯花赤官人每吩咐與者更這張天師倚付
來麼道無體例勾當休做者若做賊的
歸斷者先生每根底休歸斷者別個的官人每有折證的言語
先生每根底休的先生每與俗人每有折證的言語
或委付來的先生每有折證的言語先生每一同理問
阿委付來的先生每休與俗人每這張天師倚付
語的太上老君教法裏的先生每怎生
麼公事阿這天師依理歸斷者若做賊的先
生每有的護持聖旨上兼管著四五個宮觀住持來如今

**住持宮觀事**　至元二十五年福建行省准尚書省咨據集賢
院呈二月初四日奏准崔張天師所言內一款節該在先先

四九四

止教一處宮觀裏住若再有奏告護持聖旨俺保將來
集賢院奏呵怎生聖旨那者欽此

**道宮有妻室要歸俗**

至大四年十月行御史臺准

浙西廉訪司申加興路玄妙觀住持提點楊立之畜養
妻子及典雇張十四娘等三名通房使喚革後不行悛改
又以祈雪禳蝗為由題捨鈔為民緣所犯係在革前若有妻
犯合決六十七下退罷收係為民緣所犯係在革前若依有妻
僧官斷罪付送禮部參議道官楊立之求娶妻妾不務焚
修指稱祈禳捨為名鳩集鈔定似此貪污理宜懲戒卻緣所
者不揀是誰其間裏阻壞者道來以不應違例畜妻
犯欲遇赦恩釋免合令本人歸俗當差相應都省准擬仰
照驗施行

**為傳法籙事**

皇帝聖旨節該張天師交集賢院官奏龍虎山

典章三十三 禮部六

〔九〕

**為法籙先生事**

皇帝聖旨壇裏每年正月十五七月十五十月
十五三編做好事傳法籙行有來俺每依著那體例行呵
怎生麼道奏來如今只依著在先體例裏做好事傳法籙行
者不揀是誰其間裏道來這般宣諭了呵做好
事的其間裏沮壞者的人不怕那甚麼這先生每
宣諭了也無體例的勾當做呵他每不怕那甚麼聖旨猴
兒年二月十八日郢州有時分寫來

**為法籙先生事**

皇帝聖旨行中書省行御史臺宣慰司廉訪
司官人每根底城子裏達魯花赤每根底張天師交集賢
院官奏江南田地裏有的自己家裏住的法籙張先生每根
底在先世祖皇帝聖旨裏種田呵納地稅做買賣呵納商
稅者除那的以外不揀甚麼差發休與者麼道聖旨與來
如今管民官每根底與百姓每一般科要差發有麼道奏

---

來是真個不是真個呵依著那在先聖旨體例裏種田呵納
地稅者做買賣呵納商稅者除地稅商稅外不揀甚麼差
發休與者做人每道來這般人每不怕那甚麼聖旨體
這法籙先生每卻道這般宣諭了也地稅商稅不怕那甚麼他
每偏不怕那甚麼聖旨猴兒年二月十八日郢州有時分
寫來

**閣皂山行法籙**

皇帝聖旨節該張天師奏臨江路閣皂山
崇壽真宮葛仙翁八景玄壇住持李宗師每年正月十
五日一番做好事行法籙有來俺依著體例裏做好事者他
奏來麼道如今只依著在先體例裏做好事行法籙者其
間不揀是誰休倚氣力沮壞者他不怕那甚麼聖旨沒
體例的當做者他不怕那甚麼聖旨豬兒年七月十七
日昔博赤八剌哈孫有時分寫來

皇帝聖旨節該張天師奏在前先生每說

典章三十三 禮部六

〔十〕

**先生每做醮**

元貞元年三月欽奉聖旨節該在前先生每說
謊來的道藏經文書根底燒了的後頭麼那緣故裏
先生每做醮好事不曾做來那的後頭麼欽奉世祖皇帝
聖旨裏漢兒蠻子先生每秀才每聚著他每根底好事文
書根底講事每根底長老每根底聚會著教相犯繫整統每
經文意裏不曾侵犯的麼清淨有道了的上頭教做好
根底講事每根底那般好事的不也欽依世祖皇帝這有的
事者麼先生每做醮好事欽奉聖旨了呵相寫攔當者不
曾教行有來那般好事有來如今文書有來如今文
漢兒蠻子先生每根底漢兒蠻子先生每根底好事文
院官奏江南田地裏有的張天師為頭兒依著在先體
頭兒田地裏有的張天師為頭兒依著在先體
子田地裏有的張天師為頭兒依著在先體例裏做醮好
事者麼那般的做好事其間裏不揀是誰休攔當者更

俺的

這好事每這般宣諭了也麼道除做醮道場外拳著鈴響
磬鐃鈸和尚每的勾當犯著行呵他每不怕那甚麼聖旨

**有張天師戒法諸先生**

皇慶元年三月欽奉皇帝聖旨裏集
賢院官人每張天師文奏在先薛禪皇帝聖旨江南田地
裏有的先生每張天師掌管太上老君的教法張天師
言語裏行者無張天師文字的休做先生者曲律皇帝聖
旨與了來麼道奏呵如今但是江南田地宮觀裏有的先
生每依著在先體例裏張天師根底要了戒法諸先生者
文字做先生的人休做先生者的人要罪過者更這張天師
文字做先生的人要罪過呵他不怕那甚麼聖旨麼道聖
體例的勾當休做先生者行呵他每不怕那甚麼聖旨鼠兒年三
月二十九日大都有時分寫來

三五八 〈典章三十三 禮部六〉 十二

延祐四年正月二十九日欽奉聖旨節該江南田地裏宮觀
裏有的先生每依著在先體例裏張天師根底要了戒法
文字做先生者的人休做先生者的人要罪過者欽此
無張天師文字做先生的人要罪過者欽此

---

# 白蓮教

長生天氣力裏大福蔭護助裏皇帝聖旨裏行省御史臺官
人每根底宣慰廉訪司官人每根底軍官每根底軍人每
根底城子裏達魯花赤官人每根底和尚頭目每根底眾
百姓每根底宣諭的聖旨舍利堅八哈失耶班教眾
建甯路後山有的白蓮掌教都報恩堂在先完澤篤皇帝
聖旨裏來的白蓮堂都報恩萬壽堂者如今這佛
堂做報恩萬壽堂者甲乙住持坐者屬這報恩堂的
與了聖旨來潘王孟知禮布花將引蕭覺貴皇帝潛邸時
復一堂清應堂各處田地裏有的做好事報蓮堂管民達
川念經與上位祈福祝壽做好事有麼道這佛
合納的稅糧依體例與了自己氣力鈔化益來的佛堂常
分獻來後頭不理會得佛法的人每教門沮壞了有他每
不揀甚麼差發休要者不揀是誰休占做下院者

四四九 〈典章三十三 禮部六〉 十三

魯花赤官人每提調休教沮壞合納的稅糧依先體例裏
更當者不揀甚麼差發休要者不揀是誰休占做下院者
麼道這都掌教性空普慧居士蕭覺貴根底執把聖旨子
了也但屬這的每蓮堂水工人口頭定圓林碾磨店舍鋪
蒂解典庫浴堂船隻不揀甚麼他每的休奪要者休倚氣
力者這般宣諭了呵別了的人每不怕那甚麼更這的每
地隱藏著沒體例的勾當合納的稅糧不納不干礙自己的田
倚著這般道來麼道合納的稅糧呵他每不怕那聖旨牛兒年
九月初二日大都有時分寫來

# 頭陀教

**頭陀禪師另管**

大德二年五月江西行省欽奉聖旨節該李
薄光教奏薛禪皇帝可憐見來但屬腹裏有的頭陀禪師
每根底爲頭兒管者有來如今江南田地裏俺一般有的頭
陀禪師每多有管的頭目人無的上頭腦一般有他
每折證詞訟有呵管民官每一面詞因問有爲那上頭他
每喫生受有廳道教奏來如今腹裏江南田地裏有的頭
陀禪師每根底這裏李薄光爲頭陀教著者有廳道李薄光
根底聖旨印信與了也您的衆頭陀禪師的頭目與管
頭陀禪師每他每不共甚麼呵道管與者頭陀禪師
語每有呵教李薄光休揀別了依著經文佛法體例行者
每管俗人一處折證的言語有呵頭陀禪師的言

六九九　　典章三十三 禮部六　　十三

禪師每教生受呵他更不怕那聖旨俺的
民官每一處斷者又遣李薄光却道管著有廳體例頭陀

# 也里可溫教

大德八年江浙行省准中書省咨禮
部呈奉省判集賢院呈江南諸路道教所呈溫州路有也
里可溫刱立掌教司衙門招收民戶充本教戶計及行將
法籙先生誘化侵奪管領及於祝聖處祈禱去處必欲班
立於先生之上動致爭競將得江南自前至今止有僧道
訖轉呈上司照得此照得江南近年以來因有僧道
二教各令管領別無也里可溫教門
一等規避差役之人投充本教戶計遂於各處再設衙門
又將道教法籙先生侵奪管領實爲不應並乞照驗得此
奏都堂鈞旨送禮部照擬議得即目隨朝慶賀班次和尚
先生祝讚之後方至也里可溫人等擬合依例照會外據

三二八　　典章三十三 禮部六　　十四

擅自招收戶計並攬管法籙先生事理移咨本道行省嚴
加禁治相應具呈照詳得此都省咨請照驗依上禁治施
行外行移合屬並僧錄司也里可溫掌教司依上施行

# 孝節

**魏阿張養姑免役**

至元十年二月中書吏部奉中書省判送
御史臺呈據監察御史奉聖旨條畫內一欵該
疾或貧窮不能自守者仰本路官司驗實為養濟而不收
養或不如法令委監察糾察欽此體察得大都路左警巡
院察寧坊住人魏阿張年一十六歲適魏蔓子明蔓老母及
縱不事家業取回回債二定將魏蔓收家貲夜擊鎖逃竄
不知所往其夫阿張備細計孝養甘旨至多年後其夫還
魏阿張同居阿張計孝養甘旨至元三年其夫因病身故亞
家復與阿張合嫁一子至元十七歲姑年九十五歲依舊
無產業行運貨房居住其子七歲老姑年九十五歲
孝養其姑眼昏且病不能行止遇有事出置姑併與其子

五四八
典章三十三 禮部六
十五

寄於鄰居學舍後蒙館司拘刷戶計標附收養為此取到
本坊巷長朱進社長阿常等文狀與所察相同又取到左
巡院司吏江亨魏宗等狀稱據阿張今歲差役發鈔一錢
二分半絲五錢六分見行定奪未曾納送得此今求參詳
魏阿張孝道侍奉老姑等節守不嫁欽奉聖旨條畫內一
欵事意官為養濟仍令所在官司免差役更加旌表以屬
風俗乞照詳本臺得此呈奉都堂鈞旨擬表
禮部議擬連呈部照得至元九年八月二十四
日承奉中書省判送元呈鹿邑縣人戶商七妻阿范亡訖
伊夫時止有翁翁商六身故婆婆阿章七十七歲至元二
年翁翁商六婆婆阿章並男德安一歲至元二十七歲本
婦人經今二十七年守志侍養與人傭力至今不曾改嫁
亦無醜惡聲名一切瑕玷批奉都堂鈞旨擬免上項兩阿

范本戶雜役所據魏阿張並無產業營運貨房居住其子
方才七歲老姑年已九十五歲眼昏且病不能行立奪擬呈
人今歲參詳發合鈔一錢二分半絲五錢六分見行定奪未曾
送納參詳擬合權且除免候其子長立成丁再行定奪擬相
應更加旌表門閭奉都堂鈞旨送本部再行議擬連呈呈奉
都堂鈞旨送本部再行議擬連呈呈奉都堂鈞旨送本部
應奉都堂鈞旨送本部議擬連呈呈奉都堂鈞旨送本部
三年差役仰照驗施行
禮部議擬得今擬一產三男者令本處酌量減免若
是軍站戶計亦合令本管官司定奪存邱省府議得准
察司申鄧州軍人張二嫂一產三男者
省判送河南行省咨汴梁路鄭州管城縣民戶趙毓居

**五世同居免役**

至元三十年五月中書禮部承奉中書

五五九
典章三十三 禮部六
十六

**旌表孝義等事**

大德八年八月湖廣行省准中書省咨禮部
呈李氏志節廉訪司體覆相同倒應旌表蒙議得義夫節
婦旌表門閭本為激勵薄俗以敦風化今各處所見往往
紛指倒看成尋俗無以勸懲今後五世同居者安和若者旌表
其門似革泛濫乞明降事得此都省除已移咨河南行省
廉訪司亦不從公覈實以致泛濫本部議得今後舉孝行
者若負母挽車養竭其力號父攀栢喪盡其誠董生之甘
旨供廚蔡邕之泣血盧墓舉義夫者若共被泣荊誼感宗
族散財焚券惠濟鄉閭漢薛包之昆弟讓財魏揚播之總

旌表郭廷煒世守孝義　至大元年九月

官吏取招治罪義夫孝子順孫若果節義行實有可嘉尚
必合表異為宗族鄉黨稱道者方許各處鄰佑社長條具
實跡申聞本縣並依上例體覆申呈省部依例旌表若有
監失謬妄亦依上例一體治罪除外咨請依上施行

　　　　　　　　　日福建宣慰司
近據興化路莆田縣郭廷煒世守孝義累經廉訪司官體
覆相同申乞照詳事得此具呈江浙行省照詳去後今奉
省劄該准中書省咨興化路申莆田縣孝子郭氏四代
孝友自亡宋時特賜旌表立祠今郭道卿郭家傳孝友又以
三代同居至元十三年歸附遇賊與弟郭佐卿相遞以死
及子郭廷煒辭祿奉親行實可尚世守孝義誠為罕有累
經本道廉訪司商副使等官尋訪孝行事迹咨請照驗推
同錄連前賢所撰述保舉事迹依例體覆相

服同爨奉節婦者若夫夫亡在三十之前柏舟自誓守志至
五十以後行露不侵執節不回如文甯女臨難不避如義
宗妻似此之類從各處保明具呈照詳都省議得義夫
節婦孝子順孫旌表門閭本欲敦民俗而厚風化必得實
行卓越節操超絕者方可乗戒將來遍考各處官司不詳
此意往往不符名實泛常保舉以致謬濫甚非所宜今後
舉節婦若三十以前夫亡守志至五十以後晚節不易
貞正著明者方聽各處鄰佑社長明其實至實保結申覆
本縣牒委實質正官體覆得實移文重甘保結申覆
行體覆得實憑堆旌覆得實憑牒文附近不干礙官司再
司更為繁實保結申呈部以憑旌表仍從監察御史廉
訪司體察如是富强之家別無實跡虛名榮求保舉
規避門役及所保謬濫不實即將鄰佑社長並原保體覆

十七

---

得郭氏累代孝行其先世已經旌表立祠今郭道卿郭
廷煒又以孝義克世其美既本處並不干礙官司體覆相
同如准本省所保依例旌表相應咨請照驗依上施
行

十八

# 行孝

**禁割肝剜眼** 至元三年十月 日中書省左三部承奉省判
原呈備據上都路總管府申松州林部落寨梁清弟重興
為母病割肝行孝乞照驗事本部照得舊例諸為祖父母
伯叔父母始兒姊舅割股者並委所屬體究保申尚書省
官給絹五疋酒二瓶羊二口以勸孝悌其
之類並行禁斷如准所呈擬合遍行隨路禁斷批奉都堂
鈞旨准擬施行

**行孝割服不當** 至元七年十月 御史臺為新城縣杜天兒為
伊嫡母患病割股煎湯行孝舊例合行旌賞為此公議得
上項割股旌賞體例雖為行孝之一端近代是以條例頗
與聖人垂戒不敢毀傷父母遺體不同又恐愚民不知

〈典章三十三 禮部六〉
九

四、二五
養常道因緣奸弊以致毀傷肢體或致性命又貽父母之
憂具呈尚書省更為講究去後回呈禮部講究得為割股
行孝一節終是毀傷肢體今後遇有割股之人雖不在禁
限亦不須旌賞省府准呈仰照驗施行

**禁臥冰行孝** 至元八年二月 御史臺據山東東西道按察司
申東平府汶上縣田政住為母病冬月去衣臥冰於親無益
照驗事呈奉尚書省剳付該送禮部公議得為孝侍自
有常禮亦身臥冰於親無益合行禁斷省府相度依准所
呈仰照驗施行

---

# 雜例

**得古銅器送官** 至元五年八月蔡國公張弘範於本宅故毛
夫人衣服內有玉印二顆非是常人所藏物件費赴御史
臺送納事法司擬即係得古器形制異而不送官計合還
人地內取得物隱而不送官者罪亦如之今蔡國公身故
若得古器形制異而不送官者罪亦如之今蔡國公身故
其弘範將印送納到官別無定奪呈省准擬

**偽造寶印不得鐫鑿** 至元五年 月中書省右三部近據太皇寺提
舉河渡司不魯歹申南京朝元官碑上鐫著碑一
顯誠恐奸細人人摸勒偽造馬定難以別辨省部行
下南京路勘官常德本官中統鈔二年王志謹欽奉皇帝御
寶聖旨賜惠慈利物至德真人以此摸勒鐫鑿上碑御
寶奉中書省剳付公議得隨路寺觀內應有似此將御寶
聖旨並諸王令旨摸勒鐫鑿合行一體磨毀於二月二十
日奏奉聖旨准欽此

〈典章三十三 禮部六〉
二十

三、一五

# 兵部卷之一　典章三十四

## 軍役

免罪　一七　三七　四七　六七　七七　八七　一百　處死

軍人
一百日限
内出首○
貧難軍戶○
在逃自首
一限三限
不獲各管
百户○
而不首

新附軍人
在逃初
鄰佑知
限外出首
自首○膽
犯○在逃再
屯駐處

在逃
○元產給付仍
○不拋事
百户○

軍距
免役三年○
根底來
城子裏的
官人每告
知道不肯出來呵
斷○罷○他
分與首告
的人充賞

在逃
阿○

西鄰並主
首社長明
隱藏著俟依
體例不首
出來的每根
家私四分
三分中斷
没一分與
首告的人

五○四

〈典章三十四　兵部一〉

一

## 軍官

禁軍官子弟擾軍家屬
諸軍奧魯官軍該據長清縣尹趙文昌呈切見出征軍人
若冒矢石屢犯霜露領家產以給軍需損身軀以衛社稷
觀其勞苦實可哀憫其管軍人員不知存恤縱令父子兄
弟凡遇農桑蠶繰出行修造一切方役等將軍人落後家
屬俱得非理占使又以出放錢債爲名令軍使用不出三
四月便要其軍人畏避管軍官刑勢恩忖出征軍人命懸於管
罪責其軍人畏避百端抱頁屈抑竟不敢於官陳訴致軿加
軍人員雖搖擾百姓勢思不敢於官陳訴致軿久
而靠損深爲未便呈乞備申樞密院照詳得此參詳甚爲
允當合行依上禁治施行

至元十四年七月樞密院據泰安州

---

## 軍役　原表闕續線其直線　今補正

軍人
貧難軍戶○
元拋事
百户○

在逃
○產給付仍
免役三年○

軍距
來去也
根脚裏
的俟長

在逃
根底來

阿呵

城子裏的
官人每告
知道不肯出來呵
○出來的斷出來呵叔
家私四分
中斷没一三分與
的人充賞首告的人

兩隣並主
首社長明
隱藏著俟的每根底
而廢不行

免罪　一十七　三十七　四十七　六十七　七十七　八十七　一百七　處死　此駐處
新附軍人
在逃自首○
鄰佑知新附軍限
首○　不行自屯駐處
在逃初犯○　在逃
首後又　差定出
犯○　在逃初
但犯○　征逃走

表格十八

〈典章三十四　兵部一〉

一

陳氏坡補

## 禁軍齊歛錢物

過事內一件節該姓張底管軍百户根底去年夏裏上都
俺根底文書裏告樞密院家五衛萬户府千户百户官人
每十年其間裏軍人每根底二十萬定鈔齊歛來也者說
有俺省得底奏上位奏不交打算雖是大四至說呵道是
交打算不交打算上位識者麽道奏呵月曾那演奏這言
語比及我入院以前伴當每根底休齊歛要者軍人每根
底與茶飯麽道奏呵那個官人每這個鈔實底來也者
雖是不交打算呵上位奏要者舊底齊歛要者軍人每根
底也去來也麽道奏呵那般不整理呵那個官人每根底
打算咱根底尋思了說麽道聖旨了也崔中丞奏月曾那演
也帖木兒兩個院裏恰纔入去了也這般不整理呵後頭
交生受者後頭軍人每根底合禁治麽道奏呵怡纔不言語了也那
兩個官人根底也去來也麽道奏呵怡纔不言語了也那

五三六

### 典章三十四 兵部一 二

整理麽道聖旨了也欽此本臺議到下項事理除已行移
樞密院外咨請體察施行

一諸萬户千户百户等人員已有奏奉聖旨定到各各
占破軍數除外欽依累降聖旨處分事意並不得多
餘占使亦不得因公多差及據應得占破軍人
只許依公差使並不得爲私已勾當修造工役營運
買賣行船走車及差官到處不得就令出辦盤費酒
食馬匹草料

一除各軍年例置辦外欽依累降聖旨處分事理並不
得私下科取欽物及齊歛追節生辰送路洗塵筵會
婚聘一切人情亦不得別指名稱托散諸物陪告不
辦散書押疏頭鈔化尅除管軍官吏俸錢

一不得差情屯田軍人并牛隻車輛耕種己歛田禾般載

---

己物

一各衛請俸書吏并發人等並不得就當影占本户
軍役依例另當本户正軍

一每年放軍還家置備鞍馬氣力其所差千户百
户頭目中間放富差貧科歛欽物諸般攪擾以致軍
户生受令各奕圖議立法鈐束不致生受

一各衛屯田官地多與軍官自己地土相靠倘遇災
傷軍官將被災者冒作官田收成者妄爲已地今後
不得似前作弊

一諸該載不盡事理從樞密院就便欽依累降聖旨體
例更爲照勘不盡多方議擬禁治施行

## 老弱軍人貴頭

史臺咨監察御史呈篤疾殘疾軍官不能出力之人請定

五八

### 典章三十四 兵部一 三

奪爲此後准樞密院咨照得至元三十年三月初四日奏過
事內一件軍官每的兄弟孩兒每根底委付的年及七十
歲呵替他每根底委付者不及七十歲的我覷麽道聖旨
不憐吉那的每說有來呵眼瞎了手腳殘疾了的
閑吃着俸錢行有他每兄弟孩兒好呵那的每根底合
委付有那每兄弟孩兒來呵地理遠篤他每每根底合
生受也者也說有那根底上位奏來呵地理遠篤他每
委的言語也者說有俺商量來他每的一般依着他
每的言語裏委付了之後他又說咱尋呵安了罷過在先的道
那般說謊呵不遠有咱每差人交覷去也者他每緣故是
子裏也體要行者擬定來麽您的言語是有委實是
實呵委付者麽道聖旨了也欽此

---

禁定軍官擾攘 至元三十一年六月御史臺准樞院咨令史

苗好謙呈近奉詔書內一疑節該屯成征進軍人火服勞
苦仰奧魯官撫養不得妄有科配欽此伏聞各處當役軍
人遠仰萬里之外近者不下六七千里過有收捕經進萬
死一生所用軍需盤費皆須家屬供給所係不爲不重近
年以來各處起差軍官不以臨軍爲心雖將勾補文字分
付各路起差諸軍戶取要賫發其軍若干已不應副又不
守等點視遍諸軍戶人家屬係元籍各路府州司縣兼管
凡有爭訟其軍官多不經由各路奧魯官員問卻一面接
受軍人詞訟定奪氣力貼軍錢物人勾喚欠已債軍人家
屬似此搭充非止一端各路爲是行院所委官侵損倘有
失悞調遣利害非輕今後但遇一端漸將軍戶侵損倘有
失悞調遣利害非輕今後但遇利害非輕今後但遇

逃亡事故等令各處行院驗所取軍數地理遠近摘

〈典章三十四 兵部一〉 〔四．一四〕 四

委廉幹軍官行下本路勾補若是依前不行守催起補遍
詣軍戶索要錢物及接受詞狀勾喚欠已債軍人家屬者
合令各道廉訪司體察及令各處奧魯官覺察申院取問
定罪如奧魯官知而不舉故縱騷役軍戶以其罪罪之庶
使革去前弊深副聖上恤軍之意其呈照詳得此咨請照
驗施行

# 軍戶

分揀軍戶至元九年四月　日欽奉皇帝聖旨道與元帥府
統軍司總管萬戶應有管軍官吏隨路府州司縣達魯花
赤管民官吏並不以是何戶計下人等撥軍若干
生受底多有民戶裏投下不曾分揀不勾
集到管軍官管民官吏一同查照分揀出當得軍人吏先
事準奏與中書省尚書省一同商量定法例聞奏乞降聖旨
爭底與中書省尚書省一同商量定法例聞奏乞降聖旨
行抄錄依例定奪攢册籍外今將軍人吏
已前有省斷文憑者依已斷爲定不經省斷及至元
開具如後

一軍籍內編報壬子年同籍親屬人口除至元六年終

〈典章三十四 兵部一〉 〔四．五八〕 五

七年已後收當差役已未到官者除齎差役同戶當
軍

一至元七年已前軍籍有姓名同裏攢戶例同戶當軍今
次手狀內若有裏攢不礙戶計除籍爲民
軍籍已後出舍有同戶主婚親人復歸本戶無同戶
一正軍若有催覓慣熟人出軍者聽軍官不得代替本役
軍人

一女壻養老者依舊養老出舍者如軍籍已前出舍至
元七年已前軍籍有姓名同裏攢戶例同戶當軍如
軍籍已後出舍有同戶主婚親人復歸本戶無同戶
一主婚親人止津貼軍戶從樞密院定奪
一軍躲閃乙未壬子二年本主戶下漏籍駈口因而在
外另籍或不曾附籍在後本主於軍籍內攢報過
人口爲良作貼戶乙未壬子二年本主戶下附籍駈

存恤軍戶 <small>見聖政撫軍士類</small>

無夫軍妻配無婦軍

口軍籍內漏報姓名除至元六年終已前有省斷文
憑者依已斷為定不經省斷及至元七年已後收當
差役已未到官者為本主漏報上為良作貼戶

**典章三十四 兵部一** 六

至元二十三年四月江西等處行樞密
院劄付契勘新附軍人孤寒者多有妻者少詳身死正
軍抛下妻女於內亦有就事產畜或設無自產隻身
嫁待他人者雖婚理當切緣終是元刷已籍軍屬日漸削
除軍額本院擬得今後其若將此等鰥夫寡婦照對年貌
相應官為配對成戶與國出力所生兒男成丁擬補新附軍萬戶
少失無數恐未當谷請定奉事此照得新附軍似為
申俱為此事本院議得除有兒男成丁擬補本戶軍所據
軍小兒男並在逃軍婦權且聽候外據軍人妻室更為照

勘室得許與無婦軍人從願聘嫁當軍谷請照驗施行
外有一條 見婚姻類

剛告貧難軍戶

貧難軍人誠恐不是因而歇役移谷御史臺在內者令監
察御史體覆在外者令各道廉訪司體覆連鈔牒文申院
定奪行下各路照會去訖今准御史臺咨各路起遣軍人
不應申難不寔令各道廉訪司體問端的其申本路移委
正官親詣嚴行體覆如委單丁貧難不能當軍者開
坐本軍元籍增損目今寔有丁產本路正官首領官吏依
刷軍例甘伏斷沒罷職保結申院定奪移谷御史臺體察
如本路官吏不為用心體覆將貧難無力軍人故行刁蹬
不行保甲卻將有力軍人循情通同捏合虛作貧難無力
致令歇役者定將當該正官首領官吏依刷軍例斷沒罷

職施行

十六

**典章三十四 兵部一** 七

**軍人正身當軍當役**

至元二年六月初五日欽奉聖旨道與河南
路統軍司樞密院奏諸路出征漢軍多令親人及驅丁代
替可令親身出征似為得力事准奏聖旨到日宣論諸路
出征萬戶千戶百戶牌子頭軍人今後須要正身當役無
令驅口頂替倘竟如違治罪

**香燗軍籍當役** 至元九年三月中書省據樞密院呈先為
戶貪富不同隨路軍籍不一及有苟避軍役投民等戶為
此聞奏過取會到諸色軍數呈准尚書省勾集隨路管軍
官民首領官吏赴都從新攢籍一同查照分揀出諸色軍
內有丁力無丁力交爭各戶計本院除議定軍戶體例
另行外令先議到下項事理呈奉都省准呈仰依

四七一

上施行

《典章三十四　兵部一》　八

一至元七年已前各年軍籍內正軍並貼軍戶若本路
別行收差當役者憑籍除豁依舊當軍
一軍籍已後補簽交換並貼戶除至元六年終已前有
省斷文憑者依已斷為定外其餘戶計無問有籍止
一正軍放罷為民或為人匠貼其元撥貼戶在閻各處科
收差役者改正除從差當軍
一七十二萬正軍並貼戶各年磨問軍侍籍內不曾攢
報亦不曾補簽見在軍前應役及津貼軍錢若隨處
別行收科差役者除差當軍
一各路攢報軍籍已後為軍人官司結斷撥與津貼等
戶一同當差於內卻有各處作無籍人戶收差者除

至元六年終已前經官改斷已斷者依已斷為定外其餘
戶計令次手狀內有姓名家口依舊津貼為當軍
一根腳元係軍驅本至就召名家口依舊出舍不出舍與
丈人同戶當軍
一各年簽軍之後為有事故卻令別戶補簽當軍磨問
時軍籍內該寫某人事故某人替當合擬兩戶止
一戶力多者充軍丁力少者當差
一私走小路軍戶壬子年元籍至元三年元手狀於
內多有不完及與令次取到手狀爭差今後憑准至
元四年軍官報院家口花名文冊內省部斷為民者
離如與令良人並旦衣飯者照依元約年限滿日出
從已斷為定

四五四

《典章三十四　兵部一》　九

一益都淄萊等路元簽舊軍內軍民官司續查對出同
貼戶計二百餘戶照依中書省已斷例壬子年同
戶者分付軍戶一同當軍壬子年不同戶者開除軍
籍為民
一河南保申丁壯軍戶在前難有籍定奪家口花名經
隔年深合憑至元七年河南行省軍民一同查對定
家口花名文冊
一軍民奧魯先奉聖旨令優恤無致生受軍前遇有合
用軍需物料由所管上司移文取發依例應付軍民官毋得
橫泛科取差夫

**軍人當營屯駐** 至元十五年七月行御史臺據監察御史呈體
知得管軍官吏皆離遠營屯駐致令軍人往往閒居民家

## 軍官再當軍役

相擾因而作弊及群飲酒殺人放市今後合無驗有軍房
城廓責限管軍官修葺完修盡起遺於內屯駐閱習武
事若無軍房城廓許於城外另置營屯仍令本院上司不
時計點如此民不被擾寔爲至便乞照詳事移得近欽奉御史臺
容該呈奉中書省劄付樞密院回呈該院照得事移分調
禁治軍官軍人等城內一歇本院立定條畫今議得合從本院
去處須於軍營內一處屯歇把官員移居止不
得於街市占奪官民宅舍四散安下欺壓人民欽此已行
行仍蔫勒管軍官常切計點禁治軍人毋得非理搔擾人民相
移容行省行院依上禁治禁約軍民一欵係官廨宇居止不
聚群飲如違斷罪除已移容各處行中書省王相府禁治
外請照驗施行

**至元十五年十二月初六福建行省准樞密**

五六八　　〈典章三十四　兵部一〉　十

密院咨水軍萬戶府知事李汝等等告本萬戶下勾追各
戶餘丁重役乞依例作轉役軍數開破本省議得萬戶千
戶百戶矢石之間出力其知事止是掌管軍數開破難同萬戶
千戶百戶轉入軍數合令各人弟男應當移准上部樞密
院咨照得萬戶千戶百戶職受相殺合於矢石之下出力
首領官照例職受掌管按牘如論難易同在軍前即係一體若
依行省所擬似爲偏重以此議得軍官並百領官但係軍
戶者與把總百戶權准元帥招討萬戶總管
千戶與首領官一體俱合再當正軍一名容請更爲從長
講究就便施行此擬得把總百戶親臨管軍合行權准
轉役軍數招元帥招討總管千戶與首領官俱合再當
正軍一名是爲相應容請照驗施行

至元十五年三月御史臺准樞密

---

院咨該爲軍前多有逃亡事故歇役軍人奉聖旨差官
每各路差奧魯官一同磨問其間若事欺弊隱定到奧魯
官吏罪名罷職斷沒人口財產如此嚴切起補去訖本院
照得前項逃亡事故歇役軍人多者爲渡江以來分調
軍馬諸處征進其管軍頭目爲不係軍人不肯用心
撫恤軍官逼取富強都見赤拔都爲名常川占破另與
得到些小討虜又以指名抽分拘收錢物致或出軍時
巡哨一切工役止令其餘軍人應當迤邐漸差損或出軍時
頭目管領聽當軍中差使親管軍人饑寒役身死
好馬軍官假借強換減剋以致軍馬失誤調用奧魯
工役頻併軍病不醫稍以痊瘉當有勾當方勒軍借債
器甲什物損壞並不預先點勘過有逃亡歇役軍馬借債
補買如此情弊多端以致逃亡歇役軍馬失誤調用奧魯

五六九　　〈典章三十四　兵部一〉　十一　　十二

內起補致令奧魯官吏因而作弊驗擾不安此條管軍官
吏之過若不禁約切恐起補軍人發付軍前循習舊弊依
前指名支破不肯用心存恤凌遍逃亡再來奧魯勾補轉
致損壞軍戶爲此聞奏過頒降到御寶聖旨宣諭行省行
院都元帥各衛指揮使招討萬戶已下大小管軍官員首
領官都鎮撫人等交委樞密院同行省行院將軍官所行公
司常切用心體究仰奉樞密院遍行條畫禁治更交提刑按察
事考較功過明白聞奏定奪賞罰欽此容請欽依已降聖
旨用心體究得實容施行

一管軍官將所管軍人選揀親丁好漢一名常要數足
閱閱武藝慣熟教練陣勢進退如法各要精銳不許
催名駐丁軟弱之人應當所據揀定好軍無得私下
交接及不得因梯已勾當虛作別名放軍還家若有

正軍一名是爲相應容請照驗施行

輪當必合交換者總司給引放還合替軍人一面無

引逃亡者便同逃軍軍官鎮撫不得一面給引替換

侍衛親軍不拘此例如不測差官點驗得軍少數

或有催名驅口軟弱之人定須究治

一大小官員所合設必合赤投到日盡數分付本奕親管領
常川占破聖旨到日驗各奕軍數旋行摘撥回役依田
與其餘軍人處輪番係官差投如遇出軍必用合必
赤紋都兒至日驗各奕軍數並不得依前常
各歸本奕令後大小官屯守去處並不得依前常
川占破合必亦拔都兒靠損其餘軍人處輪番得
得私占常川內輪番守宿委官以備勾當當亦不
依前川常軍工役管運及不得將管軍官占管宅
司招收民戶等當新附軍人但請糧者亦依此例軍

典章三十四 兵部一 十三

官合設合必赤人數襄陽府時行省已有定到各設
數目之外不得多占

一出軍時軍人討虜到人口頭匹一切諸物各自為主
本管頭目軍人等並不得指名抽分拘收亦不得羅擄
罪名騙嚇取要

一軍官人等不得於軍人處擅科取受分文錢數頭匹
一切諸物

一軍人馬匹軍官不得假借換要及不得因已勾當差
使軍人馬匹致有瘦弱倒死勒令軍人借債補買生
受

一軍前若有病患軍人隨令高手醫工對証用藥看治
各奕選好人服侍仍仰本奕領設貢領官不妨本
職專一司病看治病軍將養復元方許輪番當差使

---

逐旋具數開呈本奕若考較時驗病死軍人多寡定
奉司病官責罰施行

一軍人對陣相殺就陣亡歿者仰本管頭目從實供報
保結申覆依例給賞本戶軍役擬依舊例存恤一年
若病死者亦以存恤半年限外勾起戶下其次丁補
役

一攻城野戰雖但過敵人對陣相殺者將委實向前出力
獲功頭目軍人對眾推詳明白當的從實把功跡保
坐花名獲功實跡保呈行省行院依理保奏給降官
賞慢功者亦對眾勘是實取勘無詞招狀申上
斷罪無得中間看循恩酬虛申功過引惹違錯

一每千戶揀選信實錢糧官二員遇有官給犒賞委令
關支對眾散給本管頭目人等不得中間尅減若有

典章三十四 兵部一 十三

差出事故軍人仰將關到錢物官為知數收貯候本
軍回日給付身故者發付家屬無致侵使隱匿

一衣甲器仗軍需什物領為點視足備聽候不測用度
無致臨時缺少才方催逼軍人逐旋借債補以致多
出利息生受

一既軍中無擾卻有在逃軍人仰本管軍官隨即申覆
合屬上司行移所屬奕魯官司差人前去約會一同
根捉須要得獲元逃正身取問是實就軍前照依元
降佑聖旨定到罪名對正施行如奕魯官坊里正鄉司
鄰佑人等知情推調不拿元逃正身者依已定罪名
斷遣若軍官私下一面差官於奕魯內起補逃亡事
故軍者仰奕魯官欽依聖旨開坐軍官姓名申逃院以
憑取問

一收復亡宋應有大小新舊軍官船仰本處鎮守軍官盡
數印烙挨次立號其數開申行省行院差官交領常
切浮動完備聽候不測用度軍民無得隱
占兌換惜使損壞亦不得因而將新附官民船隻賴
作官船

一軍馬屯守去處須管於軍營內各十戶百戶牌子頭
頭處屯駐把總官員係官廨宇居止不得於街坊占
奪新附官民宅舍四散安下欺壓新附人民

一新附州府百姓已蒙朝廷設立達魯花赤管民官司
撫治者在於官軍會有招收到新附花赤管民官司
盡行分付府州司縣管民官司通行管領令後軍官
再不得依前亂行招收

一省諭軍官軍人據好投拜官民宅舍店鋪莊產田地

四八七

〈典章三十四〉兵部一 十四

花菓松竹菜園一切林木不得強行占奪如有占者
歸付本主及不得叔毀人家墳墓

一管軍官員嚴切禁治各管軍馬屯駐並出征經過去
處除近裏地面有聖旨禁治外但係新附地面不
得收放頭四踏踐田禾啒交花菓桑樹不得於百姓
家取要酒食宰殺猪雞鵝鴨奪百姓一切諸物

一省諭管軍官吏軍人等擦茶鹽酒稅麵醋一切應
禁之物無致違犯若有違犯之人除正犯人依條究
治外本管頭目有失鈐束者亦行斷罪

一軍中遇有遞運係官諸物須管於官船內差撥官軍

---

拖扯百姓人等駕船妨害生計

一新附頭目軍人並馬軍通事人等當元行省已下大
小軍官分撥管領有來除已另行定奪養濟外仰省
人頭目人員新分每一名各一體存恤無得
欺辱軍人不致饑寒散失須要一名足數常切臨
測差官前去點覷但有少數定將元管頭目取招治
罪

一軍中屯田官吏並各屯百戶每歲年終比較如種地
不敷元額所收籽粒數少牛隻倒死瘦弱數多及有
隱匿物斛定是責罰勸諭軍人多收子粒牛隻肥
盛不曾倒死別無欺匿糧斛約量給賞更仰多養猪
雞鵝鴨禆補倒死牛畜在考較數內

一軍馬糧斛若遇開支亦令已委信實錢糧官管關
軍人違犯

四九三

〈典章三十四〉兵部一 十五

支不得尅落如有身故軍糧倒死馬料食用不盡者
見在數目却將軍中合禁公事就便禁約施行須要不致
隱匿物斛定是責罰軍人就用無得私下破貸

〈晓諭軍人條畫十四款〉大德三年正月欽奉皇帝聖旨朕自
即位以來以屯戍征進軍人火服勞苦管軍官奧魯官撫
養軍人不得妄有科配前詔已嘗及之據樞密院奏江南
平定之後軍馬別無調度所司不知撫養以致軍多歇役
數多起補之間官吏作弊乞戒前中外軍官奧魯官各
修乃職嚴行禁治如有違犯輕者從樞密院定罪點降重
者聞奏今頒降條款於是

一在前年分貧難在逃軍户聖旨到日限一百日自行出
首復業者與免本罪元拋事產盡行給付仍免三年

軍役存恤養力如限外不行出首並存復行逃
避者決杖六十七下鄰佑知而不首者減安藏主罪
二等科斷
一軍戶和催泛差役除過遠出征軍人全行蠲
免其餘軍戶有物之家奧魯官憑准有司印信文字
官給價鈔和催和買依例應付無物之家不得配椿
科着外據人夫倉官庫子社長主首大戶車牛等一
切雜泛並行除外免
一軍戶限地四頃之外合著地畝稅銀依在前體例近
倉送納

〈典章三十四　兵部一〉　十六

一軍人鞍馬驅伏一切軍需管軍官常切用心提調無
致損失重貲軍力
一今後奧魯官不得非理搔擾軍戶擅科軍差
一諸翼軍人並須選揀慣熟好漢常加教練管軍官不
得作弊受錢放軍離役私令弟男駈口冒名代替
一借錢取利已有定例今後軍前出放錢債虛錢實契
不許歸還多餘取利者追徵沒官約量治罪
一軍官除額設並加撫養無得擅科錢物
造作營運常合使軍數外不得多餘占使私役軍人
一各奕起軍官不得於軍戶處科取錢物酒食馬匹草
料搔擾不安
一軍馬糧料衣裝盤纏鈔定並仰本翼正官公同盡實
給散不得中間尅減作弊違者依條斷罪
一奧魯官吏遇有軍前起補逃亡事故須盡實起補若有重役
最為深弊今後須要當官磨問盡實起補若有重役

---

貧難詳審保勘備申合屬定奪如有受錢隱蔽依條
斷罪
一軍人訴訟須經所屬官司自下而上陳告如理斷不
當許肅政廉訪司赴訴若有凶徒惡黨閃避軍役風
聞公事論告官吏恐嚇錢物嚴行治罪
一奧魯官任內如能撫治軍戶得安招收逃戶復業者
任滿解由開寫驗招到戶計定奪陞用
一其餘該戴不盡照依累降聖旨事意施行

**拯治軍官軍人條畫**　至大四年六月樞密院官人每奏世祖
皇帝立中書省樞密院為軍民一處呵不宜也立了者教中書
省管百姓每的勾當樞密院管軍馬的勾當來如
今各衙門官人每管軍的勾當有奧魯官司不為
優恤軍人卻行擅科泛差軍役軍官並不用心撫治以致

〈典章三十四　兵部一〉　十七

軍人氣力消乏麽道奏來為朕為皇太子樞密院時休交軍
人生受已嘗誡飭各管軍馬各衙門官人每近侍
勾當欽依世祖皇帝定制請王駙馬各衙門官人每的勾當他每的
人員不干礙的不揀著誰越驀著樞密院官人每
間侵入休去奏者合著的勾當說與樞密院官人每教他
奏者別了人每有罪過者所有軍機事宜於後
一探馬赤軍人累次簽數漸丁以致氣力消乏如今除
至元八年籍定軍人外擅已後續簽丁權且在家
存恤津助舊軍遇有調度盡數起遺其已立漸丁漸
一比年以來田禾不收因而軍人氣力消乏侍衛漢軍
每牌子內各一名一年遞南漢軍每牌子內各二名
二年自下輪流存恤養力

四八五

一邊遠征戌軍征人探馬赤軍人和催和買襖泛差役
欽依累降聖旨驛免其餘有物力軍戶奧魯官憑准
管民官印信公文給價和催和買據一切襖泛差役
毋得擅科遠者治罪
一軍戶氣消乏應當不前自致逃走聖旨到日限一百
日復業與免本罪元抛事產子粒全行給付仍免三
年軍役限外不行復業隱匿逃軍之家及隣佑知而
不首者依條治罪
一應差軍官各處起補逃亡事故軍人遍歷州郡鄉村
騷擾軍戶及與奧魯官吏通同放當差貪使軍人
消乏今後起補各似此軍人明白開申各各軍人花名
籍貫內則樞密院外則行省差廉幹官員與路府州
縣奧魯正官一同起遺若有重役貪乏軍人磨勘是

〈典章三十四 兵部一〉 太

實連銜具呈樞密院定奪存恤如有受賄作弊者依
條斷罪
一行省宣慰司都提調軍兵官員各萬戶軍官首領官吏
除額設公使人外毋得多餘占使及不許弟姪兒男
同戶人等赴奧魯官司告給執照方許管刷還俗者止於
駈丁人等代替軍役行省官宣慰司都元帥府軍無
故不得令軍官根隨違者仰監察御史肅政廉訪司
糾察
一軍人超避軍役為僧為道者累因而削減軍力令後
若有弟姪兒男願為僧道者如本戶軍役不缺須與
本戶下津貼毋得別授戶計
一內外軍官除應設人員外若有濫設頭目人等影蔽
軍役者聖旨到日盡行革去

---

二八二

一蒙古漢軍駈軍逃竄者聖旨到日限一百日出首與
免本罪限外不行出首者各處官司嚴加緝捉得獲
發付本使誘說隱藏之人兩隣知而不首者依例倒斷
罪把隄人員明知逃驅受繼放者依枉法例斷罪
一各路存恤六年貧難軍人今已限滿聖旨到日依已
降詔書內直沽屯田軍人一體在家存恤
一州縣奧魯官用心撫養軍人能使逃亡復業者優加
陞擢擅令逃亡者斷罪點降並於解由內開寫
一行省宣慰司都元帥府提調軍馬官員及非理騷擾
軍官非奉樞密院明文毋得以點軍為名非理騷擾
聖旨該載不盡事理欽依世祖皇帝定制行者內外

〈典章三十四 兵部一〉 七

管軍官若有便利於軍者申呈樞密院次第施行

## 新附軍

**招誘新附軍人** 至元十五年二月 日欽奉聖旨據樞密院

奏新附亡宋州城新歸附請糧官軍並通事馬軍人等初
起行省官員分俵軍官管領來塔不夕說軍官每不肯用
心存恤多有四散在外求趁衣食因而做賊說誑及有放
陳若夏賈范文虎鎮並其次大小新附軍官聖旨到日
罷為民官員隱占若不招誘存恤似為不便及據左丞呂文
逐項招集散漫前項散漫熟募軍并通事人等雖有舊
仰差官分頭招誘見數照依似為...
赴官出首與免本罪諸人不得隱占據通事人等各要
主依已降聖旨不召識認行省官員同左丞陳岩等就便

体例每月支給錢糧養濟事准奏省諭中書省左丞呂文煥

五廿七
【典章三十四 兵部一】 二十

與見在新附軍人通行分揀堪以當軍者收係充軍依舊
倒月支錢糧如有不敷行中書省就便定奪儻遇差出另
支生莫不堪當軍者官給牛具糧食屯田種養或有為首
率眾出首者驗數多寡定與職名就便管領如有執述不
肯出首之人或有外做賊說因事敗露有人告首被捉
到官明依治罪撒提刑按察司當切體究如
有隱占官員人等不得容隱各道宣慰司並府州司縣達魯花赤
管民官依扎撒治罪究治擾舊管散漫實在各軍數行中
書省修細明白開坐咨院聞奏

**招收私役亡宋軍人** 至元十七年七月欽奉聖旨據左丞

奏伯安夕李占寄招收已前做罪過私投亡宋蒙古回回
漢兒諸色人等設如今出來如今出來底也有不出來底
有不出來底多有乞降聖旨委付奴婢並李拔都兒再行

---

招收盡數出來底一般准做仰中書省將李占寄已招見
數軍人並見糧底通事軍馬盡數仰中書省分付范左丞李占寄
兒管領聽候調用外據未會出首軍人盡數分付各官
安招收到官給口糧養贍亦抑分付各官管領如是前
不行出首並新舊官員藏匿許諸人首告約量給賞軍人
照扎撒斷罪仍仰按察司多方體察此

**不刷雕青百姓充軍** 至元二十一年八月福建行省准樞密
院咨該准中書省劄付擬廣州民戶周春利福建行使公事
于二月二十六日准中書省劄付奏福建行省樞密院
好生每手上亦有糧食依數也不與有又去刷百姓內人
每手上有糧食依數做也不收糧依數軍時百姓人
那底每差人分揀元不係軍人的交回做百姓呵百姓每
復業外說有俺眾人商量得去刷省官人每根底說
分有請軍人並不會於百姓內手上有雕青之人刷充軍

五之三
【典章三十四 兵部一】 二十二

**禁拿百姓充軍** 至元二十九年三月江西行省該近為本省
所轄江西福建地面寬遠連年草寇作耗人民多被驚擾
不安不便之事次第區劃照得亡宋臨危之初本為募軍
數少於民間選擇壯丁義士等名色相佐抵守自歸附依
舊為民十九年間欽奉聖旨節該亡宋軍人有手號的招
收無手號的休招收者欽此豈期軍民官司不為奉公遞

將軍奏阿奉聖旨那省官每理會得甚麼軍官每根底說
者是實那是虛問有欽此可照會依施行事准此就問
得萬戶邢聚賞擎招討蕭天祐連名狀稱照得元奉樞密
札付邢聚賞等招討聖旨前去合分到各處行省地面內
奉聖旨差人並不會於百姓內手上有雕青之人刷充軍
軍是實得此容請照驗施行

互計較展轉踏逐刁蹬至於貧愚不能申訴終身爲軍者
有之在後因而攢册已定官府無由改正既定之後當管軍
人員教使軍人親戚或稱歸附時曾指百姓或以爲軍人戶或稱與
蹴管民官司稱直勾追勒使承當禦攔行差人越
宋至歸附後係民戶附籍各依元
各別之後其弊愈甚本路軍官有叔黎千三亡宋時係至元二十八
不相統攝事有未孕如杭州路民戶黎孟乙等所告自七
年七月內本路軍官李彈壓強捉充軍監禁約縛緣係當軍役自便自
糧寨兵各居遍行出榜禁約百姓充軍
奕新附軍人俱有足籍民戶已有抄數到戶册各依元籍
爲定不許軍徑直差人勾攝百姓充軍似爲便當移准
中書省咨該都省准擬記行

## 擬定新附軍籍

中書省咨樞密院呈大德三年十二月二十
九日奏過事內一件爲招新附軍每的上頭昨前省官每
奏呵交省官每和俺一處商量來麼道聖旨有來俺與省
官每一處商量來歸附後支請鹽糧分揀定入籍來又
後逃走越避別投門戶的合教做軍擬定來呵也的孩兒有
手逃走越曾請糧軍籍內俱無姓名諸處人歸附後時有
官豪勢要之家形占著的合教做軍擬定來呵奉聖旨呵
每額號禁軍到今軍籍有姓名的除各處人在逃及身死軍人並
依著您商量即將各合奕請糧軍擬定的欽依呵奉聖旨
此咨請照驗不曾當差歸附時有手額號禁軍欽依見
官豪影占諸處分開當軍其有此及聽候之前已刷軍數亦
奉聖旨事意分開當軍其有此及聽候之前已刷軍數亦

（典章三十四兵部一　二三）
五七九

---

請依上施行

花赤管民官據隨路新簽軍人差發若止除戶額其餘數
目却令民戶包納恐致生受仰將正軍貼戶各各貧實
年　月欽奉聖旨諭諸路達魯
該差發並行蠲免令准此

## 拘刷軍人弟男

大德三年正月欽奉皇帝聖旨裏行中書省
御史臺宣慰司廉訪司各路達魯花赤管民官管軍官管
匠官各投下諸色應管當官吏人等據樞密院奏自亡
宋歸附之後新附軍人累降聖旨招收終未盡實多是管軍官
不行存恤以致在逃管民官不肯用心拘刷容情隱庇乞
降聖旨招諭事准奏仰各處行省差官分頭與各路管民
官招誘拘刷新附生熟募軍廂禁土軍通事馬軍並身故

（典章三十四兵部一　二三）

手額號正軍弟男聖旨來日爲始限一百日赴所在官司
出首免罪責付本省鎭守軍官幫支鹽糧菜錢養贍另
頭作數申明上司聽候定奪如限外不行出首因事發露
有人首告被提到官依逃軍例斷罪安主之情隱者減犯
人罪二等兩隣知而不舉者減安主罪二等科斷各路府
州司縣官吏人等及權豪勢要之家隱蔽占役者依條斷
罪仍仰監察御史各道廉訪司嚴加體究欽此

四八

# 侍衛軍

**起侍衛軍**　至元十七年七月樞密院准揚州行省咨准東道

宣慰司修高郵軍管軍萬戶府申總管姚榮祖刁通千戶

高增晁榮祖等申目圍困襄陽樊城渡江斬獲功

陞充總管千戶職名見管軍人不敷止請百戶俸給若令

應當侍衛軍一名實是生受本省參詳姚榮祖等元管軍人支

俸百戶俸給若係與田管全奕軍人全支俸給官員一體戶

請百戶俸給是生受本省參詳姚榮祖等元係請千戶

下另起侍衛軍一名委是生受請定奪事本院議得千戶

以上官員軍役若係新陞叛設幫舊職係秋或未支俸人

員擬千戶俸給至日起遣千戶上職起遣侍衛軍一名前

來應役施行

《典章三十四　兵部一》　三三

六四五

---

# 探馬赤軍

**探馬赤軍和催和買**　尚書省至元二十五年六月初三日奏

也速夕兒使伯顏出布闌奚兩個使臣奏將來藏

探馬赤軍每根底和催和買著有應道奏阿休與俺管著藏道

聖旨有呵回奏說有俺上位奏有幹端裏金齒雲南裏

遠處出軍去了的臭魯每糧的和催和買休交著者文書

行來麼道奏阿你如今伯指例每根底遠處出軍了有呵與魯

是指例有麼道奏阿這般者幹端等遠處出軍了的與魯

每根底體例要者別個每根底依體例卻來麼道聖旨有呵

**探馬赤軍交闌端赤代役**　至元二十八年十月樞密院據蒙

古都萬戶襄家夕蒙古文字譯該樞密院官人每根底囊

家夕蒙古文字裏有至元二十八年九月二十一日紫

《典章三十四　兵部一》　三五

五四八

檀殿前面奏探馬赤軍人在前呵术管的時分好有來如

今儻或出軍的他每正身不當軍交闌端赤出軍有百戶

牌子頭他每的官人覷面皮不交他正身當軍有交地每

的闌端赤出軍有如今上位可憐見呵似那的每交闌端

赤出軍的好生嚴切治約的聖旨呵索有麼道奏這端

道聖旨了也又題奏這軍每隨處蠻子地面裏呵根隨省官

人每尋道子尋前程去有自己的軍身名字裏交闌端赤

應當著身役去了有的每根底拘收將來呵怎生應奏

呵雖然是小勾當呵說的是有交拘收者麼道欽此每

**探馬赤軍駈當役**　大德七年江浙行省准樞密院咨大德七

年二月初四日本院官奏過事內一件的駈軍百戶牌子頭不當身役目色良從良

的贖身出了去的根腳裏百戶牌子頭不當身役目色良從良

趄著好處隱藏著住的也有可憐見的放了從良的贖身

出去的奴婢每別杖兒裏不交入去只教根腳裏百戶牌
子頭裏行呵做軍的氣力也者姜將來有麼道姜呵奉聖
旨在先已入枝兒裏去了的休罷者別枝兒裏不曾去了
的似這般人每使長根的出去了呵根腳裏百戶牌子裏
做數目當身役者欽此

《典章三十四兵部一》

二六

## 乾討虜軍

禁乾討虜軍人

至元十六年二月初二日樞密院准御史臺
容據海南湖北道提刑按察司副使雷朝列呈切見曩者
江南未附有從軍乾討虜之人即是討虜宋人今宋已亡
江南皆爲大元之民尚有此等乾討虜之人公行剽掠
人口深爲民害卑職出司二月十九日到江陵府魯田魯
狀告有回回二名黑廝將到男子二人爲患上於當街打
倒一人氣絕身死又將要下住人新民易乞乾
討虜之人若令各處提捉如同强盜斷罪幾南方新附
之名得以安集呈乞照詳事得此本臺參詳若將乾討虜

五四九

《典章三十四兵部一》

二七

之人禁斷實爲民便當咨請聞奏施行本院照得先據千
戶塔不夕呈御史臺大夫相威說近開省官每交乾討虜
底人每根隨忙古歹廵南出軍去咱出軍底田地裏不曾
到怹路裏騷擾好投拜百姓呵回來了也這般乾討虜底人
每今變不宜行底一收這般奏將來也塔不夕於三月十
七日茶罕腦兒裏分對省官依著相成大夫說
將來的言說聞奏過奉聖旨樞密院家便行文字誰行來
處問將去者令後乾討虜等事意施行又准相府資爲沙的賓奉只
底行省咨依聖旨內裏有時分對省官怎生呵怎省只
是也當住休交去者欽此於五月初四日又准貴院咨前去江南乾討虜
必帖木兒大王令旨前去江南乾討虜等事聖旨當了底
椎揚州行省咨該有一等蒙古回回唐古諸色人等俱稱
諸投下差來品剌罕馬軍乾討虜勾當准此本院於五月

## 乾討虜依例軍器糧食

大德六年二月初八日欽奉聖旨節
該樞密院官人每奏亦乞不辭賊每根底收捕的
心乾討虜去的人每有也者那般有心去的根底軍器糧
食依體例交與呵怎生麼道奏來如今乾討虜有心去
人每根底軍器糧食依體例與了得來的財物他每將上
去官人每根底與有麼道不揀是誰休要者這般宣諭了
呵得來的財物根底要的人每不那甚麼欽此

初三日聞奏聖旨休行者欽此

〈典章三十四　兵部一〉

八七九　　二十八

---

## 軍駈

### 蒙古軍駈條畫

至元六年十月戶部近奉中書省刑送樞密
院呈據河間等路分間蒙古軍駈怯薛夕潤二等申禀乞
明降批奉都堂鈞旨送戶部與兵刑部一同講究到下項
事理呈省奉中書省札付該都堂准呈除已札付樞密院井
覆至日同議定奪外處見呈站軍戶人匠急遞鋪等
斷事官近見等照會外仰照會施行

一探馬赤告爭駈口內有已簽
軍馬站戶人匠急遞鋪兵若干計多有對証是實
便分付却緣壬子年民戶裏入去了底對証分付事

准札令主奴對証是實通行見數備細令各路申
樞密院照得除鼠兒年已後簽充漢軍戶計已經呈

〈典章三十四　兵部一〉

四五九　　二十九

擬合分付
前件一同講究得人匠站戶急遞鋪兵若便依准樞
密院所擬切恐失誤走遞造作擬依軍戶一體等
候隨路通行見數至日定奪
一同講究得探馬赤駈口有乙未年之後壬子
年已前為民合令本路總管府與委去怯薛
夕斷事官一同令主奴對証是實別無爭差欽此
一探馬赤見爭駈口有乙未年之後壬子年已前各路
收差戶計今夾對証是實樞密院議得既是羊兒年
數目裏不曾人去擬合對証是實別無爭差欽此
一各路見問駈口內稱投祥萬戶千戶牌子頭散俱
根隨過河前來各家住坐或在外津貼錢物因經壬
聖旨斷事意分付本主

子年擬上作好投牌名戶籍過當差及有配與妻室
戶計除指出見証外別無顯迹若作好投拜戶計
著恐有違錯樞密院議得若有將引全家老小投拜
萬戶千戶百戶有顯迹底別無爭奪外據虜過來
與使軍錢配與安室戶計別無爭差役者依舊行分付若有
奪外據虜過來與安室戶計別無爭差合行分付事主
主奴無堪顯証見當站民匠係
一探馬赤見爭駈口多有爭駈身死抛下妻男與使對
証伊父委係本使元虜買撒花人口有忙速兒見對
各戶避差扶同見今聽候樞密院議得既是正駈抛
付事

《典章三十四 兵部一》 三十

下妻男承伏伊父委是本人虜買撒花人口合行分
付事
前件一同講究得對証是實合准樞密院所擬
一壽州等處軍馬攻打蒙古軍人有功於投祥戶內撥
與種田戶計將到家配於妻室分付牛具種養供給
出軍氣力壬子年擬過當差如對証是實合無依舊
分付樞密院議得既是為軍人得功實合撥到種田戶計
到家配與妻室又與牛具種養擬合分付事
前件照得阿术魯拔多兒係都兒爭種田戶計根腳
雖作撥與種田戶計與民人一體同差本投下赴
部關支俱在七十二萬戶數內簽訖軍人今據根腳
仵難與見爭駈口一體定奪更照勘元撥根腳對
証是實依舊種田戶計住坐

四九一

---

差樞密院議得既是正蒙古正軍對証是實依舊當
差
一阿剌萬戶下軍禿軍告本管正軍柴林男柴仔至元
三年為倒死馬匹奧魯內前後有恩州作叶濟戶收
養議得招養老出舍女壻依准樞密院
前件一同議得元擬合依准樞密院所擬相應
一曹州那怯千探馬赤駈口張四十五駈四十五
章出軍叔二充潤端赤四十五等落後告本使合剌
密院議得既是自行告稱係探馬赤軍人無本使樞
合剌軍出軍在家津貼軍錢擬即便分付
前件一同講究得既是自來津貼軍錢不曾當差係
是蒙古軍人駈口別無爭差依准樞密院所擬相
應

《典章三十四 兵部一》 三十一

一博州路探赤軍人楊子牛故父楊通事虜到駈口小
鄭為戶頭千奴作戶下合同籍中統三年收差本
充正軍千奴當軍後有博州清平縣刷石高山刷
小鄭既與同籍對証是實同戶應當軍役軍
前件一同講究得對証是實擬合依准樞密院所擬對証是實
分付同戶當差是為相應
拘刷在逃軍駈中書省據樞密院呈蒙古都萬戶府呈照得
蒙古漢軍分戍江南全籍各家駈丁供給一切軍需今來
往往逃匿寺觀為僧或于局院傭工或為客旅販
縱有販獲戮果奪去如蒙聞奏聖旨遍行諸路排門粉壁
遠年近日應有在逃駈丁拘刷得見取問根腳就發給屬

四八八

官司給與主不致消乏軍戶軍力大德五年七月初十日本
院官奏過事內一件按的忽兒都花等探馬赤
萬戶海奏將來有俺的父親每蠻子田地裏出征時軍人每探馬赤
每些小人口得了來去年一個和尚交蠻子田地裏出征還鄉去
者麼道謊文書行省得了有的每的上頭人口交著上阿迎敵著去了
的有那麼兒逃走了有的每賣了有的州城裏村坊裏軍人每媳
婦孩兒去了有他使長趁著上阿媳婦孩兒每在
消乏了也有如今這幾年頻出征了也避怕呵躲閃呵逃
渡過去的也有如今這幾年頻出征了也避怕呵躲閃呵逃
寺觀裏人匠局院裏頭隱藏的也有黃河江裏和尚先生每氣力
的有軍人每氣力限消乏了也在元群禪皇帝時分守蘭
也多有使長軍去了的呵媳婦孩兒每賣了其間黃河江船筏偷
消乏了了呵把人口隱藏著有
奚人口頭匹鷹犬等不揀誰休隱藏者明知道隱藏的人

**【典章三十四　兵部一】** 三三

有罪過者麼道聖旨行了來如今可憐見呵依在前聖旨
體例裏隱藏著逃驅的斷沒者麼道和尚先生匠人每村
坊道店各管頭目每明知道不首告呵重要罪過
者麼道交大人家排門粉壁呵怎生奏呵是有那般者那
般人每尋著呵他的萬戶千戶百戶牌子頭使長每的
名字寫著分付與他主者麼道
轉遞著分付與他主者麼道欽此
又大德六年六月　日江西行省准中書省咨御史臺呈
山北遼東廉訪司申為禁治隱藏逃驅公事具呈照詳
得大德五年二月樞密院欽奉聖旨節該隱藏逃驅斷
沒了全文見上　欽此於大德八年三月十六日奏過事內
一件大德五年樞密院官人每隱藏夾帶探馬赤軍每也與俺文書來
逃驅的斷沒者麼道聖旨有來臺官人每也與俺文書來

---

軍民都合一體禁治麼道說有俺商量來今後若有盤獲
諸人逃驅者隨即分付與本主在他所著者許人捉獲
所在官司發付給主仍於逃驅名下追鈔一定給與捉獲
人充賞逃驅斷七十七下誘引窩藏者斷六十七下隣人
並社長坊里正主知而不首捕者斷三十七下看守關
津渡口應捕人員取要錢物脫放了呵計贓以枉法例斷
罪管寺觀廟宇等處若有來歷不明無憑可疑之人不申
占或冒收為戶者依著藏匿的體例斷罪若自首者免罪
當該官司容留為僧道或權豪勢要各投下頭目人等影
依著俺院官奏來的體例行呵怎生奏呵奉聖旨那般者欽此
又至元元年三月江浙行省准樞密院咨大德十一年七
月二十五日本院奏將來軍人每蠻子田地裏出經時得來的
花等萬戶將來軍人每蠻子田地裏出經時得來的

**【典章三十四　兵部一】** 三三

驅口一個蠻子和尚孩說著交蠻子百姓每迴他本地裏
去者麼道說呵他每的奴婢每白日裏將他媳婦孩兒每
逃走呵被他使長每根底趁上阿迎敵著去了的也有似那
般逃走去了的每於城子裏村坊裏軍人每媳婦
匠局院裏頭隱藏入去的每根底趁上阿欺負著他媳婦
的孩兒逃走了的多有為那上頭軍出了呵欺負著他媳婦
有在先世祖皇帝聖旨裏隱藏著字蘭吳鷹犬的人每也
有罪過者麼道遍行了聖旨有來如今依在先聖旨體
例交行文書者麼道奏呵不揀誰休隱藏者麼道完澤禿
罪過者麼道逃走的人拿住阿轉送與他本主者麼道
皇帝聖旨有呵外處行了文字交排門粉壁了來如今管
城子官人每不肯用心提調的上頭逃走的驅口每也不

肯出來有在家裏的人每傚學著逃走了的上頭軍人的
氣力眼生受消乏了麼道萬户每說有俺眾官人每商量
來依著在先聖旨體例裏諸王駙馬公主每根底各枝兒
裏並和尚先生每根底不以是何投下裏有隱藏入去的
逃驅每立與限一百日限內出來去他每根脚裏的每根
底的呵呵免了他每的罪過這般出來不肯出來的每後
頭有人首告他每的奴婢每根底斷八十七下轉送與他
本主不揀是誰隱藏着依體例不首出來的每斷七十七
下家私三分中斷沒一分與首告的人兩隣外主首社
長明知道不肯首告的每六十七下家私四分中斷沒一分
與首告的人充賞城子裏的官人每告發到官覷面皮依
著聖旨不行呵斷三十七下罷了他每的勾當省諭眾人
交排門粉壁呵怎生議定來麼道聖太子根底啟過聖旨

三九七

那般者欽此

〔典章三十四 兵部一〕 三十四

# 出征

交趾出軍不曾征進還途 至元二十三年三月福建行省准樞密
院咨該交趾出征軍人奧魯內合依例除免和催和買一
切雜泛差役為此於至元二十四年正月二十六日本院
官奏年時日本國裏出征的軍奧魯裏和催和買除免了
有來如今出征的每更遠田地裏出征有它的每著底事這
裏落後家裏依那體例和催和買差役不交著呵怎生
麼道聖旨了也欽此

造作軍人休教出征 奉行院札付將入局人匠盡行拖領前去交趾出軍止落
人匠見行成造常課生活及供給交趾軍器有管軍官依
省咨近准湖廣行省咨造作局軍匠元係亡宋都作院

〔典章三十四 兵部一〕 三十五

五·三四

後下老弱殘病久疾不堪造作人數兼前項軍匠係入局
造作藉定匠數已有定到常課工程即與常調宣人不同
若將上項人匠差撥充軍誠恐失誤造作未便請明白聞
奏事都省於至元三十年十一月十九日奏過事內一件
江南地面裏宋時分軍的名兒裏都作院管著來匠人
裏做招討使諸般生活有阿里海牙的孩兒將鄂州有的匠人
每並入他孩兒管著的軍裏去如今又係那體
的時分這匠人每會交付了管的頭目每根底物料交造作
來至今各省裏有的似這般的匠人每年與物料
交造軍器諸般生活有阿里海牙使見識將鄂州等處出征
每做見管著的軍來來在後交趾國等處出征者麼道
倒裏這的每裏須交出征者麼道樞密院官人每行了文

書有這的每根腳裏是匠人有阿里海牙使見識交軍數
目裏入去來交這的每去阿他每每年額定造作落後去
了也麼道湖廣南京省官人每說將來有他每的言語
是的一般有奏阿軍官每根底說者休教去者麼道聖旨
了也欽此

下○八

《典章三十四》兵部一　　三十六

---

逃亡

處斷逃亡等例二教　至元五年十月欽奉聖旨據樞密院奏奉

先為軍前多有逃亡事故歇役軍人奏奉聖旨差官與各
路奧魯官吏一同磨問其間若有欺弊隱匿定到奧魯官
吏罪名罷職斷沒人口財產如此嚴切起補去訖如到軍
前管軍官起補轉致損用心撫治依前占破騷擾再交逃
亡歇役又未奧魯官歇役致令乞奧魯官馬生受乞降聖旨
人不安因此逃亡歇役致令奧魯官吏作弊這罪過都在
禁約事准諸道與各路行省都元帥各衛指揮使
計萬戶並已下大小軍官鎮撫人等你是專一管軍底官
人下度軍力難易其間指名占破不依體例行事騷擾軍
憑軍官每身上有然此已行聖旨分頭差官再行起補去

《典章三十四》兵部一　　三十七

五四四

也若到軍前須要各各安貼當役不到依前占破騷擾今
交樞密院遍行省諭禁治更令提刑按察使官常切用心
體究如不用心撫治依前作弊占破騷擾再有逃亡歇役
者軍官首領官鎮撫依著奧魯官體例罷職人口財產斷
沒一半再不敘用若在意撫治不交逃亡歇役不作過犯
好勾當軍官首領官鎮撫人等遷加官賞或有軍官私下
一面起補當軍前逃亡事故者仰奧魯官同申院取問今後逃走
軍人仰根捉逃走但犯處死就軍前對眾施行大小管軍官
差定出征逃亡依理取問犯杖一百七下再犯處死若
吏人等照依樞密院條畫禁約事理不得違犯仰樞密院
條畫禁約事理不得違犯仰行省行院將軍官
所行公事考較功過明白聞奏定奪賞罰施行
又至元二十一年荊湖占城等處行中書省札付准樞密

院容見起占城出征新附漢軍一萬五千名議得爲頭起
意糾合軍人在逃拿捉得獲合無處死爲從逃軍杖斷一
百七下發遣邊遠當軍請開奏事准此於羊兒年十月十
七日本院奏阿里海牙奏將來咬都根底那人每逃去時那人每根底打了爲從人
軍人沿路去時那人每逃去的一萬五千的殺了爲從
的斷一百七下打了交出軍人怎生麼道奏呵俺是也那般
首從人依例斷罪發下合屬應役其間有復行在逃人數
一般有如今那人每逃走的每根底將來那般有來爲官將
蓋因法輕以致如此今後若有在逃軍人合無將來有爲俺官人走的殺了爲從逃人是也那
每商量時得他的言語交出軍人怎生麼道奏呵一般有麼道奏將來有爲俺官人走的殺了爲從逃人是也那般
對罪明正典刑爲從者杖一百七下咨請定奪准此至元

《典章三十四》兵部一

又至元二十四年樞密院准江西行樞密院咨廣東道咨
極邊烟瘴重各處鎮守軍官申到在逃軍人盤捉到在逃軍人合無將來爲首人

五七一

二十四年十二月初九日安童怯辪第一日本院官奏月
的迷失奏將來在鎮守城子的軍人每逃走有在先那般
逃走的根底一百七下打了有呵放了有那般的
一般有如今那般逃走的每根底爲首的每根底將來若不
從的每根底一百七下家打呵怎生麼道將來有俺與省
官每忙兀歹一處商量來若一處商量說有葉右丞也那般道
那般禁約呵不中的一般麼道說我也待題來若不
王速帖木兒大夫俺一同的迷失的言語有
爲首的每根底一百七下家打了麼
戒呵怎生麼道奏呵一同取了招伏呵對
著者多人訂見一百七下家打了放者麼道欽此
體例裏一百七下家打了放者麼道欽此
至元二十三年樞密院咨准中書省札付欽

逃軍復業體例

三六

《典章三十四》兵部一

奉詔書條畫內一欵隨路民戶或困於公役或遍於私債
逃竄失業諒非得已今後如有復業者將元抛事產盡行
給付初年全免差稅第二年減半三年全徵所據軍戶若
不依例奪還文字招收各戶又懼復業隨即遣當
軍因此卒急不肯出首以此看詳據在前逃戶復業與免
督責各路奧魯官司明出榜文招收如能出首照依
例權行倚閣如招收不肯出首即將官照依札撒斷罪
本罪將元抛事產盡行給付軍役存恤三年私債亦依民
日以前在逃戶准上定奪存恤年限已後恐中奸人等復
日以前本院官奏大都院官每說將來有少人錢債呵三年
六月二十九日本院官奏大都院官每說將來有少人錢債呵三年
每逃了復業呵不揀甚麼差發免了有少人錢債呵三年

以後交還者元抛事產應有的分付與者麼道聖旨有來
軍民一個體例有依這體例軍戶逃了復業來呵
過免了他每元抛事產分付與子少人錢債呵三年已後
交還三年不交當官人聖旨已前逃了的依例當
已後逃了的依體例要罪過呵三年已
失爲頭軍福建行省軍人聖旨亦黑迷
呵奉聖旨那般者欽此札撒逃走趾國裏占城
軍官每軍水手每風水裏推調了逃了回來了的如今
罪道他每底不要上道去的時分似那般他每急慢
俺大勾當裏去的時分可憐見如今的勾當每他急慢一般
今那般推辭躲閃的省官人每根底沒別里哥逃走回來如
的人每應沒別里哥逃走回來如
當俺底龍兒年

五八九

三九

二月二十九日柳林裏有時分寫來逃軍寫主罪名大德
元年閏十二月建寧路承奉行省札付據建寧新附萬戶
府申准萬戶朱宣武關本管新附軍人俱無產業止是靠
請過活又有家累重大者月支鹽糧定是靠
俱有封裝貼戶新附隻身軍人俱係糧養贍不敷難同漢軍
經到福建行省札付各路依上禁約據累年在逃軍人已
奏到福建行省四等勢要之家霸占充爲家丁佃甲委難根捕申
豪鄰文四等勢要之家霸占充爲家丁佃甲委難根捕申
輒在逃多於鄉村土豪親眷人家逃藏主終是未蒙上司
經斷倒斷其停藏窩主終是未蒙上司定奪是未蒙上司
是各管首目不能存恤以致如此先將當該年在逃軍人民動
科斷備申行省照詳給榜禁治此照得先准中千戶所
罰給榜省諭許令限一百日內赴官出首與免本罪乃舊

〔典章三十四　兵部一〕　四十

五八八

請糧應役若限內不首已後捉拿或發落到官依例治罪
及行下合屬省諭招收去後看詳前項逃軍土居者多倚
恃鄉親土豪住坐山僻之間設有差調動輒特地逃竄窩
主隣佑人等不以鎮戍軍情爲重隱留在家宿食不行出
首深爲未便謂如加強劫盜賊印造僞鈔各項犯人停藏窩
主已有定到罪名隱藏軍器亦有定例其軍人在逃根獲
初犯一百七下再犯處死其罪非輕窩主人等未有定罪
禁約莫若照依犯人減罪二等約量科斷兩隣知而不首
依上治罪如蒙立定罪名明白曉諭使窩主不敢停藏逃
軍無所隱庇自然安心守律可得以備調用惟復責令捕
盜官司督責里正主首人等排門粉壁無致停藏逃役諸
人經官首告或軍官人等何處捉獲逃役軍人里正
主首人等禁約不嚴亦行懲戒其爲尤當中乞施行省府

行下本路官約舍到建寧等處新附軍萬戶府一同議擬
依准所申歸斷施行

〔典章三十四　兵部一〕　四十一

四十六

## 病故

### 病死軍匠給糧

至元十年五月二十四日中書省欽奉聖旨諸路軍人有陣亡病死別無餘丁者並於大都前後夫匠工役有病故者亦無餘丁者不能自存於官倉內按月支給養贍者欽此

安樂堂至元二十一年二月御史臺咨監察御史呈會驗病故較時驗病死軍人多寡責罰安樂堂施行欽此又照得揚省札付各翼並都鎮撫司起蓋安樂堂將獲病軍人令充司病官將引醫工診候官給藥餌調治欽此節該軍前病患軍人令五員充司病官名將軍一名煎煮扶持仍年高謹厚頭目一歇該官令高手醫工每五用藥看治較時驗病死軍人服侍欽奉聖旨一員充司病官每五病考較時驗病死軍人多寡蓋安樂堂施行欽此又照得揚州安樂堂至元二十一年二月御史臺咨監察御史呈會驗

《典章三十四》兵部一 旱二

五五四

州四城蒙古漢軍新附軍三十鈐翼雖漢軍一十二翼起蓋安樂堂兼蒙古新附軍二十餘處自來俱不曾置立安樂堂就取訖各翼並都鎮撫司首領官司病官各各違錯招伏今來卑職參詳都鎮撫司並各翼管軍官司病官不以病軍為主不行設立安樂堂及雖有房舍又姜疏漏什物不完欠藥餌闕少依懲怠慢以致軍人之死損有失朝廷優恤軍人之意呈乞依理懲戒仍遍下各道按察司一體施行已死軍無弟男篡婦及年老殘疾許收為民至元三十年五月福建行省勘得逃亡軍人若有同戶弟姪兒男比萬戶府各省申乞照驗得此照得先推江淮行省行省小花名各各數目乞照驗得此照得先推江淮行省行省容准尚書省各省身死小口糧四斗已後成丁收係應役如及成丁以來仗支老小口糧四斗已後成丁收係應役如

已死軍人別無弟男寡婦並年老殘疾不堪執役人等擬合開除口糧收係為民札付樞密院照擬得合於行省所

### 擬

### 病死軍人給棺木

至大元元年浙江行省咨中書省咨樞密院呈河南江北行省咨據荊湖北道宣慰司呈鎮守江陵等處蔡州萬戶府申江陵路錄事司狀申准錄事李貞關切詳各處安樂堂蓋為過往病軍所置國家恩惠不淺病者命醫調治藥從宜動念死者依時支給軍人棄父母妻子征進勞劬之若貧子除米衣裝依時支給軍人棄父母妻子征進勞劬之若不能悉舉反不若孤貧請無用之徒今見有死者倒給棺板破死者如有遺留錢物除買棺板外無者照依貧子倒應付各處提調官令件官行人扛擡手高阜利便處埋瘞定立名碑以得尸親識理給付此則實為激勞效養生喪死無憾之一也然此關請備申上同照詳得卑司看詳如准錄事李貞所言合實為公當乞照詳得此先為不見貧子倒應付明文札付合屬照勘去後今據本司檢照不得大德五年九月欽奉聖旨條內一歇孤老若有老病身故者於城郭周圍至門官地斟酌標撥為墳官為給棺木令依裝仵作人應付昇車埋瘞每遇孤老身故如倒賻罰錢於賊罰錢內放支收買棺板於官地荒地內埋瘞今後如錢於賊罰錢內支給欽此除遺留錢物收買棺板外據不放錢物有過往病死軍人除遺留錢物一體放支相應容請照驗准此本省看詳如有蒙照依貧子倒賻罰錢內一體放支相應若有過往病死軍人除遺留錢物一體放支相應依宜慰司所擬官為應付相應送據戶部呈議得孤看詳如准行省所擬官為應付棺板相應送據戶部呈議得孤

《典章三十四》兵部一 五三

五六八

老亡殘官爲理瘞切念早人鎮守邊城勞於藩戍或在奕
中或經途路因病而亡以以可哀憫以此參詳如准錄事李
貞所言誠爲相應具呈照詳得此會驗大德十一年十二
月十七日欽奉詔書內一欵遠方交換軍官軍人往還行
糧依例應副患病者官爲給醫藥死者官爲埋瘞各處正
官親臨捉調欽此除外今據見呈咨請照驗依上施行

一四八

《典章三十四　兵部一》　　四四

---

替補

單丁交疾替補

至元十年九月十一日樞密院奏過事內一
件京闕行院咨見軍人多有催覓到人丁當軍來及半
年或十個月却行逃竄各處官司推覓故不解止發以次坐
丁不能懲戒擬將有丁力之家須要正身當軍單丁有力
之欽依聖旨除自顧正身出軍外催覓慣熟好人出軍者
許令催覓得若軟弱殘疾不堪當役等戶許令催覓
慣熟役事議得人出軍其餘軍戶內如有丁多堪役人丁
身應役奉聖旨准欽此
又至元十五年樞密院咨中書省阿里平章一同商量得
據有氣力單丁或親身軟弱殘疾是實無人出軍戶計教
他催覓實有家緣信好人代替沿邊出征屯駐軍人聽從
各處行省就便從長區處施行

五一九　《典章三十四　兵部一》　　四五

吏不得代替如違斷罰這般商量了於二月初七日院官
李羅副樞郎參議暗伯經歷一同奏呵奉聖旨你議者欽
此本院擬各衛親軍令無人出征戶計止於本衛軍戶餘
丁內催覓慣熟好人當役外據沿邊出征屯駐軍人聽從

正軍兄弟孩兒替補　至元十八年九月江西行樞密院照得
各奕新附軍人身死多有不曾收拾以次丁應役檢照
樞密院准中書省奏過一件漢兒軍戶了的哥哥兄弟孩兒
每替頭裏補有數目不少有新附軍每亡了的哥
孩兒每替頭裏不曾交補數目少底一般請糧怎生奏呵
哥兄弟孩兒每替頭裏交補數目請糧怎生奏呵依著你
底言語裏便正軍如今闕役欽依著你
附後有請糧正軍如今闕役欽依施行

來省歸附後闕役軍人哥哥兄弟男見行收係乞明降
塔合無依例收係乞明降事得此省府照得至元二十三
年二月十七日已有降聖旨除欽依外今據見申相應歸
附後看詳闕役軍人同籍人丁如無違礙依理收係如是
令立戶名別當軍名差役毋得動搖違錯

至元二十三年月十四日江西行省

延祐二年五月行臺札付准御史臺咨奉中
書省札付來呈江南行臺咨照得至元二十
四日據湖北廉訪司申單官人等違例冒名代替軍人及
今於姪驅軍丁代有應役並有私役軍人情犯不一約量代
替軍人多寡定擬降罪名緣係為例事理具呈照詳得
此送刑部呈擬降罪都事行呈奉樞密院札付檢會
得至元二十八年例奏奉聖旨軍官每交使軍者說的小

五八四

頭俺商量來在先不曾說的上頭軍官每多占軍有來
如今沒出征的其間多不交使萬戶根底八個千戶鎮撫
四個百戶彈壓每兩個交使者今已後多使軍人呵軍官
每根底要罪過商量來麼道奏呵不索尋思那般者廢道
聖旨了也欽此除欽遵外今准前因照得累有欽奉聖旨
軍及私役軍人所犯不一臨時量事輕重議罪呵軍官
丁冒名代軍及私役軍人所犯不一臨時量事輕重議罪
終無所守通例樞府仰就合干部分定擬施行奉此呈
乞照詳得此本部議得管軍官吏人等受錢代替軍
人官名者合驗實已錢數以枉法科罪計職量擬一名
二十七依舊躭丁代當二名三十七削降議計職量擬一名
弟子姪躭丁代替者既是不曾躭役難計職量擬一名
四名五名四十七解見任降散官一等別行求仕六名七

《典章三十四》兵部一

四六

名五十七奉職事一等八名九名六十七降一等每二名
加一等依例降敘罪止一百七除名不敘錢並追沒所據
占使私役軍人所犯不一擬合臨事詳酌輕重論罪相應
具呈照得此於延祐二年正月二十九日奏過事內一
件軍官每違例交子姪男躭丁代軍並私役軍人呵無
科斷的定例有壁道御史臺官每與了文書有無刑
部定擬的定例斷決黜降等事的等第也依著刑部定擬
交行呵怎生奏呵那般者廢道聖旨了也欽此都省仰
依施行

《典章三十四》兵部一

四七

一九六

軍官札付定數目教

准來容軍官占使軍人停職體夾會歸結除將有取受軍
官擬定容各罪名請奪事准此移容樞密院容該又准
潭州行省容謂如招討萬戶即與各路總管府相體有
往復行移若不存設公使祇候人等實難辦集此本院
別議到下項大小軍官合用支使軍人於正月十九日本
院官奏奉聖旨准欽此本臺合行開坐移容請照驗施行

管軍官

都元帥二十人　招討萬戶左右副元帥各十五人
總管千戶副招討各二十人　總把百戶各二十
行省元帥都鎮撫七人　招討萬戶撫都鎮撫五人

《典章三十四兵部一》　罕八

四九十

首領官

元帥府招討司經歷各二人　諸知事一人
又至元二十八年七月二十四日樞密院奏新年裏聖旨裏
軍官每休教使軍者說的上頭俺商量來在先不曾說的
上頭軍官每多占使軍有來如今出征的其間不交付萬
戶每根底八個鎮撫每四個百戶彈壓每兩個交付使者今
已後多使軍人呵軍官每根底要罪過商量來麼道使呵
不索尋思那般者麼道聖旨了也欽此

占使軍臣罪例

至元二十九年閏六月行御史臺准御史臺
容據監察御史呈體知得中衛親軍都指揮使咬朗合歹
私已占使正軍四面用官車搬載石灰七千斤又樞密院
通事阿入赤於左衛索情正軍一名占使以至元二十九
年三月初十日本臺聞奏今年正月裏俺伯顏奏了非奉聖

旨呵軍人每根底休交做工役廢道說者在前軍官每休
交使軍者麼道多行聖旨來如今咬朗合歹名字的萬戶
使著軍人般了七千勸石灰他房子裏卸下有似這
個一般軍來底人每多有俺問者呵麼道聖旨
的每根底好生問者呵怎生有咬朗合歹等官量
了也欽此除欽此外據樞密院通事阿入赤亦將招
旨行間奏外所據樞密院通事阿入赤亦行行
宋森占使罪犯為不係品官量決二十七下罷見役行
另行

求仕左衛經歷塔海鄭純知會定差軍與阿入赤占
使罪犯決七下本管百戶田得與狀招依應名差
各決七下俱標注私罪過依名即令正軍還
役若不遍行禁治切恐內外軍民諸色官吏人等似前作
弊私已占使軍人擅差大匠非理驅擾各請欽依累降施
行

《典章三十四兵部一》　罕九

五六八

禁治占使軍人

大德元年十月行臺據海北廣東道廉訪司
申鎮守廣州路萬戶府達魯花赤答失蠻差撥軍人一十
名充本府祇候人及役使軍匠起蓋房屋等事移准御史
臺容照得淮東道廉訪司申真州萬戶府達魯花赤也先
經歷尚英等除札也外占使軍人充祇候曳刺為不見百
無定倒移准樞密院容河南江北等處行省各都鎮撫
呈於交割前行本院都鎮撫司即依大德元年二月二十
官占使軍人作祇候曳刺定倒即依欽思已前事理准
七日欽過詔旨本臺議得軍官萬戶千戶
百戶各有破係差近年以來各處軍官除色目移准
也外又行各省多餘差占正軍作祇候曳刺知印等名色
樞密院容既無占使作祇候曳刺等定倒擬合禁治及萬戶

答失蠻私過罪名依例標附外本臺咨請照驗施行

禁治差役軍人

呈察知江西行省起遣臨行等路鎮守軍人五百餘名起
蓋本省並理問所屏宇實為擾軍合從樞密院議擬聞奏
遍行禁治蓋各省不敢為例勞軍乞照得此移咨御史
臺移咨淮樞密院咨本院議得事屬遠錯詳得上都樞
密院於大德四年七月初八日本院官據本院官一件樞
密院於大德四年七月初八日本院議得事屬上都樞
差來修蓋省來皇帝識者麼道奏呵如今已修蓋了也後
曾奏著有差了有臺官每也道無體例呵雖是那般呵不
工役來常例差使者有臺官每上位不奏不差有來道的每
雲南行省官呵上位識者麼道各省差了五百家軍每省
的那般休差使者今後不兩量著差軍呵有罪過者各處行

四十七

文書者麼道聖旨了也欽此

〈典章三十四 兵部一〉　至

看守倉庫軍

延祐四年七月行臺札付准御史臺咨奉中書
省札付樞密院呈延祐四年閏正月十三日奏甘肅肅州
有的倉庫用著三千名軍看守麼道說將來有俺商量來
於附近營的軍內差一千名交著守倉庫在前似這般看
守倉庫的軍人省官每多占使麼道說有來今似這般
占使軍人呵交監察廉訪司官好生用心體議
定來麼道奏呵奉聖旨那般者欽此其呈照詳都省仰欽
依體察施行

---

軍糧

衙丁軍人口糧

漢軍陣亡病故者已有存恤限日身死手號軍人既已
小會無支請照勘咨來事准此省府議得新附軍人拋下家
身死亦合充軍比及擬合官寫
養濟區處等兒男亦合充軍比以來擬合官寫
咨以來漸長成丁軍數移咨中書省定奪去後都省回
下家小照勘明白每月放支口糧四斗施行

至元二十二年湖廣行省准中書省咨照得
蒙古漢軍及新附軍人即目多有摘撥占城雲南沿海兩
廣福建諸處鎮守出征當役近者不下三五千里去者離
家萬餘里彼中俱係煙瘴極重地凡去者必致染病

〈典章三十四 兵部一〉　五二

得替軍人行糧

況兼火戊邊遠盤纏消費得替選家路傍居民稀少縱有
人烟去處新附人民不肯應副飲食因饑餓必致騷擾百
姓深為未便咨請定奪事都省議得兩廣福建鎮守軍
即是邊遠去處得替還家自起程日亦合支行糧米一
升行移前程官司依上支給至大江住支外據其餘鎮守
軍人不在此限

軍人典賣鹽糧例

至元二十八年八月十五日中書省奏過事

事內一件欽察每呵速每由赤每新附軍每根底諸
色人匠根底鹽菜錢麼道索有去年為不曾收田禾上頭
今年差發都免了來俺商量得每月家與鹽糧又有鹽菜
錢與呵重了去也休與呵怎生道來奏呵是有休與者麼
道聖旨了也欽此

内一件節該如今俺商量得新附軍人無貼户有依在先
體例正身六斗米一勸家口四斗米蒙古漢軍每底五
斗米一勸鹽與呵怎生歷道奏呵是有那般者歷道聖旨
了也欽此

## 兌支軍人口糧

元貞元年七月湖廣行省據砲手軍匠萬户
府等奕呈依奉省札新附軍人出征收捕正身軍匠萬户
留在家老小食用却將老小米四斗鹽一勸隨身出征支
請照得元差名處鎮守並收捕軍人落後老小俱各在營
月支米四斗若便一體兌支軍人合請支鹽例請從便施行
書省咨該照得軍人合請糧已有奏准倒請從便施行

## 病害軍人口新糧

鎮守温處等路宿州蒙古漢軍達魯花赤萬户府申該
户李遠厚呈欽奉聖旨節該江南平定之後軍馬別無調

五六四

度所司不知撫養以致軍前歇役數多起補之間作
弊戒飭内外軍官奥魯官吏各修畫職嚴行整治如有違
犯者輕者從樞密院定罪黜降重者聞奏欽此除欽依外照
得李處厚等陳言畧奉病軍米之例除月糧外另支新
米一斗煎熬粥飯將養病軍早得復元以備差遣卑職
詳如蒙照依舊例通行放支相應具呈照詳事得此送户
部照擬得諸奕屯戌軍人果有疾病擬合丁本名合請月
糧内不出元數減半支付新水煎粥養患至病痊日依舊
支付相應都省咨請依上施行

## 回事米糧

至元七年七月二十三日尚書户部承奉尚書省
札付據樞密院呈會驗目今蒙古漢軍官奏蒙古漢軍
於六月二十一日本院同中書省官奏蒙古漢軍連年征伐生受上
征去呵自備氣力去底也有請官糧吃著去底這般出軍

回程時有氣力底先到家無氣力的有病患底這遇州城
村寨頭目萬無上司文字不與飲食病人根底也不照覷
更不醫治以致軍人忍饑病死底多有如今隨路遍行文
字回來底軍人每委實無氣力無飲食患病者應付藥餌
該准河南行省咨近准樞密院咨欽奉聖旨節軍人跋涉
行移本路轉運司施行大德七年江西行省准中書省咨
奉聖旨是也遍行文字欽此除外行下仰照驗若有
蒙古漢軍進入番叛蠻欽此除前項軍人跋涉
城縣鎮村坊頭目人等與飲食病患人根底醫治過州
病若又無醫藥有失稿勞如蒙遍行合下仰照驗若有
險惡重地遠征其間萬死一生勞苦及生不得出征還濟
人經過有司隨即支付口糧病者應付藥餌腳力行移前

五八七

路接遞庶使遠征軍人經過去處合用口糧病者藥餌
力宜准行省所准相應具呈都省咨請依上施行

## 逃亡軍糧

大德七年十一月二十二日江西行省准中書省
咨請聞除蒙行省照算身死在逃日食用不盡糧數却
於見在支糧軍内就除實是有蔚見役軍人照得前省官
歇役日數作抛下糧米於後月見役軍人糧内指添還
大德六年議得謂如軍人應役二十日逃亡至月終
若此小數目著落何人計算如將歇空日數卻於見役軍
人糧内措添似沙虚負合於下月開除相應咨請定奪准
參詳軍人支糧軍雖當逃亡未見有無抛下糧數設
得若將逃亡軍人歇得甘肅行省邊遠重地鎮合軍人米糧難
此送户部照擬得甘肅行省邊遠重地鎮合軍人米糧
内指除以涉偏負今將身死軍人如有抛下米糧拘收還

官如無下月開除在逃軍人抛下米糧亦令追還如無差
落所管頭目陪納相應具呈都省咨請依上施行

新附軍養濟小口糧 大德十一年正月江浙行省准中書省咨
御史臺呈准江南行臺咨湖南道廉訪司申新附有老小
軍人若遇陣亡病死弟男未曾成丁者伊妻例支口糧外
若將其夫原請口糧仍舊支給養贍其家惟弟男成丁充
軍正日行開收配嫁至日除請或有守節老病無弟
口糧三年顧行開收配嫁至日除請或有守節
者按其支糧亦准支給老小口糧三年老小
口糧三年顧行開收請或有守節老病無弟
男者量給老小口糧三年顧行配嫁至日除請或有守
糧仍舊支給養贍弟男未曾成丁者依妻例支口糧其夫原請口糧無弟
事産貧乏弟男未曾成丁者依妻例支口糧其夫原請口糧無弟
賟事意不同送戶部議得新附軍人若有陣亡病死委委
者病不能自存者按月支糧養贍如蒙准擬遍行照會相
應都省咨請照驗依上施行

三四十 〇典章三十四 兵部一 五十四

---

軍裝 類後原闕今補 按此類應在軍糧

軍人衣裝體例 至元三十年八月福建等處行中書省咨欽
奉聖旨應支請衣裝人數皮衣隔二年支一遍者請足帛
的隔一年支布衣者每年支布者請此
重裝依期支給 大德四年十月江西行省箚付中書省左司呈
備令史史祥呈蒙監察御史省會軍人冬夏衣裝贛州路
於十月十六日方行申請領支布衣其餘軍人夏衣
須是不過四月冬衣不過十月依例放支除已箚付各萬
母令軍人失所乞照驗事得此仰省會府議得今後依期
之後方行請領各路今各路
轉呈本省議擬定立限次行下各路
戶府預期行移本路放支外依上施行

軍人盤纏 至元二十一年五月御史臺准樞密院咨照得至
元十八年正月十九日本院官與阿里海牙平章奏軍人
每歲用發盤纏撥擾軍戶及在軍前津送多有不便當軍
人合用盤纏於見在官錢內支給卻於奧魯內收欽此軍
官司解赴都省納訖議准庫便當省底一般俺議得先於奧魯內收
欽數足解省文數目於行省見在錢內
支散軍人用度非奉都省文咨不得一面借支奏阿奉聖
旨准欽此除外於至元二十日本院官等
奏史塔剌諢說有軍人每底盤纏軍人每限生受有
如今各萬戶千戶裡使的人去各軍人身上每取去阿便當的
一般廢道轉發奏與阿三二年不到軍人家裏欽此除外今據隨
路解到在先行省所收盤纏已徵在手經歲方行起納又

圓文一之四二 〇典章三十四 兵部一 五十五 陳氏被補

《典章三十四
兵部一

有別項支破不行起解又有文解到院已呈都省合納者
却不見送納中間侵欺移易借貸情弊不無若不從實取
勘切恐埋没未便本院除已遍行隨路諸軍奧魯照勘元
收開除實徵盤名項押送納官姓名起程送納月日
各各納獲朱鈔備細造冊申院外請行下各道按察司追
徵施行

封樁不收脚錢 大德二年二月二十六日御史臺咨奉中書
省劄付准樞密院咨許州長葛縣司吏楊明之收受元貞
元年四川軍人封樁中統鈔六十三定每鈔一定多收訖
脚錢鈔五兩計三百一十五兩已不公及路千戶每兩
帶收脚錢五錢不見有无許准帶收脚錢通例請回示
准此移准各處行省咨該行據各萬戶府申每年取發軍
人盤纏並无許准帶收水脚錢通例咨請照驗施行

陳氏拔補

## 軍器

斷例　三七　五七　七七　九七　處死

甲片零散甲不堪　不成副
穿吊禦者笞　決杖
敵者笞　徒一年　　副者

### 隱

搶或　不堪使　四件以　五件以　私有全
　　　用杖　下杖　上杖　件者
力弩　不成　副者　副有十
弓箭　不成　杖徒　私有十
　　　杖　四副以　五副以　副者
　　　徒二年　下杖　上杖
　　　　　　徒四年　徒三年

若有捉獲隱藏軍
器合徒人數取責
明白招伏申解官
部月日為始權令
本處帶鐐居作如
無作料應當處官
役修理城隍公廨
待報下決遣通理
月日役滿疏放

### 藏

弓箭

拘收

應修理城隍公廨
當處帶鐐權令本
處居作完日依例
疏放

典章三十五　兵部二　一

達魯花赤亦提調軍器庫　至元二十二年九月樞密院准中書
省札付至元二十二年五月十五日奏過事內一件蠻子
田地裏拘收到底弓箭軍器什物有行省行臺的城
子裏底只交他每就便分揀了中使底弓箭呵兒探
馬赤每根底與者但中底兵器什物漢兒蠻子官人每
休交管行院行臺官人每就便提調管者交蒙古軍人
底休教管者不中使呵怎生麼道
每看守者漢兒蠻子軍人每根底不交與蒙古軍人
行省行院依例提調管者交漢兒蠻子官人每根
人每依例提調行臺的路分裏達魯花赤畏吾兒
省地裏依例提調行臺的路分裏回回色目官
奏呵咱兒弓箭每根底弓箭交與探馬赤每呵
官人每休交管者弓箭每根底恐怕壞了麼道呵蒙古軍
底與者各路裏蒙古軍官每也有者那底每就便納入庫

四七四

---

## 軍器　原來闕橫練且　錯亂今補正

斷例　三十七　五十七　七十七　九十七　處死

### 隱

甲　雲散甲不成副
　　片不堪決杖
　　穿吊禦者笞徒一年

鑰或　不堪使　四件以　五件以　私有全
刀弩　用杖　下杖　上杖　件者
　　　不成　副者　副有十
　　　杖　四副以　五副以　副者
　　　下杖　私有十
　　　徒二年　上杖
　　　　　　徒四年　徒三年副者

若有捉獲隱藏軍
器合徒人數取責
明白招伏申解官
部月日為始權令
本處帶鐐居作如
無作料應當處官
役修理城隍公廨
待報下決遣通理
月日役滿疏放

### 藏

弓箭
刀弩
鑰或

襄陽十九

典章三十五　兵部二

一

陳氏校補

## 拘收弓手軍器

裏提調者沒蒙古軍官城子裏交達魯花赤畏吾兒回回
色目人收拾入庫裏提調者聖旨了也欽此

見設巡捕弓手別無軍器照得腹裏弓兵俱有置備器仗
江南與中原地里不同崇山峻嶺盜賊俱各執把軍器刦
掠人財殺傷人命止是坐視而已無
由捉獲盜賊事理本省與按察司講究各處盜賊發因
見設巡捕弓手別無執把軍器巡警致令如此檢會到欽
奉聖旨巡捕弓手條畫內一款交付川縣城子相離窵遠去處
本省平章政事說十月初六日欽奉聖旨楊總攝奏將來

五六九

〈 典章三十五 兵部二 二 〉

有南人每執把著軍器行有奉聖旨問火魯火孫丞相你
在前禁約著來麼俺在前行來奉聖旨你到那裏好生的
嚴切禁約者欽此容請除軍人合賞軍器令本官軍官管
局造作與軍人行使毋令街下諸人私造私賣執把行使
事此本省參詳若將前省官行下各路弓手置備器仗
拘收其弓手俱係新附之人過有盜賊若無執把軍器且
恐不能捉捕議得新附弓手若有已前置到器仗責令各
處簿尉巡檢盡數拘收貯置有盜賊生發斟酌配緩
急逐旋關撥追捕事畢却行還庫仍令本處達魯花赤提
調施行

弓箭庫裏頓放尚書省咨至元二十七年五月二十四日奏
過事內一件江西行省官人每與將文書來吉齁等處
面湖南廣東福建這地面相連著有每年草賊生發呵出

---

## 禁斷軍器弓箭

備軍器聚集弓手人每收捕來時江南地面漢兒南人
休把弓手禁斷時分這裏的在先
兒城子裏把弓與了的說將來有呵那般者好
中書省官人每奏一個路裏十副弓箭散州州裏七副
弓箭散府裏五副弓箭教呵怎生是也那般者好
歷縣裏五副教了來如今依著那體倒路路府裏散府州裏七副
副縣裏五副教了來如今依著那體倒路路府裏散府州裏七副
箭每教人者若收執把賊的勾當有呵巡軍根底教執把弓
人根底委付當時拘收庫裏達魯花赤達畏吾兒回回
聖旨內一欵節該闇里帖木兒說有民戶每莊家每在先

五七一

〈 典章三十五 兵部二 三 〉

謊做賊因此生麼道說有俺與省家官人每一同商議的
漢兒人裏頭拿著弓箭的嚴行治罪的文書行麼道商量
來除側近有的武衛軍外別綱漢軍每出軍把軍器者回
來將軍器每置庫納者奧魯裏有的軍器休教拿者怎生
奏呵軍器每置庫納者奧魯裏有的軍器休教拿者怎生
樞密院呈與都省商量定本院官奏如今各路打捕戶每
問將來俺呈聖旨達達畏吾兒每不合把那如今明白與文字交付中
統四年行來時聖旨達達畏吾兒每交付弓箭合把那
奏呵奉聖旨那般者聖旨達達畏吾兒每交付弓箭呵怎生奏聖旨依著
捕的巡馬司弓手每交付弓箭呵怎生奏聖旨依著
先拿的巡馬司弓手每交付弓箭呵怎生奏聖旨依著

## 拘收古朵刀子

至元二十三年四月湖廣行省准中書省咨
准哈剌赤阿剌八赤蒙古文字譯該漢兒民戶根底帖尺
古朵又帶刀子拴摔尋出來了麼道交覷呵安童根底說

## 禁遺錯鐵尺斧錐

了交行文書疾忙拘收者麼道聖旨了也欽此

河南河北道按察司照得近承奉中書省咨據御史臺呈

節該巡視軍弓箭手者照得近承奉中書省咨據南京等路宣慰司

牒備准中書省札付該欽奉聖旨節該漢兒民戶每根底

鐵尺古桑又帶刀子柱棒拿者欽奉聖旨節該漢兒蠻子官人

見隨路設立急遞鋪兵既係漢兒人氏擬合無依例拘

收送刑部議得急遞鋪兵鐵尺手鎗四條合無依例拘

省咨欽奉聖旨節該准各省合屬官拘收施行准此照得先准中書

拘人都省咨請除軍人外管民官管漢兒蠻子官人

每根把軍官拘收分揀令蒙古軍官城子裏達達魯花

每休執把軍器拘收的就便納入庫裏

提調者蒙古軍官城子裏達達魯花赤畏吾兒回回色目

官人每收拾入庫裏提調者麼道聖旨了也欽此

五、七六

《典章三十五 兵部二》 四

## 禁漢軍賣人軍器

皇帝聖旨汴梁湖廣行中書省行御史臺宣

慰司廉訪司軍官每市舶司官人每根底城子裏達達魯花

赤官人根底但是海島裏有的各處外國裏做買賣去的

幹脫每根脫每根裏做買賣每根裏做買賣去的

官人每幹脫每根裏買賣的每根裏的面皮待交買賣

海裏入去的時從這裏馬匹弓箭每根幹竹子等別軍器

道那裏將去的之外說謊與自己的財物役使裏將來麼

與將去到那壁變換了眾隻將著眾上位除咱將來麼

也哏明把那頭目每根底做自己的財物買了

與將去者這般行了呵這用別軍器

揀誰休將去者用別財物要了罪過斷沒者聖旨俺甚麼鼠

軍器將去者他的財物要分寫來

兒年七月十二日上都有時分寫來

---

## 拘禁僧人弓箭

大德三年十一月行中書省咨擄襄陽路總管府備省

咨准河北河南等處處行中書省咨擄襄陽路總管府備房

州房陵縣申河南等節級儁再立狀呈有僧正司官任速前

來本州普濟寺要下賣夯環刀一口弓箭一把紅油鎗一

條照得軍器累蒙上司禁斷今有僧人係是出家善人別

無把執軍器體例倒蒙上司條畫內一欵禁圍獵等眾

若有隱藏軍器懸帶弓箭即便赴官送納仍禁圍獵等眾

移文本州僧正司取問官把弓箭送河西色是何

照得本州僧正司係河西人氏剃頭把弓箭鎗刀如准

上司文字追取色目人數未審貴州條畫得是

僧人任速雖是河西人氏剃頭出家又為房州僧正

告天祝延聖壽慈悲忍辱清淨之家別無執把弓箭體例

行移不計次數不肯依例拘禁本省看詳剃髮僧人修祝

五、八六

《典章三十五 兵部二》 五

## 禁治弓箭彈弓

為善執把弓箭環刀軍器若不拘禁慮恐因而別生事端

咨請定奪送刑部議得河西僧人執把弓箭鎗刀如准

省咨所擬拘收禁相應都省准擬請依上拘禁施行

大德十一年正月初四日傳奉聖旨漢兒人每拿弓箭

的多有甚麼道說有如今在先聖旨體例弓箭彈弓

元二十年正月准中書省奏除弓人外別個漢兒人每弓

箭軍器不交執把拘收呵怎生奏呵奉聖旨至

是有在先已言語了來行了呵那不曾如今省官每根底大

說者那般舊城裏有的百姓每不揀誰人此又於大德四年初

都裏那般宣諭了來行者欽此又於大德四年初四日傳奉聖旨

彈弓者這般宣諭了造彈弓的拿彈弓的打七十七八十

七斷汉一半家私者聖旨了也欽此

十一月十二日奏在先有姓的漢兒蠻子每弓箭軍器休
交拿者麼道世祖皇帝行了聖旨有來近年以來爺的替
頭裏孩兒哥哥替頭裏弟兄投充校尉倉裏關請來麼道
因著那般執把弓箭的多有又衙門裏關要來麼道
將著諸王駙馬並官人每的文字多有又有執把環刀軍器行
的有如今交他每軍官將軍新附軍人每軍器都
拘收了本萬戶府裏封放著調遣時節交他每執把呵怎
生奏呵奉聖旨那般者欽此咨請欽依拘收施行

**拘收新附軍人軍器** 皇慶元年十一月二十七日本院官奏點軍官禮忽兒臺
副樞題說的軍內一件新附軍官軍人有衣甲鎗刀弓箭

四十七　　　　典章三十五　兵部二　　六

武備院裏行與文字令後勾當體稱各衙門與呵怎
索要的漢兒蠻子人每根底休交與呵怎生奏呵奉聖旨
拘收在後若有執把的拿住呵依在先聖旨體倒罪過又
文字但是有姓的漢兒把的弓箭倒各處
的多有如今依著世祖皇帝行來的聖旨體倒斷罪又
將著諸王駙馬並官人每的環刀軍器行
是有那般者欽此都省咨請欽依施行

---

**許把**

**按司懸帶弓箭** 至元八年御史臺據各道按察司申中書吏奏
差人等告稱遇差出巡按乞許令懸帶箭事為此呈奉到
中書省札付於三月初九日閒奏過奉聖旨教懸帶去者
欽此憲臺公議得各道司官除已懸帶外今仰弓箭
六副如遇書史書吏奏差人等公出許令懸帶依
數懸帶施行無得有餘增置亦不得因而中間夾帶別致
違錯

**監察廉訪司官依先例懸帶弓箭御史臺咨** 至大三年七月二
十九日奏過事內一件在先塔察兒月兒魯那延臺裏行
時分禁約漢兒人每休拿弓箭軍器上頭世祖皇帝根底奏
呵按察司官人每是拿做賊的衙門有俺
六部官人每說謊做賊的人每有一個兩個出

五三三　　　　典章三十五　兵部二　　七

去體察勾當行呵弓箭交拿者麼道兩遍聖旨有來如今
尚書省官人每奏了但是百姓的漢兒蠻子每弓箭軍器禁
了者的人每在先體倒要罪過者麼道行了文書有俺
商量來監察廉訪司官人每是拿做賊說謊的衙門有又
人每不愛的多有也者體察勾當時分不交拿弓箭
中的一般可憐見呵依先聖旨體倒交拿弓箭呵怎生奏
呵奉聖旨那般者欽此本臺咨請欽依施行

**江南官員許把軍** 至元八年八月中書省准行省咨據左右
司呈該省官以下官員應係江南所在去處實爲寫遠又
係叛新收附地面若不許帶弓箭軍器切恐踈失乞定奪
事都省議得新收殘宋州城雖同腹裏田地面如准
行省所擬許令將帶軍器相應都省聞奏蠻子田地裏做
的人每斟量交把軍器行呵怎生奉聖旨那般者欽
官去的人每斟量交把軍器行

## 軍人交替許帶弓箭

此據大名路諸軍奧魯總管有先奉兵刑部符文承奉中
書省札付如遇軍前差遣或還家軍人各處管軍官出給
懸帶弓箭器仗印押憑若在家軍人前來交替據
合帶弓箭器仗亦合管民官依上出給文引明白憑驗即
係未立奧魯之前所承事理看詳諸軍奧魯即係親臨軍
戶遇有軍人前去軍前交替軍役或律送盤纏合令各處
奧魯出給許帶弓箭軍器文引易為照勘乞明降事本院
議得目今設立奧魯總管府並合屬照會施行批奉都堂鈞旨
下各路諸奧魯總管府即係親管官司擬合依所申行
送兵刑部依上照會施行

## 巡捕懸帶弓箭見刑房巡捕例探馬赤軍給弓懸帶弓箭至

五三九

【典章三十五 兵部二】 八一

元二十一年正月中書刑部奉中書省札御史臺呈河北
河南道按察司申河南等路探馬赤軍人內執把弓箭之
人多係漢兒人今後凡帶弓箭執把軍器之人出給執照
易為盤問等事本臺參詳除蒙古探馬赤軍人外上司許
令懸帶弓箭詣本管上司告給執照懸帶及行移河南等
路宣慰司嚴切禁約漢軍人等不許懸帶弓箭軍器相應
呈奉中書省判送宣慰司禁約施行

## 打捕戶許把弓箭

打捕御膳野物除正打捕戶執把弓箭外其餘人等並
禁斷欽此

## 開元路打捕不禁弓箭

據右三部呈准開元等路宣撫司開元路申中統三年欽
奉聖旨禁斷弓箭此時有抄海口傳聖旨遼東女直打捕

戶弓箭休禁者欽此今奉札付准部關奉省札奏准聖旨
禁斷軍器事理卻緣照得本路所轄諸王投下女直
打捕人戶每年春種些小油麻並無營運從秋至冬執把
弓箭打捕水獺貂青鼠等皮貨如違虎豹射捕得到皮
貨折納包銀衣匹如無器械野獸定傷人命若將弓箭禁
斷百姓別無出產乞照依抄海口傳聖旨施行事都省參詳
開元路人戶別無出產為籍打捕到皮貨折納差發難同
別路一體禁斷弓箭合請行下本路照依抄海口傳聖
旨事意施行

一九五

【典章三十五 兵部二】 九

## 隱藏軍器罪名

至元五年中書省咨該先據右三部呈欽奉
聖旨禁斷百姓不得懸帶弓箭執把軍器違者處死於三
月初三日聞奏過聖旨咱每是那般行來都交死呵多也
者你道的也依著咱商議的行者欽此本省今將擬奏定
罪名聞坐前去請依准施行仍將見禁隱藏軍器人等照
依所招依上歸斷

甲私有全副者處死不成副決杖五十七下徒
散甲片不堪穿吊禦敕者笞三十七
鎗或刀弩私有十件者處死五件以上杖九十七下徒
三年四件以下杖七十七下徒二年不堪使用杖五
十七下

弓箭私有十副者處死 〔箭三十隻〕
七下徒三年四副以上杖九十 〔一張五副以上杖九
杖五十七下 十七下徒三年不成副〕

## 隱藏軍器禁治年

軍器各徒年杖數遵依行下本路照會外省部照得舊
例凡有結事理應申上者徒罪權令本處照帶鐐居待報
下決遣通理月日呈奉中書劄付依准部呈已後若有捉
獲隱藏軍器合徒人數取責明白招狀照勘完備自結案
起解申部月日為始傳令下決遣通理月日役滿疏放
處官役修理城隍公廨待報下決遣通理如無作院應當
等事省部仰有捉獲隱藏軍器人數欽奏聖旨併見奉
中書省劄付事意施行

---

## 體察鐵匠等事

至元二十九年御史臺咨據監察御史呈照
剳出中書省右司文卷一宗江淮行省准該據江東道宣
慰司八兒思不花呈將領軍馬前去肅州饒州兩路招捕
作耗賊人參詳應有鐵匠豈能叛亂蓋是各處鐵匠
打造發賣若將詳應有鐵匠全家起移各路住坐似為處富
咨請定奪正月二十日都省回咨本省將移居各處
人匠上起禁治施行卑職切詳工商農民各有恒產
無不懷其土而安其業也若盡起移附近住坐擾之又擾
伏處作耗之徒甚於前日又彼中廣土眾民所用農器之
類何處取給深為未便若令鐵匠依舊安業住坐不令起
遣督勒各處官司嚴加禁治無令打造軍器遴選循良廉

慎治依上起移禁治卑職切詳工商農民各有恒產
無不懷其土而安其業也若盡起移附近住坐擾之
奉到中書省劄付該都省准除已勒令各屬官司用心
撫治常切覺察無令打造軍器別致違外仰照驗施行

## 禁約擅造軍器

元貞元年四月行中書省准中書省咨刑部
呈賀安等告東平路達魯花赤唆童不公數內成造胖襖
皮甲太甲環刀箭雙鎗頭等物除外今後如有違達魯花赤
各投下似此成造軍器胖襖等物隨即牒報所在衙門申
覆上司無令擅自成造乞照詳都省照得各投下已有額
造軍器咨詳依上禁約無令額外擅造准此

## 禁治軍人貸賣弓箭

至元二十九年三月福建行省近准尚
書省咨准本道廉訪使照武牒照得前福建閩海道肅政
廉訪司准江南地面裏百姓每造了弓箭賣的多有此上
等省咨奏江南地面裏百姓每造了弓箭賣的多有如
諸人執把著弓箭有如今除了官局外諸人造了賣的禁

治了已後再執把著弓箭的每根底做了軍起將來者麼
道聖旨了也欽此當今屢於街市親軍人執把弓箭貸賣
若不禁治切恐民間不知私下私買誤遭刑憲媒請行移
各路禁治施行

## 軍匠自造軍器

延祐四年九月行臺劄付准御史臺咨奉中
書省劄付湖廣省咨為軍器事行據樞密院呈江南各翼
軍人合用軍器官為應付唯復依例除鐵課官給外其餘
物料令軍人自行出備官局人匠帶造萬戶府收貼遇有
征進回日收納得此送刑部呈約會到兵部官一同議得
軍器除新附軍官為應付外其餘軍翼漢軍合准樞密院
擬各萬戶府送委軍官提調差軍匠與官局造成鑄所
造翼分置收貼若無官局法去依上應付物料先儘軍
匠如或不敷管民官司差倩民匠置局成造除軍匠外其

三九九

〔典章三十五〕 兵部二 十二

餘民匠官為應付口糧工價若冒破尅減物料以枉法論
各翼起補逃亡事故等軍在家不須置備其呈照詳都省
議得除軍人合用兵器擬令自備帖貸物料各萬戶府選
差軍匠置局成造不許差倩民匠並官局帶造外餘准樞
密院刑部所呈仰依上施行本臺咨請依上施行

## 驛站

罰俸二十七　三十七　四十七　五十七　六十七　七十七　八十七　一百七

詐稱

位下使臣

騎坐鋪馬　　正犯

站官禾孫　　站司人 ○　配役

縱令在逃

官吏貨賣　　驗馬匹當時實直追徵沒官計臣

中站馳　　　餘利依枉法論罪仍給本主使臣

背站馳

驛站馳　　　臣須要站道經過不得於僻處

冗剌赤失

去鋪馬劄　　決　　　經直取道

**典章三十六**　兵部三

二七五

走死站馬　　人決　　　借騎人決　　　決

借騎鋪馬　　○　　　　剗于起馬

　　　　　　禁約借用鋪馬

　　　　　　馬價給主補買

　　　　　　取招斷罪追賠

夾帶從入

違例應首　宣慰司 宣慰

付鋪馬脫　脱十日 司令

馳段馬月　孫半禾史

多騎鋪馬　役○一尺多騎馳　役○一匹多騎　名○一騎罷 陪過

多取分利　決○引行　求仕

私帶官物　　使臣多餘取要　分例職官具名　申部呈省無職　人員就便追理

---

## 驛站　原夾斕斕橫直錄　且錯亂今補正

罰俸二十七三十七四十七五十七六十七七十七八十七一百七

詐稱

位下使臣

騎坐鋪馬　　正犯

站官禾孫　站司　人 ○　配役

縱令在逃

官吏貨賣　　驗馬疋當時實直追徵沒官計臣

中站馳　　　餘利依枉法論罪仍給本主使臣

背站馳

驛站馳　　　使臣須要站道經過不得於僻處

冗剌赤失

去鋪馬劄　　決　　路徑直取道

表卷二十

走死站馬　　借騎　人決　　決

借騎鋪馬　　○　　　　剗于起馬

　　　　　　禁約借用鋪馬

　　　　　　馬價給主補買

　　　　　　取招斷罪補償

**典章三十六**　兵部三　　一　　陳氏校補

夾帶從人

違例應首　宣慰司 宣尉

付鋪馬脫　脱十日 司令

馳段馬月　孫半禾史

多騎鋪馬　役○一尺多騎馳　役○一匹多騎　名○一騎罷 陪過

多取分利　決○引行　求仕

私帶官物　　使臣多餘取要　分例職官具名　申部呈省無職　人員就便追理

立站并條畫至元

一　月中書省奏奉聖旨六部併作四
部除欽依別行外據別路站赤鋪馬數目仰本部常切檢
校今逐一區處

一諸站鋪馬大概一體走遞其間或有馬匹參雜瘦乏病
患氣力生受去處雖因走遞使然亦由本站官不得其人
及本路官司有失照觀今後委自本戶管民正官督勒
管站常川計點草料槽具各站戶人等將所養馬匹依
時飲喂須要肥壯無令瘦弱若是不禁走遞頻頻倒死
驗數補買不唯有損站戶抑亦失誤隣站驛程緊急公
事省部不測差官前來驗校若有似此站官就便斷譴
一四戶養馬一四若有倒死又索補買一歲之間所費甚

【典章三十六　兵部三】　二

四八九三

重今知得諸處站赤不郵站戶疾苦中間因事作弊妄
行科斂錢物百般騷擾仰各路總管府常切體察或有
人告首到官取問是的依條重斷追贓還主別差好人
代替

一站戶多有影占近上人戶不令供馬正要出備錢鈔以
益私己若有不禁治久而靠損其餘戶計今後有
人告發或官司察究得知痛行治罪諸人結攬者同
一元奉省禮站戶依驗使臣分例上應付當日首思若使
臣有勾當住阿官司應付者今體知得諸處站赤例於
馬戶處冒行攬斂羊酒米麵首思等物除使臣分例食
用外多有剋落數目今令總管府斟酌各站緊慢
使臣起數扣算必用首思數目令本站分例支鋪總
計置明文簿排日依分例支鋪總府每月照例如有冒

破及不應者勒本站官賠償
一元奉省劄總站頭許設站頭目三員其餘站驛量設二員額
外不許添設仍具管站頭目姓名中來
一今後站戶如遇買馬仰本管先行相視過然後立契成
交須要根買年小肥壯無病耐騎坐者無得聽從站戶
止圖價少監買年老有病瘦弱馬匹目下雖省些小馬
價不久倒官司兩不便管
一管站官不得令私騎諸物如違痛行治罪
一遇有使臣經過管站起馬劄子倒驗無偽即便應付鋪
馬劄元驗來貼關子倒換亦不得非理刁蹬停留
一諸站元有牧馬草地仰管民官與本站官打量見數插
立標竿明示界畔無得互相侵亂亦不得挾勢冒占民
田如有種田與人收收子粒附簿收貯不得非理破使

【典章三十六　兵部三】　三

五三四

一使臣經過起數仰總府取會每季月不過次月初十日已
裏申部仍開使臣姓名并補長數目賞警是何官司起
馬劄子來往某處勾當公事拯治站赤至大元年五月
江浙行省中書省咨於至大元年正月初九日奏准下

項事理都省除外咨請欽依施行

一件因着使臣頻併上頭站赤每眼生受有良鄉站裏去
年九月至十二月四個月其間起至一萬三千三百餘
馬來各處差去的使臣內元體例的并多騎去鋪馬的人
每多有依着至元二十八年完澤丞相為鋪馬生受來
上頭也曾奏奉世祖皇帝聖旨大都應有諸處差來
未回去的使臣分問來俺如今也好生分問了不合與的
體例的緊慢的分間了不合與的不教與多要的元
馬教喊了不緊的使臣每教水路裏相合回去這般行

呵元體例多濫騎鋪馬的人每也怕也者奏呵奉聖旨
那般者
一件外處差出去的使臣每打拷站赤取要幾物多要鋪
馬又騎坐鋪馬越至幾路不便換打沈重馳獄者的都教
這差去的人每問他每合斷的就使要罪過者他問
一件各處的站赤在先教各路達魯花赤總管提調着來
如今臺官并行省人每行文書裏將未有合管着
不得記了姓名文書裏將了站的也有的那
頭目每作弊壞了站以下就便要罪過了勾當一般歷道說有俺商量來整
縣官就近提調呵使當的一般歷道說有俺商量來整

**〈典章三六 兵部三〉** 四

治站赤的其間他每的言語是的一般教府州縣達魯
花赤長官提調呵怎生奏呵那般者欽此

**兵部管站赤** (五・四一)

一件各處的站赤在先教各路達魯花赤總管提調着來
如今整治站赤喭生受有如今體交
通政院管交兵部管者麼道聖旨了也欽此都省除已劄
付兵部欽依交管外咨請欽依施行
年三月二十三日奏過事內一件站赤喭在前屬兵部管來
通政院官不用心拯治的上頭站赤喭生受有如今體交至大四年七月江西行省准中書省咨至大四

**長官提調站赤** 皇慶元年正月 江西行省准中書省咨兵部
呈檢會到至大元年正月初九日中書省奏過事內一件
節該各處的站赤在先教各路達魯花赤總管提調着來
云云見前欽此照得各處水陸站赤事多干碍有司除拘
該行省宣慰司總管提調外若是站驛置立在於各路
府城中正合令本路府州達魯花赤長官親臨提調其倘

---

廊司縣官勿預若站相離各路府州州寫遠去處合從附近或
所在一州一縣達魯花赤長官提調各當盡心整治常要
頭匹肥壯車缸修整省遍行各路府州縣達魯花赤長官
站戶獲安倘致逃竄倒斷必致罪及提調官吏今事理施
先爲整治站赤喭遍行各處合該路府州縣達魯花赤長官
行馬休揀騎者站家草地每不揀誰占了來呵回與者
麼道薛禪皇帝聖旨有來如今體例欽依提調去訖今准前因都省咨請照驗依已今事理施
城子裏官人每根底各投下裏有站家草地每百姓占了

**體揀驛行馬例** 元貞二年 月 日欽奉聖旨通政院官

**〈典章三六 兵部三〉** 五 (五・五四)

人每奏站戶每不揀誰休隱藏者上都大都兩路站戶
提底和雇和買不揀甚麼發休重併要者但屬站
的草地每不揀誰占了來呵回與者驛行馬休揀騎者站
來這般宣諭了呵站戶每根底的大都上都兩路站戶
根底和雇和買要者草地每不揀誰休占了來呵回與者
騎的人每不怕那人麼道聖旨俺的猴兒年正月初七日
大都有時分寫來禁治

**禁治擾攪站赤** 皇慶元年七月 日江西廉訪司承奉行臺劄
付准御史臺咨承奉中書省劄付監察御史燕南河
北車站人戶遠年逃竄有司不肯詰實申報止是椿配見
戶包當其各站提領百戶與拘該州縣官等總領親戚退閑
名添價販賣驏畜營利益已又提點官通同作弊結攬詭
官吏假借威勢聘散香茶等物勒要錢物致使站戶逃移

消王如今合於部分定擬約束官民便益送據兵部呈參
詳監察御史所言事理擬合遍行禁治及劄付御史臺令
監察御史各隨廉訪司嚴加糾治相應具呈照詳都省仰
依上施行

典章三十六 兵部三

六

九十四

---

# 使臣

## 使臣驛內安下

中統二年欽奉聖旨節該據往來使臣城子
裏沒勾當的休人去如有勾當入城去
的使臣館驛內安下者官員民戶每的房子裏休得安下
這般聖旨有來今後再行省諭經過使臣今後照依已前聖
旨體例行者若城外立站在城別無勾當公事仰速便倒
換合騎鋪馬前去不得輙入城中遷延遲滯若委
是城中合有勾當仰於係官館驛內安下並不得於官員
民戶舍內安下如違治罪仍仰站赤人等依理驗視應付
鋪馬祇應如達亦行治罪無得違犯事欽此
至元八年八月 日御史臺據河北河南按
察司申淮南京路巡按簽事牒呈知在京館驛有本路官

## 職官占住館驛

典章三十六 兵部三

七

員占住却令宣使人等於人家安下就問得站赤官完顏
邦傑具到本路館驛除達魯花赤及同知占住訖二位外
有二位安下宣使人員以此於南京路行卷內照得至元
七年八月初八日承奉兵部符文奉尚書省劄付備中書
省咨該六十二日奏京兆府益下底館騎不交使臣每安
下呵却交人家裏安下呵却交人家裏安下騷擾百姓那
裏有那般體例欽此

五一五

## 襄使王人家安下

元貞元年六月中書兵部呈奉中書省判
送翰林國史院呈准本院直學士陳奉訓牒念驗先欽奉
世祖皇帝聖旨節該往來使臣於館驛內安下者官員民
戶每房子裏休安下者欽此當取自召入翰苑客居三年
本貫東平有老母并其餘家屬見住宅舍一區近知得本

處官司引領使臣人等於内安下使闔家老幼驚怪無所
躲避照得東平館舍非一自有使臣安下去處其本處官
沿不遵朝廷典訓輒敢非理騷擾賞罸未便牒請照驗施
准此具呈照詳依例施行奉都堂鈞旨送兵部行移究治
施行

百姓坐受今逐一區處下項事理
一據征進住來軍馬令後司經過處去每六七十里趄

【典章三十六　兵部三】　八

五二八

中統三年三月欽奉聖旨道與諸路達魯花赤
管民官泉百姓每據中書省奏告今體知得出征軍馬性
來使臣人等内有不畏公法之人村下取要飲食馬匹草
料扯撧頭匹騷擾百姓不安乞禁約事准奏年前爲殺追
阿里不哥大軍回程燕京住冬有益都總管反叛不免
降兵征討及令各處簽軍守把城池皆因反城李璮致使

好水草地面安置營盤一所差蒙古漢兒官員祗待
據合與底依例應副軍馬使臣不得一面輒入州縣
村寨店鎮如有不來設置營盤草料去處故意於沿路宿
頓或村下取要飲食馬匹草料百姓人等並不得應
副如有違犯之人於已委祗待官處陳告與管軍官
一同取問得實照依札撒斷遣如斷不定呵經由本
路達魯花赤管民官教奏訖來者
一海青牌子使臣并住來使臣於過往客旅莊農百姓
人等奪要拽車牽舡騎坐頭匹有妨農種及阻礙
客旅經行深爲不便當除舊立站赤添補氣力又禮
經直道上朔說海青新站其餘使臣依舊赴站倒換
海青使臣如來到前站公路倒了一匹呵換一匹走
乏了兩匹呵換兩匹者如是元騎馬匹不乏強行奪

---

要頭匹不有罪故那甚麼
一兵行馬匹草料照依已先體例截自四月一日爲頭
住支不以是何人等毋得鄉下要取馬匹草料百姓
亦不得應副省會已後却有強行取要之人是
了姓名於本路達魯花赤管民官處陳告問是
依札撒斷遣如諸路不定呵教奏說將來者
一近據和買草料起送諸物雖是官爲支價其般運脚
力百姓亦是生受已後怎生可憐見每不識咱每甚
歷即目正是養種農忙時分據未散雜役人夫盡行
住罷所據和買草料内若有已訖價錢或准訖諸
課數内有拖欠者依數送納如今已是四月爲頭是
買仰趄時分種養毋得失誤歲計

一軍馬經行鎮店村寨百姓人等避怕騷擾時暫躲避

【典章三十六　兵部三】　九

五二三

一諸處軍馬草料截自四月一日住支者
覷面皮不爲用心勾當亦行斷罪
官多出文榜招集百姓依舊復業審家趄時種養使
臣住坐者如達魯花赤管民官并委付去的人每看
今已嚴行禁約不令騷擾外仰本路達魯花赤管民
至元十年九月河南等處行部見奉聖旨供

**使臣不過三站**

給兩處行院并上司差遣使臣往來勾當住支者
幹辦照得本部并諸衙門差出勾當緩慢人員乘騎鋪馬
沿路因事停住上馬趄程限走驟以致將馬匹即漸瘦
弱倒死若不定立程限切恐站赤生受省部議得今後凡
差出勾當人員出給鋪馬札付於上驗事標寫緊慢字號
除爲軍情急速勾當不拘此限外據常例緩慢勾當差出
人員每日不越三站走遞仰更爲照依坐去下項事理行

下管轄州縣并站赤依上施行

一各處如遇宣使人等到站赤官屬覦起馬札子若軍情急速勾當即便應數應付肥壯好馬毋得停留如係緩慢公事當日行過三站更要起馬或元札子取要鋪馬不得應付

一今後兀剌赤如今來騎坐馬者亦教坐馬係步行者止令步行回馬更行關文與前路站赤赤依上施行

一差出馳驛勾當人員合得飲食依例應付毋得詿誤赤毋得應付飲食草料如有賷奉上司文字合應付飲食者止令州縣應付如違治罪

一如達定是取招施行若員人到站依驗札子應付正馬赤官今來到站官員人等應付騎坐馬匹官員步行馬行止

一諸府州司縣官按同迎接官員差人不得乘坐鋪馬

《典章三十六》

兵部三　十

一今後除爲朝廷急速公事之外毋得擅差報馬亦不得亂行前路文字

一今後使臣人員騎坐前站馬匹至站不能回還仰於所到站內依例遞相對喂草料毋致詿誤

一站內槽前鞍轡苫韉繩索一切件物須要完整仰合省咨據通政院呈應出使人員至站無問鋪馬首思曾無失悞便將站官人等非理拷打揀選馬匹站官人等避怕躲閃轉致違誤今使臣人等明白取招今後使臣人等到站若有失誤鋪馬首思似爲失誤站赤生受仰都省地面各省就便出榜其餘路分不致站赤生受仰都省地面各省就便申院斷罪似爲

不致站赤生受仰都省地面各省就便出榜其餘路分令合屬禁治都省除外咨請照驗遍行所屬出榜禁約出使人員無故不得將管站頭目人等常切在站聽候毋得輒離打仍拘鈐管站頭目人等

五〇四

---

使臣拷打站官

站赤失誤支持准此

呈山東東廉訪司關至大四年八月江西行省准中書省咨刑部臣忽赤兀歹等爲河東軍人勾當至大元年九月十九日有開讀聖旨宣使傷身死勾捉赤忽兀歹等到官取問間欽遇詔書釋放了當又使臣五兒等二起到站拷打官員人員多要羊肉米麵鈔至兩等物本部議得若有差使須差呈禀聞奏輕者本處咨官不許遣差如欺凌官府擾民重者呈禀聞奏輕者本處咨官司就便斷罪具其照詳得此又據御史臺呈陝西行臺咨漢中道廉訪司申德順州龍安驛思八巴等站官信等告至大元年九月內御位下西僧使臣烈思八巴等要起馬匹車輛取要鈔兩等物打拷站官等事至大元年十一月二十五日欽遇施行得此照得欽奉聖旨條畫內一欽節該諸

《典章三十六》兵部三　十一

官吏入茶坊酒肆該委監察御史紀察又欽奉聖旨條畫內一欽節該委監察到職官污濫罪犯每上下半年類申御史臺又一欽節該諸出使人員若非理驛擾各處官司仰察使體究得實申呈欲此憲臺照得名不經應時宣使等四名即係職官污濫除另行究問外仰照驗今後若有似此污濫擾擾各處官司之人常加體察禁約施行

使臣不得騎馬入酒肆

察使承奉御史臺劉付該奉中書省札付通政院咨據西京路申豐州站官李子進等告稱本站馬匹雖係倚郭站赤亦見於府外一十餘里立當勾當遇有上司勾當人員供送各人騎坐馬匹無問勾當急緩每日須要將馬匹拴繫時常於坐子人家茶房酒肆內或看親知人等直至打禁鐘時後繞方回站以致將馬匹餓損瘦弱倒

五、七六

死必須勒令站戶隨即補買切恐因而靠損人戶夭誤站
亦事係科害咨請更爲劄付各衙門如有差出人員毋令
似前違犯都省外仰照驗依上施行

○使臣打站官

點官每月赴站點視親母令短少亦不致馬匹瘦弱快乏

○禁使臣索要妓女

至元二十七年行尚書省劄付各衙門如有差出人員毋令
至元二十一年七月御史臺據領北河南
道提刑按察司申准分司官周通議牒近據管妓
樂管勾張撻狀告崔長將手帕令撻散與妓女人家取
要錢物并差人實收妓子要妓女三名赴館驛內伴宿當
次崔長局長再將來喚妓女三名自至元二十一年正月十一
將妓歐打乞施行事得此夜深不曾差出當
撥妓女文歷及總管府批帖除外追照得管勾張撻掌管妓
日至三月十五日經過使臣索要妓女宿睡內知官職姓

五八一　《典章三十六　兵部三　十三

名四員餘只該不知使臣總差撥應付妓女八十八人各
各問寫姓名并伴宿月日夜就問得除事故外今棟會到
十二名各狀供相同仍審問並不得分文鈔兩今棟會到
至元十四年七月內欽奉聖旨今南宋平定擬提刑按
察使因此看詳出使人員只有上司定到污濫若不糾察
司申撥妓女伴宿者仰按察體究得實申行御史臺請
行欽此看詳條畫內一歀該出使人員若非理騷擾各處官
令差撥妓女人員有此定到飲食分例別無詳御史臺照
察申覆切恐妓女伴宿令出使人員觀感成俗此道官政
照驗定奪備申行御史臺詳照都省詔赦革撥今後內外出使
人員似此援害今後若有差遣出使須要委令有
其呈照詳送刑部議得凡出使人員於所至之處若是無營求免
職役人員外據革關無祿之人不許濫行差遣除腹裏諸

○禁約使臣稍帶沉重　至元二十九年閏六月中書省咨據通政

院呈照得內外諸衙門并各處行省出使人員騎坐鋪馬
爲無馹馬馬匹多於刺赤馬上稍帶氈袋行李皮篋子沉
重物貨更有不盡令元刺赤馬身負帶致將馬匹壓損因
而倒死遍行禁約即日馬價比之向日添加數倍委
是生受乞禁約事都省議得今後出使人員除隨身衣服
鋪蓋雨衣外別不得稍帶其餘物件已劄付本院下行
各處脫脫禾孫體問外咨請照驗依上施行

衙門內每月將發訖使臣開具給驛事由起馬數目具申
合干部分查勘外據各處行省府宜從都省移咨每季照勘
若有冒濫不應人等凌虐官府拷打站官重者呈稟奏
輕者本處官司就便斷罪相應其呈照詳都省咨請依上
施行

五八五　《典章三十六　兵部三　十三

○出使筵會事理　大德十年六月湖廣行省准中書省咨刑部

呈奉省判御史臺監察御史呈備河間
教鹽引蒙本司郭運使等省會立帖子於陳索牘擦借到
中統鈔七十五兩到羊一口買得楊元狀招不合依隨高經應子
元狀鈔七十五兩到羊一口馬嫡子餅餎及令王三姐
等歌唱筵會了當責得楊元狀招不是實本臺看詳司計楊
前去黃伯善花園內食用訖郭運使等省會筵會當
等物及樂妓婦女歌唱筵會罪犯宜令合干部分定擬相應呈奉中書省
省所招罪犯一就取問通行議擬相應呈奉中書省
送刑部議得凡出使人員於所至之處若是無營求免
避之事此無狗私欺公之實賓主飲食宴樂即古今內外
通理參詳今次取到司計楊元運使郭浩等招狀詞因難議

坐罪都省准擬仰依上施行奉此照得出使人員已有日
給定例年終兵部依照公身訪聞朝廷使臣并省院臺部
諸內外衙門一切出使人等所到郡縣除日遊賞鋪張筵會所費
懼其威勢私結情好自下馬送路日常例外官吏
甚多用過錢物既不出官吏已身又不敢明破官錢止是
說明今後諸出使官吏除正祗應分例外並不得預本處
並有違犯之人計贓官司取受錢物更有多喫祗應沒體例
宮府民間並免侵漁非為小補行下合屬體察去訖又奏
如有違犯之人計贓設宴及赴宴之人一體科斷使
臣本處並不揀甚麼勾當裏差出底使臣每到外
世祖皇帝聖旨裏不揀甚麼勾當裏差出底使臣每到外
頭非理騷擾各處得受錢物更有多喫祗應沒體例

**五八八**　**典章三十六　兵部三**　十四

交百姓生受底交俺體察來近間開讀聖旨詔赦差出去
底使臣每更不揀甚麼大小勾當裏使出去底人每到外
頭城子裏官人每根底及喫祗應那官人每推著梯
己體錢糧就裏動支官錢斂百姓的也有如
今皇帝登寶位這般使見做賊說謊百姓人每根底不整
治呵大勾當怎生行得百姓每怎生不受底如今俺似
這般聞奏各道行得文書禁了呵似這般犯著底人每體察
出來呵重開奏了要罪過輕底俺每就斷呵怎生麼道
奏呵那般者聖旨了也欽此奏過一件近年以來裏頭
頭不揀那箇大小衙門裏要做筵席官人令史體錢裏頭對
除著出他每體錢卻於官錢裏出來底也有為上養
有祗應裏要了也有他每體錢裏出來底多有如今中書省
活不得無怕懼無羞恥罪過裏入去的多有如今中書省

樞密院不揀那衙門官人每筵席呵自氣力裏做筵席者
他每管著底以下官俸錢根底不交赴除要呵怎生
麼道監察每這般說有俺商量來監察每言是有更但
廳道監察每這般說有俺商量來監察每言是有更但
凡尋道子求仕的人每并所屬官吏每根底說與者廳道
欽遵外今據前因本臺看詳楊元職居戶部司計催起所
免難同實主宴樂古今通禮若以為例禁絕
屬運司鹽貨因事本司詳事理今參詳凡出使人員於所
漁官誠依欽禁治外所言出使人員不得預本處宴樂
意擬合依欽禁治外所言出使人員不得預本處宴樂
會設宴赴宴之人科斷事理今來參詳凡出使人員到
至之處如親戚故舊禮應往返之人一體科斷相應具呈詳
其餘不應飲用官吏筵會侵漁府官禁治相應具呈詳
都省准擬請依上禁治施行

**二八九**　**典章三十六　兵部三**　十五

**脱脱禾孙休搜行李二款**

至元十六年七月初五日中书兵
部承奉中书省劄付据忽都答兒侍郎蒙古文字译该来
往底使除铺益已外马裏休軄呵脱脱禾孙每使臣
底驰驿呵要了者麽道聖旨有来如今来底使臣脱脱
禾孙搜人一處搜呵篤蠻對本院官奏說沿途上来的呵有江
南来底客官每也多有似較没體例的一般麽道聖旨了也欽此
又至元十六年十月初四日御史臺准御史臺咨承奉中书
省劄付據樞密院呈七月十六日内裏有時呵里陳左承
使来的使臣呵篤蠻對本院官奏說西南官每也都要搜

四七九

〈典章三十六 兵部三〉 十六

東西奉聖旨先頭言語来底休搜者要了東西回也者欽
此具呈照詳欽依聖旨行下合屬照會施行准此照得先
准中书省咨欽此都省已經劄付脱脱禾孙盤問使臣至
元五年二月初十日中书右三部承奉中书省樞密院制國用使司應铺
聖旨今後朝廷諸王并中书省發劄子數目外但有多添
副馬使臣等驗各管官司元發劄子並有多添
铺馬者仰本處官就便將元去使臣捉拿步行差人監押
前来及各處脱脱禾孙好的盤問無却將海青牌並劄子並無海青
牌面騎铺馬人等若無却將海青牌並劄子並
盤問不著放回去呵脱脱禾孙有有罪過那甚麽欽此

**站官不得離驛** 至元十四年四月二十九日通政院咨四月
初三日忙阿剌太子位下来底塞連都塞兩個奏豐州
底站裏呵站家頭目没有等候才多時有不来上頭分
官人每根底喚將来問呵他每自由在底行有隨道
這般怠慢如今来問呵他每自由在底行有隨道
俺尋思已後息怠慢做罪過来呵打了打了著交出去呵勾
聖旨呵為思已良一久根底說者這般這般
已在前既曾怠慢呵如交他站裏意做勾當若
站旨一番遲慢来呵打了了則俺每這般
這般息慢如今底的勾當若
當的人這般奏呵奉聖旨那般者欽此當院除已差官前

五二五

〈典章三十六 兵部三〉 十七

**站官看守官物** 至元十六年十月中书省通政院呈上都
路申失八兒土豪家友站木赤溫僧奴招茺偷盜
甘結文狀保結申覆外咨請欽依施行
去取問及行下站赤須要從朝至暮毋得輒離站各取
本院聞奏過已正典刑除將犯人分屍發下西京北京
等路隨遞曉諭外如今後官物到站時暫停住於館
舍内頓放日夜令本站官百户人等在意看守無得違犯
如違依例處死將站官百户人等斷罪

**招敕外站官不得妨官務** 至元二十九年七月十九日通政
院欽奉聖旨條畫内一款該除招敕迎送其餘並不
得迎送祗待以妨公務欽此照得近年以来諸處官司依
前迎接多有擅差站官兀剌赤人等騎坐铺馬迎接預先

## 選取站官　<small>見官制站官創</small>

走報因而損壞馬匹毋得似前違錯

典章三十六　兵部三

三十九

十八

---

# 站戶

## 禁約差役站戶　二欵

皇帝聖旨行中書省官人每根底行樞密院行御史臺宣慰
司官人每根底廉訪司管城子的達魯花赤每根底火失
不花將來蠻子田地裏有的站戶以來如今管民官每要差
當站外不揀甚麼差役有自立站以來除
役有忙的不忙的使臣每都騎鋪馬有麼道如今管民官與差
忙的根底鋪馬不揀忙不忙的使臣每根底差役者道來這般宣諭
每站底除當站外不揀誰休重科差役者
了呵不忙的騎鋪馬的站戶每根底差
罪過者聖旨俺的蛇兒年三月初六日奉羅勘火失溫有
的時分寫來大德元年湖廣行省劄付據通政院呈本院

典章三十六　兵部三

十九

五二九

官奏奉聖旨分院前來鎮江置立整治江南四省站赤除
欽遵外後站戶人等往往赴院陳告各路府州司縣差充
里正主首雜泛差役就誤應當站赤於至元三十年三月
初六日奏奉聖旨節該站戶每除當站外不揀誰休重科
差役者這般奉聖旨了呵重科差役底人每有罪過者分
近據平江路管下水站戶赴院陳告承充里正主首外若
不再行移各路欽依已降聖旨事意禁治誠恐其餘路分
亦有似此重複差役騷擾站戶日漸靠損深為未便合將
元奉聖旨全文重錄在前呈乞行下合屬欽依施行

**元簽站戶不替**　元貞元年三月二十三日通政院奏站戶在
先薛禪皇帝聖旨裏籍冊裏入去了的休交出去者麼
道聖旨有來如今有氣力的站戶出去了呵站赤倒斷了
的般有氣力呵站戶不交出出依著在先聖旨體例只教

五四六

站戶別投戶事

當站呵怎生奏者那般者聖旨了也欽此

大德二年正月通政院上都通政院咨據
栢州至昌平土站達魯花赤申照得各站額設車正貼人
戶有近上富實有丁力站戶避重逐輕或弟或兄擅自將
本戶分房家口一面呈獻諸王位下隱占或投充人匠校
尉等戶不肯當役人戶應當站戶誠恐不於本處相應
例轉轉投屬別管官司至日倒斷站赤事繫久而爲
湯站申亦爲此大德元年七月二十一日奏過事
內一件站戶每根底下大王每根底妳每根底怯憐口
裏匠人校尉那裏入去了的有如今那般入去了的每根底
和那各投下的頭目每一處分揀著當站呵怎生麽道奏呵
也者無省聖旨自意入去的打了父當站呵怎生麽道奏呵

分間站戶事

五六九 《典章三十六》 兵部三 二十

重打了回與者麽道聖旨了也欽此

大德二年三月御史臺承奉中書省劄付通政
院奏過事內一件漢兒田地裏有的站戶富的窮了也窮
的富了也這底發差發覷了貪的富的分揀當差發呵怎
生麽道奏呵那聖旨了也欽此

體覆消乏站戶

大德五年五月行御史臺准御史臺咨承奉
中書省劄付通政院咨照得大德二年十月二十四日准
鎮江通政院咨各省消乏之站戶請照得大德二年十月二十四日准
此於大德三年正月初七日聖旨江南有的塔海爲頭官
人每根底說將來定奪交替頭裏補喚呵怎生麽道奏呵那般者麽
在先行省官人每替頭裏補與來如今省家官人每根底
說將來定奪交替頭裏補喚呵怎生麽道奏呵那般者麽
道聖旨了也欽此已於二月二十九日具呈都省行移各

省欽依施行去訖至三月十一日准兵部關該承奉中書
省劄付通政院呈准江南分院咨各省消乏逃亡站戶都
省劄付通政院呈照得大德二年十月二十四日准江南分院咨各省消乏逃亡人戶
定除已移咨各省委行省开併體覆明白擬
今准本院咨得此移咨各處行省逃亡消乏站戶始初有司
司元額不惟相應戶內簽補裏將各處站赤逃亡消乏站戶
實即於相應戶民兩便當院咨補裏除明白不失官是
今准本院咨得此移咨各處及二年未經簽補明
斷站赤事係利害照得各便腹裏除明白不失官司
白至日咨事見得各處站戶須於額內除令體覆明
始自本院奏准至今移及各處站戶如又令體覆明
稅江南補戶腹裏簽替將各院咨請早爲會議聞奏
廉訪司疾早體覆實爲便當院咨請早爲會議聞奏
通奉等馳驛前赴貴院咨請早爲會議聞奏施行准此於

五七七 《典章三十六》 兵部三 二十一

大德四年十二月二十一日奏臺子田地裏有的消乏站
戶每猪鼠年奏呵替頭裏百姓每裏頭補換與麽道聖旨
有來行省官人每行省家官人每體覆者麽道文書與將
去來行省官人每又交廉訪司官人每體覆有麽道聖旨
今省家官人每體覆回將文書來呵見役的站戶每怎麽那
裏那裏相應的百姓每裏頭補喚呵怎生麽道奏呵那般
道有比及體覆回將文書來呵是實消乏是實站戶每猪
道有來如今省官人每又交廉訪司官人每體覆有麽道

五七八 《典章三十六》 兵部三 二十二

大德六年十一月江浙行省劄付據通政院
馬遞運站戶衆告路府州縣將富豪戶討放免止憑鄉司正
人等供報多有虛裝或產去稅存及苗米數少勾充里正
荊官忻都承信呈前來浙西補換消乏之站戶常州等路水

主首妨誤當站等事即目各處將站戶不問餘糧多寡一
概差充里正主首應當難泛差役若蒙詳酌以站戶餘糧
當差者亦宜定與石數則倒免致一概差擾靠損消乏不
便具呈照詳得此照得近准中書省咨御史臺呈行省咨
太平建康路站戶告稱但有餘糧當差不問糧數多寡一
例勾充里正主首倒許令有餘糧若干以上石數者通
白定與則倒例放令一概動搖此係江南各省通例咨各處
下者不當免放此行移各站講究回申取據以餘糧當差亦宜明
明白准此行移各站講究回申取據以餘糧當差亦宜明
元簽水馬站戶依驗苗糧七十石該馬一匹四十石該舡
一隻水內有數內有獨戶充當或數戶合湊應當田糧多寡若是
倒應當主首有獨戶充當或數戶合湊應當田糧多寡若是
同似難一體立定石斗則倒應當今擬各處站赤除富站

《典章三十六》兵部三

三二

五、八八

大德十一年九月江浙行省准中書省咨御

田糧外所有餘糧比附本鄉都有田納稅不以是何戶計
內照依科糧鼠尾驗田數多者從上挨排輪流應當似爲
均平移准都省咨該送戶部照擬得行准江浙行省所擬
同處買占良民田土不當差役擬合與有妻室僧官一體
中間若有不應令此甚衆若不分揀深爲不便得此送戶部照
當差江南似此甚衆若不分揀深爲不便得此送戶部照
得至元二十八年欽奉聖旨節該漢兒蠻子每一等狡猾奸
修行的體例倒離家寺裏坐地有如今有一等狡猾奸
火臺呈江南行臺咨戴如杭州路仁和縣土豪沈楊善元
係籍定馬站戶在後簪戴道冠求充崇德州道判與妻妾
友人怕當差發剃了頭髮與媳婦孩兒每一處住有自
己身不干淨怎生告天祝壽有媳婦的和尚先生交做百

姓當差又照得大德八年詔書內一欵軍站民匠諸色戶
計近年以來往往投爲僧爲道影蔽門戶苟避差役若不整
治久而靠損貧下人民今後除色目人外其願出家若
本戶丁力數多差役不闕及有昆仲傳養父母者赴原籍
官司陳告勘當是實申覆各路給據方許替剃違者斷罪
勘令歸俗欽此本部照得沈楊善原籍馬站戶計在後求
充道官妻室同居而避差役擬合欽依今沈楊善依舊應
當差役相應得此咨請依上施行若有似此人等一體禁
治省府除外仰照驗施行

《典章三十六》兵部三

三三

二、〇三

# 給驛

給降補鋪馬劄子

至元十九年四月初九日中書省欽奉聖旨有人說禿博田地裏多有您省家文書裏騎補馬的人行有欲此回奏則不是禿博田地裏您省家鋪馬有又俺每催趱課程錢糧一切公事差人去呵都省有更有一兩箇常川騎鋪馬劄子與了的也多有外前行省家騎鋪馬呵省家的自雖這般呵您商量者今後您省家休與鋪馬文字者遠裏與聖旨欽此

禁行照不得給鋪馬劄子

至元十九年六月中書省奏過事內一件江南行省行臺按察司宣慰司各路總管府諸衙門宮人每差使臣呵他每出給鋪馬劄子有奏呵使行文字省諭休教行者聖旨了也欽此

五三一

臺省出給站赤劄二欵

至元二十三年十二月十一日中書省奏過事內一件如今騎馬根底與聖旨忒多了有俺省文書裏交去有出水路裏去的虹有與聖旨忒多了有俺省奏呵那般者麼道聖旨了也欽此

至元二十六年八月二十八日奏過事內一件如今軍情勾當裏使奧人呵在先與的牌子關少有再兩箇差使圓牌索將去也俺商量得

書省咨該至元二十六年閏十月福建行省准尚書省咨該至元二十六年...怎生麼道奏呵那般者麼道聖旨了也欽此

今省但帶牌子的賞奉聖旨差呵牌子不索與您依著他每索將來的與呵怎生麼道奏呵那般者麼道聖旨了也欽此

外拿著行的你的印信文書裏行者麼道騎鋪馬聖旨了也欽此

《典章三十六　兵部三》　二四

---

# 使臣與印信文字乘驛鋪馬

至元二十九年御史臺劄付據監察御史呈竊事緩急給降符信文字施行移准御史臺咨奉尚書省咨至元二十九年二月十七日奏過事內一件行御史臺與將文書去年拿了的喪哥後上位差底使臣每設御寶聖旨沒官人過底人根底印信文字口傳聖旨差使臣每要罪過底人每有有罪過真底人根底人房子斷沒底人也有封了人房子斷沒底人也有這般者御寶聖旨假假分揀不得遠其間裏要徵說謊的有去也有去這般者麼道奏呵那般者麼道聖旨放了的人來麼道奏呵是有那般者麼道御寶聖旨那箇人那般者聖旨商量得今廢道聖院奏呵那箇口傳聖旨放了也欽此

印信文字乘驛鋪馬

至大三年五月行臺准御史臺咨奉尚書

五八

書省劄付來呈淮西廉訪司申追照得廬州內為益寺造虹行卷內至大三年三月十六日有安豐路高府判違限未到蒙宣慰司提調官見將本路張經歷問罪為此差錄事孫徵事馳驛前去安州催併及差官呈前去六安州收買生漆應付站馬前來報稱本路長押官違限未到蒙宣慰司提調官見將本路印信文字應付鋪馬前去如此體倒其餘諸衙門亦有似此違例給驛起數據當該欽奉聖旨益寺緊切事理止用本路印信文字除已取當該首領官吏招伏若便議擬在前並不曾斷過判署正官亦每一體究問本臺看詳准西廉訪司所言宜政院關該合令合該部分定擬仍取各處疑合止騎長行馬匹餘准御史臺所擬取問禁約相應准

五四九

此本部參詳廬州不應止別本路印信文字差妻錄事孫

徵事等前去和州等處催辦公事既係至大德二年十月

十七日詔已前理別無定奪今後事輕遇緊急必須差人

馳驛者欽依已前聖旨意施行毋得止用印信文字乘

騎鋪馬如有遣犯取使與官司並取招伏驗事輕重定罪不

出本境催辦差發者依准御史臺通政院所擬止騎長行

馬匹如蒙准擬移各劄付本部遍行遵守仍令御史

臺體察相應具呈照詳都省咨付各省劄付本部遍行施行

凡於所屬官司毋使因而煩擾

**給驛置歷挨次**

格內一欵諸事應差人給驛雖有不應給驛而給者隨即究

歷開附每季申報合過上司有遵依元降起馬聖旨皆須置

〔典章三十六 兵部三〕　廿六

呈奉省判御史臺呈陝西行臺咨西屬四川道廉訪司准

申本道廉訪司曹少中牒見四川站戶多係凋弊貧民

三十餘當鋪馬一匹每馬匹不下中統鈔一十餘定又況山

路崎嶇每站相去百有餘里其馬馳驟易於困之死損

官司不曾立法恣任弄權將富勢之家馬匹作弊歇

開其貧弱者連日差遣以致死省馬匹消乏站官近因成

都屬州驛站馬倒死數多處有此弊體問得本站設馬七

十六匹除日逐起送使臣外小鋪馬日差二三匹止有走

遞鋪馬歷一扇別有差撥小鋪馬六番或四番三番卻有止

亂差遣不曾遍每匹每走自三月初一日至七月六番或四番三番卻有止

得本站遣馬數每匹如此偏重不均除另行外省會本站自五月

差一二番者如此偏重不均除另行外省會本站自五月

---

初為始置總差文簿一扇附寫馬數凡遇起馬照依元附

文簿一扇附寫馬數凡遇起馬照依元附文簿自上而下

挨次點差仍每匹出給合印一張并置勘合簿一扇

於貼簿上該寫某人馬匹是何使臣馬人夫收管遞送其站

今各牌依上置押須要周而復始輪流遞送不得越次編重

官日逐書押須置歷附憑准上置簿附寫過責付養馬人夫收管遞送其小

并差遣每旬結附本站官查憑准上置簿附勘又小

鋪馬赤挨次輪差三日或二日交換俱依上置簿附寫

每旬結附以備查照近來追到元置文簿相同當職看詳成

六月終亦說兩箇月元說馬數走遞每匹不過四番尚有至

止富三番差遍者較之在前未置文簿之前者數減半

富二十日中間亦有已

咸得其平而偏重靠損之弊又恐不實再行差官問得

〔典章三十六 兵部三〕　廿七

委是均平及查照本站元置印貼文簿相同當職看詳成

都府站置立總要去處調官親臨提調弊且如其他各

路所屬此弊不無今查照到本站三月初一日至四月

終未曾遍者查照得前項差馬數次數并今次復照

驗准此本臺看詳若非所言便益其中乞明降詳照

堂鈞言送兵部照擬得前事此移關通政院依上照擬去

後今准本院關照得該差馬赤雙明附車馬杠累經

提調所管站赤置簿之前元差馬匹次數并今次咨呈不

致偏負今准前文當院看詳若非連呈本事理累經移關通政院依上照

擬遍行照會禁約相應具呈詳都省除外咨請依上禁

治施行

## 剳上賚賞二千里外騎鋪馬　至元十七年三月行御史臺准

御史臺咨至元十七年正月十五日字魯答兒中丞等
敝過皇太子事理內一件俺的按察司上任去時騎鋪馬
有來時五月裏要答察兒奏這遷轉的官人每來去站裏騎
鋪馬有今已後休交騎鋪馬阿怎生奏阿那般者麼道聖
旨有來如今俺每商量得蠻子田地裏河西田西川京
兆道般差將去的官人每自己氣力裏去去阿去不一般
二千里迤外田地裏差去的教長行頭
口裏去令旨那般者欽此

又皇慶元年五月江南行臺准御史臺咨
二十七日奏過事內一件在先薛禪皇帝時臺裏行臺裏
廉訪司裏之任的官人每二千里之外驗看他的品從
與鋪馬來如今上位根底奏了臺裏行臺裏廉訪司裏之
任去的官人每有呵依著在先行來的體例就起程處
與鋪馬阿怎生奏阿那般者麼道聖旨了也欽此本臺咨
請欽依施行

五、五一　《典章三十六　兵部三　二八》

## 乘坐站船鋪馬例

至元二十三年三月初三日御史臺官奏
過近日昂吉兒教奉過按察司官人每鋪馬裏行呵水路
裏不行旱路行呵交百姓生受有麼道奏呵玉速帖木兒
根底說者麼道聖旨有來俺商量了合水路行底田地裏
水路裏行者合旱路行的田地裏教鋪馬行呵怎生奏
呵奉聖旨那般者欽此

## 之任鋪馬站舡

大德三年二月江西行省為兩廣福建之任
官員所受宣勅欲便赴任告給鋪馬站船合
無應付移除人員賚所受該照得遠方之任官員如遇河水
結凍及不通水路去處都省給付鋪馬聖旨前去若水路
通便剳付兵部行移通政院應付站舡至有不通舟楫地
面所在官司依例應付鋪馬咨請照勘明白文憑依例施
行

## 使臣起馬數目　大德五年正月

通政院呈蒙古文字譯該鼠兒年九月二十六日湖廣行省上位奏
并名衙門差去的使臣五箇六箇家鋪馬行省家鋪馬行
為那上頭生受有今後兩箇三箇四箇鋪馬以上官人每
斟酌的來的交與四箇鋪馬以下官人每不奏了休與呵怎
生麼道奏呵那般者麼道聖旨了也欽此

## 遠方病故官屬回還腳邊　延祐七年十一月欽奉至治改元

詔書內一欵雲南四川福建廣海之任官員已有給驛定
例到任之後不幸病故抛下家屬無力出還窮困遠方誠
可哀憫仰所在官司取勘見數應付元去鋪馬車船仍給

二、九九　《典章三十六　兵部三　二九》

行糧遞送還家如有典賣親屬人口並聽圓聚價不追還
永為定式

# 鋪馬

## 鋪馬禁馳驟四

至元五年四月中書右三部承奉中書省劄
付有線真官人傳奉聖旨道與中書省并制國用使司官
人每兩番有人來說用鋪馬馳遞段匹北去有令後但將
上去底段匹鋪馬馳教軍子裏來者欽此

據御史臺備山東東西道按察司申照得各站官員應起
鋪馬自行出給有品同起馬多少不一別無定例乞通行
定奉本部議得除有下項定例匹數止合依舊乘騎外據
隨路官員若奉特旨或省部明文及急速公事應給者
照舊例三品五匹四品五品四匹六品七品三四八品
以下止給二匹省府准擬除已劄付御史臺照會外仰遍

四七二　《典章三十六　兵部三　三十

行合屬依上施行

一隨路總管府監捕蝗蟲鋪馬戶部元行達魯花赤總
管三四同知治中府判二匹

一隨路運使每季差押運官一員赴都從納
課稅驗元給劄子起馬二匹既運司革罷總管府依
例送納

一各路交鈔庫官庫子赴都闕關支鈔本解納昏鈔鋪
馬已有定例各路總管府就給劄子起馬二匹

一隨路局院納段匹雜造軍器等生活各路就給劄
子應付押運官馬一匹

一隨路府運司衙門每歲差發計撥稅糧考較課程人
吏各就路給劄子起馬三四分 既運司併入總府亦
合依例騎坐

---

一隨路係官投下局院每年差人赴都及於他處關支
物料起馬匹上年不曾馳驛者不在此限

一隨路差人根挨急遞鋪遺失損壞文字本路就給劄
子起馬一匹

一隨路差人押運進呈御膳野物本路就給馬

一隨路運使馳運鹽引驗斤重給馬今既改立都鹽使
司亦合依例應付

## 軍官起鋪馬例

至元八年十一月
日御史臺據山東東西
道按察司申照勘得山東路統軍司出給劄子起過鋪馬
為差官歸問公事取發年銷紙劄等勾當別不見軍中勾
當公事人員乘騎鋪馬定例乞照詳事屬此呈奉到尚書
省劄付樞密院定擬得除取發年銷紙劄歸問詞訟合騎

五一五　《典章三十六　兵部三　三十一

鋪馬依隨路例外據軍官并軍中差委勾當及出征官員
等既係軍情不同其餘公事難以定擬得此送兵部照得
益都路樞密院報到至元七年冬季鋪馬劄子起數內各處
元帥府在先俱各自起鋪馬劄子差官往來勾當軍情糧
儲一切公事每季起鋪馬二匹三匹四匹不等公議得沿
邊萬戶有軍情急速公事差人分頭諸處去者各許騎
坐鋪馬一匹統軍司并都元帥府必合差委人員直赴朝
廷省部樞密院或各處勾當軍情要速事務合依例止令統軍司都元帥府
過二匹所有起馬劄子擬合依止令統軍司都元帥府
就便給付似為便益外據差委官各處歸問軍民詞訟取發
年銷紙劄騎坐鋪馬隨路別無如此體例所有軍官及出
征人員自有梯已出備行馬匹難議馳驛省府准擬除
已劄付樞密院依上施行

**貼馬在家喂養**

至元二十八年八月江西行省照勘各處所
立站赤依驗驛路緊慢說定鋪馬匹數應付使臣人員走
遞在後為恐見在站馬不測病故輦勒本戶預置貼馬一
匹在家喂養以備補換得知管站頭目俱係
除正馬一匹在站當役外又令將在家站馬拘在站內常
喂養之須又加倍站戶安得不壞即目朝廷資之鞍轡
猶自消乏難供今添一匹其每歲倒死買及鞍轡較計
添訖鋪馬一倍江廣閩海本不宜馬怎生死馬物力止養一匹
川拴繫與正馬一體輪番走遞以此計之每站馬走
遞外據貼馬并仰本戶在家喂養站司不許拘留入站
役違者治罪

**拜見鋪馬**

五八九

《典章三十六 兵部三》

至元二十七年五月十五日奏過事內一

件雲南等邊遠田地裏有的歸附人每拜見來呵鋪馬裏
上來有拜見的馬匹呵百姓的草料百姓每應付與呵又有
差牽馬人夫沿路站赤百姓每受有呵一匹馬那田
喂養的須又算呵一匹馬那田地裏到這裏呵草料有呵
地裏拴繫呵兩三箇新歸附的百姓有沿路有呵
站赤每喂生受有廢道說有今後再行拜見呵
有鋪馬裏者呵每自己氣力裏待人來的一
與草料在先曾拜見馬匹呵斟酌與他
他每有廢道商量來若不那般拜見馬來的人的
每騎的鋪馬者有拜見馬呵沿路裏百姓喂生受的一
般有廢道者呵那般者廢道聖旨了也欽此

**罰陣人員休與鋪馬**

元三十年三月初五日也可怯薛第二日朵羅歡失火溫

江西行樞密院准大都通政院咨於至

---

奏過事內一件火失不花奏將來者月的迷失根底有罪
過將去的人那壁廂草賊生呵月迷的失馬呵都著站
家鋪馬行有後者呵怎生將去者呵道聖旨了也欽此

**經過州縣文移鋪馬**

至元三十年五月通政院准大都通政

院咨據經歷司呈奉兵部符文移通政院
呈馳驛使臣人等公幹到於雲州合騎鋪馬於龍門
口并赤城站取發鋪馬其各站不應付步行趁將去者呵不應
衙門應付呈背離站道幹辦公事合於各站幹辦
依例應付馳驛人員背離站道幹辦公事今經過州縣
人員背離站道寫遠去處幹辦公事令經過州縣依例倒
換鋪馬連送兵部移通政院照會施行准此照得近為江西行省行樞
依奉都堂鈞旨事意施行

五七四

《典章三十六 兵部三》

至

密院等處所差人員於始初站赤起馬幹辦公事經過去
處不行倒換往回騎坐三四十日才方還站亦有倒死馬
匹數目爲此移准大都通政院咨至元三十年三月初五
日也可怯薛第二日朵羅歡失火溫奏過事內一件火失
不花奏將來月的迷失的迷失人每的使臣草賊等勾
當走遞呵離了月的迷城子民戶裏頭不換一月四十
日來往行有根腳裏經過站裏城子民戶裏換者廢
當裏走遞者廢道奏呵那般者廢道聖旨了也欽此移准

**分揀鋪馬駝馱**

二十日本院官奏過事內一件和尚使臣每站行呵重
驢馱將著行呵馬每倒死了有依在先體例裏一百斤餘

行省准中書省咨通政院呈大德六年正月

## 鋪馬不搬違諸物

上不交駝呵怎生麼道那般者宣政院官人每分揀者麼
道聖旨了也欽此

大德七年三月江浙行省據通政院呈哈
迷等齋劄忽真妃子懿旨一道起馬五匹前來杭州泉州
等處催辦等人畔襖等物別不曾經由通政院例給別里
哥亦無所齋都省咨文若便當攔緣各人指說見有齋典
與江浙省官人每添當懿旨一道又照得諸物省咨照准大
德六年五月初六日奏奉聖旨節該諸王位下合關五戶
系歲賜段軍器搬運呵官司脚力搬運其餘諸物無搬運
的體例欽此今准前因咨請照驗欽依施行

〢典章三十六　兵部三

三四

## 打捕鷹房濫騎鋪馬

大德七年三月江浙行省准中書省咨
通政院呈打捕鷹房總管府出給文憑付忽都不花等於
平江十字萬戶府達魯花赤和尚於本路管下地面西山
鎮江路黃山等處地面打捕鷹速起給鋪馬即係不應人
應付馬匹移咨行下合屬禁治希咨回示都省議得萬戶
數難以應付施行間平江路申除專一鎮守管軍官之職卻齋鷹房
府達魯花赤和尚即除希咨行下合屬禁治打捕掏摸鷹速
總管府文字於有主山場地面打捕掏摸鷹速濫騎鋪馬
合准行省所擬禁治咨請照驗施行

## 納鷹鶻鋪馬

大德八年四月十三日欽奉皇上聖旨中書省
官人每奏近年有各處不係掊摸納鷹人戶因爲已身勾

---

## 近行休奏鋪馬

當指納鷹鶻爲名收買鷹鶻騎坐鋪馬取要分例納倒不堪
鷹速將這人每禁斷的聖旨交行呵怎生麼道這奏來今後
大數目裏依那體例裏招摸鷹鶻的人戶已有
定例只依那體例裏招摸鷹鶻的外不揀誰也爲
已的勾當使見識體納來者除這的外咱每根底堪中觀的
有行省管城子的官人每根底委實好鷹鶻有呵他每
根底顯驗的人書與者與鋪馬交送來道來這般宣
諭了自意了自己的勾當行省官人每相驗者欽此
者麼道省諭禁約呵奉聖旨那般者欽
此

〢典章三十六　兵部三

三五

大德十年
正月二十六日奏大德十年內一件外處做官的人每因著自
己的勾當推稱事故的休教奏近行的人每多有似那
一等人每奏呵奉聖旨那般者欽
此

## 不許濫差鋪馬

大德十一年九月江浙行省准中書省咨兵
部呈准通政院咨會驗大德十年五月十六日欽奉聖旨
條畫內一款諸處站赤消乏蓋因諸王駙馬公主於內外
官府不許事體緩急之務必合乘驛者毋得濫差欽此除遵
依外今略與大德十年八月二十七日江浙行省差蒙古
必闍赤薛居信進賀天壽節表章起馬一匹十二月十九
日本省差宣使脫脫木兒送納長生麪起馬一匹四十一
日本省差宣使張顯解納綿貨起馬二四二十三日本省差

譯使完者禿進賀正旦節表章起馬二匹得此照得上項
公事雖是必合差人中間起馬多不一循情不允及江西
湖廣等處行省押物計裏公事宣使俱遠遠省
濫差富院讓得今後各處行省如遇差遣必合乘驛二匹事屬
職官若差遣必合乘驛二匹不惟減省
照驗轉呈中書省參詳上項事理如准通
鋪馬寶革濫縣差之弊宜照詳准此本部議得除軍情緊急重事及
政院所擬相應具呈照詳都省議得各省照會必合相應咨請
雲南四川甘肅和林極邊咨去處必合差遣乘驛者許給鋪
馬二匹餘准部擬除外咨請依上施行

## 各官取租與鋪馬

部呈准通政院關院使丞元年九月江浙行省准中書省咨兵

與了各官田地取租子去的人并與了錢物取去的迴去

《典章三十六 兵部三》
三六

## 鋪馬駄酒

五、七七

的都交要騎鋪馬去如有今站赤生受今後休與鋪馬
怎生麼道聖旨奉聖旨休與者麼道欽此
延祐四年七月行省准中書省咨御史臺呈淮東
廉訪司延祐四年正月三十日有御位下徹徹都哥丁
起馬四匹前來楊來也里可溫十字寺降御香賜與功德
主叚酒等至初二日有脫禾孫吳也先齋到崇福院
元差苫思丁等劄赴司覆說苫思丁差劄內別無御賜
酒醴照得崇福院奏奉聖旨奧剌憨驢各與一表叚子
別無御賜酒醴看詳為治之道必先信其賞罰之道尤宜
重其典禮聖天子宗戚勳股肱大臣勤勞王事者特加
御賜幣帛酒醴等物以旌其功理所然也彼奧剌憨者
阿溫氏人素無文藝亦無武功係楊州之豪富市井之編
民乃父雖有建寺之名年已久矣本以影射差徭營求忽

---

察宣慰等包辦酒課貪圖厚利害衆成家取詭招伏擬決
五十七下申覆憲照詳來奏明降欽遇詔恩擇免後之此
輩未嘗御前近侍又非闒閧之家聖上非不知識今崇福
院傳奉聖旨差苫思丁等起馬四匹齋前來楊
州傳奉聖旨恩賜苫思丁等乃無功受賞況崇福院為
此本司今抄崇福院差劄不見功德端的每申詳照得此
意內別無御酒劄欽此又照得中書省於皇慶
二年正月初十日欽遇詔赦欽此又照得各處差去的使臣
并酒酒將去呵謊說是上位賜將去的麼道說的人多
有麼道聽的來也有咱每與這般謊的將
酒并酒將去呵謊說是上位賜將去的也者似這般謊的將
將去葡萄酒呵好生計較者麼道根底烈赤根底傳聖旨
葡萄酒并酒去的好生計較者麼道根底烈赤根底傳聖旨

《典章三十六 兵政三》
三七

來俺商量上位知識的外路官人每根底若上位誰根底
賜將葡萄酒并酒去呵交宣徽院與兵部印信文書呵卻
交兵部別里哥文字憑著那別里哥文字有的脫禾孫每盤問了留下
兵部別里哥文字的沿路有的脫禾孫每盤問了留下
將去葡萄酒標者他每姓名說將來了也欽此皇慶二年
罪過呵怎生奏呵那般者麼道聖旨了也欽此皇慶二年
二月二十七日啟今後太后可憐見不揀誰根底賜將葡
萄酒并酒去呵徽政院與兵部印信文書呵怎生麼道這
依這體例行別里哥文字呵兵部印信文書呵卻
御香酒別無所據見申本臺看詳崇福院官當元止是奏奉
例緣係延祐四年正月初十日已前事理後如有似此違
例者擬合欽依聖旨慈旨事意施行仍令合干部分再行

五八九

照會相應具呈照詳得此部省咨請依上施行

三十四

典章三十六 兵部三

三十八

---

# 長行馬

夏冬月長行馬料　至元三十年九月福建行省據建寧路備
城西站申回任官員長行馬匹不見坐到每匹日支
穀料數目合無照依收拾馬匹料各不見坐到每匹日支
照得先准尚書省咨馬匹料穀例日支五升乞明降事
匹料穀五升至七月終住支各月自六月一日為始至下
年三月住支今申即係一體事理仰照驗依例施行

長行馬草料　大德二年正月福建行省據本
院經歷呈備常州路在城馬站申江浙行省委鎮守杭州
潁州萬戶府百戶郝閏騎坐長行馬二匹千戶買英騎坐
長行馬五匹正分例外從人三名本站應付訖分例各人
取要長行馬匹草料在站頭目人等這道係管民官司應

典章三十六 兵部三

三十九

付各人徑將本站官拖扯唾罵行打為見如此凶惡分付
百戶徐與於舖馬草料內減尅應付了當署自九月初三
日至十三日有各處差官一十六起長行馬四十三匹除
應付正從分例外據長行馬匹俱於舖馬草料例皆四月
付去訖呈乞照詳事得此照得長行馬匹草料例皆四月
初為始支十月一日放支若支設若干草料內應付體例
民官司取要別無經落站赤於馬戶供給草料匹
擬合著落各官追陪今後若有差出人員合得長行馬匹
草料於差去官名下開寫該支付似望不致侵擾站
戶呈奉江浙行省剳付照得逐年例分付長行馬草料
軍人差剳內明白開寫差去官飲食時月支給本站緣何卻
過州城站赤依例應付各官長行馬草料省府除已行上常州路
於九月內應付各官長行馬草料省府仰照

五、四八

照勘在城站九月內應付過取軍官長行馬匹草料數目
申省邊陪外合下仰照驗取問本站不應支九月分長行
馬草料招伏就便究治施行

長行馬草料休與大德六年正月二十二日奏使臣每西番
信人每站裏行呵著騎鋪馬將省長行馬行有要草料有
更長行馬裏行的站裏要草料有麽道奏呵休與者麽道

**典章三十六** 兵部三 四十

---

# 船轎

緩慢使臣與船轎至元十七年七月行中書省准中書省咨
議得今後差去江淮勾當使臣人員除海青使臣及軍情
勾當禁急公事使臣人等只令乘騎鋪馬前去餘者緩慢
使臣自濟川水站為始乘船前去已咨通政院行省施行
去訖即目江淮等處之任官員為應付鋪馬到於水站接
各乘船前去除已剗付剗子上譯寫外恐脫脫人員到於
人員不行用心辦驗卻將合乘船人員應付鋪馬事有違
錯除外請行下合屬施行

納錢物起站船至元二十九年二月江西行省准中書省咨
湖廣行省咨湖北宣慰司呈淮山南湖北道按察司牒奉
行臺劄付江淮行省所委官安豐府達魯花赤孫禾蒙尚

**典章三十六** 兵部三 四十一

書省右丞相鈞旨省會如今聖旨裏道鋪馬勾當在先相
哥為他家私的勾當中的不中的差人都騎坐鋪馬今後
教休這般行如今完澤你做我的言語由者鋪馬
的勾當用心者三兩裝勾當呵省一筒使臣來呵偏不了
也甚麽其餘納物都交船裏來者欽此

設立水旱站至元二十九年八月中書省據福建道宣慰司
高興呈海外諸番進獻官物都把福建地面裏投北去若
於泉州為頭起立水旱站赤接連鉛山州沕口下船由大
江至真州過淮沂裏河直大都交卸便當據旱路人夫擬
於亡宋舊有替閑鋪兵取勘見數發下應役如是不敷於
銅軍并附土軍內標撥等事都已經剗付通政院差官
與本省一同依上設去訖據樞密院呈江南見有軍人
俱各分布地面鎮守別無欬開軍數本省議得先儘亡宋

舊有替閑鋪兵官給口糧如是不敷於相應苗中
下四石之上戶簽鋪船戶照見役站船例船首湊
合苗米四十石補差發付各站通行管領具簽定戶數攢
造州縣村莊花名丁產文册畫圖貼說申省施行

## 任回官員站船

大德元年六月行中書省咨來咨
奏准福建雲南任回官員旱路裏行馬裏來到水路裏
應付站船欽此照得至元二十五年十月二十三日崔中
書省咨奏准任回官員飲食馬匹草料即今水路站船別
無坐例各品合得船數莫若照依都省已定飲食草
料體例三品以下與船三隻四品五品與船二隻六品至
九品及令譯史通事宣使人等與船一隻行李人數雖多
船隻不過此倒外據在任亡殁官員妻子亦合依付站船
官員品級依例應付飲食馬匹草料水路應付站船實為

五、八七

### 典章三十六　兵部三

罒三

兩便都省照得飲食草料已有定例今將擬到站船數目
開坐前去咨請依上施行准此照得至元
二十五年十一月十三日奏准福建行省官人每與將文
書來俺管府城子裏做官來的每根底馬裏遠道不肯來
如有今怎生般來的人每田地遠道自己的月日滿了
呵回來時分那根底要了解由文書分付鋪馬裏根底草料
行頭口裏那商量得他飲食草料一般有依著他
交與的道裏安下飲食交突著來呵怎生飲食要每馬的
每說來的站裏飲食交與他的一般有的這生麼道奏
呵那般者廉道裏也呵欽此今驗任回官員品級
議定今譯史通事宣使人等正從不過五人馬五匹四品
品正從不過四人馬四匹六品至九品正從不過三人馬五
三匹今譯史通事宣使人等正從不過二人馬二匹今後

---

回任官員就便出給文引開寫見授品級人馬數目起程
經過路分每起應付正官分例一名餘者粥飯長行馬匹亦
仰依例倒應付草料如所至去處即將元貞二年七月初六日所在官
司繳納解部准此又准中書省咨元貞二年七月初六日
奏過事內一件雲南福建省官人每鋪馬裏來到那
任去的官人每馬裏來到水路裏那怎生奏呵奉
聖旨那般者欽依外移咨都省到回任官員品
級合得站船數目開坐前去仰照驗依上施行一品二品
船三隻三品至五品船二隻六品至九品船一隻令譯通史宣使
等船一隻

五、八二

### 遠方任回官員

典章三十六　兵部三

罒三

皇慶元年五月江西行省准中書省咨四川
省咨任回官員舊例得代水路應付站船陸路應付長行
馬匹草料今後應付脚力科著百姓生受依舊應付官民
兩便又准江浙行省咨任回官員每船一隻旱路倒換站
轎一乘人夫二名今二品與船一隻得船一隻倒換站
八番順元等處擬合欽依已定品級官員應付相離大都七千餘
里若與河南腹裏官員一體自備氣力委是生受擬合依
例應付又據御史臺呈備各道廉訪司呈雲南福建兩廣
等處赴任官員涉歷險阻越江山道途遠至甚荒僻那
本處素無店舍賊人出沒任滿官員身故家屬擬合
還若令自備氣力伏慮廉潔之官既無資力是隨陷蠻邦
合無欽依先奉聖旨應付站船回還不負朝廷優恤遠臣

之意本臺看詳如准所言允叶與情送據兵部呈照得至
元二十五年十一月十三日奏過事內一件福建行省官
人每與文書來做官滿了呵回來時分解由文書要了沿
途站裏飲食他每的馬每根底草料交與他每安下飲食
的他每言語是的一般依著他每說來的站裏道與俺商量
草料交與呵怎麼道奏呵那般者麼道聖旨了也都省
議定三品以上正從不過五人馬五匹四品五品正從不
過四人馬四六品至九品正從不過三人馬三匹又元
貞二年七月初六日奏過事內一件雲南福建省官人每
與將文書來那裏赴任去的官人每一鋪馬裏有
呵長行馬來有為那般呵驀生受有又那裏做官去的
沒的呵息婦孩兒來有每出來不得說將來到水路裏呵
每出來時節旱路裏行馬來不到水路裏站船裏來

五八一
《典章三十六 兵部三》　四四

呵怎生奏呵奉聖旨那般者欽此都省議定一品二品船
三隻三品至五品船二隻六品至九品令譯史宣使等船
一隻又難兒年正月十五日祭乃平章奏江南做官去的
了滿月回來的站船裏又有聖旨裏宣喚來的也站船裏
來呵怎生好生生受有今後出來的到那個地面裏呵當
站船裏來了的也又至大三年尚書省議
來呵怎生麼道奏呵奉聖旨也交自已氣力裏
得滿月回來的的到那裏地面裏呵當了也若有
站船一隻至真揚大江為限其在甘肅四川依著例應付
脚力本部參詳遠方任回員并身故家屬如蒙欽依至
元二十五年元貞二年奏准事意照依已定品級旱路應
付長行馬匹草料水路站船出還本買相應呈照詳都省
准擬咨請依上施行

---

**官員之任脚力**　皇慶二年二月福建廉訪司承奉行臺劄付
准御史臺咨承奉中書省劄付呈保定路總管劉吉列
恩今除河西隴北道廉訪司合得脚力具呈照詳得此送
據兵部呈照得皇慶元年月日不等奉中書省判送御史
臺呈西川道廉訪司夾谷買住并羅羅斯宣慰司同知管
軍萬戶忻都等指鞏昌總帥府達魯花赤闊闊木例犬馬
之任站車批奉都堂鈞旨送兵部依例施行奉此除外照
得至大四年三月十八日欽奉詔書內一欵節該站外宣
乏盡由使客繁多失於檢察海青外應進獻鷹隼隻犬馬
等物並令止罷各處歲貢方物有司自有定額例其餘非
索不得擅進馬匹不應差使營幹已私罪及給馬投驗
下及各衙門鋪馬聖旨仰中書省定擬以聞諸賓物為驗
者今後無得給馬……王聯馬署正

五八七
《典章三十六 兵部三》　五五

官監察御史蕭政廉訪司常加糾察欽此本部議得雲南
甘肅四川各官之任鋪馬一匹至九品已有定例所據應
付裝載行李老小車輛別無定到通例往往告索遞運站
車品職不同多寡不一本部無以遵守似涉泛濫慮恐將
來倒斷站赤不便擬合今後行省平章府廉訪司都宣慰
管府之任車一輛元帥府達魯花赤宣撫司總
右丞參政一輛其餘宣慰司都元帥府廉訪司宣撫司總
管府之任站車赤不便外任今奉前因本站車係
訪司乞列吉思之任站車係是外任例不應付宜從都
省照會本臺相應具呈照詳都省咨湖
遵守相應具呈照詳得此覆奉都堂鈞旨連送兵部導上
施行奉此除遵依外今奉前因本部議得河西隴北道廉

**遠方官員丁憂脚力**　延祐三年十一月行省准中書省咨湖
廣省咨廣西宣慰司呈檢會到皇慶元年正月奉省府劄

付淮中書省咨該遠方任回官員并又照得大德九年三
月中書省咨御史臺呈記錄吏呈遠方任回及
身故官員家口脚力已有通例其有父母殁奔喪丁憂
及因病作闕卻自備脚力出還喪所緣爲例事理咨請回示
若貧薄無力留滯邊遠有失親喪甚可哀憫及
及此一體應付脚力議得湖廣行省咨廣西道宣慰司呈遠
准此據兵部呈議得湖廣行省咨廣西道宣慰司呈據旱路長
方之任官員父母殁奔喪丁憂因病作闕卻自備脚
力涉江河若貧薄無力留滯邊遠有失親喪甚可哀憫以
此參詳上項脚力合依行省所擬照依已定品級旱路長
行馬匹草料水路鋪站出還相應具呈照詳得
此都省議得遠方官員除因病作闕難准所擬外據遭值
父母喪亡奔喪丁憂人員照依任滿得代一體應付脚力
出還咨請依上施行

三、二四　　典章三十六　兵部三　　四六

---

## 押運

省剳付據處起運官物其所差押運人員往往不肯隨逐
車輛用心關防或令車輛先行自後根趕及或越程前去
安歇等候復有徑自到地訖住經十日或半月之上車輛方
行到來以此多至所押物貨沿途疏失損壞私下着落
戶喝車人等陪償不惟損失官物就取押運官物亦滋引
訟不便今後但有起運官物
要親爲根着押運書夜用心關防毋致疏失損壞都省仰
依上施行

**押運官須要根逐官物**　至元十七年九月御史臺呈中書省
剳付據各處起運官

省剳付據南京等路宣慰司呈據襄陽路申切見本路經

**押運不得相帶私物**　至元二十一年七月御史臺承奉中書

五、三一　　典章三十六　兵部三　　四七

過雲南四川諸部蠻官員管押進呈馬匹諸物於內多有
得替或因事赴上官員將帶梯己馬匹等物別齎把解發
明文具稱進呈名擅與前路官司呈狀或關牒倒行前
路於隨處擅取要人員飲食馬匹草料擡物擡馬人夫恣意
侵淩官司於所至之處爲是進呈之物不敢違誤其所物
貨未知是否進上一例支破官錢動搖於民如此朦蔽上
下俱無可見至甚未便今後遇進呈等物若令始自本處
官司明給申覆并押運人員差剳前路文字開
坐數目令經過去處依驗應付飲食草料合用人夫赴上
亦憑元解領之內似不枉負官物庶使於民夫各得
其益明白照寫合運官司看詳襄陽路所申若令行省等衙門
差剳明白開寫本司看詳襄陽路所申今後遇有進呈物件本處官
省照詳都省議得依准所呈今後遇有進呈物件本處官

司打角了畢點數箱籠包儀秤見斤重於押官差劄并關
文上明白開寫移前路應付脚力人夫遞運前來所司
驗數收受外據飲食草料依例施行

## 斟酌起運舖馬

察御史呈因公差至陝州胡城站西路逢押綱葡萄酒馱
色目人員通起馬一百一十一匹內馳酒馬三十五匹押
運官乘騎并駝行馬一十四匹兀剌赤騎坐馬三十五本
站馬數不敷與前站相併又有打過上站馬匹納舖馬上
又體知得陝西漢中道廉訪司察知使臣兀里納舖馬上
夾帶水銀起本司見行取問卑職照得大都至安西各站舖
馬多寡不一據實起馬六十二匹押運官李回馬四
十九匹如此多冒盜因元起發官司於起馬關文內不行
明白開寫實起馬匹縱令押運官中間恣意稍帶諸物其

各處所設脫禾孫止憑前站關文即行應付並不盤當
習成此弊奉中書省劄付都省議得今後各處起運係官
諸物自起程官司將物貨盤秤見數如法打合封記備細
數目於押物人差劄內明白開寫驗起數目可起馬匹
并兀剌赤酌酒綏應付經過運次應分作運物如有違犯
官一體照勘差酌不致夾帶餘物如有違犯之人同無起發
點視照勘差酌不致夾帶餘物如有違犯之人同為嚴加
責除外仰照上施行

## 不須防送龕重物件

皇慶元年九月江西行省准中書省咨
刑部呈濟甯路備濟州申任城縣准捕盜官牒照得江南
各省押運到官人員各齎行省劄付龕重物價並要防
送勤將捕盜官諸物除金銀寶鈔貴細物貨各用
省照得先為遞運係官諸物除金銀寶鈔貴細物貨各用

---

防送弓兵照依前路關文隨即應付多者不過一十五名
押運人員不合多餘差占及不爲須要捕盜官防送外據
龕重物貨不係及人窺圖之物不須防送又照得多有海
外諸番進呈諸物不分貴細龕重一概差發官兵護送實之
到年例支持皮貨糖薑漆器桐油等物亞海道屯田遞運
糧斛餼子圓米魚貨小料船隻并赴任回還官員老小自
己船隻及紙劄經板經文茶貨甘橘藥物木瓜銅器心紅
拘刷到相撲人等到來本鎮有押運人員止憑前關文
便要正馬弓兵及正官防送實受生受行備申乞照詳
施行得此本部議得弓兵之設本以巡警盜賊其各處起
納諸物不分貴細龕重一槩發官兵護送其各處起
繁利害以此參詳如蒙都省再咨各處行省除進呈茶貨
金銀鈔錠絲綿布疋貴細物貨依例止差弓兵其物龕重

不須防送照會本部禁治相應具呈照詳都省請依上施
行

# 違例

## 借騎舖馬斷例

至元四年　月中書省據東平路馬戶崔
進告恩州本守石磷將舖馬借與泰州本守石磷迤北
罪犯議得借驛馬徒二年品官贖同呈奉本
部石磷罰體一月杜令史斷罪六十七下依上斷訖合下
各處依上禁約施行

## 禁約用舖馬

奉中書省劄付來呈湖廣等處行樞密院僉書唆木剌管
押瓜哇出征軍人軍器前去泉州等路交割本院別無見
在舖馬用左右兩江方戶揚兀魯歹之任舖馬六匹聖旨
一道若便攔當恐誤運情除已應付外若不禁治切恐其
餘一例借用倘有詐偽似難關防具呈照詳事都省議得

五、一六　《典章三十六　兵部三》　五十

## 背站馳驛斷例

前項借用舖馬事屬違錯既是軍情急務已行應付別無
定奪仰速爲照勘應付訖舖馬幾匹是否相應今後毋致
以前借用違錯仍遍行合屬禁治施行
至元二十四年八月江西行省准尚書省咨
通政院呈衛輝路脫脫禾孫申江西行省回令史法魯
沙背站馳驛責得本人狀招既蒙江西行省差遣管伴南
番竹瓦奴回程不合瞞昧本路倒換元騎正馬二匹經由
獲嘉承恩兩站不係還省正路更名馳站取馬走遍罪犯
除令法魯沙就便還省外據法魯沙背站馳驛合令行省
斷罪都省送刑部照擬法魯沙所犯量情擬決四十七下
仰就便依上斷決施行

## 馳驛

大德七年三月二十一日江南行省准中書省咨通政
院呈大德六年十一月三十日本院官奏塔察兒等脫脫

---

禾孫與將文書來有差出去的使臣每有勾當
的不依站道行有泰州鞏昌府鳳翔府等城子迤行
有奏呵有勾當呵有泰州鞏昌府鳳翔府等城子
裏經過行呵有罪過者麼道聖旨了也欽此分火者字叔
等有來欽此

## 去官舖馬劄付

大德二年七月湖廣行省准中書省咨刑部
呈准通政院關布伯告騎著舖馬往懿州教豹兒去時分
到大甯路門家在村子日頭落子兀剌赤馬兒聖旨一道不見了取
馬撤下背者宣匣內盛放五匹舖馬聖旨一道取
了招伏分付高州官司監著有怎生問的官人每識者得
此施行間又奉剌真平章釣旨傳奉聖旨那簡失了的八
兒赤每起舖馬聖旨若尋見不見呵兀剌赤根底
打九十七下者欽此除已劄付大甯路更爲取問所招是

五、五三　《典章三十六　兵部三》　五十二

實就便斷決外請欽依聖旨事意拘刷得見就便發付施
行

## 走死舖馬交陪

大德三年十二月湖廣行省咨付據通政院
呈近據鎮江路申江浙行省差千戶烏馬兒前去汴梁等
路取斫逃亡事故軍人到於本路管下丹陽站有本官令
兀剌赤馬匹於舖馬上稍帶私己行李沉重被本官將
所騎馬匹走驟及將兀剌赤馬匹沿途催趕以致前馬
匹倒死委官眼同開剌相視得委因走驟倒死取訖烏馬
兒不應招伏在官爲此照得至元二十九年七月內有福
建行省咨孟左丞騎坐馬五匹赴上位奏票瓜哇出征軍需
物料勾當至雄州迎見高平章回還沿路死馬揚州界首站
馬一匹據那馬交陪了要罪過者欽此行據揚州路省落本官追
該那馬交陪大都通政院咨十一月十七日奏奉聖旨節
馬一匹移准大都通政院咨十一月十七日奏奉聖旨據揚州路省落本官追

陪訖已死馬償給主外據已招罪犯過恩赦釋免了當
欽此行據烏馬兒走死馬匹著落本人依倒追陪馬價給
主別行發盤纏別無齎把行省差百戶禹順楊廷玉
赴北取補買好馬走遞外及江浙省勘合剳子詐坐坐船即條
違例事理擬合禁治今後各衙門出使人員除軍站情緊急
勾當公事不許將馬走死開慢者止令應付站船
似望都省遍行各處依上嚴加禁約關中書省
兵部具呈都省准通政院咨據平江路申備及大德七年三
月剌赤千五狀告十一月初十日迎送至到御位下馬速
兀剌赤木兒前江浙行省爲並造舍利別勾當夜起馬八
忽望燕帖木兒赤稍得甦息爲此移咨大都通政院及
四外有兀剌赤坐馬頭史懷名下赤騙馬於當中書省
時倒死了當相視得馬匹於路走損腸胃今將皮尾隨狀

五八九
《典章三十六》兵部三　至三

見到得此照得燕帖木兒倚恃熬造舍里別勾當不以事
體緊慢恣意於路走驟將兀剌赤打遞身有傷及將馬
匹走斷腸胃以致倒死不申覆誠恐日後做做損馬
匹非惟所誤走遞抑且靠損馬戶生受申乞照詳得此照
得至元二十九年十一月二十七日本院官奏過事內一
件節該亦黑迷失的伴當孟左丞小名的人騎著五箇舖
馬爲奏事去了他的沒有了也欽此今據見申沿途走死
馬有他根前要了罪過者廊道奏呵那馬教陪了要善馬
廊道聖旨了也的沒陪馬這了敎陪罪外咨請禁約施行
忽所差人燕帖木兒追陪馬價斷罪外咨請禁約施行
路申奉江西行省剳付據臨江路申禁約官吏不得中賣
馬匹等事移准中書省咨臨江路各站連年倒死馬匹出

官吏貨中站馬
大德三年湖廣行省剳付據臨江路申禁約施行

---

賣田土買到好馬官司不肯印烙虛稱老弱卻將各官低
價馬匹加倍中站馬立限辦納價錢逼迫人身死等事惟此送
刑部議得監臨官吏人等貨中站馬者擬合嚴行禁約違
犯之人即驗馬匹當時實直追徵沒官計餘利依枉法論
仍給本主外據令站戶自爲號記馬匹遲慢及老病
烙入站印烙入站戶印若有補買遲慢及老病
不堪馬匹印烙入站官即將當該站官痛行斷罪得此據通政
院呈前事今後各站凡遇走遞馬匹不堪倒死隨即督勒站官
人等補買年小肥壯堪中走遞馬匹令站官就便相視及
烙之人即將當該站官痛行斷罪得此仰依
就便施行相應都省准呈依上施行
上施行

站戶在逃
大德六年正月二十二日本院官奏過事內一件各逃裏

三八五七
《典章三十六》兵部三　至三

逃走了的站戶每拿將來呵罪過不要站裏當差發有如
今俺商量走了的站戶每七十七下打了他拖欠下
的差發交納呵怎生麼道奏呵你道的是有那般者麼道
聖旨了也欽此

# 雜例

五、二七

蹺打船隻

皇慶元年四月江西行省准中書省咨據直省合
人那海呈馳驛前去沿河上下催趲守凍錢帛船隻梭凌
攪運前來赴都遵依平二等至臨清水站俱各不見額
設船隻就問得臨清水站提領李祥狀稱自至大三年九
月內裝載諸物并百官老小等船一百隻前去凌州倒站
本處提調官杜知州將本處將軍老小等船一百隻蹺打
前去凌州計船三百七十隻被濟
州楊材又迤南宿八里莊搬載官物老小等船隻被濟
州等處俱各差人押運人等止於湊
站見訖本站船隻遞運得此看詳各處差來若用緊急之物却行拿
集馬頭熱鬧州府居住守凍都下

典章三十六 兵部三 五四

捉百姓車輛和雇遞運費用官錢騷擾人民深爲未便送
議兵部呈議得除百官老小腳錢別行議擬蹺打船隻行
下合屬禁約外上項事理合咨行省今後凡委押物人員
量程責限須要依期赴都不致沿途停滯仍令所在官司
常加催督相應具呈照詳都省依上施行

一提點官非理騷擾鋪兵取要酒食等物依條治罪大
德六年四月江西行省咨中書省咨兵部呈承
書省剳付該省雄中書省咨兵部呈辟闌干
元帥殺虜人口不公等事磨擦損壞狀申平陽太
此又據總急遞鋪提領所狀元發日期比至到
原等處多有磨損擦打算元立程夾板多不齊備申
都亦不依元立程服及所呈長行夾板多不齊備申
乞照詳得此照得大德四年五月十六日承奉中書

---

五、三七

典章三十六 兵部三 五五

省剳付來呈大都等處申隨路急遞轉送文字不依
程限走遞及磨擦損壞字樣等事內一件應有轉遞文字每日
失件數亂標字樣等事內一件應有轉遞文字每日
寫某處文字何處呈下才用油絹袱兒毛袋夾板裝
少者不下千百餘件俱各於總鋪承受發放明白開
發打角文字轉送前鋪交割又令鋪司夾板裝
路總鋪頓放令鋪司一名提領一名將各項文
字明白開寫某處文字至何處打角一名將各號
上附時幾時辰不能轉送每晝夜轉送不及百里深爲
夾板毛袋繩擔裝發到披再令鋪司夾板開
付到前鋪甚麼文字號依前標付發放字號凡號
寫一二時辰不能轉送每晝夜轉送不及百里深爲
帶一二時辰不能轉送

未便若將各鋪毛袋刻號數花名畫字以備照刷直
至前路總鋪開拆令鋪司依上備細開寫某處文字
至何處呈下再用甚是幾號夾板毛袋上打角至
別路總鋪開拆如此轉送不致稽遲磨擦損壞等事
本部議得除各處行省急遞鋪處所伺候磨擦損壞等事
究備至日另行議擬外據腹裏路分驗總鋪去處以
千字文編立號數樣雕造坐去字號兩頭總鋪均停
油絹私袋繩擔依樣雕造今當該管司就拘各鋪
收掌照依前例往來轉遞文字初犯州縣親臨提點
治致有稽遲損壞官犯州縣親提點官笞一十七下
一月總府提點罰俸半月再犯州縣官笞二十七下
總府官罰俸一月三犯別議仍標注過名令各道廉
訪司照刷提點官并總捕文案若有違犯依例責罰

如准所呈官馳驛分道前去改置計點合用夾板等
物須要完備當該官吏重甘執結申呈相應令
開合點所文物件如后具呈照詳都省得是爲隨路急
遞舖點文字比之初立以來特是遲慢議擬差官分
道前去腹裏路分與各處正官一同詣舖從實計點
若有身死在逃老幼殘疾不堪走遞之人取勘見數
於權豪勢要并一般人户取要錢物結攬代替開具
補換户數各縣村莊花

備照刷據所用舖歷從親臨州司縣官司每月一次
無磨擦損壞開封亂標字樣轉舖司書名字交付以
木作急遞到前舖交割取覆前舖承受時刻角數有
軟絹包袱盛裹更用油絹卷夾板拴緊齎回歷一

**典章三十六** 兵部三

五六

一凡有轉遞文字舖户明注到舖時刻速令舖兵先用
一諸衙門轉遞字已有走遞程限晝夜行四百里各處
提調官送少壯人丁應役毋令老幼不堪之人充應
每舖什物時晨牌子紅綽歷并牌額舖歷二本夾板
一副鈴攀一副軟絹包袱油絹三尺裏衣一領回歷
一本
一親臨官并擬末職州判主簿錄判充提點親臨本管
并相繞別境刷勘但有違慢隨即科決如提點官違
期不行刷勘或照出稽遲事件一月再行舉問照依下項
事理施行仍於解由內開寫違期初犯罰俸一月再
犯決一十七下三犯決二十七下隱庇不行舉問挨
紀或脫漏不實申省科斷

---

**整點急近入舖卷**

置立急遞舖定立程限轉遞內外諸衙門一切文字專委親
一文字到日當該提點官遍詣諸舖叮囑省諭司舖兵
緊既無繁文轉遞亦多省力一晝夜擬行四百里違
者提點匣子內文字一晝夜一例斷罪
各使備細通曉無致停滯差遣
一轉遞匣子內文字一晝夜須行四百里其餘文字發
行一晝夜須及四百里比此等文字另行附歷以備照
刷其行省行院行臺皆准此
一舖司須聽寫文應辦定時刻舖兵須壯健善走者
不堪之人隨即易換
屬刷勘謄報本路違者比依前例減一等究治到即
一總府末職府判每季將伊司吏一名祗候一名遍所

**典章三十六** 兵部三

五七

大德元年五月二十日江西行省照得隨路
臨州縣末職官充提點上下半月往來照刷文卷又令各
路末職官每季刷勘務要不致稽遲比年以來性往將各
處字不依程限走遞及磨擦損壞扯毀由頭解尾開封公
視去失件數或亂標字樣批回止有數次者因而耽誤公
事不便都省議擬到合行事理遍下合屬先令各處提點
官照刷點視聽候都省差官整治施行
一諸衙門應下各路文字并行省谷隨處申上文字今
後每角終張少者不過五件先用檢紙封裹於上更
用厚紙印信封皮標附時刻入遞

典章卷三十六終

## 遞鋪

各路正官一員每季總行提調末職月親觀有州半縣觀正官官

| 親臨 | 提調 | 官總 | 行提 初犯 再犯 三犯 | 調官 |
|---|---|---|---|---|

七下一十七二十七

初犯再犯三犯呈省別議

伻上照磨文字即壞臨下提調照磨擦文字即壞沉遲稽往匣鋪將照刷損壞沉遲稽往匣鋪將當匪磨擦文字即壞照刷損壞沉遲稽往匣鋪將所兵斷罪司依鋪將罪不司

總提調官每季將引司吏提調官祗從一名遍歷勘照刷違期就部定罪理牒路照申脫刷提決定不書官決事取招就縣將名引出�…整點不實事決斷路決刑將

四九六

《典章三十七 兵部四》　一

### 整點

點什物每鋪
鋪兵 夾板一副 鈴攀一副 簑衣一領 一領
紬絹三尺

遞鋪合每鋪
十二時辰輪子一個 紅綽眉一座并牌額歇頂袱包一條回歷一本

### 整治急遞鋪事

至元二十八年十二月江西行省准中書省咨照得近年衙門眾多文字繁冗急遞之法大不如初都省議到下項事理咨請照驗施行

一近年入遞文字封緘雜亂發遣無時是故附寫多致姜迷轉遞亦甚不便今後省部並諸衙門凡入遞文字其常事省付承發司隨所投下去處各類為一緘何文字通為一緘緘官如江淮行省不以是緘謂如字通為一緘緘官

一緘如此附寫日一發遣如此附寫

不繁轉遞亦便

一省部臺院急速之事方置匣子發遣其匣子入遞隨名造冊呈省或有必合添設戶數去處亦仰明白議擬保結呈省仍令各鋪照依元行體例並節續禁治

## 遞鋪
鋪原表圖寬今補正

各路正官一員每季總行提調末職月親觀有州半縣觀正官官

| 親臨 | 提調 | 官總 | 行提 初犯 再犯 三犯 | 調官 |
|---|---|---|---|---|

七下一十七二十七

初犯再犯三犯呈省別議

伻上照磨文字即壞臨下提調照磨擦文字即壞沉遲稽往匣鋪將照刷損壞沉遲稽往匣鋪將當匪磨擦文字即壞照刷損壞沉遲稽往匣鋪將所兵斷罪司依鋪將罪不司官

總提調官每季將引司吏提調官祗從一名遍歷勘照刷違期就部定罪理牒路照申脫刷提決定不書官決事取招就縣將名引出整點不實事決斷路決刑將

### 照什物每鋪
鋪兵 夾板一付 鈴攀一付 軟頬袱包一條 回歷一本
紬絹三尺 簑衣一領

### 遞鋪合每鋪
十二時辰輪子一筒 紅綽眉一座并牌額 牌額上司行下一本行省咨井鋪路申上一本

《典章三十七 兵部四》　一　陳氏故藉

袤曹二十一

四五五

條陳事理安置時刻輪牌燈燎法燭氈袋油絹夾板
鈴攀等物一切完備遇有遞處文字隨於舖應上分
朗附寫是何衙門文字承發時刻相鄰舖兵姓名交
遞文匣有無損壞即用已備物件如法裏獲及用當
時第幾刻牌子於文字上捹針依所定時刻送至前
舖亦行依上明白交按附歷刷行州縣亦為用當
是各路正官一員每季總管該舖司舖兵驗事輕重
職正官上下半月親臨提調往來書夜行四百里委
斷罪仍令各道廉訪司常切提調蓋勒行初犯笞一十七下
點如但有不依所責親臨提調比親勘
再犯二十七下三犯呈省別議總管行提調往合干上司
等科斷每季具境內有無稽遲文字開申合干上司

《典章三十七　兵部四　二》

任滿於解由內通行開寫以憑黜降已經差官計點
整治及沓各省札付御史臺本部依上施行去訖今
據見呈都省議得編立字號總舖打角相治交點轉
遞合川什物依准部擬其餘事理已今有定例除外
合下仰照驗施行外今據前因本
部參詳見奉都省札付挨究各舖磨損湖磨行省容
文乃提領所申各處亦為擦損文字差不差人挨究
整治深為未便行省據行省地面急遞舖差亦仰差官
與各處提調官一同依上收置長行夾板嚴加禁治

---

## 入遞

申臺文字重封入遞　至元二十三年　月行省御史臺據管
句承發司兼獄丞申照得元奉御史臺札付下各道按
察司應有申臺文字須要重封入遞轉送無致損壞今據
鋪兵人等到各道申臺文字往往不依御史臺所行事理
重封止用單紙封皮俱各磨損漏泄事理合行
再行申明遇有申臺文字須要重封入遞轉送毋致
不致破損憲臺得此仰照驗應有申臺文字依已經事
來呈行臺咨入遞轉送如有御史臺札付容依准文解須要
文字大德五年五月行御史臺呈照比年守省追問公事申
到憲臺札付察院公文遲滯月餘照到入遞轉送月日扣算地

《典章三十七　兵部四　三》

五四三

程每書夜僅及百里蓋提調官不為用心拘挨亦有夾雜
諸衙門外干戶所僧錄司蒙古教授官醫提領各造作等
各衙門不該走遞文字數內除省臺軍民錢糧所馬站等
一應司存詳此微末司屬不關治政開慢去所若此之類
不勝其繁豈不妨奪正合轉遞兵部照得中統三年奉聖旨
竊恐因循廢弛不便看詳係為倒事理合令干部分定擬
又江西行省咨亦為此事送兵部照得中統五年奉聖旨
遇有省裏發的文字教轉遞者其餘官府文字直申省者不得急
遞鋪轉送各路總管府文字並一轉遞中統五年奏奉
聖旨據設立宣慰司依舊設立急遞鋪專一轉遞中書省
領左右部宣慰司轉運司文字
往來勾當至元八年兵刑部奉省判為各處成造軍器應

係隨路合申禁約理今後擬令急遞鋪轉送又伩書省定
例隨路帳冊重十斤已下可以擔負者許令入遞至元
十年奏准功德使司文字入遞行者欽此至元二十六
伩書省准擬釋教總攝所凡行文字入遞者至元
二十八年奉都省照會一款遞年入遞封緘雜亂發遣
時是故伩書其常事皆係轉遞亦甚不便今省部並諸衙
門凡入遞文字其遞官隨所投下去去者何以是處各
類有一緘謂如江淮行省去者亡宋收附以來諸國兵人
字通爲一緘官前因本部參詳亡宋平
遍行了今當奉此日一發遣附省去者不以是何文
數會不加多若必以晝夜四百里遞亦便已
勞不能送解擬合照依元奉聖旨事意除邊遠軍情緊速

五三五

【典章三十七 兵部四】

四

等事差委使臣勾當外據應合入遞文字責令總鋪依例
類緘發遣限一晝夜行三百里渡涉江河風浪險阻不拘
此限及除兩都遞送御膳菜菓鋪兵外其餘應設急遞鋪
兵去處總遞公文並不得將文冊十斤已上及一切諸物
入遞如違悉送所在官司究問路府州縣正官提調廉訪
司常切糾治相應令將各遞鋪晝夜里路已有定例所據總鋪見行
詳都省議得急遞鋪文字衙門開坐具呈照
入遞光祿寺等衙門擬合依前入遞餘准所擬都省除外
仰依上施行

一應入遞文字衙門

中書省　行省　太師府　太傅府　樞密院並行院　御
史臺　宣徽司　達魯花赤徽政院　宣
政司　大司徒　六部　中政院　通政司　大司

農司　兩都留守司　太醫院　泉府司　內史府
提調河道官　王相府　集賢院　崇福寺　總
統府　總攝所　太史院　政用院　翰林國史院
將作院　各衛　武備寺　都元師府　各道宣慰司　各道廉訪
撫司　各衛　太僕寺　太常寺　闕遺監
儲乘寺　光祿寺　太府監　章佩監　尚舍監　中尚監　侍儀司　各尚
利用監　國子監　拱衛司　給事中　中尚監
都水監　亨正司　教坊司　各處方
司天臺　官
茶轉運司　護國仁王寺　總管府　納綿總管府
戶府　省院都鎮撫司　監察御史
財賦總管府　都水庸田司　大都鷹房都總管
府　秘書監　淘金府　兩淮屯田打捕總管府
路府並直隸省部

三六五

【典章三十七 兵部四】

五

直隸省部軍器人匠總管府並局院　晉王位下總
管府　鐵冶提舉司　道教司　蒙古儒學提舉司
官醫提舉司　府州奧魯官　路府並直隸省部
軍州

一不應入遞衙門

新舊運糧提舉司　怯憐口提舉司　八作司　衛
侯司　牙昔忽司　財賦提舉司　各投下總管府
伩飲局　沙糖局　伩食局　文須庫　天長觀　僧錄
太廟署　掌教司　帖只官人　文成庫
司　道錄司　都綱司　蒙古儒學醫學教授

**鋪兵不轉諸物** 至元八年三月尚書兵部近准各部為各路
不時於急遞鋪內轉遞絲貨錢數弓箭軍器茶墨等物往
往遺失短必行下根挨不見又下隨處蠲勒陪償深為不
便照得中統五年欽奉聖旨節該據設立急遞鋪專一遞
傳中書省左右部宣慰司轉運司文字外沿邊軍情事差使
臣往來勾當欽此看詳急遞鋪止合欽依聖旨事意遞傳
各衙門應有文字所據絲貨鈔數弓箭軍器茶墨等物若
令各路順便腳力稍帶是為便當呈奉都堂鈞旨送兵部
准擬行下各路照會欽依施行

**無印文字不入遞** 至元三十一年四月行省咨照
磨承發管勾兼獄承呈三月初四日有總鋪兵張榮送到

〔五三九〕 《典章三十七 兵部四》〔六〕

迤南文數內檢得有無印信呈臺白實封文字一角於上
該寫文貴發陳言公事拆開讀觀得該文桂發告論慶遠
路總管粘合守忠邀功冒賞等事喚問得大都路在城急
遞鋪司李德元狀供委是迤南傳送前來並不是本鋪接
受文字請行下本道廉訪司行移合屬不應接受入遞鋪
司人等請就便斷罪更為禁治施行

**帳冊十斤以上不入遞** 大德五年十一月行臺准御史臺咨
承奉中書省劄付來呈燕南道廉訪司申監察御史呈入
遞文字繁雜得並不得將十勅以上及一切諸
物入遞得照本道每年造到事跡贓濫文冊舊例急遞轉
送赴臺報令造到大德四年事跡贓濫文冊十勅以上
如何施行送兵部照得文冊十勅以上不許入遞係都省
定例所據贓濫帳冊十勅以上令後合令所在官司與考

較錢糧文字一體施行具呈照詳都省准呈仰照驗依上
施行

〔三十八〕

《典章三十七 兵部四》〔七〕

禁例

拖舖兵挑擔

大德五年正月廣東行省准中書省咨建康路
總管千奴太中呈薔草事内一件各路差使人員往往強
拖舖兵并鎮店百姓挑擔行李及牽船隻議得設立急遞
兵專爲轉送文字走遞里路已有定例近年以來有過往
權豪及官吏人等因公差將舖兵等拖扯挑擔行李以致
走遞文字稽遲今後嚴切禁約如有似前違犯之人痛
斷罪仍每舖給榜一道常川張掛若舖兵畏避權勢依隨
挑擔行李遲慢走遞文字亦行究治如有官司明白印信
公文轉送者依例遞送廉訪常加體察兵部議得設立急
李遍行合屬出榜嚴行究治如有違犯所在官司就便究
治仍令廉訪司體察相應都省准擬遍行合屬依上施行

二八九

典章三十七 兵部四 八

## 捕獵

斷例

七下　一十七　二十七　三十七　五十七

遠者。那一日騎馬者。沒者臨道

打捕阿由瘦皮

了性命不成用可惜

即非故犯難同私偷圍場斷沒

騎坐的馬匹鞍轡起鷹野物警他穿的襖子衣服每要了鞍馬弓箭蒙古軍人不斷衣服

禁月二月頭至七正月為頭至七鹿麈兔因而打鹿麈兔因走起野豬牛馬禁打野是禽獸毒之類不下但除卵外亦不得捕孕卵

飛背他裏飛放的拿住　從首

## 放皮貨則例

犯人要了鞍馬弓箭蒙古軍人不斷衣服
本管官員服蒙古軍人不斷
亦斷。止坐實犯人知明知侵犯不行理會鞍馬弓箭委坐犯人

金錢豹皮一張折四十張
狐皮一張折二張
飛生皮一張折六張
掃鼠皮五張折一張
葫蘆葉豹皮一張折二張
山羊豹皮一金絲織

禁地面詐稱打捕戶捕獵

元定虎鹿皮折納貂皮舊例
一虎皮折納貂皮五張
一熊皮折納貂皮十五張
一鹿皮折納貂皮三張
一剝狼青狼皮折納一張
一粉獐皮即花熊皮一金豹
五張折一張

利用監新定折納貂皮例
塵鹿新定折納貂皮例
一塵鹿折七張
一折十張折十五張
一折折十張折十六張
十一折折十一張

抵張
青獐皮
水獺皮　花貓皮
香竹狸皮　羅貓皮　夜猴皮
虎皮　野狸皮　黃貓皮　雀皮
獺剌不花　黃貓皮　山獺皮　鹿皮
貉虎兜皮　皮

---

## 捕獵

斷例　原麦闌橫直線且錯亂今補正

七下　一十七　二十七　三十七　五十七

遠者。那一日騎馬者。沒者嚴道

一日縣斷打捕阿內瘦皮

子不成用可惜了性命

即非故犯難同私偷圍場斷沒

騎坐的馬匹鞍轡起鷹野物警他穿的襖衣服每要了鞍馬弓箭蒙古軍人不斷衣服

禁月五月二十日為頭至七五月為頭至七鹿麈兔因而打因放牛馬禁打鹿麈兔走起野豬牛馬禁打鹿麈兔是禽獸毒之類亦不得捕孕卵

## 飛放

背地裏飛放的拿住　從首

打捕戶捕獵

禁地面詐稱

犯人
本管官員明犯不行理會。止坐實犯人

## 皮貨則例

元定折納貂皮舊例
虎皮一張折五十張
熊皮一張折十五張
鹿皮一張折七張
剝狼青狼皮一張折十張
粉獐皮一張折三張
狐皮一張折二張
飛生皮一張折六張

金錢豹皮一張折四十張
土豹皮一張折十張
葫蘆豹金系織皮一張折六張
山羊皮一張折五張
掃鼠皮五張折一張
狐皮一張折二張

利用監新定折納貂皮例
塵鹿即花熊皮一張折十五張
貂皮即花熊皮係麂麖皮一張折七張
山鼠皮一張折六張
雞翎鼠皮十張折一張
分鼠皮四張折一張

抵張
香獐皮
野狸皮　黃貓皮
竹狸皮　青獺皮　香狸皮
被猴皮　黃腰皮　山獺皮
賴剌不花　香貓皮　獾皮
厓虎兜皮　水獺皮　貉皮

## 打捕

### 休賣海青鷹鷂

至元五年二月中書右三部承奉省札欽依
聖旨打著海青好鷹鷂休教賣了賣了的人
的人有罪過者欽此如有打到海青好鷹鷂如法收養本
處官司相驗是實申覆本管官司呈省施行

### 禁捕天鵝鴉鶻

至元八年十一月尚書省劄付該宣慰司承奉中書省
旨節該打捕鷹房民戶天鵝鴉鶻老仙鶴鴉鶻休打捕者私
下賣的不揀誰挐住呵賣的人底媳婦兒每使與挐住
的人者欽此已經依上禁約去訖今月十二日准中書省
咨該欽奉聖旨天鵝鴉鶻好生禁斷者除這的以外
鴉鶻其餘飛禽諸人得打捕者欽此

### 打捕鷹房影蔽差役

五、十一　《典章三十八 兵部五》

至元十六年六月宣慰司承奉中書省
劄付該欽奉聖旨內一款應管打捕鷹房人匠官多將各
處富強人戶不問他那裡飛放著麼道聖旨有來呵
役已收戶內若有從來不係此色人不閑此等藝即仰吩
咐合屬為民違者治罪

### 打捕鷹鷂擾民事

至元三十一年六月二十三日奏月的迷
失在前先皇帝聖旨打捕的鴉鶻黃鷹角鷹雙雄好的差
人將上來者夕底他那裡飛放著麼道聖旨有來呵奉
聖旨依著先皇帝聖旨者也欽此又於七月
十八日昔博赤木發剌罕傳奉聖旨答剌罕將來的鴉鶻夕
有月的迷失根底說者他也不錯了有將鴉鶻來者差人
將上來者麼道欽此

### 禁打捕禿鷩

揚州淮安管著地面裡生了蝗虫呵止打的其間五千有
餘禿鷩飛將來不怕打蝗虫人每唱喫了蝗虫飽呵卻吐
了再喫飛呵一處飛起來翅打落都吃了有與將圖子
有看了圖子奏呵百姓每道是麼道聖旨有呵自來不曾
聽得這般的勾當皇帝洪福也者這般說有奏呵奉聖旨
你行文書這飛禽行休打捕者好生禁了者欽此

《典章三十八 兵部五》

**捕虎皮肉充賞** 至元二十一年八月行御史臺據監察御史
呈若有虎獸害民去處召募獵戶慣熟射虎人等用心捕
殺獲虎一隻照依行省體例年舖內官給賞鈔三十兩捕
虎不嚴取招斷罪爲此荊湖行中書省咨准中書省咨送
兵部議得如依行臺監察御史所呈殺虎一隻官給賞鈔
三十兩竊恐一等小民生貪賄之心不閑此藝反傷其命
參詳如有虎害去處擬合本處官兵及打
捕之人多方捕殺如或不係應捕之人自願設機捕獲者
皮肉給付本人以充賞賜似爲相應都省詳咨請照驗者
施行

**大大蟲休將來** 至元二十三年二月行省准中書省咨十一
月二十五日准蒙古文字譯說亦納帖哥言語奉聖旨今
後蠻子田地裏大大蟲休將來者雖將來的呵那裏的
省官人每交來者麼道聖旨了也欽此

五二

〈典章三八 兵部五〉 四

**收拾石虎皮申書省** 大德十一年十二月初六日特奉聖旨
蠻子田地裏八思烈納的皮子一般石虎兒皮子出
有莫道如今你提調各處行子文字尋者呵舖馬裏與將
來者麼道聖旨了也欽此

**禁治圍獵擾民** 至元二十二年正月行御史臺准御史臺咨
該照得諸路大小官員人等不時管內故圍獵引領賴子
弟所至取索飲食及馬匹料草令百姓橫被騷擾今後內
而監察御史外而各道按察使仍許諸人告首
如有違犯之人取問是實將所食用過民間物色計贓坐
罪亦革去擾民一端本臺除外咨請照驗施行合屬糾察

---

**漢兒人不得懸帶弓箭圍獵** 延祐三年正月御史臺咨承奉
中書省劄付延祐元年十二月初一日拜住怯薛第二
日奏過事內一件去年爲漢兒人執把弓箭圍獵的上頭眾
達達官人每一同商量了定下文書行來如今又
漢兒人執把弓箭圍獵的多有問呵推稱是漢軍側近有
的各衛翼漢軍每的弓箭只這裏各管營裏人每
出去呵給付與他每也有的弓箭收拾自當身役呵交與定
箭有呵交奧魯官每提調收拾兵外其餘只是漢兒
每提調收拾兵外其餘但是漢兒百姓人每的有呵交付漢兒人執
近管民官提調著拘收了報將數目前來者今後漢兒人執
把弓箭過呵怎生又賞赤呵速兀理養罕探馬赤等各枝兒
要罪過呵依在前立定來的罪犯之上加一等

二九八

〈典章三八 兵部五〉 五

人每爲與漢兒人每一處交參住的上

## 飛放

### 鴉鶻顏色牽皮

中書省劄付至元二十一年十一月二十一日鷹房子撒的迷失說稱俺為上位的鷹鶻分辨不得上來呵本聖旨百姓人鴉鶻每腳上拴繫的牽皮使用黑色皮子者休用紅紫雜色皮子者欽此

### 禁鴉鶻帶哨子

鴉鶻休帶哨子行文字禁斷者欽此咨請欽依禁斷施行

### 有體例飛放打圍

史臺呈至元二十九年二月十七日福建行省准中書省咨傳奉聖旨迷失省得的和官人每奏麼道奏呵讀著他的文書聽自內一件蠻子田地裏飛放的多有損壞了軍每的馬百姓每也生受有依這裏的聖旨體例裏有體例飛放打圍

### 軍官休飛放

御史臺准樞密院咨至元三十年二月初九日聖旨有時分火兒赤等有來不憐吉歹將鷹鶻進呈呵今後軍官每軍人每好飛放者有的鷹鶻休將來者這飛放的軍官休將去來去年有收成時節

五六四
《典章三十八 兵部五》
六

### 禁擾百姓

奏過事內一件先出去山後放鷹的昔寶赤每的馬在部官每憑文字宿頓睡百姓每根底要草料者麼道先這裏與四五日的料負帶將出去來去年有收成時節字呵十里二十里沿著村店宿睡百姓每根底要草料多驛擾百姓每來山後並口子裏住的百姓每從秋裏俺根

---

### 題名放鷹

外頭放鷹的多有共省官每一處商量了說者聖旨有來行省官每內平章每宣慰司官內為頭兒的一個放鷹那的每依你每商量來的教放鷹者聖旨了也者其餘的不教放鷹呵怎生奏呵教放鷹子籠朵者麼道聖旨了也塔那怎生教奏有來呵教放鷹子籠朵者麼道放出也著放鷹那無呵放鷹有奏呵教放鷹者聖旨了也又先放鷹來那無問呵放鷹有奏呵

中書省咨大德三年三月初三日連右兒赤等奏賽典赤教俺根腳裏是昔傳赤來我的兄弟烏馬兒在福建省裏有放鷹的交奏呵教放鷹者聖旨了也又不忽木交奏小飛禽兒於我的病證得濟有奏呵鴉鶻子籠朵放那的每落你每根底奏有奏呵教放鷹子籠朵者聖旨了也塔

五六九
《典章三十八 兵部五》
七

### 禁採鳹鵝事

中書省大德十一年十二月初六日特奉聖旨春秋天鵝鳹鵝所在前路的少麼道如今你親自去有蠻子田地裏自由飛放的使又的使細索拿的你提調各處行文書禁著麼道聖旨了也欽此

### 昔寶赤擾民

付准御史臺咨承奉中書省劄付至大四年八月特奉聖旨昔寶赤愛馬裏休教漢兒人行者這般人行呵他每的頭目影占著那般人每都行的事發呵斷沒他

至大四年八月日福建廉訪司承奉行臺劄

底一斗家私者有告首出來的呵與賞者河間等路所管
地面裏昔寶赤每時常於百姓人家房子裏掛著鷹掉
驅擾百姓有如今你那路分裏人每委付有紀綱好生拿住
這般人每似鷹掉頭一般將他每吊著者麼道聖旨了也
欽此

**禁約飛放** 延祐三年五月江浙行省准中書省咨蒙古文字
譯該中書省官人每根底先者知院禿堅不花院使即列
買閭院使言語辭禪皇帝時分自正月初一日為頭麕鹿
野豬獐兔等不揀甚麼走獸放鷹犬的也多有如今省裏交行文
書依在先體例自正月初一日為頭麕鹿野豬獐兔等不
揀甚麼走獸放鷹犬的人每根底遇著當日騎的鞍馬穿的衣
的放鷹犬的射的人每根底交住罷著有殺走獸
服弓箭鷹犬他每的要了打六十七下呵怎生奏呵那般
者省裏教行文書各路縣裏省會著嚴切整治者麼道聖
旨了也欽此

三三

典章三十八 兵部五 八

違例

**禁地方圍場奴告主者為良** 至元七年六月尚書省刑部承奉
尚書省劄付該准中書省咨欽奉聖旨今後禁地內除狼
虎野狐外如有圍場的人奴婢首告出來斷為良者欽此

**蒙古軍圍獵不斷轕馬** 至元七年九月尚書省據刑部呈前近
天路申捉獲禁地內圍獵至元七年九月尚書省據刑部呈得近
斷訖罪犯奪到馬四弓箭衣服等乞發落事省府照驗得近
為河間路與濟縣武主簿拿獲蒙古軍人塔剌海伯眼察
兒等六人禁地內射死野雞五個欽依聖旨行下樞密院
歸斷回據本院呈照得至元三年十二月十八日奉聖旨
軍人圍場休要馬匹衣服弓箭教打者欽此塔剌海等六人馬
匹衣服合無奪要麼奏中書省咨如塔剌海等六人係

五一九

典章三十八 兵部五 九

蒙古軍人欽依已降聖旨事意除馬匹衣服弓箭免追外
據罪犯依理歸斷施行省府除外仰照驗如脫忽赤三人
委係蒙古軍人欽依聖旨事意將斷到四馬衣服等物回
付各人收管施行

**禁地內放鷹** 至元十年九月中書兵部承奉中書省劄付該
幹武哥撒里蠻傳奉聖旨斷事官達魯花赤官人每回回
漢兒諸色人等今後拆諸般鷹鶻都休放者東至
南至河間府西至中山府北至宣德府已前得上司言語
來的休放者若有違犯者人呵將他媳婦孩兒每頭匹事
產都斷沒也者欽此

**禁治飛放** 元貞三年二月建甯路承奉行省劄付檢會到先
欽率聖旨蠻子田地裏有的行中書省行樞密院行臺為
頭勾當裏但行踏官人每根底通事每根底民戶每根底

你每行閑雜飛放有道的不曾道的上
頭別個勾當裏每行根底別個通事每揀麼是
誰飛放呵飛放再行他每的合收了這般那個
諭私下擅自飛放的行拿著鷹狗的行那個鷹
日頭裏擅騎的鞍馬弓箭那個鷹狗穿的禊子衣
秋他每的要了七下者鷹狗的欽此已經遍行各處
欽依去訖今體知得各路府州司縣並宣使亦剌金說
便行拷打使被害平民無所伸訴及過往軍人亦騷擾百
稱詐稱官豪勢要之家養放鷹鶻昔博赤並放馬人等以
姓若不嚴行究治游手好閑破落人等聚集輩黨所到去
處詐稱官豪勢要之家養放鷹鶻昔博赤並放馬人等以
鷹食馬料為名百般索要酒食頭姓搶奪錢物償若不從

**禁地打野物** 元貞三年正月御史臺咨奉中書省咨奉該准

典章三十八 兵部五

十

**禁治打捕月日**

都省議得今後禁地內私打野物之人巡警官視獲者約
會有司歸斷諸人仰指月日懸遠別無顯跡准擬革辭禪
咨刺教奏在前春裏夏裏不揀是誰休捕打者麼道辭禪
皇帝行了聖旨來如今外前的百姓每喚打捕野物有麼
此本臺照得即係為例事理咨請依上施行至大四年三
月十八日登寶位詔書內一款百姓禁地內打捕野物者
仰管圍場官與各處一同斷罪無得似前斷沒家產
道奏來在前正月分至七月二十日休打捕野物有麼
者打捕呵肉瘦皮子不成用可惜了性命道
田禾麼道依在先行了的聖旨例如今正月初一日為
頭至七月二十日不揀是誰休捕者打捕人每有罪過者
道來聖旨欽此

五、七一
五、七二

---

**禁治打死禽兔** 大德七年五月御史臺咨據江北淮
東道廉訪司申准淮西屯田打捕總管府牒呈桃源縣民
戶朱伴舊等狀招於大德六年六月初四日因羊於黍禾
地內根趕起野豬一口為王課僧高福等一同將野豬打
死及安東州判托普化駈忻都狀招大德二年六月二十

典章三十八 兵部五

十二

年三月十八日荅蘭不剌有時分寫來

**禁治打捕兔兒** 大德元年五月十八日欽奉聖旨大都周廻
外前有的城子等處捕打著兔兒街上賣的多有麼道說
有咱每飛放時分比在先打捕者打捕希少自大都入
百里以裏休打捕呵今喚希少子有如今交令交飛放道
來的人每於各處他的地面裏房子每許令打捕打的時分呵
入百里以裏打捕兔兒的人每於各標撥到的他合道來
打者除這的要外不揀是誰打捕兔兒的合道來
者即捕打的時分呵雞兒
打者除這的要外不揀是誰打捕兔兒的人每有罪過者道來聖旨雞兒

一日忻都放馬匹與李五兒等放鳳凰敦打死水淹獐二
隻渰死羔兒四個兔子二隻罪犯會驗欽奉聖旨節該如
今正月初一日為頭至七月二十日不揀是誰休打捕野
物者打捕的人每有罪過者欽此看詳高福等罪犯即與
私偷圍場不同及非禁斷地面若便量情斷罪慮恐差
呈奉省劄付刑部照擬回呈議得高福朱伴舊等所因情
罪若以私偷圍場一體斷沒即非故犯止擦各人不應罪
犯量擬為首決一十七下為從笞七下仍令合屬官司照
勘合禁圍場地內指定四至邊界毋致人民違犯相應都
省議得忻都等所犯量擬為首決二十七下為從一十七
下元奪物件追給本主餘准部擬仰依上施行

五、七三
五、七四

典章卷三十八終

## 刑制

### 刑法

#### 五刑之制

| 笞 | 杖 | 徒 | 流 | 死 |
|---|---|---|---|---|
| 一十 | 六十 | 一年 | 二千里 比徒三年 | 絞 |
| 一十七下 | 六十七下 | 一年半 | 二千五百里 比徒四年 | 斬 |
| 二十 | 七十 | 二年 | 三千里 比徒五年 | |
| 二十七下 | 七十七下 | 二年半 | | |
| 三十 | 八十 | 三年 比徒五年 | | |
| 三十七下 | 八十七下 | | | |
| 四十 | 九十 | | | |
| 四十七下 | 九十七下 | | | |
| 五十 | 一百 | | | |
| 五七以下 | | | | |

**新**

加　徒一年杖六十七　皆先決
　　徒一年半杖七十七　訖然後
　　徒二年杖八十七　發遣合
減　　　　　　　　　屬帶鐐
　　徒二年半杖九十七　居役

**例**　六七以下用笞

**例**　徒二年半杖九十七

#### 五刑訓義

笞義曰笞者擊也又訓為恥言人有小愆法須懲戒微
加捶撻以恥之
　一十七下　二十　三十七下　四十　五十七下

杖義曰杖者持也而可以擊人也國語云薄刑用鞭朴
書云鞭作官刑猶今之杖刑也
　六十　七十三七下　八十　九十七下　一百五十七下

徒義曰徒者奴也蓋奴辱之周禮云其奴男子入於罪
隸又任之以事實以圜土而收教之令一年至五
年並徒刑也
　一年　一年半七下　二年　二年半七下　三年

流義曰書云流宥五刑謂不忍刑殺宥於遠也
　二千里比徒　二千五百里比徒四　三千里比徒五
　　　四年　　　　　年半　　　　　年

---

### 刑法　原夫闕疑從直　線今補正

#### 五刑之制

| 笞 | 杖 | 徒 | 流 | 死 |
|---|---|---|---|---|
| 一十 | 六十 | 一年 | 二千里 比徒四年 | 三千里 比徒五年 |
| 一十七下 | 六十七下 | 一年半 | 二千五百里 比徒四年半 | |
| 二十 | 七十 | 二年 | 三千里 比徒五年 | |
| 二十七下 | 七十七下 | 二年半 | | |
| 三十 | 八十 | 三年 | | |
| 三十七下 | 八十七下 | | | |
| 四十 | 九十 | | | |
| 四十七下 | 九十七下 | | | |
| 五十 | 一百 | | | |

**新**

加　徒一年杖六十七　皆先決
　　徒一年半杖七十七　訖然後
減　徒二年杖八十七　發遣合
　　屬帶鐐
　　徒二年半杖九十七　居役

**例**　五七以下用笞

**例**　徒三年杖一百七

典章三十九　刑部一　　一　　康氏校補

死義曰絞斬之坐刑之極也春秋元命包云黃帝斬蚩

猶於涿鹿之野故云斬自軒轅絞與周代即大辟

之刑也絞斬二罪皆

罪名□□□□司決大斷

至元二十八年六月中書省奏准至元

内一款諸杖罪五十七以下司縣斷決八十七以下散府

州軍斷決一百七下以下宣慰司總管府斷決配流死罪

依例勘審完備申關刑部待報申中書省咨

至大元年六月江浙行省准中書省咨中書省奏

大德十一年十二月日奏過事內一件刑法如權衡一

般不可偏了世祖皇帝以來定到的斷例后頭自元貞元

年以來因做好事正好生失的寬了的斷了的中間至當了的也

有因著法度不均平的上頭管民官无所遵守如今内外

但是犯著法度的人都經由有司歸問依體例決斷阿怎

生奏呵奉聖旨那般者欽此

六九七

典章三十九 刑部一

二

中書省劄付皇慶二年四月二十六日奏

過事內一件呈帝登寶位詔書裏該着敕不可頻數麼道

這般行了阿去年冬間又開了詔赦來呵今星芒天旱百姓缺食的其間

事節次放了的罪囚多有為這般上頭皇帝根底奏呵今

似這般有罪過的人每放了阿被害的人每寃氣无處

後休教放者聖旨裏道放了的人每後做罪過的人每依體例交問了要

仲告傷着和氣今後做罪過的人每怕懼也者更外頭做官的人每

罪過不疎放阿人每怕懼也者

罪拿着問者其間使見識交奏敢了傳奉聖旨交鋪

馬裏上來休問者麼道也有來商量來似這般聖旨懿旨

法度的休交求依體例問了這

喚的休交來依體例問了這

有聖旨了也欽此都省仰欽依施行此係欽依聖旨事意

闕文二之一
今補

典章三十九 刑部一

陳氏校補

一

## 贖刑

老疾贖罪鈔數元貞元年六月福建行省准中書省咨御史
臺呈陝西漢中道廉訪司申犯罪官吏並諸人有罪年老
或篤疾廢疾病妨礙科決不任杖責之人贖罪錢多寡不
一終無通例呈乞照詳送刑部議得諸犯罪人若年七十
以上十五以下及篤疾殘疾不任杖責理宜容請依上施
行民官公罪許贖罰贖至大三年十月　日欽奉詔書一
一下擬罰贖罪中統鈔一貫相應都省准呈每杖笞一
款諸牧民官犯公罪之輕者許罰贖

流配　見諸盜類

《典章三十九刑部一》

下九二

三

罰贖每下至元鈔二錢至大四年三月江西廉訪司奉行臺
劄付近據各道廉訪司申為諸人犯罪不任杖責罰贖事
倒移准御史臺咨該奉尚書省劄付送據刑部呈得先
奉省判亦為此事該准蒙古文字譯該寶哥為頭大宗正
府也可扎魯花赤言語在先中書省俺根底與文書來有
罪過的人每七十之上十五之下及篤廢殘疾的不打有
杖子根底罰贖中統鈔一兩麽道聖旨
至大二年九月欽奉詔書聖旨到日限一百日外休使道麽道聖旨
鈔伍兩中統鈔一兩麽道聖旨了文書與將來有元
有來今後七十歲之上十五之下及篤廢殘疾不任
每做罪過阿罰贖的體例未曾議得如今怎生般定奪
的省官人每議者得此罰贖中統鈔一兩折至元
以上十五以下及篤廢殘疾不任杖責者前例每

《典章三十九刑部一》

陳氏校補

三

圖文二之二

統鈔一貫文今欽奉聖旨改造至大銀鈔一兩准至元鈔
五貫擬合每笞杖一下罰贖至元鈔二錢若納至大銀鈔
或銅錢者依例准折如蒙准呈遍行照會相應都省准呈
仰依上施行此贖罪條後如民官公罪合補

## 遷徙

豪霸兇徒遷徙　皇慶元年十二月江西省行准中書省咨刑
部呈欽惟聖朝之治天下也以好生惡殺為心書曰明德
慎罰為政之恤語云刑罰不中則民無所措手足舊倡殺
人特與原免不在移鄉今之牧民官吏無所措手足出好
惡喜怒好惡之不同刑法輕重之失當高下其手出入任
情若此所為而望治安刑行省胡光弼等照得近承奉尚書
省判送議擬軍內如江西行省遷徙廣東又熊雲翔騙要民財
詞訟凌犯官欺虐良民遷徙廣東省杖斷六十七下遷徙遼陽沿路杖瘡潰發身
風聞公事濫充貼書毀罵縣官吏不公本州挾仇執羅張德
御史臺呈張德安告松州官吏不公本州挾仇執羅張德
安不孝為名枉斷八十七下遷徙遼陽沿路杖瘡潰發身

廿四六

《典章三十九　刑部一　四》

死等事除另行議擬外本部照得大德七年十一月十三
日中書省據江西福建道本使宣撫呈行江西據諸人
言告一等權富豪霸之家內有會充官吏者亦有會充軍
役雜職者亦有發皮兇頑皆非良善以強凌弱以眾暴寡
妄與橫事羅撫平民騙其家貲奪其妻女甚則害人性命
不可勝言交結官府視同一家小民既受其欺馴致有司亦為
所侮非理害民縱其姦惡亦由有司貪猥不得與所部豪霸
嚴禁各處行已下大小官吏既非親戚等似前違犯官吏依取
所往來交通受其饋獻一切之物如有違犯官吏依取
是實初犯於本罪上比常人加二等斷罪移徙邊遠如此
受不枉法倒科斷其豪霸茶食安保人等似前違犯
過惡再犯痛行斷罪移徙連三犯斷罪移徙邊遠如此
少草侵漁細民之弊已經遍行合屬去訖以此咨詳今後

---

遷徙會赦不願

各處豪霸兇徒歹人誑惑平民把持官府者敢露到官罪
狀明白合依奉使宣撫行斷決中間果有累犯不
悛必合移徙之徒宜令撫呈痛行斷決如蒙准呈通
罪明白申票候獲省部明降至日方許發遣如蒙准呈通
行合屬照會相應具呈照詳都省咨請依上施行
　延祐四年正月江西行省准中書省咨請依上施行
該龍興路申經歷司呈檢舉到本路司吏黃承行黃
州路關為童慶七童庚二名崇慧元刺拐借辦毅
不還挾仇用挑牙篾子故將游慧元屯種庶使兇頑
司將童慶七童庚二斷罪遷徙遼陽迤東屯種庶發到於
黃州路童慶七童庚二情犯固監收聽候外咨請照詳
龍興路將童慶七童庚二牢固監收聽候外咨請照詳
遷徙遼陽屯種庶使兇頑之民知畏刑憲擬合依已剳付

《典章三十九　刑部一　五》

五○九

此送刑部照得延祐三年九月十六日承奉中書省剳付
奏准將馮子振欽依斷訖罪犯將本人遷徙遼陽行省今
據順德路申長押官縣尉高彬申將馮子振管押到來大
都知得欽遇詔赦回還等事本部議得今之遷徙即古移
鄉之法比之流囚事例不同奏詳馮子振犯雖是在途
過赦合依已行遷徙相應都省准擬今奉前因本部議得
童慶七童庚二既係兇惡十虎之徒無故將馮子振遷徙遼陽雖是在
瞎不明以致本人終身殘患罪已經斷訖遷徙遼陽雖是在
途欽遇赦恩擬合比依馮子振例移咨江西行省遷徙相
應具欽呈詳都省咨請依上施行

# 刑名

**郭斷不准重刑**　至元八年三月御史臺承奉中書省劄付近
於二月初七日奏讀御史臺照刷稽遲聖旨其每歲
類奏重刑並磨問囚徒此例不拘既奉聖旨何呵
這聖旨上索甚麼要欽此所據尚書省次應係咨到隨
路申索重囚內除完結者類擬聞奏與其本宗文案不完
或有稱冤移咨照驗推等事回咨若有未經回報文案不
尚書刑部依舊刷外路州府案牘本道提刑按察司巡行照
史臺省不係結案衙門不須催舉仰照驗施行

**重刑不待秋分**
聖旨宣諭聽得悠每如今斷底公事也疾忙斷有今後斷
至元八年四月尚書省三月二十一日欽奉

五三五

底公事合打底早打者合重刑底早施行者欽此回奏在
先重囚待報直至秋分已後施行有來此上罪囚人每半
年內多趲下淹住有議得今後有重罪底罪人省部問當
了呵再交監察重審無冤不待秋分施行呵宜每一般
般奉聖旨悠底言語是一般欽此

典章三十九　刑部一　六

**罪名備申招囚**　至元二十年十一月中書省咨據刑部呈各
處凡有刑省部照勘擬定呈省令來照
得事發官司元呈是節略犯人招語不見備細情犯詞
因難憑短招議罪中間恐有差池若便令囚人坐禁未便
緣地里懸遠不性復往事文繁致使囚人坐禁未便恭詳今
后遇有須合申覆裁決事理令開寫犯人所招
一干備細詞因完備申覆合干上司先行議擬客呈都省
區處或送本部復擬庶望易為照勘不致差池都省咨請

---

**重刑司縣略問**　至元二十四年江西行省照得隨路申到見
禁罪囚數內各司縣官多有見禁合待報重刑司縣略
即合解赴各路州府推問追勘結案別無慘酷牢獄實
解本路府州起數省府公議得應有重刑司縣略問是實
摘斷罪人亦不敢擅便與決是以淹禁數年不得杜絕及
又無因糧有合追會公事關涉近上衙門又難追攝有合
此仰遍下司縣今後將應干重刑略問是實行解赴司申
至凍餓死者往往有之蓋是府州官吏不為用心以致若
斷例元貞元年九月行臺准各路府
州追令結案執結斷罪比常法之外添重
臺咨准咨備浙東海右道嶺北湖南道蕭政廉訪司申
麂杖子打人并麂杖子例已蒙革去執結之罪即係一
恐人死於杖下麂杖子例已蒙革去執結之罪併歸斷

典章三十九　刑部一　七

依上施行

**不得擅決品官**
咨請照詳准此施行間承奉中書省劄付江浙行省咨鎮
江路備江南浙西道廉訪司監治常鎮江陰分司牒為徐
安國告王龍登取要對證多與元告不實理合將徐安國
照依本人元與甘結要例斷罪若便照依廉訪司申
里吉思元止奏李都事事執結依例一體歸斷
本省元准都省咨內別無坐到前項事理未知是否通例
請定奪事准此送刑部議得闊里吉思元止奏李都事罪
犯不曾聞奏通例都省除外仰照驗施行
為隨路府州司縣官員供給軍需追差稅課程違慢本路
總管府就便的決事大德三年三月奉中書省劄付照得至元六年十
二月十一日承奉中書省劄送該追照得隨路府州
司縣官員俱係朝廷命官遇有罪犯取責明白招狀申部

五六四

省詳呈斷其總管上司並不得擅便處決此遵依外

今來議得府州司縣官員既授朝命若令各路總管府斷

決誠非所宜今後遇有公私罪犯取問明白招狀行省所轄地面本省量

處申覆合干上司聽候非所宜今後遇有公私罪犯取問明白招狀行省所轄除官從行降罪受宣官聽

事輕重依例區處都省議相應都省議得除官從各路就便斷罪受宣官聽

遲誤取問明白招狀受勅官員若有

俱係軍戶合無令達魯花赤管民官擬除外仰照驗依上行

同歸結今除軍民相關的會歸斷外若有元告被論人

在先凡有刑名詞訟元問軍民所犯府州司路官員坐一

本職兼管諸軍奧魯俱係一切公事並須申中院欽此照得

路申欽奉聖旨節該該府州司縣達魯花赤管民長官不妨

候都省行省區處准部擬除外仰照驗依上施行

## 戶部重刑總府歸結

至元十年六月十八日樞密院據彰德

五六四

**典章三十九　刑部一**

八

歸斷完備結案申本部其餘雜犯事理從諸軍奧魯總府

結斷仰依上施

據平陽路申准宋都又奧魯萬戶府關蒙古軍人自行相

犯婚姻良賤債負鬥毆詞訟和奸雜犯不係官軍捕捉者

合從本奧魯就便歸斷其餘干礙人命重刑利害公事強

竊盜賊印造偽鈔之類即係欽奉聖旨定立罪賞管民官

廳捕事理合令會歸問完備從有司約會得此議得蒙古

奧魯頭目止從官司歸問其呈中書省照詳挑奉都堂鈞

旨相應如無管領奧魯人員合與

京兆南京一體施行如無相犯若有蒙古軍人自行

官通同理問乞明降樞府議得軍人所犯重刑各令總府

## 蒙古人員相犯重刑有司約會

至元十二年二月中書刑部

## 審復蒙古重刑

大德六年九月行臺准御史臺咨奉中書省

---

劄付蒙古文字譯該中書省官人每根底寶哥為頭也可

禿忽魯赤每言語虎兒年正月二十二日可魯忽赤寶哥

呵欽依德帖里脫歡皇帝聖旨月兒赤察兒上位奏在先蒙古人每俺

商量了上位奏來者月兒赤察兒被差之後省官人每俺

審問怎生立漢見文卷俺根底行將文字來呵交

今交立漢見文卷省官人每交

因咱每根底的文字也無有來如今咱每根底著在先

根底行將文字來臺官人每奏如他命的蒙古重囚

澤阿忽歹兩個根底商量者奏阿怎麼重

有咱行將文字來臺官人每奏如今依著正蒙古人犯

與漢兒的勾當裏臺所似行的一般有如今俺依著在先

五八六

**典章三十九　刑部一**

九

體例裏蒙古重囚完澤阿忽歹兩個根底商量者奏阿怎

生奏呵那般者聖旨了也奏時分速古兒赤馬哈某沙阿

塔赤燕忽兒的哈昔寶赤馬哈只等有來如今依著正蒙古人犯

今體知得隨處官司或因小事便將正蒙古人每一面捉

罪散收至元九年十二月中書兵刑部承奉中書省劄付

倒裏將文字去也與文字交監察每審復欽此蒙古人犯

除犯死罪監房收禁好生巡護休教走了不得一面拷掠

即便申覆罪合干上司仰照驗遍行各路據合吃的茶飯應付

與者外據真奸真盜之人達魯花赤與眾官一同問當

得實將犯人繫腰合鉢去了散收依上申覆其餘雜犯輕

罪依理對證並不得一面捉拏監收有盤問得委係逃走

人阿監收亦具姓名卿邑即便申覆上司卻不得因而縱

放奉此

## 僧盜做賊殺人管民官問者 中書劄付 大德七年二月二

十四日奏過事內一件為斷僧道每詞訟上頭世祖皇帝
的聖旨明白有犯奸的殺人的做賊說謊的
犯罪過的僧道每其餘與民相爭地土
一切爭訟勾當管民官約會他每目一同問者聖旨有
來在後宣政院官奏過不揀甚麼勾當的僧道
者為那上頭僧道做賊說謊圖財致傷人命的僧道
他每約會待問呵他約會不來使人去將使
多者似那般約會待問呵有因此遷調得詞詞長了交
去人打了更教人躲閃了有如此上位奏過的致麼
百姓每生受有為那上頭根底皇帝根底奏過的奏事聽讀了奏本
道世祖皇帝根底根底奏過的奏事聽讀了奏本
聖旨既是那般做賊說謊來的致傷人命的僧道

三〇一

《典章三十九 刑部一》 十

依在先體例則交管民官問者欽此

---

## 怯憐口管吏犯罪 大德六年三月初十日江西行省准中書

省咨中政院至大德五年十一月二十八日本院官做過
事內一件在先中御府時分文卷休別者廢道懿旨有來
如今中政院管著的怯憐口阿塔赤阿察赤玉烈赤匠人
每管民官吏等但是俺管著的省裏臺內外衙門俺根底
有商量罪過做來麼道拿去問有那般啟呵您說得是
有的罪過做來呵您問者外頭有的做罪過者這裏側
廉訪司官每依體例問者是實呵您根底文書裏將
近有的罪過做來者是您依體例問了者廢道懿旨
來者重罪過的啟者輕罪過者的您依體例問
了也欽此

## 僧人自犯重刑 大德四年正月江西行省准中書省咨

瑞州路申准僧錄司牒行宣政院備奉中書省劄付僧人

關文二之三 《典章三十九 刑部一》 十

自相干犯重刑依式結案事理本省未曾准到都省明文
即係通例請定奪都省照得先准雲南行省咨大理路大
和縣僧人段海長僧俗相連公歐傷致命未審復全令僧
重刑合無有司與僧司連問止令有司結案此劄付示
司結案係為例公事咨請定奪唯僧人自犯
回呈欽奉聖旨節該僧人連公令僧
處斷者做自己其間做罪過的則教和尚自相干犯重刑
了是本院議得僧人相犯重刑過來的欽依合令僧司依
結案回咨今准前因請欽依施行 粘二條犯罪應在
欽此本院和尚自己說招伏了呵分付管民官輕罪過者的一
頭宣政院官人每奏辭禪皇帝時分教行聖旨皇帝每的

陳氏校補

## 和尚犯罪種田 大德八年正月十七日欽奉聖旨答失蠻為

散收餘後 原闕 今補

勾當裏休揀是誰侵犯者是與不是阿宣政院官人每
提調着咱每根底奏者麼道教行來聖旨來如今多和尚
每根底外頭有的官人每搔擾的一般有麼道搔擾來從成
吉思皇帝到今教僧人祝壽者與稅粮的勾當省官人每並宣
體例那裏有今後眾和尚與僧人的上頭依着羊兒年行來的
政院官人每有奏來的不揀甚麼體例聖旨體例
皇帝定來的體例行者又去年宣政院并僧官每的文卷
照刷者麼道道來如今御史臺并廉訪司官人每休要照刷
者僧人與俗人有的言語有呵僧官與管民官一處斷
着傷了人命的勾當裏有阿管民官有呵斷遣了處斷者
裏僧人與俗人相爭每的勾當管民官依着體例問了處斷者
那甚麼這的每却道這般宣諭了也麼道釋迦牟尼佛道
來這般宣諭了的每却道這般宣諭了也麼道

〈典章三十九刑部一

士 陳氏校補

子裏不行經文的勾當裏不謹慎別了行的每根底依體
例要了罪過是那個寺裏的和尚只教做那寺裏的種
與城子裏官人每一同理問歸斷者先生每體例不行做
田地裏者和尚的勾當要了肚皮覷面皮阿宣
政院官并僧官每不怕那甚聖旨欽此

## 先生每犯罪

延祐四年正月二十九日欽奉聖旨節該先生
每與俗人每有折証的言語阿委付來的宮觀裏頭目每
勾當阿從張天師委付的宮觀裏別了教法體例歸斷
管民官問者先生別了教法體例自家其間裏有的相爭
者過犯的出去了的有呵宮觀裏每休教入來者欽此 二右
像應在僧道做賊殺人斷
官問係後原圈今補

# 典章四十

## 刑獄

### 獄具

制之具　獄

杻　枷　鎖　鐐　杖

枷　長五尺以上六尺以下闊一尺五寸以上二尺以下　死罪枷重二十五斤徒流重二十斤杖罪重一十五斤諸杖罪以下及應訊者皆鎖禁之

杻　長一尺六寸以上二尺以下闊三寸厚一寸

鎖　長八尺以上一丈二尺以下

鐐　連環重三斤

笞杖　大頭徑二分七釐　小頭徑一分七釐

杖杖　大頭徑三分二釐　小頭徑二分二釐

訊杖　大頭徑五分　小頭徑三分五釐

朣分受拷受訊者臀腿分受拷要數傅

獄具依法受罪名應照舊例依法如舊法案在手持重撫宣撫當處處科行即詳旨節宣切勘錄案部詳文獄校坐時決檢正造仰照改校木枝枝相將勘驗其情我其報以報以文

中統二年七月懷孟路省容謹依上施行依本例擬合通行使令歸一呈乞照詳都省

**諸衙門杖數笞杖等第**

大德九年六月湖廣行省准中書省容刑部呈山東宣慰司關濟南路申檢照得元奉上司定到公事斷例五十七以下並聽司縣官斷決八十七以下散府州軍斷決一百七下宣慰司總管府斷決又獄具定制笞長三尺五寸云云皆削去節目看詳罪分輕重刑制笞長三尺五寸云云皆削去節目看詳罪分輕重有等第朝廷定制期於無刑而已且論即今司縣以笞決路府州郡五十七即以杖斷罪既同杖笞各異縣皆以笞決似無所守明政歸一仰朝廷臨刑當司若不申覆終例申乞明降遵奉施行當司關請定奪准此照得先係通例申乞明降遵奉施行當司關請定奪准此照得先為校勘笞杖具呈都省詳遍行合屬照例施行今准前因照得舊例笞五十至元二十八年奏准定倒至元新格內一款節該諸杖罪云云欽此本部議得古

帝根底奏外處斷罪四呵交細杖子打處年十一月日奏過事一件去年潤里吉思回話先皇省容請依上施行依本例擬合通行使令歸一呈乞照詳都杖行之已久或有不同擬合通行使令歸一呈乞照詳都至一百七下所擄五十七以下當用六十七以上當用者笞五十杖五十蓋為數止滿百故各半其數今既杖數

後根底奏外處斷罪四呵交細杖子打者聖旨有呵行了呵怎生文書來不分輕重都一例打呵怎生各處如今打有优的人每犯輕罪過的人故意的交粗杖子重打了害人性命的也有去也重了交粗的交細杖子輕打的體例自前行了三十餘年也在先的體例裏呵怎生這般說來有俺也商量將依他每的言語則俟先的體例裏行呵怎生奏呵依著在先體例者欽此

**禁斷王侍郎繩索**

至元二十年二月御史臺奉中書省劄付刑部尚書集賢院侍讀學士呈照得鞫問罪囚笞杖枷鎖凡諸獄已有聖旨定制自阿合馬擅權以來專用酷吏為刑部官謂如刑部侍郎王儀獨號慘刻自創用繩索法能以一繩縛囚令其遍身痛楚若後稍重四肢斷裂至今刑部稱為王侍郎繩索非理苦虐莫此為甚今來參詳應內外官司呈推勘罪囚獄具自合照依諸路平政理擬合諸路州用王侍郎繩索所擄各獄其自合照依以至押獄禁子人等皆當選用循良人庶得刑平政理擬合諸路一體禁約得此都省容請依上施行

**禁止慘刻酷刑**

至元二十年十一月御史臺准本臺中丞崔少中牒該照得鞫獄之具自有定制比年以來外路官府酷法虐人有不招承者跪於蒺藜碎瓦之上不勝楚痛人

不能堪罪之有無何求不得其餘慘外慘刻又不止此今
後似此鞫問之慘自內而外通行禁斷如有違犯官吏天
下幸甚牒請照驗施行准此呈奉中書省劄付除已遍行
禁止外仰照驗施行

**罪人無得鞭背**

至元二十九年二月中書省據御史臺呈河
北河南道肅政廉訪司申准懷孟路分司僉事趙朝列牒
據懷孟路錄事司在城住人戶劉阿韓口告十月內蒙
河內縣差委男劉曉前去萬善店管盤搭盖小蔣大王掃
里有本路笑辭同知曉因事於男劉曉背上打訖一十七下
身死等事除另行追問外卑職嘗讀唐貞觀政要所載大
宗回閱銅人見人之五臟近於背詔天下勿鞭背可謂仁
君知愛民之本為萬世之龜鑑也今朝廷用刑自有定制

**禁殺殺問事**

五七一

有司不詳科條輙因暴怒濫用刑辟將有罪之人脫去衣
服於背上拷訊往往致傷人命深負聖上好生之德若不
禁治事關至重都省准行合屬禁治施行

典章四十　刑部二　三

大德四年九月江西行省剳付南豐州備吏
目王沂呈欽惟聖朝大推好生之仁曲盡恤刑之意方今
用刑已有定例遇問事等項非法酷刑已蒙上司禁革切見
街市拷掠夜問事等項非法磁芒剌膝鞭背精脆遊
司親民之官每於問事之際私情暴怒輒遣黨徒驅於公
聽之下恣情以殺殺捆打不思為人觀物輒令含血滿口兩頰
其殺殺擊之打及其甚者或打其耳際近於太
陽虛怯去處左邊擊則右耳出血左耳經日
昏迷輕則救之艱省痛楚之餘血氣閉塞致成聾瞶終屬

---

殘廢重則因而致傷人命深可哀憐如蒙上司一例禁止不惟
居官者戒懼而已免殘疾之苦庶不失聖朝好
生之意乞備申訖照得此州司看詳吏目王沂所言
本省與朝廷差來官議擬如後請定奪准此送刑部議得
實為允當備申訖照得此移准中書省咨照得諸人犯
罪自有常憲請申訖照驗依例施行准此

**禁遊街拷掠事例** 大至四年三月湖廣行省准中書省咨該江
浙行省咨據杭州路總管梁正議言諸處鞫問罪囚多得
自用己意失之酷虐深為未便若不早為禁斷有傷大體得
罪自有常憲請申訖照驗依例施行准此

處決深得古先謹審番番審之意向為寇盜滋蔓追會
一切惟國最以人命為重凡有重刑必須覆奏而後
遊街拷掠賊徒露體失跣酷吏幕夜鞫囚罪治相應都省
區處到下項事理咨請上施行

典章四十　刑部二　四

五三十

未完淹滯難決間遇寬恩一例疎放倖而獲免復為
民害致喪上司遣使分道審錄懲肅伏明白雖餘黨
之法也近聞他處或有盜賊綠死者不可復通行
用此法以近聞他處或有盜賊綠死者不可復通行
未獲並以遊街處置蓋一時權宜之制非是遍委
吏雖悔何及不惟有失朝廷之初意生殺之權輕委
臣下防微杜漸不可不謹如蒙朝省遍下諸路禁斷
不勝幸甚詳刑之義聖旨所尚遊街拷掠誠非理
結案待報蓋詳所尚遊街拷掠誠非理
體若不禁約輕囚枉傷人命關係非輕除已遍行拷掠審無冤
加禁約囚疾早疎外重囚追勘結案毋致違犯
前件議得合准所擬嚴行禁治令後若有故違禁令
似前非法遊街拷掠四徒事輕從本管上司究治

因而致傷人命者取招各省

一鞫問罪囚已有明制若贓伏已明而隱諱不招須立案推問雖加拷掠有定數所以禁官吏之非法不敢恣情以虐民也近年以來官吏推問不詳法制之輕重不肯以理而推尋要務速成一到訟之庭令精跪袒衣裳於粗磚頑石之上或於寒氷烈日之中莫恤其情不招不已使其人筋骨支離不可屈伸腿脚拳攣不能步逐又令獄卒時復提換每移一處則兩膝膿血昏迷不省使得免以為常况外無拷掠之痕內有傷殘之實所在官吏習以為常江浙之間此弊尤甚上負國家好生之德下長官吏酷虐之風向者繩縛罪人及磁芒剌膝鞭背等刑已蒙上司革去今者跪廳之法如蒙一體禁斷不勝幸

〈典章四十　刑部二〉

五

甚行省議得訊四之法已有定例其精跪之酷誠為虐政若不禁止遺患方深除已通行合屬嚴加禁治仍行移廉訪司依上施行

前件議得合准所擬今後若有似此跪廳問事酷虐官吏有人告發從本管上司究治

一見本至元新格節該官府皆須平明治事當日合行商議發遣之事了則方散一款該幾問罪囚須與連職官員立案同署依法推理近年以來一等酷吏晝則飽食而安寢夜則鞫問因意謂暮夜之間人必昏困而難禁燈燭之下肆意而妄作以致蚊虻之嘬皮膚風霜之裂肌體間有品官為笞鞫問官吏先使本人跪於其前問官據案假寐或噉茶上至於睡覺方問其人招與不招又復偃卧或噉茶

飲酒故意遷延百端凌虐必得招而後已國家赤子乃使刻薄之人殘害加此若不明立案禁貽害無窮除今後省朝廷委問並各處緊急重事許從省便推問不爲定例其餘緊夜鞫問罪囚從省議得鞫問罪囚必須圓坐以理推尋刻薄之徒無故晝夜問事擬合禁治

前件議得除朝廷委問緊急重事其餘諸衙門官吏夜問事擬合禁治

〈延檢名獄具不便〉　大德七年十一月中書省咨據河南江北道奉使宣撫官民不便數事關係通例送刑部議擬到准安路推官吳承務呈泗州天長縣銅城巡檢司官吏將平人袁虎子用獄具非法拷訊虛招殺人及法外將當三銅錢用火燒紅放於兩腿燒烙已問明白斷罪罷役看詳獄

〈典章四十　刑部二〉

六

具有司不得已而後用之物今檢職當捕盜豈可得而行使以致非法拷訊及用炮烙酷慘之物理當禁治若將隨處巡檢司獄其盡行拘禁以為長便檢會到正統五年欽奉聖旨巡檢司獄但有疑獄不能斷決者毋得淹滯仰隨即申解本州若猶有疑惑不能縣公坐推問是實解赴本州府再行鞫問不得轉委吏人及弓手人等拷問是實解赴本州府再行鞫問罪以下並鎖收欽此已經通行合屬欽依施行去訖今據見呈本部議得諸處捕盜官員職掌巡捕盜賊不應存設法外獄具合准都省元行不得獨員鞫勘所據都省容請依上施行奉使宣撫所言拘禁相應都省容請依上施行

〈不得法外枉勘〉　大德七年五月行省准中書省咨該刑部呈

會驗奏准至元新格內一款見至元察獄新

開舜命皐陶作士明刑弼教刑期於無刑與其殺不辜寧

失不經好生之德洽於民心非好用刑乃不得已也今之

問事之際不察有無枉死無辜幸不致命者亦為殘疾然嘗

之責或貪婪署之名或私照察之名不審可信情或懼禁不

拷掠嚴行法外凌虐囚人不勝苦楚鍛鍊之詞何求而無

得致令枉死無辜幸因

能行立又於平藥路樂亭縣簿尉郭愈將涉疑婦人阿劉

竊盜李公信未獲贓物用油紙於兩脚燒燃墮落指節不

罪名犯者甚多署本部見行福清州判官楊守信因問

簿徐德用等坐視獄卒將涉疑賊人朱不借驢就牢門首

用麁棍打傷隨即身死同州官達魯花赤三合知州智公

弱等為偷羊賊人梁丑驢不指平人拷訊一百四十餘下 七

故令虛指張順係知情窩主人將張順拷勘身死似此非

法拷訊兼夜鎖棍棒敲打按拗揪扯屈招枉罪如是數

多豈能盡寧罪降等不斂使枉勘屈死無辜冤

免令恝何能得雪以此參詳今後應在鞫問公事須湏

佐招驗明白究研窮磨問其事昭著再三引審抗拒不

肯招狀如情可據無須依條例與連職圓座立案同署

依法拷問其餘罪以下細事理歸對毌得似前非法

拷訊酷虐無辜若有違犯隨即量事輕重斷罪黜降

如蒙准呈照會相應得此檢會到中統五年欽奉聖旨降

盡內一款俱見鈔檢倒下欽此已經遍行合屬欽依施行去

訖今據見呈都省准呈各請依上施行

議得諸捕盜人員職掌捕捉若獲賊徒略問所犯情節隨

即發付有司公座推問並不得獨員鞫勘并轉委吏人弓

手人等法外拷問違者一體取招量事科斷餘葉按此為本

行都省下

闕文今補

## 有罪過人依體例侧問

延祐四年正月
日江西行省准中
書省咨延祐三年十一月
聖旨有罪過的人指證明白不肯招合的人除强盗外問
事的官人每首領官圓聚著商量了依著體例合使甚麼
杖子打了多少杖數明白立著札子圓押者不依體例侧將
人頭髮揪提著脚指頭上蹤著軟肋裏搠打精跪膝鐵
索上石頭磚上田土上一兩日跪著問庶道遍行文書禁
了者聖旨有呵行了文書來俺商量來犯罪過的人若是
不分輕重一概都這般行呵恐怕有窒礙的一般今後有
罪過的人每若是贓證明白避罪狀呵不肯招呵除重罪過
的依著已了的聖旨立著札子訊問也者其餘雜犯罪過事
的官人每量著事情輕重不教分外了依在先體例侧問呵
怎生奏呵聖旨了也欽此都省咨請依上施行

《典章四十 刑部二》
八

---

## 察獄

**罪囚淹滞與行** 諸隨處季報罪囚當該上司皆須詳視但有
淹滞隨即舉行其各路推官既使專理刑獄凡所屬去處
察獄有不平繁冗不當即聽推問明白咨申本路依理
改正若推問已成他司審理或有不盡不實却取推官招
由者不在移推之例

**犯人番異移推** 諸所在重刑皆當該官司公廳圓座取訖服
辨移牒肅政廉訪司審復無冤結案待報若犯人番異移
屬稱冤聽牒本路移推其贓驗已明及不能指論抑屈情
状議罪

**審察不廉淹滞** 繋不廉淹滞不決病患不治并合給囚糧依時不給者並

《典章四十 刑部二》
九

罪囚中書刑部御史臺札魯火赤各須委官李一審理寃
須隨事究問肅政廉訪司官所在之處依上審察其在都
辨明遲者催問輕者斷遣不致寃滞

繫獄

罪囚分別輕重
中統四年七月中書省奏准條畫內一款隨
路州府司縣牢房須要分別輕重異處不得參雜婦人仍
與男子別所雖有已蓋若牢隘不能分揀即仰別行
添蓋據合用材料價錢申覆宣慰司委官覆實相同就便
於官錢內放支關部照會若全無設置牢房仰創行起蓋
卻不得因而多破官錢違錯如違憲治施行

繫獄罪衍滲漏
中統五年八月初四日欽奉聖旨條畫立中書省
條畫內一欵節該諸州司縣但有疑獄不能決斷者無得
淹滯隨即申解本路上司若猶有疑惑不能決者申部應
犯死罪枷杻收禁婦人去杻杖罪以下鎖取欽此

五三

斟酌監保罪囚 〈典章四十 刑部二〉
至元十四年欽奉聖旨條畫委省為頭行
御史臺事內一欵節該諸罪囚應枷鎖散禁之倒各以所
犯輕重斟酌干連不關利害及雖正犯而罪輕者召保聽
候違者糾察

十

監禁輕重罪囚
至元二十二年四月中書省咨勘刑罰之用
本為禁暴止奸而誅夷輕罪以信必罰於不犯而
已近禁獄內外有司凡有罪囚不為嚴切禁錮以致獄卒
因緣作弊情偽多端若不體治害政良深都省擬自今後
諸衙門罪囚成枷鎖散禁須管明立案驗委官一員不妨
本職專一提調無致輕重繼肆透漏獄情因而脫放如違
除獄卒嚴行懲斷外罪及提調官員仰依上施行

訟情監禁罪囚
大德九年九月行臺准御史臺咨奉中書省
劄付據吏部主事賈廷瑞言近年以來府州司縣官失其
人奉法據吏不虔受成文吏舞弄出入以資漁獵恩民冒法小

有詞訴根連株逮勤至什伯係累滿途圖圄成市至於相
爭田地婚姻債務家財毆詈干證之類被勾到官罪無輕
重即入監經旬月則吏弊橫取百端擾害不可勝言若
不申明制令嚴加戒飭則倒監禁其餘相爭田土婚姻家產詐偽
罪以上罪狀明白依例監禁拔連干證之人不許以前
負毆暑自首以下雜犯罪名及果有情犯果逃避根捉到官
監收止令隨衙聽待若果有情犯是逃避可以少副聖
明欽恤之意令隨衙庶獄訟清簡小民得遂生理可以少副
此犯加等斷決庶獄訟清簡小民得遂生理不一擬合臨事詳區
刑部議得至事本部參詳如所言事理廉訪司
能奉職至有差池若牧民官選擇得人自然不至寃濫以
處如有不應違枉等事廉訪司照刷究治相應都省准擬

仰依上施行

罪囚無親給糧 〈典章四十 刑部二〉
中統四年七月中書省奏准條畫內一款獄
囚有親屬者並支食私糧無親屬者官給每名日支米一升
於淮鼠耗內支破雖有親屬若貧窮不能供備或家屬在
他處住坐未知者糧亦官給至元九年九月中書省知
奉中書省判送據御史臺呈今因錄囚見禁司獄司官
得大都路司獄處逐旋借了舖戶每日合用糧食有司獄司
止於街市舖戶取要加耗中間剋減石
分開坐至月終却於官倉內撥還不惟如此囚人隨時於令支食乞
斗在後却於官倉內撥還不惟如此囚人隨時
合無令司獄司排日用印信文字類報總管府轉申上司令似相
照詳事得此送戶部定擬得依准御史臺所呈似為相應
都省准呈議得仍自今後無供給囚人每名大例月支米

五七二

十二

十一

二斗五升奉此大德元年三月中書省咨御史臺呈中統
四年欽奉云云欽此看詳司縣罪囚既係事發到官必須
磨問取責追勘明白然後申解其并無家屬或貧窮不能供
給糧食者亦照元奉欽依行事具呈照詳不必
部議得隨路州府囚糧已有定例據司縣罪囚若有必須
追勘事理卒急不能申解委無供送人等欽依支破相應
都省除外請依上施行

**罪囚臥具**

至元二十九年十二月行臺據本臺照磨等呈會
驗欽奉聖旨條畫內一款節該朝廷所行政令承受官司
搢護不行雖有施行不復檢舉致有弛廢者糾察此切
詳此獄之道暑則酒掃滌盪枷杻匣床冬則給以被絮暖
委佐貳幕職分輪一員提控夏月須管將牢房洒掃冬月
匣禁諸處罪囚禦寒紙被暖匣柴薪例皆火切
正是冬月誠恐各處官司不為用心措辦致使囚徒失所

《典章四十　刑部二》　十三

五六六

呈乞照驗施行得此照得中書省原行各路見禁罪囚先
欽奉聖旨節該重異處不得夾雜婦人仍與男子別所
囚禁無親屬給米糧內有患病醫人看治在獄罪囚皆
委如法看治除獄卒痛行斷罪外據提控司獄官取招
申煖煖如有不行依前提控或提控不嚴及罪囚患病不即
申報如法施行得此照得中書省見禁罪囚先
欽奉聖旨節該重異處不得夾雜婦人仍與男子別所

**申禁**

延祐四年六月袁州路奉江西行省劄付近據龍興路
申切謂刑罰罰國之大柄有功者賞有罪者罰理當然也夫
惟聖朝車書萬里四海為家刑罰之制理宜歸一一切見江
南有司見禁重囚盡枉雙手匣其一足夜則並匣雙足未
審腹裏重囚如何禁繫如蒙明白定擬使江南腹裏刑禁
歸一實為平允申乞照詳得此後准中書省咨該送刑部

---

議得內郡江南諸處官府在牢設置匣床本為防備所禁
囚徒畏罪疎虞之患然有各處所得事有不同從來未有定
制況無死罪以下或事重而情輕夜枷
則恐致慘傷姑息任情則或生不測似難一概定擬如有挾私
合令所在主司佐幕之官臨事詳情隨宜輕重治罰其呈照得近據本道呈見禁無家
凌虐私情故縱者驗事輕重治罰其呈照都省咨請依
上施行

**罪囚衣裝**

大德六年三月湖南道宣慰司為各處見禁無家
屬供送罪囚冬衣潭州路每名支未絮紙被各一床衡州
路依孤貧人例每名支土布二十尺并棲桂暘路申照到
江西省咨准行省無依倚供送囚人每名支籠布二丈六尺或
造絮祆一領於年銷錢內除破終無定到每名各支
部照得大都路見禁罪囚冬衣合准行省所擬依例付
價鈔於年銷錢內除破相應具呈照得都省咨請照
驗施行

五五一

家屬供送罪囚冬衣衡州路照依江西行省例每名支
六尺或造絮祆一領於年銷錢內除破為此移准中書省
照驗及行下本道依例應付去後令准行省咨准中書省
部照得大都路見禁罪囚冬衣合准行省所擬依例付
除此別有甚麼勾當獄囚無親屬者口糧每名日支
糧一升雖有親屬若貧難不能供給或家屬在他處住坐
未知者糧亦官給患病者於本處醫人內輪差應當看治

《典章四十　刑部二》　十三

**罪囚燈油**

至元三十年三月湖廣行省劄付據澧州路申為
支罪囚柴薪燈油等事照得欽奉聖旨節該所管州縣今
後除重刑待報其如詞訟公事就便斷決者您府每名日支
每月一替若有死者委官檢驗有無他故隨即推治施行

施行

及四人造飯柴新驗無供送人數從寧員支破過夜燈油日
支一斤外據囚人冬衣俱於年銷錢內應付欽此今據見
呈移准中書省咨送刑部照擬得行省見禁無家屬供送
飯食罪囚合用燒柴燈油擬於年銷錢內應付咨請照驗

**疾囚驗實責治** 中統四年七月中書省奏准係盡內一款四
病患主司申提牢官驗實於本處罪囚人內輪番應當看治
每月一替若有死者委官驗復有無他故推詳施行

**罪囚患疾分數** 大德四年二月江西道廉訪司准瑞州路牒
呈據醫提領所備奉官醫提舉司指揮為病囚分數以
醫講究得病四初病作二分申報增至七分八分為難治
十一年八月二十七日准分司牒該官醫提舉司會高
二分作一分為初病以十分作五分為死候照得至元三

〈典章四十 刑部二〉

五五九

至九分為死證今據見申終是未奉明文復請照詳准此
照得至元三十一年六月初三日准撫建分司准建昌
路牒呈備達魯花赤闗該罪囚患病令江南一分至三分
之病方報二分五分六分報作三分
七分報作四分四分以此誤人性命令後若依腹裏講究定體
例至七分為重證合古人治病之理為此行據官醫提舉
司講究得罪囚初病作二分增至九分為死證緣係
通例牒究請會議申奉行臺咨付移准御史臺咨議得罪囚
患病理宜從實申報咨請照驗施行

十四

**雜囚患疾惠民局內給付** 大德七年九月 日行臺准御
史臺咨承奉中書省劄付來呈行臺咨備湖南道廉訪司
申隨路罪囚患病令劄付後莫若依舊令當月醫人胗視所患
患病候合用藥餌隨時於惠民藥局關領外且不必重
是何證候合用藥餌隨時於惠民藥局關領外且不必重

復支破官錢誠為良便准本臺具呈照得此照得近准
江浙省咨福州路司獄司病囚見禁無家屬數多每上下半
月差到醫工胗治別無官降藥錢若於惠民局營到息錢
擬復沒官罰罪錢內支付合請若准福建道廉訪司營
准復沒官罰罪錢從實給付本局營到息錢
囚合用藥餌與貪病之人一體與惠民藥局照驗施行
內通行准除外據司縣囚徒罪以上例解各路其無家
省議得各路見禁罪囚如遇患病所用藥餌依准本省所
擬斟酌於惠民局內支給價錢合請價錢於浙
價錢於本局營到利息錢內通行准除相應然都部
屬罪囚依舊令醫人看病則差醫看治及照
西廉訪司申本道鄭僉事為罪囚病則差醫看治及照
得江浙行省大德四年九月准中書省咨備行臺劄

〈典章四十 刑部二〉

五八八

**病囚考證醫藥** 至大二年二月江西廉訪司奉行臺劄總管董

十五

革事內一件今後司縣遇有重刑問出本犯實情干礙一
切追會未完事件并聽申路行移追勘似望早得結案完
備送刑部議得凡有重囚司縣問定的實情款卒急追會
未完依准所言解付本路總管府行移追會相應都省准
擬施行近按治鎮江等路體知各處罪囚雖有因疫病傳
染死損亦由淹禁不決以致如此其有庸醫用藥差誤無
從稽考署亦由淹禁不決以致如此有庸醫用藥差誤
日以後至大元年十月終計死損罪囚三十三起一百
六名參詳理合今遍行各處令巡尉決但獲強竊盜賊問
情由盡時牒解所屬審責已招的實別無冤枉照依前例
隨即解勘追問重者公同疾早疏決及淹延不決者即當咨寧
佐貳幕職欽依點視若有枉禁及淹延不決者即當咨寧
推官前領官常加檢責務要囚不冤滯病則須差良醫胗

視如法治療司獄獄卒並病囚親屬常切看視湯藥飲食
勢增減結罪文狀償過分兩製度同六脉之數治法源流病
教授一同仔細考校但旽脉損逐一開坐令醫提領醫學
延訊其簿非理照考其死非理照有司官醫稍涉不如法
名知罪有所歸庶使囚無寃滯死亦非理照詳憲臺相度路應
係干通例合行會議施行准此乞照詳醫藥量四多寡保充醫
職仍每季依前備牒官提舉司更為考證若有差保禁具
由回報如提舉司考驗不當罪之夫如是則枉禁掩
草罪囚廉訪司每季摘官審錄已有定例今據見申本官
所言甚協公當仰依上施行

孕囚產後決罪　中統四年七月中書省奏准條畫內一款婦

**典章四十　刑部二**

二四三

人犯罪有孕應拷及決杖笞者須候產後百日決遣臨產
月者召保聽候出產二十日復追入禁無保及犯死罪產
時令婦人入禁有侍

卅三

---

孕囚出禁訖分娩　至元六年四月中書右三部據中都路來申
奸婦懷孕明合無召保在外分娩後追還禁產限滿日
斷遣乞明降事省部准申今令後若有婦人犯徒罪在禁
月召保聽候出產二十日復追入禁候產限百日依理斷
遣合下仰照驗施行

**僧尼各處處監禁**　至元二十八年行宣政院照得中書省
內一款諸犯罪者對問其間分別輕重然後監禁枷鎖男
女異處今體知各處大小僧司衙門凡有僧尼人等為事
不問所犯輕重被訟虛實便行監禁及將僧尼混雜
同禁未便使院合下仰今後僧尼罪犯奸盜徒罪以上不
得有不應監禁枷鎖僧徒罪犯究治施行
若有不應監禁枷鎖僧尼定將當該判署官仍令異處監禁
得監收止令召保隨處究治毋得混雜

**罪囚季報起數**　大德八年九月湖廣行省准中書省咨據

**典章四十　刑部二**

十六

每季呈省通路見禁罪囚刑部每名呈省強竊盜賊起數
呈切惟庶官刑政之得失在乎獄囚盜賊之多寡苟獄囚
多則知有司之失治盜賊多則知民情之困窮故居廟堂
之上者不可不知也訪聞至元之初以四方獄囚盜賊起
數皆許令季報朝省設立行省不曾咨報施行間今據御史臺
考以為常式近因刷磨刑部案牘凡有司直隸省部咨報
期申報而終無從所考遂照行省州郡皆無其數詢之部者依
來不報而其餘但屬行省路府皆亦以依期咨報送本
馬每季俱報省至於各處行省倘言自給驛
部二一可考宜令各處詳驛馬尚然有數何獨獄囚
知詳悉理宜令各處考其刑措盜賊不知多寡何緣見其民
因不知繁簡何緣考其刑措盜賊不知多寡何緣見其民

五九三

今後補闕
後原闕

安二者相須實關治道本臺具呈照詳都省除外咨謂今
後本省所管去處見禁罪囚略具所祀情節收禁月日施
行次第開寫元管新收開除見禁類總每季咨省失過強
竊盜賊登答已未獲起數依上季報施行　右三條　應在孕
產後決遣從

十七　陳氏樓補

---

# 鞫獄

## 鞫囚公同磨問

中統四年七月中書省奏准條畫內一款鞫
勘罪囚仰達魯花赤管民官一同磨問不得轉委通事必
闍赤人等推勘如違仰宣慰司究治

## 鞫囚職官同問

至元五年七月欽奉聖旨御史臺條畫內一款
囚皆節該諸囚禁非理死損者委監察隨事推科鞫勘罪
而隱諱不招須與連職官員立案同署依法拷問其告
察糾察欽此

## 鞫囚以理推尋

至元二十八年六月中書省奏准至元新格
內一款諸鞫問罪囚必先參照元發事頭詳審本人詞理
研窮合用證佐追究可信顯迹若或事情疑似職伏已明
而隱諱不招須與連職官員立案同署依法拷問其告指

《典章四十　刑部二》

十七

五四六

不明無證驗可據者先須以理推尋不得輒加拷掠

## 推官專管刑獄

浙行省咨紹興路申至元二十四年添設推官一員到任
以來專管刑獄一同著押到官行移文字不管其餘府事
元貞元年閏四月二十三日准浙東海右道廉訪司該照
吳祥等取受公事牒呈內推官南承務與其餘府官一同
署押檢照至元二十五年八月江淮行省准尚書省咨刑
部呈為益都路推官王承務呈切見隨路推官罪囚盈獄
署不齊未敢獨員凡遇鞫問罪囚必須究問同署之人或有他
體通管府事凡遇鞫問罪囚盈獄淹禁不決合令隨
故不齊未敢獨員凡遇鞫問其餘一切府事並不簽押亦今後委令隨
占凡遇刑名詞訟推官先行窮問須要獄成與其餘府官
再行審責完僉案牘文字或有淹禁責在推官可免隨路

推官失職越局之罪抑以必副朝廷設官恤刑之意本部
參詳若准推官王承務呈專管刑獄相應都省准遍行
照驗大德七年八月

日江西行省准中書省咨該推
鞫刑獄大與其他庶務不同諸路之源起自巡尉司
縣官吏公明廉敏者固亦有之然推問之術以得其況
雜進之人十常八九不能洞察事情專尚捶楚期於獄成
而已甚至受略枉法變亂是非顛倒輕重欲使獄無枉濫
其可得乎庶囚徒所犯小則決斷大則人命所係不
詳詞理察言觀色庶得其情且古者察獄之官先備五聽
加詳審尤且究心此皆推官之責也今擬路府推官
外餘事擾其中雖欲留情獄事不可得矣令擬路府推官
仍舊專管刑獄通署刑名追會文字並不僉押

諸官府亦不差占凡有罪囚推官先行窮問實情須待獄
成通審圓署事須加與同職官員問掌管刑名司吏聽
推官於見役人吏內選擇其姓名申廉訪司照驗同寮官
不得阻當移換路府長官通行提調行省部仍令各道
廉訪司嚴加紏治若推官承差不即申上報達本職者亦
案合追會者常加檢舉違者許推官直申中書省部仍令
行治罪嚴加紏治若推官取其平反冤枉在禁淹延輕重最約量陞
移本路候推官任滿解由內開寫以憑考其殿最約量陞
降路府州縣佐官欽依元奉聖旨事意分輪提控須三日
一次親於牢內點視若有淹延者隨即咨舉除外咨請依
上施行

---

枉勘枉禁論罪　大德二年八月行御史臺劄付據廣西道申

賓州路曹總管拷勘張縣尹等身死又邕州路達魯花赤
密刑將犯人非法拷勘公事似此枉禁酷虐人命致死或
不致死著為罪例照付送刑部擬回呈似於遵行移准御史臺咨呈奉
中書省劄付送刑部擬定似此遵行移准御史臺咨呈奉
各別輕重不同難便一槩定論擬合臨事詳情議罪相應
得此都省議得鞫勘罪囚已有定例今後若有枉勘枉禁
依准部擬隨情量輕重論罪仰依上施行訖咨刑獄惟發

原闕
今補

## 斷獄

### 隄防決斷事程四

官人每說隨路江南罪囚每限遲慢著有呵為甚那般
遲慢著有聖旨有呵回奏做賊每根底交大札魯忽赤每
斷者聖旨有來為那上頭等大札魯忽赤每誤著有
奏呵不須等札魯忽赤斷的交隨路官人每斷了者
聖旨了也欽此

### 重刑結案

大德七年五月行省准中書省咨刑部呈會驗先
欽奉聖旨定到按察司條內一款節該所在重刑每上
下半年親行參照文案云云見得按察司欽此至元十六年四
月承奉中書省劄付刑部呈照得各路重刑結案到部於
內雖經按察司審錄無冤中間却有淹落情節追勘不
以致再行駁勘使上下紊煩淹禁罪囚不能與決為此議
得按察司條提刑衙門照刷案牘凡有合審重刑理合隨
即照卷完備審錄無冤回呈本部如見中間但有
不完可疑情節即從本司盡情駁問明白開坐有司追勘
案行省專委文案官升首領官吏用心參照須要駁問
完備方許結案申部擬罪呈省以為便當都省除已劄付
御史臺照會外仰行下各處更為行移當路追勘如無
詳各處行省即掌握方面責任不輕省容以為忽念不完
又欽奉聖旨條內一款節該除依上施行
不脫本司疑連各處申解備責任並不用心參照疎駁止隸各處
備廉訪司不以禁囚為念遷延有淹禁十年之上是一例
作疑容票送部照擬或有不完必然回呈再

五三七

典章四十 刑部二　　一九

容照勘動經歲餘不能完備雖是補答容到復有失問情
節至於再三行省視為常事更不窮問廉訪司失於詳讞
再不審復葺往復文案又且久禁罪囚若事無巨細俱
致淹延以此參詳今後重刑各路追勘一切完備呈廉
訪司仔細參照始末文案盡情疎駁如無不實者再
三復審無冤開寫伏回備本路擬連元牒依式結
案果無例者本省先須詳議定罪名擬連備容如若元大段
一切完備別無可疑情節擬罪容省其餘輕罪依例處決
於容文後標寫姓名不許脫當該少革首領官吏如
犯或有例不決追勘已完
罰腹裏路分一體施行似望獄無淹囚少革首領官吏之弊如
蒙准呈遍行照會都省議得各處重囚追勘已完別
案請依上施行

三五三

典章四十 刑部二　　二十

無可疑其當該首領官吏不肯用心參照文卷畏懼標寫
姓名妄行疎駁故延其事不即結案一體究治餘准所呈
容請依上施行

## 幕職分輪提點

中統四年七月中書省奏准條畫內一款在
獄罪囚皆委佐二幕職分輪一員提控須三日一次親於
牢內點視每月一替若有枉禁及事有淹延不決者隨即
檢舉月終其錄囚數姓名施行次第牒送下決官仍報合
屬

## 佐職提控罪囚

至元七年六月御史臺奉尚書省劄付據冀州
部呈順天路總管府備易州知州楊怨等七處見職官連
名狀中契勘諸犯各罪囚比之官司鞫問在於不泄其
獄吏等不思犯人罪之輕重求財私下凌虐不堪其
苦罪重者得財反輕罪輕者無財反重罪重反輕者有所
特而不伏罪輕反重者有所畏而屈招使官司不得實情

五二二
【典章四十 刑部二】
二十一

## 提控見禁罪囚

至元二十三年五月御史臺各奉中書省劄
諸路總管府經歷知事兼獄官提舉刑名合無照依上例
不能歸結以此參詳最為重事人命所係關於利害切見
付會驗各路見禁罪囚遇有患病有司往往不給醫藥止
以虛申分數病重者應許親人入侍及合疎枷鎖召保者
令各州縣典史吏目不妨本役常川提控罪囚似為不致
遠錯得此申乞明降本部參詳各州司縣典史吏目係親
管案牘似難兼委若令州縣佐官兼提控囚禁似為便當
省府准擬仰遍行依上施行
亦不拯治至於寬滯不申非理死傷者其間不無為此已
經劄付欽依已事意令推官督責
獄囚人病患亙時申官即令良醫對證用藥看治其加減
分數次第逐旋申報其所用藥物官為應付如藥餌不真

## 究治死損罪囚

元貞三年正月行御史臺該監察御史呈
江南府州司縣罪囚比江北為多重刑往往追會不完未
經結案而死明正典刑罪囚亦有監繫致死者官
司視以為常深恐中間枉直不辨冤抑莫申今後嚴責各
處官司如有必合監禁之人疾早追問斷決勿致淹禁遇
事理施行
使囚人不能申訴已劄付刑部移咨各處中書省依今
其醫工當官等看循虛申禁罪囚不行如法看治或病後
今暑月切恐禁罪囚遇有患病不行如法看治或病後
招申部呈輕者責罰重者別議施行去後都省省得目
患病不即申報看治除獄卒痛行斷罪提控官獄司取
非理苦虐如有不行依前提控牢獄或提控不嚴及罪囚
罪在醫工夏月須要將牢房掃洒洒涼淨冬月溫暖將罪囚

五七一
【典章四十 刑部二】
二十二

有疾病則罪輕者召保罪重者令醫看治仍令親屬入侍
期於疹愈或有不幸身故於月報內明白開寫某人因犯
何罪自幾年月日收禁追會其事未完自其日因病
症是何醫工對是何親屬及日申病症分數身死月日行
移某處官司一一照勘如有不應監收而監收及無故如
此一一照勘得如有不應監收而監收而不疎決而
非理死損者嚴刑究治仍每歲終具死訖罪囚數目開申

## 牢獄分輪提點

大德九年八月湖廣行省准中書省咨照得
各處見禁罪輕重罪囚數多即目仲夏盛暑恐牢獄不為修
治穢氣蒸致生病疫有司不加醫療因而死傷人命須
可哀憫今後委佐貳幕官分輪提點牢獄及令推官督責
獄卒常加洒掃每三日一詣獄點視湯藥枷杻匣具須
要潔淨仍備涼漿若遇冬月依例官給絮布暖匣蓆薦等

物病者即給藥餌令醫看治毋致失所都省咨請依上施
行

禁約獄囚無得飲酒 大德九年二月湖廣行省准中書省咨
據所委官帖哥又等呈奉省劄拯治會通御河上下盜賊
至邳州體知本州獄卒與在禁重囚飲酒及與囚婦姦宿
因而故縱及獄在逃二十名當夜挺牢官孫州判在州後
回歸德府取招本官虛作防送出外回申等事取訖各招
狀迄遍行今後牢門並匣床鎖鑰從提牢官收封關防禁
約不得將酒入禁牢人等亦不飲酒違者痛行斷罪及
提牢官似望少有疎虞得此除州判孫溫等罪另行外送
刑部議得無設立司獄去處今提牢官封收鎖鑰禁約獄
內無得飲酒如蒙准呈照會本省相應都省准擬咨請依
上施行

六六七

典章四十 刑部二

三十

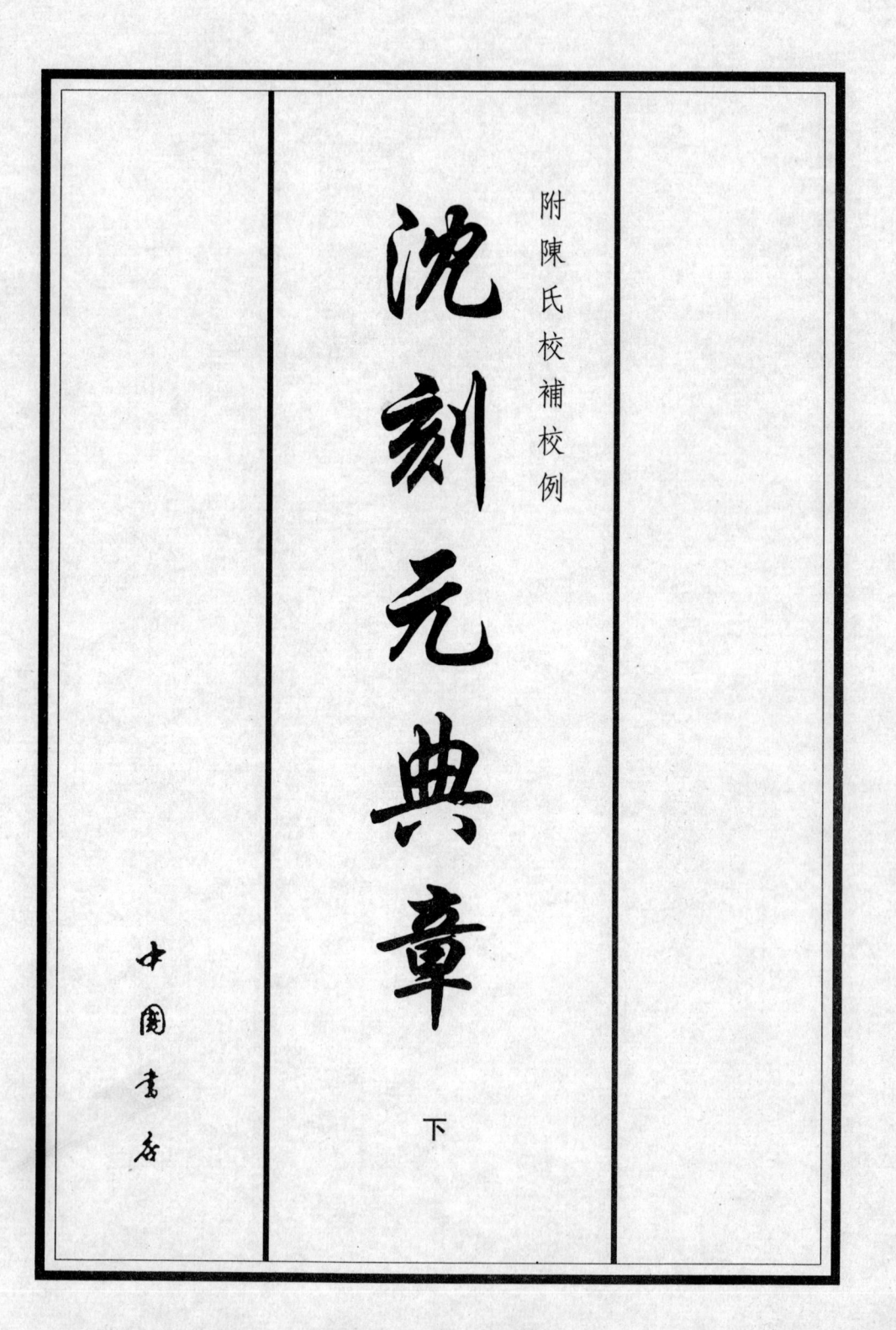

附陳氏校補校例

# 沈刻元典章

下

中國書店

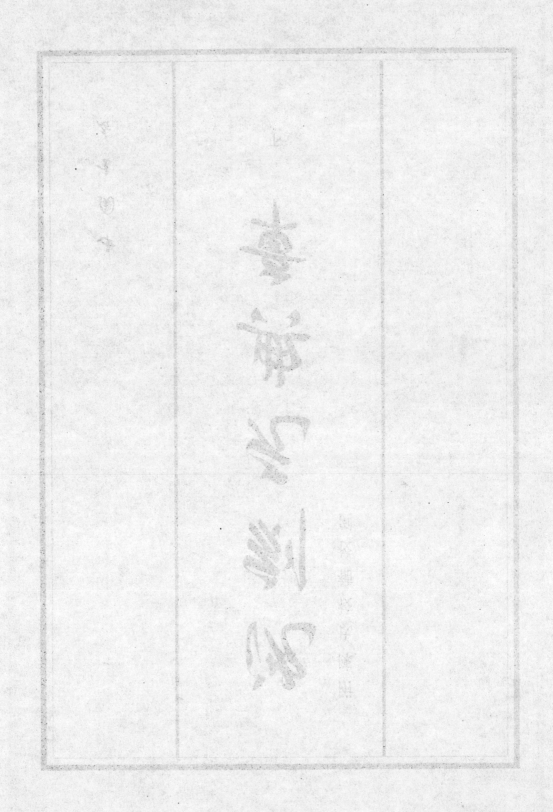

## 典章四十一

### 諸惡

二十七　三十七　四十七　五十七　六十七　七十七　八十七　九十七　一百七　徒流　處死

**不孝**
按史丁憂　闕發不弃
决未終制　服制未經
　　　　　　舉哀
任　終喪制之
降等敘　喪居
　　　　　除名

**不睦**
毆傷打傷　弟致　親兄
　　　　　不敘　喪宿娼

**謀反**
打死親　姪死房　姪亂
言失　告死
言道火　妄造言語

**大逆**
僞造圖讖妖說
天兵爲頭謀選
禁殺本宿死聽唆　同謀造
妄立文字說火
知情並坐

**誣告**
誣告謀反

**謀叛**
降散官　一等

**惡逆**
焚尖屑
便改嫁　婚主嫁
人俱○

**不義**
叔嫂妻
姦成妻○
父○打死妻　居喪
　　　而音嫁
義男而　三年
　姦男
婦已成
翁姦男

**內亂**
通繼
父　姪女

**不道**
採生支解人者凌遲處
　　死　雖行百七除名
　　不敘　謀殺合音成
　　　　　死　籍沒家產
　　　　　同居人徙三
　　　　　年贖錢人五
　　　　　十七遷徙達若

**大不敬**
闌入禁苑五十七下

---

### 諸惡
並原來闕漏橫直線
今補正亂

二十七　四十七　七十七　八十七　一百七　流　處死

**不孝**
殺　終憂闕　令史丁
見　制未經决　喪
降　應制齊　哀未　除
敕　削爲　舉哀
不　喪宿娼
敘　除名

**不睦**
毆傷　弟致　親打傷　兄

**謀反**
打　姪死　姪打　死親
言失　告死
言道　亂房
言語　妄造

**謀叛**
官削降　散官○不音

**大逆**
僞造　圖讖妖說
天兵爲頭選
禁殺本宿死聽唆同謀造
妄立文字說火
知情　並坐

**誣告**

**惡逆**
焚尖屑
便改嫁　婚主嫁
人俱○

**不義**
校夫妻　居喪
便改嫁　而音嫁
林害親　三年
義男而　姦男
婦已成

**內亂**
通繼
父　姪女

**不道**
採生秦蠶採生支解人者凌遲處
　　　脫放者杖　死　籍沒家產
行用而殺人　一百七除名同居家口
人然令身爲謀殺合音成坐三
爲頭的斷一年贖以害人及
百七引領人四十七遷徙達若
贖錢人五十七遷徙達

**大不敬**
闌入禁苑五十七下

**不孝**

**王繼祖停屍成親** 大德二年行省准中書省咨樞密院呈張
德清告本管千戶王繼祖於伊父服停屍成親責得王繼
祖狀招元貞元年六月二十日父王喜身故將妻馬大姐
扶娶過門拜靈成親至二十三日將父王喜埋殯了當是
實其呈照得此送禮部照擬得至元二十六年十月內
奉尚書省劄付禮部呈河東山西道宣慰司關太原路臨
州軍戶王仲祿男王猪僧至元二十六年十一月三十日
娶到賀真真為妻至元二十三年正月內王唐兒為男令王唐
兒與賀真真拜訖王猪僧屍靈收繼成親大傷
風化若依已擬將各人離異相都省咨擬令王唐兒與
賀真真離異本部擬得王繼祖父喪停屍哀成親亂常
敗俗莫甚於此參詳宜從都省咨付樞密院斷令各人離
異所據王繼祖擬合罷職相應都省准呈依上施行

〔典章四十一 刑部三 二〕

**捏克伯虛稱母死** 大德五年三月行臺准御史臺咨燕南河
北道廉訪司申准分司牒該體知晉州達魯花赤捏克伯
家在解州職居任所思慕彼中妻子原由搬取乃虛稱老
母病亡奔喪給假前到解州住經月餘不顧老母之養卻
攜妻子同來任所為此喪葬俱有常例其捏克伯狀招伏是實得此
詳父母之天地也生事喪葬得葬其昵於私愛棄絕大倫無

〔五一四〕

---

**張大榮服內宿娼** 至大三年三月行臺准御史臺呈江北道廉訪司申
葉應山狀告應山縣典史張大榮不守服制於娼戶之家
宿歇等事取訖典史張大榮招狀既是應城縣典史大德
十一年三月之任不合遇筵席呼喚娼女把碟歌唱恣意
作樂因慕愛娼女鄧丑五顏色不時用言將本婦調戲於
大德十一年八月二十二日夜一更時分前去鄧回家倚
仗公勢與娼女鄧丑五對面議許每月出中統鈔七十五
兩與鄧丑丑養贍老小不令開門接客當夜先與鄧丑丑
中統鈔二十五兩及本婦宿睡至二更時分回還又招至
大元年閏十一月初十日父張杰因病身亡明知新喪父
親人子大事又係應城縣典史之役自合居守服制父
又不合當月二十六日前去鄧丑五家內本婦淫慾一次
依前供送錢鈔節續帶酒前去宿睡及於至大二年三月
初三日一更時分前去娼女吳大姐家宿睡至二更時分
方行回還議得典史張大榮所招職役雖小繁瀆親民教

〔典章四十一 刑部三 三〕

省劄付刑部呈奉省判御史臺呈山南江北道廉訪司申
係不忠不孝其罪非輕若准分司所擬行懲戒相應申
乞照詳於十月二十二日本臺奏過事內一件燕南河廉訪
司文字裏說將來晉州達魯花赤捏克伯小名的人他娘
死了麼道說謊家裏取將他小名的人他娘
也麼道說謊家裏撒去來的招了他的罪過重有來詔書裏
免了他也生呵聖旨了也欽此
生呵聖旨了也欽此勾當裏罷了不揀幾時勾當裏委付呵怎
甚於此若不懲戒有傷風化擬合將本官斷罪罷職仍追
離職月日体給還官遍行各處以警其餘牒請照驗准此

〔五七三〕

化風俗不爲不重父母死甫及二七骸骨未冷與娼女鄧
丑吳大姐二處宿睡飲酒不遵禮訓大傷風化若依王繼
祖居喪成親例斷却緣王繼祖情罪尤重將妻室今張大
榮不思報本絕滅哀情飲酒宿睡例係求娶應得將張大
量情斷八十七下罷役外擬將名不敘遍行照會以致
部議得應城縣典史張大榮父母死甫及二七娼娼飲酒有
傷風化擬合不敘相應具呈照會相應遍行照驗施行
合行明正其罪永不敘用乞照詳得此擬除名不敘遍行照
付送刑部議得汪元昌所犯合依已擬除名不敘遍行照

**典章四十一**
**刑部三**
四

劄付准御史臺咨近准東廉訪司奉江南行臺
昌聞知父喪不即奔赴値天作樂飲酒不忠不孝
就便開奏事承去皇慶二年正月十三日本臺官元
內一件昨前省家俺根底與將文書來准東廉訪司官人
每將文字裏說將來揚州宣慰使汪元昌小名兒的人他的
喪道了呵省家文書藏了每日筵席有完澤篤皇帝昇天了呵
爺殺了呵不奔喪樂人來交唱著他自彈著筵席有
別了大體例家裏俺的罪過遍赦免了也刑部擬著他除名
不敘了呵麼道俺量來依著他行呵怎生奏呵那
般者麼道聖旨了也欽此咨請欽依施行

**注官惹不丁憂大娶**
皇慶二年五月江西廉訪司申准東廉訪司奉江南行臺

五十八

**贓禁不丁父憂**
延祐元年十一月
日承奉江南行臺劄
付近據江西道廉訪司申劉浩然狀告臧榮不依父姓改
作莊榮伊父莊覺並母陳氏病故後受吉州路知事不候

---

服闋匿喪之任於例有違取莊榮招狀申乞照詳得此
移准御史臺咨承奉中書省劄付送刑部照得元貞
二年七月初四日呈奉中書省判官靳克忠呈准西江
北道廉訪司申黃州路錄事司判官靳克忠聞知父母
即將訃又行飾詞不肯離職詳其所爲必合懲戒得此送
本部議得職官奔喪已有定例今承見任承役官明降
知父亡申准本管官司明知父母死亡不行奔喪故將
之後任未終忘哀之任降一等敘用標附過名如
下仰照驗相應得此擬合不敘議得莊榮遭値期年
重喪服制未終見例量決四十七下擬除
外合下仰照驗施行今承見標附標附相應具呈照詳都
省仰照驗施行

**張敏系丁母憂**
延祐二年五月
日承奉行省劄付准中

五七十

書省咨陝西行臺咨監察御史呈追問得三原縣尹張敏
狀供皇慶元年八月二十日繼母黨氏身故若便一概丁
憂伏慮航誤官事人恐差池移關本縣備申上司照得未
蒙明降依舊管事到今是實看詳張敏所供繼母義同嫡居
母當終三年之服撫字之官有傷風化如本官職係爲民
例事理宜從合干部分定擬相應具呈照詳送刑部議得張
期年後降先降一等敘用標附過名如今禮部議得相應得
敏繼母黨氏係父張世英以禮求娶義同親母合依已擬候
縣尹表率下民不即丁憂原其所犯量擬候終制注遷遠一
一任敘用標附過名此送據本部呈會到禮部官一同再行議得縣尹張敏
繼母黨氏係父張世英以禮求娶義同親母合依已擬候
終制注遷遠一任敘用標附過名如蒙准呈遍行照會相應

**典章四十一**
**刑部三**
五

應具呈詳得此議得縣尹張敏所犯敗壞風化難任牧
民擬降一等雜職內任用餘准部擬除外都省請依上施
行

### 裴從義冒哀公叅

延祐五年六月行臺准御史臺咨承中
書省劄付來呈山南江北道申孫弘恭告荆湖北道宣慰
司令史裴從義母喪離役丁憂未及終制復補本司令史
責得裴從義狀招繼母楊氏於延祐四年十二月二十一
日亡歿延祐二年四月初九日纔聞訃音奔喪還家丁憂
自母亡至延祐四年二月十四日冒哀公叅二十七月未
零二十六日尚有未終制實丁憂寶賓至延祐四年制八
不合於延祐四年二月十四日自合依例候服闋勾當却
是實得此看詳官吏丁憂寶賓二十七月未見合自親歿
或聞喪日理算所據荆湖北道宣慰司令史裴從義母亡

五四一 刑部三

#### 丁憂未終復補役事

理宜令合干部分定擬仍早議通例
遍行各處導守相應具呈照詳得此送據刑部呈照得至
大四年三月十八日欽奉詔書內一款以厚風俗丁憂已著令
典令後並許終制實二十七月以厚風俗朝廷奪情起復
並蒙古色目管軍官員不拘此例本部再行議得典
史裴從義延祐元年十二月十一日母亡計延祐二年四
月初九日聞喪丁憂計延祐二年閏計二十
三月零四日未經終制非海道宣慰司稽之典禮皆以聞
當以此叅詳諸犯父母喪亡之典禮皆以聞喪亡日為始
史裴從義所犯若依知事贓榮一體斷罪降等見議
始亡聞喪通例未定合依已擬量決二十七下解見役別
行求仕相應俱呈照詳都省准擬仰照驗施行

六

---

### 不睦

#### 打傷親兄

至元二十年五月江西行省據審斷罪囚官狀申
袁州路萬載縣羅細三羅細八打傷親兄羅二議得為首
犯宜斷一百二十七下為從羅細三八十七下省准斷訖
不合打傷親兄羅二左手腕骨斷已成廢疾其羅細八罪

五四二

#### 穆謌子殺兄

至大二年九月江西行臺准尚書省咨刑部呈
縣申至大二年十二月二十二日穆仲良告弟穆謌子用
力將兄穆八扎死責得犯人穆謌子狀因於兄穆八處
取索元借中統鈔五錢有兄穆八意嗔將謌子口上打訖二拳
八衣襟扯住索要不還將兄穆八右臂頭髮揪住暗用右手
不合生惡怒用左手將兄穆八

典章四十一 刑部三

將懸帶白羊角鞘刀子拔出將兄穆八左耳竅前緊揆耳
竅扎訖一下血流合面倒地又於兄穆八腦後偏左扎訖
一下刀尖著骨致將刀靶捏折刀靶擘破兄穆八腦
後帶折刀刃竟將刀身翻過仰面致命身死犯人是實下
禁後勘問本職訊當發潰瘡看詳穆謌子殺死親兄惡
逆尤甚合無戮屍梟令曉諭論係為例事理關請照驗准此本部
議得穆謌子因伊兄不還元借鈔五錢用刀子將兄
扎死即係惡逆重事若不明示罪名則後人無以懲戒雖
本職就禁身死宜准所擬對眾戮屍依例追給燒埋銀兩
如蒙准呈遍行照會相應具呈照詳都省咨請照驗施行

#### 毆死弟

九十申奉到尚書刑部至元八年三月二十一日符文擬
斷七十七下仍微燒埋銀一十五兩給付苦主

五四三

七

## 胡参政殺弟　大德五年三月　日江西湖東道肅政廉訪

五八五

司准監察御史牒該奉御史臺劄付大德五年正月 日
奏奉聖旨省裏臺裏差人交去間有招付的人每根底與俺
錢物更其餘有招付的人每根底的罪過硬著詔書釋免了也
省官更俺根底與俺商量來將文書做俺不諱免了也怎
麼道說有俺胡家的親子胡總管根底你元奏來的勾當您行者
養的見因著胡家的氣力有主謀的胡参政與他別
麼道廢道奏呵廢例倒是怎生廢有廢道有呵殺了
者廢道奏廢道聖旨了者那殺者敲了者廢道聖旨了
弟張八同謀賊殺了者依體例與了錢下手用刀仗將著合
銀子將胡總管殺了依體例與了錢下手用刀仗將著
死廢道奏呵那殺者敲了者用刀仗將胡總管那將著
的兩個人也合死廢道奏呵那殺者敲了者廢道聖旨
了這兩個也合死廢道奏呵那殺者敲了者廢道聖旨了

典章四十一
刑部三
八

也又把鑰匙開門的把火照明的和賊每一處教著器仗
入去來的熊瑞謝貴先名字的兩個人胡参政根底後器仗
要了錢來不曾下手他每的罪過教配役流遠的上位識
者廢道奏廢道配役流遠呵怎生廢有廢道有呵殺
胡總管例和賊每一處有廢道聖旨有呵怎生
人他每的地面有三年斟量著這田地裏交配役呵怎生
奏廢道聖旨了也又這胡参政是義養的兒
胡總管的房舍田產財物多費了也又這胡参政
元姓張如今有的房舍人口田產應有的物件胡
管的媳婦孩兒根底分付與那裏審復無冤呵依著札撒
勾當有如今省裏差人也又一件未完也交尋呵不
裏入去呵聖旨了將著江裏撇了五六年也交尋呵不
胡總管的刀仗舡上將著江裏撇了五六年也交尋呵不

曾尋得著那舡上人走了也不曾尋得見交知道的奏有
奏呵聖旨了也欽此除熊瑞等配役處所其呈都省處
及差官一同審斷外今委本職將引書吏就費本臺元問
文卷馳驛前去下仰驗與省官將犯人胡頤孫等罪
審錄已招是實別無冤抑上處斷外干犯人孫異等罪
過赦恩欽依釋放所據胡頤孫男復還命並應
有房舍人口財產仍依本意施行其審事理施行
寄收贓物就便依例給付承此除胡頤孫張圭元提舉名各人
明正典刑了當牒請照驗施行
王庭羅鐵三四名審復已招是實欽依聖旨事意將各人
月十八日到來將胡参政孫張八提舉姓並路
產等數開坐人口財產就便依例施行外於大德五年三
月日行文牒欽依聖旨了當牒請照驗施行

曾尋得著那舡上人走了也不曾尋得見交知道的奏有
奏呵聖旨了也欽此除熊瑞等配役處所其呈都省處

五八八

## 因弟作盜砍傷身死　大德六年三月　日江西行省准中書

典章四十一
刑部三
九

省咨該來容王異一名文才因弟王柳仔作賊偷盜他人
菜蔬稻穀綿絮等物不聽教導恐人恥笑於大德元年十
二月十八日用砍柴刀將王柳仔砍傷身死本省議得即
係有罪而殺既得詔恩擬合釋放送刑部照得大德二年
四月內承奉中書省劄付奉聖旨湖廣省咨李夢龍狀
招因弟李辛六扎死罪犯緣無規矩作賊用尖刀將夢
龍毀罵又用松木橛一條取索舊欠鈔二兩無錢歸還夢
弟李辛六問作賊犯次日身死即係卑幼有罪尊長殺
釋放燒埋銀兩同居不須追理都省議擬施行外王
文才因弟王柳仔作賊偷盜他人菜蔬恐人恥笑發怒用
柴刀將王柳子砍傷次日身死一體定論二次欽過詔恩如准行省元
謝念五等罪被鈔兩等物為恐鄉人恥笑發怒用砍
害致死難弟同凡人一體定論二次欽過詔恩如准行省元

擬依例釋免燒埋銀兩同居不須追理都省准擬施行

## 打死遠房姪

米貼招狀至元四年十二月十六日因親姪米公壽取得
上剪了紉絲三尺用拳毆打篤姪打死為姪碎扯抵觸用柳木棍於
公壽左耳後侵腦打傷至次日身死打傷不多時身死罪犯舊例即就身死罪法司擬用柳木棍於
招打姪男米公壽罪犯之子死者擬米貼所
其米貼所犯合徒三年決徒年杖八十部擬七十七下省
擬斷一百七下

五七一

### 典章四十一 刑部三

部照擬得袁成所招因姪袁百六查占行路相爭其袁百
省議得袁成擬決一百七下依部擬徵燒埋銀准此
爭為袁百六毀罵用棒於袁成額上打傷奪到行使木棒
袁成八十七下徵埋銀五十兩給付苦主呈乞照詳都
將姪得傷至次日身死打死篤姪即係遠房姪已隔從終有尊卑擬
袁念四名成狀招因遠房姪袁百六將人行舊路查占相
袁百六致傷身死即係遠房姪雖已隔從終有尊卑擬將
六毀罵及用棒打傷袁成額上以致袁成將棒奪得打

至元十七年五月江西行省據袁州路歸問到

十

## 踢死堂姪

大德五年三月二十八日江西行省准中書省咨
來咨袁州路歸問得周千六為遠房姪周季四踢傷身死
元賃房錢及行毀罵揪捽因此將周季四踢傷身死
一干人招詞本省看詳周千六賜死周季四係四從堂姪
經麻之親咨請定奪送本部呈保定路備涿州申張秀狀招
日承奉中書省判送本部呈保定路
大德二年七月十七日與另居次孫張真一除掃牛糞有
房姪張聚帶酒將秀毀罵用元柱檀木拐一條將張聚踢
打身死擬罰贖罪大德三年正月十八日欽遇詔恩釋免

---

六四六

### 典章四十一 刑部三

本部議得張秀因房姪張聚罵詈踢打身死即係卑幼有
罪尊長毆擊致死例合斷罪欽遇詔恩合行革撥燒埋銀
兩依例追給所據袁季四贖罪鈔若係詔後徵到合行回
付呈奉都堂鈞旨送刑部准擬革撥施行奉此除外今承
見奉本部參詳周千六所招因遠房姪周季四賃房屋
不償房錢意稱索要及行毀罵致被周季四踢打經
隔四日身死雖是遠房終係尊長毆死卑幼例應杖斷卻
緣二次欽遇詔恩釋免依尊長毆死卑幼例應杖斷卻
元與私和田地屋契既於阿季名下追到地價周千
統鈔三錠二十兩擬合設官卻將田土令周阿季為主相
應都省准擬咨請照驗施行

十二

## 罪貴謀故殺姪廷

大德十一年三月二十四日福建廉訪司承
奉行臺劄付近據來申爲照刷本道宣慰司元帥府卷內
漳州路申鄭貴子進同謀將鄭昭舉打死鄭貴男鄭
福德又與鄭昭舉妻通姦不行申解輒將鄭子進
依省部元擬米臨因姪米公壽於機上剪了紵絲三尺用
棍打傷身死斷例各決一百七下鄭福德決杖八十七下
帥府不爲參詳止下本路更爲照勘无差依倒施行雖在
草前緣事干人命終无都省該來咨福建廉訪司申分司牒
乞照詳得此帥府文卷一宗鄭昭舉身死公
照刷出福建道宣慰司元帥府文卷一宗鄭昭
事漳州路歸問得鄭貴狀招因充里正欠少米鎮撫債欲
請鄉泉收拾米穀還債有姪男鄭昭舉攬援又要將

〔圖文二之九〕

〔典章四十一 刑部三〕

十二

陳氏校補

弟鄭子進傷害以此懷恨於大德六年十一月初十日夜
與弟鄭子進同謀持杖將鄭昭舉屍埋藏在後縱
令男鄭福德與已死鄭昭舉妻阿李通姦是實鄭子進招
伏相同看詳各人所犯擬即係謀故殺人情甚重本路輒
比米恤打死姪米公壽倒擬將鄭貴鄭子進各斷一百七
下卻將鄭福德與鄭阿李通姦事理申帥府亦不參詳
雖在大德九年二月二十五日以前緣干人命終无省部
定擬明文不惟有司指以爲倒尤恐愚民无知將謂謀故
殺姪理照詳呈奉中書省劄付送刑部議得鄭貴所犯因姪
咨請照詳呈奉中書省劄付伊達倒請所管人戶集欽米穀等事
男鄭昭舉要行攬援倒將鄭昭舉吸引山上无人處用棒
與房弟鄭子進同謀故將鄭昭舉
打死埋屍在後卻行發取骸骨拋擲縱令伊男鄭福德將

---

被死鄭昭舉妻阿李姦占要訖衣服說令別嫁他人本婦
告發到官及令男鄭福德反告鄭阿李別欲改嫁等事遮
掩殺人罪名致被官司推問出殺人實情追究屍身死明白
即與張阿袞歐打活身死情罪无異倒合處
死刑與漳州路已將本人斷訖一百七下又經赦詔一
若却已斷勿論慮恐愚民无知叔姪之間少有相違指此
爲倒輒使謀故殺害鄭貴照依已擬
徒發去遠陽行省地面住坐以警其餘使民畏懼鮮犯其
呈准都省准擬除已移咨江浙遼陽行省依上施行合
下仰照驗依上施行姪條應在賜死堂條後開令補

〔圖文二之十〕

〔典章四十一 刑部三〕

十三

陳氏校補

# 謀反

**謀反處死** 濟南路捉獲謀反賊人胡王先生一起人等蒙中書參知政事欽奉聖旨時起初同謀造反人任萬益胡王先生於市曹處死誣告謀反者流東平路歸問到軍戶周僉兒招狀不合誣告謀反省咨紅合新茶等一十三人至元四年四月謀反罪犯部擬死省斷入鷹房子種田

**失口道大言語** 河間路申雎周路招狀不合為孫泰將用所告名件分析支破了五十定意想背叛阿藍歹兒等是北賊要了五十定罪犯法司擬舊例失口亂言犯部杖一百七下省斷一百七下

〈典章四十一 刑部三〉 十二

五二三

**誣告道大言語** 濟南路任靜狀告本府權府龐國楨於去年七月成帝位夜獨身於真武廟上面觀北斗言道王參政早成帝位國楨若得樞密院官時起蓋北極大殿官歸問得元告人任靜狀招不合挾仇陳告前項大言語龐同知道來罪犯法司擬舊例口陳欲反之言心無真實之計而無狀可尋者徒四年具元告招虛合同誣告友坐徒四年部擬量決五十七下省斷一百七下

**亂言平民作歹** 至大二年九月 日福建宣慰司承奉江浙行省劄付准尚書省於刑部呈於至大三年二月二十五日蒙都堂鈞旨分付到木八剌告指亂言文狀一紙仰本部約諸尚書省斷事官懷都省詹事院斷事官朵兒只一同歸問明白連銜呈省去木此依上約請各官到部一同歸問

---

得木八剌招狀既是回回人民生農為業自合守分過日却不合於至大三年三月十九日為知官司捉獲帖里等謀歹將首告人給與官賞及懷恨本村住坐人馬三等時常指拔木八剌應當一切雜泛差役因此將木八剌幼小聽得妄傳詞話自行捏作亂事情虛擺馬三於至大元年六月二十日就於甸內鋤田處對木八剌道住常七還他也又虛擔於當月二十日有本莊住人小甲就於甸內鋤田處對木八剌言說如今真定府皆後河元曲召來個走洞洞響讀得那人不敢出來您如今日斯見這的是得撲洞洞裏山洞裏去了上頭著一個鼓兒聽將軍道日頭月兒斯見阿時漢兒皇帝手裏有兩個好將殺底一個驢一個直了也漢兒皇帝出世也趙官家來也漢兒人一個也不

〈典章四十一 刑部三〉 十三

五六八

月內不記日上燈前後就於伊家對木八剌說道鐵兒星下界也達達家則有一年半也又虛供在先累欢前來赴省陳告為是不識人等將木八剌當攔以此還家不曾陳訴如此亂言木八剌又親筆寫到文字一紙意望官司將各人拷問阿藍沙到俺村裏請受官員又招於三月十九日止曾對阿藍沙說本人每謀反語句又不合虛招將上項亂言語招既於三月二十二日就降福宮前問不得名校尉道宮裏有那無太子有那無多少性辮捏合亂言將木八剌執住於木八剌沿身搜出木八剌逐項虛誣不實罪犯既取訖阿藍沙既是木八剌說稱村裏漢兒人謀反又不行告首招狀

一千人等面對得木八剌說稱村裏漢兒人謀反不行告首招狀

議得木八剌比例於市曹杖斷一百七下阿藍沙擬決四
十七下相應呈奉尚書省判送准奏事房付至大三年三
月十八日奏將來木八剌小名的人告訖馬三攔十等人
每寫立自文字說大言語麻道說有奏呵差的買買去將
他每已招了的典刑了轉遞號令者也欲此剌出來的好
生問得端的招了呵尚書省官人每再覆過這般發露的
刑了轉遞號令者廉道聖旨了也欽此剌餘所提調著典
處照行省地面宜從都省欽依典刑記除已依各行各
上施行各處詳得此照行省地面宜從都省行移會相
應其照得先經墜賞爲此一等不畏公法小
人貪圖功賞似此照行將上亂言人數俱已典刑了當若不遍行誡
人等明正典刑訖告人已經墜賞爲此

典章四十一 刑部三 十四

恐愚民不知枉遭刑憲都省咨該遍行合屬禁治施行

---

## 大逆

偽寫國號妖說天兵 大德元年十二月准御史臺咨奉中書
省劄付江浙等處行中書省溫州路備平陽州申陳空崖
坐禪說法監立旗號偽寫羅平國正治元年妖言惑眾稱
說天兵下降書善慧大言等事問了招狀大德元年十
月二十一日奏過將陳空崖爲頭來的下十八個人敲了斷沒
媳婦孩兒那裏住的那的每怎生商量來者又十一個人比這一個各一
輕呵教那等住的一個陳景春名字的里正又覺這兩個根底做顯驗各與他每
裏的有七十九七十四六十七六十三四十七三十七七下斷沒有知覺這賊每赴官
告報來的是來這兩個行的州司
吏林朴這兩個行的

典章四十一 刑部三 十五

一領袄子委付他兩個做縣尉斷沒到典刑賊每的田產
也與這兩個又這兩個之下做伴當來的三個人各與十
定中統鈔怎生商量來奏呵奉聖旨那般者欽此

妖言虛說兵馬 大德五年七月中書省咨近准河南行省咨
追問到賊人段丑斯等詐稱神異妄造妖言虛說兵馬扇
惑人眾除將爲首及信從並知情不首者並行處斬妻子
籍沒入官首捉人張德林等別行遷官給賞外今後若有
似此詐妄之人聞者隨即捕送赴官依上理賞其信從及
不首者准上斷罪都省咨請依上施行

**禁約作歹賊人**

至元十七年七月十二日中書省奏過事內

一件史塔剌渾說新附地面歹人每亂人口不安有省
諭百姓每令做歹的人每見處死財產人口斷沒安
主兩瞞不首同罪這般排門粉壁禁治財產人口斷沒
人調度呵歹人不生這般一般處死的人都一般處
死的每商量來為頭兒做歹的上頭省官人每樞密院的管
史臺老的每一般處死不首告的人於內悔過自免了會
各家立賞排門粉壁省會禁約呵怎生奏了也欽此

**典刑作耗草賊**

賊數多已令軍民正官一同親詣賊巢招諭如不歸降併

至元二十年十一月江西行省近為作耗草
賊人等有諸人能擒賊首一名者賞鈔四錠兩名以上
別加官賞又擬令獲到草賊於作耗地面對眾明正典
刑籍沒家產移准中書省議得今後獲賊於作耗地面
對眾明正典刑籍沒家產依准所擬外據諸人擒獲賊人
送官斟酌輕重給賞

五三三　〔典章四十一　刑部三〕　十六

**賊人復叛起遣赴北**

至元二十九年二月　日行中書省劄
付該近據廣東宣慰司呈南雄路申招到保昌縣大老謝
發並手下親人劉通赴司公參手下頭目孫大老並賊眾
受招之後又行出劫結搆梅等處賊人劉通等分付本處
對眾明正典刑籍沒家產依准所擬鎮守軍官
所擬將謝發并從賊劉通等已後官司差軍押起
行院公參就便起遣赴北安置已後官司差軍押起
皆依此例為此移准中書省咨准擬咨照驗施行

**禁斷賊人作耗**

至元三十年九月福建行省准江西等處徧

---

密院所轄地面東接浙東溫台
南北至大江自來草賊生發去處節次勤除積年作耗賊
首丘鄧三雷大老等民寨少者三五十多者百餘之上是南安贛州
等處鄉都民寨少者三五十多者百餘之上忽散東出西
沒劫掠人民作耗調兵追捕各散元住鄉村遞相隱庇無
可追究又照得至元二十九年十月內南康縣賊人行劫
人民獲到正賊葉先一百餘人行約
南安贛州南雄循州管下住坐民戶嚴督拘該管軍官
會管民官一同嚴收捕捉係緣收民之官積年作
耗非唯管民官遞相窩藏善惡難分以致不能盡絕請
照驗開奏回咨事准此於至元三十年二月二十二日本
院照驗唯管民官遲失妄奏將來有民戶裏賊寇生發呵俺收捕

五七二　〔典章四十一　刑部三〕　十七

---

了他每行分付與有管民官每不肯治約的上頭有氣力
富豪民戶裏窩藏著轉做賊說謊的每回奏的每根底
合敎阿是有麼道說將去了來官人每回說將來寫藏的
是何名字人賊是何名字人麼道明白說將來呵那時節
奏了了也一半擎著分付管民了也俺如今怎生般理會
人得了也說將來有俺商量來一同問了
這招發將出來麼道擬定奏呵奉聖旨那般者麼道
了也欽此

**草賊主**

元貞元年行御史臺劄付據各道申洞賊扇
聚殺死收捕軍民官燒劫站赤鋪正陳奪去縣印劫掠
良民寇盜縱橫相繼蜂起無所忌憚所在軍官雖曰追襲

但離本境便稱寗息等事爲此委監察御史與本道廉訪
司官取到鎮守軍官過不嚴收捕字不到
以致草賊生發各處招伏移准御史臺咨得江南草賊
生發蓋是歸附之後軍官鎮守不到積弊
日久以致如此若不懲戒誠恐賊人滋蔓利害非輕欲待
取到招狀斥罷又恐姑恷公事今據擬軍官決二十七下
民官亦決二十七下遍行合屬以警其餘移咨上都縣依
臺聞奏過下項事理欽此本臺除外咨請依上決罪遍行
合屬欽依施行

一件江南行臺咨昭州營州藤州營州路灃州全州路
衡州路郴州路贛州路南安路吉州路上有攷縣這
十三處地面裏草賊洞蠻作耗殺擄百姓刼掠財物
那田地裏鎮守官軍每鎮守不嚴著賊每走了也呵不

五卅五

典章四十一 刑部三 六

趄去的都取了招伏說來這底每根底不要罪過呵
更後頭怠慢呵怎生治呵是這底六個萬戶府達
魯花赤更八個萬戶四個千戶兩個百戶俺商量來
各斷三十七下見受散官削降一等職事如故換受
依舊勾當標注鎮守不嚴過名這的每這般斷了呵
應有軍官每都交省會再有不嚴切這的鎮守犯著底一
般要罪過呵聖旨了也欽此

一件江南行臺咨南安路南康縣衡州路藤州路這幾
處四個府官三個州官三個縣官爲他每田地裏草
賊生發交百姓投入賊人裏去了把截道子不嚴交
賊每出入刼掠殺死百姓刼奪財物每入來呵不嚴不
申上司他每取招伏俺商量來呵這
底每各打二十七下見授散官削降一等職事如故

---

換授依舊勾當標注有失撫治百姓過勾滿了底有
呵一體交遷轉上位根底奏過呵通行省會再有這
般不用心撫治百姓這般一體斷罪過呵怎生奏呵
聖旨了也

典章四十一 刑部三 圥

## 惡逆

駈奴救傷人

至元四年曹州申歸問到吉四兒狀稱元係
投拜新民戶計有本管頭目余洪將四兒賣訖不合為本
使弟打罵上於至元四年七月十二日夜將本使弟陳二
用斧斫傷罪犯法司擬議得吉四兒所招元係好殺陳人
戶被余主簿作駈口轉賣與陳百兒為駈令本人謀殺陳
百兒弟陳二已傷理同謀殺他人定罪舊例謀殺人已傷
者絞其吉四兒合行處死部准擬呈省斷訖

二起至元四年省准部擬北京路張茶合馬挾仇
本使劉懷玉打罵於至元四年三月十四日對同雇身人
兒並伊妻阿石及雇身人李不魯休說知欲殺本使當日
夜茶合馬下手用鑿頭將劉懷玉打死阿石李不魯休將
本屍衣服燒埋茶合馬安兒將屍藏埋罪犯張茶合馬
兒並伊妻阿石知而不告皆處死李不魯休係雇身奴
婢知而不告決一百七下

又西京路申歸問到路驢兒招伏至元四年八月將本使
忽抹察用刀子扎死嚇要本使妻竣忽論在逃通姦罪
犯抹到本路驢兒法司擬舊例奴婢殺主者
皆斬其路驢兒招伏相同路驢兒擬呈省准擬奴
司擬舊例奴姦主者絞婦女減一等合徒五年又招知
殺夫不告罪犯私和知殺祖父母父母及夫為人所殺私和者
殺夫雖不告和知殺期以上親經三十日不告者減二
等徒二年二罪俱有從重者論竣忽論合徒五年前准
十衣去衣受刑部擬既是主被殺害隨從在逃通姦前准
法司所擬似為尤重止據不行首告罪犯量情六十七下

五三

典章四十一刑部三　三十

呈奉省剳除路驢兒待報外竣忽論不合與賊為妻諸
處藏避半年不首罪犯杖一百七下

五下

典章四十一刑部五　三十三

奴殺本使次妻

大名路申奉到中書兵刑部至元九年三月
十六日符文完元蘭驅口張保兒阿都赤等五人殺本使
次妻一姑并男拜藥及公事路黃伴哥等同謀殺本使成
本部照得中書省已斷益都路赤等各人應當軍役
木兒妻男三口本主求免減死斷訖即係一體擬斷阿都
赤減免一百七下孫小女減一等決杖九十七下呈奉都
堂鈞旨准擬斷決責付本主收管施行

---

居喪為媳嫁壻

不義

...至元七年十二月尚書省部契勘父母之
喪終身憂戚夫為婦天尚無再醮今隨處有於
父母及夫喪制中往往成婚致使詞訟繁冗次申到有於
便歸斷檢會到舊例居父母及夫喪而嫁娶者徒三年各
離之知而共為婚姻者各減三等不知者不坐
約已前有居父母夫喪如此庶免詞訟似望漸厚風俗以
來定立格限渤海漢兒人等擬自至元八年正月一日為
始已前有居父母夫喪內嫁娶者准以婚為定格後犯者
依法斷罪聽離如此庶免詞訟似望漸厚風俗呈奉尚書
省移准中書省咨依准施行

焚夫屍嫁斷例　至元十五年行中書省據潭州路備錄事司

五州

人戶秦阿陳告表兄杜慶病死有嫂阿吳將兄骸骨揚於
江內改嫁彭千一為妻取訖犯人杜阿吳招伏不合於今
年正月十二日有夫杜慶因病身死至十八日焚化將骸
骨今夫婦弟唐與分付趙百三揚於江內至二十八日遞
陳一嫂作媒得訖鈒兩銀鑷等物改嫁彭千一為妻罪犯
陳一嫂趙百三唐與招伏相同詳人倫之始夫為
婦天尚無再醮其阿吳所犯亂敗風俗若不嚴行斷治江
南新附誠恐漸逐風俗澆薄除已行下潭州路擬將阿吳
杖斷七十七下聽離違法成婚同居守服以全婦道仍將
元財解省並彭千一遍就招斷四十七下唐興
下媒人陳一嫂散揚骨殖人趙百三各斷四十七下唐興
杖三十七下外仰遍行合屬嚴行禁約

奴殺妻父　至元三年六月河間路申張羔兒為伊丈人郭百

户带酒屢常打駡上紏合吴招撫將文人郭百户打死除
吴招撫在牢身死外刑部照擬得張羔兒合行處死呈奉
省擬斷一百七下訖

**毆傷妻母** 延祐二年十月十三日袁州路奉江西行省劄付

据來申備萍鄉問到彭阿許告養老女壻許辛五咬傷
事看詳彭國清並妻阿許許別無兒男將女淑六娘招到許
天祥爲壻本期養老其許天祥先犯抵觸親戚勸免不曾
告官今次又將妻母毆打咬傷罪過釋免所犯即係義絕
似難同活擬得許五所犯離訖照詳咬妻之母罪輕釋免即
若依萍州所擬離異相應具呈詳咨請依上施行
据刑部議得許五所犯應照施行得此後准中書省劄送
接養義男曹歸哥因爲逃走不聽教訓是應定用針筆於

五.五八

典章四十一 刑部三

**義男面上剌字** 元貞元年江西行省据袁州路申曹應告

本司面上剌訖曹字一個不期曹歸哥於閏四月初二日
拾起鐵斧於應定後頸上砍訖一下血出府司擬得曹歸哥
決杖一百七下開坐申乞明降送理問所照擬得曹歸哥
當間媻立曹面爲義男嗔責不時鎖打無度輙用鐵斧
剌面使本人終身站刑以致曹歸哥忿恨乘醉用鐵斧於
曹應義男歸哥面上剌字一節量擬比所據曹歸哥應於
罪決杖九十七下斷付伊生母徐阿易歸宗曹應定不應
於曹歸哥面上剌字一節終是義絕擬二十七下省議
應將曹歸哥剌定所傷罪犯宜招伏
用斧將曹歸哥剌字一節終是被傷之人宜免科罪仰依上
施行

**將真剌沿身雕青** 至大四年二月江西行省崔尚書省咨江浙

---

行省劄付近据劉世英告本家躬口任瘦見告稱親獲剌
宗遍行合屬禁治相應具呈照詳都省咨請依上施行
皇慶元年八月日福建道宣慰司奉江浙

**剌去義男面業紅**

五八二

典章四十一 刑部三

真與妹兒通姦怒將真腎子割去已行平復別無入
已贜罪咬咬萬户私仇羅織罷役委是枉屈告乞施行得
此照得先据刑部呈議得先据鎮守常州萬户府申鎮撫
擾民兩經斷罪不改前非今次將亡父母子李丑驢抑良
爲躬親手用刀割去囊腎等事爲是所犯情理深重擬斷
八十七下罷本人見告所守通例移咨中
書省咨今次又據刑部呈議得劉世英職居伍欺軍擾民兩
意圖竝遷強將李丑驢執縛親手用刀割去囊腎作
求之物以人爲貨重爵輕生如此殘忍不仁之甚以若所
爲罪難輕恕江浙省已行斷訖及將李丑驢給親完聚人
價不追別無定奪外本人職役行省既已斷訖擬合除名
不敘相應具呈照詳都省咨請依上施行

延祐三年八月 日江浙行省劄付奉中書

省劄來容浙東道呈台州路申徐華甫告董孝英等事

義男張壽孫為偷難隻劉耳非法用刀刈斷義男張壽孫左腳跟筋打用

本省議得董孝英偷難隻人跌廢疾原其所犯殘忍兇於董孝

斷令歸宗事干通例容訖耳剁銀鎚難隻歸宗仍於董孝

所招因義男張壽孫以成廢疾將其張壽孫歸宗應具呈照詳

刀將左腳筋刈斷以董孝英偷難隻剁銀鎚難隻左腳跟筋刈

英名下追中統鈔五百兩充養贍之資相

重比倒合杖九十七下罪免令於董孝

情理非輕若准几人跌折肢體例決八十七下張壽孫

斷情理深送刑部議得董孝英偷難隻

得此都省准擬咨請依上施行

**燒烙前妻兒女**　延祐三年十月江浙行省准中書省咨刑部

呈永平路備撫軍縣申本縣辛茶社長張元呈延祐二年

【典章四十一　刑部三】

五七八

十二月十六日有本社亂山里老郝娘娘並伊次男郝又

引領伊重孫女郝丑哥前來元處告說有後母韓端哥不

知主何情意用鐵鞋錐於俺孫女郝丑哥舌頭上烙訖三

下脊背上烙訖七十二下小厮郝馬兒也烙了七錐子等

事呈訖照驗得此責得犯人韓端哥狀招年二十七歲無

病病孕是本縣附籍軍民郝千驢後妻招伏既是郝千驢

齋至當日日沒時分還家至十五日早辰郝六嫂一同前

早辰與房親郝大嫂馮哇頭來到於延祐三年十二月十四日

內取柴去見郝大嫂馮哇頭因自已院

言道你昨日城裏來的說了兩個孩兒偷出小豆客人

處換黎兒吃去道罷端哥隨即還家發怒將女子丑哥

無穿衣服脫去於灶窩內用破盆片取出元燒下柴火又

【典章四一　刑部三　六一三】

於屋內取到大團頭鐵鞋錐

撲倒用左腳踏住脖項用左手將丑哥舌頭直至臀片前

烙訖三下次後於兩小腿上及腰胯連背脊直至臀片前

後通烙訖七十二下有女子丑哥疼痛難忍以此言說我

是換了五個黎兒吃來才行放起自合著言教訓不合用

意生發毒心強行將前妻抛下女子丑哥本家元行使喚鐵

鞋錐一個用火燒紅將女子郝丑哥

於兩小腿上烙訖七十二下後通烙訖七十二下次後

脊上烙訖七下前後通烙訖七十二下

火爐邊亦行烙火於臀片上撒放又不合將右手拖至

是氣斷才時解下後用麻繩一條將男赦馬兒吊於鷥下

下然後用麻繩於上懸吊將欲垂命將郝馬兒至腰脊二

【典章四十一　刑部三】

元呈告到官招伏是實府司看詳郝千驢前妻已故後娶

子丑哥兒子郝馬兒將小豆一碗兒換棠黎食用既知學

說本婦既然聽信輙將攛鞋火內燒紅將女子郝丑

哥施恨即於舌上烙訖三下身至臀郝馬兒

又用麻繩於上懸吊將欲垂命將郝馬兒至腰脊二

處烙訖七下其郝馬兒年及一十一歲女子郝丑哥十

三歲未知稼穡本婦窺夫不在故將前妻兒女捨情苦虐

若與前妻子女同居相守中間恐致別事合准永平路所擬

離異相應申乞照詳得此本部議得合依本縣所擬斷

罪離異追回元聘財錢以為後來之戒遍行各處相應具

呈照詳都省准擬咨請依上施行

五七七

韓端哥所犯同夫郝千驢前妻拋下女丑哥男罵兒用小
苣換梨食乘夫在外暗發狠心將十三歲女丑哥踏住脖
項扯出舌頭并沿身用火燒鐵鞋錐烙訖七十二下又將
十一歲男兒臀片腰脊烙傷七下酷毒如此其傷恩義

按此為末葉月一行後刻下合雖上關文今補議

關文二之十二

典章四十一 刑部三

二十六　陳氏校補

---

## 強姦男婦未成

泰安州申歸問得軍戶孟德狀招不合為男
瘦兒見在軍前當役於至元三年十月初二日夜帶酒走
去男婦胥都嫌房內將德舌頭於本婦口內
欲要通姦被胥都嫌將德舌頭咬傷告發到官罪犯法司
擬即係通姦未成事理依舊例合行處死胥都嫌與夫家
離異部擬終是不曾成姦量情杖一百七十下仍離異省
部准擬擬行下斷訖

## 翁姦男婦已成

順天路申祁州深澤縣解到魏忠招狀至元
五年三月內將男婦張瘦姑通姦了一度四月十八日又
通姦了一度五月十六日又於當年五月
二十日通有姦瘦姑道你剪了陰毛著剪了致被
告發到官取到姦婦瘦姑狀招相同
魏忠法司擬舊例姦子孫之婦者絞其魏忠合行處死
部准擬訖省准訖
張瘦姑法司擬舊例和姦本婦人罪名者與男
子同擬度關及姦並在自首之例張瘦姑亦合處死
若越本婦既是在先曾向伊夫學說及今日自首到
官量情擬杖七十七下從婦歸宗呈省劉訖

## 翁戲男婦斷離

至元十年三月十七日中書兵刑部據平陽
路申絳州正平縣董文江招狀將男福忻用言調戲及
攔抹手足黃夜搖撼房門犯忻原其本情雖未成姦
已亂人倫尊卑之禮於理合令高福忻與伊夫董綿和離異歸宗
降事省部依准所申令高福忻與伊夫董綿和離異歸宗

四九八

典章四十一 刑部三

三十二

據文江所犯仰本路依理決斷施行

**妻告夫姦男婦斷離**

大德九年六月二十九日准中書省咨
李阿鄧告夫李先強姦繼男婦李阿不成罪犯已經斷訖
看詳綱常之道夫婦相容隱經官告夫李先姦罪欲令
依詳綱常之道不無致生若斷義離罪本以義之
定例請定奪回示送刑部議得夫妻元非血屬本以義相
從合則固義合則……
伊妻阿鄧前夫男婦於婦知見用言勸合是實既
反將阿鄧打傷告到官對問是實既將李先斷訖已過
義絕將難同處看詳所犯敗傷風化瀆亂人倫仰
與妻離異都省准擬移容傷上施行

**欲姦親女未成**

至元八年二月十二日尚書省近據來呈
河北河南道提刑按察司申刷出真定路脫里察總管府

五六九
《典章四十一 刑部三》 天八

文卷一宗為醫人張楫狀招不合信從妻阿白誘說於至
元五年八月十三日節次將女季春引問意欲姦要九月
初二日一更前披著秋子前去季春房內於季兒被兒
裏並頭宿卧招不合與夫張楫共姦親女今姦親女雖不曾成
姦張阿白狀招不合欲姦親女雖不曾成
官司將張楫移准中書省咨該張楫所犯姦親罪本管
重刑違錯移准中書省咨一百七下張阿白斷訖五十七下此係
姦其傷風敗化情理深重既已杖斷責在本管官司若
從有司約會本管官一同理問定斷毋得有狗別致
追問緣係格前今後隨投下人戶
錯除已卻付刑部遍行隨路依上施行

姦義女已成
至元十九年八月江西湖東道按察司官同
省委官審斷袁州路分宜縣歸問到伍二六招狀不合將

---

**姦弟婦妻**

至元三年八月二十二日奉 省劄為本部元呈順
天路申許和尚與弟妻王茶哥通姦公事法司擬姦弟妻
合徒四年部擬各斷九十七下 省准擬

妻前夫未出室女羅季一娘於二月內拖拽於火閣內姦
訖女身一次妻並不知會以後節次與本婦和同姦事
議得伍二六不合將妻前夫女羅季一娘節次通姦污決杖
九十七下其羅季一娘不合節次依從繼父通姦量斷六
十七下斷訖

六八
《典章四十一 刑部三》 元

## 不道

### 厭鎮

至元九年中書省劄付該七月二十一日布魯麻里
委在先一個厭鎮底人阿合馬平章覷面皮不曾殺了
了來阿合馬回奏那見厭鎮我來怎肯殺了放
面皮裏要退使教殺了者麼道不曾有來相哥等奉聖
旨減刑時節召保放了來如今見拿著五大兒厭鎮底人
有奉聖旨阿合馬底人的是有如今見拿著做厭鎮人
每您好生問當了是實呵依著撒行了者今後若再
有這般做厭鎮底人每不殺那甚麼好生出榜省諭者欽
此都省准部擬斷過王鵬舉因與馬覷頭闇通姦有劉顯引
領前去馮珪處厭魅馬闇闇夫耶耶天祐欲令身死王鵬舉
一百七下劉顯四十七下馮珪係脫賺錢物厭魅決五十

〈典章四十一 刑部三〉

五二九
七下

卅一

### 禁採生祭鬼

至元二十九年閏六月行臺准御史臺咨據監
察御史呈近至荊湖訪問常澧辰沅歸峽等處地連溪洞
俗習蠻淫土人每遇閏歲糾合兇愚潛伏草莽採取生人
非理屠戮彩畫邪鬼覓師巫祭賽名曰採生所祭之神
呼為雲霄五岳之神能使猖鬼但有求索不勞而得日逐
祈禱相扇成風今於山南湖北道廉訪司文卷內照得禮
州澧陽縣報到重囚一起廖救兒與蕭公並師人李成等
用雞酒五色紙錢等物於彩畫雲霄五岳神前啟許採
生心願在後捉到卓羅男卓羅兒用麻索縛住雙手雙
足腦後打死次用尖刀破開肚皮挖出心肝脾肺肝出左
右眼睛所下兩手十指兩腳十指用紙錢酒物祭賽雲霄
五岳等神又二次啜賺蕭公家放牛小廝來哥依前殺死

---

剖割祭祀見行追會參詳此等兇愚之民不念同類瞽無
人心似此情理關繫非輕蓋是所在官司不為用心關防
以致如此除已移牒陝山南湖北道廉訪司照驗行移合屬
排門粉壁嚴行禁治畫工人等毋得彩畫一切邪神崇奉
之家亦不得非理祭禱仍禁止師人巫人等不得似前崇奉
妖怪鬼神如有違犯之人捉拿到官依條斷罪或有使換
猖鬼之家兩隣知不首即與犯人同罪却有因而撥
民生事外據南方陰淫祀極多亦合通行禁
此具呈詳事呈奉中書省劄付都省移咨各處行省遍
行禁治施行

刑部照得大德八年正月內奉中書省劄付御史臺呈江
南行臺咨湖北廉訪司申湖廣地面常澧等處有一等愚
民造畜蠱毒用人祭鬼名曰採生云（大德八年例今承見）
奉本部議擬於後具呈照詳都省准呈咨請依上施行

〈典章四十一 刑部三〉

五二九

卅二

延祐三年二月行省准中書省咨河南省咨據荊
湖北道宣慰司申嶠山路申為採生蠱毒事咨請照送
刑部照得大德八年正月內奉中書省劄付御史臺呈江

一採生折割祭鬼
前件議得採生支解人者鞫問明白審復無冤擬合
凌遲處死籍沒家產同居家口雖不知情遷徙過遠
已行不曾殺人者比依強盜不得財例倒杖
一百七徒三年謀而未行者九十七徒二年半其應
捕之人而自能赴官首告或捉獲同罪人者與免本罪
及諸人告首社長人等知而不行告首決杖一百七下除名不敘
親臨親管官司受錢脫放者不行告首常申明條倒嚴加
其鄰佑主首社長人等不行告首常申明條倒嚴加

禁治採生蠱毒

元貞元年湖廣行省准中書省咨御史臺呈
行臺咨湖北道廉訪司申體訪等處人民多有採生祭
鬼蠱毒殺人之家比之故殺情罪極重開到合禁事理
其呈照詳又准本省咨亦為此事送刑部議得採生祭鬼
造畜蠱毒罪惡深重情犯多端難便定論擬合回咨行省
照依已行督勒合屬常切嚴行禁治及排門粉壁曉諭人
民遞相覺察告到官照依強盜例結案告已損傷於人
難議准首兩憐主首社長人等知而不行捕告及官吏故
縱受贓脫放本管官司禁斷相應都省准呈除外咨請依上施
行此條應在禁採生祭
行鬼蠱除後原關今補

闕文二之十三

---

禁治如是禁治不嚴臨時詳酌議罪黜降仍令拘該
地面排門彩壁禁約廉訪司體察相應
一造畜蠱毒
前件議得造合成毒堪以害人及傳育若行用而殺
人用謀教令者擬合處死籍沒家產同居家口雖不
知情遷徙邊遠諸人捉獲犯人家產全行給付款應
捕人以下

云前

大不敬

闌入禁苑都省鈞旨送下監修官也黑迷兒丁呈捉獲跳過
太液池圉子禁墻人楚添兒本人狀招於六月二十四日
帶酒見倒訖土墻望潭內有船採打蓮蓬跳過墻去被捉
到官罪犯法司擬闌入禁苑徒一年杖六十部擬五十七
下省准擬

下十八

典章四十一刑部三

圭三

六一八

## 諸殺一

典章四十二　刑部四

| 罪名 | 處斷 |
|---|---|
| 過失殺 | 免罪收贖 |
| 劃殺 | 犯人 |
| 謀殺 | |
| 故殺 | |
| 戲殺 | |
| 誤殺 | |
| 身剒自縊年幼手犯凡軍 | 死 |
| 人誤車牛死闕駕 | 三七 |
| 人驚因掁車死誤弒 | 四七 至七七七 |
| 人誤拒馬驚因愚死黑死走 | 全 |
| 死謀走犯人捕拒不死犯人 | 拾壹 |
| 售誤因致因秉乘人殺開死戲危高 | 覓流 |
| 仿謀持人殺刃 犯人 犯人 犯人 | 詳結斷案 處死 |

徵銀埋燒　徵鈔給主　兩

---

| 鬥殺 | 三八一 |
|---|---|
| 殺死 | 心懚幼風上者老心請 |
| 親屬 | 殺不孝應抵殿死 |
| | 男死孝應抵觸死誤打 |
| | 令男教遊殺人死人蒙漢扎古 |
| | 弟殴兄無罪安曾孫死領子控因致妻控爭 |
| | 二男女宗殺人罪死殺人死子父殴殴孫 |
| 奴婢 | 房殴婢姪死殴姪死人殴篤人鬥死疾死 |
| 殺主 | 男 男婦 姪 |

○不婢同謀殺使主殴傷者而奴○本一
鬥殺人殴死妻子殺贅死婿殺人親子夫殺古死人漢殴兒

不徵　犯者　若居相同　埋銀燒　徵銀埋燒　埋銀燒

---

| 六七八 | 典章四十二　刑部四 |
|---|---|

| 殺死 | 免罪 |
|---|---|
| 奴婢 | 三七 五七 七十七 |
| 佃戶 | 八十七 |
| 因姦 | 一百七 |
| 殺夫 | |
| 罪殺無罪坐 | |
| 坐無殺死罪 | 逃未放年限良滿死殺 |
| | 妻殺主佃謀 |
| | 知婦夫打情不姦傷 |
| | 家○不夫姦佃主他良人殴嫁從知姦人戶殴人殴奴死坐賣夫情婦殺奴婢死死奴死 |
| | 佃殴豕江戶死戶南 |
| | 並殺同姦夫○夫謀婦 |

兩銀埋燒徵銀埋燒　不徵　徵銀兩　燒埋

---

| 婚姦 | 殺夫 |
|---|---|
| 殺死 | 婚定姦 |
| 姦夫 | 六七六 |
| 殺婦 | 典章四十二　刑部四 |
| 姦死 | |
| 賊人 | 姦婦不知情 |
| 冬月 | |
| 脫人 | |
| 衣服 | |
| 凍死 | |
| | 捕殺射應捕賊死賊打拒賊人 |
| | 婦大強夫成死姦人姦所或死姦未所死 |
| | 姦所夫非姦人傍打死人夫殺手謀不姦下夫殺 |
| | 姦所夫打死人 |
| | 逃活打死姦婦人才姦人在給○殺人姦還死姦人錢仍婚下活婚人財退夫手姦夫打殺 |

埋銀　徵銀燒埋　不徵　兩銀埋燒　徵銀燒埋徵燒埋兩

諸殺　原裹劉直綠且　錯亂今蕭正

**表卷二十五　《典章》四十二　刑部四**

陳氏校補

過失殺　犯人　免罪收贖三十七　四十七　五十七　七十七　八十七　九十七　一百七　流　結案處死　徵贖鈔給主

　　牛馬誤觸人　車誤人　碾磑死人　

劫殺　前章　自犯　卑幼死　年幼犯人

謀殺

故殺

戲殺

誤殺　急走月走人　走馬黑馬死　誤撞誤殺傍人　持刀傍人誤殺　犯人燒　犯人銀　犯人埋　犯人徵　犯人燒　犯人埋　兩銀

鬪殺　心風　老幼　上請　者

殺死　殺不孝應死罪　殺違　男婦死罪　令男　二人宗　不主首而

親屬　男婦死姪　抵觸　誤殺犯教　房親婿　養子殺親　漢兒野正　古人蒙人　關殺人　埋銀　徵燒

奴婢　男　毆死　殺遠　殺死殺傷毆死　雇身　妻樂徵銀　兒關　死蒙人　奴婢埋銀　銀兩

殺主　殺不孝應死罪　殺死　不主首而　知而　同主故犯者　埋銀

**因姦謀殺本夫**

去何饅頭家吃酒與何饅頭妻阿陳通姦在後劉天章對
政說合何饅頭妻何安與劉天章通姦當年十月內李
時說知二婦人至元二年十月二十三日何安向李政
道俺小何城外拾橡子去了也李政與劉天章殺事
何饅頭是實法司擬李政所指係謀殺人已殺死
理劉天章為首李政從而加功各合處死在卷何饅頭係
陳玉駐依舊合徒五年仍於家屬處徵燒埋銀數餘還
給付苦主來解陳玉已要訖鈔二百兩合准燒埋銀五十兩
主外據何阿安所招令夫將夫打死舊例謀殺夫者皆

五二六

《典章四十二》刑部四

三

斬各合處死右三部呈劉天章因姦殺死何饅頭情理至
重處死相應元受錢物准除燒埋銀數外據何阿安所招
同謀令劉天章等將夫殺死各合處死劉天章何阿安在
禁病死省議李政何阿安所犯係因姦殺死其二人
俱各處死仍於元受打合錢內就除燒埋銀五十兩給付
苦主餘數還事主陳玉私受財私和罪犯係官司准告
不合治罪
又太原路謝英招中統五年與劉謝五定婚妻王丑
哥通姦不絕至元三年六月二十一日劉謝五與王丑哥
成親了當在後同謀許令將伊夫打死至元三年七月二
十一日夜賺出劉謝五陽打負痛撲於井內身死是實
丑哥招伏相同法司擬謝英王丑哥所招同謀將夫殺死
各合處死苦主劉恩要訖燒埋錢鈔六定攔告休和官司

---

將謝英斷訖七十七下王丑哥三十七下舊例倒其本犯應
徒已決杖苔者則以杖苔年贖直減徒年謝英等杖罪斷訖
別無以杖折死體倒送合處死燒埋銀五十兩於元管鈔
內除對餘數還主右三部擬相應省准擬

**因姦同謀勒死本夫**

衛輝路隆備申汲縣解到石山山為頭與傅歸鄉通姦在後本婦發意與
婦劉阿翟為招至元四年二月內用繩子將夫劉大戶勒死夫李
十一月二十八日用繩子將夫劉大戶勒死夫李
驢兒法司擬除通姦輕罪外勒死大戶罪犯合行處死
並追燒埋銀五十兩姦婦劉阿翟舊例妻謀殺夫
者皆斬造意者雖不行仍為首其劉阿翟合行處死准
擬呈省准斷訖

五年正月十四日為頭與傅歸鄉通姦在後本婦發意與

《典章四十二》刑部四

四

四、三八

石山山同謀於三月二十日山山將伊夫小王打死割斷
兩耳教本婦認過罪犯並取到傅歸鄉招伏相同石山山
法司擬即係謀殺人已殺事理舊例謀殺夫
山山合行處死追燒埋銀五十兩傅歸鄉合行處死所
妻殺夫者斷罪無首從其傳歸鄉合行處死
不待時部准擬呈省准

**藥死本夫**

至元三年八月初三日東平路捉獲王簿兒與甯
丑姑同謀買生砒將夫張三四藥死罪犯法司擬處死

## 船上圖財謀殺

申歸問到黃子先等為與在禁病死張狗又撼於河內淹死
等五人將孫千戶冷百戶等八名殺死又撼於河內淹死
七名一起公事勘責得一千人各各招證詞因數名都省
身死張狗仔招係瑞州人氏不合於至元十四年五月
二十六夜三更前後與梢工黃子先周子友李子富劉大
千戶冷百戶孫大北人口老小通殺死八名推下水
子友用爷於孫千戶等軀得一下衆人一齊下手將孫
是實外見禁犯人黃子先周子友李子富被捉到官罪犯
行狀招相同按察司審復無寃咨請照驗刑部議得凌
得黃子先等所招殺死孫千戶等一十五人情犯皆合凌

遲處死外據徵燒埋銀數各賊殺死人數內於犯人家
屬依例均徵給付苦主外在逃劉大根捉得獲歸勘依上
處斷施行呈乞照詳都省議得黃子先周子友李子富
准部擬處死燒埋銀數給付苦主請差官貴元行文卷一
去本路參照令不干礙獄卒人吏將犯人黃子先周子友
李子富三人審問已招情犯委无抑勒與本路總管府一
同將犯人防護至刑所對衆明示犯由依上處斷外據燒
埋銀數驗殺死人家屬處均徵給付苦主及根
捉在逃劉大得獲歸勘依上處斷施行如是稱寃委有可
疑情節研窮磨問實情咨來省府准此除外合下仰照驗
本夫條欵後在同謀打訖令補

圖文二之十四　典章四十二　刑部四　四　廬氏校補

---

# 故殺

## 倚勢抹殺縣尹

咨揚州路申歸問到四川五河縣張應卯段死吳縣尹一
千人等招伏詞因咨發中書省閻奏回呈到各各罪名都省
行議擬連卷咨中書省刑部議擬回呈該於至元二十四
年十一月二十五日奏過事內一件螢子田地裏曾守五
河縣的張千戶小名的達魯花赤又一件無體例行來的勾
當尋出來呵這張千戶與本縣監著問底吳縣令著呵那姓陳這張
人每這每根底監著問底其間裏張千戶的令史每
千戶與本縣監著問底其間裏姓崔這張
的頭兒一處做一心受宣的官人則那縣裏的官人每
人每這每根底監著問底吳縣令著呵那裏的令史每
根底與了三定鈔肚皮那箇根底說晚夕吳縣尹睡著的

五四八

時分你教我知者我殺那箇殺了呵他自抹死也麼道你
官人每根底說者兩箇這般商量了呵晚夕那吳縣令睡
著呵那禁子睡著也麼道來說呵這張千戶起去了著刀
子把那吳縣令抹殺了來他根底敲呵怎生奏呵聖旨了
他的人要了肚皮那達魯花赤張千戶根底與將文書去
准那吳縣令殺了的於內一半那殺的人媳婦孩
兒每根底與呵根底教殺的人來他根底敲呵怎生奏呵聖
旨也的伴當吳縣令的二十一件罪過要告有麼道著
我的兒其間張千戶回來呵姓陳的令史一處著
文書去來那其間張千戶那裏的官人每兩箇根底監著將
令根底呵卻告的上頭那裏的令史一處吳縣將
我根底呵怎生商量得他根底八十七打了放了呵
以後勾當裏不委付呵怎生奏呵那達魯花赤是其麼人

典章四十二　刑部四　五　五

有麼道聖旨問呵回奏姓崔的漢兒人有麼道奏呵事從
這的每起有敲了的頭兒那殺了的人的令史每
的頭兒那我自抹死也麼道這般捏合寫下文
和人一處打官司有我少人的筆體根底學著更
書那死了的人的懷揣著來俺商量得他根底打一百
七今後勾當裏不委付呵怎生來再三審問無冤張應
省即便差官與中書省差官一同仔細照依合行移
咨府差官與中書省差來官將張應卯等再三審問已招
明示犯由欽依處斷具斷訖月日咨發去外據張應卯財産
于礙獄卒將犯人張應卯等處處斷訖月日咨來再三審問已招
除將元行文卷咨發已委官將來外據張應卯財産
官開坐備細咨來如是稱冤依舊收禁聽候開咨准此
平沒官平給付苦主豪屬收管禁子趙林元受鈔三定五兩沒

五、七五

《典章四十二 刑部四》　六

是實別無冤抑於至元二十四年十二月二十四日將各
人押赴市曹明正典訖

## 挟仇故殺部民

大德七年七月十四日行臺咨付該據福建
道廉訪司申南劍路達魯花赤忻都稱部民涂仲十鈔
五十定嗔恨本人告發到官讀到私宅窺圖性命衆証明
明本官閑氣伴死不肯招承移准御史臺咨大德五年七
月日奏過事內一件南劍路達魯花赤忻都涂仲十
小名的人爲交賊指著的上頭五十定鈔肚皮典了有
徐仲十廉訪司裏告著呵忻都使見識請唤到他家裏打
死有行省再差人問去呵明白了推侔死從實不招有交
明差委本官閑氣伴死不肯招承實了推侔死從實不招有交
行省監察御史牛從仕與本道廉訪副使張奉議並行省
差委監察御史一同欽依歸問去後回至取到忻都並一千人等
所差委官一同欽依歸問去後回至取到忻都並一千人等

---

招指詞因此施行開大德六年三月初三日欽遇詔敕
除欽依外議得忻都係三品牧民之官貪財謀殺部民涂
仲十性命欽依聖旨硬問其本人巧生奸臣討閑氣伴
死推此奸惡情理切害無有過於此者又係奸良民欽公
親姪當時欽御史臺照詳呈入私宅親手打死即係
挟仇故殺經詔釋免據本人職役理合除名不敍用庶
受贓挾仇故殺幸遇詔恩謀殺良民欽勘永不敍用庶
論再咨御史臺照詳呈入私宅議得除名不敍倍追公
赦恩罪經詔釋免擬合除名不敍倍追追燒埋
挟仇故殺都省准擬施行

木槌打死人係故殺　皇慶二年九月袁州路奉江西行省劄

付近據來申潘壬一打死劉仁可事看詳桐木夾槌即係
堪以害人器仗非平善之家所有物件詳其所犯情因故
殺除下宜春縣將潘壬一監收外乞照詳得此移准中書
省咨來咨備袁州路申潘壬一打死劉仁可公事責得潘
壬一名天祥招伏皇慶元年八月初十日早有劉仁
本縣立限發牌勾唤天祥爲鍾奇叔告盧田事自合依
出官却不合於石陂頭店內買到李季二牛肉飲酒限
可酒醉要拿李季二牛肉解官發惡於店內取到
桐木夾槌藏在右手袖內又行店前於劉仁
便用右手握住夾槌一根大頭在手極力掉開一根大頭
向劉仁可左後肋打訖一下本人倒地隨即酒醉氣絕身死
省看詳潘壬一與劉仁始因酒醉爭初無仇嫌始因酒醉爭初無
殺人之心若依本路所擬以同故殺論罪誠恐差他咨
照詳准此送刑部呈議得潘壬一所招因主首劉仁可於酒
賁公文勾唤歸對鍾奇叔所告盧田公事與劉仁可於

《典章四十二 刑部奇四》　七

五、七六

店內飲酒間劉仁可帶酒強奪牛肉此時爲恐事發將潘
壬一連累以此本家取到挌木槌夾槌一箇袖中藏把起前
手將劉仁可左手腕拿起將身軀斜側用左手執把
項木槌於劉仁可左後肋上打訖一下致將本人肋骨二
條打折隨即氣絕身死以此參詳劉仁可雖曾言說要將
李季二牛肉捉拿其潘壬一不曾回言說本人
一箇袖中藏把於劉仁可身邊伏立猛將
將身體斜側於劉仁可左肋上打訖一下隨即身死事干
故殺合咨行省照勘完備牒審無冤倒結案相應其呈
照詳得此都省咨請依上施行

---

## 持刃殺人　同故殺

皇慶二年十月二十五日建寧路承奉福
建宣慰司劉付承奉江浙省劉付來呈葉雲一因與張明
單鬬被張明孫推倒勒下騎壓在田將雲一頭醫揪扯連
頭腦於田禾內連撞數下雲一頭用手扯搏不放尋思无可抵敵
省記元係尖頭雕刀在身用手扯下於張明胷膛戳傷致
命身死原情初无故殺情由在十月二十九日已前擬
中書省咨送刑部議得楊進戳死謝五俱與劉河王錢宿睡
合釋放得此照得楊進謝五在平江路申禀謝五心
坎右邊盡力扎訖一下本人負病身死以此叅詳楊進所
犯即係持刃故殺合咨行省依例結案都省格准
外咨請依上施行此除另行外今據呈省府相度見
謝五嗔怪楊進先在劉河王床上獨卧與劉河王公事
捽倒在地行打楊進不能還打隨用元帶笣刀於謝五心
雲一所招始與張明孫鬬毆就身扯下元帶鐵雕刀將張
明孫胷膛左邊等處戳死原其所犯初无故殺情由擬
欽依省劉事理施行

## 劫殺　按此條應在故殺類後原關今刪

葉雲一牢固收管聽候去後今率前因使府合下仰照驗

## 反獄劫囚

至元五年五月二十六日兵刑部據益都路申捉
到殺人章二於高密縣牢內劫取賊人武二在逃將禁子
打傷罪犯法司擬徒五年部擬九十七下省准斷訖

## 鬬殺

**踢打致死** 順天路申曲陽縣弓手張七於至元四年九月二十五日因差史義伏道口拿賊為是不伏因鬬將本人踢打身死罪犯法司擬舊例鬬毆殺人者絞合處死部准擬處死省准施行

**因鬬咬傷致死** 平陽路娼女白要奴因與小鄭相爭撦扯官宿於本人右手中指上咬傷辜限外身死刑部呈奉到尚書省至元八年三月二十六日劃付擬斷白要奴合得本

一六八

典章四十二 刑部四 九

## 誤殺

**因鬬誤傷傍人致死** 至元二年四月濟南路歸問到韓進狀招因與親家相爭將棒於在傍馮阿蘭右肩上誤打一下因傷身死法司擬即係因鬬毆而誤殺傷論至死者減一等合徒五年部擬一百七下省斷一百七下省至元二十九

**微燒埋銀**

又濟南路申邢孫兒招伏為不見鐵扠有妻孫兒抵觸用剔大棒將妻毆打有嫂嫂劉外女救護於外女頭上打傷喜外身死合杖九十七下部擬四十七下行下斷訖

又咨江西行中書省據龍興路申移准中書省至元二十九年咨文張成二因與劉受二相爭張成二用脚誤解勸人劉萬一陰囊上踢訖一下因傷身死擬斷一百七下追微燒埋銀給主

五〇七

典章四十二 刑部四 十一

**誤打死庞人** 至元三年七月尚書刑部據濟南路申軍戶李在大打死送刑部讓得犯人李二嫂打死於家屬處徵燒埋銀給主

與張二家作送女家有人攔障相爭用石頭誤擬夫子王三姐相爭用器仗行打誤將佃客李二嫂打傷致死省部十五日劃付該省刑部呈奉到中書省至元七年九月

**誤傷佃婦致死** 相度議擬本人斷七十七下追燒埋銀給主

**驚死生幼** 至元八年七月手張全因捉賊人趙三搜尋賊驢皮驚死韓成男五兒事責得張全招伏不合於韓成屋東賊驢皮將墜石上有盛粥瓦盆一箇拖下就地搕碎韓成男五兒於西間啼哭以

致嚇得因驚摛身死又不合將趙三頭毆著在地出門
來用鐵爪子及棒子沿身毆打又不合於南樂縣招責韓成熟牛皮
半張並靴材事發回付又不合於南樂縣招責韓五見不實罪犯
省部議得張全所犯被人趙三驚死既已回付難議
差應捕之人外據取要韓成熟牛皮已回付難議
治罪止據將趙三用鐵爪毆打並南樂縣招責不實量擬
四十七下合下仰照驗施行

## 驚死生老

至元二十年正月江西行省審囚官呈袁州路呈
問到鄭祥叟告小劉因來宋季可酒店內搜酒被小劉將
表叔彭信之喝罵因此驚跌倒在地身死委官撿復勘
富無異議得犯人小劉所招已死人彭信之並不曾與小
劉爭鬧自驚跌死止據小劉罵晉罪犯量擬斷三十七下
省准斷訖

《典章四十二 刑部四》 十二

## 用鐵梃於被上打死

書省咨來咨袁州路申分宜縣差公使人張福勾追不收
田歆人王雲二張福轉覓陳勝前去勾喚得王雲二不在
勾到佃戶袁層二沿路裏私在逃於大德二年九月十七
日天色微明陳勝去到袁層二家房內見本人睡臥未起
用元將鐵梃於所益被上敲打一下致將袁層二打傷身死
女袁戌娘打傷身死取訖陳勝招伏欽遇詔書合免釋免
燒埋銀兩未審追給咨請此送到刑部議得陳勝所
招因勾王雲二令袁層二夫妻睡臥未起再去勾
層二令王雲二令出具本人私在逃再去勾
上敲打一下以致將袁戌娘打傷身死即係過誤罪經咨
過誤殺傷燒埋銀兩依倒追給苦主相應都省准擬咨
請依書釋免燒埋銀兩依倒追給苦主相應都省准擬咨
請依上施行

五四二

---

## 打死強要定親媒人

大德七年三月江西行省准中書省咨
御史臺呈行臺咨江西廉訪司申龍興路奉新縣見禁罪
因羅阿余狀招大德六年五月二十九日有夫羅仲一因
病身亡至七月初二日有鄧成二將引雷九俚用木槅一
條擔得餅麵等物稱是鄧定五相爭奪木槅於鄧成定你為妻阿余
堅執不受與鄧成二五相爭奪木槅於鄧成二心眶偏右
亡不嫁者絕無有此今罷阿余舅姑未亡家貧撫養孤幼不願政嫁其鄧定
刑部議得羅阿余夫亡家令鄧成二作媒二次不從各人
五歆凌寞婦圖要為妻使令鄧成定

闕文二之十六

《典章四十二 刑部四》 十二  陳氏被補

特其兇惡主媒昏賴又行強送定物所以相爭為鄧成二
先行沿身踢打本婦不憤就用相奪木槅於鄧成二心眶
偏擅傷因而致命原其所犯終無故殺之心若與其餘闌
毆殺人一體論罪似涉太重參詳合准臺擬量夬六十七
下相應具呈照詳都省議得羅阿余所犯情實可憐量夬
四十七下咨請照驗依上施行

## 戲殺

船遊作戲淹死
濮州備館陶縣申歸問到王狗兒狀招至元
四年七月初八日飯時與焦大等並身死翟二於船頭上
坐地有翟二於船東邊上坐並用手於水面上拿取
瓢子狗兒爲常與翟二相戲要狗兒於本人背上將上
截布衫兒扯著右手於翟二臀片往前推了一推不意
截手將翟二推在河內淦水罪犯司擬王狗兒所犯即
係戲殺舊理戲殺傷人者減鬥殺傷二等謂以力共
戲而致死傷者雖入刃若乘高履危及入水中以故燒
傷者准減一等其王狗兒合徒五年決杖一百仍徵
銀五十兩給主充燒埋之資部擬王狗兒決杖一百七下
徵銀五十兩

五、七

因戲殺人
至元九年十一月三十日中書刑部符文高萬奴
狀招與張歪頭相撲作戲萬奴用拳於至頭左耳近下侵
咽喉打訖一拳倒地身死省部相度量擬九十七下仍徵
燒埋銀五十兩給主

《典章四十二》刑部四　十三

戲殺准和
至元十年十一月兵刑部符文太原路來申陳猪
狗於至元七年十一月十一日與小舅趙羊頭作戲相奪
乾麻因用右拳將趙羊頭打了一拳死了救不得
活用背麻繩子拴了趙羊頭項上推稱自縊身死背來到
家問出前因郭和等休和陳猪狗休妻趙定奴又趙旺交
訖陳猪狗父陳貴准折鈔二十七兩至十六日休罷二十
四日趙羊頭屍首理瘞了當不曾初復檢至閏十一月內
爲爭私和物折鈔店舍事發到官捕到一干人招証完備
申乞照驗得此省部照得先據大名府申徐斌毆死張驢

兒伊母告攔不曾撿屍受託私和錢物呈奉憲堂鈞旨既
張驢兒母阿許自願告免不須理會錢物亦無定奪今來
本部公議得陳猪狗所招與小舅趙羊頭關爭作戲趕上與趙羊
頭與猪狗關爭作戲趕上與趙羊頭相爭用右拳下
打了一拳本人合面倒地身死止是因戲致傷人命下
要訖兒寫立文字休罷不曾撿驗屍傷埋瘞了當在後因
旺做兒寫陳猪狗所犯與徐斌依已定斷卻緣有徐
爭私和店舍事發追問若將陳猪狗依例定斷無異以此
斌毆死張驢兒體倒其陳猪狗倒例准私和是爲相應呈奉都堂鈞旨送本部准
詳擬合依例准私和是爲相應呈奉都堂鈞旨送本部
擬施行

《典章四十二》刑部四　十三

六、三八

# 過失殺

## 走馬撞死人

五、三一

丑狀招至元四年正月初二日爲是節假三丑請相識喬
令史於開座子寶酒燕家內買了酒四瓶一處吃罷至上
燈已後罷散三丑與喬令史相逐各騎坐馬定還家有喬
令史前行三丑後行爲是天晚街上無人行往有喬令史
前面緊行三丑隨行根趕到悶忠寺後不防有一男子投
西來三丑爲馬行得緊又爲月黑是不見前項男子
田快活撞倒身死三丑即係於城內街巷無故走馬
故走馬以故殺傷人情犯倒於城內街上乘騎頭定因而
傷一等若有公私要者不坐以故殺傷人者以過失論
五十以故殺傷人者減鬬殺傷一等其李三丑與被死之家

部擬量決七十七下省斷准徵鈔二百貫與被死之家

《典章四十二　刑部四》

十四

又尚書刑部議得都路申歸問到谷乞驢狀招因與軍人
楊林相合一同往解村下二家內取妻無情縫補褥裆又
去解村見天晚恐怕趕避不送以馬頭於朱阿郭後走馬
趕上朱阿郭等勒馬趲避不送以馬頭於大路上加鞭走馬
傷致命身死罪犯已照驗事省部擬定罪名呈奉到尚書
省割付據谷乞驢所犯量情擬決九十七下追燒埋銀五
十兩給付苦主

車碾死人

楊林相合一同往解村下二家內取妻無情縫補褥裆
取到秦丑廝劉賽兒等狀招行駕車輛前來中都送納蒿
草到六家店南有回回也速騎馬走於丑廝車繩索內
馬驚將回回也速掉在地上仰面倒了有馬撞著搜車牛
隻其牛驚將回也攔當不住其車牛回來將也速救護卻不合行
過丑廝等只合喝住車牛回來將也速救護卻不合不行

## 射麞射死人

五、二九 下

《典章四十二　刑部四》

十三

七十部准法司擬省斷秦丑廝二十七下劉賽兒一十七
輀倒其秦丑廝爲從合杖八十劉賽兒爲首合杖
本人自犯其馬奔走以致牛驚攔當不住將也速碾死即是
止以致他人方合如此定罪犯情係不應得爲而爲量情事重依
驚落馬其馬奔走以致牛驚攔當不住將也速碾死即
輛將也速碾死以致牛驚殺傷不應坐罪止依
因車馬驚駭殺人減過失四等合徒二年半聽贖檢擬不可
減二等其驚駭不可坐不坐以故殺傷者又減二等若
傷一等若有公私要者不坐以故殺傷者以過失論
及人眾中無故走車馬者笞五十以故殺傷人者減鬬殺
回來救護以致身死合得罪犯法司擬舊例於城內街上

## 射麞鵝兒射死人

中書兵刑部至元十年十月十九日符文
伊父劉福要訖人口車牛地土等物爲此追徵人口車牛
地土給付李豬兒亦將本人斷訖四十七下減半徵燒埋
銀給付收管

一日符文爲李豬兒首告因射麞將劉伴叔誤射傷身死
太安州申奉到中書刑部至元七年四月二十
爲弓手趙九住因與馬帖鄭黑廝射虎回栗林中一同射
要鵝不防樹枝將節辦住將馬帖射傷身死議得趙九住
所犯即係耳所不到既是本人無應合同過
失疑罰鈔一定與被死之家充燒埋之資苦主私和二百
九十五貫除一定外餘鈔追還本主

## 使鑌折傷死

至元二十八年十月

日中書刑部　州申

## 典章四十二 刑部四

行

中書省判送該蒙都堂鈞旨仰下合屬就取苦主准伏施

丁五兒名下追中統鈔五定給付苦主充坌葬之資呈奉

得丁五兒所招即係過失別無故犯情難擬定罪擬於

本路議擬中間委無故犯情難擬決四十七下乞照驗得此議

中煩惱誤於韓二右手腕近上折傷於六月初九日身死

街板踏門裏折毀燒餅爐子不合為是伯父丁大身死心

丁大病死房屋窄隘無處停屍五兒使鑷韓二使扶於臨

歸問到丁五兒狀招至元二十八年五月二十日有伯父

十六

---

### 馬驚車碾死

馬驚車碾死 東平路申孫珍寶招伏於至元五年閏正月二

十三日兒狀趕起本使馬群五十四疋上道行為有落後馬疋

用鞭子敲打鞍鞁驚趕有踐踏塵土朦昧其馬驚奔徉走

將李小一車馬驚下道以致將李小一妻住碾壓死

罪犯法司擬合同畜產驚嫁不可禁止殺人事理合徒二

年半贖銅一百斤折鈔二十貫入被死之家本部行下本

路斷訖一十七下不曾徵贖此

### 神刀傷死

康于兒狀告高師婆用神刀於男黑廝左額上斫傷身死

歸問得高阿宋狀招不合於至元七年九月初十日未時

於張老家內祝神刀尖於康黑廝左額抹傷鳳身干連人

覺被元把神刀尖於康黑廝左額上斫傷身死

張老指證相同再送刑部詳議回呈高阿宋所犯合同過

失殺人事令聽贖以此公議得高阿宋所犯量決五十七

下追徵燒埋銀五十兩給付苦主依准中書省咨准呈施

行

### 挫馬誤傷人命

挫馬誤傷人命 至元十年閏六月十三日中書兵刑部符文

朱牛兒挫馬踢死張十問馬主榮小二稱馬疋係家主駒

兒自來性善挫踢處又不碍人經行道路省部相度難議斷

罪合行草撥死人二

圖文之二十七

典章四十二 刑部四

十五

# 殺親屬

打死妻

一起東平路申歸問到洺州陳瓊招伏不合先為妻
司嬌嬌與陳二通姦立到生死文字不曾告官至元二年
四月十五日使妻喂馬不伏相爭因此將本婦毆打不多
時身死罪犯法司擬即係與妻先不諧舊例毆傷妻
身死事理舊例毆傷妻者減凡人二等死者以凡人論即
先不安諧因有葬埋銀鈔數已作理殯服飾不須徵償部擬
與苦主某人葬埋銀鈔數已作理殯服飾不須徵償部擬
本婦先曾犯姦又不從使喚量決九十七下省擬徒四年元
七下
又濟南路申備隸州申歸問到趙驢馬招伏不合於至元
三年二月十九日因為妻哇哇藏著王麨糕罵本婦人哇

五、二二 《典章四十二》刑部四 十七

哇還罵驢馬用拄杖隔箔帳將妻哇哇頭上趔了一下在
後因洗頭風搐身死罪犯部擬量情杖一百七下燒埋銀
既是同居不須追徵省斷七十七下

延祐二年八月 日承奉行省劄付來呈建寧路
歸勘到李孫砍死妻蔡佛姑犯人李孫狀招皇慶二年三
月內因為過活生受有妻義父蔡林並妻蔡佛姑嗔責不
行求趁死衣飯時常將伊弟逐打罵本月十三日托周德等
對蔡林說稱將妻蔡佛姑離還改嫁致爭妻蔡佛姑不容
同宿疑與晚蔡佛姑遂於房前摸得木柄鐵斧進入房
內用斧腦於妻額角打訖一下用斧刃於面上
連砍數下氣絕身死追勘問欽遇釋免本省看詳若擬凡
人定論恐失明倫厚俗之道如准建寧路此例釋免遇
相應乞照詳近據池州路申霍牛兒扎死妻阿常欽遇釋

免移准中書省咨來咨池州路備東流縣申霍牛兒狀招
為饑荒缺食將帶老小流移趁食於皇慶元年六月十二
日到於東流縣有同伴岳仙等問牛兒討得章馬戶家
飯米錢鈔六兩牛兒虛稱不曾討得岳仙將牛兒行打有
妻常三姐沿路毀咀罵又道你乞人打罵做不得男子
漢我每日做別人飯食被人欺負本婦挑擔行李竹籠復
從元路徃北去了以此發惡飲酒未醒手執木棒於妻阿
常左腮頰連耳打訖一下昏暈倒地又用小尖刀於本婦
腦後扎訖一下戳入本婦咽喉挑斷食氣額身死池
州路擬減等扎訖一百七下施行欽遇詔赦咨請回示
送刑部照得大德十年三月初七日承奉中書省判送本
部呈大都路備順州申王文書狀招大德九年九月二十
八日帶酒為妻紀秀哥不肯做飯將伊毀罵索要休書又

五、八八 《妻章四十二》刑部四 十八

猜本婦與人通姦以此用刀子於秀哥咽喉嗓上剴一
下身死避怕重罪撇於井內虛作自抹投井身死本部議
得王文書狀招雖係故殺難與常人一體定論家詳王文
書如量情減等杖一百七下燒埋銀錢同居不須徵理相
應奉都堂鈞旨准呈依上施行奉此議得霍牛兒所
招因流移沿路有妻常三姐毀咀罵本婦又道我死活不
跟你去復從元起徃北去訖以此發怒帶酒嗔恨將木棒
於阿常左腮頰連耳打訖一下又用小尖刀於
一下於咽喉挑斷食氣額身死罪犯若以常人故殺結案
切緣霍牛兒終為妻毀咀罵身罵妻伊還家兩同居不須追
合准池州路所擬杖一百七下燒埋銀兩同居不須追
理都省咨請依上施行奉此照得先據本路申李孫所
因妻蔡佛姑弁逐見曾本婦義父蔡林行打其妻蔡佛姑

又不與上床睡臥因此用斧頭將本婦砍死罪犯初無故
殺之情難與常人一體定論比例將李孫欽依釋免相應
其呈照詳割付本部聽候去後今奉前因仰依率省內
事理施行

**打死婿**　濟南路申歸問到到元三年正月二十
一日使令女婿掃地篩穀不多時聽得父劉聚稱我教掃的
寬者孫二打二罵我瞎著眼見甚麼以此全用棒亞拳脚
將者孫二打傷至後胸身死罪犯法司擬即係因鬭毆殺婿
事理舊例總麻三月罵妻之父母者一同又舊例若尊長
毆卑幼絕折傷者總麻減凡人一等死者絞其劉全合行處
死仍徵燒埋銀數部准擬呈到省斷將劉全流去迤北鷹房
子田地仍於家屬徵燒埋銀給主

**打死男婦**　漢州申取賣到王阿李狀招有男婦刑茶哥攧下

典章四十二　刑部四　十九

四六八
妖子一箇兩箇月縫不出來阿李於至元五年九月十六
日著言教道本婦不伏到將阿李抵觸回罵有男婦刑茶
哥見懷八箇身孕阿李自合著言嚴教卻不合便用挑
火棒於男婦刑茶哥左右兩肋行毆打了三四下以致
因患肚裏疼痛於二十日著床動止不得至二十二日五
更前後致命身死罪犯法司擬舊例即毆打男子孫之婦令廢
疾者杖一百死罪犯法司擬舊例即毆打男子孫之婦致
死所犯罪徒二年決徒年笞五十單衣受刑部擬量決二
十七下單衣受刑行下本州斷訖

又至元十三年六月初八日中壽兵刑部來申軍戶賀林告
親家母張二嫂非理打罵女丑兒責得張阿趙狀
招不合先為親家賀林遺火將本家元與男婦物件燒訖
不肯陪還以此挾恨於至元十三年正月十四日罵男婦
賀丑兒偷燒范燒餅將本婦膊頂按在火內揭去衣服於臀
片上用杖子打了數十餘下倒在火將肩甲耻膊燒破
虛稱火燒瘡疾又於十七日賀丑兒偷食冷餅乞然揭去
衣服用杖子於帶腰赤右臀片上打了五六下以致臀片
上下腫赤瘡發串徹於腰致命身死罪犯結案申乞照詳
得此省部議得張阿趙所犯量情擬決四十七下單衣受
刑燒埋銀旣是同居不須徵理㑹餘後原關今補

關文二之十八

典章四十二　刑部四　十九　陳氏校補

## 殺卑幼

淨死親女 至元三年七月八日真定路申 何賽哥狀招 至元三年
五月二十九日將女定哥抱去撒放淨死河內 死罪犯
法司擬舊例子孫違法令而祖父非理毆死者老一年部
擬決五十七下呈奉省剖准擬斷訖

死有罪男益都路申歸向到彭顯同謀綁縛抬捧於
燒埋銀數部擬各決一百七下省准擬彭深招伏同法司
撤於河內淨死罪犯法司擬各合徒五年決杖一百七下省徵
顯各招不合爲彭友不孝與伊父彭仙毆打毆死罵本人犯
應死彭仙所犯原情可怒部擬免罪呈省准免罪彭忠彭
一起招伏詞因彭仙依法司擬彭友將伊父彭仙綁縛抬捧

五二四

《典章四十二 刑部四》

擬合徒四年決杖九十緣本人年七十八歲依舊例合行
收贖合微鈔三十二貫入被死之家部擬收贖四十貫入
被死之家省准徒一年半故殺者加一等其王
狀招爲從抬捧彭友到河法司擬各合徒四年部擬各決
七十七下省准呈

二十

帶酒殺無罪男 上都路申歸問到興州王得祿招伏不合帶
酒用刀子扎死男兒罪犯法司擬舊例子孫違犯教令
而祖父母省用刀殺者徒一年半擬決七十七部其王
得祿合徒二年決杖七十部擬決七十七下省准擬

弱子依故殺於尊論罪 延祐四年正月建寧路鈔錄到至元
三十年正月二十七日福建道蕭政廉訪司准分司李朝
列牒該巡按至浦城縣照刷出本縣文卷內一件至元二
十九年六月孝悌里張次千狀告至元二十七年十月十

---

三日族人張華同妻阿黃將男張樸妻阿詹產下男子不
容洗養於柄中溺死公事議行間又據前福州路閩清縣
尉張寍呈南方之民有貧而不濟或爲男女數多初生之
時遽行溺死浦城之風獨此爲盛得此參詳父子之恩至
重死生之節非輕既萌人世非命天傷上違天理下滅人
倫惡莫大於此矣當司除已省會本縣根勾張燁等到官
歸問明白申覆合干上司詳斷及令本縣尹傅承務常切
丁寍誠諭細民使知父子之道仍多出文榜禁治今後若
有將所生男女不行舉養者許諸人告發到官以故殺子
孫論罪鄰佑社長里正人等失覺察者亦行治罪施行又
移合屬禁治施行准上禁治罪犯今據福建行省據前福
州路閩清縣尉張
寍呈切謂天地之間人最爲貴既得人身以生爲重江南
至元三十一年正月福建行省據前福州路閩清縣尉張

至

五六八

《典章四十二 刑部四》

風俗間有一等頑愚之人或因男女數多或因家貧不給
於嬰兒初生之時多不養育以水浄溺死之地爲父母
者此何心哉此風甚至於浦城已經具呈前事雖
蒙出榜禁約今後如有似前溺子之人許諸人告首到官
廉訪司副使李朝列按到浦城縣已經具呈前事難
犯人依故殺子孫論罪鄰佑里正人等有失覺察並行治
罪切緣此風在在有之今來若不言告省府無憑禁治殊
非惟丁口增添抑且敦美風化實非小補呈乞施行省府
相度人倫之道至親頑愚之徒反道敗常惡莫大馬
實傷屬風化今據所言誠爲允當合下仰照驗多出文榜遍
行合屬嚴加禁治如有似前溺子之人諸人首告到官取
問是實依理斷罪主首社長鄰佑有失覺察亦行治罪奉

三

# 奴殺主

見諸惡惡逆類

二十四

卅二

---

殺奴婢娼佃

### 殺放良奴

至元三年六月二十三日省判送下制國用使司
呈揚珍爲放良躯口邢粉兒年限未滿逃走捉獲打死罪
犯法司擬舊例鬭殺人者絞舊例主毆放良奴婢因傷致死減
几人四等合徒二年半部准擬七十七下省准斷訖

### 打死無罪躯

死躯婦燕粉兒私下立用鐵筋強打
不合於至元五年七月十五日爲失了馬疋用鐵筋強打
若依殺躯斷罪似涉太重合無依准放良將人免罪部
准擬呈省准

### 毆死有罪躯

事官呈審門到昔剌狀招不合於至元五年三月內將引
至元五年九月二十一日承奉中書省判送斷

典章四十二　刑部四

卅二

五三四

次妻並躯婦乞赤斤前去上都住坐至六月二十七日昔
剌因與脫歡等於本家飲酒有妻咬厄失言道乞赤斤小
產了昔剌回道我不曾收拾那裏得小產來問當本婦抵
諱不肯實說以此用劈柴於乞赤斤公身盡頭上亂打因
傷身死法司擬昔剌所招即係奴婢有罪而毆致死事理
舊例奴婢有罪不請官而殺者杖一百無罪而殺者徒
一年若有愆罪決罰致死者勿論今昔剌躯婦乞赤斤
無夫有孕用劈柴毆打因傷致死難同故殺合得有罪毆
致身死其昔剌躯婦乞赤斤自合赴官陳告別無躯口有罪自打致死體倒其
夫小產自合赴官陳告別無躯口有罪自打致死體倒其
昔剌不行赴官陳告擅用劈柴沿身亂頭上亂打致死暗
行埋葬難擬無罪擦昔剌所犯量決二十七下省照驗

### 王打躯戶

至元十一年正月奉安西王令旨王相府來申備

神木縣申軍戶王美狀告有弟王仔爲姪口王錦鋤田間
下草苗令同姪王與打了兩三十當夜有姪王錦用攫頭
將弟王仔並姪王錦用棒於遍身亂打王錦
仔等委是王美捉獲王錦有王錦在逃初復檢得王
因傷身死本府照得王美打死姪似無定罪照驗爲此
議得王錦先將本主王弟王仔又將一般姪口王與二人打
死所犯已該極刑雖王不請官司將王錦致打因傷身
死難擬定罪仰疏放施行
下徵銀呈省准

**良人殺姪**

至元七年中都路申蘇三五於至元六年八月初
一日與周仲義姪男王小狗相爭撲肉將本人用胠膝於
不便處賜死法司擬良人奴婢減凡人二等合
徒四年依例於本人名下徵銀五十兩部擬量決一百七
下徵銀呈省准

**弟毆死兄所寵婢**（五、三四）

至元十年六月十五日中書省兵刑部符文
該唐忠招伏兄唐太至元六年七月内買到婦人一名喚
龍嫂收爲妻生到小厮一箇至元十年三月二十一日龍
嫂將母阿李輪到毀罵母令忠踢毆身死罵口令唐忠
得龍嫂將唐忠母阿李輪到毀罵口令唐忠毆身死難
擬治罪呈奉都堂鈞旨准擬施行

**打死同姪**

爲一般姪龍與路申歸問到李舍兒爲不行合
死一人燒毀房舍以此於至元五年正月二十七日夜先
將王宜兒用棒打死於場上埋藏罪犯於至元五年
相犯致死而主求免者聽減本罪一等合徒五年決
省杖一百部下本路勘當得本主願求免擬杖一百七下呈

**典章四十二 刑部四**（西）

此
至元二十九年十二月初三日奏奉聖旨節該敲了者欽
理合處死燒埋銀即係同居相犯不須追理都省准擬於
來呈議得廣平路歸勘到打死同姪劉狗兒犯人路黑廝

**打死同姪敲了者**
至元三十年正月中書省刑部中書省劄付

**殺死婢女**

申智真殺死元傲伴娼女海棠罪犯本部照擬殺他人奴
婢徒五年擬決杖一百七下呈省准斷訖
至元五年閏正月二十一日尚書省劄付來呈山南江北
道肅政廉訪司申照刷出湖北宣慰司文卷内一件傳汝
明因爲佃客李小三不伏使喚致傷身死移送文字用棒
送刑部議得傳汝明所招爲佃客李小三不送文字用棒
打傷身死私和埋葬別無檢到屍傷兼本人別無故殺情

**主戶打死佃客**

大德六年七月中書省劄付來呈江南江北

**典章四十二 刑部四**（五一六）

意二次欽遇詔恩比例欽依釋免仍追燒埋銀兩給付苦
主其餘有招人等革撥相應今來看詳即今本使不請官
司毆殺死擄買姪奴猶然治罪益因而妄殺故此良人毆
死他人奴婢例斷一百七下今江浙之弊貧民甚多皆是
依託主戶售雇或佃地作客過日即非客戶買致姪奴亡
宋已前主戶生殺佃戶不若草芥自歸附以來少革前
弊斟酌時宜禁止尚恐不能若以前倒杖斷追燒埋銀似
故收豪兼並之家妄殺無辜佃客之門垂歷代殺人無重
之禁理合講究定擬今後若有違犯之人追勘完備廉訪
不同難議一體定擬今後若有違犯之人追勘完備廉訪
司審復無寃依例結案至日詳斷仰照驗施行

## 因姦殺人

### 打死強姦未成

夫東平路申歸問到成武縣祇候人李松
為招至元二年三月十二日隨逐邵縣令人上墳帶酒
將把槐棒一條還家聽得屋內見邵縣令這先生好沒
道理道這般言語言語這一條還松入屋內見得
手將衣裳斷捽定問得妻阿耿稱道陳寶童與妻阿耿用
咱兩箇睡些箇去來松發意用棒將本人行又用拳腳
踢打以致本人身死罪犯曲出高宣使將死並擬燒埋銀五
十兩呈中書省劄付差斷事官按著妻曾親見陳寶童
本人稱寃就問得狀稱委曾親見陳寶童按著妻若審斷
上將本人毆打身死罪犯不著待強姦來也好以此
這話你出醜則道批著強姦來以此隨張令史言

〔五、四五〕

### 《典章四十二》刑部四

語招招記及李阿耿張令史各各招伏是實正犯人李松法
司擬舊例諸姦者雖傍人皆得捕擊以送官司格法准上
條捕罪人已就拘執及不拒捍而殺或折傷之各從鬭殺
傷法擬罪人本犯應死而殺者徒五年其李松合徒五年又
招節次指責不實童不實李阿耿詐三品官司不實杖六十仍
為合行累科今李松合得本罪徒五年並重犯杖六十下
於本人名下追徵燒埋銀五十兩省部擬量情決六十七下
徵燒埋銀五十兩擬比及開奏以來將李松召保疏放
止說陳寶童將衣裳捽著若擬不實罪緣已被強姦不
李松妻阿耿法司擬舊例強姦婦女不坐怕監收要罪
坐今雖有招涉不合治罪部擬呈省准免罪

### 打死定婚夫遺妻

濟南路申據棣州捉解靳留住為招至元
三年四月十一日與孫歪頭定婚妻慈不揪通姦在後曾

---

對本婦道我打死你你歪頭
死呵我便與你做媳婦不揪道你敢打
死呵我便與你做媳婦以致至元四年三月初八日將孫
歪頭賺到城上推下來為不死將本人用磚棒打死次日
還活罪犯並取得姦婦慈不揪招伏相同靳留住法司擬
即係罪死人已傷事理舊例謀殺人已傷司擬舊例和姦
行處死罪准擬呈省三月廟見及
有夫婦人徒二年係輕罪又斷訖三種之夫並有對吉日及
有未廟見或就婚等三年已傷事理人今擬絞罪已
定婚夫孫歪等准不得違約改嫁其餘相犯今從絞
不揪係孫歪頭人謀殺親夫法以有對吉日及
上謀殺人者徒三年已傷不行減等合於絞罪上加絞從
揪係孫歪頭人謀殺親夫為從而加功者絞
而不行減行者一等合於絞罪者上類減二等合徒四年
定婚妻合同凡人謀殺人上類減二等合徒四年

〔五、八一〕

### 《典章四十二》刑部四

去衣受刑罪擬杖一百七下仍將
元受財定追還求妻室在後孫歪頭父孫福告無錢另
求新婦合無乞將本婦斷訖交付與孫歪頭並男為妻省准告照依
已行杖數決訖分付與孫歪頭為妻

### 因姦殺人偶獲生免

東平路歸問到閩典兒狀招不合與孫
鎮兒妻梁當兒通姦於至元三年十一月二十一日夜拐
帶本婦人在逃於二十二日用棒將梁當兒打死至天明
本婦還活因傷雙脚脱落罪犯招伏相同閩
典兒法司擬謀殺人已傷事理舊例謀殺人招訖梁當兒法
者絞其閩典兒擬處死部擬呈省准擬斷訖梁當兒徒三年已傷
擬舊例兒婦人徒二年來申勘當得本婦女罪名已
與男子同合徒二年又和姦本條無婦女罪名者
廢舊例二肢癈疾同篤疾又舊例犯罪時雖未老疾而事發

時老疾依老疾論又舊例年八十以上及篤疾犯反逆殺
人應死者上請盜及傷人者亦收贖餘皆勿論其梁當兒
所犯不係盜傷人之罪部准呈省准呈

**殺死姦夫** 東平路歸問到濮州館陶縣張驢兒狀招至元四
年十二月二十三日夜親覷妻戴引兒與劉三於本家戴
內通姦欲行捉拿有劉三攬住驢兒頭髮恐氣力不加用
刀子扎了劉三下本人走到河東邊身死罪犯姦婦人戴
引兒狀招相同戴引兒法司擬舊例姦有夫婦人皆就本
刑部擬量情決八十七下省斷杖一百七十下張驢兒徒二
年

**五、五五** 《典章四十二 刑部四》 三八

上被張驢兒用刀子扎傷身死其張驢兒雖有招伏不合
治罪部准擬省准免罪

**打死姦夫不坐** 元貞二年七月江西行省據南安路申任閏
兒於姦所捕獲姦夫收令史不行送官卻將本人鄉縛行
打因傷身死罪犯從本路擬定申省卻除將任閏兒鎖收聽
候梁娥兒別無待對事理先行摘斷除將梁娥兒斷
八十七下擬將任閏兒斷六十七下乞照驗奪到收令
令史與梁娥兒通姦伊夫任閏兒於姦所捕獲到收令
史所執木拐棒於收令
麻繩綁縛行打因傷身死議得致命去處顯門上打傷時
顯門上打傷之痕難擬坐罪外據姦婦梁娥兒已行斷訖

**殺死盜姦寢婦姦夫** 冠民縣申歸問到張記住狀招至元五

仰照驗施行

---

年七月十二日晚記住於驢屋內宿睡喫驢屋妻王師姑於
西屋北間宿睡至五更起來見妻王師姑對岳阿高告說
伊姑舅兄楊重二來房內暗地欺騙我來以此挾恨將楊
重二用刀子扎死罪犯王師姑與張記住狀招相同戴引
當夜五更師姑用手摸著有人將睡頭禿才知是楊重二
本人走到床將師姑罷師用刀子扎即死是實法司擬
語上此通明也不做生活去呵卻來睡則蘇本人不曾言
住以此被張記住用刀子扎床上睡有夫婦人者絞今
收及不拒捍而殺各從鬪殺傷論罪

**男打死母姦夫** 《典章四十二 刑部四》 三九

人本犯應死而殺者徒五年其張記住合徒五年決徒
杖一百部擬杖一百十七省准

至元八年正月尚書省據刑部呈真定路歸

**五、六三**

問得郭驢兒因為王聚欺父郭喜眼昏與母阿趙通姦不
絕遣趕父郭喜出外乞化曾得父為我報仇語句以此懷
恨在後因去探家又見王聚與母阿趙一處吃飯是驢兒
將王驚肩上打一下本人起來拿模擔子還擊驢兒用
棍棒行打致死罪犯本部議得將郭驢兒斷七十七下
姦婦郭呵趙八十七下去衣受刑干犯人郭喜免罪仍勘
當元要王聚錢物折鈔二十兩如有見在追付王聚家屬
如無免徵乞照詳都省參詳仰將郭驢兒決五十七下餘

**傍人毆死姦夫**

准部擬施行
省咨該來呈浙西道宣慰司呈平江路歸問到吳千三狀
招不合於至元十五年九月初一日因為周千六嗔姦蘇

小二男婦吳二娘勸和上被周千六用瓦鉢頭毆打其吳

三千却用紅油棍於周千六右耳邊臉上打訖一下因傷
於初二日身死有伊父周小十一受訖油米等物將屍燒
揚了當按察司審問是實除將吳二娘先行摘斷外吳千
三所犯比依大名府徐斌毆死張驢兒伊母阿許受訖錢
准伏例擬將吳千三減死流遠咨請照驗為此送刑部議
得已死周千六生前嚇尋開將勤和人吳千三
致命此依前例願重以此參詳將吳千三量情杖斷一百
事理一體依全免其吳千三終是用棍將周千六還打
官自願休和將屍焚揚即與徐斌毆死張驢兒伊母告休
七下徵燒埋銀五十兩給付苦主相應都省准擬施行

**賺推擴死姦婦**
四年四月十三日拐帶王君義男婦劉當哥逃於潮陽洞

〈典章四十二 刑部四〉　三十

通姦住坐至十八日為恐事發將本婦賺到石崖下擴死
罪犯法司擬除通姦係輕罪外擴死本婦罪犯合行處死
微燒埋銀五十兩部准擬省准斷訖

**殺死姦婦　二欵**
真定路申歸問到冀州新河縣軍貼戶孫伴
哥狀招至元四年七月內為頭與劉孫兒妻阿尹節次通
姦至至元五年六月二十二日夜就阿尹家內欲將本婦
姦要不肯隨順上用斧將阿尹砍死罪犯法司擬除通姦
係輕罪外殺死本婦罪犯合行處死仍追燒埋銀五十兩
部准擬呈省准斷訖

**打死犯姦妾**
元四年十一月二十一日就姦所親獲妾陳丑兒與盧伴
叔通姦將本婦毆打因傷身死法司擬即係妾有罪而毆
打避近姦致死事理舊例毆傷妾者減凡人二等死者以凡

人論若有罪而毆避近致死者不坐毆妾折傷以上各減
妻罪二等為妻有罪而夫依理毆之不期而死者無罪今
據李寶為妾與人賞夜通姦親自捉獲毆死比妻從輕其
李寶雖有招涉不合治罪部准擬呈省准擬

〈典章四十二 刑部四〉

**奸婦不首殺夫**

大德元年十二月江西行省准中書省咨瑞
州路申教英孫與潘阿王通奸將潘九四推落下水身死
公審本省看詳奸婦潘阿王所招奸夫教英孫於潘九四
生前對伊說知謀殺夫事情不行報夫知會潘九四被死
之後教英孫又向阿王説知推落水内渰死亦不經官陳
告若以因奸殺夫論罪綠送刑部議得潘九四打死除潘
阿王監收聽候外咨請照驗刑部議得潘阿王所犯因
與教英孫通奸雖知而不告下手除情用言
阻當不允止據殺死之後知而不告情罪欽遇詔恩既非
同謀欽依釋放相應其呈照詳都省准呈請依上施行

應在打死奸犯姦妾
傜後原闕今補

## 老幼篤疾殺人

**年老打死人贖罪**

陝西行省權省胡謐呈延長縣申到道士
劉志樸為打死徒弟劉志昇放良駈口蒲民公事責到劉
志樸狀招年八十歳至元七年五月十一日早為本番駈
趷僧問蒲民本人嗔問將志樸腦上打砍以此將蒲民經
縛用棒毆傷及於日頭内炙晒身死因傷身死罪擬
劉志樸打死蒲民罪犯並依凡人之法司擬得
埋銀給付苦主却綠劉志樸年及八十合行處具狀上請聽
省擬徵贖罪鈔一定更徵燒埋銀兩於十月二十日聞奏
勅處分部擬徵贖罪鈔三十二貫徵燒埋銀五十兩合行處死仍徵燒
過欽奉聖旨准此

**年幼不任加刑**

中書兵刑部自至元十二年二月初九日符文

五三五

來申八歳男汪驢兒先用土塊擲打十歳趙引兒本人却
用土塊還打誤傷五歳男汪黑厮因破傷風身死取訖各
各招証詞因緣犯人年幼不任加刑乞照詳事省部議得
趙引兒誤傷汪黑厮邂逅身死罪犯既是年幼不任杖責
擬於趙德名下追徵鈔五十兩給付苦主充葬埋

**心風殺人上請**

康留住因愚心風舉發至元六年十一月二十四日夜不
知怎生摸得棍棒將本家安下喬老打死並將伊男喬大
及留住妻阿李女婆惜次女宜奴俱各打傷又舉小孩兒
抱著棍棒於箔内徃來歌叫笑走至二十七日有弓手提
擬著棍棒於箔内住住緣知為心風病發打死喬老罪犯
住緣知為心風病發打死喬老罪犯議得康留住即條頻
狂殺人事理照依舊例合行上請聽勅處分分為此移准中
書省咨該都省議得康留住所犯既與身死喬老生前別

無优嫌委因舊患心風病証舉發昏迷不省不知怎生將

喬老打死不合償命正擬於本人處徵燒埋銀五十兩給

付苦主於至元八年二月二十六日奏奉聖旨欽此仰依

上施行

## 篤疾傷人杖罪斷決

至元十三年五月十八日中書兵刑部

來申杜恩禮毆死楮堅取到一千人詞因爲此省部擬罪

呈奉中書省判送議得杜恩禮所犯先爲楮堅姪楮師打

傷人爲楮堅毆罵以致用棒將楮堅打著因傷身死既杜

恩禮無目篤疾之人依准本路所擬決杖一百七下仍於

本人梯已錢内徵燒埋銀五十兩給主如不數於本觀常

住錢内貼徵奉此仰依上施行

《典章四十二　刑部四》

廿五

---

## 醫死人

### 割瘻割死人

太安州申奉到中書刑部至元七年四月二十

九日符文李忠與王阿唐割瘻割死將李忠斷決四十七

下燒埋銀不徵

### 醫死人斷罪

至元七年七月尚書刑部承奉尚書省扎來呈

北京路焦轉僧狀招因爲醫慕阿羅患病女夫陳某病証

扳曲身死審刑官已將焦轉僧斷訖七十七下省府相度

合下仰照驗於焦轉僧名下追徵燒埋銀給付苦主施行

《典章四十二　刑部四》

廿六

# 自害

自傷致死

至元八年四月二十四日尚書省來呈濟南路申
管不關笑頭目馬仲呈至元七年十二月十七日上燈時
分令馮三兒與佃客趙五
草其趙丑按前馮三兒茹草
不覺將馮三兒左手 折本人因傷身死送刑部議得馮
三兒既是用手於 底自行撥草 傷身死即係本人自
犯其趙丑理合無罪備呈省准擬施行

自行淹死

至元九年四月中書兵刑部奉申臨汾縣韓卞告
母阿薛向前救解其各人亦將母阿薛落井身死阿薛打拷
外趕走其牛阿侯跟趕過臨母阿薛等歸斷未蒙省部取
責到一干人等招推備呈奉省准擬施行
親家牛阿侯領人衆就來本家捉拿妹珍珍姦事打拷
係不應輕罪合下仰照驗就便斷決施行
降到如此體例乞明降事省相度既韓阿薛自行落水
淹死別無定奪外據牛阿侯等所招捉拿韓珍珍姦情即

五、三三

《典章四十二 刑部四》

三三

男婦自害親屬要錢追還

至元八年十一月刑部承奉尚書省劄付行下各路禁約一等
人家取到男婦不務婦道靡所不爲翁婆依理訓誡終心
不伏遂自害身死其婦父母知會便行部領人衆將翁婆
拿執逼嚇取要燒埋等錢公事去訖今據延安路申至元
九年二月內據延安路軍戶張祿告至元八年七月十四
日弟妻阿高不伏驅使相爭自縊身死伊父高山元要張福錢物追回
埋用錢數私和取勘依省部追斷潞州上黨縣民戶
范用男高不伏是實照依自行投井身死伊兄連豬狗要訖
恐嚇錢物體例將高山元要張福錢物追回本主收管仍

---

將高山量情斷罪外於至元九年十一月據安寨申霍
金狀告至元七年二月初九日有男婦劉閏仙爲踏碓將
抈拷拷壞了伊婆晉馬本婦自縊身死伊兄劉寬要訖燒
埋錢物取勘相同依上行下追問去後其追得此
係至元七年未奉省府問歸問府司議行府司議得此
錢物一倒追回誠恐此乞明降事件性徃陳告若連豬狗要訖
議得已斷張祿回訖恐高山元要錢物別無定奪外據
金告劉寬事理並至元八年十一月禁約已前違犯者擬
依延安路所申革禁約已後違犯者依理追問呈都
堂准擬施行

輕生自戕勿理

欽諸路府州司縣或有投河自縊及服食毒藥鼠莽草等
至元十七年正月江西道宣慰司榜文內一

《典章四十二 刑部四》

四、三一

類多因借貸無償或以碎細言隙一朝之忿自頸其身與
闘毆殺傷者不同所在官司不問事體輕重便將人命公
事行道縱無人告輒以訪聞勾攝以致牽連無辜罔不受
害使司議得今後非因闘毆殺傷自行投河自縊及服食
鼠莽草死者如別無他故官司無得理問庶幾人各愛其
身不以輕生陷人爲利無人首告亦不得訪問勾攝仍仰
各路官司常切禁約違者治罪

雜例

**碾死人搬屍**

看碾子人李鎮撫家艇口閆喜生狀招至元三年八月十八日本宅後碾泰間去小廝四箇於碾北四五步地街南作要至日高碾徹前去本家取墊碾油餅回來到碾上見作要小廝碾一箇在西北碾槽內手腳動但掙揣其餘三箇小廝碾北立地喜生向前抱出小底覷得頭上有血抱於西墻下臥地恐驢踏著移於碾東北房門東放下倚定麻稭坐定手動氣出喜生是不知怎生碾著避怕本使問著走往阜城縣周家藏閃在後却行還家干證人殷定僧等三人狀稱崔中山於碾內弄米來俺三箇碾著崔中山擬是殷定僧等稱著崔中山碾不告身自來弄米別無定奪止據閆喜僧不合移屍出碾不告身

死人本家得知合從不應爲事輕合笞四十部擬三十七

五一八

〈典章四二 刑部四〉 卅七

**狗咬死人**

至元八年十月中書戶部據管鷹房打捕民匠總管伯帖木兒狀申絡絲匠李義狀告本家相近住坐李大所養母狗一隻從門外走來咬傷妻阿杜並女李三姐因傷身死行下順天路取問得狗主李海狀結所養母狗從來不曾咬人亦不見狗隻將李二妻女咬傷本部參詳既元告不係狗主標識亦不曾咬人難以定奪呈奉都堂鈞旨准擬施行

**非謀故殺人堆釋放**

吉州路歸問到周方大督勒人夫蕭明二等鋤倒土墻蕭明二藏訖墻中元有銀盤將本人拷打監鎖因傷身死擬

合結案咨請照驗送刑部議得周方大等所招爲蕭明二將伊銀盤藏去指證明白不說下落因而打拷致死即非謀故二次欽過詔恩如蒙移咨行省欽依釋放燒埋銀兩依例倍追相應都省准擬咨請依上施行

典章卷四十二終

〈典章卷四十二〉
〈典章四二 刑部四〉 卅八

一○五

# 刑部卷之五　典章四十三

## 諸殺二

### 檢驗

檢屍法式

某路某州某縣某處某年月日某時檢驗到某人屍形用
某字幾號勘合書填定執生前致命根因標注于後

一仰面

頂心　偏左偏石　顖門　額顱　額角
兩太陽穴　兩眉　眉叢　兩眼胞　兩眼雙睛
兩腮頰　兩耳　耳輪　耳垂　耳竅

二一五　《典章四十三　刑部五》　一

鼻梁　鼻準　兩竅　人中　上下唇吻
上下牙齒　舌　頷頰　咽喉　食氣顙
兩血盆骨　兩肩甲　兩腋肢　兩胎膊　兩胠脈
兩手腕　兩手心　十指　十指甲縫
胸膛　心坎　肚腹　兩肋
臍肚　男子蓮物陰腎　婦人陰戶　兩肋
兩胯　兩胯囊　兩腿
兩膝　兩脚腕　兩脚面　十趾
兩脚腕　兩脚面　十趾
十趾甲

一合面

腦後　髮際　耳根　項頸　兩臂膊
兩肐肘　兩手腕　兩手背　十指　十指甲
脊背　脊膂　兩後肋　兩後脅　腰眼
兩臂　兩臀　穀道　兩腿　兩腿肚
兩肚踝　兩脚跟　兩脚心　十趾　十指肚
十趾甲縫

二一五　《典章四十三　刑部五》　二

一檢屍人等

一對眾定驗得某人委因　致命

正犯人某　干証人某
干証人某　地鄰人某
主首某　屍親某
仵作行人某

右件前項致命根因中間但有脫漏不實符同揑合增
減屍傷檢屍官吏人等情願甘伏罪責無詞保結是
實

某年某月某日　司吏某押
首領官某押
檢屍官某押

大德八年三月
日江西行省准中書省咨刑部呈奉省

判送河南行省咨歸德府申毆傷見各處有司不以人命為
重凡有告毆傷身死者不行隨即飛申檢驗官司雖
有申到屍狀復檢官司不能即到屍前以致屍變不
能復檢既見屍狀復檢官司不能復檢初檢官吏
合已死之人作自縊或投井焚燒自傷殘害身因而作弊不
此使死者幽冥之冤何由得雪本省看詳檢驗屍傷或受
差或因原告詞因啜賺至應往來補答扣換殘害或有
官司請官檢驗或有不親臨視或承他處遠
者或因驗而不驗或不明定要害致死之因或定而不當
或漏露所驗事狀或將初檢屍狀與復檢官司狀同檢驗
等事情弊紛紜不能概舉理宜明定罪例通行遵守施行

間又據江西福建道奉宣撫呈亦為此事奉都堂鈞旨
送刑部議擬連呈奉此本部議得檢驗屍傷已有常式近
年以來親民之官不以人命為重性性推延致令變及
不親臨監視轉委公吏行人與復檢官司遮相扶同裝捏
屍狀移易輕重情弊多端擬合設法關防若依奉使宣撫
所言似爲縷細本部今參酌定立屍帳圖畫屍身一仰一
合令各路一樣板印編立字號勘合用印鈐記發下州縣
置簿封收如遇檢屍隨即定立時刻行移附近不干碍官
司急速差人投下公文仍差正官將引首領官吏慣熟
仵作行人就責元降屍帳三幅速詣停屍去處呼集應合
聽檢並對眾眼同自上至下一一分
明仔細檢驗指說沿屍應有傷損即于原畫屍身上比對
被傷去處標寫長濶深淺各各分數定說端的要害致命

---

根因檢屍官吏於上署押一幅給付苦主一幅粘連入卷
一幅申連本管上司仍取苦主並聽檢一千人等甘連名里
結承式備細開寫當日保結回報明白稱說各處相離里
路承發檢驗日時飛申本管上司其復檢官吏
了畢亦將屍帳一幅給付苦主一幅申報上司
如有違慢或差到不受致令屍變者正官決三十七下
首領官吏各決四十七下其不親臨監視轉委公吏
相見扶同屍狀者正官取招量事輕重斷罪黜降首領官
并增減不實移易輕重執故定命因依不明或初復檢官吏
枉法論任滿解由內開寫作行人決七十七下受財者同
吏各決五十七下罷役仵作行人命另置文簿令推官收掌
如遇司屬申報人命公事隨即附簿令推官無推官者掌司首領
究問若因循不行駁問者罪及推官請照驗施行
合屬施行

官提調廉訪司職在提刑所在之處先行取會干碍人命
事目詳加照刷原置文簿卷宗問若有似此違犯或犯
人招指不同官吏作弊枉禁并解由內隱漏者隨事輕重
理斷庶望少革前弊如蒙准呈遍行照會相應今將定擬
態萬狀有同謀共毆而莫知誰是下手重者有同謀殺人
之重莫嚴於殺人獄情之初必先於檢驗益事體多端情
省咨御史臺呈准江南行臺咨廣東廉訪司申竊謂刑名

**屍帳不先標寫正犯名色**　延祐二年三月江西行省准中書

而莫定誰爲初造意者有甲行凶而令在下之人承當者若
行凶者有乙雖嫌而妄
故舉今省部定到屍形格式於內開寫正犯干犯名

色檢驗之際如是事體明白就場認是致命痕傷者令正
犯人下畫字則於事體無害設若苦主因其私怨所告不
實含卒之間疑仔細推鞫方得其情就場若
便抑令被告行凶人於正犯人下畫字以後鞫問得却係
他人則異日必指原非正犯人承翻異之階若已後
人下畫字苦主未見何人承當致命事情明白
不肯承領畫字或是添寫作被告二字作被告行凶人畫字於下
吏臨屍檢驗之際變亂事情多因此必為駁問違錯其有詞
則於屍帳上明白標寫作行凶人畫字設若事情明白者
疑似未易辨明者則標寫作被告行凶人畫字庶望已後
人不須預先刊定若是當場認定行凶人畫字某人於干犯
畫字此比原降格式不同上司必為駁問違錯令於司官
推鞫明白於事無疑獄情易辨刑鮮冤濫然此事干通例

五八八　　　　　　　典章四十三　刑部五　　五

本臺具呈照詳得此送據刑部呈照得大德八年正月
奉中書省札付刑部議得先為各處遵守檢驗屍傷多生奸弊是
例今承見奉本部議得先為各處遵守檢驗屍傷已有常式云檢屍法
以參酌定立屍帳圖畫屍身遍行各路遵守益欲救弊防
奸期於事得明白而無冤濫今廣東道肅政廉訪司所言
屍傷若被正犯人畫字如初復檢驗定執明白而行凶人在
屍帳上預先標寫正執致命痕傷無差行凶人等審問明白
屍傷當場正執致命痕傷無差行凶人等後凡檢驗
無可疑者正犯人畫字於下畫字若畫字庶望已後
行凶或被告人畫字如初復檢屍親未到者聽將原檢屍帳權
逃卒無可不能敗獲或召呼屍親正賊召到屍親至日畫字給
且粘連入卷用印關防候獲正賊
付庶不差池如蒙准呈遍行照會相應得此都省咨請依
上施行

屍首檢驗埋瘞　延祐五年二月
省札付來呈至元十一年七月初七日御史臺承奉中書
之人官司初復檢訖不行埋瘞將屍移於棚樹棧閣以致
風日曝吹蛄蛆唼時值夏月皮膚綻裂脂肉潰流薰觸
天地神明見之無不感傷卑司今欲擬改初復檢過屍
骸責付屍親埋瘞無屍親者將屍責付停屍地主鄰佑
權行收埋插立木標標寫年顏形貌使行旅見已廣傳令
屍親知而來認實愈付兵部定擬回呈議
得依准接按察司所擬是為相應都省准呈

史臺呈淮江南諸道行臺咨監察御史劉世傑承事呈
嘗謂刑罰中冤和氣流行雨時若然後庶事康哉
萬物遂矣蒙御史臺將單職奏准前職欽遵前來之任自

五八一　　　　　　　典章四十三　刑部五　　六

大都給驛至通州倒換站船經由清州長蘆陸州臨青濟
州等處至於建康僅及月餘親見所歷河水之中時復有
漂流被死人屍合面仰臥順波而下手足舒張裸形者有
之沿身帶傷者有之連衣用繩縛綁卻鄉者有
亦有之訪諸路人莫知所以愍憶通惠御河會通河水南
北通貫江淮河海達乎京城其間富商大賈並得代還家
聽除之任官員人等往來經行上項屍身多係圖財戕殺因
及挾仇致命闘毆傷或有主奴相害奕能一一遍數因
而抛棄於急流頹波其水混泯不舍晝夜浸經日久脹爛
腐潰似望之畏避引匿視以為常恬然不顧問致死不明身卹
冤於黃泉之下安能伸雪殺人賊徒偷生於塵世之間幸
而得免卑職目覩斯事未容不言擬合遍行督責當該官

司設法嚴加禁治母致信此所犯如不時儻過此等人屍
漂流至其所管地界即合打撈出水檢驗本屍浴身有無
傷損穿帶何等衣服搜求可疑顯當男女各形貌書寫
木牌將屍側理瘞就便將牌釘立壙前以備屍骸親識認
仍便開坐行移鄰境官司多方緝捉犯人得獲研究明白
依例處斷不惟無辜死者得償其冤抑不致屍骸暴露薰
觸天地乖傷和氣也呈具照詳得此咨請照會依上本臺
至都省詳得此除遵依今承見奉本部議得此咨請照得
其呈詳得此送據刑部呈至元十一年七月云云
流無主屍首事理合准呈奉御史臺遍行照會相
應具照詳得此送據省監察御史呈云云

**被盜殺死免檢**

縣申縣丞王將仕牒闘毆殺傷人命有司即時委官檢復
元貞元年七月江西行省據吉州路備吉水

【典章四十三　刑部五】

七

四之二
責問行凶人據法處斷外有強盜千百為羣執把軍器將
良民圖財殺死者官司即時檢驗猶免暴露動經月餘不到
事主不敢擅便安理無不號哭伏棺告求免檢得無定例
撿屍官不敢擅准作耗賊殺人難同闘毆殺傷身死今
後莫若除民戶爭闘殺傷身死依例檢復外據強盜殺傷
合無令事主隨時告知兩鄰社長看視在身痕傷指實陳
告官司准理免行檢驗乞照驗得此送理問所議得如係
作耗賊人殺傷人命所言相應省府擬仰照驗施行

**無檢驗骨殖例**

大德四年九月江西行省據劉付據袁州路申
為宜春縣鍾元七身死事照得先據本屍備萍鄉鄰州申彭
阿夏告夫彭季八身死公事委官開棺檢得本屍皮肉消
化骨殖顯露難以檢驗移准都省咨該委官將屍區處已經行下
亦無檢骨殖定例參詳合依都省咨請事理詳情處
本路依上施行去訖今據見申不見憑何典例將骨檢驗
定執致命根因省府合下仰照勘明白申本路勘元尅人一千人
等執窮磨問鍾元七七端的致命根因取責各招准招伏
追勘完備牒審无冤依例結案仍取不應檢骨違錯招
申省免檢餘後原闘今補

圖文二之二十

【典章四十三　刑部五】

七

陳氏校補

## 燒埋

殺人償命仍徵燒埋銀

至元二年二月欽奉聖旨條畫內一

欽凡殺人者雖償命訖仍出燒埋銀五十兩若經赦原罪
者倍之欽此皇慶元年三月江西行省咨江浙
省咨備嘉興路申經歷司呈備潛司吏儲潛呈中書省咨江浙
元二年欽奉見云欽此彼時每銀一兩該中統燒埋銀兩如
無白銀於犯人名下折中統鈔二定給付苦主相應申奉御史臺札付呈奉
中統鈔二十定給付苦主至元寶鈔一兩准中統鈔五兩至元二
十四年欽奉聖旨印造至元寶鈔一兩折中統鈔二定給付苦主二定若
至元三十一年湖北廉訪司照得燒埋銀五十兩官價依例於犯人名下追徵
至元鈔二兩若依見行官定銀價依例追徵施行至大二年欽奉詔
給燒埋銀兩如無照依官價追徵施行至大二年欽奉詔
書條畫至大銀鈔一兩准至元鈔五兩白銀一兩赤金一
錢欽此至大四年二月初七日本前行省咨准尚書省札付准尚
書省咨凡折銅錢依目今官定銀價追徵燒埋銀五十兩給付
苦主今後如無白銀照依目今官定銀價追徵燒埋銀五十兩該至
鈔兩或准折銅錢至大四年欽遇詔赦釋放殺人重囚見
依奉尚書省定例倍追燒埋銀兩該至大銀鈔二定准至
元鈔一十定折中統鈔五十定今欽奉詔書條畫內節該
住罷至大銀鈔不使銅錢依舊印造中統鈔與至元鈔子
母並行以便民用凡官司出納百姓交易並記中統鈔數
開禁金銀聽從買賣欽此除邊外據燒埋銀兩比照原
初銀價尚書省增之數倍犯人家貧無納者多苦主必然

〈典章四十三 刑部五〉

五八九

八

---

無財可賠家寫典產

至元六年五月中書右三部擴濟南路
申李大打死王太合徵燒埋銀數無財可賠乞明降事省
部照得舊例應償贓負無可賠者令家屬於官私折庸其
得此燒埋鈔數實為長便乞照驗事理若准嘉興路所擬誠恐差池咨
請照驗准此送刑部議得凡致傷人命合追燒埋銀兩既
至大銀鈔與新舊銅名俱已住罷合以至元鈔為則擬咨
過赦倍徵如蒙准呈崔呈過行照會相應具呈都省准擬咨請
依上施行

侵損於人者止令產業所得價錢驗數給付如有未盡之
數滿日再行典產不在折庸之限呈奉都堂鈞旨准擬施
行

〈典章四十三 刑部五〉

五四

九

燒埋銀與四定鈔

至元十九年十一月行省咨准中書省咨該
聞奏過事內一件俺商量來殺了人有罪過的兩定燒埋
錢與有貳輕的一般有蒙古漢兒人家屬倒與女孩兒
孩兒呵與女孩兒無女孩兒四定鈔與阿怎生秦阿奉聖
旨四定也少有那般者欽此

女孩兒折燒埋錢

至元二十四年江西行省據袁州路申潘
責得犯人因病身死事據合徵燒埋錢鈔
七五打死張層八除犯人親屬謝阿揚狀供除伯潘七五生前上有小女
一名及第屋三間陸田山地一段計二畝七分將前項田產
七八等四分承管外別無事產人口頭疋若將前項田產
盡數變賣尚不及數合無將潘七五小女一名欽依元奉

**燒埋錢不數官司支與**

聖旨事意給付苦主乞
明降事省府相度既是潘七五名
下事產變賣不及合徵燒埋鈔數即將潘七五小女孩一
名欽奉聖旨事意就便斷付苦主收管施行

大德九年三月十二日湖廣行省准
中書省咨大德八年七月斡脫裹有時分大都
馬辛右丞送兒火者參政也先伯參議等奏咨省咨照詳送刑
阿忽都等相俺衆人商量來這詔書內致傷人命合死
的人每根底放有的燒埋錢添一倍於犯人名的
下教與有來儘每的教與有的燒埋錢與他每若他每般者欽此
呵官司與呵怎生奏呵那般者聖旨了也欽此

大德九年二月二十四日湖廣行省准
御史臺呈准江南行臺咨浙東海右道廉訪司申准本道咨
臺慶等路分司牒該依准本司牒文分治紹興慶元臺州

**埋銀錢先行追給苦主**

《典章四十三 刑部五》 十

五七九

三路近歷郡縣各處人戶性性赴司告稱家人被殺官司
不行追給燒埋銀兩無力津送除另行窃詳人之爲生
性命至重或因鬥爭而致死或爲財物而被殺官司依例
初復檢取訖行凶招伏尸首責燒埋其苦主推無燒
埋之資不行津送官司以爲犯人未曾償命不與徵給以
死者暴露凶骸淹禁囹圄直至行移勘會結案待
報動經三五年間不能結絕苦主隨衙聽候犯屬名下
日供需凶飯地漸消乏間有償命之凶施於犯屬名下
給既遲不得濟犯屬之家貧無可徵莫若今後有被殺
之人招伏是實隨於本四犯屬名下人招伏尸首
追燒埋銀鈔責付苦主收領以爲燒埋之資庶免有尸骸
暴露之苦備申行臺照詳准此參詳致死人命檢驗已明

責付屍親埋瘞舊例於犯人名下先徵鈔一十兩給付目
今所用物價比不同苦主無錢津送致有尸骸暴露誠
可憐憫若准分司所言苦主實爲得情殴殺人賊徒已招是實尸
部擬回呈得幾圖財殴殺人賊故以此參詳合准廉訪
司所擬正典刑
生受暴露尸骸之後徵給動經歲餘不能結絕致使苦主
結案待報之後不能理瘞甚爲不便以此參詳合准廉訪
伏明白定呈無冤審理無冤者都省議得合將燒埋銀鈔兩先行追付苦主充堂
傷無差招伏贓仗明白復審無冤合令徵燒埋銀鈔若依准所
葬之資擬先行追給苦主以充堂葬之資庶免暴露骸骨請依上
施行

**罪人自抹監事人追鈔營葬** 至元十四年四月中書刑部據

《典章四十三 刑部五》 十一

五六五

大都路來申歸問得昌平縣祗候人劉順招伏因爲監信
萬奴前去本縣歸問打傷人民公事訟路不爲用當
萬奴自抹身死擬議申覆間欽遇赦原將本人疏放了當
乞照驗事得此省部議得信萬奴雖是自抹身死蓋因劉
順不爲用心看事擬於劉順名下追鈔五十兩給付苦主呈奉
中書省咨准中書省咨依准本部所擬施行

**強姦殺傷事主經革倍徵埋銀** 至大四年十二月

建寧慰司承奉江浙行省札付近據建康路申郭驢兒兩
犯強盜左右項俱刺強盜字樣擬用藥除去又已五次行劫
事發到官欽遇原免除左右項擬合刺補今次三犯未省
合於何處刺字及從犯趙東直等亦用藥除去左右項強盜
字跡亦合一倒補刺今犯再刺右項本賊上盜時放箭射

死事主李萬一合無比殺人例於見獲賊人處均徵燒埋
銀兩一百兩給付苦主唯復止於放箭入趙秉直名下追
徵係爲例事理移准中書省咨送刑部呈議得除強盜再
犯刺項並補刺字跡已有定例外據賊人郭驢兒三犯強
盜例合出軍卻緣欽遇原免擬合再於本賊上刺字從
賊趙秉直用箭射死事主李萬一既遇釋放比例倍
徵燒埋銀兩給付苦主若有不敷着落見獲同賊均相
應具呈照詳都省准擬咨蕭依上施行

## 打死二人燒埋銀止徵五十兩

至元六年十二月中書右三

典章四十三 刑部五 十三

部據真定路申古城縣人戶魏顯狀告程三杖五圖財將
長男換住大口二人打死除程五在禁身死外程三未曾給付事
內於程五家屬處追訖燒埋銀一定外程三未曾給付事
省部就於斷刑官斷過罪囚册內照得真定路一起一十

五、七二

六名至元六年二月二十三日冀州解到數內程三小名
犇兒程五小名軍兒殺死行車客人魏換住等二人一同
移尸村外撇下被齊祐等十五人將尸轉遞別村取訖
各人招伏見行根尋尸首下落審問已招是實將移尸人
程犇兒斷訖二十七下外轉遞軍兒家屬處追徵燒埋銀五
省會免罪并於身死賊人程軍兒家屬追徵燒埋銀五
十兩給付苦主又照得至元五年十二月
省札付奏奉聖旨處斷各路重刑數內一起順德路晁貴
徐拘驢胡五厮等三人同謀打死陳伴哥并妻男三口各
各處死仍於各人名下均徵燒埋銀五十兩今據見申既
身死程軍兒打死魏換住等二人已將燒埋銀依數追付

## 殺死二人燒埋錢

了當別無定奪合下仰照驗施行

死二人燒埋錢延祐二年九月江西行省准中書省咨來

---

咨吉安路申准本路萬戶府關盧陵縣申朱阿王告被軍
人劉萬四殺死夫朱關仔等事府司照得劉萬四
將朱重一父子二人殺死雖已照依至元六年部定例
追徵燒埋銀五十兩卻緣至元二十四年將銀折鈔之後
不曾奉到上司明文凡殺二人者其燒埋銀兩如何追徵
申乞明降照得即係爲例事理咨請照詳崔此送刑部
呈照得大德十年五月內承中書省札付來呈四川省
咨成都府備錄事司申承中書省札付江友文千奴
友賢文千奴二人依例令徵燒埋銀一百兩給付苦主相
應具呈照詳都省准擬仰照驗施行又照得皇慶元年二

典章四十三 刑部五 十三

五、八九

月十八日承奉中書省札付江浙省咨嘉興路經歷司備
司吏儲潛呈燒埋銀兩前例
四所招用刀將朱重一并男朱關仔父子二人殺死情犯既
廉訪分司審招無異燒埋銀兩擬合依例各徵中統鈔一
十定給付苦主相應具呈照詳都省准擬仰照上施行

## 無苦主免徵燒埋銀

札付今年二月內欽奉聖旨條畫內一欸凡殺人者雖賞
命訖今年二月內欽奉聖旨條畫內一欸凡殺人者雖賞
已經遍行隨路照會去訖今各處官司性徒將重刑人口
財產依舊拘收除別行外仰下各路將前項原抄札人口
內有苦主之家欽依所奉聖旨條畫原罪者倍之欽奉如此
備燒埋銀五十兩就便給付苦主收管外無苦主之人不
須徵理所據原抄札到官各家財產等物盡行分付原主

## 無妻男財產免徵燒埋銀

收係甯家當差聽給付畢申部呈省施行奉此

無妻男財產免徵燒埋銀 至元七年五月尚書刑部據河間路申于德圖財將劉曳剌推於河內淨死尚書刑部據河間明正典刑訖外燒埋銀累次徵給有犯人于驢父于德告除演當房家口止有妻幷男子驢女課兒于德男于德並無妻男人口委的別無財產出辦乞照詳事省府相度合下仰照驗如于德委無妻男財產出辦燒埋銀不須徵理

## 無人口免徵燒埋銀 至元八年十二月

五.三四

據合徵燒埋銀數宋換兒打死朱林除宋換兒已正典刑外呈憲泰安州申宋林換兒打死丑阿王告稱見行乞食無可折挫勘當相同本部送法司檢議得若令宋阿徐典雇卻緣幼止有妻阿徐侍養乞化過日別無折挫可以典雇人口依准本部所擬免徵施行事省府合下仰照驗施行

《典章四十三》刑部五 十四 日尚書省刑部

## 打死奸夫不徵燒埋銀 至元六年十一月十八日中書右三部

來申金忙古萬爲孫永安先奸伊妻夜間又來將本人打傷身死已蒙審斷官斷訖一百一百七下據燒埋銀合無追徵乞明降省部照得先據河間路申范德友夜黃夜撞見何三于本家屋內奔走趕上用斧斫死范伊妻與何三曾有奸事呈准將奸斷一百七下范德友免罪燒埋銀不曾追徵今據見申奸所將王清一打與范德友事體無異其奸合下仰照驗施行

## 打死奸夫不徵燒埋 大德九年三月瑞州路承奉江西行省

札付該來申廉訪司分司體問得王清一條鄒七九捉獲本人與伊女盧三娘通奸於奸所打傷身死與釋免奸婦鄒七九名文與等一干人證招詞議將鄒文幷燒埋銀兩乞明降簡阿熊即盧三娘杖斷八十七下外據燒埋銀不須事得此檢照得元貞二年六月二十七日臨江路申太平玉盧觀道士鄒亨復與黎縣丞女瑞小娘婢使春蓮等通奸被黎縣丞拿獲用繩弔死奸事內照得先爲東平路歸問得濮州館陶縣陶驢兒招伏因奸事見諸人類殺人類殺州申歸問到劉黑兒於奸所至元四年十二月三十日夜撞見劉猪兒與妻說話以此潛心等到至元五年二月初七日夜梁信家暖神還家聽得房內有人與妻說話黑兒喝道是誰其人不語黑兒疑是劉猪兒取到撥刀向前扎害

《典章四十三》刑部五 十五

五.七二

其人卻將撥刀頭拿住相奪黑兒奪了將劉猪兒扎傷身死又招不合將無柄撥刀不行納官罪犯奸婦劉阿周狀部斷訖奸婦劉阿周一百七下本夫就屋內捉獲將本人扎傷罪犯及犯人家屬與訖苦主燒埋銀鈔二定告乞減刑省奪獲其劉猪兒又將劉黑兒撥刀拿住相奪爲劉黑兒所結除先於至元四年八月內就屋內捉獲將本人扎傷苦主劉順元要鈔二定依例還主已經准擬免罪疏放外五年二月十七日被夫就屋內捉獲將本人燒埋埋銀兩不須追理去訖今據見申奸所將王清一打傷身死義女盧三娘與王清一通奸今擬免罪疏放外據燒埋銀兩比附前例難擬追兼訪司既擬免罪疏放外據燒埋銀兩徵依上施行

燒理錢貧難無追

皇慶元年六月袁州路奉江西行省劄付
來申彪興路翼軍人張廣打死袁六二欽遇燒
埋銀兩犯人張廣身故再行勘當得張廣身各
自故並無拖下事産物業委實無可着落如擬免徵相應
申乞明降得此照得先據本路節次申狀申張廣於至元三
十一年十二月二十六日打死袁六二大德元年三月二
十七日欽遇釋放合追燒埋銀兩移准隆興萬戶府關張
廣並無事産再行折措張廣於至大元年十月初九日因病身
死委官照籍重行體勘相同擬免追徵申乞照得此累
經劄付本路再行委體復勘明白申中書省照得
見推中書省谷江浙省信州申大德六年四月內據貴
溪縣民戶陶省四因爲過軍張林打去吳福四鴨隻致爭
用木棍打死張林罪犯追勘未完本人因病在禁身死合

典章四十三 刑部五　十六

五、八九

徵燒埋銀兩家貧無可折納又福州路羅源縣申張新戒
招伏不合大德十一年十月內因爲門少柴薪燒火前去
周蓮益船上乞覔火柴不從州言斯罵懷恨復引水
手劉環奴等前去周蓮益船上將火柴一把肩負有周蓮
益扯拖不放新戒發惡用石圈圓木一條將周蓮益左脇
打訖一下致命身死著落張新戒追納理合官給本省參
詳合徵燒埋銀得張其大德九年二月二十四日前後月日
賊每無呵官與者事干通例誠恐她咨請照詳准此
經赦或在禁身死無錢可追賊徒若崔官爲倍差給付緣原
雉聖旨明該詔書內著新戒別無財産折納理合官與本省
送刑部議得陶省四打死張林罪犯雖在大德九年二月

二十四日已前比至欽遇赦恩本禁身死燒埋銀兩既無
可追合行免徵外據大德九年二月二十四日已後犯致
傷人命如犯人在禁身死或結正其罪燒埋銀兩著落家
屬追給果無其財可備保勘是實亦合除免其罪赦釋放
者依例倍徵如無可折措合無犯人傭工牲莫所護工價
付苦主鈔數未定本人身死子孫不在折傭之限如蒙准
呈遍行合屬照會相應具呈照詳都省谁擬咨請依上施
行

典章四十三 刑部五　十七

八七八

典章卷四十三終

## 諸毆

斷例　罰俸　二十七　三十七　四十七　五七　七七　八七　九七　一百七

### 諸毆

故毆　拳手　他物　刀刃
無傷　傷人　傷人
　　　拳夾
　　　打訖夾
折指他物　刀傷他物　折跌支
折肋眇前　損事因
忿致死　　體斷舌
忿致篤疾斷舌
打傷觀　目者各　渡毆陰陽各夾

弟為首　打傷觀
兄夾　　兄夾

軍終毆
弟為從
兄夾

毆所毆當前
係兩月半
決官一平始

辜限　手足傷二十日他物毆二十日及湯火傷三十日折跌支體破骨五
　　　限二十日眼內死各依殺人論其限外及雖在限內以他故死各依本法

諸人毆
　付被傷人
　官相毆各前
　　　　官

《典章四十四刑部六》
　　　　　　一

四、六二
舊例關歐罪名
見血各三十七　故毆二十七下手足故傷他物故毆
折一指一齒以上眇一目毀缺耳鼻破骨湯火傷及禿
不著各五十七下
手足內損吐血各四十七下他物內損吐血兵刃斫體
刀傷他物折肋眇兩目墮胎　辜內子死乃坐若辜
髮鬢各六十七下　　　　　　外死者依毆傷毆法
污人頭目各七十七下
折跌支體各減一平復瞎一目者各八十七下
損二事以上因舊患疾致篤疾斷舌毀傷陰陽各一百
七下

---

### 毆人　拳手傷

至元四年五月二十一日中都路總管府申解到李和
你赤狀告笑與扯碎衣服毆打公事責得笑與狀招不合
為和你赤少欠典錢將和你赤馬定奪了後下手理直
擬舊例拳手毆人不傷者笞四十傷人杖六十部擬舊例諸犯徒應役而
者減二等他物不傷者杖六十二十擬舊例犯徒一等加杖一百二十不居作一等加二十
家無年限內無兼丁者徒一年加杖一百二十不居作一等加二十
放　謂犯如若徒應役日及應役數准折決
若無年限內無兼丁者總計應役日及應役數加杖數准決

《典章四十四刑部六》
　　　　　　二

六、○三
應役二十日犯杖十五日杖六十至一百每一十
一十至五十每一十

### 毆所屬吏人

省劄送下制用使司呈東京路虞城縣達魯
花赤傳秀哥毆打運司差去解子楊德帶傷罪犯法司擬
舊例拒司縣以上吏人帶鐐居作呈奉省劄依准所擬行
鬭傷一等又舊例他物毆傷人者杖八十二罪從重合杖
九十今減一等杖八十贖銅一十六斤折鈔三貫二百文
部擬罰俸一月省斷罰兩月俸一半沒官一半給付被傷
人

### 軍毆縣令

至元五年三月尚書刑部據平陽路夏縣申魯赤
李大并弟李三毆本縣官鄭縣令李大招不合於本官面
上打訖一拳李三於口打訖一拳有傷本部議得李大即
係毆品官比凡人加等各擬五十下

**他物傷**

刀刃傷人　至元三年五月二十九日省剟為陳某用刀子扎
傷楊音事法司擬刀子傷人徒二年半部擬五十七下省
斷七十七下

他物傷人　至元四年五月二十七日省剟為滚仲寬用鑽車
努箭打傷王章事法司擬杖八十部擬四十七下吳省准擬
斷七十七下

**折跌胘體**

打折王　寶腿腳事法司擬徒二年部擬量決一百七下
咨據陝西廉訪司申照刷出金州文卷一宗為蘭州站戶
任再興將本州劉同知殿打追贖罪名取其本州申大德
六年五月二十四日承奉便宜都總帥府劄付蘭州申准

五・三八　◎典章四十四刑部六　三

本州同知劉承事牒任再興用馬鞭子及用拳將當職沿
身毆打等事委金州判官王將事取訖任再興不應用拳
挂杖鞭子等毆打劉同知招伏文狀量情加等杖斷六十
七下為本人年七十五歲依倒贖罪了當照得任再興年
止六十九歲其人却有筋節氣力毆年七十九歲作七
付送刑部議得蘭州站戶任再興本年六十九歲照得
打職官似難贖銅理合的決乞照得此呈奉中書省剟
十有五已招不應用拳棒馬鞭子毆傷本州劉同知即係
部民故殿本處官長若止贖無頼之人謂其不過罰鈔
而已誰復知懼其任再興所犯合依准御史臺所呈照依
原擬杖六十七的決回付贖罪數都省准擬施行

**部民故毆本屬官長**　大德七年九月十二日行臺准

**截碎兩眼雙睛**　至大元年五月袁州路蒙江西行省所委官
斷過宜春縣申僧人劉師一告僧彭妙靜帶領俗兄彭曾二

---

彭曾六等捉倒張德六和尚行打挍出眼睛等事取責到彭妙
靜彭曾二彭曾六等招伏在官審問相同議得彭妙靜係
是僧人因師孫張德云節次理詞於都綱司妄告破壞鈔彭曾
定致令欠人債負為仇又被占管住持上討合俗兄彭曾
二彭曾六前去與張德云尋鬧將本僧揪揢用木柴打傷
左角等一十一處各用手拿住本僧手足斷折
本僧身上彭曾二等數內打着左手肘骨斷折又頭腦不令動
搖又用鐵火箸將張德云兩眼睛戳碎不能視物已成
廢疾擬將彭妙靜斷一百七下斷令還俗追到度牒抹
彭曾二比依彭妙靜杖斷八十七下外攤彭妙靜流遠發付迤
是彭妙靜彭曾二親弟終是聽受兄長使令之人比彭曾
二本犯減一等杖斷九十七下彭妙靜六條
北遠陽地面住坐一節申覆省府照詳明降合微養贍中

四・八三　◎典章四十四刑部六　四

統鈔一十定依倒於彭妙靜親屬彭曾二彭曾六名下均
微給付至大元年閏十一月十一日回奉省剟移准中書
咨送刑部議得僧人彭妙靜所招用爭管常住田產等物
同兄彭曾二等將僧人張德云毆打及用鐵火箸於張德
云眼內戳訖不記下數雙睛俱碎不能視物及將左手肘
訖比例擬合均微中統鈔二十定給付苦主充養贍之資
打傷骨斷已成廢疾參詳彭妙靜所犯苦主重罪既斷
及將正犯人彭妙靜遷移迤北屯種相應具呈照詳
都省准擬施行

## 馮崇等劗壞池傑眼睛

延祐元年五月建寧路准南劍路關

眼睛打折右手肘骨等事勘責得犯人馮崇等為挾讎劗壞池傑
合挾讎於皇慶二年六月二十三日主使佃戶楊僧次姪
徐明將池傑鎖監在地名水流際泗州堂後用麻繩綁倒
石灰和塩於本人兩眼淹擦及用筧竹一截削尖一
頭將池傑兩眼獨訖數下剔出兩眼內肉瞎瞎膽
不能視物打折右手肬骨節已成廢疾廖阿徐馮崇楊僧各各罪名申
鈔二定付楊僧徐明作酬勞錢物廢廖阿徐馮崇楊僧依
連人徐明等摘斷外議擬廖阿徐馮崇楊僧依
奉到福建道宣慰司都元帥府劗付池傑瞻養據馮崇楊僧據
相度馮崇為首主謀楊僧行兇下手殘忍慘毒情理尤重
准擬均徵中統鈔二定給付池傑瞻養江浙行省都統

關文二之二一
### 典章四十四　刑部六
四
陳氏校補

例遷徒施行奉此當府除已委倒支給口粮今將犯人馮
崇楊僧二名鎖項并申遠陽行省文解一匣夾板油單封
印全發下劍浦縣差官押發前去外請收管依上施行此
應在職碎兩眼瞽
職餘後原關令補

---

## 品官相毆

至元五年八月尚書刑部據八栁河渡司提舉達
剌海因韓千戶相爭渡口用馬鞭於韓千戶頭上打了兩
下罪犯本部議得即係品官相毆合依六十擬罰俸一十
日該二十一兩六錢沒官呈奉省准施行

### 毆傷同僚官

至大四年閏七月行臺准御史臺咨來咨廣西
廉訪司申西江道宣慰司副使拔都海牙與經歷張克文
因公言氣不和就公廳喝令拔都海牙毆晉僚幕帶傷及
等用拳行打帶傷張克文回馬等事取訖招伏看詳副使
拔都海牙不遵職守於公廳喝令妸奴毆晉僚幕帶傷及
經歷張克文回馬有失分限合干部分定擬仍
復選奏代誠為諸司之勸咨請照詳事准此呈奉中書省

五之七
### 典章四十四　刑部六
五

劗付送刑部議得據都海牙副使因折辦公事言語往來
不應先將經歷張克文毀罵其經歷張克文
面還罵甚失大體又被拔都海牙喝令妸奴騰兒等將經
歷張克文毆傷各人罪犯欽遇釋免以此參詳既曾經官
面對信難同署宜從都省奏代標附私罪過名其具呈照詳
都省准擬施行

### 錄事毆經歷　皇慶二年三月

日江西行省准省咨來咨江
州路申經歷孫良佐呈三月初三日拜賀天壽聖節公宴
茶飯遲悞親行催督錄事劉世忠般飯本人回言悞了侍
忿狀廢作惡用奉於良佐右肬上打訖一下責得錄事劉世
忠狀招相同議得劉世忠悞所管茶飯為因催督卻將
本屬幕官毆傷甚失紀綱比例將本官量決四十七下解
見任別行求仕相應除已依上斷遣外咨請照詳准此送

刑部議得江州路錄事劉世忠因本路經歷孫良佐催督
公宴茶飯行兇一下罪犯既係省已擬
決訖四十七下比例合解見任別行求仕標附相應具呈
照詳都省咨請依上施行

### 縣尉與達魯花赤互相毆罵

延祐二年三月袁州路奉江西
行省劄付照得皇慶二年七月初九日本路申萬載縣達
魯花赤捏古伯呈告本縣尉和元帶同男和仲弓手朱辛
一等行打事問得和元等一千人招伏明白議擬各各罪
名令和元離職緣係為例事理移咨中書省照詳去後今
准咨該送刑部議得縣尉和元品齊排拜致爭當日晚習
儀因與本縣達魯花赤捏古伯行馬提牢不合理問排班緣故與捏古伯換
弓手朱辛一等并和仲和濟一同巡夜迎見本縣達魯
花赤捏古伯行馬提牢不合理問排班緣故與捏古伯換
花赤捏古伯罪相應具呈照詳都省議得萬載縣尉和元等毆魯
罪回避本縣別行求仕其餘行省議得萬載縣尉和元等毆魯
花赤捏古伯罪過原免外據回避本縣依准部擬咨請依
上施行

四〇三

〖典章四十四 刑部六〗 六

口相罵互相扯碎以致朱辛一與男和仲等將捏古伯拖
扯下馬捽脱鬢鬚毆打帶傷以此參詳縣尉和元與達魯
花赤捏古伯互相毀晉若輕重兩科事難同處合令和
元回避本縣別行求仕等依准行省所擬斷

### 知府毆打軍官

皇慶三年四月日福建宣慰司承奉江浙
行省劄付准樞密院咨准中書省照會來呈宣德府知
府怯來毆打虎賁司千戶楊也速答兒公事於皇慶元年
十月十六日本院官奏過事內一件恁刺哈妑等虎賁司
官人每文字裏說來者俺依着樞密院文書差了一個
姓楊的千戶往宣德府交問事去那裏一處
約會問事麼道說了呵於哈你八都兒位次內坐來有怯
來知府發怒使令祇候將楊千戶拖起跪廳令人揪着頭
髮捆打數下口內血出又白紙上勒了招伏麼道說將
來呵俺上位根底奏了省裏裏差人前去那裏將他每
來呵對証了怯來知府并首領官令史等與了招伏文字
明白對証了怯來知府并首領官令史等與了招伏文字
來為他無體例倒的上頭誠諭的今將怯來罪過呵怎生麼道皇帝根底奏
下別個的根底挨次着要罪過的今將怯來根底奏

闕文二之二

〖典章四十四 刑部六〗 六

陳氏校補

了依着聖旨體例裏省裏差人前去麼道省裏
與將文書去呵如今省官每都送刑部再交歸對擬罪麼
道奏呵奉聖旨我知道是一個撥皮歹人着將他打
五十七下欽此慮餘應在錄事殿經
後原闕今補

## 官吏毀罵親聞乃坐

延祐元年六月江西行省准中書省
咨御史臺呈河東山西道廉訪司申據孫世英告姪斷事
追照得冀寧路行卷張千戶關該孫三轉攬馬子皇軍身
作馬世英名字要充押軍頭目為不委付將當職毀罵取
訖招伏共五十七下甲司看詳審謂法令固當謹守奸弊
亦可關防可以行而不行則失平法不可行而行之者則遂
乎奸切聞被署之者親聞乃坐夫事有疑惑理當申禀今
冀寧路恣意輒憑千戶張昭信關該郝達等稱孫世英將
伊毀罵聽轉說之言將本人却取招伏斷訖五十七下以
親聞乃坐即係刑名違錯欲便問不見遵守通倒乞明
降聞本臺具呈照詳得此送刑部呈議得行省差來起取
軍人對裴千戶張昭信關該郝達等轉說世英毀罵移關
冀寧路追問本路不應受理將世英斷罪事屬違錯犯在
降詔已前既無取到招伏合行

闕文二之二三

〈典章四十　刑部六〉　七　陳氏校補

延祐元年正月二十二日詔赦已前既無取到招伏合行
草撥今後諸官員凡告吏員人等毀罵必須親聞證驗明
白方許理問違者治罪如蒙准呈遍行照會相應具呈照
詳都省咨請依上施行此餘毆詈在縣罷與達魯花赤
互相毆詈徐原關今補

## 保辜

保辜日限至元十二年十一月中書兵刑部來申阮有成狀
告本家駃口小沈因放馬食踐范蘇范毛等田禾其蘇則
毛用裹棒將小沈右手第二指打折落訖一節不見保辜
體例乞明降事省部相度本路官吏即非所據蘇則毛用
毆傷自有定例緣何作疑申禀事屬未當所據蘇則毛用
棒將小沈右手第二指打折落訖一節招證明白依例保
辜五十日合下仰照驗依上施行

〈典章四十四　刑部六〉　七

八六四

## 雜例

### 蒙古人打漢人不得還

至元二十年二月中書省刑部准兵
部關承奉中書省劄付照得近為怯薛歹蒙古人員各處
百姓不肯應副的不與安下房子劄付兵部遍行合屬
依上應付去訖今又體知得各處百姓依前不肯應付合屬
的粥飯安下房舍今致有相爭中間引惹事端至甚不便仰
遍行合屬可喻省諭府州司縣村坊道店人民今後遇有
怯薛歹蒙古人員經過去處依理應付粥飯宿頓安下有
舍毋致相爭如蒙古人員毆打漢兒人不得還報請依上
見於所在官司赴訴如有違犯之人嚴行斷罪請依上施
行

### 毆詈不准攔告

五、二六

**典章四十四刑部六　八**

至元八年正月尚書刑部承奉尚書省劄付
據御史臺呈備監察御史呈體察得在都左右巡院自春
至秋陳告毆詈者不肯奉公歸結却行准訖攔告計四十
四起竊見一等不畏公法小人無故行兇毆詈良民雖有
告發到官當該官吏故意遷延縱令行兇或恃權勢或
行賄賂或有轉托他人關節或馳騁兇暴恐嚇告者百端
需要原告人自顧攔節休和文狀到官擅便准攔了當不
惟如此使貪得為其弊小人敢肆其惡善人無地可容深
為未便又見刑部重刑卷內圍毆殺人起數甚多詳此蓋
自官司自來禁斷不嚴及聽從攔告取責圍事舊來並
無攔告體例所據有兇毆人告論到官不許攔告取責
懼以致毆人至死況兼毆詈人俱係刑名事理即係達錯合
行刊呈外今後有兇毆人者告論到官不許攔告取責
責明白招證詞因約量所犯的決庶使兇暴日消詞訟日

---

簡乞照詳事省府相度據左右兩院前項准攔事理照勘
取責明白招伏詞因擬定呈省仍仰遍行合屬今後凡有
毆詈人者告發到官不許攔告取責明白招證詞因依理
歸斷施行

**典章四十四刑部六　九**

八三

## 諸姦

**縱姦**
主受財
婦人　無夫
　　　有夫

**強姦**
婦人

**和姦**
無夫婦人
有夫婦人　婦本夫　各○

三〇二

《典章四十五》刑部七

是聖金　處死

犯姦經斷再犯於本
犯上加二等斷罪
男女同罪謀合人
一等十歲以下女雖
和同強

十歲官吏違例錯斷
以上陳特情匿斷
妻雖若通婦情匿有
姦異罪宗例依斷
婦依聽斷歸宗
娼願既非自
廝時詳情科斷

婦人不坐

職官犯姦
僧道犯姦
姦男婦
姦姪婦
姦姪女
姦弟婦
姦妻前夫女
主姦奴妻
姦妻奴妻
跟隨人姦品官妻
奴姦主妻女
奴婢相姦
欺姦囚婦
虛告姦

各決
婦人
犯人
犯人

職官遷革免罪
除名聽斷歸宗
結案
各行
難議治罪

未成已成　歸宗
依例斷罪還俗
依例斷罪不敍

婦人　聽從
欲令妻妾
煩盧告夫
人姦女　犯人　並離異

---

*（本頁下半為校補重刊之同一表格）*

## 諸姦

原麥前半闕橫直線
後半闕橫線今補正

**縱姦**
主受財母
縱妻

**強姦**

**和姦**
無夫婦人
有夫婦人　夫受財　婦本夫　各○

表卷二十七
《典章四十五》刑部七
一　陳氏校補

四十七
五十七
六十七
七十七
八十七
九十七
一頁　處死

犯姦經斷再犯於本
犯上加二等謀合人
男女同罪依例錯斷
女雖十歲以下
　　　和同強

十歲官吏違例錯斷
以上臨時詳情匿處
姦夫姦婦依例斷
斷罪妁通婦情匿
雖異若勸歸宗
變爲娼婦既非自
廝臨時詳情科斷

婦人不坐

職官犯姦
僧道犯姦
姦男婦
姦姪婦
姦姪女
姦弟婦
姦妻前夫女
主姦奴妻
奴姦主妻女
根腳人妻品官妻
奴婢相姦
欺姦囚婦
虛告姦

各決
婦人
犯人
犯人
犯人

職官遷革免罪
除名聽斷歸宗
結案
各行
難議治罪

未成已成　歸宗
依例斷罪還俗
依例斷罪不敍

婦人　聽從
欲令妻妾
媒盧告夫
人姦女　並離異

# 強姦

**強姦無夫婦人**　真定路申歸問到李聚招伏不合於至元二
年十一月十三日寅夜強姦郭阿張罪犯舊例強姦者絞無夫者減一等其李聚
招伏強姦郭阿張罪犯法司擬李聚
聚合徒五年杖一百部擬決一百七下行下本路斷遣訖

**姦污幼女**　至元十年四月初二日中書刑部來申歸問到任奴
奴招伏強姦張織則十一歲女賽賽罪犯乞明降事省
部照得強姦十歲以上室女擬斷一百七下今據見申仰
依例施行

男婦女阿任頭髮拖下驢兒用拳打腳踢以言唬嚇強姦
至元六年省准部擬衛輝路姬驢兒將劉四

**年老姦污幼女**　大德元年七月江西行省據吉州路申潘萬
三告幼女茂娘被李百一用手插破陰門事歸問得李百
一名桂狀招年七十五歲與潘萬三原有仇嫌大德元年
三月十二日見潘萬三九歲幼女茂娘用膏藥誘引來家
起意姦污報復舊恨用右手第二指插入潘茂娘陰門內
劖破血出有潘茂娘叫喊疼痛撒放還家潘茂娘九
同議得李桂雖是用手插壞潘茂娘狀指相
歲身難同強姦科罪擬將李桂決杖一百七下依例罰贖
乞明降事省府相度李桂犯即係敗壞風俗原情尤重
依准所擬決杖一百七下仰就便斷遣施行

**強姦幼女處死**　大德十一年六月行臺准御史臺咨先承奉
中書省劄付來呈准西廉訪司追照得廬州路文卷內六
安縣類徐保年一十六歲將五歲女張鳳哥姦污省委審

五、一三

---

斷罪囚官止斷六十七下不見此斷例仰送刑部呈至元五
年陜西行省軍人鄭怀古又將王秀兒六歲女臘梅強姦
省右三部呈順德路歸問到陳賽哥強姦田澤女田菊花
罪犯擬合處死移准中書省咨欽過奉聖
旨依著您的言語即的言語者欽此據京兆路白水縣官司准審
七年三月二十九日強姦郭晚驢定婚妻李道年九歲
有郭晚驢要訖王解愁四十定白水縣官吏人等招訖至元
王解愁四十六下取到本縣官吏人等招伏王解愁即依
照得原奉省劄陳賽哥脫兒赤定婚妻李道貼斷
斷罪囚斷事官陳賽哥脫兒赤疎放了當據已行下本
禁為此聞奏過將陳賽哥脫兒赤已斷體例猶合行斷六十
一體合行處死若依幹脫兒赤斷體例猶合行斷六十

**一**　省准依上施行訖以此本部議得類徐保所招姦
五歲女張鳳哥罪犯例合處死卻為照例斷事官幹脫
赤斷訖陳賽哥又王解愁強姦李道貼斷例合將類徐
保斷四十下行臺擬仰依上施行外照得承有和強姦有輕重若執法
道廉訪司依上擬得仰依上施行外照得承奉朝立法以來令臺察提調審理蓋
明白罪當處死今其平也今類徐保強姦五歲幼女張鳳哥廬州路追勘
欲其平也今一刑無不濫伏如上施行去訖以此本部議得類徐保所
不一刑無不濫伏如上施行外照得承
省委官枉錯問處其平不平刑當處死
明白罪當處死今類徐保引幹脫兒赤等官擅斷之事即非火遠定例若循
擬將類徐保貼斷以此參詳徐保所犯既已斷訖固准再
擬慮重然脫幹兒赤等官擅斷事官已行違錯事理
今次所擬竊恐以後因仍差失長惡滋姦深爲未便今後

五八八

合令刑部明立斷例遍行中外遵守若官吏違例差斷亦

合定擬罪名似望刑政歸一呈奉中書省劄付送刑部議

得今後若有強姦幼女者如十歲以下雖和以同強擬合

依例處死如官吏違例差斷者臨事詳情區處如准所擬

遍行中外遵守相應具呈照詳都省准擬施行

## 姦八歲女斷例 皇慶元年七月

日福建宣慰司承奉江浙

行省劄付准中書省咨浙東道宣慰司備紹興路申沈明

四告姚細僧將伊八歲女阿妹姦污等事送刑部呈檢

會到元貞二年三月承奉中書省劄付呈奉省判湖廣省

咨鄂州路備咸寧路申胡堅年一十四歲將王阿黃女六

歲王丑娘強姦取到本人招伏請定奪事送本部照得至

元二十九年二月初九日前中書刑部歸問到一十四歲

張拾得強姦四歲女決一百七下呈奉都堂鈞旨准擬施

行

五、六六　▲典章四十五刑部七　四

行奉此本部擬得胡堅所招強姦幼女王丑娘罪犯本人

年一十四歲比例量擬杖一百七下相應都省准呈除外

仰照驗施行奉此除遵依外今承見奉本部議得犯人姚

細僧所招年一十四歲不合姦要沈明四八歲女沈阿妹

罪犯雖有招涉難議科罪具呈詳都省准擬咨請依

沈阿妹和合同強姦論罪比例決一百七下被姦小女

上施行

### 強姦幼女處死 延祐二年二月江浙行省准中書省咨紹興

路備山陰縣申據何阿陳告皇慶二年二月十二日被隣

人陳伴僧將十歲女陳歸娘強行姦污取訖犯人陳伴僧

招伏參詳強姦十歲以上室女例斷一百七下十歲以下

者例合處死今次陳伴僧強姦陳歸娘已年十歲事干通

例請照詳事據送刑部呈照得至元十一年四月中書兵

刑部來申歸問到杜奴奴強姦張絨則一十一歲女賽賽

罪犯及取到一千人等招詞乞明降事省部照得強姦十

歲巳上室女擬斷一百七下例今據見申仰照驗據杜

奴奴所犯更為審問一百七下體例歸斷外據其餘有招

人數亦仰量情施相應具呈詳都省除外今承見奉本

部議得陳伴僧姦幼女罪犯依例結案相應

八四三　▲典章四十五刑部七　五

行今後不係聞奏過奉聖旨依著您的言語行者欽此有
審囚斷事幹脫兒赤陳賽哥一百七下再捉入禁聞奏過
疎放了當又王解愁強奸李道白水縣准攔斷四十七
下比例幹脫兒赤已斷例貼斷六十七下類徐保所犯照
例貼斷四十七下類都省劄付准擬了當本臺參詳
臨事詳斷區處如准所擬遍行中外遵守 破此爲本葉下
類徐保所犯既已斷訖似難再擬遍行中外遵守
一時擅斷之事即非久遠定制若循今次所擬切處已後
因仍長惡滋奸深爲未便合令刑部明立斷例遍行中外
其呈照詳得此本部議得今後若有強奸幼女者謂十歲
以下雖和亦同強奸擬合依例處死如官吏違錯差斷者
　應今補
　徐上闌文今補
重刑公事毋得亂行申覆又大德十一年三月中書刑部

關文二之二四　【典章四十五　刑部七】　五　陳氏校補

奉中書省劄付來呈奉省判御史臺呈淮西廉訪司申廬
州路六安縣類徐強奸五歲女張鳳哥省委審囚官止
斷六十七下不見如此斷例本部照得至元五年陝西省
軍人鄭忙古歹強奸任秀兒六歲女臘梅法司擬合處死
施行訖又至元七年閏十一月順德路問到陳賽哥強奸
幼女菊花已擬處死此段應依條後原關幼女今補

## 和姦

**和姦有夫婦人**

冠氏縣申歸問到郴二妻蘇小丑狀招又招不合
於至元三年九月內與陳典史就伊家通姦罪犯又招不
合於至元五年十一月十八日信從安大姐通姦罪犯與在逃
蘇七通姦罪犯陳典史名佐安大姐劉小名師姑各招
相同

姦婦蘇小丑法司擬舊例姦有夫婦人徒二年決當年
杖七十去衣受刑部擬杖八十七下行下本路斷訖

姦夫陳佐法司擬舊例與姦婦同罪合徒二年決杖七
十卻緣蘇小丑與在逃蘇七通姦指出陳佐舊例和
姦者姦所捕獲爲理今因捉獲蘇七指出即非姦所
捕獲合行革撥部擬若准非姦所捕獲勿論卻緣本

二九八　【典章四十五　刑部七】　六

縣已取到陳明白招伏若全同捕獲斷決似爲尤
重量情笞五十七下

媒合安主劉師姑法司擬於姦罪上減一等合徒一年
半決徒年杖六十部擬斷五十七下單衣受刑

## 嚇姦

欺姦囚婦

至元二十一年八月福建行中書省據汀州路來
申謝阿丘告姐夫張叔堅兄張十習學染匠師弟陳生來
家將阿丘近腹肚下摸訖一下到人匠提領所將阿丘
陳生監收有謝用獄嚇姦訖不曾告于犯人陳生量罪外
據謝旺所招欺姦囚罪除干犯人陳生量斷罪外
錯乞照詳事得此省府司議得謝阿丘除如此體例誠恐違
罪犯量情擬杖一百七下合下仰照驗當官再審已招別
無冤抑依上決斷省會罷役施行

## 縱姦

夫受財縱妻犯姦

中都路申婦間到李文玉狀招不合於至
元五年五月十九日有賣酒郭娘娘媒合王媚嬌令文玉
與訖伊夫高得仁錢物與伊妻王媚嬌通姦罪犯王媚嬌
并夫高得仁狀招相同
李文玉法司擬即係伊夫知情量情決杖四十七下
王媚嬌法司擬舊例合徒二年決杖七十去衣受刑部
擬四十七下
高得仁法司擬即係和令人犯法事理舊例子孫之婦
主中饋傳祭祀其祖父母父母與人通姦既子孫之婦
孫之婦於法有罪其在祖父母即從和令犯法

王媚嬌受財縱姦犯姦

至元二十一年十月內本道按察分司
同坐高得仁合同王媚嬌姦罪徒二年決杖七十部
擬即係敗壞風俗量決四十七下
媒合人郭阿熙法司擬於王媚嬌等罪上減等合徒一
年半杖六十七部擬三十七下

王婦受財縱姦犯姦

審斷袁州路宜春縣歸間到唐阿蔡狀招原係唐賢甫於
亡宋甲戌年雇到通房使喚有唐賢甫死伊妻阿余於
令阿蔡節次與阿余通姦令次受錢又令與
王季七通姦被捉到官議得主母阿余節次受錢令妾阿
蔡犯姦有失尊卑之道難以同居據阿蔡與王季七通姦
罪犯依例決八十七下斷令阿蔡歸宗別嫁所指與朱大
使等有姦與吏勾問即係指姦其主母阿余擬決四十七
下准斷訖

**遍令妻妾爲娼** 大德元年閏十二月御史臺咨監察御史阿追

照得上都留守司歸問到民戶王用招伏不合過令妻
孫妾彭鸞哥爲娼接客覔錢每日早晨用出離本家至晚
若覔錢不敷盤纏更行拷打以致彭鸞哥告發到官罪犯
將王用枷收間六月二十三日欽奉聖旨上都在城諸衙
門應有輕重罪囚都放了者欽此將王用疎放了當呈奉
中書省劄付付刑部議得王用將妻阿孫妾彭鸞哥打拷并勒
令爲娼接客覔錢已犯義絕罪經釋免擬合將阿孫付刑部
鸞哥與夫王用離異俱斷歸宗相應都省准擬離異仰
就便行移上都留守司更爲審問已招是實准擬離異
照驗施行

**通奸許諸人首捉** 大德七年十一月 日江西行省准中書
省咨鄭鐵柯陳言事內一件縱妻爲娼各路城邑爭相傚

［典章四十五　刑部七　九］

傚此風甚爲不美抑且良爲賤者待告而禁終不能絕若
令有司覺察或諸人陳但有此等盡遣從良人有夫縱其
妻者蓋因奸從夫捕之條所以爲之不憚若許四隣覺舉
但同奸斷或因事發露則罪均四隣自然知畏不敢輕犯
得此送刑部議得人倫之始夫婦爲重縱妻爲娼大傷風
化若止依前斷罪許令同居郜親夫受錢令妻與人同
奸已是義絕以此參詳如有違犯許諸人首捉到官取問
明白本夫奸婦奸夫同凡奸夫決入十七下離異若夫受
錢過勒妻妾爲娼既非自顧臨事量情科斷相應都省准
擬施行

**指奸**

二欵右三部呈上都路申杜秀哥執謀袁用
昌強奸等事據姦婦杜秀哥狀招見年一十九歲無疾孕
招伏不合於至元三年八月內自行說合與史文秀節次
通奸又招至元三年四月內與叔伯兄杜郑家兒兩次
奸又招不合於至元四年正月十二日與張三驢通奸又
招於至元四年正月二十八日於翁袁用前摳破虛
指翁袁用昌曾行強奸合得節罪招伏是實法司擬
杜秀哥所招除與史文秀張三驢杜郑家兒次通奸罪
犯係有夫婦人犯奸合得徒二年係輕罪并招於翁袁用
傷損兼袁用昌身死別無對證難擬定罪止據杜秀哥執
昌胸前摳破情照得來解驗得袁用昌胸前別無摳破

［典章四十五　刑部七　十］

謀翁袁用昌曾行奸要罪犯舊例即係強奸男婦未成者
絞今杜秀哥誣告翁行奸舊例誣告人者各反坐至死而
應合決者減一等其杜秀哥合徒五年決訖杖一百去
衣受刑部擬一百一十七下省准擬斷訖

又至元十三年正月中書兵刑部承奉中書省判送本部原
呈濟寧府鄆城縣申軍戶趙全告男婦劉冬兒謀欺將伊
欺騙公事本部議得劉冬兒所犯謀欺伊翁袁取訖招伏
斷杖八十七下若將本婦分付伊家依舊同活終是劉冬
兒與翁當官面對奸事已爲義絕難敘舅姑之禮求妻
居擬將本婦斷離歸宗追回原下聘財給付夫家別求妻
室似爲相應批奉都堂勘當李鈞狀告男婦劉粉兒刁騙奸汚公
照得近據濟寧路申李順狀告男婦劉粉兒刁騙奸汚公
事取到劉粉兒誣告招伏斷訖八十七下省部議得劉粉

## 〔上〕

兒所犯既經按察司與本府官審問是實量情斷訖八十
七下既已斷訖別無定奪外將本婦分付夫家依舊同活
一節看詳粉兒刁騙伊翁終是曾經與翁當面對姦
事已為義絕難敘舅姑之禮似將本婦斷離歸
宗奉都堂鈞旨議得劉冬兒犯姦合行具呈詳呈
若准所擬仍自今後餘犯不存留許追原財別求妻室
得劉冬兒與劉粉兒無異頑人甘欲棄夫家以事執
呈中書省照詳承奉都堂鈞旨送本部照
使生僥倖傚學若是追回原財定離其婦正合本部意如斷
付夫家既與翁面對姦事似難同居今後從夫家所欲嫁
賣以後似此違犯之婦申部呈省詳斷無令擅決奉此

五七三

### 虛指夫人姦女

至元三十年五月中書省刑部來申潘成狀
告其其准到淮道安作養老女壻承受財產繼戶
名欲住坐眾次在逃發心執謀丈人潘尿蛙拖
親女潘尿蛙同親眷李璧等強將潘成拖
委淮道安枉斷七十七下與妻潘尿蛙離
犯姦合將淮道安面對姦事不獲免才方虛招罪
咨退家告發到官與淮道安同親眷李
潘成姦要親女潘尿蛙下外據淮道安
似為相應申乞照驗都省度量決九十七下
既與丈人潘成面對姦事已為義絕似難同居依准
所擬離異歸宗

### 非姦所捕獲勿論

申段乞僧與劉蘭哥通姦伊翁陰成捕告到官除招伏外
至元六年八月中書右三部據大都路來

---

## 〔下〕

司吏楊寧又責出續指曾與李道和通姦一次勾追得李
道和出外未回除將段乞僧劉蘭哥先行斷罪并取到司
吏楊寧不合責捉拿通姦違錯亦行斷罪外據指姦未
還家累指運司催捉捉不能杜絕若使根究誠恐違錯乞明
降事省部相度既是先將捕獲姦夫段乞僧與劉狗兒為
斷事省部相度既無定奪外據指姦指出李道和一節如委非姦所捕獲
罪別無論仰照驗施行

### 〔御史臺咨〕

大德六年正月江西道肅訪司承奉
御史臺咨建康路錄事司捉拿竇二娘與劉與劉狗兒指
出王福一亦曾與竇通姦取訖招伏已將姦夫劉狗兒
姦婦竇二娘斷訖七十七下王福一決訖五十七下為
此就問得本路該吏梅珪稱前事比照蘇小尹與蘇七
通姦又指出與陳佐通姦部擬斷倒遣看詳指姦革撥

五六五

此古不易之典若蘇小尹與蘇七通姦指出陳佐一節當
原部擬為冠氏縣取訖本人明白招伏以此約量斷決難守
為久例今有司遇有指姦即為定例若不改正無所定守
即條通倒谷請照詳事就喚刑部令史王圭章於格例簿
內照得至元六年八月內右三部擬段乞僧與劉蘭哥通
姦見前例仰照驗施行

### 轉指僧人犯姦革撥

大德八年七月行宣政院劄付下宣政
院咨各處僧人多被一等無徒之輩因事在官挾仇妄指
誣告指姦事理有司經直捉拿苦楚勘問遍勒招承管僧
頭目不能為主致使枉屈今後僧人有犯姦罪依
者革撥所捕獲者依倒斷罪外據轉指犯
姦若非姦所捕獲者依倒革撥相應都省議得仰照驗施

行

指姦有孕例

大德九年三月准中書省咨與國路永興縣人
氏尹廷桂狀告大德三年二月以尹元一爲媒聘定張阿
陶女張德六娘名臘女爲父服制不曾成親本婦身
懷有孕問得係與陶重二叔姐夫李陞通姦是實其被姦
所捕獲既非姦革撥止將姦婦斷罪係通倒咨請定奪回示都
省議得既非姦所捕獲所指姦夫累問不招姦婦明有身
孕依准所擬坐罪姦合行移咨依上施行

典章四十五 刑部七

六六八　　圭

---

# 凡姦

赦前犯姦告發在後　真定路申歸問到軍戶封斌
二年十月初六日拐帶張興妻阿丁在逃父封斌招伏於中統
物折銀二定和勸要訖張興書至元四年告到官法司擬與
姦者徒一年半有夫者徒二年其姦夫封斌姦婦阿丁各
雖准休和其封斌及姦婦阿丁赦後依舊通姦照依舊例
合徒二年姦生子孫姦父姦母分付本夫張部擬絕封
斌父與訖張興與鈔二定自願休棄不合治罪其張與所受
錢物亦不合追徵姦生男女隨父姦婦決訖分付本夫張
興收管呈奉省斷依所擬行下本路照會

犯姦放火
王四通姦欲隨逃走被夫劉馬兒捉獲勒訖生死文字在
大德五年五月尚書刑部據濟南路申祝巧兒與
後放火燒訖房舍及將小姑賽兒燒死公事法司擬姦婦
祝巧兒合行處死姦夫王四擬九十七下媒合人王瓌奴
減一等本部備呈奉省斷問祝巧兒處死王四決杖八十七
下王瓌奴四十七下行下斷訖

五二六

典章四十五 刑部七

古

犯姦出舍
至元六年中書戶部來申郝陌郭忠郭奈兒召到
張乞僧作舍居女婿其郭奈兒與劉元通姦經斷張乞僧
不肯住坐乞照詳省部相度既郭奈兒犯姦經斷難以依
舊住坐合令張乞僧將妻出舍與伊父同居舍下仰照驗
施行

犯姦休和理斷　大德六年八月初四日御史臺據河北道按
察司申照刷彰德路奧魯總管府與彰德路文卷內薛文
祐與甯氏通姦申奉到樞密院批判歸問本路總管府郝
便准告休和爲係傷敗風俗事理就喚到犯人薛文祐甯

氏到官審問取是實乞明降憲臺合下仰照驗據逐人
所犯并本路違錯聽候朝廷差官審問理斷施行

**容姦受錢追給**　大德八年七月初三日尚書刑部據中都路
來申艾文義告男婦高哇頭騙欺賴其高哇頭到
曾姦污有艾文義未曾承伏身死為此行下本路追問到
高哇頭等各各招伏詞因為有未完再下本路補勘去後
今據回申蒙審斷罪囚官議得高哇頭所招艾文義將伊
先次強姦在後又行姦本婦隨情難同強姦科罪係和
姦本婦卻曾告過宋主量情決訖五十七下聽離歸宗
高哇頭兄告過艾文義打合錢物於法相容隱省會
宁家申乞高照驗罪名既是審囚省劄付該省府相度
元受打合錢物除釵筐衣服外牛畜羅足驗數追給還主

仰照驗施行

**篤疾犯姦免罪**　至元八年十月二十一日尚書刑部據文該
來申杜用刁姦路貴妾於都省招伏身死為篤疾難議科決仰將各人
省部相度各人雖有所犯既是篤疾難議科決仰將各人
疎放內於都省分付伊夫路貴收管施行

**定婚妻犯姦**　至元九年六月二十八日尚書刑部承奉尚書
省劄付御史臺呈備河南山西道提刑按察司申呂成定
婚婦武梅與陳軍兒犯姦經斷不令男家下財定要為
妻等事據戶部原擬呂成定婚男婦武梅犯姦經斷若
令男家下財求娶無以激勸室女貞潔等事批奉都堂鈞

**姦婦已適他人免罪**　至元十六年四月御史臺據來申趙州
隆平縣李拾住狀首亡兄妻阿王與梅得山通姦本婦適
盲依准所擬劄付戶部仰照驗施行

---

人合無追理乞照詳事得此憲臺相度若以和姦論罪男
女理合重科卻緣本婦犯在亡夫之家已適他人今既身
屬後夫夫難以追斷

**服裏犯姦刺配**　至元二十五年七月行御史臺承奉江淮行
省劄付近據浙西道宣慰司呈該省為男女犯姦斷罪撒放
姦夫常川配役輕重不均今後姦夫姦婦初犯依在先體
例斷放若是再犯面配役就令達魯花赤依上分揀斷
放事照得別不見發付何處配役年限即係為例事理今
府移咨尚書省照驗去後省令准回咨照得前項犯姦乞明降得此省
面配役即係達魯花赤腹裏路分合行事理都省咨請照
驗依例施行

**犯姦再犯**　大德元年九月中書省咨湖廣行省咨湖北湖南

轉運司呈安陸府長壽縣申民戶鄭青狀招既於至元二
十一年與李阿王通姦被夫李友亮拿獲到官斷訖自合
政過卻不合於元貞元年九月節次與洪阿張通姦至元
貞二年正月十九日夜又與本婦於鄰居王世家內姦宿
拿獲告到官山南江北道廉訪分司官先將鄭青面刺
犯姦二度四字將本人轉發金場運司收管聽候外咨
見犯姦刺配通例除已行下運司將鄭青聽候外諮回咨
事送刑部議得鄭青初犯既係在禁例已前今次與洪
阿張通姦即係再犯面剌原剌字樣塗去外據原斷官吏
擬合疎放將原刺字樣後初犯既將本人依上施行去訖
取問相應准擬咨移本省依上施行去訖為不見通行定
例劄付文字裏男子婦女通姦阿姦婦根底斷了放了姦
尚書省文字裏忽赤忽赤照勘至元二十四年七月二十四日

夫根底常川配役輕重不等這的以前姦夫姦婦初犯阿
斷了放了者第二遍再犯姦阿交配役元貞元年四月十
九日屬真定的安喜縣裏住的喬禎小名的人文字告家
的媳婦喬阿趙和管夫的李溫小名的人一處在先通姦
了來第二遍通姦將著逃走來的問了招了晃禿爲頭
扎魯忽赤每根的商量了一百七下斷了來又大都
姦來的第二遍通姦阿斷了放有歷道送刑部議
一項侯西兒小名的人和冀阿郭小名的婦人每斷了來的囚
呵打斷了來第二遍通姦阿九十七下打斷了來奴婦通
兵馬司申中書省各衙門審囚官每量著斷了放有大都
得鄭青所犯已蒙都省移咨湖廣行省改正外據犯姦經
斷再犯既於扎魯忽赤照勘得不曾刺配今後擬於本犯
上加二等斷罪相應都省准擬除外咨請照驗依上施行

三〇三

典章四十五 刑部七

十七

## 主奴姦

**奴姦主幼女例** 至元五年濟南路歸間到王來與狀招將本
使梁祐未曾婚配十二歲女兒強行姦著一次法司擬王
來與合行處死部准擬呈省在後王來與在禁身死

**品官妻與從人通姦** 至元十八年十月行御史臺准御史臺
咨承奉中書省劄付據刑部呈歸勘得大都路解到姦夫
鄧海狀招至元十五年三月授到中書省劄付充河間路
馬蘆頭鎮撫當至元十六年十一月得替前來大都
求仕未了至當年十二月內有姑舅兄弟鄧同知從來大都
不合於正月初一日到邳州萬關店內安下信從姦婦趙
劉五提舉與弟鄧四根隨前去高郵路管課處尋覓勾當
海棠媒合與劉五提舉妻阿孫通姦及弟鄧四亦與本官

五〇四八

典章四十五 刑部七

十八

姦婦趙海棠通姦在後又劉阿孫道劉提舉那廝十二三
年不曾來我行宿臥我跟你去海棠道隨後打旋的些銀
錢將你去以此海對劉提舉却與弟鄧四前去也劉提
舉齎發鈔一定馬一疋辭罷劉提舉却與弟鄧四引
州買馬回來却到高郵於三月二十二日與弟鄧四在逃
劉阿孫趙海棠與劉五提舉爲妻有生到男劉健兒年一
劉阿孫狀招年三十八歲無疾孕係大都雜造孫總管親
女自十六歲及姦婦嫁下大都路司獄司收禁大部審復無
海劉阿孫趙海棠所犯若依常例決杖八十七下却緣本
寃議得姦夫鄧海提舉尋覓勾當與本官正妻阿孫通姦又
人當原跟逐劉提舉姑媽趙海棠通姦同情刁帶劉阿孫趙海
弟鄧四與本官姑媽趙海棠通姦同情刁帶劉阿孫趙海

棠在逃罪盈惡稔敗污風俗姦婦劉阿孫係官門良家之
子又係與勳業故劉阿提舉品官爲妻已有長
立男兒與隨行尋覓衣飯人相姦情理深
重其各人難同凡人相姦倒斷擬各處死相應過諭諸路
庶使後人不犯駈婦趙海終經劉提舉罷倖從阿孫
嬌言媒合與鄧海通姦又自與鄧四通姦背使在逃擬斷
一百七下呈乞照詳得此剳付御史臺審問各人已招是
實施行間駈婦趙海在禁病死都省議得鄧海劉阿孫
所犯即係有傷風化事理依准部擬俱各處死仰照驗施
行

**主姦奴妻**

至元九年正月中書兵刑部據延安路申斷全告
本使乞女次男忽魯忽都強姦妻阿楊姦所不曾看見別
無顯跡斬全在逃不見主姦奴妻罪名除將忽魯忽都阿

三、二二

▲典章四十五　刑部七

十七

楊召保知在乞明降省部相度原告人已巳在逃又兼主
姦奴妻難議坐罪仰將逐人發下合屬寧家施行

---

# 奴婢相姦

都堂送下耶律丞相宅駈口王布只兒問得招伏
不合於至元五年三月內帶酒將一般駈高德與張賽兒
說合與本婦當夜通姦一遍罪犯及取到姦婦張賽兒招
伏相同法司擬即係奴婢相姦事理舊例良人姦他人婢
者杖九十奴婢一同又和姦本婦人罪與男子同
其王布只兒並張賽兒各杖九十內張賽兒去衣受刑部
擬四十七下

一五九

▲典章四十五　刑部七

卅

## 官民姦

職官犯姦在逃　至元二十年行御史臺准御史臺咨咨體究得
徐參議諱紹祖字唐臣欧授上中大夫淮西道同知宣慰
使不曾之任前來上都因闊二嫂媒合與木匠周德進妻
徐小春就闊二次通姦被唐勝寶等就姦所捉
獲與訖鈔兩在逃問得姦婦徐小春媒合人闊二嫂捉
事人唐勝寶各人明白招伏依例斷決了當外在逃夫
犯姦移關刑部捉拿未獲本臺議得徐紹祖職受三品
徐參議合行加等治罪既是在逃竊恐前去江淮等處行省若
並各衙門冒名求仕或諸路避罪淫之人不知畏懼何以勸善黜惡
不根獲痛行斷遣使姦淫之人本委是除差儒戶即合
其呈中書省咨行下戶部照勘本人委是除差儒戶即合

五一四　〔典章四十五　刑部七〕　圭

驗物力收係當差及下刑部遍行諸路根刷申解合屬外
咨請依上施行准此

職官犯姦杖斷不敘　大德三年三月江西行省准中書省咨
來咨保定水軍萬戶府申百戶劉順姦占南陽府民戶何
大妻室王海棠公事取訖招詞各斷八十七下看詳百戶
劉順即係職官既巳犯姦經斷未審合無除名係為例事
理咨請照驗准此送刑部照得至元二十三年四月前神
州路敘浦縣丞趙璋與養用妻陳迎霜通姦取訖各招
詞斷訖罪犯本部議得趙璋犯姦係祇受勅牒官員專汩一方為
民儀範不務守慎犯姦斷罪似難再行敘用呈奉都堂鈞
旨准呈施行今奉前因本部參詳百戶劉
順所犯若依趙璋例除名不敘相應都省准呈請依上施
行

## 僧道姦

僧道犯姦還俗　大德七年九月江西行省准中書省咨御史
臺呈備淮東道廉訪司照刷安東州文卷內捉獲道士李
道恭與唐阿邵通姦取訖招伏依和姦無夫婦人例杖斷
七十七下發付合屬收係為民又刷海寧州文卷內宋
司牒節給王與東北隅人戶宋祥壻段胖兒口告捉獲
妻宋招兒與道士趙道明通姦取訖招八十七下駒山縣收莽候產限滿日
懷四箇月身孕有妨科決下
看詳僧道既不曾斷遣遣還俗與安東州道士李道恭不一
司收管不曾斷姦淨身奉教於內卻有犯姦作盜
解州外將姦夫趙道明斷訖

靡顧廉恥甚傷風化僧人有犯已有刺斷為民例所據

三二三　〔典章四十五　刑部七〕　圭

出家道士即係一體擬合將趙道明依例斷遣還俗一體
施行送刑部議得僧尼道士女冠理宜修潔既犯姦盜俱
合一體斷罪依例還俗相應都省准擬施行

# 姦生子

姦婢生子隨母　至元六年十月中書右三部據曹州路來申
人戶李買驢拐帶探馬赤軍人陳牌子躯婦張七姑在逃
取到各人招伏詞因即係赦格已前除已減輕斷遣外姦
生二子乞定奪事省部相度既是李驢刁引陳牌子躯婦
張七姑在逃姦生二子隨母還主仰照驗施行

姦生男女　至元十年兵刑部擬爲煙瘴償典與李望兒通姦刁
引在逃李望兒節次生到男女四口除斷遣外將姦生男
分付伊父煙瘴償姦生女分付姦婦李望兒省准擬

典章卷四十五終

# 刑部卷之八　典章四十六

## 諸贓一

### 取受

斷例

枉法

| 贯額 | 枉法 |
|---|---|
| 一貫至十貫 | 以至元鈔為則今後因事受財依條斷 |
| 二十貫以上至五十貫 | 罷職依條受財依條斷名不敘 |
| 五十貫以上至一百貫 | 罷職法者除名不敘 |
| 一百貫之上 | 宣劾盟殿三年再犯不敘無祿人一等吏人犯職終身不敘 |

斷罪依
剖除罪名
不滿貫罪
臺清贓罪

不枉法

本等敘法遷後筭算等
二十貫至二百貫以上……一百貫……三百貫……

不滿貫者量情

牧民官受財斷罪　大德三年正月欽奉詔條內一欵諸牧民官不先潔己何以治人今後因事受財依例罪斷外枉法職者即不敘用不枉法職湏殿三年方聽告敘再犯終身不敘其能公勤廉白以身律人致使吏人畏法賄賂不行考其能絕出倫董者其以名開特加陞擢

職罪條例　十二章大德七年三月十六日欽奉聖旨諭中書省樞密院御史臺內外大小諸衙門官吏軍民諸色人等慶賞刑罰國之大柄二者不可偏廢朕自即位以來恪遵聖祖成憲優遇下品爵以榮其身祿賜以厚其家期於履正奉公有禪國政百姓乂安以稱朕懷不務出此若平章伯顏暗都剌右丞八都馬辛等營私納賄蒙蔽上下以

致政失其平民受其弊今已籍沒家資投成邊遠明正其罪是用更張以清庶務遣使巡行郡邑問民疾苦分別淑慝以近年所定贓罪條例互有輕重特勅中書集議酌古准今為十二章又以官吏俸薄不能養廉京朝百司月俸之外增給祿米外任官無公田者撥公田無田則量支祿米自今已始凡在內外有官守者洗心滌慮公勤奉職治底均平無禪吾民重困式付委任責成之意所定條格開列於後

諸職官及有出身人等今後因事受財依條斷罪枉法者除名不敘不枉法官湏殿三年再犯不敘無祿官減一等以至元鈔為則

枉法
名

一貫至十貫四十七下不滿貫者量情斷罪依例
十貫以上至二十貫五十七下
二十貫以上至三十貫七十七下
三十貫以上至一百貫八十七下
二百貫之上一百七下

不枉法

一貫至二十貫四十七本等敘不滿貫者量情斷罪
二十貫以上至五十貫六十七降一等
五十貫以上至一百貫七十七降二等
一百貫以上至一百五十貫七十七降二等
一百五十貫以上至二百貫八十七降三等
二百貫以上至三百貫九十七降四等

解見任別行求仕

三百貫以上一百七除名不敍至大四年三月十八
日欽奉登寶位詔書內一欵節次廢公營私貪行
敗事諸人陳告得實依條斷罪枉法職滿者應授
宣勑並行追奪吏人犯贓終身不敍誣告者抵罪

一官吏取受枉法大暑
　反坐定擬給没贓例

枉法
　正等詐取錢物
一受託為事無理人錢物斷令有理
一受託有罪人錢物脫放
一受錢罪囑刑及無辜
一教令有罪人妄指平民取受錢物
一違例賣官及橫差民戶充倉庫官祗待頭目鄉里

三八六

不枉法

《典章四十六 刑部八》 三

一饋獻率欲津助人情推收過割因事索要勾事紙
筆等錢及倉庫院務搭帶分例關津批驗等錢其
事多端不能盡舉
一與錢人本宗事無理或有買囑官吏求勝脫免者
雖已受贓其事未曾枉法結絕合從不枉法科斷

一職物給没
没官
一與錢人本宗事無理或有買囑官吏求勝脫免
不論其事已未結絕俱各没官雖與錢人自首亦
合没官
一與錢人本宗事雖是有理用錢買囑官吏要將對
訟人凌虐重斷不遂其意告發到官即係行賕亦

合没官取與錢人明白招伏
一營求勾當贓錢及求仕人雖依理合用當該官吏
不曾刁蹬取受行賕疾早定奪或要稱意窠闖
因不遂願告到官即係行賕
一騙脅科欽等錢晻零不能給散或不能盡見出錢
人花名隨事議設

給主
一與錢人本宗事有理官吏習攬取受告發到官合
是不曾事發聽擬没官合若論與錢人本宗事有理無
理以論給没必湏勾合與錢等對問明白才方議擬難
一官吏及過錢人出首錢物見行體例止令合屬照勘若
一被欺詐脅科欽等贓

四八二

便結絕合無止依見行體例照勘擬没

《典章四十六 刑部八》 四

**親隨受錢著落原主**
至元二十二年正月八日中書省咨據
御史臺呈照得省部諸衙門出使人員徃徃於各處官司
因事取受錢物事發被問推稱並不知會係是隨從並過
錢人隱藏或故縱在逃稱某處去訖如此設詞不肯承
伏擬先行著落正委人員追賠原是要錢物侯勾所指人
等得獲至日再行歸對呈乞明降得此送刑部議得已前
至今諸衙門出使人員於各處因事取受錢物發露到官
若係先指原引親隨帶行人等接受過度勾問故縱逃躲
妄稱不知去向者督勒本人責限根喚赴官追問如違限
不到或虛指遠方去訖如此中間情弊不無先令正委人
員賠納原數候將來根勾所指人等得見至日再行歸對

五、五六

行

★典章四十六 刑部八

五

及有各處官司囑託被中覩舊人等轉行過度推調不肯
承伏詳審情理委有差別擬令原經手人等歸對追徵似
為相應呈乞照得都省議得如有事故縱對覩軭口
人等在逃先行著落正委人員追賠若因事在外立限根
勾違限不到者依上賠償餘人員追徵外仰依上施行

**官員取受身死著落家屬追徵** 至元二十三年六月御史臺
准行臺咨據江東建康道按察司申論饒州路樂平縣達魯
花赤烏馬兒取受民財又魏五娘告論烏馬兒搬遞故夫
白仲廣財物強姦等事贓牒不干礙官司歸問得除已招
錢數追徵到官外餘上各項不公者其各不公者追徵數
得此烏馬兒已招未追取受錢數本人生前既有取到明白
問間本官患病身死請定奪事呈奉中書省該送刑部議
得烏馬兒已招未追取受錢數本人生前既有取到明白
招伏合依已行著落家屬追徵得此合下仰著落追徵施

**職官妻屬接贓** 至元二十八年二月嶺北湖南道提刑按察
司先為寧鄉縣官吏因收捕賊人取受馬戶等錢物數
內縣尉李瑞取受鈔四定係伊妻阿王收接取訖本人招
伏徵贓到官擬定係罪名申奉行御史臺劄付李瑞罪犯欽
過徵贓到官擬定係罪名申奉行御史臺劄付李瑞罪犯欽
曾知敕會得此贓污再難臨民擬見應罷此役應為此移
准御史臺呈奉尚書省劄付送刑部議得縣尉李瑞所招
李德元因事令鄧令史過到鈔四定明知伊妻阿王收訖
不行理問罪犯雖過赦原難議止罷見職擬合除名不敘
相應都省依准部擬

**驗贓輕重科罪** 至元三十年七月御史臺咨近據山東東西
道蕭政廉訪司濟寧路單父縣達魯花赤忽哥赤先因和

---

五八八

★典章四十六 刑部八

六

買馬疋攢欽錢物斷訖五十七下各過不悛令又取受各
欽人戶鄉司等錢中統鈔八十餘定合無計贓論罪呈奉
中書省劄付送刑部照擬得凡監臨官吏盜用係官錢
糧擬合計贓定罪其餘錢物合從一體科斷所擬忽
哥赤已招除名不敘合決罪外取受錢物一定為重此
依見行斷例決三十七下別見任別行求仕緣係分揀罪四
已前取受招伏待罪人數擬合無罪令本投下別行選官
替換相應都省除計贓論罪別行定奪外據忽哥赤
罪犯既係親民之官先次因贓斷罪於部民取受錢物擬
合除名不敘合決杖數犯在分揀罪人已前取受待罪人
數擬合釋免令本投下別行選官替換已前取受招伏待罪人
行事承此本臺劄付本道廉訪司依上施行
臺並各道廉訪司體察追問到內外官吏人等不公計贓

**招贓番異加等** 元貞二年八月准御史臺咨為江東道宣慰
副司李公弼取受紅花行人中統鈔一十五定依例審斷
番異原招等事教准御史臺官每與將文書來建康
省議得擬合驗贓輕重詳議相應呈奉中書省劄付該都
令合千部分從長講究議擬弊病公害深為不便若
惟處斷偏重數點降反重於所犯欽定之人不
定者應得杖數十兩決不至杖職欽定一項一二
有不及數十項累科職有至百定內止論一項科斷
鈔五七十項累科職有至百定內止論一項科斷
數多科斷至輕謂如取受錢物三十二項或軍民處科率

府宣慰副使李公弼名字底人官買紅花其間張人等人
每根底要了肚皮十五定明白招來文書要了來鈔也納

五七二

了也這裏頭一項要了三定鈔爲重依體例合打四十七
罷見職別行求仕年時箇十二月裏皇帝根底奏過官人每要肚
罪過去來那其間明理不花提舉官人每交要肚
皮底斷罪過了招伏聖旨有呵這李公弼先招了番
過加等要罪過呵一處審斷罪過呵那一處好生問的是實呵比先今後官人每行省裏
要了說道我的祇候要了來根腳裏去省裏宣每
每根底偏尚觀面皮教番異了呵言語底人每那審罪過呵
勾當出來呵他每根底重要罪過呵怎生麼道奏呵聖旨
了也欽此

## 典章四十六　刑部八　七

### 犯職官吏在逃不敘

大德五年三月行御史臺准御史臺咨
來咨江南浙西道僉事章哈剌孫奉議牒窃
見隨處貪官汚吏在任其間恣號賄賂侵漁百姓事發逃
閃欽遇赦恩却不曾招涉賞還職縱求敘所據犯
職避罪在逃官吏照依省部原擬番馬縣尹李和受職在
逃雖無招伏同獄成罷職例仍更不敘以後
爲例庶革姦貪之弊看詳如准本道所言罷職誠爲允當容請
照詳准此呈本中書省劄付先據本臺呈江西湖南道申
元貞五年五月初八日巳前被告被察官吏亦合解任另行敘
許准已被前告被察官亦合解受刑部議得五月初
八日巳前被告被察官吏不公衆證明白別無應合
，離職緣故私自避罪在逃合准御史臺所擬另敘相應都省

---

五九一

准呈劄付本省依上施行去訖今據見呈仰依例施行承
此遍行各處照會當據河北河南道申議得職官犯贓
在逃託病者似涉太重部擬罷職官不敘出者同獄成驗原告公
輕今若有犯贓在逃託病不出者例同獄成驗原告公
事輕重照依法不枉法取受區處相應得此具呈中
書省照詳事後又准臺廉訪司文字裏於大德五年正月
十一日奏過事內一件行臺彈壓軍人在逃已有斷
勅的官人每要俺商量了體例倒做了的體例倒做了合降
的經了革呵依令史每但是勾當怕的人每偷了官錢
皮事發被問的其間說將來招了的罪過逃走了的人每但
是勾當的人每要了官錢沒了官錢做了合罷了合降等
的經了革呵依著招了的體例倒做了合降等的更他

## 典章四十六　刑部八　八

### 軍官犯贓在逃

每合得的罪名裏依例行呵使見識的人每少也者如今
逃走了的人裏頭路官州縣官也有首領官也有廉訪官
也有交造的每做例行呵怎生麼道奏呵聖旨了也欽此
史臺咨近來准咨河南萬戶府岳千戶府翼千戶翼彈壓
證明白避罪棄職在逃通例請回示事准此
倒不見鎮守管軍官犯罪棄職在逃半年照得鎮守軍人
移准樞密院咨大德四年十一月日奏過事內一件臺
官人每文字裏說將來一箇姓閭的千戶所彈壓軍人每
閭國寶虛名替軍取受錢物私造鴛鴦床隻逐項不公衆
根底無體倒要了鈔定肚皮又自家裏被廉訪司官人每察
每根底要了鈔却不交當役的上頭被廉訪司官人每察
知他每的證見每根底問呵他每也指證了來本人根底

比及取招阿避罪逃了來在後經赦阿出來了依前勾當
裏要行廝道臺官人每說將來俺商量來他是千戶所彈
壓管著軍做了無體例勾當撤下他的罪過經
了赦也者如今又依前勾當當裏不揀即時休委付者各處省
聖旨他根底罪了勾當裏不揀即時休委付者奉
行文書者欽此

## 軍官取受例

大德五年御史臺據監察御史呈伏惟國家混
一萬方之聚四海之大發政施令必湏刑清官吏有所依
據而姦邪不敢放縱侵漁下民竊見百事叢集如屯戍征進軍人久服勞
苦若近者六七十里遠者萬里之外每過收捕出征萬死一
生所需盤費鞍馬器伏比之其餘差役尤重其管軍官吏

五、二四　典章四十六刑部八　九

不恤軍力百端科歛已有廉訪司監察御史體察並軍人
告發到官追問贓狀明白斷罷不敘期年降等解見
行求敘不可勝數看詳民官雖有黜降轉子孫止是照依原
發品級高低廕敘其軍官元帥萬戶千戶百戶彈壓子孫
苦顏皆畏就襲原虎符牌面比之民官優罷
弟姪本臺承襲承替帶罪一切不法不公罪名者無分輕
重依十三等例與民官一體罷閒不惟革除前弊軍人得養其力實國
家之福天下幸甚其呈照得此於大德五年
七月初十日本臺奏過事內一件監察每奏有先
但是勾當的行人每要肚皮呵他在後省官人每奏了軍官每
著十三箇體例裏斷罪有來在後省官人每要了罪過止教依舊勾
若犯枉法阿斷罷不敘不枉法阿要了罪過止教依舊勾

當若一年役合委付的有阿一年的俸錢休與者若合降
等的阿降了敘官廝道臺官奏阿來如今軍官的比在
先要的阿降了只依舊交管著他的
上頭不敢告有軍官不罷了只依舊管軍的
官每要了肚皮交軍生受有軍人每喫生受有
不敢告有軍人每大生受有依著管民軍官不罷他的人也
的罪過斟酌重合罷罷了依著十三箇體例裏斷他
阿怎生奏阿聖旨了也欽此

## 替閒官員犯贓

大德五年十一月福建閩海道肅政廉訪司
近為古田縣貼書王日進等各狀指前永福縣主簿兀該
因為催督際留米糧要范王日進中統鈔二定折至元鈔
一十貫為重依不枉法例斷決三十七下綠兀該即係替閒
牧民官未審合無與見任之體湏殿三年方聽告敘申

五、五九　典章四十六刑部八　十

奉到行御史臺劄付移准御史臺咨照得近據河東山西
道廉訪司申察知太原路達魯花赤塔海指與阿只吉大
王拜年馮名差前代州判官馬哈答不花於各司縣齊欽
鈔定於內尅落范鈔三定一兩又於忻州劉吏目處要訖
人情鈔二十兩依不枉法例斷訖二十七下即係替閒人
員難同見任擬合標附過名依例求仕呈送刑部議得
依准廉訪司所擬標附相應今准前因咨請照驗依例施
行

## 臺察官吏犯贓不敘

延祐二年二月行臺准御史臺咨據監
察御史呈竊惟有守者乃能執憲無瑕者方可律人已之
不廉而欲正人之貪污自古及今未之能行夫臺察以不先潔已
著本以紏治姦貪其於自治所禁尤嚴者蓋以不先潔已
不能治人故也自至元五年立御史臺以至革罷按察司

前後二十餘年之間臺察官吏間有染犯贓污悉皆斷罷
不敍又至元二十年憲臺奏奉聖旨臺察官吏但有犯贓
並除名不敍以古酌今咸謂得宜改立作廉訪之後止有犯
罪之人別無不敍之例是以各處往往有作疑申稟呈送
部定擬刑部議得臺察官吏自犯贓私依例加等科罪
至所止雖不枉法並除名不敍都省准擬過行照會詳其
所擬必待加罪至於所止然後方始除名蓋自一百已下
俱合敍用即比前項加罪之後值前廉訪司官
諒爲未衰當時臺察失於詳考聖旨事意似涉不同稽諸公議
犯贓比較前例加罪不敍前省即奉聖旨因事自相
矛盾以致不得結絕或者安釋並未至所止之意又却
不敍其與加至所止之意又且詞理不明若復因循
通例不惟事不允當又却參詳前項所恐終

五八九

【典章四十六　刑部八】　十二

難於遵守以情以法必合更張此條係風憲之紀綱自治之
大節宜從憲臺聞奏今後臺察官吏人等但犯因事取受
除依例加等斷罪外不以贓數多寡並合欽依世祖皇帝
聖旨除名不敍居職者各思自勵其於憲體誠非小
補區區管見不容緘黙具呈照詳得此於延祐二年九月
十四日本剳忽怯薛第三日嘉禧殿內有時分速古兒赤
傅伯忽大夫笞剌吉木兒不花帖木兒等有來本臺官大
夫桑兒只中丞王中丞燕只哥等
奏過事內一件監察御史世祖皇帝聖旨臺察
官吏但犯贓阿永不敍用在後又加等斷罪者麽道聖旨
有來如今省部家議得臺察官吏犯贓例不願似一
百七永不敍用與世祖皇帝聖旨不枉法合除名今
後臺察官吏人等因事取受加等斷罪雖不枉法合除名

---

**茶司官吏取受**　延祐三年四月行臺剳付該

等告建昌州茶提舉司司吏袁革等取受鈔定本司占恡
不發若依饒子才告曼提領取受例從行省委官與廉訪
司一同追問未敢懸乞明降得此移准行御史臺咨照得
大德十年五月二十二日本臺官奏過事內一件江南行
臺俺根底文書裏將來朱仁小名的人告著談提舉等西
番茶提舉司官每根底要了三千二百餘
定鈔他每入呈了有待問他每根底的勾當其間不
揀誰休入來者麽道聖旨有來那般道俺不曾問
依施行

五四八

【典章四十六　刑部八】　十三

來這提舉司茶戶每官是俗人有依體例合問麼道說將
來有俺商量來執把行的添力的聖旨與來要肚皮交百
姓每生受阿休問者麽道不曾道著依體例它每根底問
阿怎生奏阿那般者麽道聖旨此施行間延祐二年十
一月欽奉詔恩釋免咨請欽依施行

**軍官不丁憂取受依例問罪**　延祐四年正月行臺剳付該照得

皇慶二年十二月初三日浙西道申松江萬戶府劉千戶
翼軍人張壽告徐百戶受要正軍尹富買工歇役錢在
家不當事勾問得千連人等指證相同數內百戶徐允
昌於皇慶二年六月二十八日父喪服制未終參詳犯罪
遭罹喪制定例內不曾聲說軍官合無一體聽候若便歸
問誠恐差池乞明降得此移准刑部議得張壽告
剳付送據刑部議得張壽告百戶徐允昌要訖軍人尹富

---

不敍麽道說有俺商量來風憲是掌把紀綱法則的職分
若自已身上不嚴約束的乾正多人的一般有依
著監察每說來的行阿怎生奏阿聖旨了也欽此咨請欽
依施行

中統鈔二十二兩五錢歇役二箇月即係取受枉法軍官

既不丁憂依例追問相應具呈照都省仰依上施行

**職官殿年自被問停職月日計算** 延祐四年三月行省准中

書省咨該湖廣省咨欽惟國朝開闢以來創立制度參定

刑法酌古准今典章具備然刑責有常事當歸一照得職

官人等犯贓有枉法十三章科格其殿降遷

敘罪名三年為滿緣犯事之人自被問停職住俸比至

罪中間遠近不等未審從何月日准算往往此等人員多

以停職月日為始取給解由似望有所遵守以至

據刑部呈照得大德六年七月承奉中書省判送本部呈

河東宣慰司闊據晉寧路申近奉河東宣慰司劄付照會

官員數內前襄垣縣主簿賈得仁投將仕佐郎平陽路裏

陵縣主簿守王文義大德十年二月缺仰行移照會之任

行據本縣申准主簿王將仕牒照得晉寧路指揮奉河東

宣慰司劄付照會到前洺州襄垣縣簿尉賈德仁代當職

大德十年二月滿缺本官欲行之任襄垣縣主簿賈德

楊英告攙拾姪改山放火公事為取受楊改山父楊才中

統鈔三定取訖招伏大德八年十一月內依不枉法例二

十貫以下斷訖三十七下殿年求仕府司議得主簿賈德

仁殿年未滿祇受勅牒除免襄陵縣主簿照會到路已及

交代付合無令本官乞照驗事當得此又據本路申除已

仁於二月二十九日禮任署事當司除下晉寧路聽

統鈔若干私過犯准此移闊刑部照勘本官照得有無室礙

侯外關請照驗來去後回准刑部照勘本路議得簿尉賈得

及公私過犯驗得仁所犯殿敘如及殿年難礙求仕別無過

廉訪司既已斷罪依例殿敘如及殿年難礙求仕別無過

犯請照驗准此照得簿尉賈得仁所犯殿敘不見合自幾

年月日為始便照勘請依已行議擬明白關來去後回

准刑部關議得楊才中赴廉訪司告發大德八年有餘方

任因事受楊才中統鈔二定當年六月二十七日在大德

七年十二月內楊才赴廉訪司告發大德八年月有餘方

依被斷罪年月殿敘緣在替閑之後發露經隔一年理算

行歸結事理以此參詳賈得仁如准告發大德八年月理算

事受財斷罪殿年期限已有准呈自被問停職月日計算

日計算殿年滿日依行求仕然係通例其呈照得相應具呈

殿年滿日依例求仕定例宜從都省遍行照會相應具呈

照詳都省咨請依上施行

**承攝官取受** 延祐三年正月江南行臺准御史臺咨雲南

廉訪司申准僉事宋奉議牒雲南三年一次朝廷差官遷

調若有急缺去處從行省選注謂之承攝勾當其間亦有

取受若依任職官例同科終是不曾支俸又兼除受官宜

知准否若以無祿之人定論卻緣見掌印信署事理民宜

從合干部分定擬難有所遵守申乞照詳得此呈奉中書

省劄付送刑部議得雲南各道路府州縣等官為係遠方

之任居官理民決戝庶務即與已除無異若有俸祿為照會

三年一次蒙都省遷調雖未奏降宣勅緣已奉照會

論罪相應具呈照詳都省仰依上施行

**取受投察推病依例罷職** 大德七年五月行御史臺准御史臺

咨大德三年十月　日奏過事內一件涼州行省的文卷

刷去的監察每文書裏說有那行省姓郭的都事為刷馬

的上頭徐知州小名的人根底取受了一箇馬呵難答的
奧剌赤田亨的根底取受了十一定鈔出錢的過錢的人
每根底問呵明白指證的文字與了也他根底喚呵病麼
道推辭著不肯出來對證交醫人驗去呵沒病道有又交
停了行省那裏監察每將他的後頭那裏廉訪司
喚呵病麼道一箇月不曾出來的第二日馬來了的
與將文書來說也與文書來了的監察量來似那般要肚皮的
人每有說將來依體例交與了俺商量了鈔過錢呵
裏道不對證招伏文書依體例交罷了拏著交硬問呵
人每明白指證招伏文書來了那般要肚皮的人與鈔過錢
麼道將來有說將來似那般沒病推辭著病
怎生奏呵聖旨了也欽此

## 五品官犯罪依十二章行

皇慶二年四月八日江西廉訪司
奉江南行臺劄付准御史臺咨近據監察御史呈馬合麻

【典章四十六 刑部八】
七五

〔五、七八〕

告也里帖木兒中王貨公事呈奉中書省劄付送刑部議得
金玉總管府同知吳得義所招故將多玉辦作好玉色澤
冒估官錢三千七百八十二定既已追到納官別無奏
事都省仰依上施行承此照得皇慶元年三月本臺官泰過
事內一件五品以上的職官每犯著較重的罪過招伏文
書要了遇著赦免了罪呵合殿降的合標附的也有似這
十三章枉法例五十貫以上至一百貫八十七下罪輕釋
免又本人年當致仕依例除名不敘標附相應具呈照得
外據本官原要職官一定依驗定價至元鈔一百貫合依
書勾當不索繁亂上聽依著立定十二章體例行呵怎生
般勾當不索繁亂此已經遍行各處欽依施行去訖今承
奏呵聖旨了也欽此已經遍行事內一件年時春閒五品
奉於皇慶二年正月日奏過事內一件年時春閒五品
之上官人每要肚皮的罪過遇赦了呵不湏繁亂聖聽依

十二章體例交行者庶道奏准來令後除名不敘的人每罪
過遇著赦了呵依著擬定十二章體例交行者怎生奏呵聖
旨了也欽此

## 遷敘年例與同獄成不敘

延祐元年二月
日江南行臺准御
史臺咨奉中書省劄付來呈備河南道廉訪司申軍戶牛
洪等告本管軍官百戶祝木兒多取息錢齎欽尅落軍
人賞錢等項不公尅證明白本官合同獄成罷職降原
遇詔赦罪經免卻行還職比例合同獄成罷職不敘
要錢放與本軍人李胖兒寫作本利相對白小對馬一
匹荒軍人張進小賣中統鈔二百兩白小對馬一
要荒軍人賞錢一百五十兩牛洪等告發到官指證明
白伊父祝老稱伊男祝百戶因患風濕病於皇慶元年六

〔五、七一〕

【典章四十六 刑部八】

月十一日身死欽遇赦恩還職勾當以此參詳百戶祝脫
木兒所犯自知罪詠稱身死詿護官司欽遇
赦恩卻行還職比之在逃同獄成情理尤甚擬合罷職
以戒其餘相應具呈照詳都省准擬仰照驗施行

十六

## 官典政受羊酒飯任求仕

山東道奉使宣慰呈體知曹州濟陰縣典吏谷燕南
正李楫等白羊四口酒四十瓶菓盤四箇行下東平路管
民提舉馬承事追問得除典史陳安政告退外責得達魯
花赤拜尤縣丞喬巨淵主簿田秀實各狀招受羊一口菓
子一盤酒十瓶估價中統鈔三十一兩折至元鈔六兩二
錢係大德七年三月已前事理依十三等不枉法例笞決
三十七下解任求仕除已依上斷遣外具呈
照詳送刑部議得達魯花赤拜尤縣丞喬巨淵主簿田秀

實所招每人各受里正李梢等致謝羊酒估價至元鈔六
兩二錢既是李梢等一十四人齊錢共買每名止該至元
鈔四錢四分贓不滿貫若係因事取受殿敘似涉太重擬
解見任別行求仕標附相應具呈都省准擬施行

**廉訪書吏不公斷沒財產一半**
大德八年二月行臺准御史
臺咨承奉中書省劄付兩浙江東道奉使宣撫當該
戶陳德新告江南淮西道廉訪司偏負追徵布牙錢該當
諸書吏取受宣鈔二十七定東隅酒三十瓶竹倚床
等物取訖沒入財產可招伏斷訖九十七下罷役不敢外
據浙西道廉訪司書吏謝行可因事取受陳德新錢物正月
初七日赴奉使宣撫處告廉訪司偏負牙錢當日既過錢
浙江一節合從合干部分議擬具呈照詳得
人張秀言稱本主要告行官謝行可緣將原受錢物私下

五八六
回付初九日陳德新告首到官難議減等定論今既斷罪
罷役不敢別無定奪所據家財人口擬合依例除親屬外
當房人戶財產一半沒官相應都省准擬仰照驗施行

**司吏犯贓經革告敘**
浙行省劄付來呈泉州路司吏李天錫不敢具呈照詳得此
取受倉官王天俊中統鈔一十定斷罪不敢從前事理因
移准中書省咨該吏部闕議得司吏李天錫所
條即大德五年八月欽奉詔書以前事理合從行省照依
十三等不枉法例一百貫以下期年之後註邊遠一任敘
用外據各路司吏有犯贓罪擬合各路照所犯月日即係出身本部
照得泉州路司吏李天錫所招大德三年十一月二十一
日受要訖倉官王天俊中統鈔一十定犯在大德五年八

典章四十六 刑部八　十七

---

月欽奉詔書以前事理以此參詳司吏李天錫所犯合依
刑部所擬移咨江浙行省依上施行具呈照得此咨行移
就便行移行省仰就便行移廉訪司照驗施行

**諸罪俱發以重者論**
省咨御史臺呈江南行臺咨據福建廉訪司申竊謂刑名
之制本以防姦法令所行必當立例古制一罪先發已經
論決餘罪後發其輕若等則勿論重者更論之通計前罪
以充後數劫今所犯贓罪分為一二章各有等差設若
一罪先發已經斷罷餘罪後發係在被斷月日之前合無
酌古准今其輕若等則與擬免如此前罪重者驗贓計其
所剩杖數決斷准復追贓黜降以為情法相應
緣無所守通例具呈照送刑部議擬到下項事理具呈
照詳都省准擬請依上施行

諸犯罪者二罪俱發以重者論等者從一
假有丙因事取受丁不枉法贓一十貫合決四十七下
別行求仕又因事取受戊不枉法贓五貫合從一科

五三七
若一罪先發已經論決餘罪後發其輕若等勿論重者更
論之通計前贓以充後數
假有甲因事取受至元鈔十貫合決四十七下解見任別行求
仕元鈔二十貫已斷之前即與已斷罪等止合追贓餘皆勿
論重者更論之假有甲因事取受不枉法至元鈔三十貫事發合決五十七下注
十貫合決四十七下解見任別行求仕即係罪等合從一
七下解見任別行求仕別行求仕又因事取受至元鈔二

典章四十六 刑部八　十六

弓手犯贓次丁當役

邊遠一任係在先斷之前合行再斷二十七下仍注
邊遠一任依數徵職

至大三年十月　日福建宣慰司承奉
江浙行省劄付近據松江府申合屬額設弓兵俱係農民
少諳巡捕其間多有濫用機察並作過警跡人巡捕賊
應緣係為例事理移咨尚書省定奪去後今准尚書省咨
過有失過盜賊卻令苗頭出錢私知令兵甘受三限不獲之責令苗
該送據刑部呈議得僉差弓兵演於有丁戶內僉撥壹有
金兵惟慮日久消廢家私知有受贓斷例往往身
單丁之家充役若有犯贓合依已擬革罷令以次丁應
告被告人之家到有苗弓兵果有取受贓斷故因此里正
人親識人等冒作由煽惑擾害百姓以圖斷便行招承以
使被告人常以僉捕為由煽惑擾害百姓以圖斷設機察
人等役少革僥倖之患乞照詳得此省府除濫設舊有機
當役少革僥倖之患乞照詳得僉到弓兵果有取受告發
人等已經遍行革去外議得僉到弓兵果有取受告發
察人等已經遍行革去外議得此斷除濫設機察

〔典章四六　刑部八〕　五六八

犯贓再犯通論

到官斷革令伊家以次丁當役如委無次丁別行差補相
應緣係為例事理移咨尚書省定奪去後今准尚書省咨
部呈奉省判本部呈會驗大德三年五月　日欽奉詔書
內一欵諸牧民官不先潔己何以治人今後因事受財依
例斷罪外犯枉法贓者即不敘用不枉法贓者即
斷不行悛改再犯終身不敘其能公勤廉白以身率下致
聽告敘再犯終身不敘如不敘連呈遍行照會遵守其以身率下
人畏法賄賂不行考其能絕出倫輩者具以名聞特加
陞擢欽此又大德七年三月欽奉聖旨定到官吏取受一
十二章節該諸職官及有出身人等今後因事受財依例

至大四年十一月江西行省准中書省咨刑
　　　　　　　九

斷罪枉法者除名不敘不枉法者演殿二年再犯不敘無
祿者減一等以至元鈔為則欽遵外照得別卷
見奉尚書省省判廉訪司申中山陰縣郝
秀才告達魯花赤馬兒因以捉獲強賊小蕭達魯花赤
各家寄放贓鈔捉獲等事取到錢人等指證
兀馬兒失大德二年五月二十三日與訖
相同贓明日本官避罪在逃例同咸依十二章枉法
例斷除名不敘又照得兀馬兒前任金城縣達魯花赤贓至
部堂照擬連呈又奉尚書省省判送刑部擬連呈又奉
福州路同知小雲失大德二年先任與化路總管犯贓取
一百餘定擬作枉法斷罪降敘今居是職因造哨舡取
受司吏石良璧等鈔定擬作枉法斷罪降敘擬若擬再犯不敘卻緣

〔典章四六　刑部八〕　五八　十一

初犯係在定例以前若復以牧民之職未盡公議殿年滿
日於雜職內任用奉此除上項事理別候通例擬呈外本
部議得先欽奉大德三年詔書大德七年奏准十二章格
例犯贓官吏再犯不敘准復定例已後一體欽奉施行此
係通例如蒙准呈遍行照會定奪其呈具有出身人等
送刑部照詳擬連呈奉此本部會議得諸職官并有出身人等
既受爵祿不能潔己犯贓都堂鈞旨經斷又不悛改如蒙准呈遍行
通論相應具呈照詳得諸職官及有出身人等因事犯贓經
斷不行悛改再行議擬自大德三年正月十八日欽奉
詔書以後都省論終身不敘如蒙准呈遍行照會遵守相應
具呈照詳都省咨請依上施行

偷課程依職官取受例問

皇慶元年二月行臺准御史臺咨

来咨浙西廉访司申至大四年四月内杭州税课提举司
押头傅显等告捉获周三匿钞殴定税司不行依例归结
及丁得荣朱子诚告拦头秃李提控欺诟告冒公事又准咨朱敬
之等诟訢钞冒公事又准咨文亦为杭州税课提举
头徐珍告获到钞冒僧拦里麻等为权货税棕帽已招明白税课提
告发停留不问却将权货纵放分付犯人去訖及至徐珍
举司停留不问求买验到僧拦里麻等行权货纵放分付犯人去訖及至徐珍提
书省剳照照勘明白文字案验八纸于上止有副提举沙
的独员照得至大四年十一月内奏过事一件台官人如
此作弊若不麻等即追究何以惩戒请照准此呈奉中
六定剳照照勘明白文字真定路姓郭部的税官侵使了课程有俺商
每俺根底与文书真定路姓郭部的税官侵使了
待问阿院务官比及年终未审合无取问说将来有俺商

**典章四十六刑部八** 三三

三九八

量来院务官钱著课程有既欺隐了课程不交问阿课程
也不能尽实到官做贼说谎多了去也今后但是务裏委
付著的务官端实偷了课程依职官取受例交监察御史
廉访司官问阿怎生商量来奏阿那般者廉道圣旨了也
欽此都省仰欽依施行

---

浙西廉访司申据杨子华状告杭州西北录事司典史袁
勋取受子华钞二定依不枉法例不行决四十七下殿三年本
等敛用切详典史身受行省所受剳付合无比同吏人犯论
罪今取有犯职满枉法之罪所受剳付合无比同吏人犯论
有受勋职官见充吏员及行省及府州提控案牍都省
今取受钱物未审如何定论咨请照详此呈奉中书
省剳付送刑部呈据所招不合收受讬潘亮过付到杨子华出备
司典史袁勋二定依入已罪犯讬潘亮议拟杨子华出身
陞转案牍之职合依职官例科断其府州提控案牍相
牍都吏目即係一体若犯枉法论满者追夺所受剳付相
应具呈照详都省仰依上施行

**典章四十六刑部八** 二十 陈氏校补

皇庆元年四月行台准御史台咨来咨监察御史呈欽奉
诏书内一欵节该内外百司各有攸职其清慎公勤政蹟
昭著五事备具者从监察御史萧政廉访司察举优加
擢废公营私贪污败事诸人陈告得实依条断罪枉法
满者应受宣勑並行追夺人犯职满终身不叙诬告者抵
罪反坐欽此除欽遵外行省并正一品衙门有出身令史
即係吏役此等之人有犯职罪除依例断罪职官补充前
役及通译史知印宣使奏差是否比同吏人科断照得杭
州路西北录事司典史袁勋已招取受杨子华中统钞二
定除断遣外犯职满若有犯职满及枉法之罪其所受
人犯职剳付合无追夺及设若府州提控案牍都吏
目似此之人今后取受钱物未审如何定论准此呈奉中

書省札付送刑部呈照得除府州提舉司提控案牘都吏
目一節別行議擬外本部議得職官轉補令史既充吏役
有犯職罪擬合欽依斷遣其通譯史知印宣使奏差亦合
一體科斷相應具呈照詳都省仰依上施行

原闕今補
取受例後

## 辦課人員取受　以不枉法論

辦課人員取受　大德八年八月江浙行省准中書省咨阿老
瓦丁狀告元任武昌縣在城稅課副使於大德六年五月
內有提領董謙男董詢告論本務官孫大使與武昌路官
吏追節破使增餘鈔定湖北道廉訪司議得阿老瓦丁以
私已人情追節破使增餘鈔數均該至元鈔一十四兩三
錢四釐其職俱於受劣名下追徵到官以不枉法二十貫
以下決三十七下解見任標附又刑部照勘議擬卻作已
身侵使枉法定論降先職一等詳狀呈准今行求仕標附
有司別無俸給委是寬枉乞詳狀仕今追徵到官以不枉法
回呈議得隨處院務湖泊辦課人員多係流品遷轉之職
俱無俸給養廉年終考校但有虧兌勒令賠償如有侵欺
便

以枉法論罪不惟刑罰偏重實是情法不倫以此參詳除
欺隱合辦正課依枉法論罪外侵使增餘數如依不枉法
例定擬似為平允所有武昌路務官阿老瓦丁所犯依准
廉訪司原斷令名人別行求仕相應都省議得院務湖泊
辦課人員侵使增餘額外劣數既是難同枉法臨時量情
輕重論罪餘准部擬咨請依上施行

侵使軍人盤費　大德四年御史臺准樞密院湖廣行省咨上
均州萬戶府威州奕百戶張和被差迤北奧魯內取發軍
人盤費拐帶侵使訖中統鈔一百九十三定二十兩胖祆
四十四領避罪在逃欽遇詔恩其罪雖經釋免合無將本
人黜罷咨請定奪准此於大德三年十二月　日奏過事
內一件湖廣省官人每與將文書來張和小名的百戶差
來本奧魯裏取軍人的氣力去阿將軍人的盤費一百九十

三定二十兩四十四領胖袄要了入已侵使了有人論告
的上頭躲避行來赦後出首罪過來雖是赦前的勾當
阿以後諭曉眾人交賠了錢並胖袄罷了來的勾當阿怎
生麼與將文書來俺商量得依著他每的言語曉諭眾
人這般罷了來遍行文書阿怎生奏呵聖旨那般者欽此

**侵使軍人盤纏**　至大元年八月行臺咨御史臺咨奉中書省

劄付來呈陝西行臺咨軍人汪資告侵使寄收官錢罪例定論今止以侵
使斬梅一名中統鈔五定為重折至元鈔一定為重今論不杜
法量決五十七下外據本人職役未審合無殿降緣係為
買軍需錢等鈔四十三定河東廉訪司已追責付起軍
官了當難同比例取受侵使寄收官錢罪例定論今止以侵
何事理如今合干部分定擬相應送刑部議得彈壓要寶

四、三一

**侵使寄收軍人趙林等一十名盤纏四十三定**　既廉訪司
憑靳梅一主中統鈔五定為重已經決斷參詳要實終非
因事取受所據本人職役難議殿敘量解見任標附相應
其呈照詳都省議得彈壓要寶所招侵使軍人盤纏比之
取受情罪犯重比依不枉法例解見任殿三年注邊遠一
任仰依上施行

【典章四十六】刑部八

---

**出使取受送遺**　至大三年九月行臺准御史臺咨奉尚書省

劄付刑部呈奉省判禮部呈孟弼蔣時俊陳言各路總管
府俸給職田所收子粒每年會計其數比如都省之官俸
給轉多府州司縣之官俸鈔職田子粒比之各處經過州
官其數更多凡遇上司官員并往來使客經過州縣中間
要做梯已人情者必然設席待更惠段送段所屬
自己俸鈔已人不出却於里正主首處更其里正主首
必然科欲於民有司官視為常務廉訪司處其處
察奉都堂鈞旨御史臺呈戶部司計楊元催起所屬
運司塩引欽用官吏筵會侵漁官吏誠為未便擬合究治本部以
為例出使人員於所至之處如親戚故舊禮應追往之
參詳凡出使人員於所至之處

【典章四十六】刑部八

闗文二之二七

人賓主宴樂理難斷絕其餘不應飲用官吏筵會侵漁官
府禁治相應具呈照詳都省准擬仰依上禁治施行奉此
除外今承見奉本部議得出使人員所至之處凡有出使人員宜
樂尚有禁治何況惠段送遺物今後凡有出使人員宜
准所言合依已行禁治若有似此違犯官吏率欽錢物及
使所赴去宴或取送遺者各以計職犯不枉法論減二等如蒙准呈劄付御
史臺許令監察御史各道廉訪司常加體察遍行照會相
罪經過去處飲食取受遺者各又減一等如蒙准呈劄付御
應咨請依上施行　此除盤纏後在原闕使今軍人補

陳氏披補

**軍官尅減軍糧**

至元二十九年御史臺劄付照會黜罷官員

內泉州鎮守萬戶羅明招伏尅減軍人口糧強買良人女子不公罪犯斷訖七十七下追奪原降虎符罷職不敘

**減徵事故起發盤纏**

奉中書省劄付四川省咨樞密院大德六年三月 日奏

聖旨了也欽此照得本省概管各萬戶府類贊延祐元年

奉聖旨節該今後軍每的盤纏奧魯裏來取阿萬戶所

著軍的姓名攢著冊行省官每根底限前來取發著者奧魯裏人每

裏差千戶百戶騎著舖馬立限前省印信文書

並差來的人每勾當不交疾忙完備使見識做賊說謊著

交短少阿依體例要罪過廢道奏呵您說的是有那般者

聖旨了也欽此照得本省

延祐四年七月行臺劄付准御史臺咨

軍人起發不下九萬餘定其奧魯官循習舊弊妄捏事

故減徵名項短少訖中統鈔一萬餘定欺隱入已除已劄

付各處奧魯官司與差去官一同搜檢查勘著落追解合

該利息就便追給外咨請照驗准送兵部呈四川省

征戍軍兵中原籍居於原籍各路奧魯官內徵取起發官定

津助當軍人氣力各處奧魯官與所委徵起濟罪雖經免起

同妄作減徵事故欺詐盜用戍卒有缺接濟罪雖經免起

發即係軍人家備錢物已有通例今後各處奧魯官與徵取起

官議得徵取錢物合本利計算追徵本部與刑部

發軍官妄作事故欺詐盜用鈔數合將當該正官首領官

吏取問明白驗贓依十二章枉法例論罪計算正官首領官

給主所據革前欺隱入已起發鈔定准擬追給相應都省

仰依上施行

典章卷四十六終

# 刑部卷之九　典章四十七

## 諸賍三

### 斷例

典章四十七

官賍

| | 一貫以下 | | 一貫 | | |
|---|---|---|---|---|---|

倉庫官

| 五七 六七 七十七 八十七 九十七 一百七 死 |

| | 每三十貫 加一等 | 六十貫 | 八十貫 |

錢糧

| | 徒一年 每三十貫 加一等 徒三年半 |

| 一百二 一百八 二百一 二百二 二百四 三百 |

吏人等 盜所守

| | 十貫 四十貫 十貫 十貫 |

諸盜官人 等盜糧

官糧

| | 右十右以下 右以上 糾者 刺面 |

| 犯人十右之下 犯人十右以上 |

（以下各項表格內容）

| 計賍以至元鈔諸應贓倉庫官知庫居役發覺者失覺察犯人罪 |

---

## 諸賍二　原表闕京線此有舛漏今補正

典章四十七　刑部九

倉庫官

| 一貫 | | | |

錢糧

| 五十七 六十七 七十七 八十七 九十七 一百七 死 |

吏人等以下

| 十貫 加一等 六十貫 八十貫 |

盜所守

| 一百二 一百八 二百一 二百二 二百四 三百 |

諸盜官人 等盜糧

官糧

| 右十右之下 右十右以上 糾者 刺面 |

運糧 船戶 冒支 糧料

（表格二十八　陳氏補）

## 侵盗

### 倉官侵糧飛鈔

至元十九年九月中書省欽奉聖旨條畫內
一欵節該管糧官吏人等偷盜糧斛及飛鈔者盡
追糧入官杖斷除名永不敘用過十石者處死通同結攬
以輕齋與倉官者同罪御史臺糾彈之官知而不
舉者與犯人同罪欽此

### 侵盗錢糧從先發官司徵理

御史臺承奉中書省劄付准江
西行省咨照得先於至元二十年十二月初五日據本省
所委官楊治中呈體覆得袁州路倉官吳程叔等收受十
十七年稅糧一萬四千八百六十九石飛鈔三千七百石
價錢與本路官吏人等侵用得此改委前撫州宣慰都提
舉徒罪朝例追問回呈得倉官吳程叔等郭宏狀稱

五七　〈典章四十七 刑部九〉　二

至元二十年八月內蒙楊治中間出十七年飛訖糧數不
料攢司卡鑑因事於當年十二月內卻赴按察司出首是
實呈乞照詳付隆與路移牒按察司照勘吳程叔
等飛糧價錢分送本路官吏人等使用了當本司將各官
分受錢數已徵申臺作數未徵見行追徵乞照驗事本省
參詳前項飛糧錢數若省攢卡鑑亦起赴按察司告首緣所
委詳治中間出月日在前其錢理合徵解本省合無止令
按察司作數今後若有似此事發追徵錢數從先發官司
徵理似為相應咨請定奪回咨除已移咨本省照勘
袁州路倉官吳程叔原收官糧除飛訖前項糧鈔將實
數目回咨外仰照驗今後似此事發追徵錢數從原發官
司徵理如已追徵鈔糧若依正數就便發付合屬官司收
管施行

### 侵盗錢糧限內出首免罪

至元二十一年六月御史臺承奉
中書省劄付准奏萬億庫交鈔庫內外諸倉局院官吏等在前
官司不曾用心拘該鈔賞罰不明的上頭有人每多有偷盜
侵使係官錢糧行來如今俺商量來舊委付的人每怕官司要
未曾交付了有在前偷盜侵使的人每一箇月日跟教他每
罪過逃走了多有皇帝可憐見呵與一箇月限教他每限外
盡實出首者出首呵止徵官錢糧與免本罪如限外
不首者有別人首告出來依著見定條格要罪過呵怎生
奉聖旨那般者欽此

### 侵盗官錢配役

至元二十三年四月二十一日中書省奏過
事內一件係官的庫裏倉裏錢物偷了來的少下來的勾底
著底人多有錢賠不起呵他底田莊人口頭匹的不揀甚麼
底物招了多有皇帝田地不勾止徵官錢物偷了來的
罪過逃走了多有... 語者人多有錢賠不起呵放呵不合放麼道每根底

五七二　〈典章四十七 刑部九〉　三

根底交配役他每工錢算著那錢數到呵放呵怎生麼道
來奏呵交保人每賠底知它怎生有然那般依著您的言
語者人多有錢賠不起呵放呵不合放麼道每根底
奏爲那年行了來的詔書聖旨也前者偷了錢物來的
來的根底那般來麼道有赦放了來的官錢的侵使了
麼道賊每恨多了也錢賠不起呵他每根底交賠著糧食
步行的交種田去者麼道聖旨了也欽此

### 去官侵欺給由官代納

承奉江西行省劄付福建行
省咨該路府州縣官吏侵欺積年錢糧於至元二十三年四月
有任滿得替迤北還家人員照勘得各人籍貫移准都省
咨該路府州縣延行省所轄地面以遠就近設立宣慰司親
臨各路府州司縣勾當遇有官吏滿替例從各處務咨都省
勘完備方許給由求仕即今各處行省往往務咨都省追

理還家官員任滿侵欺貨物等不惟遷文弊其人苟生
僥倖百端推遷所徵之物不能到官蓋因任所官司放縱
如此尤悮官錢擬自今應去任人員必湏從實照勘如
有侵欺盜借官物隨即依數追納還官然後方許給付若
是給由之後卻有照出侵借係官錢糧等物止勒當該給
由官員代納庶幾革前弊仰依上施行

### 揽飞盗糧等例

至元二十五年十月尚書省奏奉皇帝聖旨
諭省院臺部內外百司大小官吏軍民諸色人等據尚書
省奏百姓合納稅糧各處官吏坊里正主首權豪勢要人
結攬輕齎錢物與倉官攬典斗腳通同飛鈔及管糧官吏
運糧車船人戶侵盜官糧似此姦弊多端是各道宣慰
司按察司總管府漕運司不為用心禁治以致糧石不能
盡實到官擬到禁治條畫乞降聖旨宣諭事准奏今後若
有違犯依照條畫追斷施行

五四八　　典章四十七　刑部九　四

一諸倉官吏與府州司縣官吏人等百姓合納稅糧通
同攬納接受輕齎飛鈔者十石以上各刺面各杖一
百七十石之下杖九十七下官例除名永不敍用
退鈌官吏豪富戶行舖人等違犯者十石以上決
九十七下十石之下其部糧官吏知情
受分與結攬官吏同罪不曾受分者杖五十七下其府
不敍用有失覺察者親民部糧官吏決一十七若能捕獲犯人者與免
本罪宣慰司摘委正官一員專一提調禁治如是違
慢從尚書省量情治官糧結攬納飛鈔者一體刺斷知
治倉官人等盜羅官糧十石以上杖一百七十石之下杖九十

---

七下其漕運司官吏有失覺察者驗糧多寡究治所
據盜羅糧價飛鈔輕齎盡數追沒外正糧於倉官並
結攬羅買人處依價均徵官

一江淮河海運糧官吏船戶梢工水手人等妄稱風水
淊沒船隻及車船人戶用水攪拌捈和糠塵因而盜
用官糧者十石以上刺面各杖一百七下十石之下杖
九十七下若知情羅買者十石以上杖一百七十
石之下杖九十七下其本管官吏知情受分者與盜糧人同
罪不曾受分者杖五十七下除名永不敍用失覺察
者驗糧多寡究治

一運糧船戶冒支糧石十石以上杖九十七下十石之
下杖八十七下追徵糧石還官本管官吏知情受分

四七八　　典章四十七　刑部九　五

一漕運司官吏影占運糧人戶並車船頭口者量事輕
重杖斷除名永不敍用

一停閉運糧車船戶計仰宣慰司各路府州縣官盡
數勾追到官發付合屬收管運糧避役在逃者聖旨
到限一百日許令出首免罪給付原抛事產依舊當
役限外不行出首勒令本處官司緝獲得獲痛行斷
罪發還原役

一漕運司並各路官司常切檢勒倉官人等並不得收
管不堪支持糧石及在倉糧數時常點視挑倒無致
發變損壞違者勒令倉官賠糧斷罪漕運司並各路官
司亦行究治

### 軍官攬納飛糧

大德六年　月行臺准御史臺咨龍興路大

濟倉使藉用狀告軍官王達攬納王桂等稅糧及倉副王
文瑞等求免告官與訖鈔五定等事取訖王達所招攬大
濟倉糧米三百三十餘石將中統鈔四十一定三十五兩
交與倉官王文瑞納正耗糧二百石分受鈔三定三十
兩入已罪輕釋免攬納稅糧得到輕齎鈔內與訖倉官王文瑞
軍人員處照驗呈奉中書省劄付刑部議得不敘係管
之職難同州府司縣部糧官吏接攬稅糧取要輕齎一體
犯於人戶處攬納稅糧得到輕齎鈔本人職役倒付刺面
到招伏合同獄成以枉法論罷職不敘王達即係軍官
徵到官各人罪輕釋免據倉官王文瑞與世榮家屬處並王達名下追
鈔三定三十兩於王文瑞與世榮家屬處王達名下追
勾唐世榮分訖鈔三定一十兩二十九錢各於
中統鈔四十一定三十五兩准正耗糧二百石四合四

五六三
〈典章四十七〉刑部九
六

**偷糧驗時價追** 〔至元二十六年六月尚書省准中書省咨奏
奉聖旨節該倉官每在先偷了糧的失陷了的那
時分偷來依著那年分價錢交賠償者欽此差官盤點得
各路至元二十四年收到糧內短少米一萬八千二百餘
石除已行下各處照依開倉時估折收價錢追徵外請照
驗都省議得失陷短少糧石擬合追徵本色如無糧石照
依原收年分從價高者依數追徵咨請依

科斷黜罪經欽遇詔恩擬合通行標附過名其餘有招無

**侵盜官錢庫官拘治** 至元二十八年二月行御史臺竊見國
家內外庫藏俱設請俸庫使庫副提舉提點而庫中錢帛
止由庫子出入但有侵盜動是千定萬定而為庫使庫副
上施行

---

提舉提點者並不知覺事發亦不連坐所以官錢雖設庫
官管領即與無官何異方今此弊甚矣天下一體合立法
度不以大小庫分其中錢帛並要提點庫官雖不知情有
臨知數掌管不許委之庫子若有侵盜庫子有弊應移
失鈐束亦勒均賠仍行斷罪如是督責庶幾庫官稍革前弊
准御史臺咨呈奉尚書省劄付倉庫均賠斷罪仰照驗施行
諸物已令錢庫官照驗施行

**侵盜錢糧罪例** 元貞元年七月欽奉聖旨條畫
一倉庫官吏人等盜所主守錢糧一貫以下決三十七
至十貫杖六十七每二十貫加一等一百二十貫徒
一年每三十貫加半年二百四十貫徒三年三百貫
處死計贓以至元鈔為則鈔如是折半年加杖一十
一年杖六十七每半年加杖一十三年杖一百七皆
決訖居役

五三九
〈典章四十七〉刑部九
七

一諸倉庫官知庫子攢典斗脚人等侵盜移易官物匿
不舉發者與犯人同罪失覺察者減犯人罪四等
一諸倉庫大小官吏人等得互相覺察其有侵盜錢
糧即將犯人財產拘檢見數准折追理若犯人逃亡
及無可追者並勒同界官典人等立限均賠

**侵盜官錢有失提調** 大德七年五月 日江西行省准中書
省咨河南省咨汴梁路行用庫替名庫子程世英等侵盜
官錢中統鈔三百五十四定二十八兩九錢三分罪犯
調官達魯花赤阿台等有失關防招伏招大德六年輪該提調平准行用
庫逮期不行計點以致替名庫子程世英等侵盜
議得達魯花赤阿台所招大德六年輪該世英等侵盜中統鈔
三百五十四定二十八兩九錢三分罪犯量情合決三十

一十九

七下却緣年已七十依例追（罰中統鈔三十七兩没官總
管完顏德安三十七下治中李公惠二十七下通行標附
推官宋守廉既無招涉別無定奪具呈照詳都省議得阿
台年既七十犯罪不任科決合令致仕贖罪鈔數不須追
徵餘准部擬除外咨請遍行照會施行

典章四十七 刑部九

八

---

## 處斷飛盜粮例

元貞三年行省准中書省咨照得元貞元年
七月十九日奏奉聖旨定到倉庫官吏人等偷盜所守錢
粮罪名已經遍行欽依去訖今據刑部呈大都豐寶倉官
監支納箄禔等飛鈔偷盜官粮取訖招伏擬到各人罪名
都省欽依已降條例議得箄禔爲首合行處死倉使李德
決杖一百七下徒役三年倉副趙彬杖八十七下徒役二
年攢典各斷八十七下斗脚各斷七十七下元盜粮價拘
收各人財產人口頭定等物折准還官於十一月十四日
奏准已將各人衆號令依上施行了當咨請遍行曉諭
施行罪此緣應在侵盜錢粮
　　　　　　　例儘後原闕今補

典章四十七 刑部九

七

陳氏披補

接攬稅粮事理大德十年十一月御史臺咨奉中書省劄付
來呈山東廉訪司申章丘縣人戶朱戊告大德九年十月
十七日本管岳百戶指稱點粮為名於人戶李二等處齊
欽鈔雨及有該著稅粮又行攬要訖招伏本臺看詳即係為例事理
八兩五錢入已不公取訖招除輕賞中統鈔四百八十
具呈詳送刑部議得主首岳全等各各罪名都省逐一
區處前去仰依上施行

刑部議得主首岳全所招除輕罪外不合大德九年一
十月十七日於人戶朱二等七戶處接攬訖稅粮一
十六石三斗五升要訖中統鈔三百六十兩赴倉耀納稅粮外
克落九十三兩入已罪犯若依先奉條畫定罪緣與
倉官通同接受輕賞飛鈔情犯不同量擬斷決三十
七下元赴落鈔兩沒官相應前件都省議得依准部
擬

一
刑部議得里正張世安所招除輕罪外不合大德九
年十月十七日於主首岳全所接攬訖人戶朱二等
七戶稅粮一十六石三斗五升要訖中統鈔三
百六十兩除納稅粮使訖鈔一百八十五兩八錢
外克落鈔一百七十四兩二錢入已罪犯若以接受
輕賞定罪切緣收耀本色粟豆赴倉耀納訖止據不應
沒官相應
前件都省議得里正張世安所犯量決三十七下餘准
部擬

失提調係條後原闕今補

---

# 侵使

追錢人侵使官錢　至元十七年十二月御史臺承奉尚書省
劄付十一月十一日奏過事內一件前者外路拖欠偷盜
了的人每上有的錢糧差人追徵去來的人每分付要了
的錢物不送將這裏來時分逐著開放去來的人將那
每追徵來的人每根底說者麼道聖旨了也欽此
行者若犯著性命呵我根底說者麼道聖旨了也欽此
前偷盜了係官錢糧的人每多有待要罪過呵赦前廢道
有待不要罪過呵限分外的一般有待要罪過呵休空放了
中統鈔四十五兩萬億寶源庫申納鈔人不曾送納就問

借使官吏體錢斷例　至元二十七年行臺承奉御史臺咨承
奉尚書省劄付來呈戶部呈原收大司農司追到廣濟署
合下仰照驗施行

侵使錢糧斷罪不敍　至元二十七年行臺承奉御史臺咨
得本部寫發人劉明之名從怨狀招不應接受入已侵使
取到招伏覆奉都堂鈞旨將本人斷訖七十七下諸衙門
休委用奉此除將劉從怨依上斷罪具呈照詳都省除外
敍用相應都省准呈合下仰照驗施行

縣官侵使課鈔　至元二十八年十一月御史臺承奉中書省
劄付來呈山南湖北道提刑按察司咨知江陵縣達魯花
赤忽察忽恩於本縣收到酒課內移借鈔三定使用及縣
尹宋鼎不行追理取到忽察忽恩等一千人招伏呈乞照

元將耀到官糧價錢中統鈔一百二定七兩二錢侵借還
債取訖招伏審囚官將梁仲元斷訖七十七下省會永不

詳送刑部議得忽察忽恩宋鼎所招罪犯罪合行斷罰外據
干連人典史張國寶等所招合從按察司就便酌量斷罪
都省擬議於後

正犯人達魯花赤忽察忽恩招伏不合於至元二十三
年六月二十五日為買房屋令本家胡二於李押牢
見收本縣徵到酒課錢內借訖鈔三定又招在後買
房不成自合隨即還官不合經隔三箇月餘知得察
知私下回還牢收管罪犯招伏是實

前件議得忽察忽恩所招標注私罪過名
擬量決二十七下依前招不合借用官錢罪犯依准部
差於官錢內借訖鈔三定自合隨即追徵不合因為
江水泛漲防水不曾管問追理招伏是實部擬罰俸

五二六

**典章四十七** 刑部九

半月標注公罪過名　　　　　十

前件議得縣尹宋鼎所招雖知達魯花赤忽察忽恩借
使官錢經忽察忽恩係同僚長官兼宋鼎因為堤防
江水泛漲公事相應不曾管問量情似難責罰當
張國寶司吏鄧明德等各各招伏罪犯
前件議得依部擬從本臺行下按察司就便施行

路官侵使課鈔　至元二十九年四月中書省據御史臺呈西

蜀四川道廉訪司狀申察知成都路總管姚傳祖課程同知菊
龍回等侵使課鈔及四川轉運司二十八年合辦課不
足又豐濟庫官人等將茶鹽課鈔侵使移易等事於至元
二十九年三月二十一日奏過事內一件這帖木兒見成都
府廉訪司官人有那裏底官人官庫裏要了錢慮道奏呵
姚德管小名底人官庫裏要了錢慮道奏呵您怎生道來

---

聖旨有呵回奏省官每無體例觀面皮來底說有俺商量
底姚總管根底罷了他每都交這省裏替頭別交委付人同知底
程不辦不明白以來停職合同有省官人每觀面皮來底課
當比及明白了底監察每一處他每根底交問去回來呵他每罪過那
時分一發說呵怎生奏呵聖旨了也欽此

路官借使官物　至元二十九年二月行臺准御史臺咨據江
西湖東道按察司僉事也先帖木兒呈巡按至臨江路體
問得本路提調錢糧官總管姚文龍照得本官令
親人赴上妄行陳告不知在此事情合先帖移行臺咨詳
取得借細招伏移牒本道申覆行臺准各所招移
借軍目開具乙照驗事得此移准至元二十八
年十一月二十日奏過事內一件行臺官人每將文書

五六八

**典章四十七** 刑部九　　　十二

來江西臨江路總管姚文龍小名的人與了六件招於官
庫內借出鈔一千四百四十五定絲三百斤更管著底縣
裏科欽丁鈔九十一定一十三兩五錢這錢都根底追了也俺
商量得與偷官錢一般他根底斷七十七下永不敘用鈔更
他伴當岑忠小名的同知他招伏了二件於官庫內借出鈔
一百五十二定他根底斷五十七下永不敘用呵怎生奏
呵聖旨了也

庫官侵使昏鈔　至元二十九年九月中書省據御史臺備燕
南河北道廉訪司所委東光縣主簿兼尉耿熙呈計點出
長蘆行用庫官子將倒下中統昏鈔侵使得此委密蘭
與本道廉訪司官一同追問得副使干伸庫子朱雲振等
通同侵盜訖鈔一千五百七十八定有後界庫官王慶劉
諒到任要訖銀鈔不行交割及兩次轉差計點麾官滄州同

知的斤元棣縣主簿兼尉李原到庫取受錢物不行計黠
又滄州親臨總調官吏經年不黠亦不起本州司吏周
尚文於倒下昏鈔內侵使用河間路總管府提調正官
首領官吏將昏鈔不爲催督使用河間路總管府提調
官吏各招伏詞因都省議得依期起納取到犯人並提調
間路滄州各官吏並庫官庫子人等不遵原行如此作弊若
不明示懲勸深爲未便爲此於八月初四日聞奏過擬斷
下項罪名除別行外咨請遍行合屬出榜於平准行用庫
門首曉諭集治

庫副于伸處死籍没家業人口
庫子原各杖斷一百七下配役一年除親口外斷没訖
口財產
受財不行交黠見在錢物新庫官二名

四二九
〈典章四十七　刑部九〉　十三

提領受銀三定至元鈔四定杖斷一百七下配役一
年
大使受銀二定至元鈔四定杖斷八十七下配役一
年
受財不行計黠見在錢物原差官二名各杖斷八十七
下解見任期年之後降先職二等
侵借官錢司吏杖斷一百七下罷役永不敘用
本處親臨提調官吏經年不黠解昏鈔
知州五十七下解見任期年之後黠解昏鈔
都目五十七下罷役永不敘用
司吏六十七下罷役永不敘期起納昏鈔
本路總管提黠官吏下罷役量決五十七下
總管爲已得替量決五十七下

---

經歷知事各決三十七下辦任別求仕
提領案牘四十七下解任別求仕
司吏五十七下罷役永不敘用
典史權縣事三十七下罷役永不敘用
看庫弓手四名受要庫子中統鈔四定三十兩今拆墻
搬入侵盜鈔數庫內依不曾盜使各斷八十七下發
寫發人一十七下罷役去
縣不應保庫子于伸就陞充平准庫使
遣還家
過錢與原計黠官人斷四十七下
計黠官別行陞用

**稅官侵使課程**

三九五
〈典章四十七　刑部九〉　十三

劄付刑部呈准吏部關武昌路稅務大使孫桂等欺隱侵
使增餘課程四定二十五兩以不枉法三十七下
解見任別行求仕本部議得孫桂等節次侵使中統鈔四
續照出一項與董詢納課原徵鈔四項鈔四定二十五兩今次
一定三十五兩內廉訪司原支用鈔一十三兩計折至元鈔
四十七兩六錢即係枉法每人該至元鈔一十五兩八錢
六分去零係一十貫以上依例合決五十七下解見任期
一年之後降先職一等廉訪司依不枉法斷罪別無定奪所
據各人職役擬合此例期年之後降敘相應其呈都省准
呈仰照驗施行

典章四十七卷終

侵借官課驗贓依枉法斷

訪司申吳仁貴告長沙縣魚湖都監夏仲淵等將元貞二
年上半年河泊酒課埋沒不行盡實解官取到各人招伏
移咨御史臺奪去後又據本道申湖南道宣慰司牒承
奉湖廣行省劄付該路申臨浙務提領答失蠻等
分使二十九年課鈔八十二定三十年課鈔二十四定追
徵未到欽遇赦恩未曾承伏看詳此等侵使官課人員已
後合無敘用移准中書省咨送刑部議得侵使官課人員
若有已取明白招伏驗贓施行准照驗枉法定擬如無招伏依例敘
用相應都省准呈請照驗施行此除將夏仲淵等依例
斷遣外移准御史臺呈奉中書省依枉法例斷別難議擬都省准
所招欺隱罪犯既廉訪司依枉法例斷別難議擬省
呈仰依上施行

關文二之三十 典章四十七 刑部九 古 [陳氏故補]

## 侵使官錢追陪贓例

大德二年八月御史臺咨據燕南道申
順德路庫子岳端等侵使官司鈔合追正陪鈔六百三
十三定已追外有二百二十四定追徵間欽遇大德元年
二月詔恩所有未追陪鈔擬合欽依元貞元年聖旨條畫
外至元二十九年追徵陪贓當時從權事理合行革撥此
條爲例事理呈奉到中書省劄付送刑部議得若犯真盜
追徵陪贓今御史臺當時從權事理合行革撥以此參
詳宜從本臺所擬緣係通例更乞都省照驗送都
省准擬除外仰欽依元貞元年奏奉聖旨事意所據岳端
侵使鈔定既已追乾四百餘定別無定奪咨二[部]

今從補闕
據原闕

諸贓 三

回錢

取受事發回付量斷　御史臺據淮東道按察司申揚州路府
判羅天祿取受不公比及事發已經回付又伊妻阿趙受
訖銀器二付咨請照驗定奪事准此呈奉到中書省劄付
送刑部照擬回呈議得羅天祿所招取受違錯罪犯除輕
罪外據本人狀招不合於二十二年二月十五日四月盡
頭因事取受張應卯銀器九件罪犯却緣羅天祿比及事
發已經回付看詳終因取受其事枉法即係違錯量情擬

四、六一

《典章四十八 刑部十》　一

將羅天祿解見任期年後降先職一等敘用標注私罪過
名外據羅天祿妻阿趙子羅衍雖有取到招伏終是與天
祿共犯似難議罪得此都省議得羅天祿所招取受張應
卯銀器九件比及事發巳經回付看詳量情擬決三十下解
見任期年後降先職一等敘用標注私罪過名准部擬除
外合下仰照驗施行

取受悔過還主無斷罪　　至元三十年御史臺咨河北河南肅
一政廉訪司申分司牒沐梁路丘縣軍戶程興王舉等告
爲告論車戶人等不肯出修車腳錢與訖張縣令人情中
統鈔九十兩宋史鈔六十兩不爲追問欲行告官有宋
令史將與原告鈔兩回付事責得縣尹張中復宋信
見招伏與原告相同將張中復等因事取受鈔兩後巳回付若准
斷罷本司看詳張中復等因事取受鈔兩後巳回付若准

解任緣係爲例事理申乞照詳得此呈奉中書省劄付送刑
部議得張中復等所因事取受程興與等鈔兩比及事發巳
先回付在後陳告到官廉訪司既巳斷訖若令依舊勾當
相應都省准呈仰照驗今後若有似此所犯官吏既巳悔
過還主毋致斷罪仍行移合屬照驗施行

六、一九

《典章四十八 刑部十》　二

## 知人欲告回錢

延祐二年二月江南行臺准御史臺咨承奉中書省劄付來呈備監察御史呈廣寧路同知耶律哈剌孫蒙榮亦取受偽鈔人石抹君寶至元鈔一十貫聞陽縣主簿李榮亦取受訖本人至元鈔一十貫六十貫聞陽縣主錢人傳改驢收管取訖招伏罪經釋免送刑部議得諸官吏及有出身人等因事受財未發而自首及回付者當許自新准首原罪其知人欲告回主及有自首蓋因事不獲己即非悔過合依已擬減罪二等科斷罪既經斷似難復任合准御史臺所言解見如蒙准呈照會相應都省准擬依上施行無俸應在取受悔過還主

典章四十八 刑部十 二 陳氏校補

閩文二之三一

---

## 過錢

中書省至元十九年十二月初一日奏如今斷底勾當斷底哏長了有與此胙皮勾當有三件一件有勾當的底人將著錢物轉託他人過度有過度錢的人不令管公事人知將著原與錢物轉託他人過度有過度錢人於管公事人處說知有管公事人道那錢行你根底放者候事了也一件有勾當的人知將原與錢物轉託他人處說人不要人錢上故意將謀底事一件有勾當的人將著錢物與一箇人為做過度錢一般將管公事人贓底也有如今這般將著的人為做過度錢物誰的房子裏做出來呵只問那人並與錢人根底要罪過分錢這般要罪呵其間過度錢行踏人每也無去也麼道奏呵

典章四十八 刑部十 三

奉聖旨那般交行者欽此

五·二一

## 過錢人量情斷罪

至元三十年七月行臺准御史臺咨承到奏准官吏取受罪名一十三項除欽依外照得官吏因事受贓中間多係轉託他人過付事發取訖招伏在前止以不應量情科決今既受錢人過度錢者已有罪名其出錢人過錢人等即係一連事理不見擬斷定例為此移准御史臺呈奉中書省劄付照得取受罪名已有奏准御史臺例所據過錢人等事發到官取訖招伏驗贓輕重量情斷罪

## 帶行人過錢斷罪發還原籍

大德八年二月江西福建奉使宣撫承奉中書省劄付來呈諸官吏取受錢物告發到官合聽官司依法推問是實依例追斷如問得管事官吏但曾知會行贓若本宗公事違枉雖無入已之贓亦合解任容請照驗施行

罷役如不違枉驗事輕重的決標附過名但凡因取受錢

物事發之先悔過還主依例免罪及官吏雖稱回付其贓

止在過錢說事的人處回付不到原主者合依取受例科

斷外據過錢人等比例加等斷罪南人初犯移徙接連地

面再犯遠北人斷訖發遣原籍官司收管各務本業如

此則庶望少革官吏取受害民收養潑皮之徒

此遷轉各官以為故舊或放把持往往帶行到於任所見

立遷轉各官以為故舊或放把持往往帶行到於任所見

官員作本廳彈壓提領都管委差札也人吏隨從勾當

窃見在先隨路諸色人內多有投托本管達魯花赤管民

呈照得至元十年正月十八日御史臺呈詳具呈照回

抵抗承替之弊然此即係通例具其年老無賴之徒

等之人專一窺伺有採取者暗相計攜取要酒食賄賂以

五七九

《典章四十八》刑部十

四

非為是誘說本官亂行處決又將連署官僚間朦不知損

事害公莫甚於此其帶行之人即令合各官赴任委

無人力許令帶行送到任所立限發遣回還似為便當為

此奉到中書省劄付仰令各道按察司就便禁治事奉此

本部議得諸官吏不許將帶行人等取受過度錢物俱有

禁例今後若有違犯之人除依例追斷外將過度錢帶行人

監押發遣原籍官司羈管仍令各道廉訪司嚴加察相

應都省除外仰照驗依上施行

**出首贓錢過錢人免罪**

臺咨准西江北道廉訪司申諸人出首贓物其聞干礙過

錢人數取到招伏或擬恕免為無通例所行不

一看詳受錢人出首到官既亦准首過錢人合行免罪相

應即係為例事理呈奉中書省劄付送刑部議得法開首

大德十一年四月江南行臺准御史

---

路欲使自新既受錢人罪得首原其過錢之人即係因罪

人而致罪亦合緣免相應都省准擬合下仰照驗施行

五七七

《典章四十八》刑部十

五

**僧人過錢察司就問** 大德十年十月行臺准御史臺咨浙西
道廉訪司申僧人陳告軍民官吏不公及百姓因事告論
中間貪婪者巧生奸計結搆一等不奉釋教僧人經手接
受過付錢物事敗若與僧司一同追問所置司在寫遠必
是虛調文移事干取受如從臺察隨即勾問不惟革去前
弊亦使早得結絕係為例事理呈奉中書省劄付送刑部
議得若准御史臺咨大德十年六月二十三日本臺官奏
過事內一件江南行臺官人每文書見說將來勾當裏行
的官吏問人要肚皮干碍着和尚每過付見證河事發之
後為是和尚廝道俺會他本管的頭目問阿於事有窒碍
不能結絕有廝道俺每自己的道子裏不行官吏每的見
尚每過付錢物和尚每要錢的人這使見識教和

闕文二之三二 《典章四十八 刑部十 四 陳氏校補》

識裏過錢行阿和尚每的勾當裏不同有他每的別勾當
裏不干預似這般過錢的和尚每有阿不交約會和尚
的頭目則交監察廉訪問阿怎生又在前
這勾當也聞奏上位來要錢的人每見識有如今和尚先
生每根底這勾當裏休犯者廝道行文書禁約阿怎生奏
阿奉聖旨那般者欽此 除遍應在帶行人過錢斷罪 原籍條後闕今補

**過錢赴落入己** 延祐三年四月行臺劄付近據王允中告到
前充杭州路司吏為仁和縣民户范寶興告允中接受本
人退狀中統鈔四定過付一般司吏鮑居敬數內劄落訖
二定入已在後遷充平江路事發蒙浙西道取招伏擬斷
不敍切照允中止是過付比例告乞施行得此移准御史
臺咨呈奉中書省劄付送刑部議得王允中所招前充杭
州路司吏時於至大四年七月二十二日將范寶興與行
與本路司吏鮑居敬中統鈔四定內劄落二定入已終非
因事取受罪遇原免合依已擬令本人別行求仕相應具
呈照詳都省准擬此 除應在出首職後原闕令補 免罪條後闕今補錢過錢

闕文二之三三 《典章四十八 刑部十 五 陳氏校補》

自行告發同首 至元二十年五月行御史臺來申福州路錄
事司民戶曾一秀等告為本路催買桐油令丘九娘等過
付與司吏李俊鈔七十五兩取訖丘九娘不曾過付收留
在家招伏除已斷罪犯外曾一秀取與罪犯若與使首即節該有
的大小衙門裏官人每要了肚皮的交裏官人大都有
的按察司首人每欽此相度既是曾一秀等自行告
發到官即與自首無異合下仰照驗欽依施行

**彈過事理不得准首** 至元二十一年十二月中書刑部承奉
中書省劄付御史臺呈按察司凡有彈過諸司官吏不公
事理其犯人聽知便赴各衙門自行呈首各衙門受理或
不得受理都省合下此

【典章四十八 刑部十】 六

五、三二

倒題月日控令准首不便議得今後遇有臺察並隨處按
察司彈過事理明注年月中臺呈省若有隨後自首者並
不得受理

**取受出首體例** 至元二十六年行御史臺據嶺北湖南道提
刑按察司准本道按察使徐嘉議該照得漢唐以來律
令自首者綠其能追悔苟不開以自
新之途恐有意於遷善而無從改過故設為此科以
之今朝廷清明疾惡甚而首緣之條不廢其仁愛忠厚
抑亦可知也奈何近年以來絕若遇按察司官經過十分為
受私賕或盜官錢弗以塞憲司搜尋下以社怨家之告安處故
率略首一二上以位即與無事之人依舊要錢弗政則復首則見
原賍雖積而法仍不加家愈肥而國愈因貪吏不衰庶政

---

不理有此僥倖門以啟迪巧為此條其到許人首罪可議事
目凡十欵請准此已移牒分司巡按照下項事著為定例以
絕僥倖准此已移牒分司巡按照下項事著為定例以

一諸人犯罪自悔而首官或遍令認納賍錢若干數少則抑勒
省官具狀陳首或遍令認納賍錢若干數少則抑勒
增添如此等類擬合革撥

一察過官吏罪犯自首勾喚到官問出實情卻令寫作首狀
省會免罪此事猶為失體驍法長姦擬合禁斷

一自首取要往往不齎所首錢物赴官陳告如無所首錢物並
有經涉年歲不了絕者今後准擬合曉諭首贼之人須
要隨狀齎擎所首錢物赴官陳告如無所首錢物並
不准首其錢明有下落委不在身者不拘此例

【典章四十八 刑部十】 七

五、一九

一姦猾小人賍污狼藉巡按官到自知不免事發往往
總行出首鈔若干言稱自任以來月日不等忘記物
主姓名通要訖這些錢物既將首狀接受收訖
詔明白方接首狀若總錢物而不開寫某人錢物
合將錢物諸人欲言者皆不敢告縱有敗露即以已
首之物底之此姦人之尤者今後自首乞受須要其
寫某月日因為是何公事受訖某人錢物如此開
一已身犯罪必須已身當官陳首子姪奴隸不許代替
若假托子姪奴隸代取受而首問得實雖已
合行追沒不准所首

**出首取受定例** 至元二十九年七月御史臺呈准下項事理
仰遵依施行本臺呈先欽奉聖旨節該取與同罪除欽依

外照得取受錢物之人懼罪因而隱諱其與與錢之人懼罪
亦不肯說而相掩覆人莫能知難於敗露莫若再勒條
取與同罪告首者原之對證是實止坐不坐者如此則取
與之際互有隱防之心庶幾不敢取與竊見目今官吏首
錢取者既已免罪與者亦未嘗斷擬合欽依同罪之條斷
之刑部照得至元二十八年五月　日欽奉聖旨節該如
今但是勾管裏行底吃俸錢的不揀甚麼底肚皮休要如
道了這般道了呵要事有枉法賍有多寡勘量其所犯如

一本臺呈官吏首訖取受止合免斷不合復令勾當及

部議得官吏取要事有枉法減受財人罪一
重賍物多寡斟酌科斷黜降者依二科斷輕一
等不枉法者減罪二等首原罪不首者止有一
前件議得取受罪名本臺已有奏准例欽依施行

**典章四十八　刑部十**
八

依例敘用刑部議得官吏出首取受之賍既已准首
免罪難議降黜依例標附過名若職官再犯量事輕
重科斷黜降吏人再首原問所首賍物多寡勘停
前件議得依准部擬施行

一本臺呈官吏首罪往往不肯盡實或因別處事發緣
方自言或詭名代替陳告再欲勾問卻行逃閃因而
逗遛文字卒難結絕紊亂官司今後應首罪人擬事
輕重權且監收或召社保覊管行移勘當得所首公
事別無隱漏差異及他處未經事發者許准首省會
寛家刑部議得犯罪未發而自首者緣其所犯是
今後官吏首罪事重者召保聽候取勘是
實別無隱漏誑詐冒及未經事發者准首緣免若知人
欲告而自者減罪二等或聞知別處事發赴官陳

首計所首日程可知雖自不知仍依知人欲告而自
首者減罪二等之說名代替不在緣免之限如犯人
實有病故計令親屬代替
前件議得犯罪陳首合驗輕重隨事區處施行

一本臺呈首罪以所餘坐之此舊例也若首罪有
不實者合無斷罪刑部議得首罪不盡不實者止以
不實不盡罪之
前件議得依准部擬施行

一本臺呈首罪准首原免不改前過再行違犯以
又赴官陳告若不原免是玩法也擬合別立條章以
示懲戒刑部照得即與前欽首罪例同別難再議
前件議得依准部擬施行

**典章四十八　刑部十**
九

雜犯錢物所在官司出首元貞元年十二月二十八日行臺
剳付准御史臺咨承奉中書省咨江浙行省咨紹興路
申丁堅告張宥誠拖間人口每鈔一定加二起息利上積
利依奉省剳追問張宥誠未肯招承丁堅告到鈔三十五兩與堅
收受到官時休執拖監人倪喜奴等賣鈔三十五兩照
得元問張宥誠未肯招承丁堅即將鈔三十五兩陳告浙東廉訪
分司追照過卷內不應受理切詳丁堅到鈔所告係顯證錢要
肚皮使見識首錢之比合無受理咨請省部照擬合有雜犯同官吏要
首廉訪司并所在官司俱得受理咨請定奪送刑部照擬合此顯證錢
物合無受理咨行省會都省准呈除外仰依上施行
係雜犯合從廉訪司行省照得若有雜犯首鈔兩即

### 行賕之贓廉訪司出首

元貞二年八月行臺准浙東廉訪司
申溫州牒張澤民告隣人蔡友竹為充陰陽教授托將中
統鈔二十貫過與典吏楊秉各人不
與收接出首到官即係雜犯事理請照驗參詳今後若有
司除見役官吏外其人于姪童僕首告俱係雜犯得以受
理似與元奏奉旨今後不揀誰要肚皮經由臺司出首
體例不同乞照詳得此議得張澤民所出首元與蔡友竹
過付唐令史為充陰陽教授文字即係行賕官吏之贓難
同付唐令史今乞照詳得此議似此今後似此首鈔合從廉
訪司除見役官吏因事取受錢物沒人告發底體例在
前世祖皇帝聖旨物來底道出首呵免他罪過底體例
有來裕宗皇帝有來不揀誰要錢

### 官吏內外首鈔人

御史臺咨大德二年三月初一日奏過事
內一件諸官吏因事取受錢
物來底道出首呵免他罪過底體例有來裕宗皇帝
有來這江南浙東道宣慰使回回砲首裏行來的不怕各
行來裏首者外頭的有呵廉訪司裏別箇衙門裏首者別教

---

家底人故詳議各家底人根底因事取受中統鈔二百
十定那裏廉訪司裏問底其間這要出首錢與底不怕使見識
將元要了來的鈔就他宣慰司裏那箇體例廢道江南行御史臺咨
有底來納了別了體例首錢底從去年改元詔書免
量來不怕要人錢底別了體例首錢底從去年改元詔書免
了也今已後諸官吏但犯取受錢首者也不准
廉訪司裏首者并那箇衙門裏官吏交有罪過者這般行
別做賊說謊底人每使見識不得一般奏呵那般者聖旨
呵首底人并那箇衙門裏休教有罪過外頭首者呵依上
了也欽此
右三條廉訪在出首取受原闕今補

# 贓罰

**官吏取受錢物御史臺作數** 至元八年二月尚書省據御史
臺呈近為斷事官忽賽因並尚書省令史李元各取受錢
物為此間奏過除另行欽奉聖旨那賠償錢每分付與
他每都教入官倉呵無體例有那其間裏生出做贓說謊
公事來去也今後那般尋出來的錢您每追出來底您
根底有者關礙人眾的中書省尚書省樞密院官人每追
下呵分付與您每收拾下呵數目我根前奏者欽此
招伏罰訖俸鈔卻依贓罰錢支用即係為例事理乞照驗
察司申照得見泰安州文卷內管下司縣官吏違錯取到
事憲臺得此備呈中書省照詳來去回奉都堂鈞旨送兵
刑部擬議得府州司縣官員過犯申覆省部定奪若有合
罰俸錢追徵入官外據典史司吏人等本處官司為有違
慢取訖招伏俸鈔卻量情輕重不至的決罰合從本處官
司依公支用似為相應都省准呈

〈典章四十八 刑部十〉

十

**勸文贓罰錢例** 至元二十年九月行御史臺先據監察御史
呈照刷隆興府行中書省文卷內贓罰錢除公支不應支
數為此移准御史臺咨呈中書省劄付送刑部擬回
呈該行省圖署破各無入已除公名項別無定奪外
據不應支使破數目合行追徵還官卻緣新附地面倚閣免
徵及於萬億庫照勘到至元十九年至年終應有似此名項仍各
各處行省應有於贓罰錢內支過數目不得勸支乞照
各處行省應有於贓罰錢隨即發下合屬作數不得勸支乞照
驗都省准呈仰照驗施行

五二八

---

**誠擬贓罰錢物** 至元二十四年御史臺據監察御史呈按察
司合行事理本臺議擬開坐前去咨請照驗行下各道按
察司逐一依上施行

一察司報臺錢穀冊內多將諸人告發到官或體察出
未經取勘錢物便攢入冊在後多有攄分出無著落
等虛數目可令從實供報

前件今後諸人言訟或體察科取不公等事已經承伏
必合追徵者攢報入冊如未歸對者候取訖招准

一察司官吏在任內有合該體察出錢物追徵到官下
庫收貯未曾議擬發落別有還除不經交付見界官
吏亦不照勘承行致有相倚埋沒數年者此等尤宜
約束無致因循

〈典章四十八 刑部十〉

十一

一察司官吏有追到錢物置簿籍錄專委經歷知事
掌管隨即議擬合還主者就便給散合還官者明
白發落合沒官者依問解臺如歸對未定錢數責
付本處官司收貯經歷知事常切催問必要日近
結絕仍依已行每月一照磨每季一計點無致還
除交代其間相倚埋沒

〈典章四十八 刑部十〉

十二

三四一

福建行省准中書省咨據御史臺呈

至元二十九年正月十一日奏過事内一件在前臺察
知底贓罰錢物行臺按察司家都將來這臺裏來三五萬
定也廢道奏阿奉聖旨教與窮暴底每來桑哥行省省
阿阿頭行臺按察司有察知底錢阿外頭行省宣慰司總
管府裏教付者廢道這般奏准行來俺文書裏覷阿自桑
哥立尚書省四年其間有廢道聖旨了也大略底有一十七
萬定去年二月二底數目未曾說謊到來桑似這底每為頭
阿不明白其間裏有做歹贓罰俺商量得自今年為頭
應係贓罰錢依在前體例裏都將來這臺上位識者這些
道逐旋提調奏阿那般者廢道聖旨上了也欽此欽此本臺
容易打算有廢道交付省錢物處行臺每處各
議得所遣贓罰錢沒官錢物各處行臺每上下半年一次各

欽依聖旨事意施行

道廉訪司每季一次差官管押赴臺送納除已遍行合屬

土　陳氏抜補

## 選贓濫冊

大德七年江浙行省准中書省咨刑部呈諸衙門
官吏任滿皆由本部照過今照得臺察造到贓濫冊内多
無備細招詞擬斷黜降緣由今擬合割付御史臺遍行各道
廉訪司將犯人備細招詞緣由追到贓罰隨即行移有司
照會各官將解由内明白開寫依上咨報抄連造冊體式仰
行下合屬依上施行

右二條贓罰

---

## 禁例

### 禁聚斂餽發錢

元貞元年四月准御史臺咨據大興縣賀君
用告盧縣尹用羊酒作會呼喚富戶之家齋發典史董君
佐齋斂鈔兩取訖董君若不禁治竊恐在任官吏效此為例
所招難同取受議罪若不禁治竊恐在任官員百
請部下吏民人等取受議贓違者得替外據本人
因而作弊今取諸官吏違者不拘此例遍行各處照會
去後今據山東西道廉訪司申卑司伏念若謂去思如彼
百姓愛慕自願以禮餽送果無善政及人何至去思如彼

典章四十八 刑部十

圭

五、四七

苟求其實誠恐難得竊見任官吏或拜誠豪華以為親
戚或接引殷富以為交友既不愧於廉恥務貪婪於賄賂
在任之時或施小惠替閭之後希望饋贐以各處官員新
任及未滿者暗地托詞物以給去官若亦為百姓愛慕以禮
餽送可乎其間因緣侵漁者有之民受災殃虛惠蓋
為已之將來亦欲如此況流俗之情齋之以政教董之以
刑威盃盂為防閑貪奪之弊尚難變革安有啟奸蠹之以
風擾民斁法莫斯為甚以此參詳理宜安有啟奸蠹之
臺議得官員去職百姓建祠立碑自古有之若許新官豪
右百姓人等率斂錢物餽送去官漸啟奸貪之門其間弊
倖而有不可勝言者合准山東西道廉訪司所申禁斷相
應呈奉中書省剳送刑部議擬得誠如所言即係設謀巧

取假手率斂事屬違法皆非自願理宜辟釮以正貪污都
省准擬仰依上施行

## 使臣往治屬取受

至大四年十一月江西行省准中書省咨
御史臺呈江南行臺咨廣東廉訪司申本道宣慰司都事
楊復狀首至大三年十二月十一日尚書省差來直省舍
人脫因不花齎宣使開讀詔書釋放罪囚取要打發人情
至元鈔八定四十七貫文又省會路官首領官將番禺縣
肇詔盲或幹辦公務凡所舉措四方具詳
新進年幼不暗大體經營差使惟利是求所至之處無故

〔典章四十八 刑部十〕 五四一 圭

稽留搔擾站赤威嚇有司需索錢物千預刑政稍有違拗
詆辱百端必也恣情極欲而後去間有告發到官覬朝廷
使命莫敢誰何謂如直省舍人脫因不花齎宣使越歷行
省前到廣海威嚇宣慰司及廣州路官吏科斂錢物脫放
罪囚雖經革撥擬合遍行禁治具呈照詳送刑部議得
花卉竹使開讀詔書禁治具呈照詳
取要打發錢物欽遇過原免別無定奪以此參詳今後出使
合行各衙門量事輕重選差有職役鍊達事體之人如至
總管事畢即令回還本都果有必合催辦公事項令
各管上司轉行差人幹辦差去官不許徑往治屬擾害官
司或取受錢物違者從各道廉訪司就便追問相應其呈
照詳都省咨請依上施行

---

## 羅織清廉官吏

大德七年江浙行省准中書省咨胡平仲言
問事官員循私之弊大凡官員不要肚皮肉者中心委無所
慊未免見上司官吏恥於趨媚似若簡傲者中心委無所
使非人因此嗔怪私意尋事羅撊甚有唆使姦豪猾奴
詞虛告以無為有互相強證或妄扳本官拷掠奴
婢指證百端侵辱盡畫時遍招承銜冤負枉無所申雪又
有一等譖徒專務把持官府為生或因前項官員請托不
得安坐計多方計在上衙門非理不時差使其奔走道經不
人證對如此設計設計使虛控事件直經上司謀告買
後問事官但有挾私曲斷體察是實斷罪黜降其姦豪猾

〔典章四十八 刑部十〕 五五八 圭

吏把持官府 者置立板牓所在官司懸掛仍大書字寫粉
壁再犯斷罪移徒以懲後來比之明刑之要務送刑部議
得今之官吏貪邪姦佞者自知有過必加謟媚監臨問事
官以為慕已更或窺伺所好私第營求必得擎明其律
身害廉者心既無慙恥於趨迎及稱簡傲百端尋事證辱
被害者誠如所言以此參詳問事官員因公挾私致有枉入
人罪者驗輕重斷罪降敘相應都省准擬咨請依上施行

有佸人員不須羈管 延祐二年七月廉訪司
撫劄付據袁州路民戶孫立山告分宜縣吏陳通等因勾
喚立山母親對證孫立山身死取受鈔定事仰就便依例
追斷奉此檢照得近准總司牒承奉江西行臺劄付准御
史臺咨奉准整治事內一欵各道廉訪司遇有諸人告
官吏取受等事令後凡告官吏取受驗事輕重事重者隨

即依例追問事輕省止當羇管原告過付緊關之人候分
司巡歷到期追問或事平人衆宜從本司依例選委有司
廉幹官就問分辨其事其官吏既係請俸見役人員如或
避罪在逃自有定例不湏行移羇管擬合遍行禁止前件
議得今後原告過付緊關之人驗事輕重臨時從宜區處
餘准所擬開坐請欽依施行

典章四十八 刑部十

圭

# 刑部卷之十一　典章四十九

## 諸盜一

### 強

**持**

| | 大德 | 元定 |
|---|---|---|
| 三 | 四 | 五 |
| 四 | 五 | 六 |
| 五 | 六 | 七 |
| 六 | 七 | 八 |
| 七 | 八 | 九 |
| 八 | 九 | 十 |
| 九 | 十 | 百 |

一徒一徒二徒二徒三
七十杖年杖年半年
七十七杖七八十
七十七杖八九一百
七百六十七七八九一百
流　死　處

〔首〕
不曾
謀而傷人俱得
未行不得財

〔從〕
不曾
謀而傷人但得
未行不得財
一

### 盜

| | 杖 | 持 | 不 | | 杖 |
|---|---|---|---|---|---|

〔首〕
不曾十貫每十
謀而傷人
未行不得財
一等

〔從〕
不曾十貫每十
謀而傷人
未行不得財興一等加

貫　　　至四
十貫

《典章四十九刑部十一》

---

《典章四十九刑部十一》
二十一

## 切

**常**　　**盜**

〔首〕
始謀
已行十貫至三四六十　一百二百三百四百
不
未行得財以下十貫貫　貫　貫　貫　罪止

〔從〕
謀而以行十貫至三四六十八十一百二百三百四百
不
未行得財以下十貫貫貫貫貫罪止

## 盜

**庫藏錢物**

〔首〕
始謀
已行十貫至三四六十八十一百二百三百四百五百
未行得財以下十貫貫貫貫貫貫
贓滿
新例
百貫入官
此上庫內偷錢
物的去

〔從〕
始謀已行十貫至三四六十八十二百二百貫四百五百
不
未行得財以下十貫貫貫貫貫貫
底賊敵根
了做賊
通例

**上表**

| 延祐新定 | 強（持杖·人傷） | | | 盜 | | 因盜而奸 | 三見失 | 偷財 | 物賊 |
|---|---|---|---|---|---|---|---|---|---|
| | 人傷 | 曾傷人 | 不曾傷人 | 不曾傷人 | 曾傷人 | | | | 放 |

《典章四十九 刑部十一》 三

右側欄（延祐新定）：四十 五十 六十 七十 八十 九十一百 敲死

**強（持杖傷人）欄**
不得財○
雖不得財兩遍皆斷○交出軍
賊的敲作兩遍
財得出二十貫
始謀而未行與軍得財至三十貫為從的
十貫為從的
為首的
不得財
者減等
斷○交出軍
斷罪

**盜欄**
不得財賣至二十貫至四十貫以上者斷○徒三年
六十貫八十貫三百貫以上者斷○出軍
者斷○徒三年
年餘人斷為首的
徒三年徒半罪出軍
傷人同強盜
餘人依例斷罪
減一等
為從的皆

**偷財物賊欄**
始謀已行十貫以上者斷放
行者得財斷以年一貫一○徒三年
而未得斷者○徒二年
○斷者○徒二年半上者徒三年
只錢盜係官盜贓以元欽為則役以至元鈔當人加等科罪
當以偷盜官錢比

---

**下表**

《典章四十九 刑部十一》 四　六八四

| 谿傷車主事 | 剗房子事 | | | 刺賊的子事怯列 | | 偷盜 | 駝馬司裏／牛常盜 | 偷驢騾賊 | 偷羊／豬賊 |
|---|---|---|---|---|---|---|---|---|---|
| | 不曾傷 | 曾得財 | 但得財 | 不曾得財 | 曾得財 | | | | |

**谿傷車主事欄**
為從斷起意
於內有舊賊呵
於內
賊呵交出
軍

**剗房子事欄**
為從的斷○徒手的
於舊
賊呵
交出
軍

**刺賊的子事怯列欄**
為從的斷○徒三年／二年半
出軍
賊呵
交出
第二
為首的斷○徒
為首的斷○第二

**駝馬司裏／牛常盜欄**
○出遍偷大
軍　頭口的
為從的斷○徒三年／出軍
初犯為首的斷○出軍舊賊呵

**偷驢騾賊欄**
為從的斷○徒二年／二年
半

**偷羊／豬賊欄**
為從的斷○徒一年半／一年
○徒一年半／一年

## 舊　賊

| 色 | 目 | 人 |
|---|---|---|
| 大德　配役　不剌斷<br>元定　三年　交出軍 | 第二遍　第三遍<br>做賊斷　做賊<br>第四遍<br>做賊 | 罪免剌做賊 |

舊賊再做賊驗看經剌來的前後理算奪色

目人做賊呵做了幾遍

賊廢道問了招了呵在先不曾拏獲如今拏獲

## 舊　賊

| 蠻子 | 高麗 | 漢兒 | 延祐新定 | 賊 |
|---|---|---|---|---|
| 一遍<br>經剌再擎獲是第四<br>遍是第四<br>經剌再斷賊人先犯後發其<br>罪相等勿論 | 獲是第二<br>遍是第四<br>經剌再拏獲經剌斷賊麗 | 一遍做賊<br>經剌再拏<br>獲是第二<br>第三遍做賊經如今拏獲招了依著<br>刺再拏獲是他來的理算除漢兒高<br>蠻子人外俱色目人 | 徒三年　出軍敕<br>合剌的依舊的刺字除這的外該載<br>犯人<br>不盡事理依舊例 | 會經出單配役的再做賊<br>偷十貫以下的再做賊<br>偷十貫以下的再另賞 |

## 放　火

| 比同<br>竊盜 | 比同<br>強盜 | 同傷<br>人論 |
|---|---|---|
| 之家<br>舍之家<br>田場積聚 | 無人居止<br>空閒房屋<br>物產畜及<br>並損壞財<br>私家宅 | 故燒官<br>府廨舍 |

一體定立捕盜官兵罪賞

終非正犯擬免剌字
依犯時月日怙計追贓鈔給主火首子放火
減等斷罪僧惡奴等房舍墙壁毀斷剌驗
屬的旁舍如以卑犯尊罪同凡人論
皇慶新例今後若有放燒宮府解宇有人居止
合空賊人無問倉宇大小財物多寡比同強盜
免剌決一百七十徒役三年因而發傷人者依
例科斷罪無人所居空房並損壞財物及田場
積聚之物比例竊盜免剌驗依例驗決配役仍
各追贓陪所燒物貨敷有犯決配役擺還千里外

## 發　塚

| 已發<br>墳墓 | 開棺<br>槨者 | 殘毀<br>尸首 |
|---|---|---|
| 子孫擻祖宗墳<br>首亦行凌遲官<br>祀同減祭不餘祭 | 子孫盜取財物雖是自<br>墳墓內財物貨賣地驗所<br>子孫後擻祖宗 | 依例剌字<br>首輕重斷罪物貨變賣尸首<br>犯同惡逆結案買葉地人知情減<br>犯人罪二等不知情臨事詳決 |

## 大德元定

### 諸盜

原奏分為六葉橫格與斷例多今照先刻改為三葉

**強盜**

持仗傷人

| | |
|---|---|
| 三十 | |
| 四十 | |
| 五十 | |
| 六十 | |
| 七十 | |
| 八十 | |
| 九十 | 一百 |
| | 徒一徒二徒三 |
| | 一徒一徒二徒三 |
| | 杖七十杖八十杖九十一百一 |

持仗不傷人

**從**
謀而不曾傷人每加一等
未行則不得財以下一等

**首**
不曾傷人
謀而未行不得財
至四
至十貫

**從**
謀而不曾傷人
未行不得財
至十貫

**首**
不曾傷人但得
謀而未行不得財

流處
死

表格二十九

### 竊盜

**常盜**

**首**
始謀不得財
未行財
已行 十貫至三四十 六七八十 一百 二百三百四百 罪止

**從**
始謀不得財
未行財
以下十貫貫 十貫貫 貫 貫 貫

職滿新例入官

典章四十九　刑部十一

一

陳氏披補

### 盜

**庫盜**

未行財
始謀不得
已行 十貫至三四十 六七八十 一百 二百三百四百 五百 已上 偷錢庫去

**從**
始謀不得財
未行財
以下十貫貫 貫 貫 貫

賊根底敲

### 盜

**錢物**

**從**
始謀不得
未行財
以下十貫貫 十貫貫 二百 三百四百 五百貫

物底敲賊根底
通阿啟

---

表格三十

典章四十九　刑部十一

二

陳氏披補

**強盜**

持仗曾傷人而因好盜
持仗曾傷人
持仗不曾傷人

**偷財物賊**

拾謀已行十貫以下四十六十八十
而未而未上者斷以下者徒一上者徒二上者徒三

不得財十貫以下者二十貫至四十貫者同強盜
為首的為首的
斷教年

斷三年但得財造意首手者未行財不得與為從的
徒三年徒出軍

敲死

---

**偷羊猹賊**

為從的為從的斷徒一年斷徒一年二年半三年
為從的為首的於內有舊賊阿
交出軍

**偷驢騾駝馬牛賊常盜**

為首的斷徒二年二年半三年
為首的斷徒三年出軍
初犯為首的斷徒頭口偷第大二的舊賊阿
於內有舊賊阿

【上】

配役三年
不刺斷
交出軍

舊

賊

**放火**

無人居止
空閑房舍
並根壞財
物畜產及
之家

故燒官府
廨舍私家
宅舍賊人
田塲積聚

**發塚**

已發
墳塚棺槨者

開棺殘毀
屍首

第二遍　做賊
第三遍　做賊

第三遍　做賊
第四遍　做賊

色目人　做賊斷
罪免刺

第四遍　做賊

舊賊再做賊驗看經刺來的前

漢兒高麗蠻子　獲是第四遍　做賊
經刺再拿獲是第三遍　做賊經刺再拿
獲是第三遍　做賊經刺再拿獲
漢兒高麗蠻子人外俱色目人
先不曾拿獲如今拿獲著他來的理算
後理算定尊色目人做賊呵做
一遍故賊兩遍做賊獲了招依著色目人

殘栢新定　徒三年　出軍一散

曾經出軍配以下的再做賊
偷十貫偷十貫以下的　犯人
役的再做賊再做賊　○

合刺的依舊的刺字除這的外

役的再做賊再做賊　○○

該載不盡事理依舊倒行

此同竊盜比同強盜同傷人論　一體定立捕盜官兵罪賞

**大典章四十九　刑部十一**

秦皆三十一

三　陳氏拔補

【下】

**強竊盜賊通例**

**強竊盜**

大德六年三月江浙行省咨准該近

為強竊盜賊斷例不一欽依聖旨事意與御史臺也可札
忽魯赤一同分揀前後行過體例斟酌輕重定到各各等
第於大德五年十二月二十六日奏奉聖旨節該依省您
定來的體例行者又偷頭口的賊人依著麼道奏部您
個斷放有姑今也則依著體例前去容請欽依施行
旨那般者欽此都省抄斷例前去容請欽依施行

諸強盜持杖但得財為首者死不曾傷人者
並不得財徒二年半但傷人者雖不得財皆死不得財徒三年至二十貫為首
死餘人流遠其不持杖傷人者惟造意及下手者
者死不曾傷人者並不得財徒一年半十貫以下徒二

諸盜經斷後仍更為盜前犯三犯者死後竊盜
等二罪以上俱發從其重者論之

諸共盜者並贓論仍以造意之人為首隨從者各減一
又而再犯者死強盜兩犯亦死
上減一等坐之

諸竊盜始謀未行者杖四十七已行而不得財五十七
十貫以下六十七至二十貫七十七每一百貫加一
等一百貫徒一年每一百貫加一等贓滿五百貫已上者流
至五百貫已上者流

庫藏物者比常盜加一等贓滿至五百貫已上者流

諸竊盜初犯刺左臂再犯刺右臂三犯剌項強
盜初犯刺項並充警迹人官司拘檢關防一如舊法

年每十貫加一等至四十貫為首者死全各徒三
若回盜而姦亦同坐其同行人止依本法

五〇五

**大典章四十九　刑部十一**　七

七〇八

其蒙古人有犯及婦人犯者不在刺字之條

諸評盜贓者皆以至元寶鈔為則除正贓外仍追陪贓
其有未獲賊人及雖獲無可追償並於有者名下均
徵

諸犯徒者徒一年杖六十七一年半者杖七十七徒二
年者杖八十七二年半者杖九十七三年者杖一百七皆
先決訖然後發遣合屬帶鐐居役
堤岸橋道一切工役去處聽就
人監視日記工程滿日驗放
役充警跡人
令
鍛錬鐵銅冶屯田

**五三七**

諸盜賊既有頒定條例令後杖以下罪府州追勘明白
賞其於事主有所損傷及准首再犯者仍依例給
賞未發而自首者原其罪能捕獲同伴者仍依例給
即聽斷決徒罪總管官司公廳完坐引其囚人明示
所犯罪名取責准服文狀然後決配仍申合干上司

《典章四十九　刑部十一》　八

照驗流罪以上須牒廉訪司官審復無冤方得結案
依例待報其徒伴有未獲追會有不切而不能完備
官及應捕人如本境失過盜賊而捉獲別境作過賊
者如服審既定贓驗明白理無可疑亦聽依上歸結
　贓謂一切元盜衣服器物
　及驗謂元贓可為證驗

諸人告獲強盜每名官給賞錢至元鈔五十貫竊盜二
十五貫親獲者倍之獲強盜至五人與一官其捕盜
官至五人捕盜官減一資歷至十人捕盜官減一資
人者聽功過相折數外合理賞者比常人減半獲強
盜至五人捕盜官一等其承他處公文及諸人告指而獲者
捕盜官歷一等

諸失過強竊盜賊違限不獲當該捕盜官兵並依已行
斷例決罰下
弓兵一月不獲強盜再決二十七下竊盜一

徒三年常人減二等

各降一等捕盜官任滿通行照勘如不獲強盜十起
起獲竊盜五起各添一資歷不行告捕減竊盜十起
免罪云捕盜官兵知而同罪贓通行照勘多者從重論至死者
力已獲賊盜受財既放與同罪贓通行照勘多者從重論至死者
下捕盜官不獲強盜罰俸一月限內
十七下三月不知強盜再決三十七下盜罰俸兩月切

---

## 舊賊再犯出軍

徒三年常人減二等

大德八年六月初十日江西行省准中書省
咨大德八年正月二十二日奏去年秋聞賊每多有麼道
聖旨有來賊每根底整治的上頭賊每多有麼道
聖旨有來官人每也可札魯忽赤每擬定行來的斷賊的
體例文字在大都有得上頭不曾擬去與省官院臺官每也可札魯
忽赤每一處商量了擬定者麼道聖旨有來俺眾人商量
來時分奏省官院臺官每也可札魯

《典章四十九　刑部十一》　九

**五七四**

來舊賊每根底不流遠的上頭賊每多了的一般有如今
舊賊每三遍做了賊經剌的賊每如今拏獲呵是第四遍
有交出軍又三遍做了賊經剌的賊每拏獲呵是第三遍
有這的每也交出軍又一遍做了賊再拏獲呵是第二遍
有交出軍又一遍做了賊再拏獲呵是第二遍
呵是第二遍有這的每交配役三年又色目人每做賊呵不
剌三遍做了賊如今拏獲呵是第四遍則依那體例
交配役三年又色目人每做賊呵不剌高麗漢
兒蠻子闊端赤每根底故意一遍偷馬呵敲者麼
道聖旨了也怯列裏故意一遍偷馬呵敲者商量來麼道奏呵那
賊又經第二遍偷馬呵敲者商量來麼道奏呵那
般者聖旨了也欽此

斷賊徒例例粉壁曉諭　大德九年四月　日湖廣行省准中

書省咨蒙古文字譯該中書省官人每根底寶哥爲頭也
可札魯花赤言語左右司近來奏奉聖旨舊賊每不流遠
的上頭做賊的多了也〔云云見前配〕那般偷鈔者舊刑四遍偷鈔經斷四遍有來如
今又將羅與小名人的鈔偷了的上頭偷鈔經斷四遍有來如
大都路申賊人楊瘦兒在先四遍偷鈔經斷四遍有來如
俺恭詳此等愚頭之人不知新定體例誤入這般罪過了也
有如今怎生將羅與小名人的鈔偷了的上頭交他出軍去了也
來的行罷過有麼道有別個人每也怕有
議得也可札魯花赤所言新定賊人配役出軍體例如蒙
准呈遍行出榜粉壁曉諭相應都省准擬除外各請依上

**流遠出軍地面**

**施行**

〔五七六〕

《典章四十九》　刑部十一　〔十〕

大德十一年正月行臺申強盜持杖傷人法
所不容其不傷人者又以得財分別輕重得財至
二十貫爲首者死餘人流遠強盜合徒囚數帶鐐居役滿
日收充響跡人常有逃逸回而再犯所犯流遠強盜人緣奏
准明文不曾定到里數並合流去處何他所是何官司交
割別無所守通例等事申乞照詳得此照得近准御史臺
承奉中書省劄付蒙古語山東宣慰司大都路申真定隆興
頭也可札魯忽赤每言語該官人每根底寶哥爲
河間廣平等路申四遍做賊說曾經剌斷剌斷一
遍做賊的怎生理等麼道又未審何等爲色目人麼道申明降來有合
出軍的合無剌斷又未審何等爲色目人麼道申明降來有合
俺照得大德八年三月二十三日奉奏去年秋裏舊賊再

---

軍儻出　欽此又大德八年八月二十二日欽奉聖旨節該在

先合出軍的賊每根底上位奏了交出軍有來如今合該
出軍的罪過的依在先體例上位奏了出軍呵合該
該出軍罪過的多停帶一般有俺與阿忽臺相等商量來但到今
擬定來的交出軍罪過的賊每根底再上位奏了不奏依著
了也爲那上頭俺商量了舊賊每做了幾遍賊問了招了
的前後理算定奪色目人每做了賊根底明白問了招了
斷交出軍有來如今則依先例合出軍的賊根底的明白問了招了
兒高麗蠻子人外俱係色目人
先不曾拿獲如今拿獲招了阿依著他招了呵在
譯呵令各路官司依例發遣漢兒蠻子人的理算除發
付大帖木兒出軍色目高麗人申解湖廣省發付劉二拔
疑仰照驗施行

**擬治盜賊新例**　至大四年七月二十五日欽奉皇帝聖旨諸

赤配役的罪囚依例剌斷了交配役者亦依根底申報
者說定來麼道商量來如今怎生交各處行文字的省官
人每識者別個緣故漢兒文字裏粘連去也得此都省准

〔五七七〕

《典章四十九》　刑部十一　〔十一〕

都出軍交出軍去了的罪囚數法範月日申解也可札魯

王羈馬每根底四辭牲官人每根底各枝兒裏頭目每根
底萬戶千戶百戶每根底軍官每根底各軍人每根底
姓每根底宣諭的聖旨眾官人每商量者有日月山山尉
斗山周圍有的晃火攤每兀里羊罕脫脫憐每脫脫的收
聚米的伯牙兒每秀才千戶的八魯剌思每哈伯千戶的
貪吉剌每阿剌蠻十戶的旭申俺等哏做賊說謊有麼道奏
來在先爲做賊說謊上頭完澤篤皇帝交各還元籍去了

## 〈上〉

有來如今又聚集著有麼道說有如今將這的每只依舊
各還元籍去者這裏怯薛裏行的每的瀾端赤落後
的交有額數之外的人每好生拘黔著休縱放的漫
散行者教他每使長每道來這般宣諭了呵
他每使長隱匿著行呵隱匿著罪過有的人每若不
交不還元籍將這
壁那壁隱匿著的每開讀聖旨之後再犯呵
不曾做賊的每的例合配役的交配役合出軍的次
數做已定來的每合配役的交配役合出軍的
賊打一百七下者又有舊賊敵了者初犯呵追有三犯呵再犯呵
馬四牛隻初犯呵追九個賠贓駱駝馬牛隻的追
賊打一百七下者內若偷盜駱駝馬四牛隻的初犯呵
開車子的初犯呵賠贓的每初犯呵追了賠贓馬

五七六
〈典章四十九　刑部十一〉十三

七流遠者三犯呵敵了者偷盜錢物羊口驢畜的依先已
定來的例要罪過者殺了人的敵了者又為自意交恭行
的上頭做賊說謊多了緣故是這般有揀那裏去呵交本
管頭目每根底這些人這些人去了也莫道要脚引文字
行者若回來時分本處分例頭目每根底這索要了人馬數目
文字回來時分本處分例頭目每根底錢物頭定內與賞者道來聖旨
過者孽住的人每根底錢物頭定內與賞者道來聖旨
兒年七月二十五日

盜賊各分首從皇慶二年六月中書省咨照得至大四年七
月二十五日欽奉聖旨節該今後豁開車子的云止殺了
人的敵了者每欽此已經遍行去訖回准蒙古文字譯該
書省官人每根底元哥太宗正府也札魯花赤言語該
有偷豁開車子的偷盜駝馬牛隻的起意來的做伴當來

## 〈下〉

的一體斷呵恐差池
將文書來的省官人每識者為此擬刑部呈檢會到大德
德五年十二月二十六日准奏強竊盜賊斷例內諸共盜
者云止從其重論之欽此除上項賊徒既為竊盜以首從
例合欽此從其重論之欽此除上項賊徒既為竊盜以首從
九日奏過事內一件也可札魯忽赤裏偷盜駝馬牛隻的初犯打
再犯流遠三犯典刑者又怯薛司裏偷盜駱駝馬牛隻的追
達達官人每根底賠贓打一百七下再犯呵追了賠贓馬
口驢畜的依先已定來的例典刑偷盜財物的羊
了賠贓打一百七下三犯流遠者又怯薛司裏偷盜駱駝
的罪庶使刑法得中人無寃濫得此為俺根底文書
例合欽此分別首從要罪過呵典刑俺根底偷盜駝馬牛隻的
般者麼道聖旨了也欽此
來呵交刑部擬來的合分首從要罪過麼道說有奏呵那

五七九
〈典章四十九　刑部十一〉十三

起斷盜賊斷例
延祐二年五月江西行省准中書省咨業古
文字譯該中書省官人每根底按渾察大王為頭大宗正
府也可札魯忽赤言語該俺眾人商量定上位奏
徒阿撒罕大司徒兒丞相搭失帖木迭兒丞相知院伯忽大
夫脱散章閭平章闊闊出知院也先帖木兒知院柔
女院使章閭副樞潤潤出答剌罕十得同簽等眾官人每商
知床火兒脱也同知潤潤微別丞旨買驢畜
量定上位奏了俺這
了的上頭賊每根底大頭口的每根底賊每兩遍偷大頭口的每
強盜賊每根底這間別里哥文書來近間賊每多又
兒千地面裏出軍偷羊賊每根底教行文書者麼道聖旨了也麼
商量來麼道奏呵那般者教行文書者麼道聖旨了也麼

道俺行與將文書來有於內爲首的爲從的同謀不曾上
盜的已行而不得財的又舊賊每根底偷財物的又合出
軍的賊每根底斷的不明白有辭禪皇帝
將賊每休教放者這的每怎生殿斷不明白有辭禪皇帝聖旨有來如今將賊每斷放了的
上頭賊盜多了有來如今強盜量來今後強盜持杖傷人的雖不
得財皆死不曾傷人不曾上頭爲首的一百七交二十貫爲首斷一百七
一百七交出軍至二十貫爲首的殿爲從的一百七徒三年但得財
八十七徒二年半至二十貫爲首的斷九十七徒二年半至二十貫
斷一百七徒三年至四十貫爲首的斷一百七出
軍因盜而姦同強盜傷人依例斷罪雨遍作賊的
敲始謀而未行與不曾得財減等斷罪又窩車子剜房子

五八九

**〈典章四十九 刑部十一〉** 一四

的賊每傷事主的起意的下手的殿爲從的斷一百七出
軍不曾傷事主但得財皆斷一百七出
敲不曾得財爲從的斷一百七徒三年於內有舊賊呵
徒二年半於內有舊賊呵出軍又初犯怯列司裏偷盜駝馬
馬牛賊每爲首的斷一百七出軍又初犯怯列司裏偷盜駝馬
牛賊每爲首的斷九十七徒三年又偷盜羊豬盜人爲
賊第二遍於怯列司裏偷盜駝馬
第二遍偷大頭口的斷九十七
於內若有舊賊呵敲又偷盜驢騾賊人爲
徒二年爲從的斷七十七下徒一年半又偷盜羊豬盜人爲
首的斷七十七爲首的斷六十七徒一年又
偷財物的賊人幾三百貫以上者斷一百七
貫以上者斷一百七下徒三年八十貫以上者斷九十七
下徒二年半六十貫以上者斷四十貫

以上者斷七十七徒一年十貫以上者斷六十七徒一
年十貫以下者斷六十七放爲從者皆減一等斷以至
元鈔爲則已行而不得財者斷五十七始謀人加等未行
四十七放又偷盜係官頭口錢物宜比常人謀殺而未行
曾經出軍配役來的如再做賊爲首的做賊爲從徒三年
貫以下的再做賊呵爲首出軍爲從者加等偷盜十
剜剌字了的外該載不盡事理依舊剜剌行呵怎生廢道
奏呵那殿者依著您門合流赤剜著第二日嘉禧殿內奏時分速古兒赤也奴
也木剌忽怯辭第二日嘉禧殿內奏時分速古兒赤也奴
院使牙安的斤等有來延祐元年十二月二十一日欽此
都省咨請依上施行

**出軍賊人差人鋪馬押送** 延祐四年四月
日江西廉訪
司奉江南行臺剳付近據監察御史呈刷出湖廣行省文
卷一宗爲賊人唐旺李弟子已經三犯依例發付遠陽行
省出軍至今數載未曾到彼藍是官司失行致此宜從合
干部分講究關防庶杜姦弊具呈照詳得此移准御史臺
呈奉中書省剳付蒙古文字譯該也可剳魯忽赤奴
年正月初四日奏過事內一件出軍的賊每在先辭禪皇
帝時分至今合流將東壁去的至遠陽省從這裏鋪
去的也有脫走了的廢道如今俺根底差人鋪馬
這勾當住罷了交城子裏轉遞送的上頭將有罪的人沿
路也有如今依在先例罷馬裏差人交押送去的也有
者依先例擬仰欽依施行奉此今承見奉本部議得監察御
都省准擬鋪馬裏差人交押送去那麽道聖旨了也欽此
史所言發遣出軍賊徒別無常押之人以致在逃違限不

五七三

**〈典章四十九 刑部十一〉** 一五

到等事既已奏准差人馳驛押送擬合欽依聖旨事意施
行仍驗地里遠近約量給限須要收管公文若有疎虞
元差並所在官司臨事詳酌究治如此庶革姦弊具呈照
詳都省仰依上施行

## 賊人迯軍免剌

延祐三年六月吉安路奉江西行省劄付該
照得兩經剌賊人熊王孫招先犯竊盜
三度兩經剌賊今犯不合於延祐二年八月十三日竊盜
訖劉貴和銀把鐘一個銀竹節剱一隻銀小花頭剱一個
估贓計至元鈔七貫勘會前犯相同倒合出軍除將熊王
孫依例剌訖項決杖六十七差人遞發遼陽行省收管外
乞照驗得此移准中書省咨四川行省保宥府閣中
十一月初九日奉判四川行省咨照得延祐二年
縣申事主小李馮慶二告被盜水牛金銀頭面等物公事

五七五
典章四十九 刑部十一
十六

取到賊人馮咬住招詞送刑部議得賊人馮咬住先犯大
德三年偷盜李子川羊二口已經剌斷今犯延祐二年
正月初九日又行竊盜小李金銀頭面馮慶二水牛既係
承奉奏准盜賊通例之前擬合照依舊例區處相應都省
議得賊人馮咬住所犯擬合照依延祐元年十二月二十
一日奏准盜賊通例內該處仰區處仍照驗施行奉此又照得大
德八年盜賊通例先據合出軍的明白問了無隱諱呵令各
路官司依例剌發遣及照得欽依延祐元年十二月二十一日奏
有來如今則依先例合出軍的依舊例剌字除這的外該戴
准盜賊通例節該經剌斷放偷盜十貫以下的再做賊呵爲
首出軍爲從依徒三年合剌此本部議得
不盡事理依舊例行欽此今犯偷盜劉貴和銀把
賊人熊王孫爲從兩犯竊盜俱經剌斷今犯偷盜劉貴和銀把

---

錢等物罪犯合免剌出軍全吉安路已將賊人熊王孫剌
項欽剌依原免元剌字樣合咨遼陽行省塗去相應係在革
詳得此請依上施行

## 盜賊出軍處所

延祐四年三月江西行省咨四川
行省咨諸賊人先犯竊盜經剌欽過赦恩之後再犯偷盜大
頭口駝馬牛者合無止以赦後爲坐又偷盜既係舊賊不見如何處斷
賊如曾先犯竊盜經官剌斷者即係舊賊有犯例該免
及各賊是否止以舊例追給蒙古色目有犯例該免
剌外未坐止一體科罪定例追給蒙古色目遶遷
莫若止發雲南湖廣行省收管置於極邊遠地面出軍准復大
相去萬里之外不免經由腹裏轉遷事有未宜今後有犯
別有區處緣係爲例事理咨請照准此送刑部照得大

五七五
典章四十九 刑部十一
十七

德五年十二月二十六日奏奉聖旨節該諸盜經剌斷後仍
更爲盜前後三犯徒者流而再犯者死強盜兩犯亦死
須據赦後爲坐又大德八年三月二十二日欽奉聖旨節
該色目骨頭的端的赤每不剌高麗申解漢兒蠻子發付遼
省發付大帖木兒出軍色目高麗漢兒蠻子申解湖廣省
下者又延祐元年十二月二十一日欽奉聖旨節該會經
拔都出軍又至大四年七月二十五日欽奉聖旨節該二
頭偷盜駱駝馬匹牛隻的初犯呵追九個賠贓打一百七
做賊呵爲首出軍爲從的再做賊呵敵經斷放偷盜十貫以下的本
人有犯斷罪免剌賊徒出軍處所合再追賠贓等事合依奏
准定例所據罪免剌賊徒曾經剌斷赦後再犯既元祐元年十二
月二十一日奏准盜賊通例節文該載不盡事理依舊例

行者以此恭詳上項事理擬合移行省欽依施行又例

**官倉庫偷錢物的敲了**

准中書省咨刑部呈大都路備兵馬司申捉獲偷盜賊了　延祐四年六月　日江西行省

綺源庫段疋賊人王留住取訖本賊招詞行省審復無寃

及訖搜封不殿軍人王留住等二十五名軍官百戶郝榮

祖等二名俱各不爲用心搜封致令賊人王留住所犯於萬

億綺源庫擬開敕門於架子上盜訖子二疋用麻繩束

賊罪犯是實得此敕內宿睡就盜所捉獲盜物在手

此同得財估贓至元鈔七十八貫依凡盜例應杖八十

七下徒役二年本盜係官錢物加等九十七下徒役二年半

却緣本賊又將寶源庫正敕東北牆角剜透二十餘

個以剜房不得財爲重例應杖斷一百七下徒役三年搜

五八九　《典章四十九》　刑部十一　十六

封軍人管成等一十五名所招罪犯若便照依搜封不殿

致令賊人入庫罪犯科決綠各軍二十六日早晨搜封獲

捉到官擬合量情各答決三十七下還役百戶郝榮祖

崔堅二名所招不爲用心搜封以致令王留住賊人入庫

偷盜罪犯量情各決三十七下相應得此都省議得除軍

人管成等二十四名軍官百戶郝榮祖等二名各招承

不爲用心搜封以致王留住入庫作賊依准部擬斷罪從

五八八

樞密院別行移換賊人王留住所犯延祐四年三月二

十六日奏過事內一件刑部官人每與俺億庫去偷了

月二十五日夜開王留住名字的人不曾得財明白招伏了二

足叚子剜折寶源庫瓶二十餘個不曾得財與了

也監察每審復無寃合斷一百七十餘個下配役三年與了

俺文書有呪兼鹵了庶民的房車剜開窰有定例偷盜官

---

**剜諂土居人物依常盜論**

庫錢物的無定例有漢人伴當每只說偷了例有皇帝聖旨了

呵便是例也者俺商量來入官庫去偷了物的人難同其

餘賊盜有若斷了罪過交配役呵不中也者如今將那賊

人典刑了誠諭眾人各處行將文書去今以這那入官

倉庫去偷錢物的賊根底本部議得札魯花赤奏准例蓋

爲怯薛歹諸色人等隨從車駕及野處行營之家凡有資

襄行李盡隨車輛賬房居止去處又無城郭垣離遇有剜

五八四　《典章四十九》　刑部十一　十九

房窬車之盜賊所以重法繩之使人不敢輕犯令內外官

府等往往州城村落穿窬取財伏覷竊物賊徒准依上

例一體科斷甚失朝廷立法之意以此希詳今如有將

賊定罪殛取者以強盜論具呈照詳得此照依慶元年例

三月十三日奏過事內一件札魯花赤俺根底竊盜計

書根闕裏成吉思皇帝時分立札魯花赤諸王駙馬各

怯薛歹各愛馬蒙古色目人每奸盜詐偽婚姻駈良等事

交管來至元二十二年漢人有罪過呵也交俺管來前者

姦盜詐偽婚姻駈良等

將來有俺底商量來四怯薛歹諸王駙馬外頭有詞訟勾當呵交

魯思千戶每底姦盜詐偽自其間裏有明白與將文書來的說

魯花赤歸斷呵怎生奏呵奉聖旨那般者欽此除欽依外

# 偷頭口

達達偷頭口一個賠九個 至元二十九年三月中書省咨據札魯花赤准呈上都札魯花赤咎兔兒年三月二十五日據律律官人等上位奏去年禿禿哈奏有來賊每根的九個家斷沒者麼道如今賊每聽得多有起意偷來的每根底體例合敲底敲做伴當偷來的每根個根底九個斷沒呵十五以下或女孩兒或驅人他的有呵人頭裏准折斷沒呵十五歲以上三頭有呵五個頭口裏准折斷沒十五歲以下或女孩兒或驅人斷沒個口裏准折斷沒十歲以下或女孩兒的女孩兒七十七下一斷事的札魯花赤忽斟酌斷沒者商量來麼道奏呵依著您的言語者合敲的罪囚每奏將來者體例合斷的那

五三

《典章四十九》刑部十一

二十一

裏斷者麼道聖旨了欽此

漢兒人偷頭口一個也賠九個 至元二十九年九月日准行御史臺咨承奉中書省劄付近於該至元二十九年正月十一日奏過事內一件達達家偷頭口的賊每根底斷沒九個重的敲了輕的斷放有漢兒賊每不那般斷有眾人商量說者麼道聖旨有來俺月兒魯那顏等眾官人每根底商量來如今漢兒賊田地裏偷了諸般賠了九個重的敲了輕的刺斷者漢兒偷頭口呵怎生麼道商量來錢物的賊每根底依著在先聖旨旨麼道也欽此奏呵那般者麼道聖旨了也欽此

孩兒合追贓無可追給為此於至元三十年五月十二日
委過事內一件兒魯官人一處商量來人的奴婢事甚
麼沒做賊呵要了罪過放有頭口的主人根底消乏了一
般有他的使長已人用著竊盜呵贖要者不用者呵就將他頭
口的主人根底斷與呵怎生麼道

**偷頭口賊依強竊盜刺斷** 大德七年四月江浙行省准中書
省咨該陝西行省咨檢會到中書省至元二十九年正月
十一日奏過偷盜賊人斷例及大德六年中書省奏
准定到斷賊盜例又偷頭口的賊人依著蒙古體例教
賠九個斷放云 云坐到斷例一款諸竊盜初犯刺左臂再
犯刺右臂三犯刺項並充警跡人官司初檢關防一如舊
法其賊蒙古及婦人不在刺字之例欽此不見開到合刺面
賊除將偷頭口賊人權依令次定到竊盜刺臂斷放了當

五六三 《典章四十九 刑部十一》 三十三

**偷豬依例追贓** 大德七年三月 日江西行省准中書省
咨內一款撫州路申陳四黃千二名招伏大德六年七月又有小
初一日夜偷盜訖吳景瑞家公豬一口母豬一口例同申乞
母豬一口府司詳伏所盜豬隻未審與盜頭口例同
准依著蒙古例教賠九個據刺字一節合依奏准強竊盜
例一體刺斷遍行照會相應都省准擬

今後若有捉獲此等賊人除已依上刺臂斷放外緣例通
照詳得此看詳所申事理合無比同偷盜牛馬羊畜例請
照詳事刑部照得大德五年十二月二十六日奏准節該
偷頭口的賊人依著蒙古例教賠九個斷放有如今則
依著那體例行者麼道奏呵奉聖旨那般者欽此所據陳

四等偷盜吳景瑞豬三口擬合擬例追賠相應前件依准
部擬施行

**盜牛革後為坐** 延祐三年正月 日江西行省准中書
省咨來咨贛州路申零都縣羅四二告被盜牛隻公事責得
賊人胡萬五狀招不合於延祐二年三月十一日前往亂
牛隻往贛州路南營變賣被捉到官招狀是實本部奏詳
賊人胡萬五先犯於至元三十一年同著蔣百三偷盜豬
分食論罪決斷杖六十七下今次偷盜大頭口又兼屢次以
來已經詔革緣本賊之先犯別非偷盜大頭口出軍今後以此偷
盜牛馬賊徒於內但有先犯強竊盜財物者曾經刺斷之
人未審合無作皆舊賊處斷事干通例咨請照詳此送

五五五 《典章四十九 刑部十一》 三十三

刑部議得賊人胡萬五先犯於至元三十一年與蔣百三
等偷盜豬分食斷訖三十七下刺額今又犯於延祐二年
三月十一日偷盜羅四二牛隻欲行賣被捉到官本部詳
本賊犯先偷盜豬分食至今二十餘年不曾作過例合除籍
又大德五年盜賊通例諸竊盜前後三犯杖者徒三犯徒
者流而再犯者死須據赦後為坐胡萬五前犯既係在
延祐元年十二月二十一日已前屢次荷蒙詔赦事理似
難通理合自改革之後定論相應具呈照詳都省准擬咨
請依上施行

**郭回軍盜驢** 延祐五年二月初四日行中書省准中書省咨
准陝西鞏昌等處都總帥府呈准陝西漢中道廉訪司牒
按治至隆德縣照刷出本縣延祐三年三月初三日有事
主何阿都赤並賊捉獲到盜驢人郭回軍取到本人招狀

照勘得郭回軍與事主何阿都赤係同使驅口各另住坐
靜寧縣比依親屬相盜例免剌字以及徒役並不追賠贓
決斷訖八十七下便可疏放了當其另居驅奴相盜不見
定例牒請就合於上司施行准此本省取到招狀看詳
知賊人郭回軍竊盜得同驅何阿都赤驢畜一頭罪已經
斷訖若於比親屬中相盜而免其剌字以及徒役並不行
追賠贓事干通例宜令合干部分定擬相應庶可容請回
准陝西行省所擬相應具呈照詳得此都省准擬除外各
請依上施行

《典章四十九》 刑部十一

二六四

卅四

正賊仍迫賠贓

評贓

盜賊元償折償 至元九年十一月二十二日歸德府為雒陽
縣賊人倪順興等打刼訖不識事主財物已將賊人順興
斷訖據合追正賊各賊人家貧無可追徵申奉到中書兵
刑部符文該欽奉聖旨條畫內一款節該盜賊正賊於犯
人名下追徵如委無正贓以他物折償無可償者折贓准
以強竊盜第六條通例內

《典章四十九》 刑部十一

二五

四二六

算如年限未滿本人身死子孫不在折庸之限欽此

賊贓詳審本物 大德三年四月　　日江南行省照得賊盜
之以贓物為先承捕弓兵緝探未明限期已到卻乃捉捕
疑似之人贓物無一可堪追索或勒取於被盜之家或責
辦於頭目之手甚至捕人自為收買捏合以為正賊真贓
誣服之人已經煅煉何敢不承若主之家但圖得贓亦復
不可勝計議得各路仰所失物件備細件目今後捕盜官
理被刼詞狀須要審問所失物件一令事主當官封記
用印關防迴避捕人勿得令其知會將元告所失物件發
下捕人根索直候根到贓物然後令元告事主一同
開封下驗如是真贓如有差異別行根索
似望不至泛濫省府除外合下仰照驗施行

咨求咨肇慶路高縣申朱總招狀於大德二年九月二十

四日糾合鄧宥一同偷盜陳成中樣黃牛一隻殺各人

罪犯於大德三年二月二十九日欽遇詔書減決輕殺之

曾全免本罪據賠贓牛隻未會合無徵給與陳成又兼之

不曾刺字係爲例事理咨請回示准此送刑部照得中統

五年八月初四日欽遇聖旨條例一款云

又至元三十一年十一月奉省劄劉河南行省咨賊人張和

盜馬一匹正贓已行追給將本人刺斷賠贓追徵間欽遇

詔書檢會到至元二年三月欽奉聖旨云

議得張和盜馬一匹欽奉聖旨條畫合追正贓已行追給

所據賠贓擬合欽依革撥如已追給本主者別無定奪都

省准呈了當所據賊人朱總鄧宥盜事主陳成處黃牛一

**《典章四十九 刑部十一》** 二十六

隻宰殺罪經欽遇詔赦減輕決遺本部恭詳科斷盜賊皆

據所盜正贓斷罪仍造賠贓蓋爲情理難容今既遇恩本

罪得減正贓無問費用見在全追給主不曾隨罪減徵外

據賠贓即非元盜之數如蒙免徵依例亦該刺字相應都

省准擬擬合欽依施行

**五七二**

**贓依犯時估價** 至大元年 月 日

咨東道宣慰司都元帥府呈溫州路申盜賊贓罪已有斷

例見獲賊人所招物內有金銀器皿首飾之物若依民間

時估即與元定官價爭懸恐涉太重合無照依官價定例

緣爲例事理請奪事准此送刑部回呈與戶部中

邸朝阮一同議得強竊盜賊訖事主金銀必須估定

既是金銀開禁官無平准定價聽從民便買賣所估價定

擬合照依賊人犯處當時市價定罪相應具呈照詳都省

二十六 **《典章四十九 刑部十一》** 二十七

# 剌字

## 僧人作賊剌斷　大德三年三月

日行中書省劄付准中
書省咨陝西省西安府臨潼縣竊盜僧人孫義吉偷盜馬
四隻罪犯已行斷訖外剌面一全議所犯罪經斷訖擬將本
部議
元十六年十月初九日承奉中書省元呈見奉本部
僧依倒剌臂呈奉都堂鈞旨准呈施行今見奉本部議
人張文通作賊盜偷僧人李寶月等衣服鈔數公事本部
得僧人孫義吉所犯之事即係與張文通剁付本處議擬
依倒剌字緣係剌花赤蒙古文字譯該更訖剁付本部一體擬合
與總統所一仝議得僧人張文通所犯罪經斷訖剁付本處議擬
得此行據剌花赤蒙古火赤掌管事理先為僧人董譚兒等
怎生般定奉的省官人每識者都省准擬除外咨請仰依
賊人作賊稟奉帝師法旨免剌字斷罪外追元籍收係為
上施行

五二五　《典章四十九　刑部十一》　二六

## 八剌哈赤人等作賊剌斷　大德十六年　月　日御史臺

民當差了當議得和尚作賊合與俗人一體剌字依倒斷
配發落施行間剌花赤脫懽傳說宣政院官答失蠻言
囚徒內有作過一十餘次強竊盜賊在前雖會敗獲自來
語為和尚的勾當每商量來依體應剌了字呵
並該發遣元籍還俗當軍為民的交當軍差民者
不曾剌斷亦有經斷者卻不曾剌字詢其所由為係應當
八剌哈赤等或係應當怯辭之人驅口今以後除出正蒙
古之人外其餘色目漢人不以是何職役但犯強竊
盜賊者俱各一體剌斷具呈照詳送刑部照擬回呈議得

---

前項應當八剌哈赤人等作賊擬合欽依大德五年十二
月二十六日奏准定例除蒙古人免一體剌字並婦人免入員
依倒剌字雖會詔敕釋免亦合一體剌字其餘人員
特奉聖旨懿旨釋放但賊人臨時宜從都省處處相應
得此照得剌字科斷通例已經遍行各處欽依施行其餘
俱准部擬都省仰照驗施行

## 僧徒偷盜師伯物件剌斷　大德七年九月

容來咨袁州路申僧人善祥先與李阿
七日竊盜得東寮師伯公衮允中中統鈔一百二十三兩
五錢又黃蠟二餅共計贓至元鈔二十貫之上本路已經
斷罪還俗雖非本宗親屬終是竊盜本院師伯公之物合
無比同親屬相犯例免剌字止追正贓本部照得大德七
年四月　日承奉中書省劄付陝西行省咨四川宣慰司

五六八　《典章四十九　刑部十一》　三九

都元帥府呈成都路備簡州申捉獲僧人善祥先與李阿
王通姦竊盜師兄善智財物託招狀若以常人犯盜論
罪剌斷還俗及不還俗雖係善祥師兄如此體倒准此送本
屬斷罪免剌及不還俗未曾斷過如此體倒准此送本部
議得僧人張善祥所招除與李忠妻阿王通姦罪犯欽遇
詔恩釋免外據本僧不合於大德六年三月二十七日夜
間竊盜得師兄善智財物雖善祥係善智師兄盖師兄
弟之情義如朋友難同親屬定論以此恭詳擬合移咨行
省將張善祥依倒剌斷發付還俗本籍充警跡人收係當
差仍劄付宣政院照會相應都省准擬除外合下仰照驗
施行奉此議得僧人伍普秀所招不合竊盜得東寮師伯
公衮允中處鈔物罪犯擬合依倒剌斷罪追徵賠贓相
應前件依准所擬

**曾徒偷盗師叔物件刺字　皇慶二年四月**

　　　　　　　　　　　日福建道宣

慰司承奉江浙行省劄付諜建康路申句容縣申僧人華

祖仁狀告至大四年四月初七日被盜訖棉綾三十兩紅

絹一疋又学布一疋計贓實有中統鈔四定捉獲得賊僧

曹勝哥取訖招伏不合偷盜得師祖而下子孫姪弟同派

詳招詞僧人有犯如係法眷師祖而下子孫姪弟同派人相應

同親屬免刺字斷係為事理移准中書省容送據刑部議

得偷人曹勝哥所招不合於至大四年三月二十八日夜

閗偷盜訖師叔祖仁棉綾布足鈔定等物罪犯既已斷

訖發付還俗追徵賠贓贓蹳合比例刺字收充警跡人相應

其呈照詳都省准擬容請依上施行

**遇赦依例刺字　至大元年四月**

中書省劄付來呈山東廉訪司申各處捉獲強竊盜賊取

　　　　　　　　　　　日行臺准御史臺容奉

《典章四十九》　刑部十一　　　　三十

五七之二

訖明白招伏追贓到官施行間欽遇分間俱不刺字疎放

於例未應所行不一送刑部議得諸強竊盜賊已得財不

得財或姦傷事主及故燒房舍等事今後欽遇詔赦罪原

既寬免刺字相應已經刺付本部再行議得諸強竊盜賊若已

又據本部呈擬即係遍行通例然有刺之間頗有

不明白不呈照得所擬行議得通例文理之間頗有

得財其雖不呈照而曾姦傷事主及因而故燒房舍並刺

損蹳財物產畜田圃圓積聚之物者罪遇原免擬合刺

李遍行照會相應具呈照詳庶幾不致所行不一呵都省

准擬仰依上施行

**再起經草刺左項　至大二年三月**

　　　　　　　　　日江西行省准中書

首咨來咨撫州路備樂安縣申捉獲得強竊賊袁羅三於

大德九年六月初九日夜間為從行刦事主張李一家財

---

**女直作賊刺字　延祐四年三月**

部呈濟甯路申職人張不花根脚女直

人民招伏通犯竊盜二次於延祐二年五月初六日

首賊魏驢兒同情偷盜得事主張五家粟四石不花

未嘗行過事千通例得於左項上刺字誠恐送據刑部

剌應剌若再犯於左項上剌字誠恐送據刑部呈議得

羅三既是先犯遇免刺字右項今犯再遇詔赦擬合刺本

左項相應具呈照詳都省容請依例刺剌項施行

　　　　　　　　　日行省准中書省咨刑

疎放還家一次不合於延祐三年二月二十二日夜二更

分訖一石五斗食用被捉到官不花斷訖五十七下

前後受未獲首賊魏驢兒同情偷盜事主周臕住豬九口

分訖鈔二十五兩節次破使不花被捉到官招伏是實得

此照得大德八年二月

除將猪四口發賣到得訖中統鈔六十六兩

《典章四十九》　刑部十一　　　三十二

五十七之一

節該招除漢兒高麗蠻子諸人員外俱係色目人有合出軍的

明白問了無隱諱令各路官府司依例發遣欽此欽遵

外欲將張不花剌字依例杖斷六十七下外聽候乞明降得

差池除將張不花女直人是否同色目人與不同色目欽奉

此篤不見女直人是否同色目人任

得至元六年三月

　　　　　　　日承奉中書省劄付據部關照得

並各投下粮設到達魯花赤亦於內多有女直人任

准省府公議當於女直契丹漢兒人擬合革罷如有根脚合於

等省勾當於女直契丹漢兒人員同蒙古人

管民官員內取用奏奉聖旨那般者欽奉如此仰欽依聖旨

事意施行仍將見到部達魯花赤從實照勘分揀各各員
數擬定申呈奉此關請驗准此本部議可何偷豬竊盜張不
花女直人民若擬不同色目人照得大德八年　月
日奏准盜賊通例該除漢兒高麗蠻子人外俱係色目
欽此奏詳前項賊人既是女直宜從都省一體刺字容請仰依上施行
色目合與漢兒一體刺字況兼有姓同
其呈照詳得此都省議得今後女直作賊既非色目
部擬與漢兒一體刺字容請仰依上施行

六九

**典章四十九　刑部十一**

三三

---

# 免刺

蒙古及婦人免刺　見前蠻竊盜賊通例

偷砍樹木免刺　大德　年　月　日洛州路申歸問到
錢留住招狀不合於至元五年十二月十七日夜間問到首
糾合已斷辭驢兒偷砍陳大榆樹被事主知覺留住拒捕
將事主王通射傷罪犯法司擬錢留住即係偷盜樹木
事理舊例毀伐樹木稼穡者以盜論財主捕而拒傷者從
合杖九十又舊例及傷人徒五年准上加二等合徒三
拒捕法舊例諸以盜論者一貫該杖六十五下加一等計
贓一十一貫合杖八十下又招一貫杖六十五下又招不合因事主知覺前來拒
捕上用箭射傷王通事罪犯准上從拒捕法舊例即非毆事
者加本罪一等傷者加鬥傷二等准本罪杖八十加一等

**典章四十九　刑部十一**

三三

五一五

二罪從重其錢留住合徒三年決徒年杖八十依舊例以
盜論者不在刺字之限部擬錢留住所招陳大榆樹
木罪犯難同真刺斷外止據不合拒捕射傷王通事罪犯
量情一百七下行下本州免刺止追正贓除外容請照驗

知情不曾上盜免刺　至元十四年十二月　日中書刑部
施行

符文客據大都路申鄧州解到竊盜張刺真等數內責得
張刺真狀招於至元十四年十月二十二日剌真爲首起
意糾合高坡兒剌真獨自上盜偷盜范馬合某元收字蘭
笑黃小馬一匹前來窨子門前說與高坡兒知情一同招
殺貨賣被捉到官罪犯是實及責得知情人高坡兒狀招
與張真剌所指相同估到元盜贓價九兩五錢府司看詳
賊人張真剌所指犯即係真盜合行依例剌字配軍斷罪據

## 子蘭父上盜免剌　日江西行省袁

州路申盧元甫被盜捉獲到賊人高三四官審定剌斷了
當據高三男甘仔上盜時係從伊父前去即係受尊長
使令之人況兼甘仔年止得一十四歲尚是童男不諳世
俗抑且不曾分受贓物入已難同隨從他人上盜命前
明降省府議得高甘仔年紀既是未及成丁順從父命乞
去為此依法理合止罪其父高三至於其子高甘仔擬免

至元二十四年六月

## 親屬相盜免剌　大德七年三月　日江西行省准中書省

科斷合下仰依上施行

咨該來咨瑞州路申蕭仁壽狀招三驢一頭照得近中
二十六日夜間偷盜得堂兄蕭得三驢一頭照得近中
書省咨奏准定到斷例內一款諸竊盜賊初犯剌字左臂
除欽遵外今據見申看詳賊人蕭仁壽便照依前剌免追
盜訖堂兄蕭德三驢畜一頭剌若便照依前剌免追賠贓剌
字斷決誠恐差池咨請照詳刑部議得擬親屬相盜自至
元八年　月　日刑部議擬免剌徇行至今卻緣係親屬相
准將盜賊例內不曾開載所據蕭仁壽招伏不合於偷盜堂兄
蕭德三驢畜一頭即係親屬相盜例倒追徵相
應都省議得蕭仁壽偷盜堂兄蕭德三驢畜既係親屬相
盜例合免剌依准行省所擬止追正贓

**《典章四十九　刑部十一》**

三四

---

高坡兒所招之情張剌真偷馬一同宰殺貨賣終不曾上
盜若依宰馬牛體例免剌斷罪誠恐差池申乞照驗事
省部相度擬准所申張剌真關發行工部居役一百日斷罪
除將張剌真關發行工部居役外今將高坡兒隨此發去
合下仰照驗依上斷決仍更為行下合屬取審元盜馬匹
施行

## 受雇人盜主物免剌　大德七年三月　日江西行省准中

書省咨來咨江州路申陳寅子狀招既自大德四年三月
十七日憑黃仲三作保與事主吳旺家受雇使喚不合於
大德六年正月二十四日爲始至二月初七日六次偷盜雇主
吳旺糯米十二石糯與小王一節係在大德六年三月
初三日已前事理革撥依例止追正贓給主外據三月十
三至十九日七次偷訖雇主吳旺糯穀七石七斗並熟占
米二斗拆價中統鈔一錠四十兩除劉萬四分訖受使用除陳
中統鈔三十六兩該拆至元鈔七兩二錢入已使用除陳
王等共得價鈔二定十六兩內劉萬四分訖一十八兩外
餘鈔二定二十次偷訖雇主吳旺糯穀大德

**《典章四十九　刑部十一》**

三五

---

寅子懼怕吳旺告發到官私下賠還訖中統鈔二定依竊
盜至元鈔十貫以下六十若要剌斷緣陳寅子始於吳旺
家內受雇係同居宿食之人又已事前悔過已行還價申
乞照驗本省議得陳寅子所招不合節次盜請雇主
家米穀若依前免追賠贓剌字誠恐差池咨請照驗刑部
議得陳寅子所招詞狀因雇主吳旺穀米難
犯罪卻緣本賊與雇主宿食同居
擬罪犯若依奴婢盜賣本使財物減等定論不追賠贓免剌
宇相應都省准擬施行

## 兩姨兄弟免剌　大德七年九月　日江西行省准中書省

咨來咨龍興路申周辛四狀招大德六年十二月初六日
夜紏合黃文二盜訖兩姨兄弟宋雲一黃牯牛一頭自行

前去撫州路憑陳顯二賣與王鼎三秀得訖中統鈔三十
兩除將各賊斷決六十七下黃文二剌字別無定奪外據
周辛四條失主宋雲一兩姨兄弟雖是無服之親終係親
屬相盜免剌止追正贓部擬周辛四竊盜兩姨兄弟相盜准
一牛隻罪犯即係親屬相盜合准行省所擬免剌止追正
月內承奉中書省劉付也可札魯忽赤蒙古文字譯該河
五十七下不見通例其呈照詳得大德七年七
事主謝秀粟穀五斗佔贓計中統鈔二兩江陵路剌斷訖
北道廉訪司申贓人宋仲友於大德三年五月內偷盜
賊相應都省准擬

## 偷粟米賊人免剌

大德八年正月 日承奉中書省劉付河

（五七三）

等窨的麥穀如故意偷錢來的賊一般剌字呵重丁的一
東山西道宣慰司呈賊人張成兒李添兒等偷盜呵

般怎生明白定奪俺行回文書與將來的省官人每識者
送本部議得鐵鑷之際竊糧食者固法所不容而情在可
宥比年田禾薄收物斛涌貴貧民缺食為救一時之急因
而竊取糧食原其所由情非得已若與偷盜錢物一體剌
斷似涉太重擬合依例斷罪權宜免剌敢有再犯依准本部
上者依例剌字相應都省議得竊盜糧食初犯依准本部
所擬再犯臨事詳情議斷奉此今承見奉本部議得賊
人宋仲友却招釋免外又於大德三年五月未曾出門因
得財欽恩詔所招除先犯隨從妾十等強盜閭千二不曾
缺口糧除盜恩詔謝秀粟穀五斗至元鈔四錢后
捉獲拒捕將事主謝秀咬傷佔贓計該至元鈔六一因
滿貫江陵路官員却將本賊宋仲友剌字斷罪既係格前
似難取問本部擬合將賊除洗元舊所剌字樣相應都省

三六

---

## 幼篤廢疾者免剌

至大元年六月 日江西行省准中

准依上施行

書省咨來咨建昌路申程福孫狀招年一十五歲不合信
從李寶俚說合同情合本人程福孫招年一十五歲不合信
百文遞與李寶俚收接被捉獲到官搜熊
十二處至元鈔五百文遞與李寶俚所犯誘合程福孫摸熊
贓還主李寶俚雖不下手終是造意為首程福孫時年方十
行疎放例合剌字至程福孫時年一十五歲未行出幼擬
合免剌字後如有強竊盜賊已得財者年七十以
上十五以下及篤疾廢疾者不任重刑合行免剌收贖事
五歲又兼贓不滿貫合行免剌罪贖即係本人罪犯一十
准此據送刑部呈議得李寶俚所犯誘合程福孫摸到熊
十二至元鈔五百文遞與李寶俚收接接去訖俱係疎
行疎放例合剌字一節緣本人罪犯一十

三七

（五六八）

## 父首子盜牛免剌

大德四年九月 日福建宣慰司承奉

干通例如蒙准呈遍行相應都省准擬咨請依上施行
至大四年九月 日福建宣慰司承奉

江浙行省劉付近據平江路申沈阿德招詞申
山羊等事欽遇原免剌字一節照例開到沈阿德招詞申
訖照詳得此備咨中書省照例去後今准回咨該平江路
申沈振告伊男沈阿德偷盜袁六五山羊等事主沈阿
德狀招不合於至大三年正月二十日為始次月日不
等四大紐合錢阿十等偷盜袁六五山羊衣服等物及不合知情
袁六五強叔到袁六五山羊衣服於二月初三日分受
沈文四等強竊雜物同父沈曾七吃用罪犯合無照依本省行下照
閭兒為盜丈人杜玉告到官免剌例區處本省行下照
審到沈阿德備細招詞除將本賊羈管聽候外剌字一節

咨請回示准此據刑部議得沈阿德所招四次竊盜計
贓俱在至元鈔一貫以下其罪既從一定論所招
一次知情親兄沈文四等強盜傷人當時本賊不曾同行
上盜止是知情受要羊頭肝肺等以此察詳沈阿德所犯
既因乃父首告發露到官罪過原免比依前例沈阿德相應
其呈照詳都省准擬仰依上施行

## 僧道師祖物免刺

皇慶元年五月 日江西行省准中書
省咨來咨袁州路備宜春縣申僧陳維質偷盜訖祖師錢
師祥秌子錫錢等物本 看詳所犯即係竊盜師祖衣服
又亦同寺住居僧人如將本人免刺止追正贓斷令還俗
相應除此照得倒請照詳准此送據刑部議得僧乞
明降得此照得倒斷決六十七下外據剝字追贓一節令僧
人陳維質竊盜師祖錢師祥衣物罪既斷訖緣係師祖合
相應其呈照詳都省准擬咨請仰依上施行

五·七三
〈典章四十九 刑部十一〉 三十八

## 偷盜神衣免刺

同凡人親屬相盜例免刺止追正贓發付有司還俗為民
書省咨該來咨吉安路申廬陵縣宋長卿告青源山靜居
禪寺被盜依元捨人本寺大花黃羅直裰衣服等事責得
賊人張元章招狀不合於延祐二年二月初十日因去本
寺隨喜觀看就彼乞食起意偷盜神像衣服以此於本月
日一更時分盜訖本寺小位祖師元穿舊黃素羅單
直裰一件及塔內七祖禪師舊黃花羅直裰一件元縫補
黃紵絲表黃絹直裰一件白絹單直裰一件並僧鞋一
雙將前項直裰欲行改造衣服穿著被捉到官招
伏是實本亲詳賊人張元章所招狀詞盜剝泥塑祖師所
穿直裰等衣服計五件估贓至元鈔八貫九百文本路已

---

行斷訖六十七下原情蓋為饑寒所迫致盜神衣別非常
用之物若比張萬一盜東嶽廟黃絹字牌例免刺字緣事
干通例咨請照詳准此照得至大三年十月
初六日承奉尚書省省判送本部呈山東宣慰司關益都路
申沂州解到偷盜神衣賊人萬課兒並元盜衣服等物取
訖招詞估贓計至元鈔六兩七錢除將本賊依例斷杖六
十七下若便行刺字徒役差池深恐差池本部恭詳議得萬課
兒所招先犯偷盜驅畜宰殺食用已經刺字斷罪今犯若
為饑寒所過無人看管廟內神像衣服等物所犯見
與偷盜民財一體刺字配軍似涉太重以此詳萬課兒
既已杖斷權免刺字相應得此送刑部依上施行今承見
奉議得賊人張元章偷盜青源山靜居禪寺塔內七祖禪
寺內神像所穿衣服等件即是無人看守難同常盜定論

五·六二
〈典章四十九 刑部十一〉 三十九

罪既斷訖比例刺斷相應其呈照詳得此都省咨請依上
施行

## 主偷佃物免刺

延祐三年七月 日袁州路奉江西行省
劄付近據吉安路申陳百六被盜事問得陳慶二招狀不
合於
　年　月　日為首糾合高百一等六名竊
盜訖佃戶陳百六家布物入已估贓計至元鈔四十貫之
上比依舊例將陳慶二杖斷九十七下為從的高百一等
各各杖斷入十七下據刺字贓贓一節舊倒奴盜主財親
屬相盜俱免刺字止追正贓本省議得陳慶二既係事主
陳百六個主又將婢使媒與彼為妻即與偷盜他人的財
物不同兄雖係陳慶二紏合各賊上盜其中豈無另分贓物
二房兄雖係從的高百一又係首賊陳慶
入已俱係斷訖若擬刺字追贓賠償誠恐差池移准中書

省咨該送刑部呈議得首賊陳慶二紅合高百一等六名
偷盜佃客陳百六處布延衣服等物罪已斷訖擬合免剌
其餘為從賊人高百一等六名合依常盜科斷定罪賠贓
一節既係革前免徵相應具呈照詳都省准擬咨請仰依
上施行

**從賊不得財者免剌**　延祐三年八月　日江西行省准中
書省咨來咨南安路備大庾嶺申梁賢十告至大四年四
月初五日夜三更分被賊打傷刼詫銀釵衣服等物責
得為首賊人朱伴兒狀招不合為首紅合孫百奴手執杖刼
李佛保等四人於四月初五日夜三更分持杖行刼梁
賢十家孫百奴手執雜木棍打傷事主梁賢十朱伴兒
到烏油篾簀一隻出門打開篡內見有藤箱一隻揭開箱
蓋採摸得別無釵兩止是衣服聽得有人叫喊根趕出來

〔典章四十九〕刑部十一　　　卌

五六九

將衣服並簀撤在溝內把執木棍在逃被捉獲到官罪犯
是實得此於延祐二年十一月二十二日承蒙奉使宣撫
到路審錄得孫伯奴稱冤當元不曾打傷事主委是梁賢
十誣告及賣得事主梁賢十狀招不合於官司誣告
黑臉賊人用左手執雜木棍將去銀排釵一隻銀鐲各
傷又不合蒙尉司官兵監押稱被賊人將梁賢十於水溝內尋出
一隻赴官是實除賊病死池事干通例
到蒙尉司官兵監押稱梁賢十於水溝內尋出銀釵銀鐲各
擬將從賊孫伯奴盂干兒二人依強盜為從定論杖斷九
十七下其上盜情狀已明依倒免剌孫伯奴盂干兒
客請照詳准此送刑部議得從賊孫伯奴盂干兒四人明
朱伴兒李佛保等四人明火持杖強刼梁賢十家既不曾
得財亦不曾打傷事主罪犯首賊朱伴兒等在禁病死本

道奉使宣撫已將從賊孫伯奴盂干兒二人斷訖參詳既
是不曾得財擬合依倒免剌字相應具呈照詳都省准擬
咨請仰一一依上施行

**刼族弟物免剌**　延祐四年十月　日袁州路奉江西行省
劄付瑞州路申賊人羅秀六吳信行等於延祐二年正月
二十六日夜二更時分明火持杖打傷事主羅福二等刼
到銀物延祐四年閏正月初八日奉詔赦釋放外剌字一
節各賊與事主關親若依親戚相盜倒免剌字緣係強盜
打傷事主事干通例後准中書省咨該送刑部議得羅秀
六為首賊紅合伊妹夫吳信行強刼詫族弟羅福二家財
罪遇恩詔釋免雖是無服終係親戚相盜擬合免剌相應
都省准擬仰依上施行

〔典章四十九〕刑部一　　　卌一

六三三

# 流配

### 賊人發付窰場配役

部承奉中書省劄付據審斷大都路罪囚兵刑部即申
呈見大都路配役盜賊在先體例但有竊盜總管取訖
招狀估賊價申到兵刑部卻關行工部行下少府監轄下
窰場繞時配役但有捉獲得竊盜者取訖
招狀審問明白先令總管府發付窰場配役然後關發
賊入役月日以及所犯情估賊價實申工部定立限次關發
行工部照會似望不致淹禁呈乞照詳事都省准呈仰依
上施行

### 配役遇閏准算

元貞二年六月初一日准中書省咨刑部呈
近欽奉聖旨節錄配役底罪人舊底所甚麼到二年滿底

五三

《典章四十九 刑部十一》

堅

放了者不到的二年呵放了者新底也做一年程限者欽
此照得各處配役囚徒元限一年疎放遇有閏月卻該一
十三箇月似有不備參詳糸獄之囚理宜從輕如或再將
閏月在內准算相應蒙都臺准呈咨請仰依上施行

---

### 囚徒配役給糧

大德二年十月
呈廣西道廉訪司申分司照刷廣西海鹽課都提舉司文
卷取會得本司狀申各處元發罪囚一百四十六名已到
八十名發下各場配役並不曾支給口糧及有身死人口
等事得此照得此等囚徒一身別無營贍官又不付給彼
常川配役得有傷聖朝好生之德自古以來立滿限於五年
饑餒身死有傷聖朝好生之德自古以來立滿限疎放庶使人
為滿合無官支日食口糧以及立滿限疎放庶使人
得改過自新為便事都省照得罪囚徒年驗元犯輕重已

---

### 流囚釋放通例

至大元年 月
咨近准遼陽行省咨東平路等處欽遇詔赦若便疎放未經
照擬回呈照得至元十三年十一月二十九日奏奉聖旨
節該在先斷定流遠的人每遇著赦呵合放奉聖旨那的
不是已了底事那甚麼交結去者欽此照得大德九年七
月日承奉中書省劄付據付華定上海兩縣收管開坐到各賊
所招詞狀罪犯送本部元呈付松江府刺斷訖曹主曹一等家財物件從강坐
萬四等一十二名責華定上海兩縣收管開坐到各賊錢
經刺斷聽候流遠不意欽遇二月二十五日詔赦前事
理擬依例免放都省准擬除已移咨江浙省仰上施行外

《典章四十九 刑部十一》

四三

仰照驗施行奉此按舊制流刑有三皆以里數定立程
限內如或遇赦則原無故違限則不原今遼陽省離大都
路一千五百餘里其流囚別無定限吳喜兒等三名
至行省欽遇詔赦本省咨各賊未及流所擬合比例欽依
赦免相應得此議得流四中途遇赦未及流所擬合依准所擬
移咨中書省臺聞奏釋放去後今准回咨至大元年五月
十八日奏過事內一件辭徹千等遼陽省官人每俺
與將文書來吳喜兒等賊每發將俺應廬道稟根底
沿路裏過著赦來呵無這般例放了的也有不曾
商量來似這般流遠的賊每遇著赦呵放了的也有不曾
放了的也有今後流遠去的田地裏不曾到的做個通例
交放呵怎生麼道奏呵奉聖旨那般者欽此

五五

## 免配

### 竊盜父母年老免配

延祐三年十一月初五日江西行省准中書省咨該來容袁州路備宜春縣申賊人賀六盜訖謝慶二鈔定即係竊盜初犯依例杖斷七十七下剌左臂外徒一年若將本人發付居役緣祖母賀阿劉年九十五歲母阿甘六十五歲父六十四歲俱係年老患病別無以次侍丁如蒙從權免配相應咨請照詳准此送刑部議得罪犯之徒雖法所不容然家無兼丁亦許權留養親今江西行省咨該竊賊必貴例應徒配却緣本賊祖母及父母俱各年老殘疾無別無兼丁以次侍養因准所擬免配相應其呈照詳都省准擬咨請依上施行

六三三

《典章四十九刑部十一》 四

## 首原

### 事未發自首原罪

見前强竊盜賊通例第八條

### 父首子為盜免罪

大德七年九月 日山東東西道宣慰司准中書省刑部關承奉中書省劄付也可札魯花赤蒙古文字譯該山東宣慰司文字裏呈濟甯路申濟甯路將得兒小名的人招狀大德六年十月十五日隻身前去邵立名字的人院內去將椿上元拴一個驢偷將來濟甯將軍寨村裏住的呂大根底賣與了後頭他的爺梁寬理會得將他兒子打了將元偷驢賊擄將來主人邵立根底用酒食告求將來省官人每識者送本部議得篤例事理怎生般定驢畜伊父知覺自於事主處首說分付訖得兒竊盜邵立驢畜合同自首如准也可札魯忽赤所擬免罪相應元盜驢畜合同自首如准也可札魯忽赤所據免罪相應都省准擬仰照驗施行

六九五

《典章四十九刑部十一》 五

## 窩主

年老停賊斷罪 至元十年四月二十四日准中書省兵刑部據
南京路申解到萬戶駐口杜海安藏賊人李大等指說事
主翟用有財養給強行使棒杖等物行劫除賊人追勘省
取訖杜海招狀年已七十二歲合無的決或勘酌收贖省
部相度杜海招賊人雖是年老所犯難擬收贖仰就便勘酌
決外據賊人依理追審歸結施行

窩藏賊人罪例 至元三十年二月二十六日中書省奏奉聖
旨節該窩藏做賊的人行省行院官司人等每一同問了
取招是實呵為首的賊根底敲了其餘的那田地裏不交
住發將出來麼道欽此欽遵

強竊盜賊窩主 大德七年八月 日江西行省准中書省

四十一 《典章四十九 刑部十一》 吳

咨刑部呈大名路備錄事司今後應有窩藏賊盜或竊或
強曾無殺傷事主窩主但曾與各賊一同分使贓物之人
無處聚集糾合此息盜之要述此本部議得法貴得中刑
慎過制強竊盜賊首乃造意即隨行已有定倒雖曰窩
主而有起意引上盜分受贓物身雖不行亦係元
謀合為首論若未行盜及行盜之後知情窩藏分受贓者
減盜竊從賊一等免刺科斷其或經斷後終不改者與從
賊同罪相應都省准擬咨請依上施行

## 警跡人

盜賊刺斷充警跡人 中統五年八月初四日欽奉聖旨條畫
內一款強竊盜不該死竊盜除斷本罪外初犯者於右臂
上刺強竊盜一度字號強盜再犯處死竊盜再犯者斷罪
外項上刺字(雖曾被他刺字亦刺字)皆令司縣籍記充警跡人令村坊常切
檢察遇有出處經宿或移他處報鄰佑知若經五年不犯
者聽主首與鄰人保申除籍如能告及捕獲強盜一名減
二年二名除籍竊盜一名減一年其附籍後若有再犯終
身拘籍應據警跡人除緝捕外官司不得追逐出入妨礙
營生欽此

警跡人拘檢官防 大德五年十二月二十六日奏准強竊盜
賊例內一款諸竊盜初犯刺項初犯剌左臂再犯剌右臂三犯剌項

五二九 《典章四十九 刑部十一》 四七

強盜初犯即須剌項並充警跡人官司臨拘檢時候須關
防一如舊制欽此

警跡人轉發元籍 大德七年四月 日行江西省准中書
省咨河南省咨歸德府申准本府知府趙朝散欽奉聖旨
節該(云云見前)省府相度應據刺斷釋放強竊盜賊轉發
元籍收充警跡人數欽依聖旨欽管無令出入今因各處
官司並不嚴加檢察亦不明立粉壁上下半月恭官縱令
出外別作過犯元籍官司一向無罪以致盜賊極多累經
剌配強盜出外不獲不許給由若應捕人與犯人加等斷罪
拒捕事本省發到官官吏斷罷不敘應捕過不見定到本管官司
等事本省看詳應警跡人等別境作過不見定到本管官司
有失檢察罪名事干通例咨請照詳准此送刑部議據照
得於大德五年十二月二十六日奏准強竊盜賊例內一

款照得各處申禀不見經斷強竊盜賊衙
例並當該官司有失覺察罪名本部議得斷放強竊盜賊
發付元籍官司籍寄充警跡人門首直立紅泥粉墻壁開
寫姓名所犯每上下半月赴官佃賀令本處社長首鄰
佑常加檢察但遇出處經宿或移他所須要告報得知違
者即便申提調用心關防如拘檢不嚴別作非違量情斷罪捕
盜官專一提調用心關防警跡人若能獲賊改過五年不犯者
罪任滿解由內開寫警跡人若能獲賊改過五年不犯亦准
欽依除籍如准所呈遍行照會相應具呈照詳都省准擬
咨請依上施行

## 警跡人獲賊功賞

至大元年九月 日江西行省准中書

省咨刑部呈切謂近年已來水旱相仍歲饑百姓流
移不能自存因而為盜滋蔓數多有司無以勸導致使斯

（五五五）

罪

民不能遠惡遷善除強竊盜賊斷例已有常憲外改過者
別無自新之條為此檢會到中統五年八月內欽奉　云云
又照得大德五年十二月二十六日奏奉　云云　又諸盜未
發而自首者原其罪能補獲同伴者仍依例給賞除欽遵
外本部恭詳凡所在官司籍記警跡賊人除捕獲強盜已
有定例今後如能自首告及捕獲竊盜者每一名減一半
五名除籍餘有名數作常人獲賊例內理賞若所獲賊數
不及減除者令當該官司給據以憑善惡之門啟自新
者終身拘籍如此庶幾相勸善便塞為惡之路如蒙准
呈遍行照會相應具呈照詳都省准
依上施行

拘鈐不令離境 至大四年十月江西行省准中書省咨該會
倒欽率到聖旨節該强竊盜賊雖會赦仍刺字該司縣籍
依上施行

記充警跡人令村坊常切檢舉遇出處經宿或移他處報
鄰佑知若經五年不犯者聽主首與鄰人保申除籍欽此
又照得大德七年四月　日河南行省咨歸德府知府
趙朝言各處警跡人關防不嚴等事送大都路南北兩
都省准擬遍行依上施行去訖今來照得大都省
令出見獲罪犯依例究治外咨請照驗督勒管民官不行拘檢緩
城兵馬司不為用心鈐束付刑部議間所在官司不行拘檢
除見獲警跡賊徒劉東以致其離境甚失體用心
檢作過賊犯依例究治外咨請照驗督勒管民官嚴加防禁務要盜
息民安達者依上究治施行

（典章四十九 刑部十一）

（六二四）

罪九

## 雜例

**拾得物難同真盜**

田晉奴招狀不合拾得白絹一疋不行赴官陳首齎把貨
賣罪犯看詳田晉奴即係拾得絹一疋不送有司貨賣難同
真盜一體刺配據合量情斷決乞明降事省部相度既是
絹主遺失即係攔遺不行赴官合下仰照驗更為審復如
已招是實准據量情斷決施行

至元十一年十月中書兵刑部大都路申

**詐認物合同真盜**

經斷沒入官恭詳麻合謀忽先所犯詐認難同真盜
問麻合謀狀招不合信從阿李言語要訖本人鈔五兩與
舊賊忽先分散一同於調調出孩兒處詐認官騍駝已
分付阿李議得訖馬匹等物銷使罪犯照得所買騍駝已
里歸問外合下仰照驗依理施行

至元十二年十月中書兵刑部大都路歸

《典章四十九 刑部十一》 五一

剌配侵合斷罪除已勾追阿里等另行取問外乞照驗事省
部相度麻合謀並舊賊忽先所招罪犯既無失訖騍駝故
意受錢識認貨賣即係盜詐合同真盜罪仍將阿

**刺配打死拒捕賊無罪** 元貞元年六月中書刑部申韓伯丑

將偷盜雜兒賊人酒李三打傷身死訖韓伯丑並檯屍
人雷霆等招伏乞照驗事得此部議得韓伯丑所招經
斷賊人酒李三霄夜偷盜本家雜兒知覺追趕本賊有
相敵上打傷腎囊上踢訖一下次日身死即係事主毆死
拒敵賊人雖有招伏難據擅定罪名元擬罪外據檯屍
人雷霆等事主合行

**妻告夫作賊不難異** 大德十一年六月江浙行省准中書省

如各人已招是實中間別無情弊准呈施行
定奪呈奉中書省判送本部元擬罪合行
斷賊人雖有招伏難據擅定罪名都堂鈞旨送刑部

五二六

---

咨杭州路申大德九年正月初五日據謝阿徐告夫謝壽
三節次偷盜謝七八嫂等家物什責得賊人壽三狀招相
同追贓到官刺斷六十七下發充警跡於夫難同義絕若依
夫作賊一節看詳詞狀謀害於夫難同義絕若依謝氏告夫壽
啟堯僮之門咨請照詳送刑部議得該謝徐氏告夫壽
三為盜杭州路將本人刺斷籍充警跡之人且妻告其夫
斁壞彝倫此風萬不可長前事已經欽遇詔恩釋免外據
謝阿徐難擬離異其呈照詳都省准擬咨請依上施行

《典章四十九 刑部十一》 五三

典章卷四十九終

一九九

諸盜二

搯摸

年幼搯摸刺斷　中書兵刑部為至元十一年五月捉獲到掏
摸鈔賊人王合住齊丑臉責得各年一十四歲同情於木
塔寺前掏摸訖賣斃事主鈔五錢又於楊和門裏偷訖事
主鈔四兩被捉罪犯呈奉都堂鈞旨依理刺斷施行

搯摸鈔袋賊人刺斷　大德元年六月江西行省據撫州路申
袁慶告大德元年四月二十一日將帶至元鈔二貫文一掏
十張前去桐林嶺收買緞子至枸欄前被軍丁李萬一掏

四六三

　　　　　　　　　　　　　〈典章五十刑部十二〉　一

摸訖前項鈔兩約會錄事司追問得李萬一招指係同黃
舍查黎壬查搯摸訖袁慶至元鈔一貫文及有一般軍丁伍茂張聖
黃舍查黎壬查至元鈔一貫文二定內除分與
保等趕趁需求沙分訖至元鈔八貫文餘上鈔一十四貫
准中統鈔一定二十兩係萬一入己是實黃舍查黎壬查
招伏相同本路議擬黃舍查黎壬查二名俱係一定之下
罪名先將各人刺字外決訖五十七下李萬一所係一
定之上罪名申乞照明降刺斷省府照得即與斷過偷
盜官布賊人趙春二定無異合下仰將一度杖決六十七下奉此

惰藥搯摸斷例　大德十一年六月行臺省准御史臺咨據監
察御史呈照刷出都省右司刑房大德九年上半年文卷
內一件李廣志藥吳仲一李廣志明招摘取蔓芒蘿草麻

子收留已後修合惰人摸鈔使用大德七年十二月十七
日起意買到蔓芒蘿草麻子藥九撚
斃內令吳仲一喫用昏迷不醒牽同行至東湖畔空野處
將吳仲一絹袋用刀子割斷盜訖中統鈔五定二十五兩
刑部擬依合從竊盜呈准剌斷放罪已係大
德十二月十八日欽遇聖旨分揀跣放罪人迷謬
理別難定奪令後似此賊徒若於飲食內加藥令人迷謬
而取其財者合從強盜法論罪相應都省准呈施行
書省劄令付送
食用刀子割取鈔定情罪既已照依竊盜呈准剌斷今次
例宜令劄付部分再行定擬具呈照詳得此

尚書戶部打搶摸鈔兩　皇慶元年五月　日福建宣慰司承奉
江浙行省劄付近據杭州路申為席驢兒先會偷盜銅錢

四六六

　　　　　　　　　　　　　〈典章五十刑部十二〉　二

經斷刺臂再行糾合顏孫兒等於街衢白晝將繆喜等用
拳打傷搶摸鈔兩罪經釋免若以比附強盜持杖劫物傷
人刺字恐涉太重咨請照詳此送刑部議得江浙行省
咨賊人席驢兒先犯偷銅錢已經刺斷今次雖復將繆喜
喜兒張驢兒白晝於街上將繆喜等羅織鬪毆搶摸鈔兩
罪過釋免參詳席驢兒所犯既非持杖施威強劫民財難
同強盜定論各咨行省照審如已招明白比依竊盜刺字
相應具呈照詳都省准呈咨請依上施行

# 搶奪

## 巡軍奪鈔刺斷

至元二十三年八月　日江西行省准中書
省咨來咨南康路申建昌縣巡軍張焦住狀招於至元二
十三年二月二十九日見顧同祖將贖田價鈔回還安下
處焦住發意根隨顧同祖到大街無人處將本人拖入巷
內偏處打訖兩拳奪訖鈔一百二十五兩罪犯本省看詳
若依審斷罪囚官所擬比附強盜不傷事主刺斷緣所犯
在分揀罪囚已前却該市曹對眾刺斷一百七下刺面配
無從輕量斷一百七下咨請定奪事都省議得人張焦
住罪犯依准本省所擬市曹對眾刺斷一百七下刺面配
役請依上施行

## 出征軍人搶奪比同強盜杖斷

大德六年二月二十八日江
西行省准中書省咨來咨瑞州路高安縣民戶袁德善等
告行雲南軍人羅八等一千餘人手執刀及棍棒打傷老
小搶刼錢物公事取到犯人羅八名俊等各招詞看詳
羅俊等元係補雲南軍人始因托散嚇取百姓錢物後
長愚意白晝強刼打傷若同殺傷軍主例定擬却緣書
已前止招持杖強刼民財詳情擬合將各人杖斷一百七
下刺訖發付雲南應充軍役咨請照准此都省議得羅
俊等所犯若依行省所擬刺斷緣係雲南出征軍人擬將
各人比同強盜免刺杖斷訖發付雲南出軍咨請依上施
行

四四

典章五十刑部十二　三

# 拐帶

## 奴拐主財不刺配

至元十二年十一月十一日中書兵刑部據大都
路申處驅夫王再興狀招不合拐帶本使溫暑令錢物罪犯
蒙審斷罪囚官議得王再興所犯偷拐本使錢物同賊一
般發付窰場配役除將本人權行發下居役外乞照詳事
省部議得王再興所犯即係奴拐主財如主人求免即聽
難全偷盜佗人錢物擬合量情斷決分付本主今有審囚
官擬斷配役為此呈奉到都堂鈞旨依准本部所呈奉此
施行

八七四

典章五十刑部十二　四

# 放火

## 放火燒死人　至元五年

月　日申到河間路歸問得高如
厮狀招不合於至元五年正月二十三日夜間挾讐與弟
高念奴各騎馬匹前去劉垌子村將火齎於趙妮子比屋
草圍燒訖本人房屋間數並物件又燒火死九歲小女孩兒
一箇罪犯訖法司擬將舊例故燒私家宅舍一條絞罪又燒
死九歲小女孩兒一箇罪犯死仍追燒埋銀兩給付苦主部
重合行處死仍合行處死仍故殺傷人者斬罪二罪從

## 父首子燒人房舍　至元年

挾恨舊讐故意燒訖王祚無人居止草房三間零物等估

月　日洛袞州申詳得招狀
王祚狀告三月二十一日夜間二更時分被人燒訖草屋
三間有楊青自行鎖縛伊男楊買兒到官狀告問得招狀
詳事法司擬議得楊買兒所招即係故燒私家無人居止
草房三間事理舊例故燒私家舍宅者若無人居止但
損害財物畜產者徒罪五年贓滿二十貫之數者亦絞所
燒屋舍價值二十貫即與強盜二十貫相似舊例強盜
二十貫絞照依中書省已斷強盜滿法不曾傷人體例合
杖一百七下今被楊青捉擧到官依舊例理合受法舊例
若於法許相容隱者爲首及相告言者各所如罪人身自
首法之舊例犯罪未發而自首者其罪正贓猶徵如法其
楊買兒自首原免部官議得楊買兒所挾讐故意燒毀王
祚舍屋本罪非輕緣伊父楊青將男楊買兒執縛到官合
從原減今擬杖斷三十七下所燒房價令其驗數徵還行
下本州仰依上施行

五·元
鈔已有二十九兩八錢二分除楊買兒收禁徵贓外乞照

〈典章五十刑部十二〉
五

---

## 婿燒妻家房舍金雜果　至元八年九月二十五日尚書刑部符

文韓軍兒狀告妹婿黃牛兒將婆婆阿周母阿龍雕房燒
訖情理甚大雖燒斷訖若再令本家與妹菊花完聚委難
同活省部先據中都路張宜住毆妻之母犯義絕呈奉到
都臺御史劄付斷令據見狀告事涉大重仰省會
將黃牛兒罪犯與其妻菊花離異今據見狀告事涉大重仰省會
照得先據本路申強盜一體治罪欽遵敕恩便將谷得成跣
鎖住等穀垛稍柴等物欽訖事主財物合無追徵詳事省部
合於至元十三年九月初九日夜二更前後放火賊人谷得張
據大都路申備宛平縣歸問得放火賊人谷得成狀招不

## 放火同夥次盜輕　至元十四年三月二十五日中書兵刑部

給主爲此照得欽奉聖旨條畫
給主施行

此議得賊人紀驢兒並餘賊元盜破使正贓欽依所奉聖
旨議畫值赦免罪外於犯人名下並寄借之家依上追徵
給主呈奉都堂鈞旨送本部准呈奉此已經行下本路依
上施行去訖今據見申相度谷得成所犯即係故燒田場
積垛之物例同強盜合下仰照驗依谷得成犯時月日估計追賠

五·六五
〈典章五十刑部十二〉
六

## 放火賊人囫　至元大元年七月初六日行臺准御史臺承奉中

書省劄付刑部備恩州賊人馬閏住狀招不合挾讐故
德十一年十二月夜五更前後掏火於姑舅叔朱善兒東
草屋東簷底行燒著事主知覺救滅罪犯是實除將馬閏
住依倒免刺比附強盜不曾傷人不曾得財一例體斷杖
決七十七下外據徒配一節若便發遣合屬居役終非正
犯又兼放火賊人馬閏住係是事主朱善兒表姪事干通

倒誠恐差池本部看詳議得今以後凡有賊徒放火故燒
官房廳宇以及私家宅舍者比同
盜並損壞財物畜產以及田場積聚若於無人居者比同竊
房盜定論照依得大德五年　月　日奏准盜賊通例計贓
斷配免刺追賠燒毀物件捕盜官兵一體定立罪賞外據
馬閭住所犯雖係朱善兒表姪以卑犯尊合同凡人定論
擬合此例徒一年半緣為事干通例如蒙准呈遍行相應
具呈照詳都省准擬依上施行

### 又放火賊人例

部呈奉省判本部元呈山東路宣慰司關益都路備樂安
縣申解到放火賊人盧千兒責得本職所招詞狀實因事
主張林阻隔男婦張二嫂不得行奸心挾讐恨故將張林

**草房**　間燒毀被捉到官另行議罪外為此本部參呈議
得放火諸賊徒或因公警或挾私怨乘風舉火故燒官府
厩宇或私家宅舍以及田場積聚之物縱有知覺使人無
所措手既不能向前救護馨家所有盡屬一空甚有致傷
人命以此參詳今後如有放火賊人無問舍宇大小財物多寡此
及有人居宅舍將放火賊人無問舍宇大小財物多寡比
同強盜例免刺斷決一百七下徒役三年因此而殺傷人
者依例科斷其如燒毀無人居止空房並損壞家財畜產
及田場積聚之物比同竊盜決遣居役仍
各追賠所燒物價敢有再犯決配役滿遷徙千里之外如
此庶幾乎可使諸徒知所警懼如蒙准呈遍行照會都省
准擬咨請依上施行

五二四　典章五十刑部十二　七

---

# 發塚

### 發塚賊人物斷

大德六年　月
　日江浙行省准據浙東道
宣慰司呈羅君永被發掘墳墓公事獲到賊人王季三等取
訖招伏追審間欽遇詔恩除將賊人王季三發下合屬追
贓聽候外據刺字一節乞明降將為此移准中書省咨送刑
部照擬回呈是此依強盜科斷緣是此犯既遇詔恩合
咨照省欽依施行其呈照得強盜科斷擬合先次欽字
條畫節該盜賊雖會赦仍刺字除欽遵議得賊人王季三
發塚開棺盜訖金銀等物既是比盜賊科斷擬合刺字
除外咨請照驗施行

### 禁治子孫發塚

咨臨江路備新淦州申知州曹奉訓關知諸人子孫多
　日江西行省准中書省
咨大德六年三月十六日江西行省准中書省
有發掘出父母墳墓棺尸將地穴出賣等事又准本路達
魯花赤礼忽兒中議關亦知本路士民之家止圖利巳
莫恤祖宗往往聽信野師俗巫妄以風水誑惑曰某山強
則有某支富某水弱則某支貧之似安得致千金之貴於
出一品之貴又曰茲山無鼎鼐之似安得致千金之富於
是而置師多取價鈔掘墓出賣者有之
又有圖厚葬之家貪圖風水有錢買之棺槨並尸骨於水火誑
之本省看詳比及江西風俗燒祖宗之金銀破薄為人後者有
又有圖葬埋之金銀破祖宗燒薄祖宗風水不利所致遂
蕩財產及至貧乏不自咎責反謂先塋風水遷移所致甚
乃聽信師巫誑惑豪強利誘發掘祖先墳墓遷移骸骨高
價貨賣穴地不仁不孝情罪非輕即今事發到官者甚眾

五二三　典章五十刑部十二　八

## 盜掘祖宗墳墓財物

若不明定嚴刑以示禁戒切恐愚民沿襲視以爲常緣係
爲例事理請定奪事送刑部議得刼墓賊徒發塚開棺毀
尸者已有斷例若其人子孫或因貧困或信師巫說誘發
掘祖宗墳墓貨賣財物或因貧困或信師巫說輕重斷擬發
棄尸骸不爲祭祀者合同惡逆結案買地人等知情者減
犯人罪二等科斷元價沒官還地公私地人臨事詳決有司不
得出給貨賣地公私地人不拘此例如蒙准擬
移咨各省嚴切禁治今以後敢有違犯者依上追斷
相應都省准呈請禁治施行

皇慶元年七月 日袁州路備奉江西
行省近據吉州路申至大三年十月二十六日廬陵縣申
尉司牒周如京告到七月二十九日被賊掘開伊祖周如
藏墳墓盜訖金銀等物獲到賊人周九一月卿到官問得

〈典章五十 刑部十二〉 九

招伏爲先家貪掘伐祖姑沈氏墳墓事發到官斷訖八十
下又行記憶元葬姑婆周氏小娘墳墓內亦有金銀器
皿等物是以討合曾層二前去掘伐不成再行討合曾層
二劉千三朱華一於至大三年七月十九日夜各執钁頭
前去鋤掘周左藏窟用手揣撿得銀唾盂等一十
二件及黑漆犀皮鏡匣等物不曾移動骸骨當用布袋兜
盛掘到銀器回到朱華一屋後秤記二十一兩五錢內分
受得銀唾盂匙筯甜瓜水餅七件分付朱華一收接典賣鈔兩
有朱華一自將至元鈔三十兩與劉千三曾層二分用是
實又曾比竊盜例將親屬相盜免刺字卻緣首賊既已免刺字科
徒從賊曾層二劉千三朱華一招擬斷刺字卻緣首賊既已免刺字科
釋免若比竊盜例將周月卿准親屬相盜免刺字外據

斷其餘從賊未敢懸便申乞明降得此議得周九一三次
盜掘祖宗墳墓偷盜得金銀祭器一切事干惡屬重
大萬難與盜墳墓親屬之例比斷雖然周月卿之犯係在格前
合將首從賊徒一倒刺字移咨都省咨送刑部
呈議得九一月卿所招不合爲首糺合朱華一劉千三曾
層二等將伯祖周左藏墳墓掘開雖不曾遺棄體骨其本賊即係周
氏的派族孫今能三次掘伐偷盜棄體骨其本賊即係周
其所犯滅絕天彝情理深重幸遇相應具呈照詳都省令
倒同合凡人強盜刺字科斷既犯如此惡逆詔恩釋免以此參詳
其復居故上遷徙遼陽肇州屯種相應具呈照詳都省咨
請依上施行

## 予隨父發塚刺斷

皇慶二年四月 日福建宣慰司承奉江

〈典章五十 刑部十二〉 十

浙行省刻付准中書省咨寧國路申太平縣胡長壽告姚
德勝與男姚富並義姪方應榮等掘發胡州判墳墓開棺
盜訖銀子等物取訖詞內各招詞除將姚德勝方應榮依倒
刺字斷罪居役外據姚富若比強盜從賊倒刺斷終是聽
從父命事干通例咨請定奪准此送據刑部呈議得姚富
所招不合隨父姚德勝與方應榮掘發胡州判墳墓開棺
偷盜銀子等物取訖各招詞除將姚德勝方應榮分訖二分除
刺字斷罪居役外據姚富若比強盜從賊分訖二分受
首賊姚德勝罪居役外參詳姚富終是聽
以子聽父命量免刺配卻緣姚富終與伊父姚德勝分受
賊物明白罪遇原免合同首賊定論依倒刺字收充警跡
相應其呈照詳得此咨請依上施行

## 禁子孫掘賣祖宗墳塋樹木

皇慶二年三月十八日崇天門外章閭平
省准中書省咨皇慶二年六月十九日江西行

章張平章等官人每根底也奴副樞傳奉聖旨百姓每的
子孫每將祖宗的墳塋並樹木賣與人的也有更掘了骨
殖將墳塋賣了人的也有今後賣的買並牙人每根底要
罪過遍行文書禁斷者麻道傳聖旨來欽此都省咨請欽
依施行

諸盜三

## 防盜

設置巡防弓手　中統五年八月初四日欽奉聖旨道與中書
省在先遇有失盜其各官府司為無罪賞並不屬行根緝
三月不獲便令本處人賠償這般例合今後革罷再休行
者仰照依立定罪賞設置巡捕弓手防禁捕捉盜賊條格
遍行諸路一體施行一欵隨州府驛路置巡馬及馬步
弓手驗民戶多寡定立額數除本管頭目外本處長官兼
充提控其禁夜之法一更三點鐘聲絶禁人行五更三

《典章五十一　刑部十三》　　一
四之二

點鐘聲動聽行人者　有公事急速委病產育之家不在此限違
者笞二十七下有官者笞一下准贖　元寶鈔一貫　州縣城
子相離鳥遠去處其間五七十里所有村店及二十戶以
上者設巡弓防手合用器仗必須備足令本縣長官提控
若不及二十戶者依數差補若無村店去處或五七十里
創立聚落店舍亦須設之二十戶數若不在戶
數之內關津渡口必當設置店舍及二十戶數不在五七十
里之限若沿邊州縣及相去地里鳥遠去處從行省就便
定奪於本路不以是何投下當差戶計及軍站人匠打捕
鷹房斡脫窰冶諸色人等內每一百戶內取中戶一名充
役與免本戶合著差發其當戶推到合該差發數目卻於
九十九戶內均攤若有失盜勒令當該弓手立定三限收
補每限一月如限內不獲其捕盜官強盜停俸兩月竊盜

一月外弓手如一月不獲強盜的決一十七下竊盜七下
兩月不獲強盜再決二十七下竊盜一十七下三月不獲
者強盜再決三十七下竊盜二十七下如限內獲賊數及
一半全免本罪又中書省劄付該先欽奉聖旨節文州府
驛路設置巡防弓手不以是何戶計諸色人等每一百戶
內取中戶一名充役其外今來講究得隨路戶數多寡不同
均攤欽此已經遍下外似難均攤今令酌酌京府州縣合用
人數止用本戶當包銀絲綿並正納包銀戶計每九十九
選差中戶一名當役據本戶合該差發稅銀卻令九十九
戶包納似為長便外中都巡軍擬於侍衛親軍內摘差四
百人與元設巡軍一處應役至元三年月十三日聞奏
過奉聖旨依著憑商量的行者欽此

《典章五十一　刑部十三》　　二
五五九

路人驗引放行　中統五年八月初四日欽奉聖旨條畫內一
欵諸脫斡商賈凡行路之人先於見住處司縣官司具狀
召保給公憑方許他處勾當若公引限滿其後諸公引限
所在勾給如管民管軍官並其餘人員若無上司
文面勾喚欲往他處勾當亦聽以次人投下人員若無上司
文引經過關津渡口驗此放行經司縣呈押如無司
尉司或巡檢呈押　無公引者並不得安下遇宿店戶亦
驗引明附店應每上下半月違者止理見發之家笞二十
七下

商賈於店止宿　中統五年八月初四日欽奉聖旨條畫內一
欵往來客旅斡脫商賈及齎擎財物之人必須於村店設
立巡防弓手去處止宿其間若有失盜勒令本處巡防弓
手立限根捉如不獲者依上斷罪若客旅斡脫商賈人等

【上欄】

却於村店無巡防弓手去處止宿如值失盜並不在追捕
之限

三款　諸管軍民職當鎮守其要安靜不擾今後行省行院
若管民官職當撫治不到以致百姓逃亡管軍官鎮守不嚴以
致盜賊滋盛即須審其所由依理究治

又　諸行院到任取會所管地方見有草賊起數相其事宜嚴
論諸處軍官各使鎮守有法招捕得宜期於盜息而已仍
將見有起數先行報院今復每季具已未招捕起數並有
無續生賊人咨院呈省遍行欽此

又　諸草賊招捕既平之後仍須區處得宜防備周密嚴責合
於官司常用心冊致疎失

教長懲其罰違　大德七年十月　日江西行省准中書省咨
典章五十一　刑部十三　　三

五、四四

御史臺呈山東道廉訪司申講究到防禁便益送刑部議
得到各項事理都省逐一區處咨請依上施行內一項隨
處地境寬遠弓兵數少不能遍應巡警致有游手好閑秉
本逐末懶惰之徒乘此饑年糾合為盜若令所在官司每
社長立保甲此等之人出入動作常切遮相覺察無使為
非如有違犯者罪及保甲亦能為防盜之一端也本會驗
欽奉聖旨條畫內一欸諸縣所屬村疃見勸農立社事理
第一條內云云　不致惰廢別設當差主首勿令社長兼攝
若有不務本業游手趨末好閑之人先從社長教訓務勤
本業如有不聽教訓依舊游手趨末好閑者從本司縣季申本路每
月具其姓名本作何游手趨末好閑申覆本司省雖已有申
上下半年申部呈省如終不循服務勤生業赴社長別行差離已有申
姓名本人自悔政作務勤生業赴社長出首其社長聚衆

【下欄】

詢問是實然後復設社長仍申本司縣照知欽此議得隨處已
有設置社長若不管餘事專一勤課農桑照令別作非違如是有失
意令社長不管餘事專一勤課農桑照令別作非違如是有失
本業若有游蕩之徒常切覺察恐將社長責罰相應前件
覺察敢有人戶違犯者驗事輕重將社長責罰相應前件
依准部擬仍遍行合屬出榜各社曉諭禁約

關防倉庫盜賊　大德七年正月　日行臺准御史臺咨承奉
中書省劄付刑部呈右八作司被盜並靴隻驢兵馬司捉
賊仍取到圓宿軍官軍人防禁不嚴本作司官守宿人
等有覺察到各招伏稟軍人崔平等五名各
軍官程泰擬決三十七下守宿司庫燕只歌決一十七下今倉庫如
何關防盜賊本部議得八作司屢經被盜益因每日支納

典章五十一　刑部十三　　四

五、八三

諸物烏雜人衆提舉司與圓宿軍官不設防禁賊人恣意
出入視物易取此生盜之源也若立法防禁以備不虞乃
古今不易之制參詳八作司除正門外周圍院牆築打高
厚其牆上裏外多用棘針栫椿使賊人不能上下出入將
頓物款門壁飾用甃墨砌門窗鎖鑰堅牢據應收到荊推
梓羅櫃箱栲栳席簟似此可以藏賊之物不許露地頓放
亦關令蓋款房收貯每日收支諸物令把門軍
官軍人用心關防出入搜檢毋致夾帶每至日暮八作司
正門封鎖司官司庫合千人等與圓宿軍官軍人
眼同院內款外仔細收巡別無停藏人軍官親驗款門鎖
訖然後鎖閉正門畢將應有鎖匙與搜巡文歷一處用籤封
字及封鎖正門畢將應有鎖匙與搜巡文歷一處用籤封
鎖依例八作司提舉收管至晚本司正官一員與司庫合

干人各一名輪番守留當該圍宿軍官號令軍人坐舖知
更提鈴擊柝相繼巡警不絕若於何處先覺於内有賊此
舖軍人隨時遍報餘舖相接各執軍器把守圍遶至
明本司官人等與軍官軍人驗封開門同入捉賊如獲賊
徒隨即發付兵馬司追問若是軍官司官人等搜巡不嚴
藏下賊人當該軍官司官人等比依捕捉不獲竊盜限中
倒俱各斷罪如不獲賊均依所盜官物若賊蹤墻而入盜
訖官物者本處所盜物貨再犯一等軍官初犯罰該一
月再犯的決一十七下若有強刦倉庫賊人依倒斷罪
倒將軍官軍俱各斷罪仍令兵馬司依倒責限捉賊其餘
倉庫一體施行相應都省准擬另行外仰照驗施行

典章五十一 刑部十三　　　五

---

斷例

捕盜

| 捕盜 | | 罪倒 | 免罰 |
|---|---|---|---|
| 三限 | 賊發 | | 七下 一十七 二十七 三十七 五十七 |

三限　一半者二月

賊發　強盜罰兩　月竊盜決　月不獲

捕盜官

| 盜賊 | 長官 捕盜官　一起職官已招欽遇 決解見 |
| 不即 | 以下　決解見　任別行　詔赦罷役除名　不敍 求仕 |
| 敗捕 | 決 |
| 巡捕 | 決 |
| 失過 | 罷役 |
| 盜賊 | 決 |
| 職官 | 赦恩除名不敍 |
| 受財 | 欽遇　弓手受罰役追贓沒 |
| 放賊 | 財放賊決一百七下 |

一九九

典章五十一 刑部十三　六

## 錄事司巡捕事

至元八年二月二十四日刑部奉省劄來呈
北京路總府備錄事司兼捕盜所申照得各縣俱有巡尉
惟錄事司兼管捕盜遇有失過盜賊即便不獲即不見合
停錄事或錄判兼奉中書省元奉中書省劄付為此照詳為此送吏部擬
隨路錄事司官奉中書省劄付乞照得詳為此送吏部擬議
定何員親行巡遭難同簿蓋為錄事司人煙湊集去處別無擬
司官輪番巡遇有失盜止坐巡捕官依限不獲賊必須
擬下縣體例令錄判時復於村鎮湊集去處擬合令錄事
司官輪番巡遇有失盜止坐巡捕官員乞照詳省府准
擬仰依奉施行

## 尉縣巡諭巡捕　至元十八年二月　日中書刑部近據濮州

申奉山東山西道提刑按察司指揮據朝城縣尉王顒呈
在先上司文字不令縣尉與本縣署押文字令次巡尉人
賊不得別行差站欽此議得巡捕人員除下州判主簿兼
尉與管民官通行署事別無定奪外據縣尉巡檢既是不
與管民官一同畫字勾當據各官依上專一巡捕官
似為相應不致呈奉到中書刑部鈞旨准呈送據本部依
上施行

五五四
〈典章五十一刑部十三〉　七

員却與管民官一體輪番押付有妨捕盜乞照詳事得此
省部照得先欽奉聖旨條畫節該捕盜官員專一巡捕
賊不得別行差站欽此議得巡捕人員除下州判主簿兼

## 軍民官一同巡禁

至元二十年十一月二十一日行省據建
昌路申切見本路所轄縣分遇有失盜將當該差捕盜官
弓手依例責罰外據錄事司官輪番巡捕遇有失盜止坐
當巡捕官員緣江南新附城池俱有鎮守營軍衙門難同
與巡捕官員日日夜差撥頭目軍人等把守街巷禁
腹裏路分管軍官目不曾巡禁亦無所設弓手儻
鐘之後徃來巡緯其錄事司不曾巡禁亦無所設弓手儻

---

有失盜去處理宜著落鎮守軍官若止依舊例責罰錄事
司官豈不虛負府司看詳遇夜若令錄事司與管軍頭
目一同巡禁若有失盜恐巡軍弓手與管軍頭
答配不同將領弓兵往來巡捕如有失盜不獲詳省府議
得各路州縣多有把城軍人巡禁若不令管民官一仝勾
當誠恐中間作弊擬令管民官並巡軍頭目依例責罰仰依上施行
體斷罪招巡捕官並管軍頭目一同巡禁若有失盜將來在先省官每一處管著
官奏過孛羅歡說將來在先省官每一處管著時分
賊每生發呵守城底軍官每管軍民官每商量了拏有來如
今行院官奏呵奉聖旨特似有體例一般商量者欽此十月
說誑生發呵管民官捉拏者有蟲子田地裏賊每少呵
二十八日與中書省官樞密院官本臺官員等議得竊盜
與捕盜官捕捉強盜鎮守官一仝捕捉本臺除已具呈中
書省並移咨致樞密院照驗外咨請各依上施行

五八五
〈典章五十一刑部十三〉　八

一二百一千也到有拏賊底每氣力短少呵看著到損著
百姓賊生發呵守城底軍官每管民官每商量了拏有如
生麼道奏呵奉聖旨特似有體例一般商量者欽此十月

## 州判兼管捕盜　皇慶元年八月　日福建宣慰司承行江浙

行省劄付准中書省省椽高藉承行皇慶元年三月二十
七日咨文該黃巖州判官李鑑告兼捕盜台州路違例差遣
照得一州之中額設判官二員通管州事止是輪流咨請
即與縣尉巡檢職專巡捕不同合無一體事關通例咨請
照詳送據刑部呈照得至元十九年二月濮州申奉山東
東西道提刑按察司指揮據朝州縣尉王顒呈在先上司

文字不令縣尉與本縣署押文字今次巡尉人員却與管
民官一體奉聖旨輪番押軍有妨捕盜申乞照驗得此本部照得
在先欽奉聖旨條畫節該盡巡捕盜官員一巡捕盜
得別行差站欽此此議得奪外據巡捕人員除州判主簿兼尉與管
民官定奪事別無定奪者本部議得令今州縣似不與管民官
送本部依上施行今者承見奉本部議得州縣既承見似為相應
呈奉都堂鈞旨准呈州判去處防巡警合依呈准通例專一巡捕
署事若許餘事差站恐防巡警合依呈准通例專一捕盜
議得都省鈞旨准呈本部既是輪番兼管捕盜除設一員捕盜
外見設判官二員兼管捕盜合依呈准此都省准擬請依上
月日依例輪差相應具呈照詳得此都省准擬請依上施
行

五三二

典章五十一　刑部十三　〔九〕

皇慶元年五月二十五日江西行省准中書

省咨皇慶元年二月二十四日奏過事內一件八剌因
題奏有司官勾當裏差站著巡軍弓手的上頭夜巡禁止
的勾當急慢了有如今後有司官其餘勾當裏不得差站
專一巡捕者麼道奏阿那般者麼道聖旨了也欽此都省
咨請欽依施行

**盜賊勿以疆界捕**

諸盜賊相聚初非同心或被嚇從或為誑誘
隨即告發或已相結聚能自獲捕者量其事功理賞
至元
新格

**補盜勿以疆界**

諸盜賊生發當該地分人等速報應捕官司
其行省行院常須多出文榜許令自相首捕若始謀未行
隨即追捕如必當會合鄰境者承報官司即須應期而至
並力捕逐勿以彼疆此界為限違者究治至元新格

**巡給巡捕弓箭**

大德七年正月江浙行省准中書省咨松江

---

府申本府合該捕盜弓箭別無見在照得近准中書省咨
各處捕盜官兵弓箭奉聖旨路裏一十副散府州裏七
副縣裏五副巡檢三副欽此參詳各處捕盜弓箭未審合
無官為給付惟復捕盜衙門自行置備咨請照詳送刑部
照擬回呈照得大德三年五月承奉中書省咨諸物富商客
河會通河道北自大都南抵江淮遞運係官哈剌赤忽都
旅經行多有盜賊生發兩次差官脫脫禿兀思遠往懸致盜之源蓋因處設
徹里等前詣諸名處窮究到弓兵猶往懸帶刀劍執把軍器恣見設
並捕去後空有處地里寫遠所設弓兵給弓箭數少處防頻
巡捕彼強我弱實難擒捕議得自大都給付近處防見設
箭鏃彼強我弱難擒捕議得沿河上下安置巡捕三十處
省管下歸德府界古宿遷城沿河上下安置巡捕三十處

五八七

典章五十一　刑部十三　〔十一〕

元設二十五處叛添五處除拘該州縣二十一處內就用
已設州判縣尉八處東光任城清海三縣水洛驛程元設
簿尉今改主簿添設縣尉專一巡防外一十九處舊設
巡檢尉官革去改設巡防捕盜官凡色目漢兒人員從九
品給合用弓箭斟酌相離遠近緊堅上至五十名或四十
名或三十名除見役外不敷者於各該州縣當差戶內差
撥如更不敷鄰近去處差取仍每次官依上施行捕盜
官亦許懸帶為此都省於大德三年四月二十三日奏江
南不揀甚麼錢物來呵經由何道裏來有做買賣了省裏
河道裏行有為盜賊多的上頭去年皇帝根底奏了省裏
臺裏也可扎魯忽赤裏差人整治去來今令與理會的每
一處商量立三十處巡防捕盜衙門內有八處州判縣尉

一處

更有三處下縣主簿兼尉有主簿兼尉提調賊盜勾當呵
躭誤民訟公事這三箇下縣裏添設縣尉呵怎生又革罷
巡檢司叛設一十九處巡防捕盜衙門每處色目一員漢
兒一員各委付兩箇人若這般設立呵怎生又撥呵弓手
近百姓門內差撥呵怎生又賊人每有執把兵器這弓手
每却無軍器每處給與一十副弓箭用着時執者不用
時各處色目人員提調收管者麼道商量來奏阿見不用
那般者欽此都省除外合弓箭就用減併巡檢司舊有外
仰照驗不敷數目行移合屬付官爲應付施行今承見奉
准都省咨議得路府州縣巡防捕盜衙門懸帶弓箭已有
定例各處巡檢每處量給三副咨請依上施行

典章五十一刑部十三

士

## 獲盜

獲賊隨時解縣　至元五年二月右三部會驗欽奉聖旨條畫
內一欵節該諸府州司縣巡捕盜官提調獲賊人隨時發與
本縣公廳推問是實解赴本州府再行鞫勘不得專委人

獲賊暑問即解　至元二十年十二月欽奉聖旨節該中書省諭海北
廣東道提刑按察司內一欵節該捕盜人員如是獲賊暑
問情由即便牒發本管一同審問若無冤枉畫申本管上
司擬令弓手專一捕盜巡防本管官員不得別行差站如
違並仰糾察欽此施行

獲賊分付民官
院御史臺官人每四怯薛各主管公事各投下打捕鷹房

典章五十一刑部十三

十三

等官人每先前扎魯花赤奏千戶百戶本投下每擎住做
賊人每不經由城子裏達魯花赤管民官各投下頭目私
下休和放了或強交斷了的多有爲那上頭做賊的多了
也今後若擎著賊分付與城子裏達魯花赤人每與證
見一處對證了斷呵百姓每根底有益做賊的也改去也
賊阿交本處達魯花赤官人每斷但屬城子的人如或擎住
這般交的上頭如今揀那阿誰但屬城子的人每斷不定呵
省裏呈說者這般宣諭了呵却私下休和斷的人每有罪
過者欽此

獲強竊盜給賞　中統五年八月初四日欽奉聖旨條畫內一
欵節該諸應捕人告或捕獲強盜一名賞鈔五十貫竊盜一名
二十五貫應捕人告或捉獲強盜賞鈔比諸人減半犯人
名下追徵犯人財產不及官司補支

## 竊盜賊通例

### 獲賊給賞等第

賞之限仰照驗施行

至元六年四月中書右三部近據博州等路
各狀申管下司縣失過盜賊違限不獲其賞錢已依
倒停俸弓手的決却有捉獲賊人合人家產不
及又有隻身貧難無可追徵不見是何錢內補支不
事為此呈奉中書省劄付照得先欽奉聖旨節該見降
欽依支賞所據捕盜人員承准事主及諸人告指捕獲賊人者
境內別無失過起數但獲強竊盜賊依上
欽依支賞所據捕盜人員本境內如有失過作過謂捉獲別
境作過賊徒擬令比折除過謂捉獲別境強盜或偽
造交鈔二起各准本境內強盜一起既是准折除過其竊盜二
起如獲竊盜二起亦准強盜一起既是准折除過其賞不
須給付如本境內別無失過起數但獲強竊盜賊依上理

五、五九

### 獲賊准過不給賞

賞若應捕人員承准事主及諸人告指捉獲不在除准理

至元七年九月二十一日尚書刑部據東
平府汶上縣張德林被盜訖賞鈔却獲別境蔡州作過偷
馬賊人張德林除已刺斷據獲賊盜准訖一半限次合無
於本賊名下追徵賞錢省部照得先奉中書省劄付據
本界失過賊人却獲別境賊人准折除過其賞不須給付據
緣隨路拏獲賊人准折除過止擬不須旌賞捕盜人
員其此等賊徒作過之人若不追徵旌似有偏頗
以此公議追賞賊徒多有家貧無財可賠倒停罰其獲賊
錢內補支據捕盜人員但有不獲賊人依倒停罰其獲賊
賞錢無可補支合無擬自今後於准過賊人名下依倒追
賞令各路總管府置曆收貯如有獲賊不敷數目於此項

---

五、八六

補獲強竊盜賊准折功過

一名將乞驢准此依倒歸勘外檢會到元奉省部舊倒節
該捕盜人員本境內如有失過強盜一起如獲別境竊盜二起亦准
折除過如獲別境作過強盜或偽造鈔二起各准本境
內強盜一起又無強盜者准竊盜一起如獲竊盜二起亦准
竊盜一起又於大德六年四月內承准中書刑部符文並
奉寶哥為頭也可扎魯忽赤劄付連到盜賊斷例內一欵
諸人告獲別境竊盜一起初限已滿若將當捕弓兵依倒斷決
前項未捉獲竊盜二起准本境竊盜一起若准前倒功過相
今限內捉獲別境竊盜二起初准本境竊盜一起若准前倒緣以
倒如獲別境竊盜二起亦准本境竊盜一起誠恐督勒捕盜官兵着緊緝捉正賊外恐照
久為倒事理除已督勒捕盜官兵着緊緝捉正賊外恐照
諸人告或捕獲強盜一名賞錢 <small>云云見強竊盜通</small>
詳事得此照得 年 月欽奉聖旨節該若右失盜全免
本罪及諸人告或捕獲強盜一名賞錢 <small>云云省府擬</small>

五、八六

### 補獲強竊盜賊准折功過

刑部呈冤州申近於大德六年四月初六日准本州捕盜
司隸軍戶元良弼狀告大德六年四月初五日夜二更時分被盜將
已被別境捉獲正賊擬合除過失過賊盜初限未滿
未敢懸便乞明降事省部相度若本境失過賊盜初限未滿
都路錄事司捉獲正賊孫公惜若將捕盜官兵一例責罰
刑部據泰安州來申祗應庫被盜根據賊人名下徵賞

錢內補支具呈中書省依准所擬遍行所屬依上施行
弓兵捉到別境館縣作過盜賊訖本縣小管等物賊人一起
勒合追徵給付捉事人收管承泰都堂鈞旨准擬施行
依倒追徵給付捉事人收管承泰都堂鈞旨准擬施行
臨街踏門劄開入來舖內偷訖鈔兩等物移牒本司督
已被別境捉獲正賊擬合除過失過賊人下合徵賞錢
未敢懸便乞明降事省部相度若本境失過賊盜初限未滿

至元九年七月初一日中書兵

得今後捕盜人員本境內如有失過盜賊卻獲別境作過
賊徒擬合比折除過謂如擬獲別境作過強盜或偽造實
鈔二起各准本境內失過強盜一起
賞已下本部亦准本境內失過強盜者准竊盜二
須給付如獲竊盜二起既是准本境內別無失過竊盜一起
獲強竊盜賊擬合照上施行去訖本部看詳隨處捕盜官兵捉
史定到本境失過盜賊捕獲別境作過賊徒照例功過相
折數外理賞相應緣係通例具呈都省准照竊盜至元六年　月　日元奉都臺御
行省照會竊恐在下官府不詳行似此作疑悞悟官事
咨請依上施行

## 獲賊賞錢不賞官

部呈會驗欽奉聖旨條畫內一欵見巡捕條畫云除欽
依欽遵外至元二十四年十二月濟南路保申弓手張平

五五四

〔典章五十一刑部十三〕　主

節次捉獲強竊盜賊五十四起前尚書省擬充巡檢在後
奏奉聖旨條畫內一欵該諸人告獲強盜每名官給賞
錢至元鈔五十貫竊盜二十五貫親獲者倍之欽此今據
獲賊之人惟徒指此例言告實碍通例本部參詳今後諸
人獲賊擬合欽依給賞具呈照詳都省准呈除外咨請諸
人獲賊擬合欽依給賞具呈照詳都省准呈除外咨請
依施行

## 放支捕盜賞錢　大德七年五月　日行省准中書省咨該刑

部呈近承都省劄付照得大德五年十二月初六日
奏奉聖旨條畫內一欵該諸人告獲強盜每名官給賞
錢至元鈔五十貫竊盜二十五貫親獲者倍之欽此今據
各處申票不見於是何官錢內放支本部議得隨處有
獲賊起數照勘明白如無准折爭功之人必合理賞若有
本處就放橫取贓罰錢內給付如不數於際留年銷支持
錢內補支相應為此呈奉都堂鈞旨准呈連送刑部依上

---

施行仍關照戶部照會欽此本部除腹裏路分餘者依上
施行外據各處行省宜從都省行移照會相應具呈都省
准擬咨請依上施行

## 捕盜功賞　皇慶元年　月　日中書省咨刑部呈孫柔歹陳

言檢會先欽奉皇帝聖旨內一欵該若有失盜云見
後失盜類內全免本罪又有一欵節該諸人告獲強盜云見
云見前獲盜類內應捕人減半欽此竊維國家法令既明
賞罰必信然後事功有成若使捕盜官兵獲賊人不沾賞失
盜不見罪欲使民安盜息其可得乎今各處捕獲賊人欽
依已降聖旨便合給賞府州縣為係干碍官錢不敢擅支
須申上司經由省府等候明降才方支付輾轉踈駁虛詞
歲月捕盜人員任滿離職不復顧問至於失過盜賊過達
三限弓手依例斷決捕盜官止罰俸鈔任滿給由掩庇失

五七四

〔典章五十一刑部十三〕　十六

過起數到部之日依驗資品定奪賞罰無彰何由激勸以
致巡尉尸位素餐賊多不獲將來滋盛為害非輕以此參
詳今後諸人告捕獲強竊盜賊贓伏已明許令有司隨
即支給賞具申上司照驗其有失過起數達限不獲標
附過名任滿解由到部照功過黜陟庶望向公者有所勸
不職者知所畏境內嚴緝盜賊自息雖已明有司隨即給
當該給賞由官吏到部照功過黜陟庶望向公者有所勸
議得所言諸人告捕獲強竊盜賊贓伏已明開寫照驗功過
賞如失過起數解由內明白開寫照驗功過黜陟其言可
采合於吏部考功令內一就議擬具呈照詳得此送本部
部約會到吏部郎中陳中順一全議得孫柔歹陳言獲賊
給賞公事如准所言今後若有諸人告獲強竊盜賊如贓
伏明白別無疑似例合給賞者拘該官司隨即於不以是

何係官錢內就便支撥具數申呈合干上司年終通行照
算庶使諸人宵盡心諸賊盜班息如有爭差不實及當
該官司外據捕盜官功過黜陟事理合依已定通例施行

**獲盜遇赦給賞**　大德七年五月湖廣行省准中書省咨武昌
路申內一項諸人告捕強盜見巡捕條畫第二條至應捕
人減半雖有定例不見遇赦之後追給通例咨請定奪送
刑部議得捕獲強竊盜賊招伏驗是實捉賊人賞錢合
咨行省照勘明白如無爭差依例追給相應都省准擬咨
請依上施行

**事主獲賊無賞**　至元八年正月　日尚書省呈
備都元帥也速及兒呈事主自獲得強竊盜賊人亦合依
例給賞乞照詳事省府送刑部檢會到中統五年八月

〈典章五一刑部十三〉　七

五五三

二十一日內欽奉聖旨節該見前巡捕條類內云云欽此
別無事主親獲賊人給賞體例仰照驗施行

**事主獲盜官收賞錢**　至元九年六月初六日中書兵刑部近
據大都路來申事主曹楨親獲偷盜伊家並其餘事主馬
匹等物賊人郭小二取訖招伏量情刺斷了當外據捉事
人寶鈔二十五貫若追付曹楨收管未敢懸便乞明降事
事省看詳事主獲賊給賞體例外據賊人郭小
二名下依例追徵合該賞錢數足官為收貯補支其餘賊
人財產不敷賞補下仰照驗依上施行

**捉獲逃軍給賞**　至元七年四月尚書省近據省府移准中書
省咨令出備鈔一十五兩與捉事人充賞省府移准中書
路統軍司呈沿邊巡哨軍人捉獲逃訖人口本主認每
名擬令出備鈔一十五兩與捉事人充賞省府移准中書
省咨該今後沿邊巡哨軍人捉獲逃躧如本主識認令本

---

處管民官司佸計逃躧實該價錢以五分內擬給一分充
賞若無管民官司去處行移鄰近州縣依上佸價理賞省
府准此仰遍行所屬照會施行

**告捕謀反叛等賞例**　至元二十三年行中書省准中書省咨至元
二十三年正月二十二日准伯顏阿里蒙古文字譯該為
二劉程補六官雜班敘使爲從人孫諒王珪給賞人徐
外錄判張綱等係應捕人承告不合理賞東平府路司吏
袁鑑拏獲事發在逃反賊任萬宥部擬官給袁鑑賞鈔一
千貫省准擬事發施行

〈典章五一刑部十三〉　大

四八〇二

二十三年正月二十二日准伯顏阿里蒙古文字譯該
庫裏住賊人每來的上頭奏呵今後一兩或一錢偷了
來的每分揀呵他每的媳婦兒不揀甚麼物拏住來的
人要者那般呵拏的也多拏著者賊每也改去也廮道聖
旨了也欽此

**民義依例給賞**　至元二十七年湖廣行尚書省左丞割付准
本省咨該收捕草賊隨處起到應捕弓兵義追殺賊人與
軍分路捨命相殺所獲分揀定賊屬人口若不與軍一體
給付已後無以勸發人心請定奪呈尚書省割付來呈
本院參詳民義應捕弓兵即與官軍無異擬合依准本省
左丞所擬相應都省准擬依上施行

## 朱過盜賊賞罰

中統五年八月初四日欽奉聖旨條畫內一
欽節該若有失盜勒令當該弓手立定三限收捕每限如
限內不獲其捕盜官強盜停俸兩月竊盜一月外弓手如
一月不獲強盜的決一十七下竊盜七下兩月不獲強盜
再決二十七下如一月不獲竊盜一十七下三月不獲竊
十七下竊盜二十七下如限內獲賊數及一半全免再決三
獲賊人御史臺申總管府為此將賊問當不得若將巡軍

大德五年十二月二十六日奏准 云云見強竊通例

承奉中書省劄付該近為中都盜賊生發就問得巡軍張
千戶說稱本管巡軍倉場局院差站一百八十六人又系
賠償省議得合准本人所說及於民戶內添設巡軍二
百六十一人比及到來先於軍內差軍二百名中都應
部與兵刑部講議回呈移准兵刑部關該當部公議得縣
係失盜欽依先帝聖旨體例限一年教巡軍人依
一年不獲只教巡軍諸人相替限一年教巡軍人依

**倉場局院** 不教站著亦不令管民官差使如擎住賊人依
例問了申部呈省依著這般勾當若根捉不獲賊人情願
其間失過盜賊違限不獲未審罰何官體給事送吏禮
刑部呈據盜都路申捕盜正官遇有被差暫委餘官兼管

## 權官止依捕盜官停俸

至元九年四月中書省劄付該先為
失盜月日相攙違限止依縣尉體鈔一二兩止驗各
賊違限不獲依縣尉體祿鈔數停罰若縣尉並權官
尉遇有差故合令請俸正官權官捕盜其間失過強竊盜

## 交替捕盜官不停俸

至元十年閏六月初八日中書兵刑部
該捕月日均罰都省准呈仰照驗施行
為博州路申據平縣尉羅旺比承捕限交替代官劉源
難同任內失盜罰俸一事省部議得捕盜官不獲失過盜賊
未及限滿承替既係去官合行勿論其後官亦非界內違
限正合捕捉賊人難擬停俸依例侧斷決斷決相應

## 軍官捕盜賞罰

至元三十年二月日中書省咨會萬戶
緣係為捕捉賊人難擬停罰上中書省判送擬准擬施行
官一例責罰省議得若遇失過盜賊違限不獲軍官與捕盜
送刑部議得若遇失過盜賊違限不獲軍官軍人與捕盜
府去處路府州縣既鎮守軍守把城池別無鎮守軍遇
府官巡禁盜賊失盜罰俸一事省部議得捕盜弓手人等
罰當管軍官卻不責問實為虛冐看詳除縣鎮別遇軍
備岳州路申本路同知阿剌瓦丁關每旬根捉一巡警若遇

## 捕盜官到選考跡

至元 新格

## 失過盜賊合令失盜坊巷坐鋪軍兵

官一例責罰都省咨准失盜坊請依上施行
條斷罰庶望事得歸一盜賊屏息咨請照驗定奪事得此
責限捉捕須要限內得獲發付有司勘如違限不獲依
為上雖有失過起數而限內全獲者為次其因失盜累經
南方見有草賊去處若平治有法使盜清民安另議聞奏
胜擇 至元新格
省咨御史臺呈山東道廉訪司申講究到防禁便益送刑
部議擬到各項事理都省逐一區處咨請依上施行內一
項捕盜官雖有定例侧罪賞罰止是將來任滿照依失過已未

獲強竊盜賊添資歷陞降品職目前捕限依舊罰俸多
係勒令當該出備罪不加身財不輸所以不
肯用心緝捉今後若令本管上司摘委色目正官提調驗
失過未獲賊徒起數除功過相折外捕盜官不獲強盜一
部依例斷罪竊盜依例罰俸三起之上亦行斷罪不獲強盜一
盡責罰斷罪其捕盜官合罰俸給勒令弓手人等代替出

**失盜解由開寫**　大德八年二月　日江西行省准中書省咨

省湖廣行省咨照得大德五年五月二十五日准中書省
咨樞密院備都事毅呈近因搬變還家回付大都於大
德五年正月十一日到得東平路東阿縣北值賊二人各
騎馬匹懸帶弓箭將穀等喝令下馬將元騎馬匹交服鈔各
物等件盡行劫奪告報尉司坐視不以為意及追到本縣
近日失過盜賊併匪不申報各起數此係經行驛路如
蒙上司追問究治庶使道路通便其呈照詳都省除外咨如
請照勘未獲強竊盜賊起數蘆勒軍民捕盜官兵依例取招斷罪要得
獲路府縣達魯花赤管民正官常切用心巡警盜賊生發仍
取送路府縣達魯花赤管民正官常切用心巡警盜賊生發

過
備者擬同枉法受財定罪相應呈前件依部准擬開寫
功

---

但有不嚴驗起數多寡就便約量責罰任滿於解由內開
寫准此已經遍行依上施行外今來本省照得路府州縣
管民正官撫治百姓理斷詞訟辦集錢糧造作供應百色
事繁中間但有徇私玩愒詞訟辦集錢糧況江南山林湖
泊繁多地勢險惡強竊盜賊時常有之各處鎮守軍民官
兵當任其責罰定例江南州府縣管轄千百里之間任內責罰通
賊所不能無如或二三限不獲拘該捕盜官兵任滿解由內
倒若驗賊數多寡又行責罰開寫名以此參詳如准行省所擬相應
開寫盜賊過名以此看詳似涉太嚴莫若今治
劾特異者亦不免於瑕玷以此看詳似涉太嚴莫若今治
過有失過強竊盜賊二限不獲照依舊例決罰當該捕盜
官兵任滿解由內開寫如蒙准擬似為相應容
聚聚為冠須取路府州縣管民正官撫字不到失於覺察

**失盜的決不罰體**　皇慶元年正月十一日江西行省准中書

招伏依例責罰任滿解由內開寫如蒙准擬似為相應容
請定奪送刑部議得江南州郡鎮店關津把臨去處俱有
巡捕官兵又撥官兵專一鎮遏各處與職專捕盜人員一例
捕盜其餘官員所辦事務至重難與職專捕盜人員一例
開寫盜賊過名以此參詳如准行省所擬相應都省准擬
除外咨請依上施行

省咨皇慶元年正月十一日野訥院使傳奉聖旨聽得這
周回賊盜多了有外頭強盜生發徐來行的人每根底百
姓每底並官頭口好生偷盜了說有各處捕盜官有在前
他每管的地面裏賊盜生發拿那賊自今以後休罰他每
這般輕的上來不肯用心捉獲那賊不獲呵罰他每俸錢米為
俸錢斷決者上來交各處行省文書者麼道傳聖旨來欽此已

經遍行各處欽依施行去後今後刑部呈體如都城裏外
時有盜賊生發劫取良民財物至有白晝持仗殺人強取
財貨者江淮腹裏支郡亦然究其原由蓋為捕盜官
兵巡警不嚴是至如此若原由遍歷應慮合屬催督
從都省差官分道遍歷應慮合屬催督各處盜官司
司官即著緊追勘完備擬罪結解毋致淹留枉禁合
記各案起數起追勘完備擬罪結解毋致淹留枉禁要合
盜官兵從省勘提控捕盜正官取受宣官即受勅以
固送官歸勘提控捕盜正官除受宣官取呈省即受勅以
下就便的決相應具呈照詳得此皇慶元年二月初三日
奏過事內一件大都回並各處盜賊多生發的上頭今
後捕盜官拏不獲賊呵休罰俸錢斷決者各處行文書去

**〔典章五十一 刑部十三〕** 五九一

者廳道聖旨有來俺商量來省臺差好人去大都周回地
面裏有的罪囚催督結案輕四諭泉斷遣又怎慢拏不獲
賊的捕盜官並提調官根底交取了招伏受宣官呈省受
勅以下交他每從權斟酌的斷罪腹裏路分並各處行省
裏與將文書去交他每選好人與各道廉訪司官一同也
交依這體例整治呵怎生奏呵那般者廢道聖旨了也欽
此都省咨請欽依施行延祐四年六月 日奉省札奉聖
旨中書省咨據所委整治盜賊官馬中書等呈奉省准
旨云云盜賊數目不見捕盜官不獲強竊盜賊倒誠恐
提調官不一具呈照詳得此送據各處盜賊生
發蓋因當該巡捕並提控捕盜官不獲盜賊以今
區處不一具呈照詳得此送刑部呈議得各處盜賊
既奏奉聖旨差官整治若不從權斷罪無以革弊繩奸以

五八四 **〔典章五十一 刑部十三〕**

**招前失盜革撥**

呈大名路備開州東明縣申張思孝告至大二年九月初
三日夜有盜賊五六人將本院後牆推倒入來明火持仗
撞開堂門刼訖金銀頭面鈔物告乞施行得此行下
開州督勒捕盜官兵根捉前賊去後至大二年十月二十
八日欽奉詔書節該自十月十七日昧爽以前中外罪四
大辟以下已未發覺並從釋免欽此照得此起賊人內有
合該結案人數應合捕捉賊徒除初限係十月十七日已
前中末二限不獲賊人官兵合無依例斷罰申乞照詳本
部議得各處捕盜官兵失過合捕大辟賊徒三限不行捉
獲初限係十月十七日已前中末二限在至大二年十月
後若擬依例責罰却緣正賊事發在至大二年十月二十
日詔恩已前其應捕官兵違限罪合行欽依革撥仍令
捕賊任滿不獲其應捕官違限罪合行欽依革撥如蒙准呈
遍行照會相應具呈照詳都省准呈移咨行臺劄付准延
祐三年六月初五日江西廉訪司奉行臺劄付准御史臺
咨延祐二年十一月二十七日合禀通例呈奉中書省劄
付送刑部議擬合無依例照勘黜降前件照得大德九年
起數罪經元議免合無依例照勘黜降前件照得大德九年
八月內呈奉中書省判送本部呈巡檢王居仁任內失過

強竊盜賊一十起除已獲外未獲強盜三起竊盜五起犯
在於大德九年二月二十五日詔赦已前因本部議得捕
盜官任內不獲盜賊罪經遇免難議添資降等擬合依例
都堂鈞旨准呈仰依上施行承此今奉前因依例革撥呈奉
革撥相應得此依准部擬仰各處行省依上施行

**捕盜官身故難議追罰** 至元七年十月二十九日尚書刑部
據盜都路申莒州備莒縣申事主趙閏年等被盜劫訖財
物爲三限不獲賊人取到簿尉孫玉招伏合停八月體給
本官已行關支擬候停罰九月分俸鈔間有孫玉於八月
初八日疾病身故乞照驗事省相度簿尉孫玉身前不
獲失過賊徒既已身死難議追罰合下仰照驗施行

**迴野失盜難議責追罰** 至元十年八月中書兵刑部來申順州
年豐南畊地內也速歹兒被盜劫訖
迴野不同應設巡防地面若蒙責罰綠虛頁申乞照驗

五八五

〈典章五十一　刑部十三〉　圭

---

**捕殺死人賊同強盜罪賞**
大都路申高仲安毆死田哇兒在逃三限不獲取勘定興
縣簿尉官違限招伏却稱似難依強盜體例招伏乞照驗
事省部相度高仲安毆死田哇兒在逃雖不終
係干礙人命合下仰照驗更行立限須要捉獲高仲安到
官如是違限不獲依例取招責罰施行

後原誤
今補

**捕殺人賊同強盜罪賞** 至元十年正月十五日中書右三部
行移鄰境將作過正賊須要根究捉得獲送官依理施行
例除已出給解由求仕乞照驗事省爲此照依舊例殺
人者比同謀故殺人與強盜一體定立罪

**捕殺死人賊同強盜罪賞** 至元七年六月二十六日尚書刑
部爲曹州申呈捉挐到故燒王淮房賊人韓溫恭李真普
等二名乞於賊人名下徵賞事省部照得欽奉聖旨並中
書省劄付別不該載放火賊人應捕官兵罪賞議得今後

死前官縣尉張玉違訖三限不獲正賊得替別無合停俸
爲彰德路申李僧住狀不知何人就本家將母阿任殺

賞呈奉到都堂鈞旨准擬施行奉此仰依上施行

〈典章五十一　刑部十三〉　二五　陳氏校補

如有賊人故燒官司廨舍私家宅舍賊人此同強盜若無
人居止空閑房舍別無財物畜產以及田場積聚之物者
比同竊盜一體定立捕盜官兵罪賞呈奉尚書省移准中
書省准呈請所擬遍行依上施行

## 捕刼墓比強竊盜責罰

至元十四年九月二十五日奉到中
書兵刑部據呈曹州路備狀申蒙古奧魯總管府牒該稱憚
片察兇狀告被賊人刼訖本使黃頭先鋒墳墓偷盜訖棺
內金銀器皿等物行下濟陰縣捕獲偷盜賊徒去後狀申
本縣主簿說稱先是任平陰縣主簿時彼處亦有賊人撅
開墳塚偷盜訖尚好信墳墓奉到上司除官兵捕限止
凡人既已死歿必須入土埋藏其子孫苟非塋葬不許無
合常川捉獲賊人合無依此體例申乞照驗事省部相度
事開發如何近有無圖之人貪竊財物盜發邱塚因而損

四二一 典章五十一 刑部十三　　　奚

壞棺槨暴露屍骸情理大重若不責罰不惟賊匪滋生切
恐官兵不為用心警捕將來長盜之源深為未便得此議
得今後若有開刼墳塚賊徒於已發墳塚者此同竊盜全
罪如開棺槨者與強盜同罪如殘毀尸首者與傷人同罪
其餘應捕官兵依上決罰似為相應呈奉都堂鈞送本部
准呈仰照驗施行

# 刑部卷之十四　典章五十二

## 詐偽

### 斷例

四七　五七　六七　七七　八十七　杖百一皂流遷　處死

| | | |
|---|---|---|
| 詐傳制書 | 犯人 | |
| 百三十　《典章五十二刑部十四》　一 | | |
| 詐令旨 | 犯人 | |
| 偽造省印劄牒 | 犯人 | |
| 印物牒 | 為首　餘人杖斷 | |
| 詐稱監察 | 犯人　臨斬未慇察 | |
| 偽造鹽引 | 犯人人充賞 | |
| 偽造茶引 | 犯人　家產並給付告 | |
| 偽造礬引 | 犯人　比同偽造省部印信　首捉人賞鈔二定 | |

---

## 偽造

### 稅印

但犯

偽造酒記匠稅　省亦如之並示諸人告捕提賞京犯人名下發物貨如懷偽鈔一百貫下等物主如懷偽鈔犯人一半沒官於犯內二十付告捕者充賞原主若犯物不知情者免罪放脏滅犯人罪以擅給原主若與犯人同罪受財者與死人同罪以選制論告捕者真銀百兩　同真盜刺斷

| | | |
|---|---|---|
| 偽造曆日 | 從首 | |
| 偽造官文書 | 偽縣引偽縣引 | |
| 二七八　《典章五十二刑部十四》　二 | | |
| 詐認官物貨賣 | 免罷役不敘 | |
| 詐稱母亡 | 職官過草釋 | |

### 偽造

### 印信

| | | |
|---|---|---|
| 偽造 | 縣印縣印　從首 | 偽造行省印 |
| 詐稱令史 | | |
| 詐傳省官 | | 罷役別行求仕 |
| 鈞旨 | 犯人 | |
| 行省令史 | | 故耳 |

延祐六年五月

奏准新例今後斷酌勿當輕重一兩箇合處死的斷兩箇同伴當來的出軍同伴母令出斷的料勾罰他别的罷過一二要罪過細招詳察綠事干通例之

## 訴

**無官訴稱有官**　至元十五年　月　日益都路申為鄭均訴
既是中都路李千戶驅口小劉拐帶本使馬一匹跟隨前
造到牌用金紙裹做金牌作明廉暗察事取得鄭均狀招
前來益都不合做明廉暗察說者有皇帝聖旨欲要伊女張花兒為妻因張斌對
來益都不合爐對張斌訴說者欲要伊女張花兒為妻因張斌對
斬後奏如此誣誘說者有事發等情令先
道不見聖旨并虎頭金牌不招均為婿以此打到鐵牌一面
用金紙裹了令張斌并虎頭金牌又令孫彌虛寫皇帝聖旨當
又不合對向鄰玉孫彌二人訴說道有聖旨并虎頭金牌
充益都路明廉暗察扇惑各人酒食又令孫彌虛寫皇帝聖旨裏塔
事因又招不合訴說免了鄰玉軍役訴寫皇帝聖旨裏塔

五二六

《典章五十二刑部十四》　三

察大王福應裏
安裏丞相釣旨裏軍戶都暗察金牌若
有事發并公事先斬後奏如此扇惑各人罪犯金牌若
驅口小劉在逃不即送官外訴免鄰玉軍役係輕罪并鐵
依虎符牌與張花兒為婿罪犯若擬偽金牌緣用金紙裹
着做金牌說即係不應為事理合杖八十亦係輕罪又
招家有聖旨虎頭金牌充益都路明廉暗察若擬詐偽制
書別施行文憑止擄不合訴稱都路明廉暗察罪犯擬舊例
為官人徒二年其鄭均合徒二年部擬量決七十七下省
行下益都路歸結

又例
省劄付送下行工部呈歸問到濟南軍戶李良
招伏不合於鐵場內訴稱監察等事法司擬李良所犯
即係無官訴稱有官部七十七下省斷六十七下

**菲偽大王令旨**　至元八年四月二十六日太原路申歸問到

七五二

徐謹招伏不合於至元八年三月二十一日因與王阿郭
先奸後避罪在逃訴寫到阿只吉大王令旨致被張山盤
問倒不能抵諱罪犯訴寫法司擬舊倒訴為官司并文書者杖
一百其徐謹所犯理合杖決一百部擬七十七下省准斷

**訴傳省官釣旨**　大德八年十月初九日江南行御史臺准御史臺
咨承奉中書省劄付來呈行臺咨監察御史問到江西行
省令史成元邦狀招不合於大德七年九月二十七日因
為徐幼儀元邦告宗季和過割田梁等事訴傳都堂到江西行
興訴提控案牘其呈本路迴避行同吏不曾斷過如此
體倒本臺看詳宜令合千部分定擬其呈照詳送刑部議
得行省令史成元邦所招詐傳行省官釣旨別行求仕標附相應都省准
罪量擬決四十七下罷見役別行求仕標附相應都省准

五三一

《典章五十二刑部十四》　四

擬仰依上施行
等不畏公法又人妾稱行臺按察司官差委察事謀造印
押訴偽書寫文字搧惑人民取要錢物深為未便合下仰
照驗用心暗行體察若有似此又人捉拿得獲牢固收禁
依理追問如係訴稱行臺委去劃時申覆照驗更為行移
合屬依上施行

**訴稱舍人**　至元二十二年正月　日行御史臺准御史臺容
訪聞近來有不畏公法之人訴為貴勢子弟稱曰舍人等容
徒連騎凌脅平民因行奸盜長此不問恐別生非違不可
以為細事今後在都兵馬司及外路官司應捕人等各宜
嚴行緝捉如有違犯之人取問首從招證明白痛行懲戒
牒發緝賞官司收係施行庶幾小懲而大戒不致長惡以

病民本臺除外咨請照驗施行

## 詐稱神降

斷袁州路宜春縣朱千二招伏不合在家寫榜貼謊稱是
釋迦老子又號白衣居士詐稱禍福扇惑鄉民
燒香請水議得朱千二爲首即與本司斷過詐稱神降胡
士宗一體擬斷六十七下爲從朱千八三十七下失覺察
牌頭一十七下

## 詐騎鋪馬斷例

至元三十年五月十三日福建行省據通政
院呈近據歷司焦承事呈江西整治站赤至袁州捉獲
得詐騎鋪馬人劉斌一名解院發下鎮江路審責得招伏
係是替軍人員充江西轉運司奏差告開不合於至元二
十九年間十二月十四日欲去廣東道尋覓勾當詐稱海
北道廉訪司奏差僞寫袁州分宜縣水站賺文該賞筆御

五、四六

《典章五十二　刑部十四》　五

寶聖旨一道起馬一匹至吉州路安福縣倒給印信文字
起馬經由一十二站詐騎鋪馬關支分例罪犯本院移准
大都通政院咨至元三十年三月初五日奏過事内一件
劉斌小名的僕兒人詐稱廉訪司奏差麼道十二箇站裏
騎着鋪馬行的盤問拿住也杖子裏敲着呵怎生麼道奏
將來郵裏城于裏官人每依體例打一百零七下有
麼道俺根底也與將文書來有麼道奏呵怎生麼道聖
旨也欲此

## 詐申漂流文卷

大德八年三月　　日行臺准御史臺咨海北
海南道廉訪司申瓊州樂會縣虛推大德六年八月十三
日戌時忽然巨風大雨潦水沃漲推倒厰字淹沒本縣文
卷九百一十三宗取到各招伏除將典史唐有孚司吏
吳文惠依招斷罪罷役不敢外據本縣官達魯花赤驛

---

縣尹王英簿尉李德用通同商讓因風水泛漲將已救獲
大德三年至大德六年終巳未絕文卷九百一十三宗奏
到安撫司指揮全未施行三十四道妄申洪水漂流一空
欺詐上司罪犯全廢一縣事務刷原情易爲倒塌各決
四十七下罷職別行求仕緣係事務杜絕照刷原所招各決
中書省劄付送刑部議得樂會縣官吏
一十三卷并見行文字隱匿原有干礙盜賊人僉係官
已招究明白除典史唐有孚司吏吳文惠二人斷罪罷役
外據達魯花赤驛縣尹王英簿尉李德用所招各決四
十七下解見任降一等敘用似爲相應都省准擬除外仰依
司追究到官數內原有干礙盜賊人僉係官錢糧等事俱
上施行

## 詐雕縣印

至元二十一年四月十八日中書刑部爲三叉口

五、四三

《典章五十二　刑部十四》　六

河渡司歸問到周發福陳中山等招伏爲遺失訖原引周
發福該決五十七下陳中山決四十七下
雕行省并中書省印信爲官押字行省官保官到文引渡河罪犯周
與無根脚求仕人等僞填勅牒逐節斷罪犯人等杖決
過已將爲首王容於市曹對衆處斷其餘人等多無中書省
府合輒便禮任勾當若不取問是實詐僞緣由及將所
照會將各處無照會禮任州縣官人員多無中書省

## 詐僞印信

延祐六年閏八月　日江南行臺准御史臺咨承
任
受宣勅省札抄連開呈若有似此人員依上呈省無令禮
驗速將各處無照會禮任勾當若不取問無合下仰照

奉中書省劄付延祐六年五月初二日奏過事内一件近
年以來偽雕假印押字支取錢糧的也有委付勾當保承
的文書也有又合流遠去了的人每教自己回來者應道
行了文書的也有為在先似郵殷假雕刻印信押字人每
的罪過定擬的輕了的上頭不改有又軍情勾當裏雕假
印押字交行文書呵扇惑百姓若不嚴切禁治呵不中也
者今後斟酌勾當輕重一兩箇合處死的處死合出軍的
交出軍同伴來的斟酌著他每的此先例罪過加一二等
要罪呵怎生奏呵奉聖旨那般者欽此都省除外合下仰
照驗欽依施行

六四二

《典章五十二 刑部十四》　　七

---

偽

### 偽造寶鈔

至元二十八年月　日湖北宣慰使司奏到行
中書省劄付為榷茶運司呈奉都省降到引據晝榜文
内一欵偽造茶引者處死者首告得實者犯人家産並付
告人充賞

### 偽造鹽引

至元二十九年二月　日中書省户部降到鹽引内
一欵偽造鹽引者皆斬首告得實者犯人家産並付告人
充賞先覺察鄰首杖一百

德全申覆刑部斷決了當別無定到追没給賞體例得此

### 偽造顔色稅印

皇慶二年月　日江西行省准中書省咨
户部呈奉劄付為判本部元呈課提舉司呈申至大二年捉
獲得偽雕稅印沈變帖木兒至大四年捉獲私熬顔色李
稅情犯尤重但犯人杖八十七下偽造顔色酒記匿稅者亦
已有通例其偽造稅物雜印私熬顔色偽税物貨比之匿
税物内一半付諸人告捕得實於犯人名下徵中統鈔一百貫
如之並許諸人告捕得實於犯人名下徵中統鈔一百貫
充賞物内一半付告人充賞其餘一半没官於物主相
沒官物内一半付告人充賞不知情者免罪物給原主受
財者與犯人同罪議得若准部擬咨請依上施行
應得此都省議得告捉事人擅自放脫犯人罪二等受

送户部約會刑部謝正議一同議得匿稅之物告人給賞

五十五

《典章五十二 刑部十四》　　八

### 偽造佛經

元貞二年二月初五日中書省咨准河南行省咨
陜州路遠安縣太平山無量寺僧人袁普照自號無礙祖
師偽造論世秘密經文虛謬凶險列板印散扇惑人心取
訖招伏於元貞元年十二月十七日奏過京南府一圍山
裏普照小名的和尚偽造佛經邮經裏寫著犯上的大言

典章五十二終

語有交抄與諸人讀有麼道今夏南京省宦人每與將文
書來呵俺上位奏了差人與宣政院官一同問去來如今
問將來也是實有和他一處做伴當徒弟每總共四箇人
郎的内共一箇和尚三箇俗人普照小名的和尚根腳裏
連偽經來着木頭雕着自己的形偽用金粧着正面兒坐
着左右立着神道那經裏更有犯上的難說的大言語又
印寫的其間向前做伴當來的兩箇和尚這三箇的罪過
重有商量來奏呵奉聖旨敲了者又一箇徒弟姓成的和
尚別造着偽經說着南京迤南有的城子裏這般這般的和
也麼道眼有歹言語是赦前有打一百七下交流遠去那
般怎生麼道奏呵奉聖旨雖是赦前乃勾當有敲了者
又這的每外與他每做伴當來的十七箇和尚三箇俗人
斟量着各人的罪過一百七九十七八十七七十七打了

〈典章五十二　刑部十四〉　九

三十九又六　放呵怎生商量奏呵奉聖旨那般者欽此

刑部卷之十五　典章五十三

訴訟

告者抵罪反坐　司

事不得稱疑誣

注年月指陳實　管官枉斷

諸人告罪者明　越本誣告

斷例抹子篡十四七　一百七　七十七　流遠　處死

今後若有書畫
圓狀保舉官員
諸訴公事取問
是實欽依斷罪
其餘寫立私約
文字告訴公事
量罪輕重科斷

《典章五十三　刑部十五》　一

三卅六

無頭圓狀

嵩呵起意
的狀頭者
虛告人的
一兩箇交
者

但是寫者
名兒的斷

無頭匿

名文字

寫的輕呵
若是寫的
不曾見撇的人呵
將本人流
重呵將本
他教告隨時敗獲
孩兒斷與他媳婦孩
者即依條處斷得書
輕者即便焚毀將送
簡月或四十日不見呵
有勾當的便勾當者

原告走了呵被論人至
一百日不生受那甚麼呵
簡月尚遠不見呵或一
他的媳婦人等敵了將
孩兒斷與他媳婦孩
者即依條處斷得書
輕者即便焚毀將送
更實鈔五住的人更
入官司受而爲理減
十定
賞鈔一百官司受而爲理
定二等

---

書狀

籍記吏書狀　大德十一年五月行臺准御史臺咨據淮西江
北道廉訪司申檢會大德五年三月內江南行臺咨御
史忻都將仕呈各處狀舖之設本欲書狀有理詞訟
應告不應告言之例庶革泛濫陳詞之弊亦使詞府便知
靜簡易於杜絕比年以來所在官司設立書狀人多是各
官梯已人等於內勾當或計會行求充應所任之人既不
詣曉吏事反以爲營利之所凡有告小事不問貧富須費
鈔四五兩而後得狀一紙大事一定半定者有之多寡而
告一事申狀先其稱已有乙狀却觀其所與之多寡故行
後與之書寫若所欲方與書寫稍或慳吝各行
留難暗行報與被論之人使作先告甚至爭一先費鈔數

《典章五十三　刑部十五》　二

五四四

定者又有一等有錢告狀者自與粧饌詞語虛捏情節理
雖曲而直無錢告狀者雖有情理或與之削去緊關事意
或與之減除明白字樣百般調弄起詞訴由是訟庭見舉
見繁冗初詞疑似卒難窮治其失置立書舖之意今後輪差
令有司於籍記吏員內遊選行止謹慎吏事熟閑者差
一名專管書狀年終經換果無過差即便收補仍先責書
狀人甘結狀每呈狀人到舖依例書寫當日須要了畢不
許有留多餘書寫人等在舖若詞狀到舖妄行爭端有無
錢物故作停難不即與寫及不仔細詢問事之爭端有無
明白證驗是否應告詞訟以直作曲以後爲先朦朧書寫
調弄作弊許令告人經赴所屬官司陳告是實當該
書狀人等聯罷若所屬官司看詢不行廉訪司到官體察
究問行臺准呈遍行合屬依上施行訖卑司竊見江北

州郡所設書舖亦有此弊若依行官民便益然此
即係為例事理乞照詳事得此本部看詳江淮腹裏諸處
路分俱係一體如准本道所言似為便盆却緣各處路府
州縣所管人民多寡詞訟繁簡不同宜令合干部分斟酌
合設人數通行定擬相應呈奉中書省劄付送刑部議得
書寫詞人狀之弊合准御史臺所呈施行所設人數各處
斟酌遴選差役若有泛濫廉訪司就便究治相應都省准
呈除已遍行各處依上施行

百八十

典章五十三刑部十五

三

---

聽訟

至元新格

四欵諸獄訟原告明白易為窮治其當該官司凡
受詞狀即須仔細詳審若指陳不明及無證驗者會別
其的實文狀以憑勾問其所告事重急應掩捕者不拘此

例

又諸民訟之繁婚姻家財田宅債負甚其各處官司凡妳
人各使通曉
不應成婚之例牙人使知買賣田宅違法之例仍結文狀以
人使知應告不應告言之例仍取管不違法結寫詞狀以
塞起訟之源

又諸論訴婚姻家財田宅債負若不係違法重事並聽社
長以理論解免使妨慶農務頒紊官司

又諸詞訟若證驗無疑斷倒明白而官吏看詳故有枉錯
者雖事已改正其原斷情由仍須究治

又諸聽訟事理當該官司自始初勾問及中間施行至
末後歸結另置簿朱銷其蕭政廉訪司專以照刷無致
淹滯

四六三

典章五十年刑部十五

四

軍官不許接受民詞　至元二十一年五月二十四日承奉福
建行省劄付該本省所設各路鎮守并都都鎮撫衙門止
是專一提調軍馬鎮過地面勾當其餘一切事務合從有
司承管今體知遇有往來諸色經商買賣客旅人等鎮守
司并省都鎮撫司往往自出給差引文憑及接受民間一
切詞訟其間恐有不無違錯者事發深為未便由是仰諸
行下各司今後除名奕交替還家軍人許令本司出給文
引外據諸人告給文引及一切民間詞訟從本路總管府
處依理施行

詞訟

街里正備申 至元三十一年六月十七日江西道廉
訪司備袁州路推官石承務呈竊謂詞訟之繁係民官
之政今見大江以南鄉都里正社長巡尉弓手人等恃
為官府所設之人事不干己輒為體訪民皆受苦馬當該
司不詳事體勾攝民戶作為奸故此今
後除地面嘯聚強竊盜賊殺人偽造寶鈔私宰牛馬許令
飛申其餘一切公事聽令弓手人等不許干預所處民告詞告
正主首社長巡尉弓手人等不許接受民訟官吏為奸許令
官不應受理者即與明白分別省會退還自然訟簡民安乞
呈照詳得此憲司准呈可依上施行

巡檢不得接受民詞 大德三年四月十五日江西行省於二
月初九日欽奉詔書內一欵節該政令有所未便更弊有

五八一 一【典章五十三 刑部十五 五】

所未去民瘼有所未除仰差去官與本處官應便蠲革者即與
蠲革欽此除外一件各處巡尉司職專捕盜例禁不許接受民訟
今各處捕盜司巡檢司除額設司吏手外又行將引潑
皮無名馬手提控人等將帶空頭文引與里正主首局幹
人等捏合事端私受白狀及有被盜之家多以事主不行
告發為詞差人看踏賊蹤帶領若無名子弟動計三五十執
把軍器勾擾平民監設弓手截日盡行革去民甚苦
之今仰本路遍行合屬將濫設弓手盡日革去仍
切禁治捕盜官司受理白狀若是依前違犯嚴行治罪

出使人不得接詞訟 大德六年九月二十二日江浙行省准
中書省咨該杭州路道錄事司申已斷為良蔡臘梅自願
出家有朝廷差來官速古兒赤禿滿等卻行接
受張阿樊文狀將蔡恩茂取發本省參詳蔡臘梅既廉訪

司歸問得不係樂人子女押令為娼已斷為良自願出家
今次禿滿等因事到杭州卻接張阿樊文狀行移道錄司
取發以致禿滿已斷若依已斷出使人員除本宗事
外似此理問詞訟合無禁止咨請定奪送刑部議得蔡臘
梅既是已斷為良本婦棄俗為尼除本宗事外毋得接理詞訟若
諸衙門出使問詞衙門咨都省議
名若行省若有擾民害公所行不法人員具呈本宗事
各衙門出使人員臨事區處相應其呈照詳都省議
得今後諸衙門出使人員除本宗事外擬難據衙門
名不法事跡開咨都省都省咨行省照詳都省擬咨請
諸衙門出使人員理問詞訟其於本事不同以難禁止合
果有必合上聞事理實封申呈合干上司部擬咨請
照驗施行

詞狀不許口傳言語 大德七年閏五月十七日江西行省廉訪
司承奉行臺札付准御史臺咨承奉中書省札付刑部呈

五六九 八【典章五十三 刑部十五 六】

照得近年以來一等訴訟僥倖之徒為所告之事無理往
往裝控節詞越驀本管官司直赴都省陳告亦有口傳都
堂鈞旨送下白狀令本部施行其於事體甚為不便以後
果有必合告着受理文狀宜從都省押明白批送官員
施行具呈照詳得此照得各部諸衙門人員須
面或因細事妄作疑似赴都堂稟說立案施行其於事
體深為未便都省議得今後除緊急事務必合稟覆者須
經左右司參議一同票說常事止勤公文其餘人等口
傳言語不許奉行餘准所擬除外仰依上施行承此

站官不得接受詞狀 至大元年四月初五日行臺據江浙監
察御史呈竊惟朝廷設官分職各有攸司責任既專綱維
不紊此古今通制也兼諸詞訟已有欽奉聖旨條畫井都
省元行定例今體知隨處水馬站赤遇有爭告婚姻田宅

五、四

家財戶役一切詞訟避有司難於誣證往往裝飾虛詞訐
會站亦陳告其本站提領人等不體所居職役不詳所告
虛實輒便受理備申本路其當上司又不覈問究治據
便准申行下合屬是致攪亂正理執素頗問則無由可推
決則無理可斷欲罷不罷此皆受理不明之過實爲蠹政
今暑舉各站祗應庫子倒於站戶役內差撥一名上下
半年交替就准里正首戶役設若不從公理斷合自下
而上經諸本管官司陳告其鎮江路備馬站於大德十一
年七月至十二月五箇月間接受所差庫子倒四名
已實到本縣收貯在官照勘追問原告是實於十月十一
十一年間三月二十一日將典田價錢中統鈔一十三定
今衢州路龍游縣人戶董應辰馬戶人李尚之於大德

【典章五十三】刑部十五

七

日議擬令董應辰管業收租其李尚之不行赴縣收領原
價不待本宗公事結絕却經馬站告論當縣該吏王番貼
書方惠等取受荒中統鈔三十五兩本站受狀備申總管
府差委路史汪子屋與本縣一同追問輒憑李尚之表弟
楊菊孫作見付人將違錯當該官吏取問另行外看詳各處站官
人稱寬除將被告貼書方惠等監禁取問以致各處站官
多係省臺公使首領官面前隨使人等類皆不讀官事使居
此役祗待使人管幹馬疋船隻舖陳什物一切事務乃其
職也站戶詞訟自是有司之責不應站官私受詞狀若不
禁治不惟紊亂官府實爲蠹害良民不便呈乞照詳施行
得此本臺除外仰照驗行移合屬禁治更爲常加體察施
行

---

五、三二

告事

告罪不得稱疑

中統五年欽奉聖旨條畫內一欵節該諸人
告罪者皆須明注年月指陳實事不得稱疑誣告者抵罪
反坐如有論告本管官司者許令直赴上司陳告其餘並本勘
官吏若有論告本管官司者不得越訴如果有寃枉屢告
不理以及決斷不公者亦許
直赴上司陳告欽此

被論人對證原告事理未經結絕其間若被論人却有告
府再行公議得訴訟人等於本爭事外不得別生餘事及
訴人皆於本管官司訴之不得於本爭事外別生餘事
多於原告事外增加事狀理宜約束送刑部檢擬得舊例
至元八年九月尚書戶部呈契勘應論人等

【典章五十三】刑部十五

八

論原告人公事指陳實跡官司雖然受理擬候原告被論
公事結絕至日舉行擬合遍行照會爲此移准中書省咨
議得據訴訟人等於本爭事外不得別生餘事一節謂如
原告人若有干已候本爭事結絕別行陳告是爲相應省
再令具狀陳告候見得公事候畢受理擬合就便依上施行

狀外不生餘事

告人言告虛實側

諸人言告虛實側大德七年二月二十八日中書省咨今後
事若實重事誣者依條反坐庶望少革饒倖之弊如蒙准
呈遍行各處照會其呈都省准擬施行

告事非全虛倒

省劄付來呈備監察御史呈桓州高孪羅夕所招不合將高
官教化州判等不公除知州人戶韓伴驢等咨告本州
州祗候張得進前來以致本人置備酒食於人戶處齊欽

鈔兩罰體半月教化州判不合擅自離職迤北尋馬糧決
二十七下罷職外原告人韓伴驢等誣告教化州判大德
九年七月三十日接受魏三中統鈔五定對問得却係祗
候人王甫將鈔二定收受入已依枉法倒斷訖四十七下
革去看詳韓伴驢等誣告罪犯欲依重事告虛例全科却
緣一項事除已將過錢人王甫斷訖或將所剩送刑部議
不見所守通倒宜合干部分定擬其呈照詳送刑部韓
得知州高宇羅歹州判於教化所犯依准臺擬料外原告人韓
五定對問得係祗候王甫將鈔二定過受魏三中統鈔
入已將王甫斷罪革去韓伴驢等雖招過付既非所告受
伴驢等所告教化州判於過錢二定交加處受魏三中統鈔
受不實終是魏三音令王甫斷罪革去韓伴驢等雖招取
虛依例難議科罪都省議得今後所犯量事輕重詳情議

三十三
罪餘准部擬除外仰依上施行

典章五十三　刑部十五

九

---

詞訟正官推問

詞訟正官推問　至元六年九月中書右三部奉中書省劄付
御史臺呈該山東道提刑按察司申王文選告萬城縣官
吏不公東平等處官司委令不係省部遷轉無職人員置
院推問公事擅自將人打拷被論人有祗受宣勑官員為
所委推問不係正官中間有不肯依理受招誣人等不推
公事違錯引惹詞訟煩官司親為理問如地里遠遣事關人眾須
州縣官吏人等不公等事先取各人重甘執結文狀若有
附近去處本管官司不能結絕今後如有告論
合委官推問本處摘官一員將領請體人吏等前往被
論去處依歸問於附近縣官內選差廉幹
正官將引請體人吏勾當照驗事本臺參詳所申似為
相應省府准呈遍行各路一體施行

典章五十三　刑部十五

十

五三五
人吏不得問事

人吏不得問事　咨浙東道申府州司縣刑名詞訟計囑陳訴行省并宜慰
司已下衙門輒差令史宣使人等與各處一體禁治相應
呈奉到中書省議得刑名詞訟果有饒倖事有偏徇
必須委官追問事理合聽從公選委人員擅作威福若有
理宜糾治除外仰照驗施行及所委人員擅作威福若有
須差官追問事理除朝省外各衙門輒差令史宣使人等
宜與廉訪司書吏奏差一體禁止相應呈奉中書省劄付
依已行事理施行

儒人詞訟有司問

儒人詞訟有司問　皇慶元年二月江西廉訪司奉江南行臺
劄付御史臺咨奉中書省劄付來呈江南行臺咨浙西廉

五七三

〈典章五十三　刑部十五〉

訪司申江浙等處儒學提舉司申杭州路鹽官州儒學狀
申至大四年二月十八日儒人沈麟孫吉伊弟沈壽四侵
占管地等處移文鹽官州約問有鹽人沈麟孫吉公事學官又不
依例約問徑直勾擾以此參詳儒人相干公事學官一同
約問乃天下通例今鹽官州沮壞學校卑司參
分定擬相應具呈照得此詳行臺看詳如准浙西廉訪司所言
與有司約會歸問詞訟素煩不通例從合干部
庶儒人與民一體抄籍難同別籍戶婚等事若從有司歸結庶
不素緣係爲定例儒人相干事理本臺看詳如准浙西廉訪司呈
除干礙學校之原人材所自出其師儒之官當以教養作
之設實風化之弊此看詳行臺所言
成務在籍儒人果有違枉不公不法一切詞訟比例合
從有司歸問相應具呈詳都省仰照驗施行

**哈的有司問**　皇慶元年三月二十九日福建省宣慰奉江浙
行省札付准中書省咨至大四年十一月二十五日特
奉聖旨哈的大師只管他每掌教念經者回回人應有的
刑名戶婚錢糧詞訟大小公事哈的每休問者交有司官
依體例問者外頭設立來的衙門並委付來的人每革罷
了者麼道　聖旨了也欽此

**僧人互告違法及過鈔**　延祐元年八月
史臺咨來咨浙西廉訪司申杭州路僧人崇圭告信寺主

---

五九

〈典章五十三　刑部十五〉

姦占良婦非違不法與和相告不同兼錢塘縣吏吳壽
之取受必須信寺主指證方問照得皇慶二年六月十七
日欽奉聖旨節該管民官休管和尚者剋云全欽此並看詳各
寺住持與本寺僧人互相言告非違不法並省僧人干
礙取受事畢如何歸問咨請照詳准省咨僧人互相言
告非違事理宜令鄰近寺院和尚頭目結絕若官吏
札付該送刑部議得各寺院和尚頭目與本寺僧人互相
告取受該管頭目到既係一連官吏
御史廉訪司牒依例追問相應具呈詳都省仰依上施行

**僧俗相爭**　延祐五年三月初七日行中書省准浙東海右道肅政廉
相爭詞訟俱未結絕及已後續受相爭事理例該買驢院
司牒今延祐至臺州等路府呈准浙東海右道宣慰司都元帥府呈准浙東
使與拘該行省宣慰司管民官一同歸結俱各立案擬候
院官到日舉行今知得本官已行赴北經今一年之上因
答沙丞相阿撒丞相阿禮海牙平章郯釋鑑郎中哈剌多事等伯
訪相爭的詞訟管民官說稱問得等候宣政院於延祐四
爲前例不能杜絕中間事理室礙咨請照詳准此延祐四
年十月十二日也先帖木兒怯薛第一日嘉禧殿有時分
速古兒赤大慈都察里兒事中不花帖木兒等有來兀
伯都剌平章阿禮海牙平章俺眾人商量來各處照刷文卷於
訪相爭的詞訟俱未結絕麼道管民官立著文案有買驢
俗俺的詞訟交歸斷麼道立著文案有買驢回還一年
買驢院一同商量了將來有帝師根底聽過上位根底奏姦盜詐偽
有餘也說將來有俺交文卷裏照呵皇慶二年省官宣政
院官一同商量了帝師根底聽過上位根底奏姦盜詐偽
致傷人命但犯重刑管民官問者其餘和尚自其間不揀

## 被罪終制究問

甚麼相爭告的勾當有呵本寺裏住持的和尚頭目結絕
者僧俗相爭田土不揀甚麼告的和尚頭目與各
寺裏住持相爭田土不揀甚麼告的勾當與各
寺裏住持相爭的和尚頭目一處問者合問的
司衙門裏聚會斷者他每不到呵問約會不到呵於有
依體例斷者和尚頭目遲慢了勾當呵監察御史廉
訪司官依例體察各處行了勾當聖旨來俺商量來去
年爲詞訟多了的上頭宣政院各處差官與管民官一同
斷者歷道去了的都省除外咨請欽依施行
不揀甚麼勾當有呵依著皇慶二年眾人商量定皇帝根
底奏了行來的聖旨體例決斷者歷道呵怎生根
呵每般者歷道聖旨了也欽此都省咨請欽依施行

臺備監察御史呈禮樂户劉伯元告拱衛司庾令史禮部

皇慶元年六月江西行省准中書省咨刑部

五三三　　　▲典章五十三　刑部十五　圭

貼書閔昌甫取受中統鈔五定四十四兩五錢庚令史中
統鈔一定除將閔昌甫依例減等笞決外庾令史遭值父
喪如侯終制追問以厚人倫本臺看詳諸官吏被告取受
不公等罪或見終制追問勾喚未到值父母之喪丁憂者
若候終制追理別具呈照詳送據刑部呈議
得勸忠惟孝彌教以刑二者之中詎容偏廢凡官吏取受
不公等罪雖已告發到官歸對未定或勾攝追問未完及
承伏未曾與決不幸罹父母之喪丁憂者
被告情犯終制究問其餘公罪矜恕擬編行照會相應具呈照詳
休明庶見倫俗敦美若蒙准擬乞請依上施行
都省准擬咨請依上施行

# 原告

## 原告就被論問

至元六年十二月二十一日御史臺奉中書
省札付來呈山東東西道提刑按察司申各州縣軍民相
關詞訟合無依舊例原告就被論官司陳告等事省府相
度鄰近州縣與本管司縣軍民户計相關詞訟擬就被論
官司歸對毋得
照驗施行

## 原告人在逃　至元十年五月

日中書省准尚書省咨刑部
呈節次奉到省判送諸人陳告事理行下本管官司
歸對其原告人在逃違遇不能結絕爲此照得舊例諸人
告人召保知在品官即聽復職任滿月給解由求仕今照
告人召保知在品官即聽復職任滿百日跟捕不獲者被
呈罪官司鞫問是虛未經招伏在逃百日跟捕不獲者被
勘到各處申到原告人未經對證在逃已過百日跟捕不

三五三　　　▲典章五十三　刑部十五　古

獲有無照依舊例施行本省照得即條爲倒之事咨請照
驗事都省爲此聞奏上位欽奉聖旨原告人若走了呵被
論人至一百日不生受呵遠或一箇月或
四十日不見呵有勾當的便勾當去者這般走了的狀頭
並虛告論人的一兩箇教處死者欽此

## 被告

被問乾淨卸告 御史臺奉中書省札大德元年四月初四日
奏過事內一件阿老瓦丁說各衙門裏行的官吏有問
過被問的其間撫拾著見問的人每有呵先乾
淨了他底勾當之後告者又告監察廉訪司官吏
人每的上頭無有聖旨來則依自己的商量來自被
問呵人每有呵別無有聖旨來則依先聖旨您告者
告者候有俺底無有聖旨來則依先聖旨您告者的其間告者看循門別衙門裏
人每說有俺眾人商量來則依先聖旨您告者體例裏行呵怎生
聽讀過奏文呵奉聖旨您商量來的行者欽此
您這商量來的行者欽此

被告詐稱迴避 大德三年八月御史臺據河南道廉訪司申
《典章五十三 刑部十五》
四三四

車秀於至元三十一年十二月二十七日告邠州官吏不
公十二月二十八日本州官吏以貼書曹國政等告車秀
毀罵州官憑彭城等指證取招枷項號令加重杖斷五十
七下身死前後情節中間羅織因而致傷人命今後凡言
告官吏不公之人所犯被告官吏並合迴避呈奉中書省
札送刑部議得邠州達魯花赤禿述失知州趙際既無
取到招伏欽遇詔恩別無定奪都省准擬議得凡言告官
吏不公之人所犯被告官吏理宜迴避仰照驗施行

## 首告

駆口首本使私鹽 延祐二年三月十九日行省省咨准中書省咨
刑部呈山東鹽運司申固提場司申馬兵楊義狀呈延祐
元年四月十一日探馬赤索郎古歹駆口吳自當對義發
告有使索郎古歹自煎熬私鹽合用將上頭私鹽呈發
到官取訖索郎古歹自招伏不合不合煎熬私鹽入勾除食用外
有鹽二勸及取到駆口吳自當首鹽除食用外有餘剩鹽
索郎古歹掃刮減土煎熬私鹽用外有餘剩鹽二勸
散及因打罵本人對固提場巡使弓手楊義處伊使
伏卑司參詳索郎古歹合同告吳自當不合告訐本使
楊義撥到駆口吳自當首鹽除食用外有餘剩鹽
使煎熬私鹽科斷本司不曾斷過此倒誠恐池申明
准呈以爲通例照會相應具呈照詳都省咨請依上

《典章五十三 刑部十五》
五三八

降照得至大二年九月十一日欽奉詔恩內一欵節該如
有子證其父及奴訐其主及妻妾弟姪千名犯義者一切禁
止欽此本部參詳吳自當所招違別禁倒不應告訐本使
索郎古歹掃刮減土煎熬私鹽情罪其索郎古歹合同自
首原免吳自當所犯量情擬決七十七下分付伊使
准呈以爲通例遍行照會相應具呈照詳都省咨請依上
施行

婿告丈人造私酒 大德七年十一月二十五日山東宣慰司
准中書省刑部關承奉中書省判送本部呈山東宣慰司
濟寧路備碭山縣申王頭口告丈人劉通醞造私酒取訖
犯人劉通招狀其告人王頭口係劉通下財招到養老女婿
出舍女婿承繼戶門與男無異宜同自首本部議得王頭
口既係劉通下財招到養老女婿承繼戶門理同父子恩

義今乃王頭口棄滅人倫却行告許劉通醞造私酒即非
重事合准本路所擬此同自首免罪據王頭口不
約量懲戒以厚風俗相應具呈照詳奉都堂鈞旨送刑
部依上施行

八十二

**典章五十三刑部十五**

圭

---

# 誣告

**誣告本屬多科** 至元三年省准部擬豐州王平等八名各狀
招不合誣告本州安知州多科差發入已罪犯王平為首
四十七下為從各決三十七下

**奴誣告主斷例** 至元三年十一月初九日承省判送下高德
祿進誣告本使金宣差使令張彈壓齋文字並玉帶前去南
界奉蠻子皇帝罪犯今本使告乞減刑歸斷事法司擬
舊例奴婢應告主事而誣告皆斷本主求免者聽減一等
今本使告乞減刑合徒五年部擬決一百七十下省准

**誣告官吏斷罪** 至大元年行臺近據來申准廉訪司牒近來
犯贓經斷之人撫拾原問官吏赴上司稱寃信憑一面詞
因犯除名不敘者却得敘用官吏反被誣執貪婪之人因

**典章五十三刑部十五**

夬

得快意但公正有為之人豈肯向前莫若今後被問經斷
之人如有寃抑先赴御史臺陳告受理照勘犯人若果寃
抑隨即改正仍治原問官吏不應枉問之罪若對問得已
斷別無寃抑再斷本人誣告庶使問事官吏肯為盡
心詳察實情不致枉問被斷之人別無寃抑不致紊煩上
司誠為便益申乞照詳得此已經移咨御史臺照會廉訪
司得近奉聖旨照詳今後告監察廉訪司官吏每根底去訖
照問來的人有呵問的是實的被告的官吏每根底依
若合問呵問的人有呵依在先的聖旨體例御史臺裏告者
過者若虛呵告的人每根底加等斷罪者欽此

四六七

## 稱冤

**稱冤從臺察告** 大德十一年八月十五日御史臺咨奉中書
省札付來呈建德縣達魯花赤桑哥哈剌失因起益安樂
堂等事取受錢物內程貴德等鈔一定為重取訖招伏追
職到官人赴建德路江浙省稱冤本省輒憑虛詞咨亦
都省不候明文輒令還職擬合將桑哥哈剌失倒殿敘
支過俸給追徵相應本部議擬合咨都
省如本人果有冤抑赴御史臺陳告外據行省受理不行
咨稟都省明降輒令桑哥哈剌失囚起益安樂本
為此本部議得鈔定理合赴御史臺伸訴合咨本
取受訖程貴德等鈔定理合桑哥哈剌失囚起益安樂亦
省區處呈奉札付准呈除已移咨江浙省依上施行具本

五〇三
典章五十三 刑部十五
九

**稱冤赴臺陳告** 至大四年閏七月十八日江西廉訪司承奉
行臺札付准御史臺咨監察御史呈近為尚書省恣意行
事沮壞臺綱致令被問經斷官吏人等往往稱冤求
仕不應還職相應都省准擬合移咨都省照勘於本人名下
追徵還官令史違錯招伏咨省外仰照驗施行奉此今奉
省首領官令史違錯招伏咨省外仰照驗施行奉此今奉
候都省回咨輒令本人還職其違錯一節已蒙移咨行省
取問去訖赴還桑哥哈剌失職役合候殿年滿日依例求
德等鈔定理合赴御史臺稱冤江浙行省不應受理及不
前因本部議得建德縣達魯花赤桑哥哈剌失取受程貴

---

加等斷決具呈照詳得此於至大四年四月十四日奏過
事內一件設官置吏為安百姓分揀是非有來如今委付
來的官人每不尋思養百姓科一分雜泛科的
上頭百姓每生受有更了的因事要了那般做了的卻做不
是的卻做的上頭為那般世祖皇帝立御史臺廉訪司
交紏察的有來如今被擾的眾百姓上位根
底到不得近上的臺裏告的廉訪司裏告的
官人每對證著招伏了斷罪便達知上位百
上位根底勾當裏不肯向前有一兩箇肯向前行的緣故造
懼怕著勾當招伏了的也有官人每的冤抑便達知上位
多有似這般明白勾當裏來不能達知為那般做著稱冤的
姓每抑上位根底勾當著監察御史及廉訪司官
的有俺商量來今後廉訪司官俺好生的選揀著上位根

五六八
典章五十三 刑部十五
二十

底奏可憐見呵俺儘氣力拯治依著世祖皇帝立來的聖
旨體例裏稱冤的人每臺裏告者臺官每分揀者上位
奏呵怎生奏呵那般者臺官麼道聖旨了也又奏尚書省沮壞
臺綱的上頭監察廉訪司官枉斷罷俺麼道省臺裏稱
冤的人多有如今俺待問呵赦前勾當有來奏呵赦前勾當
您休問者今後稱冤的人臺裏稱冤您依體例分揀者麼
道聖旨了也欽此

又御史臺咨皇慶元年四月十二日奏過事內一件薛禪
皇帝立御史臺呵紏彈官吏做說謊見的眼聽的耳
朵廢道有來完澤禿皇帝時分樞密院經歷哈剌哈孫
與伯顏八都馬辛等省官通同言著郭監察時分三寶奴
行間累經革欽遇詔赦擬合革擬今若有
行來那事問的其間經了革來曲律皇帝無體例打來又教
等奏委付臺官每來臺裏首領官吏無體例打來又教
赴御史臺陳告如所告是實原問官吏當罪誣告者依例
告監察御史廉訪司官吏枉問人員合依原奉聖旨事意

令納昔兒等八十人稱冤沮壞臺綱行來去年春間皇
帝登位那勾當是赦前勾當休問者廢道奉聖旨革了
來如今納昔兒等三起人每稱冤來的上頭奉聖旨刑部
裏差人分陳者廢道省家俺根底與將文書來有這人
每裏頭一箇安縣尹周元小名的人大德七年張聞
陝西做監司時斷罷來到今十年也纔縷稱冤一箇納昔
兒小名的人原招了三件取受著三件取受著四定
鈔監察擬著四十七下敘用五府審四官斷的番了問
的再招了阿加等打了五十七下其餘的人每都和這
的一般招取了的也有臺裏頭也有刑部擬來的也有五府
審四官斷了的至於二品三品犯著
件那一件取受了七十兩鈔不曾敢告有則這一件也
合罷職有一箇吏部令史裴頤浩小名的人要了四定
人每無羞懼的上頭這般安告有又違了聖旨將赦前
勾當告有沮壞臺綱待做乾淨人廢道這般家也說道省
告來這告有的事都是赦前的勾當有刑部這省
家合回奏廢道省裏與了文書有俺家事也有室礙依
當問阿做賊說謊的人斯放學臺家的人有呵怎
著已了的聖旨體撥了呵交行臺裏告依著稱冤的裏呵交
臺裏怎生告外頭的有呵交行臺裏告依著稱冤者廢道
揀呵怎生奏呵7人每有恁說的是那般者廢道聖旨
了也欽此

**稱冤問處斷倒好生斷者** 延祐三年四月二十六日江南行
臺准御史臺咨照得先爲行臺並各道廉訪司斷罷犯贓

五、四九

**典章五十三刑部十五** 卌

---

**官吏革前稱冤** 延祐三年六月二十七日江西廉訪
臺札付准都臺御史臺咨延祐二年十一月二十七日合稟

人員往往捏合飾詞赴臺稱冤於延祐元年十二月二十
五日拜住怯薛第三日光天殿兩壁樻毛主廊內有時分
速古兒赤兒不花天寶赤買驢等有來趨兒只中丞脫
火你治書買驢經懘等奏剳罕大夫等眾臺官商量定
教俺奏有各處爲取受斷罷了的官吏每來這臺裏稱冤
的多有這裏頭取受斷罷前的人每這
揀後的這裏頭赦前的也有革後的也有這臺裏
裏也無接了他每的告狀有的廉訪司裏
每不肯只俺根底發將去問的是虛呵好生斷著廢道聖
旨了也欽此除外咨請欽依施行

通例呈奉到中書省札付送刑部議到下項事理一欵官
吏革前取受錢物廉訪司已行追問赴御史臺奉使宣撫
稱冤札付本道照勘取問之際遇詔赦罪經釋免原還
職前件議得官吏取受格前稱冤行移照勘追問之際既
遇赦免再無取到招伏欲依革撥合令還職如及鈇期已
注代官別行求仕相應都省准擬仰依上施行

四、二三

**典章五十三刑部十五** 至

**告罪不得越訴**

中統四年正月欽奉聖旨宣諭燕京路總管
府條畫內一欸節該諸告人罪皆須明注年月指陳實
事不得稱疑誣告者抵罪反坐不得越訴若有本處官司
理斷偏向及應廻避者許令赴部或斷事官處陳告

**越訴轉發原告人**

至元二十四年七月二十二日江西行省

據吉州路申人民詞訟之劇多有不候本路歸結越經省
府按察司控訴及至受理行下歸問却有原告人不行前
來歸對必須勾追躲閃遷延不能杜絕今後訴訟人等如
有不候本路歸結輒便越訴本路歸對
乞照詳本省議得各路爭告戶婚田產家財債負強竊盜
職一切公事若各路歸斷狗理斷不公詳令直赴上司
陳告如有越訴告狀之人即便轉發合屬斷罪歸結外仰
照驗依上施行

五十二

典章五十三 刑部十五 三

**告論官吏不越訴**

至元二十六年 月 日行御史臺近

據江東浙西道各狀申諸人赴本司訴訟人等除依例省
會自下而上陳告外據合論官吏因事取受錢物未審合
無受理乞明降事得此移准御史臺咨奉尚書省札付
該來呈今後告論官吏取受不公若越訴一例不受則
是知而不舉呈乞照詳事得此都省相度按察司係紏彈
之官若有告論官吏受贓不公依例追問合下仰照驗依
上施行

**越訴的人要罪過** 大德十一年江浙行省准中書省咨大德
十一年九月初一日中書省特奉聖旨不揀甚麼勾當告
的人有呵依著立定的體例當訴的每根底自下而上告

者麼道悠省諭行文書者越訴的人每依體例要罪過者
麼道是聖旨了也欽此

典章五十三 刑部十五

四十七

# 代訴

## 老疾合令代訴

至元九年八月中書兵刑部承奉中書省判送御史臺呈陝西四川道按察司申該爭告戶婚田宅債負驅良差役之人於內有一等年老篤廢殘疾人等及本人倚賴年老篤疾故告少壯作活之人恐有冤抑多為受具狀陳訴其官府哀憫此等之人羈伴隨衙意望責若不受狀妄生事端外是非官府不免坐罪奈逐人不任刑憚不爭如此老篤疾故告便反抵罪爭奈是本人指證無理衷私逃走赴本管上司言告致被問見實蹟難處決批奉都省鈞旨送兵部議定例似年老篤廢殘疾人等如告謀反叛逆子孫不孝及同居之人代訴除已札付御史臺照會外仰照驗施行

五、四三

〈典章五十三 刑部十五〉

## 禁治富戶令幹人代訴　大德三年二月奉行省御史札付據

江西道廉訪司申為江西地面刑豪富戶令佃客幹人代訴詞訟事今後隨處稅戶除令佃戶種田納租外毋得非理驅使如有主使興訟論公事及代為主戶冒名陳告之人都省准擬議得合行抵罪反坐原告親屬通知所告是實痛行懲治果有年老篤廢等疾止令同居之人代訴除已札付御史臺相度諸人訴訟自有定例各處受理官司宜當詳審除外仰依上禁例施行

## 閒居官與百姓爭論子姪代訴　大德七年十月二十一日江

西行省准中書省咨御史臺呈河南廉訪司申照得多有得替閒居官員與百姓爭訟署押公文行移並不赴官面對使小民生受不便莫若令後得代官員及與百姓爭訟相應不得以公文往來令本官赴有司陳告或子孫代訴具呈照詳送禮部照擬回呈照得至元二十五年十一月十二日承奉尚書省判送禮部呈照得至元二十五年十一月十二日呈准都省定例施行外據代人代訴相應具呈照詳曾任職官其有違犯取格照驗侵欺私罪合從不安奉都省鈞旨送禮部行移照驗施行其餘干涉指倒行移本處見有違犯合從詳驗施行除犯取受侵欺私罪或干涉指證擬合照依行移合屬都省依上施行去訖呈奉此合令子孫弟姪或家人代訴相應具呈照詳姻錢債等事合令子孫弟姪或家人陳訴却不得因而侵擾不安除外咨請遍行照會施行

五八二

〈典章五十三 刑部十五〉

## 不許婦人代訴　皇慶二年十二月初九日承奉江浙行省札付

准中書省咨刑部呈彰德路申備本路府判田奉訓牒訴訟老幼婦人當片口告或具文狀嘗以理法言語諭之未暇罪責冀歸自省追改前過近已憲司委斷安陽等處人戶告爭田土房舍財產婚姻債負積年未絕等事照得原告被論人等於內有一等不畏公法素無慚恥婦人自嗜鬭爭妄生詞訟裝飾捏合往往自知無理倚賴婦人又行赴官爭理及有一等對證明白自知理虧兒夫子姪叔伯兄弟執拒起生慫恿不肯供說實詞甚者別生自端在後體知

復有一等年幼寡婦意選姿色故延其事日逐隨衙樂與
人眾雜言戲謔勾引出入茶肆酒家宿食寄止僧房道院
中間非理無所不言以爲常官不爲禁其矣婦道有傷
風化合無令後不許婦人告或全家果無男子事有
私下不能杜絕必須赴官陳告許令宗族親人代訴所告
是實依理歸結如虛不實止罪婦人不及代訴乙照詳明
降得此本部議得婦人之意惟主中饋代夫出訟有違理
法此等愜倖在在如是不加禁約敗俗彌深以此參詳凡
婦人代替男子經官告辨詞訟合准所言通行禁止若果
寡居無依及雖有子男別因他故妨礙事須論訴者不拘
此例如蒙准呈徧行照會相應都省准擬依上施行

《典章五十三 刑部十五》

二五八

---

**折證**

**不須便勾證佐**

大名字折證的休提 至元二十九年五月二十五日中書省承
奉中書省札付准中書省移咨木八剌脱因乃蒙古文字
譯該不揀著甚麼田地裏上位的大名字休提著那般胡提
著道的人口裏填土者教省官人每根底隨處省論省者聖
旨了也欽此

**詞訟不指親屬干證**

至元二十八年七月初八日江西行省榜文
內一欵今後諸人告狀受理官司披詳審問所告之事有
理而實先將被告人勾喚到官取問當審若已承服不伏
別勾證佐若被告人不伏必須證佐一概呼喚遷者痛斷
連人指名勾攝無得信從司吏一概呼喚遷者痛斷

五、三二

大德十年正月二十日湖廣行省准中
書省咨刑部呈禮部關奉省判諸人陳言送禮部依例分
間可採名件置簿隨即附錄然後就行合干部分另議擬
開呈事千本部就便擬定呈省奉此分間到胡平仲所言
一件親屬許相容隱者舊例也近年講許之徒首告官吏贓
罪動輒指其父母兄弟妻子爲證問事官不以綱常爲
重一時快意憑信迺對使公庭之下一家骨肉自爲仇敵
甚而婦人女子不堪苦楚未免亂說妄指衙冤莫伸風化
如此縱襲巨萬之贓何益哉大有戾孔門父爲子隱子爲
父隱之意合無禁治今後犯者以違倒坐罪關請照驗依
上議擬就便施行本部議得人倫之大莫大於君臣父子
夫婦兄弟之敘至如刑法之設正爲禆補教化當以人倫
爲本近年有罪者子證其父弟證其兄婦證其夫奴證其

《典章五十三 刑部十五》

主聽訟者又施法外之刑若迫以成其獄非惟大夫用刑
之本意而其弊至於此使人不復知有綱常之理人道有虧
用刑失當莫重於此以此參詳理宜禁治具呈照詳都省
准呈咨請依上施行

又至大元年十一月二十三日行臺准御史臺咨至大元
年七月二十九日奏過事內一件在先一箇胡平仲小
名的人省裏文書持說有官吏每取受要肚皮呵没
體例勾當做呵媳婦男兒根底爺根底兄弟哥哥
根底奴婢使長根底與了肚皮做證見指拔著說呵有
傷風俗麽道說有來依著那言語在前省家每那般行
了文書有來俺商量來媳婦男兒根底轉與了肚皮的根底若不
弟哥哥根底奴婢使長根底說謊的人每使見識多了有大
問呵勾當難完備做賊說謊的人每使見識多了有大

〇典章五十三 刑部十五　　　丟

勾當裏窒礙有可憐見呵依著先立定的聖旨體倒交
問呵怎生麽道奏呵奉聖旨那般者欽此咨請欽依施
行

三二四

---

諸色戶計詞訟約會　至元二年二月　日欽奉聖旨立總管
府條畫內一款該諸色戶計約會本管官詞訟從
本處達魯花赤管民官約會本管官斷遣如約會不至就
便斷遣仰依上施行

儒道僧官約會　至元三十年 刑部十五

樞密院呈至元三十年正月初九日福建行省准中書省咨據
義木等行宣政院官人每與將文書來這裏一件俗人
生每秀才每一處有爭差的言語有呵和尚每先
的先生每的秀才每的為頭兒管民官根底私地下告管和尚的頭目
為頭兒一同不問管民官與管和尚的頭目一同問有如
生秀才每管民官根底私地下告管和尚的頭目先生每的秀才每

〇典章五十三 刑部十五　　　竿

今和尚每的先生每的秀才每一處若有爭差言語呵和
尚每為頭兒的先生每為頭兒的秀才每為頭兒的
問者麽道與將來的說將來有俺商量的去年俗人
與和尚每有的言語呵和尚每的為頭兒管民官一
同問了斷者管民官和尚休教斷者麽道聖旨與
頭兒的秀才每一處休交問和尚每根底休教斷者麽道
呵怎生麽道奏呵那般者麽道聖旨欽此
將去了來如今和尚每根底先生每秀才每
一處有爭差的詞訟的時節管民官醫人每
呵管民官一處休交問和尚每根底休教斷者
本管官斷遣如約會不至及不伏斷者申中院究問欽此

五二七

醫戶詞訟約會　元貞六年六月欽奉聖旨節該醫人百姓每
一處有爭差的詞訟的時節管民官醫人每頭目一處約會
呵怎生麽道奏呵那般者麽道聖旨了也欽此

樂人詞訟約會　大德三年七月初二日中書省奏奉聖旨樂

## 投下詞訟約會

人每根底管民官每的勾當遲慢說喚教生受有問的
勾當呵管樂人的頭目與管民官每一同問者欽此
過事內一件不憐吉久等河南省官人每說將來探馬赤
每百姓每根底勾當他每頭目一處投下等他每也
不便勾當差去的人每也喚了去年軍站各處
百姓每似這般勾當的管民官約會呵他與百姓相
上頭每生受有的忽兒有甚麼爭競呵官人每把執著
爭詞訟呵約會他每一處問者多也者他每相
的無體例呵約會呵管民官他每數遍家約會不來
約會不來呵管民官就便依體例歸斷者欽此
財債買等這般勾當各投下官人每一處斷者三編
廳室不來呵管民官的勾當這般生受
麼道碰多有依在先行來的體例教行者欽此
當室來的多了至今行來近年與投下頭目
來那體倒有依在先行來的上頭百姓每明白奏了
從新多人根底省諭的省裏皇帝根底明白奏
是也依在先行來的體例教行者欽此

更做重罪過的各投下裏也不須約會是管民官的勾當
只教管民官依體例歸斷者除這的關鬭毆爭良婚姻家
財債買等這般勾當各投下官人每一處斷者三編
約會不來呵約會就便依體例歸斷者麼道碰多有依
當室碰多有依在先行來的體例教行者欽此

五八二

### 畏吾兒等公事約會

大德五年七月二十一日欽奉聖旨在
先易都護為頭畏吾兒每的勸达林為頭哈迷里
兒每漢兒每河西每蠻子每哈刺張根底回回田地裏回回
揀那簡諸王公主駙馬每根底各投下每根底有的畏吾

---

處歸問者有世祖皇帝即位之後至元三年省奏呵
處歸問者有世祖皇帝即位之後至元三年省奏呵
商量編行文書來合死的重罪過並強盜竊盜造偽鈔等
生受百姓每受苦整治的
的爭詞訟呵約會他每頭目一處問者他每也相
每百姓每根底勾當他每頭目一處問者他每也喚了去年
不便勾當差去的人每也喚了去年軍站各處
百姓每似這般勾當的管民官約會呵他每把執著
上頭每生受有甚麼忽兒有甚麼爭競呵官人每把執著
處歸問者麼道說有世祖皇帝即位之後至元三年省奏過之後至元三年省奏呵
商量編行文書來合死的重罪過並強盜竊盜造偽鈔等

中書省札付大德四年官人每說將來探馬赤
過事內一件不憐吉久等河南省官人每說將來探馬赤
中書省札付河南省官人每說將來探馬赤每頭目一處問者欽此

五八六

元年五月十八日奏過事內一件軍民相犯的
賊情人命等重罪過的教管民官約會歸問其餘家財田土鬪
打相爭等輕罪過的軍民官約會問者麼道說
完澤篤皇帝時分那般行來框密院官人每奏過
書蒙古軍人自其間裏相告的勾當有呵院官人每問者
每他每不怕那甚麼

至大元年

其餘軍民相犯不揀甚麼勾當有呵約會省問者麼道奏
了俺根底與文書來人無賊情等重罪過的交
約會著問呵他每的頭目知自底無體例推調著約會
不來呵約會問呵他每不肯遷延月日逗遛詞訟中間室碰多
不揀那簡田地裏被殺死打傷呵隨即該檢驗有若落後干
將錢主殺死打傷呵隨即該檢驗有若強盜劫奪錢物
呵天氣熱時尸首變爛人命呵隨先世祖皇帝時分行來的約會著重
做罪過的交管民官歸問輕罪過的約會著三編約
恨生受說謊那其間對付有可憐見呵依先世祖皇帝時分行來約三編郵
罪過的交管民官就便歸斷了呵怎生奏呵奉聖旨只兒
會不來呵交管民官就便歸斷了呵怎生奏呵奉聖旨

### 又

行臺札付都臺御史咨至大元年六月二十二日只兒
般者欽此

哈剌郎中大夫等奏過事內一件樞密院官人每與將文書
來為軍民詞訟相爭的上頭哈帝的蒙古
軍相犯呵管軍官樞密院官歸結者軍民每犯呵交民
官軍官約會歸問誰不到呵交管軍官處告了要罪
過者更交廉訪司體察若是廉訪司官覷面皮呵樞密
院御史臺裏說來呵取問者廉訪道差著要罪有
來俺商量來在先省家裏的姦盜詐偽的並其餘重罪犯過
樞密院官每奏者前後幾徧行聖旨來如今若依著
民官依體例歸斷者相爭婚姻驅良田土錢債等事
人每只交管軍官斷者相爭婚姻驅良田土錢債等事
約會各枝兒頭目每一處歸斷三徧約會不來呵交管
民官爭犯重罪過的並其餘重罪犯過在
先薛禪皇帝已行了的聖旨體例裏交行呵怎生奏呵

奉聖旨那般者欽此

又

五、五一

延祐六年七月二十八日江浙行省准樞密院咨准承
奉中書省照會河南行省咨廬州路備烏江縣申准承
尹王承務關照得至元三十一年定例管民官奧魯官
運司並投下相關公務事體管民官與同各管官司約
會一同歸結如若行後三次不至止從本縣所管
一千人等依例歸結除外切照本縣所管
諸色等處軍屬家小與民相參住坐今後莫若除出在
管軍人與民相關依例約問據離管軍屬餘丁爭闘等
事聽管民官勾問庶得事體歸一本省若依所擬凡遇
軍民相干詞訟在管軍人依例約問離管軍屬餘丁若
依腹裏管民官就問緣迤南路府州縣衙門俱無兼管
奧魯職名伏處未應宜令合干部分定擬相應咨請照

---

驗准此送據刑部呈議得河南行省咨稟軍民相關詞
訟除出犯在姦盜詐偽以及刑名重事例從有司處歸
斷外據兩邊相爭地土闘毆婚姻良賤家財債負宗族
繼絕一切事務合行約會倘有三徧行之已久別難更議具呈照
已有欽奉聖旨通例行約會行了呵
詳得此都省除已移咨河南行省依上施行外可照會
施行

都護府公事約會

皇慶二年三月　日欽奉聖旨都護府官
人每奏道薛禪皇帝時分及完者禿皇帝時分曲律皇帝
時分亦將為頭哈迷每的勉送林為頭哈迷里每漢
兒河西蠻子哈喇章回回田地裏不揀那裏諸王公主駙
馬每投下有的畏吾兒每哈迷里每軍站差發不花為頭都護府
合對證的合問的勾當他每有呵禿魯不花為頭都護府

五、四九

官人每識者外頭城子裏有的畏吾兒每哈迷里每別
箇的百姓一處合對證的有呵所委的
頭目城子裏官人每一同約問者交對證了斷者一面
問的人不怕那甚麼更這都護府官人每這般聖
無體例勾當做呵交百姓等生受呵他每不怕那甚麼聖
旨鼠兒年七月十六日上都有時分寫來

投下並探馬赤詞訟約會

位詔書內一款各投下並探馬赤人等與民訟相干者姦
盜刑名有司依例理斷其餘約會約會事三次不至有司就便
歸結仍申本道廉訪司究治

大德六年八月十四日行臺准御史臺咨承
中書省札付來呈山東廉訪司申照刷山東鹽運司文卷
內但凡竈戶人等爭告一切相關詞訟本司止委書吏奏

差無職人員與各處官司一同歸問具呈照詳送刑部照
得欽奉聖旨條內一款諸投下並諸色遇有詞訟從本
處達魯花赤管民官約會本管官斷遣如約會不至及不
服斷者申本部究問欽此本部議得竈戶與軍民官相關詞
訟理合所委臨司官與管軍民官一同取問歸結相應都
省准擬仰照驗施行

# 停務

照得在先欽奉聖旨節文年刎除公私債負外婚姻良賤
家財田宅三月初一日住接詞狀十月初一日舉行若有
文案者不須審問追究及不關農田戶計者不妨隨即受
理歸問欽此欽遵本部具呈都省除外移咨欽依施行

又

臺呈山東蕭政廉訪司申本司經歷張璘呈切見方今
百姓爭論田宅婚姻良賤之事至甚繁多經有十餘年
矣凡未得結絕者今後合無將應爭告前事止令務停
一次十月務開即要了畢已後再不停務若有故遲其
事不即歸結令廉訪司官隨加究治得此都省議得今

後應告前項公事者須自下而上先從本處官司歸問
理斷比及務停須要了畢若事關人眾依例入務才至
務開即便舉行如若地遠事難又復不能了畢明立案
驗要見施行次第所以不了情節再許務停一次本年
農隙必要結絕不許更入務停其有見問事務停一次
告本管上司廉訪司並不得受理如已斷訖陳詞告冤
須得追那原問文卷參照眾詞若擬斷情欵別無不完
中間所見不同從公政議如若緊關情節未斷便行擬
斷可取原問官吏招伏別所委官推理若事可歸結不
應務停及多經入務而不了本管上司官及廉訪司官
隨事治罪若事見問而受理並已相應而改斷者罪亦
如之都省除外咨請徧行仰合屬依上施行

爭田詞訟停務 大德六年八月初六日御史臺咨奉中書省

判札付河南行省咨應告田宅婚姻良賤事理若事關人
眾一次本務停務開之日即便舉行如地遠事難再許務停
當該官吏取問責罰外據本宗公事終是屈直未分務停
時月合無理會及此准通例之前告發到官在先累經務
停者未審照依前例入務咨請定奪准此送禮部議得務
停之法本欲恤民今告田宅詞訟年深不絕眾其所
由有司背公狥私姦弊滋甚貧民被抑縱恣富勢得安以
此參詳二次農隙之間而不結絕所屬官司擬合治罪必
要於本年即無結絕如違者從本管上司及廉訪司二處治
入務日即與結絕如違者從本管上司及廉訪司二處治
罪相應都省議得地內收到子粒合納官糧依例徵納餘
有數目官　為收貯擬候斷定隨地給付餘准所呈除外

三十二

仰編行合屬依上施行

　典章五十三　刑部十五

---

# 告攔

## 田土告攔

大德十一年五月江浙行省准中書省咨近據汴
梁路封邱縣王成與祁阿馬相爭地土差委前臨江路總
管李倜歸斷回呈行據汴梁路申解到一干人證對問間
有原告人王成被告人祁阿馬及干證人等連名狀告緣
為成等遞相赴上司陳告王成見爭地一項一十六畝半蒙中
書省委官前來歸斷將成等勾到官欲行歸結間在外有
知識人鄭直等勸和即因冬天寒冷眾人眾以
此成等自願商議休和義將爭土地各段地除別
立私約合同文字分張外並不是官司上下抑勒如此攔
告已後各不悔如有翻悔之人成等情願甘當八十七
下更將前項土地盡數分付與王成等永遠為主再不

　典章五十三　刑部十五

五四八

赴官爭告乞施行得此卑職照得王成祁阿馬相爭地土
自至元三十年四月內祁阿馬與王成自願將地均分於
延津縣劉縣甲處告攔在後王成翻告汴梁路卻行接受
問不惟稱抑勒為由復與訟端有司不詳原斷不為
改委官府不得杜以此參詳民間詞訟甚多官自休和
意却稱抑勒為由復與訟端有司不詳原斷便行接受狀歸
者十無一二縱有原告被論初到自願告攔在後王成又自休
和如蒙准呈編行禁止凡告婚姻地土家財債負外不
法者若已攔告所在官司不許輕易再接詞狀歸問如違
從廉訪司照刷究治相應送禮部參詳王成與祁阿馬所
爭地土如准省委官所擬准令各人告攔均分相應今後

凡告婚姻土地家財債負如原告被論人等自願告攔休
和者准告之後再興訟端照勘得別無違錯事理不許受
狀庶革繁擾官府具呈照詳都省議得王成與祁阿馬見
爭地土准擬告攔今後凡告婚姻田宅家財債負若有願
告攔詳審別無違枉准告已後不許妄生詞訟違者治罪
除外咨請照驗施行

《典章五十三刑部十五》

六三五

堯

---

禁例

禁治風聞公事

禁治無頭圓狀

至元六年二月　日提刑按察司欽奉聖旨
條畫內一欵隨處凶徒惡黨不務本業以風聞公事安搆
飾詞告論官吏恐嚇錢物沮壞官府此等之人並行究治
至元六年十月初七日中書省判送御史臺
呈監察御史照刷出大都路違錯文卷一宗為涿州幹脫
局申本管種田戶人郭已成書畫圓狀呈袁百戶聚軍人
差不均得原奉中書省札付樞密院呈奉聖旨沒體例但
紙上無頭的圓狀寫著保那郝千戶休寫者後頭那般狀
省裏說者交行文書者寫圓狀子休寫呵起意的交死者別
者欽此省府議得那般圓狀寫呵死者的人死的人斷但
是教寫著名兒的人斷一百七下奉聖旨那般者欽此

五三四

《典章五十三刑部十五》

又禁撇無頭文字大德七年四月二十三日江浙行省准
中書省咨御史臺呈大德七年正月二十六日奏道事
內昨前御史臺殿中司門前撇下的無頭文字一張商
量了說者麼道聖旨有來俺眾人商量這幾日撇無頭
文字的多了有世祖皇帝時分中山府一簡辭寶仁小
名的人我收拾得無頭文字一張掛榜文來呵後頭問呵他
招了將他的人根底任誰拏住呵若是他寫的言語重賞與銀
人敲了將他的人根底將他的媳婦孩兒更須賞與銀
二十定若斷的輕呵將本人流遠拏住的人根底將犯
人媳婦孩兒斷與更與賞銀一十定麼道聖旨有來如
今依在先聖旨體例裏若是寫的重呵將本人敲了將

他的媳婦孩兒擎住的人根底斷與更他的賞銀與二
十定的與一百定將本人流遠他的
孩兒擎住的人根底斷與他的輕呵將本人流遠他的與五
十定省官人每根底說與交行榜文呵怎生秦呵那般
者麼道聖旨了也欽此至大四年三月十八日欽奉登
寶位後詔書內一欵諸投寫匿名書隨時敗毀者依條
處斷得書者即便焚毀將送入官者減犯人罪二等官
司受而爲理者減一等

有合論不合論罪有應告不應告事有合論罪有應告委
吏無法可守越例搜檢入罪於人爭忍緘口不言大抵當
黃鑑牒該鑑嘗聞五經治世之道五刑齊民之法當途官
中書省咨江淮行省咨宏國路申備軍資庫准本庫大使
大德十年正月二十二日湖廣行省准奉

〈典章五十三 刑部十五〉　　　畢

五七三

有堪信證佐明白顯跡然後官司受理可得而推也止依
所告而已本狀之外不可推也告狀明白別無證佐猶不
得論況私家無名文簿狀草檢目傍求入罪豈所謂慎刑
約法使無留獄哉近年以來省部臺院百司官吏得搜
檢私家文簿狀草檢目於上但寫人等取受錢物不
察虛實一面擬拿到官逼勒承伏從實分說不招非法拷
打懼怕凌辱虛招指陳實事經由條籍書狀真寫淨本甘
結抵罪反坐罪犯明白告論且如御史臺監察御史廉訪
司糾彈官吏取受私罪亦有斷罪員數司縣親臨百姓訪
下路府州軍公錯私罪亦有斷罪員數司縣親臨百姓訪
內有犯法者以刑齊之聽斷雖明不能使人無怨心之有
怨誣枉則生焉或有把持官府凶徒惡黨之人窺伺上司

搜檢文簿狀草得此理訴特此姦生公事私讐影射已罪
虛搆異端捏合文簿狀草人等取受
不公若司縣做此亦枉路府州軍枉於省部
其有司挾仇皆得誣妄御史臺監察御史廉訪司餘枉所
屬上司仇嫌私置罪於人或以輕轉人告言執把文簿
狀草專候對坑陷官吏罪及無辜妻子配隸家資籍之
罪亦無匿名投書之責起訟之源皆出此也其私置文簿
狀草檢目別無原告姓名證佐顯跡又無抵罪反坐結罪
真本文狀即與匿名書無異圓狀告人尚然嚴禁何兄私
且不可倚有虛寫諸人有犯十惡謀叛以上罪名拷訊承
伏枉遭刑憲死者不復生父子不相保妻子配隸家資籍
沒枉無由所伸蓋因文簿狀草別無抵罪反坐罪
正中姦人之意寫諸人犯十惡謀叛以上罪名拷訊承

〈典章五十三 刑部十五〉　　　畢

五七七

簿狀草乎慮恐以成風獄訟何日得息省部臺院百司官
吏將搜檢到官文簿狀草檢目循爲通例引爲沒入人之
罪天下折獄滋蔓獄愈留而姦愈不止豈得詞訟簡而刑
罰省又兼罪因搜檢而得者許推於狀外即七金泰和之
法也若不追敚深爲未便本省參詳諸言及糾察諸人不
公不法等事已有累降定條其有因事搜檢獲簿帳狀草
輕憑取問中間情弊多端若未禁止使姦狡簿帳狀草
良枉遭誣妄深似爲未便然此即係通例咨請照詳送刑部
罪天下折獄滋蔓獄愈留而姦愈不止豈得詞訟簡而刑
議得黃鑑所言事不得稱疑誣告者人罪者皆
須明注年月日指陳實事不得稱疑誣告者人罪者皆
此所據搜檢私家簿帳狀草書寫一切事目輕憑追勾事
理宜准行省所擬禁止皆不爲理具呈照詳都省准擬咨
請徧省仰依上施行

禁此干名犯義

化王道之始宜令所司表率敦勸以復淳古如有子證其
父奴許其主及妻妾弟姪干名犯義者一切禁止至大三
年四月二十七日行臺咨准御史臺咨奉尚書省咨來呈
行臺咨福建廉訪司申人家一等年深奴婢或需求不充
所欲便成冦仇撰非捏誣故殺人之事許令首告其餘雜禁
不許陳告緣係為倒事理得此送刑部議得所呈徧行禁
治相應得此議擬聞至大二年九月十九日欽奉聖旨云欽
此都省遵依及行移合屬禁治外仰欽依施行

傳聞不許言告　【典章五十三　刑部十五】

聞取他人物者不許言告欽此至大四年
成風下陵上替今後諸取受已之錢物者許以實訴其傳
至大二年九月十一日欽奉詔書內一款風
月詔書內一款近年以來譁許
【刑部十五】畢
江

五八八

西廉訪司承奉行臺札付准御史臺監察御史呈近欽
奉詔書內一款近年以來云
不許言告欽此切惟官吏
貪饕巧取民財饒倖百端若止許出錢人自告乃為正理
其出錢之人犯法非違或求枉法行事或脫免愆過
則觀觀之心惟恐不從何肯而自言之照得至元三十一
年月魯那顏為頭臺臣每在前欽奉先皇帝聖旨節該
提說言語底人說底是呵與賞也者呵提說言語底麼道
過近間詔書裏教人不揀誰是呵提說者麼不要罪
行有來皇帝可憐見呵裏頭臺裏官人每各自省得底勾當有
察每各道肅政廉訪司官人每根底勾當有麼道
依先各道肅政廉訪司官聖旨裏不揀誰提說者呵欽
底是呵皇帝識者說道不是呵不要罪過這般行呵遠近
勾當好底歹底都知道也者呵俺臺家見底眼聽底耳朵委

付著有自中書省為頭諸衙門官吏行得是底體
察行有不揀甚麼大勾當便當不便當提奏有底密
勾當有呵俺空便裏奏有來拿了桑哥底後頭御史臺裏
官人每為甚麼受錢物委監察御史不先說來皇帝根
來待打呵饒了來奏呵奉聖旨是有一欽諸監
欽此又至元五年欽奉世祖皇帝御史臺條畫內
一欽諸官吏乞受錢物委監察御史糾察
之官知而不舉劾者亦減罪人罪五等欽此其糾彈之官
臨之官知所部有犯法不舉劾者減犯人罪五等糾察
察而後糾問今既傳聞取他人之物者不許言告又
憑而察取受必須聽察憑他人傳聞者以財行求官吏
之官吏取受民財事有因類若兩爭相訴
別無證驗未結正間其理屈者以財行求官吏理直者明

五八九　【典章五十五　刑部十五】畢

知顯正知以傳聞取他人之物不容告訴又官吏暴欲於
民其被害者皆係純善隱忍無言或老疾單弱不能赴訴
其伊有服之親婚姻之家鄉閭之長明見被害若此之類
一概照條禁斷不許告官其如公道何其人情何是滋
姦詐而開貪路以假仁義而塞治道也理宜明白聞奏施
行事內一件尚書省裏要了肚皮的每遮蓋著
已的罪過有如自今以後要了肚皮的本主自告
者別人有如自今以後要了肚皮有來俺商量來有罪過的人
休首告者麼道行了聖旨有來俺完備來怎肯告他人
勾當呵他每根底與了聖旨有來罪過的人每
有違的是不交顯出他人每要肚皮的緣故有依著世祖
皇帝立來的定倒那監察御史廉訪司官糾彈外告事
人告的實呵依體倒交問呵怎生奏呵那般者皇太后根

底奏者麽道皇太子令旨了也皇太后根底奏呵那般者
麽道懿旨了也敬此欽此

■典章五十三 刑部十五

罣

典章五十四

雜犯一

斷犯　二十七　三十七　四十七　五十七　六十七　七十七　八十七　一百七

違
違民鳥死
枉勘平
縣張爲從縣尹爲從違魯花赤
決○解任決○解見
走意決
敘
等敘
除名不敘○

一百八九

〈典章五十四　刑部十六〉　一

枉監禁死
執民爲
獄花亦
泊中谷決
知事又補
司獄軍決
解見任期
○龍職除
年降等敘
名不敘
推官決　縣尉決仍
與本路決
醫官吏吏均
除名不
敘用
微燒埋銀

錯斷軍事
違縣官擅
弓手　縣尉　縣尹決　司吏
決　典史決　決

私影
占役
弓手
勘以弓手除例應
馬疋者決　公差外
課附過者　若有私
不應例　本營官吏
役弓手
者各羈一百名以上
加一等

脫失
監囚
罪例
護僞鐵　失囚
轉牽手　強盜刼
監押在逃　走殺
强盜刼　獄逃走
獄在逃　人賊
司獄決　脫盜走
官決　强盜刼獄在
首領　逃押獄決○
牢子決

二八四

〈典章五十四　刑部十六〉　二

承告不
即救補
長官以
下決
決解見任
刑行求仕
捕盜官
決解見任

罰俸　七下　一十七　二十七　三十七　四十七

違
起解
昏鈔
違期
一季官○○　提調路
二季官○○　提調路
三季官○○
一月　州官　司吏　首領官　庫官
二月　州官　首領官　庫官　司吏
三月

慢
違期
三季官○○
三月

長決
下決

每季不
過次季
孟月十
五日巳
裏起納

## 達枉

### 被盜枉勘平民

至元七年閏十月尚書刑部奉中書省劄付
據安陽縣尉王再思涉疑王丑漢作賊屈勘身死擬斷本
官七十七下省會罷任及追徵燒埋銀五十兩給付苦主
安陽縣達魯花赤竹迷思等不合依憑王縣尉再逐人
拷問罪犯各罰俸鈔一十兩主徵鈔八兩解部承此

### 枉勘部民致死　典章五十四　刑部十六　三

至元八年六月二十三日真定路南宮縣達
魯花赤脫因迷失縣尹麗鐸縣丞蔡茗各狀招伏賈珍與
斷留女互爭地土公事既是賈珍賣到馬千戶關文止是
遲下不合本人隱匿關文昏賴莊田枷收斷遭及脫因
迷失自行主意五杖子換一箇人將賈珍斷訖三十七下
因杖瘡五日身死罪犯部擬脫因迷失三十七下除名麗
鐸三十七下解見任期年後降先職一等敘用均徵燒埋銀兩給付
七下解任期年後降先職一等敘用蔡茗一十
苦主省准斷訖

### 拷無招人致死　五、三

書省申至元二十三年八月二十七日谷據御史臺呈行
臺谷廣東道按察司申潘先告廣州路官吏目爲長李超
二等強拖人口指兄潘與知情有羅總管嚴治中將兄法
外拷訊就牢身死取到總管府羅仔治中司吏洗泳等並初復檢
官吏招伏都省議得總管府羅仔治中厲珪所招據羅成
之等告男並小厮上山採柴被人挈住勾到干連人馬富
詞因措出潘與曾對劉二說稱山上多有採柴小厮令劉
二拏兩箇來賣語句有潘與等不招自合研究磨問伺候
劉二到官指證明白將潘與依理鞫問卻不合不候劉二

---

到官使令牢子張瑞等將潘與當廳縛倒用獄具汎身拷
打以致因傷身死情罪各量決三十七下解見任別行求
仕標附公罪過各名咨請委官與按察司官一同依上斷決
其餘有招人數就便量情斷決施行

### 淹禁死損罪囚

至元二十七年六月初二日尚書省谷據御
史臺呈備監察御史呈彰德路安陽縣尉司將偷牛賊
人劉四五六名止緣淹滯在禁因病身死取到權縣尉本
縣主簿劉仲珉招伏都省下仰照驗施行
付劄刑部斷決外合下

### 枉禁死損罪囚　典章五十四　刑部十六　四

申婺州路阿老瓦丁被劫蘭溪縣真賊取到婺州路枉禁平民
十一名枉禁身死後獲正賊涉疑捉拏包捨等二
史臺呈備監察御史臺爲浙東道廉訪司
招伏移准御史臺奉中書省劄付送刑部議得縣尉朱
政所招不行辯緝正賊輒將平民包捨等三十九名逼勤
五十七下罷職除名不敘推官蔡錫既係鞫勘之官几有
虛招作賊朦朧解縣轉行解府致將元劫正賊錢慶二等
捉獲追搜贓仗到官情罪雖係分間已前終是入罪之原
若然後拷掠雖蘭溪縣解到包捨等三十九名在本縣曾
招行刼阿老瓦丁財物殺死事主馬黑馬沒到元元刼
正贓行使器仗並不詳情磨問又信從包捨等妄指平人
徐再五等九十六家受寄贓物不合面對輒便追給在後
捉獲正賊追收贓仗到官雖係分間罪囚已前卻縁磨問
包捨等二十一名枉禁身死深不稱職擬合除名不敘遂
魯花赤小云失治中忽都魯迷失知事杜亮等不行詳情

追究罪犯量情難恕擬將達魯花赤治中解見任期年之
後降先職一等敘用外據知事權司獄事卻不將
各人時復審錄致將平人枉禁身死擬合罷職除名不敘
用再外徵燒埋銀兩令縣尉朱政與本路判署官吏均徵
銀兩給付蔡錫八十七下知事杜亮五十七下所據縣尉朱政招一
魯花赤小云失治中忽都迷失當問罪深重擬斷縣尉朱政招作
間以前卻緣為公差不曾在卷以
審止憑推官押過各賊招伏詞文解署押除外仰照驗依
各人身死各決三十七下餘准部擬都省議得
上施行

## 拷打屈招殺夫

典章五十四 刑部十六

五

至元二十九年二月 日行臺據監察御
史呈審錄龍興路一起鄧阿雇稱冤並不曾與姪鄧異有
奸謀殺夫鄧德四亦不知夫鄧德四被殺根因節次稱冤
上官不准將阿雇打拷屈招委是冤枉得此省會新
建縣令於所指四十四都密捉到潘四三胡萬一到官供
指委有田主鄧異為爭家財債買因殺伊叔鄧德四於至
元二十五年正月二十八夜二更時依從鄧異與雷
人手內接訖尖刃一張在手胡萬一手執磚石一角與
正俚同情於鄧德四睡處堂上靈前將本人殺死是實並
不是鄧異與阿雇枉勘枷禁五年是實得此看詳上項公
事上下官司將鄧阿雇枉之冤擬合行下各道廉訪司審察
餘路分亦有似此冤枉之囚擬合行下

枉禁賊扳上盜元貞三年正月二十六日行御史臺准御史
施行

臺咨近據河北河南廉訪司申准分司牒考城縣貼軍戶
朱僧兒狀告本縣李縣尹捉獲張厨偷盜驢畜指稱張厨
將父朱三扳指拷打凌虐訊瘡舉發縛方取到
縣令李難招伏於至元三十一年十二月初四日捉獲朱
驢賊人家名人張厨問得招伏委曾二次盜訖余墓村李
頭不得姓名人家驢二頭將人家名下右腿上枉
勘虛招訖指劉大驢畜朱三在右腿上枉解
本賊轉行盜訖指朱三偷盜劉大驢畜放本縣罪犯
同情為盜拷招引張厨拷問有無同伴賊人致
呈奉中書省劄付送刑部議得縣尉李難所犯平民朱三執謀
正賊張厨招說明白不即縛發縣尉卻將平民朱三左右腿三
勘打拷訊招引朱三偷盜劉大驢畜於朱三執謀
勘虛招訖瘡舉發才方保放既已平復量擬四十七下解
見任別行求仕標附都省准擬合下仰照驗依上施行

## 董枚打人致死

典章五十四 刑部十六

六

大德三年三月二十七日江西行省准中書
省咨來咨袁州路備宜春縣龔士高告本縣祗候人王成
起夫宗要鈔兩將男龔仲一行打在縣妄告縣吏抑勒虛
招用籠杖子將男斷決回家身死得行杖祗候人姚元
狀招不合依當隨司吏夏賢抑勒虛
又於本人關眼上近下打訖二十以致受杖血攻腰腎致
命身死罪犯夏賢分付上於首領樂寶處接
官有失關防招伏咨請定奪准此送刑部回呈大德
三年正月初八日欽奉詔書內一欵節該其餘雜犯死罪並
赦免欽此本部議得各人所犯罪經恩赦釋免擬於姚元
樂寶名下倒剜均徵燒埋銀兩給付苦主因為夏賢分付此上
過名標附相應都省議得姚元所犯因為夏賢分付此上

将襲仲一非法行打致因傷損身死所據燒埋銀兩擬合
着落夏賢姚元樂寶三人均徵銀兩餘准部擬請依上施
行

**拷勘葉十身死** 大德七年七月初七日中書省咨御史臺呈
行臺御史臺咨浙東廉訪司申衢州路開化縣尉王澤
戶朱瑞因汪有成被盜絲貨將本人汪雲三餘添葉十作
賊非法凌虐拷勘數內葉十因傷身死問得縣尉王澤狀
招於大德六年九月初十日獲到汪有成被盜絲貨可疑
人將葉十葉層五用白堪信贓證自合用心諮情
以理推問却不合三次約會軍官喝令弓手徐魁五等七
輪番用力踏踣及使麻繩綁縛用荊杖將各人非法凌
虐以致葉十葉層五兩手脚潰爛俱成大傷葉十因傷身

五六七　典章五十四　刑部十六　七

死招伏是實百戶朱瑞狀招相同縣尉王澤脫監在逃
呈照詳送刑部議得衢州路開化縣尉王澤百戶朱瑞
拷勘轉於事主等處賣絲作元盜正贓納官一千人招證
人法外凌虐拷勘數內葉十四訊瘡致命身死葉層五被
傷起廉訪司處稱寃委官取問得寄獄成若比條例合決
六十七下解任降先職二等從御史臺根勾到官依上施
行外據百戶朱瑞止合依定例捉賊不應與縣尉王澤將
無辜葉十枉勘身死罪犯緣係管軍之職又曾三次用言
止約王澤不從止據止合同立案驗情罪量減二等決杖
四十七下仍於縣尉王澤名下追徵中統鈔一十定給付

苦主以充營葬之資標附過名似為相應都省准擬仰請
依上一一施行

**打死換作磕死** 大德八年三月初十日御史臺咨廣西道廉
訪司申刷出廣西宣慰司文卷靜江路申古縣備富祿巡
檢司牒梁壽二告何福慶因欠軍人王買驢楊聚竹席被
各人將木棍扠打身死古縣不將行兇人王買驢歸問却
將何福慶妻何阿盧扣換元供作伊夫與王買驢相扯跌
倒被竹根磕著陰囊身死將王買驢疏放等事取到簿尉
史達魯花赤月赤蒙古各招伏先職二等雜職內
解任標附過名別行求仕史玉解見任降先職二等雜職
付苦主外咨請照詳准此呈奉到中書省刑部議
得王買驢將何福慶用棍棒摳死尸狀無疑招伏明白簿
尉史玉但知為吏竟不思量人命為重聞知有詔使令司

典章五十四　刑部十六　八　五六三

吏扣換元招却作自磕身死故出其罪擬降二等雜職內
任用達魯花赤月赤蒙古不合隨從情犯解任別行求仕
標附相應都省准擬除外仰依上施行

**打死作病死** 大德十一年　月　日行臺准御史臺咨
承奉中書省劄付近據刑部備磁州知州張奉訓呈成安
縣人戶田雲童於正月初二日將弟田二用趕麨杖肯打
伊母阿耿向前解勸誤於頭上打傷初三日身死伊舅耿
端陳告本縣達魯花赤太帖木兒看循不殿受理於本縣
劉主簿處告過勾捉一千人等到官達魯花赤太帖木兒
初檢得本屍頂心偏右新竹破瘡口長九分濶三分寫作
炙瘡瘢痕並額上左手右肩腰間青腫口內血出俱不寫
入傷狀令人邀請肥鄉縣復檢官吏控合屍狀定驗作因

**【上】**

風氣病身死卑職問出官吏取受及將田雲童等招詞開
申廣平路不行申覆上司止照小節不完又令
中間窒礙不能盡言看詳人子之道理當報本而反毆母
致死罪莫大焉若不惜呈前來審錄歸結實非卑職
獨力可辦之事得此差委前兩准轉運鹽使司同知忽母
牙里鞠問是實除詫田雲童弟行結案外問成安縣
花赤色暗花緞子一定毛子三定除回付外入巳鈔七下除名不敘典
定雜色詫田安中統鈔四定三十兩緞各決訖八十七下
史趙璧要詫田安中統鈔一定除回付外入巳鈔七下除名不敘典
折至元鈔七十貫狀招依枉法例決訖八十七下罷
史李榮受詫田安中統鈔三十貫係枉法接行司吏周德華受詫田安
中統鈔三定折至元鈔三十貫依枉法例決訖八十七下罷役典史李榮祖
下罷役不敘肥鄉達魯花赤亦的典史孫榮

◎典章五十四　刑部十六　九

五七四
狀招不合食用田安酒食將復檢屍傷脫傷驗作因風氣
身死將達魯花赤亦的量決四十七下罷職不敘典史李
榮五十七下罷役司吏孫文質又招要了中統鈔三定折
至元鈔三十貫係枉法決杖七十七下罷役廣平路
官首領官不合不即飛申上司及不勾追赴本路歸問
犯別行外都省議得知州張奉訓正奉公直申省部辨明
惡逆重事糾正枉法官吏除出以優加陞用外合下仰請
照驗依上一一施行

**枉勘死平民**

台劄付准呈照得大德九年二月十三日據廣西道按察
司呈申大德七年十二月二十四日慶遠宜山縣人戶謝
徹廣令姪男謝克勤代告先被莫蔡捉挈男謝三二賣出
深洞盜殺耕牛捉挈到官莫蔡買求見問官朱僉事勒取

至大三年三月三十日閩福建廉訪司承行

---

**【下】**

誣告招伏斷訖一百七下追牛九隻告蒙宣慰司使元帥
府回避本官又大德五年正月
五十定又借夫子五十名為借不從警恨不雪却令偽鈔得
賊人蒙五元抵指男謝二六行使非法拷打在牛身死問得
司吏莫僉事令偽鈔傳言道官
你休覷面皮這謝徹廣老驢曾告我本官令煥傳言道官
詫連署官不即停職待追問指證明白擬打乞照詳為此
偽鈔送一十五定與謝二六接受元鈔寫回縣你做
分付邯山縣吏黃世榮等招詞指證
劄付本道依例停職再
拒不招因係欽受宣命人員難以鞠問乞照詳為此
申開到韓文煩一干人等招詞指證謝二六因朱僉事拷

◎典章五十四　刑部十六　十一

五八五
勘致死有朱僉事抗拒不肯招承以此將朱國楨停職再
行取問大德九年三月二十三日欽遇恩詔釋免罪經將
撥情理深重合依太原路堅州達魯花赤亦的忽都曾將
平人張添作賊拷打身死將平人韓順挾恨在禁例
州方城縣達魯花赤燕帖木兒將朱國楨罷職不敘唯復
義等任於雜職內任其燒埋錢合此武岡縣枉勘平民匡
煩狀招係判署長官謝二六到官不行追徵給主安撫使韓文
韓轄文煩亦令批頭木棍將謝二六拷訊喝令周君信拷打又
兼轄文煩節次分輪檢視罪因有謝徹廣告已於八十別
追問朱僉事亦令留於安撫司除朱僉事喝令瘡蹙發致死又
無招涉淹禁在牢九箇月本官置之不問明白直至謝徹勤赴廉
廣病回才方保放還家不到半月身死聞知謝克勤赴廉

訪司陳告纔令人甘勝代告原其所犯雖無始謀情意
終是判署長官擬將韓文焴解現任別行求仕本臺議擬
得安撫司僉事朱國楨枉勘平人謝二六身死難無招承
其始謀情衆證明白依准廣西廉訪所擬罷職除名不
敛及安謀使韓文焴已招隨同朱敛令周君信用
披頭木棍二六拷勘杖瘡蠻發致死又將子周死
招監禁九箇月直至病重才方保放出外不及半月身死
苦主相應各官俱係不敛欽受宣命人員移咨御史臺照今
准回咨相應呈奉中書省劄付本部呈照得大德六年三月
日承奉中書省劄付本部奉刑部呈奉省判河南行省
稱宽事理送本部議得魯觀妳用鐮刀刮鍋伊夫向伊

揚州路江都縣宜凌巡檢司問

五八八

**典章五十四　刑部十六**　土

哥毆打本婦遮護誤將伊哥咽喉抹傷當時伊翁
姑知會不曾生發其弓手徐妙舁呈到官巡檢司官吏枉
勘魯觀妳虛指因奸殺夫今既看驗詳得有女
身難以因奸殺夫定論止據魯觀妳因夫毆打遮護誤傷
罪犯罪輕原免以此參政朱資德趙巡檢雖無所擬
將到招伏周士貴所指枉勘完聚宜然此革前即
取到入人罪擬合罷去不敛奉仰照驗施行
又照得大德七年七月內承奉中書省劄付湖廣省咨武
崗縣龍溪崗頭目蕭監稅
不肯招伏數內匡八等一百因病身死六名並不曾被刧孟
一劉十一等三十餘人行刧孟五名及問得事主向耽公等三名並不曾被刧
外身死五名及問得事主向耽公等

---

弓手狀結被刧時於內認得一賊係劉十一元右眼次
後捉獲正賊劉十一招指與羅季四等十八名刧訖孟
弓手財物並不曾與匡彈壓等上盜本道宜慰司委寶慶
路府判孫德取問到頭目蕭監稅武崗司吏蔡瑛等各
各枉勘招伏無元問官屈勘招詞推問間欽遇詔恩釋
免使魯追徵燒埋銀兩却無元問官吏依前咨告刧將
議得龍溪崗頭目蕭新等別緣事在革前咨請定奪送本部
平人匡八捉弩正指伊兄匡十一等三十餘人行刧
並不詳情磨問止憑誣詞約會軍官張千戶將匡十一
非理煆煉屈勘妄招既勾問官吏止事頭目周耽公等三
周乵公周十向乵公捉弩拷勘妄指伊兄匡十一等三十餘人行刧
招伏不實亦無追到可信贓仗又無明白顯跡即
無辜良民理合隨即踈放其元問官吏依前枉禁匡八等

五八八

**典章五十四　刑部十六**　圭

一十一名身死內羅道人等三名召保在外病死別無定
奪外禁死無辜匡八等八名情罪非輕以此參詳
到元問正官招伏却緣該吏蔡瑛等招指明白見各人署
押案卷可照罪無可疑欽遇釋免量擬招指魯達花赤沙班縣
元問官吏並把臨頭目蕭新等俱各革罷不斂通行標附仍
尹陳世榮縣丞趙淵主簿孫從千戶張宣武解見任各降
於元職二等典史司吏楊滋等從革罷都省准部議得元統鈔八十
元職二等軍戶千戶宣武削降散官一等餘准部擬除名外
定給付苦主充營葬之資似為相應都省議得元問官吏量
擬達魯花赤沙班縣尹陳世榮縣丞趙淵主簿孫從各降
仰照驗依上施行奉此本部議得慶遠安撫司僉事朱國
先職一等軍戶千戶宣武削降散官
槙始因挾恨人戶謝徹廣男謝二六曾行將宜山縣已問
印造僞鈔人蒙五打拷令司吏令虛指謝

徹廣男謝二六曾行供逸知情分使如此取訖招詞分付
縣吏黃世榮扣換本賊元勾捉謝二六曾行赴湖
廣西宣慰司陳告值伊姪宋元帥循情不與受理赴湖
廣行省稱冤其朱國楨等差無職役人王再貴就武昌路
捉拏本人回還又不發下宜人對歸武昌路
禁遊街號令至一十四日拷勘禁隔六日無招監禁
徹廣年逾八十無招驗隔六日直至在牢因傷身死方無
家至一十四日身死無招監禁九箇月二人俱依實檢驗
於非命却行嗔毒復審官河池縣簿尉左榮祖原其所犯
情罪深重雖無取到招伏其連職官並一千人等指證明
白罪經革撥比例擬合罷職不效安撫韓文婿原其所犯
雖非命終是判署長者一同拷勘枉禁平人

五七六

【典章五十】刑部十六　圭

致命比例量降二等均徵燒埋銀兩給付苦主標附相應
都省准擬仰照驗施行

## 枉禁輕生自縊

大德十一年六月江西行省准中書省咨所
委官前刑部主事李居禁呈奉省劄前去江西行省與省
委瑞州路同知鄭朝列一同審錄見禁罪囚罪四起內吉
州路錄事司一起牢子蕭德陳萬監禁鍾三自縊身死參
照過行卷取訖錄事司達魯花赤小雲失海牙狀招大德
九年十一月十四日據李阿劉狀告
鹽客一人將夫尋喚出外打死與本司錄事及判官一同
歸問得正犯人劉季三已招將李重二踢死
招指得正犯將李重二踢作歪嘴乞人子少人錢不還語句及
向前救勸不從致係劉季三將李重二踢死申奉到吉州
路指揮駁問鍾三即係緊問合同問人數再行引審各人所

招無異即合分下輕重依例發落却不合爲苦主李阿劉
節次告稱夫係是鍾三踢死不肯准伏因此將鍾三鎖禁
六十餘日以致在禁輕生自縊身死是實將錄事劉
錄判蔣祥典史劉顯司吏魯文信等吉州路吏劉宣所招
無異若便予決絕係在禁縊死人命事理送刑部議得錄
顯等所招雖是取訖鍾三踢死李重二不行極
事司達魯花赤小雲失海牙因劉李三踢死李重二不行極
力救勘招伏却不分間輕重發落枉禁鍾三以致在
禁自縊勸身死官罪經詔恩革撥比例標附過名別行求
仕外據司吏劉宣等各罷見役通行標附過名都省
咨請依上施行

## 枉勘格前取到招伏

延祐三年六月二十八日行臺劄付准
御史臺咨延祐二年十一月二十七日合稟通例正奉中
書省劄付送刑部議擬下項事理內一欵官吏人等雜犯

五五九

【典章五十四】刑部十六　古

伏議罪之際欽遇詔恩釋免條役合無黜降殿敘前件議
得官吏人等延祐二年十一月二十七日以前取訖招
照例議擬其事雜犯驗事輕重詳情區處似爲相應都省
准擬仰依上施行

## 枉勘革前未取到招伏

延祐二年三月初九日江西省據廣
東道呈廣東廉訪司牒先爲廣州路番禺縣郭一哥被殺
本縣簿尉史彰信將平人馬法大等枉勘虛招博羅縣進
問各賊異及弓手朱錄孫將林聖護打死等事格前雖
無取到招伏却緣弓手陳英等招指明白並本縣劄付
照申奉行御史臺咨付移准御史臺咨呈奉中書省劄付
送刑部議得番禺縣簿尉史彰信典史陳珪司吏潘頤等

## 五六五

因郭一哥被劫衣服鈔兩本縣不行詳情推問止憑事主
郭一哥新婦陳二姐學說將平人馮法大等八名枉勘虛
招作賊追到官博羅縣歸問得各番異已追到官贓虛
物俱於諸人處借買據簿尉史彰信等革前雖已取到招
伏緣本縣元立案驗明白以此象詳求仕別行求革前招
潘頤等罷役為本賊越墻在逃趕至官山嶺上因林聖護拒
聖護監收為本人毆傷身死事因公情非故殺罪經詔恩
捕用梃將本人毆傷身死亦難以讓
釋免據燒埋銀兩亦難以讓擬追徵呈奉都省准此所擬
仰請照驗施行

### 湖廣等遊街身死

臺劄付准御史臺咨來咨江東道廉訪司申皇慶元年六
月初一日准分司牒審錄池州路罪囚數內一起湖廣等

**典章五十四 刑部十六**　十五

身死公事取訖本路正官首領官吏並監官錄事司達魯
花赤明理於恩貴縣縣尹黃璋等各各招伏外據總管字
樂歹雖是患病拒抗象證案驗明白若將各官解任殿敘
緣係為例事理開咨請照詳呈奉中書省劄付送據刑部
呈議擬到下項事理逐一開坐於后燒埋銀兩難以追徵
其呈照詳得此都省仰依上施行
司吏周崇仁狀招皇慶元年二月十四日據青陽縣解到當
攔客旅公村擾民詐騙錢物犯人胡凱等一十二名取到
胡凱等不合到建康路萬戶府偽印假寫跟捉逃軍偽攔
引差劉全一同胡廣等一十餘人在鄉以捉逃軍為由當攔
路行客旅公村搔擾百姓詐騙財物各各招伏未曾追勘
完備有本路官總管言語詐騙胡凱等一十人騎棘馬責付錄

## 五八九

事司達魯花赤明里干思貴池縣尹黃璋監押前去遊街
號令崇仁明知上司禁例不許遊街拷掠自合明白執覆
卻不合故違通例當將胡凱等責付縣拷掠去後責令以
街號令隨有本路達魯花赤省會縣尹黃璋錄事司達魯
花赤明里干思言道違胡凱等一起人是害百姓的好生
將去街上打著號令以致楊首領等將胡廣等四名隨即身死又聽
珍胡德林陳關兒康環兒王德一強一胡張哥張哥保兒亂
杖行打內胡廣等康環兒王德一強一胡張哥節續身死
同知張府判田推官胡廣等四名隨即身死又聽事申照磨商議扛擡胡
廣等錄事司貴池縣委官初復檢驗外據胡凱等俱因被打傷
重又行虛捏患病三分發下錄事司羈管醫治自二十二
日至二十三日有康環兒王德一強一胡張哥節續身

**典章五十四 刑部十六**　十六

行據錄事司貴池縣初復檢驗得胡廣等八名俱係臀腿
受杖傷重血氣攻侵兩後肋連腰致命身死招伏是實本
部議得司吏周崇仁所犯欽遇詔恩原免合依已擬罷役
標附相應首領官二名提控案牘申世榮知事陳敏主領案牘
人員各官擬議得提控案牘申世榮知事陳敏不應達倒遊街拷掠胡
因傷身致命罪經原免各官降先職一等通行標附過名相
應推官田克終狀招相同本部議得推官田克終所犯雖
犯人胡凱等因為雕建康萬戶府印假寫文引差劉全
胡廣等一十二人以捉逃軍屬由搔擾百姓詐騙錢物內
胡張哥康環兒強一王德一止是今所犯雖為搔擾民胡
廣陳關兒等雖有前過其罪亦不致死卻不合與本路官
首領官吏省會貴池縣尹黃璋等監押犯人胡廣等各騎

罪犯欽遇原免擬合革去相應司獄邢文通本部議得邢
文通雖無取到招伏緣獄典招指本官署押虛控病狀縈
驗明白量擬解見任別行求仕標附相應

刺馬遊街號令拷打因傷致死八人罪經詔恩原免擬降
先職一等標附相應路官四員除總管字樂歹推病未招
外府判張豐等同知懂兀兒達魯花赤小云失帖木兒各
狀招相同本部議得犯人胡凱等因爲雕刊建康萬戶府
印信假寫文引差劄同胡廣等一十二人以舉捉逃軍爲
由攪擾百姓詐騙錢物内張胡哥康瑗兒強一王德上王
以爲從役會縣尹黃璋等官監胡廣張哥等各騎棘馬遊街
號令拷打因傷致死八人以此參詳胡張哥等枉死之由
實爲路官所致總管字樂歹雖無取到招伏本路同署察
驗路吏周崇仁等招證明白擬合一例斷罪欽遇赦恩原
免量擬達魯花赤小云失帖木兒總管府字樂歹同知懂

五八六

〈典章五十四 刑部十六〉

七

兀兒府判官張豐等各各降先職一等通行標附庶不
似爲相應監押號令官錄事司達魯花赤明里于思
貴池縣尹黃璋等各招伏詞狀相同本部今巳議得池
州路錄事司達魯花赤小云失帖木兒總管府字樂歹依
蒙本路達魯花赤小云失帖木兒總管府字樂歹所官省
會及路吏口傳言語將犯人胡凱等一十名各人幸遇詔省
馬遊街號令降先職一等標附相應罪犯官醫井大椿所
免量擬各降先職一等標附相應罪犯官醫提領井大椿各
是實本部議得典史祝夒司吏陳子邁各狀申胡
擬合革去相應錄事司典史祝夒司吏程子邁幸遇詔原
是實本部議得典史祝夒司吏陳子邁各招不應虛控胡
廣等因病身死幸遇詔原免擬合罷見役標附相應鄭
禮招伏是實本部議得鄭禮所招不應虛控胡凱等病死

〈典章五十四 刑部十六〉

大

七十六

## 刑名柱錯斷例

### 違錯

大德九年九月

日福建廉訪司承奉行
臺劄付近據海北廣東道廉訪司申廉阿羅狀告育男廉
酉保被平山站劉提領決打身死惠州路陳總管等改換
屍狀等事取到總管陳佑等各招詞議擬申乞照詳後
准御史臺容呈到總管陳佑等各招詞議擬申乞照詳
月內承奉中書省開告大德七年六月內廉容呈到香貨
訪司申劉子勝決打身死初復檢驗官臨柱縣尹張輔翼
至八月二十七日經過遠江務被吳大使用手執木拐將
劉子勝決打身死初復檢驗官臨柱縣尹張輔翼錄事司
達魯花赤禿哥俱各驗作服毒身死取各招伏大德
六年四月初四日欽過赦恩釋免除將犯人吳讓欽依釋

〔五五一〕

〈典章五十四刑部十六〉 尤

免追徵燒埋銀兩給付苦主外據張輔翼等職役令合干
部分議擬相應送刑部議得縣尹張輔翼達魯花赤回報
所招務官吳讓將劉子勝決打身死虛作服毒身死回報
罪經原免擬合依倒解見任期年後降先放雜職一等
內住用標附相應都省准擬仰照驗依上施行奉此本部
議擬到下項事理開坐具呈詳都省准擬仰照驗施行
一名陳佑狀招欽受宣命武節將軍惠州路總管兼管內
勸農事職役大德五年八月二十六日有司吏趙賢輔將
將到歸善縣申初檢定驗廉酉保被打血作攻心身死
文解到本吏對佑覆說薛經歷這劉提領是宣慰司劉
經歷多曾分付將來教覷當將文解扣換作因病身死
佑自合令本吏依倒追問卻不合說經歷行商量又招
八月二十九日歸善縣達魯花赤阿都赤阿前來府應前

佑與薛經歷處覆說道趙令史退回廉酉保身死文解
扣換生前被打後因病身死薛經歷依前分付阿都赤
道據先被打干人人命又不合回對薛經歷道郎般是
明知係干人命的也好又招九月初三日司吏趙賢輔將
都赤道只憑薛經歷生前被打身死文解行下本縣追問
元判二十六日文解于佑處呈行政二十四日文解署押
隨本吏覆說文字遲慢將元判署押不合依
因病身死違錯罪犯初檢欽過赦恩釋免擬將總管陳佑解
見任別行求仕標附過名緣本官所招不合依係歸善縣元
以人命為念輒憑經歷薛瑜言語欽受宣命人員誠恐
了當罪犯廉訪司先議得總管陳佑欽受宣命不合
善縣達魯花赤初檢欽過赦恩釋免又兼本官已除受
所擬未應刑部議得總管陳佑所招不合將歸善縣元

〔五三〕

〈典章五十四刑部十六〉 平

申檢驗到廉酉保被打身死文解令本縣換作病死罪
經赦恩釋免量擬解見任期年後降先職一等雜職內
任用標附相應

一名董瑞狀招欽受宣命同知惠州路總管府事職役於
大德五年八月二十六日招伏相同罪犯是實廉訪司
議得同知趙賢輔所招不詳廉酉保身死事干人命二次
信從司吏趙賢輔朦朧署押檢驗廉酉保身死文解違
錯罪經赦恩釋免又兼本官已行得代先已除受廣東
道宣慰副使元帥府事即日年及七十倒應致仕若
將董瑞標附過名刑部議得董瑞所招情犯如准行臺
所擬相應

一名壽瑜狀招祗受敕牒從仕郎惠州路總管府經歷職
役大德五年八月二十六日招伏相同又將屍傷改換

仵作行人葉祿首告到官罪犯是實議得經歷薛瑜所
招明知廉酉保身死干係人命因為阿都赤說稱劉提
領等供指廉酉保被小王決打經隔二十三日身死又
為宣慰司劉經歷曾行分付將劉提領當當此司吏
趙賢輔將文解退回作傷痕平復的係患病身死
有阿都赤親行赴薛經歷釋免一等敘用刑部議得經歷
薛瑜解見任廉酉保身死文解退回作病死罪既遇
官若初檢打傷痕平復因病作攻心身死擬將
歸善縣元申廉酉保身死文違錯罪問又不合再令本
釋免量擬解見任降先職一等雜職內任用
標附過名似為相應

一名阿都赤狀招祇受赦牒進義副尉惠州路歸善縣達
魯花赤兼管勸農職役大德五年八月十八日據廉阿
羅狀告平山站提領劉王將伊男酉保決打於八月十
七日夜身死阿都赤於當月二十日躬親引仵作行
人葉祿司吏廉酉保身屍除炙
瘡五痕外左右肩臂各一痕係拳痕一痕係
磑痕右脅側連助第三枝上一痕係他物痕左
脊上一痕為重的係他物打傷血作攻心定驗命
身死回關本縣開申惠州路照驗於八月二十七日有趙
知房分付換過定驗作患病身死以致事發
司吏徐禮收回關本縣開申惠州路照驗押過本縣元申檢司文解言稱趙
到官罪犯是實廉訪司議得阿都赤所招係是牧民官
職本官親行初檢得廉酉保的係生前被他物打傷血

---

作攻心致命身死回關本縣申路續有司吏徐禮將回
總府押過本縣路退回房作患病身死明知
干係人命親行赴府稟覆又憑信憑薛經歷等言語同
劉花赤赤解經歷薛經歷曾以此憑隨省會司吏
達魯花赤解見不依隨總管司吏申廉酉保擬將
作生前被打傷痕漸已平復因病身死欽遇
官徐禮扣換元申到廉酉保生前被打身死擬將改
廉酉保所招初檢廉酉保身屍文解言稱罪經赦恩
都赤所招不合任期年降先職一等敘用刑部議得
達魯花赤狀文解言稱廉阿羅狀告男酉保被
廉酉保被打身死初檢廉酉保身屍文解退
任期年降先職一等雜職內標附相應
一名趙賢輔見充惠州路總管府司吏狀招於大德五年
八月十九日承行赴府稟覆廉酉保生前被打血作
打身死公事不依隨經歷薛瑜言語招初檢廉酉保被

與縣吏徐禮於初檢官阿都赤說扣換生前患病身死
執覆路官將元判二十六日改作八月二十四日又招
既是博羅縣復政前去博羅縣勾換到自合依例舉卻不
印批差黃通劉政前去博羅縣勾換到次不立案驗使詫
合於八月二十六日九月十一日二次不立案驗使詫
姚典行吏蕭仲壬使喚人已用過罪犯及受訖黃庭與焦
尺浮茶二袋人已用過罪犯是實廉訪司議得司吏趙
賢輔所招將路官利害歸善縣吏扣作初檢官吏
經歷言語招廉酉保的令初檢官吏作病患身死又招
血作攻心身死文解罪犯欽遇釋免擬將司吏趙
復檢文解罪犯欽遇釋免擬將司吏趙賢輔罷役不敘已
茶二袋罪犯欽遇釋免擬將司吏趙賢輔罷役不敍已

牒惠州路去訖刑部議得趙賢輔所招罪犯即係刑名

違錯重罪既以斷罷別無定奪依例標附相應

一名徐禮狀招見充歸善縣司吏於大德五年八月十八

日承行廉阿羅告男西保身死公事於二十四日移准

本縣初檢官達魯花赤阿都赤關該檢得已死人廉酉

保屍傷狀同於二十五日將文解赴府投下了當至二

十七日有府吏趙賢輔追照過本縣行卷將元解退回

及打勒徐禮狀招廉酉保身死明知事干人命不合依

令吏徐禮扶同招詞罪換作患病身死又節次將王元德

司吏徐禮扶同詢罪因曾行打廉酉保身死節次將王元德

薛經歷等言語招廉酉保身死前被打血作攺心身死解

作攺心身死解文扶同詢因曾行打廉酉保身死違錯罪犯幸

**典章五十四 刑部十六**

五五九

行打勒令扶同詢因曾行打廉酉保身死違錯罪犯幸

得欽遇赦恩釋免擬將徐禮罷役不敘移牒本路照會

去訖所招罪犯廉訪司既已斷罷別無定奪

一名蕭仲壬狀招係博羅縣待闕人吏當於大德五年

八月二十日本縣差仲壬根隨達魯花赤忙哥察兒前

來歸善縣裏水坊復檢已死人廉酉保生前被打血作攺

相同回關本縣照驗去後不合從府吏趙賢輔省會仲

壬使喚人葉三五計會歸善縣抄寫到攺換廉酉保的

係患病身死檢目不令扶同招無俸人吏根隨

覆檢官忙哥兜前去復檢到廉酉保生前被打血作攺

心身死文解申府不合依隨趙賢輔言語攺換廉酉保

係因病身死解申縣官知會私自扣換移牒本路照會去訖

欽遇赦恩釋免擬將蕭仲壬革去移牒本路照會會去訖

---

刑部議得司吏蕭仲壬所招罪犯既廉訪司斷罷別無

定奪

**長官擅斷屬官** 皇慶二年三月二十七日福建道宣慰司准

本道廉訪司牒該准邵武路牒呈皇慶元年十二月十八

日差建寧縣主簿雷潤押運鐵課赴宣慰司交納本官推

故不肯押運就公事高聲惡言响哮不有上下抵觸官府

取訖雷潤狀招伏在官理宜懲戒伏請照詳此照得即

近承江浙行省准中書省咨御史臺呈江北淮東道廉訪

司申承奉御史臺劄付各路府州司縣官員暨軍情緊急

大事遲慢取問明白招伏受敕官聽候都省處分處得即

目軍民各分軍元調遣所辦課程稅糧最為大事俱有常

限各處路官少得正人禁之猶恐以私害公非理凌辱人何

屬之官詳遲慢軍情緊急大事的決路官若欲虛人

**典章五十四 刑部十六**

天五三

事不為緊急大事罕今歲清明節假楊州路達魯花赤

牙里為監倒昏鈔泰興縣主簿郭仁出離鈔庫斷罪七下

又因咆哮加收數日後斷七下如此大暴又有諸衙門差

人州縣催捉公事就斷正官去人無不賠取看詳擬受敕官

慢內郡申部餘申行省禁約諸路量情斷決餘有違

除捕蝗遲慢不測掩大冠違慢各路量依已行刑部

罪甚多合無比附至元六年都省元行刑部擬罪七下

關通例具呈照詳都省卻不得因以小事為大事常事

為急務織羅受敕職官非理斷決若獨員按臨去處果有

違誤軍務大事不得擅斷取訖明白招伏會議決罰咨請

依上施行

皇慶元年二月二十三日福建道宣慰司承

## 上

奉江浙行省劄付准樞密院咨近據左衛呈百戶田榮等
申通州路縣于縣令張縣尉等不行約會修理倉敷軍
人李順斷訖三十七下本人見行杖瘡舉發瘡肖醫看
治得此差獄吏赤寨甫丁等前去將各人勾喚到官送據
斷事官呈取責到一千人等招詞數內縣尹于澤招既
是通州路縣尹職役於至大四年七月二十七日有李賢
就扯行兒取證見曹寬李驢兒招伏文狀又既蒙累聖降
旨節該軍民相犯人命等重罪過交管民官約會省問其
餘家財田土鬪打相爭輕罪過的軍民一同歸問斷罪却不合令王大嫂
此亦合依例會軍官一同歸問斷罪却不合令王大嫂

五八九

曹寬與李驢兒面對及不取要辜限文狀亦招李賢見
帶傷瘡痊可却取浮平痊可准狀又不欽依約會管軍
官擅將軍人李驢兒斷訖三十七下又招於閏七月二十
三日聞知又發有司吏孫得榮齎到典史李仁司吏孫
得榮弓手李賢與于澤所招相同擬縣尉張禮典史李仁
虛行扣抱到狀三次移關約會管軍官案劄檢目公使人等
字樣令得罪犯是實及責得縣尉張禮典史李仁司吏孫
縣尉張禮三十七下典史李仁四十七下司吏孫得榮五
十七下弓手李賢二十七下本院司吏孫得榮與于澤得
榮合得罪犯是實及責得潞縣小名的軍人毆打
李賢名字人來麼道不令面對信從著一面詞說將軍人
斷訖三十七下世祖皇帝完澤篤皇帝曲律皇帝聖旨裏

## 下

軍民相犯呵除重罪過外其餘勾當與軍官一同約會著
歸問者廳道聖旨有來他每明知不到約會軍官一面將軍
人斷問之後却說約會軍官不到本府有過五十餘的依著資次斷
條例倒問月日將本人李伴兒委因上樹壓折樹
他每罪過阿怎生奏呵奉聖旨郎般者今后休似這般交
遷調得此送據理問所照勘得王汝椿先充龍興路新建
縣吏檢屍違錯罷役不敘復充州縣司吏三十八箇月就
補路吏檢屍違錯罷役不敘復充州縣司吏三十八箇月
中書省咨據刑部呈新建縣吏王汝椿檢屍不明照得
皇慶元年四月袁州路奉江西行省劄付近

五八一

大德六年三月二十九日奉省判本部呈山東宣慰司關
濟寧路鄆城縣歸問到正犯王伴兒與喬小驢等毆黃喜兒將
王伴兒踢死移隸路推問得王伴兒委因上樹壓折樹
枝掉下踢死眾證明白本院議得王伴兒招用脚踢掉
隻將王伴兒踢死其一千人等指證相同取訖王伴兒元
招伏合准宜慰司所擬將黃喜兒欽依詔恩釋放先追燒
埋銀兩四定擬合回付外據初檢官邵平縣尹張亨典史
宋宥等所招王喜兒既曾告說王伴兒元壓折樹枝以
掉下眾傷身死不即究問又不親監檢屍以致作行人
陳全將王伴兒改作跌打所傷身死各人罪犯已經詔恩釋放將邵平縣尹張亨量
用脚穿靴隻踢死認著王伴兒右脇連耳根並交當內不便處
賜傷身死各人罪犯已經詔恩釋放將邵平縣尹張亨量

擬降先職一等期年後別敘典史宋宥司吏劉居敬均罷
役不敘似為相應今蒙都堂議得准擬連送刑部依上施
行奉此除遵外本部議得王汝椿所招罪犯即與劉居
敬所招一體既行本省已將本人革去合准所擬不敘相應
都省准行咨請依上施行

皇慶二年十一月二十四日江西廉訪司奉
江南行臺劄付廣東道廉訪司申審鈔廣州路罪囚數內
番禺縣一起梁伶奴等因爭田土互相爭打蔡敬祖羅二
謝景德身死等事初檢元問官縣尹馬廷傑等檢驗遺式
變亂事情縱令吏貼私下取問出脫真情移令蔡敬祖
問得實情照出違錯事理取訖別行典史孔鎮歸
各招伏罪經詔恩釋免　合解任罷職別行求仕得此移於
准御史臺咨呈奉中書省劄付送刑部逐一議擬於

典章五十四　刑部十六
　　　　　毛

五六

後具呈照詳得此都省准擬仰依上施行
縣尹馬廷傑招伏至大四年四月初三日准本縣關蔡阿
陳告梁伶奴等因爭田土將夫蔡敬祖打死將杜甲被告
周都仵作行人杜通於停屍去處呼集屍親初檢
一干人等眼同初檢得已死蔡敬祖沿身上下除輕傷
不係致命外右肋一痕係他物痕皮不破血不出滲色
黑橫量長二寸八分潤九分的係致命身死自合當場
究問端的何人行凶取責明白招伏追究梁伶奴與戴壽
痕令正犯人於屍帳上畫字不合輒憑梁伶奴正犯人名
安互推不招故違省部元降屍體式于正犯人名
下擅添被告人三字令梁伶奴於三月二十九日夜在五顯廟內
博羅縣問得梁伶奴於三月二十九日夜在五顯廟內
戴壽安等亨神喫酒伶奴用木棍於蔡敬祖右肋打著

身死不合不行躬親追究轉令司吏貼書人等私下取
問教令蔡元卿虛指已死謝景德用木棍將兄蔡敬祖
右肋打訖一下倒地元卿填恨用木棍將兄蔡敬祖打
死又不合信從梁伶奴一下倒地元卿填恨用木棍打
招打死蔡敬祖罪犯招伏是實招除輕罪外止以初檢
伶奴止招用槍扎傷魏貴一痕的係致命不行用心研問
輒憑梁伶奴等互推不招故違元降屍傷體式于正犯
人下擅添告人三字令梁伶奴等於下晝字移推究
縣歸問之初馬廷傑係是正官明知刑名重事不行躬
親推究得梁伶奴用木棍將蔡敬祖右肋打著身死本
伶奴親教令蔡元卿虛指眼見已死謝景德打及依從梁伶
敬祖打倒蔡元卿用木把頭將謝

典章五十四　刑部十六
　　　　　天

五六四

奴止招用槍扎傷魏貴一不招打死蔡敬祖原其所犯由如此
揑合出脫梁伶奴打死蔡敬祖情罪原其所犯由如此
名違錯罪過標附過名似為相應典史孔鎮材所擬解見任
別行求仕得番禺縣典史孔鎮材此時孔鎮
刑部議得番禺縣典史孔鎮材所招除輕罪外止以蔡
阿陳告梁伶奴等爭田土將夫蔡敬祖打死此時孔鎮
材因事被問還役卷內明見縣尹馬廷傑不行躬
屍傷右肋致命一痕馬縣尹不行究問明白見已死蔡敬祖
字不行疏駁輒與備申總府在後博羅縣問得的係梁
違例將正犯人下擅添被告人三字令梁伶奴畫字
伶奴將蔡敬祖打死明知故縱受賕教令蔡元卿虛指眼見已死
棟等私下取問故縱受賕教令蔡元卿用木把頭將兄蔡
謝景德用棍將兄蔡敬祖打倒蔡元卿用木把頭將謝

五六四

景德打死依從梁伶奴止招用槍扎傷魏貴一不招打
死蔡敬祖實情如此串套揑合出脫梁伶奴殺人若依本
原其所犯即係刑名違錯罪經聖旨赦恩釋免各似為
道肅政廉訪司所擬解見役別行求仕標附過名若依本
相應皇慶二年十二月江西廉訪司准龍興路
付准中書省咨來咨龍興路劄劉嘉告王汝椿充新建
縣吏檢驗丁清九打死張辛六屍首受錢作弊出役致
命虛稱因病身死蒙廉訪司取訖王汝椿招詞斷五十
七下罷役在後本人隱下前過朦朧告敕得此行據理問所照
得王汝椿充新建縣司吏檢屍違錯取訖王汝椿斷問
為是添設司吏例革在閏申奉省劄擬將本人斷訖五
十七下罷役如委在閏別無定奪本所議得既非贓私

《典章五十四 刑部十六》 无

理難不敍況兼既斷之後復充州路司吏宜從省府詳
酌得此又據檢校過上項文卷議得王汝椿檢驗違錯
雖非贓私終是人命違錯擬合革去得此劄付臨江路
將本人罷聽候却據王汝椿狀告前充新建縣吏檢
屍違錯取問為係添設司吏元係例革在閏告蒙龍興
路發充寧州司吏節次升轉到路通前懸俸五十二月
前項初復檢驗官俱已得除見役勾當今惟獨將汝椿
罷役委實不公告乞施行得此本司看詳初復檢驗張
辛六屍首一名不敍其餘官即係一體咨請照詳准此據
王汝椿大德六年充龍興路新
刑部議得臨江路司吏王汝椿
建縣無俸司吏因隨縣丞王珍檢驗張辛六屍傷不行
躬親臨監以致作行人隱下傷痕刑名違錯本路申

---

八六四

奉省劄已將本人斷決五十七下罷役於大德八年告
敍復充進賢縣司吏請俸一十一月轉充寧州司吏二
十七月龍興路取充府吏六月次遷臨江路吏八月通
前懸俸五十二月以此參詳王汝椿先充新建縣無俸
司吏檢屍不明行省斷罪罷去數年之後告敍到今一
十餘年又累經詔赦兼元犯既無贓私難以終身不敍
合令依舊勾當具呈照詳得此都省准呈請依上施
行

《典章五十四 刑部十六》 卒

違慢

巡檢有巡失捕

至元三十年二月二十一日江西行省龍興
路烏山巡檢賈義招伏程倉官被賊劫殺本司相離五里
餘路承告報後不合將引馬手于程倉官家看踏蹤跡以
致眾賊逃走又招丁上合被賊七十餘人劫掠不合不行
黏蹤追捕以致賊人走透致路煩調軍於寧州捕獲到戴千
八等罪犯省府議得除將本處巡檢名缺別行選差相應
人員補替外據巡檢賈義擬決三十七下合下仰遍行照
會以為懲戒

收捕推病回避

院准樞密院咨至元三十年十一月二十三日紫檀殿內
本院官奏月的迷失俺根底與將文書來南安有的瞿壽

至元三十二年正月 日江西行省樞密

五十七

刑部十六 至

小名的萬戶交他收捕草賊去呵不去收捕推病引著軍
回來了有郵草賊每根底却交別人去呵收捕了有為瞿
壽不收捕草賊上頭要了招伏說將來有俺商量來他的
罪過遇赦免了也者他的職事罷了不揀幾時休教
做官擬定來麼道奏呵郵般者罷了官職交他這裏來者
麼道聖旨了也欽此

不即救捕捕罪例

元貞元年五月二十二日湖廣行省劄付准
中書省咨河南行省咨禀巡警盜賊事理送刑部議得捕
盜罪賞已有定例所據強盜行劫之際官府承告求仕達
知不即救捕盜官杖決五十七下解見任別行求仕達
魯花赤長官以下量擬杖決三十七下然此治盜禁防之
法不可不備合令遍處官吏以及本路與各道廉訪司從
長講究定擬如蒙准呈相應具呈照得此都省准咨

收捕不救援例

請依上講究施行大德三年六月二十六日行臺准御史臺咨
江西道廉訪司申瑞州翼千戶范永新縣尉周鐸收捕
草賊不行救援被賊殺死喬百戶馬巡檢等呈奉中書省
送刑部議得千戶范震簿尉周鐸被差收捕耗賊與百戶
喬林議定把截賊人出入要路互相救援其各人不行前
去致將喬林等殺死聞知不即追襲情犯深重罪遇詔恩
原免量擬罷職不敘依例標附都省核准樞密院咨合准
刑部所擬擬咨請照驗仰上施行

起離書鈔違限罪名

奉中書省劄付據戶部呈照得各路平准行用庫倒換昏
鈔隨即使訖退印配成料例每季不過次季孟月十五日
已裏起納呈奉到中書省劄付擬到違限不起昏鈔罪名
元貞二年正月二十九日御史臺咨承

典章五十四 刑部十六 至

五六

違期一季提調路官罰俸 一月首領官的決七下司吏庫
官 一十七下 州官七下首領官一十七下司吏庫
官 一十七下 二季提調路官罰俸兩月首領官
七下二季提調路官罰俸 一月首領官一十七下司吏庫
官 二十七下 州官一十七下首領官二十七下司吏
三十七下 三季提調路官罰俸三月首領官二十七下司吏
庫官 三十七下 州官二十七下首領官三十七下司
吏庫官 四十七下 都省准擬仰依上施行

人民餓死官吏斷罪名

延祐五年三月十七日江浙行省准中
書省咨御史臺呈成州人民闕食本州不即申報賑救以
致死亡流移取訖當該官吏違慢招伏看詳同知康惟忠
等職居牧民撫字乖方適值人民缺食不即賑救致有流
移死亡甚失牧民之道以此參詳若便區處別無所守通
例具呈照詳得此據刑部呈照得大德七年四月十三

日御史臺承奉中書省劄付本臺呈監察御史呈大寧路
惠州人民鉄食本路官急慢五箇月餘不行踏驗取訖見
在官吏招伏本臺看詳大寧路等處人民鉄食宜早
賑濟外拘總官哈魯等不即申報災傷罪犯本部議得總
管哈魯量行三十七下過七下依例贖罪府判馬謀二十
七下各解見任降先職一等提控案牘姚子淵三十七下
罷役不敘都省議得提控案牘姚子淵所犯量三十七下
罷見役部議得成州同知康惟忠等所招本管人民遭
饑饉關食不即申報賑濟以致流移饑死人口罪犯比依
量擬同知康惟忠三十七下州判王文德三十七下各
見任降先職一等吏目趙克讓司吏張惟福三十七下罷
見役期年後降等敍用相應其呈照詳得此都省准擬除
外咨請遍行合屬依上施行

## 非違

**縣官扯諕部民小妻** 延祐五年承奉中書省咨至大四年七月
刑部呈准修武縣達魯花赤伯不花將部民妻阿王扯捽
戲諕決六十七下罷見役降二等雜職內敍用

**縣官強娶部民小妻** 延祐五年承奉中書省咨延祐元年十
月刑部議得瑞昌縣達魯花赤屯家求娶伊夫小妻馬望之
妻為是不從帶酒自行前去問囚家求娶伊夫小妻馬望之
春奴前去故張州判妻阿尚家求娶伊夫不憑媒妁令姊己人
妻為是不從帶酒自行前去問囚定求姦甚失牧民之
體決五十七下週免解任雜職內用都省准擬

**典蕩恣逞威權** 延祐五年承奉中書省咨延祐二年七月臺
呈千戶劉源輙憑軍人何宥口告弧戶趙寺家將海阿王與元
錢擅將十三歲幼弟常住馬行枷窟釘及將海阿王與元
告人何宥連鎮省會本人收繼致令何宥強行姦污刑部
議劉千戶恣逞威權杖決八十七下除名不敍省准

## 私役

**百戶王伯川役死軍**　至大元年十二月二十一日江南諸道行御史臺准御史臺咨四川道肅政廉訪司申百戶王伯川狀招因為修理行省趙平章住宅引巡軍徐全等一十三名前去遇仙橋搬取竹子既各人各說不曾水手不合將徐全嗔恨要打仰通各軍止於河內駕放下流以致翻了竹筏將來竹子止於河裏運竹子呵軍每不交他管著修蓋省官住的屋子來河裏運竹子呵軍每不會水抑逼著交水裏去這軍裏頭淹死箇徐全名字的人罪過呵該大德改元詔書已前他底職事及燒埋銀合做體例呵追徵燒埋銀給付苦主已後軍官每私使軍人或因他底工役死了的有呵斟酌輕重要罪過罷見職事見職例追徵燒埋銀給付苦主已後軍人奴婢一般使有這管軍百戶王伯川根底做一箇體例罷人罪過呵

臺已於大德二年六月二十五日奏過事內一件四川道廉訪司申中將來管軍百戶王伯川名字的人差著官軍伯川職役燒埋銀呈奉中書省省官劄付議得王伯川雖有招涉終無故殺情理罪經原免難議追徵燒埋銀既據王

五三四　典章五十四　刑部十六

聖旨了也欽此

**萬戶壽童淹死軍**　大德七年四月二十四日江西廉訪司承奉行御史臺劄付准御史臺咨來咨備廣東廉訪司申惠州路總管陳祐等狀首勸和陳溫告論鎮守萬戶壽童這禁時月打圍淹死軍人張二議得壽童所犯若依王伯川

---

倒解見任追徵燒埋銀兩伏慮未應准此大德七年正月二十六日奏過事內一件廉訪司官人每監察每問的招了的無體例要肚皮來的避罪在逃的部官管民官等一十七箇的裏頭約罪遇赦免了的九箇人這赦後合斷罷過的六箇人這的每根底遇赦不敘不敘賠徵任的殿三年委付的依舊委付呵怎生奏呵那般者麼道的依舊立定的注邊遠永不敘的雜職內委付的殿罷過的每根底呵怎生奏呵那般者麼道聖旨了也欽此赦前鎮守惠州萬戶府達魯花赤壽童解見任追徵燒埋銀兩咨請欽依施行

安縣尹宗子文得替閒居持勢豪霸擅差民戶挑掘壕渠修築花園土崩壓死謝再九等六名擬合罷職不敘賠徵燒埋銀兩給付屍親照詳呈奉中書省咨請欽依施行

五六一　典章五十四　刑部十六

縣尹宗子文所犯若准行省所擬除名不敘追賠燒埋銀兩並各人役過工錢給付苦主遍行禁治都省咨請依上施行

**牧民官私役淹死人**　未至大元年九月二十七日行臺准御史臺咨備江南湖北道廉訪司申准沅州路黔陽縣牛郁木令主首楊萬四祗候蔣仲差倩船夫裝載舟沉淹死黃晚等三人取訖各官招伏罪經原免比例解任標附過名省劄付送刑部議得縣尹宗子文相應咨請照詳准此呈奉中書省均徵燒埋銀兩給付縣尹宗子文不以撫字為心貪圖黃晚江灘撈截楠木署押批貼分付主首楊萬四祗候蔣仲差倩舟夫取運致將黃晚等三名淹死罪經赦恩原免擬令依條解任於各官名下賠徵燒

埋銀兩給付苦主標附相應都省准擬除外仰照驗施行

## 防禁盜賊私役弓手

書省咨御史臺呈山東道廉訪司申本道地面自大德六　　　　日　江西行省准中

大德七年十月

年三月初三日已後到今失過盜賊二百六十餘起蓋是

捕盜官員多非其人不爲用心警捕不嚴致令盜賊滋蔓

行據奉使宣撫呈行下本道宣慰司牒請到肅政廉訪司

趙僉事從長講究到方禁便益送刑部議擬到各項事理

都省逐一區處請依上施行

一不許別行差占弓手及騎坐弓手馬疋

別無定到罪名所以各處官府畏懼廢不舉行今

後若有影占役使或騎坐弓手馬疋人員此附軍官占

役軍人倒定罪所管官司依隨應付者與同罪弓手人

馬既無差占常切在役捕盜官每日聚點在城邑者各

**典章五十四　刑部十六**　　委

分坊巷巡防在鄉村者亦須依時巡警遇有被盜去處

隨即併力捕捉庶幾易爲敗獲少有生發仍禁約弓手

無得擅自下鄉擾民本部議得今後各處弓手令依所

擬除巡防外諸衙門不得別行差占役使及騎坐弓手

馬疋違者照依役使軍人倒斷罪本管官吏應付者量

情科斷除依已擬相應

一前件議得各處弓手本爲盜賊差役其官吏卻行影占

役使及騎坐馬疋實防巡捕今後除倒應公差外若有

私役弓手者決二十七下三名以上加一等騎坐弓手

馬疋定者決一十七下標附過各本管官吏不應應付者

各減一等科斷餘准部擬

四九九

---

## 違例

### 禁刑日問囚罪例

元貞二年九月二十六日江西行省准本

省左丞咨贛州路貼書劉慶益與寫發人史美秀於八月

二十三日將賊人鍾大肚王三關仔弔縛跪問喚責該

行李珍狀招不合不體八月二十三日禁刑日令帖書劉

慶益問囚劉慶益將本人斷罪罷役行下本路照依施行

招違倒招狀罪犯擬將本官司吏寫發人等責罰外據狀內

關防招伏將招狀賊犯李珍弔跪問因去外咨請禁治此

美秀等人牢子王富狀招無異除取訖經應王世暉有失

人王閏仔詞因令牢子王富將本賊縛弔跪問寫發人史

事理選保帖書二名其餘人數革去外咨請禁治准此

**典章五十四　刑部十六**　　委

司奉行臺劄付來申建昌路南城縣藍田巡檢夾谷德禎

招伏於五月初四日乙丑日將弓手殷祥周順各决一十

七下罪犯量决杖三十七下還職憲臺看詳夾谷德禎所

招罪犯是實量决杖二十七下還職勾當仰照驗施行

### 昏鈔不使退印斷例

元貞二年八月二十九日江西省行省

據吉安路中省委官廉訪司官歸問到平準行用庫提領

李成大使程福庫子等將倒到昏鈔却不於正面使用退印及中統鈔一十定四十

三兩四錢却不於正面使用退印及中統鈔四定四十

三兩至元二定一十二兩七錢七分全不使用退印罪犯

移准都臺御史容該送刑部擬得李成等斷附决五十

七下別行束仕標附相應都省准擬庫子人等就便斷遣

### 多收工墨除名

大德七年正月十三日行臺准御史臺咨來

施行

七九七

咨浙東廉訪司申溫州路稅司交收課程庫子汪鼎告平准庫大使韓溥招伏不合擅移本庫鈔本三定借與府吏張私禮已用度後卻有本人准還銀子虛捏著客人投賣姓名報官及多收庫子汪鼎　鈔工墨中統鈔六定三十九兩七錢四分已罪犯徵贓未足問照依分問輕囚四剳付刑部照得二十四年三月內尚書省欽依聖旨定到條倒將本人免斷除名咨請照詳事省准到中書省寶鈔條畫內一歘該禁治勢要之家並庫官人等自行結攬多除工墨沮壞鈔法違者痛斷斷罪經詔恩原除名欽此本部議得既已行臺元問韓溥文卷封架無憑照勘止據所招於庫子汪鼎等多取工墨中統鈔六定三十九兩七錢四分入已即係庫官罪犯非經詔恩如若准本臺議擬定在除名標附相應都臺准擬仰請依上施行

五八七

典章五十四　刑部十六　三九

## 禁差使多取分例

臺准御史臺咨據西蜀四川道廉訪司申劍州普安站告樞密院差去官人多要分例又將帶訖本站係官被一張非理搔擾不公等事取到布又招伏憲臺議得戶布又量決三十七下解見任別行求仕合咨請遍行禁治

行臺剳付至大四年閏七月初八日江西廉訪司承奉

## 省官多取分例

至大四年閏七月初八日行御史臺剳付准御史臺咨據監察御史樞密院差去官中等一行經過站赤內打拷頭目人等不應多取分例羊口拽車馬鋪兀刺赤差使報馬取訖陳郎中名政員外郎忽辛等各招詞施行間欽遇詔釋免呈奉中書省剳付刑部呈各招照得至元二十九年十一月行准御史臺咨四川廉訪司申劍州普安站告樞密院差去官布又多要分例又將帶訖本站官披一張非理搔擾不

---

公取到布又招伏憲臺議得百戶布又量決三十七下解見任別行求仕遍行禁治去訖今承見奉本部議得和林行省郎中陳政員外郎忽辛管勾當孫英提舉張吉等所招因赴和林之任不合打拷站官人等多要分例羊口又用鋪馬乘駕車輛等罪欽遇原免若比舊例擬合解見任別行求仕標附相應具呈照詳都省仰依上施行

一百四五

典章五十四　刑部十六　罕

## 民官影占民戶

路平晉縣隱藏閏當當等一一户
呈奉中書省劄付該省送戶部得達魯花赤押里正縣尹
孫義所招罪犯各擬罰俸一員主簿趙克讓所招罰半
月司吏郭瑞所招罪犯擬決本人笞四十七下依舊勾當
都省准擬除外仰行下各道提刑按察司更爲體察施行

又至元二十年御史臺咨據河北河南道提刑按察司申
察知鄭州花管城縣官將軍民戶耿順等占破户各
付送柴草粟麥等事取到各官招伏呈奉中書省劄任
户供送柴草粟麥等不係格後擬決下項杖數仍解見任
期年降先職一等敘用承此咨請如有占破户計用心
體究施行

〈典章五十四 刑部十六〉 里

鄭州達魯花赤紐憐係蒙古人民狀招占破軍民人户
耿順除免雜泛夫役令各户供送訖小麥二十七石一
斗粟一十九石八斗大麥一石稻穀一石大
紙一千五十張柴四百乙十箇草七百七十箇罪犯決
二十七下
管城縣縣尹李濟狀招占破張順等一十五户供送訖
小麥六石六斗粟六石台米一石黑豆一石草六百三
十箇粉一裹斜皮一箇公科與軍户計置鈔造應日紙
罪犯決二十七下

又至元三十年 月
益都路軍户王讓告本司達魯花赤忙兀隱占張驢
子等三户每月供送山三斤柴三驢菜二筐照依逐月

〈五、二三〉

時估追到中統鈔一百三十八兩三錢三分先行給付
各户收訖取到本官招伏是實得此實得求仕本臺議得先行忙兀乸
所招決擬三十七下解見任別行求仕除外咨請行下
合屬禁約常切體察施行

## 民官影占富戶 不交當差

〈至元二十八年五月二十六日行省〉 里

准尚書省咨來咨准江浙行省咨本省所轄地面寬濶凡
民衆庶事務繁多軍民弊病多端户口貧富不同澗人
有公家差役交無力小民替代或充祗候面前私自占使凡
令供辦草料柴薪蔬菜等物或當裹役却不當差役卻
諸衙門及權豪之家將富上民户特勢影占貧富行的官人令
前者江淮省官人特勢影占著不交他當差卻交那貧民當
史勢要人每當富户影占著不與將文書來但勾當事內一件
事准此於至元二十八年三月二十五日奏過事內一件

三、見
差生受有禁約的聖旨與者麼道聖旨有來俺商量來如
今交新去的官人每根底委付將去呵中也者奏呵那般
者麼道你行文書者麼道聖旨了也欽此

〈典章五十四 刑部十六〉

## 虛妄

**虛報災傷田糧官吏斷罪**

皇慶元年五月行臺准御史臺咨
奉中書省劄付戶部呈奉省判江浙省咨近據各處申報
到大三年水旱災傷官民田土二萬三千四百八十頃
准監察御史各道廉訪司牒體察得除實災傷田土二萬
三十四畝一分五釐一毫一絲該糧二十九萬六千一十
一石一斗八合州縣官檢踏是實路府正官復踏相同移
准監察御史各道廉訪司牒體察得除實災傷田土二萬
二千二百三十三畝三分九釐八毫三忽糧二
十七萬九千二百六十九石七斗五升八合外體覆出冒
破災傷復熟等田一千四百五十五頃二斗五升得此照
絲二忽該糧一萬六千七百四十一石三斗五升得此照
得至元二十七年平江路吳江等縣正官虛報

五三九

〔典章五十四 刑部十六〕

災傷田糧取到官吏招伏移准都省咨其罪雖在格前
亦合黜降又准都省咨該得替已招人員通行議罪今
後似前虛申作弊斷罪黜降已經遍行去訖據前項冒破
災傷路府州縣正官若便問緣在格前事理例合黜降
於至大四年六月初七日依例標附過名行下各處如各
官任滿於解由內另行開寫附餘本部議得國家經費錢
糧為重人戶申吉災傷恐有不實委自路府州縣正官檢
踏是實然後行移廉訪司依例體覆今既體覆出冒破田
土該糧一萬六千餘石合准江浙行省所擬如擬出冒破田
有似前虛申冒破即將元委檢踏官吏倒斷罪任滿若
解由內明白開寫以憑黜降如蒙准呈遍行合屬照會相
應具呈照詳都省仰依上施行
延祐二年六月二十九日行臺准御史

官吏檢踏災傷

---

臺咨來咨浙西道廉訪司申准分司牒
清縣覆熟田二頃八十三畝二分五釐米三石六升一合
便斷罪終無通倒呈奉中書省劄付送刑部議得湖州路
七勺九抄移准湖州路德清縣尹杜沉司吏宋元善所招虛踏災傷田
德清縣尹杜沉司吏宋元善所招虛踏災傷田二頃八十三
畝二分五釐除破官糧三石六升一合七勺九抄罪犯係
皇慶元年十月二十九日以前欽遇詔赦原免依例標附
今後似此若不分別輕重黜降似為不倫以此參詳各處
官吏檢踏災傷不實冒破官糧受財者以枉法論不曾受
財檢踏不實者除虛報田糧多寡臨時斟酌定罪似為相
應具呈照詳都省仰依上施行

覆出湖州路德

二一四九

〔典章五十四 刑部十六〕

雜犯

脫囚

## 脫囚監守罪例

至元三年六月平陽路馬手鄭進監送賊人謝柰僧沿路在逃罪犯法司擬減囚罪二等合徒二年部擬決七十七下

又至元三年六月中都路申巡軍馬百戶侯甫齋實封文字前去真定府路捉獲偽鈔劉皮自合與本處添差弓手監押到真定府交割却不合轉分付弓手孟進監押以致在逃罪犯法司擬怠慢事重杖八十部擬量決四十

四○八

典章五十五 刑部十七 一

又

七下

又至元三年八月河間路爲強盜劉千奴刼獄在逃押獄閻聚七十七下牟子陳德石聚各決六十七下司獄劉義四十七提調官罰俸兩月

又至元三年九月東平路申禁子張昇等失囚走訖殺死王重四賊人陳天佑部擬斷禁子張昇管平各七十七下首領李旺宋興各五十七下

一起大都路歸問得昌平縣祇候人劉順招伏因爲監押信萬奴申來本縣歸問打傷人民公事汯途不爲用心以致信萬奴自抹身死欽遇赦恩將本人疎放了當部擬得信萬奴雖是自抹身死蓋因劉順不爲用心監看罪犯欽遇赦恩別無定奪外據被死營葬之資擬於劉順名下鈔五十兩給付苦主呈奉到中書省剳付依准

所擬施行

十九

典章五十五 刑部十七 二

## 縱囚

省掾杖斷罪囚行移 大德十年十月初九日御史臺咨據河
北河南道廉訪司申白沙提舉司管下東張冶牢子宋僧河
住將配役賊徒陳福興等所帶鐵鐮脚鐐取去故縱在外
持杖強劫良民錢物却行還禁知情分贓等事呈奉中書
省割付送刑部議得東張冶牢子宋僧住將配役賊人陳
福興等八名取去各帶鐵鐮脚鐐縱在外強盜張澤銀
頭面等物一同分贓合行省令有司併勘完備依例結
案設法關防一節從本省講究就便施行所據提舉司並
鐵冶所官吏有失關防以致牢子宋僧住將縱令配囚行劫
民財罪犯如蒙准呈割付牢子宋僧住將故縱令配囚行劫本道就便究治相
應具呈照詳都省除外仰依上施行

五·四十

禁子受囚鈔縱囚在逃 延祐四年四月二十八日江西行省
准中書省咨江浙省咨福州路申司獄張守仁不爲用心
鈐束見禁輕重罪囚以致牢子謝伯高等受訖在禁囚徒
鈐物縱容罪囚林榮公等一十七名脱獄在逃後將元逃
賊徒全獲還禁等事取訖本官招伏罪遇聖旨原免本省
看詳司獄張守仁職專刑獄不爲用心鈐束禁子將見禁
罪囚依條牢固收禁以致牢子謝伯高等受訖在禁囚
錢物縱容重罪林榮公等一十七名脱獄在逃俱已捉獲
還禁本官所招罪犯已擬笞決四十七下解見任別行求
仕今奉宣撫却以終無定例罪遇赦免改合令張守仁還
職此與本省元行不同別招不合不合倒咨請照詳准此送
刑部議得司獄張守仁所招不合不合錢物縱容重囚林榮公一十
子謝伯高等受要在禁四徒錢物縱容重囚林榮公一十

典章五十五 刑部十七

三

七名脱獄在逃後將元逃賊徒全獲還禁以此參詳張守
仁所招雖是不爲用心鈐束却緣本官患病在家又兼脱
獄囚徒全獲還禁如是看來難議罪又遇詔赦擬合比
例令本人還職今後主守不覺失囚者減四罪二等若因
反獄在逃又減二等皆聽給限一百日追捕如限內能自
捕得或他人捕得囚已死及自首皆合免罪即限外能捕
得及囚已死或自首者各又減一等提牢官各減主首罪
三等故縱者不給捕限即以其罪罪之其未斷決能自捕
得及它人捕得若囚已死及自首各減一等如不能自捕
行遵守相應具呈照詳得此都省議得主守不覺失囚者
減囚罪三等若反獄在逃又減二等提牢官各減主守
罪四等故縱者與囚同罪若受贓多者從重論至死者一
百七徒三年餘准部擬咨請遍行仰依上施行

六·九八

典章五十五 刑部十七

四

## 放賊

### 弓手受財放賊

省劄付該差官審斷常德路見禁罪囚數內強盜一起李
丑兒招伏行劫楊三各家財物打傷事主有弓手周百六
挺挈要訖中統鈔二十兩脫放並責得周大椿所招罪犯
伏相同據周大椿所招罪犯不曾斷遇依例乞照詳得此
省府議得周大椿所招受錢脫放強盜賊徒李丑兒罪犯
杖決一百七下罷役元受贓鈔徵解沒官劄付常德路該
管請依上施行

### 職官受財放賊

職官受財放賊大德元年十一月二十一日御史臺咨據河
北河南道廉訪司申許州臨隸縣達魯花赤平州八撒兒
狀招至元三十年十二月二十日內盤獲強打柏鄉縣館

〈典章五十五〉刑部十七　五

驛內官錢人趙七十等四名要訖各賊中統鈔二百五十
六定二十兩汴梁路於各人名下追徵數足申乞照詳得
此本臺議得平州八撒兒所招放賊分使賊鈔一百定折
至元鈔一千貫依枉法例已是任滿擬合除名不敘呈奉
中書省劄付送刑部議擬回呈大德元年二月二十七
日欽過詔赦已前事理本部參詳平州八撒兒所犯合准
御史臺議擬除名不敘請依上施行

### 由揭縣官保放劫賊

由揭縣官保放劫賊皇慶三年正月二十五日江西廉訪司
奉到江南行臺劄付准御史臺咨來咨廣東廉訪司申呈
至大四年十一月初七日照過廣州路行卷事主唐至明
告回回番客五人帶領蔡稍等九人殺死劫奪財物鈔定各
執槍刀跳過船上先將領小斯及不得名賊人二十餘名各
等事行移鄉境官司跟捕賊徒其番禺縣既於十月初七

〈典章五十五〉刑部十七　六

日聖獲賊韓天祐等一十一名及回回大者及等追搜真
贓伏到官不即取問反受賊人大者及飾詞托病一
分保管出外縱令在逃為此取訖番禺縣達魯花赤馬兀
臺達錯招伏擬解見任別行求仕仍為在逃問反受賊人
從合干部分定擬咨請照詳呈奉中書省府詳事干通例
部呈擬議得番禺縣達魯花赤馬兀臺所招自至大四年
十月初九日東莞縣關報唐至明告回回番客五人及不
得名賊人等二十餘人殺死徐幹等九人行劫回番客五人及
船隻本官捉獲賊人韓天祐等一十一名同夥者及並黑
回回四人賊伏到官其賊人韓天祐明指朦者及為首紐
合上盜不合輒便聽從大者及所告飾詞占恡一月有餘
不行發付不合輒便聽從大者及所告飾詞占恡一分便行保放
縱令在逃廣州路再行捉獲發付東莞縣追勘以此參詳

馬兀臺職居牧民又兼捕盜輒將已獲賊人燒船強劫首
賊大者及不行牒發官司並勘占恡一月有餘托病保放
縱令在逃既是前賊復獲罪遇詔恩原免擬解見任別行
求仕標附相應照詳得此都省准呈請依上施行

典章卷五十五終

## 刑部卷之十八　典章五十六

闌遺

縣官隱占　　孛蘭人口　　在家　使喚　　標注私罪過名

斷例　七下　一　十七　二十七　三十七　一

一百○二　典章五十六　刑部十八　一

隱占孛蘭

孛鷹犬背地飛放的　　　決　斷沒一半

去失馬人　諸人收住　一日　二日　三日

不送官者　　送兵馬司令人認識

---

## 孛蘭奚

拘收孛蘭奚人口

欵　中統五年八月欽奉聖旨節該據中書省奏內一欵

該諸處應有孛蘭奚人口頭疋等從各路府司收拾仍將
收拾到數目於應收置去處收置限十日以裏許令本主
識認如十日以外作孛蘭奚收係每月申文到部如或有
隱匿者自當究治咨請施行

又至元十六年十一月欽奉皇帝聖旨節該據中書省奏
過已前管孛蘭奚官吏秀阿散寶先生小薛闊闊歹
等因諸路收拾孛蘭奚諸色巳下頭目人等多有隱藏
不能盡實到官將逐官舊管孛蘭奚各分罷訖今委吏
部尚書省令史忽都答兒兼領諸路孛蘭奚總管府事
仰照驗區處定事理施行

一各路達魯花赤總管府及州縣達魯花赤管民正官不
妨本職收拾孛蘭奚人口頭疋諸物各州縣每月申總
管府每季申吏部尚書省兼領諸路孛蘭奚總管仍令
本府逐旋差人督點勘各路委定正官將收到孛蘭
奚須管到官每月當二十五日本路指定聚集孛蘭
去處令人認識三日於內若有認見委無詐冒召招給
主外無又認識者依上每季差人管押赴大都交付一
吏部尚書兼領諸路孛蘭奚總管府收管外據府州縣
在前收拾下底孛蘭奚人口頭疋諸物亦仰盡數差人
赴本府交納無得隱漏

一各路多出文榜排門粉壁不以是何人等若有新舊收
著底孛蘭奚人口頭疋諸物管限三日內申送所在官
司如有隱藏或違限不解赴官許鄰佑諸人首告得實

四九八　典章五十六　刑部十八　二

將犯人痛行斷罪告人約量給賞若坊里正鄉頭社長
主首人等知而不首者依上斷罪如本千戶下驅首告
者即斷爲良

一前後軍馬經過去處元攜去人口沿路在逃病落沒
了底人等寄留下不曾來取並察留下係官人口須定
諸物管軍民人匠諸色官員不以是何人等隱藏者許
令自首到官並免本罪如是違犯人痛行斷罪外孛蘭奚
人口自行首告官與免本罪即令民爲民

一收拾到孛蘭奚頭口須要如法餵養不致瘦弱死損如
有倒換貨賣分付所在官司貨賣作
鈔同皮子勉角逐旋納官肉貨用及與諸人首告得實依上斷
罪委是病患死死保結開申諸
一已罷舊管孛蘭奚官員將元收拾到戶計人口頭定諸

五四二

《典章五十六 刑部十八》

三

## 告首隱藏孛蘭奚賞鈔

物盡數交付吏部尚書兼領諸路孛蘭奚總管府管領
如或隱匿或推故作弊不行盡實交付者將元管人員
並見收拾之人 倒斷罪

中書省咨宋因用隱藏孛蘭奚牛隻僞造文契意欲貨賣
不行赴官納取訖招詞歸斷外不見給賞鈔斷定例容
請照驗准此行據宣徽院呈送闗遺監議得遺失之物隱
藏者多其實賞罰明當以示懲勸若隱藏孛蘭奚者體問明白估驗其隱
一箇賞鈔若干且人口頭定價直不等又所遺諸物中間
貴賤有差今後應告隱藏孛蘭奚者量下減半追徵給付告人充賞其
之物亦當送於犯人名下似望少革隱藏之弊如准所呈
犯人亦當送刑部議得隱藏孛蘭奚賞鈔合准宣徽院所
實爲允當送刑部議得隱藏孛蘭奚賞鈔合准宣徽院所

---

擬犯人罪名臨事
驗輕重科斷具呈照詳都省准咨
相應都省咨請欽依施行

## 孛蘭奚正官拘解 大德七年十二月二十六日江西行省准

中書省咨遼陽東宣慰司忙古歹言出使人員賫奉聖旨
刷會孛蘭奚人口不行經由有司一面恣意下村無問軍
民投下戶元有驅口扇惑作孛蘭奚拘奴如此搖擾百姓
不安送刑部照得准宣徽院闗元貞元年本院奏奉聖旨
節該今後孛蘭奚據各路達魯花赤總管府及州縣官議
得擬合欽依奉聖旨本事意委各處達魯花赤長官收拾
首告的實將犯人斷罪告人給賞欽此今奉聖旨據本部議
管民長官科一員不妨本職收認孛蘭奚數目起
人口頭定依例收拾官申告許兩鄰收拾
一員交主人收認若有人收著不首坐數目并諸人
赴部交納依例收拾孛蘭奚欽此奉聖旨兩鄰并諸人

五四五

《典章五十六 刑部十八》

四

---

## 孛蘭奚鷹大 大德六年十一月二十七日御史臺咨承奉中

書省割付准蒙古文字該譯中書省官人每根底答失
塔刺海言語年時奏了孛蘭奚鷹鶻狗隻拘收
呵拘收者麼道聖旨有呵行文字來限内不曾交送納將來
鶻拘收者麼道聖旨有呵行文字該行移文字孛蘭奚鷹
者有如今十月十五日孛蘭奚鷹鶻狗隻交送納將來這裏
這般說與了他每省來後頭首告的人有呵俺上位奏也
者准此照得先欽奉聖旨限内不交收納呵怎生失蠻
呵御寶聖旨裏有的他每省來後頭首告的人有呵俺上位奏也
鴉狗雙限内不送納阿後頭該事發落或有人首告呵依先

## 人口不得寄養 大德十年三月御史臺咨奉中書省割付刑

斷沒一半者欽此
答失里兩箇根底不交收拾背地裏飛放的打三十七下

## 〔上半葉〕

五八九

郭職役之家收管其職役人等轉行依散民戶輪日供養

【典章五十六 刑部十八】　五

廣動經數千百里之遠官司徃來識認更兼被發付元
當得實為其親屬懼憚地遠不能前來識認于內縱有勘
數多似此相就致人口積年在官為無係膳發付所屬坊
名多有供指爭差無可著落又有父母親屬逃亡不存者
口自幼離鄉經隔年深不能省記元籍住貫父母親屬姓
名被擄經府州縣司縣攔當得獲本人官為收養被賣人
多被擄賣到親屬當得本處官司審過住貫親屬姓
元籍給親完聚切見江南地面自歸附以來被賣良民數
禁治擄掠誘賣良民攔當到官犯人嚴行治罪人口發付
沒人口擾害百姓合無收係為民事照得元奉上司文字
部呈分揀到澗里伯牙禮所言節內一件被賣良民並斷

若有逃亡著落根尋甚為民害此等人口終無完聚之期
及有斷沒係官賊屬孛蘭奚人口亦在百姓之家看養若
倒擾民在前官司累曾取勘見數至今未曾明白發落若一
蒙上司委官隨路取勘除將應合給親人口官司差
人管押轉發前路官司收管隨即解赴上司收係元籍官
議得除無主識認孛蘭奚人口隨處發落係官民便益本部
外據斷沒係官人口早得發落去處實為官民便益本部
司召親給付完聚委無親屬者男女匹配成戶收係為民
外據一切寄養之人所在官司即便發落不得於坊正民
家寄養如有違犯從廉訪司究治都省准擬仰依上施行
外咨各處拘到孛蘭奚頭定別無官破草料欲行差人
押赴北緣本省去都四千餘里誠恐沿路瘦損倒死徒費

孛蘭奚牛發付屯田種養　至大元年十月行臺准中書省咨

## 〔下半葉〕

五九十

祇應實無所益況廣東係嶺外邊遠去處彼又與江西不同
若不早為著落置月既久死損更多擬合責付附近屯田
官收養耕種其餘寫到馬定畜產之類拘收彼中
時估變賣作鈔似為便益伏請照詳都省議得拘收孛蘭
奚頭定合從本省依定條例內召主識認不盡數月發付
屯田種養似為相應都省准此請依上施行

宣慰司承奉江浙行省劄付准中書省咨宣徽院備關遺
監丞湯淑呈隨處路府州縣達魯花赤提調孛蘭奚人口
頭定等事其各官因仍苟且不肯用心提點以致人口
不時逃匿瘦弱倒死移易不能盡實到官況各官多收鷹
縱有解到瘦損不堪騎坐今後莫若改委各處文資長官

【典章五十六 刑部十八】　七

提調凡有孛蘭奚人口頭定責付里正主首收養立法關
防用心檢點毋致逃匿瘦弱倒死按月申報每歲於
二月九月二次送納實為便益送刑部議得除路府州
縣達魯花赤提調孛蘭奚人口頭定已有聖旨定例所據
騎坐飛放移易隱占孛蘭奚人口頭定據刑部議合
令宣徽院設法關防毋致隱匿瘦弱死損相應都省准擬
除外咨請依上施行

移易隱占孛蘭奚人口等事　皇慶元年八月二十六日福建

孛蘭奚逃驅不得隱藏　至大元年三月二十一日江浙行省

准樞密院咨大德十一年七月二十五日本院官奏在先
的探馬赤按的忽都哈脫完不花等萬戶每奏將來軍人
每蠻子田地裏出征時得來的駆口一箇蠻子和尚該說
著交蠻子百姓每迴他本地面裏去者麼道說呵他每的

五八八

奴婢每白日裏將他媳婦孩兒每逃走呵被他使長每趕
跟上呵迎敵著去了的也有似那般逃走去了的每於城
子裏村坊裏和尚寺觀裏人匠局院裏隱藏入去的
也有用船筏偷渡過黃河大江去的也有更他每的使長
出軍去了呵欺負著他每的媳婦的孩兒的多有
為那上頭軍人的氣力眼消乏了有在先世祖皇帝聖旨
裏隱藏諸字闌奚的人每也有罪過者麼道遍行了
聖旨有來如今體例交行文書著麼道奏
呵不揀誰休隱藏者在家裏的人拏住
呵轉送與他本主者麼道逃走有呵外據行
了文字交排門粉壁了來如今管城子官人每不肯用心
提調的上頭逃走的驅口每也不首出來有呵
呵放學著逃走了的上頭軍人的氣力眼生受消乏了麼
每放學著逃走了的

道萬戶每說有俺眾官人每商量來依著在先聖旨體例
裏諸王駙馬公主每根底各枝兒裏並和尚先生每根底
不以是何投下裏有隱藏入去的逃驅每呵立與限一百
日限內出來去他根腳裏的使長根底來呵免了他每的
罪過這般道了不肯出來的每後頭有人首告出來呵奴
婢每依定例杖決八十七下首告的人充賞
著依定例不首出來的人兩鄰外主首社長明知道不首告
没一分與首告的人四分中斷没一分與首告的
每杖六十七下家私四分中斷七十七下轉送與他本主不揀是誰隱藏
城子裏的官人每每告發到官遉面皮依著聖旨不行呵
斷三十七下斷罷了他每的勾當省諭眾人交排門粉壁
呵生議定來麼道皇太子根底奏過聖旨那般者欽此

宰闌奚頭疋　延祐三年九月二十七日行省准中書省咨來

---

三二

咨龍興路備新建縣申鄧仁二於至大元年七月
內收到無主水牛特一頭節次生下牛犢三頭因病倒死
一頭外有見在母子牛三頭責付主首王季青等收養聽
候若擬起解拘收不便擬合估價還官參詳各處拘收到
恐死損不便除將拘收到官頭定估價變
屯田耕種合咨行省新建縣收到無主水牛三隻既是別無
准此送刑部議得上項拘收
所擬估價變賣起解相應具呈照勘如委無主識認依准本省
到官擬估價都省請照驗更為召主識認如無
權令有田之家租用聽候

## 宿藏

得宿藏物地主停分

至元十三年閏三月　日中書戶部

據西京路申韓村民戶王拜驢狀告至元十
一年四月初
三日相合到王四九李倉兒賀二等前去蔚州新孟莊與
賀二等築墻見黃色金子不肯分張得此勾到一千人
用枚剗出拜驢戶掘出大白磁鉢子王四九
等追到元掘小銀一定銀鐲兒一對金鐲兒一對金釵兒
一隻鍍金釵兒一隻乞照驗事部照得元物
已有分贓賠到價錢若便沒官誠恐已後凢有異奇珍寶
隱匿不肯出首為此省部公議得據王拜驢等於賀二地
內掘得埋藏之物於所得物內一半沒官一半付告人於
地內得者依上令得物之人與地主停分若租田私田宅
者例同業主如得古器珍寶奇異之物隨即申官進獻約
量給價如有隱匿其物全追沒官取招斷罪奉都堂呈准
施行

〈典章五十六〉刑部十八　九
三〇六

# 刑部卷之十九　典章五十七

## 諸禁

### 斷例

二十七　三十七　四十七　五十七　六十七　七十七　八十七　九十七　杖一百一　處死

### 誘畧

### 良人

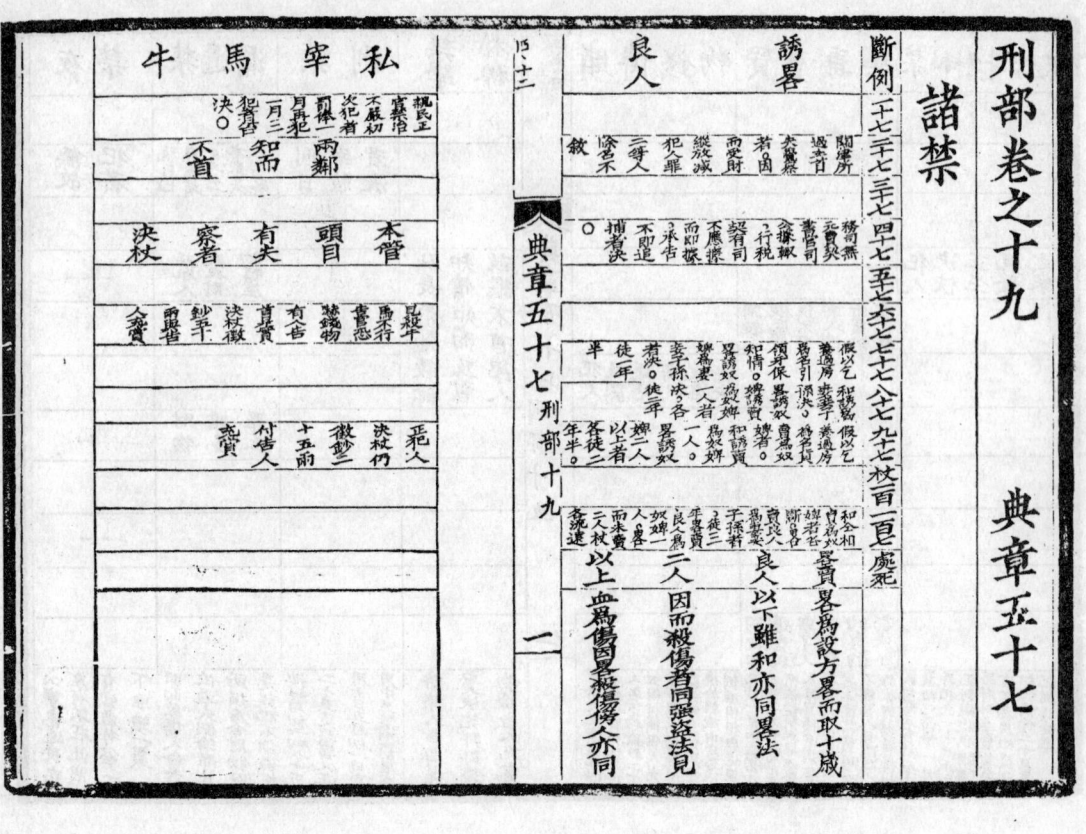

〈典章五十七　刑部十九〉　一

### 私宰馬牛

| 規正 | 本管 | 頭目 | 有夫 | 察者 | 決杖 |
|---|---|---|---|---|---|
| | | | | | |

## 諸禁

原表橫格與今本作

## 誘畧

## 良人

〈天格三十二〉

〈典章五十七　刑部十九〉　一

陳氏校補

## 私宰馬牛

| 本管 | 頭目 | 有失 | 察者 | 決杖 |
|---|---|---|---|---|
| 正犯　人決 | 決杖　五十 | 告首　有人 | | 見殺　牛馬　不行　告官 |

| 秤尺 | 斛斗 | 禁私 | 毒藥 | 買賣 | 錢物 | 賭博 | 禁搶棒 | 禁學 | 禁刑 | 禁遺漏 | 禁夜 |
|---|---|---|---|---|---|---|---|---|---|---|---|
| | | | | | | | | | | | 無故犯者 |
| | | | | | | | | 故縱不首學人 | 刑日宰殺決 | 犯者 | 犯者 |
| | | | | | | | 杜長兩鄰教師 知情知而及習 | | 燒自己 房舍者 | 延燒人 本家失火之家 | 公事急遽夜病 産有不在此限 有官者每谷一 下不准贖一貫 |
| | 犯人 決杖 正坐 見設的 之家 | | 犯人 根究 賣的枚 | | 關雜人 根究賣 與曾 賣性 會命的 | 犯人及開 張兒 房之 客各 斷決 | 故縱不首學人 物給告人充實 賣決託拜師錢 許諸人告首實 | | 口止坐 依過失殺人命者 所損失財物既 是誤犯不須微僧 | 盜財 勿壞 罪止 財物 雖多 | |

四六四

《典章五十七刑部十九》 二

《典章五十七刑部十九》 三

五四三

---

# 禁誘畧

叉賊拜見人口為民 至元二十八年二月二十四日樞密院
准尚書省照會近據御史臺呈准行臺咨江南草賊生發
劫掠平民子女財物官司調兵收捕賊有降者將所劫擄平
物男女子收聚具呈照詳事都省拜見撒花並宜禁斷仍將所擄平
民給親完聚具呈照詳事都省准呈至元二十七年十一月二十五日
行省親見都省拜見御史臺呈至元二十七年十一月二十五日
擴得百姓每根底御史臺官人每在先做賊行時討
奏過事內一件行省官人每收捕賊人每根底委
拜見物與有俺商量得賊人根底委付着好人根底做
法呵咱一件行臺官人每討賊人來呵好人根底委
付着根甲裏賊每討擄將來得好百姓根底收拾聚每

百姓那般好百姓根底做拜見無體例有麽道尚書
省官人每一處商量呵憑的言語有體例如今那般賊每
討虜來的百姓每媳婦孩兒每根底委付着交做百姓呵怎生
盛道奏呵則那般行者麽道聖旨了也欽此

親春每根底分付與教作百姓無親眷得配作夫妻教做
省准中書省咨據福建行省備寧路申囹海道廉訪司
牒廣之地前時守令非人民失其所遂有盜賊生發互相
虜掠人口官司莫之省問縱令販賣或公然要錢收回加
以作亂地面提兵一至玉石俱焚所虜人口雖日分間未
嘗一一能盡合無今後作過之人家屬賣人口倒倒於本處官
捕官兵分要及鞋勒江南司縣應賣人口依數不許收
司陳告來歷根因勘會是實明白給據方許成交仍令官

## 畧賣良人新例

津渡口嚴加檢索如有違犯痛行斷罪其所賣人口隨即
爲良厰價入官若本處把臨人員不爲用心致有脫漏者
罪亦及之得此本省除已遍下臨人員嚴加檢索外據已遍下應於本
處官司陳告所賣人口來歷的賣人口依定例先於本
口把臨人賣的賣良人係城人老小官爲轕管依
倒移容發都省議得軍兵虜到人口令本路官司
與廉訪司吏一仝分間如煞係作久賊徒家屬依
外據虜良人隨即發付元籍召其親人識認領去完敘
依奉施行

大德八年六月二十一日江西行省准中書
省咨河南行省咨襄陽路申畧賣良人事咨請照驗照得
至元三十一年十月　　日欽奉聖旨節該强掠者以强
盗例科斷人歸本家和誘者各斷一百七下欽此議得今

〈典章五十七〉刑部十九　　四

後諸掠賣良人爲奴婢者
斷一百七流遠二人以上處死爲妻妾子孫者一百七徒
三年因而殺傷人者同强盗法傷殺房人亦同掠賣上減一等
賣者減一等和誘謂誘取和同掠謂誘取不和而又各減一等婢減一等
三等爲妻妾一人以上於死罪上減及和同相賣畧誘良人各斷
一百七掠賣奴婢貨賣爲奴婢者各減
爲妻妾子孫者各減一等遞減一等
者各逃減犯人罪七十七徒一年半知情娶買及窩藏受錢
房乞養爲名因而貨賣契書官司公據務
减二等價錢沒官不應追捕者決四十七關津過所主司知
司斷罪及陳告不即追捕者決四十七關津渡口當該
而受財縱放者減犯人罪三等仍除名不敘失檢察者笞

〈六十二〉

---

二十七謂關津渡口如能告獲者畧人每人給賞三十貫
和誘每人二十貫以至元鈔爲則於犯人名下追徵無財
者徵及知情安主牙保應減之其事未發而自
首者原其罪若及因掠傷人者不在首捉獲徒黨免罪仍
減半給賞再犯原其罪若伴有能悔過自首捉獲徒黨免罪一
年三月十六日奏過事內一件去年冬間有一起賊人將
百姓每的媳婦孩兒捉將去邮簡城子裏賣過做奴婢的
吳馬兒等一起賊人拿獲捉住取記了招伏上位奏過明正典
刑的正典刑了合杖斷一百七下流遠了的流遠了的合配役的
交配役了來因着這的每俺商量來若不嚴切禁治呵賊
人每日漸的多去也今後諸畧誘良人爲奴婢畧賣者
人斷一百七下流遠二人已上處死爲奴婢者畧賣一

〈典章五十七〉刑部十九　　五

五九一
而未賣者減一等和誘者又各減
婢者各斷一百七下又掠誘奴婢者各減掠
誘良人者一等將這奴婢貨賣爲奴婢畧
下徒一年半知情娶買及窩藏受錢者各遞減犯人罪一
等又假以過房乞養爲名因而貨賣沒官人給完賣者斷九十七有司無元賣
契書官司公據務司一體斷罪及承告不受財縱放當
下引領牙保知情減二等價錢沒官
給據輒行稅契官司依務司一體斷罪每知而受財縱放者
決四十七關津渡口當該該官人每
如能告獲者掠人每人給賞中統鈔
減犯人罪三等除名不敘失檢察者笞三定於知情安主牙保
人等處追徵應捕人減半給賞其事未發自首告者與免
人等處追徵應捕人減半給賞其事未發自首告者與免

其罪若同伴有能悔過自首捉獲徒黨者免罪仍減半給
賞本人再犯及因掠傷人者雖曾首告來呵不免他的罪
過這般商量來依着俺定來的體例行呵怎生麼道奏呵
奉聖旨那般者欽此

元賣價鈔比同盜賊例追徵似為相應都省准擬施行

**署賣良人價錢** 大德六年五月二十一日江西行省檢照得
先准中書省咨送刑部議得格前強切盜賊已招未追得
鈔擬合徵追外據誘賣良民原其情罪即將與盜賊無異據
奴魯丁都省議得既奴魯丁過房與人李川川等作兇養經
今數年其所告欲行貨賣別無顯跡依舊為男不得作驅

**兄不得將弟妹過房** 大德三年四月二十八日御史臺奉中
書省劄付來呈奉省咨川川等告兄李六要訖阿里火
者鈔五定將川川過房與本人阿里火者卻轉付
奴魯丁過房議得既奴魯丁過房與人絕棄大義如准各
人歸宗相應具呈禮部回呈照得李川川明告至

貨賣承此本臺議得民間風俗澆薄昆弟不睦比比有之
且兄弟同氣比肩共有財分之人與父母尊卑不侔又兼
止有許准父母將親生男女乞養過房與人雖有過房
房弟妹明文若令兄將弟妹過房與人絕棄大義如准各
人歸宗相應具呈禮部回呈照得李川川明告至
元二十九年七月內有兄李六欠少阿里火者中統鈔四
定無錢歸還要訖將一定將伊過房與阿里火者止
就元立文字卻轉過與奴魯丁為義男雖奴魯丁自稱係
阿里火者親弟過房又李住哥告兄李六
令伊作借錢貼要鈔一定將伊過房親弟轉行過房
引來大都貨賣又兼別無許几過房親弟作弊指以過房
如准御史臺呈並本部已擬令李川川李住哥歸宗相應
具呈照詳都省准擬仰照驗施行

五六五

〔典章五十七 刑部十九〕

六

---

**禁乞養過房販賣良民** 大德十年五月十五日江南行臺准
御史臺洛奉中書省劄付刑部呈禮部關會到諸人陳言
送禮部依定例分揀可採名件置簿隨即附錄然後行合
干部分各議擬開呈具呈照詳事理本
部遂一議擬到下項事理今分揀開呈奉此今分揀澗里伯牙所言事理本
件禁治乞養過房為名販賣良民切見禁治販賣良民官
司所行非不嚴切其間一等不務生理男子婦人作為多
於貧窮之家誘說男女指乞養過房為名又有一等安停
人家攬載舡戶相為奸謀晝夜圖路人口轉賣他處營落利息
分要入己卻將人口透越關渡
有首告令各處官司排門粉壁嚴責兩隣社長人等常切
過關津等處官司為無罪責亦不送官貪圖賄賂私下脫放其
順江而去縱有攔當亦不送官
覺察禁治此等糾合牙婆各務生理不許似前以乞養過
房為名說誘人家男女展轉販賣令巡尉官每月轉差
正官一員不妨本職提調及令巡尉官各處常切於關
津體察巡捉逐月終具提調及令巡尉官各職名有無攔
當到人口起數司縣不過次月初五日以裏申報合干上
司通類申省如提領官巡尉人員不為用心巡捉不為差
放下流致令前路官司貪圖
該提調官巡尉人員並行究治各官任滿該由亦行開寫
姓名前件照得至元三十年欽奉聖旨節該江南平定之
後悉為吾民今十有八年尚聞營利之徒以人為貨公然
販鬻因而強掠良人及指以乞養過房夾帶貨賣奸偽非
一朕甚苦之今後南北往來販人客旅夾行禁止買經過
官司關津去處盤問是實犯人斷八十七下強署者以強

五八八

五八七

〔典章五十七 刑部十九〕

七

盜倒斷罪人歸本家和誘者各斷一百七下若後捕叛賊
軍官軍人虜到人口本管出征軍官與所在官府隨即一
同從實分揀但係良人就付完聚從本管萬戶
千戶出給印信執照中間却有夾帶良民罪及軍官其有
欲將駈口轉行貨賣之家須赴所在官司給到公據方許
貨賣遺者買主牙保人俱各斷罪欽此照得先敗獲
署賣良人等賊明正典刑遍行所屬排門粉壁曉諭外據
巡尉人員不爲用心巡捉合從各路有司並肅政廉訪司
紏察施行

**站戶消乏轉賣親屬** 至大四年二月二十八日行臺准御史
臺咨承奉尚書省劄付陝西行臺咨河西道廉訪
司申呈承奉本管站戶親屬並行完聚為古今之通論也
欽承詔書內一欵節該諸處站赤消乏蓋因有司失於拯

治之故仰中書省通政院即將消乏逃亡人戶合併補僉
管站頭目因而典賣本管站戶親屬並行完
欽此照得本道按治河西地面按連途隘人煙凋零站戶
欽聞聖旨詔條往往赴官告理甚可哀憫近年以來田禾
數少又係色目之家應當所立站赤地面按此之中原
薄收人民缺食其間情苦不可勝言卑司看詳若將權豪
聲勢諸色目人等應典賣站戶親屬若依已降詔旨管站
頭目典賣站戶一體完聚及合無官爲收贖惟復別有區
切諸物因而通臨破家蕩業無可展免以致於願將親屬
霄壤不同使臣頻併馬足倒死必須督責補買及供給一
處豈惟父子得一少遂團圓之樂不貢聖上恤民之意申
乞照驗得此咨請照驗准此本臺具呈送刑部擬議得近

年以來田禾旱澇人民饑荒站戶消乏以致願將親屬典
賣他人作為駈使實可哀憫其實未知典賣人家
戶親屬等已有欽奉詔書給所有權豪聲勢人家
典買站戶兒女為駈即係違法罪既完聚欽過聖詔釋免擬合
改正給完親免徵元價外據河西站戶消乏之空為賑恤
相應具呈都省仰照驗依上施行

**人口無親屬有從其所願** 至大四年九月二十五日行省准
中書省咨御史臺呈人口事理送據戶部呈准
之有生願適其去留不幸陷而為駈累世難伸況改正為良
明白委令出給親屬賞公文前來即便給親
權且羈留即行移元籍取發親屬賞公文前來即便給親
之後復陷為駈誠可哀憫以此參詳今後訴良之人勘會
完聚如無親屬男子者就從本人所願招嫁者亦

聽自裁如此處置庶得其宜必欲配戶收係此等多係南
人終恐不能安居一旦流移四方徒令有司受脫戶之責
如蒙准呈遍行合屬遵守相應具呈詳都省准此咨請
遍行仰依上施行

**過房人口** 延祐三年三月十八日行臺准御史臺咨來咨監
察御史廉訪司言中原江南郡近年以來良家子女假
以乞養過房為名特有通例公然展轉販賣致使往往腦
為駈奴誠可哀憫如蒙照依在先定例除乞養過房繼嗣
子女聽從人便其轉行過房作為駈使呼喚嚴行禁止咨
請照詳准此於延祐二年十一月二十五日本臺官奏過事
內一件為典賣了親孩兒每呵世祖皇帝兩怜見交官司收贖
開食典賣了親孩兒每呵世祖皇帝至元二十二年間為江淮百姓
完聚至元三十年間江南百姓被万人每強畧的過房為

由夾帶貨賣的上頭聖旨好生禁治有來昨前省家奏乞
養過房男女聽從民便轉行乞養過房及作駈使喚的都
交革撥了的告許的有呵休受理者奏過行了聖旨水為道
般行了的上頭夕人每將好百姓每的兒女推稱過房為
由車裏船裏多載着往高麗等地面裏貨賣去有刑部大
都裏拿捉得幾起見問有遼陽奉使山東宣慰司與省
家文書都道不便歷廉部家也文書說他每聽的是麼
道俺商量來若是無繼嗣乞養過房到者麼道聖旨與省
轉行過房作養呵與省家販賣的合依在前世祖皇帝聖旨
體例禁出奏呵與家文書省者麼道聖旨也欽此具呈
中書省服詳欽依施行去訖又照得延祐二年十
七日詔書內一欵諸人乞養過房如男女如值貧乏赴所
在官司具由陳告勘當是實出給公據方許轉行乞養過

**〈典章五十七　刑部十九〉**

十一

房圖利與販轉於遠方者有司嚴行禁止仍仰監察御史
肅政廉訪司常加紏察欽此除欽遵外咨請欽依施行
御史臺咨據監察御史呈照刷出中書省右司文卷女子
孫趙奴訴良延祐二年七月二十七日御史臺呈江南行
臺咨湖北道廉訪司申女子孫趙奴狀告王提舉誘畧為
駈打拷等事取得王哈丹帖木兒備細招伏議得
王哈丹帖木兒所招若依私誘良人轉賣倒斷八十七
下恐有不倫事干通例宜令合干部分定擬合照詳請准
此具呈照詳先送刑部量擬六十七下降先職一次業都議得
不准再送刑部議得合該決五十七下解任二次
臺咨擬得合該決五十七下解任二次

**品官誘畧良人為駈**

御史臺呈備南臺咨擬王哈丹帖木兒所犯擬合除名不
王哈丹帖木兒罪既遇詔恩原免解見任別行求仕續據

---

敕當該省據鈔散押入卷不作施行以致看詳宜令合干部
分再行定擬相應呈乞照詳施行奉此呈奉中書省劄付
送刑部議得常德路榷茶司提舉王哈丹帖木兒誘畧女
子孫趙奴攜引任所爲駈使喚例合斷配革後不行改首
罪犯若依常人定論卻緣王哈丹趙奴割付御史臺照
依御史所擬除名外據孫趙奴依品官犯法合
勘明白給親完聚相應具呈照詳得此都省准擬咨請依
上施行

**〈典章五十七　刑部十九〉**

十二

## 禁典催

**典（妻官為收贖）** 至元十五年十一月二十九日江西行省據
袁州路歸問到彭六十為家貧將妻阿吳立契催與彭大
三使喚三年為滿要訖催身錢五貫足取到彭六十狀招明該道路
典催良人招伏乞照詳省府得得彭六十伏得已伯難議該道路
艱辛養贍無力自願將妻典催即非得已伯難得將妻合下
仰官催為支錢五兩當將典給付彭大三收贖阿吳與夫彭六
十完聚追收元約毀抹附卷仍遍行合屬禁治毋得將妻
子典賣為驅施行

**禁主戶典賣佃戶老小** 至元十九年十二月十五日御史臺
據山南湖北道按察司申准副使楊少中牒切見江南富
戶止靠田土因買田土方有地客所謂地客即係良民主

《典章五十七》刑部十九　　圭

（五三五）

家科派其害甚於官司差發若地客生男便供奴役若有
女子便為婢使或為妻妾今後合無將前項地客戶計取
勘實數禁治主家科派使令地客與無稅民戶一體當役
實為官民兩便又准承務牒簽事劉承務牒其口數立契或典
擇善呈本路管下民戶輒致將佃客計其口數立契或典
或賣不立年分與買賣驅口無異間有暑畏公法者將些
小荒遠田地夾帶佃客稱是隨田佃戶公行立契者將些
另行私立文約如柳逢吉叚伯通爭典賣佃戶黃康義之訟
其事係亡宋歸問未有定奪典賣佃客若不嚴行禁治必
司送下本路歸問今未有佃客若不嚴行禁治常行需
玫起貪引惹詞訟又有佃客男女婚姻主戶常行攔當需
求鈔貫布帛禮數方許成親其貧寒之人力有不及以致
男女怨曠失時淫奔傷俗早司參詳江南主戶佃客極多

---

此係為例事理合理宜禁治申乞定奪得此憲臺相度前項
事理即係亡宋弊政至今未能改革南北王民豈有主戶
將佃戶看同奴隸役使一切差役皆出佃戶之家至
如男女婚嫁豈有不由父母作主惟聽主戶可否腹裏亦
無如此體例倒是牧民之官不為用心禁約以致如此牒
宣慰司其呈行省照詳禁約

**典催（周歲文字）** 至元二十二年九月初五日荊湖行省來
咨備廣東道宣慰司同知呂怨呈典催男女係亡宋舊弊
傷風敗俗即非良法若將江南應係典催男女如年限已
滿即便放還如年限未滿元催價錢不須回付如年限已
後毋得將親生男女典催如貧窘之家急需錢物無處折
措依應腹裏例止許立定周歲每歲月文字依吏喚
年限滿日即便放還移准中書省咨各處行省議通例

《典章五十七》刑部十九　　圭

（五八四）

**禁典催有夫婦人** 擬定希谷回示准此參詳若依所擬實為相應准此都省
御史臺呈浙東海右道廉訪司申准本道副使王朝請案
蓋聞夫婦乃人之大倫故妻在有齊體之稱夫亡無再醮
之禮中原至貧之民雖遇大饑寧與妻子同棄於溝壑安
有所不忍聞者其妻既入典賣之家公然得為夫婦或為
婢妾往往又有所出三年五年限滿之日雖曰歸還本主
或典主貪愛婦之姿色再捨錢財或婦人戀慕主之豐足
棄嫌夫主久則相戀其勢不得不然也輕則添財再典甚
則指以逃亡或有情不能相戀因而殺傷人命者有之即
目官法如有受錢令妻與他人通姦者其罪不輕於一
公然受價將妻子典與他人數年如同夫婦豈不重於一

時令妻犯法之罪有夫之婦擬合禁治不許典催若謂夫
婦一仝催身不相離者聽其自然得此本臺看詳如姓所
言禁止誠厚風俗具呈乞照詳都省送禮部議得夫婦人乃
人道之大倫如准王朝請所陳言論將有夫婦人禁約典
催相應都省准呈遍行合屬禁約施行

**典催男女** 至元三十一年五月行御史臺准御史臺咨據
監察御史呈近蒙差遣江西追問公事除外切見北方諸
色目人等或因仕官或作商賈或軍人應役久居江淮迤
南地面與新附人民既相習熟將南人男女以轉房乞養
為名亦有照依本俗典催之例與價錢誘至收養才到
迤北雖有文憑俱宜禁絕憲臺准呈
深不副聖主好生之意以此論之積小成大不一二年良
人半為他人之驅矣若論江淮之民典催男女習以成俗

五七七 《典章五十七 刑部十九》 西

**典催妻媵** 元貞元年二月行御史臺准御史臺咨山東東西
道廉訪司申膠州同知林承事呈去年災傷百姓饑荒以
致父子兄弟離散質賣妻賣子不能禁止又有指稱買明
繼絕安有諸色目人生不同鄉殊俗異姓亦得倣賴此等
止就南方自相典催終作良人權令彼中貪民從本俗法
可也至於轉房之俗或因宗派或因姓氏不幸無子使之
北人雖有文憑俱宜禁絕憲臺咨准呈

嫁與本人為妾合行改正完聚所受訖馬國忠中統鈔六十兩
大至元二十七年因為缺食受訖月兒有夫楊
受其價休棄將妻嫁賣見禁苗月兒有夫楊
致父子兄弟離散質賣妻賣子不能禁止又有指稱買明
道廉訪司申膠州同知林承事呈去年災傷百姓饑荒以

元二十七年奉尚書省劄付河南道按察司副使王朝列
呈體知兩浙良民因值缺食將親生男女得價雖稱過房
乞養實與賣無異將來腹裏轉賣為驅使父子離散擬

---

合葬治送戶部議擬得除吳越之風典典催子成俗久矣
商代未嘗禁止況過饑饉之年骨肉安能相保實與中原
擬合禁治都省所擬乞養過房繼嗣子女合從人便轉賣男女
禮數不同所省准擬卑司參詳江淮被災典賣男女
擬合禁治都省准擬乞養過房男女重比年以來艱實
有司不為賑濟以致如今腹裏無異所有被災
鮮食者往往賣妻室男女官為收贖因鈔相應呈奉中書省
以涉動搖以此參詳江淮被災典賣男女
已若依山東廉訪司所言嫁賣妻妾男女皆係違法擬合
照擬得腹裏人民近年嫁賣妻妾男女皆奉中書省
缺食嫁賣妻室男女官為收贖因缺食實非得
沒欽過敕恩所擬已行嫁賣男女若有事發到官者如中間別無窒
嫁良人別無定奪外據令後禁約相應都省准禁治施行
礙許令歸宗今後禁約相應都省准禁治施行

**典催有夫婦人職鈔** 大德六年十一月江西行省准中書省
咨來咨大德六年三月初三日已前諸人違倒將妻典催
事發到官取訖招伏罪經詔恩釋免其妻斷與完聚據
招受訖職鈔合無追徵等事送刑部照議得諸人違倒將
妻典催即係違法事理其錢已斷正職合行沒官聚既
是欽遇赦恩不係侵盜官錢正職合行革撥似為相應都
省准此咨請照驗行移合屬施行

五十一 《典章五十七 刑部十九》 圭

**禁典賣蒙古子女** 延祐七年十一月至治改元詔書內一款
回回漢人南人典買蒙古子女為驅者詔書到日分付所
在官司應付口糧收養聽候具數開申中書省定奪

禁殺羊　至元九年九月十六日中書省劄付十月二
十五日奉聖旨中書省官人每根底你真字羅言語大都
為頭漢兒城子裏羊兒多殺有麼道如今不揀阿誰羊兒
休殺者這聖旨聽得阿羊兒賣了殺的人二十箇羊兒
的人要者又明知道賣了殺的人十箇羊兒價例見
來的人賣了殺的人一十箇羊兒價例見
到阿攛撥各路分裏榜文字行者欽此

五四三　至元十六年十二月二十四日成吉
思皇帝降生日出至沒盡收諸國各依風俗這許多諸色
民內唯有回回人每為言俺不吃蒙古之食上為天護助
俺收撫了您也您是俺奴僕卻不吃俺底茶飯怎生中麼

《典章五十七　刑部十九》　卌

道便教吃若抹殺羊阿有罪過者麼道行條理來這聖旨
行至哈罕皇帝時節自後從貴由皇帝以來為俺生的不
及世宗緩慢了上不花剌地面裏答剌必八八剌達魯沙
一阿的起每心上自被誅戮更多累害了人來自
後必闍赤賽甫丁陰陽人忽撒木丁麥木丁也起每
被旭烈大王殺了交眾回回每吃著木速魯蠻人來自
合文字與將來去郵時節合省阿是來為不曾省上有八
兒瓦納又及尋思回回每被呵不合大王不合大王誅了
得如今直北從八里灰田地裏將海青來底回回每別人
宰殺來的俺不吃麼道搔擾窮民百姓每來底上頭從今
已後本速蠻回回每木忽回每不揀是何人殺來的
肉交吃者休抹殺羊者休做速納者若一日內合禮拜五
遍的納麻思上頭若待加倍禮拜五拜做納思麻思阿他

---

宰老病死牛馬　至元十三年十二月十八日中書兵刑部申
十月初二日伯木尚書面奉都堂鈞旨照依上年定例省
諭諸人自十月至十二月若有老病的馬牛
申控只麻速忽相驗宰殺者奉此省部照得至元十三年
十月十二日大都路申十一月初六日奏舊城裏有頭目
每的和牛老的也有病的也有瘤的也有聖
旨休和宰老馬牛阿不敢殺有枉可惜死了俺如今商量
一箇好人一箇田地裏宰殺主人自吃不交街上賣去若
交郵田地裏宰殺有

五六七　《典章五十七　刑部十九》　卋

的做賊捉拿這十月十一月十二月令宰殺正月至九月
依聖旨體例休殺這般阿怎生奉聖旨是也依著您商量
來的郵般行者欽此府司照得不見委付何人郵箇田地
裏相驗宰殺及本路州縣合無一體省部呈奉都堂鈞旨
送本部已行委付擡只頭與麻速忽管領仰大都總管
府亦行差委好人一名與擡只一同管領每月擡只等收
了底皮貨並勣角數目具呈合干部分照會八作司其皮
子價錢依著市價官為和買奉此

禁宰年少馬疋　至元十八年十月二十一日行御史臺准御
史臺咨承奉中書省劄付據樞密院呈蒙古文字譯七月
初二日字羅奏如今外頭殺馬吃的人
每多有麼道奏呵奉聖旨如年紀大殘疾不中用的殺吃
呵於本管百戶牌子頭官人每根底立著證見呵吃者無

每每識者　別了這聖旨若抹殺羊速急呵或將見
屬及強將奴僕每卻做速納呵若奴僕首告呵從本使處
取出呵為良家緣財物不揀有的甚麼都省與郵人若有他人
首告呵依這體例斷沒與欽此

病年紀小的休殺吃者廳道聖旨了也欽此

## 殺羊羔兒斷例

至元二十八年四月二十一日奉聖旨休殺羊羔兒吃者廳道欽此

## 禁休殺母羊

至元三十年十二月中書省先傳奉聖旨今後母羊休殺者有呵官司買了散與怯薛歹交學生者廳道聖旨有來這言語呵別揀城子裏將的賣去有郵裏般的殺者廳道交行文書呵怎生廳道奏呵郵部般者聖旨了也這裏的用課程錢呵別怎生羊羔買要了月赤察兒只兒哈即根底分付窮暴的根底與廳道呵怎生廳道奏呵郵部般者母羊根底立下證見交殺呵怎生廳道奏呵郵部般者奏老母羊根底立下證見交殺了也又海答兒只交廳道

## 馬牛倒死皮肉從民便

大德元年四月二十六日湖廣行省

五四三 〖典章五十七 刑部十九〗 十六（大）

據與國路申廉訪司牒民間倒死牛隻除勸角納官外皮貨聽從民便為不曾承准都省民文移准中書省咨得大德元年五月二十一日御史臺呈行御史臺咨監察御史陳言今後倒死牛畜除勸角照依定例拘收皮貨若使納官中間徵索實是擾民不便如遇著必需用此皮貨官為和買似為相應已經移咨江浙行省及劄付御史臺工部去訖今准見咨都省議得民間倒死牛馬勸角依例拘收皮貨聽從民便請依上施行

## 劉殺牛馬里正主首告報過開剝

大德七年四月二十九日福建宣慰司承奉江浙行省劄付會驗得中統二年五月二十一日欽遵奉聖旨節該凡畊佃備戰員重致遠軍民所需牛馬為本往公私牟殺以充庖廚貨之物良可惜也今後官府上下公私飲食宴會並屠肆之家並不得宰

---

殺牛馬如有違犯者決杖一百兩鄰知而不首者減一等官司失覺察者又減一等若有因馬倒死及老病毀折不堪用者申報所在官司若離寫遠於當處里正主首告報過方許開剝仍遍行所屬州縣常切禁治毋令違犯欽此又欽奉聖旨節該今後私宰牛馬者正犯人決杖一百於賞捕私宰牛至充賞欽此已經遍行合屬欽依施行今聞知馬倒云云至今後有倒死牛隻牛死處私牛隻不以遠近各路州縣管下鄉保農民凡有倒死牛黃牛隻到官相須令牛主扛擡赴官相視過方許開剝設牛死處所相離州縣遠寫或登山涉水陰雨泥濘必勞人力比及到官相驗不下數日冬月天寒猶且不宜何況時暑炎蒸其肉腐臭不堪食用及納官牛皮亦係違壞大抵禁治私牛本為弭奸今則反損害為農害牛皮奉聖旨事意甚為未便省府除外合下仰照驗行移合屬今後若有因病倒死及

五八一 〖典章五十七 刑部十九〗 （元）

老病毀折不堪為用牛馬欽依已降聖旨事意申報所在官司若離寫遠於當處里正主首告報過開剝仍常禁治凡一切諸人毋得因而宰殺牛馬如有人不奉違犯者取問是實照依在先定條斷罪施行部照得大德六年九月十九日承奉中書省劄付江西行省咨該武昌路申一件宰馬牛於犯人名下追賞鈔二十五兩難有定例不見過赦之後追給通例咨請定奪送刑

## 賞錢私宰牛馬

大德七年五月二十七日湖廣行省准中書省咨該武昌路申一件宰牛馬合無追徵賞錢本部照得至元八年月日內承奉尚書省劄付准中書省咨大司農司呈去年十二月二十七日奏定事內一件中都兵馬司說稱一十三局及城外南人常是寅夜宰牛牛隻各局官所去捉拿各局官一拒抗不令收捉更有指披下賊人亦不分付本司照得據

## 〔上半葉〕

買賣牛隻合赴牛市立契買賣經由稅務然後成交今據
兵馬司說俱係寅夜宰殺又不經由稅顯是偷買偷殺
合無中書省裏會諸衙門官員勾集各管局分頭目明白
省會先要甘執給奉聖旨煞說得是也教省裏會聚聚要了
文書省會了若有違犯底臺御史於今月初八日間與傳說前項並
大司農司官勾集到中都諸局分頭目及犯人等說前項欽
奉聖旨原議定云今後凡有宰馬牛者罪人並
仍徵鈔二十五兩詐恐告人充賞兩鄰知而不首者杖決
二十七下本官頭目失覺察有人告首是實馬牛老病不
馬牛之人不行告官恐嚇要錢物者有人告首如有見殺
七十七下徵鈔二十五兩與告人充賞若是馬牛老病不
塘為用者除中都在城經由總管府官辦驗得實附應印

五七八

〖典章五十七刑部十九〗

烙訖方許宰殺餘經所在官司仰上一一施行如已病死
者申官告報待官驗過然後開剝除已另行聞奏外請依
上禁斷奉此本部議得私殺牛馬犯人招伏明白罪若遇
恩免首告之人充賞鈔兩仍依條例追給相應都省准呈
除外咨請依上施行

### 盜宰馬牛

大德七年九月二十一日江西行省准中書省咨
河南行省咨汴梁路申推官張承務牒審錄得賊人黃佛
住王馬兒等節次偷盜馬牛驅畜俱各宰殺貨賣似此賊
徒所犯偏多照得在先聖旨節該今後有私宰牛馬者
見前詔方許宰殺若禁月宰殺者一體斷罪偷盜宰殺
云云至詔方許宰殺餘經所在官司追徵賠贓知情窩主
者刺臂杖一百依條例迫徵賠贓知情窩主人等減等科
罪相應緣係通例咨請照驗准此送刑部議得知情窩主
人等已有在先定例除外據偷盜牛馬宰殺罪名合准行省

---

## 〔下半葉〕

所擬似為相應都省准呈咨請依上施行

### 倒死係官牛隻 集

大德八年十月十三日湖廣行省劄付近為
名處節次解到倒死係官牛隻貨勒角肉賒價錢不行
開寫是何名項往往行移照勘逗遛文繁為此檢照得先
據與國路申廉訪司牒民間倒死牛馬勒角皮張除官皮
施行省府相度今後倒死牛隻除皮張蘭奚斷沒等牛將至
貨勒角肉賒價錢解官外據長生名下倒死拘收至
於勒角肉著令元主補買務要不失元額除外仰請各處依

得民間倒死牛畜依條拘收皮貨聽從民便請依上
索實是擾民不便如遇必用皮張從民便合相應
貨聽從民便如買皮貨聽從民便斷沒合納官拘收至

大德七年五月二十一日御史臺呈奉
據江南行御史臺咨監察御史言

五七六

〖典章五十七刑部十九〗

### 私宰牛馬

上施行

至大四年二月初十日省准尚書省咨御史臺呈
准東廉訪司申水軍萬戶府軍人木八剌沙等私宰牛隻
犯人罪二等因病倒死又疾病毀折不堪為用所在官司
除依定例斷罪外據管軍官牌子頭等有失覺察不見坐
若離城寫遠不妨於當處里正主首處告報過方許開剝
到各罪名即係通倒具呈照詳得此送刑部劄付本管頭
目凡有失覺察者中統二年欽奉聖旨節該私
至元十四年七月二十一日承奉中書省府劄付本管頭
目凡有失覺察者內有受宣官員驗輕重定罪以此參詳
今後私宰牛馬本管頭目失覺察者離城寫遠罪在鄉村
里正主首京路並外路城郭坊正巷長各局院親管頭目
軍伍之中即是牌子頭若有違犯之人依例斷罪所有親
人等已有在先定例外據偷盜牛馬宰殺罪名合准行省

民州縣正官並各管官司禁治不嚴者初犯罰俸半月再
犯罰俸一月三犯答決一十七如斯上下畏法犯禁者
少守法之官不致疑惑如准所擬移咨行省遍行合屬曉
諭相應具呈照詳都省准擬咨請依上施行

本部呈……延祐三年四月初一日行臺剳付該事據浙西道
申晉良弼告江陰州李萬戶各項違法不公等事參詳萬
戶八撒兒所招各項罪犯以宰馬為重倒決一百却緣所
千部分定擬相應乞照詳得此議得萬戶八撒兒所招不
合私宰馬疋老病又兼八撒兒犯擬合欽依已降聖旨馬
百下却緣八撒兒駈口高興兒買契上該馬二十歲左
眼微有青盲別無毀折不堪為用之處宰死之後安告因
病倒死情罪即係受宣三品軍官宜從省處惟復令

五、四二

《典章五十七》刑部十九

卅三

合千部分為更為定擬相應移准咨該承奉中書省剳付送
據刑部呈會驗至元八年正月二十四日欽奉聖旨節該
有司宰馬牛者正犯人決一百若馬牛老病不堪為用
者除中都在城經由總管府辨驗得實附歷印烙記方許
宰殺餘經所在官司依上施行欽此今承見本部議得
萬戶孝八撒兒所招除輕罪外止據不合於延祐元年二
月二十一日令駈口高興兒用中統鈔六定五兩於朱陵
處會買到赤色騸馬一疋令駈口高興兒老病不堪為用
宰殺罪犯雖稱年老眼微有青盲終非不堪為用擬合依
例杖斷一百標附相應具呈照詳得此照得延祐二年十
一月二十七日欽奉詔書恩釋免今據見呈都省仰欽依施

行

## 禁夜

禁夜 中統五年八月欽奉聖旨條畫內一欽隨州府驛路設
置巡馬及馬步弓手定立額數多少除本管頭目外其他處
長官兼充提控其夜禁之法一更三點鐘聲動聽人行
五更三點鐘聲絕禁人行有公事急速及喪病違者答二
十七下有官者答一下此准元寶鈔一貫欽此

講究開禁燈火 至元二十九年閏六月十五日湖廣等處行
中書省准中書省咨前潭州路權茶司提舉鄧撝言南方開
禁燈火事送禮部議得江南初定之時為恐人心未定因
此防禁今歸附年深尚未蠲除所害不淺若蒙移咨准江南
各省講究開禁相應咨請講究有無違害就便施行准此
剳付合屬講究去後據各狀申呈會集耆老儒人等講
究得今江南歸附已後一十八年人心寧一燈火之禁似
宜寬弛若依提舉鄧撝所言開禁相應咨都省府除外仰
依上開禁施行

四六十

《典章五十七》刑部十九

卅三

犯夜軍官約會管民官斷罪 元貞元年十月二十二日福建
行省准中書省咨欽奉聖旨節該軍民其間有歸斷的
勾當可管民官與管軍官一處聽了斷者欽此已經遍行
欽依記今體知得各處萬戶府往往將巡捉到禁鐘之後
犯夜百姓管軍官不曾約會管民官一面斷罪省府除已
剳付各處萬戶府今後若有犯夜欽依約會一同依條斷
罪外依上施行

**禁治遺火**

至元十七年十一月十二日行中書省劄付會驗
欽奉聖旨新附城子裏火爐在意者欽此省府議到潭州
禁治遺火事理除另行外仰欽依聖旨處分事意及省府
坐去事理比附禁治遺火事理內一欵遺漏者但犯於市曹
項號令三日斷決四十七下延徹人家少者七十七下多
者一百七下燒訖係官廨舍錢糧及致傷人命者別議施
行

**失火燒死弟**

至元十九年十月二十六日行中書省據袁州
路申歸問到柳行雙招伏不合遺火燒訖兄弟屋宇及弟
柳念三燒死罪犯審囚官擬斷得柳行雙合該杖決六十
七下呈奉都省准擬斷訖施行

〈典章五十七刑部十九〉

五二

**遺火決斷通例**

至大元年九月二十九日江浙行省准中書
省咨御史臺呈備江南省行臺咨湖北道廉訪司申照刷
出武昌路卷內江夏縣俞宗顯等四起遺火燒訖人戶房
屋本路所斷遺火杖數不一別無定到通例本臺看詳上
項事理宜令省咨文亦爲此事送刑部議得除故燒官私舍宅已
有呈准通例所據諸人失火謂燒自己房屋者笞二十七
下止失火之人家若沿燒人舍及財物畜產者笞五十七下財
物雖多罪止八十七下因而致傷人命者依過失論罪
廣行省咨合干部分定擬相應得除此施行間又奉到湖

一省遺火燒官房

皇慶元年四月初二日行省准中書省咨
御史臺准山東廉訪司申廬州路前達魯花赤拜梯己人
其所損房屋財物既是誤犯不須徵償其呈照詳得此都
省准擬咨請依上施行

---

張保兒遺火燒訖官降房九間公事本路達魯花赤並家
小住坐係官四望亭五間梯己人張保兒在清晝堂一間
其餘庖廚等屋八間俱各接連委因張保兒遺火燒訖河
南省移准尚書省咨送刑部呈照得諸處遷轉官員多有
住屋係官房舍若有損壞依上自備工物修完任滿相沿
交割於解由內開寫自不小心燒毀者依上去訖卑司看
詳係官房舍官員住坐者有之小民租賃者亦有之其民
省遍行照會通例相應得此擬過行依上去訖卑司看
間遺火燒損房屋財物擬官員自不小心燒毀者定勤
行照會了當前尚書省部擬官員自不小心燒毀者定勤
賠償前後不一且遺火一節蓋非人情得已宜令合干部
再分行定擬遵守相應據通例遺火燒官民房舍
中書省劄付來呈判江浙省咨寧國路申至大四年

〈典章五十七刑部十九〉

五九一

正月十一日夜祝縣尉家人陶慶兒執燈往江浙省咨寧
國路申喂馬草遺火燒訖伊主祝縣尉房屋沿燒顏元等
九十七家計房六百八十五間及因而燒死陳譯史四箇
月小女兒陳宣女及蔡千三房倒壓死李亨重一等事本部
議得陶慶兒所犯即與杜文德遺火沿燒官民房舍致傷
人命一體此例擬斷八十七下罪遇聖旨原免革前本部議
相應其呈照詳得此都省准擬咨請依上施行
得張保兒遺火燒訖官房九間既是誤犯別無故燒情節
所燒官房難擬徵償具呈照詳都省准擬咨請依上施行

**遺火搶奪**

延祐二年二月江南行省准御史臺咨理
省劄付江浙行省咨理問所知事劉將仕呈杭州路軍人
趙黑兒延祐元年閏三月初五日達達鎮撫引前來各
聖觀橋救火中路背弃強盜民財不能鈐束不爲無罪各

區官司別無奉到遵守定例輕易發落以此參詳遇有居
民不測遺漏軍民官司嚴加關防軍民人等毋得乘時為
奸兇徒黨惡乘風火驚擾之際強奪財物同白晝搶刼為
枷號示眾照依強盜通例科斷如巡捕軍人弓兵救火人
丁乘時持仗搶奪財物比之百姓加等斷令刺致傷人命者
照依強盜殺人定論本管頭目有失鈐束初犯決三十七
下再犯四十七下三犯黜降即係為例事理咨請照詳准
此送刑部呈擬照得皇慶元年七月初二日承奉中書省准
割付來呈奉省判江浙省參政高中奉言 云搶刼 雙刼承此遵
依外本部議得居民不幸遭值風火燒徹房屋驚擾之際
搶奪財物亦合比依強盜例計贓科斷仍刺字其所在官
司及本管頭目有失鈐束者量事輕重臨時詳斷相應其
呈照詳都省仰依上施行

二九四

---

# 禁刑

## 禁宰獵刑罰日

三 蒙哥皇帝宣諭的聖旨道丁巳年為頭按
月一日初八日十五日二十三日這四箇日頭不揀是
誰但是有性命的背地裏偷殺的人每不斷按答奚那甚
麼聖旨俺的蛇兒年七月十一日典只兒田地裏寫來
又至元十七年十二月二十一日中書省聞奏今年正月
五月裏各禁斷十箇日頭禁宰殺來新年裏
禁斷宰殺呵怎生奏呵那般者聖旨了也欽此
已經照會欽依外今據兵部呈參詳每月四齊日並不測
禁忌月分盡月為好作有性命之物禁斷卻有一等
禁忌月日賣肉至元三十年九月中書省欽此聖旨五月初
一日至月終除上都不禁外大都並各路禁斷宰殺欽此
異擬合遍行禁治毋得於禁忌日出賣肉貨事都省准呈
仰依上施行

四三

## 禁刑日宰殺例

元貞元年十一月二十二日湖廣行省准中
書省咨澧州路歸問到慈州縣民戶戴明因定昏下財禁
刑日宰豬一口罪犯除巳量斷二十七下看詳巳後為無
定例難為于決事准此送刑部照擬得禁日不得屠宰如
有違犯之人取問明白依在前定例擬決二十七下相應
都省唯擬除巳咨請照驗施行

## 禁賭博流遠斷罪例

至元二十四年三月初五日御史臺近
准來咨准西江北道提刑按察司申黃梅縣見禁罪囚王
佯兒等七名爲賭博錢物公事除將爲從人蕭文質等五
名量決五十七下外爲首保兒李公壽二名係新附人民
不諳體例合無比例加杖斷遣免致淹禁請定賭博事
名中書省咨據平江路備奉中書省札付准江淮等處行
省參詳今後據火印竹馬子並用太平銅錢八文處行
一千人等備細招結詞因江南浙西道提刑按察司姚千六
八義被宋百六拿到頭錢四文馬子七箇取責到姚千六宋百
姚千六等在家用火印竹馬子四文馬子七箇取責到姚千六
事王奉訓將一千人等審錄無冤除斷遣外據姚千六宋百

【典章五十七 刑部十九】　五五一　三二

六張元四三名仍舊收監聽候照得元欽奉聖旨節該禁
約諸人不得賭博錢物並關撲諸物如有違犯之人許諸
人捉拿到官將犯人流去迤北遠田地裏種田者欽此本
省參詳今後若是開張兒房聚泉賭錢事發到官不分首
從痛斷告人依告賊例給賞請定奪事又准本省咨到常
州路萬省七等賭博錢物公事都省議得今後若有賭博
錢物並關撲諸物之人許諸人捉拿到官各決杖七十
七下攤場上錢物沒官仍於犯人名下均徵鈔銀二十五
兩發付捕告人作充賞之資況於至元二十三年十二月
初六日已經奏過江浙行省官人每俺根底與將文書來
姚千六萬省七小名的人賭博錢物底上頭拿住也郵人
每根底招伏招得文字要了按察司官人每再教審問呵教
招了有在此郵般諸撲的根底拿著呵教遠田地裏去種

---

田者廳道聖旨有來麽道奏其間這裏的根前是郵般道
來也者郵裏的索甚郵般道有麽道聖旨了也欽此
書省判送本部呈恩州申至元三十一年六月二十三日
捉獲閭僧住鄭猪狗抹牌及追搜到印牌木符取訖各各
招伏是實將放頭人呂冬兒爲從賭博人鄭猪狗安主蔣
四兒印板人葉荃依例斷決了當及將行使毀不盡紙牌
九張並攤場錢中統鈔三十六兩發下永豐庫收貯外據
恐爲首紐合抹牌人閭僧住終是抹牌並所招罪犯若便
行卻緣閭僧住僧人閭僧住決了當行使毀錢賭博錢物切
爲差池本部照得至元二十三年二月內欽奉聖旨禁約
諸人不得賭博錢物如有違犯之人許諸人捉拿到官將
犯人流去迤北遠田地裏種田者欽此又照得江浙行省

## 採牌賭博斷例

元貞元年正月二十二日中書刑部承奉中
書省判送本部呈恩州申至元三十一年六月二十三日

【典章五十七 刑部十九】　五八十　元

捉獲姚千六萬省七等賭博錢物於至元二十三年三月
初六日奏在先郵般賭博的根底拿著呵交遠田地裏去
種田者廳道聖旨有來麽道奏有麽道欽此都省
擬賭博錢物斷例各決七十七下攤場錢盡數沒官本部
參詳抹牌賭博人閭僧住所犯外路地面若係倒事理具
呈照詳事都堂鈞旨准擬施行

## 職官賭博斷罪施行

元貞元年七月福建
廉訪司申至元三十一年四月十四日據海北海南道蕭政
臺剳付照得元貞元年四月十四日據海北海南道蕭政
廉訪司申至元三十一年十一月十八日據雷州民戶龔
亮首告袁簽事等賭撲錢物責得李都事名德賢招伏不
合將土告簽一塊入場賭博贏訖龔亮金一條重三兩二

錢馬舍人中統錢六定爲無錢要訖文字一紙袁簽事名
珍招伏不合將中統鈔四定賭博贏訖馬舍人元係梯亮
馬一匹准鈔一十定雷州路司獄谷禧招伏不合將人己
金二塊重四兩四錢與各人賭博雷州遂溪縣尹趙檜不
合將銀壹一箇賭博是實追到攤場錢物沒官將各人依
著舊定條例决七十七下省會罷見職本部參詳谷禧
趙檜見任受勅職官如此污濫合擬解見任期年之後
於雜職內定奪仍依舊例標附相應都省准擬仰照驗
上施行

《典章五十七》刑部十九　　　卅

賭博拏指

大德六年七月二十七日江浙行省准中書省
咨杭州路備淮西道廉訪司牒各處官司遇有告覆賭博
犯人往往信從扳指或有風聞告言亦爲受理官吏因而
詐取錢物今後如有犯賭之人擬自在場捉拏
有攤場錢物驗證明白方聽理斷其餘展轉扳指同賭人
數及風聞告言理宜禁止緣係通例咨請照詳送刑部議
得提獲賭博錢物不許展轉扳指在前同賭人數止理見
發人等軍理如准廉訪司所言遍行禁治相應都省准擬
請照驗依上施行

五五六

賭博各物

延祐四年五月江西行省准中書省咨照得近爲
諸處城邑村坊鎮店多有一等游手末食之民不事生業
聚集人衆祈賽神社賭博錢物已常遍行禁治去訖切恐
有司不爲申明舊章使下民枉遭刑憲都省議得各罪

---

名開坐前去咨請照驗照行移合屬排門粉壁嚴加禁
治施行
一照得至元二十四年三月二十一日御史臺呈王佯
兇七名賭博錢物公事都省議得今後若有賭博錢
物並關撲諸物之人許諸人捉拏到官各决七十七
下攤場錢物沒官仍於犯人名下均徵鈔二十五兩
付捉拏人充賞承此又皇慶二年五月中書刑部呈
本部議得江浙行省咨爲金萬二告爲李才等
相攪賭博公事本部議得云々得此都省准呈札付
承奉中書省判送江浙行省咨爲金萬二告李才等
人指以飲食之人許諸人捉拏到官致使官司不能捉
拿今後但是賭博去訖今體知近年以來不畏公法之
物賭具籌牌證驗明白並依已行科斷相應倘有攤

《典章五十七》刑部十九　　　卅

例施行

四十七下其雖非同日賭博當場既有輸准田産孳
畜之類可爲證驗者須一體追斷其餘仰依舊定條
場錢物盡行付與告人充賞及兩隣知而不首杖決

五二六

賭博例革後爲坐

延祐五年三月江浙行省准中書省咨求
咨蔣文貴等於大德十年七月因與沈七將已挑僞鈔裝
誣客人杭州路總管府將蔣文貴杖决八十七下至大二
年六月又將與徐三商議開置兌坊蒙官司於本家門首
紅泥粉壁擅自除去延祐四年爲頭與徐三等同情商議
依前開置賭坊糾集人伴擬加徒緣前犯其已年遠即係
定例斷訖七十七下若擬加徒罪干通例咨請照詳准此
祐四年正月初十巳前事理事干通例咨請照詳准此
送刑部議得蔣文貴徐三先犯開置兌坊等罪累經欽遇

**賭博賞錢**

延祐六年七月初二日江浙行省准中書
省咨徽州路據休寧縣申蒙江東建康道廉訪司分司遞
到縣照刷過文卷一宗朱明元告因與賭博致
爭被汪文勝賜傷等身死汪文勝等罪經詔恩釋免係
是因賭文勝邂逅近身死汪文勝等罪經詔恩釋免係
文但凡賭博諸人捉拿到官依例科斷一若准賞攤
場錢物盡付告人之例往往給沒不一若准賞攤
給付及准首再犯依例科罪元詳元告給賞明
從合干部分定擬相應咨請照驗准此送據刑部呈議得
諸人首告賭博已有理賞定例所據賭人內有能悔過

《典章五十七　刑部十九》

〔三〕

三四九

自陳准首原罪依例給賞如或再犯不在首原之限其因
事發露既無告捉之人賞鈔難擬徵理具呈照詳得此都
省准擬

詔敕今次不峻又行紏集人伴賭博罪犯訖准擬加徒
擬合此例赦後為坐相應具呈照詳得此都省准擬

---

**禁豪霸**

閑良官把柄官府　大德七年十月十九日江西行省准中書
省咨尹滋等言諸閑良官內有一等豪猾無知小人不曾
請俸勾當誑受宣勅不去遠方之任或在家住坐與司縣官接
追申勾吏斷罪罷役正官取招牌面如此把柄不均若有此
等人員合無責限有司追收所受宣勅別行如此把柄官不
為走一遭推事廻環求仕或在家住坐與司縣官接
虛走一遭推事廻環求仕或在家住坐與司縣官接
問明白取招申上仍令各道廉訪司體察相應都省請
依上施行

《典章五十七　刑部十九》

〔三〕

五二一

**豪霸紅粉壁遍北七種**　大德八年正月二十五日湖廣行省

准中書省咨江西福建道奉使宣撫呈巡行至江西據諸
人言告有一等驟富豪霸之家內有曾充官吏者亦有曾
充軍役離職者亦有潑皮凶頑者皆非良善以強凌弱以
眾害寡妄與橫事羅織平民騙其家私奪占妻女甚則害
傷性命不可勝言交結官司視同一家小民既受其欺有
司亦莫為所悔非理害民縱其奸惡亦由有司貪猥致其
然莫若嚴禁各處行省已下大小官吏非親戚不得與所
部豪霸茶食安停人等似前違犯取問是實初犯痛行斷
上比常人加二等斷罷紅土粉壁標示過名再犯痛行斷
罪移徙邊遠如此少革侵害細民之弊具呈照詳得此送
刑部議得除見任官吏不得於所部之內受饋獻明有
禁例外據見呈處處豪霸凶徒害民凌犯官合准奉使
宣撫所擬嚴加禁約敢有違犯之人痛行斷罪於各處門

首泥置粉壁書寫過名若三年改過許令除籍其有不悛
再犯者加等斷罪遷徙北地面屯種相應都省准擬請依
上施行

札忽兒叐陳言二件　大德十一年十一月二十一日江浙行
省准中書省咨杭州路達魯花赤札忽兒叐呈本路事
務繁冗實與其他路分不同豪霸把持官府破落潑皮援
民等項事理開呈照詳據送刑部議擬到本官所言事理
都省逐一議擬於后仰請依上施行
、一件把持官府之人處處有之其把持者每
遇官員既得進具即中其奸始以口味相遺繼以
賀餽送窺其所好漸以苞苴愛聲色者獻之美婦貪
財餽送窺其所好奇異者與之玩器日漸一日交

五二八
典章五十七刑部十九

結巳深不問其賢不肖序齒爲兄弟同席飲宴者有
之下基打雙陸者有之並無忌憚彼此家人妻妾不
避其嫌疑又結爲姊妹通家往還至甚稠密街坊人
民見其如此即遇有公事無問大小悉皆投奔嚮托關
節俗號貓兒又曰定門貪官污吏吞其釣餌惟命
是聽欲行即行欲止則止稍再相違發言告訴被其
嚞聚而謀加逞豪霸捏合事情裝飾詞訟編排證
佐設誓告論使品官與皂結對詞庭下比至辯證明
白受辱已多致使善良民爲之喪志近聞本路於潛縣
常縣尹臨安縣郭縣尹俱被累斷把持人何福秀羅
文牒等紏集羣黨焚香設誓虛捏贓錢妄經廉訪司

告論牒發本路問出似此之類不可殫數若不嚴法
禁治無以警戒參詳豪霸之害民巳有禁例中間似
有未盡今後但有把持公事並妄告官吏之人初犯
枷項於犯人門首示衆痛行斷罪移徙邊遠改過名
所在官司標附籍記令充夫役三年改過方許除籍
如是再犯加等斷罪移徙邊遠在任官吏與此
等豪霸把持之人交結追受饋遺雖不因事即
同贓論庶望官府稍肅生民得安關本路奉申江
浙行省咨前事既以所言甚當准擬禁治各衙
訖行省札付到都臺御史明文各行
依上施行外終無禁約到都臺御史衙門
不肯奉行夫役終無允當仰依上禁治施行奉此除巳
失職以致如此本官見任本路達魯花赤若親臨上
司並同僚官員相與贊助依公撫治必然不敢犯禁
門不肯奉行此蓋是官府紀綱未立教令不行上下相

五二九
典章五十七刑部十九

議得前事江浙行省既以所言甚當准擬禁治各衙

前件議得此等之徒初犯枷項於犯人門首示衆痛行斷
罪紅粉壁書寫過名籍充夫役三年改過方許除籍如
是不悛再犯加等斷罪據移徙邊遠一節及在任官吏
結交追往接收饋遺隨事輕重定擬餘部擬
合咨行省照會添力究治
一件杭州城寬地潤人烟稠集風俗澆薄民心巧詐有
一等不限公法游手好閒破落惡少結籍斷警跡
並釋放賊徒與公吏人等以爲朋黨更變服色游玩
街市乘便生事搶掠客笠帽强奪婦人首飾奸騙
良人妻女及於娼優拘欄酒肆之家乞取酒食錢鈔

五、三九

因而鬬毆致傷人命或公然結攬諸物於稅司酒務
倉庫投托計囑故將官吏欺凌攪擾或詐稱巡捕人
員攔截往來客旅奪要鈔物非止一端縱然敗露又
有各官門下隨使人數並諸衙門祗候面前人等所
在官司雖是受理中間受情調弄者有之囑請脫放
者有之原其所由蓋無嚴法警及因有司禁治不
嚴應捕官兵知而不問以致兇徒滋長侵害良民深
為未便看詳此等凶徒理宜督飭合屬應捕官兵如
法用心巡警及責社長隣佑預行勉勵無致違犯如
是執迷不悛許令覺察將犯人枷項於自己門
首示眾痛行斷罪就置粉壁書寫過名所在官司標
籍常充夫役工作過知恥三年改過申明除去粉
壁再犯重斷遷移遠郡使其離鄉不能行志欺人如

〈典章五十七　刑部十九〉

社長隣佑勉勵不聽隱諱不舉恣意作過驗所犯事
情重者與犯人同罪輕者減等斷決本管官司巡禁
不嚴或事發到官調弄脫放嚴行懲治仍先戒論上
下施行外終無准到都省明文各衙門不肯承認依
上施行外終無准到都省明文各衙門不肯承認
當仰依曉諭禁治施行更為多方用心緝捉兇徒
落之徒痛行斷罪須管不致擾民生事奉此除已依
此移關本路申奉江浙行省劄付相度本官所言甚
下官府囑託之源如此庶望兇徒少息小民得安為
行伏乞錄詳更望即賜移咨本省禁約施行刑部議
得前項事理江浙行省以所言的當准擬禁治各衙
門不肯奉行即與前事一體合咨本省各有定倒其
前件議得奸騙良人妻女致傷人命之類合咨本省依上禁治
黨徒惡黨從本省嚴加禁治若經斷不悛者加等斷罪

---

五、七三

孩徒邊遠臨事定擬餘准部擬
月行省准中書省咨御史臺
**禁富勢擅錮奴隸**　至大元年
備監察御史呈訪聞在都富勢之家有犯並不經官
言理往往用鐵枷釘項凡奴隸之數貴賤雖殊亦皆人之
子也設有愆過若本使不怨理宜送官懲戒豈有法外凌
虐傷殘之理甚傷風俗擬合禁止本使看詳富勢之家奴
隸有犯私置鐵枷釘項禁錮擅自刺面者即係非所宜
如蒙監察御史所言遍行禁治相應都省准擬咨請上位
得奴隸有罪本使自當依理決罰若擅自刺面者詳送刑部議
應合准呈遍行禁治都省准擬咨請依上施行

**禁治行兇潑皮**　至大三年正月二十二日千逼四箇提調
至大二年十一月二十六日奏前者禁治行兇潑皮呵要了罪過
勝乞失剌撒都了也了行省准行省咨潑皮呵要了罪過它的
上位奏來如今撒

〈典章五十七　刑部十九〉

都了說有行兇的潑皮每一遍撒潑皮呵要了罪過它的
門首泥寫紅粉壁第二遍第三遍撒潑皮呵要了罪過
拽車配役呵怎生奏呵那般者各處行文字曉諭者麼道
聖旨了也欽此都省咨請欽依施行

**禁富戶子孫跟隨宿員**　至大四年閏七月行省准中書省咨
御史臺呈行臺咨監察御史呈切惟江南三省所轄之地
民多豪富兼並之家第宅居室衣服器用僭越過分選其
私慾靡所不至重其財賄結托上下專令子孫弟姪華裾
駿馬從朝至暮相隨省官窺伺所欲競為趨陪要一徑百
侈其食心使之親愛如骨肉出入無禁忌舉動即中含人
之稱呼求幹省官咨保充宣使知印譯史並院務錢穀站
赤名開影避差徭欺凌路府州縣倚仗權勢莫敢誰何以
致問課同僚不和官府失政每每皆然更有一等特勢小

人攧舊仇報私怨致傷人命者有之威福自專豪強難制
侮弄省官有同兒戲遞相傚傚漸以成風蓋因官府不得
其人貪猥之所致也若不禁止實豪獷富上之家子孫弟姪往往將江
南此等豪獷富上之家子孫弟姪等未便遍行合屬出榜嚴
加禁治今後不得見任官吏影避門役官吏亦不得結識
稅戶爲跟隨親往交私委自各道廉訪司體察如有違
犯之家痛行斷罪發還元籍當差若不悛改再犯者遷徙
迤北屯種其影占官吏仍亦定罪庶望各安其分貴賤有
章風俗醇厚此救弊之一端也其呈照詳得此在前屢嘗約束終莫
得除見任官員不得結識富家爲親已有禁例外據江南
富戶以財賄結托見任官員令子孫弟姪人等跟隨勾當
究其本情實特權勢影占差徭或把持官府欺壓善良以
私害公使上下官府不和莫不由此在前屢嘗約束終莫

**典章五十七　刑部十九**　兲

四二二

禁絕以此參詳合准御史臺所言從監察御史蕭政廉訪
司常切用心體察如有違犯之人除犯人痛行斷罪發還
元籍再犯加等處斷若因而影避差徭者罪及家長無引
官員臨時量事輕重亦行治罪仍標注私罪過名如蒙准
呈遍行合屬多出文榜明白禁約庶革此弊其呈照詳都
省准擬咨請依上施行

---

# 禁毒藥

## 禁賣毒藥亂行鍼醫

承奉中書省劄付據提點太醫院奏奉聖旨仰中書省行
行禁約開張藥鋪之家內有不畏公法之人往往將有毒
藥物如烏頭附子巴砒霜之類發賣與人其間或
有非違殺傷人命及不習醫書不識
藥性欺詐俚俗假醫爲名規圖財利亂行鍼藥誤人性命
又有一等婦人專行墮胎藥者作弊多端禁約不行欽此

至元五年十二月十四日中書兵刑部
州申至元六年正月十七日准奉右三部符文該奉中書
省劄付欽奉聖旨禁約習醫道諸色人等不通經書不知
藥性欺詐俚俗假醫爲名規圖財賄亂行鍼藥誤人性命

**典章五十七　刑部十九**　兲

## 禁假醫遊行賣藥

之人欽此除外切見隨處強切盜賊起數其間多有托跡
往來假醫爲名見便生情作過略舉本州管下高唐等處
捉獲賊人高道浪等俱指賣藥打當行醫
今後凡有村野說謊聚眾打當行醫不通經書不著科目
之人盡行禁斷庶免妄行鍼藥誤人性命亦合革去賊人各
不得假醫爲名作過本部議定今後除諸科目人各令務
本業過有患人依經方對證用藥或鍼灸看治外據不通
經書不知藥性妄行鍼藥誤人性命之人合行禁約如違
治罪施行

## 禁貨賣假藥

至元九年八月二十六日中書兵刑部承奉到
中書省劄付該准中書省咨是年七月二十一日阿合馬
平章奏如今街上多有賣假藥及用米麪諸色包裹詐粧
藥物出賣的也有恐誤傷人性命奉聖旨您也好生出榜

明白省諭者如省諭已後有違犯人呵依著扎撒教死者
欽此

禁治買賣毒藥 至元九年十月初六日行省准中書省咨大
德二年二月初四日奏過事內一件前者有脫迷兒的上
頭賣毒藥的禁約整治商量得今後如砒霜巴豆烏頭附子
院官部官眾人一處商量得今後如砒霜巴豆烏頭附子
大戰莞花藜蘆甘遂這般毒藥治痛的藥裏多用者全禁
斷呵不宜也這般毒藥將來呵藥舖裏賣的每根底各杖六十七下並追
這般毒藥將來呵藥舖裏賣者呵醫人每又街市造酒麴裏這
病呵着證見買者賣的人每根底嚴切整治外頭收採
元鈔一百兩正與元呵賣與醫人每買有毒的藥治
般毒藥休用者呵合着假藥至街市貨賣
賣的也禁治首告的人每言語若虛呵也依體例要罪

〈典章五十七 刑部十九〉

五、二十一
過呵怎生奏呵奉聖旨那般者欽此
刑部呈太醫院關為至大四年八月二十八日江西行省准省咨
先薛禪皇帝完澤篤皇帝時分麴藥裏多用者毒的藥物
為傷人的上頭遍行文字禁斷來如今几有造酒踏麴的
人都交嚴行禁斷更要罪過呵怎生奏呵奉聖旨你說得
是有便與都臺府家文書來依在先定倒好生的禁斷了
者庶道聖旨了也欽此今將合禁藥物開坐前去容請遍
行欽依聖旨禁斷施行准此具呈照詳都堂鈞旨准擬已
移咨各處行省仰欽依施行

砒霜　巴豆
大戰　莞花　附子
側子　梨蘆　甘遂
天雄　烏頭
　　　烏喙　莨菪子

---

計十二種 禁治沿街貨藥 皇慶元年七月二十四日江西行省准中書
省咨刑部呈准太醫院關為皇慶元年四月二十五日本
院官員特奏如今有一等不畏官法的人每當街聚眾
施呈小技誘說俚俗貨賣藥餌及有不通經書不知藥性
胡亂行醫用藥鍼灸貪圖錢物其間多有傷害人命近聞
刑部裏行文書來似這的若不嚴巳前所定之倒嚴
加禁治不惟有違在先皇帝聖旨亦不中的一般奏呵奉
聖旨惩便與省部文字交遍行出榜嚴加禁治好生的
著要罪過者欽此除
欽依禁治外具呈照詳都省咨請欽依施行

二、三七

〈典章五十七 刑部十九〉

文曆上摽記著賣與者不係醫人每閒雜人每根底休賣
與者這般省諭了明白知道賣與毒藥害了人性命呵買
的賣的兩个都處死者閒雜人每根底賣與呵不曾害人
性命有人告發呵買的賣的人 接此傳本葉第十行的 下每根上闕文今補

典章五十七 刑部十九

罕 陳氏抄補

---

# 禁聚眾

## 禁跳神師婆

至元十一年 月 日中書兵刑部為五月十
六日省掾元仲明傳奉都堂鈞旨大都街上多有潑皮廝
打底跳神師婆並夜聚曉散底仰本部行文字禁斷如是
依前違犯除將跳神師人並夜聚曉散人等治罪外合下仰
皮廝打的發付本部除役施行省部除外合下仰照驗速為嚴
行出榜禁治如有違犯人等依上治罪施行

## 禁治聚眾作會

典章五十七 刑部十九

至大四年十月二十五日江浙行省准中書
省咨御史臺呈陝西行臺備監察御史呈知得安西路開元寺
僧人了恩文行等自至大四年二月以來於本路開元寺
以修建萬僧水陸資戒大會為名聚集山東河南冀寧晉
寧河中並鳳翔迤西等處僧眾萬人及扇惑遠近俗人男
子婦人前來受戒觀者車馬充塞街衢數亦非少僧俗混
淆男女忙亂溪為未便又安西路出榜禁約諸人毋得作
鬧汨壞為此追照得本路行卷內至大二年十二月初六
日承奉陝西行省劄付該據華州華陰縣敷水鎮淨土院
住持僧人了恩文行告稱至大二年就安西府大開元寺
故建萬僧水陸大會七晝夜端次告天祝壽為國祈福請
掛禁約閒雜人等毋令中間作鬧汨壞佛事如有違犯人
拿斷罪照得如此卑職等看詳當貴於防微患常生於
所忽蓋思預防則無後艱患至而圖無益於事今僧人
了恩文行別無欽奉聖旨令旨亦不奉都省明文擅
聚僧俗一二萬人修設資戒大會經七晝夜男女混淆啟

五四三

里

## 上半部

惡召姦傷風壞俗又安西地面別無鎮守軍户中間倘有
乘閒竊發或爲姦盜或爲携異謀者何以備之所係非輕不
可不慮况兼本主遞年以來蝗旱相仍田禾薄收人民闕
食陡添游食者衆物斛增價亦甚耗散民力欲便禁止緣
彼托以告天祝壽爲國祈福用是不敢以卑職等所見宜
從憲臺取安西路正官重甘結罪文狀晝夜晝夜用心防
禁毋致別事生端今後但有伹此聚衆夜多方用心防
須經由都省明白聞奏方許建修庶革未萌之姦亦必
測之患也其呈照詳送刑部議得安西路僧人文行等必
集山東河南冀宇河中鳳翔迤南等路僧俗萬人以作水
陸齋戒大會七晝夜中間僧俗錯雜男女混淆惑衆罔民
其於風化甚非所宜若不禁治伏慮因而別生事端宜從
都省府聞奏禁治相應具呈照詳得至大四年三月十

五七四

**典章五十七　刑部十九**

聖

八日欽遇詔赦除欽遵外議得上項事理已經奉聖旨革
撥今後宜禁治都省准此咨請依上施行

**祈賽神社**　延祐四年五月行省准中書省咨照得近爲諸處
城邑村坊鎮店多有一等游手末食之民不事生業聚集
人衆祈賽神社扶鸞禱聖夜聚明散等事已　禁治除五
不爲申明舊章使下民枉遭刑憲都省議擬到各各罪名
開坐前去咨請照驗行移合屬排門粉壁嚴加禁治施行
一祈賽神社扶鸞禱聖夜聚明散等事已　禁治除五
岳四瀆等載在祀典者所在官司依例歲時致祭外
各處一等不畏公法之徒鳩斂錢物聚衆粧扮鳴鑼
擊鼓迎神賽社不惟枉費資財又且有妨農務或因
而別生事端深爲未便今后所在官司嚴加禁治若
有違犯之人許諸人告發到官爲着正賽者笞決五

## 下半部

十七下爲從者各減一等坊里正主首社長有失鈴
束知而不行告者減爲從一等其所屬官司
禁治不嚴有失覺察者又減二等其元鳩錢物没官
仍於犯人名下均徵中統鈔一百貫付告人充賞廉
訪司常加糾察

**流民聚衆擾民**　延祐四年六月中書省咨河南省咨淮東道
宣慰司呈爲評重二等家告被流民張德玉等部引老少
一千五百餘人搶奪米物財貨等事除已差官馳驛前去
與淮東道官一同跟捉搶奪鈔物犯人得獲依例追斷及
兀勒各處官司巡警撫諭接濟無致失所容請照詳准
此照得近爲盧州路等處流民缺食延祐三年十一月二
十日奏奉聖旨節該如今這裏差人行省裏與將文書去
交他每提調著將這的每應付與行糧發付各還元業於

五五七

**典章五十七　刑部十九**

罷

内若端的不能迴還的每有呵休交付前聚集着交他每
各從自便四散住坐者此欽此都省移咨河南行省依上施
行外又照得延祐四年三月二十六日奏奉聖旨節該江
浙行省與將文書來俺所管的地面裏各處的流民聚
着一二百人自立頭目搖擾百姓行有如今交管民官提
調着邨人每根底分揀了委係鰥寡孤獨所在州縣官提
係官糧内養濟少壯有頭疋氣力的每根底與些小行糧
每起不過三十人一程接送至本鄉破落潑皮無籍之
人要了罪過交發遣還本籍去呵相應依着他每說將來的交付
文書呵怎生奏呵鄔般者聖旨了也欽此除欽依外
今准前因都省移咨河南省依例追問更爲設法關防外
咨請若有聚集流民依上施行

**住罷集場聚衆等事**　延祐四年六月行省准中書省咨大司

農司呈燕南廉訪司申起立集場實使力本之人習爲游
惰淳朴之俗變爲澆浮其間與訟生盜及一切不便等事
於延祐四年三月二十六日曾經奏過事內一件各處縣
分村鎮上立集聚衆買賣的至開春住罷了者又廢道奏了
賽社的又立着集場呵走透課程有多少人聚衆呵妨礙
農務滋長盜賊有合住罷了麼道去呵怎生商量來麼道
有前者臺裏也與將文書罷了麼道聖旨了也欽此
衆依前斂衆唱詞的祈神賽社的住罷了各處行將文書
去呵怎生商量來將文書來麼道奏呵廟般者麼道聖旨了也欽此
都省咨請欽依施行

## 禁聚衆賽社集場

延祐六年八月二十九日江浙行省准中
書省咨延祐六年五月初二日拜征怯薛第三日鹿頂殿
裏有時分塔失帖木兒赤明里董阿咬住卒可馬木沙等

五七六 《典章五十七 刑部十九》 罡

有來阿散丞相阿禮海牙平章燕只於參政郤釋鑑郎中
李家奴都事等奏過事內一件去年爲聚衆唱詞的祈神
賽社的又立着集場的有呵立着集場的教住了者奏了各處行
了文書有來如今又夜間聚着衆人祈神賽社食用茶飯
夜間聚散的上頭昨前差人問去了也邨人每問了來呵另
一兩起事發的若不嚴切整治呵慣了去也今后夜間
聚着衆人唱詞的似這般聚衆的
妄說大言語做歹勾當的有呵將這重要罪過也者
其餘唱詞賽社立集場的每比常例加等要罪過
呵官人每根底要罪過呵怎生奏呵奉聖旨那
民官提調若不用心每每所管的地面裏似這般生發
呵其餘人每根底罪過呵奉聖旨那般者欽此

延祐六年九月二十四日江浙行省准中書省咨

---

御史臺呈監察御史近爲東安州等處百姓仍舊起集
買賣取訖各處官吏人等禁違錯招伏呈奉憲臺
劄付就便施行承此除外看詳禁罷集場本爲妨農滋盜
走透課程生事不便節次今明白奏過各處罷官司別無失守之責
不至何況外路原其所以盡爲各處罷官呈都省議擬通例
是以因循苟且以致若此如蒙憲臺備呈都省議擬
遵守相應具呈照詳得至元二十八年四月二十四
月初二日拜住怯薛第三日奏過事內一件去年爲聚衆
唱詞的云云全前欽此又照得
日欽奉聖旨節該在前縣裏邨村裏唱詞聚衆的交當有來
前者我蠻子田地裏去回來時分見邨裏唱詞聚衆的人每
多有邨得每根底交當了者呵怎生廝道奏呵聖旨有來
又阿速根底說者交行當了的後頭這般唱詞的每根
底拿者麼道聖旨了也欽此本部議得除祈神賽社已有
定例今后有犯禁欽依加等斷罪外據起意聚衆立集場唱
詞在前雖曾禁約未有定到罪名合依已擬爲首犯人決
四十七下禁治不嚴親民州縣正官各決一十七下當該
社長主首隣佑人等決二十七下故縱者各加一等仍委
路府正官提調有失覺察者各罰俸一月標附其餘集場
買賣人民商旅聽唱人等皆係蚩蚩愚民事干人衆侶難
一概論罪如蒙准呈遍行照會排門粉壁曉諭相應具呈
照詳得此都省准擬除外咨請依上禁約施行

四九九 《典章五十七 刑部十九》 罡

局騙錢物

延祐五年四月日承奉江浙等處行中書省劄
付近據杭州路申准江南浙西道肅政廉訪司分司牒體
知得杭州一等無籍之徒游手好閑不務生理尋常紏合
惡黨欺過良美人局騙錢物特此為生其局之名七十有二
曩舉如太學龜美人等名號其意專一尋訪良家子弟富豪
日昭身日舍人等名號其意專一尋訪良家子弟富豪大
買到杭州此輩則羣聚密議以意測料各所嗜好者迤
漸交結設賭博戲賭取人財要罄取其財蓄致令子弟容商貲
乏失所者有之欲憤死亡者有之倡此之類固難勝數如
近歲杭州路追問尹元吉願玉等說誘外路富商閒官人
等局騙數內程忠狀招不合於至大二年十一月設計持

典章五十七 刑部十九
罟

以買人為由勾引閭常於徐志家賭博輸出銀臺璟珠梳
及零碎包裹紙被假作鈔定將銅錢猜賭雙隻令閭常一
仝賭博輸訖至元鈔八定三十兩與願玉等高下分收餘
人招誣相同將程忠聞鑄徐志各決八十七下嚴情吳源
願玉鄭阿狗各決七十七下又一件姚勝吉局騙事犯人
張勝招伏不合與姚青等詐裝舍人名色以至大二年十月
緝到李慧光有鈔買田紿合倪德輝等虛本人至元鈔三
誘李慧光將銅錢搭龜用局騙手法贏訖本人至元鈔三
定二十七兩將姚青等各決八十七下又一件葛德山告
局騙起內犯人馮詠道狀招不務營生與虞俊沈珍陳亮
人招誣相同將程忠聞鑄徐志各決八十七下
金祐私結為羣專一裝局賭誘諸人錢物為生設計
金祐假作新任張州判舍人寄書為由誘張葛德山飲酒
綴賺賭博裝局騙訖中統鈔二十一定分受入已各決八

---

十七下即今倡此違犯者比比皆是切照局騙詐財情罪
至重其所司但有所犯止於賭博罪上或加斷罪或任
意處斷而已由是近年往往視其罪輕繼踵蜂起謬而取其
泉習以成風憲獄日滋如飲食中加藥令人迷謬而行盜之際
財者同強盜論又如切盜財物者尚且潛形而行盜之際
猶有懼心錢物雖少倒皆刺字徒配仍追贓賠拘充警跡
人數更甚者流出軍再犯並置極刑其罪情切緣自來別無
與白日設局強騙人物比之強切尤甚自來別無
贓刺斷流配處重如此不惟刑法得中兼且奸究屏跡民
得安生法無輕容宜從合干部分定擬著為通例倒去
遵守相應准此申呈照詳施行得此移咨中書省照詳得成
後今准咨刑部議得杭州路人民程忠等不務生理結成
局被騙之人量事輕重斷罪相應具呈照詳得此都省准

典章五十七 刑部十九
罟

朋黨設局白日強騙諸人錢物情理尤重若不設如禁治
使元徒之類轉相倣傚敗亂風俗誠為不便今後有犯擬
合依切盜首從倒計贓斷配免刺不追贓賠其信從咽入
擬依上施行

# 雜禁

**禁治賫刀乞化** 至元八年十月尚書刑部尚書省判送御史
臺呈監察御史呈近聞中都有一箇不知姓名男子自以
短刀貫透其臂血刃淋漓行乞於市每至一家門首輒自以
悲態不忍之狀致使羣目駭觀主家驚懼作
想亦貧民設此狂誑原其本情亦非得已蓋以凍餒所迫
以至於此甚傷風化且古者孝子為親割股孝傷其傷猶
加禁戒況此人本營口腹成毀肌膚或因致命深係利害
切傷餘人故而為例今若似此之類合有司依理禁治
庶得民俗移風明知教化乞照詳禁約施行比奉都堂鈞
旨行下合屬禁約者

**禁學散樂詞傳** 至元十一年十一月二十六日中書兵刑部

五十六 〈典章五十七刑部十九〉 罷

承奉中書省劄付據大司農司呈河北河南道巡行勸農
官申順天路東鹿縣店見人家內聚約百人自搬詞傳
動樂飲酒為此本縣官司取訖社長田秀井田拘驢等各
人招伏不合縱令姪男等攢錢置面戲等物量情斷罪外各
本司看詳除係籍正色樂人外其餘農民市戶良家子弟
若有不務本業習學散樂般說詞話人等並行禁約是為
長便乞照詳事都省准呈除已劄付大司農司禁約外仰
依上施行

**禁弄蛇蟲唱貨郎** 至大十二年
中書省判送刑房呈今體知得一等元圖小民因弄蛇蟲
禽獸聚集人眾街市貨藥非徒不能療病其間及致害人
又在都唱琵琶詞貨郎兒人等聚集人眾充塞街市男女
相混不唯引惹鬭訟又恐別生事端蒙都堂議得擬合禁

斷送部行下合屬依上禁行奉此施行間又端奉都堂鈞
旨隨路禁約者
旨唱琵琶詞貨郎兒人等止禁大都在城外山客貨藥遍
下隨路禁約者

**禁好手眼人乞化** 至元十二年十二月初六日中書省欽奉
聖旨乞化人每年小底人好手眼底人每交種田或造作處
做生活學本事或燒火者好委是好眼的故意辦掠得眼
了的人每尋出來呵要罪過者欽此

**禁治妝扮四天王等** 至元十八年十一月初二日福建行省准
中書省劄付御史臺承
奉聖旨乞化人每年小底好手眼底人每交種田或做生活
做的人每尋出來呵要罪過者欽此
八哥奉御禿烈奉聖旨道與小李今後不揀甚麼
人十六天魔休唱者雜劇裏休做者休吹彈者四大天王
休粧扮者骷髏頭休穿戴者如有違犯要罪過者仰欽此

**禁治習學槍棒** 至元二十一年六月二十五日

五、六七 〈典章五十七刑部十九〉 至

中書省咨據御史臺照得近年各路府州司縣官司以
催辦為急務以勸課為具文所以好民不事本業游手逐
末甚者習學相捕或弄槍棒有精於其事者各出錢帛拜
以為師各處社長等人恃此不知禁有司亦不究問長此不
已風俗恣悍狂妄之端或自此生今軍民諸色人等如
有習學相捕或弄槍棒諸色人等陳告是實教師及習
學人並決七十七下拜師錢物付給陳告人充賞兩隣知
而不首減犯一等社長知情故縱減犯色人罪二等庶
幾恣悍之風不作兇強之技不傳馴化民情消變故此
於政治所係非輕本臺乞遍下合屬嚴行禁治施行

**禁拟斛斗秤尺** 至元二十三年

五、七七 〈典章五十七刑部十九〉 至

咨擬斛斗秤尺至元二十三年月 日行書省准中書來
末拟議到事內一件照得先為各路行鋪之家行用度尺
升斗秤等俱不如法札付合屬照依係官見行用法物同

標制造差官較勘均平一體封裏印烙定立本價發下隨
路遍歷行使立限拘收舊使斛檻升斗秤若有不遵違
犯之人嚴行禁治及劄付御史臺紏察外今知各路官
司雖承官降式樣終不曾製造完備有行戶人等恣意私
造使用或出入斛斗秤度不全以致物價低昂恐不便私
都省議得遍行各路官
令本處達魯花赤長官不依法式斛斗秤度隨切用心提調如限外
令撥還即將不依法式斛斗秤度爲借用各驗關降數
據合該工物照依在先體例關防較勘相同印降數目卻
成造斛斗秤尺給散及革去私牙外乞照詳得此檢會先
所轄司縣街市民間合用斛斗秤度照依省部元降式樣製
各處公私一體行用常切關防較勘毋令似前作弊抵換

達犯之人捉拿到官斷五十七下正坐見親民司縣正官

五八九

〈典章五十七　刑部十九　至〉

禁治不嚴初犯罰體一月再犯各決二十七下三犯別議
與親民州縣仝仍標注過名任滿於解由內明白開寫以憑
奪外據路達魯花赤長官不爲用心提調致有違犯初
犯罰體二十日再犯取招別議定罪

斛斗秤尺不如法

皇慶元年七月袁州路奉江西行省劄付吉
安路申本路河岸市井行舖之家多有私造斛斗秤尺俱
不依法又有違禁使用亡宋但有蠻桶大小不同除依樣
成造斛斗秤尺給散及革去私牙外乞照詳得此檢會先
准中書省咨爲各處行舖之家行用度尺升斗秤等俱不
如法劄付合屬照依官見行用法物用樣製造差官較
勘均平一體釘印烙定立本價發下隨路遍歷行使立
限拘收舊使斛檻升斗秤若有不遵違犯之人嚴行
治令體知得各路官司雖承官降式樣終不曾製造完備

有行戶人等恣意私造使用或出入斛斗秤度不同以致
物價低昂不便都省議得遍行各路官
日令各路總管府驗所轄州縣街市民間合用斛斗較勘
依部元降式樣製造委本處管民達魯花赤較勘相同印
烙訖發下各處公私一體行用常切關防較勘毋令似前
令本處達魯花赤長官不依法式斛斗秤度隨切用心提調如限外
目隨令撥還即將不依法式斛斗秤度爲借用各驗以憑
作弊抵換合該工物照依在先體例關防較勘相同印降數
民州郡與司縣同仍標注過名任滿於解由內開寫以憑
治不嚴初犯達魯花赤長官不爲用心提調致有違犯初
犯達魯花赤赤長官不依法式斛斗秤度不爲用心提調致有
定奪外據路達魯花赤長官不爲用心提調致有違犯
違犯初犯罰體一月再犯各決二十七下三犯別議親

違犯初犯罰體二十日再犯取招別議定罪又准中書省

五九〇

〈典章五十七　刑部十九　至〉

咨蓋里赤擾害百姓已行禁罷況兼客旅買賣依倒納稅
若更設立諸色牙行抽分牙錢刮削市利侵漁百姓於民
不便除大都半牙依上年剏收辦及隨路應立文契買賣
人口頭定莊宅前存設驗價取要牙錢每十兩不
大者收耀小者出糶所有秤尺亦皆倣此又有一等詐稱
圖厚利欺瞞客旅別行私造大小斛斗遇有販到米麥用
牙人把柄行市及將好米拌濕白麪插和糴賣如有似前
過二錢其餘各色牙人並行革去又准都省咨發到鐵升
斗小口方斛樣製咨請收管准此已下各路依樣成造行
用去後爲體訪得各處行舖戶不將官降斗斛遇用貪
已經禁治令今後於米麪內僞溫插和糴賣行使印烙
官降法物及不得於米麪內僞溫插和糴賣如有似前違
犯之人許諸捉拿赴官加項號令嚴行斷罪於犯人名下

## 禁射小畜雕翎等

徵至元鈔一定爲給付告人充賞除應設庄宅人口官牙
依例存設外據其餘諸色私牙人等截日盡行革去仍將
私造斛斗秤尺盡數官爲拘收今訖見申省府仰照
依都省元行事理嚴加禁治施行

剗付江南城郭人民繁盛不務本業遊蕩之人持挾弩子
彈弓凡宮殿廟宇園林樹木但見飛禽坐落輙便射打不
顧傷人有司未嘗禁治深爲未便除另行移宣慰司行樞
密院出榜禁治若有違犯之人捉拿赴官追收弓弩痛行
斷罪施行

## 禁約划掉龍船

御史臺呈准行臺咨據福建道廉訪司申據經歷赤琖從
事呈見奉憲司指揮與福建行省員外郎嚴承直福州路

◄典章五十七刑部十九

總管燕正議審錄福州路在城諸衙門及附廓懷安等三
縣罪四數內侯官縣一起鄭發林十七二名爲虞德寧狀
告至元二十九年五月初五日端午節有閩縣都頭鄭發
划掉龍船謀算男虞源騎坐船頭鄭發於船尾用力把拖
將船般挨頭歆斜將源顛落水中身死取問得鄭發等狀
稱虞源委是自行落水身死別不曾謀算本人性命得此
除另行歸斷外體知得亡宋縣日風俗鳩歛錢物划
掉龍船飲酒食肉男女水陸聚觀無所不爲以爲娛樂一
時之興江西福建兩廣諸路皆有此戲歸附後未嘗
禁治若不具呈更張切思無益之事不惟有傷人命亦當
因而聚衆不便於將來擬合禁治乞行移各路禁治及申
行御史臺遍行一體施行本臺看詳如准所申實爲
允當申乞照詳施行本臺看詳如准所申實爲允當除已

五六四

---

## 禁科歛迎木偶

遍下合屬禁治施行

天生烝民渾然至善未始有惡其中有不善者乃知誘物
化染習之至夫人所以爲善豈爲爾籍黃祝禳祈禱之事哉
言之不過人事之當爲者日夕月積善者此也今
福祐而自福祐之易解曰積善之家必有餘慶者此也又
書篤志力行開居可以爲範人出仕禁而有德衆則鬼神不求
化而自化所以範人捨人事而不爲不爲廟祝直使户尽出錢而後
已所得嬴餘朝酒暮肉每次祈賽買賣直使户尽印押公擾糺集
游惰人等輪爲社頭通衢擁攘攬買賣曾謂明
女混雜去歲端午紀機察等衆划船濟死六七人然所謂明
口願社火者其事甚鄙四徒荷校之醜亦喜爲之曾謂明

◄典章五十七刑部十九

正之神享此奉乎至於求福乞祐藝檀焚紙煙熖炙木
偶疑謀曾謂明正之神受此路乎是知其必不享受也徒
增僥倖曾謂明正之神受此路乎猶有此弊其餘社頭祝
乃敢公然冒犯國法自備香酒上廟享祭等項情罪非輕按刑
廣州軍尤甚除各家掠斜集徒黨福上廟享祭所臨猶
扛迎木偶排門飲掠斜何異竊盜況此
統云諸恐喝取人財者准盜論又日公取何異竊取况此
叛初嘗以神鬼惑衆馴致祈賽神社乞已有禁臺兩便
等人以神鬼惑衆禍福怖人非恐乞遍行江西賊人作
乞照詳得此憲臺相度祈賽神社欲作亂遍行合屬划龍船
抬昇木偶歛錢侵擾事理仰遍行合屬禁約施行

五七五

## 禁下番人口等物

省咨御史臺呈行臺咨福建廉訪司申金銀人口弓箭軍
大德七年三月江浙行省照得先准中書

器馬疋等物累次欽奉聖旨禁約不許私販諸番非不嚴
切緣有一等下海使臣并貪之徒往往違禁本船稍前
手人等容隱不首通同私販番邦莫名明立罪賞本船每
弊具呈照詳送刑部擬到罪賞事理仍令廉訪司常加體
察相應都省逐一區處於咨請依上施行

一下番船隻先欽奉聖旨唯市舶法則內一欵節該金銀
男子婦女一口並不許下海私販諸番又一欵該金銀
下海問船之際合令市舶司一員於舶商
開岸之日親行檢視各船大小船內有無違禁之物
如無夾帶即放與開洋前去仍取檢視結罪文
狀如將來有告發或因事發露但有違禁之物及因
而非理搔擾船商取受作弊者檢視官並行斷罪廉
訪司臨將體察欽此除外體知得一等不畏公法之

五、五二

〈典章五十七　刑部十九〉

人往往將蒙古人口販入番邦博易若有違犯者嚴
罪今從下番船隻開洋之際仰市舶司官用心搜檢
如有將帶蒙古人口隨即拘留發付所在官司解省
一馬疋若有私販番邦者將馬匹給付告人充賞若搜
檢得見馬與搜檢之人各杖斷一百七下市舶
司官吏故縱者同罪罷職不敘

抽分羊馬牛例

大德八年三月十六日奏過事內一件在先各路
省劄付大德八年七月二十四日御史臺承奉中書
省裏一百口羊內抽分一口羊者一百口羊不到
分裏一百口羊內抽分一口者一百口羊不到一百箇阿休抽
聖旨有阿各處行了文書來如今臺官人每並撫安百姓
去的奉使行省官部官等俺根底與文書見羊抽分
虧著百姓每今後一羣羊到三十口阿抽分一口不到三

十口阿不交抽分這般立定則阿於官民便益俺衆人
商量來今後依在先已了的聖旨體例一百口內抽分一
口見羊三十口阿一口阿休抽分這般立了聖旨立
定則例宣徽院官人每根底說了選差勾當裏行的好人
每與各處管民官一員一同根底抽分將在先濫委付來的人
每根底罷了交廉訪司官提調體察阿官民便益也者奏
阿奉聖旨那般者欽此

禁治鏜鼓

至大三年九月行臺准御史臺咨承奉尚書省劄付
來呈山東廉訪司申知事馮徵言呈因赴任路經會通河
道遇有行使幹脫並投下送納差發船錢載老小及販商
客旅或駕空船人數詐寫諸王名字擅置纓槍
懸掛弓箭叉刃鳴鑼擊鼓指為防護所載物貨今沿河巳
有設立巡防捕盜官兵哨船往來巡防況山東地面連年

五、七

〈典章五十七　刑部十九〉

水旱今歲加以蝗蟲食損田禾人民饑荒之際誠恐因此
別生事端具呈照詳都省仰依上施行

禁投酬捨身燒死賽願

皇慶二年正月
奉行臺准御史臺咨承奉中書省劄付據山東東西道
廉訪司申本道封內有泰山東嶽巳有皇朝頒降祀典歲
時致祭殊非細民謟瀆之事今士農工商至於走卒相撲
排擾娼妓之徒不諳禮體每至三月多以祈福賽還口願
廢棄生理斂聚錢物金銀器皿鞍馬衣服疋絹不以遠近
四方輻湊百萬餘人連日紛鬧溺信酬願將伊三歲
癡兒拋投酬紙火池以致傷殘骨肉滅絕天理聚衆別生
餘事獄鎮海瀆聖帝明王如蒙官破錢物令有司歲時致
祭民間一切賽祈並宜禁絕得此本臺具呈照詳送刑部
與禮部一仝議得照到元貞元年六月
日承奉中書省

劄付御史臺呈備監察御史呈會驗先奉中書省劄奏准
禁約祈神賽社扶鸞禱聖夜聚曉散等事已經遍行依上
施行又照得至元二十一年二月十四日奏祈神賽社扶
鸞禱聖夜聚曉散並自傷肌體掛勾子打脊硬物抄化的
人每也合禁約的人每也合禁約聖旨准奏欽依禁治去
訖今承見本部約請到禮部郎中李朝列一同議得嶽
鎮名山國家致祭況泰山乃五嶽之尊今此下民不知典
禮每歲孟春延及四月或因父母或為己身或稱祈福以
燒香或托賽神而酗願拜集奔趨道路旁午工商技藝遠
近咸集投䞋拾身無所不至愚惑之徒豈
無不惟褻瀆神靈誠恐別生事端以此參詳合准本道廉
訪司所言行移合屬欽依禁治相應具呈照詳得此都省
仰依上施行

二八六

垔

造作一
　緞定　雜造

緞定

諸造作物料須選信實通曉造作人員審較相應方許申
索當該官司體覆者亦如之有冒破不實計其多少為
罪已入己者必然驗數追償

工夫
諸管造者須視其時月計其工程日驗月考
毋使有廢惟夫匠疾病雨雪妨工者除之其監造官仍須
置簿常切拘檢當該上司時至點校不致虛延月日久占

至元新格款十二諸管造皆

【典章五十八 工部】
二

三九四

諸造作官物工畢之日其元給物料雖經覆實而但有所
餘者須限十日呈解納官限外不納者從隱盜官錢法

科
諸局分課定令造物色不許輒自變移上位處分改造者
即以見造生活比算元關物料少則從實關撥多則依
數還官

諸局分造作局官每日躬親遍歷巡視工部每月委官檢
點務要造作如法工程不虧違者隨即究治其在外局
分本路正官依上提點每季各具工程次第申宣慰司
移關照會工部尚書通行比較每季一呈行省比及年
終俱要了畢毋致虧欠一切行省管下局分准此

諸營建官舍其所委監造人員皆須如法行省
如法一切完牢若歲月不多未應慎壞而有損壞者並

將監造人員當該工匠檢舉究
諸官司器物損壞不堪修理者差官相驗是實方許易換
若已給新物其故物赴官呈驗十日以裏即須赴官呈驗不須開下合屬隨
宜備用不堪作數者赴官呈驗不須開寫名色虛籍文
籍竹木銅鐵之器作以御用

諸造作支破錢物工畢之日其親臨總局即須拘集當該
官吏一照算完備本司檢勘無差合除破者依實解納官毋使隔越歲時致難
申除破合還官者從實解納官毋使隔越歲時致難

諸營造合用諸物先保官有見在其不足之數有可代支

理算

諸隨路如遇攜造軍器諸物其一切所須必要明立案驗
選差好人置簿掌管工畢之日隨即照算元收已支見

【典章五十八 工部】
二

五二七

在數日本路正官體校是實開申合干部分照會
而價不虧官者申票折支

諸隨路諸物先保官預為踏視民隨即修理必支錢動
若役人數少不動官錢聽差近民隨即修理必支錢動
眾者速申合屬上司比至來年春作之前併工須了
舉餘修作應動民力者准此其事須急不拘此條倒
司須於農隙之時委官預為踏視相其地宜科其工物

預支人匠口糧　大德七年十二月初二日江西行省准中書
省咨該御史臺呈山北遼東道提刑按察使司申照得中
書省奏過事內一件人每生受上下半年糧預先支
與糧有這般呵匠人妄納了生活後頭驗收附繳支
做生活更推其廳工部官人每這般有依着他每的言語
與呵怎生奏呵與者聖旨了也欽此巡歷至平灤路刷出
郝文卷內放支訖軍器局人匠大德八年大德四年工糧

中間恐有尅落不行盡實到民送工部照得諸局院人匠
工糧自元貞二年依准户部關防除上半年預借一半外下
半年工糧年終撙照納獲收憑完備貼支令各路委廉幹
正官與本局官一同唱名給散仍令本道廉訪司嚴加體
察相應都省議得今後諸局院造作人匠周歲工糧依體
元泰聖旨上下半年預支給本年合造生活比及年終
須要齊足但有拖欠工程從提調官追糧斷罪除外咨請
依上施行

**毛緞上休織金**　中統二年三月十五日中書右三部承奉中
書省劄付欽頒聖旨今後應織造毛緞子休織金的
素的或繡的者并但有成造箭合剳兒于上休得使金者
欽此

**緞疋折耗准除**　至元二十三年九月江西行省近爲織造緞
典章五十八工部一

（五十二）

疋內紵絲六托每用正絲四十兩得生淨絲三十六兩八
托用正絲五十三兩得生淨絲四十七兩七錢別無餘谿
續頭剪接折耗紅線體例移准都省咨送工部照勘到
織造緞疋續頭剪接折耗體例依數准除相應仰照驗施
行

**講究織造緞疋**　元貞元年二月中書省照得至元三十一年

八托每緞折一兩　　　六托每緞折七錢

六月初九日暗都剌參政魯兒火者尚書奏得奉聖旨在先老
皇后在時節諸王的常課段七八托家更寬好有來如今
更短窄了有則你提調整治不便合行你聖旨了也欽此劄付工
部將作院講究到造作緞疋不便合行咨請欽依成張事件於十一
月二十六日奏過下項都省除外咨請欽依成張施行
一件江南在先七萬疋六托的常課緞子織造有來於的

---

尚書省官人每一萬疋交織依舊織造六萬疋交做五托
半和買紵絲阿增餘二萬疋緞子阿廢道交那般行來如
今俺商量得用着和買緞子阿也者則依在先體
倒裏交織六托常課緞子阿怎生奏阿那般者聖旨了
也

織造緞疋的絲分付與匠人打絡時分脚亂絲等十分
典章五十八工部一

（四）

中一分折耗自前至今數目裏破除賠有來尚書省官人
每忻都等折算折耗的不合除勾當時分十分中一小費用了的
完備俺也不曾追得時分也不成做得空
打算做了的是自前工部官人每理會有十分中
一分折耗的是自前立起定的體例有來修理機張等
用的什物也郵裏頭破出有匠人每些小費用了的也

不元也者則交依着在先體倒裏行呵怎生奏阿那般
者聖旨了也

典章五十八工部一

（五十二）

一件一疋紗十兩絲一疋羅一勸絲物料是自在先立定
的有來前省官人每一疋紗交做八兩一疋羅交做十
三兩如今工部官人并管匠頭目等說稱比及打絡過
折耗了不勾有依在先的體例頭裏怎生奏阿不宜與
量來依著他每的言語行呵怎生奏阿少與呵不宜與
到者聖旨了也

一件凡各處有的匠人每裏頭與民一體差夫有不交差
呵怎生工部官人每說有俺商量來和雇和買依著他每
站裏體倒當者局院裏造作的匠人每裏頭怎生奏者聖旨了也
的言語不交差夫呵那般者聖旨了也

一件爲分揀應有造作生活好歹體覆絲料盡實使用不

使用的更官司和買的呵佐計價鈔上先立著覆實司
衙門來在後尚書省官人每說用著的衙門有俺的主
事等人每裏減了交那俸錢立覆實司衙門呵工部戶
部裏餘剩的人每裏頭減了立覆實司呵怎生奏呵那
般者聖旨了也欽此

織造金襴定例　元貞二年七月二十六日行中書省
咨欽奉聖旨節該多人穿的綾定綾錦上交織金絣絲上
休交織金者庶道欽此都省除外合行移咨遍行各處常
課局院欽依施行

綜線機張料例　至元十年月　日袁州路申奉到江西行
省劄付坐到機張綜線合用絲線料例仰更爲照勘如無
重冒依例收支造作施行

熟機每張泛子一十二片每片用熟線一兩七錢

《典章五十八　工部一》　五

絲
花機每張用熟線一十五兩二錢八分二釐二毫五
五分
過線每副用熟線二兩九錢五分
墜線每副用熟線四兩五分四釐
雲肩襴袖機一張用熟線七兩三兩二錢
花渠一付用熟線一十二兩六錢
大花渠八板用熟線一十三兩六錢
小花渠六板用熟線一十五兩
直線用熟線四兩一十兩
大花直線八板每板用熟線六兩五錢
小花直線六板每板用熟線三兩
過線

關防起納疋帛　大德三年二月十六日江西行省准中書省
咨戶部呈萬億賦源庫申本路大德三年得到類吐絲數坐下價錢類
布定不下五十餘萬止是從實收受切恐沾汙以
無條印亦無元收樣製本庫因而作弊今後各處行省起納木綿布定
長須要定端兩頭使用印關防仍將元收樣製發下本
庫依上收受於官有益本部參詳如准所擬移咨各省今
後起納定帛兩頭用條印關防解納相應具呈照詳各省
准擬移咨請依上施行

類吐絲價　大德五年三月十　日江西行省據江州路申

《典章五十八　工部一》　六

戶蘇德遠告本路大德三年得到類吐絲數坐下價錢類
絲每勬中統鈔五兩六錢吐絲每勬中統鈔一兩每度龍
興路價錢類絲每勬中統鈔三兩二錢吐絲每勬中統鈔
八錢回易修理局院機張餘者二分准備年終打算人吏紙劄
入分修理局院機張餘者二分准備年終打算人吏紙劄
燈油支用若有銷用不盡數目納官送工部照得人吏行移文
咸額造緞定合有吐類絲變賣作鈔以十分價錢內除留
字紙劄自初俱於腳亂絲內公支收買用度至元二十五
院修補機張什物風雨簾箔人匠夜坐燈油柴炭己出備擬自
年尚書省不准支破各局合有腳亂絲即拘收納官照依舊例從實
用度年終考較若有銷用不盡數目即與腹裏一體若依已
匠人生受本部參詳行省吐亂絲照納官庶免逼迫
擬從公支破銷用不盡之數納官相應都省准呈已經遍

下各路依上施行去訖今據見申省府相度各處局分類
吐絲價即係在先各路所申價高昂若不定擬歸
一變賣慮其間虧官作弊今擬依本路元申類吐絲價
行下各路自大德五年爲始變賣作鈔依例施行外仰依
上施行

　類絲每勵中統鈔四兩八錢

鈔八錢　　吐絲每勵中統

## 選買細絲事理

大德五年十月湖廣行省咨近據
工部呈江浙行省局院造到大德四年夏季緞疋數內辦
驗出粗絲線疋不堪三千八百餘段已經發回本省取問
數提調官并局官及勒令回易自備工價賠償去訖照得
織造緞疋全藉正絲爲本其次上等顏色監責手高人匠
打絡變染織造必無低疋近年以來各處局院凡關絲貨

五二九　　大典章五十八工部一　　七

雖令選擇上等細絲其收差庫官止是挨陳放支不令揀
選及有折耗勵重又知得各處行省和買絲貨去處官府
上下權豪勢要之家私下賤買不堪絲料遍致低疋若細
時估取要厚利和中入官以致所造緞疋低疋若不嚴行
禁治深爲未便都省議得今後局院合關正絲須要各路
官司預爲遍曉人户令依鄉例赴時抽緝冷盆上等細
絲納官庫官另行收貯以備選揀關發行省和買絲料省
官一員提調監勒行事理設法拘鈐當該局官人等
買毋致泛溫仍照依累行事理上下權豪勢要
如法織埒務要堪好如官府上下權豪勢要之家似前私
下攬納事發到官痛行追斷除已劄付御史臺體察外咨
請依上施行

## 緞疋勵重

大德七年十二月初二日江西行省准中書省咨

---

近爲各處行省并腹裏路分解到諸王百官常課金素緞
疋雖稱委官驗堪中別無開封該省勵重料倒不見有
無短少紅線省會工部今後應收緞疋依例秤盤比料開
其實收勵呈省作收去後呈省除腹裏路分省各勵
外據行省宜從都省移咨各省詳其都省咨
咨請照驗行省提調官今後令各處提調官人等親臨監視
人匠倒解納施行

## 供織龍鳳緞疋

典章五十八工部一　　八
至元七年尚書刑部承奉尚書省咨議得
除隨路局院係官緞疋外街市諸色人等不得織造日月
龍鳳緞疋若有已織下見賣緞疋如有違犯之人所在官司
究治許令貨賣於各處管民官究治施行
記印記許令貨賣

## 禁治紕薄緞疋

典章五十八工部一　　八
至元二十三年三月初九日中書省奏過事
內一件會驗先欽奉聖旨即該隨路局院街市買賣之物私家
貪圖厚利減尅絲料添飾恣意織造紕薄窄短金素
緞疋生熟裏絹并做造藥綿織造稀疏狹布不堪用度今
後選揀堪中絲綿須要清水夾密緞疋各長五托半之上
依官尺闊一尺六寸并無藥絲綿中副布疋方許貨賣如
是依前成造低疋物貨及買賣之家一體斷罪其物沒官
欽此累經立限遍行禁治有司弛廢不爲時常檢舉下民
因緣減裂若不限明示罪名切恐諸人杜遭刑憲
都省議得遍行各路文字限三十日到日製造不依式樣
各處稅務收掌限三十日店舖之家即將見有不依式樣
紕薄窄短疋緞絲綿等物須要經由各處稅務使訖
上項條印方許發賣限滿却行拘收元發條印當官毀壞
仍令機户之家將見使寬狹穵口亦依限內盡要倒換依

五七三

## 御用緞疋休織

式选副闊新苧口織造須要清水夾密选
綢絹中幅布疋無藥綿桶等物仍令本處管民官達魯
赤長官不妨本職常切用心提調如限外違犯之人捉拏
到官決杖五十七下其或没坐見發之家親民司縣提
調正官禁治不嚴初犯罰俸一月再犯發之家親民司縣提
犯別議親民州縣與同縣同知路府州達魯花赤紅花赤長官不爲用心
明白開寫以憑定奪外路府州達魯花赤紅花赤長官不爲用心
提調致有違犯罰俸二十日再犯取招別議定罪

廢道聖旨了也欽此

譯該中書省官人每根底不花帖木兒言語皇帝御穿
用的一般緞疋不揀那裏休織造者衆人根底都省諭者

## 禁織大龍緞子

元貞二年二月初二日中書省准蒙古文字

【典章五十八工部一】　九

賣的緞子似皇上御穿御用的一般用大龍只少一箇爪
子四箇爪子的賣著有奏呵暗都剌右丞道尚書兩箇爪
奉聖旨背龍兒的緞子織呵不礙事交織著似咱每穿的
緞子織疆身上龍的完澤根底說了各處行省處遍行文
書交禁約交休織龍兒者欽此

## 禁織佛像緞子　大德九年

【典章五十八工部一】　十一月二十五日湖廣行省准奉
中書省咨該宣政院呈大德九年八月初二日忽都兒
怯薛于第二日水晶宮內乞失迷兒小羅有來本院
官阿思蘭宣闊闊出同籤事謹敦同籤哥答思一千官吏員等都
秃忽里副使闊闊出下織緞著佛像并西天字的匠人每織著佛像并西天字的
過事內一件街下織緞著佛像并西天字樣
緞子貨賣有那般織著佛像并人穿
著行呵不宜的一般有奏呵奉聖旨怎生那般織著賣有

說與省官人每今後休教織造佛像西天字樣的緞子貨
賣者欽此

---

## 禁軍民緞疋服色等第

大德十一年正月十六日江浙行省
准中書省咨户部呈奉本部據大都申前下
小民不畏公法恣意貨紕薄窄短金素緞疋鹽絲藥綿稀
疎綾羅粉飾紗絹綢棉并有不堪使用的狹布欺誑買主
誘騙愚人擬合禁治欽依在先已降聖旨明白擬定連呈都
堂已移關刑部欽此本部呈奉都堂
鈞旨已移關户部送各處行省欽依一體禁治緞造紕薄窄緞疋及下各路依上施行外
都省咨各處行省欽依一體禁治相應具呈照詳覆奉
參詳行省管下路分貨買緞造紕薄窄緞疋等物宜從
都省詳定咨各處行省下路欽依上施行外
部符文承奉中書劄付欽奉聖旨隨路街市見紕薄緞別

【典章五十八工部一】　十

議定罪已經出榜依上禁治外據店舖見有不依式樣紕
依上施行就紕刑部照會奉此除遵依都省咨各處行
薄窄短緞疋鹽絲藥綿等物合令大都路依已行製造不
依式樣條印於上行使立限一百日須要發賣盡絕督責
應有機户之家將見使窄狹口增添幅織清水夾密依
式樣正帛無藥絲綿兩平發賣違犯者依例斷罪相
應呈奉中書省判送元呈批奉此奉都堂鈞旨准呈户部
分貨賣織造紕薄窄緞疋等物宜從都省咨各處行
省准依一體禁治再行其具呈照得先欽奉聖旨節
年十二月十二日承奉中書省劄付照得至元二十八
文隨路織造緞疋布絹之家今後選揀堪中絲綿須要清
水夾密并無藥綿方許貨賣如是成造低劣物貨及買賣
之家一體斷罪外據諸人見有紕薄窄短緞疋布絹令所

在官司取會見數立限發賣者其物沒官仍約
量斷罪欽此本部講議得係官緞定例織造幅闊一尺四
寸長五托之上准擬禁約去後今體知得各處貨賣緞
布絹等物俱各粉飾低歹容狹不依元行織造蓋是各管
官司不為用心禁約織造都省除已割付御史臺行下各
道按察司體覆去行下各路多出文榜嚴加禁約織造每緞
正布絹之家選揀堪中絲線須要清水夾密織造每緞各
長二丈四尺四寸並無藥絲綿方許買賣如是依前成造
緞定布絹藥綿等物會驗至元七年閏十一月十五日承

典章五十八 工部一

十二

奉中書省劄付該議得除路局院即於各處管民官司使
訖印記許令貨賣如有違犯之人所在官司就便究治至
元十年五月二十三日中書省咨照得先為諸人織造銷
金如御用日月龍鳳緞定紗羅綢綾街市貨賣雖曾禁約
那般者廳道聖旨了也欽此都省原議得事內一件紕薄
奏過事內一件麥术丁丙右丞錢帛數目省得底言語奏呵
犯人名下計約酌量追償又至元二十三年三月初九日至
詔印記許令貨賣如有違犯之人所在官司就便究治至
低歹容短粉飾物貨及買賣之家一體斷罪其物沒官於

今議得自今街市已有違下挑
繡銷金日月龍鳳肩花并緞定紗羅綢綾等截日納官外
實支價已後諸人及各局人匠私下並不得再行織繡挑
銷貨賣如違除買賣物價沒官仍將犯人痛行治罪又元
貞元年十二月二十七日承奉中書省劄付准蒙古文譯
見織條例金照得諸路局院造納緞定每幅尺闊一尺四
緞定各幅闊一尺四寸常課造每幅尺闊一尺四托
寸五分諸人所用不得同御用緞定理應　　等今既諸局

四十寸照勘得既是上位用入托六托緞定各幅闊一尺四

院見造常課例每疋長二丈四尺幅闊一尺四寸亦係諸
人服用之物所據街市緞定紗羅綢綾擬合一體照依在
先定例仍然禁治純織花樣顏色欽依夾
密貨賣及不許造織　　綉銷金日月龍鳳花樣顏色依
遍行禁治相應緣在已欽奉聖旨今後各將禁治事理開
闊一尺六寸宜從都省定奪聞奏今後合屬衙門上禁治
坐前去仰多出榜文遍行省府准中書省咨
顏色計開

柳芳綠　　紅白閃色
雞冠紫　　迎霜合
五爪雙角纏身龍　梔紅
　五爪雙角雲袖襴　胭脂紅
五爪雙角荅子等
　五爪雙角六花襴

禁治花樣緞疋　典章五十八 工部一

延祐六年九月二十八日行省准中書省咨

十三

工部尚書呈准將作院關延祐五年十一月二十七日本
院官哈歐不花院使野粟院使對徽政院官職烈門院使
撒迷承旨敬奉皇太后懿旨今後但犯上用穿的真紫銀
粧領袖并天碧織繡五爪雙龍鳳荅子等花樣您將作院
管著的匠人每根底好生的嚴禁治者不屬您管著的與
省著家文書各處禁治者已先降樣子織造來者您交用
今後織的匠人每穿的人每好生要罪過者廉訪慈旨了
也欽此

二九七

## 雜造

**粘休畫雲龍犀** 至元七年十月十六日大府監備臺牧所提
點焦鼎等欽奉聖旨以下衆多人騎乘粘皮上只教畫虎
兒兒兒者彩雲龍兒犀牛等休畫者欽此

**磁器上不鐫御樣描金** 至元八年十一月二十六日中書右三部
書省劄付欽奉聖旨節該今後諸人每根底索羅言語
用描金生活教裏遍行榜文禁斷者欽此
打奚罪過者交你行文書省廳道聖旨了也欽此

**解錐休做龍頭** 至元八年六月御史臺奉尚書省劄付該五
月二十日准蒙古文譯該尚書省官人每根底做與的人斷按
今後解錐休做龍頭兒根底禁斷者欽此

五三二

**鞍轡靴箭休用金** 典章五十八 工部一 十三
府承奉中書省劄付欽奉聖旨鞍粘鞍轡靴子箭頭休教
用金者這般會了後頭挈住呵便教挈住的人要者欽
此省府合下選在先造下金鞍等各處官司拘收即絡了
畢分付元主後違犯之人欽依聖旨事意施行

**靴粘上休使金** 至元十九年八月二十五日中書省奏已前
靴子上粘子上步胡蘆雜帶鞦轡上休使金著麼道聖旨
有來如今又那般使金賣有麼道奏呵如今行文書再休
做金著那般使金呵無疑惑要了者麼道聖旨了也

**禁治諸色銷金** 至元二十三年三月二十五日行省准中書
省咨至元二十二年十二月初一日奏前者金衣服根底
交俺商量來者俺商量來係官局裏大王每
底公主以及駙馬每底局分物料要了他每交織的明白

---

有除這的外但是賣的不揀誰的有呵金緞子不交織不
交拍金銷金的根底也交罷了器盒上不交鍍金這的外
的金緞子根底休教賣麼道奏呵一二年裏金衣服也不
每根底怎生商量來回奏怯薛歹每百戶每底
已外回回每根底不交穿麼道來又見賣呵一二年
服有也者起根底根底交罷了呵不交賣呵麼道聖旨
裏穿破了者麼道奏呵這的每般根底織金奉聖旨那
每賣酒的每根底有金的根底斷了他的根底有金的
應底每根底怎生有金的根底斷了他每出榜文欽依
附了交承金的每等這有金也對
今遂一開於後咨請行下合屬多出榜文欽依施行
有違犯之人許諸人告捉到官取問得實犯人依例斷罪

四七二

其所獲物件給付告捉人充賞如應捕人知而不捕或捕
護受財脫放與犯人一體斷罪施行

典章五十八 工部一 十四

一係官諸王公主駙馬局分於官關支草金物料依舊織
造者不在禁斷之限其餘諸色人等不得織造有金緞

一佛像佛經許用金外其餘諸色人並不得於造到一切物
件上費用下項金課

一開張舖席人等不得買賣有金緞定銷金綾羅金紗絹
等物及諸人不得拍金銷金撚金線

一遠者不在禁斷之限

足貨賣

粧飾
　鍍金　鍍金　泥金
　呼金　撚金　搶金
　扱金　圜金　貼金

**溜金　裹金　嵌金**

### 禁造異樣生活

一諸娼優賣酒座肆人等不得穿着有金頭面釵釧等物　至元二十九年閏六月二十七日江西道廉
訪司申奉行御史臺劄付人匠提舉崔世榮首採御膳
使臣阿迷奴丁成造去龍鳳樣製床一張未知曾無進獻
除外今後出使人員非奉上司文字所在官司並不得隨
造有今後休帶造者聖旨了此欽此
從成造異樣生活仰照驗施行

### 不得帶造生活

底他每的生活至元十九年十二月御史臺咨中書省廉
付八月二十五日本省官奏管諸監的官人每匠人每根

### 雜造物料各局自行收買

書省咨工部呈據河南道奉使宣撫呈各處和買應付軍
大德七年十一月江浙行省准中

### 器物料擾民不便

〖典章五十八工部一〗　十五

百八十七副元撥皮匠人等二百四十戶全免差稅每處
暑以河南府申年倒元撥皮匠人等二百四十戶全免差稅每處
物料或三兩四雖是估體價錢又經食饕官吏弓手不
支請工糧四千餘石專一成造衣甲牛皮馬貨顏料
物件不係出產樁配州縣家至戶到或著馬皮一勸二勸
能盡實到民如得價一分其價必須計會
局官庫子人等恣意刁蹬多餘取受少有相違揀擇退換
不收本色却要自行收買倒每年諸路常課會
都宣德隆興大同等處局院合用物料有司估體價錢責
計各局自行收買值預爲全數放支責付
付合用物料有司估值價錢度實爲官民兩便計
色局院作頭人等自行收買度實爲官民兩便照勘議
擬呈省奉此照得宣德隆興等處局院常課軍器雜造物

料年倒有司照依彼中時估價例休實直價錢放支今各局
自行收買造作今准照依宣德等處例倒本部參詳諸路常課物料如准河
南北道奉使宣撫所擬照依宣德等處放支比及
年終先將下年合用物色估領實直價錢預爲放支責付
各局自行收買用度實爲官民兩便其呈照詳都省准呈
咨請依上施行

### 新樣帽兒休造

省咨利用監呈雜造局申本司官王承直成上位新樣黑
大德元年九月二十六日江西行省准中書

細花兒科皮帽兒一箇進獻欽奉聖旨今後這
皮帽樣子休做與人者與人阿你死也如今休做這
做的人每的人交札撒入去者聖旨了也欽此

### 禁做金翅鵰

〖典章五十八工部一〗　十六

中書省咨都省大德十一年九月初九日特奉聖旨
隨路管匠頭目根底匠人每根底省諭者王金子琥珀不
揀甚麼休做金翅鵰者做的匠人帶的人每有罪過者麼
道聖旨了也欽此

### 禁金翅鵰樣皮帽頂兒

史臺咨承奉中書省劄付刑部將作院諸路金玉人匠總
至大元年二月二十五日行臺准御

管府呈大德十一年九月初八日本府達魯花赤花排花金
赤奉別不
鵰樣皮帽頂兒今後休做諸人帶者做的人根底
要罪過者帶著的人根底奪了要罪過者欽依欽遵

### 禁異樣帽兒

付准中書省咨刑部呈上都留守司兼本路都總管府
至大元年閏十一月御史臺兼本路都總管府

閏五月二十八日未有本司官欽奉聖旨爲甚麼這箇帽的
人刁不賸馴馬根前我帶的皮帽樣子街下休交縫者爲甚麼
道今後我帶的皮帽樣子街下休交縫者這縫皮帽與來麼
道今後我帶的皮帽樣子街下休交縫者這縫皮帽的人

分付與留守司官人每好生街下·虢令了呵要罪過者聖
旨了也欽此

禁斷金箔等物斷例 至大四年六月二十二日中書省咨三

月十八日欽奉詔書內一款去奢從儉阜財之源今後除
係官局院外民間製造銷金織金及打造金箔並行禁止
違者嚴行斷罪其物沒官欽此除欽遵外切恐有不畏公
法之人貪利暗行置造冒觸 憲奉都堂鈞旨今後敢有違
犯者許諸人首捉到官賞至元鈔一定於犯人名下追給
正犯人斷決六十七下兩隣知而不首決四十七下其物
沒官送刑部就便出榜依上施行去後今後刑部呈大
都南北兩城并直隷省部路府州縣依上出榜禁止外據
各處行省所轄去處宜從都省咨各省後咨各省一體出榜禁治
相應具呈照詳都省准呈依上施行

# 工部卷之二　典章五十九

造作二　橋道　公廨　軒隻

## 造作

### 橋道

#### 修造橋梁渡船

至元五年八月中書省三部呈奉中書省劄付為隨路官錢議到事理內一款蓋造橋梁造船仰各路拘該驛路橋梁自五月一日合拆卸時分令縣尉并設簿尉去處依得拆卸如有缺員委自以上官兼管將木植等物備細數目移牒本縣尉於高阜處苫蓋停頓無致糟爛漂流遺失候八月一日搭盡須要如法堅固不致墊塌損壞令常官常切檢校若是年深委有損壞照勘是何年為計料申修

四六一　〈典章五十九　工部二〉　一

分修蓋到今幾年合行修理隨即預為計料工物申覆本管上司委官覆料實用工物價值從本管上司保給預為申部呈省定奪許准明文放支修造毋得擅支官錢據渡船若有損壞修造毋得擅支官物亦仰依上預

#### 修理道路隄堰岸

至元八年八月尚書省據大司農司呈都水監申會驗中書省奏奉聖旨數內一款節該都水監所管河渠隄岸道路橋梁每歲修理欽此除欽依外照得在先定例於九月一日平治道路令佐貳官監督附近居民修理十一月一日使畢其要道隘險停水及度行旅者不拘時月量差本地分人夫修理仍委各按察司以時檢察令相近九月相合預為申覆乞行下各路平治除已劄付大司農司就便行下各路依上施行仰行移各道提

刑按察司檢驗施行

#### 修城子元體例

至元十五年十月初五日江西行省准樞密院使咨奉中書省劄付江州路申目今草寇生發合無於江淮一帶城池西至峽州東至揚州二十二處聊復修理斟酌緩急差調軍馬守禦似為官民兩便承此移咨上都樞密院咨八月十二日本院官與阿朮丞相一同奏聞
聖上欽奉聖旨待修城子裏選例欽此

#### 体察修築隄岸

至元二十一年二月二十八日准御史臺咨該准御史中丞崔少中牒古人防患其慮甚長有預備於千萬年之久者無可奈何謂如諸處防河堤堰損代施工不問水旱常切完備邇年以來諸處河流大者淺縮小者乾涸人習見此以為常然遂不以漲溢為慮隄防缺廢久不增築今年大

五六　〈典章五十九　工部二〉　二

小河流汗漫衝没舊堰田野人煙湮没者多此由平日但顧目前不慮後患之故今合於農隙之時委各路總管以致州縣長官各督察管內堤堰等事應瀕河舊有堤堰去處差撥附近人夫修築廢缺如有功績不偏致令今後飄流居人任滿於解由內開具到部之日約量大小責罰仍委各道按察司常切覺察似望有積年之防無一朝之患牒請照驗准此呈奉中書省劄付送工部議得今後若令各路總管并州縣長官提調修築及令各道按察司常切覺察似為相應得此都省議得諸處堤堰令各路總管并州縣長官提調常切驗視但有損壞即便修完如有不為用心致令缺壞湮没民田令各道提刑按察司紏察是實取招申上重輕約量責罰事重別行議罪除已劄付工部仰行移合屬照會外請依上施行

## 修築堤岸防水

大德元年九月二十四日湖廣行省准中書
省咨據工部呈准都水監關省剖定到本監合行事內一
項沿江州縣官司凡橋梁堤岸損壞不為修視及修而不失
時或虛費人工而不堅固以致為害者仰本監就便究治
奉此照得防禦水患誠為重事累經遍行預為修理去訖
今各處官司看為細務每不行規措直至農忙水
發為害才行申報雖是差官馳驛遍料民力深為未便擬
合遍行各處鹽勤正官提調任其事今後遇有合修去處
須趁農隙之時修理堅完預防水患雖是救一時之
急終不堅固以此每歲妨集農務虛勞民力深為未便
准此省府仰行下合屬鹽勤正官一員提調若有衝要堤
岸須趁農隙之時修理堅完預防水患毋得失時虛費民
力搖動違錯

## 道傍等處栽樹違錯

延祐元年正月十五日江浙行省准中書省
咨大司農司呈會驗欽奉聖旨節該隨路達魯花赤管民
官管軍官管站官人匠打捕鷹房僧道醫儒也里可溫答
失蠻諸色人等自大都隨路州縣城郭周圍并河渠兩渠
急遞鋪諸色人等側畔各隨地宜官民栽植榆柳槐樹令本處
正官提調縣監護城樹係官栽到者營修提岸橋道等用度
百姓自力栽到者委自州縣正官提點春首栽
植務要生成禁約蒙古漢軍探馬赤權豪諸色人等不得
恣縱頭疋咽咬亦不得非理研伐違者各路達魯花赤管
民官依條治罪欽此已經遍諭外合行
移准上都分司咨皇慶二年七月二十一日也可怯薛薛於
第二日大安閣後香殿內有時分特速古兒赤野訥院使

光兀兒等有來本司曲木大保買住國公三閭司農
明理董阿大卿王大卿析都少卿喜哥少卿具驗司丞暗
明刺減里都事等奏過事內一件節該世祖皇帝時分隨
路州縣城郭周圍并河泊兩岸急遞鋪道店側畔各隨風
土所宜栽植榆柳槐樹令各處官司護長成樹官民便益
奏呵奉聖旨那般者你與省家文書教遍行者欽此

## 船隻

**和雇船隻先支脚價**【至元十九年十一月二十一日行御史臺劄付近爲拘刷船隻擾民不便憲臺與揚州行省官議過出榜省諭各處官吏上下人等今後須管兩平和雇五六百料以下二百料之上堪以裝糧好船先行放支脚價毋得將客人裝載茶鹽米麵柴薪重船并不得雇覔大小隻倚恃官府一概刷强行剗卸如有違犯之人捉拏到官取問是實定將犯人對衆號令嚴行斷罪仍取所在官司有鈐束招伏究治如此禁約令嚴知得沿江河上下官司差人搬載官糧物斛重載船隻指以雇訖船爲名强行剗卸拘撮致使客旅不通因而諸物湧貴若不禁約深爲未便仰速爲差委能幹人員前去拘該去處暗行體察如有違犯之人捉拏到官依上嚴行治罪仍取所在官司有失鈐束招伏申臺

五、三三

〈典章五十九 工部二〉 五

**禁治拘刷船隻**【至元二十年六月二十七日行御史臺據監察御史呈欽奉聖旨節文所在官司却不得依前强行拘刷船隻搔擾百姓如違並行究治欽此上年江淮上下及淮浙等處小河往來客船相望不絕水來諸處官司指以雇船裝載官糧官物爲名故縱公吏祇候弓手人等强行拘刷捉拏往來船隻雇一擾百無所不爲所以客船特少以致物價騰貴盜賊公行實與官民爲害等事得此憲臺相度仰合屬果若各路起運官物必須本處就便和雇船隻者並依例兩平和雇支錢不得以和雇爲名强行橋配拘刷阻當客旅如有違拒去處令本處紏察

**施行**

**榷販客船不許遮當**【至元二十年月行御史臺承奉中書省劄付照得近歲天旱中原田禾薄收物斛價高百姓艱食諸處商買搬販南米者極多體知得隨處官司遇有遞運將販賣物斛車船一概拘撮拖拽以致水陸道路澀滯難行南北米貨不通民間至甚不便都省除已劄付戶部移咨行省遍布合屬江淮等處毋得阻當搬運物斛車船並毋得拘撮拖拽仍於關津渡口出榜曉諭如遇榷販物斛車經過不得非理遮當搜檢妄生刁蹬取要錢物違者痛行治罪仰各道按察司禁治施行

五、五三

〈典章五十九 工部二〉 六

**禁治拘刷茶船**【至元二十年九月二十一日江西行省咨會驗先欽奉聖旨節該今擬江淮設立榷茶轉運司使依例辦課勾當諸人毋得沮壞違者治罪仍仰見管并拘占人員截日交付管領欽此又降得中書省到聖旨舊定條例內一欵截決杖六十因而取受故縱者與同罪如有邀當客旅拘買取利者杖六十付合屬各處客旅裝載茶貨車船所在官並不得拖告得實和雇直抵發賣地面下卸訖方許和雇如違陳搜若必合和雇船隻者欽依定例禁治毋得將客旅與販茶貨車船人攔攔拖拽攪擾恢辦茶課依上施行請更爲行下合屬

**休契客人船隻**【至元二十年十一月二十六日御史臺咨會正月十五日奏過事內一件節該今後官船損壞了呵教所在官司修補者客人每底船隻休契者麽道中書省裏說了多出文榜更省裏臺裏常川差人這般交百姓生受底根底巡綽行呵便當有麽道奏呵那般者麽道聖旨了

**禁治拘刷鹽船**

也欽此

大德五年三月初八日兩淮都鹽轉運使司牒會驗訖欽奉聖旨條畫內一欵節該客旅買到官鹽司綱運船隻經由河道其關渡橋梁邀阻者陳告得實杖一百因而乞取錢物者徒二年官司故縱者與同罪付本察者笞五十如有遮擋客旅拘收取利者徒二年鹽付本主買價納官又一欵節該兩淮兩浙運鹽船車輛并辦課官吏巡禁弓手騎坐馬定便斷罪欽此據辦課鹽船欽撮如有違犯之人從行省就便斷罪諸人不得奪要拘依聖旨事意施行毋致阻因而邀阻違錯

**船戶攬載立約**

至元三十一年　月江西行省榜文內一欵今後凡雇乘船之人須要經由管船戶端的籍貫名姓不得書寫元籍明白寫立雇乘文約船戶飯頭人等三面說合

五三七

〈典章五十九　工部二〉　七

**禁停檣取渡錢**

大德二年八月二十四日行御史臺據監察御史呈鎮江西津渡於六月二十五日稍水沈興等乘駕渡船滿載過江故意至中流方停檣勒取船錢不及旅名姓前往何處勾當立置立文簿明白開寫上下年月於貫并長河船戶等不明字樣及保給如攬載已後倘有疎失元保飯頭等與賊人一體斷罪仍將保載訖船戶并客將風篷放落衝風大勢驟來為無防開以致將船打翻除已責令當該官司將沈興等枷禁取問外看詳其旅軍民客旅不知其數除已責令當該官司事理軍關人命又恐其餘渡口亦有似此刁蹬客旅勒取錢物未便宜遍行禁約憲臺准呈除外合下仰依上嚴加禁治行移合屬一體施行

所屬官司呈押以憑稽考

**漕運糧斛船夫**

大德六年四月　日行御史臺准御史臺咨承奉中書省劄付戶部呈運糧船戶節次逃亡一千餘人究其源由蓋因漕運司失於拘鈐縱令綱官人等恣意侵漁或將近上有力之家影占不令上船當役或將已招伏業逃戶不行申復遣以致虧損在船人戶本部參詳合令漕運同取勘實在船戶置簿開寫料倒同船戶花名元管及復委官點勘若有關役或破說事故之人先行著落綱官雇人代替須要勾捉正身到官斷罪當役受贓者驗贓在各戶數不過次招伏業人戶即便發付當綱該綱官有犯仍除名元逃戶內有已防每月一次開其元管逃亡復業差官計點少革綱管月初十日以裏申報到部以憑差官計點少革綱管人等奸貪擾民之弊不致虧損見在當役船戶都省議得

五八四

〈典章五十九　工部二〉　八

各路元撥船戶軍夫除免差稅官給船隻專一漕運糧斛別無餘事近年以來綱官頭目中間作弊欵錢物放富差貧及自行代替本管上司亦不點視關防究問以致如此今後若有違犯諸人首告取問是實痛行追斷本管上司失檢舉者亦行治罪除外仰嚴加體察承此

**禁治河渡取要**

大德七年十二月二十日行臺據監察御史呈會驗欽此聖旨條畫內一欵隨路鋪驛及關津渡口舟楫橋梁若修治不如法者及沿江渡口設立著擺渡官船可糾察欽此除欽依外切見沿江渡口設立著擺渡官船去處其稍水手人等往往刁蹬過往客旅取要船錢停滯人難亦有乘駕船隻直至中流佯惱惡勒要錢物延遲不行以致或因潮來或因風起湊手不及害傷人命深為利害呈乞照詳行下合屬吏員嚴加禁治施行憲臺仰行

移合屬禁治更為體察施行

**揚子江渡江資**

延祐四年閏正月二十二日中書省劄付江
浙省咨鎮江路西津擺渡船隻事送兵部照議得江浙行
省咨西津渡係揚子大江險要衝要去處每年押運金銀
寶貨鈔本等物往來公差使臣人等必由此渡倘有疎虞
關係非輕先儘見在船隻外更為官與打造船一十隻依
例召募慣熟知水勢稍湧有押運官物公差使臣人
等及往來官即與擺渡其餘百姓客旅車騎行貨各路
軍人鎮過不許仍自前者在江擺渡便益本部議得合依
依驗舊條倒立定船資中統鈔五十文擬合

五六四

典章五十九工部二　九

行省所擬都省議得上項事理擬准渡船一十五隻先儘
見在六隻餘人九隻江浙省打造五隻河南省打造四隻
梢水百名於各管中下戶內照依弓手倒設遇有大小
官吏一切公差者即與擺渡其餘過往百姓客旅依驗每
人車騎尊畜各定立一半瞻養梢水止令親臨官司分輪提調設法
毋得取要於一半修理船隻物件須要如法牢壯完備
毋致損壞一半瞻養梢水止令親臨官司分輪提調設法
關防兩岸毋致梢水妄分彼此專一往來擺渡明示板榜
禁約不得多餘取要錢數故意刁蹬人難違者不應錢數
即便追沒嚴行斷罪若提調官吏分要梢水錢物同取受
倒科斷及縱令阻滯經行省雖不受財亦仰究問餘准部擬
除已移咨江浙河南行省及劄付兵部依上施行仰廉訪
司監察御史常加體察

---

**禁治搶劫船隻**

皇慶二年二月二十八日中書省咨來咨參
知政事高中奏咨據安撫使王宣武所言切照澉浦海口
乃一衝要之地遠涉諸番近通福廣商賈往來舟船若有
靠閣有新附軍人落後弟男子姪結連竈戶滷丁惡少潑
皮諸色人等紏合成黨各執器仗威臨客人白晝搶劫財
物比之海內賊盜為害尤甚違犯之人應同強盜法科斷
當該管民官不即鈐束驗勘不盡不實及鎮守軍官不
嚴鹽場官不行鈐束事輕重論罪咨請詳酌准此送刑
部議得江浙行省咨據安撫使王宣武所言澉浦海口等
處紏合成羣把執器械白晝聚眾搶劫商船財物及折毀
船隻等官以此參詳今後若有經過官民船隻遭風著淺
拘該地面諸色人等即併力救護敢有似前白晝乘時聚

五七三

典章五十九工部二　十

眾執器械搶劫財物并拆毀船隻之人即將犯人捉拏赴
官追問是實同強盜法科斷當該管民官不即掩捕及鎮
守軍官鎮過不嚴并場官不行鈐束以致違犯至此或事
發勾追護向占悋者量事輕重論罪仍從行省斟酌湊海
州縣事體緩急防禁出榜遍諭相應具呈照詳得此都省
咨請依上施行

**黃河渡錢例**

大德九年九月御史臺咨奉中書省劄付河南
省咨黃河上下渡口在先年分設立提舉河渡司并監渡
官節次省併告去即目止令親臨州縣官分輪提調到
船錢分例內一半官為收貯遇船損壞修理一半養濟水
手若蒙設立把渡人員專任其事或都省差官立法關防
唯復本省差人監渡照依咨准已定分例取要船錢相應
咨請定奪准此送兵部呈照得至元二十九年三月二十

一日欽奉聖旨節該在先漢兒蠻子各另時分委付把渡
口的脫脫禾孫來也者如今黃河河渡司官要他做甚麼用
罷了者欽此參詳黃河河渡官司係欽奉聖旨革罷令後
令拘該各路府州縣正官每至一季輪流躬親提調先將
本管境內河道建橋處依例趁時官為搭蓋令車程客旅
通行不得取要錢物其大河深流巨浸必須用船去處斟
酌宜用堅壯大船召募慣習熟知水勢篤工撐駕從朝抵
暮守渡其船同行使物件須要如法牢完備遇有過往
大小官吏一切公差者即與擺渡其餘百姓客旅車騎行
貨畜物依驗下項定立船資給付水手修造船隻一切合
用什物餘外並不得多取分文及不得故意刁蹬若有違
犯及不應錢數即便追究斷罪別行選人補役仍許盤問
涉疑面生之人若提調官分要稍水錢物同取受倒科斷

如或透漏歹人有失覺察知而不問及縱令阻滯經行須
不受財亦行究問從監察御史廉訪司常切紏察如蒙准
呈乞咨行遍行照會多出文榜於該管沿河上下鎮店
擺渡處所兩岸張掛曉諭相應具呈照詳都省議得
除船錢照依定例倒令船主收貯餘准部擬除已移咨河南陝
西行省照會外今開元定船錢則倒於後仰依上施行
并瞻濟梢水不須官為收買今開元定船錢分例以至元鈔為則

元定到擺渡船錢分例

人一名鈔一分　　　　凡隨挑擔算之物及老幼貧苦之物並不得算數
重大車一輛鈔二錢　　空大車一輛鈔一錢
重小車一輛鈔五分　　空小車一輛鈔二分
馱子一頭鈔二分　　　空頭疋一頭鈔二分
羊猪每伍口鈔二分　　空頭疋一頭鈔一分

---

河道船隻　至大元年五月十三日欽奉聖旨中書省奏會道
河根腳裏為行船底上頭薛禪皇帝用意動國家氣力交
開挑修理來如今往來行的使臣每下番去的使臣每各
枝兒幹脫每權豪勢要人等到問根底開閘不等候開放的
時分使水淺了呵河內起築土堰的每夕頻開閘又運官
船隻水淺了呵河內起築土堰的時分交行者行者開閘
了閘的緣故是這的有將那的每禁治開閘的上頭壞
這般的緣故似前不待水則使氣力打拷看閘人等交開
底呵依著在先立定來的體例倒閘開閘的時分交行者
開河內用土築壞了閘的時分使氣力打拷看過者這般
閘的人每倚著這般宣諭了也廢道合開閘的時分不開

將船裏行的使臣每客旅每交生受要肚皮行呵他每不
怕那監察廉訪司官人每常加體察者聖旨欽此

海道裏運糧船戶免雜泛差役　至大四年二月初一日欽奉聖
旨尚書省官人每奏海道裏官糧交運將大都裏來的最打
緊的勾當有近年以來急慢了的緣故管民的各投下的
官人每水手船戶每根底交載運諸雜物件綾去著雜泛差
役科著又因船隻裏少了船戶雇著船隻裝載官糧那其間百
姓每氣力消乏了船隻少了的
每交馬眼限生受的上頭從新萬戶府官人每
今交馬合廢丹的提調散忽都魯達魯花赤王柔漱浦
旨楊宣慰等做萬戶的委付來以後海道都漕運萬戶府官人每
的時分諸衙門官吏等不揀是誰他每的勾當其間休入

去者休沮壞者船戶水手每根底里正主首雜泛差役休
交當者他每的船隻裏要除官糧外木植銅錢諸雜物件休
交裝載者官人每將梯已物件使氣力休交裝載運物件修理
船隻所用的木植不揀甚處出產的時分
管隻所用的民官每添氣力收買的地面裏收買的時分
管地面的民官每添氣力收買的地面裏收買者宣慰司官人每約著
一處問者休徑直勾喚者休使氣力去
人每答失蠻沙不丁兩箇提調官宣慰司官人每隨路達
魯花赤總管每添氣力提調成就者水腳淺依時盡數散
到者克減要的肚皮的監察廉訪司官漕運萬戶府官
千戶百戶每船戶等推稱船隻壞了也麼道使見識盜糶

五八八 《典章五十九 工部二》 十三

官糧的緊要的不揀是誰陳告者若是實呵元告人根底
名分賞與也者不幹濟壞了勾當呵要了事承此遵依自
通州到來臨清直至迤南金溝河等處巡治得於內海
船萬戶府准淮安路裝到糧船中間多有五七百料大船
內夾行帶買賣船隻并一等梭板船於上搬立增綏旗鎗號
攬先行進壅塞河道將各人量情斷訖罪犯有各人執把
與萬受楊忠等文引將官民船隻綏鎗旗號鑼鼓
差引文憑已追到官者詳凡給文引搬立綏鎗旗號
俱有定例左翼屯田萬戶府鎮撫所等衙門違倒將官民
阻滯滯不能依期赴都除將綏鎗旗號責付各該地面官
司收管申解外今將追收到官各各印信文引粘連在前
宜從都省遍行照會禁治施行具呈照詳得此送據刑部
呈照得至元二十三年十二月行臺咨承奉中書省劄付

樞密院呈行樞密院咨鎮守龍與萬戶府申見官軍人內
逃訖杜林薄與等李德陳義等四名根到吳城山捉挐到
官招伏就用陳提領等齊河南路諸投下官司文字相同
在逃罪犯行移按察司審斷外本院看詳腹裏州城諸投
下官司仰從人戶江南等處作買賣為由濫放文引縱取
有印信罪過文引罷了者其餘合行合屬禁治事都省議
得今後諸人若因事或為商賈前去他處所當經由有司
衙門陳告者別無違礙方許出給文
引明置罪過文引搬銷照外據其餘合屬禁治事都省議
得軍人在逃使管軍官不能拘系合行
漕運萬戶府官人每這般宣諭了的有罪過的也麼道更這海道的勾
當不干礙的百姓每根底隱占著行呵他每不怕那聖旨

五八六 《典章五十九 工部二》 十四

入廣軍船 狗兒年十一月十五日大都有時分欽奉
聖旨皇慶元年四月 日袁州路奉江西行省劄付准
樞密院咨欽奉聖旨與本省官一同從新整治黜數
軍馬體訪軍中不便事宜從長講議咨院欽此除外本省
與樞密院官議得入廣鎮守軍馬合用船隻若令有萬戶府
付并令軍人減半和雇不無擾民今後憑准各萬戶府
關報入廣軍官軍人數目合用船隻有司依數應付令軍
人照依河倒與梢水人等兩平和議雇覓毋得高抬價倒令軍人亦
不得指頁僱錢如是軍人擾害船戶總兵官追問是實斷
罪外親管頭目亦驗事輕重科罪省府仰依上施行

海船阻礙官船 延祐元年六月江浙行省准中書省咨據省
委官體法等呈奉省劄差委馳驛前去拯治河道等無得

擅行出給文引除已通行合屬禁約外仰照驗施行奉此
本部議得諸人應給文引擬合遵依前例經由有司陳告
明置文簿銷照其餘各衙門官司雖有印信不許擅行出
給及行船搠立綏鎗旗號一就禁止相應具呈照許得此

百〇六

典章五十九　工部二

弎

被告人根底依大體例裏重要罪過者更運粮的官人每
自的其間不提調管民官每不用心好生體覆呵有罪過
者委付來的萬戶千戶百戶官人每好生謹慎成就勾當
呵更添名分賞與也與也 拔此係本文今補二行

國文二之三九

典章五十九　工部二

十三　　陳氏校補

# 公廨

隨處廨宇　尚書右三部呈奉到都堂鈞旨送本部擬定隨路
府州司縣合設廨宇間座數目
總府廨宇巳有廨宇不須起蓋有損壞處計料修補

州廨宇
　正廳一座五間七檁六椽
　司房東西各五間五檁四椽
　門樓一座三檁兩椽

縣廨宇
　廳無耳房餘同州
　司房東西各三間三檁兩椽

　正廳一座五檁四椽并兩耳房各一間
　司房東西各三間三檁兩椽

三八八

按察司公廨鋪陳　御史臺呈奉到中書省劄付定奪到按察

〈典章五十九　工部二〉 三六

一　公廨鋪陳氊毯燈油床塌書案案衣硯車并經歷知事
知法書史書吏人等公用棹麻薦席
前件行下合屬依數於本路年鋪錢內和買成造應副

一　按察司廨署各官廨舍
前件除公廨踏逐外據各官廨舍各衙未曾定奪
馬乞為定奪

一　司官分輪巡按遍歷所管地面如無馬站去處倒換舖
馬定依定倒倒換

修造館驛廨宇
省劄付為隨路支破官錢擬到事理內一欵修造館驛廨
宇本部參詳今後若有須合修理添造計料備細合該相
應實值價錢保給申奉到合干上司許支明文然後支遣
至元五年八月　日中書右三部呈奉中書

若有緊急須合動支不過五兩就便支遣隨時申覆

召賃係官房舍　至元二十一年六月二十四日御史臺承奉
中書省劄付來呈准奉御史臺咨江淮等處係官房舍於
內先儘遷轉官員住分坐明標附任滿相沿交割其餘用
不盡房舍地產依上出賃似為允當乞明降事得此照得
江淮行省咨本省管下府州司縣多有係官房舍但有損
壞官舍申放支價錢差撥人夫修理更兼腹裏應有房舍
人出錢賃住所擄諸人見住房舍擬令自來相沿元
任官房外其餘係官宅院房舍召人賃住獲到房錢逐旋
解納如有損壞去處估計合用工物申覆合干上司體覆
完備於賃房錢內就用修補都省准擬移咨本省照驗去

五八六

〈典章五十九　工部二〉 七

處回准咨該本省議得各處係官宅房院舍除亡宋官員
相沿交割自來不曾起納租賃錢物衙院宅舍欽依巳降
詔恩事意令遷轉見任官員於內住坐仍將各處官房逐間
座并在下應什物官為知數但有疏漏令各處官司自行
修理如是任滿依上交割若有倒塌損壞著落賠償外據
倉庫廨宇等房屋如遇損壞去處估計合用工物申覆
干上司體覆完備於賃房錢內就用修補其餘係官宅院
并不應占住之人驗市井緊慢去處照依市價錢一體徵
收房錢自今以後遇有合補修公廨以及局院須要細寫
明文申准上司後方許標撥仍其見住官房宅舍處處所各
官姓名先行呈省并今次叛行定到今出房錢人等月納
房錢數目與其餘舊出房錢之家通行依期類解今後各
處府州路縣官員任滿將元交割到房舍有無損壞數目

於解由內依式開寫除已行下合屬依上施行外請照
事今據見呈都臺鈞旨議得不係舊來出賃門面房舍委
係官廨宇館驛園圃亭閣各有什物不移而其近年以來
遷轉官員禮任之初因而借用及去任之日私載而歸以
致十去其八九闕用不敷或因公宴及使過往一休
一椋未免假動四隅科擾百姓乞照各處府州司縣係官廨宇館驛園
圍亭閣應頓物件若有借使以及私載家就便追理施
行仍行移合屬官司將應有係官房舍元有什物查照舊

**置庫收係官物**

至元二十一年十一月二十二日行御史臺
經移咨江淮行省施行
實係是官公廨先儘遷轉官員依上相沿交割住坐已

五·五六

【典章五十九　工部二】

卅

**修理係官房舍**

至元二十三年七月二十五日行御史臺據
前搬移時有損壞奉此合下仰照驗施行
上刊寫字號令人專一掌管依理公用相沿交割不得似
來數目委自正官提調置立文簿拘籍別立什物庫分於
浙西道按察司申照得本道所轄八路係官房舍甚多
是亡宋時官號令一掌管依理房屋板付經今有一十
餘年隨路官司不曾糾工修葺即目多有崩摧之勢若再
不修理久而倒塌損壞官物似為未便今已移牒各路將
應管係官房舍如有倒塌損壞處從實計料修理似為未便
司合照詳外卑司切詳不惟浙西一道其江南州郡係一體
合無遍行合屬計料修理似為不致日久損壞官物憲臺
除外仰照驗施行

呈今體知得各道肅政廉訪司有於各路總管府置司者
於以次廨舍安置者照得廉訪分司各路總管府有事務
繁簡之異官吏多寡之殊況分司於總管得比及回
還徒占官府卑職愚慮處整一方鎮靜在乎得人所據分司
廨宇止可酌中標撥不宜計廳堂之高下廊廡之多少為
意也若住坐可酌中恐致後有更易乞照詳施行各道遷置
看詳所言懇切公論若分司於總管府設立者擬合遷置
地所為便咨請照驗遍行各道遷置施行

**軍民約會嚴究**

大德三年十月二十八日行御史臺咨本臺
約會一同歸問如奧魯官吏到來州縣官吏卻行遷延將
古探馬赤軍人與民等相犯一切詞訟合無就有司公廨一同歸
書省劄付來呈河北河南道肅政廉訪司申有蒙
問相應都省准擬仰依上施行承此
州縣官吏嚴究治似為便當送刑部議得蒙古軍人與

五·五七

【典章五十九　工部二】

丸

民相犯一切詞訟如准御史臺所呈就有司公廨一同
係官房舍損壞自備工物修理迤漸倒塌實為可惜若令
准中書省咨河南行省咨江陵路申遷轉見任官員住

**見任官員所住官舍自行修理**

大德七年閏五月二十四日
各衙公廨倉庫局院等房一例於係官房舍地錢內支撥修
理實為相應咨請定奪准此送戶部照擬得見任官員住
坐官房若有損壞合令各官自備工物修理須要堅完任
滿相沿交割如蒙准呈遍行照會相應都省准擬咨請依
上施行

**官員修理官舍住坐**

延祐元年十一月二十一日承奉中書
省咨來咨劉景芳陳言亡宋郡守縣令以下各有定舍其
基尚在凡有新官到來必須百姓房內安下及權豪富戶

修飾房舍邀請住坐通家往來敗壞官事乞照亡宋官舍
白蓮堂數目候農隙約量修理並仰新官可絕
交通之弊詳看所言甚愜公論咨請照詳此送據禮部
呈劉景芳所言修理官舍即係行省區處事理合咨行
如不擾民就便施行准此照得至大四年九月初九日劉
景芳陳言事內一件亡宋監司郡守縣令以下各有官舍
其屋雖撤其基地存未曾修理凡有新官到來必須於百
姓往來一等權豪富戶之家專一修飾房舍創
造花園伺候新官到來百計延請於家住坐諸事應御
家住來計會左右揣摩意況大開關通
壞官府全無廉恥之心全無官舍之分擬定行下各處照
勘亡宋大小官舍地基官舍數目候農隙約量修理今
後新官禮上並仰於官舍內住坐不許借百姓房子如此絕

五六二　《典章五十九　工部二》

上下交通之弊得此為是事干通例移咨都省照詳去後
今准前因省府仰依上施行

**體察公廨**　大德七年十二月二十一日行臺准御史臺咨來
咨監察御史呈切見各路亡宋公廨年深雖有損壞
不行中准上司公然勾集人戶敷派盖造一切費用皆取
於民百姓無可伸雪廉訪司署不體察嚴加察之年深損
壞依倒修理非奉上司明文無得似前科取於民仰行
行禁止誠為便益得此本臺看詳今後各處廨舍年深
壞起造擬合禁治令常加體察准此照
得各處修理公廨已有定例擅取於民合行究問咨請照
驗依上施行

**茶貨係是官員房舍**　大德七年十二月二十日江浙行省劄
付近為各道路州縣所管一應係官房舍基地等項埋沒

---

年深以為己業逐項情弊多端為此行下各處今後一應
係官房舍基地變賣以前私相典賣及以親買者省即除
省照驗去後今准咨請各處房舍數多江浙行省所轄去
處腹裏路分係官房舍數多江浙
此參合准咨房舍數多本省所擬遍行各處依上禁治都省
外咨請合准咨行各處於官便益
至元二十三年御史臺咨據袁州路總管張
國紀呈會驗欽奉聖旨節該江南管軍官管民官員不許
占住新附民戶房舍田土等事欽奉如此今來張國紀照
得江南自歸附以來所在路府州縣有係官房舍往往禮
任官員因為官房無主看守卻於民戶處借什物以此故
倚氣力一面遠將民戶梯己房舍田園地土占住不惟有
妨買賣又且老小出入不便甚至屋主什物特強奪要不

五五九　《典章五十九　工部二》

敢爭取但是官員占住以後接踵相承視為傳舍上下蒙
蔽多不理問委是有違元降下聖旨事意呈乞行下合屬
而今而後遇有禮任官員到來止於係官房舍往住毋
得似前占住百姓人等房舍事得此咨請遍行合屬官司
體察施行

**任意造作**　皇慶元年二月初六日江浙行省准中書省咨胆
八八哈失等廊房等七項造作所用物色數多本省見闕
支持咨請撥降鈔定事准此照得至大四年十一月十
一日為此附各年支持糧費用不敷奏奉聖旨節該道幾
年願併聚會田禾也好生不曾收如今大聖萬壽安寺裏
有世祖皇帝御容那寺好生損壞了有不修理呵不中也
者香山寺在前待修理來除這兩箇寺外其餘大小造作
都交住罷了者麼道聖旨了也欽此又於至大四年十一

二，五九

《典章五十九工部二

月十五日啟奉皇太后懿旨節該白塔寺損壞了處修理

者道來別待有甚麼合造作的勾當其餘的都交住罷了

者么道懿旨了也欽此

**住罷不急工役** 延祐元年七月　日江南行省准御史臺咨

奉中書省劄付皇慶二年四月二十九日奏過事內一件

近年起蓋寺觀各官房舍勞役軍匠費用財物甚多土木

之工實傷和氣廢道監察御史每文書裏說有商量來

即目天旱缺食除內府係官倉庫并必合修理交修其

餘一切不急之役截日住罷呵怎生奏呵白塔寺是世祖

皇帝蓋來的寺不修理忩中聖旨有呵又奏白塔寺也在

必合修理數目內有見行修理有奏呵那般者麼道聖旨

了也欽此都省仰欽依施行

# 工部卷之三　典章六十

## 役使

### 祗候人

至元新格款諸理民之務禁其擾民此最為先几里正公使
人等凡貼書亦同從各路總管府擬定合設人數關防毋致
留廉能無過之人多者罷去仍須每事設法關防毋致似
前侵害百姓村主首使佐里正催督差稅禁止違法其村
坊人戶隣居之家照依著舊例以相檢察勿造非違

**祗候不系只孫裹肚**

至元二十二年三月江西行省准中書
省咨准伯顔蒙古文字譯該咱每根底行的祗候系著只
孫裹肚系腰定當外頭民戶每根底有麼道他每的裹肚
系腰拘收如諸王諸子官人每的祗候每系著裹肚系腰
說做咱每根底的祗候定當民戶的一般有麼道奏呵
安童根底說交行文字拘收者一就休系者麼道聖旨了
也欽此

〔典章六十　工部三〕　一

四、四一

**差人立一限附簿**

至元二十九年六月二十六日行御史臺准
御史臺咨奉中書省劄付照得近年欽奉聖旨除免大都路
百姓今歲差發稅糧除欽依外即目農事方般都省議得
州縣官司禁約公吏人等毋得私詣鄉村間暗行頻擾非
公事急速雖官不差人下村必有常差人下村主首催正村
簿毋使停滯監察御史臺所至之處嚴加體察仰照驗施
行奉此請依咨請施行

**差使無俸祿人**

元貞元年十一月二十八日中書省奏准事

内一件行省官勾當裏為甚差無俸
訪司官軰著令史每要罪過這般說有俺商量得無俸祿
的人勾當裏差使呵也無妨害雖那省咨該路所轄路
差使者除外在先曾勾當裏行來的得用的人每差使者
奏呵奉聖旨是也那般者欽此

**額設祗候人數**

元貞二年八月江西行省先為本省所轄路
分合設祗候曳剌禁子等未有定例移准都省咨該兵
部照擬比附迤北腹裏數體例俱有四兩色銀内選差
開坐到各該人數請從長定奪為是江南別無送納色銀
擬於稅糧三石之下戶内差充照依都省咨到額設數目
行下依上差撥去訖今體知各路官府多有濫設祗候曳
剌人等不時將帶家丁無名之徒訖託詐省府祗候曳剌
索為先擾亂官府侵害百姓又有詐稱省府祗候曳剌於
隨處衙門托散人數截日盡行革去如是本省差遣祗候曳
濫設前項人數取要錢物酒食未便除外合下仰將
前去各路勾攝公事照勘不係坐去花名就便取招斷罪

元定各路府州司縣人數

| | 祗候 | 禁子 | 曳剌 |
|---|---|---|---|
| 諸上路 | 祗候三十五名 | 禁子十五名 | 曳剌十名 |
| 諸下路 | 祗候二十五名 | 禁子二十名 | 曳剌六名 |
| 散府直隸省部 | 祗候二十五名 | 禁子二十名 | 曳剌六名 |
| 散府本路所轄 | 祗候二十名 | 禁子十名 | 曳剌五名 |
| 上州直隸省部 | 祗候二十三名 | 禁子八名 | 曳剌五名 |
| 上州本路所轄 | 祗候二十名 | 禁子五名 | 曳剌五名 |
| 中州直隸省部 | 祗候二十名 | 禁子七名 | 曳剌五名 |
| 中州本路所轄 | 祗候十八名 | 禁子五名 | 曳剌五名 |
| 下州直隸省部 | 祗候十六名 | 禁子五名 | 曳剌四名 |
| 下州直隸省部所轄 | 祗候十四名 | 禁子五名 | 曳剌四名 |

五、五七

〔典章六十一　工部三〕　二

下州本路所轄　祗候十二名　禁子四名　曳剌四名

上縣　祗候十二名　禁子五名

中縣　祗候十名　禁子五名

下縣下路同錄　祗候十名　禁子四名

上路錄事司

下縣事同錄　祗候十名　禁子三名

祗候八名　禁子三名

## 禁納濫設祗候

咨河南行省朱參政呈軍民不便勾當數內前祗候人江南更多有一箇軍民每根底投做總領面一件游手好閑的人於諸衙門官人義役俸錢又没田産老小每穿的吃的都在百姓身上取有如今吃飯的人多種田人少有久已後喫不便當怎生遠般商量除去合設的有俸錢須照依在先舊所欽定例存留勾當其餘的都交罷了將荒閑地田斟酌撥與耕種

校尉系帶行倒見禮部二卷中服色類內

上禁約施行

盡行革罷除已劄付御史臺體察禁約咨請遍行合屬依除出應額設公使人數外其餘額外投充濫設祗候人等呵百姓也不被擾間人也少去也便當的一般都省議得

## 納物人員

江浙行省咨大德三年於大德三年上半年納袄二匠提舉吳舜輔管押福建道於大德三年差委前杭州路人百領赴大都廣源庫納訖至今不見吳舜輔繳納的本末鈔兩并元給有疑照勘咨請者落發來送工部行移大都路等處遍厯尋得别無吳舜輔亦不見本人居止去處本部照得各處省几遇起納官物多委得替給由求仕官員及帶行元職役人等就便馳驛或坐站船管押

五、三三

《典章六十工部三》

三

---

到都因幹私己公事不行隨即送納致將官物停滯損壞中間事有多端雖是交納數足却將元給各劄納獲的本末鈔不行還省縱足却將元給各處省來繁行省處詳合咨各處行省并合屬過文繁不能杜絕深為未便參詳合咨各處行省并合屬官司自今以後凡有起解官物須得貢為便當委經手見任官請俸錢不致有悮實為便益不致有悮實為便當經手見任輔收附一節合從本省就便施行都省准此咨請依上施

行

## 差官起解錢帛等物

照得諸路户口衆多錢糧浩大刑名詞訟事務至繁牧民之官不可使之曠闕近年以來凡起錢帛及諸物無問大小輕重須遣親民正官其官廉正自守無以計嘱頻受差遣者有之同僚不協各植私黨設計差出者有之或避

差遣者有之

《典章六十工部三》

四

五、五八

繁難或幹已事自求出差者有之是皆徇私忘公豈以牧民為念不惟妨悮官事又且虚貟站船分倒深為未便省府議得各處每遇起解諸項錢物合燒昏鈔常課緞定軍器雜造元定限期皆不過次季孟月十五日以裏到省今後數項通作一運於事員多去處從公差官一貟總行起解其餘事非急切無得作亂委差吏長省府明文尤不得擅自差遣如有違者當該官吏并行決罰合下仰照驗依上施行仍具依准呈省施行

## 差使回繳納牌面

御史臺咨准必闍赤分付到蒙古文字一紙譯該馬兒於至元十九日哈兒北里宿房子里有的時分照驗依上施行

至元年四月十九日哈兒北里宿房子里有的時分

聖旨有來牌子聖旨要了去的人到來的日頭阿必闍赤

根底不與呵那人若是有了罪過者必闍赤每見了他便

不要呵必聞赤每捧子喫者這般

校尉擾民　至大三年十月十一日尚書省咨奏過事内一件

闖闖出的四十箇校尉穿著校尉只孫前來說有如今差八勝忽交

間倒刺沙將著他每的只孫搖擾百姓行的其

挲去呵怎生前奏聖旨那般者交挲將來口子裏當軍

者係遍行文書若似這般諸位投下入去的交軍站裏入

去者欽此

定之額始初定差止驗一路一州額數於相應戸內僉撥

輪換公使人

五五六

延祐二年十一月二十一日承奉江南諸道行

臺劄付據嶺北湖南道肅政廉訪司申據經歷司呈准知

事中徵事牒詳中外府州司縣親民之官古今最為要職

蓋緣賢愚貪廉不一是致聽信讒邪愚者愈愚中間起釁

害事多因各官久占祗候之弊也其餘諸司公吏各有欽

典章六十工部三

五

未嘗定其　戸永充　官祗應緣一等貪饕及初登仕之

革到任之初不詢地方奸弊交代之際不能以正相告虛

情面付　偎祗候人　勤謹至甚公私不思

所言可否以己攜老絜幼也遠千里而來家計素貧行

裝飾捐借錢物債主隨來取還者有之沿途阻滯中路之

費者亦有之一行車從甫適任所困而又飢聞其付嘱如

渴得漿豈擇味之甘苦且解目前之急何暇審於是非有

無損正害已以致此也徒窺其官之所欲應而允諾或令

借新債而填舊債或用錢買馬乘驢或添裝父子母妻衣

飾一切所用隨手應付稍及聽及同牒官府把持公事以曲

為直以是為非欺詐百姓吞聲忍氣百端　取雖云歸公

過付錢物十魁八九莫敢形言居官至此偎瑣良可嘆哉

於官長一任之間言出是聽府

---

推原其由乃因所設祗候席占各官固帶不為輪換害政

如此切照各道廉訪司設因公使人等各不係親民執政

尚恐久隨司官奸弊害事已蒙憲臺陳奏立倒每一季調

換公私官若不奏明禁政其弊

非惟欺官害民實為有傷國家政事

撥久占祗候令每季一標撥一

照刷將各路元

深為便益卑職忝居幕佐非言責綜本道管勾承發架

閣照磨事務知斯弊病不敢緘默不言然所言處雖不

而害事實甚又兼倒宜歸一事一體如此牒病請仰照

遍行諸司永役為邊守庶革奸弊之一端也為此牒請仰照

驗施行准呈憲臺相度路府州縣等衙門所設祗候雖稱

賤微其間即係久年久役根據實深專事一官一標撥

害民蠹政使計　謀不惟無益國家而且有傷王化宜准

典章六十工部三

六

所言遍行各處廉訪司官一體於每季一若標撥輪換當

役分司所至體察究治合下仰照驗依上施行

三·三五

祗候弓手　皇慶元年三月江西行省准中書省咨四川行省
咨准平章政事咨照得本省所轄路分自至元二十七年
籍定公使人户二千四百有餘次後八百九十户別不曾
應當一切差役人等擅自影占者數多近承准中書省咨每名
户其餘路府州縣影占者數內左右司官吏人等擅自影占
食錢中統鈔一十兩貢公使已為定例若將此等影占
户取勘見數應當屯田或當站亦咨各從監察廉訪司
部呈議得路府州縣合說除差弓手公使人等行省支請
食錢祗候各有定額其餘人數姓名逐日革了依准當兵
仍於各衙門首領示存設革去人户遍咨請照會相應呈詳
常加紏察如蒙准呈移咨各省遍行照會相應具呈照詳

都省咨請依上施行

祗候弓手充替　延祐四年正月江浙行省准中書省咨燕南
山東道奉使呈據東昌等路狀申照得江南宣慰司運司
路府諸衙門祗候首領面前多係富強稅户之家稅充按
月支俸食錢腹裏首領祗候禁子包除差稅所設不同此
等之人身役雖微誠為緊用不時巡尉司發到強竊盜賊
數內多係致傷人命重刑使禁子人等監收入禁中間情
有未盡必令監禁研窮隔別磨問方得實情如或理詞
瓢異須用獄器鞫問所補替者少知輕重亂加刑法拷勘事
關人命今以後若便遵依替換委是新僉此輩俱係農民
不諳刑獄走透鄉下細民倘有疎虞事係利害已役三年再行
補替數年之際應役當差官司嚴加禁約不令下鄉勾催差發
人等依舊應役當差官司嚴加禁約不令下鄉勾催差發

詞訟各家於內果有丁多富強之人依上交替把持官府
私和奸盜害民蠹政者加等治罪似為官民兩便申乞照
驗得此卑職等參詳如准各路所申相應得此送據刑部
呈議得各處見役於弓手祗候首領面前曳剌管人等為
是害民已經呈准於相應户內從新補換去訖若以三年
一次交換數年之後鄉村細民皆為皂隸起滅詞訟繁亂
官府公私不便以此參詳合依已行盡數交替三年役滿
不作過犯者依舊存設曾經斷罪罷閒及已前勾當之人
不許再用如違犯人痛行斷罪當該官吏量情究治如蒙
准呈遍行照會相應得此咨請遍行合屬依上施行

典章六十卷終

大元聖政國朝典章六十卷附新集二冊無卷數卷中標名亦曰元典章文也其大綱分詔令一臺綱二史部八戶部卷十禮部八兵部卷刑部九工部二（卷上編聖政卷二朝綱一臺綱）其目詔令則為世祖成宗武宗仁宗今上編英朝綱二臺綱六吏部四子目凡五十一戶部十十五禮部四子目二十三兵部五子目凡七四子目凡一百三十二工部二子目凡七總計目為八十一其六部之子目別為三百二十九與前集不盡相同蓋隨事立名故不能一一符合此本新者每半頁十五行當是影鈔元刻本新者每半頁十

## 典章跋

一本卷九缺倉庫官局院官場務官站官首領官捕盜官六門卷三十四缺軍裝一門則已非全帙以書世無刻本傳鈔本亦不甚見雖有殘缺之處已可寶貴矣目錄有記七行云大德七年中書省劄節文准江西奉宣撫呈乞照中統以至元聖政典章自中統建元及奉官刊布以資遵守非僅為吏胥之鈔記是此書當日乃中統建元至延祐四年所降條畫及將所未刊元聖政典章自中統建元以迄今日須降條畫及將所未刊今日所定格例編集成書頒行天下照得先據御史臺比及國家定立律令以來合從中書省為頭一切隨朝衙門各省已有年矣謹自至治新元以迄今日須降條畫以至延祐前集有延祐五六七

## 典章跋

格不可以資考證云所論固是然謂其體例之未善則原其宗旨本以備官府之遵守與著述之體例不同謂於考證無關則州縣蕪青英自出見遂屏而不錄良可惜已此本卷末有錢竹汀先生跋語長洲吳企晉家藏鈔本持以相贈卷首有松里小隱吳城跋語卷面有西泠吳企晉家藏鈔本持以有許子詠印記並嘉慶辛酉展轉傳又子詠吾郡德清人因知此二十買歸鑑止水齋而吳兩許子詠者復從日本見書由吳兩錢而吳兩許又武林丁氏友歸假錄付鈔金赴日本見書攄稱從丁氏假鈔者復從日本假歸付鈔胥精錄一通儲之法律學堂書樓以為學士考證之助嗣與同志釀金付梓以廣流傳經始於光緒丁未季秋至戊申夏刻竟為攷之如此歸安沈家本跋

二年六月當日官書隨時續增者有之故與所記不能盡符總目疑為未竟之本殆未究其故也大元通制成於至治三年二月見元史英宗紀纂於仁宗延祐二年見歐陽元至正條格序之刊行年月皆不相侔總目謂各為一編大元通制以此書相叠對頗有不同之處其他法令分門別載亦甚詳惟此一朝故事其崖略皆案牘之文制並正失不可復覩百年制度湯然自是論惟此書乃彙集之書而非修纂之編如至元新格風憲宏綱大元通畫原文未加州潤頗似今日官署通行之案牘大都自研究者矣總目議其所載皆案牘之文薰雜方言俗語浮詞妙要者十之七八又體例讚亂漫無端緒乃吏胥鈔記之條載亦甚詳惟此一朝故事

重挍元典章六十

卷附新集二册

曹廣權書首

光緒戊
申夏修
訂法律
館以杭
州丁氏
藏本重
挍付梓

大元聖政典章新集至治條例綱目

大元聖政典章自中統建元至延
祐四年所降條畫頒行四方已有
年矣欽惟皇朝政令誕新朝綱大
振省臺院部恪遵成典今謹自至
治新元以迄今日頒降條畫及前
所未刊新例類聚梓行使官有成
規民無犯法其於政治豈小補云

國典

詔令

朝綱

中書省　紀綱　政務

御史臺　紀綱　體察
　　　　追問　照制

二七

公規　公務　行務
　　　　　　　假故
　　　　　　　令書丁吏
　　　　　　　給由　作闕

典章新集綱目　一

吏部

官制　總例　除授
　　　醫官　告敕
　　　倉官　體例
　　　驛司官
　　　職制
　　　吏制　譯史
　　　　　　令史　書吏

戸部

祿廩　職田　俸鈔
選格　承蔭
　　　鈔法　倒鈔　僞鈔
倉庫　義倉
課程　鹽課　茶課
　　　　　　　　　銀課
　　　錢糧　關收　侵盗
　　　賦役　差發　差役
勸課　農桑
婚姻　不收養
　　　田宅　家財　交易　災傷
　　　錢債　私債

禮部

禮制　禮儀　服色
婚姻　嫁娶　服内婚
釋道　僧道犯法
儒教　學校

坊里正主首騙養罪人不便

憲司禁約詐稱總領等名色

禁聚衆　禁治集場祈賽等罪六年延祐　分揀流民七年延祐

禁姦惡　把持人再犯罷例遷徒元年至治　遷徒遇革不放延祐七年

至元年革後禀到通例　潑皮配役年限二年至治

雜禁　四箇齋戒日頭喫素延祐　賭博賞錢等例六年延祐

禁賭博　賭博赦後為坐二年延祐

寺院休做筵會不差人開讀

禁銅錢買賣銷毀二年至治

禁廟祝稱管太保元年至治

禁借辨胥儀物色二年至治

## 工部　【典章新集目錄】　二七三

造作

遞鋪

工役　雜造生活合併起解至治二年帝師殿如文廟大元年

遞鋪　遞傳文字置長引隔眼至治二作

遞鋪接界相攪挨問二年至治

急遞

至治二年以後新例候有

頒降隨類編入梓行不以

刻板已成而靳於附益也

十二

大元聖政典章新集至治條例大全目錄終

【典章新集目錄】　三十八

十三

至治二年六月日謹咨

國典

詔令

今上皇帝登寶位詔　延祐七年三月十一日上天眷命皇帝

聖旨洪惟太祖皇帝膺期撫運肇開帝業世祖皇帝神機
睿畧統一四海以聖繼聖迄我先皇帝至仁厚德涵濡羣
生君臨萬國十年於茲以社稷之遠圖定天下之大本協
謀宗親授予册寶方春官之與政遐昭考之賔天諸王貴

《典章新集詔令》　一

屬元勳碩輔咸謂朕宜體先皇帝付託之重皇太后擁祐
之慈既深繫乎人心誧可盧於神器合辭勸進誠意交乎
乃於三月十一日即皇帝位於大明殿誕受維新之命庸
推在宥之恩可赦天下自延祐七年三月十一日昧爽以
前除謀反大逆謀殺祖父母妻妾殺夫奴婢殺主謀
故殺人但犯强盜印造偽鈔侵盜官錢糧不赦外
其餘一切罪犯已發覺未發覺已結正未結正罪無輕重
咸赦除之敢以赦前事相告言者以其罪罪之所有合行
事宜盡列於後

一恤災拯民國有令典應腹裏路分被災去處曾經賑
　濟者據延祐七年合該絲線十分爲率擬免五分其
　餘諸郡絲線並江淮夏稅免三分
一差發稅銀民之常賦貧乏逋欠在所宜矜其延祐七

四〇三

年以前徵理未足之數並行蠲免已徵入主典之手
者不在蠲免之限

一各處站赤差役繁併迤漸消乏仰中書省通政院設
　法揆諸衙門毋得泛濫給驛違者罪及當該判署
　官吏路府提調官鈴束站官人等毋致聚斂侵尅差
　役不均諸軍征行戍守終歲勞苦可矜憫其軍士之
　家常例存恤限外更展一年本管翼衛及奧魯等官
　毋得非理科斂違法放債勒取重息監察御史肅政
　廉訪司常加體究
一兩廣雲南等處哨聚賊人據恃巢險出没不常雖蠻
　荒之俗固然亦由官府失於威信不能撫懷以致如
　此詔書到日限一百日内出官自首免本罪各安

《典章新集詔令》　二

其業限外不愿依收捕
一農桑學校王化之本蓋務農所以厚民勸學所以興
　化累聖相繼具有典章仰各處提調官常切加意勉
　求實效勿事虛文其科學貢試之法並依舊制
一獄鎮海濱聖帝明王諸在祀典者長吏擇日致祭尚
　念祖宗丕緒持守維艱萬機之繁罔敢暇逸更方體
　近勳戚左右臣鄰咸一乃心以輔予治咨爾多方體
　予至意故茲詔示想宜知悉

太皇太后尊稱詔　延祐七年三月十一日上天眷命皇帝

聖旨爲治之端無加於立孝根本之内莫大於尊親朕肇
纘丕圖恪遵彝典欽惟天興聖慈仁昭懿壽元全德泰
寧福慶皇太后仁明淵靖睿懿恭定大策於兩朝功施
于社稷著徽音於四海慶衍本支鳳荷寶慈撫予眇質思仰

四八五

酬於厚德宜首進於隆名謹上尊稱曰太皇太后其應於
合行典禮令有司討論以聞咨爾臣民體予至意故茲詔
示想宜知悉

**加封太皇太后尊號詔**

《典章新集詔令》

延祐七年十二月十一日上天眷命
皇帝聖旨朕惟聖人之本宜先報本考之至莫大尊親
式仰燕謀事修緝典欽惟儀天興聖慈
泰寧福慶太皇太后仁符乾造靜體坤元玄功擁祐全德
朝懿範儀型於四海匪崇徽號奚稱予巳於延祐七年
十二月十一日謹奉玉冊玉寶加上尊號曰儀天興聖慈
仁昭懿壽元全德泰寧福慶徽文崇佑太皇太后於三
禮備成玉正藝倫之敘綸音誕布庸新孝治之風咨爾多
方體予至意故茲詔示想宜知悉

**至治改元詔**

延祐七年十一月初二日上天眷命皇帝聖旨
朕祇遹貽謀獲承丕緒念付託之惟重顧繼述之敢忘爰
以延祐七年十一月初二日被服袞冕恭謝於太廟既大
禮之告成宜普天之均慶屬茲蹢蹻用易紀元於以導天
地之至和於以法春秋之謹始可改延祐八年為至治元
年所有便民事宜條列於後
一國家經費皆出於民近年以來水旱頻仍蠲食者衆
其至治元年丁地田稅糧十分為率天下普免二分合
該包銀除兩廣海北海南權且倚閣其餘去處減免
五分
一大都上都與和三路供輸繁重自至治元年為始合
著稅全免三年腹裏被災人戶曾經廉訪司體覆
者下年絲料與免三分燕南山東河東歸德汝寧災
傷地面應有河泊無問係官投下並仰開禁聽民採

五·二八

三

---

取若有原委拘分頭目人等藏日革去
一諸人侵欺盜用失陷短少減駁合追係官錢糧如在
延祐七年三月十一日詔書巳前已有追理文案者
先將奴婢財產盡數准折入官不敷之數體察御史蕭
政廉訪司
並從釋免若有不盡不實從監察御史蕭政廉訪
體察已徵入主典之手者不在此限
一回回漢人南人典賣到蒙古子女為駆者詔書到日
糧應有在前拖欠差發課程並行倚閣原抛事產全
行給付仍免差稅三年其腹裏百姓因值災傷典賣
分付所在官司應付口糧收養聽俟其數開申中書
省定奪
一百姓流移益非得已如欲復業者所在官司官給
兒女聽依原價收贖

《典章新集詔令》

一諸奕軍人征戍勞苦加以管軍官奧魯官司非理侵
漁消乏者衆漢軍貧難已告到官者仰樞密院從實
分揀合併存恤管軍官放錢違倒多要利息及翻倒文
契者詔書到日盡行倚閣和林甘肅雲南四川福建
廣海鎮守新附漢軍除常例外每名給布一疋病者
官給醫藥死者給燒埋中統鈔二十五兩拘該州縣
憑准管軍官印署公文隨即支付
候有同鄉軍人回還就將骸骨送至其家違者監察
御史肅政廉訪司嚴加紏察其餘合整治事理仰樞
密院續議舉行
一站赤消乏益用差使頻併今後諸衙門並諸王公主
駙馬各枝兒常加存卹如有必合差人馳驛幹辦公
事對酌應付務從省減一切關防約束事理悉從舊

四·六九

四

制脱禾孫用心盤詰違者隨申本道廉訪司究問

通政院給與馬之際若有不應差人及多餘濫鋪馬者
嚴行斷罪

一煎鹽煉鐵運糧船戶較之其他尤為勞苦戶下合該
雜泛差役自至治元年為始優免三年其腹裏煽辦
鐵課既數支用下年權且住催以舒民力

一經過軍馬營帳圍獵飛放並昔赤喂養馬駝人等
如無省部明文並不得於百姓處取要草料酒食等
物縱令頭疋損壞田禾樹株如違所在官司就便追
斷重者申聞若有司不為理問監察御史肅政廉訪
司並行紏治

一雲南四川福建廣海之任官員已有給驛定例到任

**典章新集 詔令 五**

之後不幸病故拋下家屬無力出還窮困遠方誠可
哀憫仰所在官司取勘見數應付原去鋪馬車船仍
給行糧遞送還家如有典賣親屬人口並聽完聚價
不追還永為定式

一諸色課程各有定額商稅三十分取一不得多取已
有定制今令較於正額增餘之外又求羨餘苟
非多取於民彼將焉出仰將延祐七年實辦到官數
目為定額已後增餘自作額

一均平賦役乃民政之要今但几科著和雇和買里
正主首一切雜泛差役除邊遠出征軍人及自備首
恩站赤外不以是何戶計與民一體均當諸位下諸
衙門各枝兒頭目及權豪勢要人等敢有似前影蔽
占恡者以違制論罪官用心綜理驗其物力
從公推排明置文簿務使高下得宜民無偏負廉訪

---

分司所至之處嚴行照刷違者究問在前若有免役

聖旨懿旨並行草撥

一天下之大機務惟繁博採輿言庶自今諸內
外七品以上官有偉畫長策可以濟世安民者實封
呈如其可用優加旌擢摭諸人陳言並依舊制

一守令賢否民之休戚所係必得其人乃能宣化比
舉劾殿最掌任臺察徒知聯貪而不知揚善失懲
勸之道今後從監察御史肅政廉訪司官於常選人
中每員歲舉可任守令者二人並須指陳廉能實跡
色目官初舉漢官覆察漢官初舉色目官覆察限次
年三月以裏申臺呈省開具以備擢用既用之
後驗其政績成敗與原舉官同示賞罰違期不舉罪
亦及之

**典章新集 詔令 六**

一比歲設立科舉以取人才尚慮高尚之士晦跡卹園
無從可致各處其有隱居行義才高德邁深明治道
不求聞達者所在長官具名行實牒報本道肅政
廉訪司覆察相同申臺呈省開奏錄用

一封贈之制本以激勸臣下比因泛請者眾遂致中輟
今命中書省設法議擬舉行毋冗濫於戲諛
孝式昭報本之誠發政施仁事廣錫民之福谷爾有
衆體予至意故茲詔示想宜知悉

延祐七年五月　日上天眷命皇
帝聖旨朕肇登大寶祗遹先猷仍圖任於舊人庶識列於
治效豈期邪黨飄蘊私心遹者阿撒黑驪禿禿哈識列門
亦里失八等潛結詭謀撓亂國政既自作於弗靖固難逭
於嚴誅賀伯顏輕悔詔書殊卑臣禮不加懲創曷示等威

今已各正典刑籍沒其家於戲惟邦國之間刑以清群慝
俾人臣之知戒勿蹈匪彝咨爾有衆體予至懷故茲詔示
想宜知悉

五十九

七

典章新集詔令終

# 朝綱

## 中書省

### 紀綱

**不許隔越中書省奏啟**　至治二年五月

日抄白延祐六

年三月二十八日御史臺承奉中書省劄付御史臺崔

江南行臺咨據監察御史咬住奉直大思都承務郝志善

將仕段輔徵事呈竊惟國家命令所以宣揚政化敷布紀

綱爲法於當時垂憲於後世盖非爲國爲民不可輕易發

也書曰謹乃出令令出惟行不惟反古之王者其於發號

施令重慎如此王言一出天下莫不廓然不變各得所欲

《典章新集》朝綱　一

四·六一

雖山川草木亦皆觀光動色故曰聖人感人心而天下和

平良以此也昔唐以中書奏事門下繳駁尚書奉行亦謹

號令之意伏乞聖朝奄四海以爲家立中天而建極祖宗

以來凡出號令必與大臣協謀精究然後敷之天下是以

億兆承聽莫不聳動故自中統建元以來詔令至今遂爲

家制竊見比年所降命令非但煩數間亦未早且皇元立

制政柄總歸中書雖屢誡諸司不得隔越奏事諸司奉行

不至旋即違背凡有陳請輒自朦朧奏行或與權豪執把者有之

而政府事務繁冗不暇詰難可否故添樂人氣力者有之

斷民間家私者有之或爲僧道護持或與權豪執把似此之

細事動輒宣示中外變易紛紜法無所守且以近年杭州

等處開讀者言之如旋德集慶等寺護持杭州馬剌忽女

孩兒苔剌看等執把似此之類豈煩君命翰林院譯寫明

---

該馬剌忽女孩兒苔剌看交奏似此誠非所以取信於四

方爲百姓之觀瞻也其於昭代之累甚矣迹其所由盖因

挾權撓法之臣不惜國體越職犯分各私其所爲而致然

也又如帝師法旨護持杭州路等明慶等寺亦明白發號施令

終辭理甚其於帝師之所宜有之禮分實有忤戾且發號施令

人君之大柄非帝師之所宜有也伏乞戒敕所

謂隔越奏事一端朝廷行且達者無他賞罰不信故也伏

爲不備然而出蒙更且行聖旨取勘盡數拘收仍明白

管見宜將此隔越中書已行聖旨但以今後爲禁以長

擅自奏事科斷之條以示必罰以今後爲禁以長

寬倖之風欲惟朝廷詔諧皆經由國史翰林其學

士等員皆帶經筵銜又有根脚大臣習知國朝典政

者首領院事欲乞今後應干綸綍專命掌之凡有奏行布

《典章新集》朝綱　二

五·八四

告之事並從中書省送本院詳定可否其或措置失宜有

損治道者則繳駁封回數奏其可行者則加潤飾呈中書

詳驗仍備行翰林院譯寫施行則亦唐中書尚書門下之

制也誠於此庶不致辱君命於治體不度暗劣輒進瀆言今

等喬臂言責深切應損於治體不度暗劣輒進瀆言今

抄連節次開讀聖旨法旨在前具其呈照詳得此本臺看詳

若號令總歸中書則無多門以干政然而越之罪未嘗詳

責唯恐紀綱紊亂關繫匪輕如准監察御史文書裏說謹

適咨請照詳准此具呈照詳得此延祐五年十二月三十

日奏過事內一件御史臺監察御史文書裏說將

來國家命令凡有詔令天下宣諭了呵不輕更改有皇帝登

建元以來國家命令要取信天下不可謹自祖宗世祖皇帝中統

寶位行了詔書應有大小勾當都經由中書省不揀甚麼

衙門隔越著中書省奏事呵依著別了聖旨體例裏要罪
過如今不依著行了的詔書聖旨凡有民間細碎的勾當
輒便朦朧奏奉聖旨各處開讀有與樂人添氣力的也有
斷百姓家私的也有為僧道護持權豪執把的也有如近
年杭州等處開讀為集慶等寺開讀又馬剌忽女孩兒若
剌看家私的上頭教奏執把的細事不宜頒
聖旨四方百姓也失觀聽因這般朦朧奏過的人
降聖旨呵轉多了也又帝師法旨護持各處寺院便
每不曾戒約呵每轉多了也又帝師法旨護持各處寺院之
似聖旨一般開讀有合隔越著中書省朦朧奏過行了
的聖旨取勘盡數拘收了但有擅自奏事行的之
條必然這般行呵人不敢僥倖又與省家藁檢開讀的
聖旨若有干礙著體例的呈
於治有益題說有俺商量來在先為不交隔越奏事的詔

五、六六
〔典章新集 朝綱〕

書裏亞屢次奏奉聖旨遍行文書來翰林院譯寫聖旨呵
呈省共議藁檢的也奏過行文書來如今臺官人每題說
的是的上頭明白上位根底奏知除寺觀護持聖旨外但
是家私錢債婚姻地土等爭訟勾當並關礙中書省一切
政務隔越著奏來的聖旨教各衙門照勘合拘收的拘收
將來若拘收不盡的監察御史廉訪司體察今後翰林院
譯寫聖旨呵但几干礙著體例的詔書聖旨將藁檢呈
省若是隔越著奏事並徑直行的俺依著已行來的例
旨禁約不教行又帝師法旨只依在先行的體例裏教
行聖旨那般者聖旨了也欽此除外都省合下仰照驗
行欽依施行

又至治元年五月
日江浙行省准中書省咨蒙古文
字譯該中書省官人每根底翰林院官人每言語特奉聖

三

---

旨除中書省樞密院御史臺宣政院官人每外不揀那箇
衙門投下官人每不揀是誰隔越翰林院官人每聖旨
的勾當休奏者將在前與來的聖旨倒換者也猴兒年三
月二十二日欽此都省咨請欽依施行

至治元年四月
日江南行臺准御史臺

**不許越訴告狀** 至治元年

咨承奉中書省劄付至治元年二月二十三日奏過事內
一件近間御前告狀的多了有覷他別文書呵多一半從
下合於衙門裏不告徑直皇帝根底告的也有告狀呵從
下路府州縣裏告了不告徑直皇帝根底要罪過有怎生委
合要罪過有從下告了不告呵省院臺合干的大衙門裏告
者這衙門裏官人每有理不行呵我根底告者越訴徑直

三〇九
〔典章新集 朝綱〕

我根底告的要罪過者欽此都省欽依施行

四

## 官吏冤抑明白分揀　延祐七年二月　日江南行臺准御

史臺咨延祐六年十一月三十日奏過事內一件設官置
吏本以撫安百姓是非有來為恐內外官吏要肚皮
害百姓壞了大勾當上頭世祖皇帝立御史臺廉訪司紏
察追問呵多得濟來近年以來蠹政害民要肚皮做賊說
謊的官吏每招明白依體例斷罷了的更受宣官俺題
奏過呵的一面飾詞卻來稱冤抑呵那稱冤官便交還
朝廷百姓每被害有寃斷呵上位根底不能得知這稱冤
的人每只合分揀原斷是的不是的省部家一概定擬格
前稱寃的但是曾行移文書照勘其間遇省遷省便交還
職這般行呵啟繞僥倖的門戶要肚皮的人們所厮做

《典章新集　朝綱》　五

做著不問遠年近年的都來稱寃好生紊亂著紀綱法度
有俺尋思來被問來的官吏革前稱寃的中間果有寃抑
奏了教臺官每分揀者歷道將他每告來的狀子與將臺
情節呵照勘明白分揀無抑屈的依著已結正了的行俺
與省文書這般體例教行的上位識者奏呵那般者歷道
聖旨了也欽此咨請欽依施行
又至治元年二月　日江南行臺准御史臺咨承奉中
書省劄付刑部呈奉省劄延祐七年四月十四日奏過事
內一件前者為被枉問來歷道稱寃的人每多的上頭俺
裏去了教臺官每分揀的也多有被告來的狀子與將臺
裏該臺裏原告狀子呵今稱寃呵奉聖旨那般者欽此
有該分揀呵怎生奏呵與將臺裏去該省裏的俺有人提調
著分揀呵如今稱寃呵奉聖旨那般者欽此
日江西行省准

延祐六年正月　日江西行省准

---

中書省咨御史臺呈備監察御史呈會驗云至元新格諸
一虞決欽此照刷河南省內各道宣慰司路府運司等衙
門應有申禀公事當該掾史或受請求及避照刷多不明
白立案披詳與決又不引用條例縱怠所為止押行行檢
矇矓回下仰依例或照驗施行今後凡有申禀公事該吏
即將原來事頭公廳署押必合照議之事先行請判然後
明立案驗所申文解已加議論者可推即申若所見
不同有例引用其例無例從公擬決明白區處回下所司
如有違犯從風憲依例紏問得此送刑部議得各處行省
所轄司屬衙門應有申禀公事合准監察御史所言明白
區處庶革奸弊如蒙准呈照會相應都省准擬咨請依上
施行

《典章新集　朝綱》　六

# 御史臺

## 紀綱

整治臺綱　延祐六年十二月初四日欽奉聖旨中書省為頭
內外大小衙門官人每根底衆百姓每根底宣諭的聖旨
世祖皇帝立御史臺彈劾中書省以下內外但凡勾當的聖旨
委付著的官吏賍污不法奸邪非違蕭清風俗刷磨諸司
案牘行呵益國便民有來近年以來委付著的官人每勾
當裏不肯用心行呵不曾盡心糾彈上頭與初立御
史臺體例不厭似有今命月魯律那顏子廣平王脫禿哈
塔察兒大夫孫帖木兒不花為御史大夫整治臺綱委付

五〇三　《典章新集 朝綱》　七

了此不以是何大小勾當裏行的官吏更近行的每不揀
是誰軍民站赤錢糧選法刑名造作中間做賍說謊要肚
皮覷面皮做無體例勾當交百姓生受的監察御史蕭政
廉訪司官人每用心體察者又做罪過來的人每使見識
教上來休問放了者麼道似這般一面餙詞不揀誰亞休奏
者傳來的人每自己其間影蔽著係官錢糧兒落了的做元
倒勾當的御史臺官人每休問他每自識麼道與來的執
行的人每有呵休行者更內外勾當裏委付著的做元體
把聖旨革了者的御史臺官人每依在前執
體例問者但有印信衙門文卷依體例都照刷者益國便
民例問題說者內外大小官吏不公不法蠹政害民別了
體例的每根底監察廉訪司官每盡心體察行的添與名
分者明知道不肯糾彈呵有罪過者官吏每無體例勾當

---

做了的說監察廉訪司官每枉問了斷罪來麼道告
有呵依在前體例御史臺裏告者外頭有的行臺裏告者
問的是實呵被告的官人每根底要罪過人去者他每卻別
人每加等斷罪者臺察裏勾當不揀誰入去者休阻壞的
了體例行呵不怕那甚麼風憲裏合有罪過呵從
新整治臺例行者凡有合行事理照依御史臺以來累降條畫
聖旨體例行者聖旨羊兒年十二月初四日
又至治元年月
日江南行臺推雌御史臺谷延祐七
年三月二十三日奏過事內一件世祖皇帝初立御史臺
彈劾中書省以下內外大小諸衙門官吏人等奸邪非違
蕭清風俗刷磨諸司案牘做耳目委付著來又監察廉訪
司官明知道不公不法的不糾彈呵有罪過者麼道行了

五七九　《典章新集 朝綱》　八

聖旨有來在先月魯律那演為頭臺官每奏自中丞以下
至監察御史國家政事得失生民休戚但有省得的勾當
交題說呵不空喫了俸錢麼道這言語道的是呵俺
每有的不是呵也說麼道似俺這言語道的是呵行
也老不是呵休行者那裏肯教損著恁俺委付著呵別人
根底怎生肯放過有的那桑哥事敗之後月魯律那演等
臺官每既說恁根底說有來如今皇帝新登寶位大
麼不先說來待要罪過呵饒了來如今皇帝新登寶位大
帝剗撒做賍說謊的人每不受阻壞臺綱的人多有臺事
行不的呵做罪過的人多了百姓每生受有皇帝可憐見
呵臺家勾當裏添氣力交行的上位識者奏呵奉聖旨那
般者依著在先體例裏意在行者是呵行也者不是呵恁

根底那裏肯交損著麼道聖旨了也欽此咨請欽依施
行

二八三

典章新集　朝綱

九

## 體察

**體察官員害百姓**　延祐七年四月
日江西行省准中書

省咨御史臺呈延祐六年十二月二十四日本臺官特奉
聖旨內外委付著的官人每管民官每做無體例勾當交
百姓多生受不安好生失治有麼道我聽知說我尋思來
內外委付著的官人每更管民官每做無體例勾當交百
姓每生受的因著監察御史廉訪司官每不肯用心體察
的上頭這的每做賍說謊要肚皮交百姓每生受的緣
故是這般有如今恁各處行將文書去交監察廉訪司官
每用心體察行者麼道聖旨了也欽此都省咨請欽依施
行

---

## 追問

**僧尼誣告官吏廉訪司追問**　至治元年二月
日江南行

臺准御史臺咨浙西道廉訪司申欽奉聖旨節該杭
州立了行宣政院衙門文卷監察每照刷者欽此除欽依
外照得行宣政院杭州置司正係本道親臨其僧尼往往
赴司陳告有司官吏人等取受不法數內干連僧人必合
勾問或有涉虛例應抵罪若便區處緣無到明白遵守
通例緣係爲例事理咨請照准此呈奉到省中書省劄付送
刑部議得各道廉訪司按門大小官吏人等取受不
據刑部呈照詳得各道廉訪司按門大小官吏人等取受
法不公若僧尼告論有司官吏人等取受等事如其干連
僧尼有誣告之人廉訪司即與僧俗爭
競係事理不同合准御史臺所擬從廉訪司就便勾取
問歸結相應具呈照詳得此准呈除外都省仰依上施
行

二八〇

典章新集　朝綱

十

# 照刷

照刷宣徽院文卷　延祐七年五月

御史臺咨承奉中書省劄付延祐七年四月十一日特奉
聖旨宣徽院裏出入的錢糧浩大不教照刷文卷呵怎
您行與臺家文書前者行的赦前的文卷休教照刷者
今後宣徽院並他每管者的司屬的文卷依體例交照刷
者麼道聖旨了也欽此省府除外合下仰照驗仰欽依施
行

照刷徽政院司屬文卷　延祐七年十一月　日江南行御史臺准
政院所轄外頭但有印信的諸司衙門雖是辦著財賦錢
糧造作一切事務呵與有司相關的公事多有若不按治

五八二

《典章新集　朝綱》

十二

照刷呵好生不便當有依著行臺監察每說將來的將他
每的文卷依體例按治照刷呵怎生奏呵您哏說的是有
徽政院所轄外頭但有印信的衙門文卷依體例照刷者
麼道聖旨了也欽此咨請欽依施行准此仰欽依施行
一延祐七年三月十一日以前諸司文卷千礙錢糧婚
姻田宅躬良等事及不該釋免重刑一切應改正事
理合無指卷照刷刑部照得延祐四年二月十二日
呈准中書省劄付御史臺呈照得大德十一年六月
二十四日奏過事內一件云至大四年革後稟取已

延祐七年開讀復宣劄刷卷例　延祐七年八月　日江西廉
訪司奉臺劄准御史臺咨中書省劄付來呈延祐七年
三月十一日革後票例送刑部照擬到下項事理都省准
呈仰依上施行承此請依上項事理行

經照會今承見奉本部議得上項事理合依前例指
卷照刷相應

三八

《典章新集　朝綱》

十三

早聚晚散　中書省延祐七年五月二十六日中書省奏過事內一件大都省官花銀赤首領官六部官必闍赤人等不早聚怠慢一般有麼道大都省官人每說將來奏呵聖旨早聚晚散的及這裏的省部諸衙門裏勾當裏行的的不早奏呵聖旨散怠慢呵打了勾當交出去者我根底說出者麼道聖旨了也之外其餘無怯薛的交勾當裏早聚晚散者麼道聖旨了也

侍臣公事程限　中書省延祐七年六月十四日速速參政特過者麼道欽此

奉聖旨今後各處來的使臣每的勾當大事五日小事三日完備了交上馬者各衙門裏行文書誤了勾當呵有罪過者麼道欽此

　四、○三
〔典章新集朝綱〕
十三

大小公事限內完不完　至治元年二月　日江西行省准

中書省咨蒙古文字譯該中書省官人每根底通政院官人每言語特奉聖旨昨前秋聞使臣每的勾當完備了教上馬大事五日七日的其間他每來的勾當完備了教上馬者麼道不說來那您如今各衙門裏行印信文書者今後各衙門裏的使臣每不揀甚麼勾當有呵完備了教回去者五日的七日的他每的使臣每限內他每的勾當不完備了教上馬的各衙門官人每的各記著我根底說者麼道聖旨了也欽此

---

呈省文書有小書削散官　延祐七年五月二十六日中書省奏過事內一件各衙門官員但凡勾當裏呈行文書有的盡是大勾當有他每小書著俺與俺每省的文字交以次下官人每小書著寫的散官有他每道俺受的散官高麼省的散官寫不小書有奏呵奉聖旨那般體例那裏有他每的散官呵將來者我觀著削降他每的散官今後都交小書呈省者欽此

行宣政院　至治元年十二月二十五日福建宣慰司奉省府所轄非行宣政院司屬況兼元欽奉聖旨節文明該為僧得清告僧淨真歐打公事參詳本道係二品衙門隸江浙省劄准中書省咨來咨據福建宣慰呈行宣政院

　四、二一
〔典章新集朝綱〕
十四

行宣政院文書行省各路裏行移者欽奉如此豈應行宣政院徑直劄付本道宜從省府區處得此參詳宜令合干政院徑直劄付本道宜從省府區處得此部分定擬咨請照驗准此送據禮部呈驗得延祐七年十二月二十九日奉本省判湖廣省咨大元與寺住持與行宣政院本部議得行宣咨各省相應其呈中書省照詳了當今承見奉本部議得各道宣慰司隸屬行省行宣政院非其所統徑直劄付於理未應其呈照詳得此除外咨請依上施行

典章新集朝綱終

# 吏部

## 官制

### 總例

**重惜名器** 延祐五年江西行省准中書省咨延祐五年十一
月十一日奏過事內一件御史臺備著江南行臺眾監察

〔典章新集吏部〕一

惜名爵詔書裏行了來近年間各衙門自奏選用的人豪
天下治與不治只在名爵用人有皇帝初登寶位首先為
若與的氾濫得的容易呵天下人看的名爵輕了自重
根底與的當更循著體例得的難呵天下人看有功能的人每
凌有且以建康一路畧說呵如句容縣豪民王訓白身受
宣大都等處打捕鷹房民匠總管他的叔叔王熙亦受宣
命中瑞司丞唐興宗元是江西行省理問所今史便受宣
命康健財賦提舉似這般選用的人每生受多有合照省
凌省勘了依著詔書體例都要罷了又合於資品相應的人
家照勘了依著詔書體例罷了又合選的衙門裏委
付的人也合於資品相應的人裏定奪體例不應的人每
教省家回奏其餘衙門近侍的人每隔越著省家敕政
務的依家詔書行來以違制論罪歷這般說有如今各
各衙門裏因著他每自選人廋道腹裏江南白身的人每

四、五九

霸富戶每往往營幹了受宣勅的名分這一等豪霸每在
鄉里閒時猶自欺凌百姓把持官府更做了受朝命職官
歷道恰似虎生兩翼的一般官府百姓根底更是把持欺

---

〔典章新集吏部〕二

虛捏著怯薛詐冒說著籍貫姓名作弊挾詐朝廷受了宣
勅近上名分委付了的多有求仕的多有名分循著資格兩
去的做根腳再有求仕的也有常選裏的多有至有賺了名
考三考才得歷轉這等饒倖人也有常選裏的也有賺了名
是不入常調從各投下各衙門委付呵是一般受了國家
宣勅管著軍民人匠等戶自己的戶門更碾服色更把持官府欺凌百姓影占著
自己的戶門軍民人匠等戶別了大體例不依著行呵卻道俺違
當有俺待依著行呵別了聖旨廋道怕有若不整治呵漸漸多了也如今先將這
王訓等三個交臺裏勘了合罷的合罷了
倒行其餘各投下各衙門似這般但是追奪的合追奪的冒
著籍貫的更改了姓的有過犯來的大數目裏詐稱投下

五、八五

的白身便要了宣勅名分並濫受各投下令旨委付的更
受了遠方蠻夷等地面官職不赴任去的無體例受了宣
勅不赴任就做根腳再求仕的文書到日限一個月教他
每自資著宣勅所在官司出首免罪隱匿不首的許諸人
陳告是實賞中統鈔一百定於犯人名下追給依體察
罪過追奪所受宣勅更教監察廉訪司遍行體察這般要
了後頭投下有缺用人呵只教他自愛馬裏選著委付
大數目裏人每不敢冒著入去各衙門合奏選的也只教
先儘他每勾當裏委付除有資品出身的人外叛用的人
裏人每選近下的當裏行來的雖有聖旨俺只依著體例
著省家秦求的雖有聖旨俺只依著上名分回與他文書不
教不教委付呵選法厮似的一般久遠做體例行忘生奏

呵那般者麼道聖旨了也欽此都省咨請施行

## 拘收詐冒宣勅

延祐七年三月　日江浙行省准中書省

谷河南行省谷河東宣慰司呈高郵府備實應縣申鎮守
實應管軍千戶所備上副千戶楊忠顯關切見本縣東關
外官莊內關居漢兒人孫大德七年至元二十九年受總統院
劄付充揚州營田提領大德九年內冒奉勅
劄付揚州江淮營田副提舉任滿延祐二年六月內冒奉勅
牒擬斷罪緣無所守通例咨請回示准此送據刑部呈
議擬揚州江淮營田提舉任滿延祐大夫欽州路達魯花
命改名作桑和孫奉議大夫欽州路達魯花赤至今四年
之上正係更名驀陞嫌遠不任勾責得得孫天祐是實
得此除將追奪宣勅各壹道收貯聽候責限追徵合納賞
錢中統鈔一百定依例給領外本省看詳上項事理若便
徵給別無定奪止據追限不納宣勅罪擬笞五十七下緣
本人年已七十之上依例贖罪如蒙准呈本部為例遵守
相應具呈照詳得此都省准擬除外咨請依上施行
得孫天祐所招不合更改名字僥倖欽受宣命驀陞欽州

五、五八　　典章新集　吏部　　三

路達魯花赤嫌遠不曾赴仕革後欽奉聖旨立限拘收白
身冒受宣勅本人違限又不送納今既追到官賞錢亦已
徵給別無定奪奉止革後票例送刑部照擬到下項事理
月十一日革後票例送刑部照擬到下項事理

## 延祐七年革後票詐冒求仕等例

延祐七年八月　日江西廉訪
司奉臺劄准御史臺谷奉中書省劄付來呈延祐七年三
月十一日革後票例送刑部照擬到下項事理
仰依上施行

一白身詐冒求仕革前已取招覆罪經釋免依例追奪
未取招覆並革後陳告者合無一體追納刑部照得
延祐五年十一月十一日欽奉聖旨節該但是虛煋
著怯薛的名銜例欽此除欽遵外本部議得上項事

理革前已取招伏罪經釋免依例追奪並未取招伏並
格後陳告者罪雖遇免擬合照勘明白一體追給
賞相應

一諸人告言有姓不應達魯花赤人員指證照勘明白
合無依例追奪革罷照得延祐四年五月十七日呈先
准中書省劄付本部呈皇慶元年六月初八日奏過事
內一件　云赤追有姓達魯花赤已經照會今承奉本部議
得上項事理合依前例一體施行相應

## 住罷封贈

延祐五年六月　日江西省准中書省咨延祐
五年五月二十八日陳大學士陳㢲小名的秀才根底立
與碑的奏呵欽察參議奉聖旨因著與封贈的上頭似這
般不認的做學者我根底奏有如今與封贈的教住罷者
麼道聖旨了也欽此都省咨請欽依施行

二、八三　　典章新集　吏部　　四

## 職官

縣尉巡檢於正從九品內選注　至治元年二月　日江南

行臺准御史臺咨奉中書省劄付來呈備監察御史呈竊
以縣尉巡檢名役雖微所係重近年以來多係麼授子
弟年皆幼沖既不閑習弓馬知警捕方畧中間及有年
邁之人精神衰憊被堅乘馬尚且不能何以示
其矍鑠哉一旦盜賊生發無所措手足致縱賊徒滋蔓具
呈照詳送吏部呈議得縣尉巡檢近年以來爲捕以麼
能閑習弓馬腹裏添設色目縣尉巡檢分輪警捕若以麼
授人員不充其選上於各衙門通譯史奏差人內委用其
考滿應注者百無一二員闕不能相就有礙銓選若於到
選正從九品內驗其歷仕根脚年三十之上六十之下者
不限地方遴選注授就行移各路提調捕盜正官督責縣
尉巡檢弓兵人等嚴加巡警務要不致盜賊生發若有境
內盜息民安特加壁賞巡捕不嚴盜賊滋盛者依例黜降
如蒙准呈本部依上遴選注授相應具呈照詳都省准呈
施行

《典章新集》吏部　五

五二五

長官首領官提調錢糧違作　至治二年袁州路鈔到至元二
十四年六月奉江西行省劄付准尚書省咨該會驗前省
各界自中統元年至今多有未納虧欠錢糧等物除已照
勘另行聞奏外自立尚書省省爲始合辦納差發課程稅糧
等錢物若不從新委官提調切恐依前拖欠深爲未便都
省移咨委自各道宣慰司官轉運司官各處達魯花赤長
官並掌司首領官常切提調如長官有故以次正官依上
提調將應合納差發稅糧金銀鐵冶茶鹽鷹隼皮貨諸色

課程及造作和買諸物須要照依原定限次赴所指倉庫
送納數足仍將收支見在錢糧數目每月一次明白結轉
赤曆及開申行但有短少或拖欠不納錢糧之人枷項號
令依條追斷若已委官不爲用心提調關防取招擬罪咨
來如行省宣慰司官提調不嚴定須聞奏施行若有任滿
官員界內實合納錢糧卻有拖欠數目無礙給由如有看
循故行給由解由者定勒陪納拖欠錢糧更行究治施行
准此仰施行

《典章新集》吏部　六

一八七

正錄教諭直學　延祐四年正月　日行省准中書省咨禮部

呈奉省部御史臺呈行臺咨廣東廉訪司惠州路牒呈山

長鄭鐸文楊天相得代諸依例試驗准此照得白身外卑司

教官例及科舉例欽此遵依今據前因除另行外卑司看

詳今後學正山長得代今給由赴本鄉應試若依大德八年考

試程式出題試驗却緣律賦小義已經奏白身不用如試經

義古賦却非科場舉子及各路保舉白身入教官之人

若比歲貢保舉儒人並令赴本鄉應試即係爲例

諭未審如何選取及山長學正得代如何面試詳得合干部教

事理乞照詳得此本臺看詳廣東道廉訪司所言事關通

例宜從都省令合干部分定擬相應咨請照詳准此呈乞

《典章新集　吏部》　七

五、四二

照詳此奉都堂鈞旨送禮部照驗施行奉此照得大德五

年六月內湖廣行省准中書省咨選取教官內一件所轄

儒學教官額員暨轉等事照得至元二十一年二月呈准

中書省咨付腹裏儒學教授例路教授擬設一員學正

錄各設一員散府上中州設教授一員下州設學正一

縣設教諭一員除教授敕牒學正受中書省咨付身

錄教諭並受路學內當各處教授以三年爲滿依例遷調須

本路官司付身勾當路府州縣各添設直學一員止授

之上者暨補各處學正有缺於直學內選補並依例覆申呈散府

歷教諭司於所擬補各處教授過有缺員散府州縣各添設直學一員止授

補兩任所擬補各處教諭歷一考之上者暨補

縣設教諭一員除教授過有缺於直學內選補學正一考之上者暨補

補學錄教諭有缺於直學內選補並依例覆申呈散府

諸州並各處書院教授有缺於各處學正一考之上者暨補

直學於本學在前執事人內選保性行端方才幹通敏者

---

充未有缺員依舊勾當奉此本部參詳各處教諭學錄名

分雖居下列亦須用有學行之人今後應設教諭學正去

處依舊例設教授一員許令本處教授於在學生員內推

保才學優長行無玷缺者具申合干上司令文資正官當

面出題試驗經疑史評各一道從本路出給付身委充以

當三十月爲滿勘合給由依上考試中式補完學錄教諭

雖歷兩任再行試中方入學正山長之選學正山長滿日

依上再試果中程式繳連程文申達省部行移集賢院送

校中式暨補府州教授如不中式者止於學正山長內任

用所據試驗文字比依科舉例各集賢院送國子監備國子

諸章表古賦科一道如蒙准呈移咨行教授之職九當慎

施行得此奉都堂鈞旨即日下列亦須用有學行之人

選送禮部再行照驗擬奉此行據集賢院送國子

《典章新集　吏部》　八

五、八八

學呈議擬試驗教諭學錄一任即暨山長似涉太優即緣

自直學至教授中間待試聽除今缺給由所歷月日前後

三十餘年比至入流已及致仕情有可憫況兼科場取士

末等亦是正八品級其教授入流止得從八若更多添月

日將來必無類選教授人員學校必至廢弛無以作成人

才如蒙矜免依從所擬教授至教授依舊倒暨用外

至科舉年分願試者所以爲便益具照詳得此本部參詳國子監所

禮部照驗施行承此具呈照詳得此本部移咨行省咨付本

擬試驗教官通例還一議擬如蒙准呈移咨行省咨今將逐項事

部行移合屬照會相應開呈照詳得此都省今將逐項事

理開咨請依上施行

國子監議得直學之職止是掌管錢糧廟學祭祀修造

等事轉暨教官固當慎選然此即目取士之法所以

誘進後人不可失於太嚴今後直學有缺擬從本處
教官選保在學生員體覆相應移文本路出給付身
委充直學三十月爲滿約會本路文資正官教官出
題面試經疑一問於四書內出題考校中式須是半
印勘合給由以達省部行移集賢院考較陞充學錄
教諭中間若有冒溫從監察御史肅政廉訪司紏治

前件議得今後應設教授學正山長去處依舊例設
學一員其所試以經旨明白文詞條暢爲中式
在行省者申覆本省儒學提舉司考較令從國子監
所據在內直學任滿申達省部行移集賢院考較其
驗事涉重複況兼聽除守闕比及兩考任回勳輻一
國子監議得學錄教諭已經試驗方充前職若再行試
所擬相應

十餘年不無淹滯今後教諭學錄照依在歷一任依
例類推學正山長之選
前件議得學錄教諭已經驗依舊例兩考依例勘
合給由仍取本人親筆所業文字一十道行考較
如中程式陞充學正山長
國子監議得學正山長已自有出身人員若依科舉立
式試驗却緣餘外別無懷歷以此看詳事涉太重今
後學正山長考滿擬依舊例各隨所業面試經義一
道不拘舊格仍面試詔誥章表一道考較中式
府州教授如不中式者再以學正山長歷用宜推國子監所擬令本路文
前件議得學正山長歷用宜推國子監所擬令本路文
資正官同本路教授公廳出題面試經疑古賦詔誥
章表科一道相應

# 醫官

## 上中州設醫學教授　至治二年鈔到江西行省延祐六年七

月日准中書省咨延祐六年四月二十四日奏過事
內一件太醫院官人每俺根底那裏上州中州裏委
著蒙古儒學陰陽教授有依那例上州中州裏委付醫學
教授者廳道奏奉聖旨與了俺文書有依已了的聖旨他每委
付呵怎生奏呵奉聖旨他每是一個體例有委付者欽此
都省咨請欽依施行

**急缺倉庫等官諸衙門不得選取**　延祐五年五月　日江

西行省准中書省咨御史臺呈燕南河北廉訪司申真定
路牒呈本路行用庫提調劉塔不及患病作缺大使員
已除韓輔刑部選充副使張居敬因庫子接攬昏鈔
斷罪解任即是輪差縣官一員監倉胡天祥除真定路
不便得此照得吏部卷內前恩州務使胡天祥不應遷延
行用庫大使韓輔不赴任缺照得如此僥倖兩部當該主事
令史韓輔依已除真定官止是輪差縣官一員監倉胡天祥
過期窺伺吏部作缺前缺今後凡有似此倉場
俱各究問緣已除前恩州補真定路鈔庫大使於例不應詳定路
院務司獄監場等官各衙門不得違例選取過月日並

五二八　【典章新集吏部】　十二

不准理補用官吏依例斷罪具呈照得大德
十年十二月二十六日奏崔節該六部省斷事官令史正
從九品得替由無過文資流官內選取考滿補官令史資品
上匪一等止除元任地方雜職不預欽此又照得延祐二
年四月十七日中書省奏過事內一件節該依舊例著已
出身的衙門合設的令史教授秀才根脚裏做令史來的是有
人內選取不勾呵職官並吏員內一件節該如今但是有的
了的聖旨今後除急缺委
付欽此本部議得選取職官已有定例今後除急缺倉場
不准理補用官吏定罪參詳如崔臺擬相應得此都省咨
請依上施行

**廣濟庫攢各庫子對補**　延祐五年十二月　日袁州路奉

江西行省咨付廣濟庫申擬控攢典謝榮元係袁州路萍
鄉吏延祐四年十一月二十日本路差充廣濟庫攢典
已及週歲申乞差替得此照得至大二年五月崔中書省
咨今後各處庫子攢典與州縣司吏一體輪挨定上名司吏
驗先後將挨排如遇庫子滿日行下州縣將挨定上名司吏
承充却將襄闕令庫子交換補遞相輪流週而復始從廉訪司
滿依例噩轉省咨請庫子攢典如遇替行下本
處即將上名過府州司吏有缺挨次勾補但有攢越從廉訪司
紏察相應以後不須省咨禀都省得替但此又照
記姓名過府州司吏申解却將襄都省甲缺發補勾當籍
得本庫提控攢典謝榮係袁州路吏謝榮於
申仰依例於萍鄉州吏內點差一名就召壯保二名取其
延祐五年正月二十一日入役抵替吳元方缺今據其

五三一　【典章新集吏部】　十二

**平准庫子不遷役追俸**　延祐七年八月

各各丁口事產文狀差人管押解省如到來但有違例不
應定將首領官吏究問外據歇下名闕聽候對補施行
西行省咨付據贛州路申平准行用庫子趙隆延祐六年
二月支俸至四月八庫倒鈔七月十三日赴省燒鈔八月
十八日奉到省已燒了當本人實歷俸六月葉元嘉延
祐六年三月支俸十月初十日赴省燒鈔延祐七年正月
十七日奉省燒了當本人實歷俸八月人托病不行
還役如蒙准理實歷俸月已請過俸鈔依例追徵還等
滿役週歲方許給由庶不就怯官事得此除已割付龍興等
路勾追庫子趙隆等就發還役據虛曠月日人等依例施行
理還官外省府仰照勘以此虛曠月日人等依例施行

## 辦課官增課陞等

至治元年正月　日江西行省准中書
省咨戶部呈奉省判吏部呈江州路德化縣河泊提領朱
信任內辦到中統鈔三千五百八十八定一兩四錢內除
正課外增餘鈔一千七百八十七定一兩七錢五分以十
分為率比附前界課程增及九分之上依例擬陞二等合
於從七江南遷用照得至元二十九年中書省議得增及
六分牛驢市擬二等注授增及三分稅課提舉司官擬陞
一等別不見河泊所增九分應陞二等通例送戶部呈
行據省架閣庫照勘得江州路德化縣河泊提領朱信前
任內延祐元年延祐二年辦到中統鈔三千五

五三十
典章新集 吏部

百八十八定一兩四錢內除三週歲並閏月該辦課程鈔
一千八百定四十九兩六錢五分增餘鈔一千七百八十
七定一兩七錢五分以十分為率比附前界所辦課程增
及九分之上議得國家經費課程為大增羨者量加遷賞
虧兌者追陪黜降欲令監官奉職課程盡實到官其若不
陜辦信任內所辦課程比附前界增及九分之上若
提領朱信任內所辦課程深為未便以此參詳河泊所
增課擬令依前例一體陞降庶幾有所激勸課程盡實到
官如蒙准呈遍行照會相應得此連送戶部約會到吏部
陞降通例其河泊課程亦合一體陞賞相應具呈照詳都
省咨請依上施行

## 院務官

十三

---

## 鹽場官陞等

至治元年四月　日中書吏部戶部刑郎中
一同議得運司鹽課已有定額各處煎撈難易不同擬到
增虧陞降等第開坐照詳得此都省准擬除外開坐前去
仰依上施行
各處運司親臨場分得替人員煎辦鹽課以原額十分
為率增及一分從優定奪二分減一資歷三分陞一
等四分之上陞二等增及一分虧及一分減一資二分降一等
三分之上降二等皆須追陪斷罪
運司守司運官首領官總行措辦發賣鹽袋驗課到
官鹽袋出場方許加十分優加用三分減一資四分降一等
給賞二分之上陞

四〇七
典章新集 吏部

一等虧及一分添一資二分之上降一等三分者降
二等釐勒陪償斷罪煎鹽其間立法關防恢辦務要
有增若是虧煎陪比例一體黜降斷罪分催煎辦官驗
各場分除增虧相補外十分為率增及一分從優定
奪二分之上減一資三分陞一等四分之上陞二等
虧一分添一資二分降一等三分之上降二等亦行
追陪斷罪
河東陝西運司撈鹽即與其餘去處煎造不同除另行
議擬外據發賣鹽引驗課鈔到官鹽袋出場以十分
為率若有增虧鹽課比例一體陞賞追陪斷罪

## 運司官

十四

**官員不赴任及到任推避家…** 延祐七年正月　日江西

行省准中書省咨延祐六年閏八月二十一日奏過事內
一件辦事的其間委付了的人每受了宣勑不去的也有
到任嫌事重難推稱緣故與了文書恁意還家來了的也
有奏呵奉聖旨今後勾當裏委付了不去的嫌事重難推
稱緣故回來了的每有呵將見授了的宣勑追了者欽此
都省咨請欽依施行

**聽候官員開籍貫任坐聽候**　至治二年鈔到江西行省延祐

元年三月准中書省咨河南省咨黃州路申近年以來奉

三八四　《典章新集　吏部》　十五

省劄照會受勑官員並省除人數開到原籍仰依例催督
之任既率如此必須行移原籍催請殊不知各官多居先
任地方或他處住任復文繁以致失誤闕期照會官員
莫若開寫應候去處似望易為行移官員早得之任咨請
照詳准此送據吏部呈議得今後本部銓生官員並咨請
資品照會各官原來解由內聽候去處於籍貫以憑照
色目人員開寫住坐去處以憑照會相應具呈如
准呈都省開寫照勘各官守代何人幾年月日滿闕先行
照會依上施行

---

**官員遷葬假限**　至治元年五月　日江浙行省准中書省

咨來咨監察御史浙西廉訪司言杭州路推官劉陶扶靈
前往大名咨開州遷葬水程及代官李惟真不待正期
預至任所爭告禮馬程水路事干通例
宜從都省令合千部分定擬相應咨請回示准此承奉兵
部呈照得至元二十七年假期例
省劄付定到之任官員程限內一歀已除赴任官員在家
不過五十日其在路大都至本家約日兩站
日行七十里車日行四十里乘驛者日起程至到任遠
一站再行上水八十里下水百二十里以上止

五二二　《典章新集　吏部》　十六

拘此例違限百里外者作缺奉此除遵依今牽前因兵
部議得江浙行省咨監察御史廉訪司言杭州路推官劉
陶告假扶護伊母侯氏靈柩前往大名路開州本家袝葬
經涉水程車路約三千餘里自延祐五年正月初五日起
程至五月初一日回還有守闕推官李惟真預至任所告
爭禮任以馬程水路事干通例以此參詳水陸道路遲速不同今
緣馬程水路事干通例以此參詳水陸道路遲速不同今
後弃喪遷葬之人果有扶護靈柩必須經由舟車往回猶有餘日
赴任水陸車程扣算給假若有違限不到依例勒停所擬
推官劉陶宜從都省移咨行省照勘依上施行相應具呈
照詳都省咨請依上施行

作闕

官員事故申官作闕　至治二年鈔到中書省延祐元年十月

二十五日吏部呈內外官員止憑到任月日為期注代比
年以來已除未仕官員守缺其間或過親喪或已有病或
因事不能赴任以致多有久住曠缺去處省部無由得知
就誤官事未便今後若有已住曠缺去處已有病事故
等官令親鄰主首人等隨即呈報未任遭值丁憂患病事故
司委正官首領官各一員不妨本職常切提調每季於申
報內依式開寫明白在內關申省部在外申覆行省將應
有所屬通例移咨都省查勘銓注若應申報而不申報者
從監察御史廉訪司紏察又已除官員急缺者照依舊例
除裝束行程外百日不到任作缺其餘守缺人員過期不
行赴任隨即作缺如蒙准呈遍行照會相應都省除外仰
照驗施行

五、二八

《典章新集吏部》

七

十七

未任官丁憂病故申告官　延祐五年五月　日江西行省

甚中書咨吏部呈照得各處久任急缺未任官員除常例
季報外有已除未任官員在家聽候丁憂致仕病故
在任所無由得知所在官司亦不呈報以致曠職今後未
任官員若遇丁憂致仕病故令本官子孫弟姪隨即赴所
在官司申告轉申上司依例作缺如隱蔽不報或所在官
司不即申達者遠近斷罪仍令監察御史廉訪司
上體察具呈詳得此都省議得上項事故官如無子
孫弟姪聽以次人丁告丁憂官如無子
鄰佑人等隨即轉申所屬上司咨呈省部依例標附注代
仍委各衙門首領官一員提調如違罪及當該提調官吏

餘准部疑除剳付御史臺體察外咨請依上施行

《典章新集吏部》

三十二

十八

## 告敘

**徇闕官告敘委官保勘**

至治二年鈔到江西行省延祐六年
二月
日准中書省咨吏部呈奉省判遠陽省咨大寗
路大寗縣達魯花赤阿塔皇慶二年八月初五日禮任至
延祐二年正月內忽染瘋病回家看治至今痊可已是作
闕別元粘帶過犯憑給由咨請照詳送吏部照擬奉此
照得大德八年尉葛宗顏作闕官員自首革撥例內
七月云患病作闕官員黔縣鐫簿照得大德六年十一月
云遠作闕官員自大德六年作闕官例大德六年十一月
不曾求仕告闕官例奉此又照得至元二十八年十月云病
任官本部議得云患病作闕保勘例今承見奉本部故不依例
議得近年以來內外各處患病告敘官吏多不依例
委官保勘中間有無規避又無患病年月產可已是期必須

四一八 　《典章新集吏部》 十九

駁問致使求仕人員徍復生受以此參詳此等告敘人員
除延祐四年正月初一日欽遇詔赦已前照勘依例遷敘
已後似此告敘官員必須照依呈准定例給由如蒙准呈
移咨各處照會劄付都省議得今後似此人員
給由咨若有不完定將當該首領官吏取招治罪餘准部議
咨請依上施行

## 丁憂

**官吏丁憂自聞喪日始** 延祐五年六月
日江西行省准

中書省咨爲官吏丁憂雖有限期終無始亡聞喪月日理
算定例送刑部約會禮部官一同議得三年之喪古今通
制几官吏遭喪以十三月爲小祥二十五月爲大祥
皆見月爲理此則係正喪大祥後六十日爲禫制若以始
七月日理算緣仕官地方亦有遠在數千里之外者比及
計自聞喪月日不下數月已及終制擬合酌古准今
合自聞喪月日爲始丁憂相應其呈照詳都省准擬咨請
依上施行

**戶府知事丁憂** 　《典章新集吏部》 二十
奉中書省劄付來呈監察御史呈照刷河南省文卷內一
件寗國萬戶府知事孫顯父母俱亡與軍官不同理合丁
憂本府申該驗程限奔喪不行明白區處輒下寗國翼依
例施行若不紏呈切恐其餘管軍衙門首領官吏例斷罪
此爲軍職不行丁憂之人深爲未便如有違犯依例斷罪
降敘相應得此送刑部議得鎮守高郵寗國萬戶府知事
孫顯父母亡如條遷轉之人合依已擬依例丁憂相應
具呈照詳都省仰依上施行

五一四

**雜造諸局匠官一體丁憂** 延祐七年六月
日江西行省
准中書省咨御史臺呈淮西廉訪司申和州雜造局副夏
珪父喪不行丁憂指例鈔錄到將作院匠官不行丁憂照
會事關通例宜令合干部分定擬具呈照詳送刑部議得
三年之喪古今通例所據雜造局副夏珪並將作院隔越
奏准所管諸局匠官俱合一體丁憂具呈照詳都省咨請

依上施行

**生父期服解官** 延祐七年三月

日江西行省准中書省
咨御史臺呈陝西臺咨廉訪司申體知禮店軍民元帥府
所轄千户所提控案牘杜文禮係男自幼小過
房與杜坤為義男次男有親父杜坤美
病故不曾丁憂看詳杜文禮職掌案牘又係漢人擬合依
例丁憂干連人杜文禮職掌案牘又係漢人擬合依
引用假禮令諸喪斷衰三年並丁憂解官於生已父
得按儀禮官太常禮儀院禮部尚書與本部官一同議
林國史院詳官禮部約請到集賢院官翰
為人後者為其父母齊衰三年若為其母庶子為其母亦申心
喪母出嫁為父後者雖不服亦申心喪註云皆為生已者
又為人後者為所後父斷衰三年通典舊例皆同大抵聖

〈典章新集 吏部〉

五、五五

人制服之意輕重厚薄各當乎禮今行省所禀杜坤美將
子杜文禮過房與兄杜坤為後其生已之父杜坤美亡歿
既為齊衰朞年之服亦當解官以申已之父杜坤美亡也
緣前此未有定例以此參詳今後同宗過房之子於
所養父後斷衰三年並丁憂解官於生已之父於生已父
母合依本部已擬丁憂朞年顯丁憂解官者聽外據
各翼首領官吏如係還轉之人即與鎮守軍官不同擬合
依例丁憂具呈照詳准擬咨請依上施行

日江西行臺准

**官吏侵用官錢不丁憂** 延祐六年四月

御史臺咨奉中書省劄付來呈監察御史呈甲匠提舉
司吏周顯狀指武備寺列奏差將造用物料扣要訖輕賫
中統鈔五十四定勾追得本人父喪丁憂看詳將造用物料扣要訖輕賫
倫理一也然事有輕重難拘一律如軍官以軍情緊切不

拘常例所擄武備寺列奏差條管理軍器衙門所設之人
不以軍器為重侵使成造細甲物料價錢比之官吏取受
事有不同即追問事干通典例已有定例今甲物料提
得武備寺劉奏差將造甲不該用物料扣要訖中統鈔五
十四定即係官錢雖是丁憂同官吏取受合依御史臺
所擬追問相應得此本部堂釣送刑部再行議擬通例
因事取受若係丁憂終制取問誠為不便以此參詳今後
奉司司吏周顯等狀指武備寺劉奏差將成造細甲物料
扣要訖輕賫中統鈔五十四定入已即係侵使官錢難同
連呈受此本部再行議得此侵使官錢糧官吏人等既
父母之喪丁憂終制已有定例別議今甲提
雖遇父母喪制擬合隨即追問所據奏差扣要細甲輕賫
若有似此侵欺盜詐侵問歸問

〈典章新集 吏部〉

五、八五

**鈔定犯罪依例追問** 延祐五年七月

書省咨御史臺呈山西廉訪司申近者各衙門貼書祇候
弓手里正主首社長鄉司並無役軍民人等遭值父母之
喪起滅詞訟說事過錢取受科斂賄賂錢物不公不法非
止一端及至告發勾問則稱丁憂及有父母喪亡之後自
不丁憂冒哀犯法者合無追問等事本臺詳看其在役丁憂
任之際或有取受犯法事發之後即稱丁憂在官令
終制追問其各衙門貼書祇候不依理丁憂許令
而乃冒哀犯法事發之後即犯稱見有喪制欲逃其罪以此
論之凡為人子喪制之內有犯非違者不拘官民宜其追
問送據刑部呈云終制憲例問惘今承見奉本部議得父母

## 劉萬戶奔繼父喪

之恩昊天罔極除官吏在任取受不公因事發露不幸罹
父母之喪宜許令終制追問已有呈推御史臺所言依例追問外據各衙門貼書祗
哀犯法宜推御史臺所言依例追問外今後有犯事發到官無問犯在喪制已前服
候雜役之人今後有犯事發到官無問犯在喪制已前服
制之内俱合隨即究問追斷相應具呈照詳都省准擬咨
請依上施行

**劉萬戶奔繼父喪** 至大二年正月江西行省准中書省咨來
咨瑞州萬戶府劉昭信關權叔父劉宣武五月二十日傾逝
當職自幼撫養爲子長立承繼前職量給限日依例奔喪
外本省照得本府擅自許令副萬戶劉昭信奔喪省
委官已將當該首領官吏治罪今後似此奔伯叔兄喪事
若依所指單州劉知州迎葬兄喪擬免論罪卻緣不曾承
准都省照會若不責罰有違通例咨請定奪准此送禮部

《典章新集》吏部

三五五

照擬得劉昭信繼其叔父劉宣武之後議同親子聞喪奔
赴禮所當然今行省不詳此義輒以不應之罪笞其官吏
甚所不宜今後凡承後爲子者依例給假相應都省咨請
依上施行

二十三

---

**起服**

## 起服官員諸例 至治二年鈔到江西行省延祐五年四月

日准中書省咨御史臺呈備監察呈竊聞治國以正俗
爲先立政以興賢爲首偶不得行例始得進賤不得貴爵故
乃爲榮所有建白事理内一件舊例居喪典故
或是朝廷顧問儒臣或是必用者舊通例來權臣
至於富室少年儒書小吏在官之人動以擇俸起服謂如
瞿斷事錢提舉劉知事等致使内外有機之士驚猜迷惑
以爲何藉此等之人奪情起服今後如蒙聖旨方許起服庶
願問儒學之臣或是必用之者舊奉聖旨方許起服庶
草小人僥倖士風益張具呈照詳得此延祐四年四月十
六日奏過事内一件臺官人與了俺文書有治國以正俗

《典章新集》吏部

四一三

爲先勾當裏行的漢兒人每殁了人每呵除合用的好人
起服交行別箇的丁憂者麼道詔書裏行了來近來勾當
裏行的漢兒蠻子人父母殁了呵使見識營幹著交人題
奏了不丁憂的多了者呵今後除果是上位知識必用的好
人特率奉聖旨不交行丁憂呵其餘的依例交了丁憂呵小
人僥倖也者麼道俺根底與了文書有俺商量來依臺官
説將來的交行怎生奏呵是有那般者麼道聖旨了也欽
此

## 給由

省准中書省咨延祐六年十一月三十日奏准節該俺管
著的勾當錢糧最重有在前入來的數目少來然
那般呵侵盜失陷的也有來近年爲收支數目多了
侵盜短少的怎生無的但是諸人侵盜失陷短少
欠應合追短少的及諸人侵盜失陷短少減駁拖
欠勘當會文案者盡行免征歷道行了詔書體例裏
已前有文案者勘當會追陪係官錢糧其在延祐四年五月初十日大赦
少減駁拖欠應合追陪的及已支未除錢糧諸物各部官
糧數目迤漸的差送了去也俺商量來當該官司因
人提調者照勘了欽依詔書體例裏合推除的教准除了

合追徵的委官追徵今後委部官司計程依著舊例計
典催趁更合怎生關防外處有的倉庫提調計
的官人每也依這般理會呵怎生秦呵奉聖旨那箇大小
此除欽遵外檢會先欽奉聖旨節該今後不揀那箇大小
提調的別箇不揀誰休借要係官錢糧者這般道了呵借
要的人每有罪過者提調錢糧人每月滿呵算計呵全交
割了呵與解由文字者不全交割呵休與解由文字勾當
裏也休付者欽此又云廉訪司監察計
各處官司不以錢糧爲重因循苟且多不辦集及有侵
欺短少失陷之數已除名項爲此除已劄付御史臺
欽依添力成就外都省請欽依累降並見本聖旨事意
施行今後各處提調錢糧官任滿交割完備方許給由但
有短少不完依例究問當、理年終務要齊足毋致仍前廢

---

咨奉中書省劄付吏部呈奉省判河南省延祐五年正月
二十七日咨文盧州路盧江縣務提調俞瑛解由延祐二
年受省劄充前役當年二月之任延祐三年得替送
據吏部移准刑部關於延祐三年盧州路贓罰冊內照得
盧江縣務提調俞瑛溢在任取受楊德旺中統鈔二定淮西
道廉訪司取訖招伏罪斷前過殿免不見
幾年月日事發若止以得替已後爲始俞瑛擬依倒殿敘不見
六年二月日事發若止以得替已後卻自任所盧
江縣至河南行省倒給本省延祐五年正月二十七日解
由移咨都省求仕益是所屬官司中間蒙蔽不行照勘事
由一節合咨行省取問究治具呈照詳都省仰依上施行

屬未應爲此本部議得諸職官犯贓經斷過免須殿年滿

日方聽告敘給由明白開寫所犯過名以憑黜降各處官
吏宜於當該官吏及所屬上司並須究治監察御史廉訪
司體察照刷所據任所官司不應蒙蔽俞瑛過犯預給解
由一節合咨行省取問究治具呈照詳都省仰依上施行
先給由當該官吏及所屬上司並須究治監察御史廉訪

## 選格

### 承廕

致仕官 子孫廕先銓注 　延祐六年五月　日江西行省准

中書省咨吏部呈奉省判御史臺呈據監察御史呈職官
以禮去任例應致仕有一子承廕驗其品格先爲銓注
俾資體月養榮其親庶可激功於將來具呈照詳爲銓注
議得告廕之人若親年老止有一子原籍官司保勘明白
宜准監察御史所言不次銓注誠爲厚典都省准呈咨請
依上施行

陰陽醫匠人休承廕 　延祐七年七月　川江西行省准中

書省咨延祐七年三月二十五日速速參議特奉聖旨醫
二、五三 《典章新集 吏部》

人陰陽人匠人每的孩兒休交承廕者他每的本事好呵
勘酌著勾當裏委付也者麼道聖旨了也欽此都省咨請
欽依施行

## 吏制

### 總例

詔衙門吏員出職 　至治元年二月　日中書吏部承奉中

書省劄付來呈奉省判御史臺呈監察御史言吏員人等
出身世祖皇帝定制以九十月爲滿方許出職近年省部
不能恪謹奉行諸衙門通譯史令史宣使奏差人等中間
因值例革者未及考滿不令相梯衙門貼補輒令實歷月
日除授案亂成規有礙選法今後擬依舊例吏員須以九
十月爲滿方許出職違者監察廉訪司紏察追改照得奏
准至元新格內一欵爲滿云云至臨時定奪如蒙准
再行議得令譯史宣史奏差人等合依已擬欽依書九
三、〇二 《典章新集 吏部》

十月爲滿中間若有例革或因事離職者並令貼補考滿
依例遷敘果有才幹不凡事跡可考者臨時定奪如蒙准
呈本部爲例遵守具呈照詳得此都省除外仰照驗
就行各衙門照會施行

選補書吏 至治二年五月鈔到江南行臺延祐七年八月
日准御史臺咨延祐七年八月初二日本臺官奏過事
內一件各道廉訪司書吏奏差名役雖微干係事體重
爲用的人不當呵壞著風憲勾當事上好生室礙有
立格限選用呵政事上好生室礙有今後廉訪司書吏於
正從九品職官並教授到選見任注代得替有解由的及應陞
教授到選學正山長年四十五以下省得事行止廉慎
的人每遴選教官一考理本等月日職官依例減資文
資出身及雜職並察院廉訪司書吏考滿已除職官者不
緣歲貢儒人先儘會試終場下第舉子內選用如或不敷
照依舊例貢舉吏員於路司吏應陞體僅及兩考儒吏兼通

【典章新集 吏部】

五八四四 行止廉慎自來無過者選貢三臺典吏先選貼書補充架
閣庫于轉補典吏爲始實歷請俸三十月發充各道書吏
其奏差於散府州司吏內一考之上通習儒吏
內取補歷俸四十五月轉補書吏依例遷調合選的人每
除三臺典吏外其餘並教管民文資正官從公結罪保舉
廉訪司官體覆相同照依延祐三年四月十四日奏准定
倒嚴加面試中程開具備細申奉臺劄方許補用三臺典
吏一體試驗委巡察御史嚴行體察如有違倒照例隨即
人數及才能無取行止不慎曾有過犯不堪風憲者隨即
革去仍將原舉體覆考試正官首領官紏呈黜退當該儒
吏斷罪勒停又江南別無北人舉子應試北人教官儒人
出身職官亦少必須用南人奉曲律皇聖旨廉訪司
裏革人了南人不教做書吏來世祖皇帝以來用人不曾分

南北俺尋恩來四海混一都是皇帝底百姓有若分南北
用人呵於大體上不宜的一般俺明白奏知江南廉訪司
裏每道許用南人書吏四名內學子二名教官及正從九
品根腳儒人出身職官二名迴避本貫原舉道分這般嚴
切做體倒拯治行呵也選得好人不壞了風憲的法度大
勾當裏便益也者可憐見這般教行的上位識者奏呵
奉聖旨怎麼說的是有依著恁商量來的行者欽此咨請欽
依施行

【典章新集 吏部】

五八六九 部又許人職官秀才內選用因此大啟倖門各部性徍
違倒將不便減資流官雜進職官取用又有儒不通吏
不通書吏循私選用不拘原額以致舛誤公事今既各道廉
訪司依例開貢今將各部諸衙門令史截日取勘見數即
將不應之人盡行沙汰照依舊例貢舉截名排挨次試
補如其試驗不應即須發還一則革去奸弊二則庶得其
材不致失誤公務本部議得御史臺備監察御史言各道
廉訪司依例開貢本部諸衙門令史截日取勘見數
不應之人盡行沙汰照依舊例貢部籍記名排試補如其
若便即須發還各衙門補用日久又係已准人數擬自今
後立格六部諸衙門令史有闕須要依例於相應人內試
補以憑稽設所舉不應之人罪及當該官吏如蒙准呈本

選試書吏 至治元年五月
日江南行臺准御史臺咨承
奉中書省劄付來呈監察御史言各部性徍
道廉訪司並行臺察院每歲貢舉書吏二員須
通吏書吏一名必達儒書近年以來爲選法不能遷調住
罷各道廉訪司書吏歲貢止以察院書吏及都省典史轉

部爲例遵守具呈照詳得此都省合下仰依上施行

三十四

典章新集吏部

三三

---

## 譯史

通事譯史出身　延祐六年七月　日江西行省准中書省

咨江浙省咨各路通譯史出身定例令合干部分定擬
譯史考滿一體陞轉
相應送吏部議擬到下項事理具呈照詳都省咨請依上
施行
一各路通事考滿行省擬除充錢穀官三界比同路
譯史如係翰林院發補考滿務須一界
前件議得各路譯史如係翰林院發補考滿務須一界
陞提領所轄通事即係一體以此參詳合各路譯
史例遷敘相應
一各處運司譯史回回書吏行省原擬既翰林院選發
史例遷敘相應
出身未有定例

四、三七

典章新集吏部

三三

前件議得運司書吏舊例九十月都目任用本司與各
路今故牒行移其蒙古譯史如係翰林院發補九十
月爲滿比各路譯史減一界陞轉其回回書吏照依
漢人書吏舊例出身一體定奪
一財賦總管府譯史行省原擬未有出身定例

路譯史遷調　至治二年江西行省鈔到至大四年七月
前件議得江浙財賦部總管府與運司往復平牒故牒
各路財賦譯史如係翰林院所發考滿與運司譯史
一體出身

蒙古書寫轉補譯史　至治元年五月　日江南行臺准御
仍照會翰林院今後避籍發補庶革前弊咨請依上施行
籍居民理宜避籍遷調據其餘路分似此之人一體遷調
日准中書省咨議得建德路譯史吳不里罕既係本路附

史臺咨承奉中書省咨付來呈監察御史呈本臺蒙古必
闍赤所掌奏事文字誠爲重要既省院各設置擬添設
蒙古書寫一名今切照樞密院等見設蒙古書寫
役滿俱發所轄司屬三品衙門譯史緣本臺前書寫李彦
敬歷俸及考已蒙轉補殿中司譯史又臺典吏歷俸三十
月例發各道廉訪司書吏其後蒙古書寫歷俸三十
此參詳今後蒙古書即與典吏無異以
院書寫一體歷俸四十五月轉補緣廉訪司譯史考滿出
歷俸三十月轉補殿中司亞各道廉訪司譯史擬依本臺書擬補
轉補各衛譯史考滿出身正八今御史臺擬補樞密
得此據吏部呈議得樞密院蒙古書寫誠爲相應具呈照詳
身正九似沙不倫以此參詳除通事從各衛門長官保舉
各有出身定例外擬書寫合依御史臺呈如係翰林試發
人員歷俸三十月轉補殿中司各道廉訪司蒙古必闍赤
相應如蒙准呈本部爲例遵守具呈照詳都省除外
依照驗依上施行

**蒙古教授充職官譯史**　延祐六年七月
日行臺准御史

臺咨奉中書省札吏部呈奉省判本部原呈翰林院經歷
司呈竊見都指揮使司蒙古教授程遷充國子監職官蒙
古必闍赤省會公參勾當本部議得各衙門蒙古譯史例
有轉補人數今却將蒙古教授學正補充未有所守通例
以此參詳上項譯史書寫除依例補令史例一考爲滿
教授學正合比依儒學教授學正轉補令史例一考爲滿
止理本等月日照依原任地方遷敘月日雖多不爲滿
如蒙准呈本等月日照爲例遵守相應具呈照詳都省仰依上施

散府上州司吏出身　延祐六年二月　日江西行省准中
書省咨吏部呈奉省判江浙省咨松江府申司吏吳祥大德
三年杭州路錄事司吏請俸一十五月差充行用庫司庫
請俸一十三月大德十一年發充江陰州司吏請俸三十
二月遷充松江府司吏請俸四十二月通前實歷散
年復補松江府司吏歷俸四十二月通前實歷散府上州
司吏九十月參詳散府上州司吏並依舊例申州縣府吏
回示照得延祐元年十二月奉中書省劄付各衙門吏道
降等內一項外路司吏歷俸目吏目一考歷都目一考
陞至提控案牘與從九品奉此今承見奉本部議得腹裏
未有陞轉通例以此參詳若由司縣吏目一考歷至提
十月為滿歷典吏一考歷吏目一考歷都目一考
控案牘腹裏及行省歷三考俱於從九品內遷除例補
充者雖有役過月日別無定奪具呈照詳都省准呈咨請
依上施行

例前幕職依舊例遷敘　延祐五年正月　日江西行省准
中書省咨來咨監察御史照出都吏目鄰傑等八名本省
不照吏員降等銓注擬合改正本省照得延祐三年正月
初五日准中書省咨延祐二年九月十二日奏准官員數
內南康路行用庫副馮良弼授建昌路提控案牘再
等八名俱係例前差充倉庫重役復充路吏即與馮良弼

五二五
典章新集　吏部

---

一體送吏部照得近奉省判張翊等告敘授中書吏部通
行諸省劄付充都吏目考滿令史俹入流官並初換授案牘人員一體
降等實是沈滯照得延祐元年十月十五日奏過事內一
依諸衙門吏目考滿令史俹入流官初換授案牘人員一體
件云漢見吏歷道從七欽此本部照得延祐元年十月
無十箇月考滿歷典吏兩考歷都目吏目一考歷都目
一考歷提控案牘兩考與正九品張翊等雖未換授朝命
卻緣路府司吏歷之後俱授省吏一例迴降似涉
案牘已歷提控案牘深終係省吏歷未除幕職司吏人
不倫以此參詳除役滿未除幕職司吏人等並依上
例定奪外其前已授都吏目更為照勘明白依舊
遷敘奉都堂鈞旨送吏部更為照勘明白依舊例
見奉本部議得都吏目鄰傑等八名即係例前已授幕職人
員參詳合咨本省依例遷敘相應具呈照詳都省請依
上施行

鹽場司吏　至治元年五月　日江浙行省准中書省咨來
咨兩浙運司監運綱司合無將巡尉司吏內取充
者理司縣司吏月日發補司吏月日一體遷調轉補鹽司吏內取充
巡尉司吏月日發補司吏月日一體遷調轉補鹽運司見役司吏自行選用者准
送據吏部呈照得延祐二年正月內承奉中書省劄付本
部原呈河間等路都轉運鹽使司所轄二十二場額設司
吏六十三名俱係原係從九品今既設司令司丞七品衙門
弊細難枚舉各場鎮撫司並巡鹽司吏有闕於本司籍
欽依從新拯治今後鎮撫司吏有闕於本司籍
記典吏貼書內選補歷俸三十月之上轉補司令司吏再
歷一考與鄰近縣分互相遷調庶革侵漁之弊本部參詳

五七七
典章新集　吏部

河間運司所轄場分今既改政壐從七品其司吏有闕擬合
比依各縣人吏一體於附近各處巡尉捕盜司吏不係爐
戶人內換次上名勾補再歷一考之上與各處縣吏互相
遷調如蒙准呈本部依上施行呈乞照詳得此都省合行
除外合下仰照驗依上施行奉此本部議得江浙省咨兩
浙運司監運綱司於巡尉司縣司吏遷調
轉補監運自行選用准巡尉司吏內取充理司縣司吏遷調
司即與河間運司場吏一體如蒙比例准呈移咨本省依
上施行得此都省合行移咨請依上施行

《典章新集吏部

吉

典章新集吏部終

戶部

祿廩

職田

官員職田依鄉原例分收

至治二年鈔到江西省延祐二年
三月　日准中書省咨戶部呈奉中書省劄原
呈奉省判御史臺呈據葉宗禮告係江西道袁州路萬載
縣人戶告為職田事得此照得中書左三部奉中書省劄
付近將隨路州司縣官員勘酌的定到俸外據職田合
依舊例標撥奏奉聖旨准欽此今比附舊例約量定
到各路州府司縣官員職田項欽除斷沒地營盤草地外

四、五八

【典章新集　戶部】　一

仰於本處係官亞戶絕地及冒占荒閑地內依數標撥召
募培牛院客種佃依鄉原例分收於內若有荒地於近上
有牛力民戶內勘酌時暫借債牛力限二年內逐旋耕墾
作熟依上召人種佃已後各官相沿交割取明白公文申
部仰照驗行下各路總管府依上施行才候擬定各項
欽條段卓窒四至備細造冊類攢速呈省毋致因而多
餘開要違錯付處分事理施行才候擬定照連去體式備
中書省劄付處分事理施行才候擬定照連去體式備
細造冊一本申部毋致因而多餘開要違錯今據見告
臺看詳外任官員職田原行既六分召募佃客依鄉原例
收今葉宗禮見告袁州路卻行多勒鈔嚴加禁止今不許似
省移咨行下合屬依例分收嚴加禁止今後不許似
前椿配多勒鈔定庶免百姓生受具呈照詳批奉都堂鈞

---

旨送戶部照擬連呈奉此照得葉宗禮所告袁州路官員
職田至元十四年起徵稅糧之時亡宋俱有文簿將屯田
營田職田一體科徵及以鄉原舊額斛斗較量每米一石催官
斛四斗准收官斛二斗四斗比附鄉原斛斗面高糧一斛納一
升五合仍復堆壋斗面高糧一斛納一
石之上至元三十一年蒙上司將職田照依官租項下登
斛作數每斛二升外加耗米二升至元二十三年標撥
苔官員數每斛視為已業申覆上司復回職田赴各官
納元貞元年各官復已業申覆上司復回職田赴各官
衙內交納每斛依前勒要納米六斗連斗面鼠耗米共折
斗比之官收子粒多範三斗八升每斗又加斗面鼠耗
職田赴各官衙私斛多徵送官子粒是佃戶每斛付各戶赴官倉送
得稟從優每斛微納糙米二斗是佃戶每斛勒要納白米六
六斗准收官斛二斗四斗比之民田每斛三升至元二十三年標撥

五、八五

【典章新集　戶部】　二

鈔三十六兩本部議得合依御史臺所擬嚴加禁止不許
似前椿配多勒鈔定庶免百姓生受據外任官員職田擬
合照依鄉原舊例段正分收今後毋得似前椿配人戶多
餘取要宜從都省劄付御史臺及咨江西行省再行照行
相應具呈照詳批奉都堂鈞旨送戶部再行照會節次赴省呈告
此照得葉宗禮告為此行據省架閣庫呈連到文卷一宗
袁州路官員職田為此行據省架閣庫呈連到文卷一宗
該羅安定狀告江西袁州路萬載縣人氏於至元二十四
年蒙上司將民間所佃職田分撥各官衙每一斛送官
納上等白米六斗各官令梯已提控總領人等將綢麵軍
斗高糧加倍仍要水脚稻葉等錢不容分訴使民不得已
而變賣家產了納其司縣逐年豫先差祗候人等勒要
酒外要勾追鈔兩多者十兩少者五兩以致所佃職田民

戶多有逃亡及親鄰主首人等官司勒要閉納以致下民
流散拋下土田無人耕種者官司全不體察下民枉受虐
害俱各不得相安緣民戶所納米石加增數倍為此生受有一
般佃職田民戶揚天祐等已經累告行省不蒙明降乞詳
狀事都省照得近據御史臺呈監察御史條陳事內一件
隨路按察司並管民官員合得公田常例自行召募佃客
所收子粒照依體例分張或自行種佃在後各處官司往
倒招募有牛之家作佃耕種依卿原例分收子粒毋得去
此弊深為便益送戶部照得各路官員公田擬合照舊
常例多行取索租課虧損下民搔擾不安今後莫若革去
往例不似舊例照得依體例百姓自願每年驗項獻此之
椿配百姓已於至元二十八年五月二十七日遍行各省

四、五三

《典章新集》戶部

（三）

依上施行去訖今據見告毋令百姓包納搔擾違錯十二
月二十三日移咨江西行省依已行事理施行去訖今奉
前因本部議得葉宗禮所告袁州路官員職田不依舊例
收租每歇勒要米六斗又行加糧斗面及折收鈔兩事
不應以此參詳合依御史臺所擬今後照依卿原舊例改
正分收不許似前椿配多餘取要庶免百姓生受從都
省移咨江西行省嚴行禁止相應得此咨請依上施行

**官吏罰俸定例**

**俸鈔**

至治二年鈔到江南行省臺延祐五年九月
日准御史浙行省臺咨奉中書省咨付江浙省咨福建宣慰司
呈近奉江浙行省咨付該准都省咨刑部呈河間路申巡
檢劉國安關魏宣道被刦三限不獲賊徒當職罰訖兩月
贖罪俸錢中統鈔二定照得此當職罰訖兩月
一月止罰中統鈔十兩據有公田官員罰月俸中統鈔
合照依有公田官罰俸中統鈔擬至元鈔數罰人員
有公田官員罰中統鈔五十兩實為偏負檢校人員一十兩尉一
十二兩然此未有定例乞照詳事得此參詳諸
有職田者月支中統鈔兩因無職田祿米改支至元鈔數
有公田官員罰中統鈔五十兩因無公田改支至元鈔數

三、九四

《典章新集》戶部

（四）

較之職米價錢與月俸爭多數倍其罪輕應罰俸錢中間
有公田人員止罰中統鈔數無職田官吏卻罰至元鈔兩
事涉偏負若依巡尉人員一體追罰事干通例送刑部議
得內外有司官吏有公田者依舊支請中統鈔俸無者關
支至元鈔兩所犯公罪輕重不同今後除應的決者依例
斷遣其餘輕罪臨時勘酌以中統為則罰俸相應具呈照
詳都省准擬仰依上施行

# 鈔法

## 倒鈔

斷例〔七 二七 三七 四七 空七 七七 八七 九七 一夏 處死〕

| 罪名 | | |
|---|---|---|
| 鈔庫知事 | 干 提調攢 | 處死 |
| 接倒司吏 | 官州典尹○ | |
| 假偽庫使 | 庫副○解任 先職先職 任降 | |
| 招補依舊 | 別任一等 革○ | |
| 昏鈔勾當人 | 庫子○庫子 | |
| 罪名 | 別事解任革去 | |

（此處為原書表格，各欄依橫向位置填列「招禪」「收買」「通同」「收接」「假偽」「倒換」「合干」「鈔○」「人○」等字樣，因版面漫漶難以逐一對位。）

### 揀倒假偽招補昏鈔罪名

延祐五年七月十六日中書省奏，准節該去年曹州倒鈔庫裏秋間倒換來的三千定昏鈔

《典章新集 戶部》 五

五一九

上頭省臺差人交燒毀呵，那鈔內撿閱出一千三百一十二定有餘招補挑剗假偽等鈔來，有俺差人交就那裏問去呵，那庫裏行的一箇任義名字他和別箇人，至元鈔入已了麼道明白與了招伏文書有，交刑部定擬。阿，這任義名字的人所犯昏鈔即係盜所守官錢，合處死有。省裏通同者與了的好鈔轉買將招補挑剗假偽鈔來，却入官庫內倒換出鈔本去了。又有江南來的蠻子並諸人每，似這般將倒換出來的假偽歹鈔來，和他通同著也倒換出鈔本去了，有於那倒換他要二千二百五十貫。裏差官與本道廉訪司官一同復審無冤呵，當好各各罪名都定了。阿，這任義名字的徒年的勾當各各罪名都定擬了有。礙的三十九箇人內杖罪呵，怎生奏呵？那般者麼道聖旨有。似這般歹鈔多了的上頭，將鈔法素滯有。依著他每定擬將來的行呵，怎生奏呵？那般者麼道聖旨

了也，欽此。都省差官欽依處斷外，今將各犯人並官吏人等已斷罪名，開咨請禁約施行。

處死通同收接假偽鈔兩陳念二
一百七下同情收接假偽倒換合干人王用
一百七下徒一年招補禪鈔鞋合干人任義
九十七下知情收買假偽鈔胡牛兒等九名
偽鈔徐得與三名
八十七下描寫昏鈔買山兒等二名　接攬假偽鈔牛山等五名恐嚇指錢張旺等四名
七十七下解見任別行求仕提調官州尹趙仲禮
革去庫子張晞
六十七下解前任降先職一等別行求仕庫使李貞
革去庫子李思恭

四十七下革去攢典孫敬祖
三十七下解見任別行求仕提調官州尹趙仲禮
二十七下干連人趙濟民
一十七下依舊勾當　知事鄭居敬　司吏曹琚　梁

《典章新集 戶部》 六

四五九

### 提調鈔法

延祐五年三月

日江西行省准中書省咨監

賢

燒延祐四年秋季昏鈔官呈：於曹州合燒昏鈔內撿閱出接補描改假偽等鈔，廣平路閱出接補挑剗不堪等鈔，庫子劉琮狀招，寫不識昏鈔，憑本庫楊大使說合作保雇覓見役合干人李士信辨驗，致令李士信接到不堪等鈔，得昏鈔易換料鈔云云，欽此。已經遍行各處欽依施行去訖。據前因都省議得，各處設立行用庫，專以倒換昏鈔委官

此檢會到至元新格內一欵，諸行用庫凡遇諸人以

令作弊壞亂鈔法

倒換時至檢校及整勒監燒昏鈔官吏子細檢閱毋致縱

依施行仍嚴責提調官吏人等常切用心設法關防依例

餘去處似此奉行不至枉遭刑憲除外咨請行下合屬欽

且以致庫官庫子人等通同作弊若不遍行曉諭切恐其

是提調人員不以鈔法爲重失於檢校又不關防因循苟

提調務要鈔法通行今曹州等處接到挑剔捽轢等鈔盞

《典章新集户部》

一五二

十

---

## 偽鈔

造偽鈔人家產未沒官經革 延祐六年三月

日袁州路

奉江西行省劄付來申許層八等造偽鈔事看詳其許層八

徒遇革倍微燒埋銀兩充埋贓之資明有通例倒看其許層八

抄造偽鈔未嘗結正其罪欽過釋免所擾家產若擬斷沒

誠恐差池移准中書省咨送刑部議得江西省咨袁州路

申印造偽鈔人許層八李文翁等家產雖曾供報見數終

是未經收除偽鈔係入官既遇原免擬合此倒革撥相應具照

詳都省推擬請依上施行

偽鈔報未成遇革釋放 至治元年七月初四日福建廉訪司

書吏王陳檢會到延祐元年十一月江西行省准中書省

咨來咨袁州路備宜春縣申甘元亨首至大四年十月二

《典章新集户部》

八

十七日有戴榮一說合前去伊家刊板造偽鈔公事犯人

戴榮一招伏本省詳看戴榮一所招至大四年十月二十

七日絲合甘元亨同情抄造偽鈔刊雕到至元二貫偽鈔

面印臣其間有偽造者處死字樣開雕未完及用錫鑄印

二顆抄造紙壞未曾印造甘元亨首告到官本路已原其

罪戴榮一所犯若比朱來興倒杖斷一百七下徒役却緣

事干通例除將戴榮一監收聽候外咨請照詳椎此送刑

部議得袁州路宜春縣人戶戴榮一監收聽候詳椎此至大四

年十月起意絲合甘元亨窩藏在家本賊出鉛錫刊造至

元二貫偽鈔一片於上不曾開雕偽造者處死字樣未至大四

及列成背印臣篆文朱印二顆抄造者處死初起意絲合甘元亨

元亨首告到官以此參詳戴榮一所造紙壞甘元亨雕刻偽板不曾

同謀印造偽鈔戴榮一所造紙壞甘元亨雕刻偽板不曾

五、三四

印造首到官別無定奉外據戴榮一所犯雖起意終
是不曾印造既已一次欽遇詔赦釋放相應具呈照詳得
此咨請依上施行

**偽鈔非正犯遇赦草撥** 至治元年六月 日江浙行省准

中書省咨該爲饒州路申票金震龍告首偽鈔公事照得
欽奉詔赦節該印造偽鈔不赦欽此除首謀起意並雕板
抄紙收買顏料畫填字號窩藏俱係印鈔人數欽依追勘
外據知情不曾下手並分買行使知是偽造寶鈔不行首
告之人合該杖斷俱在一連事內未審合無釋免擬准中
書省咨刑部議得偽造寶鈔事內除起意之人雕板抄紙
收買顏料書填字號窩藏印造但同情者並行處死餘
准行省所擬知情不曾下手並分買行使知是偽造寶鈔
不行首告之人合該杖斷俱在一連事內既非正犯欽依

三一 《典章新集》戶部

草撥相應准此已經遍行各處依上施行去訖仰依准中
書省咨文事理施行

九

---

**倉庫巡防盜賊大撥** 延祐六年二月 日江西行省准

書省咨延祐六年正月二十五日亦列赤平章買奴郎中
根底野書牙國公傳奉聖旨但有的倉庫裏好生計較火
燭者裏頭外頭好生著緊巡捕盜賊者麼道傳聖旨來欽
此都省咨請欽依上施行

**倉庫**

（一二） 《典章新集》戶部

十

## 義倉

點視義倉稻米無物料

至治元年二月　日江西廉訪司承

江南行臺劄付監察御史呈會驗元奉條畫內一欵義
倉驗口欽此欽詳每社設立義倉驗口數糶粟以備儉歲
實欲黎元樂養生之福各處農事官不體朝廷恤民之意
將義倉視爲泛常今粂水州申報延祐四年五月六年三
周物斛數目稻三千八百五十三石六斗米七千五百九
十石七斗卑職親詣附郭上元等鄉撟點里得里正劉文富
不曾設置倉所見在稻米又不如法收貯及里正宋翊侵
食舊管稻穀旋將今歲新收物斛抵撥官司取訖里正劉
文富宋翊並提調官達魯花赤知州招伏斷罰外其餘鄉
分不無一體今本州提調農事官親詣各鄉逐一從實點

五四七
《典章新集》戶部

視前項米稻如有短少就便著落主典之人追徵還倉仍
於各鄉依倒設置義倉一所於門首豎立綽楔大書雕刊
義倉二字以表眉目更置粉壁開寫某年某鄉某人糧米
若干官另置文簿二扇依上開寫用印關防官司收掌
一扇里正收掌一扇里正每季將見在稻米開申本州如
里正役滿將文簿當官明白交割倉門並米稻令提調官
並里正社長眼同關防封記如此少革侵漁之弊除令本
州行移提調官依上施行其點訖糧數義倉處所並里正
姓名保結開申中外又慮各路州縣官司提調官不爲用
心點檢亦有似此不立義倉却無收到物
斛切詳義倉誠爲拯荒之要今主典之人多有侵食借用
虛申數目其當該提點正官置之不問又今歲南北俱有
水旱災傷即目秋成猶可過遣來年春首必有饑貧其饑

十一

貧之家比及申明賑濟以來先賴義倉稻米以療其餒若
各處義倉罄然虛空百姓必致流移呈乞照詳得此憲臺
仰行移有司欽依施行仍常加點視務在必行

七十五
《典章新集》戶部

十二

## 錢糧

### 開收

萬億庫收堪中支持鈔數　　　　至治元年二月　　日江西行省准

中書省咨戶部呈萬億寶源庫申奏符文奉省判為甘肅
和糴糧價中統鈔二十萬定令本庫揀擇料鈔起運此
於應有諸名項亞將寄庫鈔內揀擇起運又行起運二十
萬定為此照得本庫先收各行省鹽運司並諸路諸名項
鈔內多有與街市行使鈔樣一體不堪支持今於兩准鹽運
司解到中統鈔一百五十餘萬定內已起上都八十萬定
又撥換起運和林五十萬定今於見收諸名項鈔內選起
甘肅二十萬定若不申覆誠恐各處依前將課程亞諸名

〈典章新集戶部〉

三八四

項錢不行委官監提調收受依前起解不堪支持鈔定
前來卑府難以支持申乞施行得此本部議得萬億寶源
庫申各處行省與鹽運司諸路解到諸名項鈔定多與街
市行使一體鈔樣不堪支持蓋是各處提調正官不為用
心親臨監收以致如此參詳今後各處凡收課程諸名
鈔定須要提調正官親臨監收堪中支持無昏爛鈔定赴
都交納相應具呈照詳得此咨請依上施行

十三

### 侵盜

教授直學侵使學糧　　　　延祐三年十一月　　日江西廉訪司

奉行臺劄准御史臺咨來咨湖北廉訪司申利州儒學
教授張子仁直學史直諒等攬官醫學正鄧濟等侵用訖
本學延祐元年學糧及取受佃戶郝再海等鈔定取
訖招伏除醫學正鄧濟斷訖外所攝張子仁侵係官錢
糧依十二章不枉法例決杖八十七下恐涉太重如將張
子仁量決四十七下解見任別行求仕直學史直諒司吏
黃嗣先決三十七下草去伏慮未當咨請照詳准此呈奉
中書省劄付送御史臺呈照得元貞元年三月十二日承
奉中書省劄付御史臺據刑部呈照詳得儒學提舉陳臧所
取到招詞欽遇詔赦送本部議擬得儒學提舉陳臧所招

〈典章新集戶部〉

五八四三

除輕罪外止據不合將至元二十九年上半年本司合該
紙劄錢稻穀一百石支要入已又將理問所給付到原追
本司侵使南陽書院贍學錢糧二十三定並蕭英發等處
原收管錢鈔七定四兩五錢計中統鈔三十定四兩五錢
入已即係枉法贓滿罪經原免擬合依例罷職除名
不敘標附過名都省准呈仰依例標附施行欽遇詔赦
延祐二年十一月二十七日欽遇詔赦遵外奉此照得
本部議得各處廟學錢糧供給師生廩膳朔望春秋祭祀其
主領教官人等恣情冒濫支破侵盜入已雖有禁條
別無定例若依枉法不敘難同儒官倉庫侵盜如解見任
授張子仁所招不合與直學史直諒等節次將本學錢糧
別敘是又大啟倖門助盜奸弊以此參詳慈利州儒學教
通同冒侵使入已罪犯合依行御史臺所擬除輕罪外

十四

行

止據一節不合將支用未盡錢糧中統折至元鈔五十貫
侵使入已爲重依不枉法例二十貫以上至五十貫五十
七下殿三年注邊遠一任罷經釋免擬合依上殿欽外據
直學史直諒等革去不敘相應具呈照詳都省仰依上施
行

延祐七年革後票不到錢糧　延祐七年八月　日江西廉訪
司奉臺劄准御史臺咨奉中書省劄付來呈延祐七年三
月十一日草後票例送刑部照擬到下項事理都省准呈
仰依上施行

一關出錢糧合給散軍匠等口糧物料錢衣裝窮暴爐
戶工本和買物價和雇腳錢並官降百姓出過首思
馬匹草料等錢其侵借扣落冒名支請事發到官已
承伏者罪過原免錢物合無徵納給散未承伏者合

五／一四

典章新集 户部　　十五

無追給刑部照得延祐四年二月十二日呈准中書
省劄付已關出倉庫應合給散軍匠口糧物料錢衣
裝窮暴爐戶工本和買物價和雇腳錢並官降百姓
出過首思馬匹草料等錢官吏人等冒名支請全未
給散者既係已出倉庫合給散官錢物難同係官
正數擬合追徵給散中間合尅落之數已有承伏者
徵給主未承伏者欽依革撥已經照會今合令承見奉本
部議得上項事理合依前例一體施行相應

一各站支持頭目人等照出各年不應虛捏使臣起
數經過作宿以從作正冒支過落追理未經照
徵之際合無欽過詔赦免罪合無省落追理未經查照者
未審合無挨照接站理算追將未經查照者
照刷刑部議得各站官降支持錢物祗應頭目人等

應
虛捏使臣起數及經過作宿以從作正冒支首思米
麵等物既是係官錢糧已未承伏俱合查照追理相
應

一諸局院頭目尅落織造段定絲料價錢罪經原免合
無追理刑部議得諸局院頭目尅落織造段定絲料
價錢既是係官錢物擬合欽依追問徵理斷罪相應

一諸官吏人等延祐七年三月十一日已前官吏人等冒破多佔數
欺隱尅落入已係官錢物比之短少情犯尤重既是係
官之數已未承伏俱各欽依追問徵理斷罪相應

又至治元年九月　日福建廉訪司奉江南行臺劄付
近據來申爲票通例事移准御史臺開到各項事理
延祐七年三月十一日已前官吏人等冒破多佔數

四／〇八

經過行去訖　〈賄賂例　云云見　贓例〉

典章新集 户部　　十六

一諸人告發倉官人等結攬輕賣飛走官糧格前招伏
已未徵贓或對證未有招伏不見合無斷前件照
得延祐七年三月十一日欽遇詔赦節該侵盜短少
係官錢糧不赦外欽此又照得延祐七年十二月初
一日欽奉詔書內一款欽此今諸人侵欺盜用一
主典之手者不在此限欽諸今承見奉本部議得諸
人告發倉官人等結攬輕賣飛走官糧擬合欽依詔
書事意施行

## 鹽法

### 鹽課

於後

延祐五年三月　　日欽奉聖旨節該鹽貨條畫開列

一隨處所辦課程依舊例管民正官提點若有差出以
次官提點如有阻壞弓兌取問得實依條究治

一各處運司辦課其間諸衙門官吏等毋得縱令人
虛捺飾詞妄行扇惑搖擾阻壞若果有言告鹽司場
官人等不公等事從運司依例歸斷如理斷不應許
監察御史廉訪司紏彈運司官若有非違申臺呈省
辦課人員毋得擅自勾援

四八五

一行鹽地面拘該行省宣慰司官各一員專一提調路
府州縣提調正官鎮守把監軍官巡鹽捕盜等官若
有興行不至者許廉訪司紏彈究治事關各省為例
事理運司直呈都省

〈典章新集〉户部　　十七

一管民提點正官常切提調關防嚴加禁治如不為用
心致有私鹽犯界鹽貨初犯笞四十再犯杖八十三
犯杖一百除名通同縱放者與犯人同罪

一諸衙門並行鋪之家賣訖官鹽限五日赴所屬州司
縣繳納目如違限則引影射私鹽法仍委

一提點官置簿即毀抹每季申轉運司收管運司官所至
之處先行檢舉不如法者就便究問

一客旅買到官鹽並官司綱運船車經由河道其關津

渡口橋梁妄行事故邀阻者取問得實攪擾阻壞運司
乞取財物者徒二年官司故縱者與同罪夾覺察者
笞五十如有拘當客旅取利者徒二年鹽付本主買

價没官

一轉運司辦課其間諸衙門人等不得攪擾阻壞運司
官吏人等卻不得因而分外生事侵擾官府擡配百

## 鹽價

延祐三年三月　　日江西行省准中書省咨延祐三
年正月十一日奏過事內一件前者添設鹽價呵依
官定價銀該這上頭百姓每別科差發生受也者也初
在先月可萬皇帝時分初立鹽法時四百勾做一引賣
十兩銀子來在後蒙哥皇帝時分每引添做十三兩銀子
賣有來世祖皇帝時分每引教做七兩銀子每兩銀子折

五一八

〈典章新集〉户部　　十六

做二兩鈔賣十四兩鈔來在後因用著鐵的時分遂旋添
了每引賣兩定鈔有兩定鈔折做銀子呵依官定價該這
四兩銀子有依做七兩銀子呵該鈔三定半有每引做三定
呵尚少著官鈔半定鈔有上位根底奏了交做三定鈔者
歷道這般行文書來如今臺官每道又山東運司因呵怎生
取利太重只每引做兩定賣者道有依著已了
妄說道鹽法更張扇惑鹽商澁滯著課程說有依著
的每引做三定鈔多人每根底出榜嚴切省諭呵怎生
那般做歷道聖旨了也欽此都省咨請更為多出榜文
依施行

奏准鹽法　延祐六年三月　　日袁州路推兩淮鹽運司牒

奉中書省劄付所委曹司農丞呈真州入局鹽價見賣三
定四十兩除正額三定外帶收席索等錢五兩七錢工脚

三錢官牙四錢見議添收造船水脚錢各一兩並查鹽船
錢通州倉一十二兩五錢安東倉一十五兩又往來盤
纏共計二十餘兩今客旅本重利微少人買引又照得兩
淮見賣鹽袋官定價錢遠者四定一十五兩酌中去處賣
鈔四定附近場分三定四十兩照依中等鹽價每引
量添一十兩都省議得擬自延祐六年發賣引目及糧中
等引客人查今引鹽至真州每引量添中統鈔五貫計鈔三
定四十五兩成交發賣今後遵守定例禁治諸倉至真州
批引人等毋致刁蹬取要分例奉此除依例每引正課中
中統鈔三定四十五兩轉賣鹽運至真州入局辇載次過
岸及依上禁治外牒可出榜禁治私牙把柄行市及鹽總
部轄拘引人等毋得非理刁蹬取要錢物侵漁客以壞

五之四

## 鹽法

典章新集 户部

十九

### 至治元年鹽引十分中收一分銀 至治元年二月 日袁

州路淮兩淮鹽運司牒奉中書省劄付延祐七年十一月
二十七日拜住丞相等奏過事內一件今年聚會裏多支
用了銀子來庫裏見在銀定少有緣先不規措呵誠恐不
散支用在先似這般聚會裏支用的銀定不敷呵也曾於
鹽引內帶收銀來俺眾人商量來將來年賣的鹽引十分
中交收一分銀每一定做四十定鈔呵怎生奏呵奉
聖旨那般者欽此都省議得豫賣延祐八年鹽引除廣海
廣東提舉司並邊遠中擻散賣每中統鈔四十定折白兩
其餘去處驗發賣鹽引欽依收辦每中統鈔四十定折白兩
銀一定七成以上依例折算兩平交收據賣到銀數各不
原收等第成色銷鑄成定同課鈔分運差人赴都交納不

---

以是何買鹽之家並聽一體共發賣支查資次一切關防
照依累降聖旨條畫事意施行奉此除已擬於至治元年
正月二十四日受狀發賣本年鹽引依上帶收銀兩外牒
可出榜曉諭施行

### 私鹽賞錢 延祐七年三月 日江浙省近據兩浙運司申

稟給告捕私鹽犯界鹽貨賞錢等事移推中書省咨來咨
備兩浙鹽運司申照得延祐元年八月欽奉聖旨條畫內
一款節該諸人告捕私鹽其告首親獲之人於沒官家產
內一半付告人充賞若犯人貧窮無應捕之人於沒官家產
功每私鹽一引官給中統鈔五十貫應捕人雖有不酬其
同一引例於運司係官錢內隨即支給犯人隨即支給
犯人名下均徵雖獲確貨而無犯人不在理賞之限欽此
又諸人並捕人獲到私鹽賞錢於斷沒犯人家產內一半

五之七

典章新集 户部

二十

充賞除欽遵詔赦以前已鈔家產到官照依前例給付貧
窮無產及不敷數目官為補支據欽遇詔赦之後犯人或
過釋免或先已斷配合沒官家產已前未鈔到官既已革
撥所有應捕軍兵並合捕人合斜賞錢別無鈔到家產錢
鈔如不給賞無以激功若便官為支給終無奉到上司許
准通例犯界准鹽於已釋免犯人名下追給乞照詳得此
本省看詳諸獲私鹽賞錢例於沒官家產內給付犯界鹽
貨賞錢今既欽遇革撥獲到鹽貨賞錢緣係為例事理咨
告捕人擬合於回易斷沒鹽錢內給賞應捕軍兵告捕
請照詳准此送據刑部呈與戶部員外郎嚴奉政一同議
得江浙省容咨諸獲私鹽犯人欽遇革撥應捕軍兵告捕
入合給賞錢如犯人名下別無鈔到家產擬合比依貧窮
無產官為補支中統鈔一定例於設官回易鹽錢內支給

不數者官爲貼支相應具呈照詳得此都省准呈除外咨
請依上施行

## 林動鹽梅

延祐六年九月

日御史臺咨奉中書省劄付
送據刑部呈的請戶部侍郎王中憲一同議得各處鹽課
恢辦關防累條奉例行之已久今福建鹽運司始因埠頭
郭榮告許林動鹽梅信從展轉指投收買私鹽用度雖有
取到各處別無真正確貨擬合革撥改正疏放原籍雖有
財產合行給主運司擅斷無度奪今革一節終是招職明
白及林動等既已斷訖別無定奪今後干碍引官鹽有司科
付廉訪司歸結運司毋得似前擅斷其淹鹽之家合用鹽
貨量擬三十七勛已上至百勛亞行入狀請官給憑若出給
公據其餘行鹽地而所買有引官鹽有司給憑若用私鹽
淹泡果有私鹽確貨明白顯跡准運司元言同私鹽法科

【典章新集戶部】
五五

五、五八

斷即雖明白確貨而無官司憑據臨時詳酌輕重斷罪如
蒙准呈篤例遵守相應外據監察御史料呈運司採兒柏
有破鹽定例又條淹泡魚鲞之物不拘行鹽地方許令諸處興
販其有因而夾帶私鹽者依例科斷欽此參詳兩浙每引
淹泡魚鲞一千七百三十二勛其用鹽一體詳定每淹魚
十二勛比之兩浙多淹魚鲞一半彼此用鹽若依都
省檢校所稱盤別無夾帶拘收引目投稅貨賣山東兩淮

## 鹽魚許令諸處投稅貨賣施行

至治二年鈔到江浙行省延祐六
年十月

祐五年三月初八日淮中書省咨來咨備內一款淹泡魚鲞各
有破鹽定例又條商販之物不拘行鹽地方許令諸處興
販其有因而夾帶私鹽者依例科斷欽此參詳兩浙每引
淹泡魚鲞一千七百三十二勛其用鹽一體詳若依都
省定例扣納官課淹魚例
從檢校所稱盤別無夾帶拘收引目投稅貨賣山東兩淮

---

蘇燕引據賣不秤驗課程不納奸弊滋生委實以小侵大
兩浙鹽課目下弓兌部分定立歸一明白通例請照
付下遵守相應本省參詳如准運司所擬相應請照
詳准此送據刑部呈此與戶部員外郎嚴奉議得兩淮運
司所言本司淹泡魚鲞每引一千六十六勛兩淮運司淹
鲞每引二千一百三十二勛前來兩浙地方省發有侵大
課緣欽奉聖旨條行鹽地方許令諸處投稅貨賣據報
貨賣理合另買魚鲞引目若有前來兩浙地方投稅
運司差官點視封船須准依檢校所秤盤方許投稅庶幾少
絕私鹽侵襯以此參詳從檢校所言輕議從民便不拘
各有定例即係淹泡魚鲞從便通例若依所言更張中間避商旅
賣納稅即係淹泡魚鲞從便發賣如有夾帶私鹽
有碍鹽法事涉不便擬合依舊從便發賣上
依例科斷相應具呈照詳得此都省准呈除外咨請依上
施行

【典章新集戶部】
五三

三、二五

# 茶課

**延祐五年整治茶課**　延祐五年十二月

日江西行省准

中書省咨户部呈奉省判江西茶運副法忽魯丁奉直言
茶貨始自至元十三年呂都督管辦該中統鈔一千二百
餘定後立運司及各處提舉司由此連年增羡不已至延
祐五年已增至中統鈔二十五萬餘定數內運司親權江
州興國課鈔三萬五千餘其餘課鈔二十二萬餘
係各處提舉司及各處有司帶辦所是各處提舉司合辦
課鈔延祐二年都省准運司鄭中大夫呈言徑赴各省送
納以此思之運司不過一領袖而已至於運司各處提舉
官吏人等俸祿週歲計之中統鈔四千一百七十二定二十
兩及有分司書吏奏差人等差出乘坐鋪馬站船關請首

五二八

**典章新集　户部**

二十三

思先已如此虧空而所辦課程却要添額無非害民取辦
宜從都省會議聞奏將運司停罷合該課鈔令各處提舉
司依舊帶辦就解各省送納實爲長便具呈照詳送户部
照議到逐項事理答請上施行
一合辦課延祐二年都省咨忽都魯帖木兒尚書講
究及運司經斷書吏周明仲陳言茶課程額可增至三十
萬定自此額上添辦爲此檢照大德七年五月中書
省咨文委准正額次後交代的人驗看那數那人又辦
增餘又作正額因此積漸的添出來的增餘依例納官
受今後添辦出來的增餘依例納官不作正額欽此
奉如此所辦茶課合無以二十萬定爲額今通作中統鈔
引由每引一道舊例官錢一十兩今通作中統鈔一

---

十五兩批驗每引舊例官錢一錢今通增作中統鈔
一錢五分茶由每引舊例官錢一分一釐一毫
二絲今通增作中統鈔一錢六分六釐八絲如
此減引添錢必可增至三十萬定若慮以減引添錢
似於數上有妨則望照依延祐三年考較定二十五
萬定爲則依驗前數每引一道上添二兩五錢通作
中統鈔一十二兩五錢又可增至中統鈔三十萬餘
定然終不若減引添錢之爲便所欲其實報官納課
差官吏奏差人等有司從有司從實報官納課
本司彼處無茶可以辦課宜從有司取欲則呈報
議得照得至元十五年木八剌運司管辦時長引收

五三五

**典章新集　户部**

三五

鈔一兩八分五釐六毫短引收鈔八錢四分五釐六
毫辦鈔六千六百餘定至元十七年盧運司陳言將
引革去止用短引辦茶課一萬九千餘定至元二十三
年李起南言草茶作鈔二兩四錢九分草茶收
鈔二兩二錢四分辦茶課四萬餘定至元二十
十一年廉訪使言草茶課作三兩五錢本年辦鈔添
年李起南言每引止依至元二十六年原定辦鈔至一百五
十兩通發引五十萬道在後節次添增茶引至一百五
兩通道每引止依至元二十六年原定辦鈔至課鈔二十
到今三十年再不增添延祐三年添到課鈔二十
五萬五千餘定今既添到延祐三年添額上添課鈔二十
此參詳合准所言權擬減引三十萬道以一百二十

萬引為則每引量添中統鈔三兩通作一十三兩候
至年終比較總辦課數元發引目有無多餘短少至
日議擬自延祐六年正月一日為始恢辦舊來公務
由引若便立法從新改造延祐六年引據本省已行
關撥去訖如蒙准呈從都省移咨各處行省照會
外據運司差去福建兩廣書吏人等及本處官吏擾
民取要錢物剷付御史臺令各道廉訪司嚴加體察
依例追斷相應
前件議得江西茶課自至元十五年為始權辦到今雖
有節次增添之名而無依額辦足之實今既各省亦
添中統鈔二兩五錢通作一十二兩五錢作額恢辦

五、二　　《典章新集》户部　　二五

茶由批驗分例等錢上依舊例辦納公私俱濟延祐
五年十一月二十七日奏過事內一件江西茶運司
額辦的茶課自至元十五年為始權辦中統鈔六千
六百餘定來在後節次添額至元二十六年每引添
作一十兩通發該引五十萬道在後額引目一百萬引
一百五十萬引該引三十萬定因為課額重了的上
頭輩損了茶戶辦納不前有權擬減引三十萬道每
引却添鈔三兩通作一十三兩發照呵與俺
文書有俺商量來文書照呵最多辦出的年分延祐
三年辦了二十四萬九千餘引該引一百二十五
萬道其餘年分不曾辦上這些來如今引目量添價
止發一百萬引每引量添價鈔二兩五錢通作一十
二兩五錢額恢辦呵該二十五萬定鈔有這般辦呵

不失元額茶戶也不生受也者其餘茶由批驗等錢
止從舊例辦納呵怎生奏呵那般者麼道聖旨了也
欽此移咨江西權茶拘該行省欽依恢辦外據運司
差去福建兩廣書吏人等及本處官吏擾民取要錢
物等事剷付御史臺嚴加體察
一運司所辦課鈔止是親權江西與二路課鈔三萬五千
餘定其餘課鈔係各處提舉司並有司帶辦以難議擬
省送納將運司停罷議別無定奪若推本官所言添
辦課到今四十餘年未嘗更改若推本官所言添錢似難議擬
不見彼中事宜切恐因而虧兌課額似難議擬
前件議得江西茶課既已奏准移咨行省減引添錢恢
辦所言革罷運司依准戶部所擬別無定奪多坐鋪馬
今後無得不時頻委分司濫差書吏人等多設立

五、二　　《典章新集》户部　　二六

站船擾害官府合咨行省禁約及剷付御史臺嚴加
體察施行
一運司差放局所官攢人等不下五百餘人公然納賄
賣弄明是將本圖利批驗每引官錢一錢外取人情
中統鈔一貫至一貫五百者茶由每勸官錢一分一
釐一毫二絲小處不過一二合無照
欄大處不過二三小處不過一二合無照依稅務例
微而取要至重絲前項局所難以停罷且以院務攢
蠱一節檢照皇慶二年九月中書省咨茶由局合委的人五
存設據局官一歇該批驗所茶由局合委的人五
文奏准事內一款該
百定之上稅官五百定之下行省於到選錢榖
官內銓注欽此向有五百定者二十八名未嘗合
行省欽依銓注合設攢典合無於司縣吏內點差合

千人依稅務例自行踏逐議得本官所言相應

前件議得茶運司見設局所五百定之下者二十八處
合從行省勘酌各處課額輕重擬定可用攢典合千
人數就令局所正官自行公選無過信實人委用運
司不許濫設仍將濫設之人截日革去若有不應及
取要錢物割付御史臺體察施行

一各處提舉司合辦課鈔已係各省自行
報數徑申運司年終考較官吏乘坐船馬前來運司
海延旬月考較人情所費尤多如蒙存留提舉司恢
辦課鈔及責付有司依舊帶辦議得今後年終考較
令當該司吏一名赴運司立限照算依例置簿標附
事畢即便發回不許勾換正官攢報中間若
有取要錢物依前勾援宜從都省割付御史臺嚴加

體察外據有司依舊帶辦一節似難議擬

一件議得各處攢茶提舉司年終考較依准部擬今後
不許運司勾與各處正官首領官取要錢物割付御
史臺嚴加體察所言有司帶辦茶課別無定奪

一運司每年各官分司吏貼人等買囑隨行又有舍人
總領祇候曳剌人等隨至分司去處威挾有司需求
百端稍有相違結搆無藉之徒以私茶爲由妄經分
司陳告展轉追問又分司所至之處至禍及平民
所有各處解課之人必須先投各官舍人等合成群
方敢賣鈔納官又被各衙門祇候曳剌人等
黨恐要衙番納事錢物議得今後如遇分司公使若有多餘濫
公選書吏差名一名牒發分司公使臺令各道廉
設人數不公不法宜從都省割付御史臺令各道廉

**茶課添力辦納及不得拘刷運茶船** 延祐六年七月 日

欽奉聖旨中書省奏江西茶運司爲每年額辦茶引數目
難辦的上頭去年奏了減引添價每引通作一十二兩五
錢計引一百萬道該辦中統鈔二十五萬定其茶由批驗
等錢依舊例辦納切恐諸人攪擾乞降添氣力聖旨准奏
本司合辦茶課依已了的聖旨從長恢辦務要增羨盡實
到官辦課其間諸衙門及應管官事人等不得阻壞拘拿
運茶船隻妨礙辦課若有違犯人每要罪過也者運司官
吏人等却不得因而搔配百姓作弊欽此

前件議得茶運分司吏貼人等擾民事理依准部擬今
後分司止許將引善引善吏奏差各一名無得拘多引
吏貼人等擾民害政割付御史臺嚴加體察施行

訪司司嚴加體察相應

## 銀課

蒙山銀場多科工本　延祐七年十二月　　　日江西廉訪司

奉臺劄近據來申蒙山銀場多科工本移准御史臺呈
奉中書省劄付送戸部議得御史臺呈江南行省咨江西
道廉訪司申蒙山銀場提舉呈以忠始言蒙山銀場煉銀
工本納糧不使每歲認撥戸糧四萬石每石減鈔一十兩
只收輕賫三十兩做煉銀修坑取橫買炭工本錢鈔七百
定如有虧兌願將家產折挫還官自禮任之後連年巧立
名色每糧一石科要五十六兩五錢至於六十兩計之自
延祐四年至延祐六年三月之間多取訖糧戸工本錢鈔
三萬餘兩依陳提舉原定糧價每石中統鈔
三十兩令所在州縣徵收類解提舉司收納辦課龍瑞二

〈典章新集　戸部〉　二九

路生民幸甚以此參詳陳以忠白身授以提舉職名本欲
課增民便今本人故違原行恣意多取反爲民害誠非所
宜合准御史臺所言依原定糧價許令拘該官司徵收總
解提舉司收管實爲良便如蒙准呈照會相應都省除已
咨江西行省劄付徽政院依上施行仰照驗施行

三八五

---

## 酒課

私酒同匿稅科斷　延祐六年三月　　　日江西行省准中書

省咨刑部呈奉省咨判江浙省咨杭州路申照得至元二十
五年三月欽奉聖旨條畫內一次麴例大德七年例欽至
元十四年五月例私茶又奉聖旨條畫內一欵麴例欽此除
欽遵外本路見獲私酒數起犯人止招不合用鈔糴買米
麴醞造私酒於認戸內夾帶影射沽賣不過營求微私
餬口而已俱照至元二十五年犯私酒麴無異不論私鹽
禁酒例決杖七十七下追中統鈔一百貫如蒙照得私販每過
巡捕拒傷官兵情既不同罪難一體沒官照依大德七年決
杖七十財產一半沒官與犯私鹽一體如古人充賞庶
幾刑法得中送刑部約請到戸部王承直照得奉省判湖

〈典章新集　戸部〉　三十一

廣行省咨常德路申准江浙省判達魯花赤哈珊大中關該酒醋
課程散入民間恢辦諸人皆得造酒有地之家納門攤有酒
課者許令造酒食用造酒發賣者止驗米數起務投稅其
之酒發賣而不稅者是與匿稅無異即今官司往往將犯
人依舊例決杖七十籍沒一半財產若富有之家造酒沽
賣安肯惜些小稅錢當此重罪皆因比年以來水旱相
仍多係小民爲無生理沽賣酒漿過活愚而無知以致
稅課犯科刑憲事發到官一體科斷雖有匿籍
沒之各其貨物以此較之中間輕重何况犯私茶者亦止斷
沒所犯貨物能有幾何況犯私茶者亦止斷
酒者如蒙減輕依匿稅例科斷似望刑法得中咨請照詳
奉都堂鈞旨送刑部照擬連呈奉省判擬連呈
部員外郎王承直一同講議得榷沽之法既已改革酒醋

五、四九

課程普散於民除認納門攤許令酤造飲用外其諸人自
備工本醞造酒麴不行赴務包認官田者若與私煎販賣
鹽貨一體科斷徒配似涉太重以此參詳合准湖廣行省
並常德路副達魯花赤哈珊所言依匰稅例科斷庶使情
法得中具呈照詳都省准呈咨請依上施行

【典章新集戶部】

卅三

---

## 契本

買賣契本赴務司投稅　至治元年二月　日紅所行

省准中書省咨該來咨兩浙運司申蘆瀝場爐戶張告告
用原工本錢二千三百七十餘訖定有淘莊務官阿里與黃
等佃係官園田二千三百七十餘畝定男張一將私物約於
新城務投稅納訖稅錢七十九定佃到崇德州濮八提領
申移准徐總管關問責得張仁狀招延祐四年月日不等
管追問本路不即行移約問輒拿監禁等事行據嘉興路
用中統鈔二千三百七十八定三十五兩佃買到濮壽一
官等官民田蕩三十一項二十四畝七分一鑾內係官田
三十項六十六畝二分民田五十八畝五分一鑾俱各坐

五四四
落淘莊務地面自合赴所屬稅務投稅不合藏留一月不
行投稅聞知告發欲得脫罪賣往新城務稅過致被告發
到官罪犯擬將本人倒笞五十原買田價一半沒官於沒
官鈔內一半付告人充賞追到張仁名下沒官田價中統
鈔一千一十定餘鈔追解未到參詳張仁兒佃官民田
蕩三十一項二十四畝七分一鑾緣奉省部定止該佃
種人戶轉佃告官勘當許立私約兌佃別無收稅明文兼
買民田五十八畝五分一鑾例合本處務投稅稅本人聞
知告發亥同官田一概於鄰境新城務投稅稅課程既以到
官似難斷沒同事干通倒咨請照詳送戶部議得諸處設置
務司各有拘該地面辦課取稅若有虧兌陪償今張仁兒不
佃官田別無收稅定倒買訖民田五十八畝五分一鑾不
應越境稅契已行結課即係延祐七年三月十一日欽遇

詔赦以前事理似難追没今後凡有買賣交關一切契券
皆合坐落本管務司投稅若有越境者其中情弊不無悉
宜禁止理合比依匿稅例斷受稅務官亦合科罪改正
如蒙准呈爲例遵守相應具呈照詳得此都省咨請依上
施行

典章新集户部

八〇三

三五

近至元鈔一十貫本處官司驗各家物力高下品荅均科
阿怎生奏呵奉聖旨依著恁眾人商量來的行者欽此又
奏這勾當行的其間行省官提調著休交動擾御史臺監
察御史蕭政廉訪司添力成就者若路府州縣官吏人等
作弊放富差貧取要錢物交百姓生受的有呵要了罪過
罷了他每勾當交咱委本省官首領官提調科徵每歲
那般者欽此除已劄付御史臺欽依施行外都省咨請依
依施行仍委本省官首領官提調起解官糧五月十五日
爲始開庫收受八月中納足通行添辦官糧一斗添二升

江浙行省准中書省咨延祐七年四月二十一日奏腹裏
漢兒百姓當著軍站喂養馬馳和雇和買一切雜泛差役
更納包銀絲線稅糧差發好生重有亡宋收附了四十餘
年也有田的納地稅做買賣納商稅除這的外別無差發

## 賦役

### 差發

中書省咨延祐七年四月二十一日奏腹裏漢兒百姓無
田地的每一丁納兩石糧更納包銀絲線有江南無田地
人戶是甚差發不當各投下合得的阿哈探馬兒官司代
支也不曾百姓身上科要好生偏負一般俺眾人商量來
便待依著大體例丁糧包銀絲線全科阿莫不陡峻麼如
今除與人作佃庸作賃房居住日趨生理單身貧下小戶
不科外但是開張解庫鋪席行船住日越生理有營運殷實戶
討依腹裏百姓在前科著包銀例每一戶額納包銀二兩

延祐七年六月

日江浙行省准

典章新集户部

五〇二

三西

比漢見百姓輕有更田多富戶每一年有三二十萬石租
了的占著三二千戶佃戶不納係官差發他每佃戶身上
要祖子重納的官糧輕這裏取些小阿中也者待驗田歟
上添科田地有高低納糧的則例有三二十等不均勻一
般除福建兩廣外其餘兩浙江東江西湖南湖北兩淮荊
湖這幾處看納稅民田見科糧數一斗上添二升這
般省除官首領去時估折收買依期送納果有不通舟楫去處
照本省首領開舍提調科徵依著奏呵奉聖旨依著恁衆人商量來的行者欽此
都省除已剖付御史臺欽依施行外咨請欽依施行
回當差納包銀江西行省准中書省咨延祐七年四月二
十一日奏諸色戶計都有當的差發有回回人每並他放
良通事人等不當軍站差役依體例合交當差發的多人

四七二

**典章新集　戶部**

三五五

言說臺官每也幾遍動文書教商量者麼道有聖旨來如
今俺商量來回回也里可溫竹忽苔失蠻除看守著寺院
住坐念祝壽的依著在那州縣裏住呵本處官司鈔數了立定
文冊有田的交納地稅做買賣的商稅更每戶額定包銀
二兩折至元鈔一十貫皆依著恁衆人商量來高下品苔均科呵
怎生奏呵奉聖旨依著恁衆人商物力高下品苔均銀呵
除已剖付御史臺欽依施行外咨請欽依施行者欽此

---

# 差役

**諸色戶計當差役**
　至治元年見至治政內

至治二年鈔白中書省咨延祐五年十一月十
一日奏准節該今後依著累次行來的聖旨民間但是和
雇和買里正主首雜泛差役除邊遠軍人大都至上都其
間自備首思站戶諸寺觀南方自亡宋以前腹裏雲南自
元貞元年為格舊有常住軍站戶諸寺觀人等續置了
官軍人原籍上位撥賜田土除差外擺邊
遠軍人並僧道人等續置百姓每當軍站民匠醫儒戶運糧總
管官軍人並其餘軍站有贍軍田地及財賦總
船戶各枝兒不以是何戶計都教了也欽此
奏呵奉聖旨那般者教隨產業一體均當呵怎生

**典章新集　戶部**

三五六

**煉銀人當差役代**
　延祐七年十月

咨來咨徽政院咨蒙山錫場提舉司申煉銀戶計應當里
正主首雜泛差役就誤辦銀申乞照詳得此照得延祐六年四
月初九日欽奉皇太后懿旨這辦銀是大勾當有再教他
重併當里正主首雜泛差役呵咱每的勾當不悮了那甚
麼休交當者麼道敬此咨請照詳准此送據戶部呈延祐
七年五月十八日鈔奉聖旨據王公主駙馬各枝兒其間自備首思
站赤邊遠出征軍人外諸色戶計及權豪勢要人等合著和
諸色戶計及雜泛昏鈔交與民一體當者在前奏了不教當和
折草檢閱昏鈔交與民一體均當者在前奏了的每和雇和買雜泛
雇和買雜泛與來的執把聖旨令史御史臺每常川用心體
諭了呵別了的人每有罪過者監察御史前因本部議得和
察者欽此除欽依外今奉前因本部議得和雇和買雜泛

五二八

差役已有奏准通例參詳宜從都省移咨江西行省欽依
施行得此都省請欽依施行

日准中書省咨來咨各處弓手祇候首領面前戋刺管
勾於相應戶內從新補換看詳各處弓手戶糧不一
未審擬於何等糧數內就便籤差咨都省咨請勘酌彼
中事宜於相應戶內就便籤補施行准此省府相度弓手
所不可會驗大德七年十二月二十五日江西行省奉
使宣撫議得理正主元例如此當職於延祐三年內依奉

**差役驗鼠尾糧數依次點差卷**　延祐四年二月
日袁州路

五、七四

【典章新集　戶部】　三七

憲司委分巡吉贛南安三路審理罪囚所至民人執狀滿
前陳告差役不公益因親民各州司縣專以點差
首視為奇貨循習舊弊因仍苟且每年並不於年終預行
定擬周年交換受其吏貼賄略買充戶案分管鄉都直至
次年五六月間才方點差往往信憑罷閑公吏久占貼書
安停茶食之人結攬豪霸把持官府通同作弊不將稅糧
戶籍丁產驗數多寡編排鼠尾從上至下照依資次從公
人為之見聞播揚鄉村貧富強弱悉在懷念表裏為奸
定差或聽人戶自行推唱臨時止是戶名糧數點充捏合
舊役主首擬於一月以前故以差役為名停保戶門之
以一拾十破用入己當該官吏縱受其私縱令糧多有力
漁為害姑待攢絆堪充職役相應者厚其私囑托僥倖脫免
戶計隱漏不報或分立詭戶析減糧數欺瞞官府賣弄周

遍却將糧戶力薄該免雜役產去稅存者勤據勾攝挪上
攢下脫富差貧待其有詞需求所役仍覆將小戶
細民補替抑勒充應如糧之際
定奪以致富豪恣逞奸權被攙援之民展轉陳告
尚有鄉都不曾定奪公然遲延奸雄貧下之家破產及至催糧限期
敗政害民莫此為甚縢揃行移督勒合屬州縣將相
諭今後每歲年終役滿周歲催糧定備依前相
應當差人戶所有田糧丁產驗其高下糧數多寡盡實編
排鼠尾文冊從公定差周歲里正主首花名自正月
為始承管事務或都願將有糧役戶殷富之家公同自
行推唱遞議從實挨排周而復始輪流充應如糧多願作
兩三年者聽從民便開具點定各鄉都役戶花名出榜曉

【典章新集　戶部】　三六

月交替如此似望吏奸可息差役可平

辦准此看詳各路親民官司賦役不均挪攢作弊如准所
言行移各路更張善治誠為官民兩便除牒按治路分督
責所屬州縣將延祐四年合設里正主首驗糧多寡編排
鼠尾從公依次點差務要均平毋致挪上攢下放富差貧
如鄉都自願推唱遞議從實挨排輪流當役者聽從民便
自正月入役承管事務開具花名出榜曉諭今後年終催
糧足備周年交換若有依前賣弄作弊過違期限編排不
當定差不公將正官首領官吏斷罰不致因而動搖擾民
達錯外牒可依上施行

四八八

# 勸課

## 農桑

一件俺司農司去年為大都周迴並外處放頭疋人每將
田禾食踐偷盜了上頭奏奉聖旨食踐田禾偷盜了田禾
人每若拿住呵交倍償了要罪過者庶道聖旨有來各怯
薛各枝兒亞大都路裏俺行了文書來今年大都週迴隨
處田禾好生有恐怕各枝兒各怯薛諸色人等收放頭
疋食踐田禾好咬咽桑菜斫伐樹木今歲比及上位迴還大
都若不嚴行禁約呵壞了田禾樹枝一般與省家文書
各怯薛各枝兒諸色人等若有縱放頭疋食踐田禾偷盜

延祐四年七月初二日大司農司奏過事內

〈典章新集戶部〉　充

四九八

了田禾咽咬桑菜等樹違犯的人每倍償了依例追斷有
司官不為用心提調呵受勑的就便斷罪受宣的取招申
大司農司聞奏仍令監察御史嚴加紏察呵怎生奏呵奉
聖旨那般者庶道聖旨了也欽此

大德十一年正月行御史臺劄付准御史臺
咨奉中書省劄付檢會先欽奉聖旨條畫內一歟過有蝗
蟲坐落生子去處委本路正官一員州縣正官一員十月
一日專一巡視本管地面若在熟地併力翻耕荒地附近
多積荒草候春首生發不分明夜監視燒除隨即申報上
司本管官司停滯日時不報者治罪降罰欽此照得今後
各處多有申報出蛹生發已行合屬並力捕除所據飛蝗
住落生子去處合屬正官親詣督責地方人戶翻耕遺子荒野田土
蝥勒合屬正官親詣督責地方人戶翻耕遺子荒野田土

禁蝗生發申報

如委力所不及如法耕圖籍記舊有荒草禁約諸人不得
燒燃來春若有蟲蝗生發就草隨即燒除毋致復為災害
取本處官司重甘結罪文狀都省除外仰照驗施行承此

〈典章新集戶部〉　圼

八十

## 交易

### 田

軍民諸色人戶　王七下　四十七下
典賣田宅者從　不願者　恖者限十五日批價依例立
尊長畫字給據　限十　契成交遷限不酬價○典主故
立帳取問有服　日批退　易親鄰典主故行刁蹋取要畫
少錢債委無措辦致將田土房舍或典賣以救其急益不

### 宅

典主
退者決　日内收贖限外不得爭告
房親次及鄰人
不行批　相由問成交○如業主虛擡告價不
字錢物○如業主在
贖若親鄰典主故
他所者百里之外
不在問之限

#### 典賣批問程限　延祐二年九月
　日江浙行省准中書省

咨禮部呈奉省判御史臺呈監察御史言切謂民間諸
典賣田宅者皆因迫於饑寒或過喪事並軍站差發及欠
少錢債委無措辦致將田土房舍或典賣以救其急益不

五六五
得已也檢會到至元二十七年都省議得今後凡典賣田
宅皆從尊長畫字立限取問有服房親次及鄰人典主不
愿者批退限五日批價依例立契交錢兌業若酬價不
平並違限者任便交易其親鄰典主毋得故行刁蹋占刁蹋取
要畫字錢物如業主虛擡高價○如成交者親鄰典主故不交
典業雖過百日並聽依價收贖若親鄰典主在他所者不交
業者雖過百日並聽依價收贖限外不得爭告欺昧親鄰
里之外不在問之限○如有違犯者依例
訟之大繁素上下官府將當該官吏嚴行治罪奉此除遵
歸結若大繁素上下官府將當該官吏嚴行治罪奉此除遵
依外今照得近年以來多有房親鄰人典主不遵官司定
限恃以富勢欺壓良民勒要畫字錢物刁蹋多端難以備
舉動經年月推調不行畫字致令業主多負錢債重納利

《典章新集》戶部
里二

---

## 交易

### 田

軍民諸色人戶　二十七下　二十七下　四十七下
入戶典賣者限　不願者限十五日欺昧親鄰
田宅皆從　批價依例立契成親鄰典主
尊長畫字　十交遷限不酬價○典主
退限　日批退親鄰典主故不在他
如主故　任便交易行刁蹋取要畫
給據立帳　百里之外
取問有服　畫字錢物○如業主
房親次及　虛擡高價不相過○不在
隣人典主　贖限由問
者決隣　親鄰典主百日内聽依價收贖
　限外不得爭告收贖

原表闕橫線且
有錯淆今補正

表格三十三

《典章新集》戶部
里二

陳氏校補

息困苦至極少有不赴官陳告其當該人吏又不隨即結
絕亦行取受錢物性壯如是事理細微良多受害原其所
由益因當時雖設批退程限別無定到違限當有罪責以
致如斯深不便易以此參詳此項公事即係違例定例事
理莫若今後諸典賣田宅凡親鄰典主不願者三日內
不行批退加以罪責若十五日內不行酬價亦行治罪若
干其業主卻行欺昧親鄰典主私下成交者亦行治罪若
干如此立定成憲似望少革其弊不惟貧民受賜官司亦
省文繁事理若依舊立程限議擬科罪切恐限次促迫不能
擬相應具呈照詳得此送禮部照擬施行奉此本部議得
上項事理若成交者百日內不行酬價亦行勒令
完備致使百姓從長畫字給據立帳取問有服房親次
凡典賣田宅皆從尊長畫字給據立帳取問有服房親

◀典章新集戶部
聖旨

五七二

及鄰人典主不願者限一十日批退如違限不行批退者
決一十七下批價依例立契成交若違
限不行酬價者決二十七下任便交易其親鄰典主故行
刁蹬取要畫字錢物取問是實決二十七下如業主虛擡
高價不相由問成交者決二十七下聽親鄰典主在他所者
收贖限外不得爭告欺昧親鄰典主故不交業者決四十
七下雖過百日並聽依價收贖若親鄰典主在他所者百
里之外不在由問之限若告發到官不行依例斷從監
察御史廉訪司紏治如蒙准呈遍行照詳得此
都省咨請依上施行

探馬赤軍典賣草地
延祐七年十月　日江西行省准中
書省咨該准中書省咨延祐七年七月十五日奏大都省
官人每備著監察每文書說將來軍人每年差調置備軍

---

需什物的上頭將根原分撥與來的草地典與了人的不交
回付原價將他分撥與軍人每者麼道在前樞密院一面
上位根底原奏將來若交這般行阿動搖有探馬赤軍人典地
質與了人的地土驗無價收贖行將地歸還原主外貨賣地
土依至元二十五年至大四年行來的聖旨體例革撥令
買地人為主這般與將文契買了起益房舍栽種養應當各
地時分明白立著文契典賣來俺商量來根原百姓典賣
處追發奪地土阿怎生奏呵奉聖旨那
價差發又兼在先地價賤來如今貴了也若不交回付原
契買的外質當來依著他的錢業各歸本阿怎生奏呵奉
得這般體例來依著怎商量量各歸本主者麼道
聖旨了也欽此咨請欽依施行

◀典章新集戶部
聖

二八九

延祐七年革後票到冒除災傷等例　延祐七年八月

江西廉訪司奉臺札准御史臺咨奉中書省劄付來呈延
祐七年三月十一日革後票例送刑部照擬到下項事理
都省准擬仰依上施行

一官吏額外多科及冒除災傷差稅主典催取侵欺入
已勘當納差人戶指證明白或取訖招伏追徵之際
欽過詔赦罪經釋免未審合無一體追徵還官主
外據冒除災傷人戶未納差稅合無一體追徵還官
刑部照得延祐四年五月十七日承准中書省劄付
官吏額外多科已招明白依例追徵給還官災傷
差稅主典催取侵欺入已並冒除災傷人戶未納差

四六八

典章新集户部

税草前既有文案擬合欽依草撥已經照會今承見
奉照得延祐七年三月十一日欽奉詔書內一欵差
發稅糧民之常賦貧乏逋欠在所宜孫其延祐七年
已前徵理未足之數並行蠲免已徵入主典之手不
在蠲免之限欽此除欽依外本部議得官吏額外多
科已招明白依例追徵給還主各稅主典催
取侵欺入已罪過原免已未承伏俱合革撥相應
據冒充災傷人戶未納差稅擬合革撥
省咨江西行省准擬　日江西行省准中書

儒學災傷田糧　延祐四年十二月

省咨江浙行省咨備平江路申總管八不沙正議關延祐
三年九月儒學申水旱災傷田土七十四頃二十八欵三
分五釐該糧三千七百七石二斗六升五合八勺中統鈔
一錢七分乞下合屬檢踏看詳　司災傷田土例從州縣
初檢踏路官覆踏廉訪司官體覆完備然後除糧其學院災
田止是教官與各州縣所委無職役人一同踏視以致學
官恃無路官覆踏廉訪司體覆通同吏僕田甲取要鈔兩
以熟作荒放分數冒除糧米或有十倍災傷甲照官民田
却作成熟田糧拖欠之數今後水旱田禾莫若照官民田
例從州縣委官初檢踏路官覆踏聽候廉訪分司體覆相同
准除糧米庶革前弊

八五五

典章新集户部

## 家財

**父母未葬不分異**　延祐六年十月　日江西行省准中書

省咨御史臺呈山東廉訪司申大使安正奉牒此見庸愚
不思父母歿猶未安葬先已分財異居各爲不均互相
毀詈莫若今後凡民間弟兄過父母亡歿未曾大葬者不
許析居須候葬畢方許分異分別永遠同居者聽如柱所言
庶禪風教送刑部約會禮部一同議得喪葬之禮除蒙古
色目例從本俗別無定奪其餘人等凡居父母之喪葬事
未畢弟兄不得分財異居雖已葬訖服制未終而分異者
並不禁止具呈照詳都省咨請依上施行

《典章新集　戶部

異

六〇八

## 婚姻

### 嫁娶

笞三十七　笞四七　笞至七

許嫁女已　　若更已　　後娶者知情減一等女歸
報婚書及　　許他　　　前夫男家悔者不坐只不
有私約或　　人者成　　追聘財外據五年無故不
受財而輒　　笞　　　　娶者照依舊例聽許經官
悔者　　　　者　　　　出給執照別行改嫁

別嫁
悔親

**定婚不得悔親別嫁**　皇慶二年五月　日江浙行省准中
書省咨禮部呈奉省判本部元呈普晉路申准本路總管
府元議關切聞男女婚姻五常之始有夫婦然後有父子

《典章新集　戶部

四七

有父子然後有上下合二姓之好爲一家之親益所以承
宗祀嗣後世也今百姓之家始於結親家道豐足兩相敦
睦在後不幸男家生業凌替元議財錢不能辦足女家不
放婚娶遂生僥倖違負元約轉行別嫁亦有因取喚婦家
等事遂而斷焉啟僥倖無再醮之禮一與夫合終身不改當職
爲有傷風化其許嫁女已報婚書及有私會而輒悔者杖一百已
照得唐制許嫁女已報婚書但受聘財亦是若更許他人者杖六十
雖無許嫁婚書但受聘財亦是若更許他人者杖六十
成者徒一年半後娶者知情減一等女州縣往往習已成俗以此
舉見行事發到路者一十餘家
看詳除五年無故不成娶聽許經官告給改嫁外據
已到官者罪經欽依詔書釋免事依唐律歸結已後敢有

四八二

犯者比照唐律量減二等罪歸結女追歸前夫如此庶幾
倖之風似爲常便然此緣奪情事理照驗更爲申覆上
司定奪明降事准此府司申乞照行早賜明降付下遵依
施行准此本部參詳夫綱常之道人之大倫禮之大
節也近年以來民間婚姻詞訟繁多蓋緣撓倖之徒不守
節義妄生嫌疑棄妻惡夫家故違元約以致此實傷風化
今晉甯路石加議所言誠爲中理如蒙准呈本部爲例遵
守遍行照會具呈照詳批判都省約會
刑部官一同議擬施行奉此本部同刑部謝尚書議得男
女婚配人之大倫恩勤民俗無知往往悔親別行改嫁引訟不便若
不立法禁約無以敦勸民俗今許嫁女已報婚書及有
私約或受財而輒悔者笞三十七下後娶者笞四
十七下已成者五十七下後娶者知情減一等女歸前夫

〈典章新集〉戶部　　四八

男家悔親不坐只不追聘財外據五年無故不娶者照依
舊例聽許經官出給執照別行改嫁如准所言遍行照會
剗付本部爲例遵守相應具呈照詳得此都省請依上
施行

五八八

**年幼過房難比同姓爲婚**　至治二年五月

錄到至大二年四月奉江浙行省剗付准中書省咨來咨
福建道漳州路龍溪縣備陳良狀告鄉人蔡福娶蔡大女
廣娘爲妻即係同姓爲婚取到一千人等詞因議得蔡福
奴雖是蔡大親女爲初年父母亡歿親兄蔡廣仔養不
過至元二十八年將伊過房與在城曹機察主婚與蔡
福却緣本貞元年曹機察主婚與同姓爲
婚明立婚書作曹福奴嫁與蔡福爲妻已有所出二男二
日漳州路鈔

---

八四五

女若依龍溪縣所擬斷令與夫兒聚事干通例伏廳差池
請定奪回示准此送禮部議得蔡福始初憑媒寫立婚書
止是求娶曹機察女廣娘爲妻乃經今一十三年因鄉人陳
良告發其廣娘自供身本姓蔡乃曹氏乞養之女中間情
節瞞昧可疑況本婦已有所出男女四人比之明知同姓
爲婚者不同准已婚爲定相應都省准擬依上施行

〈典章新集〉戶部　　昊

# 服內成親

斷例

| | 三十七 | 四十七 | 五十七 | 六十七 |
|---|---|---|---|---|
| 婦人亡夫不 | | | | 婦人杖 |
| 行守制服內 | 媒人決 | 主婚 | 人決 | 財錢酬 |
| | | 人決 | 男人決 | 謝等物 |
| 與人成親 | | | ○離異 | ○與男同 |
| | | | | 居沒官 |

夫亡服內成親斷離歟同居

延祐七年正月　　　日承奉

江浙行省咨來咨建康路備句容縣申倖必
用狀告弟倖貴三延祐三年五月十八日因病亡歿孝服
未滿弟婦姜三娘嫁與唐二官去了乞施行得此貴得倖
阿姜狀招延祐三年十月十二日阿姜在媒人徐壽一家
與唐二官相見喫茶說話阿姜與訖唐二官白羅手帕一
條作表記延祐四年五月二十八日與唐二官為妻服內

五八二

《典章新集》戶部

成親是實又責得唐二官名起倖干連人徐壽等招指相
同比例擬將倖阿姜決杖七十七下離異與男同居守服
未滿姜夫服未終浼令徐實等說合成親知
唐起倖明知倖阿姜夫服未終浼令徐實等說合成親知
而共爲婚姻減三等媒證人又減一等科罪其本路所擬
終非通例即今服制已定宜從省府咨請照驗准此送刑
部呈照得至大元年閏十一月刑部呈准蔡壽僧夫死八
擬服內成婚罪各通例遵守相應咨請照咨令合干部分定

十七下離異與男官保同居唐起倖知而爲婚決五十七
媒接受唐起倖財錢没官徐阿馮呂阿嚴等為
殁未及期年自行主婚令徐阿實母招伊夫倖貴知
下離異擬得倖阿姜夫倖貴并母徐阿馮呂阿嚴等為
妻擬蔡壽僧六十七下季五兒四十七下李茂才五十七
月背婆接受李茂才財錢小叔李五兒四十七下李茂才五十七
部呈照得至大元年閏十一月刑部呈准蔡壽僧夫死八

下媒人徐實呂阿嚴各決三十七下如是犯在減輕以前
依例減等決訖外據徐阿馮罪犯已追到官財錢並
擬免罪已追到官財錢並酬謝等物俱各没官得此
都省准擬咨請依上施行

准中書省咨來咨平江路備常熟州申王與告錢璋招
之喪與男錢安一婚娶陸壽八娘拜屍成親取訖錢璋招
伏本路推官審斷三十七下本省看詳錢璋所招詞因在
官詐稱母死告假還家其母霍氏身死停尸忘哀直至娶
錢安一成婚未曾過門其方才拜靈成親一即係霍一
氏嫡孫禮有期服若依所禀離異繇子女各從父母之命
欲准婚爲定事干定例咨請照詳准此送刑部呈檢
婦成婚會親設宴了畢

至

《典章新集》戶部

四二

會到大德十年八月　　張德清告王鑾祖倖例奉此今奉前因
本部約到禮部尚書張中議一同議得錢安一祖母喪
亡不應拜靈成親然雖父命終是忘哀作樂釋服從吉擬
合比例斷令陸壽八娘離異歸宗別行改嫁外據錢璋不
應舅犯既已斷訖別無定奪如蒙准呈移咨本省依上施
行相應具呈照詳得此都省准擬施行

# 不收繼

省剳付據　陰州申繆緊孫告房兄繆富六延祐三年九月

內身故延祐五年三月有一般房兄繆富二令房叔繆貴

三作媒說議已故房弟繆富六妻阿雇於

當月十六日有繆富二遠例服內收繼弟妻婦阿雇為妻等

事取訖繆富二等招詞議擬罪名移咨中書省照詳

七年三月初七日回准中書省咨送刑部呈照得至大元

年閏十一月內承奉中書省判送省委官整治賊盜至上

都路駕鴛泊巡檢司本處劉令史告監納接續繪弟妻等事

責得劉監納名君阿祥招大德二年六月內有叔伯兄劉

大身故抛下嫂劉阿王並姪男寶奴不蘭溪各年三十五

日福建宣慰司奉江浙

奪今將正犯人繆勝八並說合一千人等各罪名議擬開呈照詳都省

准擬咨請依上施行

五,四八

《典章新集 户部》　卅三

歲有叔伯弟劉三將嫂劉阿王接續了當大德十年七月

內劉三病故大德十一年七月內有伯娘劉阿牛為姪男

實奴等年幼無人養濟告蒙本官首實赤合刺哈孫奧住

右丞等官省會劉君祥既是劉大親兄弟他則是阿嫂交

他使了者以此受續為妻是實得主婚人劉阿牛

劉阿王所招與劉君祥相同今來看詳得劉君祥接續劉阿

王事理額使斷離見得招召他人定是妻子失散今已親

姪劉阿牛今年七十有三孫男幼小無人養濟告蒙官司

許接續阿牛不曾斷訖如此體例乞照奉都堂鈞旨送禮部

照擬連呈奉此檢照得至元十四年八月二十一日刑部

准禮部關議得段吉秀告張今承見奉本部議得劉君祥阿

王擬依前例斷離弟妻妻

他擬贖罪相應呈奉省剳照得劉君祥所招不應收繼弟妻

倒罰贖相應呈奉省剳照得劉君祥所招不應收繼弟妻

---

罪經釋免依准離異照驗施行奉此本部議得上項事

理除主婚人繆勝八並說合一千人等既已斷訖別無定

奪今將正犯人繆勝八並說合一千人等各罪名議擬開呈照詳都省

准擬咨請依上施行

正犯人一名繆富二所招因伯母繆阿包將伊過房為

男不合將故房弟繆富六妻阿雇服內收繼為妻雖

係尊長所命緣兄之弟妻大傷風化擬合比例

一百七十下離異依舊招狀擬合比例斷九十七下離異所

一名繆阿雇所招除告實外不合隱下當時同坐飲

內違法成親罪犯擬合比例

生女子隨母歸宗相應

元告人繆阿美所招除告實原情擬免合依行省所

酒明白繆阿包三合親及書寫過房文約畫字事情出

擬免罪犯相應

首不實罪犯終是重事告實原情擬免合依行省所

主婚人繆阿包所招不合與房叔繆勝八一同主婚令

已故男繆富六妻阿雇與過房到姪男繆富二為妻

即係本婦房伯服內違法成親罪犯比例決五十七

下合准行省所擬相應

三,七二

《典章新集 户部》　卅五

# 錢債

## 私債

**軍官多取軍人息錢**

刑部奉中書省劄付本部原呈奉省判付本部原呈奉省判至治二年鈔到大德十年八月中書省

臺咨福建道廉訪司申泉州左副奕鎮撫謝張告本部副

萬戶赤干影占正軍違例出放錢債多取利息等事本部

議得萬戶扎也莫元等六名將錢放債與泉州住

坐軍人扎也莫元等六名每名實典與鈔三十三兩三錢一

紙文書放令與軍人陳廣賒寫作一十五定文字加倍取息

一十定借與軍人在家買賣逐月供送柴炭等物又將鈔

本利通該鈔三十八定一十三兩九錢五分既已追納合

四九三 〈典章新集戶部〉 五四

依廉訪司所擬沒官本管本犯即係不應既遇釋免如令

本管依舊勾當標附相應今來本部再行議得赤干所犯

擬將本利鈔定沒官外據元招情罪欽遇原免本管職役

從樞密院別行遷調相應具呈照詳都省議得萬戶赤干

所招罪犯欽遇詔赦原免本官職役合准刑部先擬依舊

勾當標附除外仰施行

又至治元年三月

呈奉中書省劄付刑部

日御史臺呈奉中書省劄付刑部

令史于琿歷作保寫立文字於本官字蘭溪百戶字蘭溪百戶令世男

擬將本官百戶字蘭溪處借到

行利錢中統鈔一百兩三次番作一百一十七定一十兩

借到中統鈔五定令小山狀告本奕處

林還訖又憑小山狀告於字蘭溪百戶令世男

謀將前來本家索訖馬一疋折鈔七定綾二疋折鈔二定

又鈔一定討還訖一十定立文字不肯分付延祐六年

正月內本官又行勒令小三遺訖鈔二

定絹子一疋不將元立文字不肯分付字蘭溪招

得此具呈詳本院議得百戶字蘭溪不修左衛率府所

委一年之間違例三次倒契多追勒軍人若依左衛率府所

免革後不政前過止依倒契多取利息苔

擬斷罪標附過名依舊勾當切恐挾恨生事蠱害軍人

事有未便擬將本官斷決三十七下解前任別行求仕已

追鈔定沒官依例事理宜從合干部分定擬其呈照詳刑部

下緣係爲例擬合干連軍司鞫諒不應罪犯苔決一十七

議得百戶字蘭溪所招不合違例三次倒換本管多追利錢

林等借錢文契多取利息錢文契多取利錢

入已罪犯比倒見前量擬三十七下依舊勾當標附私

四九八 〈典章新集戶部〉 五五

罪過名外據多取本息錢鈔並軍司鞫諒不應罪犯依准

管事院所擬相應得此都省議得百戶字蘭溪所犯若准

依舊勾當恐恐致生事擾害軍人擬合迴避本奕餘准部擬

除外合下仰照驗施行今據見呈本部議得百戶字蘭溪

所招不合照驗施行今據見呈本部議得

一行追政依前多取利錢入已罪過釋免若擬比倒依舊勾

論終非因事受財似涉太重合依本息依例沒官相應具呈照詳得此帶

當標附私罪過名本息依例沒官相應具呈照詳得此帶

省除外仰依上施行

礼制

礼仪

延祐七年二月　日江西行省准中書省咨延祐六年
十一月二十一日奏過事内一件如今御史臺官人每備
著江南行臺文書俺根底與將文書來近年開讀聖旨多
不是中書省奏來的也不干礙御史臺廉訪司事理若
依在前聖旨不迎接呵上頭却寫著御史臺廉訪司衙門
有依在前聖旨體例裏廉訪道先行來的聖旨
赦行省廉訪司各衙門都教迎接若干礙行省廉訪司事
咨請欽依施行

務的聖旨呵各一員官迎接者除這的外寺觀護持諸人
執把的聖旨休迎接呵怎生奏呵聖旨那般者欽此都省
咨請欽依施行

通事擲表不即起程　延祐六年八月　日江西行臺准中書
省咨刑部呈奉省判御史臺呈准陝西行臺咨雲南廉訪
司申雲南行省差通事乞合不花馳驛賫捧延祐五年正
旦表箋出郭却行復回入城本家停住不行起程又受要
李經歷等金鈔等事其呈照詳送刑部議得雲南行省通
事乞合不花所招差承賫捧延祐五年正旦表箋本省官
員乞合不花卻於寺院寄放回還等
候封贈咨文停住八日罪犯乞合不花量擬決四十七下
解見任別行求仕緣雲南廉訪司明該本人受要李經歷
等金鈔等事另行追問合令本道照勘明白從重科斷外

據譯史苗民安宣使伯顏帖木兒等亦行根隨乞合不花
回還等候本人罪犯量擬各決三十七下解見任通行標
附相應具呈照詳都省咨請依上施行

宣使開讀　延祐四年五月　日袁州路奉江西行省劄付今
後遇有欽奉詔書聖旨差委宣使人等馳驛於本路開讀
了畢即便廻還卻不得轉於所轄去處開讀違者治罪仰
依上施行

## 服色

**站官公服** 至治二年五月鈔到延祐四年十二月 日江西
行省准中書省咨江浙省咨杭州路申諸處站赤提領抵
待使客應付船馬以通政令各役雖微俱受省禮合依准
院務等官一體製造服色相應咨請回示准此除遵依外本部
呈照得大德十年儒官服色全例奉此除外本部
議得隨處站官既受省官醫提舉如准江浙行省
所擬比例製造相應具呈照詳都省合行公服如准江浙行省
依上施行

**醫官公服** 延祐三年十月 日江浙等處儒學申承奉

太醫院劄付移准中書禮部關來關大都路醫學正錄教諭德
路學正李震呈見本路迎接宣詔進賀表箋儒學正錄
皆有公服惟醫學教諭與常人排列未辨何役似失

三〇九 《典章新集》禮部 三

大體如蒙依儒學正錄教諭一體製造公服相應關請照
驗准此關請依例施行使院合下仰照驗更爲行移有司
依例施行

## 儒教

### 學校

**釋奠就成樂** 延祐五年三月 日江西行省准中書省咨御
史臺呈據監察御史呈近者公過京兆路學觀裏有司差
遣俳優皃以俗樂中間歌調皆是淫曲況釋奠自有大成
之樂江南沐梁教師彼生徒以供
祭祀送據禮部呈議得釋奠乃大成之樂合准御史臺所擬
許令路府於贍學錢糧內置備選擇習古樂師生徒
以供春秋祭祀相應具呈照詳都省合准依上施行

**訓導敦請年高學博之士** 至治元年三月 日袁州路准江
西廉訪司牒巡歷至臨江路據學教授劉堂礎覆說本學
訓導王尚賓年小不遵禮體切照學校乃風化之原作養
人材之所設立訓導堪爲師範者使之訓誨後進今體知
隨處學校似此濫用儒學濫用苟得其進巍然自負侮學官
猶存不顧廉恥儒學濫用苟得其進巍然自負侮學官
詳此豈特虛食廩祿且有悞後進憲司相度訓導王尚
賓既將學官凌忽似難同處除移牒臨江路將訓導王尚
賓革去頂要依例敦請年高德邁文學優博累所推尊之
士延充訓導一體依上施行外牒可照驗依上施行
訓導一體依上施行外牒可照驗依上施行據本路州縣

四二三 《典章新集》禮部 四

# 僧道

## 僧道犯法

**僧道犯罪斷遇免依姦盜例還俗**　延祐五年五月　日袁州

路准徽州路關該為張清悟為僧經斷還俗不曾奉到上
司照會請照勘回示准此照付近據本路申僧人程普善等至大四年九月初七日奉
江浙行省劄付近據本僧勒死罪經釋放還俗一節未奉通
遠有雖用麻繩將本僧勒死罪經釋放還俗一節未奉通
例移准中書咨來咨大德十一年十一月新
興寺僧人程普善等四名因犯姦盜已有還俗定例今後但犯殺人印
省參詳僧人所犯姦盜即非良民比例發還元
造偽鈔等項或曾杖斷或值釋免即非良民比例發還元

四二七　**典章新集禮部**　五

籍還俗當差相應咨請照驗准此送刑議得僧尼道士女
冠有不修本業不持戒行敢犯致傷人命放火蠱毒詐偽
隱藏軍器私宰馬牛賭博錢物私造酒醋等項罪名如已
承伏曾經杖斷或遇釋免者清行既虧靜門難處合准本
省所擬依犯姦盜還俗通例發付元籍為民當差相應具
呈中書省詳得今承見奉本部議得僧尼道士女冠
以焚修祝讚為心以清淨慈悲為本敢有不持戒行敗亂
大常及犯致傷人命放火詐偽事干刑名一切非違等罪
一或已承伏曾經杖斷或遇釋免既非良民合依已擬比犯
姦盜例還俗發付原籍為民相應都省咨請依上施行

## 祭祀

至大元年鈔到大德八年四月湖廣等處行

中書省劄付准中書省咨禮部呈奉省判御史臺呈江南
行臺咨御史大夫阿老瓦丁榮祿言未便事內一件每歲
二仲月祀社國之重事其亡國故社壇不理合從廢今江
南郡縣多有止從亡宋故處祭祀於理未應合更新奉
都堂鈞旨送禮部擬施行奉此移准太常寺關送博士
廳呈謹按禮記郊特牲云喪國之社則屋之不受天陽也
亡宋既係亡國其各州郡舊社未改正者禮應除
准博士廳所擬相關請照驗准此照得此當除看詳如
廢別立壇遘以正祀典然此其呈照得近奉中書省判

五四四　**典章新集禮部**　六

送本部元呈彰德路申採訪到本府郭外西南見設社稷
壇去處制度石刻圖頗備今將打到碑文粘連在前移准
大常寺關今詳彰德路申前宋社稷碑刻位置俱備尊卑
等級既明今守令躬詣社稷按圖修治若准所申似為允
當准此本部參詳上項社稷事理如准已擬相應具呈照
詳得此照得至元八年正月二十三日尚書省奏過事內
一件自古春秋二仲月上戊日祭大社大稷於西南郊立
春後丑日祭風師於東北郊上已祭申日祭雨師雷師於
便交郊祗行者欽此已經遍行各處欽依施行及照得至
西南郊近年隨處廢行者欽此已經遍行各處欽依施行及照得至奉聖旨
元二十二年四月十七日中書吏禮部申社稷五土五穀之神雖
已以時致祭壇遘制度未行於理有缺乞遍諭府縣依法
修理為此送吏禮部就行關太常寺檢點得前代禮書內

諸祭儀社稷之壇於城西南度地之宜方二丈五高三尺
四出階三等築垣為四門於內社在東稷在西又云起運
別無指定畝數其石主之長二尺方一尺其上倍其下
半社稷之壇其制一也壇南栽稷以表之又各用其土所
宜之木以表之其具呈照詳都省准呈劄付本部就便施行
去訖本部參詳上項事理宜准太常寺所擬外據改立壇
壝制度合依至元八年尚書省奏准事理後咨行省照會施
行具呈照詳得此都省除外咨請依上施行

六六

典章新集禮部

十

典章新集禮部終

---

至大元年抄到大德九年八月湖廣等處行
中書省劄付准中書省咨近為隨處府州祀三皇宣聖社稷
風雨雷師牲酒器幣元降物價不敷府州別無致祭定例
送禮部議得祭享三皇

文有闕

閒文三之一

典章新集禮部

六

陳氏拔補

# 軍制

## 整治軍兵

准詹事院准詹事承董中奉咨照得近准詹事院咨該
本院咨皇帝可憐見羽林親軍都指揮使司一萬軍聖旨
撥與了皇太子也這一萬軍內立著屯田有事農種的勾
當撥屬了詹事院管的其間恐怕相擔著怠慢農事去也
俺件當內交董詹事承提調屯田阿怎生啟阿令旨了也
敬此咨請敬依施行准此除敬依外切惟國家張官置吏

四六三

本為軍民而設除民間百姓有司分辨庶政遵守承流宣
化之治取據各處軍官俱受宣命敕牒印信佩帶金銀牌
面月支俸傳襲子孫官爵榮其身祿賜厚其家如此優
遇不為不重理當律已以廉報國以公比年以來有一等
貪饕萬戶千戶百戶不肯奉公傷軍人專務尅取益已
為心既懷無厭之謀廣設貪奪之計百般蠹勒損軍人
無所不至使在家者逃有力者乏蓋因本管上司不究獎
病關防無法致令如此今畧舉軍中不便事理開坐
如蒙從長議擬明白即啟奏遍行禁約似為便益咨呈照
詳施行准此議擬定局頭事理開坐前去延祐六年九月十一日
啟過他事內一件勾當俺眾人議擬定皇太子得的題說
有將他言者的一十件勾當俺眾人商量來董詹事承為大勾
當上頭提說
聽讀了啟俺眾人商量來董詹事承為大勾當上頭提說

典章新集 兵部 一

---

的這勾當內在先禁治行了的也有不曾行的也有如今
在衛率府撥屬皇太子時分從新交了文書呵怎生啟呵
那般者是眾軍人每根底有益的勾當從新文書者廉訪
司監察每體察者座道令旨了也敬此除已札付左右衛
率敬依施行外開坐令旨請照驗敬依施行

一近年以來各處軍官千戶百戶彈壓人等每歲十月
黜軍為由連年親詣那軍戶之家打旋取要錢物軍
人獨戶者有之三家兩家同戶者有之每戶排年除
安馬車牛軍需不過十數餘定千戶百戶
彈壓及無體接手人等打旋取要撥花錢物食用羊
酒馬疋草料不下二三十定正額軍需負債取息勉
強而供給不前被擾橫科質資破產傾力而打發不

五三六

起倒損疲乏者每每如是逃竄流亡者往往皆然間
有在家住坐年復一年重朘剝懍蒙調遣救將何
及今後果有應合還家千戶百戶聽從本管上司分
揀定奪如本籍在於真定路住坐者出給差札開坐
合催黜本路軍人姓名照依元給差札止許真定一
路催黜如本路軍多者量擬餘官分黜不得差不
境似前打旋騷擾軍戶違錯及不得轉委元俸之人
如蒙立法嚴行禁約庶使軍人少得甦息本院照得
樞密院皇慶元年十月十六日奏過事內一件該
各衛漢軍放散時分他的千戶百戶牌子頭人等經
直不還本家將引老小沿著所管的軍戶人家安下
取要飲食馬疋草料臨行索要撒花交軍人每根生
受說有商量來今後軍人每散放時分千戶百戶牌

典章新集 兵部 二

五二三

子頭人等體交軍人每家内安下的取要物件阿交
監察御史廉訪司體察依不枉法例計贜斷罪阿怎
生奏阿奉聖旨那般者欽此議得軍官每歲斷罪阿怎
繞軍戸打旋錢物誠爲未便今擬得軍官每歲過
千戸百戸各一員必湏出給札付開坐合本戸所就差
年輪流委官催點其餘非奉差札之人並行禁止不
許軛自前去各處騷擾軍人已委軍官如於軍人處
假托緣故告不辦賣發等項爲由畫帖索要軍官俸
錢未及旬月畫夜之家常有三五如此前後相挨使
取要錢物許諸人首告或因事發露欽依斷罪
一軍官月給俸錢本以養廉然俊可以責其治效近年
千戸百戸彈壓連月不得俸秩甚至數年分文未嘗

〖典章新集〗兵部　　三

開用既俸不能養贍豈能以廉自守尅掊軍民實由
於此如蒙立法嚴行禁治庶得實惠今後几遇關支
軍官俸錢必湏委官監臨掌管俸錢典庫子人等
務要盡數給散不許私下巧立名項擅自指除如有
違犯之人痛行斷罪相應本院照得御史臺至元三
十年七月十四日奏過事内一件近年以來軍官令史俸錢内
頭不揀那箇大小衙門裏延席一件
尅除著他每俸錢卻於官錢裏借了的也有爲那
也有支應了的也有他每俸錢裏出來的也有
今中書省樞密院不揀那箇衙門吏俸錢根底不
頭養活不得無怕懼無羞恥罪過裏入去的多有如
交尅除要阿怎生麼道監察每這般說俺商量來不
察每言語阿怎生是有更但几尋道子求仕的人每並所屬

五二四

官吏與筵席的交禁治怎生麼道奏阿那般者省官
人每根底御史臺奏了也欽此議得若有指除索要俸
人每合准御史臺奏准定例今後若有指除索要斷罪
錢已有御史臺奏准定例今後益已椿價販賣頭畜
謂如屯田軍官不以恤軍爲念專貪養千戸百戸彈壓自行
收賣與軍人一隻可直價鈔五定者便行椿價配作十定
軍未便及有一等當役軍人十月還家卻不將元置牛
契倍寫作二十定如此虛錢實契累累追徵甚爲害
聘賣與軍人使用有錢者避怕繁慢隨即交納無錢
者不免每下年幾小有違期軻加築楚甚爲害
隻牽趕回家亦不令知會卻行暗地減價
貨賣已身費用虛稱倒死影瞞户長來年又復户下

〖典章新集〗兵部　　四

重科從新補買倒換消乏軍戸實由於此如蒙立法
禁約相應本院議得軍官人等賤買軍人
及當役軍人暗地將元置牛隻臨還減價貨賣虛稱
倒死下年又復户下刻剝軍力今後軍官人等
若有似此聘賣許諸人首告或因事發露今後軍力
斷罪這回元價牛隻沒官所據軍人還家將元置牛
畜暗地貨賣虛稱倒死下重科補買發露到官依例
行斷罪倍價貨賣頭畜
一千戸百戸將引子姪男驅口人等接覽代替軍役
然中書刑部已有定例不合接覽通例其各處軍官
多有不知定例到不肯入屯耕種縱有人役急情農事
倚賴軍官子弟往往依前代替役之人
把柄上下不敢申訴虧損見役軍人如將通例從新

**五二九**

遍行各處張掛榜文明示其罪仍許諸人首告庶望
少革前弊本院照得樞密院延祐五年九月十五日
奏過事內一件如今揀選有力慣熟好軍每交行的
時分親丁不肯應役自意兒令驅丁行的並雇覓著
他人行的各斷六十七下將雇軍錢物追納沒官軍
官令史人等受錢空名的及貴攬賤雇著人行的斷
那般者欽此議得接攬軍役已有奏准定例依
名不敘將雇軍錢物追納沒官怎生奏呵奉聖旨
名阿斷六十七下除名見任五六名阿一等三四
八十七下除名令兄弟孩兒驅丁每代替的若有一二名阿斷四十七下降散官一等

**典章新集 兵部 五**

一屯田軍官萬戶千戶百戶彈壓既受宣命敕牒職居
准詹事董中奉所言出榜禁治違者依例斷罪
屯田責任已專理當奉公鈐束軍人趁時布種施工
農作近有一等不畏公法之人假托侍近人員姓名
調養鷹鸇為由或己身籠養部領羣衆乘騎馬足元
問苗稼結秀時月年年專務飛放鷹犬尚尤不知所
恣縱圍獵踐踏禾田而既不用心鈐束治下軍人
種田苗何常巡視所收者既不其該管屯地邊界尚
安肯効力施工因而廢情農工者衆如蒙立法禁約
相應本院照得至元三十年二月十九日軍官依約
放倒欽此議得軍官飛放已有舊例今後軍官人等
若有違例飛放踐踏軍田禾擬欽依斷罪
一各衛翼置立左右手屯田本欲求以實効今屯田軍
官千戶百戶彈壓在役年深與所管屯軍交識已久
倚恃情舊不肯盡心効力把持上下使軍官申訴未

---

**五二八**

敢啟口究治何嘗敢言失於治體怠情農務者係子
此也況左手屯田軍官與右手翼分千戶百戶彈壓
名不殊異品俸相同如蒙量擬左右手或二年一次
輪流調換監臨屯種庶望少有成効本院商議得樞密
院皇慶二年二月二十日奏過事內一件本院商議院事
的千戶百戶彈壓等依著舊例通行遞相交換委
文書在先至元三十年各衛屯田官員左右遞相交
換委付有來如今一十五年各衛屯田官員有種田
與軍人不親即故幾百公事有循蹈面皮也有種田
的將千戶百戶彈壓等依著舊例通行遞相
禾不肯在意有依舊例將千戶百戶彈壓等通行遞
相交換付的歷道說有俺商量來依他每根底相
付呵怎生奏呵奉聖旨那般者欽此議得左衛率府

**典章新集 兵部 六**

一屯田軍官合准董中奉所言除千戶外百戶彈壓牌
子頭今次從新於本所內遞相交換
一各衛年例上都等處住夏軍人除各該鞍馬上中戶
另行置貨外下戶相合置備車牛其應般本奕衣甲
又被一等不畏公法軍官軍頭目人等就各營或大都
等處起豎賤餘買米麩於軍車上稍載前往迤北
住夏去處致使牛隻疲乏而倒死車輛損壞而重置
軍人疾苦不可勝言及至住夏他所又擅令軍人採
伐木植疏解板木及收買牛隻疲乏所補置減削毛毡等物又復令軍官稍減
如蒙立法禁約相應本院議得軍人車輛軍力稍
梯己物致使頭畜疲乏倒死若不禁治誠為減削軍

力今後軍官頭目人等各軍官人前去住夏必須依
例整點各備車牛裝載軍需外若有稍帶梯己物件
許諸人首告或因事發露到官驗事輕重斷罪所載
之物沒官親管萬戶千戶有失鈐束亦行治罪
一在營退閒首領官吏軍司頭目並刁役人等把柄恐
嚇見役軍人等恐不肯入役屯田者亦不耕種占自己軍身在行軍
工作違者斷罪發還元籍別以次人丁當役
議得在營退閒官吏人等恐嚇官府影占身役誠恐
不便依准董中奉所言禁約違令者斷罪發還原籍別
差以次人丁當役
一軍官占使軍人屯田軍官合設札也已有占破定例
其萬戶千戶彈壓違例多餘濫占卻將合設領種屯

五、二 典章新集 兵部 七

地勒令見役軍人包種鋤持相覷荒蕪妨悞農作合
行禁約庶不靠損軍人本院照得樞密院至元二十
八年軍官占使軍數例欽此照得大德八年二月二
十八日奏過事內一件該大都有的高扳都普
開慶等伴當每奏將來各衛翼屯田這幾年田禾不
曾收有屯田軍官每與行軍每種一例占使札也卻
將那札也合種的田地交別軍每種的上頭屯種也
勾當失悞了的緣故是這般的有如今將他的札也
減了一半交屯種勾當不失悞了也者說將來有俺
商量來伴當每言語是的一般擬定來奏呵奉聖旨
減了一半札也交本種者欽此合設札也
已有定例令後多餘占使者欽依斷罪
一軍人糧儲為本故有且守且耕之制大抵豐年收而

積聚儉歲散而防虞今各衛翼軍官昇倉官人等不
念積聚之治體視之在倉頗有歲餘收成子粒輒以
飾詞票說申呈本管上司將所頓糧斛回易得到鈔
價諸名頓節說申呈本管上司及勢豪官府索要賞錢一切費
耗稍值水旱災傷支用及下年豐收並不撥牛無料可喂卻
以勒令軍人羅買用過官地無種可下屯牛無料可喂卻
賣之法況於軍伍者乎如蒙遍行凡有官屯去處今
舍每遇收成如法收受常存五七年之積供以防天災
誠非小補如此則軍不被擾而得其安倉廩充實軍
後勒令軍人羅買用過下年豐收並不撥牛無料可喂卻
有益及將軍人借用過種子計料驗數撥還以防天災
軍官兩便將軍人借用過種子計料驗數撥還
合准董中奉所言本院議得各屯所收子粒即係軍儲重事

五、一四 典章新集 兵部 八

遠蓄積物色臨時議擬呈院
依上施行
一管軍官吏人等尅減軍人衣糧及私役軍人官牛自
備種子於係官地內帶種並管民官占種軍官地所收
子粒格前指證明白未招並益招伏合無一體追徵
納官格部照得延祐四年五月十七日呈准中書省
札付管軍官吏尅減軍人衣糧全未給散反私役軍
人官牛自備種子於係官地內帶種所收子粒經
原免已有承伏俱合追理若給散衣糧中間尅落經
數已有招伏者追徵給主未承伏者欽依革撥奉此

臺札付准御史臺咨奉中書省札付來呈延祐七年三月
十一日革後票例送刑部照擬到下項事理都省准擬仰
延祐七年八月 日江西廉訪司奉行

本部議得管軍官軍吏人等尅減軍人衣糧罪經釋
免合依前例施行外據私役軍人官牛自備種子帶
種官地並管民官占種官地所收子粒已未承伏俱
各欽依革撥已經照會今承見奉本部議得係管軍
官吏人等私役軍人官牛自備種子帶種官地等事
合依前例一體施行外據減尅軍人衣糧全未給散
者罪經釋免擬合依例追徵減尅中間尅落之數已
有承伏者追徵給主未承伏者欽依錢物招證

一近見所起軍官軍吏人經止去處強奪百姓錢物已
明白欽遇詔赦罪經釋免其未承伏未追錢物合無追給刑
部照得延祐三年十一月二十六日云軍人取奪則
物羈豬罪例欽此本部議得軍官軍人經止去處強
奪訖百姓錢物已招明白擬合追給相應已照會

典章新集 兵部　九

今承見奉本部議得上項事理合依前例一體施行
一管軍官吏違例歇空代替軍役取要軍錢買關鹽糧
指除軍人封裝革前已招未追錢物並犯在延祐七
年三月十二日以前發在以後取訖招伏追贓之際
罪經釋免據職役並求追錢物自首未納之數及未
得軍錢合無追徵黜降刑部照得延祐四年五月十
七日呈准都省劄付本部呈元奉中書省劄付延祐四年減
徵事故起發發盤川例奉此又照得延祐
四年三月初九日承奉中書省劄付云延祐四年減
呈云延祐二年軍官代替軍人例奉此又照得延祐
在延祐二年十一月二十七日以前款所照至大四年犯在格前一
未到取訖招伏云前款所照至大四年犯在格前一
欽都省准擬今承見奉本部議得管軍官吏違例歇

兵部

九三九

典章新集 兵部　十

空代替軍役所要軍錢格前已招明白贓物擬合追
徵犯在革前發在以後詔書未到取訖招伏及自首
未納之數俱各欽依革撥相應今承見奉本部議得
上項事理除封裝冒關鹽糧依例追理其餘未納贓
物未得軍錢合依前例革撥相應

**拘刷逃軍及代替軍役** 延祐六年四月十五日欽奉聖旨如

今各處行省宣慰司元帥府路府州縣奧魯官人每大小
官吏人等常加撫治軍人每致失所好生提調著整治者
似前一般交軍人每出榜文排門粉壁根刷限內自出
要罪過者廢道所有條畫開列于后

一軍戶氣力消乏逃避他處聖旨到日限五十日各處
管奧魯官人每多出榜文排門粉壁根刷限內自出
首者與免本罪元抛事產依數給付仍免三年差役
限外不行出首隱匿逃軍之家依先聖旨問要罪過
者

一諸處軍官每須要選揀慣熟親丁應役若有駝丁雇
覓他人代替者斷六十七下雇軍錢物追沒官軍
官首領官吏人等受錢空名及貴攬賤覓斷八十七

典章新集 兵部 十 陳氏被補

下除名不敘若令子孫弟姪駈丁代替三名者斷四
十七下降散官一等三四名者斷六十七下解見任
五六名者斷八十七下除名不敘雇軍錢物追沒
官仍令監察御史廉訪司官嚴加體察

一近年以來各處守把隘口粮轉行雇覓土人鎮守軍官不為用心將
己每月應得口粮轉行雇覓土人鎮守軍官不為用心將軍情勾當好生就悞了有似那
般人首告出來呵重要罪過仍仰監察御史廉訪司
於諸處首告出來呵重要罪過仍仰監察御史廉訪司
常加體察 按此後條原闕今補在本葉第

關文三之二

---

# 驛站

## 整治赤站

**路達魯花赤總管提調赤站** 延祐七年十月 日江西行省

准通政院咨延祐七年七月 日本院官奏俺眾人商量
來世祖皇帝時分腹里江南漢兒等處站赤每各路達魯
花赤總管提調有近年交州縣官每提調的上頭站赤每
生受廢道說有如今依在先體例交各路達魯花赤總管
提調呵怎生奏呵依著世祖皇
帝聖旨交各路達魯花赤總管提調站赤者州縣官每休提
調者隨處提調文書者麼道聖旨了也欽此咨請欽依施行
兩個提調州縣官每休交提

典章新集 兵部 十二

**站官就便絡馬**

准總司牒會驗元欽奉聖旨立按察司條畫內一款隨處
鋪驛及關津渡口舟楫橋梁若修治不如法者及勾當行
旅一切違枉等事並仰紏察又至元二十九年四月御史
臺承奉中書省議得水旱站戶湏要重事自今以後湏要
從新整治各處官正官根勾各站赤方令重事自今以後湏要
逃亡事故所屬官司根勾各站赤鋪馬如法自今以後湏要
即令補整站船好生看護但有損壞即修補館舍鋪陳
什物修整完備諸人不得私相借占使臣飯食分例豫為
撥降官錢依公銷用不得因而科歛損害百姓及不得循習舊
弊先期賒借撥官錢通同分使虧損站戶及各道各路正
官親行整點此又檢照得大德三年湖廣行省正
加體察奉此又通政說呈令站官就便相視印帖全文付云 禁約若
中賣站馬通政奉此

五〇五

不再行誠恐各處提調官不為用心整治致令官吏人等
違例中賣馬疋因而作獘失悞走遞牒請就便施行准此

**押運宣使人等不得打站官**　延祐六年三月　日江西行省

准中書省咨江浙省咨本省歲辦金銀錢帛軍器及鄉貢
諸物必湏差人長押赴都數百餘運應付弓兵脚力腹里
州縣站赤防送去處妄分彼我不即應付船夫脚力押運
宣使督併便以誑執行打若不嚴行懲戒切恐來阻滯
遞運送刑部議得今後宣使人等押運官物經過站赤果
有妄行撫殿打站官除隨從人員區處不得輒便究治
其所在官司員隨即申覆合千上司區處不得輒便阻滯
外據差使人員過有押運官物因而失悞者亦合量事輕重
究治相應都省准擬咨請依上施行

二八二　《典章新集　兵部》　圭

---

**鋪馬**

**鋪馬不載死人**　延祐七年十月　日江南行臺准御史臺咨延

承奉中書省札付兵部呈准通政院關蒙古文字譯該延
祐七年三月二十一日奏俺通政院衆官人每商量來薛
禪皇帝時分殺了的人鋪馬裏不肯交將出去了呵交鋪
馬出人每殺了的人鋪馬裏將出去了站赤百姓每近來間哈
刺出人每殺了的人鋪馬裏將出去了呵
怎生先例哈刺出人每殺了也欽此關請照驗欽依
議得上項通政院奏奉聖旨事理擬合行移咨各衙門欽依
施行具呈照詳得此都省除外仰欽依
施行

**僧俗人每亂騎鋪馬收拘**　延祐七年五月初一日奏　日江浙行省准

中書省咨宣政院呈延祐七年八月　日江浙行省准
來的不是有如今多寺院里比及寺了院的鋪馬者緊亂交騎廡道設立
處與來的鋪馬盲多有又把淨水與來的鋪馬盲也
多有這般亂騎鋪馬呵站赤不消乏了的似這般亂騎
鋪馬的交住了罷呵怎生奏阿怎生你說的是有那般
家軍情大勾當的上頭設立來也者繁亂交騎廡道設立
體例那裏說者無您的文書索鋪馬去呵省官每
政院官人每根底說者無您的文書索鋪馬去呵他每拘收
根底西番地面裏並這裏僧俗人每根底合與他省官每
者我根底聽者廡道聖盲了也欽此其呈照詳咨請欽依
予後根底聽者廡道聖盲了也欽此其呈照詳咨請欽依
施行

**波臣冒起鋪馬罪例**　御史臺延祐六年六月初三日本臺官

答剌罕大夫亦憐真經歷等奏過事內一件大都乞塔中

五三五　《典章新集　兵部》　圭

丞等臺官人每備著陝西行臺官人每文書裏說將來碉
門黎雅萬戶府達魯花赤黑的立宣政院官人每差往西
番地面裏拘收牌面追懲幹脫等錢七箇鋪馬里去來他
到河州除這里去的鋪馬之外他的言語里交添了四箇
鋪馬買賣的人每根底要了錢物夾帶著去了更吾恩藏
宣慰司官人每根底取要金子毛子哈丹緞定等物回來
者又問買賣的人每要了錢物添了三十四疋鋪馬又夾帶
的回來的上頭陝西廉訪司官副使界家奴根前問呵
與了明白招伏贓也納了西臺官人每依著列明山的例合
斷一百七下除名不敘更合追奪他的元受聖旨宣命牌
面廳道定擬將來有又合豬狗別帖木兒小鄔的兩箇脫脫
禾孫黑的立宵騎鋪馬的不攔當要了肚皮他每合該的
罪過一處受擬將來有又吾恩藏宣慰司官人每無體例

黑的立根底他每與了鋪馬的罪過宣政院裏與文書去
交他每問了要罪過廳道說將來有俺商量來宣政院官
人每人不當的上頭交這般凡人多騎鋪馬呵交百姓
生受擾害了站赤有如今俺行與宣政院文書交問了吾
恩藏宣慰司官人每要他每罪過今後差使呵選揀好
人去更依著廉訪司定擬將來的人每罪名行了的上位職者
廳道奏呵聖旨了也欽此除外咨請欽依施行

**典章新集 兵部**

四平　　古

---

貼書冒騎正官鋪馬　延祐六年十二月　日袁州路奉江西
行省劄付左右司備掾史張玉呈該江南行臺監察御史
察扎延祐六年十一月二十三日巡行至臨江路察知本
路在城站十一月十二日准瑞州路在城站關防為宣政院
所委官趙本經起馬四疋開坐正官二員從人二名今趙
提點止是正官一員鋪馬并小鄔等三名到來本路經一十二日
正官一員鋪馬招伏斷決四十七下追支
取訖湯友壽不應冒騎鋪馬招伏既是江西行省
過分例五十一日還官發付元藉收管為民當差趙本
宣政院委問公事起到於臨江路坐驛三年不還不曾追問
州路貼書委問公事起到於臨江路坐驛三年不還不曾追問
支請分例取訖招伏既是江西行省准行宣政院文字追
索趙本經元騎鋪馬札子仰呈省就便依例追問施行具
呈照詳省府仰依上施行為此除劄行移合下仰照驗

關文三之三

**典章新集 兵部**

古　　陳氏拔補

# 遞鋪

## 急遞

遞傳文字置長引隔眼　至治二年鈔到延祐五年十一月袁
州路淮江西兼訪司牒管勾呈承受到袁瑞分司牒憲司
封皮上黏連隔眼於上該寫今置長引隔眼仰各處鋪司
如遇承接文書到鋪毋得停滯即便於隔眼上填寫時刻
責付遞傳鋪兵書名畫字照依元定程限依例遞轉一鋪
依上施行以憑稽考中間但有稽違舉目便見如此關防
甚為長便禀奉憲司省會本道凡有申臺文解牒分司接
治路分依上置立隔眼發放及各路牒呈亦合一體施行
奉此除已依上施行外呈乞行移各路凡有申牒呈亦合

《典章新集兵部》　十五

〔四九六〕
一體施行得此大憲司牒可照驗今後凡有牒呈憲司公
文依上置立隔眼發放施行

## 遞鋪接界相攪挨問

延祐六年七月　日袁州路淮江西廉
訪司牒杭州路牒呈准本路府判張奉直牒除依上提點本路
牒提點急遞鋪除依上提點本路所轄一十四鋪上抵建昌游
源鋪下接龍興南陽鋪凡遇遞傳文字已有程限定例其
半月往來照刷外照得本路所轄一十四鋪上抵建昌游
接界相攪鋪分多行承傳上司文封皮磨擦損壞反於隔
眼塗改時刻字樣稽遲走傳程限若便一槩根挨各界鋪
分恃以係屬別路所轄似難齎越兼每季親詣各鋪刷勘
接界官司多不相攪挨究以難齎越合無今後鄰境遞鋪如是稽遲
中間作弊多端互相攪挨調合無今後鄰境遞鋪
文字及擦磨封皮等項毋分疆界挨問的實就便究治庶

使鋪兵知畏郵傳之法不敢廢弛請申牒省憲施行准此
憲司相度遞鋪分往往互相推避移文根挨展挨其各處
以來所屬遞鋪分多不如法打角限走遞所在提點官亦
不用心依期刷勘是致稽遲磨擦損壞及至根挨展挨其各處
鄰境接界遞傳稽遲依准杭州路判官張奉直所言繁冗無分
疆界就便挨問究治相應牒可照驗一體施行

《典章新集兵部》　十六

典章新集兵部終

# 刑部

## 刑制

### 刑法

欽察沿行輕重地面

延祐七年三月　日中書省議得各處
合流遠陽行省罪囚無分輕重一概發付奴干兒地面緣
彼中別無種養生業歲用衣糧站赤重加勞費即目奴干兒
見有屯田今後若有流囚照依所犯分揀重者發付奴兒
干輕者於肇州從宜安置屯種自贍似為便當此於延
祐六年七月二十一日欽察參議奏伯塔沙丞相等省官
人每商量了教奏有一件流將遙東去的罪囚每都發將

三八六 ∘典章新集 刑部 一

奴兒裏去有到那里阿每年他每根底站裏運送將衣糧
去有似這般運送阿站每消乏的一般有今後合流將
那壁去的罪囚內分揀著較重的每教發將奴兒干地面
裏去教怎生奏阿奉聖旨那般住著種種田自養活喉
嗉咲阿怎生奏阿依傍行依照曾緣未經欽遵外行據刑
部呈議得上項事理若便行依擬申禀停滯流囚未便以
諮合發處所慮各處官府作擬申禀輕重分
此照依已行盜賊等例內欽依完擬輕重合發遣奴兒干
肇州流囚並該載不盡者比例發遣如蒙准呈為例通行
遣守相應具呈照詳都省准擬施行

---

# 奴兒干出軍

## 強盜

持杖不曾傷人但得財一百七出軍五至二十貫為從的
七出軍不持杖不曾傷人至四十貫除首賊外餘人斷一
百七出軍

六九八 ∘典章新集 刑部 二

## 竊盜

諮車子剗房子的每賊傷事主為從的斷一百七出軍不曾
傷事主但得財皆斷一百七出軍不曾得財於內有舊賊
出軍怯烈司裏偷盜駝馬牛初犯為從者斷一百七出軍掠
賣良人大德八年奏准今後諸掠賣良人為奴婢者掠賣
一箇人斷一百七流遠諕雕都省行省印信套畫省官押
字動支錢糧干礙選法妄造妖言犯上

肇州屯種

初犯偷盜路駞馬牛賊每為首的斷一百七出軍

偷財物三百貫以上一百七出軍

經斷放偷盜十貫以下的再做賊呵為首出軍

諸發塚開棺傷屍賊徒同強盜於內合該出軍

挑剜神捲寶鈔以真作偽再犯斷罪流遠

知情分買行使偽鈔三犯科斷流遠

八七

《典章新集刑部》

三

---

# 刑獄

## 詳讞

中書省咨御史臺呈監察御史呈檢會到云廉訪司官分行

審理例欽此除欽遵外參詳推官之職既為刑名設置凡

有文案擬合專以參照研究務盡詞理審錄四徒罪之囚既有定例係蕭政廉

伏其追會正據循行審理決遣罪囚既有冤枉抑屈者隨

即本問改正據循行事理其推官獨員遍歷所屬審斷罪囚合禁止

訪司合行事理其所屬州縣囚徒若死罪推官仍

其呈照詳送刑部照得云推官不管錄事全文又檢會

至元新格隨處季報罪四全欵欽此除本部議得

《典章新集刑部》

四

五〇四

推官專理刑獄已有通例其所屬州縣囚徒若死罪推官仍

前獨員遍歷理斷中間似涉未便如准監察御史所言合

行禁止專候廉訪司巡行審理其各道按臨郡邑多寡地

面遠近不同卒急不能周遍恐致枉禁淹延以此參詳今

後州縣凡有輕重罪囚開寫各起所犯罪名情由到禁月

日每月申報本管上司推官先須參考提調官併首領官

公同詳議中間果有條囚數多淹延懸遠情犯疑似許委

推官詣彼審理明白依例疏斷如有究問淹滯申路究問不許容

似前一概遍歷其或理斷未當罪及推官如蒙

依准已擬照會遵守相應具呈照詳得此檢會至元新格

內本路關牒廉訪司照詳其犯情歸結緣由

內一欵云諸枷罪五十七以下又照得大德二年十二月

奏過事內一件上竪裏達魯花赤總管同知治中府判各

五員有下路裏元治中各四員官有差撥稅糧造作人匠
併奧曾等勾當大有監禁罪人不得空有專一問罪
囚的上頭上路裏設兩員推官中路裏設一員推官委付
阿忩生奏阿世祖皇旨有來幾處上路裏管民官每學的勾當多委付來其餘去
處不曾委付各路裏管民官每學的勾當
不得空便問有監禁的人每生受合委付推官廳多人
每說見呈都省議得路府州縣斷決罪囚及推官廳合設一員推
官委付阿忩生奏阿奉聖旨是也委付者欽此已經照會
獄各有定例據遍歷審斷事理依准御史臺所呈咨請依
上施行

延祐七年二月　日江南行臺准御史臺咨承奉
中書省札付刑部呈切謂信賞在功無不服必罰在罪無

《典章新集》刑部　五

五六八

不懲非功而護爵則爵輕非罪而肆刑則刑藝方今庶務
惟刑為重平反冤獄乃居官者職令所當為之事比因陞
等減資之路其一等貪進僥倖之徒承差委問之際不計
事理虛實欲圖陞進往往鍛煉獄成反害無辜揑合文案
所在官司亦不詳讞輒憑文牒廉訪司取具體察公文容
申省部定擬其間平反辨白固亦不照出不完冒濫者
十常八九必致駁問往復照勘經年逾月不能杜絕
其於始初定立平反止是推官任滿考其殿最而言殊無
平反通例若不定擬深為未便今後內外官員果能平反
獄訟平反許申呈保勘明白行移各處廉訪司體覆相同的
本方許申呈具無罪並平反緣由備細招詞酌取到
枉勘官吏招伏本宗公事如何歸結開坐咨申詳酌如能
平反重刑三名以上量陞一等犯流配五名者擬減一資

---

名數不及者從優定奪其吏員事不干已而能平反者依
上於應得上量進一等遷調若職當審錄並家屬稱究
承差委問諸人告指不在論賞之獎如蒙准遍行照會罪
保勘體察官司庶年僥倖之徒准呈遵守
相應其呈照詳得此議得諸官員今後如能平反及重刑一
名以上陞一等犯流罪三名減一資應五名陞一等名數
不及者從優定奪徒役五名以上減一資餘准部擬都省
仰依上施行

**崇司獄用刑**　至治元年四月　日福建廉訪司奉江南行臺
據監察御史阿剌不花承事馬徵事呈延祐五年十二月
初一日吉安路申永豐縣李壽三等聚眾捉獲賊人李壽
三羅四等招供係首賊周箋傳糾合行劫吉水州夏家永
豐縣余家財物臨立紅旗聚眾等事獲問得周箋傳先於吉

《典章新集》刑部　六

五七十

水州供招止曾與徐五等聚眾同謀行劫被武司獄於延
祐六年十月初十日入禁之初拷打勒令招指稅家同禁
不禁箠楚省記得雠人陳一大劉元道王茂可於官妄指
各人撰造妖言等因喚賣得獄典萬或指證武司獄委
曾將周箋傳拷打是實參詳周箋傳撰造妖言專四禁理本
將周箋傳隨事申舉據周箋傳撰造妖言之設職專四體非
申明滯者隨問訊拷打脚底及武司獄錄問
未經周箋傳自用木棍加拷打已是不應又逼
令妄指平民陳一大撰造妖言劉元道王茂可接受
及被周箋傳當自用木棍打傷系破枷頭有此越分殊失
牢復將周箋傳自用木棍打傷系破枷頭有此越分殊失
委任之意得此施行間延祐七年三月二十日欽奉詔敕
釋免今來照得大德八年江南行臺准御史臺咨奉奉中

書省札付刑部呈刑獄不便事內一款獄事不修司獄之
責牢獄皆凶穢之地前人有畫地為獄設愿不入之語苟
司獄官如能用心使獄卒常常除掃潔淨天洗滌柳扭
時令暫出乘凉冬月湖塞窗戶措置煖匣拘鈴囚糧不致
尅減病則親臨看治四有寃滯枉禁者具實申明少免寃
濫今司獄之官少得其人或自有私過畏避本屬本房滌洗
黙收獄禁有不應柳鎖有例應柳鎖故作遲延者看
而收禁有不治所以撫字之官不以恤刑為心有不應收禁
詳司獄直隸廉訪司蓋與常知名數處有無寃情今後督責司獄
整治獄事如法每月具報收除名數有無寃滯開申憲司
其司獄官吏有犯許移文憲司取問責罰以稱直隸司獄
亦免有司挾恨羅織之患仍仰本府提牢正官常切依期
加意點視奉此常謂司獄之責專管獄事掃除牢房滌洗

**典章新集 刑部 七**

四忘

城扭時其衣食病則親臨看視設有寃枉申達本道廉訪
司此其職也今吉安路司獄武積不思職分之所當為乃
將囚徒周篋傳等擅用訊杖木棍拷打逼令妄指平民似
此違越濫用刑法深貪司獄之職罪經釋免若不申明誠
恐積漸傚效深為未便如蒙札付各道廉訪司常加檢舉
若有似此違枉人員各處當該官司疃即具申牒本道
廉訪司嚴行究治非惟官有分內之事人免法外之苦抑
亦恤刑之一端也具呈照詳得此憲臺除外仰照驗依上
施行

---

巡尉司四月申延祐四年七月□日袁州路淮江西廉訪司
牒檢會中統五年欽奉聖旨條畫內一欵云巡尉司蒙盜
隨蠻本縣欽此又奏准至元新格內一欵云正官分輪巡捕
視欽此除遼外今體知各處巡尉司每遇捕獲強切盜
賊並不隨時略問情由歸勘淹延月日困而致
命者有之每月不申報上司無從稽考深為未便此牒
可照驗令巡尉司如無亦其執結申報以憑體察先其依
監禁月日并取到略節招詞不行牒發緣由依期具報合
屬通類牒呈施行刑條後應在關禁司衙今補用
准牒呈施行

關文三之四

**典章新集 刑部 七**

## 延祐新定例

| 持人傷 | | 七七 | 八十七 | 九十七 | 一百七 | 一百七 | 敲 |
|---|---|---|---|---|---|---|---|
| | | 徒年半 | 徒二年 | 徒二年半 | 徒三年 | 出軍 | |

不傷人

杖傷人

強不傷人

持人傷

| | | | | | |
|---|---|---|---|---|---|
| 傷人 | 雖不得財皆死 | 因盜而 | | | |
| | 但得財 | 從首 | 姦同強 | | |
| | 至二十貫 | 盜傷人 | | | |
| | 至二十貫 | 餘人 | | | |
| | 造意為 | 依例斷 | | | |
| 不傷 | 首下手 | 罪 | | | |

諸盜持人謀而

杖人傷未行

| | 不得財 | 以下十貫 | 從首 賊的。 |
|---|---|---|---|
| | 十貫 | | |
| | 至二至四十貫至五十貫兩遍做 | | |

| 谿傷 | 車主 | 大 | 從起意下手 的再做 | 賊呵 |
|---|---|---|---|---|
| 房主事不得附 | 刻傷附不得 | | | 軍配役 |
| 子 | | | | 曾經出 |
| | | 於內有舊賊出軍 | 從首 | |
| 子 | | | | 曾斷 於內有舊賊呵 |

---

| 偷馬牛駝 | | | 七四 | 七四 | 七四 | 七四 | 七五 | 七六 | 七六 | 七八 | 八一 | 夏夏 | 敲 | 經斷放 |
|---|---|---|---|---|---|---|---|---|---|---|---|---|---|---|
| | 懲列同 | | | | | | | 徒军 | 二军半 | 一军半 | 二军半 | | | 偷盜十 |
| 驢騾賊 係官 係人 | 常盜 | 從首 | | | | | | | | | | | | 貫以下 的再做 |
| 偷騾賊 係官 係人 | | 從首 | 初從 | | | | 初犯為從舊賊 | 初首犯初 | 第二賊呵為 | | | | | |
| 盜 偷羊縣賊 係官 常人 | | 從首 | | | | | 為從出軍 | 首出軍 | | | | | 剌的依 |

| 偷 | 以 | | | | | |
|---|---|---|---|---|---|---|
| 至十貫係首 | 謀而 | 未行貴十貫以下 | 謀而 | | | 三年合 |
| 財物 | 鈔常首元官從 | 未行 | 得財貴十貫以下 | 貴十貫以上 | | 字除這 的外該 |
| 的 | 為人從 | 未行 | 得財以下 | 貴四十貫以上 | | 載不盡 事理依 |
| 賊 | 則人從 | 讒行末 | 得財以下 | 貴六十貫以上 | 貴一百以下 | 舊例施 |
| | | 讒行未 | 貴十貫以上 | 貴四十貫以上 | 貴六十貫以上 | 貴一百三百 |
| | | | 貴二十貫以上 | 貴六十貫以上 | 貴八十以上 | 貴一百二百以上 貴三百以上 |
| | | | | 貴八十以上 | 一百以上 | 行 |

## 諸盜

原表二葉前葉圖橫線後葉橫直
格不相應今照元刻改為一葉

**敲**

| 諸 | 盜 | 強 | | | | |
|---|---|---|---|---|---|---|
| 審車轎 傷人 | 持人仗傷 | | 七十七 | 八十七 | 九十七 | 一百七 一百七 |
| 子房傷人不得財 | 持仗不傷人 謀而未行 | 徒一年半徒二年 | | | | 出軍 |
| 事主財不 | 不得財 未行 | 徒二年半徒三年 | | | | |
| | 謀而未行 | | | | | |
| | 不得財 十貫至二十貫 | | | | | |
| | 至二十貫 至四十貫 | | | | | |
| | 皆斷 從首 | | | | | |

次內有舊賊出軍

雖不得財因盜而傷人皆死○盜傷人曾經強盜
財皆死○餘人依例○從者的好同強
造意下手再犯的軍配役出○賊曾經的軍
曾出○賊再做的敲○○

### 盜

表卷三十四
典章新集刑部 八
陳氏校補

| 賊物則人 | 偷財元官 | 偷馬牛 | 賊常盜 | 驅賊係官 | 偷羊係官 | 諸賊常人 |
|---|---|---|---|---|---|---|
| 從 | 至以係從 | 快列司 | 常人 | 常人 | | |
| 三十 | 四十 五十 | 三十 四十 五十 | | | | |
| 七十 | 七十 | 七十 | 六十 | 七十 七十 | | |
| 徒一年徒二年 | 徒二年徒三年 出軍 | 七十 七十 出軍 | | | | |

謀而行末十貫以下四十以上六十以上八十以上一百上
未行得財十貫以下四十以上六十以上八十以上一百上
謀而行末十貫十貫四十以上六十八十上一百三百
未行得財十貫四十以上六十八十一百三百
從首
從首
從首
從首 初犯
初犯再犯舊賊 第二遍

賊物則人做
買以下的
偷盜十
做的再
賊呵為首為從
斷刺合依
徒軍刺三年的依舊例刺
字除這的外該
戴罪倒的不盡
舊事理依
倒行

---

## 諸盜

### 總例

延祐六年三月 日江西行省准中書省議得天
地生民各有良心苟失教養靡所不為甚至昏迷為盜重
罹刑憲原其所自蓋多脅從染習故虞書有象刑之典周
禮載懸法之文皆所以明示憲章使民易避比年以來未
獲盜賊起數尚多實由有司失於撫字不能申明用心巡
至誤陷於罪名列於後犯其應捕官兵人等常切哀矜故將原
定盜賊輕重罪名據法繩之所謂不教而罪深可哀可○
粉壁明白曉諭息仍照勘在前曾經刺斷強竊盜賊若能
儆督捕凶要弭

三五二 典章新集刑部 十一

過悔自新元定限內不曾再犯保勘是實卻為除籍有司
正官常加撫諭所部人民修其孝悌忠信勤謹服勞各安
生理里閭相勸族黨相規永為淸良非徒虛文期於實效
都省咨請依上施行

一強盜

持杖
傷人雖不得財皆死
不傷人不得財斷一百七徒三年 但得財斷一
百七交出軍 二十貫為首的一百七
出軍

不持杖
傷人造意為首下手的敲
不曾傷人造意為首下手的敲為從的一百七
徒二年 十貫以下斷

九十七徒二年半　至二十貫斷一百七徒三年

至四十貫爲首的敲餘人斷一百七出軍

一因盜而姦同強盜傷人敲餘人依例斷罪

一兩遍作賊的敲

一初犯偷盜賊人爲首的一百七出軍　爲從的九十七徒三年於内若有舊賊阿敲

一偷盜驢騾賊人爲首的斷八十七徒二年　爲從的斷七十七徒一年半

一賊盜羊豬馬牛爲首的斷七十七徒一年半　爲從的斷六十七徒一年

一竊盜財物三百貫以上者斷一百七出軍　一百貫以上者斷一百七徒三年　八十貫以上者斷九十七徒二年半　六十貫以上者斷八十七徒二年

七徒二年半　六十貫以上者斷八十七徒二年

四十貫以上者斷七十七徒年半　十貫以上者斷六十七徒一年　十貫以下者六十七斷放　爲從者皆減一等斷配以至元鈔爲則　已行而不得財者斷五十七下始謀而未行者四十七斷放

一曾經出軍配徒來的再做賊的爲首出軍

一經斷放偷盜十貫已下的賊再做賊阿爲首出軍

一各處籍記警迹賊人銜賀拘檢若經五年不犯者聽主首隣佑保申除籍如能告及捕獲盜賊者一名減二年二名除籍竊盜一名減一等五名除籍餘有多數依例理賞除籍後再犯終身拘籍

親屬尊卑相盜　延祐六年五月　日江西行省准中書省咨

該御史臺呈據監察御史呈竊許規財物者情莫重於盜

四五一〔上〕　《典章新集　刑部　十二

---

賊論親屬者義莫別於服制故盜賊有強有竊親屬有尊有卑即今無服親屬相犯者止科其罪免追賠贓俱不流

配剌字有服之親亦無減等之條是乃輕重不倫親疏無別今後凡尊長於卑幼別居家竊盜若強盜及卑幼於尊長家行竊盜者總麻小功親減凡人一等大功減二等周親減三等亦依上倒不剌不配卑幼於尊長家

強盜以凡人論庶尊卑之分別今後凡尊長於卑幼家竊盜若強盜及卑幼於尊長家強盜以凡人論以此參詳如准

詳送刑部議得御史臺元呈監察御史所言親屬相當立制不同既無服之親相犯者止科其罪免追賠贓其卑幼配仍剌字其有服之親今後凡尊長於卑幼別居家竊凡人一等大功減二等周親減三等亦依上倒不剌不配免追賠贓其卑幼於尊長家強盜以凡人論以此參詳如准

所言相應都省准擬施行

三十　　《典章新集　刑部　十三

## 親屬相盜分首從

延祐六年八月　日江浙行省准中書省

咨來咨建德路申賊人李晉之狀招於延祐五年五月十
八日夜糾合本家元催絡絲知心賊人馬元五偷盜表
兄馬祐之家欽釦衣服等物晉之收藏不曾分張與訖馬
元五鈔五定囑令本人躲閃罪犯是賊馬元五所招
相同追贓到官本省參詳馬元五係賊人馬祐之表
兄馬祐之財物晉之受催絡賊人馬元五偷盜得賊人馬
元五不合聽從催主李晉之親屬相盜例免刺斷罪別無定

### 奸盜主物刺字

《典章新集》刑部　　　十三

之財物除首賊李晉之依親屬相盜例免刺斷罪別無
定五三三

奪所據馬元五即係常人合以凡盜定論罪雖斷訖若
已擬依例刺配相應具呈照詳都省除外咨請依上施行

延祐七年六月　日江浙行省近據廣德路
申捉獲偷盜本路盛銀印匣賊人沈阿寅狀招跟隨本路
達魯花赤充當面前使喚不合於延祐四年十二月三十
日夜就本官到官佑贓例決杖七十七下比例免徒刺
為事干通例延祐六年八月十七日移咨中書省咨送刑
部議得賊人沈阿寅兇托凌盜局使保送見本路印匣開鎖鑰
變鈔破用事發就於本官宅宿食為見本賊依例刺字徒配充警跡相應具
都面前使喚就於本賊竊取銀印匣刺去銀皮鎔鑰
匙於中堂一處頻放因而竊取銀印徒配充警跡相應
于貨賣得罪已斷訖都省准擬施行
呈照詳得此都省准擬施行

---

至治元年鈔到江浙行省延祐元年六月
日准中書省咨該來咨平江路申賊人錢慶三糾合蔣阿三等告偷盜
鐵貓公事送刑部呈議得首賊錢慶三糾合使喚遷釋免刺
三次偷盜不知名舡主鐵貓二箇出首到官隱下先偷盜鐵貓二箇既
犯二次偷盜鐵貓二箇出首指明白合以首告免刺外據從賊花毡衣物既
賊蔣阿三等招指遠楊進家花毡衣物勾責
得王萬四招供先於至元二十七年竊盜十一
字一節終因自首而發擬合免刺外據從賊花毡衣物既
非自首已斷訖依例刺字右臂至元三十年竊火炙除至大四年

芦蘇事發刺訖右臂

《典章新集》刑部　　　十四

### 例前除元刺字難補刺　延祐七年八月

行省札付來申郭酉仔仔為盜指出延祐五年四月十五日
糾同警跡人王萬四竊盜訖習遠楊進家花毡衣物事
四六二

八月初五日竊盜訖宜春縣袁受四家衣物事刺訖右臂
自後改過不曾為盜是的來對聽候間欽遇得免刺訖右手
萬四將先犯刺字用火炙去刺訖右手至今一十餘年不曾再犯難議
大四年又犯竊盜刺訖右手刺成人頭龍形遮蓋疤癩至
違今次因事問出至元三十年炙除元刺事跡係在未奉
補刺通例之前未審合無補刺申乞照詳得此省府相度
王萬四如委不曾再犯難議補刺仰更為照勘明白依例
施行

## 偷船賊斷例

省剳付近據寧國路申宣城縣捉獲賊人武多兒所招不
合於延祐四年三月初二日偷盜事主陳榮祖桯木板舡
一隻估計至元鈔十貫以上若以錢慶三偷盜鐵猫一體
刺字未見通例移咨中書省照詳去後今准咨該送刑
部呈議得賊人武多兒偷盜陳榮祖船隻計贓至元鈔十
貫以上罪既斷訖合准江浙省所擬比依錢慶三偷鐵猫
例將本賊刺字拘役相應具呈照詳都省准擬咨請施行

此係應在偷鐵猫賊
罪銷豁後原例今補

福建宣慰司延祐五年十月初六日奉江浙行

調文三之五

《典章新集刑部》

十四

陳氏放福

---

## 偷官糧

盜官銀米出會兒刺　皇慶二年十月　日江西行省准中書

省咨來咨龍興路申皇慶元年十二月初九日大濟倉捉
獲賊人俞住子熊神子入殿盜訖糧米量計米七石五升
佑贓至元鈔二十五兩二錢五分依例加等斷決別不曾
斷過追徵賠贓刺字定例咨請照詳送刑部議得賊人俞
住子所招不合於皇慶元年十一月二十六日因冬寒生
受以看米爲名誘倩熊神子前去大濟倉內停宿至三十
日五更將冬字殿短窗扳下偷盜糧米七石五升連倩郷
夫連老搬担於來字殿前頓放召主出糶間事發到官以
此參詳俞住子等所犯雖將官糧七石五升盜離殿房終
係沈重非人力所勝之物既未馱載出倉合以不得財定
罪

論龍興路已行加等斷訖難以刺字具呈照詳都省咨請
依上施行

《典章新集刑部》

十五

二八六

## 偷頭口

### 甲人盜牛依例徒配

延祐五年四月　一日袁州路奉江西行
省札付來申捉獲賊人周春七狀招不合糾合王耕一盜
訖族兄周文政牛隻從賊王庚一狀招相同除斷罪外據
從賊王庚一依例剌斷合徒役為係請糧正軍戶下別
無次丁申乞招詳得此移准中書省咨該徒役請送刑部議得軍
罪犯既經斷訖若以別無次丁應役終是有違通例
合咨行省依例徒配相應都省准擬施行

### 偷僱主牛罪例

延祐七年十月二十一日江浙行省准擬
省咨來咨備婺州路申捉獲陳成二為僱主金文一次少
工錢偷盜金文一牛隻衣服取訖本賊招伏照得中書省

准江西省咨江州路申捉獲陳寅子偷盜僱主吳旺穀米
送據刑部呈議得陳寅子所招因僱主吳旺令伊自行量
穀剌米出糶不曾拘管量數節次偷搬訖僱主吳旺穀米
糶賣罪犯比依常盜定論剌斷却緣本賊與僱主宿食同
居擬合比依奴婢盜賣本使財物減等定論不追贓免
剌相應都省准擬參詳陳成二始於金文一家僱主金文
因為欠少工錢中統鈔四十兩取討無還偷盜僱主工使喚
一家衣服三件水牛牯一隻依例擬將陳成二決杖一百
七下比例擬免出軍事干通例咨請照詳准此送據刑部
呈議得陳成二所招因為同居僱主金文一家欠少工
錢不還偷盜本人衣服牛犯既已斷訖合准江浙行省所
擬依例與免出軍剌字相應具呈照詳得此都省准擬咨
請依上施行

## 偷盜諸例

### 拟盜未盡事理

延祐七年三月　一日福建宣慰司奉江浙行
省札付准中書省咨來咨會驗盜賊通例剌房谷車賊人
延祐五年通例傷事主起意下手的蔽為從一百七出軍
不曾傷事主但得財皆斷一百七下出軍於內有舊賊蔽
據偷盜係官錢物賊人延祐七年通例止比常人加等延
祐四年却擬處死今各處申到此等賊徒所犯情輕所懷
罪重及偷盜頭口不見合無追徵贓輕斷放十貫以下
再做賊為首出軍不見合斷杖數未審遵依何例區處延
祐元年定到罪名比之大德五年奏准通例恐涉大重令

合干部分通行參酌定議咨請回示准此送據刑部議得
江浙省咨稟上項盜賊事例除谷車剌房州城村落土居
人民行駕車輛即與隨駕行營野處不同已經呈准依竊
盜例計贓定罪別無定奪外據偷盜係官錢物比常盜加
等並合依例計贓定罪駞馬牛隻首從賊人合依延祐元年奏准
通例區處其曾經剌斷放偷盜十貫以上再犯首從賊徒
亦合依上例計贓剌斷流配所據偷盜頭口贓既係該
截不盡事理擬合照依舊例追賠本省所言延祐元年定
到罪名比之大德五年通例恐涉大重一節係奏准遍行
定例似難更議其呈照詳都省咨請依上施行

## 徵贓

盜賊革後事發追徵免罪　延祐六年正月　日江浙行省准

中書省咨該來咨泉州路惠安縣延祐三年三月二十七
日本縣尉司捉獲賊人林士貴等三名責得各賊狀招
不合於延祐三年二月二十四日夜二更時分持捧火把
將事主王通應門戶打開用斧將鑽斫開劫去家財銀器
呈議得江浙省咨賊人林士貴等行劫王通應家財事理
即係犯在革前發在革後詔書未到取訖招伏呈擬免刺
相應具呈照詳得此照得至大四年六月十二日刑部呈

五，四，五　【典章新集　刑部】　大

奉省判河南行省咨謝德誠被劫捉獲賊人吳牛兒等三
名所招不合信從首賊陸青等糾合於至大元年十月十
六日夜持仗刼訖事主主簿家財數內吳牛兒分訖中
統鈔二十五兩生大絹三疋白布六疋至大三年十一月
二十五日詔赦已前革後因事發露到官若擬追贓刺字
終是犯在革前發在革後雖有取到招伏難議追刺若有
到官移咨河南省合行具呈照詳得此都省除外札付
本部移咨河南省依上施行又至大四年九月刑部呈奉
省判蒙古文字譯該韓住賊人王那海所招至大三年九
月初七日與首賊錢總領等將看守月忽剌介庫潘秀才
勒死盜訖鈔定被捉到官以此參詳王那海等所犯即係
擬追贓刺斷終是犯在革前發在革後雖有取到招伏比

---

盜賊過革贓給主例　至治元年四月　日福建宣慰司奉

例擬合革撥若有到官正贓給主相應具呈照詳都省准
擬施行
江浙行省札付准中書省咨來咨延祐七年三月十一日奉
革後合禀通例開咨照則詳准此送刑部照得先奉都省
判送御史臺備監察御史呈亦爲此事照擬到各項事理
已經呈准照會今奉前因本部照擬於後具呈照詳都省
除外咨請施行
一賊人偷盜贓物賣諸人典質之家元不知情在後
事發將元典正贓追納到官其賊人元得典質錢物
並已招納及受寄諸人贓物革前已有承用
未納之數合無追徵或犯在革前不曾招承伏革
後問得承伏合無欽依革撥若有到官正贓依例給

三，九，五　【典章新集　刑部】　大

主前件照得延祐四年十月十九日承准中書省札
付本部呈照得賊人偷盜贓物於諸人處典質錢數
典主既不知情在後事發將元典正贓留納到官賊
人元得錢鈔並已納未追及諸人受寄贓物革前已
招明白罪經原免擬合追給其犯在革前發在革後
雖有招伏欽依革撥若有到官正贓給主相應都省
准擬施行

出軍賊在途遇〈免押赴〉所在官司刺字延祐六年十月　日

江西行省准中書省咨御史臺呈監察御史
等通例内一款諸為盜者比例雖遇原免仍驗所犯刺字
塗去不見補之其應出軍者情犯尤重緣其投戍邊遠欲其
自効故不見刺之其後因盜而流路遇原者獨不加黥則
反為輕矣今後刺字之例其比至流所遇原令長押監赴所在
官司依例刺字然後免放送刑部照得延祐四年九月承
奉中書省札付江浙行省咨備松江府申强賊王萬九等六
名於延祐三年二月二十八日夜持杖劫去唐正三衣服
挺獲取招估贓計至元鈔一十四兩三錢二分斷一百七
下免刺出軍發遣間欽遇原免合無剌字本部議得竊盜

五三五　《典章新集　刑部》　　廿一

財物斷放罪名雖會赦原仍須刺字其例該出軍賊徒情
犯尤重罪止決遣中間輕不倫以此參詳强賊王萬九
等所犯已經斷罪出軍一節欽遇原免擬合刺字充警今
後出軍賊人遇恩放合依盜賊會赦例刺字發還元籍
充警如蒙准呈照會相都省准擬今承見本部再行
議得流囚遇免呈照會都省充警已有編行通例如已發在路遇
免者合咨監察御史所言令長押監赴所在官司依例刺
字就發元籍充警相應

押發流囚期限名數
臺咨奉中書省札付來呈監察御史呈照得〈云延祐二年
出軍賊人差人鋪馬押送例　欽此參詳人命至重死非復
生軍罪囚瘵瘁可妻子從流聽如鋪馬直隸省部路分
差相應人長押站赤應付飲食至刑部或行省宣慰司通

類幾名差人馳驛押發若所差人數自致元囚人者依例
結案得此照得延祐四年十一月江浙省咨押發似為長咨請照驗送刑部賊
徒如蒙斟酌起數差官押發似為長咨請照驗送刑部
議得今後行省該管路分出軍賊人擬一十名為則限六
十日總令一路順便差官長押去所指地方若已及期雖
名數不數亦就數發遣得此准擬依上施行若
送刑部議得出軍囚徒行省發遣得此准擬依上發見一
十名總令一路順便差官長押前去所指擬五名為則若
及期總令一路順便差官長押前去所指地面交割若已
十日總令一路順便差官長押前去所指亦數一二亦
腹裏各道宣慰司等衙門並直隸省部仰依上發遣被
差人等敢有故行致死罪囚所在官司檢覆明白依例追
問若扶同虛作病故申報從監察御史廉訪司嚴加紏察

其呈照詳都省議得出軍徒名數已數雖未及期亦行
發遣餘准部擬仰依上施行

三三三　《典章新集　刑部》　　廿三

**賊人先犯在逃再犯止刺斷徒役** 延祐五年八月二十九日

# 再犯賊人

中書刑部奉中書省札付湖廣省咨雒州路宜化縣准分
鎮萬戶府鎮撫所牒軍人李青捉獲舊鎮軍人李寅爲盜
初犯延祐四年四月十七日爲從偷盜班千戶家銀器計
三十三件被捉到官追斷九十七下轉發廣海鹽課提本
司徒役逃回又於九月二十七日夜偷盜在城李阿顧家
青布一段長一丈母鴨一隻被捉到官銀價至元鈔九
錢參詳賊人李寅先犯竊盜班千戶銀器爲從斷九十
七下徒役配廣海鹽場未及兩月逃回不悛前過又行竊盜
李阿顧青布鴨隻估計至元鈔九錢若以曾經出軍配役
再犯處決却緣李寅今犯賊不滿買擬合刺右臂斷六十七下

五四八 典章新集刑部　　丟

發遣貼配如蒙准呈本部爲例遵守相應都省准擬施行
江浙行省延祐六年十二月 日准中書省咨來咨備嘉
興路申捉獲賊人錢阿添狀招於延祐四年四月十九日
夜盜苊沈世明鈔定銀釵等物五月二十日偷盜忽都不
下銀合子等物捉獲到官蒙浙西廉訪司分司刺左臂斷
一百七十下配役三年責付正王顯羈管徵贓發遣配役
聞在逃出除元刺字樣又於延祐五年四月初五日夜盜
訖買頭巾銀釵等物五月初九日夜盜訖銀壺瓶竊衣
犯係曾經刺斷合配徒役再犯做賊擬合斷訖先犯訖出除字樣
服等物被捉到官本省議得錢阿添所招在逃出除軍事干
一度經斷一百七十下徒三年羈管徵贓錢阿添擬合斷先犯
通例咨請照詳送刑部呈議得賊人錢阿添所招若以再犯
物奉此本部議得賊人錢阿添所招若以再犯定論緣先

---

**未配後再犯全刺斷徒役** 延祐七年五月 日江浙省照得

犯終是未到配所止據今次不合偷盜事主哈只寅財估
贓至元鈔一百貫之上比擬合杖斷一百七十下刺右臂徒役
三年滿日充警相應都省准擬施行
延祐五年四月二十日寧國路申宣城縣捉獲賊人
徐大招先於延祐四年二月十三日偷盜李榮一財物剌
斷六十七下發付兩浙運司徒役爲元配役去處李榮七等
羈管聽候又於當年九月初五日聽候徒役之間已行竊盜
紏合爲從盜苊胡亨秀實家財不曾經配役
定論却緣徐大招聽候徒役之際又行竊盜曾經
通例移咨准中書省咨送刑部呈議得賊人徐大招事干
竊盜李榮三財物已經剌斷聽候徒役之際又行竊
三太等紏合盜計胡亨秀等財物若以再犯定論終是未

五八二 典章新集刑部　　丟

經配役今犯既爲從合依曾經斷放偷盜十貫以下再
犯例剌斷訖發付合屬徒役三年相應都省准擬施行

**再犯賊徒斷罪遷徒** 延祐七年二月 日江浙行省准中書省

咨來咨嘉興路申大添招爲金正二狀偷盜桑葉用了搶戳傷
等事取訖本賊周大添招伏本省議得賊人周大添用了搶戳傷
竊盜剌斷今次白晝搶奪陸貴六等偷盜金正二兩初犯
衣服鈔物又復爲首紏合陸貴六等偷盜金正二狀
禾義戳傷事主前後十次如此兇惡累犯不悛擬將本賊
杖斷一百七十下補剌元字改作雕青今次遷徒江浙省咨稟請
照詳准此送刑部呈議得剌斷剌字改作雕青今次復
犯竊盜已經剌斷將剌斷元字又復爲首搶奪張四嫂麻
皮強行脫剌王千二衣服鈔物又復爲首偷盜金正二桑初
用禾義戳傷事主前後十次兇惡累犯不悛合准行省所

擬將本賊杖斷一百七下補剌遷徙遼陽屯種相應都省
准擬施行

四十

典章新集 刑部

酉

---

騙奪

掏摸賊依竊盜斷 延祐六年十一月初二日中書刑部承奉
中書省札付來呈奉省判江浙省咨寧國路申歸問得賊
人陸九住狀招不合於延祐四年正月二十五日掏摸訖
事主萬累奴中統鈔二十五兩五錢被捉到官取訖備細
招詞蒙襄陽路將九住掏摸訖事主潘文典左臂剌杖斷六十七下轉發鎮
江翊江百戶下應當軍役不合遵例自用針墨將
元剌竊盜一度四字填作花繡迷沒不見所剌字迹又不
合於延祐六年三月十八日絆合唐定孫同情於勾闌院
門首九住掏摸訖事主潘文典中統鈔一定三兩六錢被
捉到官是實看詳陸九住先於延祐四年正月二十五日
掏摸訖事主萬累奴中統鈔二十五兩五錢剌斷訖六十

廾六

典章新集 刑部

廾五

七下轉發本翊當軍不悛前過又行絆合唐定孫掏摸客
人潘文典中統鈔一定三兩六錢准至元鈔一十兩七錢
二分若此依竊盜曾經斷放偷盜十貫以下再做賊為首
出軍例斷違緣本賊二次所犯掏摸鈔兩恐涉太重
如照偷盜財物十貫以下例杖斷六十七下及於本賊右
臂上剌竊盜一度四字左臂上補剌徒一年宜從合干部
分定擬相應咨請照詳准此送據刑部呈議得賊人陸九
住所招先犯掏摸鈔兩剌左臂杖斷六十七下在後將元
剌字樣填剌作花繡今犯不悛前過又復掏摸事主潘文
典至元鈔一十貫七錢二分合同竊盜再犯回咨行省補
剌杖斷六十七下依例發付肇州屯種相應都省准擬施
行

持狀白晝搶奪同強盜至治三年鈔到中書刑部延祐二年

八月初四日承奉中書省札付來呈奉省判江浙省咨太
平路申繁昌縣捉獲賊人楊貴七糾合何勝一持行
劫訖事主施進孫阿唐保鈔定等物爲客人獲奪用棒於
施進孫左邊腰下打訖一下本人頭痛口稱至元中統
就諉柯唐保至僻靜處奪訖客人不敢向前將奪到至元中統
鈔一用言嚇嚇以致客人不敢向前將奪到至元中統
鈔七定三十兩五錢內楊貴七分鈔三定二十七兩五錢
何勝一分鈔三定二十七兩五錢絹纏袋一條入已
便用了當除將楊貴七杖斷九十七下何勝一八十七下
若招先犯刺字終無通例咨請照詳此送本部議得楊貴七
爲首起意紏合何勝一持杖就路上打奪過往客人錢物
所招要路上打奪過往客人錢物斷罪今犯
十兩五錢折至元鈔七十六兩一錢並絹纏袋一條施進

《典章新集 刑部》
五六五
三十

孫獲奪楊貴七用元執木棒打訖一下頁痛創地柯唐保
所招先犯偷牛刺臂次犯騙要潘益隆等財物斷罪今犯
欲將本人扭捽本賊用刀嚇嚇不敢向前各賊分贓入己
以次參詳楊貴七等所犯將施進孫打訖一下及用刀子
嚇嚇雖無懷驗到傷痕即係強盜有杖不曾傷人正賊以及
二十貫以上擬合依倒將首賊楊貴七結案從賊何勝三
流遠外擄太平路支不應將楊貴七等減輕斷訖一節
餘在延祐元年正月二十三日以前別無定奪具呈照詳
都省除外仰照驗施行

又
延祐七年六月　日江浙行省准中書省咨來咨備信州
路申歸問得賊人余雲六招伏不合用棒將軍主王壽
甫行抄奪訖鈔定等物是實徐仁三陳嫩各狀招相同看詳余
雲六等先犯撒包騙鈔累斷不悛今與徐仁三陳嫩將客
人王壽甫以喝問私鹽爲由用棒行打推下水坑奪訖包

---

《革間弓手祇候奪騙財物 延祐七年二月》

袋鈔物比依竊盜一體刺配緣事干通例咨請照詳准此
送擄刑部呈照得楊貴七糾奉此本部議得賊人余雲六
徐仁三陳嫩供係先犯撒捲騙鈔經斷賊徒不悛前過今
又同謀棒戳傷指迎問私鹽爲由將事主王壽
甫用棒戳傷推下水坑奪訖錢物比例合同強盜定論緣
本省已將賊人刺斷以此參詳賊人余雲六等所犯既以
刺斷似難追改擬合將各賊發付奴兒干出軍相應都省
准擬施行

奉臺札准御史臺咨奉中書省札付來呈江西廉訪司
准分司牒今因照刷文卷多有革間弓手祇候無役軍人
紏合游食之徒聚成羽黨多者十數人少者不下五六人
懸帶弓箭執把鎗刀鐵尺將路行客旅攔截誆詐稱捕獲挐

《典章新集 刑部》
五七
三十

賊根捉逃軍驗引據將平人拷打搜翻行李劫奪財物
若不禁治虛恐致蔓具呈照詳送擄刑部呈照得至元二
十四年八月江西行省准中書省咨來咨南康路申建昌
縣巡軍張焦住狀招至元二十三年二月二十九日見領
同祖將竇田鈔回還焦住發意跟隨顧同祖到大街無人
處將本人打訖兩奉奪訖鈔一百五十兩看詳張焦住所
招情犯頗重合無輕量斷一百七下都省議得賊人張
焦住罪犯依上施行又皇慶元年十月二十四日奉中書省
配役請依上施行又皇慶元年十月二十四日奉中書省
札付來呈奉省判湖廣省咨潭州路錄事司呈蔡國祥告
唐周卿買國賢棕帽搶去上有紅瑪瑙珠子一
串白毡帽一箇取招斷罪如蒙比同竊盜一體刺字本部
相應議得唐周卿所招紏合賈國賢同謀強行奪搶蔡國

祥棕帽罪犯即與席驢兒一體既已斷訖擬合比依竊盜
刺字相應都省仰照驗施行延祐二年楊貴七摽奪例又
延祐五年
公取竊皆為盜論今承見奉本部議得
候人等執把器杖攔截路客旅該稱捕捉逃軍辦驗引
犯等項為名強行奪騙錢物等事若便依擬中間各人情
官招贓明白比依前例臨時量情刺斷有司禁治不嚴及
犯不同難辦定立通例以此參詳今後此等賊徒發露到
不依例決遣者驗事輕重斷罪相應都省仰照驗施行

擬合經革免刺　延祐七年六月

省札付照得延祐元年六月初三日宥國路申捉獲使懷
一度緣朱元六等止是調白盜錢不曾使用懷藥與茆周
藥強盜吳神保等鈔物賊人胡勝二等取訖狀伏除將使懷
用懷藥賊人茆周保等依強盜不曾傷人為從例於上

**典章新集　刑部**　〔天〕

〔五八七〕

各剌強盜一度為遣出軍捉獲到調白騙鈔賊人楊貴七
朱元六張勝六追勘間欽遇疏放若依茆周保等刺強盜
一度緣朱元六等止是調白盜錢不曾使用懷藥與茆周
保等所犯不同合無刺字一節事干通例移准中書省咨
據刑部呈照得延祐五年三月二十六日承奉中書省咨
付刑部呈議得撤捲賊徒即與局賊一體事理若以
直盜定罪論徵賠贓似涉太重今後有犯刺字擬比此
依竊盜例計贓斷配免刺不追賠贓於犯門首紅泥粉壁
開寫過名相應都省准擬依咨各省依上施行議得張勝
六朱元六聽從胡勝二紏合調白倒鈔刺字事理先為別
無雖有開到朱元六短招又與吳神保元招
次雖有開備細招詞所指月日人名前後不同行移照勘今
並賊人胡勝二等所招俱各爭差況同賊楊貴七已行身

故朱元六等所犯既是罪經釋免擬合依例免刺革撥相
應都省准擬施行

**因手取財以盜論**　延祐七年正月

咨來咨歸問得賊人王牙兒等狀招不合於延祐六年三
月二十六日知得范六與王二姐宿睡紏合董二等各執
木棒到於范六菴門打開窗扇將王成打傷進入房內搜
尋范六等不見於王二姐牀上揣摸到氈箱一只於內搶
訖鈔六定作六分分張衣服十件中藏於祠山廟內事發
官招伏是實參詳王牙兒等所招罪犯欽遇恩赦若依
蔣三壽等免刺却緣各人情犯不同事干通例咨請照詳
准此送據刑部呈議得王牙兒等所招罪犯始因范六等
將伊打傷等事挾讎搜尋范六行打誤將王成打傷於房
內再尋范六不見於牀上摸見籠箱一箇意想有財將鑽

**典章新集　刑部**　〔无〕

〔三五四〕

擊打因而乘勢檢訖衣服一十件中統鈔六定次日各人
作六分均分若准行省先擬免刺終是因而盜取財物合
依盜論罪既釋免依例刺字充警相應都省咨請依上施
行

**拐帶**

逃軀偷拐錢物二罪從重論免剌延祐六年十月　日江西

行省准中書省咨御史臺呈據監察御史呈逃軀本

使錢物等項事理內一款凡背使在逃者已有定例止以

隻身而去其罪當然匪輕若或因而偷拐錢物馬牛在逃

者雖盜主財實廨官法今後若以奴盜主財馬牛在逃

合無同二罪俱發從重者論又其以徒剌庶知戒慎送本

照得大德五年云□□逃軀又照得大德七年十月中書

刑部太原路賀來福偷盜本使耿忠銀物都省准擬又

流遠既本主告免斷九十七下分付本主都省准擬又大

德八年十二月陝西省咨安西路捉獲賊人李保大德八

年六月十七日偷盜訖本使蠻子回回中統鈔六十定金

三六

〈典章新集〉刑部　卅

一十一兩贓滿五百貫罪該流遠本部議得李保盜訖本

使蠻子回回金子鈔定令人捉獲欲將李保貨賣弓手告

發到官估計所盜贓物已該流罪緣奴盜主財並本使不

曾申官以此參詳擬合比例免流依上斷決九十七下分

付本使收管相應都省准擬施行

---

**發塚**

發塚賊免剌發肇州屯種至治元年三月　日江浙行省准

中書省咨來咨浙東道呈慶元路申備鄞縣准大嵩巡檢

司申捉獲吳亞傳余季七董明七狀招延祐四年七月初

二日與巳死吳新九為首起意糾合齎器俱到於史提刑

墳內開掘整開棺木盜取金銀等物內吳新九等分受銀

四十四兩五錢吳亞傳余季七共受銀四十四兩五錢

變賣贓入巳首賊吳新九知事發露自盡身死合行各估計

金銀等物該中統鈔九十三兩四十

呈吳亞傳董明七余季七為從發掘史提刑墳元盜訖金

銀等估計至元鈔九百三十八貫比同強盜已斷一百七

下今次若擬免剌出軍終非正犯既巳斷訖合無剌字出

下

三四七

〈典章新集〉刑部　卅

干通例咨請回示准此送據刑部呈議得江浙省咨稟賊

人吳亞傳余季七董明七為從發掘開棺盜財既同強盜

計贓斷訖罪犯犯不剌字發付肇州屯種相應都省准擬

施行

## 獲賊

獲賊升賞　至治二年五月鈔到江西行省延祐五年二月
日准中書省咨會驗大德五年十二月 日奏准盜賊將
盡內一款節該諸人告獲強盜每名官給賞錢云云 又諸
盜未發而自首者原其能捕獲同伴者仍依例給賞未知此
已經遍行即日盜賊生發應恐軍民諸色人等未有能
通例不肯盡心捕捉都省議得令後諸人有能用心捕捉
竊強竊盜賊照依前例一體給賞又為盜人等未經發露者
文字到日如有悔過自首或捕獲同伴與免本罪仍依例
給賞今將獲賊升賞人員開咨請依上施行

《典章新集》刑部

三三

已除奧官
歸德府弓手全青親獲強盜二十一名除充泗州虛塔
巡檢處州民戶章文煥捉獲強盜五人除充信州路玉
山縣尉

在選未除
海道運糧押綱官戰進親獲強盜五人
慶元路定海縣灶戶王坌獲強盜七人
歸德州柳子鎮巡檢司吏陳君善獲強盜七人

---

尾巡檢不即拏賊　延祐五年十一月 日江西行省准中書
省咨御史臺呈山北遼東廉訪司申分司牒按治錦州審
錄訖罪囚內強盜一起闊李家驢等三名打死事主曹大用
劾訖緝定等物追照過行卷取到巡檢尾永泰不即依時
捉賊緝定事主李智等令事主將被害身屍焚燒各各招詞本
臺看詳各處盜賊生發蓋因捕盜官兵禁防無法制禦不
嚴以致如此今錦州桃花島強賊殺死良民曹大用爲重
財物巡檢尾永泰承告之際不以人命爲重被匿不
即追捕致令吏李智令事主遍取不即申官招伏彌縫
主追成親獲賊人又不申報依例追勤推調數日勢不獲
已才方受理卻行抑勒事主遍取不即申官招伏彌縫已

《典章新集》刑部

五三

尾巡檢尾永泰職專捕盜事主曹成告報強賊將兇曹大
用打傷身死劾訖財物不即捉賊卻行畏避捕限又不
理在後曹成自獲行兇正賊闊李家驢等三名並贓根究
本官再行陳告卻取曹成自獲行兇正賊招伏不行申官
以此衆詳尾所犯情罪非輕擬杖斷六十七下罷役
不叙司吏李智量減一等合決五十七下罷役不敘相應
都省准擬施行

馬縣尉不即拏賊　延祐五年五月 日江西行省准中書省
咨據侯澄告徐龍興路司獄得代延祐四年四月十六日
將馬一疋驢二頭行李鈔絹等物前來大都求仕至二十
二日到清池縣卜老橋店北有達達三人騎馬前來用箭
射傷澄肐肋腰肋及打傷馬三強卻訖行李鈔定止存下

## 提控捕盜官不圎刵捉強賊罪　延祐六年七月

馬疋驅畜當日告到清池縣馬縣尉本官帶酒不理發怒
拏出環刀道我砍你不肯理問至二十七日才令醫工驗
傷告到清池縣並滄州亦不取問馬縣尉不即受理被劫
情詞乞施行得此委兵馬司指揮要里忽都取到滄州
清池縣捕盜官吏招伏送刑部議得滄州知州郝君佐遲
慢招伏罰俸一月案牘都目各決一十七下司吏一十七
下依舊勾當縣尉馬德狀招不即受理捉賊及將事主候
澄毀罵經隔六日才行驗傷罪犯擬決三十七下解任別
行求仕其呈照詳議得縣尉之職專一儆捕盜賊之職
受理反行穢馬詳此所為難任牧民已招罪犯擬笞決三
十七下解現任於雜職內還用餘准部擬都省咨請遍行
曉諭施行

五六五　典章新集　刑部　齊

省准中書省咨整治盜賊官呈奉省札延祐五年十一月
初六日奏奉聖旨捕盜罪賞事內一款各處應捕官兵雖
非本境失過起數而承准別境公文賊至本境妄分彼此
不肯追襲致令逃逸者捕盜官決四十七下標附雖親獲強盜本處官兵畏避苟延不肯向前
捕盜官決二十七下標附又一件安喜縣人吏劉一史追襲盜一
十餘人至中山府南關親獲強盜而畏避官兵不為救捕
者依前例科斷已至中山府趙州當該官兵畏避逗遛不肯向前
賊研射傷損除另議升官賞給外其中山府達魯花赤別兒薛滅趙州知州
避逗遛不肯向前救捕之人從差去官取招伏除平棘等縣捕
受勅以下人員就當斷承此取到中山府達魯花赤別兒薛滅趙州
盜官各各畏避逗遛中山府達魯花赤別兒薛滅趙州知州等
縣官另斷罪名外據中山府達魯花赤別兒薛滅趙州知州

---

和元升所招罪犯若便議斷綠係欽奉宣命人員擬到各
各罪名開具都省呈詳都省准呈請遍行照會施行
趙州知州和元升所招賊至本境內率領人眾向前撲捉致
令強賊於店後所倒院牆在逃罪犯比例剩決二十
今安下不合畏避逗遛不行併力率領官兵人等撲滅致
中山府達魯花赤別兒薛滅所招賊至本境不合畏避
逗遛不行併力率領官兵人等撲滅致令各賊在逃
依例笞決二十七下標附相應

## 延祐七年葦後票到捕盜官不獲賊例　延祐七年八月日

江南行臺准御史臺咨奉中書省札付來延祐七年三
月十一日葦後票例送刑部照擬到下項事理都省准擬
仰依上施行

四二六　典章新集　刑部　圭

一捕盜官不獲賊盜起數罪經原免其未獲數多及降
等者合無依例照勘於解由內開申斤降刑部照得
延祐四年五月十七日呈准中書省札付照得大德
九年八月內奉中書省判本部呈巡檢王居仁任內
失過強竊盜賊一十起除已獲外強盜二次竊盜五
起犯在大德九年二月二十五日詔赦以前依例革
撥都堂准呈仰依上施行已經照會今承見革本部
議得捕盜官失過未獲強竊盜賊即係雖犯前難
依添資降革合依前例欽依革撥相應

防盜

李旺陳言盜賊　至治元年六月

日江浙行省准中書省咨
江浙省咨照得大德八年五月二十八日准中書省咨准
東道宣慰司呈李旺陳言江淮腹里潁河湖廣等處潁江
靠海水面濶達內有船戶十萬餘戶其間逃役結黨成羣
以攬載為由中途將客殺死刧奪財物將人出沒江湖捕
盜官不能捕泥乞立長便衙門專一鎮守腹裏官司
將該管船隻拘見盤驗嚴加禁止等事送刑部議得及令所在官司
潁河已有設立防捕盜衙門江南亦有鎮守軍人合咨行省
與廉訪司軍民官一同從長講究相應具呈照詳得此都
省咨請講究明白各省准此行據各路講究到行下杭州路依准都省
為不見與廉訪司一同講究節次行下

五四

咨文內事理一同廉訪司從長講究明白擬定申省去後
今據狀申移准西廉訪司牒該照得延祐五年十月二
十九日承奉憲臺札付准御史臺咨承奉中書省札付刑
部呈延祐四年十月　日欽奉聖旨節該今後各處管軍
及管民兇徒惡黨賭博錢物人每根底好生要罪過者出
務本業兒每將各管的軍民在意撫治者有游手好閑不
外去阿依例給引者各枝兒頭目搽馬赤百戶千戶萬戶
牌子頭奧魯官每將他的各管的百姓軍每也好生鈐束
者當役差來時節一處行者到家裏阿不揀甚麼勾當出
外去阿本處奧魯官每根底阿教依本例告給文引交驗
里路與限次者無文引的人與有司問者指出來的賊有未
每做賊阿落著他每親管的頭目要者怠慢阿有罪過者更
獲的阿添氣力疾忙拏與有司問者指出來的賊有未
每做賊阿落著他每親管的頭目要者怠慢阿有罪過者更

典章新集刑部　三五

路府州縣捕捉盜賊督責應捕官兵時常巡徼者又江河
裏盜賊每教鎮守軍官每乘駕著船隻依舊例上下往來
巡綽盜賊的軍官奧魯官每約會不來的隣境官司推辭著
不是管的地面麼不肯會合向前拏賊的隨即舉申本管
上司究問者監察御史蕭政廉訪司常加紏治只般宣諭
了阿別了的人每要罪過者欽此照得前十五餘年事理
賊即今次欽奉聖旨以前李旺陳言誑盜事理既腹
請照驗准此據送刑部呈議得李旺陳言誑盜事理俱有鎮
襄潁河已有設立防捕盜所立衙門江南地方俱有鎮
過官兵揫合遍行合屬欽依延祐四年十月二十六日奏
准聖旨事意嚴加巡防警捕相應具呈照詳得此都省
擬除外咨請依上施行

典章新集刑部　三六

# 詐偽

## 偽造

**詐偽印信** 至治二年五月鈔到江西行省延祐六年七月
日准中書省咨延祐六年五月初二日奏過軍內一件近
年以來偽造雕假印押字支取錢糧的也有委付勾當保來
的文書也有合流遠去了的人每教自己回來者麽道行
了文書的也有為在前似那般假假雕刻印信押字人每
的也有又為死的也有軍情勾當裏假雕印信押字人每
今後斟酌勾當文書呵扇惑百姓若有又軍情勾當裏假雕印
押字交行文書呵的上頭不殺有又軍情勾當裏假雕印
罪過定擬的輕一兩箇合處死的處死出軍的交
出軍同伴來的斟酌他每的比前例罪過加一二等要罪

〈典章新集刑部〉 三六

過呵怎生奏呵奉聖旨那般者欽此都省咨蕭欽依施行
准中書省咨刑部呈准戶部關延祐六年閏八月
　日江西行省
有令使李克中齎省札前來書卷辨認得省札印文昏淡署
引七百五十道檢札一道該支放烏馬兒糧中河洞鹽
押不完押字差異似有詐冒本部追問得貼書劉澤狀招
先犯詐偽填寫攔遺監空印札付拘收人口頭匹五府審
四官杖斷六十七下今犯不合於戶部倉科充溢設貼書
將元奉放支紀子和等糧中鹽引札付還家寅夜燈下將
左丞相押字省印年月楷本依樣畫於蘿蔔上用自已懸
帶刀子各另雕刻完備用紙一張依前樣省札更改客人
姓名增減字樣寫作烏馬兒糧中河洞鹽引七百五十道札
付戶部偽省札一道使訖詐印並左丞相押字又親筆畫

**偽造省印札付詐關錢糧**

---

到平章右丞押字樣寫蒙古字省揀姓名對仝完備齎付
戶部兇倩舊相識不知住處回回人愛林標寫回回字一
行於典史李克中於玉處關到勘合踏寫付支度科檢札分付
當該令史李克中於主事廳書卷以致辨驗出前樣札分付
欲便根勾標譯回回愛林綠別無住坐去處實難根尋況
兼追捕元使刀子等物明白正犯劉澤又行當官重別審
造是實若伯顏荅木帖兒等例定擬部綠劉澤所
犯別無冒寫特旨聖旨等字樣似涉太重量擬本犯杖
斷一百七十下發還原籍常切羈管外據寫回回字人愛林
始不知情又無住貫旣大都路去見別無定奪
所有追搜到劉澤等所犯造到偽印省札燒毀相應具呈照
詳得此議得劉澤詐偽填攔遺監印空拘收孛蘭
奚人口頭匹已經斷訖今犯不愜詐雕省印量擬發去違

〈典章新集刑部〉 三九

陽肇州屯種餘准部擬都省咨請依上施行

三九

# 諸殺

## 戲殺

延祐六年十二月　日江浙行省准中書省咨

来咨饒州路申李高三贩賣乾鱼令李一余與二作牙狗
祐三年四月十七日於金升六家内一同饮酒李高三余
與二與李杷一作二次攔阻不容本人起身小遺饮酒
罷散李杷一望小路奔走李高三等又行趕逐被跌攔著
肚腹昏悶小便帶血經隔二日身死李高三余與二出鈔
一十五定作李杷一賣鱼牙錢付尸親李舜一盤纒埋葬
李杷三等告官與訖李杷三等鈔三十四定一十五兩取
訖各招詞欽遇釋免上項鈔定即係不應之贓追徵沒

四五
《典章新集》刑部

官外訖照詳得此本省議得李高三等作戲致傷人命別
無故犯意罪合徒刑欽遇原免如於各人名下均徵中統
鈔一十五定付尸親理問所比依省部已斷除李杷一擬
兒戲殺例合徵燒埋銀兩各人罪止徒刑欽遇釋免若擬
倍追終無所守通例咨請照詳准此送刑部呈議得李
高三余與二所犯止是用言作要攔當又非以力共戲罪遇
釋免所擬跌傷身死如准本省所擬李高三等名下均徵
以致跌傷身死中間別無故殺情節又此李杷一不容小遺
中統鈔一十定給付苦主相應都省咨請依上施行

## 誤殺

### 誤踏藥箭射死

至治元年鈔到福建宣慰司至大二年四月
日承奉江浙行省近據来呈建寧路申浦城縣人戶楊

正三告至大九年十一月二十六日男楊綠與姪楊安採
草畏牛荒草地内踢著藥箭射傷身死犯人何慶七狀招
不合於至大元年十月初六日將弩箭毒藥於荒草內安
下要射傷野猪等物以至楊綠於十一月二十六日到彼跌
著射傷身死何慶七裝架藥弩係十一月二十五日以前
楊綠被傷却係十一月二十六日中毒身死若便疎放誠
恐差池照詳得此移咨中書省判去後今准中書省判
送本部元呈紹慶路申軍人武才將引軍人何二小楊前
去本路關糧大德十一年十一月初一日不從官路經由

五二六
《典章新集》刑部

小路前去秦正午家買鹿肉將秦正午安下殺鹿撥竿踢
著札傷身死取訖招詞杖斷七十七下燒埋鈔定合無追
給本部擬秦正午所犯於荒野草中安置殺鹿撥竿同伴
武才經過本家買肉伊妻阿王明說休往右壁去安置殺
鹿撥竿同伴軍人又累攔當本人不從獨自踏荒致被札
死罪犯既已斷訖燒埋銀鈔免徵相應都省准擬今承見
奉本部議得何慶七所犯招詞於山野荒草地内安下於
身死若比秦正午安下殺鹿撥竿犯在詔恩以前以此叅詳

一
射野猪窩弓路口插立牌記草扎死軍人武才一體定
例切綠何慶七不合安置窩弓起取射死楊綠罪犯擬决
止將本人革後不復原置窩弓相應具呈照詳都省准擬
六十七下依例免徵燒埋銀兩
施行

殿傷人恐聞官打弟誣帽致延

宣慰司奉江浙行省劄付准中書省咨來咨福建宣慰司
呈建寧路備雲溪寺僧林惟寧告延祐五年四
月初二日見山上採茶遂人工張五十前去探問聽見張
五十嚴叫被人行打打倒范貴狗惟寧遂往看觀被本都住人范貴
狗等將五十打倒范貴狗惟寧不識姓名小廝係范貴
被傷范貴狗却到倉所將不識姓名小廝係范
十三日據里正申不得姓名小廝係范檢屍
重傷於四月十三日巳時氣絕身死檢屍相同眾證明白
范貴招伏不合於延祐五年四月初六日因將僧林惟寧
打傷處恐告官用鐵鋤頭將親弟范勝頂心要害處打
傷證賴作寧行打意圖兩家有傷可免閭將僧林惟寧
身死罪犯是實得此本省參詳范貴所犯因將僧林惟寧

閩文三之六

典章新集刑部

四二　陳氏校補

殿傷欲脫已罪故用鐵鋤頭將親弟范勝頂心要害處打
傷破骨經隔七日身死若准釋放事干通例宜令合干部
分定擬相應咨請回示准此送據刑部呈議得江浙行省
咨建寧路申范貴所招因與僧林惟寧相爭將本僧打傷
慮恐告官用鐵鋤頭將親弟范勝打傷賴林惟寧可免
聞經隔七日遲近身死其原所犯殊無謀故之情既已呈
欽過釋放別難議擬宜從都省回咨本省照會相應具呈
照詳得此都省咨請依上施行　徐徐應在撰擬今補

---

## 檢驗

初複人撿驗官吏違錯　延祐七年六月　日江浙行省准中書
省咨秦阿揚狀告因為男婦劉買奴在逃與夫秦二前去諸
城縣徐官莊親家劉三牛處跟尋趙德徐成將夫秦二行
打腳踢身死初復檢屍官一同參照文卷追問得係夫初
患病身死回報等事委將指出差委前龍興路推官李承直親
徐成將秦二踢打死開列一千人犯招詞另行外初
檢官田良典史陸藝司吏何源通等並復檢官典史
並日照縣縣尹田良復檢官副達魯花赤忽倫哈牙各杖六十
檢官縣尹田良復檢官副達魯花赤忽倫哈牙各狀
七下除先職二等典史司吏一體斷遣罷役不敍外咨請

五八三三

典章新集刑部

四二

卬縣尹將病死人撿驗取受　延祐五年六月
江西廉訪司牒准分司牒該延祐三年六月初十日贛州
路贛縣劉元八告娶陳氏慶一為妻因病身死被本縣官典
有邱縣尹差人監元八開棺檢驗委因病死埋殯了當
司吏取受記鈔定追問得縣尹邱恢狀招指相同延祐三年四月
二十五日有鄭茂珍告女外甥陳氏慶一娘嫁劉元八為
妻不知本婦因何身死信憑司吏鍾鼎一例開棺檢驗有
珍浮詞變易元對說劉元八有中統鈔五定分付應徐兒轉
親覷至二十八日有劉元八分司下馬惟恐劉元八告發
跟隨人應徐兒對說劉元八將到鈔五定分付應徐兒收留回付不到元主招伏是實
付與恢收接至六月初五日分司下馬惟恐劉元八告發
即將前鈔分付應徐兒收留回付不到元主招伏是實議

得縣尹邱恢所招不應將陳氏慶一身屍違例開棺檢驗
接受劉元八中統鈔五定入己經隔月餘才令應徐兒回
付不曾到主罪犯量笞三十七下解見任別行求仕斷遣
間欽遇釋免外據各設一節申
奉中書省劄付送據刑部呈議得縣尹邱恢所招不合輒
憑司吏鍾兆審責鄭茂珍一違例開棺檢驗暴露屍骸受要
元八病死妻陳氏慶一告狀外浮詞變易情節將到
劉元八中統鈔五定爲分司下馬却行分付過錢人應徐
見回主不到詳其所犯難居牧民罪遇原免擬合解見
於雜職內敘用相應都省准擬施行
至治二年五月鈔到福建宣慰司延

## 檢驗不許閒雜人登場

祐六年五月二十九日奉江浙行省劄據平江路申備據
吳縣申典史姚裕狀呈竊謂懲惡化善乃理民之先務社

五八十 《典章新集·刑部》

漸防微期措刑而不用古之用刑者必先教化教之不悛
然後治之使民知所畏則遷善改過矣當今有弊於俗害
於民者若不立法以理教諭將來姦訴日生風俗日
壞裕自爲吏以來頑見江浙一等頑民致因鬥毆致傷人
命或爲忿爭輕生自殺男女以誣人一人身死一家
老少糾集親族鄉人動輒百十成羣各持器械輒將犯事
被告之家毀其房屋掠其貲財盡其所有席捲一空如遇
強冠傷殘肢體至用糞穢之物灌入口腹苟存性命負寃
訴官官司多爲苟息主姑息不問至於檢屍之際親疎相雜
殿擊穿孝衣聚集人衆其有屍傷不明誣人殺死
者皆自知真情難掩指勒官府吏胥要狀結被訴之人逐名
到場苟一人不到遮攔屍首不容檢驗故延時日觀待變

---

發送亂傷痕一聞檢出實痕誣謗官吏遷延作閧官典被
敵縱使剛強官吏無可奈何熾然成風所在皆是暑舉本
其欺凌公吏受其毀辱當此之時雖有一二祗從泉寡不
縣延祐四年八月民戶魏省七因與胡霑有讎知得胡霑
將胡霑毆傷以牛糞污其身體及將覆檢官杖叫等物
省並官大傷風化若不立法嚴禁無知小民恃人命爲重
品官大傷風化若不立法嚴禁無知小民但恃人命爲重
縱心恣欲長惡不已將來必至於復讎豈不敢俗辱
尹並禁犯子人等俱打帶傷雖將犯人枷令斷罪其於屬親鄰
若強掠犯人家財理當依數追付毀壞房屋估價從毆傷之法
若非干連人屍親乘勢毆打有傷合從毆傷
民有傷合體以裕恩見殺人者自有常刑其於犯屬親鄰

五八七 《典章新集·刑部》

有破使之數就准燒埋銀兩至於檢屍之時如非屍親狀
上干連應合盡字之人餘者並行禁止不得登場如有
干碍人登場作鬨坐以不應爲重之罪示衆斷治如此庶
望惡者懲而愚者化表計不行党黨漸息如蒙准呈備申
上司詳其可否或所言似允先乞明曉諭使民通知官
知有法詳施行得此所謂刑期於無刑其于爲政少補萬
一爲此呈乞照驗得此縣司參詳但犯人出於不得已身遭刑憲瞑目
親特以人命强掠犯人家財毆傷犯屬親陣至於檢屍之
際聚衆打傷官吏使党徒惡黨知所懲畏如蒙照詳施行得
殴擊加禁打傷官吏庶使党徒惡黨知所懲畏如蒙照詳施行得
司獄治罪但犯大辟犯人出於不得已身遭刑憲瞑目
而受獄司參詳但犯大辟兩是以法令所拘其江南愚民但
此府獄司參詳但犯大辟燒埋銀兩是以法令所拘
是屍親之家不問事體輕重動輒結拾群黨號爲兇神於

檢驗之時就場淩辱犯人尋捉家屬毆詈乘時搬搶家資
打壞什物甚至檢驗無傷不滿所欲恃以屍親輕則羅擄
官吏重則趕打不容定驗非止一端爲無禁例習以成風
實爲官民不便如准吳縣典史姚裕所言甚爲允當緣係
爲例事理申乞明降遵守施行得此省府相度凡傷人命
全憑定驗屍傷推問擬罪所據平江路見申毆擊犯屬搶
掠家財趕打官吏等事擬合禁治今後檢復之際除合依
屍狀上畫字之人許令登場聽檢却不得妄生事端羅擾
擾檢屍官吏不干礙開雜人等如是仍前違犯取問
是實枷項號令痛行斷罪據此合下仰照驗就便行榜禁
治施行

二八四六　《典章新集》刑部　罣

---

# 燒埋

延祐四年十月　日袁州路奉江
西行省劄付近據杭州路申延祐三年六月二十一日臨
川縣申何阿何告夫何雲二六月十八日同小叔何丑老
前去田内車水蔭禾本日夜一更時分何丑老歸家報稱
有鄭舍俚嗔嫌兄何雲二回說將刀殺死何雲二在
徐幸一門首我亦被何孟八鑱傷奔走來了罷何丑老倒
地不言阿何去到徐幸一門覰見夫何雲二被人殺死
檢復是實根捕行兇正賊鄭舍俚延祐四年閏正月
十一日欽遇釋免今據鄭舍俚告伏勿論却緣何孟八
所犯係在草前行兇人不曾到官招伏今據孟八告以
二子橫罹一身黨獨年逾八十之上目無半黍之親終身
有絕嗣之憂臨老受無依之苦合無比在逃同獄成例於
犯人名下追徵燒埋銀兩事干通例申乞照詳得此移准
中書省咨該送刑部議得鄭舍俚延祐三年六月十八日
夜因爭用筐刀將何雲二殺死及將伊弟何丑老殺傷經
隔一十三日因傷致命身死
未覆欽釋過免其所犯合同獄成如准本省所擬依例
倍追燒埋銀兩給主相應都省准擬施行

四二四　《典章新集》刑部　罡

# 諸毆

## 毀傷肢體

**富豪家殘禍佃戶**

延祐七年四月　日中書刑部議得饒州路

郡陽縣豪民陶孟方所招因為被盜金銀等物不即告官
誑指佃戶程萬二等為盜同兄陶仁壽等借設官府非理
用刑將各家夫婦六人凌虐拷打損傷肢體除程萬二左右三
名被傷平復外據程萬二左右兩手不能握拳施阿宋等三
名微傷朱簡二傷損左手不能握拳施阿朱元除陳萬二已
症俱各每名追給養贍之資中統鈔二十定外據阿朱元
經追給並施阿朱元要醫藥錢數已斷陶仁壽等名別無
定奪外據陶孟方所犯依准饒州路所擬比例杖斷一百

〈典章新集　刑部〉

罡

五○三

七下遷徙廣東地面仍於本人名下追徵中統鈔四十定
給付朱簡二施阿朱收管今後以此豪霸擾害平民宜從
都省移咨遍行禁約相應都省准擬施行
至治元年三月二十八日福建廉訪司奉江
南行臺札付近據來申分司准建甯路建安縣魏子十告
魏義一官付將子十並妻阿張監於私家吊縛非理打傷
歸問罪人魏疇即魏義一官等招詞議斷外看詳魏子十
等雖各給鈔二十定以充養贍之資況三人俱成廢疾各
家必致失所合於犯人家產內約量撥給以遂終身仍依
分司所擬將魏疇移咨御史臺咨奉中書省札付送刑部
理申乞照詳得此移咨遼陽庶禁姦惡之弊然終係為例事
呈議得建安縣土豪魏子十與男魏疇一家父子兄弟夫
妻驅奴倚恃富強恣逞兇惡故非一連殘害良善抑良為

**富強殘害良善**

軀違例取息宰耕牛派賣百姓收藏晒乾牛荳穢物為
杖繫人及將江十二等三人打死幸過革撥其魏疇不改故
前過愈肆兇滛又將工作人陳成用鐵連夾私置赤身刑夾
逼令虛認偷盜伊家衣服教令妄指寄去魏阿張家內寅夜
由輒將本婦並夫魏子十綁縛剝去衣荳插入魏阿張陰
拷打吊傷血流又用棒插入所綁內絞扭深入肉血出
門破損口潰爛作膿如此非理凌虐荼毒良人俱成廢疾
昏量傷口潰爛作膿魏智等本路斷訖紅泥粉壁以彰過惡除將本
除伊父魏智狠殘忍罪已斷訖合准福建道廉訪司比擬將本
人遷徙遼陽肇州屯種所擬被廢人等養贍之資除依例
追給外據魏阿張一家夫妻二人既損四肢俱成廢人合

〈典章新集　刑部〉

罡

三二七

依准廉訪所擬再於犯人家產內酌量撥田聽濟相應都
省准擬施行

## 毀傷眼目

咨該來咨松江府申曹辛四告被曹辛一用手將父曹慶
二右眼睛剜出曹辛三用右手將左眼睛搖擺及用結子
將父左腳後跟筋割斷取訖曹辛一等招伏議得曹辛
一名所獲所招與弟曹辛三違禁搬取私鹽嗔恨曹辛
慶二用水車戧底敲打折弟曹辛三併力將叔
挑了腳筋與父報讎伊男曹辛四將叔曹慶
曹慶二用意說對將叔曹慶二打一頓挖了眼睛
曹慶二門楊上先將曹慶二頭髻揪住與弟曹辛三
曹慶二將伊男曹辛四報知巡鹽軍官捉獲私鹽嗔恨曹
慶二解官起意對弟曹辛三元執竹柄鐵扎本
人用右手將叔曹慶二頭髻揪住與弟曹辛三

五三十

曹慶二擤倒曹辛三揪住雙腳曹辛一下手將伊兩眼掘
挖眼珠出血右眼睛珠昏暗不能開視及曹辛三將叔曹
慶二兩腳用鐵扎砍傷腳跟左腳被傷筋斷緊縮不能行
履已成廢疾各人所犯傷殘親叔情理酷害如准松江府
所擬斷流追徵養贍之資即係為例事理資請照詳准此
送據刑部呈遂一議擬照都省准擬施行

【典章新集　刑部】　罷

一名曹辛一所招不合販賣私鹽嗔恨親叔曹慶二令
男曹辛四報獲捉拏叔曹慶二將伊父曹慶一解官有兄曹辛二令
報雜同弟曹辛三將叔曹慶二傷害其曹辛一將叔
曹慶二右兩眼俱挖損右眼已成
廢疾殘忍黨狠情理深重擬比例將曹
辛二右兩眼挖損右眼已成廢疾
男曹辛四報獲捉拏伊父曹慶一販賣
所招挾恨叔曹慶二販賣私鹽與

杖一百七下遷徙遼陽屯種前件本部議將曹慶一販賣私鹽與
報雜所犯殘忍黨狠情理深重合准江浙行省所擬比例
杖斷一百七下遷徙遼陽肇州屯種相應

二八三

弟曹辛二將親叔曹慶二左右兩眼挖損右眼已成
廢疾詳其所犯情理深重合准江浙行省所擬比例
杖斷一百七下遷徙遼陽屯種相應

一名曹辛三所招不合販賣私鹽嗔恨親叔曹慶二令
男曹辛四報獲捉拏伊父曹慶一解官有兄曹辛二
造意報雜曹辛四報知巡鹽軍官有兄曹辛三又
將叔曹慶二兩眼挖損曹辛一先將曹慶二
將叔曹慶二一起意報雜曹辛一先將曹慶二
各人所犯殘害黨狠情理深重擬合比例將曹
辛三決杖一百七下遷徙遼陽屯種前件本部議得
私鹽聽從兄曹辛一起意報雜叔曹慶二
兩眼挖損曹辛三亦用鐵扎將伊叔曹慶二兩腳砍

【典章新集　刑部】　至

傷內左腳不能行履已成廢疾詳其所犯情理深重
合准江浙行省所擬比例杖斷一百七下遷徙遼陽
屯種相應

前件議得曹辛三所犯量擬遷徙遼陽肇州屯種
一犯人曹辛一曹辛三係同居兄弟弟擬合著落犯屬各
追中統鈔一十定共二十定給付曹慶二充養贍之
資前件依准所擬追給相應

針擦人眼為僧養贍鈔

延祐四年六月日袁州路奉江西行
省劄付近據求申僧周普沽告萍鄉州南源寺長老黃妙
欽主使賀志杭將佃戶楊萬三兩眼針錐用石鹽醋擦
入雙目不能視物已成廢疾依例杖斷一百七下遷徙遼
陽遞迻東屯種均徵中統鈔二十定付楊萬三充養贍之
資從一節例合申票乞明降得此移准中書省咨送刑部
議得僧人黃妙欽所招主使賀志杭等用石灰鹽醋擦
眼針錐復用石灰鹽醋擦損已成篤疾其本犯情理至
重罪既斷訖比例移咨本省遷徙庶免黃妙欽之徒知所誡
懷具呈照詳得此都省議得黃妙欽犯罪既斷訖擬合
於本僧名下追給養贍楊萬三充養贍之資
資如无可追毀爲僧文憑遷徙遼陽以誡其餘請依
敬任持聖旨追毀爲僧文憑遷徙遼陽以誡其餘請依
上施行

剗劍雙睛斷例

至治二年正月日福建宣慰司奉江浙行省
劄付近據浙東宣慰司呈衢州路申舒杞八主意喝令舒
信三甲烏奴剗將姪舒寓一左眼戳傷及用手指將右眼
剗損兩眼俱失明已成廢人殘害骨肉情理深重罪既
斷訖擬合於舒杞八名下追徵養贍之資將舒杞八遷徙
遼陽屯種相應具呈照詳得此移准中書省咨送刑部
呈議得舒寓一左右眼戳瞎俱各失明
去沿路將舒德堅八所招因兄舒杞四將堂兄舒
寓三殺死不肯休和扶雜主謀糾合舒信三并姪舒
雙脚喝令舒信三將舒寓一左右眼戳瞎俱各失明
已成廢人行省已將各人斷訖追給中統鈔二十定充養
贍之資以此參詳舒杞八伊兄舒杞四先將舒德堅次男

舒寓三用刀戳死挾恨不與准伏又行起意主使舒信三
從而加功將舒德堅長男舒寓一剗剌雙睛傷殘骨肉減
絶彝倫原其所犯情理至重罪既斷訖擬合將舒杞八舒
信三遷徙遼陽肇州屯種以誡其餘相應具呈照詳得此
都省咨請依上施行

右二條應在損兩眼今補

陳氏校補

諸姦

職官犯姦

**縣尉將樂女姦宿**

至治元年四月　日福建宣慰司奉江浙行臺劄付近據建康路申教坊司樂戶張成狀告江寧縣魏縣尉同上元縣張縣尉延祐六年正月初九日各將引弓手周二等將成女張姣姣並男婦奔子叶同於各官樓上飲酒嘔唱罷各官將姣姣等姦宿一夜與成家二定二十兩押到路引一道告乞詳狀得此責得縣尉魏居仁張義各招相同看詳魏居仁張義等所招不合於散樂張姣姣等飲酒宿睡罪犯若便科斷緣無通例宜合於部分定擬開坐招詞議擬魏居仁張義名移咨中書省照詳延祐

三.六二　《典章新集》刑部　至

七年二月初四日回准中書省咨送刑部呈議得江寧縣尉魏居仁上元縣尉張義所招除輕罪外止據各人職專捕盜不以巡警爲心就於散樂婦人張姣姣王阿楊家飲酒更行寅夜同宿俱係命官污溫不法合准江浙行省所擬各笞四十七下比例解見任別求行仕標附過名外據張成巳首鈔兩准擬没官其餘有招人等合准本省就便發落相應其具呈照詳都省准擬施行

---

訴訟

約會

**軍民相干詞訟**

至治二年鈔到福建宣慰司延祐六年七月十七日奉江浙行省劄付准樞密院咨准中書省照會河南行省咨廬州路備和州申准烏江縣尹王承務關照得至元三十年定例管民官奧魯官運司並投下相關公事管民官與各管官約會一同歸結如行移三次不至止從管民官勾攝一干人等依理歸結情重者申部詳斷切照本縣所管諸色等處軍屬家小與民相爭住坐今後莫名除在營管軍官約問庶得事體歸一本省若依所擬爭鬥等事聽管軍民官勾問據離營官屬餘丁

四.六四　《典章新集》刑部　至

凡遇軍民相干詞訟在營軍人依例約問離營軍屬餘丁若依腹裏管民官就問緣迤南路府州縣衙門俱無兼管奧魯職名伏應本應宜令合干部分定擬相應咨請照詳准此送據刑部呈議得河南行省咨稟軍民相干詞訟除犯姦盜詐僞刑名重事據有司歸斷外據兩爭地土關毆婚姻良賤家財債負繼絕等事合行約問三遍不來管民官歸斷已有欽奉聖旨通例行之已从別難更議其呈照詳都省准擬依上施行

**僧俗相干詞訟**

延祐七年十一月日江西行省准中書省咨宣政院呈延祐七年四月十二日奏過事內一件行宜政院官人每俺根底與將文書來和尚每除犯姦盜詐僞致傷人命重罪有呵依舊例交管民官歸問外其餘僧俗相爭的勾當有呵與行省宣政院宣慰司管民官一同約

## 户計司相關詞訟　延祐六年三月

日袁州路奉江西行省
劄付來申分宜縣怯憐口四千戶長官司萬載縣三千戶
計勾當無撥戶設置正是催辦本投下差役今特依別無
呈照詳都省咨請依上施行

〈典章新集刑部〉　五十三

親管上司鈐束又與本路不相統攝往往違例受理刑名
詞訟擅便斷決妄招戶計影避差徭相關有司約問事理
遷延歲月不能杜絕又每歲合辦錢糧差發本路官員元
鐵認狀分宜萬載縣出給印信由帖本司另設主首保甲
催辦民受重擾歲終不能齊足貽累有司催辦一切詞訟
歲辦錢糧若非原設有司實傷治體今後
依例歸結庶望官令民三次約問不至
劄付各處戶計司今後不干礙本司事理毋得擅接詞訟
詞訟擅便斷決既有司圓鐵認狀出給由帖本司依期催

財賦佃戶詞訟　延祐七年七月

日江浙行省准中書省來
咨准中書省咨徽政院呈財賦承佃佃戶除辦納
府等處議得財賦承佃佃戶除辦納租課但有拖欠本管

---

## 畏吾兒若無頭目管民官斷　延祐六年四月二十一日

合依已行照會相應得此都省咨請依上施行
訟如不係本府親管戶計合令有司追理別難再議
土辦納租課即與辦課戶一體攢擱不同既以呈准
納辦課中間但有拖欠從本衙門追理其餘一切詞
課一體使再行議擬綠佃戶人等詞訟
無親管戶計承佃佃戶皆係有司內得有司議得相應
下仰照驗從本衙門追理其餘一切詞訟如不係本
租課但有拖欠從本省議得此佃戶田念依例
府親管戶計承佃佃戶皆係本省追理其餘難辦
照得先呈本省讓得徽政院呈財賦府田土辦納
衙門就便追理外據相爭詞訟及刑名重事宜從有司歸
結咨請照詳准此又據徽政院呈承佃財賦府田土辦納

〈典章新集刑部〉　五十五

聖旨節該如今交都護為頭畏吾兒的勸送林為頭哈迷
里除致傷人命姦盜公事交管民官歸問者其餘軍帖差
發不揀甚麼合對問公事有阿朵兒等都護府官人每管
者管民官休侵犯者外據畏吾兒哈迷里每自己其間
裏公事阿委付來的頭目每與各城子裏官人每一同歸
的公事阿委付來的頭目每與百姓每有相爭歸
斷者欽此

---

## 回回結絕不得的有司歸斷　延祐七年二月

日江浙行
西臺訪司奉行臺劄付准御史臺咨奉中書省劄付延祐
六年九月二十二日奏過事內一件世祖皇帝聖旨累朝
皇帝聖旨教諸色人戶各依本俗行者麼道至今諸色人
戶各依著本俗合結絕的勾當有阿怎生奏阿
者不得的有司裏合結絕的勾當有阿怎生奏阿
奉聖旨教諸色人戶各依本俗行者其間裏合結絕的勾當
有司裏陳告教有司官人每歸斷呵怎生奏呵

奉聖旨那般者欽此都省仰欽依施行

<br>

##### 典章新集 刑部

二十八

重

---

## 追理

徵索茶錢有司追理　延祐六年閏八月初十日福建宣慰司

奉江浙行省劄付近據饒州路申准木路張推官呈見

問呂陳孫等告茶司以欠茶錢爲由索要齎發不從將呂

通八等打傷身死公事除另行追勘外參詳管民官例既

提調茶課今後似此徵索錢物勾攝百姓合理合經由有司

追理因無循行定例致茶司泛差無體理合今後民間所

並係茶司熊汝明泛受妄告人命今後發有文案

爲分司害及良民如呂通八等身死本路已事發有司

告欠少茶錢若令經由有司呈告追理明立案以備照

刷少革濫擾之弊然係爲例事理乞照詳得此移准中書

省咨送據刑部議得徵索茶錢而係交易既是援害人民

未便合准江浙行省准官張承德所言令有司追理相應

都省准擬施行

##### 典章新集 刑部

二八五

妻

**茶運司與鹽運司事體不同**　延祐六年六月日江南行臺准

御史臺咨奉中書省劄付戶部呈奉省判知江南行臺呈監察
御史臺體知江西茶商人等告到茶運司文字以辦課為
名於百姓強聘茶貨誣賴欠少茶錢又差人散茶
田取要民財擬合禁治及運司奏差人等取受不公發付
廉訪司追問誠為民幸送刑部與戶部一同議得江西運
司縱令茶貨誣欠少茶錢以添力辦課為名於百姓強行高價
聘令茶人等以茶錢掊擾百姓為名於百姓強行下
鄉攬民合准所言禁治違法之人就便究治外據茶運司一
所轄官吏人等取受不公若依戶部所擬比依監當茶課人
體定論刻緣所辦事務繁重管辦茶務茶運司實與鹽運司
員止是發賣引據事簡課輕茶運司與鹽運司事體不

開文三之九

〔典章新集〕刑部

五七六　陳氏校補

同參詳茶運司官有犯申臺呈省以下并所轄官吏人等
如准御史臺元擬行省委官與本道廉訪司一同追問隨
處府州司縣提調官禁治不嚴致有私茶生發比依私帖
提調官例初犯笞三十再犯加一等三犯別議黜降相應
都省准擬仰依上施行

---

**告事婚姻**　延祐四年十月　日江西行省准中書省咨御史

臺呈准江南行臺咨監察御史呈各處州縣告婚姻田土
詞訟三月一日普皆住罷行十月一日務開舉行地遠事難
又許務停一次行之既久不能結絕今後莫若除田土良
職家財詞訟等事依例停務外其婚姻公事理令隨時結
絕不許務停每實呈契勘即目正是農忙時分所
六年二月十一日中書戶部契勘即目正是農忙時分所
據告論田宅婚姻良賤家財債負公事多係年深干礙人
等卒急不能歸結為妨農務今照得此送禮部照得至元
一日務受理至二月三十日斷畢三月爭日入務是農忙時分
干礙人眾不能結絕聽附籍候務開日舉行先有文案

〔典章新集〕刑部

五七七

照得云年例務停例
如不湔追究交相侵奪並不干田農人戶者隨時更理斷
決已經照會又照得云大德六年六月爭日入務全例又
理如不妨礙隨時歸結若已經二次農隙故延其事而不
結者依從本管上司廉訪司治罪相應具呈照詳都省請
依上施行

**田宅不結絕地租官收**　延祐六年二月　日江西行省准中

書省咨延祐五年十一月初四日奏過事內一件兵部官
人每俺根底與文書有各處探馬赤與百姓相爭地土的
七十餘頃有在先幾過省裏撫院裏經正監裏差人交歸
斷去呵他每遷延不即子決直至務停回還不得子交絕
多人每生受有延祐三年調度庶時分為軍人每出徵去了

的緣故裏不曾差人歸斷去來文書裏照阿大德三年御
史臺備著山東廉訪司文書説相爭田地裏多了有阿交一
年不得結絕的也有今後但是相爭地土的有阿下年雖遇
務停休問者候務開時結絕不得阿交一
年不得結絕的也有今後但是相爭地土的有阿下年雖遇
歸結者如地里寫遠事不能結絕者要見不能結絕的緣
故再許一次務停結絕不得將地大德十六年河南省官人每
與諸文書來應有爭告田地的兩次務停結絕不得將地
內各納官的子粒教了其餘數目官為收貯候
隨地給付的子粒除合給官外其餘的官為收貯者聽候
爭告地去不能杜絕的各衙門差人去比至務停滇要
與決的不與決阿監察御史廉訪司體察者所爭連年地土官
結絕了回還者的人每不即去阿斟酌斷到彼合
的子粒除合給官外其餘的官為收貯者聽候斷定隨地

三四六

《典章新集》刑部

垚

給付除這的外其餘但有所爭地土連年不得杜絕只依
這例令歸斷有奏阿那般者麼道聖旨了也欽此容請欽
依施行

---

賕賄

取受

宣使委差犯賕例前殿敘延祐五年四月　日江西行臺准
御史臺咨奉中書省咨付江西行省咨本省宣使張潤領
不花至大四年十二月二十四日因差點站取訖招詞追受贓到官
周祐等中統鈔二十定蒙廉訪司取訖招詞追受贓到官議
得若依通譯史宣使奏差人等取例議擬緣張潤惏不花
罪經釋免滇殿期已滿於延祐二年二月初六日下
所犯係在立格之先似難比科斷擬以周祐一主為重
計贓該至元鈔五十貫依十二年不枉法例決五十七下
得由移都省照會官員款內將張潤惏不花除充廣州

五〇四

《典章新集》刑部

垚

路在城稅務大使准此照會去訖延祐三年十月內監察
御史照刷文卷照得張潤惏不花取受事理江西廉訪司
以本人所犯係在立格之先擬斷卻緣都省元行別無格
限備呈行臺咨准御史臺咨呈奉中書省札付送刑部議
得張潤惏不花所招取受周祐等中統鈔二十定
人一體科斷罪遇免依例終身不敘標附相應咨回
四川茶運司守缺奏差劉汾至大四年四月二十二日因
示准此送刑部照得延祐四年四月二十二日四川省咨
照鋪戶鹽貨取受武福安一十一名打發中統鈔二定二
十二兩杜阿兇一主該至元鈔三兩錢為重贓不滿貫又
係本人所犯姪無樣之人例合減等量情科斷罪遇原免若
條以待姪無樣之人例合減等量情科斷罪遇原免若依
例以前與夫抄力赤蘇唐兀歹等所犯一體合依已擬比

例別行敷用標附相應其呈照詳得此都省准擬仰依上
施行敷此今承見奉本部議得江西行省宣使張澗愜不
花至大四年十二月内因差計站赤為由取受建昌路在
城提調周祐等中統鈔二十定江西湖東道肅政廉訪司
擬本人所犯即係立格之先合以周祐一主為重計贓至
元鈔五十貫以上至五十貫決五十七
元鈔不枉法二十貫以上至五十貫決五十七
下罪經釋免殿三年邊遠一任江南諸道行御史臺看詳
張澗愜不花所犯在立格之先擬合准張澗愜奏差比使
人犯贓之前難干通例以此參詳宣使張澗愜不花所犯元
理即奏與省議一體既是犯在呈准廣東路在城務使
別無格限都省議得張澗愜不花所犯元
合准廉訪司元擬殿注相應都省議得張澗愜不花所犯至
既在皇慶元年正月立格又係詔恩以前除授人員合准

本道廉訪司元擬殿敘仰依上施行 至

**前犯減斷後犯難同事犯** 仰依上施行

延祐五年十月　日江南行臺准
御史臺咨奉中書省札付來呈江南行臺准
申婺州路蘭州溪州同知亦不剌金延祐四年二月二十
九日接受訖江正四退主首錢中統鈔五定折至元錢五
十貫取訖亦不剌金招伏依不枉法例合決五十七下殿
三年注邊遠一任緣本官周僧判收接比例
元敘中統鈔五定聞知事發回付過錢人周僧判決要江正四
減二等斷訖三十七下本官取受僧
錢鈔既已依例斷訖五十七下解見任別敘
終是先犯減等斷罪解任別敘緣若擬再犯
送刑部照得延祐九年九月中書刑部呈松江府推官
監前充盧陵縣尹取受蕭係一嫂鈔一十定知人欲告回

---

付減二等笞四十七下解見任別行求仕今任前職取受
賭博人薛元二至元鈔二定入已依不枉法例杖六十七
下殿三年降一等參詳鄧鑑二次取受擬再犯不敍緣
先任取受蕭保一嫂鈔定聞知欲告回付罪既未曾全科
難同再犯合令吏部依例敍用相應其呈照詳都省准擬
依上施行

都省准奉此本部議得蘭溪州同知亦不剌金先住宜
興州同知取受僧元聚鈔定閒知事發回付過錢人周僧
判收接依例減罪二等僧斷合次受要姜正四鈔五定若
以再犯不敘緣先住取受開知事發回付罪既不曾全科
即與松江府推官鄧鑑所犯一體以今犯定論　葉此第五行本
上繳開下相應　今補

### 土官取受无祿同宿祿人斷　延祐七年二月　日江西行省

准中書省咨延祐六年九月十七日奏過事內一件御史
臺官人每備着陝西行臺文書俺根底與文書有雲南建
昌路姓張的同知因事取受人的馬足上頭事本處廉訪
司官要了的招伏依例斷七十七下例降散官二等他
是本土人有依先立定來的依舊勾當廢道說將來的上
頭俺教刑部定擬阿是本處土官无祿例減的

關支三之十　〇典章新集刑部　六十一　陳氏校補

一等斷六十七下依舊勾當廢道定擬了呈與俺文書有
俺商量來待依着无祿減等斷罪阿土官犯罪不敢降依
舊勾當更兼承襲父兄的職事他的是受宣命的人有難比
无祿勾當的人如今將它依着有祿人的例要有祿過今似這
般土官犯職阿只依這例教要罪過阿怎生奏阿奉聖旨
那般者欽此都省咨請欽依施行　犯人雜同再犯減斷顧原殿

---

### 回錢

### 四錢咸等斷罪至治三年鈔到江南行臺延祐六年八月

日准御史臺呈據河南廉訪司申冀甯路軍器局人匠李
伯達告本局花赤赤剌馬丹等指要訖額造弓
袋等物價錢等事照得原告人李伯達於延祐四年二月
訖伯達告首本局赤剌馬丹等指出張慶李
人具狀陳首去後二十三日提控案牘張慶收受元受中統
鈔一十五定回付過萬戶收受二十四日李伯達具呈首
文狀本司於二十九日押過六月初七日冀甯路錄事李
將元受鈔四定回付過錢人劉成收管初七日冀甯亦
赤剌馬丹揚子雄牒解到官取訖不合指要李伯達鈔定

〇典章新集刑部　室

招伏監收追問閒十三日據赤剌馬丹等首指出張慶李
榮祖取前項鈔定本司取訖各人招伏議擬罪名申覆本
臺呈奉都堂劄付送據刑部呈張慶等罪犯既係聞知事
議例合全科今次廉訪司所擬緣李伯達當元止告萬戶
等罪合行科斷別物價鈔四十五定別無告指各官受錢詞

五四九

刲落伊合閒物價鈔四十五定別無告指各官受錢
語今依不枉法人欲告回主所犯事已彰灼回付元主難
議減等並劉世安告百戶吳季鈔定係元告狀內別
先擬江浙行省員外郎新戶所擬減二等斷罪招到本部
無各人名字減等論罪比附所擬五有不同呈中書省
付送來呈照得延祐五年十二月初三日奉中書省劄
柳柱等處分司牒茶陵州民戶陳理翁狀告木州知州陳
禿魯罕三次因事取受訖中統鈔二十一定等物送本部

讓得茶陵州知州陳禿魯罕三次取受主首陳理翁中統
鈔二十一定聞知陳理翁父鳳孫於延祐四年九月十一
日赴分司口告十二日將錢回付過錢於延祐四年九月十三日回
付陳鳳孫收接至十六日才行具狀告發若擬合是
未曾接受文狀即與蘭溪州知州賈也先所犯無異擬合
此比依不枉法例減罪咎決四十七下解見任別行求仕
四年三月二十日受訖陳理翁為顏甲仔告匿盜事延祐
今奉前因本部議得冀寧路提控案牘張慶李榮祖所犯
呈照詳得此都省除外合下仰照驗施行承此除遵依具
元照中統鈔二十一定折至元鈔八定折至元鈔八
定聞知李伯達赴廉訪司告萬謙等克落物價張慶
因軍器局申錄事關價鈔物料受要局副萬謙等克落物價張慶

四、六九　《典章新集》刑部　叁

於廉訪司未曾接狀之前將錢回付李榮祖於受狀之後
經隔七日才將元受鈔定回付本生若依先已呈准全科
卻緣在後延祐五年十二月內呈准知州陳禿魯罕未曾
接受回錢減等並千戶張也先不花等聞知告發本宗公
事回付元受鈔定為狀內別無各人名字減等各事理
今次張慶李榮祖所招即便與陳禿魯罕張也先不花元犯
無異比例各減二等斷罪解見任別行求仕如蒙准呈為
例遵守招應具呈照詳都省准擬施行

奉行臺劄付准御史臺咨奉中書省劄付延祐七年三月
十一日欽奉詔赦除欽遵外參詳諸人言告官吏人等取
受不公等事都省仰依上施行
一諸人言告官吏人等取受不公已犯在延祐七年三月
十一日以前發在以後詔書未到取訖招伏罪經釋免未
追給沒贓物並自首未納之數擬合追徵沒贓物並
照得延祐四年二月十二日准中書省劄付刑部
自首未納之數擬合追徵未有招伏者欽依革撥到合
經照會今承奉本部議得上項事理合依前例一
行事理都省仰依上施行

延祐七生革後案到通例延祐七年八月　日江西廉訪司

四、六二　《典章新集》刑部　玄四

體施行

一諸人告言官吏人等取受不公犯在延祐七年三月
十一日以前發在以後詔書未到取訖招伏罪經釋免之
際罪經釋免職役並未追徵贓物合無追徵斥降殿敘
刑部照得延祐四年二月十三日呈准中書省劄付官吏
御史臺呈云至大四年犯在革前二數已經照會今
承見奉本部議得上項事理合依前例一體施行相
應
一諸人告言官吏人等取受錢物眾證明白避罪在逃
罪經釋免合無依例追徵殿敘刑部照得大德五年正
月十一日御史臺奏過事內一件云至大四年照出
避罪在逃例已經照會今承奉本部議得官吏人
等取受錢物在逃合同獄成罪經釋免依例罷職殿

敕其未招職物格前就無取到招伏擬合免徵相應

一諸官吏因差管押官物取要納物人等起發等錢事
發取訖招伏追職到官罪經原免職役未審合無斥
降刑部議得延祐四年五月十七日呈准中書省劄
付官吏因差管押官物取要納起錢已招明白
追職到官罪物所據職役驗事物人輕重依例
議得相應

一局院站赤百户頭目里正主首牙行人等因而取受
錢物取訖招伏斷罪追職累經追徵後奉通例革前
已有招伏者依例斷罪追職未有司徵解立限追徵別
無招伏者依本部議得合依前例一體施行如委
無折挫體覆是實數年不能結絕以此之類合無免
徵刑部照得延祐四年五月十二日呈准中書省劄

**《典章新集刑部》** 全

〔五二〕

付本部先承准中書劄付本部元呈官吏人等取受
不公已有招伏罪經釋免依例斥降未追給與者
並自首未納之數追徵未有招伏者欽依革前
都省准擬奉此本部議得合依前例一體施行相應

一官吏人等於所管戶內減價買物取訖招伏元買貨
物已行銷用欽奉詔赦遇革合無比依前例照依市
價虧欠之數追給欽付官吏人等於所管之內減價買物

呈准中書省劄付官吏人等照得延祐四年五月十七日
價虧難議免虧欠錢役已經照會今承見奉議
者欽依革撥原價難議免役官已經照會今承見奉議
已有招伏者罪經釋免虧欠錢役已經照會今承見招伏
得本部上項事理合依前例一體施行相應

---

一諸被彈劾贓污不公不法不勝職任官吏章已到臺
並各道廉訪司照看未經回文合無答報完備比例
標附解降刑部照得延祐四年五月十七日呈准中
書省劄付官吏罪經釋免被彈贓污不公不法
不勝職任官吏罪經釋免照看明白至日
依例定擬已經照會今承見奉本部議得上項事理
合依前例一體施行相應

一各站提領頭目將官降本站支出
庫散給中間指以營幹在站公事不行
給散人戶於上下官府關節欽遇詔赦欽依革撥無告
錢官吏勾問欽遇詔赦欽依革撥無告
著落告人追徵給散各站提領頭目將官
降支持錢物指以營幹在站公事不行給散人戶慾

**《典章新集刑部》** 全

〔五八〕

意克除於上下官府破使首告到官指出受錢官吏
未經勾問欽遇革前所指元告錢物既擬自首到官
難議追徵相合革撥相應

一官吏人等因事取受錢物關如欲告回付本主出首
見任別行求仕如犯職役多事枉法定例不敘或斥降殿敘唯復
所有職役合無依枉法定例不敘或斥降殿敘唯復
止依前例解任求仕如犯職役多事枉其罪減列二等釋免
日呈准中書省劄付延祐元年閏三月初五日承奉
中書省札付本部元呈知人欲告通例已經照會今承

一軍官因公齋盤纏犯在延祐七年八月十一日以
前取訖招伏罪經釋免據職役已招未追贓鈔未審
見奉本部議得上項事理合依前例一體施行相應

合無追徵斤陸刑部照得延祐四年五月十七日呈
准中書省劄付軍囚公廨斂盤纏准前招伏罪
經釋免已招職物擬合追徵例擬已經照
去訖後移咨外據未准回報事件節次移咨御史臺照詳去後
會今承見奉本部議得上項事理所犯不一已招職照
今准咨該呈奉中書省劄付送刑部呈照勘到各項事
理本部逐一議擬開呈照詳得此都省今開前去仰
鈔合依前例追徵外據職役量事輕重比例定擬相
照驗施行
應

一官吏人等革前取受既經追斷前革行移

照勘取問來完合無革撥惟復別有區處前件照得
延祐七年五月十二日承奉中書省劄付御史臺呈
奉中書省劄付延祐七年二月十三日欽帖木迭兒
太師右丞相阿散丞相等眾省官商量了教欽有一
件內外被枉斷來庶道俺根底稱冤告的多有辦大
勾當者其餘閒相瞞恨了去也似遠般稱冤告的
裏告者去年開讀了聖旨有來告的人阿教臺裏告阿
怎生教阿御將臺裏告去今後若此都省除外敬依施行
奉此於延祐四年四月初四日本臺官帖木哥殿中等
大夫咬住侍御佟侍御納赫樞治書帖本禿花
奉薛禪皇帝聖旨裏累朝聖旨事意擬合欽依此
史臺裏告者外頭有的行臺裏告者庶道被問來的

官吏每稱冤阿將他每元斷的是的合分揀有省部
家一概定擬革前稱冤的但是曾行移文字照看其
間遇赦呵便教還職者庶道行來的上頭做說謊
人每廝仿學者要肚皮的緣故是這般有為那般上
頭曾經斷罷了的人有呵御史臺裏告者省部廝道
教俺分揀者今後告的人有呵御史臺裏告者合教
生齊亂紀綱法度有革前稱冤的果有冤抑都來勘
明白分揀無冤抑的依著已結正了的呵
根底奏了教罷了的人每上位根底奏了分揀了
十二紙稱冤的狀子教他每上位根底奏了分付將來
行臺裏各道廉訪司裏省部裏已了聖旨分揀者合教
又與將四紙告稱枉冤的狀子來與體例不厭似有
行臺裏各道廉訪司奉行

將那狀子退與元告的人每今後赦前不曾陳告受
理的交分揀呵與大勾當好窒礙的今革
罷了休間赦後稱冤的有呵依前體例裏交臺裏告
分揀也者別了的人每根底那般做體例裏交臺裏告
行的上位職者奏呵聖旨那般者赦前的問者這
後稱冤者依著在先體例問者赦前的問者不受
外頭告者的行臺裏告者不受狀子阿憑
根底告者聖旨也欽此其呈照詳欽依施行得此
都省合下仰照驗施行今承見奉本部議得官
吏人等革前取受已招未賠之贓累徵家私消乏
書省御史臺奏奉聖旨事意擬合欽依此
一官吏取受已招未賠之贓累徵家私消乏無可折納
及有犯人身死家屬貧窮體看是實合無免徵前件

照得大德三年二月二十日承奉中書省判送御史
臺呈追問得安甯州通事何祐因事取受　二伯二十
五索除巳追外有未追五十索本人身故家貧無可
折納看詳巳招不枉法不枉法未納錢物既巳身
死合無追徵官吏照得大德三年爲要訖高揚等錢
十九日承奉中書省劄付本部元呈奉省判御史臺
沒追問巳招未納不枉法照得眾姓家奴不見合無追問
錢鈔又於大德三年爲要訖高揚等錢不合無追依例追問
呈鎮守杭州千戶眾家奴巳於軍戶處托散布足齊歛
錢物欽遇詔恩擬合欽依革撥得此都省議得眾家
乞照詳送本部照得千戶眾家奴依革撥得此都省
外據巳招未納不枉法照得眾姓家奴已見合無追問
徵家私消乏無可折挫及犯人身死家屬貧窮合從
奴齋歛錢物巳經承伏罪經釋免擬合追徵除外合

典章新集刑部

尭

克

下仰照驗施行承此除外今承見奉本人身死例合
追徵既家貧無可折納令合屬招看委無挫折免徵
相應都省准擬除外合下仰照驗施行承此照會今
承見奉本部議得官吏取受巳招未納之贓既是累
徵家私消乏無可折挫及犯人身死家屬貧窮合從
所屬官司體看是實無徵相應
一各處務諸衙門除正課外欺隱附餘課鈔事發到
官未財賦審比同係官錢糧合無追問前件照得大
德八年七月承奉中書省劄付該省依枉法論罪侵使
課人員欺隱合辦正課依枉法論罪侵使增餘錢數
如依不枉法例定擬以爲平凡都省議得院務湖泊
辦課人員侵使增餘額外錢數既是難同枉法臨事
詳情輕重論罪餘准所擬施行又照延祐七年五月

二十日御史臺呈諸人告言官吏人等取受不公云
云承此巳經遍行照會今承見奉本部議得院務財
賦諸衙門官吏正課巳行辦足欺隱附餘課鈔終非
係官正數如犯在延祐七年三月十一日以前取訖
招伏者依例追徵未有招伏欽依革撥相應
一官吏生辰節朔嫁娶會受司屬民人等餽送羊
酒錢物科歛不公及買物少價革罷前件照得諸
合無解任殿敘前件照得延祐元年正月十九日呈諸
准中書省劄付來呈奉省判御史臺呈奉省判諸
部民人告言官吏生辰節朔嫁娶會受要司屬
受合無追斷本部議得官吏生辰節朔嫁娶會受羊
要司屬部民人等餽送羊酒錢物及科歛不公事有
人告言官吏人等取受要司屬民人等餽送羊

典章新集刑部

辛

因緣難同真犯取受擬合欽依革撥依部擬承此
巳經遍行照會了當又照得大德六年承奉中書省
判送本部呈泰安州長清縣尹張仲英任內吳顯等
告論不公解由內開寫狀招六項臺擬張仲英是
提調課程正官節次令人齋鈔遍應所屬稅務辦課
人等處減價勒買買絹數內受要訖閻都監稅絹五疋
並元價鈔一定罪經釋免擬合輕罪外止據本官用錢
部議得縣尹張仲英因事取受終是違例又係提調
足雖非因事取受又係元價鈔一定若別行求仕
於閻都監買絹在後收訖元價鈔一定又係提調正官不應於
治下院務內受要絹疋恐啟僥倖之
門巳久爲例未便參詳張仲英所要閻都監絹五疋
計中統鈔一定五兩折至元鈔一十貫依不枉法例

二十貫以下決三十七下罪經釋免依例殿三年別
敘相應具呈照詳今據見呈蒙都堂議得張仲英所
犯即非因事取受合准御史臺所擬連送刑部依上
施行奉此今承見奉本部議得延祐七年三月十
破多佔欺隱剋落入己條之數巳未承伏俱各欽
延會受要司屬部民人等餽送羊酒科斂錢物合准
依追徵斷罪相應承此巳經遍行照會了當今見欽
本部議得斷罷官吏冒取係官職田俸給罪經釋免
前例革撥外據買物少價革前取訖招伏者依例解
任別敘相應

一斷罷官吏冒取職田俸給罪經釋免合無追徵還官
前件照得延祐七年五月二十日呈奉中書省札付
本部議得延祐七年三月十一日以前官吏人等冒
物合無追徵前件照得延祐七年五月二十日准

合依前例追徵相應

典章新集 刑部

圭

一諸衙門濫設人等取受或百姓過付剋落錢物革前
巳有承伏或犯在革前招經罪釋免未納贓物革前
役並未追贓物自首未納之數合無一體追徵斷罷職
後巳有招伏追贓之際欽遇詔赦罪經釋免所擬革
中書省札付御史臺呈官吏人等取到招伏難擬斥降殿
殿敘終無明白通例具呈照詳本部議得官吏人等
革前取受錢物革後雖有取到招伏呈官吏人等
其未追贓物及自首未納之數欽依見奉都省除外
仰依上施行照會今承見奉本部議
得上項事理合依前例一體施行相應承此今承見
奉本部議得諸衙門濫設人等取受或百姓過付剋

刑部

落錢物革前巳有招伏罪經釋免未納贓物合依上
例追徵外據犯在革前招在革後依例革撥相應

典章新集 刑部

圭二

一此鎮軍人月支口粮其掌管錢粮人吏除合支正數
外多計米數支粮官司又不子細查算朦朧勘合下
倉支出官粮關請司吏將多支米數冒關入已比之
侵盜雖是不同緣革後免前件照得延祐七年五月二
十日呈准中書省剗付本部議得延祐七年三月十
一日已前官吏人等冒破多估欺隱克落入已係官
之數已未承伏俱合欽依追問徵理斷罪相應承此
日欽奉詔書會了當人照得追問徵理奴婢財產盡數折
已經遍行照會一欵諸人侵欺盜用失陷短少
減駁合追係官錢粮如在延祐七年十二月初一
書以前已有追理文案者先將奴婢財產盡數准折
入官不數之數體覆明白並從擇免若有不盡不實

從監察御史肅政廉訪司體察已徵入主典之手者
人罪經釋免已招未納滲泄舶貨并知情販賣轉賣
多得價錢未審合无追徵依例給沒未發者合无
受理追問前件照得延祐七年十月十六日承中
書省剗付本部議得延祐七年十月十六日承中
番船滲泄舶貨已招并自首未納鈔數既是延
祐七年三月十一日詔救以前已有文案事理合當
革後未納職物俱合欽依都省准免擬照會了當
今承見奉本部議得上項事理合依前例一體施行
相應二欵此行二段關文今補第

---

## 雜犯

### 違枉

江西廉訪司奉臺札准御史臺咨奉中書省札付延
祐七年三月十一日革後稟例送刑部照擬到下項事理
都省准擬仰依上施行
一官吏枉看枉禁不公不法雜犯等事已有招伏罪經
釋免職事合无停罷刑部照得延祐四年五月十七
日承准中書省札付官吏人等枉看枉禁如已招伏
明白護各人職役照例議擬其餘雜犯驗事輕重詳
情區處已經照會今承見奉本部議得官吏違枉不

公不法雜犯等事已有招伏罪經釋免擬合比依前
例施行相應

御史臺呈據燕南道廉訪司申延祐六年閏八月十二日
准本道僉事拜降奉議牒體知真定路靜安縣尹王瑞承
權尉司輒憑張何曾朦朧申告伊男張牛兒身死虛招打
人李黑兒等五名酷加刑獄非理拷勘抑勒各人虛招打
死人李黑兒屍身焚埋彌縫已罪及至閧知事不獲
潰身死張牛兒卻行存活出官事不獲已借使喂養馬駝
錢買囑主李黑兒等內李黑兒被杖九十餘下在禁杖瘡
避罪在逃眾證明白例同獄成罪經釋免擬合罷職不敘
議靜安縣達魯花赤爐所招擅借駝馬官錢買囑主
不令進詞若擬以解任緣本官因病作缺標附相應都省

咨請依上施行

路縣官擅斷和尚要罪過　至治元年五月　日行宣政院准

宣政院咨來咨杭州路錢唐縣違例陳大隆詞狀將普福
寺住持僧子與勾擾為此取詰本縣典史各狀招
差宣使僧家奴所使人陳三監禁如此不遵甚失朝廷護
將宣使僧家奴與杭州路公同斷遣亦非自專本路官
法安僧之美意咨請聞奏未經回示准此照得先准文
亦為此事已經咨請蒙古房聞奏過事
內一件通州路縣有的一箇瞿德淵名字的和尚殿打了
告李明秀名字的和尚魏德溫名字的俗人殿打的上頭
路縣官俺根底不商量一面詞將李明秀和尚根底打了
路縣官吏擅斷有的宣政院裏差人那路縣官人每將

二十七下說有宣政院裏差人那路縣官人每根底要將

三、三七　【典章新集　刑部】

招伏來如今恁生是應道奏呵怎著官人每根底說省裏
宣政院差人一處問了要罪過者應道聖旨了也欽此除
欽遵外今准前因咨請欽依施行

齒

---

欽奉官諭執平民……勒陪償　至治二年二月初九

日福建宣慰司奉本道廉訪司牒奉江南行臺劄付准御
史臺咨承中書省劄付河南廉訪司申據王成等
狀告延祐七年三月內村西元種穀苗二十四畝有房兄
王胡俊濟源縣孟縣尹佃戶與本官馬一定日夜撒
放於內貪踐約五畝為是房兄縣官馬定難違面情不曾
陳告將穀割刈殿載上場其馬因病倒死了當至九月初
二日有祗候小吳勾成王瑞赴縣公廳跪下孟縣尹獨坐
司吏王文瑞等言道王胡告王三打傷馬定王瑞指你證
見成道不曾打傷喝使抵候人等將成兩脚指跐住踏下
大拇指甲用皮拍子打訖五十餘下為王瑞不肯證說用
皮拍子打訖甲用皮拍子打訖三十餘下王瑞指你證
十餘下又行昏迷不覺穀難出糞難又用荊棒亂行拷訖不免

三、之、十二　【典章新集　刑部】

遂伊虛指招承用木橛扎傷枉禁勒陪馬價一十二定取
訖各各招詞看詳縣尹孟大中酷法枉勘平人勒陪馬價
入已情罪尤重擬合計贓以不枉法定論殿降似此殘忍
難任牧民仍於雜職內敘用宜令合干部分定擬相應具
呈照詳得此送刑部呈議得濟源縣尹孟大中所招撫將
自已黃馬一定分付伊家佃戶王成牧放其馬被傷倒死
不合教令王胡證執房弟王成打傷虛立王瑞作證就於
私宅喚到書狀人王文中捏寫告狀將平民王瑞勾
追到官獨員取問為不承伏指證喝令獄卒人等將各人
髮鬢揪提踏蹄用皮拍子打致將王成脚指甲脫
落王瑞二次昏迷用水噴甦勒令虛指枉禁七日屈陪馬
□□□定罪犯以此參詳縣尹孟大中不思撫字反肆
貪殘誣執平民打死馬定枉勘陪償原其所犯即與取受

七十四　陳氏拔補

何殊擬合以王成一主中統折至元鈔一百貫為重依不
枉法例五十貫以上至一百貫杖斷六十七下殿三年降
先職一等難任牧民雜職內敘用相應具呈照詳得此除
外都省合下仰照驗依上施行　尚吳罪過　徐應在路縣官禮斷知　後原闕令補

閩文三之十三

典章新集刑部

七十五　陳氏校補

## 人口

### 隱藏人口

延祐七年革後稟到隱藏人口例　延祐七年八月　日江西

廉訪司奉臺札准御史臺咨奉中書省札付來呈延祐七
年三月十一日革後稟到送刑部招擬下項事理都省准
呈仰依上施行

一諸人誘畧良人等罪經原免其被賣之人雖未看會
完備合依發付給親庶免羈迷失之苦訴民之人或有寄養坊正主首
或於本主之家看會歲月未完因而本主推稱在逃
隱匿不令赴官罪經原免其人合無追究給刑部
照得延祐四年二月十二日呈准中書省札付諸誘
畧人等罪經原免其被賣之人雖未看會完備理合
發付給親庶免羈迷失之苦訴民之人或於本主
之家看會歲月未完因而本主推稱在逃隱匿不令
赴官罪經原免其人擬合著落追徵給親完娶今承
見奉本部議得諸誘畧刁藏圖利興販及轉於遠方
軀良人等罪經原免合依前例追究給親完敘已經
照會今承見奉本部議得上項事理合依前例一體
施行相應

又

書省咨來咨延祐七年三月十一日革後合稟通例　見盜
至治元年四月　日福建宣慰司奉江浙行省札付准中
賊選賊迫　給主例

一隱藏係官人口頭疋並收匿攔遺等物爭訟到官犯人
罪經釋免隱藏收匿之物有破用轉賣其物見在已

典章新集刑部

四八三三　圭

有承伏拘收入官未有招伏革撥相應

例追問外據收匿攔遺之物爭訟到官罪經釋免已

本部議得諸人隱藏係官人口頭定　未承伏合依□□

拘收還官都省准擬承此已經遍行照會今承見在

人口頭疋已有招伏擬合追徵未有承伏本物見在

月二十日呈准中書省札付本部呈諸人隱藏係官

未承伏合無追究拘收還官前件照得延祐七年五

《典章新集刑部》

一四八

卅三

---

## 逃驅

探馬赤軍人逃驅　延祐七年五月

咨奉中書省札付延祐六年十二月三十日奏過事內一

件今後探馬赤的驅口逃走了捉獲阿教枚杖斷八十七捉

獲人根底於逃驅家私內斷沒一半充賞明是驅誘引

窩藏不行首告的人各斷七十七窩藏之家曾將逃驅傭

使者依鄉原例徵理傭工之價給付本使兩隣主首社長

知而不首者斷五十七下不諸人捉獲於逃

驅家私斷沒一半充賞同主驅獲十口以上者即放為良

仍賞中統鈔一百貫買應捕官兵捕獲每名給中統鈔五十

貫並於犯人名下追給當該有司承告取問明白不行依

限發落而放驅者判署正官笞三十七首領官笞四十七

司吏笞五十七其餘諸逃驅並依大德八年奏准通例行

呵您生商量阿來奏呵奉聖旨那般者欽此仰欽依施行

《典章新集刑部》

三.○四

卅三

# 頭匹

## 禁宰殺

禁斷屠宰　至治二年正月　日江浙省准中書省咨至治元年五月十七日速速參政奏河南省官人每與將文書來在先三月初三日為普顏篤皇帝聖節的上頭自當月初一日為始至十五日各處禁斷了宰殺的依在先例禁斷那不禁廳道說將來有奏呵奉聖旨遍行文書依在先禁斷者我的生日二月初六日有每年二月初一日為始至十五日休教宰殺者廳道聖旨了也欽此咨請欽依施行

宰殺馬牛首從斷罪　延祐七年九月　日江西行省准中書

四八七三　〔典章新集　刑部〕　六

省咨江浙省咨浙東宣慰司呈備婺州路申推官李承德咨申伏覩條例強竊盜賊鬥毆相殺俱以首從定罪外據私宰馬牛正犯人決杖一百為從干犯之人不分首從一體定罪似涉不倫緣事干通例具呈照詳本省看詳如准濮仲仁減等決杖八十七所言相應緣請照詳送刑部呈照得皇慶元年二月二十一日承奉中書省札付來刑部呈濮仲仁私宰牛隻耕牛依例斷遣外據添力下手人陳揚師若以同宰牛正犯人決杖一百已有定例外據添力下手干犯人等擬合比依前例減等杖斷八十七其有元不知情臨時雇倩者擬合量情斷罪相應本部議得私宰馬牛正犯人決杖一百下相應得此准擬都省仰照驗比此頭把腳添力下手干犯人等擬合比依前例減等杖斷八十七下其有元不知情臨時雇倩者擬合量情斷罪相應都省准擬依上施行

---

准中書省咨刑部呈會驗皇慶二年六月初七日承奉中書省札付皇慶元年十二月二十一日　前例　又照得延祐四年左丞奏
薛禪皇帝時分不交宰馬牛有來云漢兒百姓將無殘病的馬牛宰吃時廳道聖旨了也欽此今憑各處行文書依在先例裏教殺馬牛廳道聖旨呵休教殺馬牛者欽此又照得至元三年八月欽奉聖旨節該馬不中騎的教人做證見驗了殺者欽此又照得至元八年欽奉聖旨條畫內云私宰馬牛正犯人鄰佑人等罪名並告人賞例欽此今體知得內外官員士庶之家凡有會合高下品官筵例

婚姻慶賀一切筵會往往宰殺馬牛食用非惟越分踰禮
誠為奢侈損物有違累詔旨擬合遍行合屬多出榜文再行禁約相應具呈照詳都省咨請依上施行

三、四一　〔典章新集　刑部〕　七

## 禁搔擾

**禁閒官吏僧道交通贓賄**　至治元年二月　日江西行臺准

御史臺咨奉中書省札付來呈監察御史呈各處罷閒濫
官污吏豪橫之家妄稱提舉宣差總管千戶及僧道人等
把持官府現任官員潔已者尚不能鏟除一有交通贓賄
家產或致喪命惟其所使以致諸訟經年不能歸結愚民
亦皆倦首稟命惟此輩所害宜從朝
廷著令議得罪名擬此輩合得罪名從重
送刑部令議得外郡官吏持守不謹賄賂交通徇私敗事必
當嚴定罪名期於不犯以此參詳今後現任官吏若與革

五、〇五

《典章新集》刑部　全

**禁科取俸錢**　延祐七年六月　日江西行省准中書省咨御

史臺呈備監察御史呈近年以來內外諸衙門指與上司
官員慶賀饋鑽一切人情或私相追往公然於所轄官吏俸
鈔科取理宜禁止施行開又據御史呈目今內外諸大小
衙門或為各官生辰或因兒女婚聘一切慶賀所用之資所
屬官吏俸錢內科取同僚追斂之禮固所宜然而人吏亦
常加糾察如蒙准呈爲例遵守相應都省仰令風憲
何預焉致將月俸十除八九何以養廉今各官公私宴
會追賀人情止於自己錢內出備不許於所屬官吏俸錢

---

內剋除如蹈前轍許監察御史廉訪司體察明白以贓論
罪得此照得至元三十一年七月十四日奉本臺官奏過
事內一件云齊斂俸錢一欵欽此其呈照詳得此送刑
部呈議得監察御史所言內外諸衙門大小公私追
賀人情於所屬官吏人等俸錢內剋除事理仍擬合欽依至
元三十一年御史臺奏奉聖旨內事意禁治仍令監察御史
廉訪司體察相應都省准擬通行合下仰照驗施行

**坊里正主首羈養人不便**　延祐五年三月　日袁州路准江

西廉訪司牒備本道廉訪使奉通政院設坊司當間止令供報文
事理內一欵體知在城諸坊司所設坊里正主首人或欠
書催辦租錢今見官司日逐將在牢有病摘出罪人或賊徒或
官錢私債之人或無家眷隨衙折證公事之人或賊徒或
軍漢或軀奴或婦女或小兒責令坊司人等寄養宿泊日

五、八〇

《典章新集》刑部　全

逐供備口糧夜間被臥逐日令人引領隨衙聽候至夜令
人看守其良善之人可以無累若有強梁有罪欠債之人
必至走逸蓋坊司之役家無鎖鑰欽人看守種種連累坊
司根尋受杖深可憐憫相度諸司所設坊里正主首之役
本以催督租課今後合嚴所屬官吏無得似前將一應為
事人數濫泛責付羈管違者治罪牒可出榜依上施行
江西廉訪司牒切照得本司按臨龍興等路並南豐州一
十一處地面澗中間情僞豈能周知恐有一等不畏公法
游食無籍之徒詐以司官子弟親戚故舊知友稱呼舍人
總領等名色及或假控書信俵散人事需求錢物囑托公
事各處官司並不追求來應徃徃奉承應付比及知覺其
人已行遁匿以此少有敗露若不嚴加禁約非惟官府被

其擾害亦且站累清憲為此除暗行體察外牒可依上禁
約若有違犯之人捉挐到官追問是實遍行懲治其或本
司官委有子弟或因買賣幹勾已事到彼不許繁擾官府
並不得請獻飲食津貼錢物如有此等之人亦合即便擎
獲牒解赴司究問如是徇情容隱不行究治以後事發定
將當該官吏究問

典章新集刑部　　全

八三十三

## 禁聚衆

延祐六年八月　日江西行省准中書
省咨御史臺呈監察御史呈禁罷集塲蓋為各處官府別
無失守之責如蒙議擬通例遵行相應具呈照詳送刑部
照得延祐六年五月初二日奏過事內一件去年為敘衆
唱詞的祈神賽社的又立著集塲做買賣的教住罷了者
也今後夜間敘著衆人唱詞的若不嚴切禁治阿慣去了
問了來呵另奏也者似者般的上頭差人問去了也那人每
說亂言麼道一兩起事發的上頭昨前似這般敘曉散的
社食用茶飯夜敘曉散的上頭昨前似這般敘著衆人妄
奏了各處行了文書來又有如今又夜間敘著衆人唱詞
這般敘衆著妄說大言語做歹勾當的有呵將為敘衆頭
也者後夜間敘著衆人唱詞的祈神賽社的立集塲的似

要罪過也者其餘祈神賽社立集塲的每比常例加等要
罪過那州縣管民官每提調者若不用心提調他怎生奏呵
地面裏似這般生發呵官人每根底要罪過阿忽生奏呵
聖旨那般者欽此又祈神賽社扶鸞禱聖夜敘明散若有
禁治除祀典者依例祈神賽社若各處不畏公法之徒敢有違犯
錢物仍於犯人名下均徵中統鈔一百貫付告
之人許諸人告發此又祈神賽社扶鸞擊鼓迎神賽笞五十七下為從者又減一
等坊里正社長主首有失覺察者又減一等其
罪一等其所屬官司禁治不嚴有失鈴束知而不行首告減為從者各減一
元鳩錢物沒官仍於犯人名下均徵中統鈔一百貫付告
人充賞廉訪司詳加糾察又照得至元二十八年四月二
十一日欽奉聖旨節該
議得除祈神賽社已前定例今後有犯欽依加等斷罪外

五、四七

典章新集刑部　　全

據起意集眾主集詞在前雖曾禁約未有定到罪名各
依已擬為首犯人決四十七下禁治不嚴親民州縣正官
各決一十七下當該社長主首鄉佑人等決二十七下故
縱者各加一等均委集場買賣人民商旅聽唱人等各罰俸
鈔一月標附其餘集場買賣人民商旅聽唱人等皆係蚩
蚩恩诳事千人眾似難一概論罪如蒙准呈遍行照會排
門粉壁曉諭相應都省准擬依上禁約施行

八六二

《典章新集列部》

齿

---

延祐七年十一月 日江南行臺准御史臺咨來
谷江東廉訪司申監察御史呈建康等路流民雖因荒歉
流移中間有不務生業无籍之徒紏為羣黨自立頭目經
過去處或搶奪民物或監打縣官擾害百姓若不設法究
治誠恐因而聚眾別生事端准此呈奉中書省劄付送刑
部照得延祐七年三月十一日欽奉詔敕除欽遵外本部
議得江東寧國等處流民延祐七年三月十一日已前事
百姓打奪錢物等事俱係延祐七年三月十一日已前事
起不過三十人官為應副行糧接送轉發本鄉於內若有
意催督委官分撿如因缺食趁熟少壯有頭足氣力者每
此久而聚眾數多深為未便以此參詳擬合欽依奏准事
理合行革撥今後此等流民若許從便趁食切恐愚民特
騎坐鞍馬執把弓箭點鏰擾害百姓所在官司捉拿取問痛行斷罪遞發元籍其
鰥寡孤獨不能自存之人官給口糧養濟或似前搶奪錢

關文三之十四 《典章新集列部》

物擾害百姓所在官司捉拿取問痛行斷罪遞發元籍其
有技藝足以適用及係耕農依准御史臺所呈斟酌安置
接濟存卹候秋成起令復業相應具呈照詳都省仰依上
施行齊此條應在禁治集場原刑集場折今補

八西

陳氏校補

把持人再犯例遷徙　延祐元年三月　日江西行

書省咨來咨袁州路准江西廉訪司牒蕭瑀告萬載縣官

吏取受對證得蕭瑀誣告本縣官吏要訖中統鈔七十七

定將原告人蕭瑀捏合教唆詞訟王鼎取訖招伏擬罪欽

遇詔恩參詳王鼎係把持官府起滅詞訟兩經斷罪泥

置粉壁又復虛捏本縣官吏取受寫成狀檢教唆蕭

得陳翔犯姦擾民販賣私鹽妄告孫文孫指要脚錢及用

福一陳告既以招承明白即係凌犯官府之徒擬合遷徙

送刑部呈照得大德十年七月內奉中書省札付來呈

刁徒陳翔所犯欽遇詔赦擬合釋免得此照得本部先呈

行據大都路申流囚陳翔杭州路不曾轉發乞行挨問議

照驗施行又照得皇慶元年十二月二十九日奉中書省

判送江西省咨王逢亨興鎮守張萬戶互相鬥毆等事看

詳王逢亨係豪霸稅戶先為逼抑人命強砍山林隱匿軍

器累經斷罪囚有悛心輒敢行打張萬戶累證明白托病

不語詳其所犯即係同獄成擬合遷徙遼陽肇州屯種外

王南卿與弟王達卿同惡相濟欺官罔民合於門首紅泥

於壁除將王達卿羈管聽候外送擬得王逢合

張萬戶互相毆打等事王逢止招年限未滿違例重典

房舍外擄行打張萬戶一節別無取到明白招伏似難遷

徙所有王逢亨兄王逢午所招倚當房屋年限未滿預借

五四七　　典章新集 刑部　　金

---

鈔定取贖未得書寫手帖封鎖重典又占山林打傷良民

等罪俱係皇慶元年十月十九日赦詔又以前事理罪雖遇

免據各人累犯過惡合於門首紅泥粉壁標示過名再犯

依例遷徙相應都省仰照驗施行奉此本部議得王鼎先

犯把持官府起滅詞訟二次經斷不悛改不知再犯

福一妄告官吏取受招伏明白罪遇免以此比依王逢午倒

雖是犯官不悛校之陳翔情罪不同擬合比依王逢午倒

門首紅泥粉壁標示過名敢有再犯依上遷徙相應具呈

照詳得此都省准擬依上施行

遷徙遇革不赦　延祐七年十月日江浙行省准中書省咨來

咨江浙行省咨程震孫先次與弟程汝孫等同謀打死親

兄程六四罪經原免挾讎砍伐伊叔程公祖柴山松木脅

詐伊嬸阿汪錢物已斷八十七下已將首惡程震孫遷徙

准擬遷徙遼陽肇州佳坐未經遷發今遇革撥未審合無

發遣緣係通例咨請回示准此送據刑部呈議得江浙行

省咨程震孫打死親兄程六四幸遇原免又復挾讎砍伐

伊叔程公震松木詐錢物已經擬呈准遷徙遼陽肇州

住不坐雖未遷發欽遇詔赦緣今之遷徙即古者移鄉之

法給與流囚事理不同以此參詳合依已擬回咨行省依

倒遷徙相應都省准擬施行

四三六　　典章新集 刑部　　金

宣慰司奉江浙省劄付准中書省劄來劄延祐七年三月

十一日具呈照詳都省除外仰照驗施行

一前犯所傷打死親兄親叔或房兄親叔欽遇遷徒遠發將其
後挾讎詐錢物咨准遷徒遠發肇州屯種還免其

間遇革未審合无起遷徒遠發肇州屯種還擬重
東道宣慰司呈婺州路申站戶糞十六挾讎與夏重

正月承奉中書省咨付本部呈奉省咨判江浙省
三等謀議將兄糞四殺死罪經都省准大德十年閏

將本人當將房親口遷干遼陽遼東僻遠地面住坐
本戶應有財產盡付糞四妻子為主本省看詳糞十

六所犯兩次欽遇詔赦若與流遠出軍強盜一體比

例原免切恐羞泄咨請照詳送本部議得糞十六謀
殺親兄罪經原免呈准省將犯人同當房人口遷
于遼陽住坐即與盜賊情犯不同以此參詳合咨本
省依已將糞十六并當房人口遷移已擬地面居住

其呈照詳都省准呈合下仰照驗施行奉此今承見
奉准遷徒遼陽肇州屯種无起遷養贍鈔定

一兇惡之徒故挾讎恨傷人肢體剜眼各成廢疾

谷准依例追給前件照得延祐六年六月承奉中書
省劄付本省咨江浙省咨浙東道呈台州路
未審依例付本省咨浙東道呈台州路

黃巖州申住民魏志翁告兄魏欽道有遺下田土房
屋家財等物父死不曾分析家私被兄魏欽道與男魏亞祖各用
母死言問分析家私被兄魏欽道與男魏亞祖各用

尖刀鐵針將左右眼戳破出血用灰塩挼擦及用靴
脚踢打醫片等事本部議得魏欽道弟魏志翁雖以
過房他人終係同胞親弟因為本人典賣故父遺下
田產挾讎用鐵針戳傷兩眼復使灰擦幸存一目微
分詳其所犯情罪尤重既已斷訖似難貼斷合准浙
東道所擬比例將魏欽道遷徒遼陽遼東
本人名下追徵養贍之資給付魏志翁相應具呈照
詳得此都省准呈擬除外仰照驗施行奉此
本部議得兇惡罪雖遇免擬合比例發遣相應
各成廢疾罪雖遇免擬合比例發遣相應遇革在
不載原劄後今補

## 禁賭博

### 賭博赦後爲坐

至治二年抄到福建宣慰司延祐五年二月初三日奉江浙省札准中書省咨來咨蔣文貴等於大德十年七月因與沈七將已挑偽鈔裝誆客人蒙杭州路總管府蔣文貴党官司於在家門首紅泥粉壁擅自去除延祐四年爲頭與徐三等同情商議依前開置賭房紏集人伴賭博入義事發到官將各人斷訖延祐四年正月初十日以前事理緣前犯俱已年遠即係延祐四年正月初十日以前事理事干通例咨請照詳此送刑部議得蔣文貴徐三先犯開置党坊等罪累經欽過詔赦今次不悛又紏集人伴賭博罪既斷訖難議加徒擬合比依赦後爲坐相應具呈照詳都省准擬施行

五三二

典章新集刑部　仝

### 賭博賞錢

延祐六年六月日福建宣慰司奉江浙省札准中書省咨來咨徽州路據休寧縣申蒙江東廉訪司分司巡歷到縣照刷過文卷一件朱明元告因與汪文勝等賭博致爭被汪文勝踢傷逃身死汪文勝經罪釋免但係賭博因事發露別無捉獲元准都省文咨但凡賭博諸人捉拏到官依例科斷已有均徵賞鈔攤場錢物盡付告人之例別無該載同賭之人首告給賞明文有司爲無遵守往往依例別問所所擬一體給付及准首再犯依例科罪不在理賞之限事干通例宜從合干部分定擬相應咨請照此送刑部呈議得諸人首告賭博已有理賞定例所據同賭之人內有能悔過自陳准首賭博罪定例給賞如或再犯不在首原之限其因事發露既無告捉之人賞鈔難擬徵理具呈照詳都省准擬施行

三四

典章新集刑部　仝

## 雜禁

**四菌齋戒日頭喫素**　延祐七年六月　日江西行省准中書

省咨宣徽院呈延祐六年十二月十一日本院官特奉聖旨宣徽院裏休做以常川肉茶飯的諸王公主駙馬妃后每根底每月初一初八十五二十三日這四箇日頭喫肉那不喫廳道有聖旨呵常川肉的根底與有把齋的日頭喫肉者性命呵不是不當那如今但是常川肉的每根底每月四箇齋戒日頭喫肉者交每肉與囚者行與省家文書交省家各衙門裏轉行照會麻道聖旨了也欽此其呈照詳都省咨請欽依施行

**李宣撫休做筵會不差人開讀**　延祐五年九月　日江西行省

《典章新集刑部》　尤

准中書省咨延祐五年五月初七日奏過事內一件各寺院裏休做筵會者應道這裏開了聖旨來各處行省路府州縣裏差人開去的功德使司裏差官人每奏奉聖旨俺根底與了文書有奏呵祇爲這一件勾當上頭交省馬裏人去阿交舖馬生受更驛擾眾和尚每也者不湏差人如今怎麼各處行將照會去各寺院裏休教做筵會者廉道聖旨了也欽此都省咨請欽依施行

**禁銅錢買賣銷毀**　至治元年二月　日江西行省准中書省

咨江浙省咨杭州路稅課提舉司申近有客商將到廢銅前來投稅中間夾帶銅錢或五包十包在內間得物主稱係於本路客人處收買就杭州路鑄銅器除照時價收稅外誠恐姦商因而將收買銅錢前去濵海地處博易出海又獲一二倍稅銅錢一十一箋包若作匿稅歸問郤緣見到下河係匿稅銅錢

奉省札禁治不許稅買未致懸便除將物主丁呵保保管並將現獲銅錢收貯聽候得此本省看詳事干通例咨請照詳准現有送據戶部呈據戶部呈議得江浙省咨杭州路申咨請照官有現貯聽候民間銅錢不見合無買賣銷毀用度請照以此參詳歷代懸禁代收貯銅錢現在者已蒙官爲收貯賣銷毀用度甚非所宜擬合禁止相應其呈照詳得此咨請依上施行

**崇廟祝詛總管太保**　至治元年二月　日江西行省准中書

省咨禮部呈奉省判王謨言江淮迤南風俗酷祀其廟祝師巫之徒或呼太保或呼總管妄自尊大稱爲生神惑民民眾未經禁治移准刑部關議得王謨所言南方廟祝師巫之徒稱呼太保總管之名扇惑人眾合准江浙禁止如有違犯之人事發到官量事輕重斷罪所言此本部請依上施行

《典章新集刑部》　卒

議得南方廟祝師巫之徒呼太保總管扇惑人眾合准刑部所擬移准江浙江西湖廣等省依上禁止相應其呈照詳都省請依上施行

典章新集刑部終

禁借辦習儀物色

袁州路奉江西行省劄付准左丞相榮祿咨體知得每遇

賀正聖節贊儀行禮設置官員幕次合用鋪陳氈褥頂幔

等物未免有司應辦而坊正人等借欲於民借用之後其

物多有不能盡數給主或刁蹬取要錢物取贖或虛稱迷

失不存其於百姓深爲未便咨請行下合屬禁治施行省

府仰依上施行〔此係應在禁廟況辦總〕

〔闕文三之十七〕 典章新集 刑部

至治二年五月抄到延祐元年三月 日

保催後原闕今補

杢 陳氏藏補

造作

工役

雜造生活合併起解

江西行省准中書省咨工部呈照得各處行省並腹裏路
分年例額造軍器雜造生活多寡不同成造了畢上下半
年馳驛赴部解納署舉陝西行省額造刀子二百把此之
造作物多去處至甚輕便亦作一次繁重之物差人上下
半年二次解納因而一等赴部營幹已事之人窺伺空便
經營承攬枉費舖馬實爲不便以此參詳今後各處起納

至治二年鈔到延祐七年閏三月日

三六四

《典章新集工部》　一

額作軍器雜造生活並一切諸物從各處行省並本管路
府照勘中間若有輕微數少之物須要以輕就重合併務
帶起解實爲便易具呈照詳得此咨請依上施行
至治元年二月　日江西行省准中書省

帝師殿如文廟大
咨延祐七年十一月二十七日拜住丞相特奉聖旨八思
八帝師薛禪皇帝時分蒙古文書起立來的上頭益寺者
說來前者益了有來如今交比文廟益的大闕處行文書
都交大如文廟八思八帝師根底教益寺者麼道聖旨了
也欽此都省咨請依上施行

典章新集工部終

都省通例

**貼書犯贓卻充吏例**

江浙等處行中書省至治元年正月二十二日據建康路延
祐七年十一月二十八日司吏張禮承行然申據溧水州
申延祐七年九月十六日蒙江南諸道行御史臺監察御
史案劄該依奉憲臺劄付前來支郡照刷文卷審錄罪囚等
事除另行外延歷至溧水州據本州在城住民吳顯忠狀
告州吏戴必顯前充建康路總管府刑房貼書大德八年
七月內承管句容縣孔丙四等殺死係二公事取受孔丙
四錢兩蒙監察御史知斷罪三十七下革去大德八年
史巡按到縣有汪榮陳告戴必顯不曾經歷巡尉司吏止於建
康路充貼書大德八年內取受孔丙四中統鈔四十貫蒙
吏革去追體還官等事得此令溧水州抄案移句容縣照

五五四 典章新集 都省通例 一

勘革去戴必顯緣由升取元行文卷申解前來今據溧水
州申移准句容縣牒解到元革戴必顯文卷一宗照得皇
慶三年正月初九日准溧水州牒該十二月十二日蒙江
南諸道行御史臺監察御史案劄延歷至句容縣據本縣
汪榮狀告本縣司吏戴必顯不曾經歷巡尉司吏止於句
容縣據本縣吏止於句容縣據
康路充貼書大德八年內取受孔丙四中統鈔四十貫蒙
監察御史案劄三十七下革去在後充僧錄司司吏
例革今次虛捏曾於元貞二年寅緣句容縣吏冒請俸祿二年有
餘委實不應得此追照句容縣行卷該至大四年六月二
十九日奉總府指揮發下戴必顯該溧水州請俸一十一
至元二十六年二月內充溧水州請俸一十一箇月因病告
十箇月元貞二年月補充溧水州請俸一十一箇月因病告

---

假百日作闕在後溧水州告假照勘得別無黏帶為是元
發聽補人備申本路於路吏內收補無欠籍記移牒江東
建康道肅政廉訪司分司體覆相應又擬充大德十一年
本路書狀一週歲為州吏月日未及發下本州貼書十一年
候缺聞至大四年四月內蒙監察御史取具根底脚淺短
本縣遇闕收補於七月十一日擬令戴必顯補填司吏獎
士明名顯公參勾當為不見戴必顯在役聽候移牒察院勘去
後回准牒文卷相同外據先充人充吏提舉司
革一節是否端的令戴必顯充貼書變賣贓斷
吏並差充司庫俸月文卷建康路各項文卷內戴必顯分支俸一月至
三月內因為州吏不見曾戴必顯在役自二月分支
吏於元貞二年正月二十九日著役自二月分支
司吏文卷緣例革衙門別不曾交割 項卷宗元憑照勘

五八四 典章新集 都省通例 二

為此干架閣庫檢照得大德八年六月十一日案呈查知
句容縣住人孔丙六於大德七年三月內為伊兄孔丙四
殺人公事前來建康路使鈔行來在於本府白九舍家安
下商議等事喚賣孔丙六狀指數內建康路貼書戴必顯
二次要訖中統鈔四十兩賣得戴必顯狀招年三十歲無
疾病係建康路正東隅住民戶元充本路刑房
陳文奎下貼書既係承管句容縣結解孔丙四殺死孫二
等事不合於大德七年八月志記日接受孔丙四弟孔丙
六行求照顧見人情錢中統鈔三十兩入已又招不合因為
本路勾喚伊父孔再一等追上項公事於當年十月內不
二次要訖孔丙六中統鈔四十貫入已使用
記時日受訖休付到展限人情中統鈔一十貫入已使用
不存罪犯是實大德八年七月初十日議得建康路貼書
戴必顯所招不合二次要訖孔丙六中統鈔四十貫入已

罪犯依不枉法例合斷四十七下係無俸人減一等決三
十七下呈奉憲臺劄付當回牒照驗施
行准此檢照大德元年十一月內承奉江南諸道行御史
臺劄付准御史臺咨承奉中書省劄付議得吏員犯贓有出身
者依例斷罪黜降無出身者今將出身
咨稟准依其或補用違例不應者行省從監察御史宣慰
司從廉訪司取其應設人數各歷住脚色依例照刷但
有不應之人截日革去追徵支過俸給其或紏察未盡者

**典章新集 都省通例 三**

大德五年八月欽奉詔書內一欵爲小吏俸祿不足敗事擾
民已嘗添給俸米今後因事犯贓除斷罪外並罷不敘欽
此又嘗照依元定通例令譯史怯里馬赤知即宣使奏差典
吏人等湏要照依元定通例於相應人內補用不湏一一
勾當一節係例革衙門無憑照勘外檢照戴必顯先充
建康路貼書不合於大得七年八月十日二次要訖孔丙
六中統鈔四十貫准至元鈔八貫入已取訖明白招伏之時取
微贓鈔到官依十二章例笞三十七下革
去已此參詳戴必顯既於大得七年充本路貼書追
定鈔兩斷革即係本無出身之人擬合不敘今次隱匿前過
冒充句容縣請俸依深水州抄案行秽句容縣
蹲外議得汪榮元告戴必顯先充僧錄司並人匠提舉司
雖考滿到部依例行移追餘役過月日並不准算欽此欽

五八四

將戴必顯取問於革後不應冒請俸米足還官豈是司吏
照勘本例支過俸錢俸米數足還官據本人罪犯就便量
答二十七下先具依准狀申奉此牒請依上施行仍具依
准就申監察御史照驗准此爲是司吏戴必顯比例以前

---

遷充本路錄事司司吏去訖十五年五月初五日行移錄
事司依上施行並申監察御史照驗去訖今將文卷一宗
牒請照驗准此爲是不見深水州收補戴必顯名充州吏監
追照得本路指揮該蒙延祐三年九月本路指揮該蒙監
察御史劄付照刷出身句容縣吏不應斷不應
史御史劄付照勘無追俸祿曾解府奉此本州立案行下坊正
勘戴必顯名下追徵至延祐四年三月二十日本府照
申府當日照勘不曾追到官已徵主典之手保結
路指揮該蒙行中書省劄付來本路指揮蒙監察御
史立案汪榮告伊等處行中書省劄付不應斷
革隱過冒充請俸司吏仰革去追俸還官蒙檢會到池州
縣吏照得本人見於本州充書貼戴必顯先充本路貼書取受斷
支過俸錢八定八兩數足解府奉此本州貼書取受
於戴必顯名下追徵至延祐四年三月二十日本府照

五八六

**典章新集 都省通例 四**

路大德元年十月承奉江淛行省劄付饒州路申司吏何
榮先充甯國路宣城縣貼書取受既已斷罪難同體人等
吏一體不敘又照得大德九年承准江東廉訪司牒宋論
告因張愍檢告伊兄宋賢三次少錢鈔本州官吏人等取
受進斷外檢告干礼所招不合因充深陽州貼書取受犯
宋諭鈔兩依例斷罪終在未充州吏
之前擬於鄰近州吏內對還合得俸給依例接支議得戴
必顯若何榮依所呈照得延祐三年四月十七日淛西
降得此送擬州路西北錄事司吏沈源先係至大
廉訪司斷過杭州路吏未曾幫俸大德五年六月犯贓經斷係在至大
事司斷過一體宜從劄付建康路照勘戴必顯元招依例
沈源事例一體宜從劄付建康路照勘戴必顯元招依例
四年三月十八日吏人犯贓不敘例前比與廉訪司斷過

五、八、五

施行相應乞照驗得此施行間今據見申省府合下仰照
驗照勘明白依例施行奉此照得近據司吏戴必顯案劄汪榮告本縣
蒙監察御史案劄汪榮告本縣司吏戴必顯充句容縣申溧水州路貼
書有過犯充句容縣吏於元貞二年正月二十九日充本路貼
建康路戴必顯先於元貞二年有餘等事務牒察院追照得
二月支俸一月為不曾選試開除大德七年充本路貼書
仡三十七下革去參詳戴必顯既於大德中統鈔四十兩斷
書之時取受孔兩斷革即無出身之人擬合不敘今次
隱匿前過冒充戴必顯司吏一節仰鈔案行移次
縣將戴必顯取問於革後不應冒請俸給明白截日革去
仍照勘追徵本吏支過俸鈔米足數退官惟此照得合
徵戴必顯支過至大四年閏正月至皇慶二年四月終二

《典章新集 都省通例》

五

十四日俸錢中統鈔八定八兩本吏見在溧水州充書補
勾當行下本州追徵去後今奉前因總府合下仰照驗依
奉省府劄付事理施行奉此立案議得戴必顯所支
係在至大四年三月十八日前事理擬合依本省所支俸給
徵當月二十一日本府貼發到戴必顯仰本州遇有司吏
闕依例貼補施行承此五月十一日立案照得本州遇
苟其戴必顯見為吏可以告取申覆總府照驗指揮幫俸給了當
革其戴必顯即係貼補人數依奉省劄二定蒙監察御史斷
填苟春卿見為吏即係幫俸貼補依奉省劄蒙監察御史
照得如此今照得當大德八年七月內取受孔丙四鈔兩斷革
管府刑房貼當大德八年七月內取受孔丙四鈔兩斷革
大德九年正月補充句容縣吏延祐元年十一月內有汪
榮經監察御史陳告戴必顯充句容縣吏革去追俸還官

五、八、四

其戴必顯告蒙本路比照何榮於禮犯贓例申奉江浙行
省劄付改正以此參詳司吏戴必顯雖是申奏行省比例
改正即非省部定之例屢革屢用豈惟攪
書告許之徒比此皆有為無已定之例遵行令溧水州貼
擾官府抑且徒費文繁議得仰令溧水州鈔案備申建康
州轉官申江浙行省咨都省宜令合干部分明白定擬遵守
相應仍將句容縣元解文卷牒發本縣收管再令戴必顯在
役聽候省會告人吳顯忠宵家申覆監察御史照驗在
役備申江浙行省咨都省詳乞照詳宜令合干部分明白定擬回
守施行得此府司申乞照詳乞照詳宜令合干部分
降以憑遵守施行得此據定胡天民於當月二十七日移

《典章新集 都省通例》

六

咨中書省照詳當年十二月十八日據吏徐文寶回准都
省省筆韓輔承行十月十八日咨該來咨建康路備溧水
州申中南臺監察御史巡歷至本州吳顯忠告州吏延
大德八年充建康路貼書承受孔丙六鈔四十兩斷
仡三十七下革去大德九年正月補充句容縣吏延祐元
年有汪榮赴監察御史告州吏戴必顯前過將本人革去戴必
顯告蒙本路申奉江浙行省劄付改正參詳司吏戴必顯
雖是改正即非省部定之例擬回降以憑遵守施行咨請
呈議得定擬回降以憑遵守施行咨請照驗送
曾經斷革後匿前過管充句容縣吏繼陞州吏既呈詳
察御史比例革去別難議擬合咨請照驗依上施行其呈詳
得此都省准擬合行移咨請照驗依上施行准此二十日

劄付建康路依上施行至治二年正月十三日承發典史

趙收領入遞

典章新集都省通例終

四六

七

此書題云大元聖政國朝典章凡六十卷首詔令次聖政次
朝綱次臺綱次六部書成於至治之初故稱英宗為今上皇
帝也其後又有至治二年新集條例三百餘頁仍冠以大元
聖政典章之名前後體例俱準舊式而不分卷第予初至都
門聞一故家有此書往往假讀之祕不肯示後十年吾友長洲
吳企晉以家藏鈔本見贈紙墨精好如獲百朋追憶往事不
勝獨孤東屏之歎

竹汀居士錢大昕記

典章新集 記

三

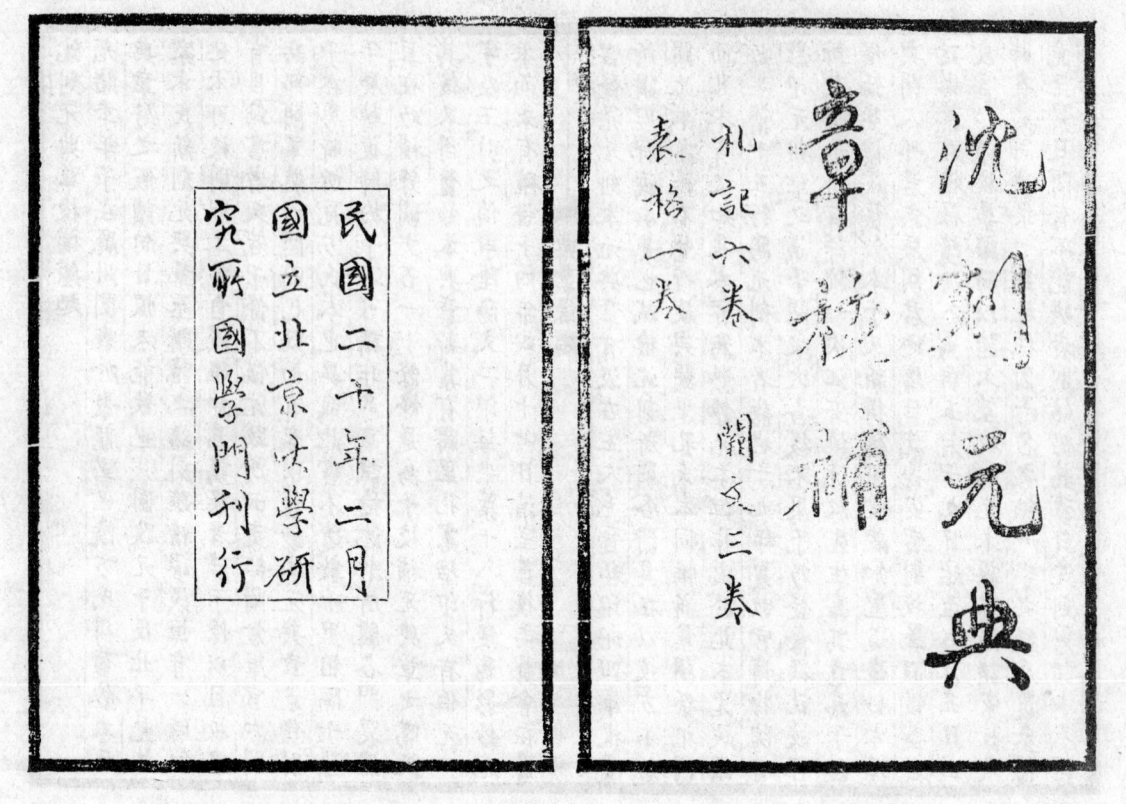

沈刻元典章

章桉補

札記六卷　闕文三卷

表格一卷

民國二十年二月

國立北京大學研

究所國學門刊行

沈刻元典章校補緣起

光緒季年予在廣州閱書於聚龍里巴陵方氏得舊鈔本元
典章好之假讀旬日恨未能致也民國改元于役北平見沈
家本氏新刻元典章亟贖讀之繕刻雖精謬誤恆有一時無
他本可校則以本書自證確知為謬誤者若干條以目證書
有以補闕文百二十餘條是為予校元典章之嚆矢
兵部闕軍裝一門而已既而有客以舊鈔本元典章求售則
其後又得舊鈔本典章新集有闕里孔憲培印又有伯元二
字及王引之伯申陰陽文二印每半葉十八行疑為影鈔元
本而未有確證于十四年四月十七日清室善後委員會在故

卷首一 【緣起】 一 陳氏校補

宮發見元刻本元典章有汲古主人毛晉私印即四庫提要
所謂內府藏本是也試檢沈刻所闕各門具在以校方本所
藏合于所有詳校一次江安傅沅叔先生對聖道齋後郵宮
借涵芬樓藏舊鈔本予又新得藝風堂安宮知聖道齋假鈔本乃
與門人邢君志廉胡君廼庸日就壽安宮對校暑假後姜君
故宮一部校畢繼加以諸本互校知元本誤處經諸家校改
廷彬葉君德祿續加入為自五月十九日始至八月五日止
時有異同欲求一是往往因一名之細一字之微反覆參稽
竟至累日間有不能決者則姑仍其舊計沈刻與諸本不同

之點約有數端曰行款變易諸本每半葉十行或十八行沈
刻獨十三行其吏部六七八等卷則又盡低三格致與其他
節目相淆曰撞頭綴連諸本皆照元本撞頭沈刻獨否雖閱
覽較便然誤連上文之弊即由此而生曰撞頭體改正元本多
用當時俗字沈刻悉為改正然休與禮時有誤改誤擇增損制
葛不清斷為賠後起之文紛然雜出曰詞句增損制
書無確據必多今沈刻刑部卷內此病尤甚必一列
各表橫直線多闕替亂不堪辛元刻尚存足資參照如是整
理又敳越月凡得譌誤衍脱顚倒諸處一萬二千餘條其事
幕所為不知而作至於表格之用端在界畫分明橫直相應
苟失其義則應杖者死應笞者流輕重倒置何以為準沈刻
貿然帳簿之式必多今沈刻刑部卷內此病尤甚必一列
繁瑣難閱也特仿宋樓大防樂書正誤式而少變之盡上寫
並改作表格一卷以今年二月三日全部單行謹誌其人各
於此沈刻元典章校補外有釋例六卷另列單行謹誌其緣起
日沈刻元典章校補

卷首二 【緣起】 二 陳氏校補

右正左平武誤成札記六卷其脱漏字句較多者為闕文三崇
並改作表格一卷以今年二月三日全部單行謹誌其人各本別
右左列成札記六卷其脱漏字句較多者為闕文三崇

一巴陵方氏功惠藏舊鈔本
二南昌彭氏知聖道齋舊鈔本
右二本每半葉十行行廿二字過雙欄頭廿四字
三吳氏繡谷亭影鈔元本前集　今藏予勱耘書屋
四闕里孔氏藏影鈔元本新集　今藏上海涵芬樓
五毛氏汲古閣藏影元刻本　今藏故宮博物院
右三本每半葉十八行行廿六字過雙欄頭廿八字
民國二十年立春前二日新會陳垣援庵甫識

元典章前集六十卷附新集內無卷藏本

不著撰人名氏前集載自世祖即位至延祐七年英宗初政
其書凡十目曰聖政曰朝綱曰臺綱曰吏部曰戶部
曰禮部曰兵部曰刑部曰工部其目凡三百七十有三每
目之中又各分條格新集體例略倣前集皆續載英宗至
治元二年事不分卷數似猶未竟之本也此書始末元史
所定制度宜著為令使吏不得為姦治獄有所遵守英宗至
從之書成名曰大元通制頒行天下凡二千五百三十九
條計其時代正與此書相同而二千五百三十九條之數
不載惟載至治二年金帶御史李端言垣按英宗至
許云金帶一甲戌北邊屬上萬句沈字宗等官令金帶
句通條章端端端端端端端令作作作作端加加加加

〈卷首三〉

〈典章提要〉　一　陳氏攷補

則與此書不相應卷中所載中書省劉亦不相合蓋各為
一編非通制也竑元史以八月成書諸志皆潦草殊不
足徵一代之法制而元經世大典又久已散佚其散見
樂大典者顛倒割裂不可重編遂使百年掌故無成書之
可攷此書顧於當年法令分門臚載兼採摭頗詳固宜存備一
朝之故事然所載皆案牘之文兼雜方言俗語浮詞妨要
者十之七八又體例晉亂漫無端緒省中有置簿編要
寫之語知此乃吏胥鈔記之條格不足以資攷證故初疑
繕錄而終存其目焉

元典章

大元聖政典章前集所載自世祖即位及延祐七年英宗
初政其書凡十目曰聖政曰朝綱曰臺綱曰吏部曰戶
部曰禮部曰兵部曰刑部曰工部其目凡三百七十有三其
工部弓手凡三百七十有三其目自世祖以來新又續
集條例其綱目略倣前集格之細及干續載英宗至
治元二年事不分卷今酌意其出於
為令使吏不得為姦治獄有所遵守英宗至治元年金帶
大元通制頒行天下凡二千五百三十九條計其時與此
集條例其綱目略倣前集格亦幾為卷今酌分為十二
氏李端作言季端則寶沿之誤也姚按元端二十

〈卷首四〉

〈典章提要〉　二　陳氏攷補

胥史所初輯而通制稍加刪定歟此書載案牘之文未免
細碎猥雜又元時陳奏詔令直用當時俗語轉經鈔寫或
有舛誤至今多有不可通曉者矣然一朝制度之詳史所
不書者此略備而又其書尤詳於刑律世謂元時用法頗
慈仁者於此尤可見也

葉行正誤

## 典章目錄

禮記一之一

一

陳氏校補

| | 上 | 下 |
|---|---|---|
| 一背 | 三四時仁宗元廟作四宗如列書 | 九六二條條 |
| | 七仁宗元建十二條原留 | 七六條 |
| 三背 | 二三誤殺殺一下日應有 | 八至元大三年 |
| 六三 | 三齡見三倫十三官處分舊 | 七至大德三年 |
| 七八 | 三齡一日刻五十二庫錢分舊 | 十二延祐三年 |
| 十 | 二背二十十二 | 十四茶場榷場處所 |
| 三 | 三六十一條條 | 十五七侥差占 |
| 四 | 六五條條 | 九應院有務官例一級目下 |
| 七 | 二二二十六二十條降 | 十六副副使司 |
| 十 | 故菱孝節簡孝 | 五六七年 |
| 十二 | 典書下作大三德二年 | 五諸人吏史 |
| 十三 | 二背八聖政門小勘法官吏 | 三一致敗除除 |
| 十 | 故致仕仕 | 三一 |
| 十六 | 二譯澤使史不得得 | 五猪人吏史 |
| 十七 | 三背體典史 | 六至大 |
| 十八 | 選摹擇選 | 九至元大 |
| 四 | 通通例吏 | 三二二十三年 |
| 八 | 典通例吏 | 四軍役喪妻女安無休害棄 |
| 九背 | 五十大德二年 | 七一夫娶婦有青無害棄 |
| 二十 | 八次係第鈔典類書各異目 | 十一至元四十五年 |

## 典章目錄

禮記一之二

二

陳氏校補

| | 上 | 下 |
|---|---|---|
| 十二 | 鈉鄉殺稅稅 | 四一禁約有冒指目無書司 |
| 十三 | 應見日使日至大門二十四年字義 | 七御卿方幾！ |
| 七 | 勸勸農興物農業類書各異目 | 七水水路御卿 |
| 十 | 二次勒勸農業泰司 | 十一至元十三年 |
| 四背 | 牛牛肉馬 | 六背寧上鶯位有相名建守四 |
| 五 | 延延祐七二年 | 一二宇上鶯位相名建守四 |
| 六 | 八至大元入年 | 三一至元十二年 |
| 八 | 差差資法 | 七十二至元九十年 |
| 一背 | 至大二三數 | 七條禁有復日撮項無書一 |
| 二 | 估估體質 | 二背禁有復撮頂無書一 |
| 三 | 諸諸物對物估體 | 三論婚姻喪禮親朝葦下去漏一指目度 |

## 典章目錄

十 至大二年至大三年
十一 遷徙 遷徙條有目立書碑
二背 官員有坐墳立書碑
三 載祀記三 皇發錢數
五 祭祀記三
六 祭祀記三
七 字此知行此以本實有從吳氏編圖
八 闔藏蓋方氏彭氏雨剝剜一圓目錄
九 社支郊各社有因媷下目圖
十 兩立不過止享雨祭祭一圓下祭
一 人人病病禱祭不禁
十八 學校校

二十七 學校校
一 學校校
十二 整治學校
十一 科舉舉程式
十二背 學校二
八背 醫學官校一俸例書作
九背 至至元大
十七 拔拔判判
十 老差弱弱
九 總魏阿陶陳張
九背 祝探馬馬赤赤軍軀
十三 八六年三十三年
二二 三二十二十三年年

十三背 刀刀手手
十二背 至至大元元年
二背 至至大德三三年
五 醫籌歲歲
十三 回同還遠
五背 休體奏奏和租
六 取收帶帶
七背 嶋嶋趙趙
九背 嶋嶋趙趙
七 攬攬民名
一大夫大大夫虫虫

---

## 典章目錄

三 至元五玩四年
四二背 六背 妻親屬屬
七背 本時多元敺吏
十 歐吏本時多元政作殺此
四五背 贓草草
三背 十一十一年
十 枝枝子手
十三背 至至元大
二 朝河廣廣
十一 胡朝廣廣
十二 告告攔攔下月
八 傍傍務俸
五背 至至大德元三年
一 戶戶計詞訴訟
十三背 閭閭居居
五背 富寬私和鹽
二 餘廳有訟目關無書觀一
七 詞詞獄訟
三 至至大元元
五 至元五玩四年
八 李李蕭蕭遺下月
五 寺寺李李蕭蕭美人人口口

九 驀驀良反
十 禁禁地地內地
十三 禁禁地地內地
四一 至至元五三二年年
八 枝枝故故
十三背 至至大元元年
七 文文老案案
九背 苦詐苦詐盜從盜
十一背 發發贓贓盜
十 盜從支支贓贓驅驅鎗鎗馬馬
六背 償償機機盜買盜買
九 閩閭房房男二作條與目圖
五 典典賣賣羊羊
十 教敎寧寧
十三 道道火火燒死死節倒繁一下漏
四背 條三月有禁典無書音一
一 祈祈賽賽
三 流流民反

## 典章目錄

| | | |
|---|---|---|
| 十三 | 禁治印信與禁治僧 | 二二十九年 |
| 人樣有目無青僧 | | |
| 空二 | 綸絲縷絲 | 五背三四年 |
| 八背 | 綸絲縷絲 | |
| 三 | | |
| 四 | 許休用用 | |
| 五 | 靴靴就靴 | |
| 五背 | 靴靴就靴 | |
| 九 | 至至大德元年 | |
| 五背 | 至至大元年 | |
| 六 | 二二十一三年 休休字 | |
| 一 | 二二十一年 | |
| 四 | 本現多元段作見此 | |
| 五 | 公官廟麻 | |
| 十 | 附附薄籍 | |

礼記一之五

五　陳氏校補

## 典章一　詔令

| 葉行 | 正誤 | | |
|---|---|---|---|
| 一 | 四 | 遠疊興興 | 四背 內閑附閑可以字久虛 |
| | 十 | 聯驛聯驛 | 九 元不無可以字乏虻 |
| | 八背 | 揚花於 | 八背 元不可以字乏虛 |
| 二 | 九 | 以以 | 三 共此此 |
| | 四背 | 宣布 | 六 聯恭恭承承 |
| 三 | 八 | 宜布 | 九 有司次以次 |
| | 七 | 往後以以 | 十 四刻元空宗廟行號預備 |
| 四 | 四 | 聖神武武 | 十一背 事皇太后 |
| | 四背 | 神武 | 十三 今今十月 |
| | 三背 | 樂登以以 | |
| 四三背 | 聖旨旨節丈 | | |
| 七 | 四一二一二介 | | |
| 八 | 數數條條 | | |

礼記一之六

一　陳氏校補

**札冠一之七**

**〈典章二〉 聖政一**

| 葉行 | 正誤 |
|---|---|

右起各條（上欄）：

- 一四　御史臺官
- 一五／八　不肯一處
- 三　幹幹耳朶
- 四　除除邪耶
- 三　推推教教
- 四　安安者省
- 五　將將省省
- 四　依依省省
- 五　他他們姓名申臺
- 六　受受勑勑
- 一　官中寧書行官
- 以上官員
- 勉勉勤力
- 作作成養
- 敕敕登詔實位記書
- 帝帶切切存恤
- 器器降降
- 判判署
- 稅稅斂斂
- 病病陣疹
- 勞苦苦勞
- 肅廉政訪廉訪司

下欄各條：

- 七　果間奏間
- 九　廉訪司官官吏
- 六　考課而為為
- 五背　勤勤幹幹
- 十　欽奉皇帝重旨
- 六　益之心
- 六　滿滿省行省臺
- 平定定
- 十二　遞遞當當下月
- 三十　通遍行行
- 至二背　理理問閣
- 頭頭目目
- 至六　並施行刻治治
- 至七　漏漏籍籍
- 七　休依占占
- 十三　差差役役
- 十七　判判署正官　下月
- 三背　肅廉政訪廉訪司　下月
- 十二背　增增添添　課程
- 四　徵徵名名
- 九　巳巳令今
- 三六　幹幹脫脫

---

**札記一之八**

**〈典章三〉 聖政二**

| 葉行 | 正誤 |
|---|---|

右起各條（上欄）：

- 一　淫刑
- 二背　逃送
- 三　安居民民
- 六　有又又
- 六背　打打
- 六　詳詳　呵
- 五背　均量當量
- 四　珠藥
- 五　丈丈
- 五　每人給
- 七背　人給
- 七五　鵁鶄鵁鶄
- 十背　腸腸
- 五　俟食
- 八　賤給絹
- 九　隨惠業業
- 二背　寶寶
- 五　官擢禮
- 六　聖旨依
- 七　皇帝聖旨
- 六背　齋戒潔
- 八　從本通道

下欄各條：

- 三背　稅銀報鈔
- 四　地稅鈔時分
- 九　收收時時分
- 十　多取取
- 十三　簡簡詞訟
- 字元年之八本無
- 六　其取
- 三背　肅政訪康訪司
- 十五　正月初五見正月初五
- 十六背　社長里正首至首
- 十五　湮澤吉吉
- 十　作實位元
- 六　大大位元
- 一　減一半年
- 九　字十五
- 肅政訪康訪司
- 早隨下例即漏即發遣者重申明叚
- 五　應北罪者
- 四　妻妾夬佳
- 肅康政訪康訪司
- 巳巳
- 八　蠲從驛從免

**上欄**

卅八　外處

十三　外處　諸者

十三背　相相　告告　言者

至三　寧寧　有有　中遠　遠通　外通

至三背　調調

至三調

四　今冬　十一月

十　妻妾　奴婢　各殺　處主

九背　其其　妻妻　妾妾　奴奴　婢婢　殺殺　主夫

七背　已已　發未　覺覺

五　但但　犯犯

一　但但　兄兄

十三　自延祐七七年年

元十　以二本字

元　以一本二及字無

札記一之九

《典章三　聖政二》

二

陳氏校補

---

**下欄**

葉行　　正誤

十三　更更　隨處　處處

一七背　不作　不蘭　蘭溪　溪美　元

三背　聖索　旨旨

六　戌戌　就就　上生

八　覺覺　上生

十三　江西省

十三　宰寧　就職

九背　省部　陳呈告何可

四　省陳　驗驗

一　辨辨　行刑

三　經營　舊舊體體　剗剗　往直徑直

二　遣差　菩舊　體剗　往徑直

一二背　有不題說的三字元本

五　委季　奏付

十一　分分者　勺勺當當的官官人人

十　多多

八　尚尚書書各省

三　素素　煩煩

二　行行　七月月

十二　事行行禮體

札記一之十

《典章四　朝綱》

一

陳氏校補

十一　御史史言言　所言

九四三一二　定定章度　監察察御史言所言

八二一　糾究問問

三　明明立正案索驗驗

一背　蕭蕭政政詻詻司　廉廉政政詻詻司

十二三　兄兄又又與與利利可可　宣宣慰慰司

十二　賓賓起起元　諸訟訴訟人人

十　許許越越

七大背　泰泰熙熙詳

六十　認條除詔

十二　土地土地番錢緩

六　事同　御史史

## 典章五　臺綱一

札記一之十一

陳氏校補　一

| 葉 | 行 | 正 | 誤 |
|---|---|---|---|
| 一 | 三 | 今 | 令 |
| | | 委 | 委 |
| 一 | 乙背 | 官品 | 官品 |
| 二 | | 榮寮 | 增到增餘 |
| 二背 | | | 若有辦到增餘 |
| 二 | 二背 | 體體 | 裹裏 |
| 三背 | | | |
| 四 | | 挑執 | 褙褙 |
| | | 執勢 | |
| 五 | | 都察 | 都寮 |
| 七 | | 阻阻 | 澳漿 |
| 九 | | 愁慈 | 表表 |
| 十 | | 書吏 | 書吏 |
| 三背 | | 起表 | 起表 |
| 三 | | 書史 書吏 | 自正 |
| 百所 | | 官吏 | 自正 |

| 葉 | 行 | 正 | 誤 |
|---|---|---|---|
| 七 | 三背 | 申報者 | 申報者 |
| 六 | 五 | 刷磨 | 磨刷 |
| 五 | 五 | 一背 | 此下年月十五日的十二箇字兒 |
| | 一 | 肅政訪廉 | 廉訪司 |
| | 一背 | 肅政訪廉 | 廉訪司 |
| | | 不發 | 不發 |
| | 十二 | 本管臺官 | |
| | 六 | 不盡 | 不盡 |
| | | 不為 | 不為 |
| | | 監察御史 | |
| | | 每季 | 察心 |
| 犬 | | 邸那裏昭刷 季招刷 | |
| 五 | | 法詳 齎持 挟 | 二十二五斤月 |

## 典章六　臺綱二

札記一之十二

陳氏校補　一

| 葉 | 行 | 正 | 誤 |
|---|---|---|---|
| 四 | 暗 | 油火 | 油火 |
| | 二 | 素素 | 頻繁 |
| | 七 | 除著 | 除著 |
| | 五 | 卲卯 | 提揆 |
| | 四暗 | 紉寃 | 切圾 |
| | 三 | 沮阻 | 澳壞 |
| | 三背 | 常富 | 澳壞 |
| | 二 | 沮阻 | 澳壞 |
| | 二背 | 公官 | 吏吏 |
| | 七 | 卒卒 | 番害 異異 |
| | 一六背 | 審審 | 過追 |

| 葉 | 行 | 正 | 誤 |
|---|---|---|---|
| 十 | 五 | 初初四七日 | |
| 九 | 一 | 體體 察著 尋著 | |
| 八 | 十二 | 伏伏 著者 省 | |
| | 十二 | 體體 察著 省 | |
| 七 | 五背 | 去者 處處 | |
| | 二 | 工匠 | |
| | 一 | 官官 庫庫 內 | |
| | 六背 | 因因 生日 | |
| | | 逞旌 旌旋 | |
| | 五七 | 卲卯 提揆 伏伏 | |
| 五 | 九 | 卲卯 提揆刑按察司依理 | |
| | 五 | 應應 副付 | |

| 葉 | 行 | 正 | 誤 |
|---|---|---|---|
| 十 | 十 | 行行 有來 有有 來來 | |
| | | 平平 章意 知知 | |
| 九 | 十七 | 休休 體體 裹而皮皮 | |
| 三背 | 十二 | 阿阿 合馬 合馬 | |
| 四 | 三 | 肅政 訪廉 廉訪司 | |
| 三 | 二 | 外外 頭官 臺裏官 | |
| 二 | | 奴婢 婢奴 | |
| 十一 | 二背 | 言言 語語 的的 人有 | |
| | 二背 | 近近 間聞 人人 有有 | |
| | 十三 | 損損 字有根底 | |
| 十三 | | 如如 今令 | |
| 十一 | 四 | 到到 大都道 | |
| | 十三 | 令令 富富 宇宇 行 | |
| | 八 | 怎怎 生生 廉廉 道 | |
| | | 存存 留留 | |
| 七背 | | 宣宣 使史 | |
| | 七 | 差差 監察 每每 | |
| 六 | 二十 | 四十四日 | |
| | 三 | 休休 體體 裹追問 功人 | |
| | 十四 | 在在 體察 裹追問 功人員像前 | |
| 十七 | 二 | 來來 有的的 | |
| | 一背 | 初十七日 | |
| | | 有來 來來 | |

## 典章六 臺綱二

二

陳氏校補

（校補表，豎行自右至左）

| 條 | 行 | 正誤 |
|---|---|---|
| 七 | 酌量 | 約照 上半年下半年 |
| 十七 | 巡照 | 巡照 批照 ／ 吏員 吏員 |
| 十八 | 廉訪 | 廉訪司 分司 ／ 止上 荆剌前 |
| 十九 | 應奏 | 添入橫綵 ／ 檢校 檢勘有 |
| 廿 | 功判 | 殼殼座道 ／ 檢校 共貴共費 |
| （背） | 卷宗 | 宗衆數 ／ 照刷 仍未刷絕前刷未絕 |
| 五一 | 照刷 | 照刷竜杠 ／ 照刷 今仍未刷此 |
| 五 | 桑哥 | 桑哥入 ／ 未付 未鈔改元作鈔此 |
| 六 | 桑哥 | 桑哥人 ／ 揭揭有 揭揭有先作 |
| 七 | 不理 | 合合 ／ 附省 湖廣省依依咨 |
| 八 | 奏哥 | 奸奸夊人 ／ 具其 具其有 |
| 九背 | 後囘 | 後囘 ／ 宣宣 宣宣俊史 |
| 五 | 文書卷 | 文書 |
| 七背 | 選了均勻當 | 勻當當 |
| 十三 | 斷斷 | 但斷究究 ／ 招招 招伏震 |
| 十一 | 省省 | 咨來咨咨 ／ 選遷 遷運違 |
| 十 | 招選 | 但任 令令 ／ 仍仍 |
| 九背 | 之七 | 廉廉訪訪司 |
| 十四 | 斷斷 | 罪罪過過來 ／ 十二 以外後 過來 |

---

## 典章七 吏部一

一

陳氏校補

（校補表，豎行自右至左）

| 條 | 行 | 正誤 |
|---|---|---|
| 一 | 應正移 | 上品 格字 ／ 覩遷 則賦金五人匠下 |
| 背 | 在中闕格同 | 儀府同之字前應移 ／ 漏異樣五局一人匠下 |
| 二 | 重後龍虎 | 虎武符符別二字 ／ 士府亞集翰林小侍護學 |
| 三少 | 知應下 | 不三相品以應下先生 ／ 院赤同政 |
| 十 | 行御臺史同大三夫 | 宣政院等承應有 ／ 達剌亦赤宇 |
| 十二背 | 同知徽政院事上元有 | 今 ／ 中下尤層太晉行儀總管民一項 |
| 二 | 一背 行御史刲哈孫孫下月 | ／ 同自僉密院知院一事 |
| 五十 | 南寧軍 | ／ 應同上一項漏一事三行一格應 |
| 六八 | 遠霫魯花赤 | ／ 低低同屬三院小下漏行 |
| 札記一之二十四 | | |
| 七 | 應低處轉如 | 一三格 ／ 嚴嚴政院中議一 |
| 十二 | 正應五 | 真徽正葉背十八行十三格錯至 ／ 都運各二三院同密下宇互易 |
| 四背 | 簡書侍御史 | 十以下葉背十四行正錯至 ／ 提舉赤乘處花 |
| 六 | 治中 | 葉樣 ／ 諸路同密下宇漏行 |
| 九 | 軍民在職十以下 | 十八行錯至 ／ 院諸路漏三項 |
| 指指揮司使 | | ／ 都鎮撫司轉運使司副同 |
| 十二背 | 總管府治中 | ／ 息應元運使副使 |
| 三 | 總管府治中 | ／ 茶都轉運使 |
| 五 | 漕運 | ／ 茶都運各司 |
| 八 | 禎榼茶鹽等戶應 | ／ 茶鹽罘園 |
| 十一 | 作幼綿 | 鍤綿錦 ／ 鎮真 |
| 十三 | 田鷹捕房下打涌捕下安鸙屯 | ／ 各各衛衛 |

## 札記一之十五　《典章七　吏部一》

二　陳氏校補

| 〔二五〕 | 〔九〕 | 〔十〕 | 〔五〕 | 〔八〕 | 〔十三〕 | 〔七〕 | 〔六一〕 | 〔十〕 | 〔七三〕 | 〔七一〕 | 〔七三〕 |
|---|---|---|---|---|---|---|---|---|---|---|---|
| 平准惠局平二行 | 上典惠民弓行平二行 | 内史司農司 | 有惠大民都弓同三小字漏 | 平漫漫 | 大寺晉下 | 侯下應唐與輕有太 | 行應唐寺晉以應下平七 | 副副衛衛侯侯 | 有體大泉倉同三大使下字應 | 中書省有 | 一丈字字一行 |

| 〔七二〕 | 〔三同同州〕 | 〔九〕 樓財局歐三下小漏字異 | 〔二〕 新新運遲運同同 | 〔八背〕 湖河廣博大蒙軍 | 〔九〕 店招討司州蒙萬古元府帥府漏九字 | 〔毛一〕 下同五是百戶上漏八一千字戶 | 〔二〕 背軍器 | 〔中山山〕 | 〔三〕 蒙失作失十四 | 〔四〕 發失匠正局 | 〔五〕 平漫漫 |

---

## 札記一之十六　《典章七　吏部一》

三　陳氏校補

| 〔二五〕 | 〔十〕 | 〔六一〕 | 〔四〕 | 〔八〕 | 〔六〕 | 〔八〕 | 〔十〕 | 〔五〕 | 〔七〕 | 〔十一〕 | 〔十三〕 |
|---|---|---|---|---|---|---|---|---|---|---|---|
| 司晨農郎 | 李奉禮記郎 | 字同應提下副 | 千千戶戶 | 高高郎州 | 高堂府州 | 軍草州州 | 定稅州 | 法發勾勾 | 都郡泉倉同 | 管都泉倉同 | 體勸教助同下 |

| 〔九〕 胊村材村 | 〔六〕 都功德使司德使司 | 〔三〕 真定撫撫 | 〔十三〕 正都御造四字相應作大 | 〔十二〕 副卽司申匠 | 〔六〕 少府監諸司用 | 〔十三〕 勤農司 | 〔十二〕 上尚供資課軍提舉漏一中項啟 | 〔三〕 宣諸統軍都提舉漏一中項啟 | 〔三背〕 應後作一尚醫舍技 | 〔九〕 尚南醫 |

札記一之十七

**典章七 吏部一**

四　　　陳氏校補

罕
一　璡源會倉會
十　蕭源所匠會／裘裳衾表
十三
令一般項下小字漏市及諸衙用
尉院斷事官一名項小字漏及諸衙應用
院等管事一名項小字漏密
俊知一事項下小字漏用
五成庫、大承都章平準珍行
七嚴項小字上都章平準行用
柴炭局莊七項小字上都

札記一之十八

**典章八 吏部二**

一　　　陳氏校補

葉行　正誤
一　二表　正正三品
三　　　三品
背　行亥古司司
六　考歷比省樣等等
七　考滿省樣等等
八　統制院院
背　譯史
一　譯史漏省
三　表承差差
二　　一　皆此青葉橫直數處改及作字句
十一　後二十十
三十　背另從九行四起
二　背另從九行

八　三　如如元無
十二　月日月日
七　一　已巳／九　令量量／稅後咨資
五　背　江淮注江淮／未末／後新後新收收
七　勾勾
四　相應左　相
二　開開當當迴迴
二　諳盤生容
五　諳盤益
十　吏史目目内内月月
九　有省公合迴迴避避
八　敕試此此／交交
九　訣此此

十六　分分開開
十三　阿阿委付
三　依依著首
一　背　顏親顏著
十三　左丞丞相伯兒／十二七　七伯兒／格相參勾當
十　應色目行漢項迴避
九　省省
八　交交
十五　父父兄子
五　於至至元
一　典吏更史
十三　典吏更史
十三　遇過部令史有闕轉用同／令史省闕
十二　宣宣使
十　工上部部
九　背　譯令史字上元
十一　令令得得
十二　復緩任任同
五　所少月明日
七　考歷等等
十一　同三考考
五　本本等年
四　諸自行九品

一〇一四

## 典章八　吏部二

札記一之十九

（二）　陳氏校補

| 十 方為萬得 | 一背 本本管官司 | 四 惟推文資 | 五 官員例陳 | 六 官員有闕閒文 | 十五 摘捕附陳 | 十二 補别刑 | 十三 除授附 | 四 二十十五年用本官究 | 二背 出省二十十五年用本官究 | 九 欽敕授奉 | 十四 庶幾兒 |

| 六 如禮部所願 | 二背 以比字相行 | 一背 此字行 | 七 上尊號 | 九背 上尊號 | 二背 以比字相行備行 | 十三 說將來的的 | 五 根腳根腳 | 二一 庭道聖旨 | 六背 應合省有无 | 二背 應至省有 | 九 呈至省勤勤 |

| 十三 無原解由 | 七 令參議裏 | 六 照例参行依 | 四 例照字例以應别有 | 三背 諸官品以下另行 | 五 流疏外外 | 九 若有媽慶長子四字滿 | 十 入品職職 | 一背 守填守填 | 三 守填守填 | 四 依格例例 | 五 依依 | 十三 作清青冊即元 |

| 十 父祖祖父 | 三 中間閒 | 七 今令後後 | 三背 應副付下月 | 十三 應應 | 七 依例依 | 三背 依例依 | 三 發兒兒 | 四 狼狠依低 | 七 孫別男兒 | 二十七年 | 十七 人人民民之牧民之官无官 | 十 人民 | 五背 及及字本元省无 |

---

## 典章八　吏部二

札記一之二十

（三）　陳氏校補

| 五背 通逼除除 | 四 根根脚底 | 三背 官正七正七品品 | 五一 止正令令无原 | 十三背 别别敉敉 | 十三 去唐无无 | 六 管民官 | 五 吏體部禮部 | 七 行行若所 | 十六 更為萬所 |

| 五 使使受受 | 一背 恰恰似似 | 十三 術門自委 | 九 舊循舊循省下漏 | 三背 淡參此政下漏 | 十二 乃乃壁壁多多 | 一 文本從行七正七品均均另行 | 十六 二十箇月與字下无七一百箇 | 五 文本行七正品六品均另行 | 四 孫老字行六正品均另行 | 六 歷歷仕仕子孫 |

| 十二 目今 | 十 曾曾无原對對誤 | 八 發寫窈窕對誤 | 四 總把管 | 一背 宣慰懇使司 | 三 不去赴住 | 二一 便便要受 | 七 術術門裏裏 | 二一 蹚蹽得了 |

| 四 我我覩覩 | 一 應又至行无 | 十三 閒閒習習 | 八 振振密密院院容 | 七 漢從兒兒 | 四 應又至行无 | 九 有應一管軍宇上行无 | 四 漏漏告一宇元 | 三 熟熟閒閟下 |

## 典章八 吏部二

（上欄　右起）

六　突哥省著侔錢鈔

七　突來的阿可

九　弟兄見兄

三背　世聖祖祖

六　小兒茲兒孩

二增　增增……

五　合合議議

元　圓元月

八　流號外外

三二　伏閞官漏見　詔詔書官員七字江雅

四　便隨都下省

札記一之二一

三二一　便漏朝奏板過用奉如爲長

九　七識識內內

十　久人難難

五　首首到到

九背　本下部部

七　行宣前恩併司亦另行背三

十　典出自身

四背　遷銓任可添

十一　出出任任

五　行廉前訪併司亦另行少一

《典章八　吏部二》

四

陳氏校補

（下欄　右起）

五　筒三十無月

四　依依例吏

一三此兩均蒙典政爲典史三十

九　運連見赤亦不花花

八　作相稱銜門元下同

二背　部部擬議門元下同

三　出出職職下同

十二　文各件已委另行下

五　支各件件另及另行下

三　正正從從史

二　正正德德三品

一　大大德德字元德行元

十三　文奏前差件廉訪均司及下

各間　十二背

十背　萬九箇九行德行元無月

九　皇年皇字元筒無月

三背六　作仔惡惡子細元

十背　闕闕聞名名

七　字此皆除爲每元筒月之無箇

九背　宗案續續

九　剔別陞陞一等等

五　休體那那般狀

四　應翔

宇

---

## 典章八 吏部二

（右起）

十　轉博補補使司

四晴　覺寶元恩無司通籍

五　檢撿元佟書吏

六　及諸部元

八　省貢貢吏

十背　省歲史

四　省另前行件元

八　躍蹕元

十三　另前超繼

三背　一考轉補補

五　人久難難

九　內字數行內

札記一之二二

（下欄　右起）

十　史贊宇典史行之外

十三　合各宇差衍

十三　之奏與興

二　另行件元

五背　頒須發發寫

五　陸州字吏衍陞轉補

十三　二十一二十八日

一　平以准珉准珉

五　作趙作珉

一　點典差差

五　人久難難

四背　中中書省省

《典章八　吏部二》

五

陳氏校補

**《典章九 吏部三》**

| 葉行 | | |
|---|---|---|
| 一 廿 | 正譌 | 四 黄藜 功切 |
| | 中書省 | |
| 二 背 | 五 仕官即目 | 五 背 交發 偷他 |
| | 承呈奉 | |
| 八 | 呈月日 | 六 商高 議堂 |
| 十二 | 此奉到 | 九 又文 幹特 |
| 十三 | 委此 | 十 絶把 超總 |
| 一 | 前前 | 十二 把總 |
| 十三 | 浙江 西西 | 一 背 河河 塔塔 兜兜 |
| 三 背 | 仕化 官官 | 二 上臨 時差 字時 行尚 簡 |
| 五 | 覲覲 年身 七七 十 | 六背 元正 作六五 金品 銀牌 |
| 三 七 | 官司 司員 | 七千 元正 五品 |
| 三 三 | 哥哥 哥二 | 十五 十百 名名 |
| 六 八 | 賀員 員還 過還 | 八 司司 官用 心心 |
| 四 | 時時 分分 | 一 司官 用心 |
| 八 背 | 些些 當當 裏裏 | 三 省省 休體 差差 |
| 九 | 勾勾 大大 | 六 代代 差差 占占 |
| 十二 | 廉勤 司司 管管 | 十 寅題 祝祝 |
| 十三 | 長長 孫孫 媳媳 | 三 議議 得得 |
| 五 | 體體 倒倒 閣閣 | 四 宜體 准准 |
| 七 | 他他 孫孫 的的 | 十三 帖帖 粘粘 帶帶 |
| 十 | 他每 的的 | 十二 帖帖 木木 兒耳 下月 |
| 廿二 | 察知 宣宣 | 三背 選揀 神神 依依 |
| 一背 | 欽欽 此此 容容 蒲蒲 | 三 他他 城城 依依 |
| 九 | 用著 著著 | 九 虎虎 城城 |

**《典章九 吏部三》**

| | | 作疾 四行 |
|---|---|---|
| 十三 | 多多 令今 | 十三 似似 刺刺 委委 |
| 十二 | 剌剌 付來 來來 | 四 爲爲 頭頭 六行十行同 |
| 四 | 令今 木木 兒耳 | 五 依依 著著 |
| 六 | 求來 後後 | 三背 偏偏 情情 |
| 十六 背 | 有有 姓姓 的的 漢漢 兒兒 | 四 固固 可可 |
| 十三 | 他他 每每 的的 | 六 議議 受受 |
| 十二 | 依依 省省 兒兒 | 七 偏偏 君類 欵 |
| 十三 | 欽欽 臺臺 依依 | 九 官官 職職 |
| 三 | 木木 省省 下下 | 十 貢貢 罰罰 |
| 二背 | 設設 捌掛 下下 十三行同 | 十三 總總 管管 |
| 十 | 依依 各各 十三行同 | 十一 作朱 朱全 全祐 祐元 |
| 十二 | 試試 著著 | 十二 差差 授授 司 |
| | 應應 | 十三 宜宣 令令 |
| 二 | 私私 扣扣 | 六 并升 二二 |
| 四 | 司司 拿拿 | 七 丁丁 利利 千千 去去 定定 |
| 七背 | 提提 得得 興興 | 八 即即 去去 者者 |
| 十二 | 已有 有有 定定 | 九 熙熙 詳詳 |
| 七 | 提提 擎擎 | 五背 每每 歲歲 貢貢 唐遷 考任 即者 限陞 正正 |
| 十三 | 有有 | 十二 依依 易易 |
| 十三 | 別別 熱熱 | 十三 前前 全例 |
| 十二 | 依體 易易 | 十一 考之之人 學舉 正正 |
| 十三 | 拋拋 泥泥 著著 | 四 求求 敏取 |
| 九 | 應應 興興 | 九 處處 興興 城城 |
| 十 | 亦此 爲爲 此行 | 八 必必 當得 |

札記一之二五

《典章九 吏部三》

三 陳氏拔補

札記一之二六

《典章九 吏部三》

四 陳氏拔補

**《典章十　吏部四》**　札記之二七

| 葉行 | | |
|---|---|---|
| 正誤 | | |

一　七
名閭閭　告呈呈　背

二　八　倒剜隔倒　倒剜隔倒　行華　背

三　七　保結不絞結　保官官員　保結結　背

明德參詳　明元貞以下　行以下元　字見廳前小例　注三

四　五　大德參詳　十　八　下中

五　三　合合无原　宜宜立法　六　背　從宜　中宜路看

七　五　俱具合合　十二　鈐鈴　五　背　辨講試弐　八　力行仕　頂不　九　在令吏吏　作除部部　一　本在令今吏吏部部　三　員今公家家下　四　因不須下　勾請奏准來除員　五　二十三字　錯路簡在第八齋　今官

十　王背　原疑敕　詔詔伏狀　七　得得直勸部省　六　省著部部　八　背　未未承禮任住元　九　地地裏禮任住　十　請客照請照　六　似火兒兒　八　哎限外令旨　九　兵兵馬司

一　陳氏校補

**《典章十　吏部四》**　札記一之二八

十一　令令誤過　九　呈呈承奉中書省　八　署設立官　十二　載敕字行色戶　十二　五十月變奉　十三　呈呈承奉中書省　九　一　其職名

十三　十二　曾受宣敕　宣載敕　六　背　二十六日日行　七　兗戔戔州　州路長官　八　賈賈悅照　悅隔限　一　背　照照詞會　十二　禮理任住各官

十四　七　去夭的人　十一　遠近來來期限　十三　方方內行　五　方才內行　一　面而字行　九　遠各務各官　二　禮理任住　三十一年三十一年　十四　載敕字奉此

十五　四　背　說表廳直政線作有錯　十三　有有近來年年　十六　先先的行　十　江浙行省　十七　浙道道泰阿　五　體本倒阿　二　趙閘閘閘容　九　中書書省書省容　十八　赴北仕仕類內　一　陳氏校補

葉行　正　誤

## 《典章十一 吏部五》

禮記一之二九

| 葉行 | 正 | 誤 |
|---|---|---|
| 一七 | 管民長官 | 令管民長官 |
| 八 | 分令宣 | |
| 五背 | 赤水輕重 | 亦水輕重 |
| 四背 | 首領官權裏裏體 | |
| 五 | 平平陽路 | |
| 七 | 美羹胡成 | |
| 六 | 署署 | |
| 九 | 聞泰開 | |
| 二三 | 兼妻開 | |
| 十二 | 二十三年 | |
| 八 | 兼管勸農事 | |
| 十二 | 合令從 | |
| 三背 | 休體管管 下同 | |
| 十 | 差使裏使裏勾當 | |
| 九 | 體體裏救裏救 | |
| 一 | 罪罪過者 | |
| 三 | 新浙江行省 | |
| 四 | 江有有無元 | |
| 六 | 管著省無元 | |
| 七 | 有有無元 | |
| 八 | 今後後交交 | |
| 十二 | 休體交交 | |
| 二 | 小二字致應 | |
| 三 | 圓圓生生 | |
| 四 | 天天壽 | |
| 三 | 馬萬老程 | |
| 二 | 五立十四日 | |
| 十四 | 面限到限 | |
| 二 | 元無定 | |
| 四 | 即日目 | |
| 二 | 具呈呈定詳 | |
| 十三 | 平千陽路 | |
| 十二 | 宇切本見衎一切 | |
| 八 | 釣欽你此 | |
| 六 | 求求仕仕 | |
| 一背 | 萬老程 | |
| 六五 | 三十日 | |
| 十一 | 假誤字飯衍 | |
| 十三 | 假限 | |
| 九 | 面呈詳 | |
| 七 | 即日目 | |
| 十三 | 平千陽路 | |
| 三 | 魯理仕仕差出出差 | |
| 七 | 背合無血 | |
| 八背 | 得不字衍照 | |
| 七 | 去去之 | |
| 五二 | 休體閒閒 | |
| 三背 | 蚴約怠怠 | |
| 十二 | 中中書書省咎咎 | |
| 七 | 八八年五月 | |
| 十三 | 患病患患 | |
| 寒寒食食 | 各咎省省元 | |
| 八 | 面呈病病患 | |
| 五五 | 十五日 | |
| 七 | 間又十一月 | |

陳氏校補　一

## 《典章十一 吏部五》

禮記一之三十

| 葉行 | 正 | 誤 |
|---|---|---|
| 三 | 禮理仕仕 | |
| 一背 | 一變小上字漏敘寫送 | |
| 四 | 審申後項後項内備細細 | |
| 六 | 諸蒲乞乞乞乞 | |
| 十 | 今今用用 | |
| 一背 | 伏乞鄉卿病病戚 | |
| 五 | 疾病病戚 | |
| 六 | 存存留者 | |
| 七 | 目目今今 | |
| 八 | 界界吾吾覺若 | |
| 十二 | 真即元云示云 | |
| 六 | 病處患病 | |
| 五 | 月月 | |
| 二背 | 元離月月復聽職仕 | |
| 八 | 元職無職宇宇 | |
| 二背 | 元州銀觀縣官宇員 | |
| 十三 | 不不罷官宇員 | |
| 十二 | 准准中陛 | |
| 十一 | 馬病此除別刪行化 | |
| 十三 | 别官更刪 | |
| 十 | 箇字十行筍月 | |
| 六背 | 二十四日四日 | |
| 七 | 簡字七行筍月 | |
| 十二 | 內內一款 | |
| 十四 | 武成撥某司 | |
| 六 | 許許求敘致右 | |
| 十三 | 至至求自任止止 | |
| 四 | 於於元院刑作病右 | |
| 二 | 之患之仕仕 | |
| 四 | 不不罷先之仕任 | |
| 十一 | 依例例定奇尋 | |
| 九 | 其其原任仕 | |
| 一背 | 若曾不曾不曾歷仕歷仕注則云云 | |
| 十三 | 任任職職 | |
| 七 | 勤尋元勤作勉 | |
| 五 | 次久任任 | |
| 二 | 初叙任任 | |
| 一 | 撤叙職職 | |
| 一背 | 一背月月無原下同 | |
| 十三 | 二以元原宇衎 | |
| 七 | 如如元數勅 | |
| 十二 | 二以過失字衎 | |
| 八 | 異界吾吾覺若 | |
| 十二 | 直即元云示云 | |
| 八 | 元本二款易先後 | |
| 八 | 病處患病 | |
| 七 | 撤叙蘧蘧 | |

陳氏校補　二

## 《典章十一》 吏部五

札記一之三一

陳氏枝富

一 如不有不曾提掇照

二 如有不曾提掇照

三 不有不曾

六 保件申申

十 你給綸

七 公司 公私

八 不同 不同問

十二 公作 公侔

七 首揩 首揩元格文下

六 駕元 駕諸官行員

十二 應諸官行員

一 醫體 醫體

十二 容咨 容咨中書省省咨先

六 剗到 剗到准中書省咨先

九 先先 先元元作坒

十一 失過 失過後同

八 近日 近日狀下有無獲到文何懸官十同

五 字三小 字三小或

四 作厲 作厲厭未元

二 收到 收到尚未

一 永呈 永呈奉請藏請

十二 安者 安者易藏另議

八 審富 審富

十三 末外 末外字已行

十二 也此 也此字行

五 由選 由選遞遷

三 二由 由由字都行省

八 滿任 滿任都行省

五 寧息 寧息

一 准文 准中書書

八 原料 原料帶案案

六 無職 無職

九 人之 人之難難

一 又資 文又資

三 保件 保件申申

雲 數目 數九數目

三五 異是 異是直直公公接撥

八 無徑 無徑直直公公接撥

四 罷兒 罷兒免後同

六 熙降 熙降

十 看者 看者祥祥

四 失過 失過闕闕

三 撫治 撫治

十 百百 百百里里間間

八 解由 解由之內

一 值由 值由強職盜竊

五 直值 直值強盜

---

## 《典章十一》 吏部五

札記一之三二

陳氏枝富

六 雜名 雜名字行

五 方劝 方劝置置

五背 令初 令初加

九 驅驅 驅驅

六 罪所 罪所擺撥

罪未及及

十三 年年 年年過過七十年

八 日月 日月行的官員

十一 怎生座道座道下同

七 委差 委差

八 列到 列到元部職副之類頻

十三 新省 新省

十三 受財 受財

十二 其與 其與文卷

八 解由 解由內

十二 帝詳 帝詳

二 置置 置置財部五

九 近字 近字元無

二 萬為 萬為名民

十 最久 最久物

二 月日 月日

十三 禮任 禮任仕

八 止止 止止有一子于

五 十六 十六年行

十八 十八年行

二背 與與 與與遞拔校

十三 做做官的人每

二背 錯闖 錯闖應錢政操列

十二 聽信 聽信

一 卽賀 卽賀

十三 嘉信 嘉信行

十三 文學 文學叢

一背 許諡 許諡諡

十三 已上 已上言

一 封 封二階一階一滿官言

十三 集賢集賢勘翰林院

十三 集賢院翰林院

一 由 由 由

四

三五 取由 取由是

四 給納 給納

十一 年年 年年過過七十

八 委付 委付下行的官員

十二 日月 日月付行

九 驅驅 驅驅

六 常切 常切

五背 方 方置置

十三 作伐 作伐狀一品元高

十五 國夫人下同

國夫人

六 護軍 護軍下同

三五 流流 流流官等第

二 官等第

二背 錯闖 錯闖應錢政操列

十三 做官的人每

一背 聽信 聽信

一 卽賀 卽賀

十三 文學 文學叢

一背 文文 文學叢

八 今封 合今封下同

十二 浙江 要到的算簿

十二 要到

十三背 不合 不合與的封與封

一〇二一

典章十二　吏部六

陳氏校補

一

札記一之三三

| 葉 | 行 | 誤 | 正 |
|---|---|---|---|
| 一 | 四 | 卷頂二陸至卷十四者此條均目錄段遥應照興其他加 | 一應卷十二陸十四本均目 |
|  | 六背 | 勾爲 | 勾嘆換 |
|  | 七 | 相補 | 收捕 |
|  | 八 | 照會爲 | 照會 |
|  | 九 | 行 | 必將施行 |
| 二 | 三 | 中書省劄付 | 中書書省劄付 |
|  | 五 | 失真 | 失眞 |
|  | 七 | 驗施行有 | 驗有 |
|  | 九 | 遷施行有 | 遷有 |
| 二 | 八 | 本司字武司史吏 | 本司吏字武勾補 |
|  | 六 | 立題提 | 立題 |
|  | 五 | 幹斡敕 | 幹斡敕 |
|  | 背 | 選試使 | 遵試使 |
|  | 十二 | 名弟第户 | 非儒爲户 |
| 三 | 九 | 諸行道行 | 諸行道行 |
|  | 二 | 宇又 | 宇又 |
|  | 一 | 司史吏司史吏 | 司吏司吏 |
|  | 九 | 不許淫正 | 不許正 |

| 葉 | 行 | 誤 | 正 |
|---|---|---|---|
| 五 | 三間間得 | 就卽將得 |
| 二 | 緣何由 | 緣何由 |
| 十一 | 裝袪委某某 | 作裝乞說委某某 |
| 九 | 收收監覽元 | 收監覽元 |
| 七 | 服服辨辨 | 服辨下同 |
| 一 | 苦若主主 | 苦若主下同 |
| 六 | 元黑盜 | 元黑盜 |
| 四背 | 某另行路及起 | 某另行路及起 |
| 十 | 招招代伏 | 招代伏 |
| 九 | 題隨事時變文之 | 題隨事變之 |
| 宇三處 | 某作阿月日不相合某外處又招十 |
| 十一 | 某甚若處處 | 某甚若處 |
| 合令並問 | 合並問 |
| 須並與元指 | 須並元指 |
| 十二 | 擲扭 | 擲扭 |
| 備寫親駈 | 備寫親駈 |
| 六 | 其共仝 | 其共仝 |
| 七 | 卽干餘全 | 卽干餘全 |
| 八 | 若干干 | 若干 |
| 十三 | 腹陽裏 | 腹陽裏 |
| 二三年 |  |

一

陳氏校補

典章十二　吏部六

陳氏校補

二

札記一之三四

| 葉 | 行 | 誤 | 正 |
|---|---|---|---|
| 十 | 無籍籍青冊 | 元籍青冊 |
| 十三 | 某某室堂 | 某某室堂 |
| 背 | 段一殼後二字內行 | 在段後二字內行 |
| 三 | 器器伏城 | 器器伏城 |
| 四 | 緣由敗取覆更 | 緣由敗取覆更 |
| 五 | 到得間到得到一字一人行 | 到得一字一人行 |
| 七 | 爲爲 | 爲爲 |
| 八 | 塡塡實 | 塡實料 |
| 九 | 使便說說貫貫 | 使便說貫 |
| 十 | 鬭爭鬭爭鬭 | 鬭爭鬭 |
| 十一 | 共共毆者 | 共毆者 |
| 一 | 並並是不 | 並是不甲甲 |
| 二 | 某某人人年甲甲 | 某某人年甲 |
| 十三 | 執執繇給甲 | 執繇給甲 |
| 十二 | 追追到到 | 追到 |
| 四 | 所所到 | 所到 |
| 背 | 宇儅字儅具讓注二 | 宇儅字儅具小注二 |
| 十 | 無无詞詞寫爲 | 无詞寫爲 |
| 七 | 閗閗 | 閗 |
| 六 | 行行字作 | 行字作 |
| 七 | 獲疾孕病 | 獲疾孕病 |
| 六 | 執執繇保 | 執繇保 |
| 四 | 斜斜字作行 | 斜字作行 |

| 葉 | 行 | 誤 | 正 |
|---|---|---|---|
| 十三 | 頂頂上 | 頂上 |
| 十一 | 勤勤死尾 | 勤死尾 |
| 十 | 作復復驗或 | 作復驗或 |
| 九 | 將將引不 | 將引不 |
| 根根因由 | 根因由 |
| 八 | 各名色色 | 各名色 |
| 三 | 沿公身身 | 沿公身 |
| 二 | 件件作作 | 件作作 |
| 六 | 驗驗傷傷門摘補用无作也 | 驗傷門摘補用元作也 |
| 三 | 元无誡誡 | 元无誡 |
| 背 | 前北段段之前在 | 前北段之前在 |
| 三 | 元无逃逃 | 元无逃 |
| 十二 | 閗閗毆毆者 | 閗毆者 |
| 情應事匡惜事二惜字行 | 情應事匡惜事二惜字行 |
| 十一 | 事事主上 | 事主上 |
| 八 | 贓贓物器 | 贓物器 |
| 七 | 作招作 | 作招作 |
| 六 | 器器物 | 器物 |
| 五 | 當當廳作 | 當廳作 |
| 三 | 遷遷到 | 遷到 |
| 二 | 謀某事伐代 | 謀某事伐代 |
| 一 | 他他陸隆 | 他陸隆 |
| 十二 | 緣緣何由 | 緣何由 |

二

陳氏校補

## 上欄

典章十二　吏部六

三

陳氏拔補

| 九 頭損　痕損 | 一 成被　碱破 | 二 分寸　分寸 | 五 破被　碱破　身身　裹裹 | 六 通過　過身　身行死 | 四 暗日　目聰聰 | 壹 硬硬傷傷死死身身立 | 十 本本　尾屍處處 | 士 背尾屍處 | 一 背血血出處 | 十 是被刺人刺 | 十五 作攻發違延元 |

| 九 已是足 | 三 背刑形證證 折折 | 九 第節節 二二 | 十 折打析析 | 十五 即即同動 | 十七 目音同音 | 十三 背合背背 | 十七 所所蕩盪 | 士 常常出出 | 一 背題亭時 | 六 定章上上 |

八 滲銀眠銀
七 得鬏　篆文下　五漏人驗
五 本本　草章下
四 係條　用行
二 物勿　令行犯人凡
一 背昏曾暗暗
士 辦辦鄉驛　下同
九 鷹鷹翶翻刀刀
六 藥味味香
十 失失刀刀
士 比比之之
九 嵗嵗卯印印記
七 秤件重重

士 某縣縣首百姓姓
八 鄉首舍
三 正夫正夫與夫妻
一 背無行元行
九 認認過得過過
七 勃勃犯犯
五 物物敗盜盜益
六 為本　四　一行復行與元有一覩字申字平目
五 背該犯人犯
十 某其家家
士 賊賊其其人人
三 擊擊本本

## 下欄

典章十二　吏部六

四

陳氏拔補

十二 二件字內行
七 鈔本凡後方爾文二五行應牆
三 役後過過
六 供怯里里具具
五 見役役見
士 典典典史
五 都多省省　下同
三 謂譯史吏
三 名招保知者在者
一 背職官職官　下同

一 地地分方　十七 得干委下某漏首或百姓等勘不曾
士 辦鉤
士 詐詐支吏　錯錯
三 在在若千　干干
六 若若千千
背 估估
八 奴奴賦賦千千
七 取取致致到各各
六 某其處處
三 合合到各
一 十七官中十官七官字中
八 並並某某處處
五 重重因因
一 背服服辨辨
士 公公座坐

一 背另行別個
士 別別過過
九 窒窒碩有有候
三 富當戶戶有有
十 委委何付付每下同
七 官人他他
士 者者付付
九 省省接接
士 相相應應接人員員
八 省省接接本部省
七 送送本部省
一 中書省省　至字行大

## 典章十二 吏部六

礼記一之三七

| | | |
|---|---|---|
| 六 遷鄉遷鄉 | 七 山長東 | 九 學官官 司吏吏 |
| 十 編僃員員 | 十一 提控空 | 十二 顧顧箱僃 |
| 十三 使使 史史 不�baby泛人人 | 三五 遠的的每每 | 十三 典典 吏吏 |
| 十三 書書 史史 | 三六 白內身下 之漏勻理 合僃僃多像 例行依例於行 |
| 五 議議來得史 | 内六二部十 令字吏史 |

五

陳氏校補

| | | |
|---|---|---|
| 二 已有 回應 | 十二 保徐申甲背 有回應 |
| 十二 合按 六察司 下劉武作所有 書吏書書 十呈照十五得字到业 | 十二 條僃合 差合 |
| 十三 中申書書合 省差省 | 十三 委委差合 |
| 十六背 非非正 又兼又兼廉廉 | 十六背 擬經擬經 到到 |
| 八 保僃 各各結結於於 | 九 合各 合賜賜 |

| | | |
|---|---|---|
| 九 不不得道 | 七 恋怎 根根底底 | 三六 照照 會會 之之 |
| 三 本司 書書吏吏 | 三 省省勻勻當當 | 四 省省撥撥當 |
| 四 役役賤賤 說說誑 | 三背 役役賤賤 說誑誑 | 十 典典 吏吏 |
| 三 江浙新行行省 浙江行行省 | 四 除除己已 冬巻巻 | 五背 禁禁莁莁 若待圜圜 |
| 十 禁禁待圜圜 合合 | 七 疑疑合 有其 |

| | | |
|---|---|---|
| 十三 驡讓讓 寶寶賣頃頃 慎慎熙下三漏漏 頃頃良 | |

五

---

## 典章十二 吏部六

礼記一之三八

| | | |
|---|---|---|
| 六 不不要書 | 八 本各部部尖 | 九 中中書部六 |
| 十一 他他怹鈎鈎兴 | 十二 設設慶慶察下 有漏薛每母禕禕康訪皇祠御吏 | 五 中申臺臺 |
| 五 僃僃懷懷 司吏司官 | 一 任承御御史吏臺臺 | 九 在承御御史臺臺 |
| 十三 僃憲事事 | 十三 禁察事事 | 十一 路路僃司吏吏 | 四 僃憲行門行門 |
| 三二 白通僃為字一知行行印應應 | 十二 作作慎慎英選選 | 九 卯卽令今令 | 八 白白身生 |

六

陳氏校補

| | | |
|---|---|---|
| 七 不不要書 | 二背 任任回回 正正九品品 | 十三 予以下十三不之應徐與原徐前荷前平徐之行 |
| 九 中中書十月三日 | 八 本各部部头 | 七 出出身身叻可 |
| 十二 設設慶慶夂每字 底察下廿甲字漏 了茶了 | 五 振振分底僃甲字漏 | 十二 皇康訪訪皇嗣嗣 |
| 五 伜僃懷懷 司吏官官 | 五 钦钦依此此 |

六

| | | |
|---|---|---|
| 六 而而其摽摽 | 八 白白令今 以是以似為非以私害菃公 | 九 卯卽 | 十 有有倒文 |
| 七 以是似似為非以私害菃公 | 八 別別倒文 | 九 省省僃部利利害害 | 十 回回僃部利利害 |
| 四 從從委委 | 七 判判到署署 | 十 文文資得得 | 十一 舉舉用幾幾 |
| 十三 蒙蒙事事 | 九 钦钦依此此 | 二背 有有敕敕 |

五 北比人之

| | | |
|---|---|---|
| 三 叔叔入入 | 四 假假入入 | 五 型型任 補補補 | 二背 先後一行役字臺上出身漏 | 十二背依正已九定出身出身 |

《典章十二　吏部六》

札記一之三九

七　瞿氏校補

| 六 | 三 | 一背 | 十 | 七 | 六 | 二 | 六 | 一背 | 五 | 空一 | 四 | 三 | 二 | 一背 | 十二 | 七 | 六 | 兲一 | 七 |
|---|---|---|---|---|---|---|---|---|---|---|---|---|---|---|---|---|---|---|---|
| 驛 史 | 江 壮 | 江 壮 | 色 目 | 應 務 | 司 史 | 元 九 年 | 遠 職 有 | 大 德 二 三 年 | 辨 驗 驗 | 職 字 班 行 | | 四 三 十 | 報 牌 助 | 實 定 是 | 若 此 | 正 從 八 品 | 才 | 典 史 | 本 省 | 別 前 人 行 件 |

| 二 | 空一 | 十三 | 六背 | 七 | 五 | 空四 | 八 | 大背 | 十二 | 空九 | 十三 | 十二 | 三背 | 十二 | 十五 | 五 | 三 | 兲二 | 十三 | 十二 | 六 |
|---|---|---|---|---|---|---|---|---|---|---|---|---|---|---|---|---|---|---|---|---|---|
| 臺 差 妻 | 從 各 | 行 照 低 降 | 吏 部 品 | 吏 部 令 令 | 遷 用 | 選 用 月 日 | 驗 月 日 | 大 背 疾 病 成 歲 | 而 内 考 考 | 識 議 敕 議 | | | | | | | | | | | |

---

《典章十二　吏部六》

札記一之四十

八　陳氏校補

| 八 | 七 | 六 | 二 | 一背 | 十三 | 三 | 十三 | 十二 | 六 | 四 | 十一 | | | | | | | | | |
|---|---|---|---|---|---|---|---|---|---|---|---|---|---|---|---|---|---|---|---|---|
| 公 廁 解 | 扎 戈 | 面 前 情 | 賕 求 罪 罪 | 轉 轉 罪 罪 | 未 來 還 歲 | 二 二 十 三 十 三 年 | 各 通 廉 訪 司 | 出 勘 罪 罰 | 書 本 及 下 屬 保 差 | 公 公 選 庭 | 責 貢 行 摹 |

| 十一 | 八 | 空四 | 十 | 八 | 七 | 五 | 四 | 空二 | 十三 | | | | | | | | | | | |
|---|---|---|---|---|---|---|---|---|---|---|---|---|---|---|---|---|---|---|---|---|
| 面 同 戈 職 | 以 此 以 | 詞 詞 會 書 | 不 肯 唯 准 | 論 論 孟 利 通 | 州 吏 人 吏 得 由 缺 公 過 廳 | 如 有 遇 吏 事 | 勾 勾 補 當 | 然 通 吏 事 | 醫 管 管 | | | | | | | | | | | |

## 典章十二 吏部六

扎記一之四一 江蘇縣

| 十一饒 | 背隻要參 | 十 | | | | | | | | | | | | 五餉史吏 |
|---|---|---|---|---|---|---|---|---|---|---|---|---|---|
| | 九在壤前日條之後一前廳 | 三背發沿治 | 准呈程 | 十二正正九九品 | 十三呈史 | 九勾著字書行老 | 五背字當補 | 三史遷懸別司 | 六青七十月有 | 二中書書省司 | 八依以上 | | |

| 五典史吏 | 八照爭事 | 十三示無字可 | 二作摸補補元 | 一背懋懋制司司照照醫 | 七盲百稱謂吏 | 二勾端當吏史 | 十三州州司吏 | 三之之由由中 | 十二遷遷司省吏 | 六都都省咨諸諮照照醫 | 一亦一管 |
|---|---|---|---|---|---|---|---|---|---|---|---|

九 陳氏校補

| 三字示樣樣 | 二二情飾情飾整理理由 | 十三銷銷賣成成 | 十伴伴銷狀 | 五不有懸言告字下 | 四詞詞訟訟 | 三辦辦住仕行 | 背当克字字宜下行 | 十三似似集像 | 一盛益益恥 | 十三盗盗徙徙 | 九告報報 |
|---|---|---|---|---|---|---|---|---|---|---|---|

| 六三河南道 | 一背扎我戲戲 | 十三邊州行 | 十八日康月行日 | 六一賣賦調政 | 十楷州州人吏吏 | 八背扎戲戲 | 七盖藏 | 一貼貼盖月一下字漏 | 十三百名行行 | 八頭須領要了了 |
|---|---|---|---|---|---|---|---|---|---|---|

## 典章十二 吏部六

扎記一之四二

| 五兩兩就就 | 背選舉選 | 七背退選還還 | 十二任任前有前有 | 四背圍圍有有 | 八背行行潮北北北道道二北字字道 | 九名各路路見見 | 六又又至至元元 | 十三陸陸交史史史另二二行行字 | 五背本本省府府 | 八人人呈呈等等 | 十元元院至呈 | 一補使如如下條司司倉未倉未及及厚厚發發到到充充貼 |
|---|---|---|---|---|---|---|---|---|---|---|---|---|

| 五收之補人選路府照詳州吏省典有鈔 | 四史支更選日更目上司吏史 | 五五選選日四吏目字 | 五司司吏例依例依薦薦止數中下下頁狀狀到到 | 八有有欠欠缺缺收收補補 | 五別別到不不曾曾 | 七未未有有見見 | 二背獄獄典典獄 | 五典典史史内內 | 九過過曉曉 | 五背咨咨呈呈承承 | 三富富賓賓實實 |
|---|---|---|---|---|---|---|---|---|---|---|---|

| 四貼貼路書書 | | | | | | | | 四未未有有有末末 | | |
|---|---|---|---|---|---|---|---|---|---|---|

十 陳氏校補

**奧章十三 吏部七**　（札記一之四三）　一　陳氏校補

葉行　正誤

**上半（葉・行・正・誤）右欄：**

- 一　圖籤
- 二（背）　此比合合附付
- 三　合合令令
- 六　預預宴晏
- 三　檢檢會會
- 七　平分用
- 六　多多有不分
- 三　座座正正
- 一（背）　其他小字目於相上混應接擧
- 二（背）　錄卷段首正目
- 一　鈔闕橫綠排列　者此均應修改

- 五　見本均合應作字圖又
- 四　合合下卯印
- 三　二三月元章
- 二　行行御臺史臺
- 十二　押押圖圓
- 五　疾病有時暫
- 四　三圖押
- 三　童盡古各万
- 一（背）　世字字反
- 十二　像保官
- 十　圓押

**左欄（正誤對照）：**

- 一　長官　官長
- 十　病假　病故
- 八　奉此　如奉此
- 四（背）　開折　開拆開執
- 十二　令發　差發
- 五　差發
- 六　公判其行　疾病在假用印信
- 十二　掌出同記一封署押即日　記其病行疾用印在假信即日
- 入　餘銜諸衙門

- 十一　一所一切所行切行
- 九　職執事事
- 八　從許從許
- 六　催委催委准
- 五　事體例下漏三字
- 四　地理地理
- 三　並立定限次
- 十二　官史官史
- 九　令官長次官圖押　官吏長次官圖押
- 七一　錯表橫綠體應政作且有
- 一　差發簽簽

---

**奧章十三 吏部七**　（札記一之四四）　二　陳氏校補

覆建行行

- 十五　隨簡隨時鈔鈔覃覃
- 舊舊邊邊鈔鈔覃覃
- 十二　来未出墨入
- 十二　来未鈔鈔
- 九　其具各合隨題
- 十五　簿潢濺濺
- 七（背）　由上作十七日應
- 十三　具其由申
- 十二　併拄偏柱

二（背）　勾內銷銷　當省祝總

**葉行　正　誤**

《典章十四　吏部八》　一　　　　　　陳氏牧補

| 葉行 | 正 | 誤 |
|---|---|---|
| 一二 | 應行小楷字差委 | 當 司恩 |
| 背 | 應行橫直殿緣作且 | 近行 |
| 二一 | 有表錯誤應廳殿緣作亘 | 當宇近行 |
| 往牒德上牒平牒 | 不不署姓姓 |  |
| 典章上申文二牒字應相接小牋 | 見行仕仕 |  |
| 七七 | 宇正從元二牒字應相接 | 取取狀代 |
| 八 | 品從漢生三 | 是是 |
| 四 | 各座座次 | 買買物料 |
| 等爭事 | 六 是民閒閒 |  |
| 綠卷發首正月 | 甚非所所宜宜 |  |
| 一背 | 其面他如小一節宇目於卷三巻支 | 編編定次 |
| 者此均除作賜應項氏卷三巻支 | 呉呉承奉牽 |  |
| 五 | 接本宇道衍按 |  |
| 四 | 行卽御史臺臺 |  |
| 四四 | 户户部支 |  |
| 十三 | 金玉王府府支 |  |
| 八不許訪坊占 | 九 物物料件 |  |
| 八大不應 | 十 於於支支 |  |
| 詞句字置衍籌 | 十一 自至在元八年自元八年 |  |
| 五十二　行將一所所宇 | 八 官官司使得 |  |
| 《禮記一之四五》 | 六 宣宣懇得 |  |
| 三背　番審停留 | 七 收收故故 |  |
| 六四　照照哥哥 | 十背 收收頒領 |  |
| 三背　撤杭州收收 | 十二 傢傢盡盡 |  |
| 九　送紃內 | 五 節卽誡誡 |  |
| 禁禁峪官 | 九四 劉劉付兵兵部部 |  |
| 七三　多表銷圖談廳殿改作亘 | 九背 作合行下元 |  |
| 八　又及誠談 |  |  |
| 四　某年月月 |  |  |

《典章十四　吏部入》　二　　　　　　陳氏牧補

| 葉行 | 正 | 誤 |
|---|---|---|
| 一二 | 摹寫寫 | 十一 給給慮處 |
| 十二 別別無蒙蒙古 | 十三 舊簿曆曆懸 |  |
| 四背　明明立主 | 四背 相相沼法 |  |
| 七　批此 | 十一 案案攢處 |  |
| 二一　擬擬送送 | 七 先本葉葉本臺 |  |
| 十三　同同 | 十二 尤故故 |  |
| 七　文文令今 | 十三 若若宇干行 |  |
| 二一　東東平乎 | 二背 首首領領官相沼召支割解解田由 |  |
| 二　諸諸司事 | 三 相相沼法支割割 |  |
| 十三　文文桊桊 | 十 真真鑿鑿 |  |
| 四　遇如宇遇衍 | 七 隨隨用用 |  |
| 五　伇從便使衍 | 六 附印卽附印 |  |
| 十一　作三十一年目作三十一年 | 七 除除有敲差差 |  |
| 十二　完完備備 | 七 收收有敲差差 |  |
| 《禮記一之四六》 | 九 三承字行字家 |  |
| 六　由苗從仕仕 | 十七 乞施行行 |  |
| 二　符符衍衍 | 十六一 取取報到副目 |  |
| 三　專專衍 | 十三 乞施行行 |  |
| 十一　所所文宇奧切 | 九 遠速送逢行 |  |
| 一背　相相沼法下同 | 支支立桊 |  |
| 十一　此得宇此行 | 七 首收領有敲差 |  |
| 七　上此得宇此行 | 十二背 君文衣 |  |
| 二　遂造作冊 | 十一 乞施施行行 |  |
| 八　作二十五三年目 | 十七 君文衣 |  |
| 下年　相相沼法下同 | 十二 畫文桊 |  |
| 十一背　額須管當 | 三背 舊舊檢檢懸影 |  |
| 十五一　當面對卷 | 四 反及出入 |  |
| 二背　除另行 | 七 閿閡防防 |  |
| 四　分分卽 |  |  |

九 省府准呈
　會各路令各路

十三 不可考

十二 文案卷 下同

四 覓字抹行

八 朱銷未銷

三 陸氏校補

典章十五　戶部一　孔記二之一

**右半（葉行／正誤）**

| 葉 | 行 | 正 | 誤 |
|---|---|---|---|
| 一 | 四 | 接假 | 告招 |
|  | 一四 | 左右丞各一員 | 左右丞各一員 |
|  | 九 | 左去右司典史二 | 典史一名 |
|  | 熙府一 | 元奉呈 一員鈔一十三兩 | 對貴訓招 一員鈔二十二兩 送 |
|  | 平（宐） | 典史二名鈔 | 典史二名鈔 |
|  | 背 | 本行省丁 | 本行省丁 |
|  | 五 | 以下行俊廳補一袋 | 職誌証支証 |
|  | 六 | 司史二行錯誤鬧改作直線 | 支証 五行月 |
|  | 九 | 作七年目 | 在官倒吏告番事故傳給慈樣目 |
|  | 十 | 作五年 | 作五年 二十二三年目 |
|  | 十 | 頒律令本民以為民 | 頒律令本民以為民 |

中縫題：典章十五　戶部一　一　陳氏拔補

**左半（孔記二之一）**

| 葉 | 行 | 正 | 誤 |
|---|---|---|---|
| 八 | 二 | 北□出格元無 | 北□出格元無 |
| 七 | 二十 | 在任外外元德的 | 有有職職田田 |
|  | 三背 | 有有職職田的 | 有有職職田的 |
| 六 | 三 | 雜離職職田送樣 | 大大都行省另書送樣 |
| 七 | 三 | 元南都行省送樣 | 元南都行省送樣 |
| 一背 | 十三 | 分分書例同 | 分分書例同 |
| 十三 | 十九 | 役使省 | 役使省 |
| 十二 | 十 | 加與 與未一斗半 | 加與 與未一斗半 |
| 十 | 給與元 | 云小同字云六 | 云小同字云六 |
| 八 | 三背 | 月同例大小同字六 | 小云 月同例大小同字六 |

| 管軍官 |  |  |
|---|---|---|
| 四 | 招收丁 | 招收丁 |
| 公田鋒鈔 |  |  |
| 鎮守定 |  |  |
| 管軍官關文 |  |  |
| 管軍官 |  |  |
| 貝申又准中書 |  |  |
| 又無開到 |  |  |
| 初相沿法 |  |  |
| 員鈔部下漏載縣府州見前十二官 |  |  |
| 小人 |  |  |
| 郵辨課課 三十五石 五三 |  |  |
| 中書省 |  |  |
| 另行省 |  |  |

---

典章十五　戶部一　孔記二之二

| 葉 | 行 | 正 | 誤 |
|---|---|---|---|
| 一背 | 中另行省 | 另行省 | 另行省 |
| 三 | 新舊田官過着自 | 新舊田官過着自 | 新舊田官過着自 |
| 十 | 新舊田官 | 新舊田官 | 新舊田官 |
| 五二 | 新舊田官例例到 | 新舊田官例例到 | 新舊田官例例到 |
| 九 | 譏誅接監察御御史 | 監察御史 | 監察御史 |
| 二背 | 整理賣貴歎數 | 整理賣貴歎數 | 整理賣貴歎數 |
| 四 | 不補論豐數 | 不補論豐數 | 不補論豐數 |

中縫題：典章十五　戶部一　二　陳氏拔補

# 上欄

**札記 二之三**

## 《典章十六 戶部二》 一　原氏校補

| 葉 | 行 | 誤 | 正 |
|---|---|---|---|
| 一 | 三 | 又妻多闕橫緣誤 | 應改其直作緣（正誤） |
| 二 | 八 | 省中字 | 省中字書行 |
| 一 | 三 | 酒酒一一 | 酒一升斤行 |
|  |  | 至正正月 | 作為始・至正正月元月 |
| 十 | 八 | 例站有 | 例站元赤洛下支元臣分 |
| 四 |  | 同款 | 四月一月一款 |
| 三 | 五背 | 空有一來 | 有一來洛下各字 |
| 九 | 三 | 寶與責道也不是要就突淹羊行 |  |
|  |  | 突興着了說唵四報淹有每您若卻個魯退的肉 |  |
| 十 |  | 體察出使臣 | 與似明蔡察出使臣 |

| 葉 | 行 | 誤 | 正 |
|---|---|---|---|
| 五 | 五 | 本府接連達 | 本府接連達 |
| 十三 |  | 以至到倒 | 以至到倒 |
| 十二背 |  | 各處處官吏 | 令令合各處處官吏 |
| 四 | 三 | 追近賂付 | 追近賂付 |
| 七 |  | 開間坐 | 開間坐 |
| 九 |  | 真蕃索要時 | 真蕃時一復出字便人（冬夏衣裝） |
| 十二背 |  | 我數來去 | 我數來去入人去入 |
| 七 |  | 今受支支 | 今改令 |
| 十二 |  | 餘目應在前年二月絲此前二 |  |
| 三 |  | 文文字司吏 | 文文字司吏 |
| 十二 |  | 文字芸行 | 文字芸行 |
| 三 |  | 變城成縣 | 變城成縣 |
| 六 |  | 作拶打 | 作拶打拶行 |
| 三 |  | 差到元 | 差到元 |
| 七 |  | 船舡舷下 | 船舡舷下 |
| 五背 |  | 分司分立倒例 |  |
| 十 |  | 每一笛簡 | 每一笛簡 |
| 十二 |  | 應鷹鶡九行目原 | 應鷹鶡 |
| 十四 |  | 作大德八年 | 至元八德八年 |
| 五 |  | 兔鶻鷻 | 兔鶻鷻 |

| 葉 | 行 | 誤 | 正 |
|---|---|---|---|
| 十三 |  | 所所受受 | 宣命命 |
| 十二 |  | 應應赴任官員經直萌去 | 赴任官員經直前去 |
| 七 | 二 | 作舡航海水元 | 作舡航水元 |
| 六 |  | 品品從任 |  |
| 五 | 十二 | 省省從措 |  |
| 十三 |  | 須須 | 於予 |
| 十 | 三背 | 須須寫寫 |  |
| 五 | 二 | 開闕說脫 |  |
| 九 |  | 斜幹 |  |
| 三背 |  | 推推調調者者不去 | 推調者不去 |
|  |  | 大大德八年 |  |
|  |  | 今令支支 |  |
| 三背 |  | 者與無豬肉 | 豬肉五字吃下 |

---

# 下欄

**札記 二之四**

## 《典章十六 戶部二》 二　原氏校補

| 葉 | 行 | 誤 | 正 |
|---|---|---|---|
| 九 |  | 不理會會底的人 | 不理會底的人 |
| 十三 |  | 卻照照驗 | 照驗 |
| 十 |  | 役役鶡劍的下同 |  |
| 一背 |  | 承呈奉每一醬字米陸上文元 |  |
| 八 |  | 有黃米石石 |  |
| 九九 |  | 康給給十斤 |  |
| 十二 |  | 原康給米十升斤 | 見用 |
| 九 | 十二 | 不卻不得 | 不得 |
| 二背 |  | 小字蕃墮上丈元有 | 上丁 |
| 七 | 上上 | 例例付取取 |  |
| 十三 | 三 | 及今令歡飲伏 |  |
| 九 |  | 委委應 |  |
| 十三 |  | 添添秋飯祇應 |  |
| 七背 |  | 交支行來來 |  |
| 十二 |  | 酒酒三三十升斤 |  |
| 八背 |  | 船舡舷下 |  |
| 三背 |  | 差差芸行 |  |
| 二 |  | 已巳定定到簿給 |  |
| 一背 |  | 請請照驗 |  |
| 六背 |  | 南南北口 |  |
| 五 |  | 完完定定 |  |
| 一背 |  | 作火元德八年目原 |  |
| 五 |  | 故殺命致命致 |  |

| 葉 | 行 | 誤 | 正 |
|---|---|---|---|
| 十三 | 四 | 應應副付 |  |
| 六 |  | 尚尚書書省咨 |  |
| 十 |  | 卻你翁翁錢殘 | 年翁錢殘 |
| 十三 |  | 定定到倒 |  |
| 六 | 二背 | 作冊冊復元 | 復用 |
| 十三 | 六 | 各各本褐上行元以下均有一三小彀 |  |
| 七 | 八 | 使使臣臣飲食 | 使外臣內飲食 |
| 十二 | 并所所屬 |  |  |
| 十三 | 二背 | 陪賠償債 | 陪賠償 |

## 札記二之五　《典章十七　戶部三》

葉行　正誤

| 葉行 | 正誤 |
|---|---|
| 一四 | 不衷關應直緣作眉目 |
| 二一 | 敕抄奉奉 |
| 背四 | 作行　今作行 |
| 七 | 不拘以 |
| 十 | 迤北近北 |
| 三背 | 放收放收 |
| 四 | 應有漏籍戶 |
| 十二 | 吟分附元　作今分附元 |
| 三七 | 銀從今令 |
| 八一 | 頹籍內內 |
| 七一 | 卻依卻依作漏籍戶 |
| 三 | 卻依卻依作漏籍戶 |
| 五 | 各應作在外另籍戶 |
| 七 | 行國而軍籍或七字應 |
| 十三 | 某口寫 |
| 四 | 拔籬字驅字劍十字應 |
| 十三 | 即田日田人等 |
| 一背 | 即目日 |
| 六 | 無今使次驅取別行到 |
| 八九 | 籍籍遞戶 |

| 葉行 | 正誤 |
|---|---|
| 十一 | 問馬里 |
| 十三背 | 數數目 |
| 二背 | 前行尚書省　今作行尚書省 |
| 四 | 今次炊到 |
| 五六 | 今令次炊 |
| 七 | 或現在元漏官籍 |
| 一背 | 無閉漏籍漏籍附籍 |
| 二 | 賜貼戶戶之籍 |
| 三 | 並字附行籍 |
| 十一 | 即目日裏裏入去了 |
| 一背 | 住往來來底底 |
| 十二 | 戴戴目目 |
| 十二 | 驅中 |
| 一 | 輕罪重罪 |
| 九二 | 達魯花赤未赤官員 |
| 六 | 千百戶戶 |
| 十一 | 投侵頭裏 |
| 十三 | 即正月日內 |
| 十一 | 即卯日下 |
| 十三背 | 與正父兄 |
| 三背 | 愛受花花 |
| 七 | 今令次炊 |

陳氏校補　一

## 札記二之六　《典章十七　戶部三》

| 葉行 | 正誤 |
|---|---|
| 十八 | 鋪貰從災修妻蠹 |
| 八 | 已以籍籍照照 |
| 晴三 | 干於一一敕敕照照 |
| 五 | 事軍產產 |
| 四一 | 沮阻壞壞宇宦 |
| 十二 | 意重直直經經 |
| 六 | 攙奪抽州路路 |
| 晴四 | 已以遞造冊谷米 |
| 十三 | 依已行行 |
| 十五 | 諸諸王公主 |
| 二四 | 孕于涮同 |
| 五 | 分司司分 |
| 十二 | 見兄克克 |
| 四二 | 劉劉付付 |
| 九六 | 壺壺城城重重 |
| 七六 | 主主下下戶戶 |
| 七四 | 等俱中下施行行 |
| 十三背 | 仗上戶戶 |

| 葉行 | 正誤 |
|---|---|
| 五 | 鋪貰從災修妻蠹 |
| 四 | 有又回圖以以 |
| 三背 | 有又以以妻之弟弟姐 |
| 十二 | 孤孤得水祖墳墳人 |
| 五 | 照照折折三十餘年 |
| 十二 | 今與興 |
| 七 | 多嗣端下漏漏有公蠹 |
| 一 | 私園禁止而已六禍字殘 |
| 十二 | 壺壺草草八字殘已器 |
| 一 | 告告戶戶 |
| 七 | 貰貰產產給公都 |
| 九二 | 呈呈奉奉戶部 |
| 十六 | 中中書書有有一字不明 |
| 四 | 打打捕捕戶戶討 |
| 十二背 | 准准陪賠戶戶 |
| 十三 | 見見告告某某人人下日 |
| 十二 | 各各處處清原原文 |
| 十三 | 以以籍籍 |
| 十一 | 抄楊絕籍戶戶 |

陳氏校補　二

**《典章十七 戶部三》**

三　　陳氏校補

| 葉行 | | | | | | | | | | | | | | | | | | | |
|---|---|---|---|---|---|---|---|---|---|---|---|---|---|---|---|---|---|---|---|

其可哀也已

二　皇太后　皇太后　赴……下月

三　唐上葉治治　准作某姓治

三　内一件作另行姓外三字衍　一件内四字衍

十　者把治入罪下四字衍

十有　有十六歲

三　男兒男兒

十　視即老後後

九　作抄戶鈔戶

十三　承承戶攛攛

十　安安

二背　伊妾賣妾

三背　妾妻賣妻

五　警警德德等

四　莫若然若於以

十三　如此今於以

十　已以立立

七　檢照照戶冊戶冊

五　前往住前往

二背　生身前前

十三　所以原行所以原行

十三　偏向不肯偏向不肯

九　故叔叔父父

五　之外後叔父父

八　萬萬洪洪　下月

二　赴皇太后　皇太后　下月

十　去在遞送民軍戶　戶

七　租稅課課細細　戶

三　射種無令　戶

二　合合無令

十三　二射以十六至羊衍方

十三　逃多軍非遣　民民非遣

十三　云出入下弦字衍方

六丁丁乃乃查行元對對

丁乙丑巳

作下原剖出錯例租課例　原剖出納租課例

然課中無閒情佃雖

害害民民

十三　備漏等租課無閒情佃雖

---

**《典章十八 戶部四》**

一　　陳氏校補

| 葉行 | | | | | | | | | | | | | | | | | | | |
|---|---|---|---|---|---|---|---|---|---|---|---|---|---|---|---|---|---|---|---|

一　正課　依此二葉格式字既橫直多線又錯

二背　劉卞亭　劉卞亭把總把

三　有婚婿者　妳嫁與奧把張總把

四　張張結把小小一乙　下同

五　面而　有至婚婿　下同

五　女女元　作圍女元曾成婚　下同

三　詞詞圖圍　敗亂所屬

九　女女婿　折折克兗者踐　後同

十　遍遍行所屬

四背　航體設設

五生生　坐事事理

七　去去　招召出給出舍

十三　出出當備襀

二背　招招伏狀

五二　巷鄉長長

十　不不得後

九背　家宋德德榮榮

十三　處處勘別無勘定倒

十三　者在字述衍者

十三　召召當攀

四背　黑紫無下漏三字別

十三　以以須領古古鳳鳳

六背　汚藏藏

五背　為婚娶故古

八　磁滋州州蓬塗陽陽縣縣

四時　李李伴伴姐陽縣

七　高尚文文未未曾成婚

十　銭銭名招女元

七　覆覆招女元曾成婚

十　招招名招

十二　處處勘別無勘定倒

九　財錢財財

十　又方方方才

九　呈呈到中書省　到中書省

四背　病病到路申　路中申

十　各各證圖圖

十二　註註無難

八　言言定定

三　斷斷罪罪

六　宋送編編罪罪

三　本木家家錢錢本本文

六背　婚婚書書

九背　婚婚書書

六　嚴嚴行斷遣遣

十七　豆豆黑黑厲厲

十二　王驪驅哥哥

---

典章十八 戶部四

| | | | | | | | | | | | | | | | | | | | | | | |
|---|---|---|---|---|---|---|---|---|---|---|---|---|---|---|---|---|---|---|---|---|---|---|

大上元空一格

二　陳氏校補

典章十八 戶部四

三　陳氏校補

**札記二之十一**

**典章十八 戶部四** 四 陳氏校補

（右起，各條作卷頁行校語）

- 一 轉字行 賣字行 下同
- 六 爺釀
- 一背 阿□釀
- 十三 馬立五
- 十二 顯□為題 下同 見意欲
- 三背 各各
- 十三 到到
- 七 求達
- 尖三 永求達 意見意欲
- 七 馬立五
- 四一 行爭一告到宇官 官
- 十 上夫夫立
- 九 上夫夫立
- 七 為達讀讀依
- 七 取周璃 周璃 面面宇然行是
- 二背 兵兵刑部刑部 似以為是
- 七 乞荒照驗詳詳
- 二背 乞荒照驗詳詳
- 三 准中書省
- 四 批批詳詳
- 二背 其元隨嫁妝掩查原則產產
- 三 作撒取元 二等字物行
- 四一 □□無收設
- 九 問阿阿
- 十 作蕭肯玉哥上文

- 八 劉一自白縊身死
- 三六 胡阿阿郭各 下同
- 十三 元原定吏倒
- 十二 郭冬兒兒
- 十一 乞字婚行
- 三 告訴勻
- 十一 恩懇便
- 六 守寸興勻
- 九 王王玉
- 十一 收牧小娘娘 阿嫂嫂倒
- 三六 於興德女女
- 九 其□問□
- 十 間□宇年行間問到
- 十一 未及周周年 故猶□縮□之難異
- 三背 宗會會報取元之難異
- 五 自縊身死
- 十三 田阿阿段段
- 七 左胳膊
- 八 掚住撃
- 九 說宇躍行丁筅
- 十三 招伏狀伏
- 十三 賦歸去去
- 一背 將本婦婦

---

**札記二之十二**

**典章十八 戶部四** 五 陳氏校補

- 五 守寸志制
- 八 杖杖斷九十七 九十七
- 堯四 黑驗驗 依上行施行
- 六 目目合
- 七 短姪男兒
- 五 姪男男兒
- 十二 婦婦母
- 七 劉阿阿丙丙
- 五 招招伏狀伏
- 十二 許許留叔叔難
- 鳳六 弟化妻 量慶情絕二人十論大賓字傷 明成降奸事婚送
- 九 面面宇貼行 而伯伯
- 十 津字年行到
- 九 朝姓兒兒 異表姓姑表弟
- 十 謝謝阿阿宋送
- 令本路路等干干
- 二背 紹興興路路等處
- 五 謝黑兒兒 男僧家家兒
- 十一 閻阿阿
- 十 收收繼終 繼終是是
- 十 仰依依上
- 十 三宜字出行狀
- 七 後後夫又又有所出
- 五 宜宜令合令合合干干
- 二背 絕興興路路等處

- 一背 二□十五至字行情
- 三 明開宇節行
- 六 御御堂堂管
- 八 蒲蒲量量萊萊路路
- 十 小小叔叔 續續進觀觀
- 九 阿阿結在狀續進觀觀
- 三 男又行至准 准呈准元
- 一 蕃蕃姑得得
- 十 黑照驗驗
- 四背 自自愿原 隨字徐行旺
- 九 王王琇琇
- 七 作孟篭奎元 下同
- 七 即瓦瓦
- 九 財附黑姑 回付付 下同
- 五背 買賣主主 自立媒媒
- 三背 保保興興
- 八 仰依依上
- 六 乞氣禁禁
- 四 不不應寺
- 九 呈呈乞荒
- 十二 又字至行元

## 禮記二之十三 《典章十八 戶部四》

| 葉行 | 校 |
|---|---|
| 八 | 大廈廊道欽此 |
| 七 | 辛哈思恩 |
| | 亂俗玻賎賎政 |
| 十 | 乃乃不行候 |
| 十二 | 面面以字兄行 |
| 十三 | 面面以字常行 |
| 二背 | 具呈都省 具呈都省 |
| 十二 | 奉奉阿阿隨喚 |
| 一背 | 新斬割酮 |
| 四 | 作貞作勞分附付元 |
| 五 | 王王籤記祖祖 下月 |
| 九 | 資資理理 |
| 十三 | 是是寶寶 |
| 二 | 寶寶真真真 |
| 六 | 寶寶真真真 |

六　康氏故籍

## 禮記二之十四 《典章十九 戶部五》

| 葉行 | 校 |
|---|---|
| 二 | 葉行正錄 |
| 二 | 至元二十六月二十四年閏 元二十四年閏十月四年閏 |
| 六 | 限定內自行到官 |
| 八 | 告示約量發到官 |
| 十 | 作酌知德約量量 |
| 四背 | 體體官民得德 |
| 五 | 審審立戶名 |
| 七 | 段段立私戶約 |
| 八 | 特特勢名 |
| 七 | 具呈呈 具呈呈 |
| 三一 | 黨黨細細 |
| 八 | 地地上是 |
| 十三 | 道到是下 |
| 十 | 地地下下 |
| 九背 | 地地面方 |
| 六背 | 昂昂吉吉兒兒 |
| 十 | 荒荒閒閒 |
| 九 | 荒荒發發 |
| 五 | 不不為用心心 |
| 二 | 另照行得 |
| 七 | 荒荒閒閒 |
| 六 | 百百姓姓每每的田隴地 |
| 五 | 地地土上 |
| | 至大四年 作大慶元年目 |
| 八 | 賣賣馬馬萬戶 |
| 三 | 興興馬萬戶 |
| 六 | 寶寶內朱此 |
| 三 | 等范宇大行鼎等 |
| 二背 | 平空屋房 |
| 十二 | 難難令回噴贖 |
| 七 | 空牙 |
| 五 | 圓圓著著 |
| 三 | 用圖十二五年 |
| 三 | 无无得得五十年 |
| 一 | 荒荒地田 |
| 十 | 寬寬恩恩 |
| 九 | 約酌量量 |
| 五 | 漷濟州 |
| 十三 | 議議擬得量量 |
| 一 | 更互相到至 |
| 六 | 地地宇兄行 |
| 九 | 兼兼并兼 |
| 六背 | 地地土民 |
| 十二 | 管管軍官官 |
| 十 | 占占著著底底 |
| 八 | 他他顏顏試瑩于 |
| 五 | 即日鄰罪已歸附 |
| 四 | 土土田 |
| 七 | 受受花之主 |

一　康氏故籍

## 上

札記二之十五 《典章十九 戶部五》 二 陳氏校補

| 十三 | 十四 | 五 | 四 | 十三 | 十二 | 十一 | 九 | 六 | 十三 | 五 | 四 | 三 |
|---|---|---|---|---|---|---|---|---|---|---|---|---|
| 必殺到姪 | 承本管 | 承揚與 | 提撥原 | 戶部 | 名貫廣 | 承星興頌 | 戶部 | 揚揚 | 本本 | 無嫠婦陳告 | 四四副附 | 柱柱曲曲 |
| 謂謂姪子姪 | 本本管管 | 揚揚頌頌下 | 原原抛撥下 | 戶部所擬議 | 名名尚書 | | | | 路路 | | 路路 | |

| 三 | 十四 | 十五 | 十三 | 十一 | 二背 | 十三 | 五 | 一 | 十二 | 七 | 六 | 三背 | 十三 | 一 | 十三背 |
|---|---|---|---|---|---|---|---|---|---|---|---|---|---|---|---|
| 親女友老 | 當是背 | 至至元 | 已巳萬拱拱 | 一千人 | 阿阿賀于於 | 嵗補庶庶 | 淄淄菜菜 | 門門户户 | 各各二 | 准准擬撥苑行 | 長長立大 | 荒荒閇閇 | 阿阿賀存日 | 當時是 | 作養老老 |

## 下

札記二之十六 《典章十九 戶部五》 三 陳氏校補

| 六 | 五 | 一背 | 十三 | 十三 | 六 | 五 | 二 | 十三 | 七 | 六背 | 十二 | 十 | 六 | 五背 | 八 | 七 | 六 | 五 | 十三 | 十 | 五 |
|---|---|---|---|---|---|---|---|---|---|---|---|---|---|---|---|---|---|---|---|---|---|
| 田土 | 又送部兵部 | 交役役 | 典典史立 | 同同里甲 | 追議正官 | 科科攡撲 | 赴赴官將 | 典典買賣 | 榜榜文約量 | 批退字背 | 民民間門 | 作立聯頓元 | 江浙浙行行省 | 税税原元 | 親親同門 | 舊舊田例倒 | 素素煩亂 | 人人民兄有 | 康康訪訪使司 | 受微之心心 | 歸歸於 |

| 七 | 六 | 一背 | 十三 | 十三 | 六 | 五 | 二 | 十三 | 八 | 三 | 十二 | 十 | 六 | 四背 | 八 | 六 | 一背 | 九 | 三 | | |
|---|---|---|---|---|---|---|---|---|---|---|---|---|---|---|---|---|---|---|---|---|---|
| 令後秒相相 | 地土土地 | 谷中書省省 | 私私賣買 | 期期斷年至 | 認認恩詔 | 典典買賣 | 賣賣荒地地土 | 端端的得 | 地土土地 | 地理 | 合合屬陳康告 | 歸歸實買 | 但便窮寫 | 舊舊例例 | 八六以有 | 止止以此 | 限限次 | 亦極治罪罪 | 歸歸敘於 | | |

礼記二之十七　《典章十九　戶部五》　陳氏校補　四

| | | | | | | | | | | 尤三 | | | 卅一 | 卅三 | 卅五 | 二 | 一 | 四 | |
|---|---|---|---|---|---|---|---|---|---|---|---|---|---|---|---|---|---|---|---|
| 十三 | 十二 | 十 | 九 | 六 | 二 | 一背 | 文書二文書七 | 四 | 二 | 一 | 五 | 三 | 二背 | 四背 | 四 | 十二 | 十一 | 八 | |
| 若有借借貸貸 | 田土主 | 田土主 | 償還之遣 | 必不須 | 舊教蒿該佃戶佃戶 | 百姓每以百姓 | 毋以得以 | 河南湖南 | 似以為為 | 擬疑合令 | 三二欲欲 | 即已 | 程應林林 | 程應林 | 程渭督下同 | 奇舒卡仲卜 | 抑將 | 本立 | |

| 五背 | 十 | 六 | 五 | 三二 | 五 | 六 | 二背 | 七 | 六 | 十三 | 九 | 八 | |
|---|---|---|---|---|---|---|---|---|---|---|---|---|---|
| 買跑地人 | 姐妘二人 | 陳嬌嬌人姐妘 | 此將是 | 賣賣田田 | 淳祐佑 | 定奪此此 | 若依已籍籍 | 看蕡蕡 | 相圓圓 | | 抑將 | 撇污污 | |

---

礼記二之十八　《典章二十　戶部六》　陳氏校補　一

| | | | | | | | | | | | | | | 叶行正誤 | |
|---|---|---|---|---|---|---|---|---|---|---|---|---|---|---|---|
| 三 | 二 | 十 | 八 | 六 | 五背 | 十三 | 十二 | 一 | 六 | 三背 | 十二 | 八 | 斜寨如不斜寨不嚴 | 一 | 二 |
| 保體受受 | 休體担担 | 撇要要 | 應另行墨抄頂格陰文 | 添工墨抄頂格陰文 | 黑押解 | 幼押解 | 開會開會 | 常川關開 | 元倒關開 | 須要至 | 元倒賓鈔 | 鈔庫深 | 鈔庫深 | 緣衰闕段橫作直表闕應橫作直 | 接授應受 |

| 八 | 七 | 五 | 四 | 三 | 一背 | 十三 | 十 | 八 | 七 | 六 | 五 | 十二 | 六 | 六 | 三 | 五 | 十二 | 四 | 三 |
|---|---|---|---|---|---|---|---|---|---|---|---|---|---|---|---|---|---|---|---|
| 其盡信虛益虛 | 銀銀鈔鈔 | 作又人 | 尚備體體 | 應備用用 | 至五十十五年 | 象勢鞾鞾將 | 除察判判 | 機鈔鈔鈔者 | 裏裏來來者 | 桑尋尋 | 十二月十二月 | 縣縣官府官府 | 縣官 | 剗剗刑脱下同剗削剝脱 | 聽止字聽收四貫聽止正 | 六錢不私私相担新新並行公私通陶用 | 新舊並行公私通用 | 收拾剗倒 | 坊隅偶字行人告字人行 |

**札記之十九**

**典章二十　戶部六**

二

上半：

- 十四　道者究治
- 十五　課程許受昏鈔
- 六　課課官
- 九　辦課官
- 三一　課程工墨星
- 四背　昏昏鈔工墨星
- 十一背　辦課官
- 十　遞者以後應補四行
- 八　賊徒衔狀
- 七　杕各字衔
- 二　提挑剜神裟
- 一背　不願課裟
- 五　細紉民大大元錢至元鐵銅錢
- 九一　百並計下漏姓六字交易

下半：

- 六背　若是字衔認
- 三　一一資實圖
- 三　一一例列
- 十三　上上載俱各損去
- 十　文省四字
- 五　文者四字
- 九　其其寶寶
- 十三　一半損者去者
- 五背　似難倒倒換
- 二背　無用用處
- 八　合作不燒不燒
- 十五　鎔剜倒倒換
- 一　是全前鈔
- 十一九　燙燙以倒換換
- 六　劉伯免罪察兒
- 三　反又徵兒
- 七　招伏剜四漏字已斷
- 十　勞為頭糾合
- 二背　本本頭
- 十一　料鈔火酒火燒酒
- 十二　自首免罪罪
- 三　本身罪罪
- 六　劉伯免罪察兒
- 十　招伏剜四漏字已斷
- 七　伏是寶已寶
- 二背　本頭糾合
- 十　勞為頭糾合
- 九　寶寶元倒倒
- 五　行使昏僞鈔
- 十　諸諸造通行
- 十二　丁子當當補
- 十三　提挑剜剜挱補者
- 七　計計照照
- 四　取取典察補
- 三　不得讓准
- 二　人人等結攬者
- 一背　漏者一座二十行應補有上
- 十三　有今今
- 十　來求昏鈔倒倒
- 九　每艘着燒
- 七　桑哥歆燒燒
- 十二　移准

二

陳氏校補

---

**札記之二十**

**典章二十　戶部六**

三

上半：

- 四背　偽偽料鈔
- 八　偽頭料鈔
- 十　偽僞鈔上倒給賞
- 一背　招僞伏狀
- 十一　招僞伏伏
- 三　追省干扰干扰
- 五　失失覺覺察者
- 七　合合干扰
- 十　其其未未發而自自印者
- 十二　有事未發而自首者
- 三十　令令倒倒印
- 十一　必有令
- 十三　衔社一長長字
- 二三
- 十二　呈遠寫著
- 十三　寫遠著
- 九　呈至大元
- 三　道當制別無無
- 十　遞當制別無無
- 三　職職伏伏
- 十一二背　印造造僞僞鈔之
- 大背　印造造僞僞鈔之人
- 八背　徒役流遠流遠
- 十　憑恃僞鈔勾捉
- 比　此此間間
- 九　錢鈔物物
- 四　共共有行

下半：

- 八　熙熙維詳擬
- 五　諸諸巡道道
- 三　罪罪倒倒
- 酉一　並知是
- 十三　未來僞僞
- 十　紫絷休鹽
- 九　作僞鹽
- 二背　賣賣變會
- 九　抄遠抄
- 四　故杕斯一百七七下下
- 二三　用周錫錫陽
- 三十二　提挑鈔職人
- 十　色色目日
- 十三　遠只鈔殿
- 四　那半
- 十　下領不牙知情各下夾漏一分二百七行下引僞
- 十　鈔知印造僞鈔
- 二　微微給給
- 二　印情造下僞鈔
- 十　問間削將前去去
- 二　也如如今
- 十二　有將鈔字元
- 十三　寫遠著

三

陳氏校補

**典章二十 戶部六**

陳氏校補　四

| | |
|---|---|
| 至五 鈔例法治 | |
| 九 烏烏撒撒 | |
| 十二 依除斷斷罪罪 | |
| 礼記二之二一 | |
| 至五 鈔例法法 | |
| 九 烏烏撒 | |
| 十二 依除斷罪 | |

三 賣買到到　十二 私私立茶帖冊
二 艾支伏依州州俚俚下同　二背 江江西南行行省
十二 劁新逢州州作二年　止止作存
十 日起作二年　二字存
七 首首者夾夾　四 賈字一樣下漏頗脣音准十一
六背 賈買罪罪使俊　今合後作後
十三 各夾夾次　五 作後一字下漏頗脣音准十一
九 社社郭列例　一徙翁翁鄒元
四 剗到郭庫俊　三背 剗翁藏六十七七
三背 湖湖州路　十三 若俊鹿鹿
五背 湖州路　十二 劁中一中字
十二 延作祐二三年　六 瞥瞥迹迹人人
六 中部字下行書　五 支賈衙支

**典章二十一 戶部七**

陳氏校補　一

葉行　正誤

一背 二二攝攝權　五 休體與與的
九 大德九七年　八 設全數行剗
七 青買賈賈　十一 誤頭頭剗防
三背 取收受受　十二 二二合十年四平
七 無無火散散　十一 二二十年四平
五二 市字下元有　十 二二十三年
十三 載載羅羅　八背 收收字送戶部
九 如如今令　九 二二十三年
八 襃襃愍愍　三 二二作折戶部均
七 江浙浙省　十三 作宅還官均
十二 吳承奉奉　二 二二作宅還官
三背 鐵鐵納退完官　六 相相臆得得
四背 欠欵少少　三 所聽微擬
　　　　　　　二 若如支支文憑
二 元路通價作之階隣　十 收收貯貯
十 若如支支文憑　九 二二路十三年
三背 合合干於部部分　八背 官字十行至原鍰已
六 若俊收收貯貯　九字下合右
十一 應應納納者者　十二 二二十一年四平
　　　　　　　十一 誤設頭頭剗防
二 應字十行剗　十 誤設
一四 到剗字行華　八 二二刖刷
其其有侵盜　五 體體與與
合合干於人人

一〇四〇

## 上欄

九　裝底斗並官司

十四　官司並要

十一　厝頓如下海要集社長明戒置各文　社長興社二聽十役民便或置各文

十二　發橫如橫

十三　王祚祥

十四　王祚祥　收攝附鈔收發蟲物六行同

二　作緘件件定元通

四　見一鈔格元

九　空麻一下

十　數頗

十三　討幾類題

《典章二十一戶部七》二　陳氏拔補

札記二之二三

---

十四　華高商物

五　見定定見至元二年

四　王至元二年物行

一　不不應二錢字物行

十三　到到定例

九　如是似前

十七八　收牧支王令行

十　除字令行

二　人不走家七辦字差來人吏四病字行應入作字完

七　汚官廁中

五　其恐字行

一　安帖安帖之人

十二　勾勾逪逪之人

九　府吏府吏還完

七　回回還完

十　又諸發覺

十九　倒剜倒剜除

十二　母無無結閞閞自是

## 下欄

六　重鄱重五午元

十二　鋪舖作領令陳什物

十九　賣賣陳什物

二　圄因權攉之今年後銷

三　得與權攉之破破銷

四　去失失去

十四　工銀損失師司

十二　宣諭諸王

十二　芽諸王

十三　麟眉伍指

《典章二十一戶部七》三　陳氏拔補

札記二之二四

---

八　應副付於行

九　押打還運發發又見各禮頂祭禮錢

六　本牢行於路院文添又支見各禮頂祭禮錢

十二　各於諸說

十四　頒鈔九門小祭

十　使支軍人官府司

十三　奉使支軍人

六　事懸懸

七　斜察說才方放退還方放退還

六　民公

五　掌管

十　等奠處虛起運

十二　常時財物

四　地迎時送送

十三　違迄貨物送送

八　典緻及賣價似賣價

十二　赴都部

---

十一　本部鐵議得都省

照依都省

每斤一斤支

每斤所多支

此中所所表羨

鐵錢錢羨

釘鐵錢羨

吳文惠

三　時借運價賣鈔下同

一　作借開元行

八　伏告間元行

十一　依依上瞻罰行

典章二十一　戶部七

札記二之二五

一　背　作木木棉元糧
　　　十三　若　并有支少
二　克追徵鈔錢糧
　　　十四　阿背并冒支
四　漏記一關字上
四　背冒省議名
六　除冒名議
十　而給散行
十二　原免錢物
十二　衣物料物
十三　官吏人等
十六主　全未給散
二三　空下一格元
二六　例格入後字元徵陰糧粜
四　漏一數字上

二　寶位時分
三　後登頭下寶位偏徵
二　帝後登寶頭下位偏追徵
四　在都寶字頭行
七　以字罷五行十七中書上
九　阿根道底的
五　支賣與於
六　教數賣
十　遠察裏察出來
六　背魏奏國谘讀近谘

十五一　休休追造
十二　借借欠歡倉庫官錢
十　借借倉庫官錢
九　計計攢攢鈔
七　豪勢勢豪
六　火火者日
十一　背但有有合追陷的的
十四　典典主生生阿奏阿奏下同
十六　怹怹生阿奏
十一　地怹欠歡
四背　并并冒支
十三　若有少支

十五一　還近年年
八　懸懸欠歡錢
九　作苗額頷元
十　便捷即留
十四　合欠約
五　保絲下路
六　各各物路
三　雙賣責作鈔

四　陳氏校補

---

典章二十二　戶部八

札記二之二六

一　線表闕應橫直作
　　　正誤葉行
二四　麩寶寶寶徒二平
六　聞奏聞二平
十二　應應酬付
三　河道
三　元賠賠之階
九　次決通作用因致關用
四背　科科斷所所在
六　過過所在
九　達達民戶

十二　提提點官行
七　斷斷漫花私紀私紀
二　斷私紀各處
九　驗驗處
十二　收取招
二背　打打計勘
九　先光取取
六　概令令本路
十二　宣應便便使司
四　湖泊泊
三　因而夾帶
十二　因而夾帶

一背　線表闕應橫直作
二　識識者諸人
九　別細定奪
六　充先元管
七　阿合阿馬
一背　識者
十二　並申申部
十一　畢畢
三　丁下丁下
七　收取下下
十二　扇戶除
五　扇戶除
九　都轉轉運司依投按察司
十二　令令史使
五　選差遷差相應
七　運遷司使一定
八三　印色信
五　公田田
七　捕劾委委

十三　前前年行
六　甘甘結認狀呈縣省
三　多多條稅所
七　高高依所稅錢程
五　止止依舊例
十二　推催攤辦
九　隱隱漫混舊例人
七　等等處處諸人
十二　中中興與棄州
九　阿合阿馬
九　別細定奪

一　陳氏校補

## 札記二之七 《典章二十二》戶部八 二　陳氏校補

| 番號 | 標目 | 校語 |
|---|---|---|
| 十五背 | 旺元字墜新丈弟 | 一背 作脾肯邦元 |
| 十二 | 選差差役 | 十二 以此若有 |
| 十一背 | 熙熙檢驗 | 十三 河河邊若有有 |
| 四 | 運使以下 | 十三 告首肯吉 |
| 二背 | 熙熙檢驗 | 七背 不得所伐伐 |
| 八 | 脾贍賣賣 | 十 事專擢地扣刊 |
| 五 | 益食貪官錢 | 五 運司辦辨課程 |
| 三 | 為易權茶 | 八 迢迢壞壞 |
| 六 | 高蔭攢 | 十三 週週圓蒙古 |
| 三 | 到洲洲 | 一背 卯卯就便 |
| 八背 | 作作貨貨 | 四 不規畫苑施行 |
| 三 | 茶貨貨 | 五 不不得跧壞 |
| 九 | 紅殼來來 | |
| 十四 | 都省 | |

## 典章二十二　戶部八

| 標目 | 校語 |
|---|---|
| 行御史臺臺 | 十三 城成子子 |
| 六 宣慰屬司使 | 九 家處已已 |
| 二背 謟造戶茶處造茶 | 十 多賣買 |
| 七 必合和顧雇 | 七背 標標注柱 |
| 六 必合和顧雇 | 十二 李季均信 |
| 二背 依層入去去 | 十三 荊荊胡胡 |
| 六 唐唐于子譜讚 | 至三 捉捉詰之人人 |
| 十 年年甲年不等 | 十二 應應捕人員 |
| 八 二百三十斤勒 | 七 遲遲捕捕官司 |
| 九 州州聯路 | 八 的約決夾 |
| 十二 枝枝貴 | 十三 相相應承此此 |
| 九背 甲申奉奏 | 一背 告告欠茶錢袋 |

## 札記二之八 《典章二十二》戶部八 三　陳氏校補

| 番號 | 標目 | 校語 |
|---|---|---|
| 六 | 省有茶司 | 十二 侵侵占研伐代 |
| 三背 | 根限官司處 | 三背 私私賣鹽者同私鹽法 |
| 三 | 十五兩五兩 | 十二 貨貨鹽賣賣 |
| 四 | 八背 | 十 官官吏擅自自 |
| 十二背 | 能不字作行 | 三 截截門實 |
| 四背 | 批批鑒范范 | 五 百百里姓 |
| 五背 | 不不字能作行 | 六 軍軍民官官 |
| 二 | 一引作鹽 | 十二 運監監遷 |
| 三本 | 元行均勒作字斤兄 | 十三 軍軍官民官 |
| 七 | 遼遼旅施 | 十三 每每綱設官 |
| 一背 | 除除各各縣 | 十三背 兩兩淮雨淮 |
| 十二 | 具其關關 | 二 官官吏擅自自 |
| 十三 | 用用過過脚力 | 二 齊舉足足 |
| 一背 | 斷斷道施施行 | 二背 失失覺察並從遷運使司 |

| 標目 | 校語 |
|---|---|
| 八 幹幹脱脱 | 十三 失失覺察並從遷運使司 |
| 十 支支發發不背不 | 二 殿殿護鹽監徒 |
| 七背 運運官用 | 十 捕捕盜鹽官究問問 |
| 十三 運運官用 | 一 官官課庫 |
| 十 措措除除 | 十二 運運司課 |
| 一 運運司支發 | 十二背 運運使過抑不不得 |
| 二 以以先在舡坐倉湳走湳 | 六 中中統鈔 |
| 九 解解面面 | 七 正正課鈔 |
| 十三背 覺覺察察 | 十二 批批鑒驗鈔 |
| 十二 連連衙保結結 | |
| 十三 仍仍自大德德 | |
| 十五 租租田 | |

## 典章二十二 戶部八 四 陳氏校補

札記二之二九

十二行同

| 圭 | | | 西四 | | 毛 | | 兲七 | | 八 | | 圭 |
|---|---|---|---|---|---|---|---|---|---|---|---|
| 印覚記 | | | 批整驗 | 批整驗 | 文文簡簿仲過 | 全令收收 | 批整驗 | 承奉運司 | 卯背姓信並於本客 | 合同用 | 印覚記 |

十及漏用 … 十三行尚同

| 圭 | | | 罕 | | | | | 罜 |
|---|---|---|---|---|---|---|---|---|
| 拔批根據 | 生生裁裁 | 諸裁裁 | 自行行首告 | 無與使皮 | 償幾錢價 | 斷斷遣道 | 總會匯 | 事理理 |

## 典章二十二 戶部八 五 陳氏校補

札記二之三十

| 哭 | | 罡 | | 士 | | 十 | 九 | 八 | 五 | 四 | 三 | 二 |
|---|---|---|---|---|---|---|---|---|---|---|---|---|
| 初初犯犯伏斷例配斷配 | 議議到得 | 溫溫帶帶 | 諸諸照詳 | 乞乞照詳 | 強強盜盜 | 各各處軍所捕覆 | 責令令 | 強強竊盜盜賊賊 | 尅扣斤勘 | 有不受受 | 提點等官 | 背肯心心 |

| 圭 | | 罡 | | | | | 哭 | | | | 罶 | | 圖 |
|---|---|---|---|---|---|---|---|---|---|---|---|---|---|
| 貨貨買賣 | 毋母我到 | 開開生生前去 | 招招照詳詳事由 | 引引目目 | 體休例例 | 事事內理 | 鹹鹹土土 | 省省中書 | 都省 | 以此接大大江江 | 作批跳水术元 | 舊舊察察 | 乞乞照詳 |

## 典章二十二 戶部八

礼記二之三一 六 陳氏校補

| 盡 賓口 |
| 從 容 從容 |
| 批 批鹽 |
| 一 作下 分明朔元 字月元作大小字兩 |
| 月日 引日日 |
| 司縣 縣同 亦齊行引 |
| 賣成 賣成 |
| 任在內內 |
| 不惟退引 |
| 遷建官官 |

| 七 體生生受受 |
| 十 限 一定定 |
| 十二 賣的 分添 |
| 十三 裹惡 的的 遠裏的添丁 |
| 一背 怨你不同 |
| 二 新行省省 |
| 八 江浙行省省 |
| 十二 鹽課額額 |
| 八 結結鹽課果 |
| 二 但但是有 |
| 六 令合行省 |
| 四 聖旨聖旨 |
| 四聖旨 |
| 背 賣東西粵元 |
| 八 無供祿食入奧元 |
| 十三 黑珠檢禁 |
| 十 送達戶部部 |
| 七背 私鹽外 |
| 十二 言語說說 |

| 七 秤關元作關 |
| 十 鹽賣價償 |
| 十二 商量著著 |
| 五 鹽賣價一引引 |
| 六 其他依依 |
| 七 賣一引引 |
| 十二 減改了了 |
| 十三 南省南省 |
| 四 只蹇合合 |

| 四 慶慶每們 |
| 一 推入去阻壞壞 |
| 三 聞泰闗 |
| 六 接察司使 |

---

礼記二之三二 七 陳氏校補

## 典章二十二 戶部八

| 三 請請軍軍 |
| 十二 應課省省 |
| 十二 都多省省 |
| 九背 你的的 |
| 六背 責您的用心 好好生用的用心 |
| 七 委奏內理 |
| 五 事事依依 |
| 十 提拔黜調 |
| 十二 只這依你 |
| 十二 許你延延 |
| 八 您你的的 |
| 九 在在前先 |

| 十二 省省私禮 |
| 九 虵以驗驗 |
| 三背 通通賣賣 |
| 九 犯犯蘆價 |
| 十 蒍蒍芥用 |
| 九 以涉步面面 |
| 二背 洺州州 |
| 十三 地地上土 |
| 二 聯聯從從 |
| 十一 秤關盤 不偷論論 |

| 一 消倉鹽鹽 |
| 十三 省省私禮 |
| 九 以以涉涉 |

| 十二 鹽賣行的行的字省行的雨淅 |
| 七 省省付府 |
| 五 令令役 |
| 四背 浴浴河役 |
| 十三 莫流秀等流買拿到六客人今醫課 |
| 十二 驗鹽驗版版 |
| 十二 責 鹽版版 |
| 十二 府府中中 |
| 六 依驗驗驗 |

| 八 之之雨淅 |
| 十一 北之的两浙 |

| 十二 定定尊尊 |
| 十 錢錢別事 |
| 八 抄抄上上 |
| 七 心心合合 |
| 九 只作夅米宂 |
| 五 本本色巴 |
| 九 只幾伐伐 |
| 三 一宜乎十至十三行半不應接下八云十 增增除了八千餘定多 |

| 一 維其其課果 |
| 五 推其其 |
| 二背 盒盒刷者 |

## 札記二之三三

**《典章二十二》户部八**

陳氏跋補

| 六 | 一背 | 十二 | 十二 | 十 | 九 | 八 | 六 | 十 | 七 | 一若 | 十二 | | 八 | 七 | 四背 | 十三 | 十二 | 六 | 三 | 一 | 一背 | 十一背 | 十 | 八背 | 七 | 七 |
|---|---|---|---|---|---|---|---|---|---|---|---|---|---|---|---|---|---|---|---|---|---|---|---|---|---|---|
| 潮廣行省 | 招擬以照擬 | 聖上旨 | 哈州 | 看詳請 | 似以望望 | 之貨物 | 米末麩 | 有又麩 | 相似有行一數 | 哈琳翔似相似 | 背五行同 | | 買買到酒 | 買罰酒 | 買到酒 | 准北此京 | 賣詰諮 | 各人每招伏依倒依倒 | 您每依倒 | 休體與與 | 有有何何 | 戚咸下來來 | 您理會會 | 翻辦課酒 | 權柵酤酤 | 唯柵棚柵 |

| 潮廣行省 | | | 背一行七行同 | | | | | | | | 《典章二十二》户部八 | 六九四 | | | | | | | | | | | | | |
|---|---|---|---|---|---|---|---|---|---|---|---|---|---|---|---|---|---|---|---|---|---|---|---|---|---|
| 一背二二十三件 | 八 千子后后 | 四 李聯顏 | 二 准江新新行省咨揹訪 | 十二一 | 十 准治可 | 三背 氅整若來 | 四 傘磨磨 | 九 他位勞來 | 七 買賣交交 | 六 休體慮來 | 十二一 賣賣事泰過行內 四 | | 十二 與為犯犯 | 十 酒頭內內 | 九 米末麩麩 | 八 數起起數 | 七 起數 | 二背 色色認認 | 十一 仰卿卿本處 | 十二 中中書省 | 十一 權雕茶茶 | 九 說毘倒利斷 | 十二 斷淺入官 | 九行 一瓶十字瓶 | 貨賣 |

## 札記二之三四

**《典章二十二》户部八**

陳氏跋補

| 十九 | 六 | 三背 | 四 | 三 | 十三 | 十 | 一背 | 八 | 六 | 二 | | 四 | 二 | 一 | 十二 | 七 | 六 | 四背 | 十三 | 七 | 一 | 七 | 二 |
|---|---|---|---|---|---|---|---|---|---|---|---|---|---|---|---|---|---|---|---|---|---|---|---|
| 發發露落 | 名各件件 | 趙趕翻斷 | 備藉定定 | 過過番版 | 鉑船主主 | 銅同鐵鐵貨貨 | 銅同鋼羅 | 海商商 | 搜搜揀揀 | 是是在下 | | 與官官有今復後 | 捐捐帶帶 | 估古一人每每字每 | 官官 | 奏奏是也 | 教教出去 | 隱隱藏藏 | 持持體體 | 依依倒倒 | 那那地面面 | 件物貨件 | 那般者行者通 |

| 十 | 三背 | 十二 | 十二背 | 八 | 五 | 二 | 五 | | 一背 | 十一 | 十一 | 十四 | 六 | | 十二 | 九背 | 五 | 一 | 十二 | 九 | 四背 | 十二 | 五背 | 六 |
|---|---|---|---|---|---|---|---|---|---|---|---|---|---|---|---|---|---|---|---|---|---|---|---|---|
| 擬擬二册行下宜應准云六云四 | 您您得的宜應接云十 | 蒙三行下宜准云六云四 | 生生受受有了 | 他藏識見 | 總曾數數 | 解解與與 | 錢錢帛的底底 | | 事事宜下長漏花就行便到目卻法 | 另行省行高行司一泉格府司 | 土產販 | 作十九五年目 | 是是別賣賣依倒倒例 | | 物貨貨物十二行同 | 同同結甲人 | 難難噞與 | 斷斷罪買 | 合給給令公平上五漏字船面 | 調船若上五漏字船面 | 雜雜事等 | 在任船船 | 他他底起船各司各船司 | 擬擬定定 |

**典章二十二 戶部八 十 陳氏校補**

| 六三 | 一二 | 一三 | 六 | 八 | 四 | 六七三 | 六 | 正三月 | | 一二一 | 十二 | 七 | 六 | 五 | 三 | 二一 | 十二 | 七 | 六三 |
|---|---|---|---|---|---|---|---|---|---|---|---|---|---|---|---|---|---|---|---|
| 鐫壽寫 | 革草去去 | 至甚甚 | 加知等 | 失失契本 | 蚰蚰稅者 | 捎揩除除 | 直至至年終終 | 償蠻鐵價 | 牛牛畜蓄 | 四五十十五定 | 正正課歲 | | 司縣引 | 本賣字本衍板 | 販版賣益 | 宿奧任憲二州十知二州字耿 | 有耶取到下延誓不帶渦招界伏難 | 科歸歸聯 | 買買貪私益 | 西川川 | 買買貪入 | 卷巻泰參 | 有到泰參 | 都省省 | 勘買判判 |

| 六九一 | 八 | 六七 | 九 | 八 | 四 | 六七三 | | | | | | | 三三背 | 八 | 五 | 十二 | 六 | 六 | 四背 | 十三 | 十十 | 三三 | 十二 | 十 | |

---

**典章二十二 戶部八 十一 陳氏校補**

| 十 | 九背 | 十二 | 六 | 四一一 | 六 | 四 | 一背 | 十 | 五 | 十三 | 八 | 六 | 五背 | 七 | 五 | 六 | 五 | 四 | 一 | 十三背 | 十二 | 齊四 |
|---|---|---|---|---|---|---|---|---|---|---|---|---|---|---|---|---|---|---|---|---|---|---|
| 兩兩經經 | 先先令合 | 貪貪買買 | 令今人人 | 其其圓問 | 抑於於康祥 | 匡匡類覩類覩其義在 | 項項目覓覓行 | 輪幹幹將 | 單軍狀伏 | 各各罪名名 | 蚰蚰荒荒稅 | 包包容內容 | 永承伏仗 | 連連陷路 | 結納鉛解 | 三三十十一定兩 | 即即聘聘 | 邪邪報報行者者 | 逞逞行者可 | 魚魚湖泊 | 交交各各處處 | 圓圓岸岸前前 |

| 一五九 | 七二 | 十二背 | 十二 | 一五三 | 八 | 七二背 | 一背 | 八 | 六 | 四 | 三三 | 一五 | 九 | 六 | 五 | 三 | 一背 | 六 | 十二 | 六 | 四背 | 十 |

## 頁

土　汾河　河汾

七背　收比　等管

二　斷斷　沒設

十三　官司斷　官客都省

八二　陳呈　呈苦告苦　生生編

九　北比　官官

十　移移　谷省都省

三背　絲私　貨貨

八　照招　詳詳

——

禮記二之三七

《典章二十二　戶部八》

十二　　　　陳氏跋補

---

葉行

一四　元立頂　各農司　四字

一背　省調　畫畫

四　期期於　數本本

五　呈呈　省省行行

七　乃住　字滿行乃

八　御御　史司行編

九　軍民　今字編

十三　妻妻　又同

二　各各　討行

三八　今聖　崇旨聖旨

九　勸課　課施行

——

禮記二之三八

《典章二十三》

九　勸課　課施行

八　因而　多多

七　工功　勤勤

二背　此依　附附

一背　社社　者者

五　勸農　者者

七　勸農　日者日

十二　如如　附附

十三　本正　叢業業

——

戶部九

六十二　社社　長長

九　歲年　字深深歲

五六　勢勢　要要之家

八　居停　住住之家

三二背　并朔　可挑撅者者

四　若若　水田之人家

十二　在此　限行

四二　種間　地種二種字地

四背　課課　磨磨

六　低農　提挈黜官

五　別　管管餘事

三　誠愠　情情

三三　四村

三背　照照　官官

——

五　如如　卑府　見職見

二　除除　遵依　外外

一　照照　得得　先敕欽奉

七　行行　社　一內有　字有

五　勸勤　農日者　日

十三　勸勤　農者　者

十二　以以前　事一切勒教教

八　照照　德院　翰林侍講　侍講

九四　翰翰　劉劉前　劉敕前荊前　來

十三　段好　娛娛　省省

十二　如如集　集人戶

十三　不以　盡盡

——

典章二十三

戶部九

七　本管　奧魯官　奧魯官

一

陳氏跋補

## 典章二十三 戶部九

二　陳氏披讀

| 十 | 七 | 六背 | 十 | 七 | 六 | 三 | 二 | 札記二之三九 | 十四 | 五背 | 十 | 八 | 五 | 四 | 十三 | 八 | 三 | 二背 |
|---|---|---|---|---|---|---|---|---|---|---|---|---|---|---|---|---|---|---|
| 覘觀自身 | 牡壯樣緣 | 稍稍子子 | 三三五五寸 | 正五月 | 根報一斷漸字 | 附附地近 | 芽芽出土盧土 | | 不無無不 | 尃占占尃一一 | 差差常長 | 助時時 | 得澤澤此 | 刑清司清 | 下丁 | 慶察墾隨 | 泉款人人 | 似以彰德彰德 |

| 十 | 三背 | 八 | 七 | 六 | 五 | 四 | 三 | 二 | 十 | 十 | 十三 | 十二 | 十 | 九 | 七 | 三背 | 十三 | 十二 | 十 | 八 | 七 | 六 | 五 |
|---|---|---|---|---|---|---|---|---|---|---|---|---|---|---|---|---|---|---|---|---|---|---|---|
| 合今屬屬 | 新觀舊舊見在俱在 | 入百姓娛娛每入每 | 出祿薛薛 | 不不曾戌 | 譯敎誠誠 | 准御史臺 | 此者二下字漏入 | 遠遠敏戴說說 | 說說敏戴 | 遠遠敏戴行行呵 | 州州縣官司官 | 遠遠敏戴著著 | 提詞懸懸懸 | 見現工上 | 縷縷麻陰陰 | 單單機構 | 又又一法䕫 | 仍仍發發 | 又又上糞土過一過 | 二收熙熙輪輪 | 通通行行 | 箚箚書書 | 二功輊輊行 |

---

## 典章二十三 戶部九

三　陳氏披讀

| 卅二 | 六 | 五 | 十三 | 十二 | 六 | 五 | 四 | 十三 | 八 | 九七 | 八一 | 札記二之四十 | 十六 | 五 | 十 | 六 | 五 | 三 | 五背 | 十三 | 十二 | 十 | 九 | 十四 | 三 |
|---|---|---|---|---|---|---|---|---|---|---|---|---|---|---|---|---|---|---|---|---|---|---|---|---|---|
| 四衍申一申部申字 | 住住儐例司 | 勤勤便依良司 | 就就臍臍路 | 十大司農 | 勤勤臍臍援援 | 府府州州縣 | 晴晴北北附近 | 明明理搖搖援援 | 北北面面 | 七先處盧盧附近 | 一這遠敎敎宣宣諸諸 | | 十五家家業產業業 | 十熙熙接勸勸課課 | 六地土地土 | 五三樹樹枝枝 | 三常笕常笕 | 五差情美情美 | 雨雨澤澤 | 背字今衍衍 | 十而面不識不識 | 十禁禁約治約治 | 九玖玖硏伐 | 三提詞詞嗣嗣 | 士詔詔人藏每 |

| 卅二 | 四 | 二背 | 十二 | 十 | 八 | 四 | 十三 | 八 | 四背 | 十一 | 八 | 四背 | 五 | 十三 | 十二 | 十 | 二背 | 十三 | 五三 | 十 | 六背 | 十一 | 十 | 六 |
|---|---|---|---|---|---|---|---|---|---|---|---|---|---|---|---|---|---|---|---|---|---|---|---|---|
| 十三古書云 | 陳陳畫內 | 剗剗付付誤馬 | 十宣宣諭諭 | 擬擬合俟 | 又又文繁繁 | 塲塲蚴蚴 | 十吳吳承呈 | 河河南北北江江北 | 作勻稱搞元 | 十申三到行下誤二又補 | 四背陰陰免免 | 五掤辦實實 | 十二頭頭口入去入去 | 欽欽奉聖旨 | 十照照原例元元貞 | 十二照照詳得 | 士背身身稍稍 | 五三頏頏合下 | 三三損須損須 | 四副副使司 | 六背不不得養 | 十站站貼貼木兜兜 | 十八九日 | 六地地土開荒荒作義作義 |

葉行正誤

‖《典章二十四戸部十》 一 陳氏校補

禮記二之四二

一 七 來蠲 在免後下四溫字有
二背 御史臺小元

八 借道也道也里可溫
九 僧借道也里里可溫
五 僦二及字衍鹽
六 下小月月內
十二 揚捕得的
七 揚捕若撮
四 用面而
十三 用因而
二 五開開折折對樣交收敗
九行同

八 納米撮糧
五月 識諳過行
六 通識過行合台屬
十 揭揭開開
十一 司省元體勞震行廿若漏有事不理實合依雖有都司
三 二背寶赤
五 振定寶至行會
六 晼收朋丁四十餘歲年丁也有
十一 作些堂小元
二背 御史臺

十二 元遍追帖作之皓賠
五 一挑撮到倒
十二 照照原撥撥到倒的
十二 十終限十月月終
四 失失陷陷石石
三 二三民民官官重出
十四 素素過過事事內
二背 江江南西的的斟酌酌字衍
三 折折收輕輕實賣
十二 收糧糧擺擺實賣
一 江西行省省
十二 過送字納行通
四 陳附糧擺字衍
五 阿阿合合十行背一行同
九 說即脫脫怎怎生生奏聖旨奉聖旨
十 誈諳置置
三 正正是是
四 折折記記
十三 其中其
十二 止正脫脫
十三 此北綸給
王背 出此綸給
二 供供輪輪
六 武咸使通通知知

‖《典章二十四戸部十》 二 陳氏校補

禮記二之四二

七 爭爭差甚
九背 使使字信行
十 江西省行行兵戸省
十一 作領鋪鋪識走遞科報目
十二 的的地地田田地
江西省行省
九 均內合今納納科利科
六 街衛撥撥陷地州州路路
十二 別別難難限地事奧與老舊小人同
十二三 作三二十年目
八 奧與的底
二 納納依依租稅
五 迻追取收取籠字
十三 行捨一捨捨字
七 來來帶帶
三背 似以前前
五 倦倦每門

八 做蛾撥撥
七 見現其計
三 其現字字衍
九 無數似不今多日廿七
十二三 向日時下人遍户客各身奧家老小不人同

古四 禮記二之四二

九 灾灾恧恧差差賓發發
七 帝帝師思
六 怒怒衆衆
七 倉倉裏裏

## 葉行正誤（典章二十五 戶部十一）

| 行 | 葉行 | 正誤 | 行 | 正誤 |
|---|---|---|---|---|
| 一 | 四 | 拔處本路 路元料 | 三 六 | 官官民戶 戶 |
| 十 | | 作縣辭 料元 | 七 | 按驗檢察司使 |
| 二背 | 三 | 績系絹絹 | 一背 | 各各等 |
| 七 | | 匠匠人作 只尺人打捕 | 二 | 仰依仰依 |
| 八 | | 戶戶人 | | |
| 二 | 七 | 系戶戶 左右戶 | 四 二 四 四年七月 | 無如無上上司 |
| 九 | | 合得五戶 | 三 | 見兵部出站門戶站戶額戶類 |
| 十 | | 日日月 | | |
| 十二 | | 應應副付 | | |
| 四背 | 九 | 科料坑坑 | | |

**札記二之四三**

《典章二十五 戶部十一》

| 行 | 正誤 | 行 | 正誤 |
|---|---|---|---|
| 五 六 | 那敕高下 那敕高高下 | 九 | 占者省 占者 |
| 九 | 放散遶輿者 | 五 | 催辦錢錢糧 催辦錢糧 |
| | 聖旨輿僧道類 | 二背 | 不辦辦 |
| 一背 | 見兵禮部站戶田 | 八 | 陪賠紬紬 |
| | 職田佃戶戶田 | 五 | 戶戶計起 |
| 九 | 應字下漏 | 四 | |
| 二 | 差差發發辦 | | |
| 七 | 差差發發 | | |
| 十三 | 報授下下關分發 | | |
| 六背 | 打捕浦户下安户下 | | |
| 一 | 保保安户安户下 | | |
| 十二 | 体体 | | |
| 三背 | 軏軏把把的者 | | |

**札記二之四四**

《典章二十六 戶部十二》

| 行 | 葉行 | 正誤 | 行 | 正誤 |
|---|---|---|---|---|
| 一 | 七 | 依依當管者 | 三 一 | 其其呈照詳詳 |
| 八 | | 賣買弄買之 元和通當作之雇 | 四 | 准省下漏若鈔送兵部侍識語 |
| 二背 | 三背 | 出願領首雇役 | 七 | 消消赤氣 |
| 二 | | 頭願領首官官 | | |
| 十三 | | 雜行里格入陛字另 | 七 | 站站赤赤官管 |
| 十三 | | 是是何戶計計 | | |
| 六 | | 无元籍籍之之人人犯 | 五背 | 鈔定鈔官 |
| 二 | | 禁禁當擾役廿四戶 | 十二 | 行里正格入陛字文另 |
| | | 下下漏四戶幷 | | |
| 九 | | 不不諳認 | 六 | 是是何戶計文另 |
| 十二 | | 領領首官官 | | |
| 二背 | | 那格那雅 | 五背 | 嚴嚴政成 |
| 六 | 一 | 另諸和買入行同 | 十二 | 一背 聖嚴旨政成 |
| 九 | | 鈔鈔物物 | 七 | 是是何戶計文另 |
| 十三 | | 盌盌監臨臨主示 | 三 | 物諸色色物 |
| 十三 | | 其件其件 | 四 | 一背 和和買諸物物 |
| 五 | | 今本本路 | 三 | 支交物 |
| 十三 | | 監臨用購縣縣 | 五 | 收外外收 |
| 二背 | | 事事縣懸 | 六 | 正正官官首不發官本職 |
| 六 | | 迫遶陪陪 | 七 | 是是作作數足元授 |
| 九 | | 至發發至大大 | 八 | 在嫌明廻慎夫俊 十一行同 |
| 十三 | | 合合計置置 | 八 | 應應副付 |
| | | | 四背 | 並並宣懇司 |
| | | | 二 | 置主簿簿掄差差 |

陳氏校補

## 典章二十六　戶部十二

**札記二之四五**

二　陳氏校補

| 行 | 訛 | 正 |
|---|---|---|
| 四 | 裝裝州 | 定到刻 |
| 五 | 東北與明越相通 | 十六作百十五里里 |
| 六 | 逐通送送舊 | 一三七十三里 |
| 七 | 送送親舊應副 | 十一錢錢四釐四釐 |
| 八 | 又義行行 | 十三背修備諸物 |
| 十 | 買覽免免 | 五見城站站 |
| 十一 | 賣賣買賣 | 三背无元 |
| 十三 | 才方方行下 | 五差養發 |
| 十三 | 地地荒荒室行下 | 九大大車輈 |
| 十六 | 小施室章行下 | 十文支字字上誌寫 |
| 六 | 平元章章 | 十六作二十三二年目 |
| 九 | 禮刻制體 | 十六作二十三 |
| 五 | 戶部十二 | 无元站 |
| 三 | 分俊司 公分俊司施行 | 六聊聊便便 |
| 三 | 三背元餘 | 士前聞應 玉背上衍水作入錢 |
| 五 | 准催製發 | |
| 十 | 准催製發 | |
| 十一 | 准催東東 | |
| 一 | 先先支交 | |
| 九 | 近近年來 | |
| 十一 | 蕎蕎黃黃 | |
| 十三 | 別別字字下衍水 | |
| 十三 | 此北三下行衍水 | |
| 二 | 頻頻數數 | |
| 三 | 參詳除 | |
| 三四 | 千千斤斤百百里里勳 | |
| 九 | 寶寶有勳片重 | |

## 典章二十七　戶部十三

**札記二之四六**

一　陳氏校補

| 葉 | 行 | 訛 | 正 |
|---|---|---|---|
| 一 | 三 | 元幹 | 二背興運字下衍錢 |
| 五 | 兩兩省省裏 | 十术刻烈大王 |
| | 八 | 與奧省裏 | 三七照照 |
| 一背 | 阿吉只大王令旨子 | 四四為為此照照依驗 |
| 七 | 少少鄉鄉 | 九已已還還 |
| 十 | 投投行下奏告 | 十赤赤不得借得 |
| 二 | 支交使使 | 中書書省 |
| 二 | 徑逕直直 | 五背八至另行人 |
| 三 | 官官民民人人等 | 六諸物貨貨賣賣 |
| 六 | 官官民民人人 | 八等 |
| 九 | 跋逗人 | 八別部行下陞不文不得頃借情 |
| 九 | 作河湖東道元 | 五至字大陳跋小元部 |
| 六 | 承承字字行 | |
| 四 | 如今令行 | |
| 十 | 其其持勢勢 | |
| 八 | 遷選十日日奉 | |
| 十一 | 玻玻璃璃俊統子子 | |
| 九 | 諸諸人人 | |
| 二背 | 元元行 | |
| 十 | 二十一十八入菌菌月 | |
| 十二 | 照照字字衍端 | |
| 九 | 都都省省 | |
| 八 | 此中行書書應有議元貞二今後二 | |
| 十 | 月月行 | |
| 十 | 諸人令下與錄二十歲十六不贖諸二 | |

葉行　正譌

《典章二十八》禮部一　陳氏校補　一

一六　僚緒屬竈生
七　夾火道道
九　公公廳所
　　鈇班立立
二背　中書省兵部　兵部
八入　一一判判八入
四　元旨
五　東淮太宣慰原路司剖牒付至奉聖　宣慰司
十旨　下六年八月一日照三日日至河
三四　元元旨旨
七　常常州州
八　班班行行　屯戍戍
十　班式倒
八二　體用
九背上　遣用印信
八二　及其背上經漏亦用後年卯月門應者上
十　拍封票農
十一　餘以此五龍字幾
十二　曼卬征陰文避頭字格樣

十二　正本官
十三　轄五未品處衙今門後即像十木七路所
十二　郡公議濬州名滑州判兒保所
十一　翰林院國史院
十　買後進貿表合元字令照木典本官
五二　歎攷
十一　上土宇宇
九　埋幾偏大枯小妙十靈入宇沈
九　泉衆陵陵
七　古布走走
五　慕蓋婿婿
三背　羿辱營營
十一　通通倒倒
九　路路府州城城
八　合今無無
六　中伏伏代申
十三　備將檠壞
五背　囚而面而
四　奏奉准住
三　榴鉛姣妮宮之頗之頗
　　旋旋陛墓
二一　壇而蓋蓋字

《典章二十八》禮部一　陳氏校補　二

十六　合合无元屑户户
九背　止於迎掩狀枝令作迎貢
十二　歎攷狀文
五　有有无元
四　送造宇使令行者
十二　宇如應門小注依廳課作正廳入
九　廳所前前
一背　設案殼行
十三　排排辦後
十三　往住住處
十　遣道迎入住往
三　音皆樂樂
七　的上宇位行的名八字行月

七背　續來來到
六　宇宇
二　登登了寶位
之之心人
九　萬萬元年衝
八　省呈卻部議得
四背　應應剖付
六　屬屬宇萬都行府
五　建處各處在衙都門
六五　或咸宇囂都門
七背　主勺的當下漏四字不

十　名宇宇的有的
二　慰慰剖藏院
一背　休體父文
二　卻卬史令中承丞
四　鞾鞾都耳耳
三　宣宣敎敎
十　拜拜表儀○表拜日表
二背　音首樂樂
十三　廳所讀讀
九二　廳行前前

八　平平器路路申
五　歎苑侠行
二一　敎敎依行文宇
九　行言行一言語宇
七背　依合行一言語宇
四　迎迎上行趄行
十三　倒倒剖體
十　休體剛開
十一　物物貨宇有省
三　有省倉都省官人
五背　續來來到
二　廳行前前

## 典章二十八　禮部一

沈記三之三

三　康氏校補

| 葉／行 | 原 | 校 |
|---|---|---|
| 九 | 河南 | 河東 |
| 十二 | 得興 | 得於興害 |
| 二 | 繁刊 | 繁刊直 |
| 背 | 往往 | 往直 |
| 五 | 得經 | 得徑直 |
| 六 | 杜漸 | 杜漸 |
| 八 | 得緤 | 得緤害 |
| 十 | 坊誤 | 坊誤除外各路 |
| 十一 | 場誤 | 場誤各路 |
| 一 | 如今 | 如今施行除八字咨請 |
| 十一 | 照驗 | 照驗上另漏貢頒格陰令迎 |
| 三 | 接大 | 接六德字上漏行 |
| 背 | 慶訪 | 慶訪司申 |
| 三 | 江浙 | 江浙行省 |
| 五 | 江浙 | 江浙行省 |

## 典章二十九　禮部二

沈記三之四

一　陳氏校補

葉　行

| 葉／行 | 原 | 校 |
|---|---|---|
| 一 | 正龕 | 正龕直 |
| 二七 | 關夷 | 關夷橫直改作有 |
| | 公服 | 公服 |
| 古 | 右經 | 右經筵 |
| 背 | 直經 | 直經筵 |
| 十 | 虹鞋 | 虹鞋 |
| 八 | 花花 | 花花輕官 |
| 二 | 見見 | 見見 |
| 四 | 見官 | 見官 |
| 二十 | 二月 | 二十二月 |
| 一 | 作三年 | 作三年目 |
| 九 | 職官 | 職官 |
| 十一 | 龍鳳文 | 龍鳳文外 |
| 三七 | 釵 | 釵品送造 |
| 八 | 帽帽 | 帽帽 |
| 七 | 作幼注綠 | 作幼注綠綠 |
| 士 | 裁戈置製 | 裁戈置製笠立 |
| 十一 | 紗帽 | 紗帽 |
| 四三 | 見任 | 見任同背同 |
| 六 | 合 | 濮濮州申 |
| 十三 | 絹絹 | 納絹絹申 |
| 一 | 合 | 擅合合羅罪羅 |
| 三 | 道行 | 通道行 |
| 八 | 省行 | 省行 |
| 十一 | 典史 | 典史 |

**〈札記三之五〉 典章二十九 禮部二**

| 三 | 七 | 八 | 十七 | 二 | 十二 | 十 | 八 | 七 | 三 | 二 | 九 | 八 | 十二 | 十二 | 八 | 十二 | 十二 | 十一 | 八 | 十二 | 九 | 六 | 七 |
|---|---|---|---|---|---|---|---|---|---|---|---|---|---|---|---|---|---|---|---|---|---|---|---|
| 背 | | | | | | | | | | | 元 | | | | | | | | | | | | |

一 背 宜各從
合令獻官與祭
說官與祭

七 背 裏青頭巾
裏青頭巾

八 省帝川字
省論

十三 不戴冠兒
不戴冠兒

十二 料正二
錢料銀作六銀十兩物

十 物
料錢應格銀作七五十兩物

二 青
茶褐衣服戰陷

七 齊
薺郎
合合赤赤

三 背
宜各從
合令獻官與祭
說官與祭

——

九 行所承作使
承承襲襲替

二 青
雨承應格銅四
勸六兩

元 上百戶上百戶
无元死死事數內

八 寺死死依此
飲泰泰潜

十一 躊雖應分而去屑其應加三

三 橫表線分而去屑其應加三

六 承承平奥行換

七 都郡省

——

**〈札記三之六〉 典章二十九 禮部二**　陳氏校補

| 一 | 二 | 四 | 十 | 十三 | 二 | 五 | 七 | 九 | | | | | | | | | | | | | | |
|---|---|---|---|---|---|---|---|---|---|---|---|---|---|---|---|---|---|---|---|---|---|---|

一 勾
勾當裏裏差他使的鋪員馬牌止
十二至元至元
馬倒之事

二 旨字小
旨字小

四 有者有者

十 隱藏藏著
隱疾藏著

十三 招招
招狀元

二 背
藝藝齊齊

五 所所
接換受授

七 減罪
減犯把人罪罪二二等斬科斬

九 前緒有命
前緒有命諸官員命二二大徐元字撰目

**葉　行　正　誤**

典章三十　譜部三

| 一五 | | |
| 定例倒體外例 | 漢人舊體禮例 | |
| 女兒女真貞 | 六 | 背四 |
| 行人之大倫止元至小注六 | 四 | 背五珠字元之小下注定也 |
| 擬使使者 | 八 | 許婚氏氏 |
| 五珠字今之小下注元也至六 | 十二 | 五 |
| 許婚氏氏 | 七 | 前期前期 |
| 出馬乘馬 | 九 | 二 |
| 就就欲飲食　飲食 | 十二 | 七 |
| 背作牌位伯畔元 | 礼記三之七 | |

一媒格婿補繡麻
開堂應姪補堂孫女格在外小功中
應堂姪女應室在下功中
父男兄弟應作于內為父兄弟
妻母間珠中外間珠與有外一宜孫緦
哀傷盛傷元緦
下嫡漏珠元緦字曾
作期祖父二格漏祖父兄弟應
背之同祿居應繼作父謂于謂
丁丁愛裁趙

礼記三之八

典章三十　禮部三

兒男兒　男兒
童童意　童意二
即跣條作一即跣元作二年目
元邱二年作之邱
竊見見
藉藉尸广
至甚宇骨行骨露尸
等家物物
載載日月
行行省表
候候震翁　震翁

一背應作繡婚格婦誤繡作麻索麻二功字
散散頭髮者內於者於內
殺段牛羊殺羊
金卸鍛磨釘于剔來剔來由的
服膝上上
聚聚駁兒
大大麥喪
作成孝是昜丁四宇行應車前承四字宇行應
田地地寅寒底的
齊牢和尚剃
保體牢剔寅寒應
袁事事內裳裳
散事內
親婦緦緦　婦親婚姻姻
結結觀婚姻
夜宴宴夜
九三三三捽捽道
九三三十捽道
禮理制制
背五女女真貞
四背女女真貞

至甚無益
志志哀慶
民風北俗
背辦北俗
亦辨俗得
合倉得得
宣董招司二
依理權理應葬
房房合屋
無依時時
始死克克如有家有家
霜霜露路
未不宜宜
飲飲宴貪
別無元元

經典曲諺截
江南民俗克不克葬
兩兩朝而而定
乃明聞而而定
日發宇下而而滿空七不壞則
省眷眷放
醋醋酢酢
生主者則安安死則死者亦安安
天天地理
又奉中書書
聚聚裳作社社
不嚴禁
志志哀慶
亦辨北俗
理理慶葬
合合又文

**【典章三十 禮部三】**

| 七 | 八 | 二背 | 十一 | 十 | 九 | 六 | 四 | 十九 | 十三 | 二背 | 十二 | 二十 | 十三 | 九 | 十一 | 至二 |
|---|---|---|---|---|---|---|---|---|---|---|---|---|---|---|---|---|
| 紫斷所 紫禁鈎絲約禁絲鈎 | 博士廳所 | 留候張良 | 不易可也 | 黃帝帝 | 放於支支 得九字三漏 | 段誅中書省咨送用禮部儀 | 皇王 | 三三王皇 | 皇帝宣 二作二四年目 | 祈四年目 | 文廟宣 行者去者 | 文廟 行者去者 | 申合本記部事埋連六字刪 | 准尚書省重五五重九 | 忽都魯於都思省 | 文文字字禁絲約禁絲鈎 |

三 陳氏校補

| 九 | 十 | 十三 | 二九 | 十三 | 二九 | 八 | 七 | 至六 | 二 | 一 | 十三 | 八 |
|---|---|---|---|---|---|---|---|---|---|---|---|---|
| 背縁無降幾數 | 十約的幾量 | 背部准撥 | 元授降幾數 | 元降降幾數 | 依所教數 | 祈所祈祠 | 大司農司司呈至 吏史禮部呈至 立社授壇壇 | 吏史禮部呈至 | 元史得漏 | 依欽教數 | 祈所祈十年目 | 祭部記下幾數呈再為行本路定年必刪 |

---

**【典章三十一 禮部四】**

| 一 | 十八 | 九 | 二十 | 八 | 六 | 四 | 一背 | 十三 | 二十一 | 十三 | 十二 | 九 | 十 | 五三 | 十一 | 十 | 五三 | 四 | 五 | 六 | 十三 | 七 | 五 | 四 | 十一 | 九 |
|---|---|---|---|---|---|---|---|---|---|---|---|---|---|---|---|---|---|---|---|---|---|---|---|---|---|---|
| 葉行正譔 法 仕薛薛萬一 | 教訓省 調者書的 | 譯史譯作 作 | 國之所要 去法不可無去法不可無 | 開閭之校 | 譯史譯作 | 體例創設立 並難劄入省 | 提舉學校 字字之效技 | 廳事宣行省 | 國國之所要 去法不可無 | 令今所在 | 所發者 赤赤 | 並難劄入省 | 正學事 | 管管民官 經經本處 | 提挈擧學校 | 熟熟閑習 | 經經本處 | 五三 廳事 | 諸宣官員 | 作可期明元 如法以 | 應宣崩告朔禮文 皆皆行拜再拜兩拜而拜 | 諸官員 宜常令令 | 作可期明元 如法以 | 如法以 | 士士字五 應宣崩告朔禮文 | 諸路路 |

官廳 字訪行詞官

一 陳氏校補

| 三二 | 四 | 十 | 五 | 四 | 十 | 七 | 一 | 十 | 九 | 五 | 四 | 八 | 十 | 三 | 二 | 十三 | 六 | 三背 | 五 | 三 | 二 | 七 | 十一 | 八 一 |
|---|---|---|---|---|---|---|---|---|---|---|---|---|---|---|---|---|---|---|---|---|---|---|---|---|
| 教毀的的生生 | 提調者書的 | 文體書開教訓學者著教授教學 | 江江西等處行省 | 一背三校事 重出 | 生員員徒 | 正的必下開教則學依者著教授教學 | 作三二五九年目 另別行格頂格陰應文 | 乞里乞多 | 文體書開教則學 | 江南學校另行兒頂格差發文 | 州川襄襄 | 選擬下呈省照會集賢院 | 若者不不 | 寨司等處 | 江准等處 | 江准禮言語說 | 非非行理 | 背黍寨保舉保 | 選院擬下呈省教官從會集翰賢院 | 商商統表 | 背非理 | 應宣崩告朔禮文 皆皆行拜再拜兩拜而拜 | 作二十二五九年目 應號校另行兒頂格差發文 | 權奉戶下部呈中書中照得至到大付四送 |

典章三十一　禮部四　二　　陳氏校補

沈刻三十一之十一

| （葉行） | 正 | 誤 |
|---|---|---|

一　背奉三二月廿八日三字

三　取去　去夫

六　帖半行　班伴哥哥

六背　著每看著　開開自

九　背合　交交　著每擬

二背　擬著

十　著屬看著

四　養養著看

二背　祭實花把的　田地與他阿可每可

九　勘勘月目

　　根民底庶依著

十二背　可勸了了的者　是學校廿二字

八背　別了温者的人　這殺不宣輸那了

九　元無　字無　行體例

　　手浮了了　事

八　爵爵人與爵考與試官考試官

十五背　舉人舉人與爵考與試官

十　背御御頭

十一　各部部

十二背　省從省部

七　的的領

九　的行移行

十五背　肅肅尚　滿字嶺北

十四　三中人間四滿字嶺北

三二　人間二人

四　雲雲南南二三人

（左段）

一　中人間四偏字征東

五　中人間四偏字江西

五　科辦拯擬

七　鄉鄉會等試

九　住乙二五十字

十　元殊作書未之殊殊卷月

五背　封扃剛剛折　下同

八　選選赴刊　下同

十二　舉舉人人與舉考與試官試官

---

典章三十二　禮部五　一　　陳氏校補

沈刻三十二之十二

| 葉行 | 正 | 誤 |
|---|---|---|

一　四　一墨字行一道

三背　教校蓋非

七　行行學學

八　省論諸人

九　背闔國殞真各各懸挈金牌牌

二三　無元經牛元字

二　王王定定于元俊俊等

三　差差發發遷經

八　科日日

六　司師吏吏

二背　醫師學學

三　科目目

四　晝月

四　一　作影隱占元

八　十二　作省行省通行一至一百卷百卷

六　四　今今慇見

五　至至一百四十二卷四卷

九背　至至一百四十四卷

四晝　年年終慇紛紛

九　務務在在成村

十二　廢廢揾揾

八　不不主至不主

五　退舉行行外

七　各各有職行行

八　以依擬字合行依適行

十二　鑄鑄等等官

（左段）

十三背　有保籍的醫戶每限每嗅教

十二背　此也說說挈犁來來

十二背　就舉生學員員

六　二臺各舉醫戶

十　舉舉生學員員

三背　欽奉此此字

八　以倩攜提用用

一背　今令年年深保卷呈本忌

五　程程試式

十二　各各有職行行業

七　當部都省公事省

八　何何能嘱貢他書

二　背不不能嘱貢他書

二　背程程試式省通行省通行

六四　舉舉二百二十一至一百卷百卷

## 典章三十二 禮部五

札記三之三十三

| | |
|---|---|
| 六 背若有大小 | 圓 |
| 七 諮彼後 | 如是也耶 |
| 二 令然然 | 如是也耶 |
| 士 太醫院院圓 | 九 如是也耶 |
| 士 催貢貢事准 | 十四 學正教諭 |
| 二 上上貢貢鈔鈉 | 五 獎寧學行祿二四年目 |
| 四 即即應付 | 士 譯唰唰時昇升 |
| 三 應應如此 | 士 屍屍被張時昇升 |
| 九 後復剛刂目日 | 十 欽依者 |
| 十 作擺為偽打打角元 | 九 宋來約得的的 |
| 背大大德 | 三 背來約得的的 |
| 二 學習之人人 | 九 依依者舊書 |
| 三 以至之來來 | 五 康詩詩司 |
| 四 至以如於藥物 | |

陳氏校補

| | |
|---|---|
| 士 郡多休休 | 士 行天下 |
| 七 麼麼道委阿 | 十 鼸鼸正泉 |
| 二 理理會委阿 | 十 圓圓賣書 |
| 士 理理會得的 | 七 推背國等 |
| 士 蒙古文字字 | 四 後背限滿 |
| 九 休休支 | 三 太太一乙 |
| 八 法法帥 | 一 背十寸刂 |
| 四 軍軍役稅投稅鈔銀六行目 | 士 須須要盡虻絶 |
| 三 戶戶官為 | 十 職賊人磨問 |
| 二 元元受受 | 六 起苗苗大監 |
| 士 信信忠恵義義 | 四 起意竟來回 |
| 八 舊舊例例阿 | 四 抱抱收收 |
| 六 擺領擺理寨事理 | 西 一 按時嗰歷歷 |

二

---

## 典章三十二 禮部五

札記三之三十四

| | |
|---|---|
| 士 嘉嘉倚恵剛殿 | |
| 八 谷谷送宋 | |
| 七 合今圓鬲 | |
| 五 背鮮鮮門之發家 | |
| 士 五粉五彩色色 | |
| 十 望卿卿守枝枝 | |
| 八 二 行孟一孟日字字 | |
| 三 背木木橫壇 | |
| 士 五五辰辰外 | |
| 九 蒡蒡衣文 | |
| 六 籠籠頭頭 | |
| 三 土牛牛經經 | |

陳氏校補

三

## 上欄

葉行　正誤

| 一五 | | 一一　二二 | 二一 | | | | 五 | | 士三 | | 三二　三一 | 九 | 八 | 五背 | 士三 | 八 | 四 | 二一　二二 | 一二背 | 十 | 一五背 |
|---|---|---|---|---|---|---|---|---|---|---|---|---|---|---|---|---|---|---|---|---|---|

（右半葉）

- 一五　葉行正誤
- 十　以多字以行　　三　常加鈐束鈐束
- 二一背　教都裏　教都　　誤　捏捏
- 州縣裏監裏
- 多交都　華罷罷　　五　私去宅舍
- 澤吉祥祥　　七　草罷去
- 另曾界像　當倉當
- 再問界外　　四　以以字及行
- 袋就此凶　捏此
- 舊曾界像　當倉當　　一作舊役諳語元
- 六營字求勾行　當倉漁　　一背　禮部參詳上下事理
- 看念經念經文　　這的寺每寺院
- 有麻道奏來

《典章三十三》禮部六　一　陳氏校補

札記三之十五

- 御史至漏攝字監察　一
- 敱是席的和尚
- 僧正司
- 正四作五年目
- 事寺內
- 行政宣恩院
- 拔剌连逵
- 抄紛
- 振搖搖
- 勤搖搖
- 方术寺未
- 晋晋爲僧未便
- 彼饿待圖讀讀有聖旨
- 柭剌柭
- 六二

（左半葉）

- 御史至漏攝六字監察
- 詞依報不曾
- 官人每
- 教他他每
- 容此請下款依旅行十詳二每字省
- 欲望奉聖旨
- 覩錢擢權
- 的的勾當
- 御史行
- 二御史行
- 體察例察
- 道門管下漏三字麼
- 七背　别别了個

## 下欄

葉行　正誤

（右半葉）

- 八　三　襄和南和尚裏
- 九　十七　張宗天師
- 七　和冲和尚裏
- 六　爲有有的
- 五　官恣惑
- 二背　欵束束的
- 九　天師師的言語
- 郞州　　　　　郞州
- 天師師的法法
- 高貴妻養妾于于
- 加興照路路
- 道官宣聖旨
- 九　邪甚甚麼
- 三五　四五個
- 第今管城城
- 戒法法戒
- 交我行的呵者阿呵
- 相望麼
- 總統錢錢鐵鐵
- 五　一背　做束的
- 四　二背　體例網裏裏行呵阿

《典章三十三》禮部六　二　陳氏校補

札記三之十六

- 舆于丁也
- 术本工
- 甚麼裏行
- 又行呵
- 七每裏行呵
- 御史呈事欽事
- 亡荒轉呈呈
- 自宁方宁
- 明于方宁
- 倩銀二定
- 備多年年
- 撞擊掣
- 西三

（左半葉）

- 送納納
- 另行呵呵字省
- 方才方才
- 勞辱勞德安
- 省部議議得得
- 承奉奉
- 測勵勵
- 寮師師婦婦
- 還宣恩司
- 戒法法戒
- 宣這字行呵葡
- 邪甚甚麼
- 多有有的
- 總都掌教教部部
- 都掌教教部部
- 趙鏑鑣美鑣
- 美亭亭魏栗宗忠
- 十七　一

典章三十三　禮部六

三

陳氏校補

- 四　十一　行實　實行　近代是以脩辣洲　正是代脩桐州
- 五　廿　垂戒　戒勸
- 六　五　不賦　賦斂　蔡國公男
- 七　五　不穿　穿鑿　勤勤當帝
- 九　十一　文質　質文　鈔字統衍下同
- 十二　十三　墓墓向上　校橫勒勒下同
- 十三　興興化化
- 十三　所撰者述
- 四　所字下漏
- 六　父祖祖父母下二字空格陳六臂臂割七字
- 九　社社添天兑兑　不不賞當　刷中職當

---

莫行　丁錢

典章三十四　兵部一

一

陳氏校補

- 一　又妻多闕橫線應其改直作線
- 三　五　藏欵物
- 一　三五　捐損冒冒　圓圓讀讀
- 六　四　力方役役　恆恆院各
- 十　六　我敕使　密密院院
- 一　八　行行齊齊　宅宅每每
- 四　九　齊齊欵欵　地地理理
- 十二　十　發御史臺臺下字漏　休體要要
- 一背　十三　整理慶道道　揺揺頸頸
- 九　一背　置置辦辦　一欵疑
- 十三　耕耕種秖秖已敬田林
- 三　八　又人勾勾嗅嗅　出出軍軍
- 七　征經征役
- 十　正正經行
- 三　二　字分元文四　六背　令先
- 四　各答魯昏官密　十　菅宣民民
- 十二　奧奧援伐　七　查者照堅
- 十二　發麗援伐　十三　宣宣諭諭
- 五　三　遠遠橐裏花化赤赤　八　四　保起甲實　出出達道
- 四行入行同　四　不不達道
- 三背　縈裏拼橫　十三　起起實實
- 七　部邻於於　四背　室室碍得
- 六十　元興輙軷　九　三　本本主至
- 十二　事自產產　十二　輙斷斷背
- 六十　元興輙軷　者依舊當依耕當十二軍當
- 七　丁力多多

## 上半

札記三之十九

**〈典章三十四 兵部一〉 二 　陳氏發覆**

城軍六人宇下行漏過夜止於守　軍川常

| 行 | 原 | 校 |
|---|---|---|
| 八 | 典與雇催 | 八　把把總 |
| 十二 | 今令次次 | 十一　議得得總把總把 |
| 三背 | 典例例例 | 十三　元元小字賜文四字　放四字 |
| | 馳伏例管 | 十二　稍稍以以 |
| 二一 | 由中所所管 | 二一　撥撥都軍人人屯守去處 |
| 十 | 城市市 | 十二　閱閱習習 |
| 十三 | 炎炎發 | 十一　還還揀揀 |
| 一背 | 完完備修 | 五　姜姜役役 |
| 二背 | 起起道道 | 八　找找綾都部 |
| 十三 | 城城原廊　三行同 | 八　依依蕭田 |
| 一背 | 撥一密宇院 | 十　合必赤亦　必必赤亦 |
| | 初初六日 | 四　省省會頭目 |
| | 李李汝霖等等 | 二背　月給軍小四字 |
| | 轉轉役入 | 二背　卸卻下漏料行收蝻候回勾 |
| 四 | 上上都部 | 十三　關開馬雙 |
| 十三 | 等等分當 | 四　得過人字字 |
| | 除之外外 | 五　當枚軍若有隱藏在逃軍道 |
| 三背 | 首首領領 | 九　除除免外 |
| 二背 | 繼把總 | 十　户户入决字代 |
| 三背 | 其其次次人丁 | 二二　十户户 |
| 一背 | 補福員以致 | 十八　稅稅抽銀 |
| | 對察正 | 十三　姜姜役役 |
| 千 | 子頭頭一頭處處 | 九 |
| 六 | | |
| 十 | 軍官官軍 | 十三 |

## 下半

札記三之二十

**〈典章三十四 兵部一〉 三 　陳氏校補**

底也六伯安夕李占哥寄

| 行 | 原 | 校 |
|---|---|---|
| 十三 | 底也六字畫出來 | 三　作蕭天祐元天祐州州 |
| 十二 | 十伯安夕李占哥寄 | 十　券軍軍 |
| 一 | 頷須要占占哥寄 | 十一　抵振直賣弄弄 |
| 四 | 官給官給 | 七　捉攝丁證丁證手元 |
| 五 | 養聽資卯卯 | 五　如釤州撇州 |
| 七 | 作軍人人 | 十　不放教教 |
| 八 | 利健使 | 十一　元籍行行 |
| 九 | 付准六中書省剳 | 十三　施紀籍籍 |
| 一背 | 捐游去軍奏啊 | 二　招收新附附 |
| 十 | 放放當富當 | 九　備悄細細 |
| 五 | 氣氣力消消之乏 | 七　常常切切 |
| 三 | 和消買買外 | 五背　在有外外 |
| 一 | 除降兔兔外 | 十　券募軍軍 |
| 九 | 征成軍人征人 | 六　中中書省左在 |
| 三背 | 諸諸王王 | 四　塔塔不多多 |
| 十三 | 侵侵犯犯的 | 三背　起初初 |
| 十二 | 來勾宇當行束 | 五　黥黥避避 |
| 四 | 放放富當 | 八　駈駈軍馬丁兵 |
| 三 | 取取息刮 | 三背　軍軍丁兵 |
| | | 十三　起起道遺 |

## 典章三十四 兵部一

四 陳氏拔補

| 七 | 十二 | 十一 | 十三 | 一 | 四 | 三 | 四 | 七 | 八 | 三 |
|---|---|---|---|---|---|---|---|---|---|---|
| 形占<br>影占 | 新薪<br>薪薪 | 軍軍<br>軍軍內人 | 益是<br>蓋益是 | 到來<br>到來日 | 之情情<br>知之情 | 修偹<br>偹修 | 相報<br>相報教 | 有省<br>有省功 | 薦田管<br>管管 | 管管<br>者普底藏 |

| 五 | 六 | 七 | 九 | 十二 | 十三 | 三 | 六 | 八 | 十三 | 十三 |
|---|---|---|---|---|---|---|---|---|---|---|
| 斡端斡端<br>斡端<br>八行月 | 根根底的<br>根底的 | 怕伯<br>怕伯倒剜 | 休懲<br>休懲要要 | 襄家<br>襄家多夕 | 衮有<br>衮呈有 | 术木<br>术木有 | 每每<br>他每<br>每每好生的每鈴的束勾 | 應應<br>廢道奏呵 | 去了<br>去了去 | 見呵<br>見見呵的 |

---

## 典章三十四 兵部一

五 陳氏拔補

| 十一 | 十三 | 一 | 十二 | 二 | 七 | 九 | 十二 | 一 | 二 | 十三 |
|---|---|---|---|---|---|---|---|---|---|---|
| 怯薛<br>怯薛多夕 | 致致<br>致致依此 | 投授拜牌<br>投授拜牌 | 投授拜祥<br>投授拜祥 | 歸婦<br>歸婦音苦 | 安宰<br>正爭宰室 | 循循<br>循循恐 | 聖聪<br>聖聪興於 | 投授<br>投授都兒多男 | 人民<br>人民行人 | 限限<br>跟限消消之之 |

| 三 | 五 | 七 | 十 | 十二 | 四 | 九 | 十三 | 一 | 八 | 十三 |
|---|---|---|---|---|---|---|---|---|---|---|
| 正正字<br>正正字竹古 | 講講<br>講講宪合依得 | 叔叔<br>叔叔二 | 同同<br>同同箚剳元招 | 合合<br>合合剳章 | 背背<br>背背招在陸迷文軍軆 | 六劫<br>六劫字刦元 | 敗敗<br>敗敗獲獲 | 萬萬<br>萬戸户每 | 作舡<br>作舡船舡教每 | 氣氣<br>氣氣力刀 |

**札記三之二三**

《典章三十四 兵部一》

六 陳氏校補

| 號 | 內容 | 號 | 內容 |
|---|---|---|---|
| 六 | 行軍官下軍官走漏轉致損肯五字 | 亮二十三 | 有民戶每相 |
| 九 | 領軍官三下補肯二字漏 | 四 | 字札這倒例 |
| 十 | 您選軍官官 | 三背依倒例 | 與丁子 |
| 十三 | 您度度 | 六根職逃走頂格陸軍入入 | |
| 十 | 不下致到 | 九拫罪過罪 | |
| 一背不肯致到 | | 十三札廳另行寫頂格陸文六字 | |
| 二 | 揆察察司定 | 一背應廳另行頂格陸文入 | |
| 七 | 官司同 | 十二發委到到 | |
| 十二 | 揆察司同 | 一背發軍寫為 | |
| 五 | 院費十四字均重至框窗 | 十三甚其為 | |
| 十 | 您遇軍官官 | 罕一中乞乞 | |
| 十一 | 逃走有有為回 | 三約約會舍 | |
| 五 | 朔癉癉重重地 | 罕四病病死故 | |
| 十二 | 詔訂見見 | 一背名牌以待得 | |

（罕二 | 應各另翼行置安榕格陸文六字）
（十一 | 仍年年高 | 八依依裝裝）
（五 | 年高 | 七衣依外倒）
（三 | 三十餘弅翼 | 六依依倒例）
（八 | 病軍為念 | 二空至開閏）
（七已死字死廳另許頂格陸民文十 | 十二上上司 | 十一哥錢錢）
（十二先先准推 | 八依依倒例）

| 號 | 內容 |
|---|---|
| 十三 | 權攺攺 | 十二哥錢錢 |
| 九之二 | 支給給 | 罕二十七日 |
| 四 | 合從於 | 罕四十七日 |
| 九江浙浙行行省省准咨 | 六雇替替 |
| 十件件作作苦若行行人人 | 十一二十一日 |
| 三於手高高 | 六有力之家 |
| | 二背您識議 |
| | 七照照得照 |
| | 八中中書省委委 |

---

**札記三之二四**

《典章三十四 兵部一》

七 陳氏校補

| 號 | 內容 | 號 | 內容 |
|---|---|---|---|
| 罕一 | 依依著您你 | 十一人人下二字漏 |
| 十二依依著您你 | 六廢墮道道 | 實已 |
| 四 | 年來來申肯 | 一背奉職職附名 |
| 二 | 有有元降 | 二札删除名 |
| 十三相相應應 | 罕二小二歿歇陽文應 |
| 七 | 作二三年年目 | 三尺載有有 |
| 九 | 今令軍軍官官 | 十二見載有有 |
| 十二 | 誘識的工小頭 | 十三尺各各二人 |
| 三 | 代代倒例替替令軍役 | 十一萬萬戶府撫 |
| 六背行軍廳及作至禁治罪軍 | 十二肯四名面 |
| 十 | 空官名 | 二變朗合合曽 |
| | 五俟候的每每 |
| | 四俊道道 |
| | 五底的每每 |
| | 八每赤速軍軍 |
| | 十准作大貞德元年目 |
| | 四合定倒例 |
| | 五准於丁 |
| | 十三 | 甘甘州蕭肅 | 八新薪米水 |
| | 六背禁禁懂治 | 七用同武戎 |
| | 二答答緣咨 | 十三奕艺越著去底也有 |
| | 一背禁禁鑾鑾 | 十二病患惠過過 |
| | 三背廿廿 | 一背超週過 |
| | 六 | 阿阿速速 | 四照照 |
| | 大大匠匠 | 七百户戶二下字漏 |
| | 六背不不見有有 | 一選選家家每每 |
| | 七 | 阿阿入入赤赤 | 六官官人人每每 |
| | 二背管管守守 | 二即即像是 |
| | 五管管的的螢蠻 | |
| | 六背看看守守 | |

## 〔上〕

札記三之二五

典章三十四 兵部一

八　　　　陳氏校補

| 葉行 | 誤 | 正 |
|---|---|---|
| 八 大德七年 應另行 | 善一 | 亦合令 |
| 十一 極及甚生 | 無着 | 差 |
| 十二 編結收錐攝元 | 作侯 | 無着差 |
| 十二 稍勞 | | |
| 一背 請照人下唯此捅送得戶部急咨 | 老小口擇三年 | 六字重出擇三年 |
| 二 所所擬催 | | |
| 四 開開除除 | | |
| 十 指指除除 | 十三行同 | |
| 十 鎮鎮過合 | | |
| 十一 鎮鎮過合 | | |
| 十三 似以步涉 | | |
| 出出征回還 合合屬端 | 三額凡葉葉後缺軍補裝 | 背本 |

## 〔下〕

札記三之二六

典章三十五 兵部二

一　　　　陳氏校補

| 葉行 | 誤 | 正 |
|---|---|---|
| 一 四背 錯表亂鬪廳橫線攺作且 | 兔兔子子 | |
| 二 八 色色目目 | 哈兒覓兒 | |
| 二 十二 色色目目 | 出出來也了 | 背另個翻 |
| 三 六 丞丞相你你 | 作幹脫脫 | 翰幹脫脫 |
| 三 三 本本管官 | 的的時時分 | 作手縍治元 背幹脫脫 |
| 四 八 過過有有 | | 作簡縍簥元分 |
| 四 八 奏奏每每 | 象象隻隻裏裏 | 四背幹治元 八行同 |
| 四 八 教教管人 | 十二 色色目目 | 四二遇縍端 |
| 三 御史臺 | 從從役逼逼 | 九生生 |
| 十一 御史史 | 亂難再立 | |
| 六 甚甚廳行道 | 七今擬續 | |
| 六背 甚廳行道 | 有來廳行道 | 六結案事理 |
| 七 役役廳道道 | 司司 | 五 布衣匹匹 |
| 五 安要下下 | 擬馬行 | 六開開生生 |
| 六背 銀景字廳行道 | 諸箭軍奧魯 | 怨怨行者 |
| 二 揚葡葡箭 | 那那般行者 | 五 怨道的的也依著您您 |
| 三 蒲蒲遇過 | 津作送 | 批卅見卻那捕盜巡小例字廳作文見 |
| 五 今擬續珠 | 十三 | 六 多有艙餘 |
| 七 御史廳公文 | 背司廳廟開開 | 七 背抄行赤頭以搭 |
| 九 四御史字廳陽文 | 應廳另馬行 | 六開開生生 |
| 八 把軍器 | 眾鞍有可可揄牆 | 九 四十七下 |
| 六 一 | 二背 枚十七下 | 六 徒二三十七下徒二三年 |
| 八 結案事理 | | |

孔記三之二七

| 十二 | 十 | 九 | | 六 | 五 | 士二背 | 士二 | 九 | | 八 | 七 |
|---|---|---|---|---|---|---|---|---|---|---|---|
| 親見軍人 | 當職今 | 货賣請賣 | 茗詳請詳 | 搶餘頭頭 | 受愛童 | 欵項刀刀 | 準准奉委 | 搞備令令 | 結緣柴共 | 招伏狀 | 中書省 |
| 親軍見軍人 | | | | | | | | | | | |

典章三十五兵部二

二　陳氏校補

| 三背 | 士二背 | 士二 | 十 | 三背 | 一 |
|---|---|---|---|---|---|
| 帖帖 货货 | 去法 處去 | 成造 遠成 | 退送 俗委 | 弘收 買買 | 货賣 賣賣 |
| | | | 共餘 各翼 俗各翼 | | |

---

葉 行　誤　正

| 六 | 七 | 六 | 一背 | 十 | 八 | 五 | 十 | 五 | 四 | 士二 | 五 | 一背 | 士二 | 十 | 九 | 八 | 七 | 士二 | 八 | 六 | 五背 | 士二 | 士二 | 八 | 三 | 二背 | 一 | 士二 |
|---|---|---|---|---|---|---|---|---|---|---|---|---|---|---|---|---|---|---|---|---|---|---|---|---|---|---|---|---|
| 三 各各 道道 | 七 合合 干於 | 六二 柴字 那人 | 一背 泰泰 甚知 | 十 基基 庶差 | 八 依依 庶發 | 五 各各 處設 | 士二 倒倒 斷斷 | 五 元云 小沃 | 四 云云 見前 | | 五 一背 依依 體變 | 士二 義教 葛府 府州 | 十 便使 當當 | 十 未未 | 九 辦辦 驗驗 | 八 不不 令令 | 七 便便 當管 | 士二 明明 附文 文簿 | 八 省首 不有 | 六 止正 要要 | 五背 茗若 不不 | 士二 斷斷 校校 | 士二 驗驗 校校 | 八 木廣 怨邠 | 三 易極 頂站 赤陸 四字 | 二背 錯亂 | 十二 收收 到收 | 一 鐍表 作橫直線月 |

典章三十六兵部三

一　陳氏校補

孔記三之二八

| 五背 | 十三 | 七 | 六 | 五背 | 三 | 十 | 九 | 士二 | 十 | 八背 | 九 | 士二 | 七背 | 五背 | 七 | 四一 | 士二 | 士二 | 八 | 三 | 二背 | 士二 |
|---|---|---|---|---|---|---|---|---|---|---|---|---|---|---|---|---|---|---|---|---|---|---|
| 依依 入去 | 七三 六月 八十 十二 二日 | 五背 呈呈 奉奉 | 六 承呈 奉奉 | 五 會念 驗驗 | 士二 當當 取取 | 十 當當 | 九 職職 起過 | 士二 報報 過過 | 十 反反 戰戰 | 八 生生 受受 | 士二 今發 司經 私經 過去 處去 | 士二 令發 後發 私經 | 七背 說說 來來 | 士二 說說 來來 | 三 和祖 設設 者者 走 | 士二四 一一 | 十二 走走 | | | | | |

札記三之二九

《典章三十六兵部三》
二　陳氏披褸

上欄（自右至左）：
五　取要
三　要取
二背　闊寫寫
十三　闊闌關
八　今令出出
七　無許詳
五　按察司使　六行同
三　揀會會
六　子愿衍子等
六　招狀伏狀
十　官府名明
三背　肚肚友反
六　說說
西六
十三　說說
六　子愿衍子等
六　湖南河南
四　接准上尙葉書背以六行錯簡應接字
十三　科料官告
十三　座子子
九背　按察司使　入行同
四　讱道道差
十三　差道道差
二過一葉以背下十行錯簡部接
九　款忿
五　差道怨无无夕
十四　成陳克克
七　選揀揀選
五背　依應簡應作卬十各二卬葉四以
七　起送達迭
六背　敬繄奉聖旨旨
依　奉聖旨旨
十三　戕减无元
九　元今无元
七　探枝伺同驕
四　若有驕驎
十三　座子子
三背　過選曉脫
四　闊註誤誤

下欄（自右至左）：
五　什引物
四　入那婡甘一管宇官
二　禁治每阿怎溜與婡庫委的文
十三　自氣力力
十　庭産府阿
九　又婆婆過
六　生受受生
三背　照委
十　官府
十三　招狀伏狀
六　子愿衍子等
二　官吏惮傳餞餞
十三　行下行下
十　惡詳一葉以十三行錯簡施字接
八　華闌關
七　無許詳
五　按察司使　六行同
三　揀會會
二背　闊寫寫

## 典章三十六 兵部三（四）　陳氏校補

| 礼記三之三一 |
|---|
| 九　咨明白二下字湣　六　卬信信 |
| 三背　沿取鋪　九　闕少少 |
| 立行准　七六　浸設卬卬 |
| 二背　鋪馬鋪馬三行同　五四　設卬卬寶 |
| 六　它不空廠　六　放乞了于 |
| 七　表未阿　二背　二二年三月 |
| 九　重省官者　十三　朶東駒彈 |
| 士　人夾省有行　十三　槊得採數欽奉 |
| 二背　差兖剟剟出臺臺　士　合合干護 |
| 二省剟臺元出陸給文郵　十三　德委委妻 |
| 三　駈駬鋪馬　二　德至火德二年 |
| 三　又出水路路裹去的城紅　三　巳簡前事理 |

（各列校補：廝防使／崎埊埊之死稛／倒掤死稛／蜀揚揚省／死死稛／田田之死稛／圕之死稛 …）

---

## 典章三十六 兵部三（五）　陳氏校補

| 礼記三之三二 |
|---|
| 五背　妾妾過過　五　騎騎生鋪鋪馬馬 |
| 士二　趣趣所除除　十　便便當當 |
| 十三　不不通通　十一　不許試泄器 |
| 六十　脚脚力邊　一背　二二十九七年刊目 |
| 四　延至花治七年刊目　士二　禁禁泄泄器 |
| 五　各各路路馹　三　人人來來温温 |
| 七　逕逕馹使　十三　馹火失失温温 |
| 四　闊闊宇宇衙　三　月月刊逕的夫失上馬阿阿 |
| 七　逕逕司使　八　不不愿愿應付付 |
| 三　道道失失　七　人人員等 |
| 七　逕逕司使　三　保保體與來者 |

（各列校補：戶頭裹三換至十五次字行鈞民／皇皇帝上／作作八年目／朁朁应調等處／膌膀腛歙／逞逞等人／文人書書／送送納納來者／所所管當／二二十二三二十三日 …）

札記三之三

《典章三十六》兵部三　六　陳氏校補

三十九三日　十三諠道道司呈　九繼履曆暨司呈　六各各月　三料料撒各　十二今後依前部　八只遣由省部　七今後若太后　十二後若有太后　五騎著驛鋪馬將省　三背兵部蒲須并酒者撲著　五前蒲酒并酒撲著　古兵部破官　十三橫字的衍

十三井井新附附　十三站站著倒　五坐坐別到　九管管底肩　四背管管倒付　五如有每的馬的　七把要每的馬的　十任回任　十二上一元品三品之空格之　十一迶逤站站元馬元　十一作息媳婦元　四巡逤站站　三背了的的了

九早站路　六宣懇懇使司　五其餘翰翰錢錢納的物　四一個箇　三恁你做做　二背鋪鋪馬馬有來　八辦辦驗驗　六空到二炎下元　四繁禁急急　五僧信人迯逃陪　二僧信人　行行下上

九四川省依著倒倒　九四有又有　四有又有　十三柏相呈呈　三康廉訪使司　八依道上上　二背一品正一品匹　九盞盞匹匹　十三正月五月　三十跋涉涉江湖河九行月　罕二御史臺臺承呈　五才方行行　六多致到　三劉劉乞列吉吉恩恩

---

《典章三十六》兵部三　七　陳氏校補

六背差差劉劉詞詞　十三補補帶帶　一背蠻夷夷官官　三俱俱倘倘　五所所押押物物　七遘遘有迠進　十之之內內物物　四行御御史臺臺　七行行亨亨馬　十二行行亨亨馬　六背官官物物司　十三補補帶帶　九狠遣著　沿沿連著　沿沿路迠失失

十三無匁匂當的　的　四麦麦時此　八家家莊丁于　八落落著　十莆莆帶帶　七沿沿路逤　十一駙騎坐死死　十二省省著落落　垂一馬馬價價　八另又行行　九護處无尤刺刺赤赤沈沈千十五五

十三行行亨亨馬　至守字衍　至前夫江浙浙衔　十二軍軍情情　十万方户户　七禁禁借約約　四太本守守　三尚省省倚借同同　二背賠賠鋼銅　十三鈔鈔定錢錢　十二繁繁利利害害　十二相捜摸摸　八合各用同元

《典章三十六 兵部三

札記三之三五

《典章三十七 兵部四

札記三之三六

陳氏校補

## 典章三十七　兵部四

| 行 | | |
|---|---|---|
| 六二 | 各郷圖爲 | |
| 九 | 二背柱黄袋發 | 二背帯帯 |
| 八 | 二背文行省 | 二背文黄袋 |
| 十 | 照得得照 | 照得得照 |
| 五 | 二鋪兵本爲 | |
| 十 | 湖廣廣東行省 | |
| 二 | 廉訪司 | |
| 五 | 廉訪司 | |
| 十二 | 禁治治沿 | |

二　陳氏校補

---

## 典章三十八　兵部五

| 葉 | 行 | 正誤 |
|---|---|---|
| 一 | 二 | 錯叚裏爲衷圖橫直或作縱且 |
| 一 | 八 | 凝合合 |
| | 十 | 詳至呈詳 |
| 二一 | 十二二十 | 二十二十三年目 |
| 一三 | | 欽依奉依 |
| 一二三 | | 買罪的人人 |
| 背三 | | 騰騰�
鴟鴟 |
| 八 | | 榮巳收收 |
| 三背 | 十二 | 塔巳收收 |
| 六 | | 也他字人 |
| 十 | | 芸善好人 |
| 四 | | 的字裏行的 |
| 三 | | 怨尓行行 |
| 四 | | 分分爲 |
| 三 | 六 | 根据据罷罷了 |
| 一背 | | 他抱毎草料 |
| 四 | | 作的每草料 |
| 三 | | 斟量断量元 |
| 沿 | | 沿沿途遠 |
| 五 | | 祺祺底底 |
| 四 | | 無尓毎毎 |
| 七 | | 連連古右兄兄赤赤 |
| 八 | | 依尓您您 |
| 十二 | | 背昔諳佛赤赤 |
| 一 | | 昔昔 |
| 三 | | 不忽木木 |

一　陳氏校補

| 十三 | 行行猪踏人 |
| 九 | 遠逼犯底成人 |
| 七 | 東至至濼州 |
| 六 | 斡幹战威哥哥 |
| 五 | 三背兵兵刑部部 |
| 十 | 十十八日泰奉 |
| 四 | 底的人人若奴婢 |
| 二 | 馬匹匹 |
| 二背 | 各路名縣縣 |
| 八 | 字字地方縣縣 |
| 七 | 先完者者奉 |
| 八 | 使使又的使細索拿的 |
| 七 | 落路的的 |
| 六二 | 發葉目皮作元搆作皮捽 |
| 五一背 | 擾擾盡本處上有字闕通爲 |
| 十三 | 擾擾民之一職端 |
| 十 | 按按察司使 |
| 九 | 引引頭于 |
| 九 | 飛飛成圖圓藏藏 |
| 六 | 有有座莫道道 |
| 四 | 字中元腸陽作三 |
| 一背 | 譯譯就官文 |

| | |
|---|---|
| 十二 每行行 | |
| 十 但行行 | 十 准淮西東淮西 |
| 三 再行行 | 十四 因飲羊牛於 |
| 四 端了私 | 十二 因飲羊牛於 |
| 十三 爽了長浚瓶元 | 一 青李午五兒等类故 |
| 五 作楔了衣服 | 薄二隻付二隻 |
| 八 破落户人等 | 六 倒獻送付 |
| 七 打揣揣 | |
| 五 青毌得得 | |
| 十三 鈞咎付奉 | |
| 一 休休打揣打揣者打揣人的人 | |
| 十三 打揣者打揣人 | |
| 十二 打揣揣打 五行同 | |
| 三 在在前哭哭着少了 | |
| 五 爬爬字地行面 | |
| 六 每惡外外 | |

典章三十八兵部五

二 〔陳氏校補〕

**典章三十九 刑部一**　　陳氏校補

| 葉 | 行 | 正 | 誤 |
|---|---|---|---|
| 一 | 二背 | 雜表應闊橫直 | |
| 一 | 二 | 黃鶴尤甚 | |
| 二 | 十二背 | 半年行年 | |
| 三 | 三 | 元發文字 | 二字 |
| 四 | 九 | 卅二月廿六日 | |
| | 一背 | 芍木行 | 則闊十數三罪行麁的補不 |
| 六 | 七 | 駕駕嚴慶 | |
| 七 | 八 | 駕駕慶慶 | |
| 八 | 十一月十八日 | | |
| 九 | 元本鈔行二段鋼一哥一贖十每下行至 | | |
| 六二 | 十 | 逐作差玩矟 | 蒲 |
| 九五三月 | 除外合下 | | 選捷後司 |
| 八 | 與載結 | | 行省刑部 |
| 五二書 | 商慶政訪 司 | | 各讀刑部 |
| 二書 | 文格令 | | 四二 |
| 七 | 結載斷斷罪通例另行作頂執 | | |
| 十 | 追追會令 | | |
| 十 | 不不懂性往復柱 | | |
| 十七 | 到刑省 | | |
| 五背 | 足是一氣衆 | | 六 |
| 三 | 發檢月目 | | 五 |
| 二背 | 不懂准 | | 三 |

| 十 | 九五三月 | 八 除外合下 | 五二書 商慶政訪司 | 二書 文格令陰 | 七 結載斷斷罪通例另行作頂執 | 十 | 十七 | 五背 | 三 | 二背 |
|---|---|---|---|---|---|---|---|---|---|---|
| 九六 溝妻那那報上溝妻迺二字下 | 六 官官兵軍 | 四人依上令令各合行 | 三背 依人自貝相犯兇 | 一背 的的曾曾 | 士 司無元膠路同閒 | 士 招招伏狀六行月 | 八 招招代狀 | 三 呈省詳呈斷 | 一背 招招伏狀 | 士 部堂堂分遠道路四涵不字 |

**典章三十九 刑部一**　　陳氏校補

| 八 | 十背 怎怎生生商量了泰可 | 二背 那那報刑者者察道 | 四 爲古本芒臺下臺罷下九漢字兒 | | 一 宗此卷世著九本行罪格樣陰七 | 二背 蒙古應立另人可行罪格樣陰七 | 三二背 犯本罪刑及後僧闔人牲自於犯口重罪罷 | 一 僧僧道益人牲自於犯口重罪罷 | 二 中中書書省 | 三 商慶量下者漏闕人詞凱聖旨的有來頭 |
|---|---|---|---|---|---|---|---|---|---|---|
| 立立著自者有聖旨 | 四 聖旨的背聖旨背聖後遭凱 | 養可照萬得斷在僧先廿行九字的文 | 善殺殺人人來的的 | | | | 日本爰行先後生闔和尚犯罪二罪罷罷 | 行共應廿六補 | 僧僧道益人道盟益的有來頭 | 行共應廿補 |

## 葉　行　正　誤

### 一

| 葉 | 行 | 正 | 誤 |
|---|---|---|---|
| 一 | 十 | 缐表 | 康補情眞 |
|  | 十一 | 廊行作屑一杖五十斤十八斤 | 廊行作屑一杖五十作十八斤 |
|  | 七 | 廊行作屑皆醫受 | 廊行作屑皆醫受 |
|  | 四 | 廊行作屑連鎖 | 廊行作屑連鎖 |
|  | 十三 | 廊行作屑大名其獄具 | 廊行作屑大名其獄具 |
|  | 九 | 也依似上說洞里者 | 禁約猶得行此得都此省本省 |
|  | 四 | 商量將得來說 | 重說得了來 |
|  | 十三 | 商量將得來者十二戲字言 |  |
|  | 七 | 呈說窺窺 |  |
|  |  | 事內一件一件 | 即回話話了 |

### 二

| 葉 | 行 | 正 | 誤 |
|---|---|---|---|
| 二 | 五 | 交陰十一月二十日 | 別凱肩 |
| 四 | 十二 | 醫例本用網狀用枝另子行應作吉伏 | 枝勘以以 |
|  | 十二 | 太太宗曰閻閻銅人 | 九背掴打掴打 |
|  | 三六 | 毋無得曰閻閻銅人 | 十太大宗曰閻閻銅人 |
|  | 九 | 禁約猶得行此得都此省本省 |  |

### 典章四十　刑部二
**陳氏校補**
一

---

### 孔荒四之三

| 葉 | 行 | 正 | 誤 |
|---|---|---|---|
| 四 | 一 | 亥亥祭祭 | 十一月二十日 |
|  | 六 | 申申乞乞 | 九十二月 |
|  | 十 | 等等至至 | 十七月呈尤呈尤 |
|  | 十一 | 紫紫治治 | 十三昭照統統 |
|  | 十二 | 罪罪治治 | 七六郡都省省准容請 |
|  | 十三 | 禁施龍行 | 六是建蓬建蓬 |
|  | 十一 | 路容答請 | 十三背廢廢頂覽 |
|  | 九 | 聖聖朝言 | 三背人人將將 |
|  | 二 | 聖聖朝言 | 十三背瘠瘠刑行 |
|  | 十一 | 臟臟伐伏 | 四又人人將將 |
|  | 十二 | 耿取明招省似 | 昭照統統 |
|  | 九 | 毋毋致發違犯 | 中正當當 |
|  | 二 | 白谷招省伏咨省 | 似以當當 |
|  | 一 | 朝朝省延 |  |

### 孔荒四之四

| 葉 | 行 | 正 | 誤 |
|---|---|---|---|
| 十三 | 十 | 警戒敬察 | 推治推治 |
|  | 三 | 刑刑獄罰 | 代復背請 |
|  | 九 | 病病恩恩 | 醫工人人 |
|  | 十 | 斯斯前來 | 看看治則付戶部戶部 |
|  | 十 | 俗俗情情 | 三二首首領官領官 |
|  | 二 | 治治省省 | 號號教校 |
|  | 九 | 作本水紫元 | 然照此此 |
|  | 十一 | 成成違違路容外答補 | 審行錄下郡致今後延無損依違期 |
|  | 五背 | 准復至呈路容外答補 | 六錯字字 |
|  | 八 | 其其錄如 | 央決道華 |
|  | 九 | 得照此得 | 二背違後二十日 |
|  | 十三 | 南南憲憲 |  |

（下略）

| 葉 | 行 | 正 | 誤 |
|---|---|---|---|
| 八 | 一 | 准准所呈 | 八蕃異蕃異 |
|  | 二 | 正正月二十四日 | 一背李李事事 |
|  | 十一 | 正月十三日 | 禁暴暴事 |
|  | 十一 | 田田壯土 | 五背詳訟情情 |
|  | 一 | 合合硬的問的人 | 十情債債借勞 |
|  | 一 | 的的人人每 | 十二監入入監 |
| 九 | 一 | 招招伏衆 | 十一主至事事 |
|  | 三 | 奏者奏廊阿道下五字氣 | 八背排措作措月借了二元 |
|  | 十 | 數依依上 | 十赤赤合照照 |
|  | 七 | 招招伏衆 | 四州府州府 |
|  | 六 | 招招伏伏 | 五罪罪及元長委委調 |
|  | 七 | 圓圓生座 |  |

### 典章四十　刑部二
**陳氏校補**
二

## 典章四十　刑部二

札記四之五

| 葉行 | 誤 | 正 |
|---|---|---|
| 三 | 娘本、行後僧尼罔各志四出禁葬為 | 十三 得已安 |
| 亡四 | 則罪其四 治事故下期報十呈有所省十二杆者具 | 十三 參押 |
| 十一 | 刊到名官 | 十三 紫押 |
| 七 | 車轉委本本廳 | 九二十月二十六日 |
| 八 | 胖到名各官 | 四 毀毀字每行 |
| 四背 | 利刊到名各 | 六背 就漉行行奉此 |
| 九 | 完官專管焚 | 三 眼限遲遲慢 |
| 十二 | 完完問問 | 六 並弁首首領領 |
| 十 | 大行従起 | 七 官官吏例 |
| 三 | 專專行起 | 九 富審狀狀 |
| 五 | 完完兗应元 | 十 苦苦无元 |
| 三 | 另大行从起 | 二二 提挺挺點 |
| 八 | 棄庶四鉄徒 | 至 |
| 五 | 作應廉敏政元 | 九 獄牢牢內 |
| 九 | 畫旦詢時 | 不不得飲飲酒酒 |
| 至 | | |
| 三背 | 嚴服伏伏 | |
| 三 | 監監繁繁 | |
| 三 | 病患惠病 | |
| 九 | 牢牢榮歎 | |
| 三 | 疾病役役 | |
| 十 | 微獄內內四 | |
| 三三 | 高回歸歸德府德府 | |
| 七 | 各各招状状伐遠乞通行行 | |
| 一八 | 枷匣床床 | |

三　陳氏校譜

## 典章四十一　刑部三

札記四之六

| 葉行 | 正誤 | |
|---|---|---|
| 一 | 鍇闊橫直作練且 | 四 見小字行說並 |
| 二六 | 表亂應段 二二五年 | 十三 非莊覺期並 |
| 九 | 無原由 | 六 鎮明判錄 |
| 三 | 熙詳得此 | 三 承旨奉 |
| 六背 | 相應具呈 | 十二 省合下二下四漏字除外 |
| 十 | 應應盞處 | 十 此照例 |
| 二背 | 起起盞處 | 十二 又人恐恐職降 |
| 十三 | 城山縣聯 | 二背 黨黨職降 |
| 四 | 者阿廋下道漏五邪字羅 | 三背 降降先先職降 |
| 三 | 依龍詳委付此 | 六 遷遷遠遠 |
| 十 | 與內木楠婦 二二十六日 | 九 張賢等等罪過數恩 |
| 十六 | 用俱呈 | 五 財產等物 |
| 七 | 依龍上行施行 | 七 其審十行月 |
| 六 | 札礼死死 | 八 載陞圭圭路 |
| 九 | 用刀刀 | 三 初十八日 |
| 二一 | 作右臂右臂 | 五 研破柴刀刀 |
| 三 | 三一年 | 八 凡妃人人 |
| 十三 | 正正月二十六日 | 十二 發惡用研破柴刀 |
| 二 | 去去問問 | 十一 王柳仟子 |
| 五背 | 發潰潰元 | 十三 十二十六日 |
| 三 | 了子發發 | |
| 十三 | 要要邪 | |
| 十三 | 漏要邪那者漏廋道五字下 | |
| 三 | 阿廋者廋道五字下 | |
| 二一 | 主上人 | |
| 九二 | 有妻廋阿道下四漏字是 | |

一　陳氏校補

## 《典章四十一》刑部三

陳氏校補

| 礼記四之七 | 九行同 |
|---|---|

上段（右起）：

- 十三　晓擬取下發脚已外付□回十三鄰
- 十一　為安置已罰
- 五背　駢斛對前
- 十三　十一二月
- 十　者秦廄阿道下玉濁邪歟
- 十五·五　白壁的下三濁字明　排立門門字粉壁
- 十六·十　多論合屬十排七門字濁行
- 五　二二十四一日
- 六　招伏狀於
- 八　雕用用

- 八　於至至元
- 六　辛新茶茶
- 五　招伏狀於
- 四　廄詎另告行謀頂民流
- 十三·十三　中書書省
- 十一·十　本一行則後三關十六行廳補殺
- 十二·十一　周阿阿李季
- 十　沒設官官
- 九　田田土地
- 五背·五三月　罪罪犯死
- 四　碎拌拌扯

下段（右起）：

- 十三　置決二三十七七下
- 十一　擇今字訛訛所罷罷
- 五　招招伏狀黯所罷罷
- 八　誠誡恐戚已歲後入滋蔓滋蔓
- 六背　交交住住
- 十三·十二　管管民官
- 十　忘忘捕二下元有
- 七　供供指阿出同
- 五　鄉鄉都村
- 三　正正是是
- 十七一　南南嶽嶺
- 十三　行行區樞密院
- 二（中）
- 十二·十一一　立立着自
- 十四·四　及既取取
- 十三　作召呂來來元
- 七　逐道達連達連
- 五一　鳳鳳言事情
- 一　人人民莊農農
- 十三　約約謂諾
- 九　三二年年
- 二十　把法重言至說言

---

## 《典章四十一》刑部三

陳氏校補

| 礼記四之八 | 行同 |
|---|---|

上段（右起）：

- 四背　都都馬兒兒
- 十三　辛辛茶茶
- 十一　熱熱寧單縣縣
- 九　罪罪過過原外
- 五七　鋪耳釧釧囊去囊臀臀
- 九背　割割割割
- 十三　任任省省見見
- 十二　都都省省准擬
- 十　已已前前
- 二二　刀刀割割
- 十一　宜宜見兒兒
- 十　宜宜決決
- 七　另發行魯行魯恩低低一樁格
- 六　路路行鹽低低一樁格
- 五背　恩恩林抹察察
- 九一　元一小起兒
- 七　幾兒人人
- 二十四·初十二二日
- 九三　秦廄阿道下玉濁邪歟
- 十　幾兒人人行
- 三　賊賊人人
- 七背　秦廄阿道下玉濁邪歟
- 十三　二欵宇此行
- 十　作作邑州緣緣
- 七　赤亦茶茶兒兒

下段（右起）：

- 十　九議宇得四下濁入廳補上
- 五　於於地上上
- 三　慨慨然然抹院
- 二背·一一抹院　都都馬馬兒兒五行六行同
- 十　燒燒放放馬馬兒兒
- 十　都都馬馬兒兒
- 九　燒燒紅火
- 十三　蠱蠱窩窩
- 五　蝴蝴佳住
- 十一　竈竈穿穿
- 十三　竈竈窩窩
- 五　呈呈乞乞
- 六　自身取取
- 五　一背本本廳刑
- 十二　照照詳得此
- 八　罪罪過過免
- 七　恩恩勉勉
- 四背　洗洗寧籌
- 九　已已婚婚
- 四　難准便便
- 二　省部都部
- 十一　上上
- 十　作作邑州緣緣
- 四　次本妻行一後圓版七行廳補皮衣
- 十三　八十下

## 札記四之九　典章四十一　刑部三　四　陳氏校補

| 葉 | 行 | 誤 | 正 |
|---|---|---|---|
| 七二 | 十二 | 都省上編陳陳外出二字字 | 初二日 |
| 七三 | 六 | 深通衣 | 招招伏狀 |
| 九 | 二背 | 姦有姦 | 初三日 |
| 十三 | 三 | 招招伏狀 | 摸沃子子 |
| 一背 | 五 | 准犯取到說誌 | 房裏妺於季春兄 |
| 二 | 十 | 逆並不在 | 看有旬旬 |
| 六 | 三五 | 空生一司上元四行同 | 火閩閩 |
| 八 | 六 | 招招說誌 | 二二十四日 |
| 十 | 七 | 福倅惨抄 十二行同 | 道使使 |
| 七一 | | 故理便理依理 | 道虎的 |
| 十二 | | 作腔出元　本一行則後十圖一葉治處據生補生盡 | |
| 四 | | 亞申中下閩六微官行 | |
| 十二 | | 拆拆割閩割司行 | |
| 士一 | | 胡胡廣行省 | |
| 士二 | | 容容諸請 | |
| 士二 | | 訊訊壁壁 | |
| 士二 | | 撥撥壁壁加體察 | |
| 七二 | | 都堂省 | |

## 札記四之十　典章四十二　刑部四　一　陳氏校補

| 葉行 | 正 | 誤 |
|---|---|---|
| 一　三四 | 備衷閩應直毁綴作見 | 六背　姦奏阿下處元五有字那 |
| 三 | 劉劉天璋下同 | 七　載載者廁元五有字那 |
| 四 | 二二十五日 | 三二　載載者廁道元五有字那 |
| 七 | 元姦另夫行以下 | 十三　載載生應道五有字那 |
| 四 | 元石另山 | 六　載載生應道 |
| 二背 | 傅傅另山 一下同 | 五背　子仔細細參照 |
| 十三 | 元玉斯斯 | 八　明明白明 |
| 四 | 陳陳 | 六　五月十一日 |
| 二 | 元玉別行 | 七　道道定 |
| 八 | 穀本一行則後廿閩紙上應補財謀 | 十二　七忘生應道 |
| 四 | 抹抹死殺 | 七　劉外女女 |
| 五二 | 省省劉准准 | 五　紿紿付主告主 |
| 七 | 阿下處編七字劉露 | 七　初五五日 |
| 七 | 情情同因 | 九　俠倒燒燒 |
| 四 | 遠讓魯得花下赤南圖七字劉露 | 十　生年幼幼 |
| 十三 | 有本勢縣下元 | 十二八　呈省奉惟雜下同 |
| 四背 | 用右手手 | 三背　黃王雲叁二下同 |
| 八 | 敢本一後行缺初殺圖人同 | 六　小小刻那 |
| 十 | 門門共殺奴四前行月 | 七合無兑　海馬阿蘭蘭 |
| 九 | 白白要奴八行月 | |
| 六 | 小小刻那 | |
| 十二 | 致二死下字小元注有三 | |

《典章四十二》刑部四　陳氏校補

《典章四十二》刑部四　陳氏校補

《典章四十二　刑部四》

陳氏校補

四

| | | | | | |
|---|---|---|---|---|---|
| 壹 八 背 又 學舉 | 壹 七 背 被 曲 道前 曲元 | 壹 四 找放 格本 均段 体有 前數 字處 空 | 犬 八 作 牛阿 元候 下同 | 九 誤跟 便想 路說 便約 斷決 量斷決 | 九 背 雷雪 金見 告 |
| 又 人 爲爲 | | | | | |
| 十 奉 御堂 到都 堂釣 肯准 擬 | 六 奉 訪訪 閩閩 | 二 闍闍 喜喜 僧坐 | 三 初十 十八 日 | 六 喜喜 喜喜 僧生 | 十 要 來來 |
| | | | | | 九 柳枷 拷柁 枷柁 三 延安 安狨 狨路 十 從寬 木便 路斷 說便 約量 斷決 |

---

葉行

《典章四十三　刑部五》

陳氏校補

一

| | | | | | | |
|---|---|---|---|---|---|---|
| 一 四 背 有檢 一屍 字法 違式 陸上 文元 | 二 五 九 雨背 眼眼 肌鹿 | 三 四 背 雨 臂臂 | 六 雨 腳肚 踩踩 | 五 四 九 樣准 鈸鈸 連下 在前 今將 除外 合行 式 | 六 依 上行 施行 | 十三 嘉莪 是是 |
| 五 三 子仔 細細 | 六 八 背 盜盜 路路 | 七 八 未 審省 | 八 可可 階階 | 八 典典 雇雇 下同 | 十 追 理理 | |
| 五 尸 伏伏 | 三 調牌 瑞調 | 十 忘忘 生座 道 | 十八 的的 元无 名可 字下 | 十 奧奧 兒兒 名字 下 | 八 翰翰 阿阿 揚揚 下 | 六 薗薗 見見 古古 家家 |
| 古 九 二十 二月 | 十三 一 未朱 阿阿 黃王 | 十三 七 月月 十 三日 | 三 背 扮啓 尸尸 一礼 字付 | 五 三 令 史路 克劉 承允 行十 年省 月初 | 八 二 至施 大行 下元 十本 年有 四壁 行葦 月入 | 十二 一 強強 盜盜 |
| 五 尸 伏伏 | 古 九 母丑 阿阿 王王 | | | | | 九 七 銅銅 錢名 |

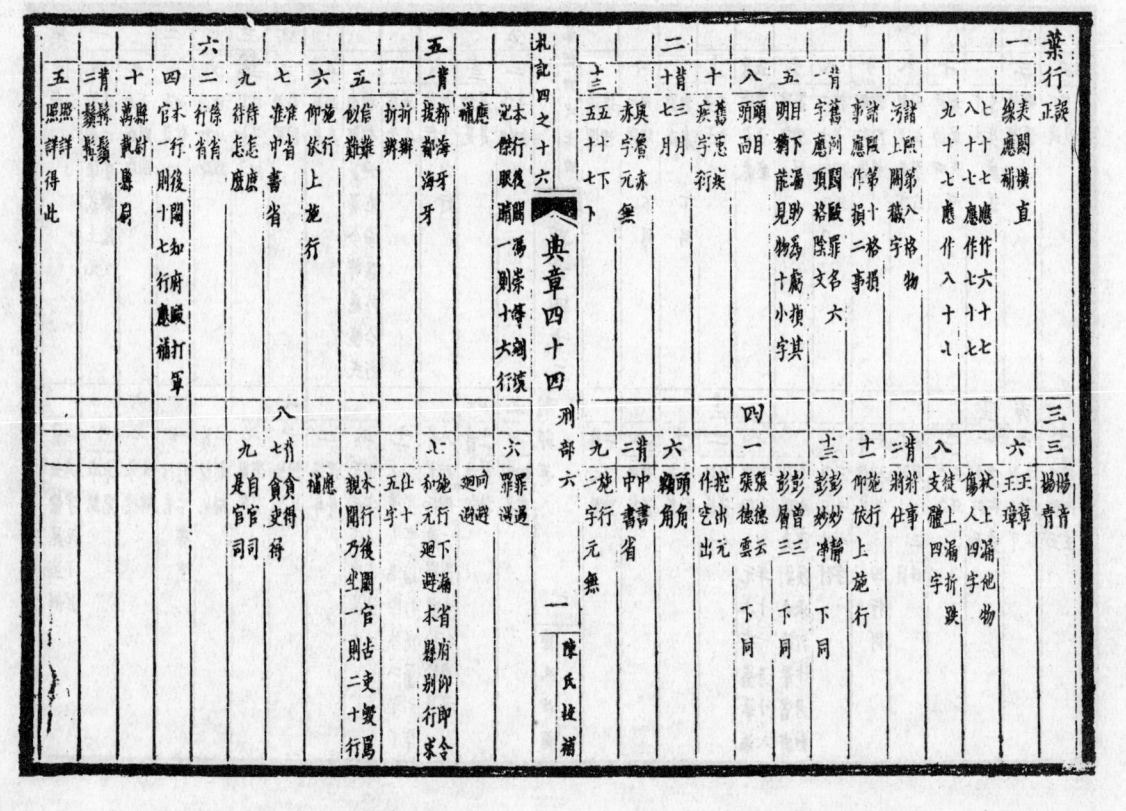

沈記四之十五

典章四十三 刑部五

二　陳氏校補

沈記四之十六

典章四十四 刑部六

一　陳氏校補

葉行　正誤

**典章四十五　刑部七**　　礼記四之十七

**典章四十五　刑部七**　　礼記四之十八

半葉前關橫線應改直作線後

| 葉／行 | 誤 | 正／校語 |
|---|---|---|
| 十一 | 斡屑脱兜宛赤 | 後月 |
| 五五 | 一龍行下應漏十得本條行後申圈覆一則公事與七行與十一 | 福應 |
| 四 | 高德得七 | 高德得七 |
| 三 | 其在字行租父母 | 其高德七卜 |
| 十 | 擬擬依施上行 | 在其字行祖父母 |
| 九背 | 摄行袠等污事 | 擬擬依施上行 |
| 十三 | 彊彊行袠污事 | 强强行袠等污事 |
| 三背 | 姦字元無四有字因 | 嫌字姦婦元無 |
| 一 | 二三　初十三日 | 即即傷俠 |
| 二三 | 初十三日 | 照照詞倒 |
| 五 | 斷遠遗去范 | 圈圈倒 |
| 九背 | 社任　奴奴　賽賽 | 姦兜脱幹宛赤赤 |
| 十 | 女于賽賽　奴奴 | 處處重重 |
| 三二 | 限鄭字衰姦范 | 謂如同 |
| 六背 | 狀栽拓指　古岁石歹 | 赤以照下驗元有五字除外 |
| 三 | 事屏字同省　省行省 | 呈呈寧路 |
| 四背 | 鄭世行衰姦范 | 戒戒寧路驛路 |
| 六 | 先原奉來 | 六女歳六女歳武 |
| 十二 | 斡屑脱兜宛赤後月 | 二三月 |

陳氏校補　一

| 葉／行 | 誤 | 正／校語 |
|---|---|---|
| 十一 | 議課擬得 | 議疑 |
| 十一 | 中書省刑部刑部下同 |  |
| 二背 | 潘潘屎蛀下同 |  |
| 九 | 合同覩親書書 |  |
| 十三 | 潘字成重出 |  |
| 十 | 若若飽使 |  |
| 明 | 王王珪羣章 |  |
| 四 | 招招詞伏巳 |  |
| 六 | 字見前小例注三 |  |
| 九 | 經經直直 |  |
| 十一 | 若者姦所所 |  |
| 十二 | 二三月 |  |

| 葉／行 | 誤 | 正／校語 |
|---|---|---|
| 五 | 作杏杏 | 省省來杏 |
| 十一 | 作李㫚昇元 | 合卯下照驗照驗 |
| 十四 | 大德五年目 | 扎達魯客花花忽赤赤十一行目 |
| 二背 | 王王琛瑷奴奴四行字目 | 花扎行花忽赤赤 |
| 四 | 王王琛瑷奴奴四有字罪 | 腶腹裏裏 |
| 二背 | 一覓上不元明有 | 我我根照你你去 |
| 三 | 天文名目十三行目 | 香番根婆婆 |
| 三 | 作大至元八年目 | 一覓上不元明有 |
| 十 | 合合下 | 袋銀銀 |
| 八 | 衣衣父下 | 根跟迷迷 |
| 五 | 居北父上刑目舍 | 遣遣當當 |
| 四 | 村君文 | 勾勾 |
| 二 | 妻妻于夫 | 死死合下元四有字降 |
| 三背 | 妻妾于夫聲聲 |  |
| 五 | 于夫都節聲聲 |  |

潄氏校補　二

| 葉／行 | 誤 | 正／校語 |
|---|---|---|
| 九 | 郡道道明明 | 背一行同 |
| 七 | 郡道提道控明 |  |
| 六 | 節節報給 |  |
| 五 | 慶慶阿郡 |  |
| 十四 | 崔崔尉尉司司 |  |
| 十 | 各各攷攷 | 勘四有字量 |
| 八 | 捐捐賽見料招 | 招 |
| 七 | 驛驛賽見招 |  |
| 九 | 放熱怒擊擊 |  |

典章四十六　刑部八

陳氏校補

北定四之十九

| 葉 | 行 | 正 | 誤 |
|---|---|---|---|

一
下皆以至元鈔爲則
元字上脱一
拒法有一直法兩線隔之齒
不買應作弟一貫格一貫
十不買應有一貫格

二
七
無罪傳倖

三
一　案大四年
二　三十貫買
三背　三十貫買
四　式剳付

五　三十貫買
貪發剳行另給假格陛文
二　慮大發剳行別給假格陛文

六
九剳倖司

七
三　報妄者阿底道元五有字那
四　明理里下不花花
三　明官每下道有一省審懇了
十二斷入者字嵏道

八
五　觀去阿

十二　怎生生委阿底那穀製行是人裁底後通頭
人委阿改行底那穀製行是人裁底後通頭

五路生委底道有

七
八　背三月
四　別則無罪
十二　字二十四
十三　別罪無

六
四　犯花罪職
八背　謂此事

北定四之二十

典章四十六　刑部八

陳氏校補

十
王日進十一行同
黄日進十一行同

十二
本末剳鑑同治中書桑哥如書關列
十二　背此剳忠
九　本末兒剳鑑
五背　三十一年七下
二背　三十一年七下

十三
八　西番荅荅提舉事
十背　西番荅荅提舉事
三　報妄者阿底道元五有字那

十一
十　照詳群此
十一　阿羅雜荅的勾
十一　作京州元
十三　十月二十二日
五背　怎生生委阿底道元五有字那

十五
二背　者阿底道元五有字那
八　怎生生委阿
十二　通報荅荅的勾

五　官官儒義義
四　罪經起
七　三月初二日十三行同
十　藥龜十三行同

二
十三　正月十三日妄者阿底道元五有字那
十　照詳群此
十一　十月一日妄
三　欸此剳依下妄者阿底道元五有字那
四　二月十日

五　仕官目典作取職受不滿賣劍往求
四背　於省惟照得都省合下
十三　呈照會都省惟
十　本軍人
六　祝脱晉脱木兒後同

六
宣憨
宣憨

一〇八二

《典章四十六　刑部八》

札記四之二一

三　　陳氏拔補

《典章四十七　刑部九》

札記四之二二

一　　陳氏拔補

**〔上半葉〕**

王背 受附 玆即 作附 玆

六 三二 二 五等等

圭 二五十七 七下下別求仕

圭 初十 日

圭 三 初十 五三 而雨

四 三三 十五 而雨

三 干于仲

九 職依 行枉 杖後 圖侵 勘枉 惜官 後課 惜官 惟

七 不杠 不枉 法例

三背 三三 十十 三五 而雨

孔記四之二三

《典章四十七 刑部九》

二

陳氏校補

九 本行 職後 行職 應例 二 補

---

**〔下半葉〕**

葉行 正誤 補

一 六 二二 十 干于礦磯

二背 二 八 初十 五日

二 九 出備修 五 一 原線 免免

一 中書省 到付 六 七 壹裹臺 陳省首元

五 一 回過 發前 則關十 知人 應稽告 圭 呈臺 陳省首元

四 一 的勾 發行 字事 衍的 底 六 背 原線 其其罪

三 三 的匙 聯職 衍的 人 八 以社

圭背 行行 職職 立立 十 首社

十 三 勾當 羅立 圭 而位 愈固

八背 司本 就行 問後 一關 則當 十九 行過 應幾 察 圭 不不 衷衷

---

九 二 原線 竃免

一 雖是 自

圭 原線 免免

十 原線 其其 所犯 竃

九 方許 詐准 保首

八背 其其 所所 犯竃

三背 无原 問問

十 勾當 則錢

七 受受 當管

八 五五 月月 二十 二日

六 其其 駕駕 之文

七 勾勾 進道

四背 王背 撤底 之文

孔記四之二四

《典章四十八 刑部十》

一

陳氏校補

十二 令合 行行

八背 公公 支吏

圭 去來 來去

九 四年 十月

五 陪賠 償償

四 陪陪 例例

十三 應取 受受

十二 職外 廉首 訪司 抄人 出三 則首 三十 吏

三 許計 令令

六背 本行 職後 到圖 勘及 臺 連察 職便 捌起

五 分捒 行行

十二 去來 來去

九 四年 十月

五 沒無 體例

四 陪賠 償償

十三 應取 受受

三 許計 令令

## 典章四十八 刑部十

北京四之二五

| | | | | |
|---|---|---|---|---|
| 二 則 廿一 | 十 | 四 | 士 | 八 | 五 | 三 背 | 士 | 七 |
| 行 應補 | 四 | 官官 | 騰 | 合 | 省 | 不 | 視 | 到 |
| | 韓韓 | 同府 | 連 | 合 | 議 | 諳 | 覷 | 到 |

北京四之二六

## 典章四十九 刑部十一

| | | | |
|---|---|---|---|
| 一 葉行 | 七 | 一 | 五 | 八 |
| 四 表 正誤 | 忿 | 之例 | 徒 |

《典章四十九》刑部十一

　　　　　　　　　　　陳氏校補

《典章四十九》刑部十一

　　　　　　　　　　　陳氏校補

**札記四之二九　《典章四十九　刑部十一》　四　陳氏教祠**

三　牛母一隻隻

五　未未審曾

宊四　處陳字成行

二三　二與陳字兼之行

十二　之又依欽奉之又字兼行

二三　照依鄧宥偷盜

四　處陳字成行

二月二日亦字行

六　咎咎浙東道

七　估估贓定罪

十二　二欽贓依行

二一　二欽字依行

三六　陝西省西安府臨潼縣

三　偷盜偷僧人人

六　今星乞即奧事

八　所犯警火赤赤十一行日

九　所犯謄體二行

十　更承里之奧事

十二　卯卯字依行

九　二賊字人行

十三　二賊判字一二字行阿

十二　二壹民字故字得賤素行

十二　二富民字民字賤行

三　應應字故字得行

八　伏招伏伏行日

十　四日伏招行日

九　又貲字恩行

十二　又判賣字得花行

十三　賣字克月行

七　開開得竄遷俗籍付階本籍充

九　蓋師兄師弟之惜

七　七判斷遷付階本籍充

九　剳斷發付遷階本籍充

十二　三得柬賽二元字中行處

十二　公吏處差二元字中行處

五　二字字科行

其共俱齡二俱雜行

七　件物字行

**札記四之三十　《典章四十九　刑部十一》　五　陳氏披褥**

三　件物字行

四　又字行

三　捕棉毯幾

十　詑詑字發行

三背　寬賤字兔行

四　寬賤字兔行

六　不不明白若不軆呈

七　不不明白若不軆呈

八　一圓字得至一阿

九　得護得一二字編行

十二　於於問事行

十二　二護字護行

二一　二護字護行

五背　照照驗驗

三　判諸照驗驗

二背　右右頭頁

二　十分得花字得行

二　強盜字得花行

四　得盜字得花行

十　又字克月行

十二　將字克月行

一背　不不存花不存花

二　十分一詑上兩不漏分九詑鈔四

三二　一字月行日

四　諸諸人字行

六　四字剳單字一罩字行

九　日三字月行日

一　一款散於通三倒字於行內

三二　字行日

八　五五十貫行

六　王王字間事剳

四　洛洛州通路申事剳

三　二大德字行

八　人色日字人行日

三二　二卯夜字月日

三　二卯夜字月行日

二　二字月行日

三　二字月行日

十二　張判真判判十三行日

## 典章四十九　刑部十一

九江四之三一

| 兲三 | 兲一 | 二 | 五 | 八 | 九 | 十 | 二 | 三 | 二 | 三 | 三 | 止賞從父従父 |
|---|---|---|---|---|---|---|---|---|---|---|---|---|
| 字割字衍 | 知之情衔 | 言誠恐未詳出 | 取取勘審 | 到時勘審衔 | 伊𡨋字父衔 | 止字得衔 | 㥄尚本兼人甘仔 | 抑不且不曾 | 又抑不曾是 | 紀年字妃衔 | 伊𡨋字父衔 | 鈴前去 |

審回官審判定斷刑
㐲本兄𡨋審判斷刑

| 兲三 | 六 | 五 | 四 | 七 | 六 | 五 | 九 | 二 | 士 | 士 | 士 | 十二 |
|---|---|---|---|---|---|---|---|---|---|---|---|---|
| 高宇三衔至茶其子 | 作蕭宇壽元下同 | 得盜字得德三元下同 | 盜得德三元下同 | 三狀字詞夜衔 | 三狀字詞夜罪字二勤字衍 | 賦盜字衔 | 三月日衔 | 背在所可 | 字刺字賦衔 | 宋字詞夜罪字二勤字衍 | 贓姑設贓二計字誑 | 截載衔 |

典章四十九　刑部十一

六　陳氏校補

---

## 典章四十九　刑部十一

札記四之三二

| 宗三 | 七 | 六 | 二 | 士 | 士 | 七 | 六 | 一 | 宗一 | 九 | 六 | 宗一 | 士 | 士 | 十二 | 十 | 九 |
|---|---|---|---|---|---|---|---|---|---|---|---|---|---|---|---|---|---|
| 二參宇衔 | 廬寮忑 | 技斷枝衔 | 計計字衍至衔元 | 字刺字宇衔 | 章衆所一 | 二狀招狀 | 本宇泰衔 | 宇刺字月衔 | 刑刑部部呈 | 勘審到到 | 駑雙雞 | 歲小歲衔歲 | 三字科衔闌 | 歲小歲衔歲 | 至至字程衔 | 罪印照行 | 拔披宇徒衔罪未便 |

典章四十九　刑部十一

| 六 | 五 | 四 | 三 | 士 | 士 | 七 | 六 | 八 | 五 | 四 | 三 | 二 | 九 | 八 | 七 | 六 | 五 | 二 |
|---|---|---|---|---|---|---|---|---|---|---|---|---|---|---|---|---|---|---|
| 家百宇衔六家 | 狀招招月日 | 背狀招招月日 | 二定字衔 | 師寺等内衔 | 本部議得 | 情等犯居 | 看守管廟所犯 | 盜畜二鑑富衔七 | 伊備元衔 | 二爭靜居居 | 三二年衔一日 | 衣衣物服衔 | 九錫衔盜錢 | 盜僧師訛祖祖師 | 七借僧宇衔 | 六仰仰字依衔 | 五罪過衔 | 七買買過 |

八　陳氏校補

**典章四十九　刑部十一　八　陳氏枝誧**

七　併估贓罪
役為賊從的／三各字衍
八　俱免二各字衍
九　二剮字衍
十　役字衍的
十一　其中二字衍
役字衍的
他人的
役為賊從的
十二　各當有
各有無
俱已像
十三　追繼贓賠贖

二　三處字布字衍定
二　服人字布字等衍
三　二六字名衍
合依常盜料論斷定罪
四　仰字衍
者得財字衍
六　仰字財衍
八　仰字衍者
九　入贓人衍
三更時分
四字財時分
盃手千定見下同
木棒捉
十一　三更時分
十一　入贓人衍
十二　朱伴覓
八　朱字伴覓
朱字伴覓
木棒捉

十三　民贄
贄內有見有
一個雙
並覆贄
捉木棒捉
獲字延衍
於十月二十五日承蒙
十一月二十五日蒙
妄訊告誣告
官妄司誣告
官用所左教手木魏木捉
用
五　架梁字賢衍七行同
七　段列蒙蒙字衍

九　為賊從剙定枝論杖斷
兩二人入
三等四字衍
饑饑字不曾
二　兩二字衍
字剮字衍
三　仰字衍一
二　仰字衍
五　仰字信字衍十行同
吳信字衍
六　四二更時分
七　贓首字衍
十　仰字妹字衍
欽奉詔命

**典章四十九　刑部十一　九　陳氏枝誧**

十二　羅福誧二二等
十一　二恩詔字衍
古　二刑刑部部十一一
二　二刑部十一
二　二一十四字衍
五　兵兵刑部部
招伏狀
六　取發得財字衍
取字罔招伏狀
七　以呈刑字到院
四審字罔明白
八　二以二字衍
所所犯情由
十二　三初一字衍日
十三　三初一字衍日

四　八月日字衍
九　物件字衍
件物字衍日
十　華亭字定
十一　詞狀字衍
二賊字衍定
二狀入字衍
十二　依仰上字衍
背如字意衍
十三　背二字路衍
大都字路衍
三　省二字衍路
免敖放免
五　臺省字衍
六　省初五字衍日
三初五字衍日
九及字父衍母

十一　守節故終
背不到底的
三　不偷倫
二或字衍
四　二仰字臺字衍內
在州字衍
六　廣廣海東
容容仰蒲卿字依衍
十　不給付口糧依口糧
十二　三二月字衍日
十三　二都字衍路
等路字衍日
三　吳吳喜喜覓等
二蒙字衍
侍侍丁養
十　打了教道了
七　准院內入去去
准部中書二字兵刑部
八　到解到字衍説
三　取字衍路
四　強強字衍
九　招招伏狀
五　招招伏狀
已年字已衍

沈刻元典章校補

**典章四十九　刑部十一**　　陳氏校補

**典章五十　刑部十二**　　陳氏校補

禮記四之三五

禮記四之三六

葉行　正誤

（下欄略，表格為校補條目，分葉、行、正誤三項，文字漫漶難辨）

一〇九〇

〈典章五十 刑部十二

**上半**

三 二以字衍　五行同
二 諸字賊衍
一 參字衍
一背 閭卒字間衍
十三 挾心狠抵持懼警恨故特
十二 賣賣因衍
十一 賣山字東路衍　路山
十 三十五日衍
九 又六字衍　賊人倒
六 雖雖是倒
五 物價衍　二月字衍

四 二月迪勘審
二 二月字日衍
十三 二准字疑衍
十一 財家對畜產使可使諸徒
八 三如境字衍發
七 此因字衍
六 斷斷字此衍
五 居止宅舍宅
五 挾字衍讐私怨
四 盡盡有有　節衍有有

十二 刑杖斷決
八 四一刑部一字衍
　 刑部呈體斷
御史臺呈咨
七背 三初二字六字衍
十 二治字斷日
九 欲鈧遏遍
二一字衍前後
七背 四一字衍十五日
　 作十四九年目
二准字衍
二其妻衍

一 得字衍
二定字論衍
一一切切者之三物字衍
以字衍
二若宅字者衍
二以字及衍
今以字後諸人足有賊徒
一看字衍
竊誠恐恐
四事干字衍通倒
十三 二放火字衍

〈典章五十 刑部十二

二
陳氏拔補

**下半**

四 剸剸字斷罪
二背 等方字衍罪等
難難令樂等
既犯恐如此惡逆之罪
二科字衍
十 二詔字衍
九 二以字合同合
三今能三次偷次掘伐偷盜
八 祭器四分等物分賊
七 偷盜空衍說
六 等罾二字等衍
五 九九一
雖是然犯周日衝之犯係在

十三 等罪事物
十二 周祖藏藏
十一 行行者到付
者違字衍者衍
以字衍衍後
八 二各字衍
九 尸骨骨
用有錢錢
富富稅厚
一背 父父祖母
十二 七六年字衍
八 欲追遍外
七 二各字處衍
一背 二到字官衍

三 賣的的買的
十二 三十九字衍
十 張什必下史元本呈有三月廿七令史墨筆墨
十二 施日行路連三十行二墨字
十 首賊從賊
七 偷賊字衍倒
從賊賊倒

三
難典奧祝益屬相益之詞此斷
五罪字衍重
偷偷取益祭器全銀祭器一切
大萬

三
陳氏拔補

**葉行　正誤**

| | | |
|---|---|---|
| 一五 各官 | 十 夜禁 背葉禁夜 | 一背 人行 一背人行者 |
| 四 夜行者 | 一 行 二行書省 | |

《典章五十一》

刑部十三　一　陳氏拔補

《典章五十一》刑部十三　二　陳氏拔補

## 〈〈典章五十一〉〉　刑部十三　　三　陳氏校補

札記四之四一

| 元云小字六行同 | 又云內字七行同 | 六　元云小字六行同 |
| 一背藏譲以伏調 | 三背座底 | 十二　舊例贓贓 |
| 四　二端消字贓 | 二　二准呈字呈一行 | |
| 三背護字得三行 | 十三　益羨差罰 |
| 十三　二誤道字葉八行 | 九　二四一罰罰 |
| 四　二撿內二字葉一行 | 三背弓弓兵兵民義 |
| 青類內云上日 | 十八　十阿阿東東 |
| 一書領領六行 | 九　章倉庫裏贓贓 |
| 四　三署領四行云下同 | 七　舊字例衍行 |
| 六　三寶鈔四字衍云下同 | |

| 三　二遼字葉一行云 | 六　二件等字件行 |
| 四　七上奉上字葉衍 | 八　二賦內五字行 |
| 七　二葉字葉七行 | 三十字台行 |
| 青備內事甲行 | 十二　二是致至 |
| 一送補字葉依上覽行 | 七　結給索案 |
| 四　二捕段提補行 | 八　限內外行 |
| 十　六吝字諸補字行 | 四　四限別府四年 |
| 目目前前 | 七背延節另補四年 |
| 七　一日日字葉一日 | 九　元云小字 |
| 十　七省字朔字內行 | 七背移徙另節三年 |
| 背撿袁付喪衰 | 九　三初那府行日 |
| 五　回回赴付 | 十二　承星葺葺行 |

---

札記四之四二

## 〈〈典章五十一〉〉　刑部十三　　四　陳氏校補

| 十一　王王准房房舍 | 二　松各路於行省 |
| 十　四二字十行云 | 十五　二松各於行省 |
| 九　捕放火死人贓 | 六　二路四二字行九日 |
| 補廳 | 七　一疾病前前 |
| 九　三十五日云 | 十　二身生前前 |
| 同本繇罪盗罪賞殷死人贓 | 四背目日作十七年 |
| 四背二殷一則六行贓 | 三十年前前 |
| 九　揭盗間說墳塚偷盗葬 | 五　年通字聞年 |
| 十二　先是字葉末行 | 六　六字聞行 |
| 二　八入土字行 | 七　二葉字聞行 |
| 十一　人賦人字行 | 五　四二字行九日 |
| 十二　二賦已字行 | |
| 瑩葬塋葬 | |
| 二　無事字行 | |
| 三　二如阿物行 | |
| 一背二如阿利物行 | |
| 別朋物利 | |
| 近迎有有 | |
| 六　不准字贓匪滋生 | |
| 骸骨骸骨 | |
| 實切恐恐 | |

| 三背揭字葉末行及人 | 以以 |
| 一如字行贓人 | 中書省省咨准呈擬咨請所擬 |
| 者物宇者行 | 迎遠 |
| 一　二今後字行 | 韓嬰曹州米羽申路備批申 |
| 二　初後墳墓 | 器皿等物 |
| 初開襄卻墳墓 | 先先野蠻贄頫綸茹范 |
| 全罪如行 | 四　捕護字葉偷盗 |
| 三同罪行如 | 歲贓賦徒 |
| 同與傷人同罪 | 捉贓賦徒 |
| 三同傷人同罪 | |
| 四　都郊堂堂釣旨 | |

**典章五十二　刑部十四**

| 葉 | 行 | 正誤 |
|---|---|---|
| 一 | 十二 | 倒之上一書在四　親女行 |
| 背 | 十 | 下增滑游一行消記二字 |
| | | 元下增泊記二字 |
| 二一 | 背 | 下作增脫一行放脫二字 |
| | 廳 | 下層間漏合造將行放脫二字省印五字 |
| 三二 | 中段 | 廳下層行 |
| | 日 | 耳下增五字得至元年月日 |
| 三 | | 三等字衍 |
| 背 | 行令 | 非情者講二號字衍 |
| 六 | | 對張斌對字衍 |
| 七 | | 蛀蝕范范 |
| 九 | | 朝 |

（以下右欄）

| 葉 | 行 | 正誤 |
|---|---|---|
| 十 | | 省都堂堂字衍 |
| | 十 | 同變更字衍 |
| 八背 | | 近者來逆宗 |
| 入背 | 二二十三二年 | 三十二 |
| 六 | | 胡士宗胡仕宗 |
| 九 | | 得得合字衍 |
| 十 | | 充員不字衍 |
| 十三 | | 間年閏字衍 |
| 十三 | | 於字闕下 |
| 十六 | | 零雯七字衍 |
| 十 | | 瑤瑙州 |
| 十二 | | 忿然字衍 |

**典章五十二　刑部十四　一**　禮記四之三　陳氏披補

（下段右欄）

| 葉 | 行 | 正誤 |
|---|---|---|
| 六 | | 得靴字得行 |
| 六 | | 奏閱合今字衍體 |
| 八 | | 閱奏閱體 |
| 六 | | 整禁今治 |
| 二 | | 到奉二月字衍行 |
| 七 | | 者宛宛字衍行 |
| 八二 | | 到者行 |
| 十 | | 付劉付元字衍至六日 |
| 十二 | | 十五一八日个三元三月二十五一日 |
| 三 | | 所犯三文字衍理 |
| 四 | | 尖枝字衍行 |
| 六 | | 田四字九日 |
| 九 | | 投漿 |

| 葉 | 行 | 正誤 |
|---|---|---|
| 六 | 十三宗卷 | 付劉都付字衍十三宗卷 |
| 七 | | 安妾申稱 |
| 八 | | 失去字衍 |
| 九 | | 三失字衍俱伐已二都伏衍 |
| 五 | | 唐字有衍字 |
| 三 | | 吳文惠二人五吳字衍 |
| 十二 | | 用閏福發福下同十二十一个二元至 |
| 十三 | | 山等字衍中山等字衍 |
| 三 | | 讝識尖字衍 |
| 四 | | 五九月十六日 |
| 九 | | 初五字行日 |
| 三 | | 陝州路 |
| 十 | | 峽州路 |

**典章五十二　刑部十四　二**　禮記四之四　陳氏披補

葉行正誤

一
應上 應作層諸人告罪者
背 應下 作層論諸公事
應下 作層黃量事輕重科斷
應中 作層原告人走了的
背 應中 作層虛下作層論虛走走了
甲 狀申
二
四 應中間交下死屍人告人的
三 本本 過趁
目四 作款五數

《典章五十三》

刑部十五

一　陳氏校補

十二
三十五行月日
於二字一行
十二十字二行
本事醫
六 筋即詞詞
飾節詞詞字一行
二背 止止
八 三初五字行日
十 勤勒
遴延
七三 從從公二理字斷行
八 備馬駐字行
十 其具字狀行

十一
論解解
十二 看看循諍
二背 縈紀回四
五二 切一十字四行月
七 二切一字行
十 訴訟理斷
二背 是開開二言二字三行一行
十三 處處依二字一行
十二 民民字依行
三十行七日月
十一 入馬字行人
簡簡申由人
十二 乞乞星星
一　陳氏校補
本本字一行
不下讚讚
誠誠筋筋
間一本字字一行
四大肯德下七故有五零典年過滿
以文友人行
二素素煩亂項
十人人告
二背 者者公告行
五二 欲此二字不公字行行
六 此二字行

《典章五十三》刑部十五

二　陳氏校補

七背 應訴訟
七背 二切六二字月二十八日
九 四路二字一行省
九背 證證人人次失三字行
六一 黃黃字一行
十四 遠遠字一行三日
十二 告吉伊伊
三 誠誠視視
四背 割肉二歲字一行作漏
九 間問各下作漏成官
書刊吏害奏宜差廉五錢字司福推深勤繁
背 司司令申
二 趙趙除隙
三十九行日
六 覽覽令今
禮禮仍送送
三背 彭彭誠誠令
二初四四日省臺官
十二 誡二義字一行
十四
八四字十五日月
四 搐搐割刊制
背 諳諳書思
八 祁於書弟弟
五 上上弟弟
三 司司令令司申
二三十項頭
四背 聞聞奏奏過上位
十 捉跟捕捕
八 省省捕捉送二字一行
六 印卬照得驗照驗
二 四十一日
一 元原告告
八背 奔奔計動
六背 多事都批判到
二背 至大四年
七 至十一初四二日廿五日
六背 福建宣省宣慰恩司
一 福建省恩
七
十二背
三 如今桂
十二背 不字明行
八 三十字八行
十二 省說字行
三 近近五字日行
三 王王平乎
二 省省臺臺
二 告不罪北關玉應言字
十一 二恩二義字行
十一
十二背 如眾百字今行桂
十 二十不字明行
八背 三十字八行
九背 省說字行
三 近近五字日行
三 王王平乎字口
二 省臺臺字一行
二 告不罪北闕玉應言字
六 二三十字九行
十一 二恩二字義行
十三背
揭揭代代
八 四二十五字日
四 揭揭代代
八 四二十五字日

札記五之三

## 典章五十三 刑部十五

陳氏校補

| 三 | 天二 | 主 | 关三 | 三 | 吉 | 吉 | | 吾五 | 六背 | 至土 | 至土 | 土 | 七背 | 七 | 四 | 至三 | 士三 |
|---|---|---|---|---|---|---|---|---|---|---|---|---|---|---|---|---|---|
| 折折諮諮衙 | 搓搓字衙承奉 | 兵刑部承奉 | 遠理 | 之之義意 | 不不為言 | 托執自端端 | 當當拒拒 | 六十字一行月十二日 | 爭爭論端 | 依法例上禁卻例 | 處處合理避 | 興詞訟 | 諱諱免免 | 准准御史臺御史 | 分分揀隊者者 | 載載前的幻當畜 | 御史衙及 |

| 士 | 十 | 吾五 | 士 | 五 | 三 | 一 | 背 | 八 | 五 | 十 | 八 | 五背 | 十 | 六二 | 至二 | 九 | 三 | 二背 | 六 |
|---|---|---|---|---|---|---|---|---|---|---|---|---|---|---|---|---|---|---|---|
| 士一處約會會 | 十六年元約會 | 督管字民衙官 | 三卻字依衙上 | 都兒那衙 | 大夫夫 | 苦若廷廷 | 陳字衙 | 八七十日初八日 | 五等字事衙 | 十民名安安 | 八興詞訟 | 五惟御史御史臺御史 | 十雖擬外 | 六蹖雖曾以 | 是壁字道衙 | 九目九作年十九年 | 不不諭越論詖行 | 三四依上衙施行 | 六四二字一行十二日 |

---

札記五之四

## 典章五十三 刑部十五

陳氏校補

| 关二 | 主二 | 士 | 九 | 五背 | | 九 | 七 | | | 至三 | 至土 |
|---|---|---|---|---|---|---|---|---|---|---|---|
| 五二審字一行 | 官諸色戶 | 御史臺 | 約約會事事理 | 照照會者者秀 | | 不驛到三編格下元 | 備備空格不到二字 | | 約約問省 | | 士申都院本一行後元闕一行為虛歸刪刪 |

| 士 | 十 | 七 | 三 | 一背 | 士 | 十 | 九 | 七 | 六 | | 四 | 三 |
|---|---|---|---|---|---|---|---|---|---|---|---|---|
| 士並已已斷 | 十二字一行 | 別及衙訪二字一行 | 得須那二與衙八行局 | 一背公宇衙 | 士一凡公事道二字一行 | 十聞斷二字衙 | 九諸勘問二理斷一字衙 | 七二東有猶猶二字衙 | 六跟無斷四二字一行 | | 四諸字道衙 | 三和烏江郡烏江縣 |

## 典章五十三　刑部十五

札記五之五

**上欄（右より左へ）**

十三　卯字行

亖　五月初六日　入刑判例字行　札付便即為杜絕

卿合屬

十二　列札付便即

十一　三字行

十　要本於卯年即杜絕

九　三字行　不官空下二庶司二行　及及二康歲訪三字二行

卯卯即即　示示阿阿　初初馬馬　後後同同

八　地土土地　後同

五　背自自背

典章五十三　刑部十五　五　陳氏校補

十三　編字卯行　三年作大行三年　省十五字卯行

二　應至十二月作三行三年

三　商量量來　商量量來

四　二字張行

一　背又應寫背　一字行十三日

九　的頭見元字行　人乙户二人字行己成

七　田幹敗成　三初七字行

六　翰幹敗成

五　今令後後

十三　遠馬理理

**下欄（左部）**

十　小大勾當三字漏　大勾當三字漏

十三　作髖床察元　云大四字日

九　元云小四字日　三十字九行

八　卑議陵得草下以湯奴婢如告主以

七　告首省省　二月十日作三行七日

四　及反逆謀　謀反叛逆

三　二十十二　應至十行七日

一　背風化化風　御史大夫失十八倫如准

七　背恐罟以　恐恐計意以

四　四字行　誶諢枉妄

七　之討意　間間有

十　十日月日字行　背習以

---

## 典章五十三　刑部十五

札記五之六

三　臺裏行　交交監察御史亦監察廉訪司　廉訪司

七　二卿字行

八　犯減字行　欲委者故委者　二欲字卯行

十　二照條字行

四　背二照字行

六　省委過　省委聽察聘察

七　他把每遮蓋著自己　把每遮蓋著自己

八　三有如字行

十一　立來的法定判　以字後行

典章五十三　刑部十五　六　陳氏校補

## 典章五十四 刑部十六

**札記五之七** 〈〉 **典章五十四 刑部十六** 陳氏校補

| 葉 | 行 | 正譌 |
|---|---|---|
| 一 | | 勘斷犯例 |
| | 背 | 遠字旁權攩横線第一 |
| | | 格違有錯横線第一 |
| | 五 | 中書省申 |
| | 六 | 目為府 |
| | 九 | 府絕字衍 |
| | 十三 | 研窮 |
| 二 | 背 | 知事文又不敬用 |
| | 七 | 止字衍 |
| | 八 | 都省擬斷御史臺發斷 |
| | 九 | 御史臺臺容 |
| | 背 | 不應捕例第二格應改失監罪 |
| | | 麗除因第二格一憲點占弓四 |
| | | 手私像役第二格影占弓四 |
| | | 不即救捕補一亦屬縊達 |
| 三 | 背 | 慢承罪不即救上即應有一橫線二十三 |
| | | 書省高中 |
| | 七 | 日至元十八個年六月行二十三 |
| | 二十七 | |
| | 一背 二十七 | |
| | 十 | 不合 不令到无无元元劫刧 |
| | 八 | 者可字衍 |
| | 七 | 宇疑字衍 |
| | 四 | 劾斷字衍 |
| 四 | 二 | 李縣尉 |
| | | 縣令縣尉尹 |
| | 三 | 四二十六日 |
| | 七 | 令員因殺 |
| | 五 | 招債令員因殺 |
| | 四 | 背招伏詞詞 |
| | 十 | 招詞詞衍 |
| | | 似苦各未衍 |
| | 五 | 二銀宇兩衍 |
| | | 用再衍外徵 |
| 六 | 四 | 於字至行元 |

---

**札記五之八** 〈〉 **典章五十四 刑部十六** 陳氏校補

| 葉 | 行 | 正譌 |
|---|---|---|
| 七 | 一 | 恩宇散行 |
| | 二 | 致損因傷損二字衍 |
| | | 以宇攷衍 |
| | 五 | 御史史臺衍 |
| | 二 | 縧宇雨衍 |
| | 一 | 葉縧縧捕 |
| | 三 | 御史史索衍 |
| | | 眉五 |
| | 九 | 卯宇衍 |
| | | 讀較得得衍 |
| 五 | 一 | 身字死行 |
| | | 余會曾增六二 |
| | | 背知入銀衍為變竟不思量 |
| | | 打例破破 |
| | 背 | 別打元衍別 |
| | | 國衍驗作 |
| 六 | 五 | 脫脫監因 |
| | 七 | 不肯歐打 |
| | 九 | 不肯歐打 |
| 八 | 四 | 依上宇衍 |
| | 八 | 脫脫路本路 |
| | 三 | 丁要于宇衍 |
| | | 氣瘋身宛死 |
| | 背 | 肥肥綿縣 |
| | 十 | 若苦條此二字例衍 |
| | | 依洞定例 |
| 九 | 二 | 開闊宇福建衍 |
| | 八 | 請即宇諳衍 |
| | | 子夫于字衍 |
| | 五 | 二不人宇職衍 |
| | 八 | 戰蒙宇衍 |
| | 五 | 宇五藏行 |
| | 十 | 邵分等招詞 |
| 十 | 二三 | 呈准宇福建衍 |
| | 十 | 廊接訪察司司申呈 |
| | 一 | 傻司使 |
| | | 米韓國國衍宣 |
| | | 因招詞招 |
| | 一背 | 求求園衍 |
| | | 二思二字衍 |
| 十一 | 二 | 正正月內日 |
| | 九 | 二隨迫問問 |
| | 一背 | 元國衍空招 |
| | 十二 | 白明白宇行 |

十三 病回 病危
不到 不及
十一 一 代告 代首
六 元招 无招
七 出外 在外
八 家中 二字衍
銀數 錢數
十一 三月日 日字衍
一背 伊夫 伊字衍
三 看驗詳 詳字衍
五 罪輕 罪經
十 匡又 匡八
十一 財牧下漏武岡縣官吏 并管軍千戶張宣武節

次取問得匡十一等一 十一名各招不合點從
首賊匡彈壓糾合行刼 孟弓手等四家財物四
十九 字
十二 五 詔恩 二字衍
十二 招伏 狀招
八背 似為 二字衍
元問官 元問正官
十三 今司吏 重出
十三 三 對歸 歸對
六 狀伏 招伏
違條例 違例
八 九箇月 九个月餘
直至 二字衍

保故 名保
九 至一十 至字衍
四背 呈奉省劄 呈依奉省劄
十四 四 魯文信 曾文信
九 詔恩 二字衍
十二 二十八日 四字衍
三背 欽遇詔恩釋免 罪經釋免
五 似為 二字衍
七 初九日 三字衍
九 馬法大 馮法大
進問 追問
十 朱錄孫 朱祿孫
格前 革前

十五 九 詔恩 二字衍
十 亦難以議擬追徵 難議追理
呈奉 二字衍
此所 二字衍
十一 仰請 諸字衍
十二 湖廣 胡廣 背一行同
三背 明理於恩 明里于恩
貴縣縣 貴池縣
八 司吏周崇仁狀招 元陽文低一格
十 跟捉 根捉
十六 三 縣尹 縣尹等
六 湖廣 胡廣
三背 詔恩 二字衍



四 首領官 另行
五 擬議得 擬字衍
六 胡凱等 胡凱等所犯
七 因傷身 身字衍
八 推官 另行
九 因為雖 因傷雖
十一 為擾擾民 為擾民
十二 致死 至死 後同
十七 一 詔恩 二字衍
二 路官 另行
三 各各 衍一各字
五 拏捉 拏字衍
六 張胡哥 胡張哥

十二 赦恩 二字衍
十三 總管府 府字衍
一背 府判官 官字衍
等各 二字衍
庶不致似為 五字衍
二 監押號令官 另行
三 等各 二字衍
各招伏詞狀相同 各狀招代相同
今已 二字衍
五 總管府 府字衍
七 以致傷身致死 因傷致死
名各 二字衍
幸遇詔恩原免 罪遇原免

八 官醫之前元有虛捏病 狀四字除文自為一行
九 幸欽遇詔恩 幸詔恩三字衍
十 錄事司 另行
十二 幸遇 罪遇
獄典 另行
十八 一 司獄 另行
十九 二 九年目 作六年
十二 赦恩 二字衍
一背 苦主 二字衍
四 原免 釋免
二十 五 只恁的 只恁地
二背 赦恩 二字衍 八行同
九 即日 即目

二十一 三 二十三日 二十二日
十 罪既遇釋免 罪經釋免
十一 之後 之字衍
十二 過名似為 四字衍
十背 檢司 檢尸
二十二 三 同劉提領 因劉提領
五 司吏官徐禮 司吏徐禮等
六 欽遇 罪經
九 赦恩 二字衍
十 期年 期年後
五背 勾換 勾喚
七 焦布 蕉布 後同
八 人已 入已

沈刻元典章校補

《典章五十四 刑部十六》 陳氏校補

札記五十之十一

札記五十之十二

《典章五十四 刑部十六》 陳氏校補

一一〇

札記五之十三　　《典章五十四　刑部十六　七　　陳氏校補

十二　舊脫心
十一　舂身夫去
十三　二敕字衍　恩字衍
十三　二舊字衍
臺一　重元出本此一段行後
　　　倍賠微微
　　　依依倒條解解見任
三　閱關行衍
三　美秀行　後同，
二　十一字衍　六日
七　合令依依
三　校狀字衍　四行目
十三　三切字衍　五日
四　閱關行衍
八　卻抑字不行
六　都省行

三六　御庫于庫子
一　花拟抄禮已
二御史　張拟禮拟禮已
十三　一字行
十二　決狄行
二御史　決狄行
二　一字行
四　江鼎等倒抄抄
三　著虛字著行

三六　本臺議擬定在除名
如　若臺省臺
　　都省都省
　　諸卿字靖行
一　背四二字行　三日
四　議得得百户户
六　二初入字行
九　鋪馬鋪馬
十二　詔恩字行

四　交那字行
三　他化字行户户
十三　特當富户户
九　菜蔬蔬菜
六　二來字行
五三　六五個月二十六日
十二　二月日行
九　背抄造
五　抄造
卓三　當管勾當行
十三　官行省行
官　官被拔
卓三　官行省行

---

札記五之十四　　《典章五十四　刑部十六　八　　陳氏校補

一　背來商字量行來
二　去的的省官官
罡七　覆覆熱熱
二　伏伏熱熱
二　一詔字敔行
十　一似字禹字行
七　二詔字敔行
十　二似字禹行
罡二
六　背明另白行
　　傷災字傷行
六　作二三年目
三二　四二字三年目
十三　四二字十九日

### 典章五十五　刑部十七（札記五十五）

| 葉 | 行 | 正誤 |
|---|---|---|
| 一 | 二 | 雜犯　雜犯二 |
|  | 三 | 次各字次行 |
|  | 四 | 四十七行下 |
| 三 | 二 | 三初宋字僧行世 |
|  | 十二 | 二准字旨行 |
|  | 十 | 二聖字旨行 |
|  | 一背 | 四二字行八日　受旨錢 |
| 五 | 五 | 依　依勝 |
| 七 | 六 | 詔救行 |
|  | 六 | 詔字依行上旀行 |
|  | 七 | 五詩字依行上旀行 |
|  | 八 | 四日字到行五日 |
|  | 大火者及 | 後同 |
| 一 | 一 | 自自字至大行 |
| 五 | 二 | 擬擬字至府行 |
| 六 | 六 | 根限字府省 |
| 八 | 九九 | 等照人名 |
| 九 | 九 | 人畢者及名　十行同 |

| 葉 | 行 | 正誤 |
|---|---|---|
|  | 一背 | 葉又編兼 |
|  | 二 | 二部字恩行 |
|  | 三 | 量疑擬解行 |
|  | 四 | 卵蒲依依上行 |
|  | 二 | 併並勘行 |
| 十七 | 三二 | 二十一行　十七字一行二十一日 |
|  | 十一 | 三十二月月 |
|  | 十二 | 分兩下荒內滿一百五十八襃六定免 |
| 六 | 二 | 三十字依行日 |
| 二 | 十三 | 卵印依依上行 |
| 九 | 常常德器器藏管 |
|  |  | 開聞字依行上 |

陳氏校補　一

---

### 典章五十六　刑部十八（札記五十六）

| 葉 | 行 | 正誤 |
|---|---|---|
| 二 | 五 | 文字列行 |
| 四 | 六 | 或戎字請行 |
| 八 | 二背 | 拘向收取 |
| 六 | 七 | 得得先准 |
| 三 | 七 | 拉拉戔譯 |
| 五 | 三 | 定依字內宗三都省間行 |
| 六 | 八 | 奴萬字行相應都省准此 |
| 七 | 六 | 咨請依依上字 |
| 五 | 五 | 止只我前行 |
| 六 | 四背 | 二字一行 |
| 五 | 三 | 宋宋因圓用一例例 |
| 人 | 人因一例例 |  |
| 七 | 六 | 無無人又 |
|  | 六 | 誠認認勘 |
| 十三 | 二十五日日 | 審智熟勘七行同 |

| 葉 | 行 | 正誤 |
|---|---|---|
| 五 | 四背 | 一日七字行內 |
|  | 十三 | 二十行 |
| 九 | 四背 | 二十一日 |
| 五 | 二 | 理理依合二依字行 |
|  | 一 | 字字先行旬的 |
| 七 | 六背 | 送送買下二闕字 |
|  | 十一 | 七賣字誠十字護下處若無屯四别依之 |
|  | 根揮題跟 |  |
| 九 | 六背 | 教教學舉 |
|  | 十二 | 八十七七 |
| 七 | 五 | 體定例例 |
|  | 五 | 砍砍缺缺 |
| 十 | 六背 | 官人一人每宇每 |
|  | 六 | 剗剗裂出 |
| 十一 | 九 | 駆駈字罷行 |
| 十三 | 二背 | 生生議定定 |
|  | 九 | 分分賊賊前刑到 |

陳氏校補　一

**冀行** **正誤**

典章五十七 刑部十九　陳氏校補　一

札記 五之十七

一
一表　第一葉與第二葉誤易　不知第二十七應
六　三十一年
三十一字行

二
應改　此葉面諸格位置改作　又有
四　闊廣之地此

背
錯背　一刑二十下五層應作二應
物貼　餘賣應作樂應下毒買下藥層
買賣　除賣官物應作官物賣下漏
六　依依例定倒
八　役投字行

三
於干　四二行十四日
八　三十六行日
六　三十一年

二
發法　收取阿阿的的
七　司官司官行
司吏司吏行

五
賦賦　每人每
八　司奉奉行
召召觀觀其行認領去

九
賕賕　卿卿
七　五人字識行

十三
祝報
九　完領完領

三背
慈憑　憑的的
三　依依例定倒
十九　江西省行省

十九
河南省行省

十
十日日
四月月行

三背
教散傷傷
九　人殺人殺
不犀告告

十三
賣契賣契
四　賣字行兒等

十
人殺告告
四　似字為行

十三
等吳字行兒等

七
賣字行兒

八
二羨字行芘

六背
取取役去做字了
四　間與有人下漏以家為分家則通倒其

十
元元檢檢
十　房裏裏與入不睡二便十五字誤

十六
失失撿撿情者
一　詩詩兄兄
三　絕絕棄棄

十三
於如知知枏枏者
八　各各處罰
一　科斷斷罪

---

典章五十七 刑部十九　陳氏校補　二

札記 五之十八

九
二作字為行
二　此申呈呈字行論

二
典典賣賣字行論
十三　呈呈字行入

十
以勢勢要致顧將
三　典典賣賣字行

七
典典賣賣諸諸色人入八
二　本此字行論

六
違違逗逗逗退宅
十一　即即字行論面

三
追道道以勢勢
十二　二北司官字行
呈到司官呈

二
之字通倒
七　官空官空二十五字行

十三
此此字論
五　四二為行日

十
二二字行入
四　官字為空記論
三　勢勢要要字行

三背
四字十七行日
四　欲回欲回經記
罪罪過遇免恩原竟

十一
十一月月日
三　以此發遇詔恩原竟

十
照眼詳詳
一　罪罪過遇免

九
禁止出出
二　女字行論

八
依依往在前前
三　依依舊例定倒
五　台臺智付

六背
二呼喚喚使呼喚
六　祫祫字行論
御史臺上花行

十三
拿拿由由
七　典通滙之雇催
十　典典滙之雇催日

九
作作臺臺付
五　不無力力字行

十
禁止出出
二　施賣兩字行

十一
照眼詳詳
二　三十五行日

三背
十十一月月日
十　三十五行日

三背
四二字行十七日
一　四理字宜葉治

四　一宣有衍
五　二作字主衍
十二　急需二用必衍
一普　卽省依上都施字衍下六字渦府
二　依上都施字衍下渦府
六　鳳藁二俗字敗衍
八　選集
十三　子婁謂字衍
一　若謂字衍
二　之大三其自論二言衍
四　其所出陳二字衍

三　遠寫達
五　私私黃黃
七　三兄字衍一切
三背　人不字一行定內
四　四三在字行內
十五　三月三十二日行七
六　二郵字史衍
十　都都省臺衍
與　與尙書崇州書省衍
　　　　　　　　　　　　　典章五十七　刑部十九　　三

十五　戲賜鈔依例
十　禮教數
三　對錢財衍
二背　或因同因丁同

九　二因圖馬病
十二　五月內二十一日欽奉敕遣奉
九　四二十字九日行
六　似字行
五　二似字爲行
四　二背如字過著必用反貴用此反貴
二背　明文依照例定例
十三　六四個月二十六日
十三　十七牛馬字二衍十六日
十　分付者
九八七　言諡聽阿呵
十六　二五字行十六日

---

至一　准准二似字爲行
十三　二在字先行
十二　倍賠二賒例先在欽先奉聖旨
九　依依例除例先欽奉聖旨
七　照錢二賣賞鈔依例兩仍依墓例
六　河南二十字行省
四　三二字衍
　　覺先二賞告首字衍
四　恩字衍
　　典章五十七　刑部十九　　四

二　肉肉三三臟臟衍
三十　寫寫三十三衍
十三　至二月三日衍
三　請令著各字處
十　三請二月初十日
四　二寫遠字妨行
八　依依定例倒
九　二初二十一日一日
十　覺察二兄字衍者

**《典章五十七　刑部十九》**　五　陳氏波瀾

札記五之二一

| 十 | 九 | 八 | 四 | 三 | 一 | 六 | 二 | 九 | 十二 | 八 |
|---|---|---|---|---|---|---|---|---|---|---|
| 燒微燒依 | 除遵依俟 | 送將刑部呈緻 送將刑部呈緻 | 抽令緻 | 各處匿 惡黨惡 | 二皆字為衍 | 一聖旨衍 五行同 | 背沿習盡 | 房房嘉望 | 三初二衍日 延沿燒燒 | 延燒燒 |

| 六 | 二 | 八 | 七 | 五 | 四 | 三 | 十二 | 九 | | |
|---|---|---|---|---|---|---|---|---|---|---|
| 比劓劓 三初五衍日 | 禁字瞻衍 | 禁豪賭翻後在 禁瞻賭前例定劓 | 依在例前定劓 | 省催催省准 | 七十一衍月二十二日 | 背禁治衍施行 | 鮫鮫齊齊日 | 此奉鮫鮫 | | |

| 十二 | 九 | 八 | 七 | 二 | 一 | 十 | 九 | 六 | 五 | 十二 | 十 |
|---|---|---|---|---|---|---|---|---|---|---|---|
| 達寫達寫 | 京城器 作三十四年 | 三字衍 | 一下百字衍之下 | 四二字用衍月目 | 背三十萬字之盛 | 遷衍 後咨准 | 權茶同撰擧 中書省省 | 文咨文衍 | 二字又省唯奉到 | 施奉郡省 | 合劄發狀實 |

| 四 | 九 | 三 | 六 | 三 | 十二 | 十一 | 五 | 二 | | | |
|---|---|---|---|---|---|---|---|---|---|---|---|
| 背二半衍二日 | 依條倒例 | 火燭鑑 | 延延寵 | 得斷衍 字衍一日六 延延寵衍十六日 | | | | | | | |

---

**《典章五十七　刑部十九》**　六　陳氏波瀾

札記五之二二

| 十三 | 五 | 四 | 十三 | 六 | 十二 | 七 | 三 | 一 | 十三 | 一 |
|---|---|---|---|---|---|---|---|---|---|---|
| 初謫犯行肯行 | 官司府 | 背家家私資 | 一部字十衍五日 | 俱具已已衍 | 依卸例定倒劓 | 攲攲衍次斷 | 其依舊定例倒伏 | 盡盡衍 | 一背鮫須付行告人與告人 | 無鮫鮫鮫 |

| 十 | 九 | 七 | 三 | 十 | 九 | 八 | 七 | | | |
|---|---|---|---|---|---|---|---|---|---|---|
| 中中燒燒衍 | 別不亦倒不 | 若便是倒依著舊例 | 葉莱林基衍 四二字衍二日 | | | | | | | |

| 八 | 十 | 八 | 七 | 五 | 十二 | 五 | 四 | 十三 | 六 | 五 |
|---|---|---|---|---|---|---|---|---|---|---|
| 交結緻 | 上上下下交相 室字衍 | 背郡部省衍 | 卸奉申 謀謀送字衍 | 卸字衍 | 省府字靖衍 | 御史衍 | 四二字十衍七日 | 依汾例定倒劓 | 背二本字衍 | 卸依舊定 |

| 四 | 十二 | | | | | | | | | |
|---|---|---|---|---|---|---|---|---|---|---|
| 十一月二十一日 十一年一年 驗件件四二三 | | | | | | | | | | |

**《典章五十七》刑部十九　七　陳氏校補**

札記五之二三

**《典章五十七》刑部十九　八　陳氏校補**

札記五之二四

## 典章五十七　刑部十九

札記五之二五

| 行 | 正譌 | 校補 |
|---|---|---|
| 八 | 又奉端幸又二字行中書 | 至十三斷決五十七之七 |
| 八背 | 承奉中書 初二日中書 | 元降格式製樣成雙處造 照依部省奇 |
| 九 | 接御史徵院呈 大四字行天王 | 諸人提捉拏 加項付 |
| 士 | 士 士背相描模六行同 | 士背赤赤蓋逕 作划撺掉撺元下同 |
| 十三 | 七給付中書省准中書省答 三月二日行 | 作为蓋逕 |
| 士 | 行行中書省准中書省答 | 為舄字若行付 |
| 十三 | 諸諸人色人等 | 諸諸人提捉拏 |
| 五 | 五區區於后 開問解船 | 九鬼神龍龍船 鬼神神行 |
| 八 | 士背犯匹字鳥匹船 二十四日 | 二等一二字物行 |
| 四背 | 五犯人人枝斷 | 十譁划龍鬼 |
| 七 | 御史史童童各 | 二等科料等 |
| 九 | 作线发都线 一勾不的元 | 札記五之二五 |
| 十 | 回因而此 | 九作线故藏 五三十二字的人每地合藥鈞 |
| 八 | 聚聚欲梁 | 三十二十一年一 |
| 十三 | 三十六月月日行 | 陳氏校補 九 |

## 典章五十八　工部一

札記五之二六

| 行 | 正譌 | 校補 |
|---|---|---|
| 一 | 一四十二数教 | 五薪御用用 |
| 士 | 作工夫夫工元 | 十先鈇儼保 |
| 七 | 二必然行 | 三料科其 此比儼例 |
| 十 | 合令違造 | 六提訪州按察使司 |
| 七 | 有上位 点检描照 | 八廉訪司按察使司 |
| 十 | 二尚書圖二下字漏 | 九匠人人每安 |
| 十一 | 工移部二字 | 士地彀欠 三七地彀欠 |
| 七 | 每季一呈行省 季每一呈行省 | 九照刷出卸丈卷卷 五三十字行日 |
| 十二 | 二一字初行 | 十造駭敏范 |
| 一 | 一澄驗嚴治 | 七奉須行 |
| 四 | 四虛庵揖揖 札記五之二六 | 十欽欽奉須 |
| 四 | 二背隊除邻鄁 不无无元 | 七奉須行日 七至元十年月日 |
| 一背 | 著依字著行 | 十放收支 |
| 三 | 在在字先行 | 十二頧頧頧此下同 |
| 五 | 官官人人各 | 六辨辨猾損 九辨辨猾損 |
| 九 | 尺尺字先行處 | 七背收收頧 |
| 士 | 工部每官下人潘罷了 提衙調着交 | 二各諛諛各 |
| 二 | 人來每下二十工二部字官 | 九叙叙帛正 |
| 六 | 行行中書省 四四字行十大月日 | 士背至大元德七年目 |
| 五 | 行行中書省 | 五中中福囘 二背作金素元 |

陳氏校補
工
一

| 九二 | 四 | 三 | 二 | 一 | 十 | 六 | 〈典章五十八 工部一〉 | 五 | 四 | 三 | 二 | 一 | 十 | 九 | 八 | 七 | 六 | 五 | 四 | 三 | 十 | 四 | 十三 | 四 | 十 | 三 |

主要内容（右起逐行）：

- 九二　营字民衔　／　六十一月十月二十五日
- 其物或　止二下字漏官　／　奉唯衔
- 同司属栋　／　奉唯衔　十月二十九日
- 上皇帝穿御用的　／　事同一衔官吏員
- 皇位穿御用的　／　一干宇衔　干官吏員
- 背上皇帝穿御用的一衆用　十　／　三十六日
- 圆只少　／　星星承奉　日
- 穿御用的　／　恋恋意贸贾　奉
- 背著贾贾　／　紗綾羅綺　索元
- 着賣者　／　絹帛絹綢布
- 水不承　兄子　／　金紫承奉
- 三行背龍兒衔　六　／　二并有字衔
- 四三字省处　／　
- 緊约禁休约織發者織龍兒者　五　／　街下市　不嚴

〈典章五十八 工部一〉　札記五之二七

- 三使約禁的　／　銅錢衔
- 二字先衔　／　又字衔
- 四誌衔愚人　／　保衔字例衔
- 二在字書省　／　路衔字路衔
- 移移衔　／　文文字譯
- 并反下　七　／　入又字頁衔
- 移反衔　八　／　入字衔
- 段綴帛衔　十三　／　无每宇衔
- 設緞閣織閣織造　四背　／　八幅大托
- 計量約留量　十　／　十二不得銅御用發定
- 如御衔用　十三　／　十三七六照字御用在先定倒
- 銅字綾衔　四背　／　然衍衍
- 　／　四不許缲造鑄鑄

〈陳氏校補〉　二

| 龍鳳等 | 五 | 六背 | 七 | 八 | 十三 | 一背 | 二 | 三 | 四 | 二 | 三 | 札記五之二八 | 〈典章五十八 工部一〉 | 九 | 六背 | 一背 | 三 | 十二 | 一 | 二 | 三 | 一 | 二 | 十五 | 四 | 七 |

主要内容（右起逐行）：

- 龍鳳等　／　四雲彩彩雲
- 在先己　五　／　五不得金用描金
- 今今消後合前禁附禁治事理　六　／　九蒙古文文字
- 文榜榜文　七　／　十二字衔
- 不不華花　八　／　十一李案羅文字
- 二背上尚字衔　十三　／　一府衔人
- 識識烈烈門　一背　／　八今後後衔
- 迷撒迷撒迷　二　／　十二金宇衔
- 雙雙角龍龍鳳鳳答搭于　四　／　十一字衔日
- 　／　三背四四字衔五日
- 二上字只衔　二　／　一衔衔字衔二十三年
- 二三十六日　三　／　二三十六日
- 　／　四王金于子

〈典章五十八 工部一〉　札記五之二八

- 如見衔　九　／　十五王金于子
- 賣酒衔底的　十二　／　十二王金二十五日
- 二劉馬牛皮货贾顏色料　一　／　三背四十四字衔五日
- 二以字衔　十六背　／　四刑部郡呈遞
- 六火二十字衔十二年　十三　／　八放欲此於资遞
- 銅絹紗絹衔　六背　／　十三作衔未時有
- 這這底的　一背　／　十三底的人人
- 賣賣酒衔　九　／　七漏刑憲
- 行衔度度　三　／　三六月二十二日　底的
- 二字　附簿价佑價体　一　／　
- 佑佑價價　四　／　
- 七四二十六日　七　／　

〈陳氏校補〉　三

**典章五十九 工部 二**　　陳氏族譜

| 業行正 | | | | | | | | | | | | 礼記五之二九 | | | | | | | | | | | |
|---|---|---|---|---|---|---|---|---|---|---|---|---|---|---|---|---|---|---|---|---|---|---|---|
| 一四 | 五 | 七 | 十 | 八 | 九 | 二一 | 十二 | 一 | 二 | 三 | 二 | 六行同 | 五二 | 十 | 十 | 十二 | 十一 | 四背 | 十二 | 二 | 十二 | 二背 | 三 |
| 修理造 | 蓋益造 | 依隨時得 | 長常官行 | 二在先行 | 舊定例 | 相合令 | 姻媾家殷 | 元體餉倒 | 作廿五年目 | 初五字行日 | 院說咨使 | | 四行十一 | 有矢銛說 | 雇司使招 | 行下合屬局 | 二月廿七日 | 二行十六年目 | 二字行 | 二字行 | 依依得例 | 照降得例 | 條檩畫例 |

| 六 | 七背 | 八 | 二一 | 十 | 一 | 十二 | 二 | 三 | 士 | 六 | 七 | 八 | 九 | 十 | 十二 | 十三 | 一背 | 二 |
|---|---|---|---|---|---|---|---|---|---|---|---|---|---|---|---|---|---|---|
| 關委閱過 | 三聖字上行欵 | 提堤堰岸 | 元省判日 | 元字後行 | 卯靖依上上行 | 來省割日 | 三十字行四日 | 二元字行 | 依弟字例行 | 茶付茶 | 欵敕上禁當人細謅謅 | 二依上行禁治例茶苗 | 十五二元字以下 | 正十月十五日 | 初入九日漏六至元字 | 姓名名姓 背三行月 | 元籍輻 | 飲敬頭頭人等 |

**典章五十九 工部 二**　　陳氏校稿

| 三 | 五 | 六 | 七 | 士 | 十 | 十二 | 七 | 九 | 八 | 四 | 二 | 十二 | 士 | 九 | 五 | 一 | 五 | 六 | 十 | 十二 |
|---|---|---|---|---|---|---|---|---|---|---|---|---|---|---|---|---|---|---|---|---|
| 上下半年月 | 初五二六字行日 | 護綱鼓綱官 | 鋼網綱鼓官管 | 二支字行二日 | 欵敕奉此 | 著殺分立 | 二委字手行不反 | 才方防壇壩 | 遣遣道字行 | 不家知其數 | 勢縣行 | 甚不呈數 | 二准户人 | 除餘伏業 | 招招復役 | 礼記五之三十 | 兒字行 | 時字行 | 六時字聖上行欵定簿 | 二人等行 |

| 六 | 七 | 十 | 士 | 七 | 九 | 二 | 三 | 四 | 九 | 士 | 一背 | 二 | 三 | 四 | 十二 | 一 | 五 | 六 | 九 | 士 | 四 | 十三 | 七 |
|---|---|---|---|---|---|---|---|---|---|---|---|---|---|---|---|---|---|---|---|---|---|---|---|
| 遣道道廢 | 關役役同 | 河黃湞河司渡河司吳微官要忙後差 | 河渡官司 | 稽緝工壻誅寫 | 驗驗懸要 | 擬議得得 | 二支字行二日 | 驗驗官手行不及 | 欵敕官司 | 二勢字行二日 | 二白字行 | 壽即併併力 | 十行同 | 招招復役 | 各路前者 | 四十行十八日 | 二字行 | 二兄字行 | 背并字行得 | 十行同 | 三遲退解究 | 河渡官司忙後差 | 應道道廢 |

**典章五十九　工部二**

三　陳氏校補

八　今如
今一日
三背初一字二行
錯道簡等於此之文

四　尚書省
尚書省

三背三行

十　馬馬合合花
丹丹赤
微達達魯魯花赤
作澱澱淥淥

十二　總管調官
提調官

十　水尔腳

十一　要的字

十二　鑑

十三

十四　信事條承十四
以下廿葉背十三行印
字也
几下四行七十四補四

禮事　禮法
道事等行奉聖旨
得外此苦下至有十三
除十信葉背二
請依上都省施行十

現觀章車
進遞遞

以及行
細字寫明文
上上司明文
都省議得旨護得
委是實像官是官員公廨
其去字行
使使過姓安歇
二卯字行五日
聊宋字時行
飯飯附付
有今字有行

九　錯補字修行
八　自今字行
一背宅宅院房院合合
九　衙衙門門公廨
四　坐分生
十三　實直催價銭銭保結給
十二　修理
十一　识敕到到
四　年錯銭鐵
三　卓床麻銭

---

**典章五十九　工部二**

四　陳氏校補

七　斜工行
去之

十二　等民字行

十三　員所

十三背二行

十一　自合行

十　他地所
康康訪訪分司司

八　一亦像像
赤像一體體

十　合合干於

九　到倒冏冏
二如字行

八　二如
除今字已巳
似以為字便

七　去之
再若字再行
十七　下遣部所製裝具户部
呈恕合行依下禮再送

二官房房舍舍
萬萬壽壽
交交住字行
依照此合行
合合修修理理的
以以觀觀批買買
三初今面後面後
官舍宅舍
申上此官上房舍員房舍
依照上詳施行
申如此六九可絶
呈恕

葉行 正誤

一四
攗民書者　諸欲依諸上諭

一五　　　　十一月十八日
兄兄字聯書諸　　十月二十八日

七　　　　二三
坊村主文上另行　勃勃阞罰

坊村坊別行　　　二八
字聯書諸　　　　貝具俱有

八　　　　三六
著依字著諸　　　包色銀銀

九　　　　三一
不下字聯諸　　　黑黑鈎鈎

十　　　　三三
如今諸王　　　　三初字照舊行

二背　　　　　　十二
四二　　　　　　逢逢字照舊行

十六字聯行　日　　主除字照舊行

六　　　　　　　十三
須頒接授　　　　二須字照舊行

九　　　　　　　五
須頒接授　　　　五在字先行舊所致

十　　　　　　　四
壘卯字更史臺　　體定字聯行舊底

禮記五之三三

《典章六十 工部三》　　　一　　陳氏挍補

一　　定例闕的
閉同人人應　　　　其舊蠻底的
出字長行　　十三
二　　　　　　　黍餘字聯行
一背
依應行諸　　十二　　底字聯行諸省處
二　　　　　十三
繁系攘脆　　各官司省處行諸省
下同
五　　　　　一
中內服二色字　　二官字司有
類行內　　　　　　司行
八　　　　　二
於茲字大行德　　須須得調覽丟郏滿委

六　　　　　六
三二字行十六行　　須要得調覽丟郏滿委

九　　　　　七
木林朱末鈔兩　　自今以後發應字行有誤

十二　　　　　九
並蹤無蹤　　四二
　　　　　　不字發行二日

十三　　　　　八
卯元職職　　准此淹各行誦侯上挺行

四三
朱末鈔鈔

一背
差委差遣使出差

六
長官三下字漏搨

一
荀荀字非行

一一一

禮記五之三四

《典章六十 工部三》　　　二　　陳氏挍補

七
如字有脫行　　　　二餘字聯行

十三
呈省諸行二　　　　小瞬看諸諸

六
回回納鈔納　　　　各各有定其品戶永克品官官
　　　　　　　　　付出八衙祗應後緣應應入人

八
二十四日　　　　　一背
　　　　　　　　　設定其品戶永克品官官

九
回此也由　　　　　三
　　　　　　　　　祗應後緣

十
此此字聯行　　　　四
　　　　　　　　　前前字寒行

十二
那人人若有罪是有了罪過　　弟由弟由字行

十三
宿的房子房子　　　　八
　　　　　　　　　父毋妻毋子妻

十
授授下下投入去去　　九
　　　　　　　　　然氣氣百端漁取百端漁取

六
枝授下下投入去去　　十
　　　　　　　　　圖帶圖帶

四
作為三年年目　　　　一
　　　　　　　　　設用用

七十
一字聯行　二十一日　　　十二
　　　　　　　　　准此呈

禮記五之三四

一
卯卯字照行　　　　十二
　　　　　　　　　准此呈

十
然為此此　　　　　二
　　　　　　　　　新字門

六
處言字處行　　　　十三
　　　　　　　　　二衙下漏四端字舉出

八
處不言事面官大事實甚　　多端下漏四端字舉出

五
政政事亦宜照照刷　　於於每事字行

四
若若不委改發　　　一背
　　　　　　　　　官詞字行

三
二國字家調授　　　若一字行
二陳字妻字行　　　九
　　　　　　　　　合合設說

六
每每字行　　　　　八背
　　　　　　　　　監盟禁獄字至王化

八
三不言然　　　　　十
　　　　　　　　　詞理詞理

十
處言字處行　　　　十
　　　　　　　　　今今次復

十
卯卯字照行　　　　十
　　　　　　　　　照照驗會

## 札記六之三 典章新集 記令

| 葉 | 行 | 正 | 譌 |
|---|---|---|---|
| 一 | 生背 | 競缺 依收補 | 税競銀 |
| 一 | 王王 | | 政化 |
| 二 | 科科學 | | |
| 三 | 十之二十一行 | | |
| 三 | 九之七總木 | | 八 至至 懷范 |
| 四 | 五之應癇 於干 | | 六 從殺 新裁設法 |
| 四 | 六夾尖 膩膩 相仿 | | 六 別於 行裁設法 |
| 五 | 二背 潵潵 給鏑輔馬 | | 土 球風 車卑 |
| 五 | 七增 自自 作作 增 | | 六 二背 才俏慮薄 儻高遇 |

陳氏拔補　一

## 札記六之四 典章新集 朝綱

| 葉 | 行 | 正 | 譌 |
|---|---|---|---|
| 一 | 三背 伏依 摧乞 | | 六 定家 制銅 |
| 二 | 八 遺道背 | | 七 姿委 衷事 然諸司 |
| 三 | 五五 土北 馬馬 割的忽 忽的了 | | 七 百百 姓姓 每每 |
| 三 | 八 展背 精次大 | | 士 有人 文文書 |
| 四 | 四四 如此 不可 不可 護護 | | 士 省省 家文 書書 |
| 四 | 九背 伏依 著舊 | | 七背 汎阻 填壞 背十行同 |
| 十 | 奉行 阿下 率漏 六阿 字生 | | 七 八背 保強 入入 去去 |
| 九 | 九五 覽盤 有我 每 | | 八四 背十三行貝 |
| 十 | 九入 百百 娃竼 爭每 | | 土 札劄 磥撥 底底 |
| 十 | 九枝枝 接門門 院既 祿受 受理 處理 | | 七背 慈慈 根摂 底底 |
| 南十 | 三背 照驗 得詞 訶差 宣宣 愍愍 至 | | 十 札劄 磥撥 |
| | | | 士 在這 意往 |

陳氏拔補　一

葉行　正誤

| 葉 | 行 | 正誤 |
|---|---|---|
| 一四 | 十 | 人的人　省令今　二背　招伏　九　招伏狀 |
| | 六背 | 先生受著 |
| | 七 | 合合交照 |
| | 三 | 再再行行 |
| | 七 | 更更史史 |
| 二 | 二背 | 委委付行道殺 |
| | | 二不字教重出 |
| | 三背 | 罷罷倒倒省行可 |
| | 七 | 委委付行道殺 |
| 三 | 二 | 江江浙浙省省 |
| | 七 | 教關季奉 |

礼記六之五
八典章新集　吏部　一　陳氏校補

| 葉 | 行 | 正誤 |
|---|---|---|
| 入背 | 五 | 發教此此除此 |
| | 官試字學 |
| 十 | 一背 | 在察儒有 |
| 十一 | 六 | 學直學符 |
| 十四 | | 監倒倒官創元 |
| 十三 | 一背 | 作監劉倒號了 |
| | 六背 | 保貞有在 |
| 十二 | 八背 | 提攜領調 |
| | 五背 | 數敷此此除此 |
| 九 | 三背 | 吏吏郡郡鈞會 |
| | 擬擬合令 |
| 四 | 二 | 森秦再再行行 |
| 六 | 三 | 舟舟行行 |
| 老 | 二背 | 于于男字 |

八背 五五字見元宮小蕭注理
十六　通通則則
十七 四背 初初十日
十七 六 別倒無疑
五 一　罷巳劉倒
六 二 省行仍到元省下令每季委路路官都
七 二 中中書省谷
七 背 時如後令上項已委路官都
六 三 在察仍到元通
十三背 省行下令每季委路谷官都
十七 三 劉興興軍官
十四背 劉出興興軍官
十五背 列機機注悉
十三 八背 省准委委差彼
十一背 省海委委差後同
二 八 劉委差彼
一 管管理
三背 山西南

---

| 葉 | 行 | 正誤 |
|---|---|---|
| 一三 | 八 | 看詳詳看　八 看詳詳看 |
| | 誠誠懇懇 |
| 二七 | 七 | 劉毛本萬　戊六 澆澆勤功 |
| | 關戶此除關戶不關　四 宣宣史史 |
| 二六 | 十二 | 江江浙浙 |
| | 顧顧問問 |
| 二五 | 十四 | 正五月月 |
| 二二 | 十五 | 免免徵徵 |
| | 官官人人每 |
| 二一 | 二背 | 又又大玉大玉字 |
| | 計計誚誚 |
| 二 | 八背 | 提提領領 |
| | 罪罪通通 |

礼記六之六
八典章新集　吏部　二　陳氏校補

| 葉 | 行 | 正誤 |
|---|---|---|
| 一 | 八背 | 已依擬擬 |
| 二背 | 宣宜於於 |
| 三 | 九 | 升文文資資 |
| 三背 | 官官吏吏史史子子 |
| 三背 | 親親須須 |
| 六背 | 都郡使管管 |
| 四背 | 依依照照驗驗 |
| 四背 | 典典德德管管 |
| 六背 | 都郡史司 |
| 二一 | 作作告告集元 |
| 九背 | 竈鹽戶戶後同 |
| 六 | 九未十個月後同 |
| 十 | 初初十個月 |

## 典章新集　戶部七　一　陳氏披補

| 葉行 | 正誤 |
|---|---|
| 一四 | 抄到元通 |
| 一八　三背 | 作勤的勤元通 |
| 二　十三　三背 | 袁州路官　借債償債 |
| 十二 | 作勤的勤仕別 |
| 十二　三背 | 役面正正　在省書札省社省三一二等 |
| 十　十七 | 富役閱問元　事元七七作仕別 |
| 三背　十五 | 不獲得已巳　見前摘閱元 |
| 十二 | 退任任元 |
| 社主田　二下字溷 | 門閱開出出元 |
| 田土長上 | 作捨摘捨元 |
| 省字捷有 | 今絲摧前前因因 |
| 不撤省字捷有 | 評準米辣 |
| 札名六之七　九 | 一　十三　八 |

## 典章新集　戶部　二　陳氏披補

| 葉行 | 正誤 |
|---|---|
| 三 | 未抄參 |
| 四 | 合合拾到 |
| 五 | 激激勤功 |
| 十二　三背 | 撮指節七斤勸 |
| 三 | 遞遞使司 |
| 二 | 轉轉茶茶 |
| 三背 | 新薪蓋蓋 |
| 五 | 魚魚鹽鹽泡每引 |
| 八 | 封封賴賴須役 |
| 九 | 數數多目 |
| 十七　札名六之八 | 公宮事事 |
| 十六 | 取取弓彊 |
| 七　五背 | 容容谷江西江西 |
| 七 | 古古人人 |
| 四 | 造造酒酒 |
| 十 | 貨物貨物户户 |
| 三背 | 蘆蘆户户 |
| 六 | 阿哈哈令　原賈原賈買買 |
| 三背 | 全全料料 |
| 八 | 湛灣商搖旅 |
| 三　三背 | 運運使司 |
| 十 | 提提舉舉官元司 |
| 十二　三背 | 英要要額上領添額 |
| 七 | 止止遣遣使從 |
| 十五 | 攅攅斡斡 |
| 十七 | 課報數數斡酌 |
| 三背 | 茶茶額 |
| 一背 | 門衙字門行　近至至元至元鈔行 |
| 八 | 租租科阿 |
| 四 | 添添料阿 |
| 十 | 質買質買鈔阿 |
| 三背 | 應回另回行當須科納陞支銀 |
| 四 | 念念經說壽祝壽 |
| 三 | 放故 |
| 十 | 抄數數 |
| 三背 | 竈溫户户每每的 |
| 九 | 百姓每的 |
| 十 | 均鹽當當 |

典章新集 戶部

礼記六之九

| | |
|---|---|
| 一肯 准事中書省肯 | 一肯 今从遂後 |
| 二 銀場 錫場 | 一肯 出虫螬蛹 |
| 十 折草抬闉闉 | 二肯 依力 |
| 吾一 人民 人民 | 廿一 本虫作虫 |
| 一九 於一月 預於一月 | 四二 衣錯漏撰應比作且有 |
| 一定二 羌定 定章 | 望二 温元本作渦惱 |
| 一十五 定足能備 | 四十 本虫叫元叫 |
| 元八 收牧收改 | 四七三 看肯罪過 |
| 一九 樹本枝枝 草本 | 四二三 廉廉訪分司 |
| 十 一田禾行 二田禾行 | 七三 蒅辨盡字處下當有圖文一 |
| | 四十 晉寧晉路器 |

三　陳氏拔補

| | |
|---|---|
| 哭二 合准已婚 准已婚 | 八 侍養賢美 |
| 哭六 海視者便 | 十二 缪缪阿賢美 |
| 五七 應加 中書省谷 橫恪 | 一肯 原情厚情 |
| 五一三 盜賊盜賊得 陰州陰州 | 七 呈奉呈 |
| 空二三 操塚加 劉阿王劉阿王 | 九 本玄本玄官 |
| 六三 并劉寶寶赤赤 | 十二 軍人小王黄 |
| 七 額頒便使 | 十二 参蘭溪襄溪後同 |
| 十一 段吉集秀 | 十二 李蘭溪 |
| 吾二四 照依駮上 | 十二 冯慤小三山 |
| | 十二 所本管官 |
| | 十二 月任任行 |
| | 十二 二借字倖行 |
| | 士二 次到借到 |
| | 致揆行識 |
| | 士 罪犯比比例 |

四　陳氏拔補

典章新集 戶部

礼記六之十

| | |
|---|---|
| 五肯 違例倒三次倒後 | |
| 六 宋定論論 | |
| 本本惰官 | |
| 罪罪過過 | |
| 文奖刑息 下漏多四字 | |
| 取刑息四字 | |
| 定宋論論 | |
| 罪罪過過 | |

## 典章新集禮部

札記六之十一

《典章新集禮部》

陳氏校補

一

| 葉 | 行 | 正誤 | | 葉 | 行 | 正誤 |
|---|---|---|---|---|---|---|

一　二　奉聖旨　背聖旨

四　行　行省

六　合　合不花　合不花後同

九　承差　承差安安

十　苗民　苗民安安

二一　省割禮部　省割禮部

三四　苗民安安

四四　顙顙禮裹　禮割部禮部

十　日延作汴至三法二年

九　目作汴至三年二法

七　合合用行

六　云七字德元官版注色全例

三四　省省用行

二一　省割禮部

八　各項諸祭各鎮一後尚有庫支

三一　一文尺本

二　作四日門元　日門元

三　一所聖圖諸一門不為毛本

三一　檢驗照黙

一三　背社壇後復

八　背　社壇後復

六一　買大常常

八　買大常常

五九　汪妙遠遠

三　背刑部議得

一　背　刑部議得

九　江妙遠遠

五　背嘉靖德想

十一　城塚鄉學

一　背　城塚鄉學

## 典章新集兵部

札記六之十二

《典章新集兵部》

陳氏校補

一

| 葉 | 行 | 正誤 | | 葉 | 行 | 正誤 |
|---|---|---|---|---|---|---|

一　五　經　徑直商置黃經直

七　行　有事丞承

九　背有事丞承

十　背　載廉下道玉字衛察

十　逐局頒

九　背　領通玉字衛察

八　衛衛平率卒

七　那字那有戶

五　三　新新行文書

三二　新行文書

二一　在衙行府衙

二　三　與池下之廉加禁要著名

二　本末千戶戶

四　本末千戶

六　初四日日

七　開關四日日

九　蔡浩嚴廉韻官衙人每澄察

九　背　浩嚴廉自之廉官衙人每澄察

十二　已官氣下力瀾人幾蕙帝者可自

十二　出備催軍軍錢

十　出備催軍軍錢

八　救安馬馬

七　邪字邪行戶

四　三　衙每門箸廿的四字比下

四　舊董事丞董中華

三　掃捨除除

六　背　元元剛剛

七　頭頭裏

六背　元元剛剛

七　農事務工

八　收收者者

六　背董事中華

五　三　選休挨選

二　二十五日日

三　選休挨選

十二　農農業業

八　入入役役

六　陞陞價價

九　牛牛高隻

六　背　追遠回回

六　背農董中華

五　二　二十五日日

十二　農農業業

八　入入役役

四　買賣賣賣

一　背董事丞董中華

九　看有補補

六　兩而個人多

五　散散术术夕

三　二二十八日日

八　農務工

七　古左左右飛推技手手

十　初九九日日

礼記六之十三

**《典章新集 兵部》**

陳氏校補

二

| | |
|---|---|
| 七 餘買 | 四 高撥都兒皆筆 |
| 十一 毛毛趫陞 | 八 捕捕脑战截 |
| 十二 捕捕脑战裁 | 十三 補補置置 |
| 十三 補補置置 | |
| 十二 嚴業葉行的禁約 | 八 日且掛守其口耕 |
| 十一 各各管軍官人 | 八一 并并異 |
| 四 不束行不自他口滿阿字雞 | 九 於以其將倉官 |
| 一 不束聖旨裹滿阿八字苦發 | 十 的得昏事中秦 |
| 十 應葷中裹董中秦 後同 | 十二 的的軍官軍面便 |
| 十三 礼也也錢設 | 十二 延延寨阿上軍延祐七年人草 |
| 十三 合合錢設 | 二 頂等格阿上六字 |
| 三 又照得 二月卅月 | 八 並並已益 |

| | |
|---|---|
| 十一 除管管軍軍 | 八 並並已益 |
| 十一 楚地相鹿 | 八 云云小付注示 |
| 二 措捐脑除 | 十四 大作七年 |
| 三 楚地冒買 | 六 喪喪裹里 |
| 四 楚地冒買關鹿 | 十三 歌馬馬不曾 |
| 五 黑照降降 | 八 京京近道 |
| 六 鸚鸚鰡川 | 八 怎怎生麼道 |
| 十 此後軍役應庸拘到一則迷一軍及 | 八 兒裹阿各街門裹藏交者如各道在 |
| 十六 鸚鸚鰡川 | 前的文書是行誰麼道鋪馬似在 |
| 十二 赤站七月初九日站赤三行同 | 十 拘收钱将封道出四去十的二休字奏 |
| 四 七月初九日 | 十 答下省元咨者六誡字催奏 |
| 六 提調有求 | |

礼記六之十四

**《典章新集 兵部》**

陳氏校補

三

| | |
|---|---|
| 二 背寺院院裹里 | 六 背職職者行 |
| 四一 了罷罷了 | 七 阿阿庭下道邢字敕麼正番官 |
| 五一 後後内函番番 | 十二 鋪馬作後一圖詩錄此十四行應番 |
| 九 檢檢子予 | 九 置置工目詩錄此四 |
| 十 延延寨阿上 | 三 日日作祐至元二年 |
| 十二六 作祐七年 | 四 撫杭州 |
| 十三 追追微懲辣幹跋戰 | 五 文文封行封发 |
| 四 道道裹里 | 八 名名将行 |
| 六 足足鋪馬 | |
| 七 的回的字來行 | |
| 八 列列明喇山山 | |
| 九 劉劉明山山 | |
| 十三 定受攝提 | 九 走走遵儞 |
| | 十一 催此下六字滿伏謮照 |
| 二 里里徑釋程限阪 | |
| 五 豪豪頗繁 | |

## 葉行 正譌

札記六之十五

**《典章新集刑部》** 一 陳氏校補

---

札記六之十六

**《典章新集刑部》** 二 陳氏校補

《典章新集刑部》

孔記六之十七

三 陳氏披諸

《典章新集刑部》

孔記六之十八

四 陳氏披諸

## 札記六之十九

《典章新集》刑部　五　　陳氏校補

| 十二元元告招 | 十離麟受伐 | 九龍施行行外 | 八北犯人門門首首 | 七真直 | 五盜盜付什 | 三背鈔鐖 | 十三茅同保 | 十三招取招伏 | 九應下詳四字具呈 |
|---|---|---|---|---|---|---|---|---|---|
| 五當當然然 | 四者者在字逃列者 | 三護呈宇攘行 | 一御省盜除外 | 七一一隻八 | 五五董董三二 | 三六因同年 | 三因同手同爭手 | 二九二請應依下漏六字外咎 | 二九二相應得此相應得此請依上漏六字外咎 |

## 札記六之二十

《典章新集》刑部　六　　陳氏校補

| 八解德廂州 | 十二元元升升三行月 | 八字字閧吏過上漏四字標 | 十都都省省答准擬依上施行 | 十四月 | 十二腰腰脅脅助助 | 二背詞詞情情 | 一警微警微捕捕 | 七反及及將將 | 六二十一十七 |
|---|---|---|---|---|---|---|---|---|---|
| 十呈吕音 | 十二和元元升升三行月 | 一於店店圻 | 五欲欲發受 | 五苔剀尖尖圻 | 八答劄劄降降 | 四未護護強盜二起 | 五到前招下伏漏六字有更 | 八到前招下伏漏六字有更 | 九難雖護護依 |

| 十體本鋼鋼例 | 七百萬戶戶 | 五萬戶戶 | 四官發過管管 | 二背十月十二月廿六日 | 十准准此此 | 八禁禁治治止 | 七舉該管管 | 五鎮鎮過過 | 四過逃役役 | 三背潤潤過過 | 五五提提潤上漏 |
|---|---|---|---|---|---|---|---|---|---|---|---|
| 四令令史使 | 二背諸詐鬬鬬官毆 | 十先前鋼鋼治治 | 九整整段假雕 | 十地雕雕過過 | 九地地遮遮 | 八送遮遮送 | 四是是我管 | 三也也理管 | 三延延警微 | 一揭揭潤提捉字上漏六字更 | 一提提潤上漏 |

**上**

札記六之二一　《典章新集刑部》七　陳氏校補

| 行 | 校語 |
|---|---|
| 元 | |
| 一 | 攔攔　道道 |
| 八 | 本本　人犯 |
| 七 | 張張　依伯　木咎木咎 |
| 四 | 前前　走付 |
| 一 | 攬樣　寫寫　兒兒 |
| 十二 | 樣樣　板改　兒兒 |
| 十一 | 更更　夜夜 |
| 九 | 黃寅　知知 |
| 七 | 攔攔　道道 |

| 行 | 校語 |
|---|---|
| 十 | 省咎　判 |
| 七 | 蹋蹋　者者 |
| 五 | 何何　慶慶　一七　後同 |
| 四 | 元九　二年　年月 |
| 二 | 省省　下漏　此字六　字黑 |
| 九 | 除除　哎哎　佳佳 |
| 三 | 故故　犯犯　情意 |
| 二 | 敢敢　犯犯　照照　詳詳 |
| 一 | 膜膜　肌膜 |
| 八 | 圖攔　者者 |
| 七 | 令令　批批　一 |

**左群**

| 行 | 校語 |
|---|---|
| 三三 | 依欲　鈔此　除二外　十卷　補字數　遇詔二載年 |
| 十三 | 十卷　月行　下七漏　日間至大二載年 |
| 十 | 定定　准檄 |
| 八 | 刈刈　草草 |
| 五 | 被藏　扎扎 |
| 四 | 攔攔　黃玉 |
| 三 | 阿阿　扎扎 |
| 二 | 二同　宇伴　字川 |
| 十二 | 至判　元年　間十一月初得 |
| 十 | 省下　送承　四字川 |
| 五 | 省咎　四漏　字川 |

《典章新集刑部》八　陳氏校補

**札記六之二三**

## 典章新集 刑部

九　　　陳氏校補

| | |
|---|---|
| 五　寄於法　過惡惡過 | 十一　水車　木車戳試抵底 |
| 十　過惡　惡過 | 五二　鐵扶　鐵抉佳扶 |
| 十三　廉訪　兼廉恐人失所已若九字俱脫 | 二背一　揉珠　時眼珠抉 |
| 一背二　上擬下宇漏此二下具照 | 二　斷流　洗流斷 |
| 二　約的量　約的量 | 五　文詳　議議議議開有照呈照詳詳得此 |
| 六　所令將　所男護護男 | |
| 七　授授　授伐伐 | |
| 九　器器　器器 | |
| 十　瑒揚上　瑒揚上 | |

**札記六之二四**

## 典章新集 刑部

十　　　陳氏校補

| | |
|---|---|
| 一　入補　停償偷補 | 四　體例　體例例例 |
| 二　告告皆皆　告告皆皆 | 六　高高　倚無體例到 |
| 四　並令合　並令合 | 九　聖米　聖呈行帝 |
| 六　理月　理月合 | 十三　正是　正是擬擬 |
| 八　人象　人象等 | 三背　詞詞　詞狀省容 |
| 十　若先有　若先有人象 | 八　中但　中但開有省容 |
| 十三背一　受更　受更千人人象 | 十二　中得　中得此本本部省 |
| 十三　事理　事理先有人象 | 四　呈承　呈承 |
| 四　不絕　不絕 | 六背　璋呈　璋呈本得此本本部 |
| 六　付相御應史下臺漏依上眾准呈行十情 | 二　請擬　請擬二下字漏若具呈照 |
| | 一背　詳應　詳應得下此漏六具字呈照 |
| | 十二　推准　推准官許即而 |
| | 十三　結絕　結絕其事其間 |
| | 一　者告　者告絕者告絕 |
| | 七背　哈斷　哈斷述者里下頭漏目若每可畏吾民兇 |
| | 十二　都省　都省除外 |
| | 九　已竟　已以竟竟 |
| | 八　驗念　驗念敢敢 |

礼記六之二五　典章新集　刑部　十一　陳氏校補

| 葉 | 行 | 右 | 左 |
|---|---|---|---|
| | 十一 | 款內 | 數內 |
| | 九背 | 照鋪戶 | 點鋪戶 |
| | 十 | 十二重 | 十四兩內 |
| | | 三兩 | 兩字行 |
| | 十二 | 條本人 | 敘本人 |
| | | 人差 | 人等 |
| | 十三 | 夬抄力赤 | 夾抄力赤 |
| 六十 | 三 | 計站赤 | 計點站赤 |
| | 四 | 提調 | 提領 |
| | 八 | 行元 | 元行 |
| | 十 | 奏與 | 與奏 |
| | 十一 | 不識 | 識不 |
| | | 廣東路 | 廣州路 |
| | 十二 | 應下漏具呈照 | 詳得此六字 |
| | 二背 | 事犯 | 再犯 |
| | 四 | 蘭州溪州 | 蘭溪州 |
| | 五 | 江正四 | 姜正四　後同 |
| | | 至元錢 | 至元鈔 |
| | 八 | 元敘 | 元聚 |
| | 十二 | 九年 | 元年 |
| | | 御監 | 鄧鑑 |
| | 十三 | 蕭漆一 | 蕭保一 |
| 六十一 | 五 | 敘用下漏 | 五行應補 |
| | 六 | 本行後關土官取受集 | 祿同有祿人斷一則十 |
| | | 三行 | 應補 |
| 六十二 | 二 | 三年 | 二年 |
| | 三 | 呈據河南 | 咨據河東 |
| | 四 | 赤剌馬丹 | 亦剌馬丹　後同 |
| | 五 | 二月 | 三月 |
| | 九 | 呈首 | 陳首 |
| | 十 | 初七日 | 初五日 |
| | 十三 | 揚子雄 | 楊子雄 |
| | 一背 | 指出 | 指出 |
| | 六 | 今依 | 合依 |
| | | 詔到 | 照到 |
| | 九 | 中書省 | 中書省劄付 |
| | 十二 | 郴桂 | 郴桂 |
| | 十三 | 等物 | 等事 |
| 六十三 | 二 | 鳳孫 | 陳鳳孫 |
| | 三 | 劉澤 | 劉濟 |
| | 十一 | 李榮祖 | 錄事李榮祖 |
| | 十二 | 申錄事關價鈔物料 | 申關物料價錢 |
| | 五背 | 事理 | 事例 |
| | 八 | 照詳 | 照詳得此 |
| | | 擬下漏合下 | 仰依上五字 |
| 六十四 | 五 | 合准定 | 合定 |
| | 八 | 斥降通 | 作點降 |
| | 一背 | 施行 | 施行相應 |
| | 五 | 十三日 | 十二日 |
| | 六 | 革前 | 格前 |
| | 十 | 照得下漏延祐四年二 | 月十二日呈准中書省 |
| | | 劄付照得 | 十八字 |

礼記六之二六　典章新集　刑部　十二　陳氏校補

| 葉 | 行 | 右 | 左 |
|---|---|---|---|
| 六十五 | 一 | 就無 | 既無 |
| | 五 | 納下漏物 | 人二字 |
| | 六 | 物人 | 二字行 |
| | 七 | 議得 | 議擬 |
| | 十一 | 追擬 | 追徵 |
| | | 徵解立限追徵 | 追解杖限徵納 |
| | 十二 | 以此 | 以此 |
| | 十三 | 十二日 | 十七日 |
| | 一背 | 承准 | 呈准 |
| | 七 | 貨物 | 物貨 |
| | 八 | 合無 | 合元 |
| | 十 | 之內 | 戶內 |
| | 十三 | 見奉議得本部 | 見奉本部議得 |
| 六十六 | 二 | 照看 | 照勘　五行同 |
| | 九 | 散給 | 給散 |
| | 十一 | 合驗無告 | 革發元告 |
| | 二背 | 革前 | 革撥 |
| | 三 | 相合 | 擬合 |
| | 六 | 減列 | 例減 |
| | 十二 | 八月 | 三月 |
| 六十七 | 二 | 劄付軍 | 劄付軍官 |
| | 七 | 江浙 | 江南 |
| | 八 | 名項事 | 各項事理 |
| | 十一 | 得此 | 得此准呈 |
| | 一背 | 來完 | 未完 |
| | 五 | 辨大 | 辦大 |
| | 十二 | 等奏 | 等奏 |
| 六十八 | 一 | 元斷 | 无斷 |
| | 二 | 照看 | 照勘　十二行同 |
| | 三 | 說謊人 | 說謊的人 |
| | 四 | 學者 | 學著 |
| | 十一 | 分揀者 | 分揀著 |
| | 十三 | 告稱 | 告省稱 |
| | 二背 | 今革 | 合革 |
| | 三 | 依前 | 依著在前 |
| | 五 | 賦者 | 識者 |
| | 六 | 稱冤者 | 稱冤的 |
| | 七 | 慈根底 | 您根底 |
| | 八 | 告者 | 告者處遣 |
| | 九 | 施行 | 欽依施行 |
| | 十二 | 未賠 | 未納 |
| | 十三 | 體看 | 體勘 |
| 六十九 | 一 | 二月 | 七月 |
| | 二 | 受八二伯二十 | 受二伯三十 |
| | 五 | 議得 | 照得 |
| | 八 | 要說 | 爲頭要說 |
| | | 不合 | 不令 |
| | 九 | 單沒 | 單役 |
| | 十一 | 照得 | 照擬得 |
| | 十三 | 已經 | 既已 |
| | 二背 | 令合屬招看 | 合令合屬照勘 |
| | | 挫折 | 折挫 |

## 上半葉

札記六之二七

《典章新集刑部》

十三 陳氏校補

| 數 | 條 |
|---|---|
| 三五 | 稟到刑罰 十賠行一廩行三賠補 |
| 三 | 平民打研牧圡官証阯後死圗阯民杜勘隆執 |
| 一背 | 慈德偬德德溫元 |
| 士七 | 未求準招 |
| 四 | 典典史口世狀裕招等各狀招 |
| 三 | 詳應僣下三遍以具輕照 |
| 三 | 以若字按行以 |
| 三 | 馬駝駝馬行 |
| 三 | 議馬駝字行 |

| 三五 | 依依倒限阯 |
| 六 | 告首告首 |
| 四 | 牧代字斷 |
| 士五已 | 在見未永永民伇 |
| 士 | 闕擱道道後月 |
| 士 | 未賦職迍 |
| 四 | 推推擂擂遞送 |
| 六 | 完完黍黍 |
| 三 | 完完黍黍 |
| 二 | 寄寄養下三遍省 |
| 十 | 給給黍黍 |
| 一背 | 勤看會會三行月 |

追澂澂退官 | 追澂澂退官 |

| 九 | 錮論工足正 |
| 七背 | 概合設解詳見甩任 |
| 十 | 官使使人等甩任 |
| 八 | 三正月二十九日 |
| 六 | 司司屬部民 |
| 二則字行 | 又照 |
| 八 | 院院行 |
| 七 | 院行 |
| 六 | 若諸郡則賦 |
| 三 | 照會施行此承照會 |

張張森牛兒兒 | 六 |
張漢阿何曹曹 後同 | 五背 |
拜拜降停停 | 七 |
作杜杜看勘通 | 三背 |
廿六六行行慮闕二段 應補二段 | 二 |
永招伐伇 後同 | 一 |
招草前俊 | 九 |
城減袋袋 | 五 |
付准中一書字割 四年二月十二日呈延 | 四 |

## 下半葉

札記六之二八

《典章新集刑部》

古 陳氏校補

| 七 | 五三月 |
| 六 | 遲澀溫澀 |
| 三背 | 縷縷繙繙 |
| 十 | 諸諸屬道 |
| 九 | 條備陳陳 |
| 八 | 字坊廳正格主隆首文十一 |
| 七 | 詳廳得此遍六具字眼 |
| 四 | 蔴咸訪廳坊司吳眼 |
| 二 | 大諸小衡新門大小 |
| 二 | 秦秦字枋臺 |
| 二 | 初十四日 |
| 八 | 積積送一切一切 |

| 四 | 奉聖聖旨 |
| 一背 | 謂所詞神 |
| 十 | 遞遞殿殿 |
| 五 | 元欵通衆之裁緣 |
| 四 | 遵守行 |
| 三 | 官官司府 |
| 四 | 赤亦仰合即便即便擊拿 |
| 三 | 顧繁援援 |
| 九 | 地地面面廃澗澗 |
| 八 | 字行得此 |
| 四 | 到圑圑行 |

| 五 | 時時秦奉 |
| 四 | 初十八日 |
| 三 | 全全倒倒 |
| 士二 | 左左丞丞秦秦 |
| 士 | 請疑字見技 |
| 十 | 倒相遣遣字下三遍如蒙雖吳爲 |
| 九 | 城鍊鍊爲扶技 |
| 七背 | 爲扶如下遍字下具呈照雖詳得此爲 |

| 五 | 相相應廳得此 |
| 二 | 已擬擬己 |
| 一背 | 草草間間 |
| 四 | 罷罷間間 |
| 二 | 江江西間 |
| 一 | 苹苹末間 |
| 士三 | 耶一欵年例正月下道十八大字九云 |

| 士三 | 會各驗驗 |
| 七 | 官下遍會省勸全文字九云 |
| 六 | 廣廣道應的來 |

## 上欄

礼記六之二九 《典章新集》刑部

陳氏校補

| 金二 | 金一 | 金 | 金 | 金 | 含 | | 禮 | 入 | 七 | 大 | 金 | 金五 | 舍 | | | | 九 | 六 |
|---|---|---|---|---|---|---|---|---|---|---|---|---|---|---|---|---|---|---|

汁大明　　　　　　合二　黄王晶印　　　　　　又泜二等

十六一日　已常川肉　照詳得此　丁阿郭路　王議獲十一行月

## 下欄

礼記六之三十 《典章新集》工部

陳氏校補

| 工部 | 葉行 |
|---|---|

都省通例　一

典章新集 都省通例

札記六之三一

一 背九元年
二 雜同諸俸人等吏使
四 火次少
五 進進斷
六 于干進禮進
八 冒犯于於禮
四 罪充充
六 所犯
十 抄鈔案案
士 裂足夠
准此此
終共二十四月
共二十四月
士 書書鋪
一 背書鋪

三 識得得
士 娼書富
一 于於普禮
二 申申本奏
六 建建康康路州
三 分各各處處
八 縣依准答
士 省省准答
二 送進部郡
六 共裁裁必須詳
士 具呈呈照詳
六 趙趙新收領收領
七 二

陳氏抄補

二

# 元典章校補
# 釋例六卷

陳垣 撰

中華民國廿三年十月
國立中央研究院歷史
語言研究所刊於北平

序

余以元本及諸本校補沈刻元典章凡得謬誤一萬二千餘條其
間無心之誤半有心之誤亦半既為札記六卷闕文三卷表格一
卷刊行於世矣乃復擷其十之一以為之例而疏釋之誤以通於
元代諸書及其他諸史非僅為糾彈沈刻之誤也且沈刻之誤不
盡由於沈刻其所據之本已如此今統歸其誤於沈刻者特假以
立言耳六百年來此書傳本極少四庫既以方言俗語故擯而不
錄沈氏乃搜求遺逸刊而傳之其有功於是書為何如沈刻固是
書之功臣今之校補釋例亦欲自附於沈刻之諍友而已豈敢齗
齗前人耶昔高郵王氏之校墨子也曰是書以無校本而脫誤難
讀亦以無校本而古字未改又有傳寫之譌可以考見古字之借
古音之通他書所未有也余於沈刻元典章亦云然元典章為考

校例序

元元代政教風俗語言文字必不可少之書而沈刻雕版之精邠
歟之多從未經人整理亦為他書所未有今幸發見元本利用此
以為校勘學之資可於此得一代語言特例並古籍竄亂通弊以
較彭叔夏之交苑英華辨證尚欲更進一層也博雅君子幸進而
教之中華民國二十年七月新會陳垣

# 元典章校補釋例目錄

卷六　校例

新會　陳垣　撰

## 行款誤例

### 第一　行有書有目無例

有目無書行爲沈刻所獨闕者可以他本補之有爲元刻所本無者則足編纂時未經纂入具見校補札記茲從略

至於有書無目則大抵由編纂時未經見具見校補札記茲加入故沈刻目闕者

元刻亦闕唯新集禮部各本有祭祀社稷體例門汲古閣藏本則

誤獨無之疑有闕葉非元刻本無也蓋按目排訂無目者自易

漏訂炎

戶五三　遠年賣田告稱卑幼收贖

戶七廿二　多支官錢體覆不實斷罰

**《校例卷一》**

刑九七　禁乞養過房販賣良民

刑十九卌一　遺失決斷通例

新吏四　住罷封贈

新吏卅一　劉萬戶奔繼父喪

新戶尢　蟲蝗生發申報

新禮六　祭祀社稷體例

新刑二　奴兒干出軍　肇州屯種

新刑吾　戶計司相關詞訟

戶一二三　俸錢各條　與目次第不同

戶四干　夫自嫁妻條後　與日次第不同拨年應以

又有書與目次第不同者元刻本已如此亦編纂時未經改正者
也

---

### 目爲正

禮一廿　察司不須迎送接待條後　與目次第不同拨年應

### 以書爲正

禮五三　保申醫義條後　與目次第不同

新兵圭　遞鋪門　目在工部造作門之後應

新刑五　諸盜門　目在諸盜門之前

元刻卷中標目悉依陰文低二格與文平行留二格爲擡頭之用其

### 第二條目譌爲子目例

子目低二格文低三格眉目亦清晰也惟吏部六七八等三卷標

斷也沈刻不依元刻擡頭卷中標目悉改爲陰文頂格文低一格

子目則悉低三格陰文低二格與文平行而文則低三格與其他子

目混淆不清非以卷首目錄校之不能知其孰爲條目孰爲子目

目悉改爲陽文低二格冠一字於其上而文則低三格與其他子

也今略舉數條如下

**《校例卷一》**

吏六一　隨路歲貢儒吏

吏六二　儒吏考試程式

吏六廿一　職官補充吏員

吏七一　品從座次等第

吏七三　品從行移等第

吏八一　圓座署事

吏八二　一執政官外任不書名

石所舉照沈刻本書格式應悉改爲頂格陰文刪其冠首一字力
與其他各卷一律而不致與子目混淆然此說實不始於沈刻彭

本方本雖依元刻攄頭此三卷係目上亦均冠以一字由來遠矣

### 第三　非目錄誤爲目錄例

元刻沈刻目錄標題均用陰文所以醒目也沈刻有非目錄而誤刻陰文者有非目錄者

兵二七　御史臺咨〔四字元陽文誤陰文〕

兵二八　見刑房巡捕例〔元作見刑部捕盜類小字〕
　　陽文今誤陰文鈎旨咨

刑二八　行臺都御史大字
　　今誤陰文頂格與其他目錄相混

刑十六十五　司吏周崇仁狀招〔八字元陽文與前段平行〕
　　今誤陰文頂格與其他目錄相混
　　〔七字元陽文此前段低一格〕今誤陰文頂格與其他目錄相混

### 第四　誤連上文例

《校例卷一》　〔三〕

凡鈔書不依原本行款則遇原本分段處容易誤連惟元刻元典章標目悉用陰文苟直接鈔自元刻亦不至有誤連上文之弊今沈刻誤連上文之弊甚多有如下例

吏四五　求仕不許赴都

戶六七　添工墨鈔

禮一四　表章迴避字樣

兵一元　札撒逃走軍官軍人

兵三三　拯治站赤

兵三六　脫脫禾孫盤問使臣

刑一三　民官公罪許罰贖

刑二二　依體例用枚子

刑三十一　誣告謀反者流

---

刑八三　定擬給沒贓例

又元典章一月之下輒分數段倘一段末處適爲一行盡處則更端之始亦易誤連幸此書悉案順之文每一更端多冠年月蔵結所在整理不難

戶一六　尚書省送攄戶部呈

兵三九　大德元年

兵三三三　又大德七年

刑八三　至大四年

刑八三三　至大四年

刑三四一　延祐四年六月

刑十六四　至大四年三月

刑十六四　至大三年四月

《校例卷一》　〔四〕

又有兩條或兩段之間中有脫文遂至兩條混爲一條非發見脫文不易知其癥結所在

戶八九　背一行泉府司下脫簡三十字遂將兩條併爲一條而
　市舶則法二十三條缺少一條矣

戶六七二　背一行遂道下脫簡二十行遂將江南申災限次
　之末二段誤合上文爲一條矣

戶九廿二　背八行申到下脫簡二十三行上又脫貢獻毋令廻
　三行准擬下有脫文大德七年上又脫貢獻毋令廻
　接一目遂與前條併爲一條而不可分矣

禮一古　一目遂與前條併爲一條而不可分矣

刑四四　姦夫李鹽兒法司擬云云

又刑部卷內法司擬定犯人罪名元刻必另行當時公牘格式本如此所以便省閱也今沈刻悉連之亦不便

刑四苎　姦婦劉阿羅法司擬云云

刑四苎　斬留住法司擬云云

刑四苎　慈不揪法司擬云云

刑四芫　戴引兒法司擬云云

刑四芫　張驢兒法司擬云云　元均另行

第五錯簡例

沈刻元典章錯簡之例有三曰單錯曰互錯曰衍漏錯

單錯者本處有關文錯簡在他處是也

戶七一　十行原發勘合下漏十字錯簡在八行勘合已到下

戶四罕　十一行立嗣到招下漏二十七字錯簡在背一行招伏下

戶三千　一行立嗣下漏二十六字錯簡在四行前弊下

吏四七　五行今後下漏二十三字錯簡在八行省送下

互錯者本處有關文錯簡在他處他處亦有關文錯簡在本處所
謂彼此互錯也

戶七三　五行追徵下漏十七字錯簡在四行追徵下

吏七六　四行公出疾病在假卽日八字應在五行長官下

吏六苎　五行掌判其行用印信七字應在四行長官下

戶三七　五行因而在外另籍或七字應在七行漏籍人口下
七行各年軍籍內五字應在五行附籍人口下

衍漏錯者本處有關文而重出他處之文於此又衍又漏是也

吏六苎　背十一行按察司下漏申該等十五字又將下文史
背六行欽奉聖旨下漏禁治等十八字又將背七行

兵一興　單及等十八字重出於本行彭本方本均如此知沈

《校例》卷一　五

---

第六關文例　刻與二本實同出一源也

沈刻元典章關文甚多共所關最巨者為吏部卷三關倉庫官等
六門凡三十六葉在方氏等半葉十行本則為四十七葉蓋所據
本將此卷分裝二冊而關鈔其下冊也

其餘所關則刑部卷內為多且每在一類之末一二條似有意刊
落而非偶然脫漏者

刑二苎　做罪過的不疎放一條　在刑法類末

刑二苎　孕囚出禁分娩三條　在他物傷類末

刑三十　鄭貴謀故殺娃一條　在不睦類末

刑四四　船上圖財謀殺一條　在謀殺類末

刑五七　無檢驗骨殖例一條　在檢驗類末

《校例》卷一　六

刑六四　馮崇等剜壞池帳眼睛一條　在刑法類末

刑二苎　吏員賍滿一體追奪一條　在取受贓類末

刑八廿　巡尉司四月申一條　在詳讞類末

刑九八　接攬稅糧事理一條　在侵盜類末

刑十二　知人欲告回錢二條　在回錢類末

新刑七　針擦人眼均徵養贍鈔二條　在毆傷眼目類末

新刑四　禁借辦習儀物色一條　在雜禁類末

新刑芏　分揀流民一條　在禁求眾類末

第七字體殘闕例

鈔刻書籍遇有殘闕字體應為保留以待考補不得將殘闕字句
逐行抹去今沈刻元典章目錄禮部門內殘闕多條尚留空位待
補是也然亦有將殘闕字句逐行刪去不留空位者

目錄三六　望講經史

應作朔望講經史例

儒學提舉司
應作立儒學提舉司

權兒休差發
應作橫枝兒休差發

食學校田地
應作種養學校田地

治學校
應作整治學校

舉程式條目
應作科舉程式條目

右六條每條之上皆殘闕一字緣吳氏繡谷亭本即涵芬本此數葉
紙有殘闕也由此可知沈刻此卷實由繡谷亭本出而特未知是直
接是間接耳然所闕者目錄本可用本書校補即未及校補亦應
預留空位今乃遽行刪去致令人疑為無闕也

似此殘闕遽行抹去者　疏忽之謫似不能辭又書中標目亦有

兵三平　馳驛

**《校例卷一》**

七

馳上應有枉道二字

刑七卤　犯姦出舍
犯上應有舍居女三字

右目二條因元刻上有殘闕本可據卷首目錄校補即未及校補

亦應預留空位不應遽行遽行空位不應遽令人疑為無闕也

戶八七　若遇客旅賚據詰造茶
造上元有三字殘闕據汲

古闕藏本仍殘留處字處上據繡谷亭本仍有戶字

當是茶戶處三字由此可知繡谷亭本據元刻較汲

戶八空　提調縣達魯花赤
歸上元有稀字

古闕藏本仍殘留禾字當是稀歸

據歸縣達魯花赤
歸上元有稀字

戶八二　古闕藏本仍殘留禾字當是稀歸

戶八八　大字直書鹽不得犯界
鹽上元有一字殘闕據汲

戶八八　古闕藏本仍殘留厶字當是私鹽

刑七六　十二歲女兒
兒上元有一字不明詣十

二歲女名某兒也

刑十五平　背十二行後元刻殘闕一行其次行尚留處歸問斷
者欽此七字沈刻並行刪去

第八空字誤連及不應空字例

凡鈔刻書籍字有未詳則空一字以待校補例行文書遇有不定
名詞或數目亦空一字以待填補此恆例也

戶三五　及見告　人名字稱說係是戶頭　人子姪　兩人
字上空位元刻均作厶即某字也今不作厶而留空
位其義亦同

戶四二　伊兄大嚇勒訖女一斤婚書　大上元空一字兄某
大女一斤皆係人名今遽將空位誤連不復知為人

**《校例卷一》**

八

戶八六　若數過陪者量為減免定額　陪上元空一字陪與
倍也今通用陪上空一字乃未定之詞即數過若干
倍也今徑將空位誤連失其義矣

戶八五　據丘縣狀申　丘上元作墨方丘縣為某
丘尚待證明然其上既空一字則必非東昌路之丘

兵三四　到於水站接各乘船前去　水站上元空二字當係
縣今遽刪今徑將空位誤連易生誤會
到於水站接各乘船前去

又有不應空字而空者亦易令人誤會
地名待填今遽刪去義亦不明

戶六六　倒　鈔人等　倒下元不空

禮五八　至甚繁　繆　繁下元不空

兵三芸　它　每自出劄子　官下元不空

新綱目二　職官　犯姦　官下元不三空職官犯姦係

新集子目之一今誤作空位令人疑爲二目沈跌數

新集子目有九十四者亦分職官犯姦爲二事也不

應空而空其弊與應空而不空等

第九正文誤爲小注大抵因版已鋟成發見脫漏挖版補入不得不改

正文誤爲小注小注誤爲正文例

爲雙行其例常有

然亦有不必雙行擠寫而誤爲雙行者

教習亦思替文字國子　國子二字誤爲小字雙行

漢人南人古賦詔誥章表內科一道　古賦以下元

大字今亦誤爲小字

至於小注誤爲正文又較正文誤爲小注令人不易察覺

《校例卷一》　九

禮一五　至元十五年二行　元大字

戶十四　一半城子襄二行　元大字

戶八平　及批鑿關防二行　元大字

吏四壹　首領官取招斷罪二行　元大字

吏一丗　十行見前例三字　元小注

禮四二　　　　　元小注

吏八一　背八行正從同三字　元小注

戶十三五　背十三行至大改元詔五字　元小注

吏一九　背八行如閑官就本宅正斤八字　元小注

禮三一　背四行係今之下定也六字　元小注

禮三二　背五行人之大倫以下三十七字

綱目一　國家聖旨等字仍另行擡頭

亦偶有遺留且因此而致誤者

元刻元典章擡頭極多有不擡者有單擡有雙擡沈刻悉爲連綴黜

今詆誤爲大字與正文無別

第十擡頭遺近改革未盡例

新禮三　六行云儒官服色全例七字　元小注

新吏平　六行皆見月爲理五字　元小注

刑五七　八行至元至准呈凡十四字　元小注

兵三四　背十一行云見前四字　元小注

兵一三　背十一行全文見上　全字元亦小注

兵一十　背十二行二十三款四字　元小注

兵十二行係今之下財也六字　元均小注

目錄三　上位名字更改一條上位二字仍頂格與類目平行

新目一　太皇太后尊稱詔之上元有上字在前行之末謂上

新目一　太皇太后尊號詔之上元有加字在前行之末謂加

新目一　太皇太后擡頭而誤衍上字

在次行之上

誤書之上元有阿撒等詭謀遭誅詔書也今將詔書二字擡頭而

韻注阿撒等詭謀遭誅詔書也今將詔書二字擡頭而

戶一八　完者禿口口皇帝時分　元無此口口而擡頭今乃

不擡頭而誤加空圈

第十一表格誤例

校例卷一　十一

表格之用最重位置位置之所以能不
亂者全在橫直線橫直線一失而欲位置不亂難矣夫翻刻有表
格之古籍必貴依其行款照舊表格可以不動沈刻元典章
不然全書表格紊亂橫直線或有或無無從校正其譌誤九芷自
止可照元刻本改作而已然此不能以咎沈刻因沈刻並非其祖
元本其所據之本未知為三傳四傳傳世既遠仍雲不能肖其祖
補宜也表格之誤不易以文字形容容試取下列之表以改作者與
沈刻原表一比勘則知其相去之遠矣

吏五三　封贈表　　　　闕橫線排列錯亂
吏八八　案牘表　　　　闕橫直線並多錯誤
戶二一　分例表　　　　闕橫綠其直線又多錯誤
戶六一　鈔法表　　　　闕橫直線

《校例卷一》

兵三一　驛站表　　　　闕橫直線且錯亂
刑三一　諸惡表　　　　闕橫直線且錯亂

十一

新會　陳垣　援菴

通常字句誤例

第十二　形近而誤例

形近而誤有易察覺者有不易察覺者其易察覺者文義不通
也

目錄卷六

| | | |
|---|---|---|
| 戶五三 | 遠年責田 | 元作責田 |
| 戶四三 | 劉瑞哥懷朵 | 元作懷朵 |
| 戶三九 | 先奉中書省劉付 | 元作剳付 |
| 吏五三 | 不死之任作闕 | 元作不能之任 |
| 吏三九 | 擬堯嘉興路醫學教授 | 元作擬充 |
| | 流戈聚眾 | 元作流民 |

《校例卷二》

十三

| | | |
|---|---|---|
| 戶六二 | 課銀每定 | 元作每定 |
| 戶六一 | 好鈔妾作昏鈔 | 元作妾作昏鈔 |
| 兵三九 | 差妻錄事孫徵事等 | 元作差委錄事 |
| 新兵四 | 輒加築楚 | 元作篗楚 |

其不易察覺者文義似通非通者也

| | | |
|---|---|---|
| 吏三九 | 偷有不應罪及學官 | 元作舉官 |
| 吏三七 | 考成之士絕少 | 元作老成 |
| 戶三五 | 張元俊妾稱已曾過房為男 | 元作妾稱 |
| 戶二三 | 不合窩藏蔡軟驅子地窖子內 | 元作於地窖子內 |
| 戶六芒 | 先易於為丁又誤于為子 | |
| 禮一九 | 率僚屬公吏皆樂送至城門外 | 皆樂元作音樂 |
| 禮三五 | 亦有將寶鈔籍戶斂葬 | 籍戶元作藉尸 |

---

| | | |
|---|---|---|
| 禮三七 | 況舊停於家者 | 舊停元作留停 |
| 刑三七 | 正是南安贛州等處 | 元作此是 |
| 刑九三 | 將刦攎財物男女子收捕處 | 元作由于誤子 |
| 新刑五 | 信賞在功無不服 | 元作功無不報 |
| 新刑六 | 盜官鈔米出倉免剌 | 元作盜官糧未出倉免剌 |

新刑二三　蔣文貴等於大德十年七月因與沈七將已挑僞鈔
裝誣客人蒙杭州路總管蔣文貴元作蔣文貴被杖人
文之將文貴亦誤作蔣文貴被杖之凶忽變為杖人
之總管矣

新刑八六　就杭州路鑄銅器　　元作就杭州鑄鑄銅器杭
州路三字習見故杭州鑄鑄銅器誤為杭州路鑄銅
器文義似通非通皆不易察覺其誤者也

又有譌誤在二字以上文義似通非通雖知其誤不易知為何誤
者

《校例卷二》

十三

| | | |
|---|---|---|
| 禮三七 | 比兵戎要受底人 | 元作比丘戒要受底人 |
| 兵一六 | 據中書省在還 | 元作中書左丞 |
| 兵一二 | 至門官地 | 元作空閑官地 |
| 兵一二 | 及今於姪軀丁 | 元作及令子姪軀丁 |
| 新刑二一 | 數自致到元四人者 | 元作敢有致死凶人者 |
| 新刑六二 | 湖廣道廉訪司中挪桃等處分司牒 | 挪桃元作郴桂 |
| 新刑六 | 又獲到下河係匿稅銅錢一十一笈包一 | 下河係元作丁阿保 |

第十三聲近而譌例

聲近而譌有由於方音相似者有由於希圖省筆者
何謂方音相似如吏例記繼程陳點典諸字以廣州音讀之不相
混也今沈刻元典章多混之如必與抄者之方音相似也

| | | |
|---|---|---|
| 目錄至一 | 官例贓罰鈔 | 元作官吏 |
| 戶四咢 | 千戶王記祖 | 元作王繼祖 |
| 新吏廿 | 依著舊例計典 | 元作計典 |
| 戶六十三 | 從實計典 | 元作計點 |
| 戶五苄 | 陳應林 | 元作程應林 |
| 刑五八 | 並記中統鈔數 | 元作並計中統鈔數 |
| 戶七三 | 其各物多收用錢 | 元作其各務多收用錢 |
| 戶八買 | 多省准擬 | 元作都省 |
| 戶八兊 | 多省除已移呑江淮行省 | 元作都省 |

《校例卷二》 十

| | | |
|---|---|---|
| 刑二七 | 輒加拷掠嚴行 | 元作嚴刑 |
| 刑二七 | 非理死損者嚴刑究治 | 元作嚴行 |
| 刑四毛 | 閻喜生 | 元作閻喜僧 |
| 刑十二咒 | 警跡人拘檢官防 | 元作拘檢關防 |
| 刑十三一 | 近因搬喪還家 | 元作奔喪 |
| 新禮四 | 公過京兆路學觀裏 | 元作觀禮 |
| 新兵一 | 擬定局項事運 | 元作逐項 |
| 新刑卒 | 江正四 | 元作姜正四 |

何謂希圖省筆廣州音黃王不分今沈刻元典章多譌黃爲王但
不見譌王爲黃則不過希圖省筆而已盡以爲更人姓名無關重
輕也

---

| | | |
|---|---|---|
| 刑四十 | 王雲二 | 元作黃雲二 |
| 刑五十三 | 朱阿王 | 元作朱阿黃 |
| 刑九十 | 庫官王慶 | 元作黃慶 |
| 刑卆六 | 王菩兒 | 元作黃喜兒 |
| 刑六三 | 州列王文德 | 元作黃文德 |
| 新刑六 | 王茂可 | 元作黃茂可 |
| 新刑四 | 糾合王耕一 | 元作黃庚一 |
| 新刑金 | 伊妻阿王 | 元作阿黃 |
| 新刑金 | 王鼎 | 元作黃鼎 |

第十四因同字而脫字例

鈔書脫漏事所恆有惟脫漏至數字或數十字者其所脫之末一
二字多與上文同在沈刻元典章中此爲通例因鈔書之人目營

《校例卷二》 圭

手運未必顧及上下文理一時錯覺卽易將本行或次行同樣此
字句誤認爲已經鈔過接續前鈔遂至脫漏數字數行而不知此
等弊端尤以用行款不同之鈔搭者爲易犯
其脫漏三數字者其末字多與上文同

| | | |
|---|---|---|
| 朝綱一一 | 不題說的下 | 脫題說的三字 |
| 臺綱二廿三 | 每遇照刷下 | 脫仍將前刷四字 |
| 吏二五 | 立嫡長子下 | 脫若嫡長子四字 |
| 吏二廿 | 晏只哥參政下 | 脫敬參政三字 |
| 吏六六卒 | 一行貼書下 | 脫貼書書二字 |
| 兵一二 | 行御史臺下 | 脫准御史臺四字 |
| 兵一毛 | 交打算下 | 脫不交打算四字 |
| 兵一毛 | 大小軍官下 | 脫首領官三字 |

兵一三五 萬戶千戶下 脫百戶二字

新吏七 欽此下 脫除此二字

其脫漏數十字以上者其末二三字亦多與上文同

新吏九 五行令史內下 脫二十字 末三字亦為令史內

吏六三九 背六行罪及下 脫二十二字 末二字亦為罪及

吏六目 一行吏目下 脫五十四字 末二字亦為吏目

兵一六 二行決杖下 脫十八字 末二字亦為決杖

兵一三五 背六行聖旨下 脫十九字 末二字亦為聖旨

兵一三五 背一行軍人下 脫二十四字 末二字亦為軍人

刑十九四 十行的人下 脫二十八字 末二字亦為的人

工二二三 背二行安也下 脫七十四字 末二字亦為安也

新兵三 一行安下也 脫二十五字 末二字亦為與也

**《校例卷一》** 大

背十一行門宜下 脫二十四字 末二字亦為門官

新刑四 十一行送下 脫二十四字 末字亦送

**第十五因重寫而誤衍字例**

有以已抄為未抄而誤衍者

吏一三三 燒鈔東東庫 衍一東字

吏六平 申覆行行省 衍一行字

吏八五 將所所關起馬聖旨 衍一所字

吏七七 得荒良書良書 衍良書二字

戶三八 並應支不應錢物 末不應二字衍

戶七七 設立蒙古學校事會校事會檢到 衍校事會三字

戶八宅 十瓶十瓶以上 衍十瓶二字

禮四三 兵一二字 如今出來底也有不出來底多有

---

衍不出來底也有六字

兵一七 照依樞密院條畫禁的事理不得違犯仰樞密院一 衍條畫至樞密

新吏四 本部呈先准中書省劄付本部呈先准中書省劄付 衍本部呈先准中書省劄付十字

刑三二三 要了五十定罪犯法司擬舊例失口亂言犯法司擬 衍犯法司擬舊例失口亂言十字

兵三二三 背八行頭不換至民戶裏三十五字衍

刑三二二 院十四字

有錯看前後行字句而誤衍者

吏一二十 背三行寧夏府營田大使七字衍因五行有此七字也

也

**《校例卷二》** 七

禮六二一 背九行營求勾當侵漁六大字衍因七行有此六字也

兵二廿 九行准中書省劄付六字衍 因八行有此六字也

兵一七 六行起補轉致損五字衍 因七行有此五字也

衍字恆在兩行接續之間有特應注意者

兵十 福建行省准樞密院者 衍一樞字適在背面第

兵一四 一行之頂

百戶牌子頭頭處 元作百戶牌子頭一處衍

刑七一 執謀丈人潘潘成姦要親女 衍一潘字適在行頂

刑九二 收受十七年稅糧 衍一十字亦適在行頂

**第十六因誤字而衍字例**

有誤字既經點滅後人不察仍舊錄存其誤字多在本字上

**校例卷二**　〔大〕

吏四一　任滿例隔革官員　元作例革官員革誤爲隔既點滅之後人仍書爲隔革

吏六兕　其總管府責貢舉吏員　責字衍貢誤爲責既點滅之後人仍書爲責貢

吏六盍　聽本處著者老上戶人等　著字衍者誤爲著既點滅之後人仍書爲著者

吏七七　遇有差務發　元作差發發誤爲務既點

戶三甚　今官司檢點照戶册　元作檢照戶册册照誤爲點

戶四十　偷錢在逃者既點滅之復行書入　皆誤爲者既點滅之復行書入偷錢在逃者皆由此而生元以在逃爲句者字衍

戶七二　不全教交割呵　元作不全交割呵書交爲教以爲誤而黜之後人遂並書爲教交

禮一六　各路總管府屬萬戶府　萬字衍誤爲屬既點改屬字衍屬誤爲萬既點改

禮四圭　一舉人舉與考試官　亥舉字衍與誤爲舉既點改爲與而誤字仍存

兵三亏　赴都閫屬支鈔本　閫字衍閫誤爲關既點改關而閫字並存

刑十三　一件有勾當的底人　元作有勾當底人書底爲的以爲誤而黜之後人遂並書爲的底

刑十十　三月二十三日奉奏　奉字衍奏誤爲奉既改爲奏而奉字並存

---

禮四九　有誤字校改於旁後人不察仍將誤字書入其誤字每在本字下又衍矣

禮五十　有誤字不知爲誤而疑爲脫仍將誤字錄存另加他字者則又誤　舉字於旁後人遂並書爲舉學　其提舉學教授等官　無字於旁後人遂並書爲無元　做無元體例勾當行呵　元字衍无誤爲元校者記

吏三六　選揀堪中一名赴藥局　元作赴學學字爲句學誤爲藥遂加局而爲藥局

吏三六　誤爲者即陞教授　元作歷一任即陞教授考　歷一任者即陞教授

戶十四　如今收糧的斟的斗　比亡朱文思院收糧的斗元作斛既誤爲斟遂加酙而爲斟酙

**校例卷二**　〔大〕

刑七八　合得左右戶絲數等物　元作五戶五誤爲左遂加

刑十二　其在祖父母父母　元刻誤祖爲在沈刻不知

戶十二　右而爲左右

第十七重文誤爲二字例　古書遇重文多作二畫元刻元典章重文多作兩點沈刻既改爲

工楷故有兩點變成二字者

閼二反餘縈未發覺　應作閼閼反

聖政二三　耶的哥二的替頭裏　應作耶的哥哥

吏五三三　止於本等官上許進一階二滿者更不在封贈之限　二滿應作階滿

戶二夫　於捕盜司二吏內選差不便　應作捕盜司吏

戶五丙　取到各二人等備細詞因　應作各人等

兵一兇　蒙古軍驅怯薛歹闕二等申　應作怯薛歹闕闕等

兵一三　叔二充闕端赤　應作叔叔充闕端赤

戶二五　站戶之籍　應作站戶戶籍

元刻元典章重文有作又字者元小字旁寫沈刻改為正寫義遂不明

亦有誤兩點為之字者

刑二七　三犯徒者流又而再犯者死　應作流而再犯者死

刑十七　應合相沿交割之物一又交訖　應作一一交訖

第十八　一字誤為二字例

古書疑義舉例有一字誤為二字條沈刻元典章亦有之

《校例卷一》

吏七九　小事限七日中事十五日大事　一二十日　元作大

戶四一　凡婚書不得用筮北語虛文　元作彝語虛文彝字誤為筮一少也

兵三七　兀艮一少根底說者　元作兀瓦夕根底說者字誤為一少也

亦有二字誤為一字者

戶九七　向前有不交官赴巡行　元作官人每巡行人每二字誤合為赴字也

刑三夫　淮江西等處徇密院　元作行樞密院行樞二字誤合為徇字也

第十九　妄改之例

二不審全文意義而妄改其所改必與上下文貼近之二二字文義相屬合全句或全節讀之則不可通矣

聖政二六　戰歿陣亡　元作戰歿病亡改為陣亡則與戰歿義複

聖政一茜　縱令頭目損壞舊禾　元作縱令頭正謂惟口也改為頭目則人矣

朝綱一一　言百姓們也改為每季付著　元作委付著每字屬上母本言封贈婦人也改為封贈曾祖父母則與全文意義不相應矣

封贈祖父母　元作封贈曾祖父母則失其義矣

吏五三

吏六九　生前被軍碾死身亡　元作碾傷身死改為碾死則身亡二字贅

《校例卷二》

戶六六　鈔料火酒損邊或下截　元作料鈔火燒改為火酒其義何居

工三三　至今不見吳舜輔緻納的本末鈔兩　元作的本末鈔因本而改末因鈔而增兩妄也

新刑四三　捐勒官府吏胥因增府吏狀結　元作捐勒官因吏而改胥因吏而增府吏須要狀結

都省通例四　告伊兄宋賢三人名因三而少錢鈔　元作宋賢三次少錢鈔因次而改三妄也

都省通例五　有過犯充句容縣吏　元作有過冒充因過而改犯妄也

二以意義相仿之字而妄改所改雖與元文意義不甚懸殊然究

非元字元語亦不應爾

察改爲查　查爲明以後所通行　元時川查者尙少

吏三七　交監察廉訪司查知呵　元作察知
吏三七　從監察御史體查　元作體察
戶六二　常切糾查外　元作糾察

縣改爲賍　賍爲近代所通行　然元時用賍者尙眾

戶一四　枉被賍誣　本葉凡三見　元作賍誣
刑十三　但會知會行賍　元作行賍

奉改爲葬

刑四五　暗行埋葬　本葉凡三見　元作埋塟
禮三五　依理埋葬　元作依禮埋塟
禮三十　官爲埋葬　本葉二見　元作埋塟

**《校例卷二》** 三五

斛改爲石

刑九四　以致糧石不能盡實到官　元作糧斛
刑九五　運糧船戶冒支糧石十石以上　本葉三見　元作糧斛
　　　　追徵糧石還官　元均作糧斛
刑九六　失陷短少糧石　元作糧斛

棒改爲棍

刑十四　把執木棍在逃　元作木棒
刑五六　用木棍打死張林　元作木棒
刑九六　手執雜木棍打傷事主　本葉三見　元作木棒

姐改爲姊義同而語異矣

戶四七　李仵姊　木葉七見　元作李仵𡛷
戶五三　與祖母及姊二人　元作及姐

---

並姊二人　元作媤姐

斫改爲伐或改爲砍　砍伐元時常語　沈刻於斫字或加空圍
或改爲伐或改爲砍何也

戶八三　不得口伐　元作斫伐
戶八五　不得使占口伐　元作斫伐
戶九四　勒令百姓砍伐桑棗　元作斫伐
刑三九　用砍柴刀將王柳仔砍傷　上斫字元作砍
刑三六　挾鑌砍刀伊叔程公佐柴山松木　元作砍斫

竈戶改爲爐戶　爐籠似同實異　抬金爲爐煮鹽爲籠混而一之鹽
鐵無別矣

新吏六　俱係前鹽爐戶　本葉凡見　元作竈戶
新刑六　竈戶　元作竈戶
新戶主　蘆應場爐戶
新戶三　軍站民匠醫儒爐戶　元均作竈戶
新戶三五

**《校例卷二》** 三五

其他意義同而言語異之妄改處不少　皆非校刊古籍者所宜出
此也

吏二五　是否熟閑弓馬　元作熟閑弓馬
吏六四　催徵穀粒　元作子粒
戶三二　不拘是何投下諸色人等　不拘元作不以
新刑三其　暴露屍骸　屍骸元作骸骨
新刑四　圍繞屍場　元作圍裹檢場
刑九六三　元降式樣製造　元作圖裹製造

三以聲同義異之字而妄改　在改者固以其所改之字與元文意

義無異而不知其所改實與元文不相合也

還政為完
戶七卅一　隨即發完　元作發還
戶七廿五　比及回完　元作回還
戶九六　依上追徵數足完官　元作還官
戶八六九　並行完聚價不追完　元作追還

只改為幾
戶八三　幾要鈔兩　元作只要
戶八二　幾要著已了的聖旨　元作只依著

原改為緣

《校例卷二》

戶八一二　若是幾兩定　元作只兩定
刑十五　亦合緣免　元作原免
刑十六　自首者緣其罪　元作原其罪
刑十八　首緣之條不廢　元作首原
刑十八　緣其所犯之罪　元作原
刑十九　准首緣免　元作原免
刑十九　不在緣免之限　元作原免

禮改為理
禮理古籍或通用然非所論於元
戶四一　須要為明聘財理物　元作禮物
禮三三　甚非理制　元作禮制
禮十五芒　代夫出訟有違理法　元作禮法

第二十亥添三例

一不顧上下文義信筆添入者大抵似是而非反成附贅者也

---

聖政二三　其各處洗心革慮　虛字妄添
吏二卅二　遍行文字樣禁約了呵　樣字妄添
吏五七　准本州知州關切見省部云云　樣字妄添
格式之一　諸司相質問日關上切字移　闕為當日文為
竊之省文
刑十二六　仍闕照戶部照會　上照字亦妄添校者蓋不
吏八二　職雖卑近並今故牒　近字妄添
吏八卅　諸色戶籍地祇若干颗文冊　若字妄添干照為當
　知闕之為用也
刑十二六　不問罪名輕罪重罪　元作不問罪名輕重
戶四卅五　至元二十四年十月日內
戶三九　時常語

《校例卷二》

戶八九九　大德元年正月日內　兩日字均　兩日字妄添
刑十二六　折到降真象牙等項香貨官物　項字妄添
禮四十二　御史試三月初七日　史字妄添
刑十五七　設若不從公理斷合自下而上　從字斷字妄添元
　以公字為句　理合當時常語也
新朝綱九　交百姓的每生受的緣故　上的字妄添百姓每
　當時常語也
新戶九　書填字樣號　樣字妄添字號當時常語
新兵十五　大憲司牒可照驗　大字妄添憲司常時常語
吏二十　一百二十個月七見　本條　個字妄添元文所無也
戶四一　此右式　款帖　五字妄添元文所無也
二所添與元文意義不殊而非當日元語者

戶九三　或三四村五村併為一社　四字妄添

刑十三謂　蕭仁蔣所招狀詞　狀詞二字妄添

刑十二九　朱華一招伏詞狀相同　詞狀二字妄添

刑西五　合打一百零七下　零字妄添　元典章無此也

刑十六二　今後有私宰馬牛者犯人決杖一十七者皆日　下字妄添

元制杖以七為斷几稱杖一十七至一百七者皆日

一十七下若不言七則不言下也今日杖一百下實非

二十以至一百者皆不言下也今日杖一百下實非

刑十九四　正字近世通行實非當時習慣　正字妄添數目之末加一

律文　至元鈔一百兩正　正字妄添

刑十九四　計十二種　四字妄添元文所無也

**《校例卷二》**

工二十　製造不依式樣　樣字妄添　美

工二廿　而今而後遇有禮任官員到來　兩而字妄添

三刑部卷內有一句添至三四字者頗似經生之添字解經有時

或較元文意義顯明然實不可為訓假令別有所本亦當註明出

處也

刑十九四　召其親人認識領去完聚　元作召親完聚四言成

句而六字妄添

五　拿獲捉住取了招伏　元作拿住取了招伏六言

句而四字妄添

八　此實為古今之通論也　元作古今通論也五言

成句而三字妄添

九　罪既欲遇聖詔釋免　元作罪經釋免四言成句

---

而四字妄添

十　罪既遇詔恩原免　元作罪遇原免四字成句

而三字妄添

宝　比年以來親實鮮食者　元作比年缺食四言成句

而五字妄添

六　如遇着必需用此皮貨　元作如遇必用皮貨六言

而三字妄添

亏　充賞鈔兩仍依條例　元作賞錢依例四言成句

而四字妄添

宇　若便是依着舊例施行　元作若便依例施行六言

而四字妄添

亗　將各人依著舊定條例　元作將各人依例五言成

句而四字妄添

**《校例卷二》**

三　其餘仰依舊定條例　元作餘依舊例四言成句

而四字妄添

工二　每季一呈行省　元作季一呈省四言成句

而二字妄添

工十九　皇帝御穿御用的　元作上位穿的四言成句

而三字妄添且上位之稱係當時習慣改日皇帝有

工二十　如今黃河渡司官要他做甚廰用　元作如今河渡

司要做甚廰用　河渡司保當日官名改為黃河渡司

類釋文矣

工三四　那人若是有了罪過者　元作那人有罪過者六言

官有同註解矣

成句而三字妄添

第二十一妄删之例

一以為衍文而妄删之者

戶八廿一　仍督各處嚴捕官嚴行巡禁　官下元有司字

戶八七　一金銀銅鐵貨　元作金銀銅錢鐵貨

戶八九八　議擬到各罪名　元擬到各罪名

戶九九九　秋暮農工閒慢時分布監督　貨下元有寶字　分上元更有分字

戶九三五　又將磚石地土等物貨　貨下元有寶字

禮三十　至無益　元作至甚無益

禮三三　中書吏部奉中書省剳付　元作中書吏部

禮四一　本路按察司兼提學校　元作兼提舉學校

禮四二　龍興路提學校官　元作提舉學校官

《校例卷二》　廿八

禮四三　移准江西等行省　元作江西等處行省

禮六廿三　宣慰廉訪司官人每　慰下元有司字

禮六七　前賢所撰逸保舉事迹　撰下元有著字

刑八六　百戶祝脫木兒　元作祝脫木兒凡三見

刑八一　二以為無關要義而妄删之者

禮三一　據漢人舊例　元作據漢人舊來體例

禮四十　追燒埋銀鈔主　銀下元有五十兩三字

刑四三　更徵燒埋銀鈔兩於十月二十日間奏過　銀下元有至元

八年四字　五十二字兩下元有給付苦主四字於下元有

刑六三　法司擬杖八十　擬下元有他物傷人四字

刑六三　法司擬徒二年　擬下元有折跌支體四字

---

刑八六　囚患風濕病　病下元有轉患瘖瘂中四字

刑八六　具呈照詳送刑部　咸擬到下項事理　部下元有酌

刑八廿　至大四年十一月　月下元有初四日三字

刑八六　大德七年二月　月下元有十六日三字

古準今四字

三以為公應例行字句而妄删之者　卷四之删者廉訪

五字删夫蕭政二字　刑部八九卷內之聖旨多删去那般者廉訪

司失刪聖政二字　翻刻古籍與編刊史籍不同　編摩史臣有別裁翻刻

古籍應存本色說那般廉訪道元代方言信筆塗删輒竄史臣今失矣

《校例卷二》　廿九

聖政二七　廉訪司詳加覆審　廉訪司下元有提刑按察司五字

聖政二三　從廉訪司科斷　元作監察御史廉訪司

聖政二六　監察御史廉訪司

聖政二　茫

臺綱一五　監察每廉訪司官人每　廉訪司上元均有提刑二字

臺綱二三　仰按察司究治　按察司上元有提刑二字

臺綱二四　仰依理施行　仰下元有提刑按察司五字

刑一九　兩個根底底當合的　了下元有奏那

刑八七　怎生廉道奏呵聖旨有了也　怎生下元有廉道五字

刑八八　怎生廉道奏呵聖旨有了地　阿下元有那般者廉道五字

刑八九　又依前勾當裏行廉道　廉道下元有說阿二字

刑八十　廉道奏呵聖旨有來　阿下元有那般者廉道五字

刑九一　怎生奏呵聖旨了也　怎生下元有廞道二字呵下

　又有公廳末覆述之文被删去者廞道八字　元有那般者閱去廞道八字

刑二七　背十三行都省下删去一大段者均非翻刻古籍所應爾

刑三其　背十一行議得下仝准上删去六十二字

新刑六　五行敘用下相應上删去一百零六字

第二十二妄乙三例

　二不知古語而妄乙失其意義者

戶七八　依添上答價值　元作依上添答價值不諳

戶七七　周歲二年銷祗應　元作二周歲年銷祗應不

《校例 卷二》

戶七大　今年後銷糧內　元作今後年銷糧內不諳

戶八圭　路府第宜論妄乙為州縣　元作司縣不諳路府州司

戶九六　縣等官宜論這般了呵　元作造般宜論了呵

戶九八　農司官制妄乙為司農　元作勸農司官吏不諳勸

　勸農司制妄乙為司農

新兵十一　整治赤站本蒙二見　元作站赤不諳站赤專名

臺綱二四　所用飲食火油紙札　元作油火因昌見火油二

二百見常語而妄乙失其意義者　字而妄乙之

---

吏二六　親賣文解及祖父願受的宣勅　元作父祖元受的

　宣勅父祖祖父與祖妄乙為祖父　則單指祖父矣

吏五九　雖有過失起數

吏五二十　過失盜賊數名

吏七九　開寫任內過失強竊盜賊　元作...

吏　　　從許直申部凶習見不許妄申部　二字而妄乙之

　首領官執覆不許從直申部

　與過失不同失過動詞過失名詞

　過有過失強竊盜賊二與不獲　元均作失過

戶八其　場官知情賣貨者　元作貨賣因習見賣貨

戶八壹　二字而妄乙之

　經由河汾岸東　元作汾河因習見河汾二

《校例 卷二》

　字而妄乙之

工二廿　如今大聖萬壽安寺裏　元作大聖壽萬安寺

工二廿　見萬壽二字而妄乙之

戶七二十　已徵在典主手者　元作主典

戶八圭　許諸人首告到官　元作告首

三所乙雖與元義不殊然究非當日元支者

　從許諸人首告到官者

刑三酉　用刀割去腎囊　元作割囊去腎

工三七　如或理詞稱異　元作詞理

新刑三　不卽受理被刼情詞　元作詞情

新刑四　變易元告情詞　元作詞情

新會　陳垣　援菴

元代用字誤例

第二十三　不諳元時簡筆字而誤例

王念孫校淮南子有因俗書而誤一條元刻元典章簡筆字最多

後來傳鈔者或改正或仍舊各本不同惟沈刻元典章簡筆字最多

不知為簡筆而誤為他字者

一無　元刻元典章多作无故沈刻輒誤為元

兵三三　元體例的

禮三西　別元惡心

吏六七　甘伏元詞

吏二九　元詞

吏一卅　元粘帶解由

〈校例卷三〉〔三三〕

新刑五　下路裏元治中　　元均應作无

刑九究　一等元圖小人

刑九四究　使元徒之類轉相做效

刑九七二　元棣縣主簿

无粘帶者謂無侵粘粘帶不了事件解由猶今公文解由體式見

典章吏部五給由類官吏任滿例得紒子无粘帶解由以便遷轉

无圖猶言無賴亦作无徒今誤作元不知為何語矣

元原二字明以後通用无旣誤元又改為原其失愈遠

吏原二三　原粘帶解由

吏二三　原解由

吏二九　別原八流之例

吏四五　合原在家聽候

---

吏五卅三　若原文案者似難追究

原由搬取

刑三二一　原由無誤元由元改員也

原均應作无

吏二西　委員相應人員

本作委无

更有誤无為員者

又有誤无為尤者

吏五九　尤得冒占　　本作无得

至於撫州簡寫為抚州故沈刻輒誤為杭州元撫州路屬江西行

省杭州路屬江浙行省不應相混也

吏八六　杭州等路木綿白布

兵一卅　杭州路民戶黎孟乙

新兵哭　淮江西廉訪司牒近據杭州路申　　杭州皆本作撫州

江西行省劄付近據杭州路申

〈校例卷三〉〔三四〕

亦有誤撫為抗者

吏五卅　抗治百姓理斷詞訟　　本作撫治

著者元刻元典章多作省故沈刻輒誤為省又誤為自又誤為看

聖政一五　依省初立按察司行來的聖旨體例裏行者

臺政二八　依省立廉訪司以來

吏三十　依省他每說

朝綱一二　分省辦呵

臺綱二八　體察省拿住呵

吏二卅　當更循省體例

吏二齒　閑喫省佅錢

戶十二四　將百姓每日地占省

右所舉依省皆應作依著

禮四八　省屬孔夫子的田地

兵三五　據揚州路省落木省追陪㐲　右所舉省皆應作著

戶二七　遇自種田的時月

戶八五　交他每商量自改了者

禮三十　依自在先薛禫皇帝

禮四九　湖望祭祀自

　　　　那底每根底養齊看　看亦應作著

三　體元刻元典章多作休故沈刻輒誤爲休　右所舉自亦皆應作著

臺綱二十　眾百姓的疾苦休知阿

吏七四　休祭勾當行者

　　　　官吏聚會休例

戶八咒　則依那休例裏行　休均應作體

## 校例卷三

有誤體爲本者

刑二二　他的沒本例的奏將來　本均應作體

兵三五　依本俐用杖子

戶一三　官人每依本例察者

　　　　新田官多交代的時分

四　舊元刻元典章多作舊沈刻輒誤爲舊　右所舉田皆當作舊

　　　　照得田例二十三葉同

刑五卅　依田各歸本奕

兵一三　若與田管全奕軍人

兵一三　入一句之中有田有舊沈刻悉改爲田

戶一二　新田官遇着種田的時月交代了　上田字應作舊

戶一三十　官具職田田例　下田字應作舊

---

五　廳元刻元典章多作廳故沈刻輒誤爲所或誤爲行爲斤爲片
　　爲作校者蓋不知斤之爲廳也

禮一一　捲班就公所設宴而退

禮一一　迎引至于公所置位

　　　　及諸僚屬相見於所前

　　　　如閒官就本宅正所　右所舉所皆本作廳校者
　　　　以意聽改爲所公廳云亦似可通然當時寶稱公
　　　　廳不稱公所也

禮一九　與所差官相見於行前　行前元作斤前

禮三六　准太常寺關送博士斤照提舉　博士斤元作博士廳

戶八六　戶部備主事斤呈　主事斤元作主事廳

## 校例卷二

斤

刑十五其　當片口告　當片元作當廳

吏六六　當作勒令認過小註　當作元作當廳

更有誤應爲斤者

刑二七　兼夜跪鎖　元作兼夜跪斤

斤何至誤鎖蓋先誤爲所校者書閒私刑審訊有跪鎖之條遂聽
故爲跪鎖也然跪鎖是否爲元時私刑所有尚待考證甚矣校書之
不易也

又聽之簡寫爲聽故聽亦有誤爲所者

禮四一　並所入學　元作並听入學

兵二九　所除人員　元作听除人員

刑十五其　別所委官推理　元作別听

六　閖元刻元典章多作閖故沈刻輒誤爲閒

吏二四　省聞轉同　元作有闕轉用

吏二三　改設名聞照會之任

吏四一　擬定可任名聞呈省定奪　名聞元均作名闕

亦有誤闕爲聞者

刑七九　江淮百姓闕食　元作闕食

刑六◯　已後有闕合令各處選擇　元作有闕

亦有誤闕爲聞者

兵三二　在先與的脾了闕少　元作闕少

吏二三◯　久占闕名不行離役　元作闕名

刑五六　因爲門少柴薪燒火　元作闕少

更有誤闕爲文者由闕誤與典章改支皆由不諳闕之爲闕故

吏二十　凡於總管官詞不許勾支　元作有闕

《校例　卷三》　美本

七　戲　元刻元典章多作亐故沈刻輒誤爲污

戶四七　蓋取永無汚藏不易之謂　元作亐藏

戶七五　別無汚官損民　元作亐官

亦有誤亐爲弓者校者蓋不料元刻廚之作亐也

新戶七　如有沮壞弓兌

新戶廿　兩浙鹽課目下弓兌　弓兌皆應作廚兌

八　邊　元刻元典章多作逯沈刻或誤作道或作口或作遷或作迲

校者蓋不識逯之爲邊也

刑八二　一隨處達一任叙用　元作河口

戶八五　一隨處河口　元作河逯

戶三五　一隨達一任叙用　元作逯遠

刑十九八　按連途陞　元作逯陞

九　錢　元刻元典章多作禾沈刻或誤爲久或誤爲名或誤爲劣文
義皆不可通不敢輒校者不識禾字校者蓋不料元刻竟用俗字
也

吏五五　勒取久物　元作禾物

刑五九　至大銀鈔與新舊銅名　元作銅禾

刑八二　其賊俱於受多名下追微　元作受禾

侵使增餘額外劣數　元作禾數

戶六四　其工塑禾不正依舊例　元作其工塑禾止依舊例

誤禾爲不又改止爲正一若工塑不正爲句也

又有改禾爲物者文義雖可通校者究未細其本爲禾字也

新刑七　未納賦物　元作賊物

十　願　元刻元典章多作厓沈刻輒誤爲原或誤爲厚

《校例　卷三》

戶四三　若委自原聽改爲妾　元作自厓厓即願之省

戶四四　拾不痛貴財買不厚之藥　元作不厓之藥

戶五五　若不原者限三日挑退　元作若不厓者

十一　勸　元刻元典章多作劝沈刻輒誤爲功或誤爲切

吏一◯　功農司　元作劝農司　劝即勸之省

戶九八　一切教本社人民　元作劝教本社人民

新吏芒　廛可激功於將來　元作激劝

新戶辛　無以激功　元作激劝

聖政一◯　以勉力宣明爲職　元作勉劝勵即勵之省

其他簡筆誤字荀多校元典章者不得不先研究元時簡字也

戶八異　私鹽一十二撫　元作十二振振即擔之省

戶八◯　見有男子挑撫私鹽　元作挑振私鹽

戶九一　又不存留又糧　元作乂糧乂卽義之省

戶十一　方許還我　元作還戎卽戒之省

兵三芺　剗上官員　元作剗上由札誤剗

新禮三　移准中書剗部關　元作礼部

刑四七　時常將伊介逐打揭　元作权逐弃卽棄之古文

刑四芸　收豪兼並之家　元作权豪权卽權之省

刑四芺　收令史不行送官　元作权令史

刑六三　自合研究磨問　元作研穷穷卽窮之省

元刻元典章既多簡筆字有非簡筆沈刻誤為簡筆而改之者有

刑六三　第二十四以為簡筆回改而誤例

他簡筆沈刻誤為彼簡筆而改之者

一休改為體試一蒙例其數殊可驚也

## 《校例卷二》

吏二芺　今後體那般折算

吏三八　軍官體差占

吏五二　做軍官來的體管民者做民官來的體管軍者

吏五五　如自願體閒者

戶五五　如自願體閒者

戶六八　鈔木體擴支動

禮一七　體交通政院管

兵三四　如今體交通政院管

兵三芸　體送納來者

禮　　　體委付呵

刑三二　體委付呵

新朝綱八　不揀誰體入去者

右所舉體元均作休而悉

誤為體者蓋以体為體之簡筆遇休卽改遇休亦悉改

---

更有覺其不可通而並改他字或增加他字者

不顧上下文義而元典章遂為難讀之書矣

戶九八　按察司體例者　元作按察司休刷者

禮三十　體例宰殺者　元作休宰殺者

休刷休宰殺本不難明改為體例其義云何

吏三芺　無設都目人吏管勾　二元改為无例亦不少以元為无回改為無也

吏五三　無例亦

吏五七　至元八年無定職官之任

吏六三　追獲無盜臟驗小注

吏六八　委是本家無逸驅奴

吏六八　某處無被傷損

吏六八　將女子丑哥無穿衣服脫去

## 《校例卷三》

新戶三　驗無價收贖將地歸還元主

新刑四　須具無問並平反各緣由　無皆本作元

刑四西　無情縫補裰褙　無情本作元偅

新吏芺　舊例無十个月考滿　無十本作九十

又有九改為無者舊例無九為无而回改為無也

三札改為禮付本路照驗　元作札付

近故沈刻或並改為禮也

戶四七　禮付本路照驗　元作札付

工二西　據省委官禮法等呈　元作札法人名

戶八三　大德四年九月奉省禮　元作省札

兵三三　元奉省禮　元作省札

又有誤剗為禮者剗札二字元典章通用先寫剗為札遂改札為

禮也

新禮三　各役雖徵俱受省禮　元作省禮

四省改爲著誤以省爲著之簡筆而回改爲著也　元作省割

吏闕十　著部議得　元作省部

戶八五　河南著官人每　元作河南省

新刑七　懲著官人每　元作省官人每　應作您省官人每

其在甘肅四川依著例應付脚力省誤著二字常常互誤也

兵三九　例應付脚力省誤著例應付脚力省誤著義不可通乃改爲四川依著二字者　元作四川依著

又有改省爲著後覺其文義不可通而遂改他字者

例校者似未知省誤著之簡筆而回改爲舊也

戶五三　歸還舊主　元作田主

五田改爲舊誤以田爲舊之簡筆而改爲舊也

**《校例 卷三》** 單

戶五四　勒諭舊主　元作田主

戶八四　發付邊遠屯舊　元作屯田

六處據外逃四字互誤因四字簡筆形相似故輒誤改也

聖政二宗　如今外據行省所轄路分裏　元作外処

吏八三　處設各處發遣　元作拠各道

吏六四　然後給處各道廉訪司　元作各道

兵一五　除柴米衣裝依時支給逃　元作支給外

刑三四　處驛主再興　元作驛主

其他非簡筆誤認爲簡筆而改之者

戶六三　並行取撥論罪　元作取招誤招爲拾遂改

戶七四　若依行省聽擬　元作所擬誤所爲听遂改

---

爲聽

戶九七　申覆上司窮忺　元作究治誤認爲窮遂改　爲窮

兵二五　弓手節級雖再立狀呈　元作仇再立是姓非簡筆

兵三五　遠方病故官屬回還脚邊　元作脚力誤改爲边

刑二七　背脊項臗　元作青脊項臗臗徒念切

兵三五　支也鹽省爲鹽遂改蠶爲蠶　元作青脊項臗臗徒念切

刑三五　緉母黨氏　元作党氏本非簡筆

戶五五　伴哥母阿於　元作阿于是姓非簡筆

刑七五　刁姦路貴妻於都聲　元作于都聲亦非簡筆

新刑四七　佃戶程萬二　元作程方二二誤方爲万遂　改爲萬

**《校例 卷三》** 里

又有以他簡筆誤爲彼簡筆而改之者

戶七六　六勾二抄二榷二圭　元作二勾二扠二圭

入合八抄五榷五圭　元作八勾八抄五扠五圭

拟爲撮之時譯音用字而誤例也

第二十五不諳元音多有歹字人名部族名宮葡名皆然或

作牐或作帶或作台無定字惟沈刻元典章多誤作夕

一夕字蒙古語命名尾音多有歹字人名部族名宮葡名皆然或

吏六四　除將江忙冗夕

兵六四　蒙古都萬戶囊家夕

兵一芏　千戶塔不夕呈

兵一芏　根隨忙古歹邇南出軍去

兵一艽　恠薛夕斷事官

刑十五二

冰有誤歹作八者

不憐吉那等　　　歹均當作歹

吏二十　監察御史乃蠻歹承事等　　　歹均當作歹

吏一三一　和林塔二見八等處　　　八均當作歹

又有誤歹為反了者

吏一三一　鎮江路總管府忙各反　　　元作忙各歹

又有漏去歹字者

戶八空　心舍了兒說　　　　　　　元作心舍歹兒

兵一一三　不憐吉那的每　　　　　元作不憐吉歹那的每

禮四一　於隨朝百官怯薛一蒙古漢見官員　本作怯薛歹

又有誤歹為一者

戶八一三　去年賽因囊加留狀元等題說　本作囊加歹

**《校例 卷三》**

更有誤歹為留者則涉上文而誤上文有留狀元是亡朱狀元留也

里

二斡字如斡脫斡端斡耳朵之類沈刻多誤為斡

管運斡脫公私錢債　　　　斡脫皆應作斡脫

達達畏吾兒回回斡脫

做買賣去的斡脫每　此條凡二見

諸斡脫等遠處出軍　　　　斡脫皆應作斡脫

刑十三三　斡端別十八里　　斡端皆應作斡端謂和闐

兵一三一　斡端等遠處出軍

吏一三三　斡端等遠處出軍

兵一三五　斡耳朵裏　　　　斡耳朵皆應作斡耳朵元

禮一八　就皇太子斡耳朵裏　　斡耳朵皆應作斡耳朵元

---

史太宗紀作斡魯朵元祕史三作斡兒朵謂行宮也

三赤亦木兆等字沈刻多互誤有赤誤為亦者

兵一兀　樞密院通事阿八亦狀招　元作阿八赤

吏二三　玉速赤馬丹等　　　　元作玉速亦馬丹

新刑空　赤刺馬丹　　　　　　元作亦刺馬丹

有兆誤為木者

戶空二　木烈大王位下　　　　元作兆烈大王

新兵六　商議院事的干奴散木歹　元作散兆歹

刑八空　本刺忽　　　　　　　元作木刺忽

有木誤為本者

**《校例 卷三》**

四拔都為蒙古勇士之稱猶淸人之巴圖魯元史習見之沈刻亦

有誤者且有同在一葉而所誤不同者

里

兵一三　合必赤投都軍人　　　投應作拔

如遇出軍必用合必赤緻都兒　緻亦應作拔

新兵七　大都有的高拔都兒　　拔亦當作拔

又有拔字不誤而都字誤為多者

兵一三十　阿尤魯拔多男刻都兒　元作拔都男怯都多

翻刻古籍與翻譯古籍不同非不得已不以後起字易前代字所

以存其真也沈刻元典章眛乎此故明明元代公牘而有元以後

所造字羼入焉

**第二十六用後起字易元代字例**

最著之例為贍字贍字後起元時賠償之賠均假作陪或作倍沈

其次爲佃字佃後起元刻通作雁沈刻戶部各條多改爲雁者

雖失本來猶存古誼兵部刑部各條多改爲雁則非元時所宜有

刻以爲誤輒改爲賠

戶八三　常處判署官吏賠償治罪

戶八六　定勒判署官吏追賠到官

戶八杂　亦已着落務官賠償

刑五九　無財可賠　此條凡三見

刑九七　亦勒均賠　此條凡三見

刑九三　錢賠不起呵　此條凡四見

其次爲賬字賬後起賬目之賬帳幕之帳元均作帳校者習見

近世賬房之帳房爲賬房至爲可笑

戶五廿　皆從尊長畫字立賬　元作帳

吏七九　謂須計算簿賬小注　元作簿帳

刑十七九　資囊行李盡畫字立賬　隨車輛賬房居止　元作帳房

《校例卷三》　署

兵九十三　禁典佃

兵一壹　依例除免和佃和買二見

兵一廿　探馬赤軍和佃和買三見

兵一十六　軍戶和佃和買

立契佃與彭大三使喚

自願將妻典佃

佃元均作雇

多改爲毡字毡並毡字元改爲毡不知毡固異物也　沈刻

其次爲毡字毡字後起元刻作毡簡作毡或作毡不作毡也沈刻

兵三七　稍帶毡袋字亦改爲毡行李皮箧子　元作捎帶毡毯袋

兵三三七　偷盜番布皮球毡襪等　元作皮毬毡襪

晋見近世秋字通行而不知其非元時所有假定元時有秋字則

元典章必不用此筆畫繁重之襖字矣

刻用字概趨於簡沈刻用字概趨於繁重之襖字矣

其次爲秋字秋字後起元刻作禒沈刻多改爲秋乃一特例因元

兵四二　毡袋紬絹夾板　元作毡袋

工二廿六　公廨鋪陳毡毯　元作毡毯　可知毡毯非一

物矣

新刑卤　花毡衣物　元作花毯

新兵六　收買硝減毛毡等物　元作毛毡

刑四九　糯下秋子一箇　元作襖子

刑三其　披著秋子

刑二壹　成造絮秋一領　秋元作襖

刑入壹　四十四領胖秋　秋元均作襖

刑三壹　衲秋二百領

刑三三　禍秋二百領　秋元作襖

《校例卷三》　壐

灶字亦後起元刻多作竈沈刻有改爲灶者假定元時有灶字元

刻必不用竈

慶元路定海縣灶戶

刑三壹　於灶窩內　元作竈窩

刑必不用竈

晒字亦後起元刻本作曬或作㬠改㬠爲曬猶可云二字當時通

用改㬠爲晒則非元時所應有因㬠繁而晒簡假定元時有晒字

元刻必不用晒

刑四三　於日頭內炙晒　元作炙㬠

刑四三　晒必不用曬

餳字錂字亦後起

兵三三廿　馬嫺子餳酪　元作餳酪

刑三六　將小豆一碗　〔元作一椀〕

第二十七　元代用字與今不同例

有字非後起而面目與古不同翻刻古籍不應以後來用法之字用之古籍也

元時稱人之多數輒曰他每猶今稱他們字古已有之南宋人用們或用懣然

元時實通用每今沈刻元典章恆改爲們不視元刻幾疑們字爲

元時通用也

聖政一五　將他們姓名申臺者

戶入昊　若拏住他們做賊說謊的呵

刑八十　只依舊交管着他們的上頭　〔元作他每〕

戶十三　有的俺們宮觀裏住的先生每　〔元作俺每〕

新朝綱七　教百姓們喫生受　〔元作百姓每〕

新朝綱五　要着您門商量來的文書者　〔您門元作您每〕

刑十五　依着您門商量來的文書者　〔昊〕

**《校例》卷三**

原免之原與元來之元異自明以來始以原爲元言板本學者輒

以此爲明刻元典章之分因明刻或仍用元爲原而用原者斷非元刻也

今沈刻元典章元多改爲原古今用字混淆不幾疑明以前已有

此厲法耶

戶三十　原議養老女壻　〔元作元議〕

刑四十　所據倪福一原下財禮　〔元作元下〕

刑八四　親隨受錢著落原主　〔元作元主〕

抄鈔二字古通用然元時以楮幣爲鈔習久遂以鈔爲楮幣專名

抄爲謄寫專名凡元代公牘上抄到某年剳付均作抄不作鈔今

---

沈刻輒改抄爲鈔意義不殊而面目全失

新戶酉　鈔到大德十年八月中書省剳付　〔元均作抄〕

新兵十五　鈔到延祐五年云云　〔元作抄〕

翻刻古籍應存其舊

又現代之現皆作見近世借現爲見乃以見爲視專代現

代現時等專名習慣自然忘其假借然元時此等用法尚未通行

又有不識見義而改爲乙之者

戶三十五　兄鄭大兒見充軍戶　〔元作兄鄭火兒見充軍戶〕

又有不識見義而妄之者

戶九十三　親舊現在切恐怠惰　〔元作見在〕

戶七十五　現充軍戶　〔元作見充〕

戶七十七　依准所擬見數目　〔元作見定數目〕

**《校例》卷三**

又規避元作窺避

吏四十二　別無規避　〔元均作窺避〕

吏五十六　別無規避

新吏十九　中間有無規避　〔元均作窺避〕

仔細元作子細

刑五五　仔細檢驗

刑五四　必須仔細推鞫　〔元均作子細〕

跟隨跟尋元均作根隨根尋

刑九五七　禁當戶子孫跟隨官員

刑七六　跟隨顧同祖到大街無人處　〔元均作根隨〕

新刑芏　我跟你去　〔元作根你〕

跟逐劉提舉云云　〔元作根逐〕

刑去六　跟捕不獲者　　元作根捕

刑去四　一同跟捉　　元作根捉

新刑三　親家劉三牛處跟尋　　元作根尋

鎗鐘聲也元時鎗從木不從金金義後起

兵二四　禁遞鋪鐵尺手鎗　　元作手槍　此從三見

兵二十　襄刀箭隻鐵頭等物　　環元作鐶鎗元作槍

綢字古有之然元時絲紬之紬不用綢以綢爲紬起於元後

工一四　織造絲綢　　元作絲紬

工一十　粉飾絹綢　　元作絹帛

工二十　段定紗羅綢綾本葉凡二見　　綢綾二字衍

緞字古有之然元時綢段之段不用緞

戶四七五　陸千五裙緞等物

《校例卷三》　　畍八

戶七十　仍將緞定等物　　元作緞定

刑十二　收買緞子　　緞元作段

新兵西　毛子哈丹緞定等物

邱字古有之然其義與古本通也丘亦不從邑丘隴之丘亦不從邑避孔子之丘而從邑姓之從邑

新刑四二　縣尹邱恢狀招　　元作丘恢

禮三去　邱隴彌高　　元作丘隴

薛亦起元時不爾也

又分付二字與丁寧二字不同丁寧亦作叮嚀二字雖爲古所有然其義與分付未嘗不可

吩咐蓋後起吩咐字雖爲古所有然其義與分付古本通也今元刻丁寧沈刻只

用分付不用吩咐也今元刻丁寧沈刻改爲叮嚀未嘗不可

戶九六　叮嚀教訓　　元作丁寧

惟元刻分付沈刻率改爲吩咐則不可矣

---

《校例卷二》　　畍

吏四九　或治下吩咐公事

戶四罒　吩咐遍百三揚於江內

戶五三　吩咐遞湖南道宣慰司

兵五二　即仰吩咐合屬爲民　　元均作分付

吏二七　承襲的體例很低　　元作哏低

其他用字意義不殊而非元字者

戶七一　隨時出給官戶硃鈔　　元均作朱鈔

　　　　若物不到官而虛給硃鈔者　　元均作朱鈔

刑十九三　禁約剗掉龍船　　元作撴掉

新刑芸　於王二姐牀上揣摸到籤箱一只　　本葉凡三見　元作一隻

# 元典章校補釋例卷四

## 元代用語誤例

### 第二十八不諳元時語法而誤例

元典章語體聖旨多由蒙古語翻譯而成故與漢文法異其最顯著者常以有字或有來為句沈刻輒誤乙之或竟刪去皆不考元時語法所致也

新會　陳垣　援菴

聖政二二　其間有的站赤自備首思有為句又有哈剌張云云妄乙為又有　元

戶六十　費了脚錢今有後那裏的　元以費了脚錢有為句

刑三九　巡禁的勾當忿慢了有如今後有司官云云　元以

#### 〈校例卷四〉 辛

刑八九　撒下軍逃走　元作逃走了有今妄刪去
了有二字

兵三二　田地遠麼道不肯來如有今怎生般來的云云　元
以不肯來有為句如今又云云妄乙為如有

兵三二四　滿月回來的站船裏來有為句又有聖旨云云　元
以站船裏有為句又有聖旨云云妄乙為又有

更四五　世祖皇帝行了聖旨有近來年行臺云云　元以聖
旨有近來年行臺云云妄乙為近來

兵四五　旨有來為句近年云云妄乙為近來

兵十一　其餘差役鐲免　鐲免下元有有來二字

兵三三四　都騎坐鋪馬　鋪馬下元有有來二字

兵三五　不曾與來的也有麼道奏知　元作麼道奏來妄改

---

新兵十三　為奏知

交將出去將出去近來間哈剌出人每歿了呵　元以

吏二六　遷上者去欽此　元作去者去欽此

吏三六　都省裏說了者去欽此　元作去者妄乙為者去

### 第二十九不諳元時用語而誤例

幾一代常用之語言未必即為異代所常用故恆有當時極通用
之語言易代或不知為何語亦校者所當注意也

最顯著者為元代他每人每之每字其用與今之們字同而沈刻
元典章輒改每每是不知每之用與們同也

戶八七　市舶司官人每百姓每

刑九卌　不通醫藥的人每合假藥街市貨賣的

#### 〈校例卷四〉 辛

刑九四　不畏官法的人每當街聚眾

兵一二六　他每的言語是的

刑五四　他每每識着自己的罪過

刑九七　他每所管的地面裏　每每元均單作每

刑六五　他每海奏將來　海元亦作每

戶一三　萬戶海奏將來

兵一三三　...

其次為您字　您是元時第二人稱之多數蒙古汗對大臣恆用之
元祕史單數稱你多數稱您今沈刻元典章輒改您為你非當時
語意

戶八八　依著你的言語者

戶八六六　如今依著你的言語許你便交拿著問呵

戶八六六　你理會得那般行者

兵一望　奉聖旨你議者

依著你的言語裏便行者

兵二二　間火魯火孫丞相你在前禁約著來麼

兵二十　你道的也依著你商議的行者

兵五七　依你商量來的　　元均作你每

二十六葉亦偶一見之沈刻元祕史續集一第

又您雖爲多數然元典章您下恆有每字葉刻元典章輒改爲你每
　　　　　　　　　　　　　元均作您每

戶八空　著落你每拾者　　元作您每

兵五七　你每收拾者

其次雖喫字亦元時常語猶言甚也今或作狠沈刻多誤作限或
作艱蓋不知喫之爲用也

朝綱一二　事務艱多　　元作喫多

〈〈校例卷四〉〉

吏四十　省家的選法限外了　元作喫壞了

戶八英　煎鹽的竈戶限生受有　元作喫生受

兵一三　氣力限消乏了　元作喫消乏

刑二九　限遲慢著有　元作喫遲慢

臺綱二二　交休親面皮

吏二九　如今蠻子田地裏親著呵

不及七十歲的我親麼道聖旨有來　親元均作觀

其次爲觀字亦元時常語沈刻輒誤爲親蓋不知覷之爲用也

又取勘照勘追勘皆元時公牘常語今沈刻於吏部各條則誤勘
爲堪

吏二九　取堪到名賢書院　元作取勘

吏三六

吏三千　照堪類選年甲　元作照勘

---

於刑部各條則改勘爲審

刑十三三　取審无盗馬匹　元作取勘

刑十三　本省行下照審　元作照勘

刑十毛　依理追審歸結　元作追勘

刑十二　合杏行省照審　元作照勘

刑十八　追審間欲遇詔恩　元作追勘

於新集各條則改勘爲看蓋不知勘之爲用也

新刑条　各道廉訪司照看　元作照勘

新刑六　體看是實　元作體勘

新刑九　合屬招看　元作照勘

新刑三　官吏枉看柱荅　元作枉勘　柱荅本葉二見

刑十七吳　雖未看會完備　　元作勘會

〈〈校例卷四〉〉

新戶三　或勘酌收贖

新戶四　其餘輕罪臨時勘酌　元作酌

新戶一　隨路府州司縣官員勘酌　本葉凡二見

臺綱二一　就便勘酌斷者

又斟酌元時常語今尙通行沈刻則輒改爲勘酌不知何故

戶四三　就便酌量罰俸

戶五二　就便酌量斷罪

禮三世　擬合酌量添給　元均作酌量

又約量元時常語今沈刻輒改爲酌量

工一十　於犯人名下計約酌量追償　計酌二字衍

又黜降黜罰黜罷亦元時常語今沈刻多誤黜爲點

【校例卷四】

吏五十　開寫作例點降　元作黜降
吏八六　驗輕重點罰　元作黜罰
戶九十　依理責罰點罷　元作黜罷
兵一九　遍令逃亡者斷罪點降　元作黜降
新兵九　合無追徵點降　元作黜降
於新集各條則改勘為斥似不如黜之為用也
新刑三　於解由內開申斥降　元作黜降
新刑三　合無追徵點降　元作黜降
新刑六五　未審合無斥降　元作黜降
新刑六六　依例斥降
新刑六六　或斥降殿敘
新刑六一　合無追徵斥降　元均作黜降
【新刑七】合無一體追徵斥降　元均作黜降
新刑七　難儗斥降殿敘　元均作黜降

禮任元時常語沈刻輒改為理任
新四十　即令新官理任　元均作理任
新四三　即將理任署事月日飛申　元作禮任
吏四五　理任月日　元作禮任
吏五三　諸官員理任出差遷職　元作禮任差出
吏五四　自幾年月日理任署事　元作禮任
吏五五　格限以後理任　元均作禮任
差占元時常語沈刻輒改為差站
刑三七　不得別行差站
刑三九　若許儗事差站

---

【校例卷四】

差站著巡軍弓手的上頭
　　不得別行差站
刑三九　差站一百八十六人　元均作差占
刑二三　不得別行差站
檢閱元時常語沈刻輒改為檢閱
新戶五　那鈔內檢閱山一千三百一十二定　元作開閱
新戶六　閱出接補挑剜描改假偽等鈔　元作閱出
新戶七　子細檢閱
新戶三六　檢閱昏鈔　元均作檢閱
新戶三三　檢閱　元作閱開
又即目今元時常語也沈刻輒改為即日不知即目二字近代猶或用之
吏二五　因今年甲若干　因今元作目今
吏三十　即日在選籍記五百餘員
吏五七　即日到部
戶三六　雖稱即日入局造作
戶三七　即日另居
戶五四　即日雖已歸附
禮五九　即日屢經天災　即日元均作即目
兵三八　致使百姓坐受
兵三四　百姓每怎生不受生底　受生元作生受
生受元時常語近代俗語猶有之不知沈刻何以輒誤
臺綱二七　凡有按察者處　者處元作去處
又去處亦元時常語近代俗語猶有之不知沈刻何以輒誤

戶八六　如到發賣處去　　處去元作去處

兵一七二　軍人屯等去逃　元作屯守去处

兵三八　令後司經過處去　元作今後私經過去處

新刑六九　前去瀕海地處

又指勒指除元時常語沈刻輒誤指為指或誤指為措

戶八平　照依官價指除　指除元作指除

戶八三　在先場役軍人糧內措除　措勒元作措勒

兵一三　却於見役軍人糧內指除　指除元作措除

戶八仝　乘此之際指除務官

新兵三　巧立名目擅自指除

新兵九　指除軍人封裝　指除元均作措除

合千千照元時常語沈刻輒誤千為於

《校例卷四》

戶三三三　諸色戶籍地獻於照文冊、於照元作千照

戶五共　就申合於上司補換

戶六平　仍申合於上司照驗

戶七一　開申合於部分　合於元均作合千

戶七二　攢典合千八以上　合千元作合千

新朝綱四　從下合於衙門裏不告　合於元作合千

新兵六　押運不得稍帶私物

兵三哭　恣意稍帶諸物

兵三哭　軍車稍載回還　稍載元作捎載

捎帶元時常語沈刻輒誤為稍帶　稍帶元作捎帶

死損倒損元時常語沈刻輒不知而刪改之

兵三哭　其馬馳驟易於困乏死　元作困乏死損

　　　　以致死省馬匹　元作死損馬匹

　　　　倒死數多　元作倒損數多

阻壞元時常語沈刻輒誤阻為阻

臺綱一二　阻壞鈔法滯澁者　阻壞元作阻壞

新朝綱八　凡有事務阻壞者　阻壞元均作阻壞

吏八夫　如有詛壞虧兌　詛壞元均作阻壞

逐旋元時常語沈刻輒誤逐為遂

臺綱二五　遂旋代奏　遂旋元作逐旋

戶八茜　免致遂施秤盤　遂施元作逐旋

新戶六　遂旋添了　遂旋元均作逐旋

《校例卷四》

裹攢元時常語沈刻輒誤裹為裹

兵一五　裹攢合併戶計　裹攢元均作裹攢

　　　若有姓名同裹攢不凝戶例　裹攢元均作裹攢

賊伏元時常語沈刻輒誤伏為伏

刑二四　俻賊伏明白　賊伏元均作賊伏

刑二七　賊伏已明　賊伏元作賊伏

延胤燒胤元時常語沈刻輒誤胤為徹

刑九茜　延徹人家　元作延胤

刑九共　燒徹房屋　元作燒胤

　　　延徹燒胤請遺火延燒也

根底元時常語沈刻輒誤根為糧

兵一茔　奧魯每糧的　糧的元作根底

　　　糧的元作根底謂根為糧也

為頭元時常語沈刻亦不知而誤改底删之

兵五七　只見哈郎那的每糧底　糧底元作根底誤根為粮
又改粮為糧改底為粮也

吏三三　為顯達魯花赤　為顯元作為頭　本葉二見

兵一六　有回頭見走的殺了　回頭元作為頭

新刑六　為要詫高揚等鈔　為下元有頭字

才蹬元時常語諸沈刻乃誤為力蹬或蹬刁

兵四六　因而力蹬留難　元作才蹬

兵一卅　展轉蹬刁寶弄　元作刁蹬寶弄

其他元時常用語言沈刻不明其意而誤者固不勝枚舉也

聖政一廿三　休違當者　這當元作遮當　本葉二見

《校例卷四》

聖政一六　橫派科歛　橫派元作橫泛

聖政二五　丈量地畝　丈量元作打量

聖政二九　無得收取　收取元作收要

臺綱二十　近聞詔書裏　近聞元作近間

臺綱二廿三　取了招覆回來　招覆元作招伏

禮六三　脚根淺短之人　脚根元作根脚

吏六三　不許枚袒出外　枚袒元作秋袒

兵三三　鋪馬禁馳段匹　禁馳元作禁駞　本條二見

兵三三　不須泛濫起差　元作不許從濫起差

刑二二三　恣情以殺殺拥打　元作拥打

刑五七二　一同移尸村外撇下　元作撇打

將移尸人程辭見　移尸元均作捛尸

---

刑十九　剗割而取財物者　剗割元作剗鈴

刑十二　用憺藥令吳仲一食用刀割取鈔定　一以食用為
句刀字衍

不諳元時用語而誤既如上述亦有因習見元時常語然此則言中書省官人奏

第三十因元時用語而誤例

兵二三　中書省官人每奏一個路裏十副弓箭每屬下不屬上也
每一个路裏十副弓箭　每屬下不屬上也
奏每官人每係元時常語然此則言中書省官人奏

刑十三　節次破使不花　不花元作不存不花二字
元時人名常用然此實作不存非人名也

工二八　或將已招伏業逃戶　已招伏業人戶　伏業元均作復業招伏

《校例卷四》

元時用語然此實言招復業逃戶非招伏也

又有誤以元時用語改本支而不知本支亦係元時用語者知其
一本知其二不足以校元時典籍也

吏二九　渡江總管百戶　總管元作總把總管係元時用語也

吏三九　路州縣吏勾當　不須疑設勾當　時用語不知總把亦元時用語也　勾當元作勾補

吏二三　時用語不知管元亦元時用語也　勾當元作勾補

吏六五　又將已招總把亦元時用語也　勾當元作勾補

吏六一　又於州司吏內勾當　勾當元作勾補

吏六七　驗此勾當　勾當元作勾補

吏六六　於附近府州史內勾補亦元時用語也　勾當元作勾補勾當係元
時用語不知勾補亦元時用語也

吏八三　檢勾當人員　當字衍勾當係元時用語

吏二九　不知檢勾當亦元時用語也

吏五五　本官根腳原係是何出身　元作本官根腳元係是何出身

　　　　根底深重人員　根底元作根腳

　　　　不知根腳亦元時用語也

都省通例二　根底衍根底係元時用語

戶一四　中書省剳付送戶部　付字衍剳付係元時用語也

戶九三　不知剳送亦元時用語也

戶九八　蒙古文字節該　節該元作譯該簡該係元

刑九八　權豪勢要諸色目人等　目字衍色目係元時用語

《校例卷四》
卒

新吏一　似這般監用的人每生受多有　生受元作好生

第三十一因校者常語而誤例

凡語言隨所處之時地與所習而異校書之誤每參以校者習用
之語言而不顧元文意義之是否適合此一蔽也

詔令一三　宣布維新之令　元作宣布因常語而誤作宜布

臺綱一二　承受官司即須執中　元作執中因常語而誤作執中

吏三二　欲奉宜命　元作欲授因常語而誤作欲奉

吏三三　從本道出結付身　元作出給因常語而誤作出結

吏五六　一切公司過犯　元作公私因常諳而誤作公司

---

吏六四　言語辦理　元作言語辯利因常語而誤作言語辦理

吏六五　議得先後書吏　元作先役因常語而誤作先後

吏六六　

戶二一三　各官相法交割　元作相沿因常語而誤作相法

吏八一四　依例相法交割　元作相沿因常語而誤作相法

戶一二三　收領官　元作首領官因常語而誤作收領

戶一二三　中書省定例使臣分例　元作定到因常語而誤作定到

戶一一三　告假事故　元作假告因常語而誤作告假

戶四六　已有定例分例　元作定到因常語而誤作定例

戶四六　轉行別駕　元作別嫁因常語而誤作別駕

戶四七　似為便宜　元作便益因常語而誤作便宜

戶四九　許留難雖已成親　元作留奴因常語而誤作留難

《校例卷四》
卒

戶八一二　依例結果　元作結課

戶八一一　各處轉運司追斷結果　元作結課謂鹽課也因常

禮六七　朕委文質正官　元作文資因常語而誤作文質

兵一六　不行保甲　元作保申因常語而誤作保甲

兵一三　元數減牛支付薪水煎粥養患　元作支付新米因常語而誤作薪水

兵三四　據旱路人夫　元作旱站因常語而誤作旱路

刑三四　惡彭城等遊街身死　元作彭誠因常語而誤作彭城

刑三五　測廣等指證　元作胡廣因常語而誤作測廣

刑九九　牛黃牛隻　元作水黃因常語而誤作牛黃

工一二　竹木之器作以簡用　元作新用因常語而誤作飾

用

新朝綱一　伏乞聖朝奄四海以爲家　元作伏維因常語而誤作伏乞

新戶一　暫借債牛力　元作借儋因常語而誤作借債

新戶十三　卑府難以支持　元作卑庫因常語而誤作卑府

又有涉上下文而誤以常語改之者

吏二十七　滿日銓注疏外　元作銓注流外因流上有

吏六十三　從容路貢舉行移本司　元作從各路因各上有從

遂誤爲從容

注誤爲注疏

吏六十一　欽元作欽依有缺因書吏有欽依例於所轄路分云云　有

各道廉訪司書吏有缺因下有依遂誤爲欽依

《校例　卷四》　　　　至

吏八十　正用蒙古字樣寫　元作蒙古字標寫因標上

有字遂誤爲字樣

吏八十四　專一切經歷知事　元作專一與經歷知事因

與上有一遂誤爲一切

兵三十一　將利津縣尹陳克拷打傷身死　陳克拷元作成克

孝因孝下有打遂誤爲拷打

戶二十四　於近上下多戶內　元作近上丁多戶內因丁

上有上遂誤爲上下

新刑元　又親筆畫到平章右丞押字樣寫屬下爲句因標上有字字遂誤爲

字樣寫元作標寫蒙古省姓名

樣寫而失其句讀矣皆因常語而誤者也

第三十二用後代語改元代語例

---

有以後代語改元代語者語言由事物而生安此事物無此用語

也今沈刻元典章乃有非元時應用之語亦妄改之一端也

吏十三　上都巡警院判官　元作警巡院元時不稱巡警院也

吏一　諸城所副都縂　元作諸城所副縂領元時無副都縂之名也

吏六十六　中書省判送本部院呈　元作本部元呈元時無本部院之稱也

刑十七　該奉部堂鈞旨　元作都堂鈞旨元時無部堂之稱也

新吏三　延祐二年六月內閣奉宣命　元作六月內欽奉宣命元時無內閣之稱也

《校例　卷四》　　　　至

吏一四　正定弓匠　元作眞定弓匠元時不稱正定也

吏四十六　浙江行省　元作江浙行省元時無浙

吏五十三　浙江行省　元作江浙行省元時無浙

吏五十三　江省之名也此誤極多不勝舉　元作江浙行省元時無浙

吏六十五　先克墾江蘇司吏　元作墾江縣吏元時無江蘇之名也

刑二十六　陝西省西安府臨潼縣　元作安西臨潼縣省西安府四字衍元時無西安府之名也

刑六十五　貴縣縣尹　元作貴池縣尹元時無貴縣之名也

禮四五六
將硃卷逐旋送考試所如硃卷有途註乙字　硃元
均作朱元稱朱卷不稱硃卷也

禮四五五
受卷官送彌封所撰字號彌封訖　元均作封彌
稱封彌不稱彌封也

第三十二　元代用語與今例置例
元代用語有與今倒置者校者不應改易其本來否則無以覘語之語言每含有翻譯之痕迹況元代疆族至雜語系至繁今之元典章所留遷言其最顯著之例即爲與今語倒置沈刻輒以今語乙之之殊多事矣

貨物元典章皆作物貨沈刻多改爲貨物驟觀之似沈刻是而元本非也

戶七共　押運貨物前去

《校例卷四》

戶八十　亦止斷沒所犯貨物
戶八吉　抽苊貨物內
　　　　已抽經稅貨物
戶八夫　抽辦貨物價錢
戶八五　就博到別國貨物
新刑窒　偷藏貴細貨物
　　　　元買貨物貨
戶八亘　災傷流民物價
　　　　物價元亦作物貨
土地元典章皆作地土沈刻多改爲土地
朝綱一十　婚姻土地
戶五四　如委是官司土地
戶五共一　所賣土地

戶五共　舊宅土地
刑士云二　更將前項土地
刑士先　凡吉婚姻土地　元均作地土
揀選元典章皆作揀選沈刻多改爲揀選
吏士三十　揀選有根脚的色目人　元有揀字
吏六二　選有餘閒年少子弟　元作揀選
吏三十　仰講究揀選典史　元作揀選
戶八士　仍須差選廉幹人員　元作選差
兵三十　揀選有力慣熟好軍　元作選揀
新兵五　揀選有力慣熟好軍　元作選揀
日月元典章多作月日沈刻輒改爲日月
吏二八　所歷日月

《校例卷四》

吏三一　做官底人日月多了阿
吏三三　若更多添日月
戶十二　照依中書省定到已日月　元均作月日
患病元典章多作病患沈刻輒改爲患病
戶五三　或稱沿途患病　元作病患
吏六四　若係疾病
兵一吾　委實無氣力無飮食患病軍人　元作病患軍人
刑二士　內有患病
刑二吉　患病者　元作病患者
刑二廿　罪囚患病　元作罪囚病患
錢財元典章作財錢
戶四七　原下錢財　元作元下財錢

刑十九四　所受錢財沒官外　　元作財錢

磨刷元典章作刷磨

臺綱一七　磨刷案牘　　元作刷磨

臺綱二十　磨刷諸司案牘　　元作刷磨

方才元典章作才方

戶四七　方才成親　　元作才方

吏四六　方才之任　　元作才方

把守元典章作守把

刑十三七　把守街巷　　元作守把

工二十　把執器械　　元作執把器械

其他似此倒置者尙夥或出偶然亦有絕非偶然而已成為定律者從事校讎者決不應以今語改古語也

**《校例卷四》**

目錄十　旌節孝　　元作孝節

臺綱二十三　依舊留存　　元作存留

吏三十　老成厚重　　元作重厚

吏五其　往往馳驅仕途　　元作驅馳

吏六九　深淺長閥各各分寸　　元作寸分

吏三廿　蕭十八為無男兒　　元作兒男

戶四六　在先做了夫妻　　元作妻夫　本葉凡五見

戶四二　有舅姑小叔　　元作姑舅

戶五五　頂替王德堅門戶　　元作戶門

戶五夫　旣是另分之後　　元作分另　本葉凡三見

戶五夫　別無兄弟　　元作弟兄

戶五三　污穢堦衢　　元作穢污

卆

---

戶七六　凡赴官庫買賣金銀者　　元作賣買

戶七九　無得失去損壞　　元作去失

禮三一　或懸影及寫牌位亦是　　元作位牌

禮三三　儀儀二三寸道　　元作三二十道

禮三三　甚至無益　　元作至甚無益

兵三九　毋得鄉下要取馬匹草料　　元作取要

刑六二　令人認識　　元作識認　本葉凡二見

刑十六四一　柴薪蔬菜等物　　元作菜蔬

刑卅七　棄滅人倫　　元作滅棄

新朝綱一　旋郎逄背　　元作背逄

新兵六　如蒙臺擬左右手　　元作右左手

新刑卅　肚腹昏悶　　元作腹肚

**《校例卷四》**

卆

新會　陳垣　撰著

元代名物誤例

第三十四不諳元時年代而誤例

昔顧千里爲洪氏校刊宋本名臣言行錄歷舉其年名地名人名官名之誤今爲沈刻元典章此類謬誤亦多茲先舉其年代之誤元時至大年號祇有四年而沈刻元典章有不止四年者

〔校例卷五〕

戶四廿一　至大八年　元均作至元年號誤也
目四至三　至大五年
目四至三　至大二十一年　元作至元
目廿三質　至大二十三年　元作大德
目廿三質　至大二十九年
禮二古　至元八年　元作至元
禮二四　大至四年　元作大德
刑二四　元年號　元作大德
吏八八　自在八年　元作自至元八年
新刑四　至大九年　元作元年年數誤也

又有不成年號而沈刻元典章有之者
元年號有至大有大德而沈刻元典章有至大其中必有一字保衍文

吏二三　近觀至大德二年　德字衍
兵三其　既係至大德二年　德字衍

正統爲明朝年號而沈刻元典章有正統
刑二六　正統五年　元作中統

元祐爲宋朝年號除引用故事外元典章不應有元祐

刑十七　元祐六年　元作延祐

又以鼠牛等十二屬紀年蒙古俗也而沈刻元典章有妄撰改者
兵三廿　猪鼠年奏呵　元作猪兒年妄改爲猪鼠
工三四　譯該馬兒於至元　元作馬兒年妄加於至元三字

又有年數之誤顯然而沈刻未經改正者元代至元年號祇有三十一年今乃有三十三年
目六九　至元三十三年
戶七三　至元三十三年
目三至二　至元三十三年
吏六辛　至元三十三年

又元時大德年號祇有十一年今乃有十六年　元均作二十三年

〔校例卷五〕

吏五芒　大德十六年　六字衍
刑二其　大德十六年　六字衍
新刑兵　大德十六年　十字衍

又元時元貞年號祇有二年今乃有三年　元作二年
吏六三　元貞三年　元作二年

又元時元延祐七年無閏月而沈刻延祐七年有閏月
新工一　延祐七年閏三月　元作元年

第三十五不諳元朝帝號廟號而誤例

凡校一代之書必須知一代之帝號廟號遇有非此朝代所有之帝號廟號則常恐其或謬
元代之書有聖武開天記聖武親征錄皆指元太祖也而沈刻元典章有神武

**校例卷五**

詔令一二　太祖神武皇帝　元作聖武

一二其　聖祖皇帝　元作世祖

元有太祖世祖無聖祖而沈刻元典章有聖祖

吏二其　聖祖皇帝　元作世祖

元世祖不稱高皇而沈刻元典章有世祖高皇帝蓋清人習聞
清朝帝諡乃以加之元帝也

新刑三　世祖高皇帝

又元時國語帝號如完者都完者篤完者禿之類譯音無
定字皆以稱元成宗而沈刻元典章恆誤為篤之萬其
誤顯然不得委之譯音無定字也

禮三七　完澤駕皇帝　元作完澤篤
　　　　高字衍

第三十六不諱元時部族達達者

元時部族蒙古稱達達而沈刻元典章有單稱達者

戶八三　達民戶　元作達達民戶

元時部族分蒙古色目漢人而沈刻元典章恆誤色目為色日

戶六其　色日高麗遷去湖廣　元作色目高麗

兵二一　回回色日官人句　元作回回色目

兵二二　畏吾兒回回色日官人四萊同　元作色目官人

元時色目中有唐兀而沈刻元典章恆誤唐元為唐元

兵二六　畏吾兒乃蠻唐元等　元作唐兀等

禮二古　唐元衛百戶　元作唐兀衛

元時色目中有阿速每而沈刻元典章或誤阿速每　元作阿速每

兵一五一　欽察每阿速每　元作阿速每

刑九六　本速魯蠻回回每　元作木速魯蠻

---

元時色目日有也里可溫而沈刻或誤以也里為助詞連上為句

兵三六　奧刺惡者也阿溫氏人　元作也里可溫人氏

元時漢人又稱漢人而沈刻或誤漢見漢人二字恆誤

吏六四　其餘色目漢目　元作色目漢人

吏二其　蒙古從兒漢而沈刻漢見漢人每　元作漢見官人每

元時女真亦稱漢人而沈刻或誤為女貞

禮三一　女真風俗　元作女貞

第三十七不諱元代地名而誤例

一所誤為歷代所無之地名一望即知其誤者

吏一三　平灣等處　元作平樂

吏一兀　隼州　元作單州

吏三一　與城縣達魯花赤　元作南城縣

**校例卷五**

吏五七　千陽路　元作平陽路

戶二十　真定路備奕城縣申　元作欒城縣

戶四七　滋州塗陽縣　元作磁州滏陽縣

戶四五　郡武路　元作邵武路

戶四四　淄萊路申滿臺縣　元作淄萊路申蒲臺縣

戶五五　淄來路　元作淄萊路

戶五三　臨江路備新塗州　元作新淦州

戶十八　江省行省　元作江西行省

兵六其　迤北直至青州楊村申　元作撫寧縣楊村

刑三其　永平路備撫軍縣申　元作撫寧縣

刑四其　冠民縣申　元作冠氏縣

刑十四六　琢州樂會縣　元作瓊州樂會縣

新戶四八　普晉路申　元作晉寧路

二所誤爲元時所無之地名略一考究即知其誤者也

兵四八　廣東行省　元作湖廣行省廣東元時不稱行省

吏一三　彰德府咨　元作彰德輔咨彰德元時不稱府

戶八八　重慶府　元作重慶路重慶元時不稱府

戶九八　河北江南道　元作河南江北道

兵三十　領北河南道　應作嶺北湖南道

兵三十二　江南淮西道　元作江南浙西道

刑三九　臺城縣　元時無臺城縣

戶三共　隆興萬戶府　元作龍興萬戶府至元二十一年已

戶四八　改隆興爲龍興

刑三九　並隆興路～　元作龍興路

### 校例卷五

三所誤爲元時所有之地名而隸屬不相應亦易察覽者也

刑四八　河南行省咨陝州路　元作峽州路陝州元時不稱路

吏一夫　景州深陽等處　元作景州灤陽若深陽則
　　與景州不相接

戶十九　道州衞州路軍人　元作道州衡州路若衞州
　　則與道州不相接

兵一李　甘蕭省咨鄂州路備威寧有的倉庫　元作甘州肅州
　　寧縣則不屬鄂州路

刑七四　湖廣省蘭州溪州　元作蘭溪州同知蘭下州

新刑卒　婺州路蘭溪州同知　元作咸寧縣若威
　　字衍若蘭州則不屬婺州路

四所誤爲元時所有之地名而未指明隸屬則非用對校法莫知

---

其誤者也

戶五五　濮州知州　元作滁州

禮六九　郭州有時分寫來　元作鄆州

新戶三　山東兩淮蘇撫引據　元作萊蕪

新戶三　江西廉訪司申　元作淮西渉上文而誤

新刑三　今淮西江西字衍

五地名誤作非地名有時亦非對校不可

刑三六　吉州路上有收縣　元作上猶竹縣上猶爲元
　　時入都要道今誤作李二等則或疑爲地名

兵三五　自李二等至臨淯水站　元作李二寺李二寺爲元
　　州屬縣今誤作上有收縣

### 第三十八不諳元代人名而誤例

### 校例卷五

元時蒙古色目人名與漢人絕不同凡校元朝典籍對元時人名
應有特別認識如帖木兒囊家歹等爲元時常見之名也今沈刻元
典章亦有誤者

戶九夫　燕站木兒

戶十五　也先站木兒　帖誤作站

兵三七　失八兒站木兒

臺綱二十　失八兒豪家歹　囊誤作豪土字而誤

又阿合馬闊闊阿术相威安童拜住等爲元時大臣元史均有傳
其名甚著今沈刻元典章亦誤之

戶五十　在先合闊馬　阿馬坐省時分

戶八九　閭閭你教爲頭眾人商量了　閭誤爲閻

兵一夫　阿术管的時分　阿合例虛　阿誤爲阿

不知爲人名者

其他錯漏倒置更不一有錯誤而仍可知爲人名者有錯談而遂

刑古九罡　拜征怯薛第三日　　住誤爲征

刑西三　安裹丞相　　童誤爲裹

兵一芝　相成大夫　　威誤爲成

**《校例》卷五**

兵一況　唆剿今歹名字的萬戶　元作唆剿合歹

礼一芏　也速歹兒　元作也速歹兒

礼四三　本院官答失蠻乞歹　元作答失蠻乞里乞歹

戶七辛　平地縣舊界倉官火日等　元作火者等

戶六六　劉伯察兒　元作劉伯眼察兒

吏六罡　譯史入剌脫因　元作八剌脫因

吏五四　魯火赤約剌忽　元作納剌忽

兵三辻　勾捉赤忽兀歹等到官　上文作忽兀歹

兵三其　孛魯總答兒中丞　元作孛魯忽答兒見中丞

兵三三　月迷的失　元作月的迷失

兵五四　劉吉列吉恩　元作劉乞列吉恩

兵五七　速右見赤　元作速古見赤

兵五八　先者知院　元作完者知院

刑三辛　忽抹察　元作忽林察

刑七三　鄭朴古歹　元作鄭忙古歹

刑九九　忽察忽恩　元作忽察忽恩

刑七六　回回大者及等　元作火者及

同夥者及並黑回回四人　元作同火者及火者及

---

爲元時回回人常用之名今乃誤火者爲同夥者此

非音訛實由妄改炎

刑九罡　前者脫迷見的上頭　元作脫迷見的上頭

工一三　承旨　職烈門院使撒迷承旨　元作識烈門院使迷撒
矣

新禮一　乞合不花　元作乞台不花

新刑兰　索羅言語　元作孛羅言語

工一三　野書牙國公　元作野里牙國公

新戶十　偷盜忽都不下銀合見等物　元作忽都不下丁丁爲

元時回回人名常用之尾音改爲歹莫知爲歹爲

新刑元　該支放烏馬見糧中河澗鹽引　元作放支烏馬見

**《校例》卷五**

新刑元　烏馬見爲回回人常用之名今談烏爲烏迷將放支

二字倒置而成放鳥矣

新刑元　張答木帖見等　元作帖木答兒

戶八罡　斷事官也里今賣奉中書省劄付　元作帖木答兒

其他譌字音韻相近衡以譯音無定字之說本可無妨然究失名

從主人之義也

工二三　如今交馬合廐丹的提調　麻誤爲廐　　眞誤爲今

第三十九不諳元代官名誤例

元代官名可大別爲漢官名蒙古官名二種沈刻元典章官名之

誤有筆誤者有故意以習慣官名易之者初不計元時制度之如

何也

最題著爲典吏改典史元官制有典史亦有典吏校者習聞典史

少間典吏故奮筆而改之也

吏二五　樞密院經歷司典史

左右司典史

隨朝各衙門典史　　元作典吏

吏二壹　省部臺院典史　　元均作典吏

凡三十三處均誤改為典史

閒清官制中之提調官常切用心巡緝　　元作提調官

其次為提點提領改提調以提點元官制有提點提領亦有提點提領校者署

戶八六　提調官常切用心巡緝　　元作提點正官

戶八五　約會隨處路府州縣提調正官　　元作提調正官

新吏十一　本路行用庫提調　　元作提調

新吏某　盧江縣務提調　　元作提領

《校例卷五》

新刑六　受提調領周祐等中統鈔　　調字衍

新刑卒　取受建昌路在城提調周祐等中統鈔　　元作提領

其次為總把改總把元代官名把總清代官名校者晉闖將

官制中之把總以總把為誤倒而乙之也

戶四六　張則總妻阿李

兵三三　元帥招討總管把總

兵十　除把總百戶權准坐花名　　元均作總把

兵一士　從把總軍官開坐花名役外

其他漢官名之誤者有如下例

臺綱二十　不意明理不花言語奏　　平意元作平章

吏一茜　大同農司　　元作大司農司

吏一亍　太常奉祀郎　　元作奉禮郎

---

吏一三　司農郎　　元作司晨郎

吏一兀　洪贊司　　元作供帳司

吏一早　箭匠　　元作箭匠

吏六辛　前觀農司書吏　　元作勸農司

吏六癸　各路典獄轉補州吏　　元作獄典

兵四五　政用院　　元作致用院

官正司　　元作宮正司

新兵二　如今在衞率府　　元作左衞率府

各處方戶府　　元作萬戶府

刑十二　哈刺多事等　　元作都事等

刑十二　潭州路榷茶司提舉　　元作榷茶同提舉

新戶某　移杏江西榷茶　　元作榷茶

新戶芏　各處贊茶提舉司　　元作榷茶提舉司

《校例卷五》

至於蒙古官名之誤則一扎魯花赤也或誤為達魯花赤或衍花
字或癭忽字或誤倒魯忽二字蓋蒙古官制有達魯花赤亦有扎
魯忽赤亦作扎魯花赤扎魯忽赤譯言斷事官達魯花赤譯言長
官二者職責不同不容相混校者不可不一考元時官制也

臺綱一四　也可薛怯第一日　　元作也可怯薛

吏六廿　知印怯里馬赤　　元作怯里馬赤

吏六四　奧魯密知而不舉　　元作奧魯官

兵四三　合必必亦拔都兒　　元作合必赤拔都兒

兵四四　達魯花赤　　元作扎魯花赤

刑七六　就令達魯花赤　　元作扎魯花赤

刑七夫　扎魯花忽赤照勘　元作扎魯忽赤花字衍

刑十七　也可扎忽魯赤　元作扎魯忽赤忽魯赤誤倒

刑十七　也可札魯赤　元作扎魯忽赤魯忽赤

刑十二　四薛怯官人每　元作扎魯忽赤扁忽赤字一

刑十七　四薛怯官人每　元作四怯薛官人每

刑十七　端闊赤　元作闊端赤

新戶至　告蒙本官首寶赤　元作昔寶赤

第四十不諳本代物名而誤例

一時代有一時代所用之物校書者當以某代還之某代不能以
後世不經見遂謂前代爲無不能不以後世所習見遂疑前代亦有
況同一物也異地則異名異時則異稱今沈刻元典章於元時名
物多不措意茲特分服物器物動物三類言之

目錄壹　黏休疊雲龍犀　黏元作鞊

《校例卷五》

靴鞊上休使金　鞊元亦作鞊

吏一言　鞋帶斜皮　元作鞊帶斜皮

禮二二　公服俱左經　元作左紅

禮二三　偏帶俱係紅鞋　元作紅鞋

禮二四　帳慕用紗帽　元作紗絹

禮二一　擬衣擅合罪羅碧衫　元作檀合羅碧衫罪字衍

禮二八　男子裹青巾婦女滯子抹俱要各各常穿裹戴　元
作男子裹青頭巾婦女滯抹子俱要各各常川裹戴

兵三言　眸禩等物　元作眸禩

刑二十　冬則絲以被絮暖匣　元作絮被暖匣

右服物之名或保當時體制或保當時方言或保當時譚語不加
校正義乖難通

吏一言　採打碼碯杯材　元作胚材

吏一言　驗得係鷹翎刀　元作雁翎刀

兵五七　使叉的使細索拿的　元作使叉的使細索拿的

吏六茜　...鑕

刑三五　偷訖耳刺銀鋌　元作銀剌耳鋌

刑四五　與佃客趙丑口草其趙丑因傷身死　元作銀剌耳鋌
馮三見左手口折本人因傷身死　空處元均作鑕

刑四六　馮踏碓將挪挓挓　元作柳栲栳

刑十五四　劫到烏油篋貧一隻出門打賛內有籬箱一個

刑九五十　行用度尺升斗秤等　元作等秤等今作戥
賛元均作賛

《校例卷五》

工二六　案衣硯車　元作硯卓

新戶八　偽鈔報未成遇革釋放　元作偽鈔板

新戶八　抄造紙壞未曾印造　元作紙坯

新刑三　偷盜本路盛銀印匣　元作盛印銀匣

新刑仝　斜集人伴賭博入义事發到官　元作八义

右器物之名或誤字或誤倒其義頓失如銀剌耳鋌一物也誤爲
盛印銀匣銀匣而印非銀也誤爲盛印
匣則似其印爲銀矣

聖政二廿　除天鵝鵰鶻外　鵰鶻元作鶻鵰

目錄四　禁捕鵰鶻鵝例　鵰鶻元作鶻鵰

戶二十　應副鷹鶻分例　鷹鶻元作鷹鵰

戶二十　爲收住兎鶻不還官司　兎鶻元作兎鵰

**上欄**

海青兔鶻

鷹見鴉鶻　鶻元均作鶻

專條鶻鶻亦作鶻鶻則義不可通鷹鶻兔鶻並稱杜鵑則非

其所尚矣

## 第四十一　不諳元代專名而誤例

一時代有一時代所用之專名核書者對於本書時代所用之專

名必須有相當之認識此方言釋名所由作也

腹裏爲元代專名謂中書省所統山東西河北之地也沈刻既誤

爲腸裏又誤爲服裏

吏六三　服裏已有貢舉定例　元作腹裏

刑七六　服裏犯奸刺配　元作腹裏

券軍爲宋元間專名沈刻輒誤爲募軍

### 校例　卷五

兵一宇　散漫生熟募軍　元作券軍

　　　　另支生募　元作生券

兵一廿　亡宋臨危之初本爲募軍數少　元作券軍

兵一卅　拘刷新附生熟募軍　元作券軍

投拜戶爲元代專名沈刻輒誤爲投祥又誤爲投拜

兵一九　投祥萬戶千戶　元作投拜

兵一九　投祥民戶　元作投拜

　　　　於投祥戶內　元作投拜

　　　　除稱投祥戶　元作投祥

　　　　投牌名戶　元作投牌

鋪馬爲元代專名沈刻或誤爲補馬

兵三西　一降給補馬劄子　元作鋪馬

兵三茥　照得起補馬聖旨　元作鋪馬

**下欄**

係官公廨係官房舍爲元代專名沈刻輒改爲係是官員房舍有

同蛇足矣

工二六　委實係官員公廨　元作委實係是官員房舍

工二十　禁賣係是官員房舍　元作禁賣係官員房舍

其他元代專名而沈刻誤者有如下列

目錄佚

吏一九　例鈔多收工墨　元作倒鈔倒鈔元代專名也

吏一六　門尉麗正文明順水　元作順水元作順承即今宣武門之舊名也

吏七四　官員勳政聚會　元作勳政聚會勳政聚會元代專名也

吏七十　置立未銷文簿本葉四見　元作朱銷文簿朱銷文簿爲元代專名

### 校例　卷五

禮五六　怯薛第一日嘉惠殿裏　嘉惠元作嘉禧嘉禧殿爲元代專名

禮六四　江淮釋教德攝所　元作總攝所江淮釋教總攝所爲元代專名

兵一其　別杖兒裏不交入去　元作別枝兒別枝兒爲元代專名

兵三五二　爲並造舍利別勾當　元作煎造舍里別舍里別爲元代專名是葡萄木瓜香橙等物所煎造今改作並造又改作舍利蓋誤以爲佛家之舍利也

刑九七　其黨則有曰張公日昭身　昭身元作貼身貼身爲元代專名蓋驕局之一種也

## 第四十二　不諳元時體制而誤例

元制番直宿衛之軍謂之怯薛以大臣領之每三日而一更故有

怯薛第一日怯薛第二日怯薛第三日之稱

吏二九　失烈門怯薛第二者　元作第二日　校者不知怯

薛之義故誤也　元作第二日爲第二者

吏二九　元制皇帝聖旨稱欽此皇太后懿旨及太子令旨稱敬此

奉令旨那般者欽此　元作敬此

禮六二　廱道懿旨了也欽此　元作敬此

令旨那般者欽此　元作敬此

兵三共　應作敬此　元本亦誤

刑士五　廱道懿旨了也欽此　欽此二字衍

元時謂祭天祭神等日爲聖節

刑士五　多破官錢違錯聖旨　元作聖節

戶七七　元制以每月朔望二弦爲禁刑日又謂之四齋日凡有生之物殺

者禁之

**校例卷五**

全

刑九二　禁刑日每月初二初八十五二十五　初二應作初

二十五元刻亦誤作初二惟沈刻新

集刑部八十九葉雜禁類不誤可參證

刑九七　每月四齋日　元作四齋日

元本作齋日今改作四齋是誤字非古訓

刑士三　一貫該杖六十五下加一等　五下元作五貫杖六

十五非元制元作一貫杖六十五貫該字衍

刑士三　元制笞杖以七爲度未有言五者

必爲單數之七如笞五十七下杖六十七是也全部元典章皆

又爲單數之七如笞五十七下杖六十七是也

如此二史刑法志悉將下字刪去尖家省文當時公牘不如是

---

**校例卷五**

戶八四　笞五十下　元作五十下

刑六二　各擬五十下　元作五十七下　元作五十七下既言下必

言七其不言七者非脫七字即衍下字也

又元制笞杖始於七止於百七

朝綱一五　諸擬杖罪一百二十七以下　十字衍

刑四共　部擬杖一百二十七　元作一百二十七下既止於百

七則安有百十七百二十七者其爲誤顯然

元制京府州縣官員每日早聚圓坐參議公事理會詞訟謂之圓

坐署事其所議謂之圓議其所簽押謂之圓簽押顏似圓

時所稱之圓桌會議今沈刻元典章多誤圓又誤原又誤元不

諸元時圓議之制也

吏七三　須要公廳圓押　元作圓押　本條疊見

吏七四　凡行文書圓押　元作圓押

須要圓書圓押　元均作圓

令各奕圓議立法約束　圓議元作圓議

兵一三　都省原議得事內一件　原議元作圓議

工一十　本路官員元簽認狀　元作本路官吏圓簽認狀

新刑三　又元制犯人口供謂之招伏亦謂之狀招猶是元制至於招狀狀伏及狀伏元時實無此稱

刑十廿二　刻狀招有時訛爲義通逕行改易也

刑十六三　不得以其形似義通逕行改易也

陳四黃千二名招伏　元作各狀招

吏四九　周訛公等三家招伏　元作狀招

戶四十　取訛明白招狀　元作狀招

取訛本人招狀

校例 卷五

刑一七　取責明白招狀　　　招狀元均作招伏。

刑大三　亦無取到狀伏

新刑芁　取訖狀伏　　　狀伏元均作招伏。

畐

沈刻元典章校補釋例

校例

第四十三　校法四例

新會　陳垣　援菴

昔人所用校書之法不一今校元典章所用者四端　一爲對校法
即以同書之祖本或別本對讀遇不同之處則注於其旁劉向別
錄所謂一人持本一人讀書若怨家相對者即此法也此法最簡
便最穩當純屬機械法其主任在校異同而不校是非故其短處在
不負責任雖祖本或別本有訛亦照式錄之而其長處則在不參
己見得此校本可知祖本或別本之本來面目故凡校一書必須
先用對校法然後再用其他校法
有非對校決不知其誤者以其文義表面上無誤可疑也

校例　卷六

吏三卅六　元關本錢二十定　元作二千定
戶六二　花銀每兩出庫價鈔二兩五錢　元作二百二兩五分
戶八六　博換到茶貨共一百二十斤　元作二百二十斤
戶八六　一契約取四十五定　元作四五十定
兵三卅　小鋪馬日差二三匹　元作三三十匹
刑一五　延祐四年正月　元作閏正月
刑一七　大德三年三月　元作五月
吏七九　常事五日程甲事十日程大事十日程　元作中事
有知其誤非對校無以知爲何誤者
吏七十　七日程　元作每五日十五日
戶七十二　每月五十五日　元作六月十五日
兵三七　該六十二日奏　元作六月十二日奏

新刑三　案牘都目各決一十七下司吏決一十七下　元作

二爲本校法　本校法者以本書前後互證而抉摘其異同則知其
中之繆誤吳縝之新唐書糾繆汪輝祖之元史本證即用此法此
法於未得祖本或別本以前最宜用之子於元典章曾以綱目校
目錄以目錄校書以書校表以正集校新集得其節目詭誤者若
干條至於字句之間則循覽上下文義近而數葉遠而數卷屬詞
比事觕悟自見不必盡據異本也

吏六卯　未滿九個月不許預告遷轉　上下文均作九十個

月

校例　卷六

刑七六西　犯姦放火大德五年　目作至元五年
刑七五一　犯姦休和理斷大德六年　目作至元六年
戶十三　襄河千里百斤　上下文均作千斤百里
刑八二　容姦受錢追給大德八年　目作至元八年　次第均應以目爲正
刑八二　取受枉法二十貫以上至三十貫　以上至一百貫八十七下據表三十均應作五十
三爲他校法　他校法者以他書校本書凡其書有采自前人者可
以前人之書校之有爲後人所引用者可以後人之書校之其史
料有爲同時之書所並載者可以同時之書校之此等校法範圍
較廣用力較勞而有時非此不能證明其訛誤丁國鈞之晉書校
文用刻之舊唐書校勘記皆此法也
吏一言　尋麻林納失失　元刻亦作鈋失失
吏一屯　尋麻林納失火　元刻亦作鈋失火

欲證明此納尖尖納失失之是非州對校法不能因沈刻與元刻

無異也則本校法亦不求諸元全部元典章闕於外之書元史卷七七祭祀志

此二條也則不能因元典章以外之書元史卷七七祭祀志

國俗舊禮條興車用白氈青綠絨制以納石失以納尖尖失失為

之卷七八興服志中納石失與服志元刻凡數見則元興章納失失之名

以納石失與服志中納石失之名為元刻與沈刻所同誤也

不誤而納尖尖之名為元刻與沈刻著地 元作正月二月

戶九三 五月二月以鈎枕壓下校著地

禮三一 始死如有窮

此引禮記檀弓上之文也今檀弓作始死充充如有窮則沈刻元

此引齊民要術卷五語也可以齊民要術證之

刻皆誤也

## 《校例 卷六》

刑九夫 木忽回回每

新戶三 回回也里可溫竹忽答失螢 元本同

一木忽一竹忽答失螢為商者仍舊制納稅卷四三順帝紀

僧道也里可溫木忽而沈刻與元刻皆誤也又元史卷四十順帝紀至元六

當作木忽而沈刻與元刻皆誤也又元史卷四十順帝紀至元六

至正十四年五月蒭各處回木忽殷富者赴京師從軍則木忽

年十一月監察御史世圖爾言禁答失螢回回主吾人等權伯為

婚姻楊璉山居新話載杭州砂糖局㸔官皆主鵰回回富商主吾

主鵰更可以證木忽之誤

四為理校法玉裁曰校書之難非照本改字不諤不漏而無所

---

為誤而糾紛愈甚矣故最高妙者此法最危險者亦此法昔錢竹

打先生讀後漢書郭太傳太至南州過袁奉高一段疑其詞句不

倫奉出四證後得閩本嘉靖本乃知此七十四字為章懷注引謝承

書之文諸本皆懷入正文惟閩本乃知此七十四字為章懷注引謝承

所謂某當作某者後得古本證之往往良是始服先生之精思為

不可及經學中之王段亦庶幾焉若元典章之理校用之

於最顯然易見之錯誤而已非有確證不敢藉口理校而憑臆見

也

## 《校例 卷六》

戶五三 亡宋淳祐元年 淳祐當作淳祐

吏五四 合無減半支俸 減半當作減半

吏六七 年高不任部書願不轉部者 部書當作簿書

吏八夫 也可扎忽赤 元本亦漏

戶六一 赤銀每兩入庫價鈔二十四兩八錢 赤銀當作赤

金

戶八百 押運犛耳七百兩經由施仁門入城 兩當作而

官人每根底要肚及 肚及當作肚皮

兵三吉 江西省行准中書省咨 省行當作行省

刑一四 拜征怯薛第三日 拜征當作拜住元本亦誤

刑九暨 第四十四元本誤字經沈刻改正者不復回改而著其例於此

有元本錯誤經沈刻改正正者不復回改而著其例於此

詔令一四 逮我憲宗之世 元作遜我

聖政二一 顧奉歲幣於我 元作歲幣

聖政二二 頒行科舉條例 元作須行

聖政二茜 並前代名人遺跡不許毀拆 元作各人

**〈〈 校例卷六 〉〉**

吏三竿　非惟煩瀆上聽　　元作非推
吏三竿　用印封鈐　　元作封鈐
吏六竿　事涉太重　　元作事陟
吏六語　閒或司官精力不逮　　元作積力
戶四二　遵選行此廉慎才堪風憲之人　　元作廉填
戶六竿　不得攪擾沮壞　　元作沮懷
戶八竿　又不用心約束　　元作約束
戶十八　下戶不過二味　　元作三味
禮三二　欲奉聖旨內一款　　元作一欵
禮三二　斬衰齊衰以至總功　　元作斬喪齊衰
禮三西　不得教傅瓦蓋房舍　　元作傅瓦
禮三圭　備存珍寶　　元作珍寶

兵一四　據呈復湖州萬戶府各狀中　　元作鄓復
兵三竿　在後簪戴道冠　　元作簪戴
刑一一　實以圖土　　元作圖土
刑二二　照得鞫獄之具　　元作鞫獄
刑二五　議得訊四之法　　元作訊囚
刑二六　必須圓坐　　元作員坐
刑二七　鞫獄　　元作鞫獄
刑五六　畏避引慝　　元作引慝
刑士㸚　拘鈐不合離境　　元作拘鈐
新朝綱一　冗徵細事勤飭宣示中外　　元作冗徵（宗示）
新吏㫒　不公不法不止一端　　元作一瑞（宗示）

---

**右形近而誤**

詔令一四　屢拒王師　　元作旅拒
詔令一五　宋母后幼主洎諸大臣百官　　元作母后
吏五二　達魯花赤所攸宣勅　　元作宣赤
聖政二五　全行鐲免　　元作鐲免（前後均作鐲）

右聲近而誤鐲與倚聲不相近其所以誤為倚者疑當時讀鐲為倚故以誤為倚者益也

戶十八　休使氣力欺負者　　元作体使
刑十三　如此不惟政教休明　　元作体明
刑六七　如今體著在先聖旨體例　　元作体著

**右因筆字而誤**

**〈〈 校例卷六 〉〉**

兵五七　我的兄弟烏馬兒　　元作鳥馬兒
兵五七　又不忽木　　元作不忍术
刑五二　監察御史忻都將仕呈　　元作折都

**右人名誤**

吏一二　醴陵州　　元作醴陵
吏一二　束鹿縣　　元作東庇
戶五一　大都順天益都淄萊等路　　元作緇萊
戶四圭　搬移前去溧陽州住　　元作漂陽
戶八卒　就耷四川省照會　　元作西川
戶十二　押糧官貸赴直沽等處　　元作直活
刑三竿　常澧辰沅歸峽等處　　元作辰阮
刑七十　濟寧府鄆城縣中　　元作鄆城（郓城今归德）

刑十九兒　順天路束鹿縣　元作東鹿

新戶十　今溧水州申報　元作溧水

右地名誤。

刑十九四五　大司農司呈　元作大司農同呈

**《校例卷六》** 坐二

兵四五　鐵冶提舉司　元作鐵冶

兵三九　全藉鐵冶走遞幹辦　元作幹辦　蕭亦誤作藉

戶十三　各站正站戶　元作貼戶

戶十二　金銀鐵馬戶另行外　元作官勾

吏六年　首領管勾提控扎曳人等　元作官勾

吏一七　剗付吏部與集賢翰林國史院　元作集賢

吏一芏　禮泉倉副　元作醴泉

吏一茾　大都醴泉倉大使　元作醴泉

吏一五　上路總管府達魯花赤　元作總府府

右官名誤。

第四十五　元本借用字不校例

元刻元典章遇筆畫繁複之常用字每借用筆畫簡單之同音字以代之沈有改正者有未改正而意義無妨者今均不復校改而著其例於此。

戶四兒　傅伯川凡三見　傅元均作付

戶四吞　傅塈伯

刑十六十三　蕭新等名下

兵一廿　招討蕭天祐

刑十二三　蕭仁壽　蕭得三

戶四三　蕭玉哥凡三見　蕭元均作肖

刑四兒　蕭新等名凡四見　蕭元均作肖

---

戶七六　蘆毫絲怨　毫元作毛　絲元作系

戶七六　蘆毫絲怨　五毫收作一蘆五毫以下　蘆元作兂　毫元作毛

戶七干　六分二蘆五毫以下削而不用凡數見

戶十一　並絲料糧稅等差發　絲元作系

戶二七　榆林驛申凡二見　榆元作余

刑一八　強竊盜賊　竊元均作切

刑八七　竊見隨處貪官污吏　竊元均作切

刑三二　緦將王猪僧瘞葬了　緦元均作才

刑三六　緦聞訃音　緦元均作才

聖政一一　金場良冶茶鹽鐵戶　元作良冶借良冶為銀也校

**《校例卷六》** 坐

亦有不知為借用字而誤改者

吏二三　庶凡遷法有守　元作庶凡遷　者習記良弓良冶之詞而遂改為良冶矣

吏六五　知為幾而誤改為凡矣

兵三五　為几沈刻遂誤改為凡矣

兵六五　共用印造到凡貫伯文　元作幾貫伯文　借文抄者簡寫為几貫伯文借几為幾

兵三五　却用甚字凡號　元作幾號

禮三五　坊見江南流俗　元作坊矣　知為竊而誤改為坊矣

禮六六　不知為人　三十多人　元作三十余人借余為餘

禮六五　十多年後　元作十余年後亦借余為餘

禮六五　餘不知而誤改為多也

兵三元　長行馬疋料各　　元作料谷借谷爲穀也不
知爲穀而誤寫爲㐊矣

第四十六　元本通用字不校例
始子之校元典章也見元刻本刻教作校例應亦應副作應付以爲元代用
字與今不同見也後發見元刻本本身亦前後互異乃知此非元代
用字與今不同實當時之二字通用沈刻校改固爲多事即今回
改亦屬徒勞閒改一二以見其例

教交通用

吏四八　無閒的根底教等一年　此葉凡七見　元均作教

兵三三　休交監察奏者　　　元均作交

刑一六　再交監察重審　　　元均作交

新工一　郡交大如交廟　　　元均作教

《校例卷六》　　　三

札刻通用

刑老三　奉中書省札　　　　元均作札

刑五四　承奉福建行省札付　元均作札

新戶二　宜從都省刻付　　　元均作刻

刑九九　承奉中書省刻付　　元均作刻

吏五七　御史臺呈奉中書省劄付　元均作劄

吏六罕　呈奉中書省劄付同葉又作承奉　元均作承奉

戶二三三　呈奉中書省劄付　元均作承奉

戶三六　承奉省劄　　　　　元均作承奉

戶四六　禮部承奉省劄　　　元均作呈奉

整拯通川

---

吏三七　凡事從新整治

新吏二　若不整治呵

新戶六　整治鹽法

新戶三　整治茶課

新戶三　整治賊盜　　　　　元均作拯治

戶八三　從新禁治　　　　　元均作拯治

刑古六七　若不嚴切禁治呵

刑三六　若不嚴切懲治呵　　元均作整治

格革通用

刑八七　司吏犯贓經革告敘　元作經革

刑十士其　遇革免徵陪贓　　元作遇格

刑六西　格前雖無取到招伏　元作革前

新刑三　格前招伏　　　　　元作革前

《校例卷六》　　　至

您恁通用
您恁二字音義皆殊與其謂之通用毋寧闌元時板刻
恆將恁字用您字也

新朝綱四　您省官每根底說　元作恁省官每

臺綱士　您說的是　　　　　元作恁說的是

刑八茜　您衆和尚每　　　　元作您衆和尚每

戶十六　恁說是　　　　　　元作您說是

吏三三　恁說是　　　　　　元作您說是

戶十六　格前招伏

驅驅通用

目錄士　驗奴就斷與頭口的主人　元作驅奴

或誘說良人爲驅　　　　　　元作驅

刑四三　係陳玉驅　　　　　元作驅

刑八五　親隨驅口人等在逃　元作驅口

## 《校例》卷六

| 條目 | 正文 | 校記 |
|---|---|---|
| 兵一三 | 分戍江南全籍各家驅丁二 | 元作軀丁 |
| 刑六五 | 及令軀膔兒等 | 元作軀 |
| 正匹通用 | | |
| 刑六四 | 元有軀口 | 元作軀口 |
| 聖政一廿 | 縱令頭目損壞田禾 | 元有頭匹 |
| 新刑六 | 頭匹 | 元作頭匹 |
| 兵三芒 | 小鋪馬匹每不過十三日 | 匹每元作每匹 |
| 翼奕通用 | | |
| 兵八 | 各衛翼軍官 | 元作篘奕 |
| 新兵六 | 與右手翼分千戶百戶 | 元作奕　本葉奕翼互用 |
| 新兵八 | 各翼首領官吏 | 元作各奕 |
| 新刑芒 | 轉發鎮江翼 | 元作鎮江翼　本葉凡二見 |
| 新刑罒 | 各持器械 | 元作器杖 |
| 杖仗通用 | | |
| 新刑十 | 持杖　不持杖 | 元均作持仗 |
| 卓棵通用 | | |
| 工二夫 | 公用棵床薦席 | 元作卓床 |
| 工二六 | 一牀一棵 | 元作一床一卓 |
| 禮三三 | 粧籨按酒三十棵 | 元作三二十棵棵字本後 |
| 殿歐通用 | | |
| | 起據此則元時已通用 | |
| 刑二十 | 殿訾 | 元作歐訾 |
| 刑六二 | 將和你赤馬疋奪了歐打 | 元作歐打　本葉凡二見 |
| 驅駁通用 | | |

## 《校例》卷六

| 條目 | 正文 | 校記 |
|---|---|---|
| 聖政二夫 | 鍼駁拖欠 | 元作鍼駁 |
| 吏五廿 | 必須駁問 | 元作駁問 |
| 碳碍通用 | | |
| 吏六芒 | 來往勾當裏窒有碍 | 元作窒得有 |
| 刑九芒 | 有無違害 | 元作違碍 |
| 只止通用 | | |
| 戶八十 | 止以言語省會施行 | 元作只以 |
| 吏八十 | 幾合休教攙越賓次 | 元作只合 |
| 兵三二 | 正要出備錢物 | 元作止要 |
| 後后通用 | | |
| 兵一芒 | 今顧降條畫於後 | 元作于后 |
| 一禮六三 | 建寧路後山 | 元作后山 |
| 一刑十九葉 | 逐一區處於咨請依上施行 | 於下元有后字 |
| 刑一六 | 今后遇有須合申明裁決事理 | 元作今後 |
| 駙馬與附馬通用 | | |
| 刑六八 | 依上應付去訖 | 元均作應副　本葉凡三見 |
| 兵三九 | 百姓亦不得應副這般 | 元作應付 |
| 應付與應副通用 | | |
| 戶三十 | 愛不花駙馬位下 | 元作附馬 |
| 吏三夫 | 諸王公主駙馬 | 元作附馬 |
| 戶九芒 | 諸王附馬的伴當 | 元作駙馬 |
| 守制與守志通用 | | |
| 戶四廿 | 夫亡服闋守制 | 元作守制 |
| | 自願守制歸宗者聽 | |

戶四三六　聽從歸宗守制　元均作守志

禮六七　夫亡守志　元作守志

第四十七通用字元本不用例

有字本通用元典章只用其一沈刻輒以通用字易之雖於本義

無殊或更此本淺爲優熟究掩本來面目爲研究元代文字學者

增一重障礙盡行回改不勝其繁開改一二以見當時習慣並著

其例於此

爛習開眼必用閒

目錄六　開居官與百姓爭訟　元作閒居

吏五七　或不問官事　元作不閒

戶五五　至今荒閒　元作荒閒

戶七三　因病告閒　元作告閒

《校例　卷六》

禮五五　前後開忙　元作閒忙　本葉凡二見

兵一三　開吃者俸錢　元作閒喫

新兵七　退閒首領官吏　元作退閒　本葉凡三見

新刑芝　革問弓手　元作革閒

新刑四三　不許開雜人登場　元作閒雜

扳援必用攀

目錄六　杠禁賊扳上監　扳元作攀

刑二十　扳連干證之人　元作攀連

刑三三　時常指扳　元作指攀

刑八十　妄稱扳指　元作攀指

刑十四　或妄扳木官眷屬　元作妄攀

新刑志　將冬字版短窗扳下　元作攀下

---

元典章例用簡筆字舉扳繁簡懸殊而元典章必用攀可見扳字

當時並不通用

騷擾必用擾

目錄六　禁起軍官騷擾

吏五一　騷擾不安　元作騷擾

兵三二　百般騷擾　元作騷擾

兵三五　提點官非理騷擾　元均作擾擾

疏放必用疎

聖政二千　盡行疏放者　元作疎放

新戶廿　疏放原籍財產　元作疎放元霸

新刑七　例應釋放　元作疎放

貲財必用貲

《校例　卷六》

吏三廿　或挾多貲　元作多貲

刑四六　充塋葬之貲　貲元作貲

價值必用直

戶三六　估體時值　元作時直

戶八四　發賣價值　元作價直

戶七三　將物估體實值　元作實直

女壻必用壻

戶四四　女㛹　元作㛹

禮三二　壻家設位於室中　元作壻、㛹均作壻數見

揚州必用楊

兵一四　照得揚州省札付　元作楊州　本葉凡二見

刑四五　揚州路中　元作楊州

城郭必用廊

禮一十　出郭迎接　元作出廊本葉凡四見

禮三七　附郭僧寺　元作附廊

工二四　隨路州縣城郭周圍　元作城廓

新禮一　欽送出郭　元作出廓本葉二見

戶七芄　其餘木棉土布　元作木棉

戶八畺　折收到木帛布七千疋　元作木綿本葉二見

木棉必用綿．

**校例卷六**

第四十八從錯簡知沈刻所本不同例

沈跋云此本紙色從分新舊舊者每半葉十五行當是補鈔者今從錯簡及脫文中考其行款有與元刻本同者有與半葉十行本同者元刻本每半葉十八行沈

新者每半葉十行當是影鈔元刻本

跋云十五行者或另一鈔本非余所見之元刻本也．

今錄其行款與元刻本同者如左．

吏一十　背四行宜准正五品以後錯簡十八行適爲元刻之半葉

戶一十　三行後脫十五行適爲彭本方本同

戶八八　十三行不盡以後錯簡適爲元刻之一葉盡處

戶九芔　背八行申到以下脫今本廿三行適爲元刻半葉之

戶六十三　背一行廱道下教有上脫二十行適爲彭本方本

之一葉．

又錄其行款與半葉十行本同者如左．

吏六芔　七行後脫五行彭本方本同

十八行．

戶六十　四行後脫十行適爲彭本方本之半葉．

---

兵三十　背五行省以下錯簡適爲彭本方本之兩葉互錯

兵三五四　背六行一挑以下錯簡適爲彭本方本之五葉互錯

工二三三　背二行事承以下錯簡適爲彭本方本之一葉

**校例卷六**

第四十九從年月日之竄入疑沈刻別有所本例

元典章每條起年月日亦有有年無月或有月無日者沈

刻自刑部卷十一第三十八葉起至工部卷末止每有增入年月

日爲元刻及他本所無此非能虛構者疑必有所本也其所有與

何今不可知據日本近日影印永樂大典站赤九引元典章亦未可定即無第二刻

今元刻不盡同者則當時另刻之官書如大元通制至正條格等均

本然與元典章同時及後出之官書亦有墨筆添入之字當卽此類則

可據以校補今故據元刻本時見有墨筆添入之字當卽此類則

沈刻祖本之曾經據他書校補自有可能也

刑士六　延祐二年十一月二十一日　元作延祐三年目錄

亦作延祐三年惟二十一日四字他本無

刑士四　十一月二十四日　二十四日四個字他本無

刑士六　三月二十五日　二十五日四字他本無

刑士三九　五月二十五日　二十五日四字他本無

刑士三　至元十五年月日　七字他本無

刑四三　至元八年四月二十六日　十個字他本無

刑四四　至元八年三月二十一日　元作至元五年六月二

刑士四　五月二十四日　二十四日四個字他本無

刑夫三三　至元八年六月二十三日　十個字他本無

刑士三　十月初九日　初九日三字他本無

**〔上欄〕**

刑六四　十一月二十七日　他本只有月字餘字均無

刑六六　八月二十六日　二十六日四字他本無

刑六四七　至元十三年十二月十八日　十一字他本無但目錄亦作至元十三年

刑六四九　作至元六年　六字他本無但目錄亦作至元六年

工一三　三月十五日　五個字他本無

工一五　至元十年月日　六字他本無

工二二　十月初五日　初五日三字他本無

工三二一　六月二十六日　二十六日四字他本無

工三二一　十一月二十八日　他本作十月十八日

惟元典章卷首目錄每條下亦注年分今沈刻所增年分有與目錄符者有與目錄不符者且有與本條下文矛盾者其所增又似不盡足據此節須待將來之發見

《校例卷六》　百

刑六三　至元二十四年目錄亦作至元　九字他本無下文作至元

刑六三五　至大元年十二月二十一日　十一個字他本無

刑六三　至元三十一年十一月十六日　元作至元三十年　目錄亦作至元三十年惟十六日三字他本無

刑六三　大德十一年十一月二十一日　元只作大德十年　月日餘字均無目錄亦作大德十年

刑六四卒　至元九年十月初六日　九個字他本無目錄作大德二年

**〔下欄〕**

工二六　至元二十九年十一月二十六日　十二字他本無下年目錄亦作至元二十九年

無

工二三　至元二十三年三月二十五日　元作至元二十二年年目錄亦作至元二十二年

第五十　一字之誤關係全書例

有一字之誤關係全書者

新綱目一　須行四方已有年矣　須行元作板行

板行之義與下文梓行同據此一字知此書是當時地方官吏所纂非中央政府所頒無怪乎四庫提要疑其始末不載於元史也

今改日頒行四方則此書是當時中央政府所頒矣然於元史何以解於元史不載也

《校例卷六》　重

又此書新集目錄之末有至治二年六月字樣謂此書之編纂止於至治二年六月也然沈跋據新集中有至治三年事例證明其不止於二年亦據誤本而誤也

新刑苤　至治二年　元作二年目錄亦作二年

新刑六　至治三年　元作二年目錄亦作二年

又此書正集綱目於元仁宗之仁字元刻作一墨方知此書開雕時仁宗廟號尚未頒行後人欲補入仁字應於墨方之下注明當是仁字不當遽將墨方改成仁字也今沈刻昧乎此

綱目一　仁宗皇帝　元作□宗皇帝

是皆一字之微關係本書編纂及雕刻之年代並發行主體不得輕心從事者也

終